全国优秀博士学位论文作者专项资金资助
广西大学"中西部计划"出版基金资助

深圳大学学术著作出版基金资助
Subsidized by Shenzhen University Foundation for the Production of Scholarly Monographs

晚清小说低潮研究
——以宣统朝小说界为中心

WANQING XIAOSHUO DICHAO YANJIU
——YI XUANTONGCHAO XIAOSHUOJIE WEI ZHONGXIN

谢仁敏◎著

中国社会科学出版社

图书在版编目（CIP）数据

晚清小说低潮研究:以宣统朝小说界为中心/谢仁敏著.—北京:
中国社会科学出版社，2013.12
ISBN 978 - 7 - 5161 - 4063 - 5

Ⅰ.①晚…　Ⅱ.①谢…　Ⅲ.①古典小说—研究—中国—
清后期　Ⅳ.①I207.41

中国版本图书馆 CIP 数据核字（2014）第 051021 号

出 版 人	赵剑英	
责任编辑	陈雅慧	
责任校对	高建春	
责任印制	戴　宽	

出　　版	中国社会科学出版社	
社　　址	北京鼓楼西大街甲 158 号（邮编 100720）	
网　　址	http://www.csspw.cn	
	中文域名:中国社科网　　010 - 64070619	
发 行 部	010 - 84083685	
门 市 部	010 - 84029450	
经　　销	新华书店及其他书店	

印　　刷	北京君升印刷有限公司	
装　　订	廊坊市广阳区广增装订厂	
版　　次	2013 年 12 月第 1 版	
印　　次	2013 年 12 月第 1 次印刷	

开　　本	710×1000　1/16	
印　　张	50.75	
插　　页	2	
字　　数	783 千字	
定　　价	128.00 元	

凡购买中国社会科学出版社图书，如有质量问题请与本社联系调换
电话: 010 - 84083683

目　录

保皇派不信任——社会改革实验的多方案演绎——乌托邦式未来国家想象——"草根文人"的末世心态——注重"实理"的文学生存策略——"读者中心主义"创作原则——强调小说"有趣味"、"广见闻"——独特的叙述手法和营销策略——陆氏及其作品的样本意义

"天公"非陆士谔考——"天公"生平及著述考略——"儒林医隐"非陆士谔考——"儒林医隐"生平及著述考略

宣统朝旧小说"复兴"与"社会派"理念的日渐式微——新小说为何不能完胜旧小说？——市场之手的调控作用——新小说与旧小说的读者群分析——新小说自身缺陷——晚清小说的地域差异——反常的"喜旧厌新"审美观——"社会派"对旧小说认识的偏差——公案侠义小说与"社会派"理念的共通性和冲突性——世情小说对"社会派"理念的接受及两者的博弈

启蒙从一家独大到边缘化——娱乐由边缘移位到中心——出版商文宣上的"矛盾"——启蒙与消闲的博弈与调和——"新消闲小说"概念的提出与界定——"新消闲小说"的兴起过程——"新消闲小说"典型品格的主要表现——"拼盘小说"的典型个案《十尾龟》："魅惑力"小说的末路——"新消闲小说"的不同道路选择及其必然命运

"时闻小说"与"时事小说"的区别——时闻小说的热点题材——近代报刊业的发展与时闻小说的兴起——时闻小说是意识形态管控与近代报刊业博弈的产物——时闻小说的文学史意义——对"新体短篇小说"生成的刺激——对"现代论体文"文学化方向的探索

"先锋实验"发生的背景——周氏兄弟译介小说的内容：人道主义、倡导觉醒——前卫内容、技法的引介——陈景韩著译作品与之呼应——宣统朝"形式革命"是给"小说界革命"补课——心理表现手法的引进及其发展轨

迹——抒情文风的引进与苏曼殊实践的文学史意义——"情节中心主义"审
美观与"先锋实验"之间的冲突——西学背景下苏曼殊对小说"民族化"
的探索——从"鸳派"对苏曼殊小说的取舍看"先锋实验"的效果

晚清留学东洋热潮的兴起——梁启超发现政治小说并发起"小说界革
命"——东洋板块处于中国近代小说发展的"先锋"位置——小说观念的
策源地：从梁氏小说观到"现代派"理论——小说实践的积极推动者：从
"小说界革命"到"先锋实验"——人才培养及周边领域——小说类型
"缺门"严重——创作上革命派声势盖过改良派——小说的"单纯性"与
庄严的使命感——奇特的速生速亡现象——报刊兴衰直接影响小说产
量——读者和创作主体的变化是又一诱因——过度依附政治是其速生速亡
的内在原因

南洋华文小说产生的背景——旧小说阶段观念落后——特例邱菽
园——新小说起步晚但发展迅速——革命派与保皇派借用小说进行激烈论
战——中立派小说观念保守板滞——总体上处于中国小说的从属地位——
南洋本土身份的确立——内容与形式的非对称关系——多语体的应用与本
土题材的引入——独立品格萌蘖成为可能

典型样本《中西日报》——排名第一的小说刊载量与转载量——包容
性与丰富性形成原因——傅兰雅小说观与《中西日报》对小说的态度——
傅兰雅小说观的印记：戒烟、反缠足——小说社会功能的应用：戒赌戒嫖
反迷信——小说经济效益的发挥：照顾不同读者群的审美需求——对进步
事业的倡导：争国权、倡民主——在文化母体优质资源汲取方面"先天不
足"——有无可能直接汲取西方优质资源？——自撰小说在创作上"舍近
求远"——翻译小说未能引入西方经验——"文化隔阂"导致"营养不
良"——"本土性"萌蘖条件不足

导　论

一

宣统朝间无名著。

这是学界共识。笔者也曾一度努力地做过尝试——狠下功夫沙里淘金，看看能否筛出些小说精品撼动这一成论，但最终空手而归，唯一的收获是再次印证了这个文学常识无误。因此，决定将"宣统朝小说"纳入研究视野之时，便知道自己面临着怎样的挑战。的确，稍具文史常识者皆知，作为数千年既定王朝体制土崩瓦解的关键时代，宣统朝在历史、政治上的地位是如此引人瞩目，然而一旦坐实到文学上则乏善可陈，因而既往的中国大文学史对之皆略而不著。即使是作为时代风尚的文学体类——宣统朝小说，在中国小说史上的定位，人们亦多以"余绪"二字概之，评价同样不高。比如，尽管此间的小说总量尚算可观，但相比此前人所共知的"四大谴责小说"，宣统朝实在没什么拿得出手的名作可以与之媲美——量多质平，便成了人们对宣统朝小说的普遍印象。于是，过去以精品名著为中心的文学史撰述范式，理论成熟且易于上手，但若用在宣统朝小说研究上并不适宜。

当然，还有一种时兴的研究方式是建立某个理论模型，然后左右采撷，填充涂抹，使之丰盈。这不失为一种非常不错的研究方法，而且占了角度的便宜，或许能写出些新意，取得一些与人不同的观点。但笔者随后发现，宣统朝小说界远比人们现有的想象复杂，并不是建立了某个模型就能毕其功于一役，对之包揽通杀（当然，也可能是本人学识有限，未能建立起这样一个宏大的理论杰构）。同时亦担心，凭笔者有限的眼力和驾驭能力，模型会不会越是看似强大无比，创见越多，反而离彼时的实际越远？

面对"宣统朝间无名著"的尴尬事实，面对一个缺少理论范式的研究对象，从何入手？在学界对"文学低潮期"研究尚无成熟经验的情况下，我一度手足无措，面对跟诸同门辛苦经年建立起来的庞大数据库，我不知从何做起。但陈大康先生云"传统的研究都是以'有'为研究对象，如作家作品或文学现象的分析等，'无'向来不在视野之内，想研究也总感到无从说起"，其实"无"同样可以成为研究对象，[①] "如果面对的是'无'，那也须得对为何产生'空白'作出说明"[②]。我想，宣统朝间小说名著虽"无"，但作品量毕竟可观，相比之下"有"总比"无"好罢，至少也是"聊胜于无"了，而且"小说史其实是各相关因素的联系与作用相交织的有序运动过程，对此不能套用固定的公式作解析"[③]。先生的话给了我很大启发，也给了我继续沉潜下去的决心和信心，最重要的是指明了方向，使我获得了方法论上的自由，把我从纷繁的资料和纷乱的现象中解放出来。

"什么方法能较好地解决问题，就用什么方法。"[④] 于是我打定主意，慢慢摸索，沉心爬梳起既有的小说资料库：从最基本的小说编年和材料考辨做起，尽可能地占有材料，然后从材料中归纳现象，在现象中找问题，进而力争解决问题——即使限于个人能力难以解决，也要提供自己对该问题已经做出的思考深度。最后才发现，这就是我曾一度苦苦追寻的"研究方法"。当然不得不坦承，这种"研究方法"并无新意，甚至还算不上所谓的"研究方法"，但将之用于宣统朝小说研究却相当奏效，也最有可能接近当时的"历史现场"。

因此，在具体操作上就要求既关注个案也要注重文学现象，对其进行一番"入乎其内，出乎其外"的考察。考察结果显示："小说界革命"推进到宣统元年（1909）时，突然步入一个"低潮期"，此过程一直延续到民国二年（1913），前后约有五年时间。随之发现，对这一区段的研究极可能解开困扰学界多年的一个疑案：

---

① 陈大康：《古代小说研究及方法·序》，中华书局 2006 年版，第 2、4 页。

② 陈大康：《明代小说史·后记》，人民文学出版社 2007 年版，第 786 页。

③ 陈大康：《古代小说研究及方法》，中华书局 2006 年版，第 57 页。

④ 陈大康：《古代小说研究及方法·序》，中华书局 2006 年版，第 5 页。

　　"小说界革命"运动促兴新小说之后，为什么小说界很快就偏离了预设的发展轨道，没能直接"对接"上"五四"新小说运动？其间到底发生了什么，以致滞缓了中国小说的现代转型？

而与之相关的一系列重要现象及问题亦随之不断浮出水面。例如，为何陷入低潮？市场因素的强势介入、社会动荡的冲击会对小说发展产生怎样的影响？翻译小说与自撰小说为何出现地位互易？"理论先行，创作跟进"的特色发展模式受到了怎样的挑战？低潮期中作家的创作与生存面临怎样的新选择？……包括后"小说界革命"时代启蒙与消闲的激烈博弈，旧小说的卷土重来，"新消闲小说"、"时闻小说"的渐兴以及小说界的"先锋实验"等，都是值得关注的重要现象或新发问题。于是笔者逐渐意识到在小说研究中并不是繁荣期才有研究意义，作为小说发展史上不可断裂的一环，低潮期同样别具价值。特别是宣统朝小说低潮，恰恰发生于王朝更替、小说由近代转入现代的关键过渡区段，其间所呈现出的一些典型性和非典型性特征，都可作为近、现、当代小说发展的一个特殊参照系——不论其成功经验还是失败教训。因此，尽可能贴近地描述彼时小说的历史状况不过是基本前提，笔者更感兴趣的是探究那些深藏于现象背后的因果关系和历史逻辑。

　　在正式展开论述之前，不妨先明确几个基本概念：

　　第一，本书研究的对象是整个"小说界"，因此考察的范围就不单单是小说作品，还包括作家、小说理论、读者、书贾、政策环境、出版机制、传播手段、市场环境等诸多要素。笔者将之视为一个完整的"生态系统"，以作品、作家为中心，综合考察低潮期中该系统的运行状况及其演变轨迹将是本书的核心任务。

　　第二，书中会高频使用"小说发展"这一关键词，必须慎重界定的是，此处的"小说发展"仅仅是表示小说在时间线上的推衍，属描述性的中性词，并不带有任何的价值判断。

　　第三，目前不少学人对民初"鸳鸯蝴蝶派"（简称"鸳派"）的称呼提出疑问，认为应该以"旧派小说"、"通俗小说"、"消遣派"之类的称呼代之。由于目前对该派的称呼并未取得一致意见，笔者亦不满意于既有的命名（另文讨论），为了"对话"方便，书中仍暂用"鸳派"这一流传最广的旧称呼。

第四，本书会据语境不同使用到"晚清"、"清末"这两个时间概念，笔者将之界定为同一时间范畴，若无特别说明，都特指"小说界革命"发起的壬寅年（1902）至清廷覆灭的辛亥年（1911）这十年时间。

第五，若无特别说明，前七章中的"小说"专指中国汉文小说，至于海外华文小说，专辟第八章讨论。

二

关于晚清小说发表量，长期未见较为具体的数据。直到 2000 年，日本樽本照雄先生才制作出了一份详尽的小说发表量年度统计表：

小说发表数量统计年表（1906—1911）[①]

年份	1906	1907	1908	1909	1910	1911
创作	293	402	407	355	315	259

距今已过十年，随着新资料的发掘，这一数据自然需要更新。笔者据最新资料，对晚清最后六年间的新创小说（即不包括转载、重版）进行了统计，其结果为：

小说（每年新创作）数量统计年表（1906—1911）[②]

年份	1906	1907	1908	1909	1910	1911
新创	412	551	653	628	523	491

① 汪家熔辑注：《中国出版史料·近代部分》（第二卷），湖北教育出版社、山东教育出版社 2004 年版，第 105 页。详见"附录一"。按：笔者曾就此数据请教樽本先生，其回信云该数据主要根据早年的《新编清末民初小说目录》及后来搜集到的一些资料统计而来。

② 统计数据的原始材料，来自陈大康先生主持之"中国近代小说资料库"。详见"附录一"。

　　笔者这组数据比樽本先生的统计多出了 1227 种，其中单单宣统朝间（1909—1911）就多出了 713 种，应该说愈加接近了当时的小说创作实际。从两份统计数据看，新发掘文献使年度小说发表量有了大幅增补，但这并没有改变小说行进的基本轨迹：小说发表量在宣统朝明显萎缩，而且是逐年递减的趋势。

　　这一事实可能让人愕然。"小说界革命"之后，除了专业的小说杂志、出版机构不断涌现之外，日报登载小说也渐成风尚，在不少学人的描述中小说发展都是一路高歌猛进，何以会突现转折？注意到这一事实的少数学者不约而同地给出了这样的解释：政局不稳，社会动乱，破坏了小说生存的正常环境。的确，小说史常识已经告诉我们，社会的繁荣稳定是小说兴盛的一个重要前提，而辛亥年的小说数量最低，似乎更加确证了这一说法。笔者并不否认此种观点，但要着重指出的是，政局不稳不过是极偶然的因素，而绝非决定性因素。突现转折的更深层次的诱因来自于小说运行机制的不平衡，而且危机早已潜伏在小说高峰时期的光绪三十三年（1907）、三十四年（1908）中。政局动荡仅仅是个"烟幕弹"，进一步放大了这种危机的表征，其效果顶多是"雪上加霜"，但它却遮蔽了现象背后的本因，并因其过于抢眼而极易误导人们错过进一步深入探索的机会。

　　小说运行机制的不平衡，直观表现是小说著译种类的结构性失调，创作人才的流失以及市场自由化的无序竞争等几个方面。

　　小说著译种类的结构性失调，是相对"小说界革命"初期而言。到了宣统朝前夜，小说界几乎被侦探、冒险、社会（谴责）、言情一统天下，类型化、模式化严重，这无疑会败坏读者的口味，吸引力下降；而创新的需求和冲动，使作家在某几类小说题材被过度发掘之后只能"剑走偏锋"，甚至有意无意间闯过了"黑幕"小说的底线，某些变味的"新小说"又被推上道德法庭置于被审判的境地，其"正当性"受到质疑，发展的动力自然减弱。

　　小说著译人才的流失亦是不可忽视的重要因素。宣统朝间，小说创作人才结构发生了较大的变化，前期小说创作的中坚力量如李伯元、欧阳钜源、徐念慈、刘鹗、吴趼人等人相继离世，曾朴转行入仕。到了辛亥年，"四大谴责小说"作者已无一进行创作。苦撑局面的是陈冷血、包天笑、孙玉声以及后起之秀陆士谔等人，创作队伍处在调整适应期，其创作数量自然有所下降。

　　然而，这些都还不是关键性因素，最关键的乃是市场的无序竞争，导致小说生存环境恶化，此结果反过来又加剧了前两者的失衡，形成恶性循环。对这一最为学界所忽视的因素，笔者将之描述为"小说界经济危机"①。普通经济学常识已经告诉我们，市场无序竞争的直接后果是小说的供过于求，最终导致优胜劣汰（而文化领域的"优胜劣汰"，若在缺少有效引导和监管之下往往是"劣币驱逐良币"，这点在近代小说界体现得尤为明显，如启蒙小说的衰落与"鸳派"、"黑幕"小说的兴盛）。小说滞销，这或许是个让小说研究者不太舒服的论断，而更让人难堪的是，小说销售危机早就潜伏在1907—1908年小说产量的高峰期，只不过是滞后到宣统朝间才集中爆发而已。对市场最为敏感的小说林社主人徐念慈在《〈丁未年小说界发行书目调查表〉引言》②中生发的重重困惑，就是小说市场危机来临前的预言，至于小说销售商们的血拼打折，则是危机降临的直观体现。

　　市场一旦介入小说界，其发挥的作用就往往超越人们的既有认识。平常能适用于诗歌、散文等文类的文学规律，在小说市场因素介入之后往往就会"走样变形"（相关方面，陈大康先生的《明代小说史》有着精彩的论述）③。当然，这只"看不见的手"还不至于强大到决定小说生死存亡的地步，但却可以对小说载体的生存及其发展方向造成重大影响。

　　不少人对晚清期间创办了多少个专业小说报刊如数家珍，特别是对《新小说》、《绣像小说》等一系列期刊的相继兴办大都给予极高的揄扬——小说自此兴旺矣——无论彼时的理论家还是后代学人都抱以这种乐观心态。小说从此兴旺，从长远看大概没什么疑问，但大家忽略了眼前的

---

　　①　从上文给出的统计表看，"经济危机"的征兆似乎不太明显，甚至有夸大之嫌。原因是笔者将单行本、期刊、日报三大载体的小说一起囊括出数据，而最直观反映市场状况的是单行本的产销量，但被彼时新兴的日报小说"对冲"，从而掩盖了市场危机的事实。限于"导论"体例，笔者在此处先将"小说界经济危机"这一论断提出，随后第一章的第一节和第四节、第二章的第一节、第六章的第一节将分别从不同角度对此论断做出论证。另，文末"附录四"、"附录五"的单行本年度出版量可供参考。

　　②　觉我（徐念慈）：《〈丁未年小说界发行书目调查表〉引言》，《小说林》第九期，光绪三十四年（1908）。

　　③　陈大康：《明代小说史》，人民文学出版社2007年版。

一个基本事实：晚清小说报刊大多都是短命刊物。至于其停刊原因，主流观点认为是清政府的文化管制政策，给这些刊物造成巨大的生存压力。这或许是其中的一个因素，但应该是次要的。原因是晚清政府的文网其实并不如想象中的强大（《新小说》在1903—1906年间，清廷年年对之颁布禁令，但该杂志几乎每期都在数家大媒体上发布销售广告，各地市面上也并不难购到该杂志，可谓是"禁而未禁"，而其最终停刊原因则是"经费窘迫"①；《粤东小说林》遭清廷文网压力后，换到香港照常发行，仅广东佛山就设有代销点五家，全国都可以邮购；而其续出的《中外小说林》之所以盘卖给公益报社，也是由于资金困难），更重要的是无法解释这些小说报刊为何奇特地呈现出越是晚出寿命越短的趋势。这一"加速度灭亡"的奇特现象，其实正是由小说市场环境的逐年恶化造成的，故小说报刊灭亡速度与市场恶化程度正好同步对应。其中，关键点在光绪三十四年（1908），此为晚清小说发展的顶峰期，但却成为了小说报刊的"生死坎"——此前创办的小说报刊无一能越过该年。② 因此，可以说经济困顿导致停刊几乎是晚清小说报刊的普遍宿命。但有两个小说杂志例外，创办于宣统朝的《小说时报》（1909，有正书局创办）和《小说月报》（1910，商务印书馆创办）。它们都是在小说市场最为低迷的时期创办，但却取得了意外成功，其存在时间都大大超过了此前的任何一家小说报刊。两者生存的秘诀除了坚实的经济后盾外，最重要的是它们办刊理念的转变：放下言必"启牖民智"的精英架子，俯身适应读者的阅读口味，结果自然是大受欢迎，销量扶摇直上，在激烈的市场竞争中博得生存的空间。

在残酷的小说市场搏击中，"生存就是硬道理"，但若以迎合读者口味博取生存权，"媚俗"自然是题中之意，这对小说发展的影响无疑至为深远。看来，小说市场作用力的考察已经不可回避。比如，晚清小说之所以由注重启蒙转向娱乐化、消闲化，小说市场的驱动作用便宛然可见，这其实已经牵涉到小说行进道路选择的大问题；又比如，为什么几部优秀的

---

① 关于《新小说》停刊原因，时人豫立曾有提到："饮冰创始延陵继，风行海内共欢迎。旋因经费嗟窘迫，孑然孤掌恨离鸣。"豫立：《月月小说·祝词》，《月月小说》第二十一号，光绪三十四年（1908）。

② 详见文末"附录二"。

"谴责小说"问世之后没能带动一批更优秀的谴责作品，而是"孵化"出了"黑幕"小说这一怪胎？若是离开宣统朝独特的小说市场，这类问题都难以得到完满的解释。

　　当然，笔者并不想过分夸大小说市场对晚清小说的影响作用。的确，它对大多数通俗小说都具有不可忽视的影响，但它并不一定能作用于所有的小说种类。比如某些文言笔记小说，作者权当自娱自乐，便无所谓有无市场压力；又如革命派小说、宗教小说，当其功利目的超越商业利益之时，"看不见的手"同样对之鞭长莫及。

　　小说市场对小说发展影响的差异，不仅体现于不同的小说种类，亦体现于不同的小说载体，这也是激发笔者要将单行本小说、期刊小说、日报小说区别对待的原因。若是忽略这些差异，某些问题就会难以得出合理的解释，比如，为何宣统朝间单行本小说出版陡然下降，而日报小说虽有小幅下降但却能基本保持平稳？

　　将单行本、期刊、日报三大载体小说各自独立讨论并非笔者的创见，稍加检索就能发现，专论晚清单行本小说的论著已有数部（篇），而对晚清期刊小说或日报小说作专题研究的论文则数不胜数，成果可谓丰厚。但本书考察的角度与之不同，笔者之所以要将之独立讨论，并不是先验性地强力将之剥离划分，而是基于这样一个客观事实：单行本、期刊、日报三者对小说市场的反应差异甚大。通过小说载体间的相互对比，可以更为清晰地勾勒出三者的不同发展特征，进而对彼时小说出版、小说市场、小说生存状况做出更为贴近的描述。

　　对比发现，三者对小说市场的敏感度是渐次减弱的。换言之，单行本小说的商业属性最为突出，受市场影响最大，来自市场的反应也最为直接和敏感。小说期刊稍弱，因为它们往往只是出版机构单行本发行前的探路先锋，经过市场"试水"之后，才将受欢迎者结集出版，进而言之，期刊小说在市场上成功与否，往往通过是否发行单行本来体现。对市场反应最弱者当属日报小说。日报登载小说当然也是为了吸引读者，不过其地位和重要性绝非人们想象的那样高，其一大例证就是，每当新闻、论说等需要挤占更多版面时，首先让位腾空者绝大部分都是说部作品。甚至，很多情况下日报小说不过是编辑们"补白"的边角料，并不十分指望它来影响报纸的发行市场，更遑论决定日报的命运了。当然，作为人人所好的佐料，它又往往是难以缺少的，"不得不添点子小说等类，引人入胜"①，故编辑们亦不会轻易放弃。理透了三者的这种区别性，就可以解释宣统朝"小说界经济危机"背景下三大载体发展状况呈现出的差异性：单行本小说出现了大面积萎缩，出版量逐年迅速下降，小说出版机构纷纷倒闭或转行；期刊亦多关停，但在财力雄厚的出版社支撑下少数尚能正常运转；至于报载小说，数量虽有所下降但依然保持平稳发展，基本能维持在一个相对恒定的绝对值——其之所以下降，主要还是缘于社会动荡、新闻挤占小说等一些偶然性因素的影响，而非直接来自市场的作用。

　　将单行本、期刊、日报三者分离论述，还为深入考察晚清间小说文体的发展演变提供便利。晚清间，长篇单行本小说作为商家们牟利的主要小说形式，直面市场，一旦市场供过于求，出版商往往会双管齐下调整出版策略：一是迎合读者需求，出版畅销类小说；二是缩减小说出版的数量和种类。这些调整措施对小说发展影响甚巨：前者会改变"小说界革命"预设的发展轨道，具体体现为娱乐压倒启蒙，小说种类逐渐集中于某几个畅销类型；后者则给短篇小说提供了一个发展的契机，在长篇小说的夹缝中求得生存，为短篇小说逐步走向成熟打下基础，这从报载短篇小说所取得的实绩中可略窥一斑。

　　期刊方面，专业小说期刊更接近于单行本，而普通期刊所载小说的特征则更接近于日报小说，因此，总体上期刊小说正好介于单行本小说和日报小说之间，具有"双面性格"，是考察后两者差异的极好参照物。

　　由于日报小说所受市场压力相对较弱，故可以获得更多发挥的自由，报人们甚至可以利用对新闻时事反应灵敏的优势，大胆引入新闻体或时评体来撰述小说，是为"时闻小说"。这一做法无论成败，至少在谨慎的单行本小说和期刊小说中并不多见，可视为日报小说在近代文体改革上进行的一次有意义的探索。日报虽然不排斥长篇小说，但刊发短篇小说始终是其重要选择。当然，这些标为"短篇小说"的作品，绝大多数跟现代意义上的短篇小说不无差异，两者的相似之处甚至只体现于篇幅方面，其质

---

　　① 爱看《新报》人来稿：《忠告报界与阅报诸君》，《北京新报》宣统三年（1911）二月初十日。

量亦是良莠不齐，但作为一种尝试，这些短篇小说所提供的经验和教训便颇值得注意。更何况，在创作中如何布局谋篇、如何努力把一个故事片段讲好已经开始受到部分小说家的重视，这无疑是短篇小说现代转型的好兆头。

晚清间自撰小说与翻译小说的消长转变，也是一个有意思而且值得关注的重要现象。"小说界革命"以降，翻译小说的数量一直扶摇直上，遥遥领先于自撰小说。但这种"外来和尚唱主角"的态势并没有持续多久：光绪三十四年（1908），两者出版量基本持平；宣统元年（1909），两者比例突然发生大逆转，自撰小说数量远超翻译小说，这一态势此后一直维持至今。当然，仅就小说发展常识即可推知，自撰小说超越翻译小说是迟早的事情，或云此乃"历史的必然"，何足为怪？但这里还是不得不提出两个问题：一是"小说界革命"后的数年间，为何"外来和尚能唱主角"？二是这种态势的大逆转，为何偏偏发生在宣统朝间，而不是提前或延后一段时期？回答这两个问题恐怕就不能仅仅用"历史的必然"来统而概之，其间掺杂的偶然因素同样不可忽略。而由此引出的晚清小说界内部运行机制的变化，更是一个值得深入探讨的课题。

"小说界革命"是精英阶层领衔发起的小说改良运动，借新小说启牖民智。倡导者们阐释"革命"必要性时所提供的主要理论依据以及例证并非来自国内而是域外，即寄希望于通过引进欧西（日本）小说新品种来冲击和改良本土小说。然而，这些新小说到底如何创作，国人一时之间依然懵懵懂懂。试想，连旗手人物梁启超对自己创作的作品也不无菲薄"故结构之必凌乱，发言之常矛盾，自知其绝不能免也"、"不知成何文体，自顾良自失笑"，并找出种种托辞和设置某个限定来规避发自读者的诟病："况以寡才而好事之身，非能摒弃百务，潜心治此。"① 那么，其他作家又怎能得心应手地创作新小说？于是，翻译便被当作最为便捷的途径（其间也有经济效益因素的影响），"舍撰著而事翻译"乃"用力省而成功

---

① 饮冰室主人（梁启超）：《新中国未来记·绪言》，《新小说》第一号，光绪二十八年（1902）。

多哉!"① 遂成一时共识。可以说，初始阶段的新小说相当程度上不过是翻译小说的代名词，梁氏意义上的国产新小说此时尚处于试验阶段，故翻译小说能独占鳌头也就不足为怪。翻译类新小说当然不仅仅是政治小说、科学小说，此前蛰伏的侦探小说、冒险小说等此间也借着"小说界革命"的东风大量涌进，并以云诡波谲的情节和异域风情俘获了广大中国读者，成为畅销一时的小说类型，故在量上进一步拉大了与自撰小说的差距。

发现翻译小说有利可图后，出版商和作家们蜂拥而至，随之而来的则是同质化严重和新鲜感的丧失；同时，传统审美习惯的惯性作用以及跟域外文化的隔阂，使读者翻阅域外小说时总是难以真正获得"食髓知味"之愉悦。因此，对普通读者而言，不时换换口味图个新鲜尚可，若是顿顿西餐可能就倒了胃口，于是回归阅读自撰小说便成了必然选择。读者的选择随即会反馈给出版商和作者，最终体现为翻译小说数量的减少。此外，翻译小说在社会功用上的"隔靴搔痒"以及改造上的种种困惑，也使得精英阶层不得不转向寻求小说的"国产化"，这无形中就削弱了引进翻译小说的动力。

当然，作家们在摸索中逐步成熟，作品的质量和产量都有了起色，这才是自撰小说数量超越翻译小说的关键因素。这里的"质量"倒不一定是指艺术水准的高低，毕竟像"四大谴责小说"那样的上佳之作宣统朝并不敢奢望，此处主要是指将传统资源和时代流行元素结合的熟练程度，亦即是否打造出具有"魅惑力"的小说样式。

"魅惑力小说"是一个新名词，笔者想用之指代宣统朝低潮期间面对小说滞销、生存受到挑战后作家和出版商为了寻求突破而打造出的一种小说样式。到了光绪末年，出版方发现单一的翻译小说其实很难满足读者的阅读要求，真正畅销的往往是中国的原创小说，其中常见的有两大类型：一为谴责小说，比如《孽海花》重版多达十几次，而且不同的出版社还同时争相出版，② 这样的盛况让同时代的翻译小说只能望其项背。二为传

---

① 樊：《小说界评论及意见》，《申报》宣统元年（1909）十二月初十日。

② 阿英：《晚清小说史》，商务印书馆1937年版，第31—32页。文云："《孽海花》在当时影响极大，不到一二年，竟再版至十五次，销行至五万部之多。"

统的世情小说，包括艳情小说，这是最能捕获下层"妇女与粗人"①的小
说样式，千年以来经久不衰。晚清小说的一大特点是"谴责"与"艳情"
杂交的趋势越到后期越发明显，亦即谴责、暴露中艳情往往是不可或缺的
一大卖点，而"艳情"中同样以暴露官场、宫闱、商界等黑幕为噱头。
这种杂交合流，正体现出作家、出版商希望将"谴责"与"艳情"强强
联合，打造出更具"魅惑力"的小说样式。而这种大受欢迎的小说类型
在翻译小说中显然不易搜求，只能由国人自撰完成。因此，在迎合中国读
者的阅读口味上自撰小说比之翻译小说更为灵活，其优势亦日益凸显，其
比例逆转具有必然性，至于为何偏偏发生在宣统朝，上文提到的小说市场
因素则发挥了至为关键的作用。

　　此外，舆论宣传形式的新变以及报载小说的普及，亦对自撰小说超过
翻译小说贡献颇大。前者催生大量时评类小说，意即直接利用小说体评述
时事，这是翻译小说无法完成的任务。后者需要大量小说来填充版面，翻
译小说根本无法满足需要，只得向内招兵买马。这两大因素对自撰小说的
推动显而易见，不赘述。

　　晚清理论界走马灯似的嬗变也颇有意思。从光绪二十八年到宣统三年
（1902—1911），时间不过十载，小说理论界却已是今昔不可同日语：由
最初的大一统到逐步分化，最后是多声合奏、合而不和的热闹场面。若按
其演变轨迹看，较为清晰地呈现出两条发展主线：一是启蒙的日渐式微与
消闲娱乐的日渐勃兴；二是对梁氏新小说理论的反思和修正。当然，这两
条主线并非平行运行，而是时有交汇重合。现不妨对其渐进的推衍过程做
出大致的勾勒，以便标定宣统朝小说理论界的历史位置。

　　光绪二十八年（1902），"小说界革命"提出了"新民"、"新小说"
的口号，要求利用小说来开启民智，改善群治。彼时无论各派各人的立
场、观念如何，对这一提法基本无人反对——毕竟，在爱国维新热潮高涨
的年代，诗、文都已先行"革命"并承当起了传播时代新知识的大任，
谁都不会质疑，作为最贴近普通大众的文艺形式之一的小说会推卸这一神
圣的社会责任。其实，梁氏们的理论设计也体现出某种策略性，因为小说

---

①　别士（夏穗卿）:《小说原理》,《绣像小说》第三期，光绪二十九年（1903）。

一旦跟"救国""新民"的大"道"挂靠在一起，谁都不会轻易违背这一大前提而甘愿被扣上个守旧反动的帽子。于是，小说被贴上了"正当性"的标签，搭上"文学救国"的顺风车得以迅速发展。

小说应该承担社会责任，这在理论上当然没问题。问题在于小说能不能担此大任，以及能多大程度地发挥"启发民智"的作用。这些问题在随后的小说发展中逐渐凸显并引起了部分人的重视。光绪三十一年（1905），质疑的声音开始出现。陈景韩在《时报》上撰文指出"自小说有开通风气之说，而人遂无复敢有非小说者"，但非小说者正是自陈氏始，因为论者看到的小说发展图景并不如过去规划的那样齐整美丽，那些为求名利的投机者"以开通风气之资，而致得闭塞风气之果。窃意提倡小说者不能辞其咎也"[①]。即使，类似这样的怀疑声音仍只是零星出现，影响还至为微弱，但小说在社会发展中到底发挥着怎样的实际效用这一问题已经提出，其背后隐藏的更大命题——"小说到底是什么，小说应该怎么样"也渐渐浮出水面，并成为此后小说理论界热议的话题，而其发展竟然是以偏离"小说界革命"的理论设计初衷为方向。因此，光绪三十一年（1905）可以看成是理论界微妙转变的肇始。

光绪三十三年（1907），小说理论界的分化进一步扩大，不同的声音层出不穷。王无生、黄小配等人在鼓吹小说社会功用价值方面态度坚决，但对当时小说创作的现状颇有微言，并开出了一些富有新意的疗救药方。艺术感觉敏锐者，则开始注重阐释小说的艺术新质，代表人物有黄摩西和徐念慈。前者明确表态对当时过于拔高小说的社会功用非常不满，批评那种不顾实际"出一小说，必自尸国民进化之功；评一小说，必大倡谣俗改良之旨"的简单做法，并对何为小说这一问题做出了回答："小说者，文学之倾向于美的方面之一种也。"[②] 后者则进一步从"美学"角度，试图阐述小说的艺术本质。[③] 这些理论的出现，可看作对梁式小说理论的一种拨正，同时表明小说理论界的分裂已经公开化。也正当此时，让一直匍匐潜行的娱乐消闲小说理论家看到了夹缝中生存的希望，开始探出理论的

---

① 冷（陈景韩）：《论小说与社会之关系》，《时报》光绪三十一年（1905）五月二十七日。
② 摩西（黄摩西）：《〈小说林〉发刊词》，《小说林》第一期，光绪三十三年（1907）。
③ 觉我（徐念慈）：《〈小说林〉缘起》，《小说林》第一期，光绪三十三年（1907）。

触角，试着为小说的娱乐性正名，阐释其存在的理由，包括一些为名妓立传之作亦渐渐得到认可，赞云"诚近今游戏文章中不可多得之大手笔也"①。总体言，这是继"小说界革命"后小说理论界最为辉煌和多彩的时段，理论家们思想撞击的火花，虽然零星、短暂，却给人留下深刻印象。

　　遗憾的是好景不长，在紧随其后的宣统朝小说界低潮中，理论家们大多失却了前期的激情，整个理论界变得颇为暗淡。徐念慈、黄摩西等人颇具创见性的"小说美学"理论，或因徐氏的匆匆离世，或因理论过于"超前"难合时宜，总之在宣统朝间几成绝响。王国维、周氏兄弟为首的"现代派"小说理论，依然处于边缘化，在小说界几乎是波澜不惊，可说是尚处于蓄势铺垫阶段。倒是传统小说理论界的调整值得注意：一方面，传统的"社会派"继续坚持小说的社会功用价值观不松懈，但跟梁启超当年大气磅礴的"小说界革命"理论相比，大多已经变味或者显得小家子气，甚至沦为党私斗争的舆论工具，又因其旧瓶装旧酒，影响力大大削弱，不过其巨大的惯性力量使之尚能勉力支撑场面，即使是疲态渐显；另一方面，长期潜行并不太为理论界所注意的娱乐化倾向此时抬头，小说的娱乐性、消闲性被公开化和理论化——即使某些理论还贴上"铸鼎燃犀"的金字招牌，做些简陋的包装，但为娱乐鼓吹之心还是昭然若揭。在他们眼中，小说者，终究不过是"茶余酒后之谈资"②、"围炉披读，最佳之消遣法"③罢了，娱乐、消闲俨然以理论界新势力的面目登场。然而，由于传统舆论压力以及缺乏有力的理论代言人等多方因素影响，娱乐、消闲群体的理论建树毕竟有限，以致造成了"创作发达理论滞后"的非对称格局。当小说回复强调消遣这一传统功能并再次大行其道之时，也意味着声势浩大的"小说界革命"在某种意义上已成强弩之末，当然，其有心插柳带动的小说事业并未因此止步，只不过花开别枝，朝着另外的发展方向继续推进。

---

① 新庵（周桂笙）：《胡宝玉》，《月月小说》第五号，光绪三十三年（1907）。
② 申：《东洋花蝴蝶·序》，《中外实报》宣统元年（1909）二月二十日。
③ 商务印书馆："新年消遣之乐事"，《民立报》宣统三年（1911）正月十一日。

　　勾画小说低潮期中的作家群像，无疑是一个有意思的课题。晚清作家体制建设中，以稿费（版税）为中心的经济支撑体系的建立，应该说至关重要，特别是在推动小说作家职业化方面贡献颇大，甚至不少学者称"稿酬制度的建立，是促使晚清小说繁荣发展的一个极为重要的原因"①。但宣统朝间的"小说界经济危机"对这一体系冲击不小，虽然不至土崩瓦解，但对作家群体的潜在心理影响却可能甚为深远。譬如稿酬制度的建立一度让不少士人（特别是科举废制后）以为找到了一条谋生的途径，包括李伯元、吴趼人等都舍弃仕途投身此行。② 但不少人很快发现，小说界也并非稳妥的安身立命之所，比如，从业余创作角度看，一篇稿件获取的稿酬尚算可观，补贴一下家用的确是不错的选择，但限于小说市场的规模，单单靠小说创作赚取稿费来养家糊口其实并不容易，特别在小说界发展低潮期就愈加艰难，甚至连吴趼人这样的名家去世时（1910）都"家无余财"，治丧之费都是"朋旧各以赙至"③。因此，宣统朝间真正的全职作家恐怕没有，他们大多不过是将著译小说当作副业对待。例如陈景韩、包天笑，其主业都是主编报纸和杂志；林纾后来的主业是大学堂教席，陆士谔的主业则是医生和书店老板。诸名家尚且如此，其他籍籍无名者，想要依靠小说创作谋生，难度之大可想而知。④ "小说界革命"后，小说地位的确有所提高，但读书人并未完全消除对小说的传统偏见，"觉得小说终是末艺"⑤，加上小说界经济波动等带来的不安定感，大多数晚清读书人依然将理想的安身立命之所定位在政权体制之内。特别是宣统朝间，著译人才回流体制内更是成为一种趋向，⑥ 包括颇见成就的曾朴也决然离开

---

　　① 刘德隆：《稿酬制度的建立对晚清小说繁荣的影响》，收入郭延礼主编《爱国主义与近代文学》，山东教育出版社1992年版，第452页。关于稿酬与晚清小说发展关系的论文尚有不少，如郭延礼《传媒稿酬与近代作家的职业化》（《齐鲁学刊》1999年第6期）等。

　　② 吴沃尧：《李伯元传》，《月月小说》第一年第三号，光绪三十二年（1906）。李葭荣：《我佛山人传》，《天铎报》，宣统二年（1910）。

　　③ 李葭荣：《我佛山人传》，《天铎报》，宣统二年（1910）。

　　④ 张恨水曾云："虽然很穷，我已知道靠稿费活不了命，所以起初的稿子，根本不是由'利'字上着想得来。"张恨水：《我的写作生涯》，四川人民出版社1981年版，第27页。

　　⑤ 钏影（包天笑）：《钏影楼笔记》（七），顾冷观主编版《小说月报》第十九期，1942年。

　　⑥ （未署名）：《著作者日少之原因》，《民吁日报》宣统元年（1909）九月十九日。

经营了多年的老本行投身仕途。

与之相关的一个问题是，晚清小说作家们创作到底为哪般？为利是显而易见的，甚至为了经济利益不惜以揭人阴私为威胁进行敲诈勒索，这是极端表现。有为名者，想趁小说地位上升、受人瞩目之时，写写小说鼓吹一下"爱国"、"新民"以博个好名声。也有人将小说当成党争的手段，将之改造成攻击对手的舆论利器。当然，有不少人写小说就是为了促进社会改良、推动文明进程，目的单纯。还有人仅仅将小说当作游戏笔墨，娱人娱己，除了满足个人发表欲之外还能拿点稿费，何乐而不为。晚清末世之际，作家群像变得更为丛层多彩。

在宣统朝作家群像中，最值得关注的人物倒不是吴趼人、林纾等成名较早者，而是小说界新秀陆士谔。陆士谔其人其文，学界素来都有争议，评价不一，或褒或贬。笔者倒不愿急于对其下一断论，因为笔者在此关注的重点不是其作品美学价值的高低，而是其人其文体现出来的时代表征。在晚清小说发展最为低潮的时期，他意外地获得了上佳的表现，其声音、身影时时活跃在彼时的小说界之中，成为炙手可热的人物之一。他的身上，集中了许多同时代小说家的共通特质，而其小说作品既具传统元素又融入了相当多的流行风尚，成为"新消闲小说"的领军人物。因此，陆士谔可以看成是彼时作家群像中的一个"标本"，以其为个案窥视当时的小说界，相信不仅可行而且会相当有趣。

跟小说发展戚戚相关的文化政策，在宣统朝间呈现出与往昔颇为不同的几大特点。其一是文化管制依然颇为严厉，这点从封禁报刊事件次数上的渐次增多就可以看出端倪；但政府的执行力又明显下降，文化管制并没能有效遏制反对的声音。其二，单独封禁小说的文化事件极少出现，从而给小说的创作、出版提供了相对宽松的生存空间。其三，《大清报律》、《著作权法》等几部法规相继颁布实施，对小说发展也产生一定影响。这些法规都是中国法制史上的新创，一方面表明政府文化管制的加强，虽然有其弊端，但后人也不必戴着有色眼镜单单强调其负面影响，因为另一方面，这些法规对规范行业产生不小的正面作用（例如保护版权等），小说行业亦为之受益。总体言，宣统朝的文化政策环境应该比此前更为有利于小说发展，然而遗憾的是，在"小说界经济危机"冲击之下，加上社会动荡等其他因素的影响，这一优势并未得到充分发挥，没能成为推动小说界质、量突破的有效助力。

三

即使在"小说界革命"理念最为风行的几年里（1903—1905），消闲小说也并未消失①，只不过被冠以"旧小说"之名成为"新小说"倡导者"革命"的对象，因此阿英先生所言之消闲小说"在此时期不为社会所重，甚至出版商人，也不肯印行"②的论断，前半句并无疑问，后半句则不太符合实际。而这种"不为社会所重"的消闲小说，经过数年的低首沉潜很快完成了自身调适，在宣统朝间亦打着新小说的名义大行其道，并俨然成为小说界的主角。所谓"调适"，表明此时期的消闲小说跟旧小说其实已有了区别，毕竟，经过多年"小说界革命"的熏陶，消闲小说虽然注重的依然是娱乐性，但其思想内容却添入了时兴的元素和流行风尚（包括对启蒙元素的吸收）。就是那些被阿英痛批为"无一足观者"的"拟旧小说"（如《新石头记》、《新西游记》、《新水浒》等），旧瓶装新酒之后，也颇能翻出一些吸引读者的新意。

问题随之而来，这些被笔者命名为"新消闲小说"的小说样式，是否划入新小说的行列？比如陆士谔的小说，其思想内容表现出一定的启蒙倾向（如反对迷信，宣扬立宪政体、民主制度等），但其小说创作又是按照消闲小说的模式打造，随处可见嬉笑怒骂、插科打诨；即使一些哀婉的言情小说，或多或少也会表现出对旧式婚恋制度的批判。若按梁启超狭义的新小说定义，这些小说都应该成为"革命"的对象，但其内容中确确实实又包含有某些新智识的因子。是否将这些"新消闲小说"纳入新小说序列，将直接关系到对"小说界革命"的评价，特别是对"小说界革命"是否失败的认定。

这就涉及什么是"新小说"的基本问题，而这似乎是个早就不应成

---

① 例如，署"古沪警梦痴仙戏墨"所著的《海上繁华梦》（初集）就出版于光绪二十九年（1903）。

② 阿英：《晚清小说史》，商务印书馆 1937 年版，第 7 页。

为问题的问题。此处再次提出，是缘于学界对之依然存在不同的看法，不便直接套用，何况笔者后面的立论也无法绕开这一基本概念。据笔者目力所及，目前对"新小说"① 的界定，至少有以下四种看法：

第一种是专指政治小说，认为新小说就是"梁启超、严复等人所倡导的政治小说"②。

第二种是以《新小说》杂志广告上公布的题材类目（如历史小说、政治小说、侦探小说等 10 种）为标准，将《新中国未来记》作为"'新小说'的第一部作品"。③ 此种界定的范围虽比前者有所扩大，但实业小说、教育小说等此后比较流行的小说类型都未收纳，更何况《新小说》广告中还列有"劄记体小说"一类，选登"如《聊斋》、《阅微草堂》之类，随意杂录"④。杂志为了照顾传统读者的审美习惯，适量刊登旧小说亦属正常，但都将之纳入新小说范围显然不适合。

第三种是陈平原先生对新小说的界定："以 1902 年《新小说》的创刊为标志，正式实践'小说界革命'主张，创作出一大批既不同于中国古代小说又不同于'五四'以后的现代小说的带有明显过渡色彩的作品。"⑤

第四种则是把"小说界革命"以降产生的晚清小说都笼统地视为新小说。

就笔者看来，前两种新小说的界定过窄，不能囊括所有具有新变时代特征的小说类型，而第四种又过于宽泛，不能突出新小说的真正价值和意义，特别是何以"新"无法体现。笔者比较同意第三种界定，但陈先生是将新小说的概念置于中国小说叙事模式之时代转折的框架下考察的，赋予了特殊意义，鉴于此，笔者试做两点补充：其一，新小说范围扩大到翻

---

① "新小说"一词按字面理解有两种含义：一是按动宾式结构理解，意为"革新小说"；二是按偏正式结构理解，意为"新的小说"。此处讨论的是后者的范畴。

② ［美］王德威：《被压抑的现代性——晚清小说新论》，北京大学出版社 2005 年版，第 2、31、35 页。

③ ［美］韩南（Patrick Hanan）著、徐侠译：《中国近代小说的兴起》，上海教育出版社 2004 年版，第 147 页。

④ 新小说报社："中国唯一之文学报《新小说》"告白，《新民丛报》第十四号，光绪二十八年（1902）。

⑤ 陈平原：《中国小说叙事模式的转变》，上海人民出版社 1988 年版，第 7 页。

译小说，因为梁启超的《新小说》杂志中，刊登的 27 篇新小说中，翻译小说就占了 15 篇，① 表明新小说倡导者不仅没有将翻译小说挡在门外，反而给予特别的礼遇，加上晚清时代直译并不是主流，域外小说在译介之时常常被改造修订，或多或少地都染上了中国色彩（如采用章回体、羼入评点等），因而翻译小说缺席的新小说是难以想象的；其二，在时间界定上也要适当前推，因为具有这种特质的翻译小说并非 1902 年的"小说界革命"之后才出现，比如柯南道尔的侦探小说②、《佳人奇遇》③、《巴黎茶花女遗事》④、《经国美谈》⑤、《黑奴吁天录》⑥ 等知名作品都刊行于"小说界革命"之前，而这些小说无一例外地都成了此后新小说的经典样板和重要的参考系。

当然，明确了上述新小说的大致界定，可以对新、旧小说类型（如旧公案、旧狭邪小说等）做出清晰区别。但若要具体到宣统朝小说，对之进行中观、微观考察时，其应用价值依然有限。因为若是细加考察不难发现，虽然都称"新小说"，但梁启超倡导的"新小说"，跟改良小说社出版的《官场风流案》、《滑头现形记》等"新小说"恐怕差别甚大。即使后者也坚持宣称"本社以改良社会、开通风气为主义，故自开办以来，出版各书类皆主旨醇正"⑦，但前者对后者这类小说还是大加批判，"其思想习于污贱龌龊，其行谊习于邪曲放荡，其言论习于诡随尖刻"⑧。这种

---

① 统计数字见文末"附录六·表二"。

② 侦探小说有光绪二十二年（1896）《时务报》刊载的《英国包探访喀迭医生奇案》、《英包探勘盗密约案》；光绪二十三年（1897）该报又刊载有《继父诳女破案》、《呵尔唔斯缉案被戕》等。

③ 《佳人奇遇》，标"政治小说"，作者署"［日］东海散士前农商部侍郎柴四郎"，光绪二十四年（1898）《清议报》第一册开始连载，光绪二十七年（1901）商务印书馆出版单行本时改题《佳人之奇遇》，译者署梁启超。

④ 《巴黎茶花女遗事》，署"［法］小仲马著，冷红生（林纾）、晓斋主人（王寿昌）译"，光绪二十五年（1899）福州畏庐刊行。

⑤ 《经国美谈》，标"政治小说"，作者署"［日］矢野文雄"，未署译者名，光绪二十六年（1900）《清议报》第三十六册开始连载。

⑥ 《黑奴吁天录》木刻四卷本，作者署"［美］斯土活著，林纾、魏易同译"，光绪二十七年（1901）武林魏氏刊行。

⑦ 改良小说社："改良小说社征求小说广告"，《民呼日报》宣统元年（1909）五月初十日。

⑧ 梁启超：《告小说家》，《中华小说界》第二卷第一期，1915 年。

"内部矛盾"正反映出新小说复杂的一面。这也意味着，新小说在晚清期间其实还可以细分为两段：前者是以"启牖民智"为主要目的的新小说（不妨称为"梁氏新小说"），到了宣统朝间，以此为创作取向的小说样式已经被较大程度地边缘化，代之而起的则是以消闲娱乐为主要目的的新小说（即"新消闲小说"），后者跟前者保持着某种继承关系，包括此前最受重视的启蒙功能，虽然被大大削弱，但并非完全消失，而是被消解、内化为有机的思想因子融入"新消闲小说"之中。

前后两段"新小说"，除了在启蒙意识方面既有联系也有差别外，两者在小说艺术本质的理解上其实也存有共识和分歧，比如对小说"趣味"的关注。

"趣味"并不是一个新名词，梁启超早在《论小说与群治之关系》中就已提到，但出于论证小说"四种力"的需要，梁氏在该文中对小说"乐而多趣"① 的观点有意贬抑，以抬高小说改造社会的功用价值。然而有意思的是，就在同期发表的《〈新中国未来记〉绪言》中，梁氏却对自己的作品因为"毫无趣味，知无以餍读者之望"② 而深感遗憾；还是在同一天，梁氏在《新小说》推介文告中将小说"趣味盎然，谈笑微中，茶前酒后，最助谈兴"③ 当作吸引读者的噱头。从梁氏言论的抵牾中，可以见出即使是激进的小说改革家，也无法回避小说的"趣味"问题，关键只在于怎样处理"启智"与"趣味"的关系，亦即谁在首位以及程度如何。"新消闲小说"之所以招致梁氏新小说倡导者的批判，正是颠倒了"启智"与"趣味"的关系，因为"新消闲小说"倡导者认为"小说所以规人之过失，勉人以为善，第一使读者有趣味。若读的人存了个厌恶念头，则其书虽好，何足贵乎？"④

当然，理论上"启智"与"趣味"似乎并不矛盾，创作出"寓教于乐"的作品不是挺好吗？的确，将"启智"与"趣味"完美结合，是调和两者矛盾的好办法。然而，文学发展史已经证明，能达到这样境界的作

---

① 饮冰（梁启超）：《论小说与群治之关系》，《新小说》第一号，光绪二十八年（1902）。

② 饮冰室主人（梁启超）：《〈新中国未来记〉绪言》，《新小说》第一号，光绪二十八年（1902）。

③ （梁启超）：《〈新小说〉第一号》，《新民丛报》第二十号，光绪二十八年（1902）。

④ 陆士谔：《新三国》第二十回，改良小说社，宣统元年（1909）。

品至少可以划入精品一族了。晚清时期，对小说而言相对宽容的文化政策环境，的确是创作这类精品的有利机遇，但缘于更多的其他因素的制约（例如社会动荡、"朝脱稿而夕印行，一刹那间无人顾问"[①] 的小说生产机制、激烈的市场竞争、作家的知识结构等），使打造精品只能成为一种理想。更何况，"社会派"小说家们并没有真正打算去突出小说的趣味性，他们恨不能榨取小说的每一份功用价值；而对于"消闲群"小说家们来说，读者的审美趣味则是他们创作时首要参照的风向标。因此，现实情况是"启智"与"趣味"在宣统朝间若想对等共存其实并不容易，更多的时候都是以突出某方为主。而有意思的是，在处理"启智"与"趣味"两者关系上，"消闲群"作家则比"社会派"作家群更为圆熟，换言之，从总体上看宣统朝间"新消闲小说"的艺术成就其实略占上风。但在作出这个论断之前，首先涉及的就是小说价值的评判标准问题。对文学作品，近年来形成了多套评估体系，其尺度和角度皆有不同，但大多体现出一个共同的倾向：有意无意地突出"美学"标准，以"纯文学"的视角来评判小说作品。

　　"美学"标准当然有其合理性和优越性，但笔者认为，若具体到晚清小说，就不能单单从"美学"（"纯文学"）的视角来评判或规定。倒不是说"美学"的标准定得太高，而是这不太符合晚清的创作实际。彼时小说界真正想以"美学"为标杆进行创作的恐怕并不多，比如新小说从倡导肇始，作家们就未打算将小说打造成一部部精巧的艺术品供人观摩把玩。同时，笔者不同意仅以"美学"标准来评判晚清小说，亦不是出于"以今律古"的担忧，因为"美学"的提法并不是当代才有的新鲜概念，早在光绪三十年（1904）王国维就尝试着使用美学来解读中国小说[②]，黄摩西、徐念慈也在这方面作出过不少努力。然而，在晚清时段这其实不过是某个派别的创作理念，并且这一派别的影响力还相当有限，若是单单采用这一标准就可能以偏概全，一叶障目，包括政治小说、时评类小说的影响和价值都可能被低估。当然，"美学"作为一种艺术审美标准和创作理想绝不能放弃，否则就会背离小说作为文学艺术门类之本质，从而对晚清

---

① 　寅半生：《小说闲评·序》，《游戏世界》第一期，光绪三十二年（1906）。

② 　王国维的《〈红楼梦〉评论》于本年开始连载于《教育世界》。

间大量低俗恶趣、粗制滥造的小说失去批判的力度。

　　晚清小说发生于历史转折时期，有其特定的时代背景和文化语境，只有将其置入当时的历史范畴中，才能正确认识和评估其价值、意义及其局限，这就离不开历史的评价标准。因此，如何评价晚清小说，笔者目前倒更欣赏恩格斯早在150多年前就已提出的"美学观点和历史观点"① 的评判标准，而且在此特别强调，"美学观点"和"历史观点"两者不可割离。

　　在此标准观照下，我们会对晚清小说有一些新的认识（希望是更为公正的认识）。

　　第一，新小说并不一定就比旧小说更优秀。新小说思想上的先进性（时代性），不能代替其审美艺术上的某些缺失。比如，梁启超的《新中国未来记》、春骊的《未来世界》在小说艺术上就并不比《海上花列传》来得高明。因此，晚清时期，技术纯熟的旧小说并未因新小说的兴起而即刻退出历史舞台，特别是从宣统朝间直到民国初年，旧小说大有卷土重来之势，如旧公案侠义小说、世情小说，以及《香艳丛书》②、《古今说海》③、《笔记小说大观》④ 等大型丛书的出版、重印就发生在此间。旧小说不仅仅是历史的存在，还是新小说的直接参照物，两者既博弈又相互渗透影响⑤，因此，旧小说不应该游离于价值评估体系之外，对其认识和研究同样很有必要。

　　第二，不可低估新小说对行进道路两次选择失败的意义。笔者认为，晚清短短数年间，新小说至少就进行了两次声势浩大并且有意义的尝试：一次是梁启超式的新小说（强调小说要"启智"），一度兴盛异常，但在宣统朝前夕就已被逐渐边缘化；第二次是宣统朝间兴盛的"新消闲小说"（强调小说要"有趣"），这种颇具"魅惑力"的小说样式，到民初时期逐渐形成了"鸳鸯蝴蝶派"小说。这两次尝试都不算成功，但其失败并

---

　　① 恩格斯：《致斐·拉萨尔（1859年5月18日）》，《马克思恩格斯选集》（第4卷），人民出版社1972年版，第347页。

　　② 《香艳丛书》，虫天子编，二十集，收录有小说、诗词等，国学扶轮社宣统元年至三年（1909—1911）出版排印本。

　　③ 《古今说海》，明代陆楫等辑，收录唐代至明代小说共一百三十五种，宣统元年（1909）集成图书公司出版。

　　④ 《笔记小说大观》，王均卿主编，收笔记小说二百余种，上海进步书局1912年石印本。

　　⑤ 比如，"新消闲小说"就是新、旧小说"杂交"的产物。

非没有价值，比如"启智"与"趣味"、"功利"与"审美"等关系的处理问题，开始凸显出来，并一直成为此后文学界热议的话题——而这两次稍显极端的尝试，也证明了两者若有偏废，在中国的现实环境之下都将行而不远。从这两次道路的选择中，还可兼而看到直接影响小说发展走向的是深藏背后的小说运行机制，而对后者的考察和认识，正可填补学界在这方面研究的诸多薄弱之处。因此，立足历史语境，给予审美观照，清点晚清小说发展的教训与经验，探讨近、现代小说的发展规律，还有许多工作要做。

第三，对新小说艺术上的稚嫩，不应简单地否定了事，更要历史地看到造成新小说艺术缺失的机制。两个阶段的新小说都呈现出一个共同特点——艺术成分稀薄，这也是最为后人诟病之处。近见一些学人将板子首先打在梁启超身上，其主要证据是：就在梁氏借鉴日本模式，大力提倡借用小说（政治小说）作为改造社会工具之时，日本则早已抛弃了这种小说功利观（标志性事件是 1885 年面世的坪内逍遥的《小说神髓》①）。言下之意是梁启超引进的其实是一种落后的小说样式和小说观念。对这一问题，笔者更愿意从反面思考：假设梁启超直接引进坪内逍遥的"纯文学"小说观，情况会怎么样？并不是没有人试过，黄摩西、徐念慈本打算以《小说林》为阵地实践自己的小说美学理想，但成果相当有限。② 宣统朝间，周氏兄弟又两次推出《域外小说集》，打算以艺术品位博取读者青睐，最后是曲高和寡不了了之。③ 这表明，从当时的小说生态环境看，尚

---

①　坪内逍遥《小说神髓》的核心内容是以小说艺术观驳斥小说功利观。该书已有刘振瀛先生的中译本，人民文学出版社 1991 年出版。笔者目力所及，已见有一些学者著文，忽略历史的现实环境，只是单纯地以坪内之小说观念来衡量梁氏小说观念之落后。

②　在现实压力之下，无论小说林社出版的单行本还是《小说林》杂志刊载的作品，侦探、冒险、艳情等畅销小说都占多数，并未完全按照徐、黄设计的"美学"路线发展。徐念慈为本社的这种情况颇为担忧，"不得不为社会之前途危矣"。见觉我（徐念慈）《余之小说观》，《小说林》第九期，光绪三十四年（1908）。

③　《域外小说集·序言》（1909 年东京版，第一册）云："特收录至审慎，迻译亦期弗失文情。"可见译者对作品有着较高的艺术要求。《域外小说集》的印行情况，周氏兄弟自云："在一九〇九年的二月，印出第一册。到六月间，又印出了第二册。……（东京）计第一册卖去了二十一本，第二册是二十本，以后再也没有人买了。……（上海）听说也不过卖出了二十册上下，以后再也没有人买了。于是第三册只好停板。"见周作人（实为鲁迅所作）：《域外小说集·序》，《域外小说集》，群益书社 1921 年版。

不具备培育艺术中心论的条件，中国小说自有其独特的发展路径，超越历史阶段的小说观念，或许新颖撩人，但不会取得多少实质性的成果。

相应的，也正是缘于"历史的观点"，我们对那些超越历史阶段的小说实验者，给予充分的敬意和重视。当陈景韩翻译心理小说《圣人欤盗贼欤》①、徐念慈创作日记体科普小说《星期日》②、周氏兄弟翻译《域外小说集》、苏曼殊创作自传抒情体小说《断鸿零雁记》③ 时，短时之间或许波澜不惊，但他们的作品都孕育着未来新文学的宝贵因子，不经意间却已开启了某类文学样式或文学观念的风气之先。

四

之所以将海外华文小说独立成编，出于两个方面的考虑。其一，虽然晚清海外华文小说归根结底无法摆脱中华文化的从属地位，但跟中国本土小说相比，又的确存在着或多或少的差别。这种差别既源于地缘政治的博弈，也来自于异质文化环境的冲击，当然，还有作家知识结构、读者审美取向、经济发展程度等多方面的影响。因此，对之进行独立讨论，首要依据便是海外华文小说所呈现的这种异质性。其二，笔者亦想将海外华文小说与中国本土小说互为参照系，以便在一个更广阔的视阈内，考察晚清华文小说发展的一些历史特征，作出更为准确的定位和价值评估。实践已经证明，这一做法除了意料之内的收获外，也得到了一些意料之外的惊喜。

就目前掌握的资料看，晚清海外华文小说界基本可以划为三大板块：东洋板块、南洋板块和北美板块。各个板块的发展步调并不一致，呈现的状态差别甚大。其中，最为显著的几大差异性特征如下：

其一，从小说的传播和接受角度看：东洋板块是小说观念、小说作品

---

① 《圣人欤盗贼欤》，标"心理小说"，题"［英］笠顿著，［日］抱一庵主人译，冷血（陈景韩）重译"，连载于光绪三十年（1904）《新新小说》。

② 《星期日》，署"觉我（徐念慈）"，连载于光绪三十二至三十三年（1906—1907）《理学杂志》。注：阿英《晚清戏曲小说目》（上海文艺联合出版社1954年版，第134页）将该小说所载之《理学杂志》误为《理科杂志》；将徐念慈的原创作品误为翻译作品。此后学界多从之，今予修正。

③ 《断鸿零雁记》，苏曼殊著，宣统三年（1911）连载于南洋《汉文新报》。

的输出者，在整个晚清华文小说界中，实际上发挥着"领头羊"（或曰"策源地"）的作用；而南洋、北美板块则正好相反，更多地是小说观念、小说作品的输入者。仅此一项，即可一目了然地看出前者和后者在小说发展上的等次关系。

其二，从小说发展的态势看：晚清间东洋板块小说由萌蘖到繁盛然后逐渐式微，最后几近自然消亡，仅仅十余年就走完了一个"生命周期"；而南洋、北美板块则正好相反，小说事业平稳发展，到了宣统朝间，其繁盛程度已达空前。

其三，从小说类型上看：东洋板块的小说类型较为单一，以政治小说为主流；南洋、北美板块则紧跟中国本土，类型相对丰富。

东洋板块以日本为中心。可以说，日本是中国新小说的策源地，梁启超的"小说界革命"和周氏兄弟的现代"先锋实验"即由此发起。除了《新小说》外，诞生于此的《新民丛报》、《浙江潮》等都对"小说界革命"进行了有效策应，甚至该地先进的印刷制造业，也对新小说的繁荣发展作出了特殊贡献。[①] 因此，东洋板块对中国小说发展的重要性不言而喻。

晚清时期，旅日华人对中国近代文化的推动发挥了重要作用，许多新观念都是由他们带入和介绍到中国，近代新小说的产生就是典型例子。当然，中国本土也不乏新小说拥护者，但不少都有留日背景或受日本文化影响（如陈景韩、徐念慈、包天笑等），这就极易给人一种印象：日本华文小说代表了时代的发展方向，引领中国小说由古代走向现代，两地的小说非常贴近，可以当作同质看待。此前的许多研究也的确是这样进行的，最典型者莫过于将日本华文小说跟中国本土小说混同起来，并不做一些必要的区别性对待。不可否认，混同看待当然有其理由，比如《新小说》的一些稿件就采自国内作家的投稿。但笔者要指出的是，这种混同极易抹杀日本华文小说的一些独有的地域特征，从而使中国本土小说的研究失去一个绝好的比照物。譬如，细究不难发现，晚清华文刊物的创办者以留学生

---

① 或许是青睐于日本优质的印刷质量，晚清时期中国的不少小说都寄往日本印刷装订。包括著名的小说林社，在光绪三十一年（1905）底自办印刷厂前，该社小说便常请日本印书机构代刷。

为主体，他们大多怀抱一腔爱国热情，因此无论革命派还是保皇派都青睐于编以宣扬开明政治、启发民智为主旨的政治小说，而极少"降格"去刊登闲适小说或言情小说，这就意味着，晚清日本华文小说比之中国本土小说其实要单调得多，"抗风险"能力也要弱得多。换言之，这种"单兵种"作战的方式具有较大的市场风险，一旦形势转变就会给小说的生存带来很大冲击。事实的确如此，前期大为繁盛的日本华文小说，在宣统元年（1909）中国本土小说界市场萎缩之后便一落千丈，到了宣统二年（1910）、宣统三年（1911）更是几近绝迹。这或许要大大出乎不少研究者之意料了。有此比照，学界对宣统朝间"新消闲小说"的兴起或许会有一些新的认识和评价罢。

　　当然，造成日本华文小说在宣统朝间的衰落，市场因素只是其中之一，或许还不是最重要、最直接的因素。无论是革命派抑或保皇派，当一切"纸上谈兵"、"笔尖论战"被看成是"毫无实际的文字"[①] 之时，采取行动开始成为他们更为现实的选择。以革命派为例，他们于宣统元年（1909）前后纷纷离开日本，分赴各地开始酝酿革命，其直接影响是日本华文报刊业萎缩，小说登载量急剧下降。这也表明，在激进的革命派看来，借用小说这一思想工具来改良社会毕竟太慢，远不如一场血色革命来得爽快利索。同盟会元老宋教仁即是典型。宋氏一生酷爱小说，并规划着要创作一部大手笔作品，"余久欲作一小说，写尽中国社会之现在状态及将来之希望"[②]，以此鼓吹革命，激励国民。但随后革命风起，宋氏每日疲于奔命，直至1913年遭暗杀离世，其小说创作最终也只是停留在构想阶段。这不奇怪也不足为憾，在当时的情况下兴革命显然要比作小说更为迫切——相信这是个人人都能理解的常识问题。

　　笔者上文说晚清日本华文小说"单调"并无批评之意，倒是对其表示敬意，因为一定意义言，这亦是"单纯"的表现。正是缘于目的的"单纯"，加上相对宽松的舆论环境，才有了小说家们言行的"无畏"。于是我们可以看到，最为壮怀激烈的小说不是发生在中国本土而是在日本，

---

① （未署名）：《金琴苏·楔子》，《长春公报》宣统二年（1910）十月二十九日。

② 宋教仁：《宋教仁日记》，湖南人民出版社1980年版，第237页。

典型如陈天华的《狮子吼》①、《仇史》② 等一批作品。到了宣统朝间，日本华文小说的数量已是寥寥，仅有《黄海梦》③ 等孤零零的几篇支撑场面，但却依然能保持住这种"单纯"的血统，其理想主义和爱国主义的色彩与中国本土的娱乐、消闲主流和颓废之风恰成比照。这种标为"小说"却更像战斗檄文的作品，艺术上当然是粗糙的，但却激励和吸引了一代读者，对这种特别时代的特别作品，若单单用"纯文学"标准加以衡量，恐怕难以作出合适的评价。

南洋板块以"海峡殖民地"（包括马来亚、新加坡、槟城）的华人聚集区为主体。该地华人文化水平相对较低，社会相对封闭，文化发展紧跟中国本土。因此，晚清时期的南洋板块华文小说可以看成是中国小说在海外的延展。

对中国小说的追随是南洋板块华文小说的总体特征，也是该地小说跟日本华文小说的最大区别。而这种"追随性"也决定了中国小说理念投射到该地时，会发生一定的延后性。比如宣统朝间，中国小说已经开始过渡转型并偏离"小说界革命"所设定的理念初衷，南洋华文小说还在大谈"改良"、"新民"，阐释"小说界革命"的要义，若不从现实情况考虑，必然低估这种理论价值，仅仅给出"拾人之唾，了无新意"的结论。事实上，这些观念对旧理论的冲击和影响，也颇类似于中国"小说界革命"初期的状况。同时，当地报刊亦直接从国内转载新出炉的小说作品和理论文章，一些书商也同步出售国内新版的小说作品，④ 使该板块小说界又具有了紧跟中国创作风潮、追赶小说理论前沿的特质。因此新旧混杂，是南洋华文小说界的又一特点。

南洋华文新小说起步于光绪三十三年（1907），此后日益繁荣，哪怕在中国小说界陷入阶段性低潮之时，它们依然能保持稳步发展。其中

---

① 《狮子吼》，署"过庭（陈天华）著"，光绪三十一年（1905）《民报》第二号开始连载。

② 《仇史》，署"痛哭生第二手编"，光绪三十一年（1905）《醒狮》第一期开始连载。

③ 《黄海梦》，署"零蒙生撰"，《海军》第二期，宣统元年（1909）。

④ 海通书局："新书广告"，《南洋总汇新报》光绪三十四年（1908）七月二十四日。文云："启者：本书局备办各种新书，既精且美，久为诸君称许。今复更求精美，由上海办到新书小说有数百种，钉装华丽，材料丰富，名目繁多，无美不备，读之令人忽惊忽怒忽哀忽喜。"

原因很多，但主要是两点：其一，社会相对稳定，为小说发展提供了较好的外部环境；其二，该地小说无论总量和规模都相当有限，小说市场尚处于扩张阶段，竞争体制还没有完全形成。换言之，市场还未具备影响小说发展进程的力量。这些跟中国小说的发展状况，刚好形成鲜明对比。

从载体看，单行本小说和期刊小说极少，报载小说占主体（一定意义上，这也是南洋华文小说未充分市场化的一个表征）。宣统元年（1909）前后，随着南洋华文报刊日渐兴盛，登载的小说量也逐渐上升。由于各个报刊的办报宗旨存在差异，甚至完全对立（如《中兴日报》激进，《叻报》保守），因此所载小说的思想内容和艺术风格差异甚大。此时期，南洋本地原创华文小说开始零星出现，数量虽少，但南洋特色初现端倪。有意思的是，在小说不算发达的南洋，小说理论却有不小的收获，代表人物为南洋华侨邱菽园，其成就即使放到近代文学批评史上也可占一席之地，遗憾的是一枝独秀，权当"异数"。

北美板块处于中国儒家文化圈之外，于中国文化而言，可算是一个完全异质的文化环境。该板块华文小说的最大特点是小说类型的丰富性和包容性，各种思想、风格差异甚大的作品都能和谐地共存于同一载体。不妨以美国旧金山的《中西日报》为例。从小说类型上看，该报同时刊载有革命派小说、保皇派小说、宗教小说、狭邪小说、侦探小说、家庭小说、科学小说等，门类繁多；从艺术风格和品位上看，既有谈论高雅艺术的小说作品（如《音乐会》），也有通俗甚至低俗的艳情小说，不一而足。总之，内容上五花八门，风格上兼容并包。值得一提的是，据统计，《中西日报》从光绪三十四年至宣统朝末（1908—1911）刊载小说多达 402 篇，这一数字几乎是排名第二的上海《申报》在光绪三十三年至宣统朝末（1907—1911）小说刊载量的 1.66 倍[1]。这一令人意外的结果，到底是个案还是具有普遍性？为何某些海外华文报刊对小说如此青睐？北美板块的读者层次、审美趣味如何？报刊编辑和小说作家们的小说观念又如何？该板块小说界既然深入西方文明腹地，能否得近水楼台之便，体现出中西交

---

① 《申报》创办初期曾刊载过 3 篇小说，但此后数十年间小说刊载中断，直至光绪三十三年（1907）方复载。

融的异质性特征？如此等等，诸多疑问都值得去深入探究——当然，苦于资料匮乏及个人能力之限，或许有的问题尚无法深入解答，那就留待日后研究罢。

【附论】

前人研究简评与若干问题的思考

一

"中国之小说自来无史"①，鲁迅写完此言之时，便以《中国小说史略》的横空出世，将中国小说无史的历史变成了历史。在书中，他专门给晚清小说留出了一个章节——"清末之谴责小说"，其中的诸多不刊之论，依然常被当代学人所引用。

或许是"详远略近"，不愿为当代人作史；② 或许是"缘他事相牵，未遑博访"，顾虑"依据寡薄，时虑讹谬"而不愿草率操觚；③ 或许仅仅是为"史略"体例所囿——总之，《中国小说史略》对晚清小说的论述的确只能算是"大略"。既然是"大略"，就意味着留下了大片空白，而晚清小说的繁荣之态与特殊地位，实在无法让人对这样的留白视而不见。不过，要真正沉潜下去，在"量多质平"的晚清小说原矿中吹沙见金，除了基本的识见、才学之外，还需要耐心和勇气。

阿英成了"尝螃蟹"者，他以代表作《晚清小说史》④ 证明了自己

---

① 鲁迅：《中国小说史略·序言》，《鲁迅全集》（第九卷），人民文学出版社 2005 年版，第 4 页。

② 鲁迅：《中国小说的历史的变迁》，《鲁迅全集》（第九卷），人民文学出版社 2005 年版，第 350 页。文云："至于民国以来所发生的新派的小说，还很年幼——正在发达创造之中，没有很大的著作，所以也姑且不提起它们了。"

③ 鲁迅：《中国小说史略·后记》，《鲁迅全集》（第九卷），人民文学出版社 2005 年版，第 306 页。

④ 阿英：《晚清小说史》，商务印书馆 1937 初版。

的独到眼光。书中，阿英以唯物史观为指导，充分运用了当时颇为流行的文学研究理论——社会历史研究法和文学反映论（阶级分析），首次建构了晚清小说史框架，其中不乏精彩之论。比如对晚清小说繁荣原因的思考，对革命派小说、立宪派小说、妇女问题小说、实业小说的分类论述等，都是富于启发性的探讨。同时，著者对期刊小说、翻译小说一视同仁，将之一起纳入研究视阈，这无疑是一个"创举"，其意义不仅仅是扩展了研究对象，还让我们向晚清小说发展的"历史现场"又靠近了一步。

《晚清小说史》（1937）之后，在相当长的一段时期内，晚清小说的研究都是不温不火。直到20世纪80年代，这种沉闷的僵局才被打破。经过众所周知的惨痛和断裂之后，回溯"五四"传统成为此间学界的集体意识，而要想真正理解"五四"，又不得不更进一步上溯到晚清。于是，素来门庭冷落的清末民初段开始引来了众多学界有识之士关注的目光，同时，西方研究方法和时新理论适时涌入并在中国落地开花，也为研究晚清文学提供了新的视角和突破点。此间，陈平原先生出版于80年代末的《中国小说叙事模式的转变》①堪为杰构。著者引进西方小说叙事理论，着重探讨了中国小说"叙事模式"如何完成从清末民初到"五四"的对接。从陈先生独到的研究方法和视角、富于创见性的诸多观点（如"两个移动"理论、"游式小说传统"等）中，能见出其不凡的洞见力和宏阔的学术视野，代表了一个时代的水准，即使二十年后，该作依然不失其在小说叙事研究领域的经典光彩。

将晚清小说跟"五四"小说建立关联，考察两者的对接与演变，继陈平原先生之后，还有袁进先生。其代表作为《中国小说的近代变革》②，书中对陈平原先生的观点有破有立，是为学界的新收获。20世纪90年代后期，在"重写文学史"呼声日高的语境之下，对晚清小说与"五四"小说关联性的研究再掀高潮。美国的王德威先生更是接连著书立说，提出了"没有晚清，何来'五四'？"③的命题，希望学界重新审视晚清小说

① 陈平原：《中国小说叙事模式的转变》，上海人民出版社1988年版。
② 袁进：《中国小说的近代变革》，中国社会科学出版社1992年版。
③ ［美］王德威：《想象中国的方法：历史·小说·叙事》，三联书店1998年版，第3页。作者随后又出版了《被压抑的现代性：晚清小说新论》（宋伟杰译，北京大学出版社2005年版），该书导论即为"没有晚清，何来'五四'？"

的历史地位。随后又有杨联芬教授的《晚清至五四：中国文学现代性的
发生》①，著者聚焦的是小说的"现代性"问题，基点依然定位于晚清与
"五四"的内在连接之上。

在各种新鲜理论流行之际，我自岿然不动的是欧阳健先生。阿英
《晚清小说史》出版整整一个甲子之后，他的同名作《晚清小说史》② 问
世。欧著专注于作家、作品研究，取材"但求精不求全"，重点选取晚清
部分知名小说家的部分精品，由资料的梳理、考辨入手，然后进行文本鉴
赏式细读，兼顾了普及和提高的不同要求，颇见功夫。采用类似研究方法
的还有武润婷教授的《中国近代小说演变史》，该著吸收了鲁迅《中国小
说史略》的经验，以小说精品为基点，从小说类型角度勾勒了近代小说
的演变情况。

二

晚清小说研究史再次告诉我们原始文献对学术研究的基础性作用。例
如，从 20 世纪 30 年代阿英著《晚清小说史》到 80 年代陈著《中国小说
叙事模式的转变》，再到 90 年代欧著《晚清小说史》，每一阶段代表性成
果的取得，无不与原始文献的挖掘密切相关。特别是在背景复杂、资料浩
繁、"量多质平"的晚清民初阶段，对文献的占有已经成为了推进研究的
一个基本前提。

应该说，阿英对晚清小说研究的最大贡献是在资料的搜集和整理。包
括他的《晚清小说史》，哪怕后人对书中的观点多有诟病，但依然不得不
承认该书所保存和胪列的大量晚清小说史料让后辈学人受惠良多。他随后
编著的《晚清戏曲小说目》（1954）、《晚清文学丛钞·小说戏曲研究卷》
（1960）等资料，更是领域内研究的必备工具书。80 年代，在吸收阿英、
魏绍昌等前辈学人成果的基础上，陈平原先生完成了《二十世纪中国小
说理论资料·第一卷（1897—1916）》（1987），披露了一批新的文献资
料，为此后的相关研究奠定了基础。

---

① 杨联芬：《晚清至五四：中国文学现代性的发生》，北京大学出版社 2003 年版。

② 欧阳健：《晚清小说史》，浙江古籍出版社 1997 年初版。

20 世纪 90 年代，迎来了晚清小说文献资料整理的又一个收获期。先有欧阳健、萧相恺等先生主持的《中国通俗小说总目提要》（1990），为了解晚清小说的作品情况提供了便利。随后是日本的樽本照雄先生，在吸收前人研究成果的基础上，爬梳整理，以三十余年之功编撰了《新编清末民初小说目录》（1997，后于 2002 年出增补本），成为同时代收录晚清小说书目最全的工具书。同时，《中国近代小说大系》、《中国近代文学大系》等大型图书出版也为晚清小说的研究提供了诸多便利。

近十年来，晚清小说研究依然是热门，成果不断涌现，但就成果数量与推动晚清小说研究的贡献而言，似乎并不相称。问题出在何处？难道是缺乏研究的新方法？这或许是一个方面的原因，但文献挖掘不够，应该是另一个不可忽略的重要原因。笔者认为，鉴于晚清出版界鱼龙混杂、作品“质多量平”的基本特点（或曰特殊情况），若是没有厚实的原始文献（特别是新文献）做基础，“方法”再好也可能会打折扣，甚至可能会偏离历史事实。举一个小例子，据我们所掌握的资料，目前所见的晚清期刊大多有愆期出版的情况，且不说《新小说》、《绣像小说》等愆期严重，就是过去学界认为按时出版的《新世界小说社报》、《粤东小说林》（后改为《中外小说林》）等也无不如此。① 若在某些晚清杂志的具体出版时间都尚未考订清楚的情况下，就去勾勒、评述这些杂志的理论演变和文学发展进程，其结论的可信度就可能打了折扣。

当然，笔者认为当前晚清小说遭遇最基本的文献瓶颈问题，并非说资料不够多（相对前代而言，晚清小说资料直可用“汗牛充栋”形容之），而是不够全。因为近代出现了新的文学媒体——期刊和报纸，而此前学界研究的共同特点是对数量最大的报载小说多“避而不谈”（也或许是出于偏见），这无疑一定程度影响了不少研究结论的可信度和覆盖面。

---

① 杂志愆期常见于两种情况：或是不标识出版时间，或是所标识的出版时间跟实际出版时间有较大出入。前者若按月刊规例推算时间，往往有误；至于后者，迷惑性很大，最容易误导研究者。《新小说》愆期情况见陈大康《〈新小说〉出版时间辨》（《华东师范大学学报》2009 年第 2 期）；《绣像小说》愆期情况见文迎霞《关于〈绣像小说〉的刊行、停刊和编者》（《华东师范大学学报》2006 年第 3 期）；《新世界小说社报》愆期情况见笔者拙文《〈新世界小说社报〉出版时间、主编考辨》（《明清小说研究》2009 年第 4 期）；关于《粤东小说林》，据笔者初步掌握的材料，至少从丙午年（1906）第六期、第七期就已开始愆期，具体后面数十期的愆期情况待考。

简单回顾一下晚清小说研究史，不难发现，早期鲁迅只关注几部代表性的单行本，阿英扩展到部分期刊，八十、九十年代在阿英的基础上进一步深入发掘，到了樽本先生手上适当扩展到报纸。看来，晚清小说文献的挖掘走的是逐步拓展之路，那么就此推测，20世纪应该完全推进到了报载小说文献时代，相应地代表性成果也应该是在前人的基础上将研究范围覆盖至报载小说。

笔者之所以强调报载小说文献的重要性，不单在于其所载的小说作品，还在于其包罗万象的小说周边信息。作为新媒体的报纸，逐日发行，信息量极为丰富，就小说领域而言，从社会环境到文化环境，从作家活动到作品的出版、传播，事无巨细，无不囊括。如此丰富的相关信息，既是单行本和期刊所无法呈现的，也是前代小说研究所无法比拟的，可以说，若想靠近晚清小说的"历史现场"，离开报载小说文献几乎不太可能。

问题是报载小说资料的整理又谈何容易。众所周知，报纸保存不易，散佚严重；收藏分散，查阅不便；藏量浩大，耗时费力。要完成这样的任务，除了必要的经费之外，对人的耐心、毅力都是考验，其难度可想而知。

不过，并非没有人愿意承担这项富于挑战性的资料整理工作。据笔者所知，至少陈大康先生领衔的研究团队，已经为此默默耕耘了十余年，其主持的"中国近代小说资料库"已经具备了相当规模。该资料库除了网罗传统的单行本外，期刊和报纸更是其重点和亮点。目前，该库的资料依然在紧张有序的搜集和整理之中，最后完成尚需时日，但取得的初步成果已经颇为可观——单单是整理出来的相关小说编年就已经超过了150万字，涉及各类报刊数百种。其中包括了中国本土的《申报》、《新闻报》、《时报》、《神州日报》、《中外日报》以及海外的《中西日报》（美国）、《中兴日报》（新加坡）、《汉文台湾日日新报》（日据台湾）等大型小说资料编年。值得一提的是，其中的大部分报刊文献皆属学界首次发掘，其价值不言而喻。

三

在近代小说资料发掘和整理的基础上，笔者试着勾勒出了一幅晚清小说的发展轨迹图：

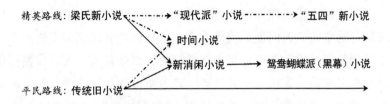

"小说界革命"后，晚清小说界大致按"精英路线"和"平民路线"两条轨迹发展，在行进过程中两者又发生了"杂交"和衍化，随后出现了并行的四大小说类型。如上图，在"精英路线"中，从梁氏新小说到"现代派"小说（以周氏兄弟等人的作品为代表）存在某些关联，但更多的是"裂痕"；从"现代派"小说到"五四"新小说倒是大体一脉相承，但因为"现代派"先锋实验的收效不大，两者间的连接实际上也存在"裂痕"。这意味着，梁氏新小说与"五四"新小说，虽然走的都是"精英路线"，但两者既有联系也有微妙的区别。探讨其间的发展关系无疑是一个极具价值的话题，这也是此前学界研究的热点，以陈平原先生为代表的诸多学者，就从"形式革命"角度做了非常精彩的论证。不过，在选择"精英路线"作为研究对象时，处于中间的"新消闲小说"和"时闻小说"则会地位尴尬，比如，出于模型设计或论证角度的限制，富有特点的"非精英"作家如陆士谔等，便往往被一些研究者有意无意地过滤掉。

上图显示，梁氏新小说是非常重要的小说资源源头，其发展的直接成果之一是与旧小说"杂交"形成了清末民初小说的真正主体——"新消闲小说"（随后逐渐过渡到"鸳派"小说）——即使梁启超等"精英派"人士并不认同这类承续其衣钵的作品。那么，这一线路到底是如何运行和发展的？至少据笔者目力所及，学界鲜有令人信服的解答。

在梁氏新小说影响之下，新闻界与小说界联姻，还促生了另一成果——"时闻小说"。该类小说主要载于新闻纸，过去或因资料匮乏或因观念上的偏见，使相关研究推进不畅，故成果有限。

最后是走"平民路线"的旧小说，它们在宣统朝间突然"复兴"，按既有的发展轨迹默默潜行。在进化论影响之下，传统文学史研究以"新"

为尚，于是旧小说被视为"落后"文学遭到有意无意地屏蔽，学界关注（正视）这一现象者本已甚少，至于相关研究更是屈指可数。

看来，晚清小说研究领域期待更为全面的、能反映小说界整体发展状况及其运行脉络的论著问世。当然，推出这样的论著现在看来依然为时尚早，不过倒是可以选取其中的某个特殊时段，做些较为深入的试掘，比如被传统学界所忽略的盲区——宣统朝。若单单按作品成就言，该时段的确是乏善可陈——梁氏新小说已被边缘化；"时闻小说"、"新消闲小说"质量良莠不齐；"旧小说"此间"死灰复燃"，生命力顽强却不代表未来方向；"现代派"小说倒是代表"精英文学"的未来发展方向，却遭受冷遇……总体言，无论数量还是质量，此时段的小说界陷入了一个不折不扣的"低潮期"，同时也是调整期，更是酝酿期。那么，为何会发生此番波折？为何"小说界革命"之后，并未如期如愿迎来中国小说发展的春天？为何没能"对接"到"五四"新小说运动？追问其中的因果关系，理清其间纷繁复杂的运行脉络，自然而然地触发了笔者的研究兴趣。兴趣于我而言，无疑是最为强大的研究动力。

四

然而，将选题定位于文学低潮期无疑要冒一定的"风险"。因为传统的选题惯例通常都是选择文学发展的高潮期，研究文学高峰时段的典型现象，介绍其"成功经验"或"典型文化"。比如，或是瞄准"精英路线"探讨其"现代性"，或是选择其中的少量精品做专题式文本细读。实践证明，这些都是上佳思路，而且成果斐然。反观之下，当笔者作出这种违反惯例的选择时，缺乏成熟研究经验可资借鉴倒在其次，或许首先遭遇到的困难就是来自"选题价值"的怀疑。

那么，文学低潮期到底有无研究价值？这首先要看对"价值"的界定。若按作品的文学成就（或曰艺术价值）来衡量，宣统朝总体上应该是"价值不大"，故而以"文学精品"为基本架构的传统文学史常常对之略而不论。不过这样的文学史难免让读者感到些许遗憾——看到的往往只是"精英"与"精品"，而真正的文学发展历史显然离不开无数平庸之作的依托，精品只是极为罕见的明星或曰"幸运儿"。剔除血肉剩下骨架，文学史倒是"干净"了，但也"干瘪"了。

　　因此，除了艺术价值标准之外，同样值得重视的还有历史价值标准，意即需要将文学作品（现象）置于文学发展的历史链条之上，厘清和标定其所处的地位和作用（特别是重大转折时期的文学现象）。文学史既称为"史"，就存在一个前后联系和发展脉络的问题，辨清源流，正本清源，这是最为基本的要求。按常识判断即知，历史不会一马平川、直线运行，而是有起有伏，有旋涡回流，既然承认有高峰期，就必然存在低潮期。如果仅仅注重绚烂光彩的高峰期，而忽视沉闷寂寞的低潮期，恐怕并不符合历史的整体观。更重要的是，每一次高潮的之前与之后，都必然是低潮，高潮不会凭空产生，它的存在离不开低潮的依托。那么，高潮是如何酝酿完成？其运行为何难以保持平稳，非要陷入高低循环？低潮期间如何调整、转变，酝酿再次高潮？都是需要思考和必须解答的基本问题。面对这样的追问，如果不研究低潮，不将之纳入系统之中作通盘的考虑，考察其间各种制约因素对文学发展的影响，恐怕是难以作出满意回答的。因此，若从历史发展的系统性及其渐变演进的角度考量，文学低潮期的研究便具有了特殊的意义——特别是处于中国近、现代文学过渡期中关键转捩点的宣统朝，其研究价值更是不言而喻。[①]

　　更何况，从既有的文学发展史看，低潮时段总体上要远远多于高潮时段。那么，面对这样的客观事实，低潮期研究所得到的文学发展经验（教训）和成果，难道不值得重视吗？正是基于上述诸种理由，笔者愿意作出这次尝试，接受文学低潮研究的挑战，哪怕最后以失败告终——要真是悲壮失败，笔者也依然坚信：这不是研究的大思路出错，而是笔者的个人能力尚无法胜任。

---

　　① 陈大康先生在《明代小说史》（人民文学出版社 2007 年版，第 12 页）中，提出用系统观念和渐变理论来研究小说史，对小说发展作"整体考察"："一些重大转折的完成，并不是通过突变与渐进过程的中断，而主要是靠量的逐步积累才得以完成。平庸之作选出同样是小说发展长链上的重要的中间过渡环节，从这一角度来看，那些群体的地位与意义就未必低于某些名著。"又云："任何优秀巨著都不是凭空突兀产生的，它们的出现得有铺垫，作家们也需要有一个广泛地从正反两方面吸取前人创作中经验教训的过程。"陈先生虽然讲的是在明代小说研究中，如何使用系统眼光处理"平庸"与"卓越"之作的关系问题，但对笔者此处提出"高潮"和"低潮"研究思路具有直接的启发作用。

第 一 章

宣统小说界:陷入低潮

在论及晚清小说的发展状况时，常见类似的表述："小说界革命"的倡导，小说地位得到了空前的提高；随着近代工商业的迅速发展，城市人口的迅速增长，广大市民对小说有了强烈要求，近代小说自此开始迅猛发展。这极易给人一种印象：自"小说界革命"始，小说发展从此一路高歌猛进。但实际情况却是：从宣统元年（1909）开始，小说界整体陷入了一个至少为期五年的低潮期，近代小说的总体发展态势并不如人们过去想象的那样顺利平稳，步步推进。

第一节　低潮来袭

光绪二十八年（1902）年底"小说界革命"开始启动，小说界此前一向平稳运行的态势被打破，并在随后的数年间经历了井喷式的发展，"清王朝最后 9 年所出的小说总数占近代小说总数的 88.78%"①。但进入宣统朝后，小说界此前迅猛的上升势头突然出现折拐转向，随即陷入为期数年的低潮。笔者之所以敢下这一论断，首先来自一系列统计

---

① 陈大康：《中国近代小说编年·前言》，华东师范大学出版社 2002 年版，第 2 页。这一数据是 2002 年的旧数据。目前，陈先生主持的课题组又发掘了大批新材料，这一数据有待更新。而笔者在此之所以还引用旧数据，原因有二：其一，晚清小说数据库庞大，笔者只统计了光绪三十二年至宣统三年（1906—1911）间的小说量，而无力再去统计此前的相关数据。其二，从新统计的数据看，基本只是量的叠加，没有根本改变小说的发展趋势。因此，陈先生 2002 年的统计数据在描述小说发展态势上，依然具有重要的参考价值。此处顺便指出的是，晚清小说的数量，目前尚无法作出精确统计（其实，笔者在搜集资料过程中越发觉得，鉴于各种因素限制，以后也不太可能达到精确统计，只是尽可能地靠近），但这并不妨碍对小说发展大势的判断。

数字的直观显示。

小说（每年新创作）数量统计年表（1906—1911）

年份	1906	1907	1908	1909	1910	1911
新创	412	551	653	628	523	491

这是一组关于每年新增小说量的统计数据，直观地反映出小说界每年的创作情况。光绪三十二至三十四年间（1906—1908），每年新著小说以超过一百部（篇）的数量递增，并最终爬升至历史的顶峰。转折点出现在宣统元年（1909），当年出现了小幅回跌，这也是自"小说界革命"以来，小说创作量的首次回落。随后两年里小说新增量持续萎缩，其年均创作量甚至低于光绪三十三年（1907）。这种下跌趋势一直延续到1913年①。

与小说数量减产休戚相关的是专业小说报刊的纷纷破产关停。晚清间，以"小说"命名的专业小说刊物共有20余家。最早者为创刊于光绪二十八年（1902）的《新小说》，其后有《绣像小说》（1903）、《月月小说》（1906）、《小说林》（1907），此即通常所言之"晚清四大小说期刊"，另有《新新小说》、《粤东小说林》（《中外小说林》）等知名杂志。然而，这些期刊都没能撑过光绪三十四年（1908）这道"生死坎"——创办于宣统元年（1909）之前的小说刊物，没有一家能顺利跨入1909年。宣统元年（1909）新办的专业小说刊物有《扬子江小说报》、《扬子江小说日报》、《十日小说》、《小说时报》四家，但其中前三家创刊当年即关停，仅有《小说时报》硕果仅存。宣统二年（1910），新办专业小说刊物仅有《小说月报》一家。而从宣统三年（1911）到1913年这三年间，竟没有出现一家新办的专业小说刊物。② 与此形成鲜明对比的是，宣统朝间新创的其他各类刊物却以几何级数量递增，特别是在小说刊物最为萎靡的宣统三年（1911），当年新创办的各类刊物竟多达228家，几乎是

---

① 判断民初的小说发展状况，笔者将樽本照雄先生编制的《中国近代小说发表数量一览表》作为参照资料之一（相关情况见文末"附录一·表一"）。根据数据显示，由晚清开始的小说低潮一直持续到1913年结束。笔者也曾做过抽样调查，结果与之基本一致。

② 相关情况见文末"附录二"。

宣统元年（1909）的两倍。① 两相对比，愈加凸显出宣统朝小说刊物的低迷不振。

　　小说出版机构的缩减，也是值得注意的现象。宣统朝间，许多原先出版小说的机构，或是纷纷破产倒闭，或是大幅减少小说的出版量。晚清单行本小说出版量排名第一的商务印书馆，宣统朝三年间总共才出版小说37部，还不如光绪三十二年（1906）一年的小说出版量（49部），甚至只是该社高峰时期——光绪三十三年（1907）小说出版量的一半（72部）。而出版量最低的宣统三年（1911），该社甚至仅仅出版了4部小说，又倒退回了光绪二十九年（1903）的初期阶段。② 晚清间单行本小说出版量排名第二的是小说林社，该社乃当时一个规模较大的专业小说出版机构，但在宣统元年（1909）竟然无法摆脱破产倒闭的命运，其存书最后只以3000元作价贱卖给有正书局。③ 或许，以上还仅是些个案，不能代表整个小说出版界。那么小说出版界的整体状况到底如何呢？据统计，光绪三十二至三十四年（1906—1908）三年间涉足单行本小说出版的机构共有143家，年均48家；而宣统朝（1909—1911）三年间涉足者降为115家，年均38家。其中最低的年份是宣统二年（1910），仅有32家出版机构涉足该领域。④ 这些数据表明，宣统朝间的小说出版界相对前期而言明显呈现出低迷状态。

　　小说市场的惨淡，更是给人留下深刻印象。判断彼时的小说市场状况，最可靠的途径当然是看小说的实际销售量，问题是要对之作出准确统计几乎不可完成。但我们也可以采用其他方式，比如通过考察小说市场的一些周边特征来推断和了解当时的市场状况。若是翻检宣统朝前后的报刊，肯定会注意到各版上铺天盖地的小说广告，其中又以打折减价广告给

---

　　①　相关情况见文末"附录三"。

　　②　相关情况见文末"附录四"。

　　③　包天笑：《钏影楼回忆录·回忆狄楚青》，香港大华出版社1971年版，第427页。关于小说林社的倒闭时间，学界多认为是光绪三十四年（1908），但从笔者初步掌握的资料看，应该是在宣统元年（1909）。另，小说林社的不少史实，目前学界诸说仍有矛盾或讹误之处，尚待进一步考辨（笔者另作文考订），包括该社成立前后的小说出版情况、该社与有正书局、苏州观前街小说林的关系等。

　　④　统计数据的材料来源为陈大康先生的《中国近代小说编年》（华东师范大学出版社2002年版）。

人的印象最为深刻。从历时角度看，这些广告具有两大特点：

其一，时间越靠后，打折的幅度越大。整个晚清间小说书的标价变化不大，不过宣统朝之前小说书价的折扣几乎不会低于八折，但进入宣统朝后折扣幅度逐步扩大，到了宣统三年（1911），四五折的书价已非鲜见。其中，包括书价素来坚挺的商务印书馆版小说，到了宣统朝间也开始放下身段，通过加大折扣来吸引读者。看来，宣统朝小说市场已逐步陷入恶性竞争与无序竞争的泥淖。

其二，随着时间推移，小说广告呈现出数量逐渐减少、篇幅逐渐缩小的趋势。到了宣统朝末，继续发布小说广告的机构，只剩下商务印书馆、改良小说社、有正书局等数家实力较雄厚者。其他出版机构之所以撤下小说广告，原因不外是恶性竞争导致小说利润降低，无力承担数目不菲的广告费。[1] 再以《神州日报》为例。该报从光绪三十三年（1907）二月二十日创刊开始每日皆刊登大量的小说广告，但进入宣统朝后小说广告版面逐渐减少，到了宣统三年（1911）最后几个月小说广告几乎完全消失。笔者原以为是该报缩减或调整广告版面，但查对发现，此间广告总版面数量不仅没有缩减反而还略有增加。这种种迹象表明，宣统朝的小说市场活力在渐次减弱。

宣统朝小说界不仅陷入了数量萎靡的困境，还面临着质量降格的困扰。

宣统朝距"小说界革命"发起已有数年，最初的狂热已经过去，小说界理应变得冷静而稳健，发展理应更为成熟，业界整体水平理应更上一层楼，但实际情况却并不尽如人意。

首先，从理论层面看。"理论先行，创作跟进"是晚清小说发展的特色模式，小说理论界应该发挥出强大的导向作用。然而，宣统朝间小说理论界并没能提供多少具有实效性的创新理论资源，更多地是在梁氏既有理论基础上的延伸、演绎。那些试图为消闲小说鼓吹呐喊的小说理论，虽有渐兴之势，但同样是新意不多，其"正当性"更是始终受到主流舆论的

---

① 据包天笑回忆，商务印书馆在《时报》报头旁登一块广告，即使包月优惠价也要花费2000元，这对经济实力较弱的出版机构，是难以承担的。见包天笑《钏影楼回忆录·在商务印书馆》，香港大华出版社1971年版，第390页。

质疑，进一步发展的动力和信心皆有不足。"美学派"集体失语，"现代派"对当时的小说创作大局亦影响甚微。因此，或是创新乏力，或是收效甚微，是宣统朝小说理论界的基本特点。

其次，从创作层面看。"新消闲小说"的兴起是一个重要现象，该类小说是将传统小说和新小说的诸多因素调和而成，深受中下层读者的欢迎，成为彼时小说界的主流类型。但这种小说毕竟只是过渡时期的产物（民元后即过渡为"鸳派"小说和黑幕小说），尚不成熟，加上多是为了迎合市场需求而匆忙草就，质量提升便遭遇瓶颈问题。因此，这些小说无论艺术成就还是思想价值，比起此前的"四大谴责小说"而言都要逊色不少。宣统朝间无名著，遂成为人所共知的常识。

对于宣统朝小说界可能发生的变化，当时部分圈内人早就敏锐地捕捉到了某些异常征兆，比如徐念慈。徐氏身为小说林社总编辑，浸淫小说界多年，对圈内的现实状况有着深切体悟和较为准确的把握。他早在光绪三十四年（1908），就感觉到小说界运行出现了异常，"负贩之途，日形其隘；向之三月而易版者，今则迟以五月；初刊以三千者，今则减损及半"①，小说市场周转变慢，初版印数下降，直接导致的后果是"上海为中国第一之商埠，而业书者，不论新旧，去年中未曾闻有得赢巨款者"②，这些都是小说界将要发生变化的前奏。徐氏不仅敏锐地感受到了这种变化，并提出了减价、细分读者市场等几项救市措施，即使这些措施不能从根本上解决宣统朝小说界滑入低潮的大势，但也表现了徐氏为应对即将到来的危机所作出的努力。随后，知名小说理论家、报人陶报癖也感受到了小说界可能存在的危机，他考察的对象不是小说市场，而是小说报刊界。陶氏注意到，就在宣统朝前夜，专业小说报刊纷纷关停倒闭：

> 《新小说报》倡始于横滨，《绣像小说》发生于沪渎，创为杂志，聊作机关，追踪曼倩、淳于，媲美嚣俄、笠顿，每值一篇披露，即邀四海欢迎，吐此荣光，应无憾事。畴料才华遭忌，遂令先后销声，难

---

① 东海觉我（徐念慈）：《丁未年小说界发行书目调查表》，《小说林》第九期，光绪三十四年（1908）。

② 觉我（徐念慈）：《余之小说观》，《小说林》第十期，光绪三十四年（1908）。

寿名山，莫偿宏愿。况复《新新小说》发行未满全年，《小说月报》出版终仅贰号，《新世界小说报》为词穷而匿影，《小说世界日报》因易主而停刊，《七日小说》久息蝉鸣，《小说世界》徒留鸿印，率似秋风落叶，浑如西峡残阳，盛举难恢，元音绝响，文风不竞，吾道堪悲；虽《月月小说》重整旗鼓于前秋，《小说林报》独写牢骚于此日，而势力究莫能膨涨，愚顽难遍下针砭。①

对前期小说报刊界，作者发出的是"盛举难恢、文风不竞"的嗟叹，悲凉之情溢于言表。至于对《月月小说》和《小说林》前途的看法，作者的态度则颇为暧昧，"势力究莫能膨涨，愚顽难遍下针砭"，显然，陶氏在评估这两家刊物命运时故留余地（他此时身在武汉，或许还以为这两家刊物像往常一样只是愆期出版，故尚存一丝希望，谁知它们就此停刊），但字里行间还是不难看出论者对它们前程的悲观。可以说，身为圈内人的陶氏，其悲观之言并非空穴来风，而是来自对彼时小说界现状的敏锐预判，之后的事实也证明了其言不谬。

上述种种迹象皆指向一个事实：自宣统元年（1909）开始，小说界整体逐步陷入低潮，进入一个调整期。而此时距轰轰烈烈的"小说界革命"不过数年，倡导者们"祖国思想言论之突飞大业必自小说家成之"②的豪言壮语言犹在耳，但小说界却突然出现了此等令人尴尬的局面，真是甚煞风景。那么，导致这一结果的深层原因何在？其间到底发生了什么？这些问题的答案显然比现象本身更令人好奇。

第二节　政局动荡冲击

作为末世王朝，宣统朝被置于"数千年来未有之变局"③的风口浪

---

① 报癖（陶报癖）：《〈扬子江小说报〉发刊辞》，《扬子江小说报》第一期，宣统元年（1909）四月。其实，该文发表时，《小说月报》、《小说林》已经停刊，但晚清报刊愆期乃惯常现象，而且陶氏当时正在武汉办报，可能对此并不知情，故有"《月月小说》重整旗鼓于前秋，《小说林报》独写牢骚于此日"之语。

② 楚卿（狄平子）：《论文学上小说之位置》，《新小说》第七号，光绪二十九年（1903）。

③ 李鸿章：《李鸿章全集》（第二册），海南出版社1997年版，第825页。

尖，早前积累的诸多矛盾最后都集中爆发于此间。清政府并非没有采取疏导措施，宣统元年（1909）年初，清廷就下诏重申"预备立宪"，并在各省成立谘议局；随后是成立资政院，拟开国会；宣统三年（1911），又将"预备立宪"的期限由九年缩减为五年，如此等等。但清廷毕竟积重难返，政府腐败、公信力下降乃至行政执行力的减弱都使新政的实际效果大打折扣，离国民之预期相去甚远。巨大的落差终于让国民失去耐心，冲击政府事件频频发生，将全国政局推入飘摇动荡之中：宣统二年（1910），全国发起国会请愿运动，抗税、抢米风潮此后几乎再无间断；宣统三年（1911），三月底爆发广州起义（亦称黄花岗起义），四、五月多个省份爆发声势浩大的保路运动，其中四川保路同志军围攻成都城，各地保路会群起呼应，并迅速蔓延全国，成为辛亥革命的导火索；随后则是摧枯拉朽的辛亥革命。可以说，整个宣统朝都处于社会矛盾极度激化，经建、文教、民生受到巨大冲击的变局之中。

　　统观中国文学史，似乎没有证据证明政局动荡必然带来文化的落后或荒芜，譬如春秋战国时期、魏晋南北朝等，都是战乱纷繁的非常时期，但文学事业却收获颇丰，因此只能说社会动荡必然会对文学发生影响——无论正面还是负面。但若具体到小说这一文类，情况可能就大为不同。政局动荡、国家战乱或许会给小说家提供不错的创作素材（如《三国》、《水浒》等都是乱世题材的经典之作），但总体言，小说创作的特点及其商品属性决定了小说对社会稳定的要求必然要比其他文类更高（特别是长篇小说），社会动荡给小说带来的往往都是直接冲击和负面影响。不难发现，《三国演义》、《水浒传》、《西游记》都创作于比较安稳的社会环境之中，《红楼梦》更是创作于乾隆盛世。很难想象，若是身处乱世，普天之下都"放不下一张平静的书桌"的时候，作家能有"增删五次，批阅十载"的沉潜功夫去对某一长篇巨卷进行精耕细作。因此，小说创作（尤其是长篇小说）与心有所感便能即兴口占一首的诗词相比，两者间的差异不仅仅体现于文体形式，还体现在创作时间、创作环境以及创作心理等多个方面的不同要求。由此似乎可以下个论断：乱世可以成为小说的好题材，但极少能成就好小说。

　　特别是到了晚清时期，小说从创作到销售已经形成了一条初具规模的小说产业链，当中的每一个环节都依赖于一个相对稳定的社会环境，以保障其正常运转。社会动荡,定然会对整个产业造成直接的影响,这点可从宣统朝的小说发展上得到充分证明,其中辛亥革命运动的冲击又最为明显。试想,早已告别手工抄写而进入印刷时代的小说产业,在"出版家大都收缩营业"[1] 之际,小说事业的发展怎能不大受影响?

在宣统朝的社会动荡中,遭受冲击最大、损失最为惨重者当数小说出版界的领军机构——商务印书馆。商务印书馆堪称近代出版业的典范,从光绪二十三年(1897)建馆开始到宣统三年(1911),仅仅十多年间就由一家普通的印刷小厂一跃成为中国近代最大的出版集团。除了上海总馆外,商务印书馆还在全国各地陆续开设分馆以扩张自家的经营规模。据统计,到宣统三年(1911)正月,其各地直属分馆数目至少已达 20 家[2],几乎囊括了全国所有的重要省市,另外,在全国各地尚有数目不清的授权代售点,从而组成了一个庞大的图书营销网络。网络化经营的种种便利和高效给商务印书馆带来了丰厚的利润,[3] 但网络系统的正常运转需要一个稳定的社会环境作保障,一旦社会动荡,给其带来的冲击无疑是巨大的。特别是对商务印书馆这类分店众多、铺展面广的经营机构,在全国大动乱中遭受的损失尤为惨重。以下是辛亥革命后商务印书馆股东年会上提交的一份报告:

　　一、……(辛亥年)自八月十九武昌起义后所做四个月生意(九月至十二月)约得全年生意三分之一,比较九月以前每月统扯不过二五折。

　　一、去年九月间南北恶战,汉口全镇焚毁。该处分馆同遭一炬,约计损失各货值洋二万二千元;各朋友行李均未携出,约计损失洋五千元。

---

① 周建人回忆云:"武昌起义,出版家大都收缩营业,鲁迅出版丛书的计划也就只好作罢。"见周建人《绍兴光复前鲁迅的一小段事情》,《人民文学》1961 年第 7、8 月合刊。

② 《神州日报》宣统三年(1911)正月初九日曾刊登商务印书馆的新年团拜广告,文中开列有各地 20 家分馆的名单。

③ 据《商务印书馆股东会记录》云,该馆光绪二十九年(1903)销售总额不过 29 万元,而到了宣统二年(1910),光是纯利润就达到了 29 万元,由此可见商务印书馆利润之高,增长之快。见梁长洲整理《光绪三十一年(1905 年)商务印书馆股东常会》,宋原放主编:《中国出版史料·近代部分》(第三卷),湖北教育出版社 2004 年版,第 6 页。

一、本年天津仓卒兵变，大胡同一带焚烧殆尽。本分馆首当其冲，亦只抢出辛亥簿据而已。约计各货值洋二万五千元。各友行李二千五百元，暨自造后楼二千元。①

由上可管窥动乱给各地分馆带来的损失。据该馆的年度收支报告，宣统二年（1910）纯利润为洋二十九万两，而"辛亥年除开销外，连各分馆及京局共计盈余洋十三万六千一百零四元，比较庚戌年（1910）少余洋十五万数千元"，② 利润仅为往年的46%，其中战乱损失乃是重要原因。在辛亥革命运动中，商务印书馆受到的损失不仅仅限于单行本的出版、销售，其名下的诸多杂志在发行方面也不同程度地受到了影响。例如，辛亥革命后该馆刊载告白云：

（《东方杂志》、《法政杂志》、《教育杂志》、《小说月报》）诸杂志承阅者不弃，无不风行一时。前因民军起义，同人或因事返里，或任职军府，以致出版愆期，有负阅者雅意，良用歉然。今幸大局初定，自当接续出版，庶免久劳悬盼。现正编辑排印，出版时再行奉告。③

此次延误的结果是《东方杂志》愆期四个月，《法政杂志》愆期四个月，《教育杂志》愆期两个月。其中受影响最大的当数《小说月报》，在民国元年愆期时间长达九个月。④ 再如，上海光复中，《舆报》同人也因参与

---

① 梁长洲整理：《中华民国元年六月商务印书馆股东常会》，宋原放主编：《中国出版史料·近代部分》（第三卷），湖北教育出版社2004年版，第23、24页。

② 同上。

③ 商务印书馆："《东方杂志》、《法政杂志》、《教育杂志》、《小说月报》广告"，《时报》宣统三年（1911）十二月初六日。

④ 此处愆期时间仅依据各杂志版权页所标示的日期推算，其是否如实未作考证（或许愆期更长）。《东方杂志》第八卷第九号的出版日期标宣统三年九月二十五日（1911.11.15），而第八卷第十号的出版日期标1912年4月1日，愆期四个月；《法政杂志》第一年第九期标宣统三年九月二十五日（1911.11.15），而第一年第十期标1912年4月10日，愆期四个月；《教育杂志》第三年第九期标宣统三年九月初十日（1911.10.31），而第三年第十一期标1912年1月10日，愆期一个月。《小说月报》第二年第十二期标辛亥十二月二十五日（1912.2.12），而第三年第一期标1912年12月25日，愆期九个月。

革命事务耽误了期刊的按时出版,并发出"特白"云:

> 光复之际,本社记者多与其役,昼夜宣劳,筋疲力尽,是以上月
> 二十五日一期不及编辑。兹仍延续发刊。①

稍加翻检不难发现,因社会动荡而造成报刊不能正常出版并非仅有商务印书馆、嘐报馆两家,而是相当普遍的现象。此外,上述告白还透露,乱世之中同人们或"多与其役"、"或因事返里,或任职军府",那么小说作家(编辑)的流失便也成了影响小说生产一个不可忽略的因素。

社会动荡不仅直接造成小说产业链的破坏,还会间接地造成"新闻挤占小说"。顺便指出的是,"新闻挤占小说"现象的出现,某种意义上正好可以作为测验小说文学地位的"试金石"。随着社会动乱渐起,具有看点的重大新闻事件开始层出不穷,当时的不少报刊为了给新闻报道留出更多空间,只好压缩其他栏目来腾出版面。此时,副刊自然成为了"瘦身"的首选对象,但相比诗词、杂俎、灯虎(谜语)等诸栏目,小说栏又往往成为首选的"让贤"者。这也一定程度地反映出,至少在日报编辑心中小说其实并没有理论家们所鼓吹的那般重要或具有文体上的优势——比上胜不过高雅的诗词,比下亦不如杂俎、灯虎等娱乐性、趣味性强的通俗版块。小说在日报中的尴尬地位,于此可见一斑。

宣统朝间,新闻挤占小说版面,导致小说暂停刊载之事频发。宣统元年(1909)四月,《申报》因报道选举新闻曾一度暂停小说《潘杰小史》的连载:

> 因当时发生苏属初选举事业,本报遂有初选举各种历史出现,及
> 选举琐谈、运动新法种种问题,箴恶励善,指事举劾,亦当务之
> 急也。②

随后,又因要发布谘议局相关新闻将小说《自由女》暂停刊载,过后才

---

① 嘐报馆:"本社特白",《嘐报》第八十号,宣统三年(1911)十月初十日。
② (泖浦四浪信):"《潘杰小史》译者之告白",《申报》宣统元年(1909)四月初七日。

发布告白作出解释:

> 本馆前因咨议局文件拥挤,暂将小说停刊。现咨议局将次闭会,
> 积稿稍清,仍于今日起按日排印社会小说《自由女》。情节奇幻,描
> 写逼真,实足警醒女界。①

类似的情况在辛亥革命前后尤为普遍。《嚜报》第六十八号曾中断了《秘
密社会》的连载,以便腾出版面来刊载新闻:"本期新闻过多,此回不及
登载,俟下期发表。"② 此后,《新闻报》也曾将小说《男女现世宝》中
断了近一个月后才续登,给出的解释是:

> 本馆自鄂事起,新闻繁多,因将小说一门暂时除去,此不得已之
> 办法,想阅者诸君所深亮(谅)。自今日起仍旧将《男女现世宝》陆
> 续排登,阅者鉴诸。③

如此等等,不一一赘举。这些还是出于尊重读者而主动告知的报刊,不难
推测,那些不声不响就撤下小说稿件以填充新闻的报刊,数量绝不会在
少数。

上述可见,因社会动荡而引发的一系列后果,或直接或间接地都给小
说界的正常发展带来了影响,是造成宣统朝间小说界低潮的一个不可忽视
的因素。不过,社会动荡毕竟属于外因,且具有一定的偶然性,其有限的
影响并不能从根本上作用于小说的发展趋势。此外,宣统朝间的乱世因素
也很难对以下几个奇特现象作出合理解释:为什么会出现报刊大兴但小说
数量萎缩的错位现象?为什么辛亥革命爆发前几年小说界就出现了明显的
颓势?民初小说界为什么还是持续低潮?等等。因此,引发宣统朝小说界
低潮的诱因,并非仅仅来自于政局动荡,应该还有更为深层的影响因素在
发挥作用。

---

① 申报馆:"本馆广告",《申报》宣统元年(1909)十月初四日。
② 玳:《秘密社会》第四回回目注释,《嚜报》第六十八号,宣统三年(1911)。
③ 顽石公:《男女现实宝》篇首按语,《新闻报》辛亥年十月二十日。

第三节　小说内部机制失衡

晚清时期，小说界逐渐形成了一套自成系统的运行机制。若以作品为中心，环绕其周的有小说作者、出版机构、读者和小说理论，这几个要素组成内部运行机制，处于核心地位；再向外延伸，就触及小说市场、传播媒介、文化政策、社会环境等外围要素。各个要素之间往往都相互勾连，组成了一个庞大而严密的小说运行系统。若要素之间能较好地协调合作，保障系统正常运转，就可以高效地推动小说事业的发展，这可以从"小说界革命"后小说事业的迅猛发展获得印证。反之，某些要素变动异常就会牵一发而动全身，给小说产业链的正常运转造成冲击，进而给整个小说事业的发展带来影响，上文所叙之政局动荡就是反常社会环境影响小说运行的突出例子。

小说内部运行机制失衡，可说是宣统朝小说界出现诸多问题的主要症结所在。之所以出现失衡，主要缘于出版商、作家、读者、理论家各方的理念和需求各不相同，以致关系紧张。这种矛盾纠结的关系，最后集中体现于"作品中心主义"与"读者中心主义"两种不同的小说发展模式的博弈之上，又由于两者自身的缺陷，在实际操作中都不同程度地存在偏颇和困难，结果扰乱了正常的运行秩序，给小说界的平稳发展带来直接影响。

光绪二十八年（1902）梁启超发起"小说界革命"，倡导著译新小说，其目的非常明确：

> 欲新一国之民，不可不先新一国之小说。故欲新道德，必新小说；欲新宗教，必新小说；欲新政治，必新小说；欲新风俗，必新小说；欲新学艺，必新小说；乃至欲新人心、欲新人格，必新小说。[①]

为了达成以小说"新"中国的目标，梁氏特意创办《新小说》杂志，"专

[①]　饮冰（梁启超）：《论小说与群治之关系》，《新小说》第一号，光绪二十八年（1902）。

借小说家之言，以发起民国政治思想，激厉（励）其爱国精神"①。梁氏
还定下了该杂志的采稿原则——能创作则创作，不能创作则翻译，"著、
译各半，但一切精心结构"、"一切淫猥鄙野之言，有伤德育者，在所必
摒"，以"务求不损中国文学之名誉"。② 可以说，梁启超对新小说有着非
常高的要求，甚至为了筹集到满意的稿件，不惜将《新小说》的创刊号
延期出版。③ 但提请注意的是，梁氏之所以如此煞费苦心，并非完全是出
于尊重读者之目的，因为后者在梁启超的心目中不过是"群治"的对象，
换言之，读者是被教育者，双方并非处于对等地位。故在梁启超的小说发
展规划中，其实作品是第一位的，读者则处于第二位，其理念大致可归纳
为"先打造出好作品，才能塑造出好读者"，在此不妨试称之为"作品中
心主义"。

由于梁启超提出的小说理念正好跟时代发展的主旋律相契合，故能得
到国人的积极响应并掀起了小说著译的一轮热潮，但其后期发展的乏力也
显示出了梁氏模式存在的重大缺陷。本来，"作品中心主义"就具有理想
主义色彩，若是以思想与艺术相结合的高标准为要求，则极有可能产生精
品，《红楼梦》即为典型——曹雪芹花费毕生精力对该作进行精雕细琢，
大概不会太多地去考虑读者到底喜不喜欢自己的作品，因为曹氏就曾自云
"我这一段故事，也不愿世人称奇道妙，也不定要世人喜悦检读"（第一
回），甚至还对那些为迎合读者口味而创作的千篇一律的才子佳人小说颇
为不屑。但是，若"作品中心主义"者以"人师"自居，高高在上，片
面强调作品的某一方面（如思想启蒙意义）而又缺乏精心打造，小说的
生命力必将变得相当短暂——不仅难以达到预期的教育（启蒙）效果，
反而可能因读者的疏离给自身发展带来伤害，"小说界革命"的发展历程
即是一大证明——国人热情一过，政治小说就渐渐淡出读者的视野，负面

---

①　新小说报社："中国唯一之文学报《新小说》"告白，《新民丛报》第十四号，光绪二十
八年（1902）。

②　同上。

③　《新小说》创刊号原定光绪二十八年（1902）九月出版，但后来因故推迟到了十月。之
所以推迟，笔者推测极可能就是梁启超对部分栏目的稿件并不满意，故宁缺毋滥。相关情况请见
拙文《从〈新小说〉创刊号延期管窥"小说界革命"的预前准备》，《重庆文理学院学报》2009
年第5期。

影响也如影随形而至。甚至，有时连"作品中心主义"倡导者也开始对此产生了怀疑：

> 咳，我们小说家成日价想改良风俗，贡献国民的思想，原来效果不过如此。难道我这枝（支）笔竟是同鸦片烟、麻雀□、大红顶、小脚鞋一样，只可供人消遣，并无一点实用的吗?①

本来想以作品教育读者，谁知收获的只是困惑和失望，表明以小说改良社会的效果并不理想，而更大的尴尬是辛苦一场后蓦然发现"社会风习，一落千丈"②，这对"作品中心主义"者而言真是不小的打击。面对如此境地，作家群也开始出现分裂：一部分选择继续坚守，如黄小配；一部分改变理想成分较浓的"作品中心主义"立场，试图寻找作家、作品、读者之间的平衡点，如吴趼人、陈景韩；还有一部分则选择离开，如梁启超、曾朴。这种分化，必然给后期的小说发展带来冲击。

在残酷的市场法则面前，小说都得经过市场的检验淘选，"作品中心主义"的发展模式自然受到了严峻挑战，而"穷则变，变则通"无疑是根本的求生思路。随着市场杠杆的调节，读者的地位逐步提升，作品也渐渐成了取悦读者的玩偶，此前不占主流的"读者中心主义"便逐步取得了优势地位。然而，在"读者中心主义"模式之下，作品独立的思想价值和艺术品位同样很难得到保障，甚至越过道德底线走向反面，此时来自"作品中心主义"者的批判将无休无止。

"读者中心主义"模式大行其道之时正是宣统朝间，但跟"作品中心主义"相比其底气明显不足。其实不难理解，毕竟，无论从传统观念还是从当时的现实情况看，绝大部分"读者"都应该是被启蒙和教育的对象，这点包括"读者中心主义"者也不得不承认，但如今的创作却以读者为中心，以迎合读者的审美趣味为旨归，"媚俗"的帽子是无论如何也摘不掉了，故"读者中心主义"者首先在道德层面上就已先天失势，低

---

① （未署名）：《金琴荪·楔子》，《长春公报》宣统二年（1910）十月二十九日。"□"为原件模糊不可辨，下同。

② 梁启超：《告小说家》，《中华小说界》第二卷第一期，1915 年。

人一等。于是小说界出现了颇为奇特的一幕——对来自以"作品中心主义"者为首的众多批评，"读者中心主义"者鲜有正面回击，后者往往采取以下两种对策：一是"鸵鸟策略"，对外界批评充耳不闻、视若无睹，我行我素地埋头苦干，于是众多"新消闲小说"既不知作者为谁，也没有留下相关创作的片言只语，在他们的心目中这些小说"终是末艺，不登大雅之堂"①，从中可见作者的态度和理念；二是"挂羊头卖狗肉"，在舆论宣传上积极抢占道德高地，也振臂高呼"以改良社会、开通风气为主义"，号称"主旨醇正，辞义浅显"，② 但真正名副其实的践行者极为鲜见。如仿拟《九尾龟》之作《九尾狐》、《九尾鳖》等都是堕于恶趣的狎邪小说，但都标称"醒世小说"③，其中《九尾狐》开篇即云该书"笔纤而不涉于佻，事俗而无伤于雅"、"洵足醒世俗之庸愚，开社会之智识"，此后亦一再申说"在下编成这部书，特地欲唤醒世人，要人惊心夺目"，"为醒世起见，借胡宝玉做个引头，警戒年少之人，切勿迷恋花丛，当他们有情有义，把黄金掷于虚牝，弄得倾家荡产，丑名外溢"④，话虽说得堂皇正大，但实际上不过是"讽一劝百"——书中的"溢恶"之处比被指为"嫖界指南"⑤、"嫖学教科书"⑥ 的《九尾龟》有过之而无不及。其实，无论采取哪种策略，归根结底还是消极应对或无奈回避，这也体现出"读者中心主义"发展模式在当时的尴尬境地。而一旦连创作者们都对自己行为的"正当性"表示出信心不足甚至怀疑时，其进一步革新发展的动力自然会受到影响，艺术创造力的下降也就理所当然了。

　　除了来自外界无休无止的舆论压力以及作者们对自我认同的怀疑之外，"读者中心主义"模式面临的更大问题是小说创作内容上的偏颇与狭隘。理论上，不同层次的读者审美趣味差异甚大，为了满足各个层次的读

---

① 钏影（包天笑）：《钏影楼笔记》（七），顾冷观主编版《小说月报》第十九期，1942年。

② 改良小说社："改良小说社征求小说广告"，《时报》宣统元年（1909）五月初九日。

③ 江阴香：《九尾狐》，上海社会小说社排印本，光绪三十八年至宣统二年（1908—1910）。顾曲周郎：《九尾鳖》（一名《女优现形记》），文艺消遣所出版，宣统元年（1909）。

④ 引文分别见江阴香《九尾狐》序，第一回，第十一回，上海社会小说社排印本，光绪三十四年至宣统二年（1908—1910）。

⑤ 胡适：《海上花列传序》，《胡适文存》第三集卷六，亚东图书馆1924年版，第737页。

⑥ 鲁迅：《上海文艺之一瞥》，《二心集》，合众书店1932年版，第123页。

者需求，小说种类也应该是丰富多样的，然而，小说生产一旦认定"读者中心主义"实质上就意味着屈从于市场法则，接受市场的资源调配方式。此时，小说创作就不再单纯是为了"读者"而"读者"了，而是必须选择读者群大、销量高的小说类型进行创作。于是，"曲高和寡"类小说的生存空间将被不断挤压，直至自然淘汰，而那些被广大读者接受的一些小说类型则被强化，跟风之作亦蜂拥而至。这种状况其实早在光绪三十三年（1907）就已现出端倪，徐念慈曾作过一番调查统计，结果是"侦探者最佳，约十之七八；记艳情者次之，约十之五六；记社会态度、记滑稽事实者又次之，约十之三四；而专写军事、冒险、科学、立志诸书为最下，十仅得一二也"①。到了宣统朝间，小说类型结构性失调的问题愈加严重，小说界几乎被侦探、社会、言情一统天下，"我们所做的说部，无非是社会呀，言情呀，侦探呀，这几种最居多数"②，"今新译之书最普通者，不过两种，一为言情之作，一为侦探家言"③。小说类型的畸形发展，无疑给小说的持续发展带来很大破坏：

首先，小说资源高度集中于某几个小说类型的生产，会使小说原有的丰富性、层次性被逐渐消解，导致小说同质化、模式化严重，情节内容因循守旧，读者难免要产生"审美疲劳"：

> 初读犹颇觉其可喜，再读已稍觉其可厌，读至十余种外，则惟觉其千手一律，剽袭雷同，而毫无激发感情之意趣，读未数叶，已昏昏欲睡矣。④

结果自然是购买欲望下降，反过来又直接影响小说的再生产。

其次，面对激烈的市场竞争，创作者突围的唯一途径是创新，而创新的需求和冲动又往往使作者"剑走偏锋"，甚至"铤而走险"，越走越远，有意无意间已经闯破"黑幕小说"的底线。于是，此前辛辛苦苦建立起来的"小说，乃文学之最上乘者也"的理念，将面临着被重估的道德危

---

① 觉我（徐念慈）：《余之小说观》，《小说林》第九期，光绪三十四年（1908）。
② （未署名）：《金琴荪·楔子》，《长春公报》宣统二年（1910）十月二十九日。
③ （未署名）：《新小说之平议》，《新闻报》宣统元年（1909）二月初十日。
④ 同上。

机。可以想象，当精英阶层读者感叹"小说！小说！必大雅君子所不屑道也！奈何耶？奈何耶？"① 之时，当平民阶层中"旧时亲戚故旧与里巷间之顽夫稚子妇人……其能称颂新小说之美者，盖罕闻也"② 之时，小说的境地也就颇为不妙了。因此，新小说品质上的"沦落"造成了读者群体自上而下的失望，其发展的动力又怎能不被削弱？

由上可见，宣统朝间的"作品中心主义"与"读者中心主义"，实际上都存在偏颇、失衡之处，两者的博弈也没有哪方获得完胜：前者可谓是有心无力，虽然占据了舆论高地，但在小说市场方面并不占优势，难以挽回日渐式微的大势；后者虽然占据了大部分市场，却因其舆论上处于劣势，近似于在道德的"高压线"旁讨生活，或曰戴着脚镣跳舞（直到"鸳派"小说、"黑幕"小说兴起才以"自我放逐"的方式较大程度地脱离这种道德的束缚，但结果是为此付出了惨重代价），又因无序竞争破坏了小说的"生态系统"，扰乱了小说的正常发展。

小说撰译人才的更新、流失，给小说的产业链造成冲击，亦是促使宣统朝小说界陷入低潮的一个不可忽视的因素。"小说界革命后"，出现了以李伯元、欧阳钜源、徐念慈、刘鹗、吴趼人、黄小配等人为代表的作家群体，带动了整个小说界的第一轮繁荣。但进入宣统朝后，上叙李、欧、徐早已离世，刘、吴也在本朝相继离世，曾朴转行入仕，晚清"四大谴责小说"作者已无一进行创作。其他一些作家，或是见到小说界处于低潮期，吸引力下降，干脆改行他投；或是面对日益紧张的局势，投身革命事业，放弃了小说创作。而留守阵地苦撑局面的是陈景韩、包天笑、孙玉声、周瘦鹃以及后起之秀陆士谔等，他们中的大多数人在创作上已与前辈们的路数有了改变，不少人随后还成为了"鸳鸯蝴蝶派"的中坚人物（相关方面容后详叙）。可见，宣统朝是一个创作人才的更新期，作家们面临着新的选择，整个群体处于变动之中，其创作也就难免受到影响。

总之，在宣统朝间，处于小说运行机制核心部分的各个要素之间的关系出现了较为明显的失衡："作品中心主义"者本想通过作品教育读者，但因作品吸引力有限，使读者敬而远之，结果被边缘化了；"读者中心主

---

① 嘉定二我：《小说的小说》，《申报》宣统三年（1911）十一月十一日。
② 樊：《小说界评论及意见》，《申报》宣统元年（1909）十二月十二日。

义"者力争打造出具有"魅惑力"的作品,其在商业上倒是略占优势,但因其"媚俗"而遭致多方批评,加上无序竞争导致小说种类的结构性失衡,终而限制了自身的发展;外界环境的变化则直接或间接地冲击了作家群体的稳定,使作家群面临更新和调适,以致影响了正常的创作活动;此外,小说理论上的乏善可陈,也没能给小说界的发展提供强有力的理论支持。于是,在诸种因素影响之下,整个小说运行系统由内到外都发生了问题,进而将整个小说界拖入低潮。其中,在这个系统中处于特殊地位,过去不太为人所注意的小说市场的反作用("小说界经济危机"),也渐渐浮出水面,值得进一步深入探究。

第四节　"小说界经济危机"

最初,笔者亦只是将小说市场视为小说生产系统中的外围要素而没有投以太多的关注,但随着考察的深入,发现宣统朝小说界的诸多现象都跟小说市场紧密相关,甚至若不从这一要素入手,对不少问题都难以作出合理的解释。那么,与此前产销两旺的小说市场相比,宣统朝的小说市场到底如何?"市场波动",这是无疑的,不过笔者觉得该词既无法描述其严重程度,也没能突出小说史上的特殊意义,斟酌再三之后决定借用"经济危机"一词来对其定性。

关于宣统朝"小说界经济危机"的某些表征,其实在本章前几节中已略有提及,但那不过是粗浅印象,依然有必要继续追问:为什么说这是一场"经济危机"?为什么能发生?如何发生?这些都是有意思且待回答的问题。不妨从"小说界经济危机"发生的可能性与发生时的现实情况两个角度依次切入。

一

按经济危机的基本常识,"小说界经济危机"若要爆发必须以资本主义工业化生产方式为前提,形成小说自由市场,进行充分的市场竞争,完整实现小说作为文化商品的属性(这也是为什么诗、文等发生经济危机的可能性很小的主要原因)。其中,必要条件乃是实现小说的商品化。当然,小说的商品化并非晚清才出现,从陈大康先生的《明代小说史》可

知，有明一代小说的商品化特征已经较为突出，著书而为稻粱谋的现象相
当普遍，冯梦龙就自云有过"应贾人之请"写小说的经历，明清之际涌
现的大量色情小说亦多是缘于书贾"牟利以求售"，典型如《肉蒲团》，
开篇就直言不讳"要世上人将银子买了去看"①。

　　不过，即使小说商品属性突出，明代小说界也不太可能爆发"小说
界经济危机"。此中原因甚多，其中的决定性因素是资本主义生产方式并
不成熟。具体言之，在生产环节，落后的印刷技术和以手工小作坊为主的
生产方式很难完成小说的大批量生产②，也就无法支撑起强大的商品帝
国，因此作为资本主义生产方式中的首要物质前提——"社会化的机器
大生产"尚不具备；再如流通环节，落后的交通方式和传播手段，同样
无法完成文化商品的迅速交易和资金的顺利回流，高效的再生产也就无从
实现；在之后的消费环节中，因受到前两个环节的制约，再加上读者接受
小说的渠道众多（如听说书、弹词、鼓词等，不一定非要购买小说），市
场容量有限且平稳，出版商能有效地预测和掌控市场，故小说的产量不会
很高③，读者的消费量也就不会与小说商品的产量发生多大的供求矛盾；
再者，彼时较为严厉的文化政策管控，也使得小说的自由市场不易形成。
总之，资本主义的商品生产和交换方式在当时难以实现，小说界的经济危
机就不会发生——至少不会较大规模地爆发，进而引发整个小说界的震动
以至偏离小说发展的既有轨道。

　　但一切在晚清之际都发生了逆转，随着西方资本主义生产方式进入小
说领域，上述诸条件皆已具备。

---

　　①　三段引文分别出自绿天馆主人《古今小说序》、杜濬《觉世名言序》、《肉蒲团》第一
回。皆转引自陈大康《明代小说史》，人民文学出版社 2007 年版，第 17 页。

　　②　陈大康先生在《明代小说史》（人民文学出版社 2007 年版，第 151 页）中推算："十个
工匠刻八万字的《三国志平话》约花一个月便可以完成，可是要刻七十万字的《三国演义》就
得花上十个月"。可见出版时间慢、成本高，是通俗小说发展、普及的一大制约因素。

　　③　据陈大康先生的《中国近代小说编年·前言》（华东师范大学出版社 2002 年版）统计，
"明清两代共 544 年，近代 72 年（按：指 1840—1911 年）只占其中的八分之一，可是据现在所
知，在这一阶段中所出的通俗小说竟然是前 472 年总数的三倍（按：从近年新挖掘的资料看，这
一比例还要扩大数倍）"，"自明万历中期以降，明清小说创作的平均数率在 200 年里基本上一直
维持在每年新出 1 至 2 种作品，直至光绪二十年（按：公历 1894 年）的前 55 年，小说问世的数
率仍与以往几无差别"。由此，可见明中期至中日甲午战争前的小说发展，基本处于低量、平稳
的运行状态。

　　第一，近代工业化的印刷技术被引进并广泛运用于小说生产领域。近代印刷业的一大革新是铅印技术的使用。该技术早在 19 世纪初就已由西方传教士带入中国，并在新创的墨海书馆、华花圣经书房（后改名为美华书馆）等图书印刷机构中使用。但当时的铅印技术主要用于印刷《圣经》之类的宗教典籍，极少用来印制小说图书。直到同治、光绪年间，才开始出现铅印本小说。铅、石印刷技术的使用，最大的优势在于生产效率的提高，这也正是工业化生产的核心标准。例如，同治十一年（1873）申报馆用铅印技术印刷《申报》"每日刷印四千张，仅用不过两时有余，即能告竣"①，意味着每小时就能印刷两千张；一本完整的小说"十日之间，便已竣事，且校对详细，装订整齐"②，而当时申报馆使用的还是手摇轮转铅印机。30 年后，火力、电力代替了人力、畜力，平台双轮转机、双滚筒印刷机等新式、大型印刷机器的采用，更是使得印刷效率得到了几十上百倍的提高。并且，这种先进的印刷方式并非仅仅集中于上海、北京、广州等发达地区，而是得到了相当程度的普及。据《吴宓日记》载，宣统二年（1910）陕西学务公所图书馆印刷厂"小小字汽机发动诸机，日印书至数十万页之多"，而这还是在"吾陕工业未兴"之时③，由此不难推想当时沪、京等地印刷技术之发达。因此，小说工业化生产的物质前提已经完全具备。

　　第二，近代物流业的发展，为小说的销售、传播提供了有力支持。晚清时期，铁路、航运等现代化的交通方式极大地促进了近代商业的繁荣，特别是大清邮政体系的日臻完善为小说的远程传播助力甚大。光绪二十二年（1896），中国正式成立大清邮政官局；光绪三十二年（1906），清廷在施行"新政"中成立邮传部；此外，再加上民间私办的"民信局"、洋人开办的"客邮"，形成了覆盖全国的邮政网络，使得邮路成为晚清小说销售的一条相当重要的新渠道。发达的邮政同时也促进了报刊业的繁荣，为小说商品信息的及时发布和广泛传播，又提供了一条高效途径。这些都是实现小说商品工业化生产的有利条件。

---

①　（未署名）:《铅字印书宜用机器论》,《申报》同治十一年（1873）十月二十四日。

②　申报馆:"发售《女才子》告白",《申报》光绪三年（1877）九月十四日。

③　吴宓著，吴学昭整理注释:《吴宓日记》第一册，三联书店 1998 年版，第 4 页。

　　第三，近代城市人口增长，孕育了潜力巨大的小说消费群。其中，表现得最为典型的当属上海。太平天国战乱，使得江浙一带的大量豪门富贾迁入上海，"天京以及各处子女大半移徙苏郡，又由苏郡移居上海"①；各地避难人群也随之蜂拥而至，"搬移者始自关外，旋及苏州，十去其七，渐及上洋"，其中不乏地方官员豪绅"始自官署家眷先各逃避，而绅富遂纷纷矣"②。这些迁入的富绅官眷有钱有闲，大多接受过文化教育，成为近代小说消费群中的一支重要力量。此后，上海人口数量更是进一步快速增长。太平天国战乱结束时，上海总人口还不足 70 万人，而宣统二年（1910）则已增长到近 130 万人，30 余年间几乎翻了一番。③ 大量人口涌入城市，带来的是商业繁荣和小说读者的增加，这也是推动小说快速发展的有利因素。

　　此外，晚清期间小说被赋予启牖民智的社会任务，地位有所提高，清廷的文化政策对小说的管制也相对宽松，小说创作、出版、销售诸环节已是按市场法则运作的商业行为，官方色彩并不突出，这些都有利于小说自由市场的形成。因此，小说界爆发"经济危机"的诸多条件都已具备，若缺乏适当有力的调控，危机爆发随时都有可能。1825 年（时为清道光五年），老牌资本主义国家英国爆发了第一次经济危机，此后经济危机便如梦魇般伴随资本主义的工业化进程。每次经济危机爆发都有一个共同的特征——商品供过于求，当然，还有一些伴随性特征如市场通货膨胀、经济陷入困顿、衰退等。上述特征，宣统朝小说界竟然全部存在，这就是为什么"小说界经济危机"爆发偏偏是在宣统朝，而不是在此前或此后出现的关键原因。

二

　　就整个社会环境而言，宣统朝都是危机重重，一派末世迹象。其中，

---

　　① 《忠王李秀成给上海百姓谕》，转引自张仲礼主编《近代上海城市研究》，上海人民出版社 1990 年版，第 54 页。

　　② 鹤湖意意生：《癸丑纪闻录》，转引自张仲礼主编《近代上海城市研究》，上海人民出版社 1990 年版。

　　③ 据邹依仁先生所制《上海历年人口统计（1852—1950 年）》表，上海总人口同治四年（1865）为 691919 人，宣统二年（1910）为 1289353 人。见邹依仁《旧上海人口变迁的研究》，上海人民出版社 1980 年版，第 90 页。

最为直观的当然是社会动荡、政局不稳，此点前文已有交代。然而，宣统朝的困顿绝非仅限于此——作为下层建筑的经济基础同样处于崩溃边缘，甚至整个王朝的垮台便与此有着莫大的关系。从光绪三十四年（1908）开始，中国物价飞涨，引起民生艰难，这在陆士谔的《新孽海花》中有非常直观的描述："现在日子越度越难，百样的东西异常昂贵。昔年这几钱可以度一年的，放于现在只能度三四个月了。进款没有增加，出款便增起了一两倍。像我们这种人家，真是最难不过。"[①] 为此，清政府不得不采取措施平抑物价:

> 近日银价陡涨，物价因亦增高。嗟我黎庶，其何以堪! 著度支部迅速拨银五十万两，责成该府尹妥择官商银为贬价收银，以平银价。一面严禁各商肆任意抬高物价。[②]

清政府本身财政就已捉襟见肘，根本无法应付当下的经济困境。随后，上海等地多家银号倒闭，引发全国各地连锁反应，进而爆发了被称为"清末最为严重之金融恐慌"[③]。再加上频繁的自然灾害，各地抗捐抢米风潮不断，经济形势进一步恶化，这点可从固定资产投资的逐年锐减中见出一斑。[④] 由此可知，宣统朝的整个经济大局已经陷入了混乱和困顿，而早已成为"文化产业"的近代小说业在如此惨淡的经济大氛围中要想独善其身几乎不太可能。[⑤] 当然，对"小说界经济危机"爆发的最终判断，还

---

① 陆士谔:《新孽海花》第四回，改良小说社，宣统元年（1909）。

② 清实录馆:《清实录》第 59 册，中华书局 1987 年版，第 743—744 页。

③ 关于此次波及全国的"金融恐慌"详情，可参见徐鼎新，钱小明所著之《上海总商会（1902—1929）》（上海社会科学院出版社 1991 年版，第 113—129 页）。另外，陆士谔的"实录"性小说《最近社会秘密史》，也使用了大量篇幅；从一个下层文人的视角对这次金融危机进行了生动描述。

④ 宣统元年（1909），中国对矿冶、纺织、食品等基础国民经济的投资不及上年的半数，而辛亥年（1911）更是跌至谷底，这种状况一直持续到 1913 年亦未见起色。参见汪敬虞编《中国近代工业史资料第二辑（1895—1914 年）》（下册），科学出版社 1957 年版，第 657 页。

⑤ 且不说读者捂紧口袋、压缩文化商品消费给小说产业带来的影响，哪怕是纸张、邮费的顺势涨价，就已给小说产业带来不小的冲击。

得视当时小说市场的具体供求情况而定。①

　　那么，小说市场的供求情况到底如何？"小说界革命"后，小说的出版量迅猛上升，到光绪三十四年（1908）前后达到顶峰。以单行本论，"小说界革命"发起当年——光绪二十八年（1902）出版小说单行本仅为11种，而到了光绪三十三年（1907），出版的小说单行本竟然多达230种，短短五年时间内数量就翻了21倍。② 那么读者数量如何呢？虽然无法作出具体统计，但可以作出大致推测。以小说出版量和消费量最大的上海为例，这五年间人口总量增长不足一倍③。即使人口增长量与小说读者的增长量并不一定对应，但短短五年间小说出版增长速度与人口增长速度之间21:1的比例还是太过悬殊。这些小说中，新小说自然是占了绝大部分份额④，那么新小说的读者主要为何许人呢？徐念慈做了这样的统计：

　　　　余约计今之购小说者，其百分之九十出于旧学界而输入新学说者，其百分之九出于普通之人物，其真受学校教育而有思想、有才力、欢迎新小说者，未知满百分之一否也？⑤

这一说法，应该是大致符合事实的，因为从时人的一些论述中可以得

---

　　① 2008 年，"金融危机"袭击全球。就在经济低迷之际，却出现了反常而有趣的"口红效益"：美国的口红、面膜的销量开始上升，与其他大宗商品和奢侈品的低迷销量呈现出鲜明的对比。这给我们一个启示，经济不景气之时，人们的消费有可能转向购买廉价商品，而口红等作为非生活必需品，兼具廉价和粉饰的作用，能给消费者带来心理慰藉。"口红效益"也适用于文化消费市场，比如全球电影产业的发展这两年就异常红火。那么，作为文化消费品的小说，是否在经济不景气之时也出现逆市上扬呢？这最终要视当时的市场情况而定。

　　② 相关情况见文末"附录五"。

　　③ 邹依仁：《旧上海人口变迁的研究》，上海人民出版社 1980 年版，第 90 页。另，据徐雪筠、陈曾年、许维雍等编译《上海近代社会经济发展概况》（上海社会科学院出版社 1985 年版，第 96 页）载：十九世纪末上海"能够粗识文字的男子，据说每百人中有 60 人左右，而学者、文人一类只有 5—10 人。关于有阅读能力的女子所占的比例……从每百人中 10—30 人不等，其中会作诗的可能有 1—2 人"。那么折中估算，即使如上海这样文化水平较高的城市，具备基本阅读能力者之比例亦不足 40%。

　　④ 关于晚清新旧小说出版的比例统计，详见第六章第一节。

　　⑤ 觉我（徐念慈）：《余之小说观》，《小说林》第十期，光绪三十四年（1908）。

到印证:

> 以余之经验，则舍余十余年来所识之新朋友外，其旧时亲戚故旧与里巷间之顽夫稚子妇人，依然但知《三国》、《水浒》、《西游记》，而能举新小说之名者百不一二，其能称颂新小说之美者，盖罕闻也。①

晚清之际，"旧学界而输入新学说者"人数定然不会太多，而数量庞大的"顽夫稚子妇人"却依然流连于传统旧小说，没能迅速地转化为新小说的阅读主体。新小说这种相对狭窄的接受群体与迅猛的图书增长量之间的矛盾，在缺乏第三方调控的自由市场之中只能放任自流，日渐恶化，随之带来的则是严重后果:

其一，小说销量减少，甚至滞销，造成周转不畅，"负贩之途，日形其隘；向之三月而易版者，今则迟以五月；初刊以三千者，今则减损及半"②，"而其销行速率，乃若二与三之比，销数总核，又若三与四之比"③。

其二，利润降低，书贾们面临破产危机，"丁未（1907）定价与丙午（1906）定价相比，大约若五与四之比"，结果导致像上海这样的"中国第一之商埠，而业书者，不论新旧，去年中未曾闻有得赢巨款者"④。

这两大特征，都是经济危机到来的典型前兆，故徐念慈"现象若是，欲其发达，不綦难乎?"⑤ 的担心不无道理。随着旧货积压，新品又不断

①　樊:《小说界评论及意见》，《申报》宣统元年（1909）十二月十二日。类似的观点，也见于《旧小说之势力》（题"选稿"，《吉林白话报》宣统元年三月二十二日），该文作者认为，"无奈新的势力跟不上旧的一零儿，普通人的脑筋已经让旧小说全占满了，决没有新的一点座位"，"轮到新小说，一来没人满街上去说，二来程度太高，不能凑合普通的人，叫他们听的（得）进去。竟等着上等社会去看，反正就是看的主儿，心里明白啵咧"。说明下层普通读者，喜读传统小说甚于"新小说"，而"新小说"的接受者多属"上等社会"。

②　东海觉我（徐念慈）:《丁未年小说界发行书目调查表》，《小说林》第九期，光绪三十四年（1908）。

③　觉我（徐念慈）:《余之小说观》，《小说林》第十期，光绪三十四年（1908）。

④　同上。

⑤　同上。

出现，供求矛盾愈加严重，特别是在近代工业化生产条件的支持下，供求比例的失衡被迅速扩大，当书贾们意识到危机之时为时已晚，只能以一场"经济危机"的惨重代价来完成资源的重新调配。因此可以说，早在光绪三十四年（1908）前后，亦正值中国近代小说发展最为兴盛的时段，一场"小说界经济危机"就已潜伏、酝酿，只不过出于发展的惯性，延迟到宣统朝间才最终完全暴露出来。

三

宣统朝小说界注定要承受"经济危机"带来的种种伤痛，因为此前销量减少、利润下降的状况非但没有改善，反而愈加恶化。为了摆脱这一困境，徐念慈早前曾提出过一个解决之道：

> 窃谓定价之多寡，与销售之迟速，最有密切关系，吾愿业此者，大贬其价值，以诱起社会之欲望。姑一试之，法果效也，则遵而行之，洵坦途哉。即不然，而积货之去，转货新者，亦未始无益也。此有资本以营商业者所宜忖度者也。①

为了加快周转速度，"积货之去，转货新者"，减价销售当然是一个最为直接的好办法，往往能收到出奇制胜的功效：从小的方面看，书贾们可以实现薄利多销，读者可以享受物美价廉；从大的方面看，也有利于小说的普及和进一步扩大小说市场。这似乎是一个多赢的局面。然而，实际情况并不如徐氏想象的那般美好。减价销售极易形成书贾们的"价格战"，造成无序竞争和恶性竞争，最终损害的将是整个小说市场，而宣统朝小说界恰恰就是这样一种典型境况。光绪三十二年（1906）之前，小说大多全价出售，光绪三十四年（1908），价格有所松动，但多不会低于八折。到了宣统朝间，随着竞争的进一步加剧，小说打折销售几乎成了通例，甚至新书刚刚推出，就按定价的对折销售亦非鲜见。其中，就包括晚清小说出版大户商务印书馆，曾将新小说76种，内容涉及侦探、言情、社会、神怪、冒险、历史等多个门类，以五折的价格

---

① 觉我（徐念慈）：《余之小说观》，《小说林》第十期，光绪三十四年（1908）。

销售,掀起了一股降价风潮,"价格战"由此开场。① 随后,鸿文书局
将《后官场现形记》、《最近上海秘密史》、《最近女界秘密史》三部
新近推出的小说以半价出售,② 国学扶轮社也及时跟进③。此后的广智
书局更是不惜血本,将全局所有小说,不论新旧,统统以码洋五折
促销。④

那么,小说出版商的利润如何呢? 翻检发现,晚清小说的定价基本
保持在同一幅度:洋装铅印本,一百页左右,定价约为银元 2 角,这为
测算小说成本提供了方便。现不妨以商务印书馆出版的《红星佚史》
为例。⑤ 该书 227 页,每页约 390 字,共计 90 千字,定价银元 5 角。
其中,应支付著译者周氏兄弟稿酬每千字 2 元,合计 180 元,实际支
付 200 元⑥。而这还是无名译者的额度,对那些名气较大者稿酬还要更高
些,如包天笑的作品是每千字 3 元⑦,林译小说更是高达每千字 6 元⑧。
除了稿酬外,还有另一项重要开支是广告宣传费用。这笔费用具体是
多少很难计算,但有两个小数据可以窥豹一斑:其一,商务印书馆在
《时报》报头旁预订了一小块广告,版面费包月优惠价是 2000 大
洋,⑨ 若包全年则要 2.4 万大洋。笔者初步统计,宣统朝前后该馆在全
国至少 20 家大媒体上同时发布大量广告,这笔费用定然不菲;其二,
商务印书馆上海总馆和各地分馆还配有专人"周游全省",专司发放广
告,"去年以来(按:1908 年下半年至 1909 年闰二月)所费纸张、印

---

① 商务印书馆:"唯一无二之消夏品"广告,《时报》宣统二年(1910)六月十一日。

② 鸿文书局:"新出小说三种"广告,《民立报》宣统二年(1910)十一月二十日。

③ 国学扶轮社:"秘本旧小说十种定期出版,减收半价"广告,《神州日报》宣统三年
(1911)七月十三日。

④ 广智书局:"书籍大廉价"广告,《申报》宣统三年(1911)十月初八日。该广告云:
"自十月初一日起,凡购本局出版书籍者,照定价五折,现银交易。"该局当年就有新发行的小
说《盗面》、《裴洒杰奇案之一》等。

⑤ 《红星佚史》一册,署"[英]罗达哈葛德、安度兰俱著,会稽周逴译",即周作人口
译,鲁迅笔述,商务印书馆光绪三十三年(1907)出版。

⑥ 周作人:《知堂回想录》,香港三育图书文具公司 1980 年版,第 209 页。

⑦ 包天笑:《钏影楼回忆录·在商务印书馆》,香港大华出版社 1971 年版,第 388 页。

⑧ 郑逸梅:《林译小说的损失》,《羊城晚报》1962 年 7 月 28 日。

⑨ 包天笑:《钏影楼回忆录·在商务印书馆》,香港大华出版社 1971 年版,第 390 页。

工、薪水及川资等费约有万余金"①，而这万余金仅仅是三个季度的支出。此外，还有印刷、工费等项成本，都是一笔不小的支出。并且，由于受到整个经济体通货膨胀的影响，上述开支还在节节攀升。从《时报》、《申报》同时提价一事，可以略窥当时出版业生产成本的变化：

> 各埠阅报诸君鉴：窃以报章一业，原以开通民智起见，故取价格外从廉，每份只售大洋一分四厘，冀得多一人看报，即多增一人之智识也。就曩年市况而论，尚须亏折。今则油墨、纸价逐渐飞腾，房食薪金益形膨胀，凡此皆须取给于办报之人，自顾实有不支。况报馆志切开通，当此立宪时代，事事尤宜改良，需费更加浩大。若再不设法维持，将来亏耗愈钜，势有难支。爰集同人公同定议，从今年八月初一日起，每日每份定价大洋二分，稍资挹注。为特先行布告，尚祈阅报诸君子共垂鉴焉是幸。②

面对通货膨胀的压力，《时报》、《申报》不得不采取加价措施。但随后《申报》发现，不仅"油墨、纸价逐渐飞腾，房食薪金益形膨胀"，就是占书报业一大支出的邮递费也是不甘其后，酝酿加价，并且还寸步不让。于是，《申报》只得再次发布文告：

> 本报自改良纸张，添设画报以来，颇为各界欢迎。现因邮政局以加添纸张、分量过重欲增邮费，本馆以所增太巨，与之交涉尚未妥洽，故暂时将图画一纸缩小，专绘小说，将新闻画插入本报第二张。一俟交涉妥洽，仍照从前将图画放大，以副阅报诸君

---

① 据宣统元年闰二月商务印书馆股东年会记录云："贴招纸为推广生意之大关键，理应注重。故本馆于去年下半年起先在江苏、安徽、江西三省各派二人，周游全省，专司其事。其他各省由分馆择要粘贴。去年以来所费纸张、印工、薪水及川资等费约有万余金。"梁长洲整理：《宣统元年闰二月商务印书馆股东年会》，宋原放主编：《中国出版史料·近代部分》（第三卷），湖北教育出版社 2004 年版，第 19 页。

② 时报馆："各埠阅报诸君鉴"告白，《时报》宣统元年（1909）七月初一日；完全相同的文字，又见于申报馆："各埠阅报诸君鉴"告白，《申报》宣统元年（1909）七月初七日。

之雅望。①

此次,《申报》不好意思再行提价,只好压缩版面和内容来降低成本,对《申报》而言这是无奈之举,对读者而言则是直接损失了。②

面对各种生产成本迅速上涨,《申报》作为老牌报业尚可采取提价或压缩版面来应对通货膨胀的压力,但对众多小说出版商而言则无此般胆气——不仅不提价,反而降价促销。因此,即使剔除价格不菲的广告费以及房租、工杂费、赠品等其他方面的支出,像《红星佚史》这样的小说商务印书馆至少要以全价售出 512 本以上才能收回本金,③ 若以五折销售,销量还要翻倍,达到 1024 册。要想达到这样的销量,其实已相当不易,若想获得商业利润,还要在销量上付出更多努力,难怪《新上海》中的梅伯要为书贾们的处境感叹:"真是商人自有商人的难处,我们读书人那里会知道。"④

即使像晚清商务印书馆这样,身为近代小说出版的标杆企业,销售网络完善、促销手段多样,⑤ 但在宣统朝间也遭受了重大挫折,作为该馆支柱之一的小说产业大为萎缩:小说大折扣销售,小说产量急剧下降(宣统最后两年里才出版小说 11 部),⑥ 干脆集中精力投入教材出版。甚至,连一直专注于小说出版的小说林社,也于此间冒险进军自己并不熟悉的教

---

　　① 申报馆:"本馆特别广告",《申报》宣统元年(1909)十月二十九日。

　　② 按:晚清邮购书刊一般由购者自付邮费。就发行商而言,邮费增加并没有直接减少单件商品的利润;但对读者而言,邮费增加无疑意味着购书成本的增加。最终受损害的,依然还是整个小说产业。

　　③ 申报馆:"代印书籍"广告,《申报》光绪二年(1876)正月二十七日。该广告云:"本馆承办代印各书,其价银格外公道,凡诸君有自著佳构或欲排印,则有至便且捷之法也。计印中国常式书一本约四万字者,照新出《平浙记略》式样,连纸连刷五百本之数,只取工料银二十五元。"印刷成本随着技术的进步,到宣统朝前后会有所下降,但随着物价的迅猛上涨,完全可以抵消下降的差价,因此 4 万字 500 本 25 元的印刷成本,依然具有参考价值。那么,仅仅稿酬、印刷两项硬性成本,9 万字的《红星佚史》至少支出 256 元,该书至少全价销售 512 本才能收回成本。这还不包括广告宣传、赠品等其余各项费用呢。

　　④ 陆士谔:《新上海》第十六回,改良小说社宣统元年(1909)版。

　　⑤ 相关情况请见拙文《晚清商务馆在近代小说发展中的典范意义》,《出版科学》2009 年第 6 期。

　　⑥ 相关情况见文末"附录四"。

材领域。① 出版机构事业重心的偏移，正是商业利润的变化所致，这表明商家涉足小说出版业已是相当谨慎。毕竟，要想在宣统朝前后的小说市场中分一杯羹实在不太容易——光绪三十二年（1906）至宣统三年（1911）六年间，全国年均新出版单行本小说就达 170 种（多个分册、卷仅视为一种），而此前六年（1900—1905）间的年均仅为 52 部；② 若以每种印刷1000 册计（这已是相当保守了），总量就已达到了 170000 册，意味着理论上每个识字的上海人，每年都可以拥有半册小说了。若算上专业小说杂志以及其他报刊所载小说，其数量更是惊人，这明显超出了小说读者的消费量。提请注意的是，当时新小说的消费市场，主要集中在江南（以上海为中心）、南部（广州、香港）、中部（武汉）三个区域，而其他地区的消费则非常有限。③ 可以说，由于地域间的文化差异、思想观念、交通运输等诸多因素的影响，新小说的全国市场并未得以有效开拓，这也使得供求矛盾的累积未能得到有效、及时的缓解。其实，关于供求关系失衡的问题，徐念慈在做小说市场调研的时候就已明显意识到："习久生厌，观者仅有此数，而供与求之比例，已超过绝大欤？"④ 小说市场的供求比例竟然是"已超过绝大欤"，如此看来，供过于求、货物积压、小说利润下降甚至亏损是在所难免了，随后而来的自然是一场影响甚为深远的"小

---

① 曾虚白在《曾孟朴先生年谱》（《宇宙风》第三期，1935 年）中云："（徐念慈）于是在股东会提议扩大编辑部，增出参考书。时先生（曾朴）尚虑此举所含冒险性太大，然股东会一致赞成徐君的提议，于是其议遂决。"事实表明，这的确是风险极大的一次投资，此后小说林社倒闭，与此次投资失败直接相关。社员们放弃进一步拓展小说业务，而去冒险进军教材出版，这或许已经说明，小说出版的发展空间已是相当有限。

② 相关情况见文末"附录五"。

③ 小说消费市场的地域分布情况，可从小说出版机构、小说期刊的地域分布情况中见出一斑。其中，哪怕是全国的政治中心——北京，新小说的市场恐怕也是相对有限。证据如下：首先，当时北京出版小说的机构并不多，其中以"小说"命名的出版机构无一落户北京（相关情况见文末"附录四"）；其次，近代 20 余家小说专业期刊，无一落户北京（相关情况见文末"附录二"）。包括小说销售渠道的建设，似乎也并不完善。以当时商业化运作较好的《月月小说》为例。光绪三十四年（1908）《月月小说》第二十一号刊载了"外埠本报代派处一览表"，北京代派商为有正书局、集成图书公司、公慎书局、作新社、龙文阁、萃英山房六家。其中四家是上海书局，仅有公慎书局、龙文阁是北京本地书局，而这两家书局以出版经籍为主，并无多少经营新小说的经验，用其代理小说期刊，效果难免会打折扣。

④ 东海觉我（徐念慈）：《丁未年小说界发行书目调查表》，《小说林》第九期，光绪三十四年（1908）。

说界经济危机"。

综上可见，晚清期间，虽然中国总体上并非完全的资本主义社会，但缘于小说商品的特殊性，首先具备了资本主义工业化生产的诸多条件，并且已经按照自由市场法则调配资源。进入宣统朝后，前期的无序竞争和恶性发展进一步加剧，彼时动荡的政局和困顿的经济环境又使之雪上加霜。于是，在缺乏第三方有效调控、疏导的情况下，小说行业不断累积的供求矛盾变得日愈尖锐化、明朗化，并最终将整个小说界拖入"经济危机"之中。这是中国小说史上发生的第一次"小说界经济危机"，它是特殊社会、经济、文化环境之下多方作用的产物，其直接影响是使小说界陷入阶段性的发展低潮；反过来，小说界低潮又使得危机的程度进一步加剧，形成恶性循环。至于更为深远的潜在影响（如在小说发展趋向、作家创作心理、文学潮流、作品风格等方面发生的作用），将在后面的章节中，逐步论述。

【附论】

试论推动晚清小说演进的"第三种力"

晚清小说数年之间就获得了迅猛的发展，其演进的动力何在？陈平原先生提出了"两个移动"说：

> 由于域外小说的输入，刺激乃至启迪了中国小说，使其发生变化；同时，中国小说从文学结构的边缘向中心移动，在移动过程中汲取整个传统文学的养分而发生变化——这两种移位的合力，共同促成了新小说的演进。

那么哪个"移动"是主力呢？陈平原先生认为"不否认域外小说输入是第一推动力，但中国小说的移位的影响也相当深远"①。随后，袁进先生在承认"两个移动"说的大前提下，对"先后次序却有不同意见"，他认为"中国小说师法外国的主导趋势是中国传统'以文治国'观念的产物。它是先向传统文学观念认同，再有选择地师法外国小说的"②。陈、袁两位先生的论述都非常精彩，笔者也赞同"两个移动"对中国近代小说演进的推动作用，但无意于参与讨论哪个"移动"更为重要、更为根本性或者哪个力占主导地位、发挥的作用更大，因为两个"移动"本来就隐身深处搅和不清，要对之作出令人信服的准确辨析实在不易，也非本人的兴趣所在。此处，笔者只是想就宣统朝小说演进中出现的一些特殊状况发

---

① 陈平原：《二十世纪中国小说史·第一卷（1897 年—1916 年）》，北京大学出版社 1989 年版，第 9 页。

② 袁进：《中国小说的近代变革》，中国社会科学出版社 1992 年版，第 142 页。

表一得之见。

第一，在"小说界革命"之前数年，中国近代文学界已经发起过"诗界革命"和"文界革命"。三次文学革命处在同一历史时期，根植于同样的文化土壤，甚至连倡导团队都是以梁启超为首。这就意味着，三者都会受到外来文化的冲击，同样会引发传统文学内部结构的变化——而其取得的成果也的确证明了这点（如"诗界革命"倡导的"新派诗"，"文界革命"形成的报章"新文体"，"小说界革命"促兴的"新小说"）——那么问题随之而来，为何"诗界革命"和"文界革命"远没有"小说界革命"那样声势浩大、成果显著？这是否意味着，在"两个移动"合力之外，还存在着另一种强大的并且有别于诗、文而专属小说体类的推动力，共同促成了这次小说的快速演进？

第二，小说从文学结构的边缘向中心移动，体现出小说文学地位的提高。纵观中国小说史，不难发现这一要求并非滥觞于晚清，其实早在明代后期就已兴起，此后虽曾一度低落但从未间断，历代倡导者们为此可谓是付出了相当多的努力，遗憾的是收效甚微。① 那么，为何到了晚清时期就忽然获得了快速突破？

第三，"两个移动"产生的合力应该是一种积极的、正向的推动力，能引领晚清小说逐步走向成熟，理论上应该会形成"中西合璧"的具有

---

① 关于提高小说文学地位要求，从明末开始就一直没有间断过。典型如明后期胡应麟等，就从"古今著述，小说家特盛，而古今书籍，小说家独传"（《少室山房笔丛》）的现实情况，提出小说价值应该重估，并对九流诸家重新厘定排位，将小说置于道、释之前。同一时期的李贽、袁宏道，稍后的冯梦龙等文人，都极力强调小说的价值。到了清初，金圣叹更是直言"天下之文章无有出《水浒》右者"（《水浒传序》），刘献廷亦云"戏文小说，乃明王转移世界之大枢机。圣人复起，不能舍此而为治也"（《广阳杂记》），这与梁启超"欲新一国之民，不可不先新一国之小说"（《论小说与群治之关系》）等语，在逻辑、气神方面颇有相通之妙。随后，《金瓶梅》、《儒林外史》、《红楼梦》等书的评点群体，都为小说正名做了大量工作。然而，他们的言论或能激起一时之震动，但就真正改善小说文学地位言，并未能取得多大进展。其中，有一个值得注意的现象：要求提升小说文学地位的呼声，第一轮兴起于明末，而第二轮则在清末，两者都是市场因素取代政策因素介入小说最为严重的阶段。细究发现，在前一轮中，跟文人学士并肩作战者竟然是书坊主人，如余象斗就直言小说乃"诸史之司南"（《题列国序》），这一偏重商业广告的论断当然不足为据，但可见言者之迫切心情。比起余象斗诸人，梁启超等人要高明得多，但"小说为文字之最上乘"（《论小说与群治之关系》）、"小说为国民之魂"（《译印政治小说序》）、"其浸润于国民脑质，最有效力者"（《饮冰室自由书》）等论断，同样有失偏颇。有意思的是，梁启超等人的身份之一，同样是小说商品的经营者。

较高艺术水准的新小说品类。从"小说界革命"启动后的最初几年看，情况的确值得乐观，所问世的作品无论质还是量，都有令人惊喜的提升（"四大谴责小说"即产生于这一时期）。但好景不长，从宣统朝到民初数年间，小说界的发展方向明显偏离了"小说界革命"倡导者设计的初衷，似乎走入了一条岔道，没能形成晚清到"五四"的完美"对接"，以致需要"五四"小说界同人再次革命，继续完成晚清时期就已提出的几个基本命题。那么，这段发生于宣统朝前后的波折表明，应该还存在着另外一种负向作用力，不仅延缓了小说的发展速度，也因其扭扯而使得小说偏离正向的演进轨道。

那么，这个亦正亦负的驱动力到底是什么？笔者认为，这就是小说市场强势介入后，所形成的小说市场驱动力。它对晚清小说的演进发挥着不可低估的影响作用，不妨视之为"两个移动"之外影响小说发展的"第三种力"。其实，从"小说界革命"一开始，"第三种力"就已深层介入并发挥作用。譬如，"小说界革命"发起之后，之所以得到各方声援并在短期内就取得较大的成果，就不可不提小说市场的需求驱动。

一定意义上，小说的繁荣发展各方都有利益可沾：对改良派而言，可以通过小说"吐露所怀抱之政治思想"，以致"发起国民政治思想，激厉（励）其爱国精神"，[①] 达到"改良群治"之目的；对读者而言，可以获得更多文化消费品，满足"嗜他书不如其嗜小说"的"人类之普遍性"[②]；对作家而言，既可以满足自我的"发表欲"，[③] 兼而取得"菽水之资"[④] 补贴家用；对小说经营商而言，市场做大，利润更多，何乐而不为？于是，各方的利益诉求转化为强大的市场需求，并在近代工业化生产的支持之下迅速膨胀，成为推动小说发展的强大驱动力，其取得的一大成

---

① 新小说报社："中国唯一之文学报《新小说》"告白，《新民丛报》第十四号，光绪二十八年（1902）。

② 饮冰（梁启超）：《论小说与群治之关系》，《新小说》第一号，光绪二十八年（1902）。

③ 包天笑在《钏影楼回忆录》（香港大华出版社1971年版，第173页）中谈到译书时说："因想这不过一时高兴，译着玩，谁知竟可以换钱。而且我还有一种发表欲，任何青年文人都是有的，即便不给我稿费，但能出版，我也就高兴呀！"张恨水在《我的写作生涯》（四川人民出版社1981年版，第27页）中也曾说："当年写点东西，完全是少年人好虚荣。……我费工夫，费纸笔，费邮票，我的目的，只是满足我的发表欲。"

④ 儒冠和尚：《读〈闺中剑〉书后》，《闺中剑》，小说林社，光绪三十二年（1906）。

果就是共同掀起了一场声势浩大的"小说界革命"。

　　在这当中不可不提小说经营商们的作用。或许是缘于"作家——作品——读者"研究模式的局限，在这几个利益群体中，常被人忽略的正是小说经营商及其背后的小说市场，加上小说经营商多是幕后操作，更增添了一份神秘感，故一直以来相关研究较难深入，而宣统朝小说界的特殊性，正可为此提供绝佳的研究样本。对小说经营商的影响力，兼营图书出版业的梁启超可谓深有体会，他早在"小说界革命"发起之初就明言"华士坊贾，遂至握一国主权而操纵之矣"①，虽然表述不无危言耸听，但若单看小说界，熟谙市场的书贾们倒真是把握主权者。若进一步细究不难发现，"小说界革命"最为积极的倡导群体，大多都参与了小说的经营。例如梁启超经营《新小说》杂志并掌控广智书局；徐念慈、黄摩西、曾朴等人经营《小说林》杂志及小说林社；陈景韩更是打理着多份报刊及有正书局；陆士谔早年开办小说租赁店，此后又加盟大声小说社；另有李伯元、吴趼人、包天笑等都是作家兼报人。可以说，他们都有着相当丰富的小说经营经验（其中徐念慈还发表过专门的小说市场调研报告《丁未年小说界发行书目调查表》②），了解市场需求，这无论对他们本人的小说创作还是所从事的小说经营都会产生直接影响——即使其中不少人声称自己的创作仅仅是为了"载道"，并鄙视那些"实行拜金主义"的"市稿者"③。当然，为数最多的还是无名书贾，获取利润是其首要目的，他们见到小说地位提高后，官方管控放松，读者增多，市场扩大，无不乐见其成，于是纷纷响应"小说界革命"，这无疑在客观上推动了小说的繁荣发展。

　　但市场的"双刃剑"作用随之展现。在市场法则的规定和人性欲望的驱动之下，基本的法律或道德底线仅仅是书贾们最后的参考，而最大限度地获得利润才是其卖力经营的首要目标。在缺乏第三方调控的晚清之际，这种经营方式必然导致市场的无序发展和恶性竞争，其结果只会将市

---

　　①　饮冰（梁启超）:《论小说与群治之关系》，《新小说》第一号，光绪二十八年（1902）。

　　②　东海觉我（徐念慈）:《丁未年小说界发行书目调查表》，《小说林》第九期，光绪三十四年（1908）。

　　③　天僇生（王无生）:《中国历代小说史论》，《月月小说》第一卷第十一期，光绪三十三年（1907）。

场推入"经济危机"之中；反过来，后者又会进一步加剧前者的破坏程度。而"小说界经济危机"一旦爆发，本来是正向推进的动力，就会转化成反方向的负作用力，小说的发展就会滞缓甚至倒退。提请注意的是，小说发展的滞缓甚至倒退，并不意味着小说自身的演变就与之同步，反而有可能促使小说的演进速度加快——为了应对新的市场环境，小说必然经历"穷则思变，变则通"的调适过程，于是，具有某种新品质的小说样式将会应运而生。以上这些并非理论玄谈，宣统朝间"新消闲小说"的兴起可为例证——这种由启蒙、谴责、言情、黑幕等流行因素调和而成的小说样式，思想内容混杂甚至不无矛盾，不见得比前期的新小说更为先进，艺术成就也不见得有多高，但可以确定的是"新消闲小说"在当时具有更强的市场适应力。

　　至此，我们已经知道，正是小说市场驱动力的存在及其强势作用，才促使前期的梁式新小说在短短数年内潮退，代之以"新消闲小说"涌起。这进一步提醒我们，在小说市场已经深层介入的小说生产体系中，任何无视、忽略这一因素的强大作用都有可能遭致挫折——可以说，这是一个并不太适合曹雪芹们生存的时代，精雕细琢产量太低，效率决定生存，"朝脱稿而夕印行"① 才是时兴的小说生产机制；这个时代也不太欢迎光是强调锐意创新、追求超越前卫，但市场认可度低的作品。因此，市场势力对小说生产的介入，使得小说家们刚刚为官方的文化管控有所松弛而舒口气时，又不得不为受到市场法则的约束而烦恼。这点，周氏兄弟《域外小说集》的失败堪称经典案例。

　　与同时代其他作品相比，将《域外小说集》划入佳作行列应该不会有人怀疑，这首先得益于周氏兄弟坚持了较高的著译标准，"特收录至审慎，迻译亦期弗失文情"② 。周氏兄弟对此也颇为自信，"是集所录，率皆近世名家短篇。结构缜密，情思幽眇，各国竞先迻译，裴然为文学之新宗，我国独阙如焉。因慎为译述，抽意以期于信，译辞以求其达"，并云"新纪文潮，灌注中夏，此其滥觞矣"③ 。看来，他们是希望通过《域外小

---

① 　寅半生：《小说闲评·序》，《游戏世界》第一期，光绪三十二年（1906）。
② 　周树人：《域外小说集·序言》，《域外小说集》第一册，日本东京宣统元年（1909）。
③ 　周树人：《〈域外小说集〉第一册》，《时报》宣统元年（1909）闰二月二十七日。

说集》系列图书的出版开创一代译风译作，遗憾的是他们的美好愿望并未能如期如愿实现：

> 当初的计划，是筹办了连印两册的资本，待到卖回了本钱，再印第三、第四，以至第 X 册的。如此继续下去，积少成多，也可以约略绍介了各国名家的著作了。于是准备清楚，在一九〇九年的二月，印出第一册，到六月间，又印出了第二册。寄售的地方，是上海和东京。
>
> 半年过去了，先在就近的东京寄售处结了帐。计第一册卖去了二十一本，第二册是二十本，以后可再也没有人买了。那第一册何以多卖一本呢？就因为有一位极熟的友人，怕寄售处不遵定价，额外需索，所以亲去试验一回，果然划一不二，就放了心，第二本不再试验——但由此看来，足见那二十位作者，是有书必看，没有一人中止的，我们至今很感谢。
>
> 至于上海，是至今没有详细知道。听说也不过卖出了二十册上下，以后再没有人买了。于是第三册只好停板，已成的书，便都堆在上海寄售处堆货的屋子里。这寄售处不幸被了火，我们的书和纸板，都连同化成灰烬；我们这过去的梦幻似的无用的劳力，在中国也就完全消灭了。①

书卖不出去，小说的价值就不能实现，社会效益、经济效益自然无所依托，打算"发行至第 X 册"的庞大计划也只能搁浅。那么，《域外小说集》为何遭遇惨败？这成为了近代一个著名的文化"谜案"，各家众说纷纭。主要观点胪列如下：

第一类。胡适先生站在推行白话文的角度分析云："古文译小说，固然也可以做到'信、达、雅'三个字——如周氏兄弟的小说——但所得究不偿所失，究竟免不了最后的失败。"② 随后，郭箴一先生也基本

---

① 周作人：(实为鲁迅所作)《域外小说集·序》，《域外小说集》，群益书社版，1921 年。
② 胡适：《五十年来中国之文学》，《胡适文集》第三册，北京大学出版社 1998 年版，第 216 页。按：该文最早由申报馆于 1924 年出版。

沿用此说："因为用的是文言，得不到很多的读者，他们经过此次失败之后，便改了方向，用白话来开始翻译。"[1] 鲁迅先生也自坦《域外小说集》的部分译文有"句子生硬，'诘屈聱牙'"[2] 之病，蔡元培也认为："周君所译之《域外小说》，则文笔之古奥，非浅学者所能解。"[3] 当然，译文复古或许会阻挡住部分读者，但也不至于惨败如斯。更何况，君不见"就今日实际上观之，则文言小说之销行，较之白话小说为优"[4]，其中林译小说的风行更是反证，而郭氏也坦承周氏兄弟的"译文远在林纾之上"[5]。

第二类。鲁迅先生自己还曾解释云："《域外小说集》初出的时候，见过的人，往往摇头说，'以为他才开头，却已完了！'那时短篇小说还很少，读书人看惯了一二百回的章回体，所以短篇便等于无物。"[6] 这倒是一个客观原因，基本符合实际，但并不完全。君不见，此前两年就有书局接连出版了两册《短篇小说丛刻》，据称"颇为一般学子所喜阅"[7]。

第三类。当前学界较有代表性的观点是："《域外小说集》传播上的失败，缘于它审美与道德欲求上的超前。"[8] 这当然是很高的评价了，可以理解为"虽败犹荣"，但从根本上看，这种解释跟鲁迅先生自己的说法大同小异——强调《域外小说集》的价值不被读者接受或发现。笔者首先承认这种观点的合理性，但要强调的是这只是其中一个因素；而且，若将《域外小说集》被冷落的原因过多地归结于读者方面，或许会错过一些深入考察晚清小说流通运营的好机会，并因此可能忽视或低估晚清小说市场的作用力。

据周作人自云，兄弟俩留学日本期间"留学费是少得可怜，也只是

---

① 郭箴一：《中国小说史》，商务印书馆 1939 年版，第 637 页。

② 周作人（实为鲁迅所作）：《域外小说集·序》，《域外小说集》，群益书社版，1921 年。

③ 蔡元培：《答林琴南书》，《公言报》1919 年 4 月 1 日。

④ 觉我（徐念慈）：《余之小说观》，《小说林》第十期，光绪三十四年（1908）。

⑤ 郭箴一：《中国小说史》，商务印书馆 1939 年版，第 637 页。

⑥ 周作人（实为鲁迅所作）：《域外小说集·序》，《域外小说集》，群益书社版，1921 年。

⑦ 新世界小说社："《短篇小说丛刻》出版告白"，《时报》光绪三十二年（1906）九月初十日。

⑧ 杨联芬：《晚清至五四：中国文学现代性的发生》，北京大学出版社 2003 年版，第 129 页。

将就可以过得日子罢;要想买点文学书,自然非另筹经费不可",于是"便想译书来卖钱的事"①,随后又有"为译书买钱计"② 云云。既然周氏兄弟都坦承有鬻稿为利的动机,那么,我们亦不必为之讳言,不妨从小说市场营销的角度切入,分析《域外小说集》惨遭冷遇的原因,或可得到一些新的认识。

首先得看到,在出版《域外小说集》之前周氏兄弟的确从鬻稿上小有收益,如周作人翻译雨果的《孤儿记》"便得洋二十元,是我第一次所得稿费"③,随后的《红星佚史》得稿费 200 元,④ 而《匈奴奇士录》应该也有一笔进项。⑤ 这些成功一方面增强了周氏兄弟译书的信心和动力,但另一方面,付出与收获的差距也让他们开始感到不满足,渐渐有了抱怨:"那时的稿酬也实在是够刻苦的;平常西文的译稿只能得到两块钱一千字,而且这是实数,所得标点空白都要除外计算。"⑥ 获利动机加上更为重要的拟以"介绍新文学"⑦ 来"转移性情,改造社会"⑧ 的良善愿望,或许就萌生了自营《域外小说集》的念头,而友人蒋抑卮答应先期出资垫付印刷费的支持,更坚定了周氏兄弟自费出书的信念。但周氏兄弟显然过于乐观了,他们忽略了小说市场形成后,作用于小说生产机制的诸多影响因素,并因此而不得不付出失败的代价。

第一,营销不力。小说市场形成后,小说营销成为小说产品推广的重要手段,这从商务印书馆、改良小说社等出版机构五花八门的小说营销策

---

① 周作人:《知堂回想录》,香港三育图书文具公司 1980 年版,第 207 页。

② 同上书,第 212 页。

③ 同上书,第 164 页。《孤儿记》,署"会稽平云撰",小说林社光绪三十二年(1906)出版。

④ 同上书,第 209 页。《红星佚史》,署"(英)罗达哈葛德、安度兰俱著,会稽周逴译",商务印书馆光绪三十三年(1907)出版。

⑤ 《匈奴奇士录》,署"(匈牙利)育珂摩耳著,周逴译",商务印书馆出版光绪三十四年(1908)出版。

⑥ 周作人:《知堂回想录》,香港三育图书文具公司 1980 年版,第 207 页。

⑦ 同上。

⑧ 周作人(实为鲁迅所作):《域外小说集·序》,《域外小说集》,群益书社版,1921 年。该序开篇云:"我们在日本留学时候,有一种茫漠的希望:以为文艺是可以转移性情,改造社会的。因为这意见,便自然而然的想到介绍外国新文学这一件事。"

略即可见出一斑;① 而且, 它们大都建立了专业化的营销网络, 为小说向全国推广提供重要保障 (关于这方面, 业界资深人士张静庐后来做有相当务实、专业的经验总结②)。而作为 "小本经营"③ 的周氏兄弟, 既不具备此等财力和市场运作能力, 营销策略亦是相当外行。比如, 小说出版后周氏兄弟登出了一则简短的告白,④ 内容中规中矩, 跟彼时喜欢夸大其词的宣传文案相比, 学术气有余而灵气不足, 缺少出奇撩人之处, 自然很难引起读者注意。而且, 该书国内的代售点仅设一处: 广昌隆绸庄。可以想象, 在小说专业市场已经形成的晚清时代, 书局遍布, 货源充足, 品种丰富, 读者买书可选择的余地已经很大而且相当便利, 那么又有几位读者会想到 (知道) 要跑去卖花布的绸庄店买本小说?

第二, 缺乏名人效应。名家著、译小说, 成为小说销量的重要保障, 例如林译小说、吴趼人小说都是吸引读者的大品牌。那么周氏兄弟如何呢? 从商务印书馆给出的稿酬等次看, 他们的名气尚在包天笑之下, 仅处于普通作家行列。⑤ 虽然此前周氏兄弟已有部分小说译著出版, 但大都使用不同的笔名,⑥ 这次《域外小说集》也不例外, 首次题署 "会稽周氏兄弟纂译"。那么, 此前聚集的一些人气便不复存在, 两人在陌生读者眼中也就成了 "无名" 新手。再从《域外小说集》选译的作家、作品看, 一、二册共收录作家 10 人、作品 16 篇, 其中也不乏契诃夫、摩波商 (莫泊桑) 这样的名家, 但大多数作家此前都不被国内读者所认知, 名家效应

---

① 商务印书馆堪称近代小说营销史上的典范, 其富于创意的诸多营销案例, 甚至对当代文化出版业的营销依然有借鉴意义。相关情况请见拙文《晚清商务馆在近代小说发展中的典范意义》,《出版科学》2009 年第 6 期。

② 张静庐:《在出版界二十年》, 上海杂志公司 1938 年版。其中的附录《杂志发行经验谈》, 谈到了图书杂志的营销经验。

③ 周作人 (实为鲁迅所作):《域外小说集·序》,《域外小说集》, 群益书社版, 1921 年。

④ 周树人:《〈域外小说集〉第一册》,《时报》宣统元年 (1909) 闰二月二十七日 (此广告又见于翌日《神州日报》)。同日的《神州日报》, 载有一则未署名之 "赠书志谢" 告白, 对周氏兄弟赠送的《域外小说集》表示感谢, 亦起到了广告作用。

⑤ 包天笑:《钏影楼回忆录·在商务印书馆》, 香港大华出版社 1971 年版, 第 388 页。

⑥ 周树人此前译著小说署名为:《哀尘》(庚辰),《斯巴达之魂》(自树)、《地底旅行》(索子),《造人术》(索子) 等;《红星佚史》(周逴, 两人合译)。周作人此前译著小说署名为:《侠女奴》(萍云女士),《孤儿记》(平云),《玉虫缘》(碧萝女士)、《匈奴奇士录》(周逴) 等。

自然无法实现。可作对比的是,他俩此前所译的《红星佚史》,原著者为畅销小说家哈葛德,哈氏作品经过林纾的译介,早已为国人所熟知,故出版商和读者皆较易接受。①

第三,时机不利。宣统元年（1909）,"小说界经济危机"已经到来,小说市场供过于求的矛盾日益突出,书贾们已经开始收缩出版量,低价促销积压商品。而此时身在日本的周氏兄弟并不了解国内市场行情,② 错判形势逆流而上,选择了这个相当不利的出版时段。那么,此时出版的作品若再无突出亮点或强力的营销手段,就极易湮没于庞杂的小说作品海洋之中,很难摆脱滞销的命运。③

可见,年轻且富于理想色彩的周氏兄弟,对晚清小说的运营规则并不熟悉,故在"天时、地利、人和"诸方面优势尽失,成了导致《域外小说集》最终以惨败收场的重要原因之一。从表面看,营销失利的《域外小说集》事件,在当时亦不过是一个相当平常的案例,但由于该书所具有的时代新因素,在十多年后逐渐引领着某种时代潮流,并一定程度地影响了中国现代小说的发展,因此,该书遭受冷落又不应仅仅视为一次普通的市场行为,还应该由此看到市场之力对小说发展演变的影响。不妨假设,如果《域外小说集》在一个平稳的市场环境中,获得包装并大量推广,其价值得以更好地实现,那么,是否能在晚清以及之后的小说发展中更快更早地发生一些震动,而不至于延迟到十多年之后呢?至少,也不会让这种"梦幻似"努力的效果,变得"完全消灭"④ 罢。当然,小说史没有假设,不过倒是提醒我们,在市场因素深度参与小说生产的晚清时

---

① 据笔者初步统计,在《红星佚史》（光绪三十三年十月）出版前,至少已经有 14 部（次）哈葛德的小说被译介到中国,其中包括著名的《迦因小传》,先后就有包天笑与林纾的两个译本。清季间,至少有 24 部（次）哈氏的作品被国人译介,数量要多于柯南道尔的侦探系列（约 18 部/次）,是晚清被译介作品最多的域外作家之一。而且,其译作多由林纾团队跟商务印书馆合作完成,因此哈氏的作品在当时名气甚大。

② 鲁迅留学日本时间为光绪二十八年至宣统元年夏（1902—1909）,其间于光绪三十二年（1906）六月回国完婚,同月偕周作人返日,直到宣统元年（1909）六月回国,此时《域外小说集》第二册已经出版;周作人留日时间为光绪三十二年至宣统三年（1906—1911）。

③ 关于这点,同是"逆流而上"的改良小说社,在组稿策划、营销运作等方面,正好可以提供不少正面的参考经验。详见第六章。另外,此间的畅销小说家陆士谔的营销策略也颇可借鉴,详见第五章。

④ 周作人（实为鲁迅所作）:《域外小说集·序》,《域外小说集》,群益书社版,1921 年。

代，一部艺术质量上乘的作品并不一定就真能发挥出它相应的文学影响，因为在推动小说发展演进的道路上，并不仅仅是"两个移动"提供动力，还有小说市场的驱动力在发挥着作用。而且，这"第三种力"腾前跃后，或正或反或左或右地扭扯，迫使小说的发展态势不时呈现出某种非典型性——小说史的不确定性和丰富性亦随之产生。当然，小说史的迷人之处亦正在于此。

第 二 章

单行本·期刊·日报:小说发展模式的
分化与确立

　　"小说界革命"启动后的最初数年间,单行本、期刊、日报三大载体小说的发展处于上升期,其强劲势头和繁盛表象将各自的一些特征所掩盖。但一场突如其来的"小说界经济危机"使小说界不得不作出适当的调整以应对市场的变化,三大载体从业者亦开始冷静下来进行自我审视,根据各自特点扬长避短,寻找突破口,并从中确立了各自的小说发展模式。这样的调适,无论是对小说内容的转变,还是对文体形式的演变,都带来了直接的影响。

第一节　不同载体对小说市场的回应

　　晚清小说稿酬制度的逐步完善,使通俗小说从创作开始就不得不考虑市场因素的影响。进入流通领域后,若想有效地实现作品的交易、传播,市场法则更是无法绕过的铁律。当然,鉴于小说载体的差异,它们对市场的回应和所受影响的程度并不相同,这一特征正好为我们进一步了解当时小说的发展状况及其演变趋向提供了重要参考。这就是笔者之所以将单行本、期刊、日报三大载体小说拆分论述的原因,也是本节的价值基点。

　　单行本小说、期刊小说、日报小说三者在流通领域中都会呈现出商品属性,但它们对市场的敏感度和依存度,大体上却是渐次减弱的。换言之,单行本小说直面市场,日报小说市场功能最弱,期刊小说大体处于中间状态。有意思的是，这些差异性特征表现得最为充分的时段，不是在小说发展的上升期，而是宣统朝间突现的低潮期。

一

在报刊出现之前，单行本是小说唯一的实物传播载体（非实物传播途径则有说、唱等多种形式），作为便利的文化商品，单行本小说可以跨越时空完成上市交易，广泛传播，而不再受制于说唱艺人。在工业化背景之下，小说的复制只是简单的技术问题，大批量生产成为可能，单行本小说的商品属性亦显得愈加单纯而突出——出版后，剩下的就是如何卖出去以及能赚回多少利润了。显而易见，作品自身是单行本小说的核心卖点，直接决定了交易的成败和利润的丰薄，而不像日报那样核心卖点在新闻、评论等（报刊的利润来源还包括广告收入），小说终究不过是佐料。就此意义而言，单行本小说与报载小说相比，前者站在商业法则的第一线，直面市场，直接反馈市场实时状况。这一特性，有助于我们更加深入地了解宣统朝小说界发生的那场"经济危机"。

在前面两章中，笔者公布了光绪三十二年至宣统三年（1906—1911）六年间中国新创小说的数量统计表，据此可对其间的小说发展态势作出大致判断。为了对比方便，此处不避累赘再次引用这份统计表：

小说（每年新创作）数量统计年表（1906—1911）

年份	1906	1907	1908	1909	1910	1911
新创	412	551	653	628	523	491

若是仅仅看这份数据而忽略笔者紧随其后的市场剖析（第一章第四节），或许第一印象就是对笔者提出的"小说界经济危机"的论断表示怀疑——认为定性太重，甚至不无危言耸听。因为从上表看，1910、1911两年，比之1908、1909两年的高峰时期，小说新创量不过才下降了100余种，并且1910、1911两年间的小说发展态势尚算平稳，似乎是有"低潮"但无"危机"呀。不过，若看单行本小说的一组统计数据，其印象应该就会大为改观：

历年单行本小说出版量统计表 （1905—1911）①

年份	1905	1906	1907	1908	1909	1910	1911
总量	121	171	230	200	189	132	95
新创	98	139	178	163	144	95	73

由上表可见，光绪三十三年 （1907），晚清单行本小说就已达到了发展的顶峰，并且此前都是以年增 50 余部的速度高速增长。其中，新创量也以年增 40 部的数量迅速增长。但该年以降，单行本无论生产总量还是新创量，都呈现出逐年迅速萎缩的趋势 （包括 1910、1911 两年，也并没有呈现出平稳态势）。到了最低谷的宣统三年 （1911），总出版量只占高峰年的 2/5，新创量也仅占高峰年的 46.62%，两者都不足高峰年的半数。

为了进一步了解单行本与小说市场之间的联动关系，不妨再抽样调查一些出版机构的小说单行本出版情况。商务印书馆、小说林社、改良小说社是晚清小说出版量位列前三的小说出版机构，其各自的出版量走势图如下：

晚清三大小说出版机构单行本小说出版量统计表 （1904—1911）②

年份	1904	1905	1906	1907	1908	1909	1910	1911
商务印书馆	6	26	49	72	59	26	7	4
小说林社	15	39	41	46	24	1		
改良小说社				1	29	49	25	12

晚清间，商务印书馆总共出版小说 257 种 （1902—1911），总量在所有出版机构中排名第一；次为小说林社，数量为 166 种 （1904—1909）；排名第三的是改良小说社，出版量为 116 种 （1907—1911）。三家机构不仅存在时间较长，而且发行总量也占了整个单行本小说业界的近半壁江山

---

① 说明：重印、再版计入"总量"，以便了解当时单行本小说的年度实际产量。合集多册（卷）仅算一种；这里只计入确切年份的小说，而尚有少量小说，只知道大概出版于"光绪间"、"光绪宣统间"或"宣统间"，这里都不计入。统计资料来源于陈大康先生主持的"中国近代小说资料库"。

② 详细分布表见文末"附录四"。

（1904—1911），选取它们作为样本应该具有代表性。由上表可见，商务印书馆和小说林社产量的高峰期都是光绪三十三年（1907），此后逐年下降。其中，小说林社在光绪三十四年（1908）陷入经济困境，[①] 再加上当家人之一的徐念慈去世，该社于宣统元年（1909）停办，并将所有存书（包括小说、博物工具书、教材等）及其160余种小说版权作价3000大洋盘给有正书局，[②] 价格之低廉实在令人咋舌，当时小说之贱卖亦由此可见一斑。商务印书馆在宣统朝的最后两年，除了本馆名牌产品——林译小说尚有几部上市外，其他新版小说几乎全部停版。有意思的是改良小说社，在小说界危机重重之际，雄心勃勃逆流入市，奉行"改良社会，平价廉售为主义"[③]，但在宣统朝达到高峰后，最末两年也是以年均50%的速度减产，不过相对其他出版机构而言，该社的这一业绩在当时算来已是相当不俗。

据前所述，单行本跟小说市场最为贴近，可以看成是市场态势的"晴雨表"。自光绪三十三年（1907）开始，单行本小说的出版量陡然下降，从其态势看并非是偶然波动，而是持续多年、走势清晰，表明小说市场的供求状况肯定出现了问题（详论见第一章），就其严重程度言，伴随而来的将是一场"经济危机"。需要特别说明的是，笔者之所以将这场"小说界经济危机"确定在宣统朝而不是光绪朝，主要是鉴于供求关系失衡所导致的"经济危机"总会延后一两年；而且，小说出版机构的破产、转行、血拼打折等典型现象都集中爆发在宣统朝间，这也是测定"小说界经济危机"爆发时间的直接依据。

从统计数据看，小说出版量下降最为剧烈的是宣统二年（1910）和三年（1911）。若按新创单行本小说总量计，分别比上年缩减了34.03%和23.16%，年均下降幅度近三成。而这两年中，整个小说界的新创小说

[①]　小说林社出现销售困难，面临资金周转紧张的相关情况，见曾虚白未定稿《曾孟朴先生年谱》（中），《宇宙风》第三期，1935年；觉我（徐念慈）：《丁未年小说界发行书目调查表》、《余之小说观》，《小说林》第九、十期，光绪三十四年（1908）。

[②]　包天笑：《钏影楼回忆录》，香港大华出版社1971年版，第427页。宣统元年后，有正书局重印原小说林社版权的小说时，都挂上了有正书局的名号。

[③]　改良小说社："阅本社小说者注意"告白，《时报》光绪三十四年（1908）九月十八日。

下降幅度分别为 16.71% 和 6.12%，年均降幅仅为一成。① 显然，新创单行本的缩减比例要远大于新创总量的比例，也就意味着期刊、日报所载新创小说量的下降幅度较小，这从宣统末两年小说新创总量的基本平稳可以获得进一步证实。可见，单行本小说与报刊小说对市场的回应的确存在差异：当晚清"小说界经济危机"来袭之际，单行本小说深受打击，但期刊、日报小说所受影响却要小得多。

二

小说若想摆脱市场的直接影响，就必须与市场保持一定的距离，意即两者之间的联动关系并不十分紧密或曰一致。这就是为什么在"经济危机"面前，报刊小说具有较强的"抗打击"能力之背后原因。

先看日报小说。为了尽量避免统计数据上可能带来的"误导"，以致造成描述上的偏差，② 这里选取基本保存完整、时间跨度较长的《申报》、《新闻报》、《时报》、《神州日报》为考察对象。

---

① 见文末"附录一·表二"。

② 笔者曾打算对晚清的日报小说作出统计，但发现这是难以完成的任务，而且其中存在不少困惑，甚至"陷阱"（其实，以数理分析方式来描述文学现象，只是一个辅助手段而已，若下断论依然需要其他文献进行多重论证）。原因如下：

首先，晚清日报大多存世不全，间或断续，这将直接影响到统计的准确度。例如广州的《南越报》，宣统元年（1909）五月初五日创刊，但目前仅见宣统二年（1910）及宣统三年（1911）九月至十二月的原件，从已见的这部分原件看，几乎每天都刊载有小说（见文末附录七：《宣统朝小说编年》），由此可以推断，散失部分的报纸应该也刊载有为数不少的小说作品，只是无法作出统计。若以残缺较大的数据描述历史，其准确度就打了折扣。而这样的情况并非个案，从文末所附之《宣统朝小说编年》就能见出一二。

其次，即使是一份完整的日报，若单单以篇数为基准来描述其小说的刊载情况，其结论依然存在偏颇的风险。因为日报刊载小说有短篇、长篇之分，同样的时间跨度，刊载短篇的数量显然要比连载长篇的多。例如《时报》连载的《火里罪人》，始载时间为光绪三十年（1904）十一月二十五日，于翌年十月十三日止，时间跨度将近一年。若单单以篇数为基准来描述，就极可能掩盖该报在此时段内几乎每天都在刊载小说的事实。

另外，就笔者目前掌握的情况看，相比而言，单行本散失的情况较少，时间跨度问题也不突出，因此，单行本的统计数据可信度要高得多。这也是为什么笔者作出的"宣统朝小说陷入低潮"、"小说界经济危机"等关键结论的数理基础都是建立在单行本统计之上。

晚清四大日报小说刊载量统计表（1907—1911）

年份	1907	1908	1909	1910	1911
《申报》	16	47	53	30	96
《时报》	23	62	22	8	55
《神州日报》	28	82	76	22	10
《新闻报》	9	3	10	4	4

　　以上是晚清最负盛名的四大日报，它们在小说的刊载方面可谓不遗余力。从单篇数量上看，在整个晚清期间《申报》、《时报》、《神州日报》的小说刊载量分列三甲，且各自都多达200余篇，远远超过了其他刊物，故选取它们作为日报小说的代表来分析，样本的可信度较高。从上表看，四大报的小说刊载量并无明显规律，如辛亥年《申报》刊载的小说单篇数量达到了历年顶峰，《神州日报》却降到了历史新低，而《时报》则再次陡然回升。这种无规则的发展态势至少表明，小说市场的起伏对其影响并不明显。敢下这个结论还有另外一大证据支持——晚清期间四大报几乎每天都会腾出固定版面来刊载小说（这在给出的统计表中并没能反映出来），这显然比篇数多少更能说明问题。即如《新闻报》，整个晚清间的小说刊载量亦不过30余篇，远不如其他三大报的数量来得漂亮，但其所载多是中、长篇小说，其中连载三个月以上者就不下10篇，最久者为《缙绅镜》①，连载了近一年，次为《商场蠹》②，也连载了近10个月。宣统朝间，该报与其他三大报一样，也几乎天天都有小说跟读者见面。因此，《新闻报》对中、长篇小说的情有独钟，只不过体现了采稿审美标准的差异，其在小说界方面的贡献，同样不会逊色于《申报》诸报。

　　那么日报小说为何能跟小说市场保持一定的距离呢？这首先得看小说在日报中能大多程度地发挥出商品的价值属性。"小说界革命"后，日报也同时勃兴，各类报纸纷纷创刊、扩版，但专以小说为卖点的日报，仅有

---

　　① 《缙绅镜》，标"社会小说"，不题撰人。《新闻报》光绪三十四年（1908）四月初二日开始连载，至宣统元年（1909）闰二月十六日，仍未完，期间有多次暂停。

　　② 《商场蠹》，标"社会小说"，作者署"化民"。《新闻报》宣统二年（1910）正月初八日开始连载，至当年十月初二日连载毕。

《小说世界日报》、《扬子江小说日报》两种，① 前者支撑了半年便停办，后者的生命甚至只维持了一个月。余者占绝大比例的都是普通新闻纸，它们将小说与诗、文、杂谈等并列，置于附刊（栏）中登载。不可否认，某些报刊相当重视小说作品的刊载，并且在买报读小说渐成风气的晚清时代，报人们大多意识到编报时"不得不添点子小说等类，引人入胜"②，以此招徕读者。然而作为新闻纸，小说毕竟不属于核心竞争力部分，"报馆为发表舆论之天职"③，"盖报纸者，舆论之母也"④，"报章之作，所以上通国政，旁达人情"⑤，只有新闻和政论（时评）才是报纸的主打内容和作为"新闻纸"赖以安身立命之根本。换言之，报纸主要卖点在新闻、政论而非小说，小说更像佐料，多则无益，缺则无味。另外，报载小说给人最坏的印象恐怕是量多质平，甚至不无粗劣，这里面当然有投稿者创作随意、粗疏的客观原因，但报纸编辑们的主观态度有时也难脱干系——倒不是说他们真的不负责任，而是在他们的意识里小说有时仅仅是充当"补白"的角色，正所谓之"新闻不够，稗史来凑"，顺手拈来填充版面罢了。⑥ 有不少报载小说，笔者甚至怀疑就是编辑们排版时才临时完成的急就章，其中还不乏出自小说名家之手。⑦ 因此，大多数情况下报载小说的商业价值表露有限，办报者想从其身上获取回报的期望值并不高——尤其是宣统朝间，报纸开设小说栏目早已成业界惯例，而不再像初期那样作为特色或优势来打造某个利润增长点。这就使得小说跟市场之间的关系出现了一定程度的疏离，在小说市场波动之时，报载小说的回应自然就不如

---

① 《小说世界日报》光绪三十一年（1905）二月二十五日创刊，当年十月初一改名《小说世界》，半月刊，旋停刊。

② 爱看《新报》人来稿：《忠告报界与阅报诸君》，《北京新报》宣统三年（1911）二月初十日。

③ 苏报馆："本报大注意"告白，《苏报》光绪二十九年（1903）五月初七日。

④ 蹈海子（于右任）：《民呼日报宣言书》，《民呼日报》宣统元年（1909）三月十五日。

⑤ 章太炎：《敬告同职业者》，《大共和日报》1912 年 1 月 7 日。

⑥ 典型如王韬主持《循环日报》时，"其时交通未便，消息难通，故主笔政者常须述野语稗史以补白"。见张静庐《中国的新闻纸》，光华书局 1928 年版，第 26 页。

⑦ 例如，宣统二年（1910）八月间，《时报》连载之长篇小说《空谷兰》的译者包天笑因病时常不能执笔交稿，小说栏主持人陈景韩便临时顶上，刊发了《飞天破敌球》、《飞行船》等短篇小说填充版面。从内容看，这些作品明显是从海外科学杂志或新闻中转译而来，相当粗糙，乃急就章之作，虽名曰"小说"，实则等同与"科学短讯"或"海外异闻"。

单行本那样直接和剧烈了。

三

期刊小说的情况略显复杂，主要缘于期刊本身的市场定位具有多样性，故得区别对待。

第一类乃直面市场的专业小说期刊，如《新小说》、《绣像小说》、《月月小说》、《小说时报》、《小说月报》等，它们的主要经营活动都在商业经济发达的上海、广州、香港、汉口四地，① 小说是其第一卖点并且是利润的主要来源（即使是广告收入也以此为依托），这点跟单行本极为相似，跟市场之间是直接的联动关系，受市场的影响较大。如危机初现的光绪三十四年（1908），表面上看是晚清小说发展的高峰期，其实对小说期刊而言是一道"生死坎"——此前创刊的所有小说专业刊物，都没能跨过本年。难怪创刊于宣统元年（1909）的《小说时报》看到众多同行"至于今日，均烟消火灭，以次停版"，以致倍感孤寂，悲叹"小说杂志界之惨淡"②。这不难理解，单行本出版灵活，一旦市场风向不对，可以通过推迟出版甚至不出版来规避市场风险；而期刊作为连续性定期出版物，不出版即死亡；即使是愆期出版，也意味着失信于读者，特别是对那些预订全年的读者，失信之外还应承担由此带来的经济损失。实际上，从笔者已查证的近20种晚清专业小说期刊看，无一能做到"按时出版，绝无愆期"的承诺——即使不少期刊版权页上明确标示的是按时出版的日期，其实这不过是掩耳盗铃的把戏，为的是规避来自读者的指责。可以说，专业小说期刊在残酷的小说市场竞争中，其生存能力是相当脆弱的。

但这并不等于说跟单行本相比，专业小说期刊就毫无市场优势可言。其一，小说期刊通过连续出版容易形成品牌效应，而一旦读者的认可度提高，就可以形成相对固定的读者群；其二，小说期刊以定期、连载的发行方式，容易勾起读者的期待心理，并且这些小说都经过编辑精选，为读者

---

① 《新小说》虽然创刊于日本横滨，但也由设在上海的广智书局做总代理。第二年，编辑部也搬回上海。相关情况见日本新民丛报支店："上海本报社支店广告"，《新民丛报》第二十二号，光绪二十八年（1902）。晚清小说期刊的创办地见文末"附录二"。

② （未署名）：《小说杂志界之惨淡》，《小说时报》第二期，宣统元年（1909）十月初一日。

解决了"选购既难"、"访求不易"的困惑,加上品种较多,可以满足不同读者的审美需求。这些都是单行本小说所难以具备的。①

有意思的是,就载体形式而言,晚清期刊小说过渡到单行本小说往往只有一步之遥:晚清有相当数量的小说都是先由期刊连载,得到市场认可后随即发行单行本。就此意义而言,期刊其实发挥着单行本市场"试剑石"的作用。而其极端表现是,许多小说在期刊上连载到中途时就戛然而止,然后出版商跳出来温馨提示读者欲知后事如何,请购买单行本足本阅读。这种小伎俩,短期内当然可以获得较多的市场利润,但其实是以牺牲期刊的利益为代价——一方面是失信于订户,难免招致读者的谴责抱怨;另一方面,读者大可等着小说出版单行本以后再购买,其结果是危及期刊生存。晚清小说期刊多不长久,似乎与此也不无关系。此外,期刊小说为了尽量减少分散连载给读者带来的不便,在装订上也颇费思量,比如每篇小说都单独编排页码、小说连载时的首页和末页都单独占一张纸等,这些精细的设计显然是为了给读者过后拆装、合订成全本小说留下方便,甚至一些期刊社就直接将旧期刊拆装成单行本销售。② 再如,期刊也尽量在较少的期数内将一篇小说连载完毕等,以避免读者的等待之苦。这些细微之处都体现出期刊小说借鉴单行本在阅读上的诸多优点而主动向其靠拢,期刊小说与单行本小说之间的紧密关系亦由此见出一斑。

在整个晚清小说体系中,专业小说期刊其实只是一部分,并且只是期刊小说的一部分,因为所谓的期刊小说,还包括散见于其他杂志中刊载的

---

① 商务印书馆:"《小说月报》出版"告白,《法政杂志》第一年第二期,宣统三年(1911)。该文指出了购买期刊比之单行本的三大优势:"旬月之间,刊行一册,即使事务冗繁,亦不难抽暇卒读,其利一也;新旧小说,汗牛充栋,坊本则选购既难,孤本则访求不易,《小说报》各门俱备,二弊悉除,其利二也;更有短篇小说、诗文、戏剧,不能单行者,采录报端,颇饶趣味,其利三也。"

② 这种装订方式,从《新小说》就已定型,并被晚清小说期刊广泛采用。甚至将之当作吸引读者的噱头,如《小说时报》和《小说月报》。此设计也便于期刊社装订成单行本出售,如群学社曾发布"本报广告"(《月月小说》第十二号,1907年)云:"本社所出之《月月小说》,今发行至第十二期,第一年之能事毕矣,拟即装订汇编,以供阅者推广行销。"随后,该推出"说部丛书"系列数十种,就是由《月月小说》旧刊逐期拆开,然后加上封面、插图装订成单行本销售。

小说作品。而且后者铺展面广，内容驳杂，数量庞大，故产生的影响同样不可小觑。就商品价值体现和市场功能发挥而言，前者与单行本小说更为接近，而后者则更类似于日报小说（不过这些小说的采稿、撰写较精，故总体质量要高于日报小说）。因此，期刊小说其实兼具了单行本小说和日报小说的特点，呈现出"双面性格"。

第二节　载体差异与小说发展模式的分化

单行本作为传统的小说载体样式到近代已发展得相当成熟，并长期居于主导地位；期刊、日报作为新兴小说载体，要想崛起就必须不断地与单行本展开博弈，方能博取自身的生存空间。在此意义上，若以单行本小说作为参照系，那么近代期刊、日报小说发展模式的确立史其实就是它们的崛起史。研究发现，后两者在各自的发展过程中虽然会表现出不同的个性，但在成长阶段上倒是颇有相似之处，较为清晰地呈现出四个时期：前三十年为探索期，时间为同治十一年至光绪二十七年（1872—1901）；随后七年为勃兴期，时间为光绪二十八年至三十四年（1902—1908）；接下来是为期五年的调适期，时间为宣统元年至民国二年（1909—1913）；民国三年（1914）之后又走向了复兴。出于论题需要，第三个时期是笔者关注的重点，但小说发展模式的分化和确立并非突变形成，而是经过了一个历史的、延续的成长过程。因此要想较为贴近地描述它们在宣统朝间的发展状况，还需要勾勒此前的演变轨迹，方能对其作出较为准确的定位。这就不得不在此多花费些笔墨了。

一

同治十一年（1872）三月二十三日，英国人美查在上海创办《申报》。发行二十余天后该报开始连载《谈瀛小录》①，将英国作家斯威夫特的小说《格列佛游记》搬上报纸介绍给中国读者，这是目前可见的中国

---

① 《谈瀛小录》，译者不详，连载于《申报》同治十一年（1872）四月十五日至四月十八日。

第一篇报载小说。随后,《申报》又刊载了《一睡七十年》①、《乃苏国奇闻》② 两篇翻译小说。同年十月十一日,申报馆创办文学月刊《瀛寰琐纪》(后相继改名为《四溟琐纪》、《寰宇琐纪》),此后《申报》将小说版块移师该杂志。《瀛寰琐纪》作为综合性文学期刊,内容驳杂,从第一卷开始就刊载一些传统的笔记小说,这无甚新鲜;倒是从第三卷开始连载的《昕夕闲谈》③ 值得一提,该小说前后持续了两年多的时间,是中国第一部在期刊上连载的长篇小说,也是中国连载持续时间最长的小说之一。但《瀛寰琐纪》以连载小说带动销量的经营模式似乎并不成功——杂志出版常常愆期,原定"计一年则可毕矣"④ 的《昕夕闲谈》,时间拖延了一倍有余。其零售价仅为每本八十文,"趸售"(即批发)价甚至低至每本六十五文,每期印数也不过两千来本,⑤ 可谓价廉量少,但却卖了整整30 年还未售完。⑥ 与期刊连载小说遭受冷遇形成鲜明对比的是,申报馆于同治十三年(1874)九月出版的《儒林外史》倒是出乎意料地大获成功,半年后再版时"来购者犹踵趾相接"⑦,于是该馆乘胜追击频频发出高价"搜书"广告,在随后的三十余年间,编印的单行本小说多达五十部。值得注意的是,正是在《儒林外史》热卖并酝酿再版之际,小说《昕夕闲谈》中途停载此后亦再未恢复。这似乎不是偶然事件,不能不让人联想到《儒林外史》的走俏,正是促使美查放弃继续经营期刊小说转而刊印

----

　　① 《一睡七十年》,原著者为美国作家欧文,编译者不详,《申报》同治十一年(1872)四月二十二日。

　　② 《乃苏国奇闻》(自第二回起改题为《乃苏国奇闻把沙官小说》),撰者不详,连载于《申报》同治十一年(1872)五月二十五日至五月初十日。

　　③ 《昕夕闲谈》,译者署"蠡勺居士",同治十一年(1872)十二月初六日《瀛寰琐纪》(第三卷)开始连载,至光绪元年(1875)二月初六日第二十八卷毕,未完。另注:《昕夕闲谈》第二十八卷封面题"甲辰十二月申报馆刊",该卷为《瀛寰琐纪》最后一期,此后续刊改名为《四溟琐纪》,故此前学界多将其停刊时间定为同治十三年(1874)十二月(西历为1875年1月),应不确。实际上,该刊愆期至次年二月初六日才出版。笔者此处依正式出版日计算其始、停刊时间。

　　④ 申报馆:"新译英国小说"告白,《申报》同治十一年十二月初六日。

　　⑤ 申报馆:"刊行《瀛寰琐纪》自叙",《申报》同治十一年(1872)九月十三日。

　　⑥ 申报馆:"新□□板各种书籍照码折扣出售"广告,《申报》光绪三十年(1904)八月初四日。

　　⑦ 申报馆:"重印《儒林外史》出售"广告,《申报》光绪七年二月十七日。此为三版时对前两版销售情况的描述。

利润更高的单行本小说的直接诱因。至此，申报馆开创的日报连载小说模式和期刊连载小说模式匆匆收场，前后不过两年时间，传统的单行本小说依然一枝独秀。

此后，虽有《沪报》连载《野叟曝言》，①但也只不过将早已成书的单行本拆开来连载，并不能突出日报小说的特点及其优势，甚至跟后期报刊小说先发表后出单行本的惯例正好相反。十年后，又出现了韩邦庆的《海上奇书》，这是一份具有代表性的文学期刊，亦以刊载小说为特色，被时人称为"现今各小说杂志之先河"②。然而，《海上奇书》不接收外稿也不承揽广告，从创作到出版都是由韩邦庆一人包揽，因此凭借个人才华财力尚能勉力维持一段时间，发行到第十期时韩氏终于力不从心，感叹"刻期太促，脱稿实难"，只得将《海上奇书》由半月刊改为月刊。③ 其实，《海上奇书》所载小说无论在思想内容上还是情节设计上都未能超出传统，缺少出奇制胜的撒手锏，要想在发展成熟的单行本市场中成功突围谈何容易；再加上作品使用吴语方言，"致客省人几难卒读"，其结果"不获风行于时"④ 当在情理之中。因此，未满周岁便草草收场的《海上奇书》影响有限，并未给后续的专业小说期刊提供多少可资借鉴的经验。

甲午战败，对彼时的国人是一大刺激，弹丸小国将天朝大国之最后迷梦彻底击碎，寻找新的强国之路成为一代知识精英的共同追求，而戊戌变法则是其影响深远的一次实际行动。此间，报章作为"传播文明三利器"之一的观念由日本传入并渐成国人共识，⑤ 随后兴起了一轮创办报刊的热潮，报刊小说亦由此走向兴盛。此时期首登小说的是《时务报》，该刊在

---

① 沪报馆："刊印奇书告白"，《沪报》光绪八年（1882）四月二十五日。

② 松江颠公：《懒窝随笔》，转引自胡适《胡适文集·〈海上花列传〉序》，北京大学出版社 1998 年版，第 396 页。

③ 大一山人："《海上奇书》展书启"，《申报》光绪十八年（1892）六月初一日。文中有云："惟说部贵于细密，半月之间出书一本，刻期太促，脱稿实难，若潦草搪塞，又恐不餍阅者之意，因此有展期之恼。兹于六月朔日出第九期书以后，每月朔日出书一本，庶几斟酌尽善，不负诸君赏鉴之意。"

④ 海上漱石生：《退醒庐笔记·〈海上花列传〉》（下卷），上海图书馆 1925 年版。

⑤ 任公（梁启超）：《饮冰室自由书·文明普及之法》，《清议报》第二十六册，光绪二十五年（1899）。

创刊号上刊载了小说《英国包探访喀迭医生案》①,这也是中国第一篇翻译的西方侦探小说,随之又连载了《英包探勘盗密约案》、《记伛者复仇事》、《继父诳女破案》等数篇侦探小说。此后,《求是报》、《清议报》、《中国旬报》、《励学译编》等期刊相继加入刊载小说的行列,期刊小说阵营逐渐壮大,直至《新小说》等专业小说期刊的出现。此时期的各大主流新闻纸如《申报》、《新闻报》等却对小说依然未加重视,倒是众多小报开始注意到了小说的潜在价值,典型如《游戏报》、《世界繁华报》、《笑林报》等相继创刊并陆续刊载小说,一批在后期有影响的小说家如李伯元、吴趼人、孙玉声等也由此开始崭露头角。当然,小报小说的消闲取向与知识精英们的追求并不合拍,发行方式也较为单一粗放,故只在少量有闲市民中传播,影响力相当有限。

二

光绪二十八年(1902)《新小说》的创办无疑是中国小说期刊勃兴的标志性事件。《新小说》随即成为晚清小说期刊的典范,引领期刊小说向单行本小说独霸天下的格局发起冲击,并成功地割据一方。该杂志的发展模式和诸多成功经验为后继者所直接承袭,故包天笑说晚清小说期刊的兴盛要"一半归功于梁启超的《新小说》杂志",② 这一评价并非过誉。可以说,《新小说》是近代小说期刊勃兴时期的一个经典范本。

第一,新鲜独到的办刊理念,使《新小说》在短时间内成为小说界的领军者。《新小说》之标榜"新",明显是要跟传统小说划清界限,倡导一种时新的小说观,这就是"小说界革命"的理念。"革命"一词在当时本已非常时髦,颇能吸引大众的注意力,创办者梁启超又有着丰富的办刊经验,③ "借小说家言,以发起国民政治思想,激厉(励)起爱国精

---

① 《英国包探访喀迭医生案》,未署译者(后素隐书屋单行本署"丁杨杜译"),《时务报》第一册,光绪二十二年(1896)。

② 包天笑:《钏影楼回忆录》,香港大华出版社1971年版,第357页。

③ 此前,梁启超参与或主办的刊物有《中外纪闻》、《强学报》、《时务报》、《清议报》、《新民丛报》等。

神"① 的观念更是十分精准地把握住了时代精神的脉搏。故 "小说界革命" 一经提出，效果自然是 "登高一呼，群山呼应"②。将小说与 "新民" "新国家" 挂上关系，无论如何都离不开梁启超的大胆想象和设计，而且也正是借了这位 "舆论界之骄子" 的推动，新小说观念才得以广泛流播并迅速成为小说界的主流思想。《新小说》作为 "小说界革命" 理念的实践阵地自然是备受关注，"销数亦非常发达"③，终于在以传统单行本为主导的小说市场中成功突围，并带动了整个小说期刊界的勃兴。

第二，突出小说期刊的灵动性与包容性，是期刊小说战胜单行本小说的优势所在。在当时的小说市场，日报小说未成气候，单行本小说一方独大，因此后者才是小说期刊的主要竞争对手。单行本小说的劣势在单一、板滞，这正好成为小说期刊战胜单行本小说的一大突破口，而近代印刷工业的进步则为期刊小说的突围提供了必要的技术支持。《新小说》在当代人看来或许太过普通，但就当时而言，无论对小说读者还是小说界的出版人士绝对都是一次不小的视觉冲击和阅读震撼——原来小说杂志可以这样做的：

首先，从版式外观看，《新小说》借鉴了《新民丛报》的成功经验，在用纸、油墨、字号、版心设计（如正文与评点文字分栏排印）等多个方面都相当考究，并充分利用当时先进的彩色排印技术，每期都附上精美的彩色图片（包括人物、风景等彩照，跟单行本之手绘绣像颇为不同），让读者一翻开杂志，先有赏心悦目之感。

其次，从内容设置看，栏目丰富，类型多样。就栏目言，计有文艺理论、小说、戏曲传奇、诗词、笔记、笑话、灯谜等，几乎囊括了当时时兴的诸种文艺样式，既注重培养和引导读者对新小说的兴趣，也照顾到读者对传统文艺的审美惯性。小说栏自然是《新小说》的重头戏，主持者为此也是颇费心机，其中的一大亮点是对小说进行分类设置。梁启超之前就已尝试过以 "贴标签" 的方式给小说作品分类（如给《佳人奇遇》和

---

① 新小说报社："中国唯一之文学报《新小说》"告白，《新民丛报》第十四号，光绪二十八年（1902）。

② 包天笑：《钏影楼回忆录》，香港大华出版社1971年版，第357页。

③ 同上。

《经国美谈》贴上"政治小说"① 的便签),但直到《新小说》横空出世这种分类法才变得愈加丰富和完整。其中的关键性文献是"中国唯一之文学报《新小说》"② 告白,该文告共列出历史小说、政治小说、写情小说、语怪小说、军事小说、侦探小说等共计十类,并且对每个类型都分别作出了界定,小说的分类观念自此渐成系统。由《新小说》开创的这种小说分类法,随即引领了一代风气,不仅被后继者所沿袭、丰富,连单行本小说、日报小说也广泛采用。

最后,《新小说》的包容性还体现在:大量征求外稿,③ 让不同风格的作品汇聚一处,恰成相映成趣之美,避免了此前《海外奇书》因"一家之言"而造成的格调单一之弊;在采稿上,执行"登载各篇,著、译各半"的原则,将自撰和翻译置于同等重要的位置;在语体上,遵循"文言、俗语参用;俗语之中,官话与粤语参用"的原则④,以照顾不同文化层次、不同地域读者的审美需求。

第三,开辟多个利润来源,提高市场抗风险能力。首先,以广告开源。《新小说》的直接收入不仅仅来自期刊订阅费,还包括广告业务的利润,这是单行本小说所不具备的,而此前的《海外奇书》也不承揽广告,因此《新小说》的做法可以看成是一次开创性的大胆设计。从第一期开始,《新小说》就开出了"告白价目表":"一页七元,半页四元,一行四角。"约是同时期《新民丛报》广告价格的70%,⑤ 若从受众人数和影响因子考量,这个价位应该是比较合理的。此后,小说期刊登载广告成为通例,如次年创刊的《绣像小说》,其广告价目已是相当详尽灵活,尽可能地满足不同客户的要求;到了《月月小说》,其刊载的商业广告不仅数量

---

① 任公(梁启超):《译印政治小说序》,《清议报》第一册,光绪二十四年(1898)。

② 新小说报社:"中国唯一之文学报《新小说》"告白,《新民丛报》第十四号,光绪二十八年(1902)。

③ 新小说报社:"新小说征文启",《新民丛报》第十九号,光绪二十八年(1902)。

④ 新小说报社:"中国唯一之文学报《新小说》"告白,《新民丛报》第十四号,光绪二十八年(1902)。

⑤ 同时期《新民丛报》的"广告价目表"为:"一页十元,半页六元,一行四号十七字起码五角。"

众多，内容更是五花八门。① 其次，结集发行单行本，这是小说期刊一块重要的利润来源。对那些读者反应较好的小说作品，期刊社就会及时推出单行本（有时为了保证单行本的销量，甚至作品仅仅连载到一半就戛然而止，以诱使读者购买足本阅读），再次获取利润。《新小说》中就有近一半的作品在连载后推出了单行本，其中包括《二十年目睹之怪现状》、《九命奇冤》、《毒蛇圈》、《回天绮谈》等知名小说。

晚清时代的单行本小说市场已经相当成熟，作为新兴媒介的小说期刊要想与之抗衡就需要突出自身的特点和优势，才能争取到读者的选择。鉴于初创时期小说期刊力量薄弱，若想保持运营的可持续发展，探索利润来源的多元化以提高自身的市场抗风险能力就显得尤为重要。总之，在上述几个最为基本也是最为重要的方面，《新小说》都作出了积极探索，积累了丰富经验，无论办刊理念还是发展模式，都影响了整个时代的小说期刊发展。

此时期的日报小说，也逐步走向兴盛。在"小说界革命"初期，除了原有的消闲小报继续刊载小说外，《国民日日报》、《俄事警闻》等一些进步日报也开始跟进，零星刊载小说作品。光绪三十年（1904）四月《时报》创办，由陈景韩、包天笑等热心小说事业的人士主持编务，创刊当日即开始连载小说，此后小说被该报设为固定栏目，而陈、包二人对短篇小说的积极倡导及其功绩，使该报成为晚清日报小说刊载史上的一个重要标志。② 两年后老牌的《新闻报》跟进，随后是老牌的《申报》和新办的《神州日报》、《新中华报》等，宣统朝间，新闻类报纸刊载小说终于成为通例。总体言，跟期刊小说"速热式"的发展态势相比，日报小说的发展明显属于"慢热型"。个中原因，笔者认为有以下几点：

---

① 《新小说》、《绣像小说》、《新世界小说社报》等所载广告，多是书局、印刷信息等文化类广告；而《月月小说》的广告，则扩展到医药广告如"鱼肝油"、"人造自来血"等，甚至代售棺材的广告也赫然出现在该刊物上，颇有些令人匪夷所思。《月月小说》广告内容介绍见文娟《试析〈月月小说〉影印本所删之广告》，《明清小说研究》2002 年第 2 期。

② 其实，光绪二十八年（1902）创刊的《大公报》，次年即开始刊载小说作品，但由于数量很少，其后又中断了数年，加上创办者英敛之相对保守的小说观，在小说界发生的影响远不如《时报》，故不将其列为标志性事件。相关情况请见文后《编年》及拙文《英敛之时期的〈大公报〉小说及其小说观念》（《江淮论坛》2008 年第 5 期）。

　　一是新闻报纸对小说多持保守态度。对比发现，"小说界革命"后新办的日报，思路活络，能相对较快地接受小说，如《时报》、《南方报》等，但正由于是新办报纸，对报界的影响有限，未能即刻带动报界刊载小说的风气。具有影响力的老牌报纸对小说又多持保守观念，长期未予重视（这也跟小说并非新闻纸之主营业务有关），如《新闻报》直到光绪三十二年（1906）之后才开始刊载新小说作品，《申报》则还要晚了一年，此时距"小说界革命"发动之期已经过了四五年，小说早已被普罗大众所接受，这些报纸才不得不迫于形势，迎合读者的审美选择。

　　二是日报没有出现具有影响力的标志性刊物。期刊界出现了领军者《新小说》，一面世便以极高的姿态引领时代风潮，其发展经验可以直接被后继者所借鉴，对带动整个行业发展贡献颇大。当然，"小说界革命"的先进理念报界同人也可以共享，但遗憾的是并没有催生出日报小说界的标杆性刊物：《时报》虽大力提倡，但声音甚微；《小说世界日报》（1905）与《扬子江小说日报》（1909）倒是专业的小说日报，但出现较晚，而且稍现即逝，并没有留下多少可资借鉴的经验，日报小说只能靠自己在摸索中逐步调适、总结。

　　三是日报迟迟未找到适合自己的发展模式，这是最为关键的一点。《新小说》模式应该是一种较为成功的经典范式，但却不可以完全移植到日报小说中。例如，日报要求每日出版，若要创办专业小说日报，那么无论在稿件来源上还是读者接受上都是个很大的考验。若是新闻纸刊载小说，到底选择长篇还是短篇？长篇小说发展较为成熟，但报纸预留的多是"豆腐块"版面，经月逾年的连载跟单行本、期刊小说竞争的优势并不明显；若选择短篇小说，登载传统笔记小说则难以贴合时代风尚，而新小说短篇创作又尚处于探索期，佳稿难觅。如何协调、解决这些矛盾和问题，日报小说没有太多的成功经验可资借鉴，需要时间进行自我协调，以致一定程度影响了日报小说的发展速度。

　　总之，日报小说的发展属于"慢热型"，经过一段时间的自我调适后，其个性、优势开始形成并凸显，潜力和活力也逐渐得以激发，显示出了强劲的发展后势。进入宣统朝后，日报小说逐步走上正轨，获得了相对稳定的发展——这恰恰是单行本和小说期刊所羡慕的发展状态。

三

　　宣统朝小说界低潮对各载体小说都是一次很大的考验，也为它们提供了自我调适的机会。各方博弈、调适的结果是改变了小说界的既有秩序：单行本小说地位有所下降，期刊小说内部调整但总体地位基本不变，日报小说地位上升，形成了三足鼎立的格局。

　　在这次调整中，三大载体的总体方向是打造自我个性和竞争优势，形成各自的发展模式。由于单行本小说的发展模式已经相当成熟、恒定，真正发生较大调整的是新兴载体——期刊和日报。因此，此处仍以单行本小说为参照系，考察日报小说和期刊小说发展模式的调适及确立，当然，在对比中也会反照出单行本小说发展模式的特点。

　　此处先考察日报小说发展模式的确立，不妨从内容和形式两个角度分而论之。

　　首先，日报小说的内容定位。

　　新闻纸是日报小说的常态载体，新闻、时评是其核心内容，高效、及时、热点是其首要原则。随着新闻界竞争的日益激烈，[①] 日报的这些特点被更加强化，即使身处副刊的小说作品也不可能不受此影响和渗透，甚至成为新闻、时评的延伸，形成所谓之"新闻小说"和"时评小说"（笔者统称之为"时闻小说"，详见第六章）。新闻、时评大量进入小说，正是宣统朝前后日报小说内容调整的一大变化。

　　新闻事件进入小说，其实早非新鲜之事。鲁迅先生曾批判《二十年目睹之怪现状》云"终不过连篇'话柄'"[②]，若是鲁迅先生看到包天笑对吴趼人创作内幕的爆料，或许也会哑然失笑：

　　　　我在月月小说社，认识了吴沃尧，他写《二十年目睹之怪现状》，我曾请教过他。他给我看一本簿子，其中贴满了报纸上所载的新闻故事，也有笔录友朋所说的，他说这都是材料，把它贯

---

　　① 宣统朝间的报刊创刊数量，比此前有了较大幅度的增加，到宣统三年（1911）更是达到了历史顶峰。相关情况见文末"附录三"。

　　② 鲁迅：《中国小说史略》，《鲁迅全集》（第九卷），人民文学出版社 2005 年版，第 296 页。

穿起来就成了。①

这种搜集新闻以做小说素材的做法也启发了包天笑,于是在创作《碧血幕》之前他也开出优厚条件征集各种新闻,以备创作之用。② 甚至,一些作品就直接标为"新闻小说","以新闻之体裁而瞻列近世之事实者"③作为吸引读者的噱头。当然,这些作品之素材虽曰"新闻",但从时效性角度去考量,"三年来遗闻轶事"、"近世之事实"其实早已成了"旧闻",由此加工而成的小说作品也就失去了时效性,结集成单行本或登载于期刊应该才更为适合。换言之,日报小说的比较优势,并非是刊载旧闻集结的"话柄"小说,而是刊发具有真正时效性的作品——时闻小说。宣统朝前夕,日报刊发时闻小说就已呈现出逐步增多之势,这点在《申报》、《时报》、《神州日报》等新闻纸上表现得尤为突出。不妨以《时报》为例,光绪三十四年(1908)之后,出现了大量改编或直接演述自当下国内外发生的新闻事件的小说作品。其中,最为典型的是《三月十五日》,该小说写的是本年三月十五日江苏谘议局选举之事,但该小说在三月十四日已开始连载,至次日连载毕,整部作品颇像记者对此事件的全程跟踪报道,而作者"冷"(陈景韩)的确在该报任有记者之职。《时报》的其他栏目同时也刊载了大量涉及江苏谘议局选举的相关内容,于是各个栏目之间统成一体,相互策应,完成了对热点问题的不同角度解读,小说的现实性也由此得以凸显。而有的小说作品为了体现其真实性,作者甚至就直接

---

① 包天笑《钏影楼回忆录》,香港大华出版社 1971 年版,358 页。

② 天笑(包天笑):"天笑启事",《小说林》第七期,光绪三十三年(1907)。文云:"鄙人近欲调查近三年来遗闻轶事,为《碧血幕》之材料,海内外同志如能贶我异闻者,当以该书单行本及鄙人撰译各种小说相赠。开列条件如下:一、关于政治外交界者;一、关于商学实业界者;一、关于各种党派者;一、关于优伶妓女者;一、关于侦探家及巨盗巨奸者。其他凡近来有名人物之历史及各地风俗等等,巨细无遗,精粗并蓄。倘门赐书,请寄上棋盘街《小说林》转交可也。"

③ 《枯树花》,标"新闻小说",题"著作者山外山人",小说新书社光绪三十一年(1905)出版。《时报》光绪三十二年(1906)八月二十一日刊登广告云:"《枯树花》一书,所以唤醒世人也。世人无一日不在醉中,并无一日不在睡中,一家然,一国亦然。此书虽言一家之事,然实则为近时一国之鉴,因其以新闻之体裁而瞻(胪)列近世之事实者也。"

宣称"此余二十五日下午目击之情状也"①。

时闻小说还有一大特点是行文中不时出现作者的评点文字，这些评点跟传统评点的一大区别在于：前者并非对小说本身的艺术成就称奇道妙，而是借此生发作者对时事的看法，其意直指当下现实。试看《官威》篇末评语：

> 论曰：买办某尚无足怪，独是县协野蛮专制，不问曲直，强挟某族绅士签结，殆为九年立宪之中国所不容也。②

又如载于《申报》的时闻小说《无米炊》③，描写的是辛亥年水患之际，官吏无良，致使民不聊生，作者"迅雷"和评论员王钝根都有大量评点，其中有"激成变乱"云云，更是成为辛亥革命的谶语。另外，还有一些时闻小说甚至就是一篇一篇时评的改头换面之作，小说的情节设计、人物塑造等被弱化，而作者的思想表达则被强化，几乎成了战斗的檄文。这是时评小说的极端表现。

社会热点新闻，是报纸关注的重点，也是吸引读者的亮点。在报纸主持者看来，社会热点事件蕴含的价值，并非几篇新闻报道就可开发殆尽的，于是小说被适时派上了用场。宣统元年（1909）九月十三日，日本首相伊藤博文在中国哈尔滨视察之际，遭朝鲜青年安重根刺杀身亡。对这一震惊世界的大事件，国内外的新闻媒体都有长篇累牍的新闻报道。但《图画日报》另辟蹊径，于事件发生半个月后刊出了小说《亡国泪》，将时政、爱国情绪、言情等多种时人关注的元素加入刺杀案中，写得曲折动人，颇受时人青睐。④ 以暗杀案为题材的小说不止这篇。次年，上海的方云卿、汪云生、金琴荪等名流接连被刺，警方却迟迟无法侦破，世人猜测纷纷，成为一时的社会焦点。《神州日报》除了对此系列事件作了

---

① （未署名）：《上海之流氓》，《时报》光绪三十四年（1908）十一月十二日。
② 彦农：《官威》，《时报》光绪三十四年（1908）八月十五日。
③ 迅雷：《无米炊》，《申报》宣统三年（1911）七月十六日。
④ 萧史（胡显伯）：《亡国泪》，《图画日报》宣统元年（1909）九月三十日开始连载，至宣统元年（1909）十一月二十一日连载毕。

新闻报道外，还刊载小说《暗杀党》①将新闻事件作文学化的演绎。可能是读者反应不错罢，该报随后更是隆重推介小说《金氏》，将案情添枝加叶，写得扑朔迷离，"阅者作侦探小说读也可，即作上海风俗史读亦无不可"，②准确地抓住了读者喜欢搜奇猎艳的心理，故"颇为社会所欢迎"。③

对采用小说来演述社会热点问题，《南越报》给出的解释是小说可以"补新闻所不及"④，由此可见彼时报人对小说与新闻关系的定位。的确，小说有新闻所不具备的天然优势，比如可以虚构、夸张，进行细部描绘，精心设计情节等，因而更具趣味性和可读性，可以补新闻严肃有余而灵动不足之缺憾，当然，此举最终还是为了可以更好地满足读者的阅读需求。

日报对时事新闻类小说的青睐，体现的不过是新闻纸积极介入当下现实和回应社会问题的一贯作风，但这也恰恰是新闻纸的优势及其个性所在——毕竟，对新闻事件的特有敏感和对时事动向的快速反应，皆非单行本和期刊所擅长。⑤可以说，日报小说经过多年的探索和选择，终于在内容上突出了自身的优势，找到了自己的位置。至于新闻、时评进入小说后，给小说艺术品质带来的负面影响，如"开口即见喉咙"、"议论多事实少"等极端表现，则另当别论——至少在当时，这是适合日报自身特点和应对小说市场竞争的优选方案。

---

① 臣:《暗杀党》,《神州日报》宣统元年四月二十三日（1909 年 6 月 10 日）。

② 神州日报馆:"特别启事",《神州日报》宣统二年（1910）十月初七日。

③ 恫人:《金氏》,《神州日报》宣统二年（1910）十月十三日开始连载，至翌年三月初十日，未完。在《金氏》刊载前后，该报都有不少的推介文字。如宣统二年（1910）十月初七日之"特别启事"，本年二十月初八日之"本馆特别启事"等。

④ 南越报馆:"社会小说《学蠹现形记》出版"广告,《南越报》宣统二年（1910）五月二十四日。

⑤ 鉴于出版周期等原因，单行本、期刊等刊发时事小说的时间，都显然不如日报快捷高效。例如，反映辛亥革命运动的小说，单行本最早者当属陆士谔的《血泪黄花》（一名《鄂州血》），发行时间为当年十一月，距辛亥革命发生（八月十九日）约三个月（按:学界部分不慎将中西历混淆者，误认为是一个月）；正面描写辛亥革命的期刊小说，在晚清间目前未见；而《时报》仅仅一周后，就刊出了署名"雁南"的寓言小说《虾螺征战记》,《申报》也于九日后开始连载署名"（王）钝根"的《痴人梦》，即使各报小说的思想倾向有所不同，但话题都是辛亥革命之事。

其次，日报小说的形式选择。

"小说界革命"初期，日报所载小说多属长篇作品，报人们作出这样的选择多少也是迫于无奈，因为新小说的短篇创作当时尚不成熟，"那时短篇小说还很少，读书人看惯了一二百回的章回体，所以短篇便等于无物"①，鲁迅所言其实还涉及读者的阅读风尚问题，报人们自然不能无视读者的审美要求，于是长篇小说便成了日报的常客。只是如此一来日报小说在形式上也就无法摆脱单行本的阴影。

谁都无法否认长篇小说的独特魅力，每回篇末的"欲知后事如何，且听下回分解"让无数读者欲罢而不能。而日报、期刊连载的方式，使得过去欲看下回即翻页的方便，变得需要扎扎实实地等待一天甚至一个月——读者需要适应，以致不得不改变自己的阅读习惯。不过总有一些读者，哪怕是报馆稍微愆期一两天也要"函书督催"②，对迟迟不出者"贻书诘责"③ 更是常有之事，甚至还有一些心急的读者直接去函请求作者告知小说的结局，徐枕亚就遇到了这样的事情。徐氏当然不会正面回应读者的要求，反而教育读者如何读小说"日阅一页，恰到好处，此中玩索，自有趣味"，否则"图穷而匕首见，大嚼之后，觉其无味，则置诸高阁，不复重拈，此杀风景之伧父耳，非能得小说中之三昧者也"。其实，这也是小说家有意为之，徐氏对此一语道破玄机："作小说者洞悉阅者之心理，往往故示迷离倘恍，施其狡狯伎俩，时留有余味未尽之意，引人入胜，耐人寻思。"④ 作者的用意是让小说曲折有致，读起来更有兴味，就此而言不仅无可厚非反倒是颇为良善了，问题是一篇小说若在报刊上连载一两年后其篇末还标示"未完"，这对读者的耐心绝对是一大考验。此时，徐枕亚式的解释，在读者看来倒像是一个自我开脱的借口。胡适曾描述过这样的阅读经历：

　　我十几岁在上海读书时，爱看一份报上连载的《基督山恩仇记》

---

① 周作人（实为鲁迅所作）：《域外小说集·序》，《域外小说集》，群益书社版，1921 年。按：文中的"那时"，指宣统元年（1909）前后。

② 申报馆："《潘杰小史》译者之《告白》"，《申报》宣统元年（1909）四月初七日。

③ 神州日报馆："本馆特别启事"，《神州日报》宣统二年（1910）十月十四日。

④ 三处引文皆见枕亚（徐枕亚）：《答函索〈玉梨魂〉者》，《民权素》第二集，1914 年。

的译文,每天看一段,一连看了两年,还没有登完。后来能看英文的
译本,读了才过瘾。①

少年胡适乃是《时报》的忠实读者,与《时报》"几乎成了不可分离的伴
侣",② 而其他能像胡适这样执着的读者恐怕并不多。对于长期订户而言,
连载长篇小说固然有一定的吸引力,但若是散户,特别是那些临时购报的
读者,一篇没头没尾的小说绝对不会是吸引其掏腰包的决定性因素,甚至
效果还可能恰得其反。

报馆可能会发现,刊载长篇小说带来的困惑恐怕还有以下几点:

其一,排版与阅读皆有不便。期刊小说从《新小说》第一号开始就
确立了这样的编排原则:

> 所登各书,其属长篇者,没号或登一回二三回不等。惟必每号全
> 回完结,非如前者《清议报》登《佳人奇遇》之例,将就钉装,语
> 气未完,戛然中止。③

每期各回自成迄止的排版原则被此后的小说期刊所普遍采用。然而,
这一相对科学合理的通例在日报小说中几乎没法执行,因为报纸预留给小
说的版面大多是固定版块,连载作品往往都是按版面标准编排文字,甚至
无论首句或末句是否完整都要"戛然中止",给阅读上带来很大的不便。
其中,还难免编辑们有时粗心,在篇末忘记注明是否连载完结的标识,而
这简直要让如悬半空的读者抓狂。

其二,能否完载的风险很大。连载长篇小说,经年累月,小说生成机

---

① 胡颂平编:《胡适之先生年谱长编(初稿)》,(台湾)联经出版事业公司 1984 年版,第
58 页。按:据初步查证,这份报纸应该是上海的《时报》,刊载的小说原名为《窟中人》,后人
译为《基督山恩仇记》。《窟中人》共分十次连载,标题依次为《罗马祭》、《巴黎社会》、《大富
翁》、《私生儿》、《夜宴》、《卖国奴》(上)、《卖国奴》(下)、《决斗》、《毒药》、《裁判》,标
"复仇小说",译者署"冷(陈景韩)",连载起始时间为光绪三十四年(1908)正月二十四日,
至宣统二年(1910)三月初一日毕,时间总跨度超过 25 个月。

② 胡适:《十七年的回顾》,《时报》1921 年 10 月 10 日。

③ 新小说报社:"中国唯一之文学报《新小说》"告白,《新民丛报》第十四号,光绪二十
八年(1902)。

制中的任何一环出现问题都可能造成小说连载愆期甚至中途夭折。从实际
情况看，晚清报刊所载的长篇小说相当部分都未能按时顺利完成刊载
（连载期间出现中断事故就更为常见），因为其中涉及的不可预测因素实
在太多，特别是长篇小说"随作随刊"的方式成为惯例后，这种风险更
是成倍放大。① 若说报馆印务方面出现问题，导致小说不能按时出版尚有
偶然因素，② 那么众多出在作家、作品方面的问题，就不能不引起重视
了。譬如作者方面，生病、出游等耽搁交稿，是最为常见的愆期事故；③
而作品方面，由于无法看到全篇，优劣不能立定，"随作随刊"的风险必
然难以避免，甚至可能因质量问题而不得不中途撤稿。福建《厦门日报》
就曾遇到这样的烦恼事：

> 　　启者：本报所登《台湾外记》之小说，系属友人来稿，其始原
> 取其事实，故聊以登载，故笔墨之粗俚，亦不之计。讵登至第八回，
> 因其中语近秽亵，本报应行删除不用。不料又被手民误排，合应取
> 消。兹特将小说一门暂停，容俟有妥正新奇之件，再行续刊。阅报诸
> 君幸祈谅之。④

本来是一次帮扶友人的"关系稿"，却因质量问题中途撤下，既伤了友人

---

　　① 目前尚不知《昕夕闲谈》是否采取"随作随刊"的方式，但可以确定的是《海上奇书》
已经是"随作随出，按期印售"（见申报馆《海上奇书》告白，《申报》光绪十八年正月初六
日）。《新小说》亦是"今依报章体例，月出一回，无从颠倒损益"（新小说社："绍介新刊·
〈新小说〉第一号"，《新民丛报》第二十号，光绪二十八年），此后，"随作随刊"成了期刊写
作的通例。那么，对排印时间紧张、稿源竞争激烈的日报小说而言，此种情况只会更加普遍。
　　② 神州日报馆："启事"，《神州日报》宣统二年（1910）四月十六日，文云："本报逐日
附送画报，均系鸿文代印。现因修理石机，暂行停送。"
　　③ 时报馆："告白"，《时报》宣统二年（1910）八月二十七日，文云："《空谷兰》之译
者病仍不能执笔，自明日起只能仍译《怪人》。"神州日报馆："本馆特别启事"，《神州日报》
宣统二年（1910）十二月初八日，文云："(《金氏》）近因作者抱恙，以致间断。稍缓当即续登，
以慰雅意，特此奉闻。"神州日报馆："本馆特别启事"，《神州日报》宣统二年（1910）四月十
二日，文云："《新鬼世界》小说撰者旅行，暂辍数日。"大公报馆："续登小说广告"，《大公
报》宣统三年（1911）五月初五日，文云："本报所登《海外冷艳》哀情小说，因译者有远道之
行，自二月十六日后停刊迄今。"
　　④ 厦门日报馆："本馆特白"，《厦门日报》宣统二年（1910）三月二十七日。

情分也愧对广大读者,"随作随刊"的教训可谓痛矣。总之,愆期尚可补救,若是此后停载成了"烂尾楼",对本馆就定然是一次信用的丧失,也难免招致读者的抱怨——"草创数回即印行,此后竟不复续成者,最为可恨",① 谁敢保证读者下次还乐意去阅读一篇又可能是有头无尾的作品?

那么,如何尽可能地化解长篇小说连载带来的风险呢?最理想的当然是待稿件杀青后再刊载,《月月小说》创刊之初就以此为噱头来吸引读者:

> 再近来各处所出小说每每不能应期出版,甚有开办至三四年出报犹不及一二年之数者。此盖非办理者疲玩,实缘撰者译者未尽脱稿即以付印,而操笔者中间有事中止,致令阅者兴味索然。本社深悉此弊,所选各稿均系已经杀青者,又能按月蝉联,绝无间断之弊。阅者鉴之。②

然而,理想与现实总有距离,《月月小说》在其发行周期内照样时有愆期,没能如实兑现其承诺。但相对此前的小说期刊而言,其愆期时间的确较短、次数较少,这无疑是一次进步,而促成其进步的直接原因之一则是加大短篇小说的刊载力度(此为《月月小说》的特色)——这其实才是有效解决"随作随刊"风险的最重要且最现实的途径。对发行周期较长的期刊尚且如此,那么,对排印时间紧张、稿源竞争激烈的日报而言,短篇小说就更应该值得重视了。这方面,新创办的《时报》稍具先觉意识:

> 本报昨承冷血君寄来小说《马贼》一篇,立意深远,用笔宛曲,读之甚有趣味。短篇小说本为近时东西各报流行之作,日本各日报、各杂志多有悬赏募集者。本馆现亦依用此法。如有人能以此种小说

---

① 寅半生:《〈小说闲评〉叙》,《游戏世界》第一期,光绪三十二年(1906)。该文也将梁启超列入"最为可恨"之列:"虽共推文豪之饮冰室主人亦蹈此习,如《新罗马传奇》、《新中国未来记》俱未成书。"看来,对小说的"烂尾楼"现象,读者是深为厌恶的。

② 月月小说社:"上海月月小说社广告",《时报》光绪三十二年(1906)九月十三日。

（题目体裁文体不拘）投稿本馆，本报登用者，每篇赠洋三元至六元。①

《时报》的付酬征稿马上得到了读者的响应，次日即有人将稿件寄给报馆，报馆亦按约付酬："叶君鉴：昨承惠寄短篇小说，当即选登今日报上。笔资谨照定章，饬人送上，尚祈笑纳。"② 第三日，应征稿《中间人》③ 出现在了《时报》的短篇小说栏，这应该是一个好的开始。五天后，又刊载了远在山东青州的包天笑的小说《张天师》。此后，包氏成为《时报》短篇小说的两大供稿作家之一（另一人为陈景韩），他两年后应邀加入《时报》团队即是因了这段文字缘，这也算是《时报》小说征稿的一大收获罢。不过，《时报》在短篇小说的刊载上并不算顺利，在接下来的一段时期内都是不温不火，直到光绪三十四年（1908）后短篇小说在《时报》上才有了较大幅度的增长，而此时短篇小说的刊载已经渐渐成为日报、期刊关注的重点了，如上文提到的《月月小说》即于此际发出了著名的征求短篇小说的广告，④ 而《申报》、《神州日报》也开始加大了短篇小说的刊载量。

值得一提的是，由于宣统朝间日报短篇小说刊载量增幅较大，加上它们被胡适先生称为"新体短篇小说"⑤，因而历来备受关注，论者众多，以致会造成某种错觉——短篇小说已经成为当时日报小说界的主流。若从数量上考量，短篇小说的刊载量的确以压倒性优势超过了同期的中、长篇小说数量之和⑥——这就更加强化了既有的印象。但实际情况是，在《申报》、《新闻报》、《时报》、《神州日报》等主流日报上中、长篇小

---

① 时报馆："《马贼》篇末广告"，《时报》光绪三十年（1904）九月二十一日。

② 时报馆："本馆特别告白"，《时报》光绪三十年（1904）九月二十三日。

③ 《中间人》，标"短篇小说"，作者署"兢公"，《时报》光绪三十年（1904）九月二十四日。

④ 月月小说社："特别征文"告白、"征文广告"，《月月小说》第十四、十五号，光绪三十四年（1908）。

⑤ 胡适：《十七年的回顾》，《时报》1921 年 10 月 10 日。

⑥ 以晚清主流日报媒体《申报》（1907—1911）、《新闻报》（1906—1911）、《时报》（1904—1911）、《神州日报》（1907—1911）为例，据初步统计，四大报小说总数约 700 篇，其中短篇小说就超过了 500 篇。

说都是作为保留栏目出现，其间或有暂停，则由短篇小说补上（或作调剂），或者是一长一短两篇同时出现。因此，若从覆盖面和时间跨度角度考量，短篇小说超过中、长篇小说尚需时日。由此可见，在读者传统审美惯性作用之下，即使中长篇小说的连载会带来诸多问题，日报也依然不会轻易放弃；同时，日报也会主动出击，以刊载短篇小说来尽可能地消弭其间的矛盾，力争达到某个平衡点，让长、中、短篇小说相对协调地共存于同一载体。正是在这种不断的调适、摸索中，日报小说逐步确立了符合自身特点的发展模式。其间，最具文史价值之举还是日报对短篇小说的重视及其付出的努力：它一方面培养了读者对短篇小说的兴趣，潜移默化地去改变读者的审美习惯，另一方面是直接推动了近代短篇小说的发展。当然，日报"短篇小说"设置的初衷，更多地是从篇幅的角度去考量，或曰"短篇的小说"更为贴切。而一种具有现代意义的文学体类因此而孕育、衍生，似乎只是一个随机的副产品，之后却壮大为时代的宠儿，颇富戏剧意味——文学的发展史总会给人带来一些意料之外情理之中的惊喜。

四

在期刊方面，为适应小说界发展形势而作出的调整，动作也不小。

小说期刊在光绪三十三年（1907）发展到了一个顶峰，当年同时上市的小说期刊近 10 种，为历年之最，但这些小说期刊无一能越过光绪三十四年（1908）这道"生死坎"。进入宣统朝后，小说期刊数量逐年递减，宣统元年（1909）创办小说期刊三家，宣统二年（1910）仅新创一家。此后直到民国二年（1913），专业小说期刊阵营无一新面孔，与当时国人高涨的办刊热情形成鲜明反差。①

面对小说界低潮，一些小说期刊主持者开始调整办刊策略，其最显著的特点是小说期刊走专业化道路。这方面的典型是创办于宣统元年（1909）的《小说时报》。其主编为陈景韩、包天笑，两人既是小说家亦是当时著名的报人。特别是陈景韩，此前就曾编辑过《新新小说》，后又与包天笑共同主持《时报》小说栏，经验丰富，深谙小说界之发展现状。

---

① 相关情况见文末"附录二"、"附录三"。

而且,《小说时报》有《时报》、有正书局作为坚实后盾,①陈、包二人可以放手施行自己的小说期刊战略。

首先,在内容设置上一心专注做小说。此前的小说期刊是名副其实的"杂志",除了刊载小说之外,还同时刊载诗、词、笑话、谜语、数字游戏、文牍章程、统计报表等,为的是尽可能地覆盖到各个读者群体。但到了宣统朝,小说已经相当普及,读者群体已具一定规模,小说的专业化随之成为潜在要求。从冷(陈景韩)、笑(包天笑)二人提出的要革除早前小说期刊的"六弊"和《小说时报》的"四大未曾有"来看,②他们已经敏锐地觉察出了时代的这种需求。于是,《小说时报》被冷、笑二人倾力打造成了一份专注的小说期刊——为了"矫他报东拖西扯之弊",③除第1—3号曾短暂开设过"各国新闻"(翻译国外奇闻轶事,其实亦颇具小说味)外,其他文类极少刊载(个别地方出于补白需要,会临时添加一些"豆腐块"文字),将篇幅都留给小说作品;在采稿上,虽然也精选一定数量的外来作品,但"本报乃冷血、天笑两先生为笔政主任,所登之件,两先生之稿居十之七八",④以冷、笑二名家为主打,既为保证质量也出于吸引读者的考虑。

其次,在形式上协调好长、中、短篇比例,尽量做到"每期小说每种首尾完全"⑤。自《新小说》开始,《绣像小说》、《新新小说》、《小说林》都以刊载长篇小说为主,而且每期刊载的种类甚多,的确可以呈现出作品的丰富性和多样性,但受制于版面每种小说都仅仅刊载两三个章回,结果读者刚刚看了一小段,胃口刚被吊起又得等上一个月,这样的阅读感受读者恐怕并不满意。晚近的《月月小说》开始有意识地多刊载短篇小说,这是一个解决之道。但随之而来的问题是,中、长篇小说数量未

---

① 包天笑回忆当年办《小说时报》云:"有一个有正书局的出版所,又有一个很好的印刷所,铅印石印齐备,办一个杂志,也较为方便;又有《时报》上,不花钱可以登广告。"包天笑:《钏影楼回忆录》,香港大华出版社1971年版,第358页。

② 小说时报社:"本报通告一",《小说时报》第一年第一号,宣统元年(1909)九月。有正书局:"新出《小说时报》"广告之"本报四大未曾有",《时报》宣统元年(1909)九月初七日。

③ 小说时报社:"本报通告一",《小说时报》第一年第一号,宣统元年(1909)九月。

④ 有正书局:"购《小说时报》者再鉴"告白,《时报》宣统元年(1909)九月二十一日。

⑤ 小说时报社:"本报通告一",《小说时报》第一年第一号,宣统元年(1909)九月。

减，于是《月月小说》只能将中、长篇小说的篇幅由通常每期连载三四回压缩到一两回，在阅读感受上并无改善，而中、长篇章回体又恰恰是当时读者"看惯了"的小说体式，① 读短篇小说"终觉其索然易尽"，② 这就难怪要遭到读者诟病了。为了革除这种"东鳞西爪之弊"、"有始无终之弊"、"东拖西扯之弊"、"纸多字少之弊"，③《小说时报》进行了必要的调整：改小字号、增大用纸开张，并将"每期小说每种首尾完全，即有过长不能完全之作，每期不得过一种，连续不得过二次"④ 作为首要原则和吸引读者的噱头。以第一期为例，《催醒术》、《桃花劫》、《律师态度之华盛顿》、《俄帝彼得》四篇短篇小说和中篇小说《电世界》都是当期载完。特别是《电世界》，一期载完十六回，这在此前的小说期刊中尚无先例。对这种大胆革新的编排方式，包天笑亦颇为满意，在后来的回忆录中还不忘专门提上一笔："《小说时报》上，倘若是个中篇，必一次登完，长篇而字数较多的，则分为两期，最多是三期，也一定登完。"⑤

从《小说时报》作出的调整看，依然是将单行本小说作为直接的竞争对手。其中，尽量将中、长篇小说一两次完载便是借鉴单行本的优点，同时兼采各种类型的短篇小说则适时地体现出了小说期刊的丰富性和多样性，另外，再配以精美的铜版时尚五彩插画，对读者就更具诱惑力了。从市场回馈情况看，创刊号出版次月就因销量较好，推出了增刊一期，自言"本报自出版以来，未及一月，已销行至二千余份"⑥，若其言属实，那么表明《小说时报》对小说期刊的改良的确得到了读者们的认可。《小说时报》发行周期将近 10 年，乃属近代为数不多的"长寿"期刊之一，这至少能部分证明其发展模式在近代小说界中的生命力。值得一提的是，次年创刊的《小说月报》基本借鉴了《小说时报》的发展模式，特别是在长、

---

① 周作人（实为鲁迅所作）：《域外小说集·序》，《域外小说集》，群益书社版，1921 年。

② 侠人：《小说丛话》，《新小说》第十三号，光绪三十一年（1905）。

③ 小说时报社："本报通告一"，《小说时报》第一年第一号，宣统元年（1909）九月。

④ 同上。

⑤ 包天笑：《钏影楼回忆录》，香港大华出版社 1971 年版，第 359 页。

⑥ 小说时报社："增刊《小说时报》减价原因"告白，《时报》宣统元年（1909）十月初三日。

中、短篇小说的编排体例方面。①

宣统朝间，除了普通期刊热衷刊载小说作品之外，时风所向，一些专业领域的期刊也开辟了小说栏作为调剂之用，此举或可视为期刊小说发展的一种特殊模式。这类期刊小说的一大特点是作品具有一定的专业规定性，意即编辑们在征稿、选稿上都颇为精心，尽量选用跟本刊物内容具有一定关联性的作品——既将小说当作吸引读者的手段，也将之作为普及专业知识的途径。姑且以晚清的专业医学期刊为例。《医学世界》是一份严肃的医学期刊，以"灌输新学，改良旧习为宗旨"②，但也发文征求"医林小说"以飨读者，不过有明确要求："小说非精心结撰，或无甚意义者，则皆不刊。"③ 这里的所谓"意义"，主要是指与医学领域相关者，譬如发布征文广告的当期，就刊载了该杂志主编汪惕予的小说作品《细菌学·细菌大会》，明显有示范之意。小说采用拟人手法，设计了一次细菌大聚会，各种细菌轮番发言，阐明各自身历、品性以及功用，跟期刊整体的专业内容倒是颇为切合。同类期刊《绍兴医学报》曾刊载"医学小说"《破伤风》④，叙某人因不懂破伤风之病理，误医导致妻儿皆亡的悲剧。同一年，上海的《中西医学报》也曾刊载小说《医家伯道》，通过叙述某庸医将自家儿子治死之悲剧，告诫医界"以某医为前车之鉴，诊事之暇，研究新学"⑤。《绍兴医学报》还刊载"科学小说"《医林外史》，"以科学为经，社会为纬，两两组织，暗寓惩劝"，⑥ 仿照《儒林外史》，以医学知识来揭破医界之种种鬼蜮伎俩。有意思的是，另一杂志《医学新报》随后也刊载了同名小说《医林外史》，"欲把二十年来医、药两界的怪现状，

---

① 小说月报社："《小说月报》特别广告"，《小说月报》第三卷第十二号，1913 年。文中有云："凡长篇小说，每四期作一结束；短篇每期四篇以上。"

② 医学世界社："本社新订简章"，《医学世界》第十一册，宣统元年（1909）三月二十日。

③ 医学世界社："本社广告"，《医学世界》第十一册，宣统元年（1909）三月二十日。

④ 《破伤风》，标"医学小说"，作者署"禅"，《绍兴医学报》宣统二年（1910）五月第十九期开始连载，未完。

⑤ 《医家伯道》，标"短篇实事小说"，作者署"潜"，《中西医学报》第六期，宣统二年（1910）九月。

⑥ 《医林外史》，标"科学小说"，作者署"鹫峰樵者编辑"，《绍兴医学报》宣统元年（1909）第十五期开始连载，未完。

仿了说部体裁,借着村妪俚言,尽情写来"①,两部小说恰成相映之趣。这类小说,若从艺术价值上考量当然成就有限,有的不过是借了小说之名行传播专业知识之实。不过,小说渗透入专业期刊并非坏事,一方面可以推动小说的普及,另一方面也是世人了解科学知识的一种特殊途径。而且,这些作品往往都是本领域人员为刊物量身定做,其中不乏业内的资深人士——谁又能否认,这不是中国近代科普小说的一种初始形态?

---

① 《医林外史》,作者署"四明邋庐客",《医学新报》宣统三年(1911)五月二十日第一期开始连载,未完。

第 三 章

翻译·自撰:形势大逆转

《清议报》创办之初，尚在国内的梁启超就将译介西方小说当作塑造"国民之魂"的重要途径并付诸行动，"今特采外国名儒所撰述，而有关切于今日中国时局者，次第译之"①。"小说界革命"发动之际，梁氏已身在日本，西学背景之下更是不遗余力地推进小说译介事业，其言论也正好契合了多个阶层的利益诉求，故一时之间"群山呼应"②。晚清小说翻译事业随之兴盛当是意料之中的事情，但其态势发展之迅猛却出乎不少人的预料，以致时人惊叹曰："小说岁百余种，而译者居十之九，著者居十之一。"③ 当然，这种直观的判断未免夸张，不足为据。不过，即使是近代小说研究者若想对其发展态势作出准确判断，也并非易事。

此前，学界感兴趣的一个问题是晚清间翻译与自撰的情况到底如何？阿英先生是最早作出回答者：

> 如果有人问，晚清的小说，究竟是创作占多数，还是翻译占多数，大概只要约略了解当时状况的人，总会回答："翻译多于创作"。就各方面统计，翻译书的数量，总有全数量的三分之二，虽然其间真优秀的并不多。④

"翻译多于创作"的结论被学界引用了几十年后，被樽本照雄先生使

---

① 任公（梁启超）：《译印政治小说序》，《清议报》第一册，光绪二十四年（1898）。

② 包天笑：《钏影楼回忆录》，香港大华出版社1971年版，第357页。

③ 觚庵（俞明震）：《觚庵漫笔》，《小说林》第七期，光绪三十三年（1907）。

④ 阿英：《晚清小说史》，商务印书馆1937年版，第274页。

用新的统计数据推翻，但后者的新结论也并非没有问题。[①] 鉴于各个载体之间的差异以及现实情况，笔者采取按载体统计的方式来解析这个问题。单行本小说散佚较少，目前挖掘比较充分，故以单行本小说做基础统计，其结果应该具有较高的可信度。下表是笔者统计的一组晚清间单行本小说翻译与自撰的比对数据：

单行本小说之自撰和翻译对比年表[②]

年份	1903	1904	1905	1906	1907	1908	1909	1910	1911	合计
自撰	22	15	32	47	75	102	139	100	79	611
翻译	55	50	89	124	155	98	50	32	16	669

若从单行本总量上看，阿英先生"翻译多于创作"的结论是基本符合事实的，不过两者的差距并不大：翻译小说仅占总量的52.26%，而不是阿英先生统计的"总有全数量的三分之二"（即66.67%）。晚清小说除了单行本外，还有期刊小说和日报小说，后两者的数据最难统计，其中散佚或未能周览就是一大问题。若是采取能搜集多少就统计多少，然后匆匆得出结论的方式，倒不如选取代表性强的样本进行分析更具说服力，因此笔者此处宁愿采用典型样本分析法。下面是以小说期刊为样本的一组数据。

---

① 相关情况见文末"附录一"。对详细数据做得较为深入者当属日本的樽本照雄先生，他为此付出了很多努力，是笔者深为钦佩的学者之一。但其统计结果，使用起来依然需要非常慎重。比如他将单行本、期刊、日报小说不加区分地统计，然后得出结论，这在思路上当然没有问题，但前提是要求原始数据具有完整性或全面性，然而他自己本人也不得不坦承"要收罗所有晚清民初小说，可是目前这一愿望不可能实现"。特别是期刊、日报小说，至少在他的统计视阈里遗漏还有不少，而这直接关联到数据及其结论的准确度。因此，笔者认为倒不如分开单独统计，单行本发掘较为充分、完整，可以独立出数据；期刊、日报散佚相对严重，以不残缺的统计数据做分析，倒不如选取有代表性、保存完整、时间跨度较长的做样本分析，其结果可能更具说服力。另外，笔者在前一章中提到的"数据困惑"问题（如覆盖面、时间跨度），也会一定程度地影响到对当时真实状况的判断，但这一问题似乎尚未得到重视和有效地协调解决。笔者对此问题虽有意识，但也是颇感心有余而力不足。

② 统计数据的原始材料来自陈大康先生主持之"中国近代小说资料库"。

<h4 style="text-align:center">晚清 17 家以"小说"命名的期刊自撰与翻译小说对照表①</h4>

	1902		1903		1904		1905		1906		1907		1908		1909		1910		1911		合计	
	自撰	翻译	自撰	翻译	自撰	翻译	自撰	翻译	自撰	翻译	自撰	翻译	自撰	翻译	自撰	翻译	自撰	翻译	自撰	翻译	自撰	翻译
总计	3	5	12	15	12	11	11	11	17	33	87	49	66	19	67	22	18	18	40	21	325	202

从以上 17 家专业小说期刊所载的小说数量看，自"小说界革命"始到清朝覆亡的十年间，自撰小说的数量明显超过了翻译小说的数量，翻译小说只占总量的 38.33%，意即不足 2/5。那么日报小说如何呢？这里依然选取时间跨度大、小说刊载量最多且保存完整的《申报》、《时报》、《神州日报》为例。

<h4 style="text-align:center">晚清三大日报自撰与翻译小说对照表</h4>

	1904		1905		1906		1907		1908		1909		1910		1911		合计	
	自撰	翻译	自撰	翻译	自撰	翻译	自撰	翻译	自撰	翻译	自撰	翻译	自撰	翻译	自撰	翻译	自撰	翻译
申报	0	0	0	0	0	0	12	4	37	10	45	8	19	11	80	16	193	49
时报	4	6	6	4	20	10	17	6	53	9	12	10	3	5	49	6	168	54
神州日报	0	0	0	0	0	0	14	14	72	10	71	5	20	2	7	3	184	34
合计	6	4	6	4	20	10	43	24	162	29	128	23	42	18	136	35	545	137

在以上三大日报中，自撰小说与翻译小说的差距进一步拉大，翻译小说仅占总量的 20%，意即 1/5。因此，将三大载体综合起来看，若单单以数量计，晚清间自撰小说超过翻译小说应该不会有太大疑问。

不过，笼统地得出"自撰超过翻译"的论断，恐怕还不如"翻译多于创作"更能吸引人们的视线，这难道不是个常识问题吗？——在中国本土，原创小说超过翻译小说本来就理所当然。但细究上面三组数据，其中的微妙之处还是让人大有触动。先以单行本为例，"小说界革命"发动后一直到光绪三十三年（1907），翻译小说的数量都是大比例超过自撰小

---

① 详细分布表见文末"附录六·表二"。

说；然而，仿佛一夜之间形势就发生了转变，两者的比例在次年就出现了基本持平；待进入宣统朝后，两者的比例更是发生了大比例逆转——自撰小说以绝对数量优势反超翻译小说，而到了辛亥年（1911）两者的差距已经扩大到了 5 倍之多。期刊小说与之类似，在前一阶段翻译超过自撰，光绪三十二年（1906）两者的差距还扩大到了近 2 倍，但到了次年，自撰小说却以近 2 倍的数量反超翻译小说，此后虽有微调，但基本保持在 2—3 倍的比例差距。相对而言，日报小说的自撰与翻译比例在早期倒是比较平衡，光绪三十二年（1906）两者的差距开始拉开，到了光绪三十四年（1908），两者比例突然扩大到 5.7 倍，此后虽有调整，但基本都处在高反差的形势下运行。若将三者综合起来看，可以得出一个大体的结论："小说界革命"初期，作为"开路先锋"的翻译小说异军突起，发展迅猛，比例超过自撰小说；约在光绪三十四年（1908）形势出现了逆转，后劲充足的自撰小说开始发力，[①] 在宣统朝间完成了大比例反超翻译小说的进程。

　　那么，问题随之而来，"小说界革命"后的数年间，为何"外来和尚能唱主角"？翻译小说此前迅猛发展的势头，为什么偏偏在宣统朝前夕就出现了疲软？是什么原因导致了这种戏剧性的形势大逆转？这其实是同一问题的不同侧面。而探究这些问题，显然要比给翻译与自撰孰多孰少下个笼统的结论更有意思。

第一节　翻译小说驱动力的逐年消解

　　此前沉寂莫名的小说译介事业，为何进入晚清后能突破常规，获得如此迅猛的发展？不难想象，其间必然存在着某些支撑其发展的强大推动力。考察其推动力的变化，无疑是了解晚清翻译小说与自撰小说发展状况的一把总钥匙，也是"釜底抽薪"地解决问题的一条途径。

　　为什么要选择翻译小说？国人认真地思考这一问题并决定付诸实践，其实是相当晚近的事情。当然，中国的翻译史可谓源远流长，汉唐开始就

---

① 世（黄小配）：《小说风尚之进步以翻译说部为风气之先》，《中外小说林》第二年第四期，光绪三十四年（1908）。文中有云："翻译者如前锋，自著者如后劲。"

出现了大规模的译介佛经活动，并掀起了中国的第一轮翻译高潮。此后，中国的译介活动代有起伏，但这些译介活动跟小说文本的译介几乎没有太大的直接关系。直到近代，西方传教士在翻译教义材料时，才有意无意地将域外小说带入中国。目前可见之最早者当属罗伯特·汤姆所译的《意拾喻言》（即《伊索寓言》）①；十余年后又出现了《天路历程》②，此为第一部汉译的西方长篇小说。这些小说的译者皆有传教士背景，其译介目的不过是为了宣扬宗教教义，受众面狭窄，故对中国近代翻译小说产生的影响相当有限。由国人翻译的第一部长篇小说是申报馆于同治十一年至十三年（1872—1874）刊发的《昕夕闲谈》，同时期还有《一睡七十年》和《乃苏国奇闻》两篇短篇小说，其目的是"广中士之见闻"，强调小说"怡神悦魄"、"快人之耳目"③ 等娱乐功能，这与传统小说相比无甚新鲜，加上当时风气未开，普遍认为西方之"文章礼乐，不逮中华远甚"④，故该馆小说译介事业最后亦不了了之。

小说译介史的过往经验告诉我们，无论晓以教义还是宣扬愉悦，都无法迅速促兴小说的译介事业。倒是甲午战败，无意间成为了推动翻译小说发展的催化剂。为寻找强国之路，彼时的有识之士上下求索，问学西方随即成为集体共识。于是，域外的政治、经济、法律、自然科学等诸多图书被大量译介，但这类颇具专业性的知识接受面毕竟有限，在"群治"方面难以"速成"，有否其他受众面更为广泛、普及速度更快的传播方式？小说，这种"人人之深，行世之远，几几出于经史上"⑤、"有不可思议之力支配人道"⑥ 的文艺样式，自然成为了有识之士的共同选择。于是，一些先觉者开始试着寻找译介小说的依据，为大规模的译介活动作好理论铺垫，"且闻欧、美、东瀛，其开化之时，往往得小说之助"，故推知译介

---

　　① 罗伯特·汤姆译：《意拾喻言》，《广东报》道光二十年（1840）。

　　② 《天路历程》，译者署"宾（REV. WM. CHALMERS BURNS）"，咸丰三年（1853）厦门出版。

　　③ 蠡勺居士：《〈昕夕闲谈〉小叙》，《瀛寰琐记》第三期，同治十一年（1872）。

　　④ 郭嵩焘：《伦敦与巴黎日记》，岳麓书社 1984 年版，第 119 页。该日记作于光绪三年（1877）正月，郭嵩焘此间正出使英国。时人王韬的《漫游随录》，对西学持相同态度。

　　⑤ 几道（严复）、别士（夏穗卿）：《本馆附印说部缘起》，《国闻报》，光绪三十三年（1907）。

　　⑥ 饮冰（梁启超）：《论小说与群治之关系》，《新小说》第一号，光绪二十八年（1902）。

小说在"使民开化"上不无助益。① 若说严复、夏曾佑二人着"且闻"一词，尚属道听途说，态度暧昧，那么到了梁启超笔下，就变得言之凿凿了：

> 在昔欧洲各国变革之始，其魁儒硕学，仁人志士，往往以其身之经历，及胸中所怀，政治之议论，一寄之于小说。于是彼中缀学之子，黉塾之暇，手之口之，下而兵丁、而市侩、而农氓、而工匠、而车夫马卒、而妇女、而童孺，靡不手之口之，往往每一书出而全国之议论为之一变。彼美、英、德、法、奥、意、日本各国政界之日进，则政治小说为功最高焉。英名士某君曰："小说为国民之魂。"岂不然哉！岂不然哉！②

弹丸之地日本缘何迅速崛起，成为时人讨论的热点。其中一大流行的说法是"于日本维新之运有大功者，小说亦其一端也"，③ 梁氏这种今天看来不无偏颇的观点，在国人求救心切的时代背景之下几乎无人反对。东渡日本后，梁氏似乎有了实地考察的经验，于是更加坚定地宣扬"小说救国"的理念，并随即兴办《新小说》杂志，发动"小说界革命"，从而掀起了翻译小说的高潮。

"小说救国"这面大旗一举，策略性地与救国保种的时代风潮挂上了钩，自然会迅速地引起各个阶层的关注，小说翻译事业也因此获得了"正当性"，让那些文化保守者暂时噤声。当然，在这个总纲领和大前提之下，各个阶层因其立场和思考角度的不同，在利益诉求上也会存在差异。这种差异，甚至直接反映在不同的小说类型上，例如，以梁启超为首的政治改良派对"政治小说"情有独钟，通过借鉴日本推行政治小说的成功经验，开启国民之政治智慧，从而有益于中国的现实政治改良。又如，崇尚知识兴国者，认为"所谓科学小说者，乃文明世界之先导也。世之不喜读科学著作者众矣，而未尚有不喜读科学小说者，以此乃输入文

---

① 几道（严复）、别士（夏穗卿）:《本馆附印说部缘起》,《国闻报》,光绪三十三年（1907）。

② 任公（梁启超）:《译印政治小说序》,《清议报》第一册,光绪二十四年（1898）。

③ 任公（梁启超）:《饮冰室自由书》,《清议报》第二十六册,光绪二十五年（1899）。

明思想之最佳捷径也！"① 而中国恰恰是"科学小说，乃如麟角"，于是希望通过翻译科学小说来改善国民"智识荒隘"② 之现实。另有为数众多的侦探小说倡导者，也相机亮出了自己的见解：

> 侦探小说，为我国所绝乏，不能不让彼独步。盖吾国刑律讼狱，大异泰西各国，侦探之说，实未尝梦见。……至于内地谳案，动以刑求，暗无天日者，更不必论。如是，复安用侦探之劳其心血哉！至若泰西各国，最尊人权，涉论者例得请人为辩护，故苟非证据确凿，不能妄入人罪。此侦探学之作用所由广也。③

鉴于中国"无侦探之学，无侦探之役"，故"译此者正以输入文明"视之，④ 这种译介观念在当时可谓最具代表性和号召力，例如，上述之政治小说、科学小说、侦探小说，本来在"中国小说中，全无此三者性质"，⑤ 加上又被冠以"输入文明"之名，其"正当性"身份也就理所当然地得到了确认。正是这种"缺啥补啥"、"输入文明"的翻译观念，带动了旺盛的译介需求，并自然而然地转化为促进小说翻译的直接推动力。其间，甚至一些中国本土已有的小说类型，译介后也成为了"输入文明"的典型样式。例如林译小说《巴黎茶花女遗事》，缠绵悱恻，哀感顽艳，被时人称为"外国之《红楼梦》"⑥，马克与亚猛的爱情悲剧则激起了一代青年人对爱情自由的向往。包括西方社会小说的引进，也被译者们寄予希望：通过其"抉摘下等社会之积弊"⑦，来反照中国社会之魑魅魍魉，

① 天笑生（包天笑）：《译余赘言》，《铁世界》，文明书局出版，光绪二十九年（1903）。

② 两处引文皆见（鲁迅）《〈月界旅行〉辨言》，［美］培伦著，中国教育普及社译印：《月界旅行》，日本东京进化社，光绪二十九年（1903）。

③ 周桂笙：《〈歇洛克复生侦探案〉弁言》，《新民丛报》第五十五号，光绪三十年（1904）。

④ 中国老少年（吴趼人）：《〈中国侦探案〉弁言》，《中国侦探案》，广智书局光绪三十二年（1906）。

⑤ 定一：《小说丛话》，《新小说》第十五号，光绪三十一年（1905）。

⑥ 包天笑：《钏影楼回忆录》，香港大华出版社 1971 年版，第 171 页。

⑦ 林纾：《〈贼史〉序》，［英］却而司迭更司著，林纾、魏易同译：《贼史》，商务印书馆，光绪三十四年（1908）。

"铸鼎燃犀",对当下社会之改良有所助益。王无生对中国小说的种种创作动机,总括为"愤政治之压制"不得不作,"痛社会之混浊"不得不作,"哀婚姻之不自由"不得不作,① 若将之跟晚清翻译小说相比对,虽不周详,但大体上还是囊括了当时译介西方小说之主要动机。

无论何种域外小说类型,都在"救国"大旗之下阐释了自身存在的理由,并顺利得到中国各界的认可,从而获得了生存和发展的空间。各个阶层对翻译小说也的确充满了热望,随之带动的则是对翻译小说的需求,需求形成动力,进而推动翻译小说迅猛发展。当时的《新闻报》曾载专文描述云:

> 西哲学说输入中土,而"改良社会莫过小说"一语,尤为著述家所欢迎。于是人人争取欧西稗官野史家言,译以国文,用饷社会,文言俗语,杂沓并集,风泉发涌,不可遏抑,长编短书,蔚成大观。②

形势喜人,不过前景堪忧。

不可否认,在"小说界革命"初期国人的确翻译了不少精品之作,然而,由于市场规范机制缺失、译介导向无力以及缺乏经验等诸多因素,导致小说译介事业逐渐偏离正常的发展轨道,造成译界鱼龙混杂,作品质量参差不齐。光绪三十二年(1906),为了规范译界这种混乱局面,热心的翻译家周桂笙还专门成立了"译书交通公会",让译界同人"共谋交换智识之益,广通声气之便"③。遗憾的是该会只维持了半年,"所恨同人德薄能鲜,末由感召,所以入会之人,寥若晨星"④,只得停办。这一事件,或可窥见译界存在的某些问题已经引起有识之士的注意,但由于当时翻译

① 天僇生(王无生):《中国历代小说史论》,《月月小说》第一年第十一号,光绪三十三年(1907)。

② (未署名):《新小说之平议》,《新闻报》宣统元年(1909)二月初十日。

③ 周桂笙:《译书交通公会试办简章》,《月月小说》第一年第一号,光绪三十二年(1906)。

④ 译书交通公会代理书记员:"译书交通公会广告",《月月小说》第一年第七号,光绪三十三年(1907)。

小说正处于上升期，加上各方出于各自利益的考虑等多种因素的影响，人们解决问题的积极性并不高，致使问题越积越重，最终给翻译小说的正常发展带来危害。

光绪三十四年（1908），既是翻译小说的高峰期，也是矛盾的集中爆发期，译界存在的诸多问题逐渐公开化，引起了更多人的警惕和重视。其中，较为理性地研究翻译与创作问题的当属徐念慈，他利用身为业内人士之便，作过简单统计，"综上年（按，指 1907 年）所印行者计之，则著作者十不得一二，翻译者十常居八九"，并对产生这一现象的原因作出了分析：

> 著作与翻译之观念有等差，遂至影响于销行有等差，而使执笔者，亦不得不搜索诸东西籍，以迎合风尚，此为原因之一。抑或译书，呈功易，卷帙简，卖价廉，与著书之经营久，笔墨繁，成本重，适成一反比例。因之舍彼取此，乐是不疲与，亦为原因之一。由后之说，是借不律以为米盐日用计者耳。①

即使徐氏的统计并不十分精确，但其所作的原因分析大多出于亲身感受，应该具有非常高的可信度。而对时下译界这种并不太好的印象，并非只有徐氏一人，俞明震也是心有戚戚焉：

> 译者彼此重复，甚有此处出版已累月，而彼处又发行者。名称各异，黑白混淆，是真书之必须重译，而后来者果居上乘乎？实则操笔政者，卖稿以金钱为主义，买稿以得货尽义务；握财权者，类皆大腹贾人，更不问其中源委。……
>
> 观于今日小说界，普通之流行，吾敢谓操觚家实鲜足取者。是何故？因艰于结构经营，运思布局，则以译书为便。大著数十万言，巨且逾百万，动经岁月，而成书后，又恐无资本家，仿鸡林贾人之豪举，则以三四万言、二三万言为便。不假思索，下笔成文，十日呈功，半月成册。货之书肆，囊金而归，从此醉眠市上，歌舞花丛，不

---

① 觉我（徐念慈）：《余之小说观》，《小说林》第九期，光绪三十四年（1908）。

须解金貂，不息乏缠头。谁谓措大生计窘迫者？①

小说与经济利益具有天然的关系，著译小说获取报酬，在当时稿酬制度已经建立的情况下自然无可厚非。但小说同时还是一种作用于人的思想意识的艺术形式，必须承担某些必要的社会文化建设的责任，若译书者单单信奉"金钱为主义"，译书只为"迎合风尚"，就难免会背离"小说界革命"所倡导的译书初衷，其结果将跟旧小说处境一样成为人们批判的矛头所向。

事实的确如此，宣统朝前后混乱的小说翻译界，让此前对翻译小说寄予厚望的众多倡导者陷入尴尬境地。

《新闻报》发表未署名文章云：

> 今新译之书最普通者，不过两种，一为言情之作，一为侦探家言。……至于科学、探险诸门为吾国所未有者，不过寥寥数种，可以聊备附庸，而不足以自成一队，且亦无惬心贵当之作，可以资国民之模范者，自邻以下无讥焉已耳。②

按"小说界革命"的设计，政治小说、科学小说、军事小说"为吾国所未有者"，对"启牖民智"最具教益，因此应该多多益善。但翻译小说的发展实际却完全颠倒了原有的设想模式：言情、侦探等娱乐、消闲小说占了绝对主角，而政治、科学小说等不过是"聊备附庸"，这恐怕是梁启超等倡导者们所始料未及的。更让人失望的是翻译小说质量的不堪，与当初译者们所倡导、承诺的"救国"大旨颇有出入，甚至于民智未开反受其害。例如翻译小说在改良群治方面发挥的效用，便让时人颇为不满：

> 今夫汗万牛充万栋之新著新译之小说，其能体关系群治之意者，吾不敢谓必无；然而怪诞支离之著作，诘曲聱牙之译本，吾盖数见不

---

① 觚庵（俞明震）：《觚庵漫笔》，《小说林》第七期，光绪三十三年（1907）。
② （未署名）：《新小说之平议》，《新闻报》宣统元年（1909）二月初十日。

鲜矣！……于所谓群治之关系，杳乎其不相涉也。①

　　夫诚欲改良风俗，必先从下流社会设想，想必使市井负贩之夫，一都了然，知其所言之为何事，然后知所劝惩，而有以收善俗化民之效。今新译之编，不啻汗牛充栋，而求其内容外观适合此义者，千百卷中直无一、二焉。欲持是以陶淬风俗，铸成一般高尚之国民也，岂不难哉？②

"小说界革命"的纲领性文件乃是梁启超的《论小说与群治之关系》，其理论核心是通过改良小说来达成改善群治之目的。其具体的实施途径之一乃是通过译介域外小说来刺激、促进本土小说的改良和发展。不可否认，域外小说的译介在推动本土小说叙述模式的转变、丰富小说类型等诸多方面收获颇丰，然而，在倡导者们看来，他们最为关心的改善群治方面的效果，恐怕并不尽如人意——即使他们的言论不无苛责的成分，甚至不乏矫枉过正之意，但"小说界革命"后期的翻译小说的确有不少授人诟病之处。宣统三年（1911），《小说时报》主人狄平子便对近年来小说译界之弊恶大加抨击：

　　于是不能不从事于翻译，而又不加别择，实足为社会之大害。即如欧美小说，颇多注意于金钱，其书结尾，往往得一美妾，而父即死，父死而家产乃归其手，若视为美满者。此种小说，已译出者甚夥，吾愿后之译者，少留意焉。③

译者们对译本"漫不加察"，书贾又"不予调查，贸然印行"④已成译界一大痼疾。对这种混乱局面，狄平子是痛心疾首，直言其为"社会之大害"，态度不可谓不激烈。狄氏同时还指出了翻译小说逐渐陷入单一化、

---

①　吴沃尧：《〈月月小说〉序》，《月月小说》第一年第一号，光绪三十二年（1906）。

②　（未署名）：《新小说之平议》，《新闻报》宣统元年（1909）二月初十日。

③　（未署名）：《小说新语》，《小说时报》第九期，宣统三年（1911）。据文意推知作者为狄平子。

④　新广：《说小说·〈海底漫游记〉》，《月月小说》第一年第七号，光绪三十三年（1907）。

模式化的问题，亦是一语切中时弊。译作的"千手一律"自然是败坏了读者的阅读兴味，难免要招致读者的批评："吾每购译本小说，其足以动吾之感情者，盖十不一二焉，此吾之所以咎译者也。"[1] 当然，若将板子都打在译者身上也未免有失公平——毕竟，译者仅仅是小说生成机制中的一环，只不过处于特殊的地位而被推到前台而已，翻译小说的这些弊恶其实是多方共同作用的结果。

统而观之，宣统朝前后的小说翻译界出现了两个方面的问题:

其一，翻译小说发挥的社会效应并未达到人们的期望，而且因其发展之无序，还产生了一定的负面效果。其中，最让倡导者们痛心疾首的是，读者更喜欢"巧诈机械，浸淫心目"的侦探小说，痴迷于"荡检踰闲，丧廉失耻"的艳情小说，而"尽国民之天职，穷水陆之险要，阐学术之精蕴，有裨于立身处世诸小说，而反忽焉"，若长此下去"社会之前途危矣"。[2] 这就难怪狄平子等一些激进者苛责翻译小说为"社会之大害"了。总之，翻译小说的倡导者们在短短数年间，经历了最初对翻译小说寄以厚望，随之陷入失望，最终又不得不将之架上审判台的尴尬过程。这一过程，也是翻译小说在舆论上逐渐陷入被动、渐失民心的过程。随着翻译小说"正当性"的逐渐消解，其带来的直接后果则是发展动力的渐次疲软。故在宣统朝间，翻译小说的发展后劲不足当是不难理解之事。

其二，在市场的无序竞争中，资源向某几个畅销的小说类型高度集中，意即翻译小说生产中出现了较为严重的结构性失衡，而与之伴生的将是小说的单一化、模式化问题，这势必影响到读者的购买选择。当畅销小说变成滞销小说之时，其发展的驱动力自然受挫减弱。因此，在翻译小说未完成调适前，小说译界出现一个暂时的发展低潮期当不足为奇。

第二节　改造翻译小说的尝试

面对翻译小说的尴尬处境，人们开始反思和重新审视翻译小说发挥的

---

① 中国老少年（吴趼人）:《〈中国侦探案〉弁言》,《中国侦探案》,广智书局,光绪三十二年（1906）。

② 觉我（徐念慈）:《余之小说观》,《小说林》第九期,光绪三十四年（1908）。

社会功用和发展趋向。对待翻译小说过去常见的观念有三种：一是为开阔国人视阈，"取与吾国政教风俗绝不相关之书而译之"① 的"补缺"译书说；二是借鉴域外经验，改善本国群治的"西学中用"译书说；三是"以欧美名家所著之小说，译为邦文，则不耕而获，不织而衣，岂不用力省而成功多哉！"② 的"偷巧"型译书说。然而，不论何种译书观念，都面临着同样的问题——域外小说与中国本土是否"水土不服"，是否能产生实际效用？不错，《巴黎茶花女遗事》、华生侦探案、哈葛德小说系列都畅销异常，深受中国读者的欢迎，似乎域外小说跟中国本土文化并无冲突。但大多数小说倡导者们却并不以为然。在他们眼中，评价小说的核心标准并非看其市场反应，而是看其对中国现实社会的改良到底发挥了多大的积极效用。若以此观之，实际情况显然让他们失望莫名。那么，为什么域外小说在国外能"往往每一书出而全国之议论为之一变"③，但进入中国后就会走样变形，难以发挥预想中的疗效呢？王无生将其中的原因精辟地归纳为"执他人之药方，以治己之病，其合焉者寡矣"④，而管达如在反思、总结近年来翻译小说发展理念的基础上，对此做了进一步阐发：

　　小说之所以能矫正社会之恶习者，以其感人之深；其感人之所以深，以其所叙之事实，所陈述之利害，与读者相切近也。译本小说，所叙述之事实，皆外国之事实，所陈说之利害，亦皆外国之利害。此等观念，吾辈对之，平时既少体会，临时读之，亦必漠然，而感动人之功效，不可得见矣。夫人类之阙点，各国诚多相同者。箴规外国人之小说，亦未始不可移之以箴规本国人。然一人也，其往往有待于箴规之事同，而其所以箴规之之术当异。语曰："沉潜刚克，高明柔克。"此教育之所以贵因人而施。而箴规国民之阙失者亦不可不随其社会之性质而异焉者也。外国小说，本非为我国人而作，虽未必无感

---

① 中国老少年（吴趼人）：《〈中国侦探案〉弁言》，《中国侦探案》，广智书局，光绪三十二年（1906）。

② 樊：《小说界评论及意见》，《申报》宣统元年（1909）十二月初十日。

③ 任公（梁启超）：《译印政治小说序》，《清议报》第一册，光绪二十四年（1898）。

④ 天僇生（王无生）：《中国历代小说史论》，《月月小说》第一年第十一号，光绪三十三年（1907）。

动我国人之力,然校之我国人所著,则其功用必不可同日而语矣。①

管氏认为"译著小说者,非复借是以牟私利,而将借以瀹发民智,启迪愚蒙"②,强调小说的社会功用价值,其言论体现的正是晚清小说界的主流思想。在他眼中,外国小说"本非为我国人而作","水土不服"在所难免,故对中国的社会改良事业收效甚微,其结论是:"译本小说,无论为若何之名著,吾终谓其功力不及国人自著者。"③

其实,翻译小说这种"水土不服"的现象早在"小说界革命"之前就已存在,并一度困扰着小说译者,而为了调和其间的矛盾,他们也做过各种尝试和努力。不妨以第一部介绍入中国的政治小说《佳人奇遇》为例。梁启超东逃日本之时,在渡海途中偶然读到该作,深感其有益于国民,于是"随阅随译",登载在随后创办的《清议报》上。④ 梁氏对这部小说可谓是颇为推崇:"浸润于国民脑质,最有效力者,则《经国美谈》、《佳人奇遇》两书为最云。"⑤ 随后,在《清议报》发行百册纪念致辞上,梁氏对之还是褒奖有加:

> 政治小说《佳人奇遇》、《经国美谈》等,以稗官之异才,写政界之大势。美人芳草,别有会心,铁血舌坛,几多健者,一读击节,每移我情,千金国门,谁无同好?⑥

从小说内容看,该书作者柴四郎对中国历史、文化、政治等都有较深程度

---

① 管达如:《说小说》,《小说月报》第三年第十号,1912 年。

② 管达如:《说小说》,《小说月报》第三年第十一号,1912 年。

③ 同上。

④ 丁文江、赵丰田编:《梁启超年谱长编》,上海人民出版社 1983 年版,第 158 页。文中有云:"戊戌八月,先生(梁启超)脱险赴日本,一身以外无文物,舰长以《佳人奇遇》一书俾先生遣闷。先生随阅随译,其后登诸《清议报》,翻译之始,即在舰中也。"关于《佳人奇遇》的译者问题,学界尚有争议,一说为梁启超,一说为罗普。学界主流为前者,并有多项证据支持,笔者依此说。其实,梁、罗皆为康门弟子,思想倾向并无大分歧,因此译者无论为谁,对本文立论没有实质性影响。

⑤ 任公(梁启超):《饮冰室自由书》,《清议报》第二十六册,光绪二十五年(1899)。

⑥ 梁启超:《〈清议报〉一百册祝辞并论报馆之责任及本报之经历》,《清议报》第一百册,光绪二十七年(1901)。

的了解，作品不仅大量使用了中国的诗词辞赋、历史典故等文化元素，并且小说的主要人物之一范卿（谐音"反清"）本来就是东逃日本的"支那志士"。可以说，这是一部具有浓厚中国背景的政治小说，故初次接触该书的梁启超对之有着天然的亲近感，而为了尽可能地保持作品的原汁原味，梁氏大体采用了直译法。但柴四郎毕竟不是中国人，其政治观、历史观的现实出发点都仅仅针对日本而非中国，那么书中所叙之事理对中国的现实政治而言就难免有了隔膜甚至冲突。于是，为了适应中国的特殊国情，梁启超在翻译该书时又不得不对之作出必要的删改。但对政治小说这类敏感度颇高的作品进行删改显然不是件轻松的工作——既要保证政治正确性，又要保证原有小说情节结构的完整性，这谈何容易，稍有不慎，轻者留下遭人诟病的口实，重者不仅不能达到改良现实政治的美好愿望，反而会产生意想不到的负面影响。其中，有两处删改就颇能说明问题。一处据王宏志先生的考证①，说是范卿出场的时候，原著有一段超过 2500 字的文字，其中不乏攻击清朝残暴的内容：

> 满清发令下，中华文物衣冠尽变为夷狄，满人乘胜之势，杀老幼，辱妇女，坑处士，谪书生，苛虐暴戾尤猛于狞虎。

这段话最初发表在《清议报》第四期，但康有为等保皇党人看后很不高兴，强命其删改，"遽命撕毁重印，且诫梁勿忘今上圣明，后宜谨慎从事"②。另一处是日本研究者山田敬三先生提到的《佳人奇遇》卷十③，说的是范卿给散士的书信中，有一个段落讲到如何实施反清复明的具体方针：

> 老奴又将利用此机，恢复先朝，讲三分之计，再兴宗庙之祭，以完毕生之夙愿。已与长白山马族、浙江黄金满、东京刘永福、白莲会

---

① 王宏志：《翻译与创作——中国近代翻译小说论》，北京大学出版社 2000 年版，第 185 页。

② 冯自由：《革命逸史》（初集），中华书局 1981 年版，第 63 页。

③ ［日］山田敬三作，汪建译：《汉译〈佳人奇遇〉纵横谈——中国政治小说研究札记》，赵景深主编：《中国古典小说戏曲论集》，上海古籍出版社 1985 年版，第 402 页。

及在理教徒密使往来，计之熟矣。

这样的文字让保皇党见后自然是颇觉刺眼，结果"中国志士反抗满虏一节，为康有为强令删去"①。

若说上两处文字只是梁氏一时"疏忽"成了漏网之语直接删除即可，处理起来尚算容易的话，那么《佳人奇遇》后半部的译介处理就要困难得多了。《佳人奇遇》原著并非一气呵成，其中的第十卷完成于明治二十四年（1891），第十一至十六卷完成于明治三十年（1897）。在这六年期间，爆发了对中日关系影响深远的甲午战争，而柴四郎的政治观念也随之出现了较大转变——由前期倡导争取合理国权，改为争取亚洲霸权。作者政治野心的膨胀，使小说的字里行间有意无意地流露出对中国、朝鲜等邻邦的打压态度和对抗性的政治主张。这对政治立场鲜明的梁启超而言自然难以接受，只能进行删改。然而，柴四郎的新政治主张已经作为思想主调贯穿于后半部作品之中，小改于事无补，大改则难免伤筋动骨——或是背离原著的精神实质，或是文意之间出现抵牾，显得生硬牵强。典型如第十六卷中，东海散士那段对中、日、朝三国政治关系历史走向的论述，便显得文意闪烁，前后矛盾，跟人物的政治立场和身份多有不符，即是梁启超翻译时没能妥善处理好对原著的删改而留下的破绽。

另一个值得注意的细节是，《佳人奇遇》只在《清议报》上连载了前十一卷，第十二卷刚刚开了个头就戛然而止，随后由另一部政治小说《经国美谈》取而代之。关于为何中途辍载，梁启超并未作出说明，故具体原因不得而知。笔者推测，可能是梁启超为如何适当处理后半部译文，拿捏不定，颇费思量，以致延误了出版时间，无奈之下只好另择他作补上，留待日后思考成熟了再以完璧方式推出单行本。② 这样，也就尽可能地避免了因匆匆上马而出错，再次招致他人批评。总之，无论如何，外国政治小说对中国的现实政治改良或多或少都会存在"隔膜"，效果也难免"隔靴搔痒"，若是对其增损改造，花费的时间、精力恐怕亦不会少。或

---

① 　冯自由:《革命逸史》（三集），中华书局1981年版，第149页。

② 　《清议报》第一册开始连载《佳人奇遇》，至第三十五册连载完第十一卷和第十二卷开头部分文字，时间跨度为光绪二十四年（1898）十一月至光绪二十六年（1900）正月。光绪二十七年（1901）商务印书馆出版单行本，改题《佳人之奇遇》，译者署"梁启超"。

许正是有此经历，梁启超才下定决心亲自操刀撰著中国自己的政治小说——《新中国未来记》。试想，若是翻译小说的效果真有那么好，何不干脆执行"拿来主义"？梁氏又何必在"身兼数役，日无寸暇"① 的忙碌状态下为此分身操觚？其实，当梁氏提出"政治小说者，借以吐露其所怀抱之政治思想"② 理念之时，就已经注定了该类小说只能倚靠自撰而非翻译来完成吐露个人怀抱之任务。

晚清小说倡导者不仅对与社会改良直接相关的政治小说时时保持着"警惕"，对科学小说、侦探小说、言情小说等其他类型的作品，也有随时准备大动刀斧的冲动。在他们眼里，小说往往就是一部部"教科书"（详论见第四章），承担着塑造国民、改造社会的重要使命，因此不可不慎。特别是翻译域外小说时，日本的失败经验当要吸取：

> 夫社会心理国各不同，而国民程度及礼俗亦绝不相等。彼中名家著作皆系对彼社会立言，吾乃无意识而盲译之，则鹦鹉学人，岂审言中之旨趣。日本初兴教育时，不能自编教科书，以美国国民读本充作小学堂之用，不知国性不同，甲不能适于乙用。吾国盲译欧美小说书，方自诩足当社会教育之称，其可笑殆与此相等也。③

然而，要在汗牛充栋的西方小说中找到一本适合国人的佳作又谈何容易，就连晚清小说翻译大户周桂笙，也为此感慨不已：

> 吾润笔之所入，皆举以购欧美之书，将择其善者而译之，以饷吾国。然而千百中不得一焉，吾深悔浪掷此金钱也。非西籍之不尽善也，其性质不合于吾国人也。④

---

① 饮冰室主人（梁启超）：《〈新中国未来记〉绪言》，《新小说》第一号，光绪二十八年（1902）。

② 新小说报社："中国唯一之文学报《新小说》"告白，《新民丛报》第十四号，光绪二十八年（1902）。

③ 樊：《小说界评论及意见》，《申报》宣统元年（1909）十二月初十日。

④ 中国老少年（吴趼人）：《〈中国侦探案〉弁言》，《中国侦探案》，广智书局，光绪三十二年（1906）。

当然，不可能因为"尽善"小说难寻而因噎废食停止小说译介事业。晚清译者们通常采用的是折中的办法，亦即为了能适应中国的特殊国情，对原著小说进行一番他们认为必要的改造（其中也包括形式上的改造）①。例如吴趼人，在翻译《电术奇谈》时明确告诉读者"书中间有议论谐谑等，均为衍义者插入，为原译所无"②，在《毒蛇圈》的译本中吴氏同样插入了原著所无的"伦常思想"③。海天独啸子翻译《空中飞艇》时，亦是大刀阔斧，"凡删者删之，益者益之，窜易者窜易之，务使合于我国民之思想习惯"④。

　　不过，这种为了避免域外小说"水土不服"而有选择地对原著进行增损改译的做法，效果也未必令人满意。例如，包天笑、林纾二人对《迦茵小传》中迦茵未婚先孕并诞下私生子情节的不同处理，便成为当时小说译界的一段著名公案，在理论界和读者群中引起很大争议。不仅读者对随意增删原著的做法反应强烈，就是译者本人在擅自对原著大动刀斧之后，有时也会感到颇为不安，其中就包括著译名家陈景韩。他在译完长篇巨著《火里罪人》后，并没有感到如释重负的轻松和大功告成的喜悦，而是心存忐忑，向读者和原著者告罪连连：

　　　　此稿于我中国习惯不相合处多所更改，又因每日忽忽执笔，差误甚多，对于作者有诬妄之罪；译笔既丑，稽时又久，不但无趣，且觉可厌，对于作者有欺骗之罪。其罪滋重，何以自赎？惟有搜集有趣有味之小说，以偿阅者而已。虽然译者以为有趣有味矣，而或仍讨阅者之厌，且视前更加甚焉，亦未可知也。⑤

对原著者和读者有"诬妄之罪"、"欺骗之罪"，出言甚重，权当谦恭的自

---

① 翻译小说形式上的改造包括采用章回体、插入点评文字等传统小说样式。
② ［日］菊池幽芳原著，东莞方庆周译述，我佛山人衍义，知新室主人评点《电术奇谈》，《新小说》第十八号，光绪三十一年（1905）。
③ ［法］鲍福著，上海知新室主人译，趼廛主人评：《毒蛇圈》，《新小说》第十二号，光绪三十年（1904）。
④ 海天独啸子：《〈空中飞艇〉弁言》，［日］押川春浪著，海天独啸子译：《空中飞艇》，明权社出版，光绪二十九年（1903）。
⑤ 冷（陈景韩）译：《火里罪人》，《时报》光绪三十一年（1905）十月十三日。

责之语，不过至少道出了译者擅自改动原著后，"有趣有味"的预设效果并未达成的尴尬。因此，像这类颇费周章的改造，处心积虑地为国人设计，有时并不比自撰来得省力、痛快，反而可能遭人诟病"有违原著"，被扣上个"诬妄欺骗"的罪名，甚至还可能要承担触犯译书版权法规的风险①，可谓是费力不讨巧。

随着小说事业的发展，人们对翻译和自撰有了更深的理解，开始意识到"补缺"译书论也罢，"偷巧"译书论也罢，都有不尽如人意之处，"顾所出不及千种，而大半均系译本，甚不合现今社会，其无补助匡求之功"②，翻译小说终究只是一面重要的"镜子"或"药引"，小说的国产化才是根本的解决之道："小说为教育之一种，故在理以自著为宜。"③ 因此，自撰小说具有不可替代性，只有自撰小说才能真正切合国内现实，游刃有余地发挥小说的社会功用。

第三节　自撰小说驱动力的逐年增长

若直译域外小说，且不说有"水土不服"之虞，就是在发挥社会功效上也多是"隔靴搔痒"，而对之加以改造又存在颇多困境，因此，小说的"国产化"无论从读者的审美认同还是社会现实针对性角度考量都具有重要意义。需要指出的是，晚清小说界的特殊性决定了这条"国产化"之路采用的是渐进模式，而非突变式的一步到位。

中国近代小说的飞速发展发生在"小说界革命"之后，而"小说界革命"首次提出的"新小说"概念，对大多数国人而言其实相当陌生。倡导者梁启超虽然发表了《论小说与群治之关系》这样的理论宏文，淋漓尽致地发挥其"笔锋常带情感"的梁氏文风魔力，④ 在舆论造势上的确

---

① 光绪朝末数年间，中国与美、日、英等国都进行了多次的版权问题论争，并迫于现实压力签订了一系列版权保护盟约，国人翻译域外书籍开始受到法律制约，只不过囿于清政府之困境，其执行力有限。相关方面请参见李明山主编《中国近代版权史》，河南大学出版社2003年版，第78—98页。

② 大声小说社："创办大声小说社缘起"，陆士谔：《女界风流史》，宣统三年（1911）。

③ 樊：《小说界评论及意见》，《申报》宣统元年（1909）十二月十三日。

④ 梁启超：《清代学术概论》，商务印书馆1921年版，第142页。梁氏评论自创之"新文体"云："笔锋常带情感，对于读者，必有一种魔力焉。"

具有强劲的穿透力，但对于如何创作合格的新小说，该文在技术层面上的示范意义其实并不大。当然，梁氏也亲自操觚撰著了《新中国未来记》，这是部酝酿经年的作品，"余欲著此书，五年于兹矣"①，不过梁氏对此似乎并无十足信心，自云该作"结构之必凌乱，发言之常矛盾，自知其绝不能免也"：

> 似说部非说部，似稗史非稗史，似论著非论著，不知成何种文体，自顾良自失笑。虽然，既欲发表政见，商榷国计，则其体自不能不与寻常说部稍殊。编中往往多载法律、章程、演说、论文等，连编累牍，毫无趣味，知无以餍读者之望矣，愿以报中他种之有滋味者偿之。其有不喜政谈者乎，则以兹覆瓿焉可也。②

梁氏话中不无自谦之意，但也道出了《新中国未来记》的实情。该作无论在思想上还是艺术上都不算成熟，对自撰新小说示范作用有限，其价值更多地体现在实验意义。有意思的是，"小说界革命"就以这样的"半成品"为代表，③ 轰轰烈烈又不无懵懵懂懂地开场了。好在"小说界革命"倡导的行进策略，乃是通过引进域外小说刺激国内小说创作，其间自然包括了师法西方小说之意。这的确是一条务实而且可行的发展策略，因而得到了小说界的普遍认同。例如小说林社创办之初，该社同人立下的发展目标就是"务使我国小说界，范围日广，思想日进，由翻译时代而进于著作时代，以兴东西诸大文豪，相角逐于世界"④，对梁启超设计的新小说发展路线予以呼应。

在梁启超等人的积极倡导之下，马上就有作家站出来一试身手。其中，较早尝试的是《江苏》、《浙江潮》等激进期刊的一些作家们（这些

---

① 饮冰室主人（梁启超）：《〈新中国未来记〉绪言》，《新小说》第一号，光绪二十八年（1902）。

② 同上。

③ 光绪二十八年（1902）《新小说》创刊号开始连载《新中国未来记》，后续载于当年十一月、十二月，翌年七月第二、三、七号，仅五回，未完。先不说艺术成就，单单就结构而言，该作亦是未完工的"半成品"。

④ 小说林社："小说林社广告"，觉我（徐念慈）：《美人妆》附页，小说林社，光绪三十年（1904）。

刊物跟《新小说》一样，都在日本出版），他们借助得天独厚的地域优势，起步要比中国本土的一些作家稍早，不过其作品也并不见得很成功：

> 　　我好小说，我欲作小说，然而我不能作小说，乃于今日晚间记其日间之所遇以学作小说，兹摘其一二以相连续，名之曰《破裂不全的小说》。①

小说被安上了一个奇特的题目——"破裂不全的小说"，正表明作者自知创作尚处于尝试阶段，作品还不够成熟。该作只连载到第二回就戛然而止，成了项"烂尾楼"工程，倒也的确是一篇名副其实的"破裂不全的小说"。但新小说作家们毕竟向前迈出了重要一步，他们在磨练中成熟指日可待，同时，此前被"革命"的一些旧小说家也逐渐转型、调适，加入了新小说的创作行列，成为一支重要力量。

　　经过数年的锤炼、磨合，作家们在吸收中外创作经验的基础上日渐成熟，科学小说、教育小说、医学小说等各种类型的作品都开始"国产化"，并且"国产化"的速度逐渐加快。与此相对的是，翻译小说的弊病也逐渐显露，其消极面不断遭受各界批评（当然，其中不无矫枉过正之意，甚至夸大翻译小说的负面影响），这也为自撰小说的发展提供了契机。而宣统朝的"小说界经济危机"则进一步放大了两者的分歧，于是形势出现逆转，两者错身而过后，分道扬镳的发展趋势越发明显。

　　其中的关键时段是光绪三十四年至宣统元年（1908—1909），这是晚清小说发展的高峰区段，也是小说界自撰小说呼声逐渐占据舆论高地的时期。此间，对翻译小说与自撰小说的发展趋势有着较为深刻认识的作家当属黄小配。他在《小说风尚之进步以翻译说部为风气之先》② 一文中提到，中国翻译小说与自撰小说的发展有其阶段性，"翻译者如前锋，自著者如后劲"，以翻译刺激自撰是中国小说自我革新的必经阶段，但这只是低级层次，"以吾观之，译本盛行，是为小说发达之初级时代"，紧随其

---

① （未署名）：《破裂不全的小说》卷首，《江苏》第一期，光绪二十九年（1903）四月。

② 世（黄小配）：《小说风尚之进步以翻译说部为风气之先》，《中外小说林》第二年第四期，光绪三十四年（1908）。

后，中国自撰小说必然兴盛:

> 一切科学、地理、种族、政治、风俗、艳情、义侠、侦探，吾国未有此瀹智灵丹者，先以译本诱其脑筋;吾国著作家于是乎观社会之现情，审风气之趋势，起而挺笔研墨以继其后。

为此，黄氏作出大胆预测:"译本小说之盛，后必不如前，著作小说之盛，将来必逾于往者。"他的这一预言随后马上应验，让人不得不佩服言者眼光之犀利。正是基于对小说界发展大势的深刻认识，黄小配断定中国自撰小说目前到了转折时代，应该大力扶持。黄氏并非只停留于表态，而是躬身力行——其所主持的《中外小说林》(前身为《粤东小说林》)就以自撰小说为主打。据统计，在该刊发行的光绪三十三、三十四年(1907、1908)两年内自撰与翻译的比例近乎7∶1。[①]其中，光绪三十四年(1908)全年未见刊发翻译小说。要知道，该杂志的发行地设在英属殖民地香港，贴近西方世界，翻译小说在本地拥有固定的读者群，而且采稿也相对便利，但黄氏却无视"地利人和"的优势条件，大力扶持自撰小说，由此可见黄氏促兴自撰小说之决心——当然，其中也不乏以自撰小说来宣传革命之目的，但在客观上壮大了自撰小说的声势则是无疑的。吴趼人与黄氏持同样态度，其所主持的《月月小说》在光绪三十四年(1908)先是郑重告知读者:"《月月小说》独倡自著。"[②]随后，又发布"征文广告"明示:

> 本报注重撰述，凡有关于科学、理想、哲理、教育、政治诸小说佳稿寄交本社者，已经入选，润资从丰。[③]

《月月小说》几乎聚合了当时最具名气的一批小说家，"冷泉伏民操选政，仍延我佛山人、知新室主，综事撰译，更聘冷血、天笑，天僇生诸巨手，

---

①　相关情况见文末"附录六·表二"。

②　邯郸道人:《月月小说·跋》，《月月小说》第一年第十二期，光绪三十四年(1908)。

③　月月小说社:"征文广告"，《月月小说》第二年第三期，光绪三十四年(1908)。

佐其纂述"①，这支团队不啻于"全明星队"，按其实力，打造"觥觥大著，炳炳文章"② 并非夸张之语，故该杂志的影响力自是非同小可，他们对自撰小说的大力倡导，积极践行，③ 既代表着时代风尚，也影响和塑造着时代风尚。至此，自撰小说的呼声渐高，历经数年而不衰，给后继者留下了深刻印象。④ 到了宣统朝间，一些刊物征文时甚至明文告示"新撰各种短篇小说（译本不必见寄）"⑤、"译本请勿见惠"⑥、"译本不收"⑦，将版面主要留给自撰小说。在这种时代风尚要求之下，小说界随潮而动，自撰小说数年来潜藏的后劲终于得以激发，驱动着本土小说创作的持续发展。

在推动自撰小说发展的动力结构中，除了上述常规因素外，还有两大特殊势力引人瞩目。

其一，日报小说的勃兴。从统计数据看，翻译小说被自撰小说超越是在光绪三十四年（1908）前后，而小说被日报重视并获得普遍刊载也正是此时。⑧ 两者重合并非偶然：此间日报加大了小说刊载力度，而其稿源主要来自自撰小说，这就使得翻译小说与自撰小说早前的平衡被迅速打

---

① 邯郸道人：《月月小说·跋》，《月月小说》第一年第十二期，光绪三十四年（1908）。

② 同上。

③ 《月月小说》末两年，自撰小说远超翻译小说。具体情况见文末"附录六·表二"。

④ 《月月小说》对自撰的重视和提倡，影响深远，到1915年还有人对此赞赏有加："纵观《月月小说》之佳处，在以新著见长，不似今日各报，专以译本充篇幅也。"（新楼：《月刊小说平议》，《小说新报》第一卷第五期，1915年）。

⑤ 中外日报馆："本馆特别广告"，《中外日报》宣统元年（1909）二月二十一日。文云："……有新撰各种短篇小说（译本不必见寄），并希惠寄，一经登录，不吝重酬，惟不登者恕不寄还。"

⑥ 图画日报馆："本馆征求小说"告白，《图画日报》第一号，宣统元年（1909）七月初一日。文云："……伏念海内不乏通人，如蒙以有神社会、有益人心世道之小说见贻，不拘体裁，长短咸宜，特备润资，以酬著作之劳。译本请勿见惠。务祈不吝珠玉，无任盼切。"

⑦ 时事报馆："本馆征求小说"告白，《舆论时事报》宣统元年（1909）七月十六日。文云："海内大撰述家如有新著之社会小说、言情小说及寓意小说，或短篇，或章节，或章回，文俗俱可，不拘格式，总求新颖可喜，并无陈旧抄袭之弊者。随录示，邮寄本馆编辑部。如彼此合意，再行订请。译本不收。润笔从丰。"

⑧ 《申报》、《神州日报》光绪三十三年（1907）开始刊载小说，次年刊载力度加大；《时报》、《中外日报》刊载小说时间略早一两年，但形成相对完善的小说刊载制度也正是在此时期。具体情况见文末"附录六·表一"。

破,向自撰小说一方明显倾斜。当然,日报青睐自撰小说自有其行事逻辑。

首先,日报发行周期短,需要大量小说来填充版面。晚清时代,优秀的小说翻译人才和作品并不易见。[①] 在优质稿源供不应求的情况下,日报的稿酬和档次比起单行本和期刊又无优势可言,因此即使有好作品译者也并不一定愿意交由日报刊载。就算日报能零星征集到一些二三流的翻译作品,但其庞大的小说需求量还是让产能有限的翻译小说难以应付。因此,日报大量刊发自撰小说,有其自觉选择的因素,也有迫于现实的无奈。

其次,日报小说的优势品种是时事新闻小说和时评小说,这些小说一大特点是强调时效性和针对性。往往事件一发生,日报即刻发出新闻报道或时事评论,其后就可能附上相关的小说作品——或本其事实演述,或添油加醋虚构,或引申评述。总之报社要将之作为新闻、时评的另类补充或延伸,把新闻事件的"剩余价值"尽可能地榨干挤尽。而"所叙述之事实,皆外国之事实;所陈说之利害,亦皆外国之利害"[②]的译本小说显然无法担此大任,报社只能倚靠自力更生,采编自撰小说,毕竟"外国小说本非为我国人而作",其"较之我国人所著,则其功用必不可同日而语矣"。[③] 事实的确如此,纵观各报的时事新闻小说或时评小说,其执笔者一般都是本报主笔、记者或时事评论员(如《申报》的王钝根、《大公报》的樊子镕等),即使采用外稿,也往往会附上"编者曰"一类的随文点评,以便更为准确贴切地阐明本报立场,那么采自域外的小说就更难合乎编者的要求了。因此,对日报而言自撰小说具有不可替代性,报社采编自撰小说是一种出于现实需要的自觉选择。

其二,民族主义思潮泛起。民族主义往往与当时的复古思潮搅和在一

---

① 康有为在《日本书目志序》(见郑振铎编《晚清文选·下卷》,上海书店 1987 年版,第 439 页)中,对翻译人才之难寻,颇为感慨,"岁非数千金不能得一人"。樊在《小说界评论及意见》(《申报》宣统元年十二月十一日)中,也对小说翻译人才提出较高的要求,认为优秀的小说翻译人才"百不得一"。

② 管达如:《说小说》,《小说月报》第三年第十号,1912 年。

③ 同上。

起，或是为了"兴国粹"，或是为了革命，或仅仅是出于促兴民族小说的单纯希望，总之这一思潮在宣统朝前后达到了高峰。特别是随着翻译小说种种弊端的不断暴露（或是没有达到人们的预期效果），振兴民族小说的要求便转化成一只不可忽视的舆论势力。面对域外小说的不断涌入，部分国人恐慌之余衷心希望本民族小说能趁势兴起，特别是民族自尊心较强的一些小说评者，看到域外小说对本土小说的强势冲击颇不甘心："乃自从译本小说行，西人之蔑视祖国小说也益甚。甲曰：'中国无好小说。'乙曰：'中国无好小说。'"① 这种民族情绪的煽动，对自撰小说的创作不无激将之效。小说《亲鉴》楔子中的一段话，或许能代表当时不少国人的心声：

> 我不怪做书的，为的他们也不过要混碗饭吃罢了。单怪那些书贾，也狠有几个开通的，为什么立一个偏重译稿的宗旨，引得他们作怪起来。况且这小说原是游戏文章，只求与我们国民性情相近的，讲导他们增长些见识，便是小说的宗旨，又不是什么理化器械，这些书或者有点新发明思想，必须从原文译出，一则免了传闻的差讹，二则增长些有用的学识。一本小说罢了，难道我们中国人还做不来么？难道我们中国人做的，颠倒不合我们中国人的性情么？②

言者对书贾"偏重译稿"的做法深感不满，同时向国人发问："一本小说罢了，难道我们中国人还做不来么？难道我们中国人做的，颠倒不合我们中国人的性情么？"希望民族小说兴旺之情绪溢于言表。其中，对促兴本民族小说奔走呼唤、身体力行最勤者当数吴趼人，他对小说界中部分国人盲目的崇洋媚外心理颇为深恶痛绝，对之痛下针砭：

> 吾怪夫今之崇拜外人者，外人之矢橛为馨香，我国之芝兰为臭恶，外人之涕唾为精华，我国之血肉为糟粕，外人之贱役为神圣，我国之前哲为迂腐；任举一外人，皆尊严不可侵犯，我国之人，虽父师

① 燕南尚生：《〈新评水浒传〉叙》，《新评水浒传》，保定直隶官书局，光绪三十四年（1908）。

② 南支那老骥氏编，上海冷眼人评点：《亲鉴·楔子》，《亲鉴》，小说林社，光绪三十三年（1907）。

亦为赘疣。准是而并我国数千年之经史册籍,一切国粹,皆推倒之,必以翻译外人之文字为金科玉律。①

光绪三十一年(1905)《国粹学报》创办,国粹派有了自己的舆论阵地。当时,无论改革派、革命派还是中间派,对该刊"保种、爱国、存学、救世"②的宗旨基本都持拥护态度,并随之掀起一股"保存国粹"的复古风潮。吴趼人便是其中的一员,他充分利用自己在小说界的名望地位,向国人宣扬倡导,为推动民族小说的发展躬身力行。为了跟国外侦探小说抗衡,他努力挖掘传统文化资源,编撰出《中国侦探案》,告诉国人其实"祖国亦可崇拜",不必自卑,不必盲目地去崇拜洋人!③他操觚创作《新石头记》,也是旨在"保全国粹",讽刺那"吃粪媚外的人"。④同时,还在其主持的《月月小说》杂志上,大力刊发国人的自撰小说,希望借此带动民族小说能够尽快地成长壮大。当然,吴趼人并非孤军作战,因为周桂笙、黄小配等著译名家都对自撰小说进行了不遗余力的倡导。其中,陆士谔不仅对林纾的翻译小说大加诟病,更是在短短数年间创作了数十部作品,给自撰小说以直接的支持。⑤就是以翻译小说出名的林纾,同样对国人创作的一批优秀作品(如《孽海花》、《文明小史》、《官场现形记》等)给予真诚地褒扬。⑥可以说,奔涌的民族主义和复古主义思潮,无论

---

① 中国老少年(吴趼人):《〈中国侦探案〉弁言》,《中国侦探案》,广智书局,光绪三十二年(1906)。

② 国学保存会:《国学保存会简章》,《国粹学报》第一期,光绪三十一年(1905)。

③ 中国老少年(吴趼人):《〈中国侦探案〉弁言》,《中国侦探案》,广智书局,光绪三十二年(1906)。

④ 我佛山人(吴趼人):《新石头记》第四十回,改良小说社,光绪三十四年(1908)。

⑤ 陆士谔:《新三国》第二十回,改良小说社,宣统元年(1909)。文云:"木畏斋自己编不出一部小说,所出版的都是翻译他国文字,且一大半是牛鬼蛇神之作,淫亵猥鄙之谈。"案:林纾,字琴南,号畏庐。此处的"木畏斋"影射的当是林纾。陆士谔清季间著作大约有六十种,绝大部分为自撰作品。详见第五章第二节。

⑥ 林纾:《〈红礁画桨录〉译余剩语》,〔英〕哈葛德著,林纾、魏易合译:《红礁画桨录》,商务印书馆,光绪三十二年(1906)。文中有云:"昨得《孽海花》读之,乃叹为奇绝。《孽海花》非小说也,鼓荡国民英气之书也。其中描写名士之狂态,语语投我心坎。"又云:"《孽海花》之外,尤有《文明小史》、《官场现形记》二书,亦佳绝。……吾请天下之爱其子弟者,必令读此二书,又当一一指示其受病之处,用自鉴戒。"

在舆论造势上还是创作实践上都有不俗表现，成为自撰小说超越翻译小说的有力推手，是晚清自撰小说驱动力结构中一股不应忽视的特殊势力。总之，在多方力量的共同作用之下，宣统朝前后出现的翻译小说与自撰小说地位的大逆转，既有必然性，也富戏剧性。

第 四 章

理论界嬗变：多声合奏，合而不和

晚清是一个巨变的时代，一个中西碰撞、新旧交替的过渡时期，身处其间的各派小说理论家们都抓紧机会登上历史舞台展演一番，哪怕只是成为昙花一现的匆匆过客。一定意义上，此间进行的更像是一场走马灯似的理论实验，各方都不够成熟，都在"焦虑"地不断调适以寻找未来的发展方向。而宣统朝又恰恰处在一个政局波诡云谲、小说界陷入低潮并酝酿变革的关键节点上，小说理论界看似平常的一些调适变换，也可能蕴含着未来之大势，值得去仔细玩味一二。

晚清小说界基本遵循着"理论先行，创作跟进"的发展模式，理论与创作之间保持着相当亲近的关系（这跟当下文学界中理论与创作之间"各说各话，各做各事"的"隔膜"颇为不同）。这种联动关系之所以形成，很大部分缘于晚清小说理论家们大多兼而从事创作，极少有专谈理论而不事著译的小说批评家（王国维是个例外，但其学术研究的重点终究未落在小说上）。晚清小说批评家的这种双重身份，使其小说理论往往都建立在经验之上，优点是有的放矢，但又因过度着眼细部，感性有余而系统性、纵深度略显不足，典型地体现出传统小说批评在现代转型时期的过渡性特征。这种过渡性特征还体现在小说理论、小说思潮的频繁变化——或是你方唱罢我登场，或是同台共舞，但一番热闹过后大多都没能很好地落实到小说的著译实践之中。当然，中国近代小说理论的现代转型，也十分需要理论界去进行各种尝试和探索——毕竟，无论选择何种形式的发展，总是要付出拓荒成本的。①

① 请见拙文《中国传统小说批评的现代转型——以晚清报刊小说评点为视角》，《青海师范大学学报》2009 年第 4 期。

纵观晚清小说理论界，笔者认为其演进轨迹呈现出"双线运行"的模式：一条主线是启蒙的日渐式微与消闲娱乐的日渐勃兴；另一条主线则是对梁氏新小说理论的反思和修正。当然，这两条主线并非平行运行，而是时有交汇合流，一些新的理论派别便在这矛盾冲撞中逐渐形成。

应该说，晚清小说理论界的"双线运行"演进实质上隐藏于背后，其前台运行则主要通过"三派一群"格局的嬗变与形成来具体展现。在"小说界革命"之初，梁启超首开倡导，要求提高小说的文学地位，借小说来达成"新民"、"新国家"之崇高目的。在救国保种的焦虑心态之下，或许人们觉得这也不失为一种救国方略，故当时几乎无人提出反对意见，"随声附和"[1]者倒是大有人在，"社会派"理论遂成一时之主流。但是，"社会派"倡导小说改良的根本目的并非落在小说本身，而是着眼于政治，其弊端到后来愈发明显，内在的理论矛盾日益突出而外在的市场问题又难以协调，因此在小说生存环境转变之后该派的小说理论受到越来越多的挑战，并出现了分化。其中，提出修正方案的是徐念慈、黄摩西等人，他们还颇富创造性地提出以西方小说美学改造中国小说的观念，可称之为"美学派"；另有周氏兄弟，也逐渐与"社会派"决裂，倡导文学独立，并初步提出了超政治功利性的小说观，再加上另起炉灶的王国维，组成了小说理论现代转型的"种子团队"，不妨称之为"现代派"。宣统朝间，娱乐消闲论调依然显得较为浅薄且缺乏体系，若称之为"派"似乎有些勉强，但鉴于其声势渐涨，已俨然成为一时之"思潮"[2]，故将这些主张娱乐消闲论调者暂时命名为"消闲群"。

总体而言，宣统朝小说理论界虽处于小说发展的低潮期，但其演进并没有就此停滞，各方都在努力作出调整，以便适应不断改变的时代环境。在此过程中，各自的声势、地位也发生了微妙的变化——或力撑场面，或渐成主角，或匍匐潜行，或被暂时排挤出局。从表面上看，依然是多声合奏，各家齐鸣，实际上各家之间无论发展态势和理念皆有不同，可谓"合而不和"。

---

① 吴沃尧：《〈月月小说〉序》，《月月小说》第一年第一号，光绪三十二年（1906）。

② 《辞海》（上海辞书出版社1999年版，第4763页）"思潮"义项云："某一历史时期内反映一定阶级或阶层的利益和要求的思想倾向。"据此，将晚清这股娱乐消闲风潮称为"思潮"未为不可。

第一节　力撑场面的"社会派"

持功利小说观，强调小说的社会功用价值，崇信以小说改造社会的理论流派，笔者将之称为"社会派"。① 晚清时代，"社会派"以梁启超倡导的"小说界革命"为标志迅速崛起，曾经一统小说理论界，一度成为小说界的绝对主流。随后，"社会派"理论与实践上的矛盾和困境逐渐凸显，内部也出现了分化，并催生出了"两派一群"，故后者与"社会派"有着千丝万缕的关系。进入宣统朝后，随着小说界整体陷入低潮，小说作者、读者的审美取向趋于消闲化，这显然不是"社会派"小说理论生存的理想环境，故其声势进一步遭到削弱。但由于"社会派"占据着天然的道德高地，获得传统舆论的支持，故在理论家们的力撑之下，依然能保持着自身的优势。

到了宣统朝，"社会派"的旗手人物梁启超已离开小说界多年，但其理论资源依然被"社会派"理论家们所承续和开掘。其中的代表人物是梁氏小说思想的坚定支持者狄平子。狄氏与梁启超、谭嗣同颇有交情，戊戌变法失败后东逃日本，成为梁启超"小说界革命"的积极拥护者。他曾是梁启超新小说开山之作《新中国未来记》的评点者，积极参与《新小说》理论栏目"小说丛话"的话题探讨，在晚清小说理论界，狄氏可谓是相当活跃的人物。狄氏展露小说观的代表性论文是《论文学上小说之位置》②。该文的一大观点是论证小说家地位的重要性，为小说家们"正名"。文章开篇即云"吾昔见东西各国之论文学家者，必以小说家居

---

① 显然，这里的"社会派"包纳了传统文论中所谓的"改良派"和"革命派"，笔者未将两者作出区分的原因是：这两派的命名是基于其政治立场而非小说观念，笔者认为，无论"改良派"还是"革命派"，两者在小说观念上并无根本性的分歧——都强调小说的社会功用。而且，若是以政治立场划分派别，必然存在不少难以调和的矛盾。兹举一例，笔者见学界将倾向革命的黄小配兄弟、徐念慈、黄摩西都划为"革命派小说理论家"。然而，黄小配兄弟的核心小说观（见《中外小说林》上的诸多文论），在强调社会功用上，跟"改良派"梁启超等人并无根本分歧——走的都是激进偏颇的路数；而徐念慈、黄摩西两人则反对这种小说观（见《小说林》上的文论），他俩对小说与社会关系的认识较为理性、客观，对小说社会功用价值的评价也较为中肯。

② 楚卿（狄平子）：《论文学上小说之位置》，《新小说》第七号，光绪二十九年（1903）。

第一",经过一番论证后,狄氏推导出这样一个结论:

> 吾以为今日中国之文界,得百司马子长、班孟坚,不如得一施耐庵、金圣叹;得百李太白、杜少陵,不如得一汤临川、孔云亭。吾言虽过,吾愿无尽。

"吾言虽过,吾愿无尽",可见狄氏也自知其言有过,但既然是自己一个无尽的愿望,就宁愿真诚地相信:既然"小说家居第一"具有合理性,那么他们担当改良社会之大任自是义不容辞。这一基本理念,即使在宣统朝间"社会派"理论陷入重重困境之时,他也没有作出丝毫妥协:

> 今时一般社会所有种种思想及希望,大都皆发源于旧时各小说中者,居其十之七八。然则欲求社会之改良,不能不于小说加意焉。[①]

狄氏的逻辑是,小说家有了高尚地位,相应地也要有高尚的思想,创作出旨意高尚的小说来教育国民,"敬导国民于高尚,则其小说不可以不高尚"[②],特别是在社会改良方面,小说家们"不能不于小说加意焉"。为此,他向读者隆重推荐法国小说家嚣俄(雨果)的作品:

> 嚣俄生平著述只三部,无一不由千锤百炼而出,用意深刻,实应居世界小说家之第一席。其三书一痛社会之恶劣,一愤法律之无当,一诋宗教之腐败。其书名一为《钟楼守》,一为《噫无情》,一为《噫有情》。[③]

嚣俄的这三部作品涉及了社会、法律、宗教等国家政治生活的重要内容,而中国当时正在进行的改良运动,也面临着相近的问题,故梁启超在

---

① 狄平子:《小说新语》,《小说时报》第九期,宣统三年(1911)。
② 平子(狄平子):《小说丛话》,《新小说》第七号,光绪二十九年(1903)。
③ 狄平子:《小说新语》,《小说时报》第九期,宣统三年(1911)。

《论小说与群治之关系》一文中将之列为"欲新"的主要对象。① 不难看出，狄氏之所以推崇器俄的作品，正是看重了这些作品蕴含的社会意义，借此"警醒国人之耳目"，希望借此对现实社会的改良能有所助益。

宣统朝间，"社会派"理论的一大亮点是进一步强化小说作为国民"教科书"的理论，这是对梁氏小说理论的深化和细化。传统小说的一大主题是宣扬"惩恶劝善"，具有一定的教育意义，但无人将之当作教科书看待。传统教科书或是圣贤经典，或是由其衍义而成的启蒙读物（如《三字经》、《千字文》等），都以传播"大道"为旨归，因此被赋予高尚之名。小说在传统观念中则被视为九流之外的"小道"，不登大雅之堂，甚至常常被指为"坏人心术"、"诲淫诲盗"之发端，成为历朝历代文禁的重点打击对象之一。这种境遇自然跟地位高尚、为社会所重的教科书难以攀上干系。直到"小说界革命"后小说的地位才发生了戏剧性转变——小说被梁启超推为"文学之最上乘"、"有不可思议之力支配人道"②，被视为引导国民开化、促进社会改良的有力工具。小说的经典化，无疑为小说成为"教科书"提供了理论基础。当然，真正从理论角度，对之加以推导、阐发则要到数年之后的《新世界小说社报》创刊。该报发刊辞开篇即云："呜呼！中国教育之不普及，其所由来者渐矣。"于是，主持者打算将《新世界小说社报》打造成国民的"教科书"："传播文明之利器在是，企图教育之普及在是，此《小说世界》之所以作也。"③ 随后，又刊发《论小说之教育》专文，探讨小说与国民教育之关系，宣扬借小说来普及教育的理念：

> 以国民四万万之众，而愚民居其大多数，愚民之中，无教之女子居其大多数，此固言教育者所亟宜从事，而实不知所从事者也。说者

---

① 梁启超的《论小说与群治之关系》开篇即云："欲新一国之民，不可不先新一国之小说。故欲新道德，必新小说；欲新宗教，必新小说；欲新政治，必新小说；欲新风俗，必新小说；欲新学艺，必新小说；乃至欲新人心、欲新人格，必新小说。"见饮冰（梁启超）《论小说与群治之关系》，《新小说》第一号，光绪二十八年（1902）。

② 饮冰（梁启超）：《论小说与群治之关系》，《新小说》第一号，光绪二十八年（1902）。

③ （未署名）：《〈新世界小说社报〉发刊辞》，《新世界小说社报》第一期，光绪三十二年（1906）。

谓：二十世纪之民族，必无不学而能幸存于地球之理。然则以至浅极易小说之教育，教育吾愚民，又乌可缓哉！乌可缓哉！①

论者认为，以小说来教育国民成本低（不必建学堂、请教员）、收效大（识字者皆喜阅读、传播广泛），是普及教育之捷径，故在开化国民方面最能应时务所需。该刊的观点在黄小配兄弟这里产生了强烈共鸣。黄氏兄弟曾创办《中外小说林》杂志，成为两人宣扬小说观念的重要舆论阵地。黄小配首先发文云：

观各国诸名小说，如美国之《英雄救世》，英国之《航海述奇》，法国之《殖民娠喻》，日本之《佳人奇遇》，德国之《宗教趣谈》，皆借小说以振国民之灵魂。甚至学校中以小说为教科书，故其民智发达，如水银泄地。②

借用西方成功案例来证明小说的社会功用价值是晚清小说理论家惯用的手法，并且屡试不爽。黄氏"借小说以振国民之灵魂"之类的观点并不新鲜，值得注意的是这句话的最终落点，乃是要证明小说可作"教科书"使，并且以西方实践证明此法效果颇佳。黄小配的观点马上得到了其兄黄伯耀的拥护，后者在此基础上发出了这样的展望：

倘自今而后，学校教育，群知小说之资益，编其有密切关系于人心世道者，列为教科，使人人引进于小说之觉路，而脑海将由此而日富。③

倡导将小说列为教科书，直接引入学校教育。

若说"小说界革命"之初，理论家们还停留在论证小说充作"教科

① （未署名）：《论小说之教育》，《新世界小说社报》第一期，光绪三十二年（1906）。

② 老棣（黄小配）：《文风之变迁与小说将来之位置》，《中外小说林》第一年第六期，光绪三十三年（1907）。

③ 耀（黄伯耀）：《学校教育当以小说为钥智之利导》，《中外小说林》第一年第八期，光绪三十三年（1907）。

书"的可行性,为"学堂宜推广以小说为教科书"① 之理念而积极奔走呼吁,尚处于理论铺设阶段的话,那么宣统朝间的"社会派"理论家已经进入到了第二阶段——探讨如何更好地践行这一理论。这种转变的直接原因是小说已经获准进入课堂宣讲,小说成为国民"教科书"的愿望初步实现。② 不难想象,小说一旦提升为国民"教科书"就必须承担更大的社会责任,对小说作者、作品就要提出更高的要求。宣统元年年底(西元1910 年年初),署名为"樊"的论文《小说界评论及意见》③ 就专门探讨了相关问题。论文开宗明义地提出:"吾人须知小说者,乃社会教育必要之书类也;而撰小说者,乃文学家又教育者之事业也。"正是基于这种重要性,小说就不能等闲视之,随意为之,"小说既为文学家、教育者之事业,故其人苟无文学之素养及教育之经验,宁勿著勿译"。那么,小说家应该具备怎样的素质才算合格呢?"樊"给出了这样的具体要求:

> 余所谓文学家教育者者,指其人能通哲学、社会学、心理学、教育学、生物学、伦理学、论理学、法理学而言,其业至博至难,故凡仅仅能作雅达之文字及用典赡之字眼者,决不得以文学家教育者目之,谓彼足当小说家之席位也。因小说家必须备以上诸种之知识,否则不能下笔成一字也。

在"樊"眼里,小说家驾驭文字不过是基本要求,更重要的是通晓现代知识,成为一位"至博"之人。可见,在"社会派"理论家的逻辑里,提高小说的文学地位不过是一种策略,其隐意还是要求小说家将原为"小道"

---

①　老棣(黄小配):《学堂宜推广以小说为教科书》,《中外小说林》第一年第十八期,光绪三十四年(1908)。

②　光绪三十二年(1906),清廷学部相继颁布《劝学所章程》、《教育会章程》,要求各地设立劝学宣讲所,该工作在随后几年内陆续铺开。为配合宣讲需要,学部还颁布了《学部采择宣讲所应用书目表》,指定宣讲教材 30 余种,其中收纳有《鲁滨孙漂流记》、《美洲童子万里寻亲记》、《黑奴吁天录》、《克莱武传》等作品。将小说作为教材,与《圣谕广训》、《训俗遗规》等钦定政宣义赫然并列,据笔者所见尚无先例,小说终于获得官方承认,这在一定意义上表明小说地位取得了实质性的提高。

③　樊:《小说界评论及意见》,《申报》宣统元年十二月初十至十三日(1910 年 1 月 20 至 23 日)。

的小说当作"大道"来作，也只有这样才能减少小说地位上升过程中来自传统势力或高层的阻力，以便顺利实现改良社会之目的。然而，能为"大道"者非圣即贤，"樊"对中国小说家的这种至高要求其实不过是一种理想，在晚清时代恐怕难以实现，故"樊"也自知这是"至难"之事。那么，是否有补救之法？当然有。惯常的捷径是采用以译代著，但对这种"借鸡生蛋"的做法，"樊"却颇不以为然：

> 夫社会心理国各不同，而国民程度及礼俗亦绝不相等。彼中名家著作皆系对彼社会立言，吾乃无意识而盲译之，则鹦鹉学人，岂审言中之旨趣。日本初兴教育时，不能自编教科书，以美国国民读本充作小学堂之用，不知国性不同，甲不能适于乙用。吾国盲译欧美小说书，方自诩足当社会教育之称，其可笑殆与此相等也。

过去，国人仅仅知道翻译小说在日本社会通行，"极而学堂教育，均编订小说，以为教科"[①]，小说对日本的维新事业居功甚伟，殊不知日本在引进域外小说作为国民"教科书"的过程中也因不加辨别的"盲译"而闹出过不少笑话。"樊"提出的这一论据颇为新鲜有力，对国人盲目崇拜域外小说之功用应该具有警醒作用。那么如何才能少走"盲译"的弯路呢？话题又绕回到了人才问题。优秀翻译人才的奇缺，成了制约引进高质量域外小说的瓶颈问题，"人材多半只通本国文字，其能兼通外国文字者百不得一，而彼通外国文字之人又未必尽通国学"，那么采取"一口述一笔译"这种变通的办法能解决吗？"樊"认为这个办法同样是困难重重，其原因有二。一是"意见不能一致"，"樊"用了一个简浅的比喻："笔译者犹医学士也，口述者犹药学士也。药学士精于制药配药，医学士精于医理，此各为一科也。"若口述、笔译分派两人则"何异医师不自开方，而第令药剂师选药以治患者？其不至于误人者几希。"二是"疑误不能互证"，"故口述笔译，其拙实同于蟆母。""樊"的这些观点基本符合事实，并且具有很强的针对性，譬如林译小说的良莠夹杂、悖离原著精神等遭人

---

① 棠（黄小配）：《中国小说家向多托言鬼神最阻人群慧力之进步》，《中外小说林》第一年第九期，光绪三十三年（1907）。

诟病之处即主要缘于此，而林氏也自坦很无奈："予颇自恨不知西文，恃朋友口述，而于西人文章妙处，尤不能曲绘其状。"① 晚清劝学宣讲所全国通用的四部指定小说教材中，其中的三部——《鲁滨孙漂流记》、《美洲童子万里寻亲记》、《黑奴吁天录》，恰恰都是林纾的翻译作品，这也难怪"樊"对此表示担忧。

在如何实施以小说教育国民的具体问题上，"樊"主张从小说的语体入手。他首先将小说语体划分为"典雅文"和"通俗文"两类。其中，他觉得通俗文小说乃是实施下层民众教育的当务之急：

> 能读典雅文字之人，大抵无读小说之必要，而小说之效用并不能及之。何也？以是等之人程度已高，不必赖小说与为教育彼辈之用，故彼之嗜读典雅小说，亦不过供其茶前酒后之遣兴，视为一种美术品而已，不比通俗文字，其效用至广，凡稍稍知书识字之者，均能解其意义也。今试问社会之人，能读典雅文字与能读通俗文字者，孰居多数？又试问教育文人学士与教育农工商兵妇人孺子，孰为急切？

典雅文还是通俗文的问题，其实就是文言与白话的问题。"樊"支持白话文，顺应了近代文学发展的大势；注重对下层民众的教育，同样符合现实的迫切需要。然而，"樊"对上层知识分子的文明启蒙程度似乎过于自信了，例如对小说存有偏见者往往正是上层知识分子。② 也正是缘于这种先入为主的认识，"樊"虽然意识到典雅文暂时不可偏废，但也只是将典雅文当作"美术之一种"，而"爱美之心人人而有"，故推导出文言小

---

① 林纾：《〈洪罕女郎传〉跋语》，[英] 哈葛德著，林纾、魏易合译：《洪罕女郎传》，商务印书馆，光绪三十二年（1906）。

② 比如章太炎，就对林纾的小说颇为不屑："纾视复又弥下，辞无涓选，精彩杂污，而更浸润唐人小说之风。夫欲物其体势，视若蔽尘，笑若龋齿，行若曲肩，自以为妍，而只益其丑也！"（《与人论文书》）他甚至对其师俞樾花费精力治小说，也深感遗憾："下至稗官歌谣，以笔札泛爱人，其文辞瑕适并见，杂流亦时时至门下，此其所短也。"（《俞先生传》）笔者最近翻阅了一批晚清上层文人的日记，许多都载有日常所读书目，但提及小说者并不多（孙宝瑄倒是个例外）。产生这种情况有两种可能：一是文人极少阅读小说，二是即使读了小说也不屑于（或耻于）记载。但无论何种情况，都表明当时相当部分文人对小说的接受有限，甚至依然存有偏见。当然，这里面或许有个人爱好的因素，但既然是群体行为就构成了一种时代现象。

说依然有存在的理由。可见，"樊"将上层文人置于一个天然的文化优势地位，典雅文小说不过是上层文人的玩赏之物，故对文本美学价值的要求要远大于其启蒙功能。由此亦不难看出"社会派"小说理论自身的一些局限性、矛盾性和非彻底性。

"樊"提出的一些小说教育策略，也颇有见地。譬如，他建议将国民教育分为两个等次区别施行：

> 教育国民宜分二等：一专教成年以上之人，一专教未成年之人。教成年以上之人重在智育，教未成年之人重在德育。故道德之言多庄论，与彼未成年者之心理恒病格而莫入，故以童话寓言为宜，且自然之教育既适于儿童，而感情之富，大人亦不如赤子。从生理心理两方面而观察之，则依吾前所下小说之定义，作小说以教育儿童，在余固甚信其有效也，且余之定义不特宜于儿童小说，即今之编纂小说教科书，亦宜依此定义。诸君试读美人所著《理想之学校》，当知余言非臆造矣。

"社会派"早期的小说理论多注重于国家、政治方面的宏大叙事，就接受群体而言更适合于成人阅读。在"樊"文之前，颇具市场眼光的徐念慈曾从小说营销角度提出过以读者社会身份为标准进行分类的设想，[①] 而"樊"则从国民教育角度提出了"儿童小说"的概念并予以特别的关注，还主张编纂"儿童小说教科书"，这对中国近代儿童文学的发展无疑具有积极的促进作用。要知道，宣统朝前后小说作品的成人化、恶俗化倾向日益严重，对童蒙教育并不适合，"樊"在此时提出这样的倡导便具有了很强的针对性和现实意义。而包天笑、周桂笙等人在儿童小说创作上的及时跟进，说明儿童文学的确成为时代之需，一定意义而言，包、周二人的著述也可视为对"樊"文的一种回应。

表面看来，宣统朝间的"社会派"小说理论依然红火，但若细加考

---

① 觉我（徐念慈）：《余之小说观》，《小说林》第十期，光绪三十四年（1908）。该文在"小说今后之改良"一节中，针对读者对象不同，提出为"学生社会"、"军人社会"、"实业社会"和"女子社会"创作不同类型的小说作品，"则销行之数，必将倍于今也"。

察还是不难发现其繁盛背后的疲态。文学理论发展史告诉我们,任何理论要想保持先进性,切合时代推陈出新是唯一的出路。而宣统朝"社会派"理论中能达到"樊"文水准者难觅第二篇,与梁启超、黄小配等人的宏论雄文相比,此时期"社会派"的理论也不免显得小家子气,甚至在革命思潮涌动之际,此前非常活跃的"革命派小说理论家"们反而是几乎集体沉默,理论建树相当有限。但作为传统"以文载道"文学观的衣钵传人,"社会派"理论有着深远的理论渊源和深厚的社会基础,人们可以对之进行补充、修正,但完全否定或背离其精神核心者,无疑要冒政治风险和道德风险。故其他各派理论家极少跟其进行正面交锋,包括在当时看来较为激进出位的"现代派",其提出的"为人生"的文学观,也只是提供了小说发展的另一种选择,并非以完全否定"社会派"为前提。而处于理论下游的普通作家、书刊编辑、小说经营商们,更是乐于借用"社会派"理论作金字招牌以赢取舆论的支持①,不过,请毋低估他们的能量,即使在理论创新上他们无所作为,但在宣传推广上却不时有出人意料之举,譬如宣统朝间传唱一时的"快看小说歌"就颇为典型,兹录于下:

> 快快快,灌输文明从海外,无翼迅飞小说来。
> 怪怪怪,极意形容祛腐败,激励国民智慧开。
> 看看看,王君锐志凌霄汉,新旧小说尽搜完。
> 唤唤唤,睡狮梦魂醒一半,小说通俗是金丹。
> 说说说,词藻不深义理确,五洲今古阅历多。
> 觉觉觉,发聋振聩挽积弱,教育普及驾英俄。②

---

　　① 《新天地》作序者云:"目求新著以臻理想政治之进步耳"、"小说为国民之魂"(未署名:《〈绘图新天地〉序》,书带子:《新天地》,集文书局,宣统二年);《图画日报》编辑云:小说"最易发人警醒,动人观感",本社大力征求"有裨社会、有益人心世道之小说"(图画日报馆:"本馆征求小说"告白,《图画日报》第一号,宣统元年七月初一日);大声小说社创办者云:"小说之力,足以左右风俗,鼓吹社会,敦进国民之品性,催促政治之改良,不仅茶余酒后供人谈笑已也。欧美各国知其然,故鼓励小说,不遗余力,而国力亦蒸蒸日上。"(大声小说社:《创办大声小说社缘起》,陆士谔:《女界风流史》,宣统三年)。类似言论颇为普遍。
　　② 李荫廷:《快看小说歌》,《通俗日报》宣统元年(1909)九月十五日。

歌者站在"社会派"立场，概述了晚清小说的发展历程，并十分精当地阐释了"社会派"理论的核心内容。歌词通俗明快，朗朗上口，既给人留下深刻印象，也便于传唱流播。或许，正是这类群众运动式的"随声附和"在客观上壮大了"社会派"的舆论声势，推动着理论后劲乏力的"社会派"继续向前滑行。

第二节　旗偃鼓息的"美学派"

光绪三十三年（1907）之前，晚清小说界对"社会派"的理论实效提出质疑者，虽然零星但陆续有之。譬如，有书商埋怨某些新小说"开口见喉咙，又安能动人?"[①] 读者不买账，生意难做；小说论者也觉得"近时之小说，思想可谓有进步矣，然议论多而事实少，不合小说体裁，文人学士鄙之夷之"[②]。随后，小说界弊端愈加凸显，个别人甚至对新小说到底在社会改良中能发挥出多大的正面效用表示怀疑，"以开通风气之资，而致得闭塞风气之果"[③]，"于所谓群治之关系，杳乎不相涉也"[④]。

光绪三十三年（1907）《小说林》创办，主持者徐念慈、黄摩西开始以"社会派"修正者的姿态现身晚清小说理论界。若说此前人们诟病"社会派"理论更多的是纠缠于一些局部性、技术性问题，虽有"破坏"之言论却缺乏"建设"性解决之道的话，那么徐、黄二人则直指"社会派"的理论核心，除了批判、修正之外更有不少富于创建性的理论新解。

徐、黄二人首先对"社会派"理论家过于抬高小说社会功用价值的做法进行了反思和纠正。黄摩西一针见血地指出：

> 昔之视小说也太轻，而今之视小说又太重也。……出一小说，必自尸国民进化之功，评一小说，必大倡谣俗改良之恉。吠声四应，学步载途，以音乐舞踏，抒感甄挑卓之隐衷；以磁电声光，饰牛鬼蛇神

---

① 公奴：《金陵卖书记》，开明书店版，光绪二十八年（1902）。

② 俞佩兰：《〈女狱花〉叙》，《女狱花》，泉唐罗氏藏版，光绪三十年（1904）。

③ 冷（陈景韩）：《论小说与社会之关系》（上），《时报》光绪三十一年（1905）五月二十七日。

④ 吴沃尧：《〈月月小说〉序》，《月月小说》第一年第一号，光绪三十二年（1906）。

之假面；虽稗贩短章，苇苴恶札，靡不上之佳谥，弁以吴词，一若国
家之法典，宗教之圣经，学校之课本，家庭社会之标准方式，无一不
觖于小说者。①

鄙视小说固然不对，但动辄视小说为国家、社会、家庭之圭臬同样有失偏
颇。黄氏的观点马上得到了徐念慈的支持，后者认为今人对小说社会功能
之"溢美"的确有失妥当：

> 昔冬烘头脑，恒以鸩毒霉菌视小说，而不许读书子弟，一尝其
> 鼎，是不免失之过严；今近译籍稗贩，所谓风俗改良，国民进化，咸
> 惟小说是赖，又不免誉之失当。②

小说发展史已经证明，过于拔高小说的社会功能通常都会相应地忽视小说
的艺术功能，并以牺牲作品的美学价值为代价。就此看来，徐、黄二人批
评彼时小说界对小说社会功效的认识有所失当，应该是切中肯綮的。在此
基础上，二人还进一步探讨了"小说与社会之关系"这一基本命题。黄
摩西认为，"社会派"理论者过于强调小说的社会影响，甚至推导出"小
说生社会"这样的谬论，是颠倒了小说与社会之间的因果关系。在他看
来，小说乃是"感应社会之效果"③，"小说之应（影）响于社会，固矣，
而社会风尚，实先有构成小说性质之力，二者盖互为因果也"④。徐念慈
的态度更为明朗，直言"余为平心论之，则小说固不足生社会，而惟有
社会始成小说者也"⑤。黄、徐二人将过去"小说生社会"的理念纠正为
"社会生小说"，从而正确地处理了小说与社会之间的关系问题。

---

① 摩西（黄摩西）：《〈小说林〉发刊词》，《小说林》第一期，光绪三十三年（1907）。

② 觉我（徐念慈）：《余之小说观》，《小说林》第九期，光绪三十四年（1908）。

③ 蛮（黄摩西）：《小说小话》，《小说林》第八期，光绪三十四年（1908）。关于《小说小话》的作者"蛮"到底为谁，学界曾有不同说法，一说为梁启超（明显误），一说疑为张鸿（黄霖先生提出）。后颜廷亮先生考证为黄摩西，笔者在比对了《觚庵漫笔》与《小说小话》原件后，赞同颜说。即使真是张鸿甚或另有其人，其理论观点跟黄、徐两人也并无抵牾，皆属"小说林"一脉，故并不影响本文的立论。

④ 蛮（黄摩西）：《小说小话》，《小说林》第九期，光绪三十四年（1908）。

⑤ 觉我（徐念慈）：《余之小说观》，《小说林》第九期，光绪三十四年（1908）。

　　既然小说不能生社会，那么小说到底是什么？其存在之意义体现于何处？要知道，"即物穷理之助"已有"哲学、科学专书在"，"收振耻立懦之效"则有"法律、经训原文在"，① 那么各类社科专书皆有，又"何必斤斤焉惟小说之是好也？"② 意即小说的独立价值何在？这就涉及了小说的本质问题。难能可贵的是，黄、徐二人对这个问题也进行了初步思考，并取得了一些令人惊喜的理论成果。其中，最具价值者乃是从美学角度阐释小说的本质：

　　　　请一考小说之实质。小说者，文学之倾于美的方面之一种也。……微论小说，文学之有高格可循者，一属于审美之情操。③

这是黄摩西对小说本质的认识，他将小说视为"倾于美的方面"、"属于审美之情操"④，并进而批判了"社会派"理论家们对小说艺术属性"名相推崇，而实取厌薄"的态度：

　　　　一小说也，而号于人曰："吾不屑为美，一秉立诚明善之宗旨。"则不过一无价值之讲义、不规则之格言而已。恐阅者不免如听古乐，即作者亦未能歌舞其笔墨也。⑤

徐念慈对黄氏的观点深表赞同，提出了"所谓小说者，殆合理想美学、感情美学而居其最上乘者"⑥ 的著名论断，并且引进黑格尔和基尔希曼的美学理论，试图进一步阐明小说的审美特征。

　　可以说，黄、徐二人富于创建性的小说美学理论，是"社会派"理论体系中分化出来的一朵奇葩，是晚清小说理论的重要收获。他们不否认小说对社会的影响，但又另辟蹊径，更强调小说的审美价值，从而纠正了

---

① 摩西（黄摩西）：《〈小说林〉发刊词》，《小说林》第一期，光绪三十三年（1907）。

② 管达如：《说小说》，《小说月报》第三年第九号，1912 年。

③ 摩西（黄摩西）：《〈小说林〉发刊词》，《小说林》第一期，光绪三十三年（1907）。

④ 同上。

⑤ 同上。

⑥ 觉我（徐念慈）：《〈小说林〉缘起》，《小说林》第一期，光绪三十三年（1907）。

传统"社会派"对小说艺术属性的忽视。鉴于其理论的价值基础建立于美学之上,故暂命名为"美学派"。

然而,令人遗憾而且疑惑的是,在宣统元年(1909)以降的数年间,其他各派皆有不小的动作,唯有"美学派"小说理论后继乏人,几成绝响。徐、黄主持的小说林社及《小说林》在当时整个文学界负有盛名,但其积极倡导的小说新理念却为何应者寥寥?[①] 因此,追索"美学派"失语背后的原因,便成了笔者感兴趣的一个问题。细究发现,这里面既有客观原因,也有主观原因,既有必然因素,也有偶然因素,主要表现在以下几个方面。

第一,理论阵地丢失,人才缺乏。"美学派"的主要理论阵地乃《小说林》杂志,但该刊同其他晚清小说杂志一样,没能熬过光绪三十四年(1908)这个小说杂志的"生死坎"(小说林社也随后解散)。《小说林》杂志停办的原因有二:一是主持人徐念慈仓猝离世;二是小说市场环境恶化加上投资失误导致小说林社陷入经济困顿。无论何种原因,其结果对"美学派"而言都是一次沉重打击。宣统朝间,"美学派"领军人物只剩下黄摩西一人,但黄氏自小说林社解散后对小说的兴趣已经转移,将主要精力投入到诗文、教学等方面,加上有恙在身,[②] 直到1913年10月病逝的五年间,黄氏在小说理论方面的研究基本处于停滞状态。"美学派"可谓是人才凋敝,后援不继。

第二,理论设计存在缺陷。这是造成"美学派"难以为继的根本原因。徐、黄试图引进西方美学思想来阐明小说与美学之关系,从实际效果看,这一目的的确得以初步实现,但他们对博大精深的西方美学思想的理

---

① 据笔者有限的目力所及,自徐、黄提出小说美学理论后,直到宣统朝覆灭这段时间内,极少出现与之应和者。南洋的邱菽园倒值得一提,邱酷爱小说,曾自云"周年经眼,何止千卷"(《〈李觉出身传〉序》),《小说林》应该是其必读的小说杂志。邱在《〈李觉出身传〉序》中有云:"欧土士人,以小说文字,为倾于美的方面,得其要矣。"明显看出"美学派"的影响(黄摩西曾云:"小说者,文学之倾于美的方面之一种也")。但邱并未对此作出进一步探讨,而且其侧重点是论证小说的语言修辞之美,跟"美学派"之理论依然有距离。按:《李觉出身传》,署"[法]嘉破房著,陆善祥译,邱菽园评注改订",宣统三年(1911)出版。见阿英编《晚清文学丛钞·小说戏曲研究卷》(卷三),中华书局1960年版,第290、292页。

② 据时萌先生所编之《常熟近代文学五家·黄摩西行年与著作略考》,江苏"名城文化丛书",1995年印刷(未标出版社)。

解依然过于片面。他们只是摘取了某个理论体系中的几个关键词，将之套用于中国本土小说，进而希望对小说的发展有所助益。其出发点固然良善，不过离西方美学之精神实质依然有相当大的距离。譬如，徐念慈对黑格尔的美学观"艺术之圆满者，其第一义，为醇化于自然"理解为，"简言之，即满足吾人之美的欲望，而使无遗憾也"。① 其列举的例证是中国传统戏曲中的"团圆"、"封诰"、"荣归"、"巧合"等喜剧关目以及小说中"卷末之踌躇满志"（如《野叟曝言》）等，并认为这种光明的尾巴即是合乎人的"美的欲望"，所以才获得了广大受众的欢迎："要之，不外使圆满而合于理性之自然也。"② 而真实情况是，不仅仅黑格尔，西方主流的戏剧小说理论皆以"悲剧"之壮美为尚，而徐念慈的"喜剧中心论"不啻于南辕北辙（对西方"悲剧"理论的体悟、阐发，同时代的王国维可为参照）。

　　徐念慈深谙外文，乃是晚清重要的小说翻译家之一，连深涩的黑格尔文论也有所研究，似乎不太可能对西方悲剧理论常识毫无知晓。那么，徐氏为何作出这样的阐释呢？细究一二，不难发现徐氏深藏的理论逻辑：并非是真正要引进西方理论来全面革新中国小说，不过是借西方小说理论，证明中国本土小说亦有独立的美学价值；其潜意识里依然坚信，若能对当下的小说稍作改造调整，同样可以毫不逊色于西方小说。在这种"以西证中"、"洋为中用"思路的指导下，徐氏对黑格尔美学中的"具象理想"和"抽象理想"作了这样阐发：

　　　　西国小说，多述一人一事；中国小说，多述数人数事；论者谓为文野之别，余独谓不然。事迹繁、格局变，人物则忠奸贤愚并列，事迹则巧绌奇正杂陈，其首尾联络，映带起伏，非有大手笔大结构，雄于文者不能为此，盖深明乎具象理想之道，能使人一读再读，即十读百读亦不厌也；而西籍中富此兴味者实鲜，孰优孰绌，不言可解。③

---

① 觉我（徐念慈）：《〈小说林〉缘起》，《小说林》第一期，光绪三十三年（1907）。
② 同上。
③ 同上。

本来,应该是通过中西对比找出中国小说之差距,然后按照美学原则对之进行改造提升,谁知徐氏对比之后,得出的结论是西方小说远不如中国本土小说之"富此兴味",中国小说已经具备了"有意味"的美的素质。不可否认,中国小说自有其成熟、富于美感的叙事模式,这是中国小说千年以来积淀的宝贵财富,甚至"大团圆"结局亦不妨看作是富于民族特色、符合民族心理的小说结构。但徐氏或许忽略了,他此处的任务并非是为了鼓吹中国小说之优点,而是为可能陷入极端功利主义泥淖的中国小说找到一个发展的平衡点,西方小说美学正是一剂不错的疗救良药。然而,强烈的民族自尊心,无疑削弱了徐氏对本土小说的批判性,同时也消解了引入西方小说美学理论的动力和意义,这就注定了他在小说美学理论上的探讨只会是点到辄止——即使徐氏也提到了"小说与人生不能沟而分之"、"不能阙其偏端"①,已经准确地触及到了西方小说的核心价值,但他刚刚踏进门去的一只脚,又很快地退了回来——宣称创办《小说林》的指导思想乃是"欲神其薰、浸、刺、提(说详《新小说》第一号)之用"②,看来又绕回到了梁启超的理论原点,徐氏终究没能比此前的王国维走得更远。

并非仅有徐念慈,与之共进退的黄摩西也持相似的态度:

> 我国侠义小说,如《三侠五义传》等书,未遽出泰西侦探小说下,而书中所谓侠义者,其才智亦似非欧美侦探名家所能及。③

并进而对国人独睐国外侦探小说颇有微词,"吾国民喜新厌故,轻己重人,辄崇拜欧美侦探家如神明,而置己国侠义事迹为不屑道,何不思之甚也"④。这种思想倾向再向前略推进一小步,就转而为保守的"民族主义"了:"夫以吾国文学之雄奇奥衍,假馨其累世之储蓄,良足执英、法、

---

① 觉我(徐念慈):《余之小说观》,《小说林》第九期,光绪三十四年(1908)。
② 觉我(徐念慈):《〈小说林〉缘起》,《小说林》第一期,光绪三十三年(1907)。"薰、浸、刺、提"乃是梁启超《论小说与群治之关系》中,论证小说之所以成为"文学之最上乘者"的四大动力。
③ 蛮(黄摩西):《小说小话》,《小说林》第九期,光绪三十四年(1908)。
④ 同上。

德、美坛坫之牛耳。"① 由上可见，徐、黄在"社会派"小说理论走偏的情况下，试图引进西方小说美学以寻得突破，还小说以本来的位置，这在总体方向上无疑是正确的，但源自传统文人潜意识的保守思想或狭隘的民族主义心理，阻挡了他们向外看世界的视线，终究没能进一步深究西方小说真正的精神实质和艺术内涵。

　　第三，宣统朝的小说环境，并不利于"美学派"的生存和发展。首先，"救亡图存"无论何种境况下都是晚清时代的主题，也是各个派别的共识。小说应该承担相应的社会责任，这是"美学派"也不会否认的基本理念，包括倡导小说美学最为卖力的徐念慈，也对读者忽视"尽国民天职"、"有裨于立身处事诸小说"而深为忧虑，发出"不得不为社会之前途危矣"之感慨②。而徐氏生前诸友对他印象最深的是"（徐）先生常谓小说足以启牖民智，故不殚竭力提倡之"③。因此，徐氏的小说美学理论并非建立在否定"社会派"小说理论基础之上，他只不过是"社会派"理论的修正者和新出路的探索者。众所周知，小说美学强调的是艺术本位，具有明显的非政治功利性目的，这跟整个时代的"文学救国"主调并不和谐，跟"美学派"诸人自身的政治观念也有冲突，这就决定了"美学派"不可能彻底地袭用西方美学观念来改革中国小说。"美学派"进行的终究不过是一场小说观念的实验，其理论成果对纠正"社会派"理论之偏颇或许有一定作用，但不会从根本上扭转中国小说理论界的发展趋向。

　　其次，在日益严酷的小说市场竞争中，读者的审美趣味显然要比徐、黄倡导的审美理念对小说的发展趋向更具决定权。"美学派"理论的实践阵地为小说林社以及《小说林》杂志，在《小说林》创办之初他们就自云"'小说林'者，沪上黄车掌录之职志也"④，决心打造出一份有别于以往的小说新期刊，并希望借此践行其宣扬的小说美学。然而市场铁律不由人，《小说林》创办一年后，徐念慈亲自做了盘点，其结论不免让人

---

　　① 黄摩西：《〈国朝文汇〉序》，《国朝文汇》，上海国学扶轮社，宣统二年（1910）。

　　② 觉我（徐念慈）：《余之小说观》，《小说林》第九期，光绪三十四年（1908）。

　　③ 小说林社："徐念慈先生遗影"背面附文，《小说林》第十二期，光绪三十四年（1908）。

　　④ 摩西（黄摩西）：《〈小说林〉发刊词》，《小说林》第一期，光绪三十三年（1907）。

沮丧:

小说林社产销量最大者乃是侦探小说①。上文已经提到,侦探小说正是被黄摩西认为美学价值远不如中国侠义小说者。这样的结果,对"美学派"而言真是一次不小的难堪。徐念慈给出的解释是:鉴于市场销行之有等差,"亦不得不搜索诸东西籍,以迎合风尚"②。徐氏这句大实话,无意中透露了"美学派"实际上处于理论超前、实践滞后的尴尬处境。可以想象,"美学派"在自家园地施行其小说美学理论尚且困难重重,要想取得如"社会派"当初那种"登高一呼,群山呼应"③之效果,恐怕不太现实。

鉴于此,笔者坚持认为:如果梁启超真像一些学人认为的那样,早早地就引进坪内逍遥的《小说神髓》而不是借用政治小说打前锋,④ 那么,就不一定有"小说界革命"的发生及其浩大声势(至少要向后推迟);若坪内的小说理论在当时就进入中国小说界,其命运遭际也并不一定比"美学派"好到哪里。需要申明的是,笔者并无丝毫否定"美学派"和《小说神髓》之意,对任何一种超越历史阶段的理论,都有其独特的价值,即使遭致冷遇甚至失败,但毕竟提供了一种可资参照的视角或未来走向的选择,笔者对之始终怀抱着十分的敬意。

第三节　蓄势潜行的"现代派"

若以小说的社会功利价值和审美价值的重视程度为标准,对各派做一个简单的评测,会得出这样一个有趣的结论:"社会派"处于一端,其态度是重视小说的社会功利价值,看淡审美价值;"美学派"处于中间,试图找到功利性和审美特性的平衡点;"现代派"则处于另一端,强调小说的非功利性和艺术本位。当然,对文学作出量化评测总有一定风险,也不敢说这一评测结果十分精确,但应该能大致反映出各派理论的主要特征。

---

① 觉我(徐念慈):《余之小说观》,《小说林》第九期,光绪三十四年(1908)。

② 同上。

③ 包天笑:《钏影楼回忆录》,香港大华出版社1971年版,第357页。

④ 《小说神髓》,[日]坪内逍遥著,1885年成书面世,核心内容是以小说艺术观驳斥小说功利观。相关介绍请见本文"导论"部分。

　　"现代派"的代表人物是王国维、周氏兄弟等几位年轻人，他们都有留洋背景，接受西方近代教育，思想活跃。[①] 王国维的现代小说理论主要体现在《红楼梦评论》[②] 中，该文发表于光绪三十年（1904），或许缘于王氏当时名气不大，加上引入深涩超前的康德、叔本华的哲学思想用于小说分析，故时人并未意识到其理论价值，对该文接受和呼应者寥寥无几；[③] 随后王氏兴趣转移，再未见类似小说专文出现，《红楼梦评论》遂成一座孤峰耸立在晚清小说理论界。鉴于王国维的《红楼梦评论》发表稍早，故对其论述从略。笔者更感兴趣的是宣统朝前后的周氏兄弟。兄弟俩不仅有多年的小说著译经验，并且对小说理论的探索也是颇为用力。

　　周氏兄弟通过吸收西方文学理论，在自我否定、调适中初步建构起新的小说理论体系。这一过程，可大致以留日接受西方文学观念为界，做前后两个阶段划分。前一阶段，兄弟俩都受到了梁启超小说观念的影响，周作人后来回忆云：

　　　　梁任公所编刊的《新小说》，《清议报》与《新民丛报》的确都读过也很受影响，但是《新小说》的影响总是只有更大不会更小。[④]

　　从他们早期的言论看，的确一度认同"社会派"的小说理论。光绪

---

　　① 王国维（1877—1927），发表《红楼梦评论》时年仅28岁；鲁迅（1881—1936）、周作人（1885—1967），在其早期文学观念的建构阶段，都是不足30岁的年轻人。另，梁启超（1873—1929）发表《小说与群治之关系》、发动"小说界革命"时，也不过刚满30岁。

　　② 王国维：《红楼梦评论》，《教育世界》第七十六至七十八号、八十号至八十一号，光绪三十年（1904）。

　　③ 笔者曾感兴趣于《红楼梦评论》发表之后的数年间，到底有何反响，为此查阅了当时的一批资料，然目力所及仅见两条：一是以转载为办刊特色的《广益丛报》杂志（重庆出版），于光绪三十三年（1907）全文转载了《红楼梦评论》，但未见任何评语；二是天僇生（王无生）在《中国三大家小说论赞》（《月月小说》第二年第二期，光绪三十四年）中提到，"海宁王生，常言此书为悲剧中之悲剧。于欧西而有作者，则有如仲马父子、谢来、雨苟诸人，皆以善为悲剧，声闻当世。至于头绪之繁，篇幅之富，文章之美，恐尚未有迨此书者"。看来，天僇生虽然征引了王文，但也并未顺着王文的思路开掘，只不过借此作为称赞《红楼梦》的又一条佐证：《红楼梦》在悲剧小说方面的总体成就比之西方同类小说更为优秀。

　　④ 周启明（周作人）：《鲁迅的青年时代·附录三：关于鲁迅之二》，中国青年出版社1957年版，第127页。该文实作于1936年。

二十八年（1902）"小说界革命"启动，此时刚到日本留学的鲁迅，随即参与了这场轰轰烈烈的小说改良运动，积极向国人推荐科学小说，"假小说之能力""导中国人群以进行"，达到启牖民智之目的：

> 故掇取学理，去庄而谐，使读者触目会心，不劳思索，则必能于不知不觉间，获一斑之智识，破遗传之迷信，改良思想，补助文明，势力之伟，有如此者![①]

鲁迅此时的小说观，跟"社会派"并无二致。除了《月界旅行》外，鲁迅还译介有《地底旅行》、《造人术》[②] 等科幻小说，以实际行动支持"小说界革命"向纵深发展。受此影响，周作人对"社会派"理论也取推崇态度，他为其兄《造人术》所作的跋语云：

> 萍云曰：索子译《造人术》，无聊之极思也。彼以世事之皆恶，而民德之日堕，必得有大造鼓洪炉而铸冶之，而后乃可行其择种留良之术，以求人治之进化，是盖悲世之极言，而无可如何之争也。[③]

改造国民性，择种留良，求人治之进化，这些都是出于以小说改良社会的美好愿望，也是"社会派"小说理论的基本内容。在赴日留学前夕，周作人出版了改译小说《孤儿记》，在书前"凡例"中更是明确亮出了自己的小说观：

> 小说之关系于社会者最大。是记之作，有益于人心与否，所不敢知，而无有损害，则断可以自信。[④]

---

① 周树人：《〈月界旅行〉辨言》，《月界旅行》，东京进化社，光绪二十九年（1903）。

② 《地底旅行》，署"［英］威男著，索子（鲁迅）译"，《浙江潮》第十期至第十二期，光绪二十九年（1903）；《造人术》，署"米国路易斯托仑著，索子（鲁迅）译"，《女子世界》第十六、十七期合刊，光绪三十二年（1906）。

③ 萍云（周作人）：《〈造人术〉跋语》，《女子世界》第十六、十七期合刊，光绪三十二年（1906）。

④ 平云（周作人）：《〈孤儿记〉凡例》，《孤儿记》（又名《哀史》），小说林社，光绪三十二年（1906）。该作实据法国雨果小说《悲惨世界》改译而成。

这明显跟"社会派"站在了同一战线，积极鼓吹小说之社会功用价值。

在日本求学过程中，周氏兄弟接触到了西方文艺理论，其文学观念开始受到后者潜移默化的影响，并对自己既往的小说观念进行了反思、调整。他们在自我否定之时，开始跟"社会派"划清界限，并逐渐建构起立足于现代文学观念的小说理论体系雏形。

鲁迅比周作人提前四年赴日留学，较早地接受了西方文艺理论。光绪三十三年（1907），他完成了两篇重要文论——《摩罗诗力说》和《文化偏至论》，奠定了鲁迅早期的文艺思想。针对"社会派"过于夸大文学的社会功用的偏颇，鲁迅在借鉴西方文论的基础上，提出了非功利性文学观：

> 由纯文学上言之，则以一切美术之本质，皆在使观听之人，为之兴感怡悦。文章为美术之一，质当亦然，与个人暨邦国之存，无所系属，实利离尽，究理弗存。①

此时，鲁迅眼里的文学乃是艺术之一种，只关乎人生情感，与邦国存亡兴衰并无大的关系。这种对文学艺术属性的极致强调，明显是一种"超功利性"的文学观，反驳了传统的"文章，经国之大业"②的传统观念。鲁迅之所以认为文学应该"实利离尽"，是因为文学的实际效果"益智不如史乘，诚人不如格言，致富不如工商，弋功名不如卒业之券"③，要想从文学中获得实利无异于缘木求鱼，因此窥觎文学的实利，倒不如充分发挥好文学"兴感怡悦"的艺术功能，好好表现人的情感和命运：

> 盖世界大文，无不能启人生之閟机，而直语其事实法则，为科学所不能言者。所谓閟机，即人生之诚理是已。此为诚理，微妙幽玄，不能假口于学子。④

---

① 令飞（鲁迅）：《摩罗诗力说》，《河南》第二期，光绪三十四年（1908）。

② 魏文帝撰，孙冯翼辑：《典论·论文》，中华书局 1985 年版，第 1 页。

③ 令飞（鲁迅）：《摩罗诗力说》，《河南》第二期，光绪三十四年（1908）。

④ 同上。

意即文学就应该展现人生的奥秘，给人以精神的慰藉和满足，"能涵养吾人之神思"，"使闻其声者，灵府朗然，与人生即会"，此即"文章之职与用也"，① 而这恰恰是以追求实用为旨归的科学"所不能言者"。为了能真正做到"直语其事实法则"，作家应该"掊物质而张灵明，任个人而排众数"②，去除功利主义，反对以"集体"替代"个人"的情绪表达，重视个体的主观精神和情感，主张树立作家的独立意识。因此，鲁迅非常欣赏"以自有之主观世界为至高之标准"的"新神思宗"：

> 思虑动作，咸离外物，独往来于自心之天地，确信在是，满足亦在是，谓之渐自省具内曜之成果可也。③

"咸离外物"，独自出入于内心天地，"自省"、"内曜"等，都是强调对个体主观世界的表达和展示。这种文学理念，在中国古代抒情文学中或许能找到些渊源，但在叙事文学——小说中则最为缺乏。为此，鲁迅开始尝试译介这类注重"趣内"、"渊思冥想"、"自省抒情"④ 的小说作品。其中，宣统元年（1909）推出的《域外小说集》系列，便是其一次具体的实践。鲁迅当时可谓是颇有些雄心，拟将《域外小说集》打造成"异域文术新宗，自此始入华土"⑤ 的开山之作。而安特莱夫的小说作品，更是作为"异域文术新宗"被鲁迅重点推介。⑥ 据周作人回忆，"这许多作家

---

① 令飞（鲁迅）：《摩罗诗力说》，《河南》第二期，光绪三十四年（1908）。

② 迅行（鲁迅）：《文化偏至论》，《河南》第七期，光绪三十四年（1908）。

③ 同上。

④ 同上。

⑤ 周树人：《域外小说集·序言》，《域外小说集》第一册，日本东京宣统元年（1909）。据周作人回忆云："短短的一小篇序言，可是气象多么的阔大，而且也看得出自负的意思来；这是一篇极其谦虚也实在高傲的文字了。"见周作人《知堂回想录》，香港三育图书文具公司1980年版，第231页。

⑥ 在宣统元年（1909）出版的两册《域外小说集》中，共收入10位小说家的作品，但鲁迅随书所附的《杂识》一文，仅仅对安特莱夫和迦尔洵两人作出专门推介。而迦尔洵的作品《邂逅》、《四日》，同样是以张扬个体的独立意识和展现人物复杂的内心活动为特点。详见本论文第七章。

中间，豫才（鲁迅）所最喜欢的是安特莱夫"①，特别是欣赏安氏象征主义的创作手法：

> 其著作多属象征，表示人生全体……暗示之力，较明言者尤大。……象征神秘之文，意义每不昭明，唯凭读者之主观，引起或一印象，自为解释而已。②

《域外小说集》收录有安特莱夫的《默》和《谩》两篇作品，都是借助人物内心世界的重重活动，暗示现实世界中社会、生活的异化，折射人性之复杂、扭曲和人对灵、肉合一的强烈渴望。两篇小说对人物内心潜意识活动的深度挖掘和故事情节的离奇，使作品笼罩着一层神秘色彩，而象征主义手法的使用，更是颠覆了传统小说的惯有模式。鲁迅给出的评语是"神秘幽深，自成一家"③ ——这正是他郑重推介和积极践行的"新神思宗"文艺思想的最好注脚。

　　在西方文艺理论的影响下，"内省审己"，强调小说作品的内心指向，"非物质，重个人"、"去现实物质与自然之樊，以就其本有心灵之域"，④形成了鲁迅早期的文艺观。然而，这种"超功利性"的文艺观念，只不过是鲁迅文艺思想的一个侧面，鲁迅骨子里始终顽强地保持着以文艺改造"国民性"的理想，这从其"弃医从文"的惊人举动之中已经表露无遗。故而，在他要求文艺要"实利离尽"、保持"纯文学"的同时，也认为文艺应该具备教育功能：

> 故人若读鄂谟（Homeros）以降大文，则不徒近诗，且自与人生会，历历见其优胜缺陷之所存，更力自就于圆满。此其效力，有教示意；既为教示，斯益人生；而其教复非常教，自觉勇猛发扬精进，彼

---

　　① 周启明（周作人）：《鲁迅的青年时代·附录三：关于鲁迅之二》，中国青年出版社 1957年版，第 131 页。

　　② 周作人：《著者事略》，《域外小说集》，上海群益书社版，1921 年。

　　③ 周树人：《杂识》，《域外小说集》第一册，日本东京宣统元年（1909）。

　　④ 迅行（鲁迅）：《文化偏至论》，《河南》第七期，光绪三十四年（1908）。

实示之。凡苓落颓唐之邦，无不以不耳此教示始。①

鲁迅在这里指出，文学对人生应该具有教益功用，要能"历历见其优胜缺陷之所存"，进行自我观照，优胜者精益求精，缺陷者拾遗补阙，直至达于"圆满"。对中国这等"苓落颓唐之邦"而言，文学对国民更应具有"教示"的现实意义，并且借文学改造国民性也是"今世冥通神闶之士"义不容辞的责任和义务。由此可见，此时期的鲁迅，坚持西式"超功利"、"纯艺术"本位小说观终究不过是一个理想，面对中国现实的需要，他不得不作出适当的妥协和调整，意识到文学介入现实、干预社会依然有其必要。因此，鲁迅实际上所持的是无目的与合目的性相统一的小说观，而这也正是区别于徐、黄"美学派""以西证中"为特征的小说观的根本所在。

相对其兄而言，周作人在坚持"超功利"小说观上要走得稍远一些。光绪三十二年（1906），周作人开始赴日留学。在接触外国新文学之后，周作人逐渐发现"社会派"理论家们所极力宣扬的功利小说观并非代表小说理论的未来走向，无助于解决中国小说"日就式微"之势，于是决定"由科学或政治的小说渐转到更纯粹的文艺作品上去"。②

当时，充满锐气的周作人以相当激烈的态度首先批判了"社会派"领军人物梁启超的小说观：

> 实用之说既深中于心，不可复去，忽岁异书而不得解，则姑牵合以为之说耳。故今言小说者，莫不多立名色，强比附于正大之名，谓足以益世道人心，为治化之助。说始于《论小说与群治之关系》一篇。③

在周作人看来，"手治文章而心仪功利，矛盾奈何"，小说本为艺术之一

---

① 令飞（鲁迅）：《摩罗诗力说》，《河南》第二期，光绪三十四年（1908）。
② 周启明（周作人）：《鲁迅的青年时代·附录三：关于鲁迅之二》，中国青年出版社1957年版，第127页。该文实作于1936年。
③ 独应（周作人）：《论文章之意义暨其使命因及中国近时论文之失》，《河南》第五期，光绪三十四年（1908）。

种，"别异于功利有形之物事耳"，若追求功利而忽视艺术属性，乃是舍本逐末之举，"夫小说为物，务在托意写诚而足以移人情，文章也，亦艺术也。欲言小说，不可不知此义"。① 这是一种基于艺术本位的小说观，表明周作人已决定与强调功利主义的"社会派"分道扬镳。至此，周作人的理论视阈愈加开阔，在博览西方各派文艺理论后接纳了亨特、珂尔墀普等人的观点，并在此基础上建构了自己新的时代文学理念。其核心内容包括：其一，倡导文学独立，"文章一科，后当别为孤宗，不为他物所统。又当摈儒者于门外"，文学有其自身独立的存在价值，不需要依附和强加上功利主义的"正大之名"。其二，文学的本源乃是艺术，因此文学要"具神思、能感兴、有美致"。其三，最重要的是文章要表现人生，是"人生思想之形现"。② 总之，以上诸种要求，即使不能"文具全德"，至少也要"异采殊华，超轶尘俗"，将文学的艺术本位观当作最后的理论底线。③ 顺便指出的是，周作人此后大力倡导的"人的文学"、"为人生的艺术"等文学命题，在此已经现出端倪。

在这种文学观念的指引下，周作人对此前的小说观念进行了系统的反思、批判和清理。例如林传甲的《中国文学史》④ 等理论著作延续了传统的文学观念，对小说等通俗文学持鄙视态度：

> 近日无识文人乃译新小说以诲淫盗。有王者起，必将戮其人而火其书乎！不究科学而究科学小说，果能裨益民智乎？是犹买椟而还珠耳。⑤

有意思的是，周氏兄弟恰恰是科学小说的倡导者，林氏动辄"必将戮其人而火其书"的激烈言论，自然引起了当事人的回应。不过周作人的态度倒是非常的冷静、理性：

---

① 独应（周作人）：《论文章之意义暨其使命因及中国近时论文之失》，《河南》第五期，光绪三十四年（1908）。

② 同上。

③ 同上。

④ 《中国文学史》，林传甲著，为京师大学堂之文学讲义，光绪三十年（1904）印。

⑤ 林传甲：《中国文学史》，此处引自独应（周作人）《论文章之意义暨其使命因及中国近时论文之失》，《河南》第五期，光绪三十四年（1908）。

胡言乎译新小说以诲淫盗也？夫言已国之文，惟凭侧陋以变黑白，斯已过矣，更及耳目见闻之外，重诬他国文章者，又何说？且小说之义莫与于诲，其责之为诲淫盗，正无异或称小说诲道德，共不当情实一也。①

周作人参照西方文学理论的艺术本位观，反驳了林氏的功利主义文学观，批评了林氏对域外文化所持的夜郎自大的传统士人心态。另有以《中国文学之概观》②作者为代表新近兴起的"社会派"小说观，对小说盲目拔高，周作人对此也是持批判态度，认为他们"仍昧于文章之义，则惑于裨益社会，别长谬见"③。概而言之，无论是传统小说观还是"社会派"小说理论，周作人认为都有失偏颇——他们的出发点不是基于小说的艺术本位，而是出于功利主义的"实用之说"，④并不能引导小说以正常的发展趋向。因此，在周作人眼中，表面看来一派繁荣的晚清小说界，内里却是"本源未清"，危机潜伏：

若论现在，则旧泽已衰，新潮弗作，文字之事日就式微。近有译著说部为之继，而本源未清，浊流如故。⑤

"旧泽已衰，新潮弗作"的观点，表露出周作人对当时小说理论界发展现状的忧虑和不满。"小说界革命"所倡导的小说理论，本质上依然是对传统"文以载道"文学观念的承续，表面看他们以"革命者"的身份出现，并且也申言借鉴西方的成功经验，但这更多的是一种姿态或策略，他们的最终落脚点并非落在小说自身的发展上。可以说，就中国小

---

① 独应（周作人）：《论文章之意义暨其使命因及中国近时论文之失》，《河南》第五期，光绪三十四年（1908）。

② 陶曾佑：《中国文学之概观》，《著作林》第十三期。按：《著作林》，月刊，不标出版日期，约发行于光绪三十二至三十四年间（1906—1908）。

③ 独应（周作人）：《论文章之意义暨其使命因及中国近时论文之失》，《河南》第五期，光绪三十四年（1908）。

④ 引文皆同上。

⑤ 独应（周作人）：《论文章之意义暨其使命因及中国近时论文之失》，《河南》第五期，光绪三十四年（1908）。

说现代转型而言，"社会派"只是一只推手，不可能由他们来最终完成。时代"新潮"的真正引领者，不是以"新潮"自居的"社会派"，也不是折中调和的"美学派"，而应该是以王国维、周氏兄弟为代表的真正从文学自身出发，探索文学艺术发展规律的"现代派"。不过周作人也深知，即使自己能看清小说的未来发展方向，但并不一定就能顺利完成引导的历史使命，"新潮弗作"即最无奈的声音，也是"现代派"面临的现实处境。此后的数年间，王国维早已转行他顾，周氏兄弟进行的《域外小说集》实验也是草草收场。鲁迅回国后，开始埋头于故纸堆，以辑录唐前小说佚文（后汇成《古小说钩沉》）来表示对中国小说的持续关注。唯有只身留日的周作人孤军奋战，继续坚持域外小说的翻译和西方文论的推介工作，为多年后那场真正引领时代新潮的"新文化运动"积蓄力量。

第四节　风头渐劲的"消闲群"

宣统朝前后数年间小说作品的娱乐消闲倾向，学界已多有注意，但与之相呼应的理论宣扬却往往被忽视。当然，要想准确把握晚清娱乐消闲思潮，对之加以理论的阐释确非易事——可以感觉到这股思潮无处不在，已经渗透、影响到整个小说的生产机制，但对之又难以捕捉。甚至，要想找出几个具体的"理论代言人"也颇为困难，因为当事人通常会极力与之划清界限，不承认自己就是此中之人。① 这不难理解，在"救国保种"的舆论大帽之下，谁都不会冒天下之大不韪大张旗鼓地去宣扬娱乐消闲，暗度陈仓才是其常用的生存策略。因此，鉴于他们遮遮掩掩的理论诉求，分散、零星的观念表达，再加上实在没多少理论建树，若将之视为具有相对严格意义的"派"似乎并不合适，故不妨暂命名为"娱乐消闲群"，简称为"消闲群"。

---

① 比如包天笑，就极力撇清自己与创作消闲小说为主的"鸳派"的关系："我所不了解者，不知哪部我所写的小说是属于鸳鸯蝴蝶派？"（包天笑：《我与鸳鸯蝴蝶派》，转引自魏绍昌编《鸳鸯蝴蝶派研究资料·上卷·史料部分》，上海文艺出版社1984年版，第178页）。此后，包氏又云："人家说我是'鸳鸯蝴蝶派'的主流，我不承认。"（丝韦：《包天笑答外国学者问》，转引自栾梅健《通俗文学之王包天笑》，上海书店出版社1999年版，第229页）

传统的小说为"小道"的观念，使代代小说家都极力宣扬自己的作品非为"诲淫诲盗"之作，而是符合主流意识的"诲人诲道"的上佳之品——哪怕是通篇情色的消闲小说，也要自封个"反观自鉴"、"以示惩戒"的大名头。可以说，提高小说的文学地位既是每一个普通小说家梦寐以求的事情，也是想要摆脱禁锢（包括读者观念和官方文化管控）、扩大市场的书贾们乐见其成的事情。理所当然，"小说界革命"对他们而言无疑是千载难逢的利好机会——破天荒地将小说提高到了"文学之最上乘"的历史地位，这对广大的普通小说从业者而言无疑是一次翻身的良机，于是"群山呼应"①，一致拥护"革命"，如此收效恐怕连梁启超本人亦始料未及。也正因此，笔者才认为"小说界革命"之所以迅速成功离不开广大普通的小说从业者（底层作家、出版商）在背后的大力支持（详见第一章）。

但他们显然过于乐观了。按"社会派"的理论逻辑，最为畅销的"消闲小说"并非必要品种，甚至还被打入"旧小说"行列成为"革命"的对象，这在一定意义上，无疑是剥夺了消闲小说创作者们的"生存权"。问题当然不只如此。"社会派"不过是看重小说在社会改良中的工具作用，他们不仅没有决心和耐心沉潜下去深入研究小说今后的出路问题，甚至还可能将小说产业的发展导向歧路。最典型的是"社会派"所极力推崇的政治小说和科学小说，其市场表现并不尽如人意。例如，政治小说被讥为"议论多而事实少"②、"不过一无价值之讲义，不规则之格言而已"③；科学小说似乎也不占优势，包括科学小说著译行家徐念慈所译的《黑行星》也被讥为"科学家或有意味可寻，非小说家所能索解也"④。当普通读者"不能得小说之趣"时，结果只会是"小说书不销者"。⑤ 而小说市场的好坏无疑直接牵涉到书贾们的利益，如此一来，书

---

① 包天笑：《钏影楼回忆录》，香港大华出版社1971年版，第357页。

② 俞佩兰：《〈女狱花〉叙》，《女狱花》，泉唐罗氏藏版，光绪三十年（1904）；这句话，一字不差又见于海天独啸子《〈女娲石〉凡例》，《女娲石》，东亚编辑局，光绪三十年（1904）。

③ 摩西（黄摩西）：《〈小说林〉发刊词》，《小说林》第一期，光绪三十三年（1907）。

④ 寅半生：《小说闲评·黑行星》，《游戏世界》第一期，光绪三十二年（1906）。

⑤ 公奴：《金陵卖书记》，开明书店版，光绪二十八年（1902）；六年后，徐念慈所做的市场调研，再次印证了这一判断，具体见我《余之小说观》、《丁未年小说界发行书目调查表》及其《引言》，《小说林》第九期，光绪三十四年（1908）。

贾们发现"社会派"所宣扬的那套小说理念先是促兴市场，给书贾们带来丰厚利润，待市场做大后，"社会派"重功利轻娱乐的理念则开始"误导"市场，甚至"束缚"市场，最终又以"伤害"书贾这一利益群体为代价。

至此，问题开始变得复杂而且有意思起来。

可以说，消闲小说的著译者和出版商对"社会派"的态度相当矛盾。一方面，他们想借助"社会派"提高小说的文学地位，搭上为小说"正名"的顺风车获得社会对小说及小说家存在价值的认可；另一方面，他们也逐渐意识到，"社会派"其实并未给消闲小说从业者以"合法地位"，甚至要将之视为"革命"的对象，这就直接威胁到了该群体的利益。于是，消闲小说从业者在市场的催化之下自然而然地组成了一个利益联盟，而如何最大化地争取到自身的利益，便成为了他们需要思考的首要问题。最初，在"小说有开通风气之说，而人遂无复敢有非小说者"[1] 的总体舆论环境之下，他们可以发挥的空间并不大；随后，消闲小说逐渐风行，但他们依然尽量避免跟"社会派"正面交锋；直到宣统朝间，突然爆发的"小说界经济危机"才使他们最终不得不站出来直面自己的生存问题，积极宣扬小说消闲娱乐的"正当性"以捍卫自己的权益。正是此间，"社会派"的颓势渐显，"美学派"、"现代派"尚不成气候，这一特殊环境也给了他们生长的机会。至此，"消闲群"的身影逐渐清晰：他们以消闲小说的著译者为前锋，以书贾为后盾，共同构建成的一个利益群体。

侦探、言情类小说要比政治、科学类小说更为畅销，这一现象在"小说界经济危机"来临之际愈加凸显。精明的小说出版商对此不可能不知道，与之利益一体的小说著译者也不可能不被其引导。于是，宣扬消闲娱乐观，为消闲小说"正名"，成为他们共同的战略目标，当然，如何进行有效宣扬则是个策略问题，不同的策略收到的效果殊为不同。

其一，将消闲娱乐观念直接植入广告之中。随着市场竞争加剧，书贾们为扩大市场份额在营销上可谓是绞尽脑汁，其中强调小说的娱乐消闲性便逐渐成为他们吸引读者的噱头。"稗官小说，无非是寄情助兴之物，供

---

① 冷（陈景韩）：《论小说与社会之关系》，《时报》光绪三十一年（1905）五月二十七日。

那些逸客骚人，酒后茶余之一助"①、"小说逸趣丛生，足助酒后茶余之兴"② 这些论调尚算委婉，试看某些嫖界小说露骨的推介文字：

> 声色感人，描摹殆尽。叙浮华浪子则含沙鬼蜮，幻状毕呈。悉采最近之嫖界情形，参以虚虚实实。其情节奇妙处，足使阅者一字一节，尤为此书特色，诚乎嫖界之现形、铸奸之禹鼎也。③

以揭露嫖界之阴私作噱头来吸引读者，宣扬情色消闲文化，但末尾依然不忘虚飘飘地添上句"铸奸之禹鼎"，打扮成一部"警世小说"，既借惩戒之名提升自己的身份，也以此规避来自舆论的压力。不妨再看一部艳情小说《新西厢》的推介文字：

> 一才子一佳人演出一种曲曲折折、怪怪奇奇、不可思议之风流疑案。其中描写窃玉偷香、钻穴逾墙之手段，以假冒真，以此诬彼，卒至案破，奸堕曲直，判然真警世钟也。④

行文模式跟前一案例完全相同。检索发现，该类文案其实已经成为宣统朝间消闲小说推介文本的典型范式（材料请见第六章附录）。如此赤裸裸地宣扬小说的消闲娱乐功能，对提升小说的地位和品位毫无助益，倒是将小说推向社会舆论的对立面，重新置于"小道"的境地。民初，官方重开小说禁令，家长们又开始反对学生阅读小说，似乎可为警戒。⑤

　　其二，跟"在商言商"的书贾相比，消闲小说著译者们的博弈策略

---

　　① 竞竞:《镜中花》篇首序言,《天铎报》宣统二年（1910）二月初十日。

　　② 务本报馆:"《务本报》出版预告",《申报》宣统三年（1911）十二月初十日。

　　③ 昼锦里仁记书庄:"醒世小说《嫖界现形记》出版"告白,《时报》宣统元年（1909）五月初七日。

　　④ 改良小说社:"请看新小说出版"告白,《神州日报》宣统二年（1910）十一月十二日。

　　⑤ "小说界革命"后,小说跟"开风气"、"启民智"挂上了干系,小说的政策环境逐渐放松,包括许多暴露官场的小说也可以名正言顺上市,部分学校甚至将小说引入课堂,这在此前是不可想象之事。但民初小说的过度娱乐化,甚至黑幕小说充斥市面,官方于是重开小说禁令。据笔者初步掌握的资料,较早的是 1915 年教育部颁发的《教育部咨禁荒唐小说》及其《清单》（见《教育周报》第 91、93 期,1915 年）,列出小说数十种,其中晚清小说也有不少。

则显得更为高明、巧妙。晚清小说著译者的一大特点是作家兼报人，参与整个小说运作流程，这种特殊的经历使他们对小说的生成、运作有着深切的体验和清醒的认识。他们意识到，只有从理论高度与"社会派"平等对话，论证出小说的娱乐消闲功能具有"正当性"，才能真正扭转人们对该类小说的偏见，营造出有利的生存环境。在这方面，《时报》小说栏目的主持人陈景韩率先作出了有益的尝试。早在光绪三十一年（1905），陈氏就敏锐地注意到"社会派"对小说艺术趣味的忽视将给小说的持续发展带来阻碍，他在认同小说社会功用的基础上，同时强调了小说艺术趣味的重要性：

> 小说之能开通风气者，有决不可少之原质二：其一曰有味，其一曰有益。有味而无益，则小说是小说耳，于开通风气之说无与也；有益无味，开通风气之心，固可敬矣，而与小说本义未全也。故必有味与益二者兼俱之小说，而后始得谓之开通风气之小说，而后始得谓之与社会有关系之小说。①

陈氏认为，小说单单强调"有味"终究不脱"小道"，反之若是仅仅强调"有益"，固然可入"大道"，但又失却了小说的本分，"有味有益"乃是小说不可缺失的二重品质。这可谓是一个深谙小说之道的作家对小说创作的经验之谈，陈氏对小说"趣味"意即娱乐消闲功能的重视，并从理论角度加以阐释实乃先见之明，他的观点随后被证实的确顺应了小说发展的大潮。

其实，晚清期间像陈景韩这样的报人并不在少数，他们往往都有着铁肩担道义的朴素理想，希望通过小说来"开通风气"、"启牖民智"。然而一旦回到自己的本职，面对残酷的小说市场，他们又不得不作出现实的选择。例如陶祐曾，他的《论小说之势力及其影响》直接继承了梁启超的文风和小说理论，以富于鼓动性的煽情语言高呼："小说，小说，诚文学界中之占最上乘者也。"但小说作家兼理论家的经历，又让他意识到读者之所以乐意掏腰包，乃是缘于小说独特的艺术魅力而非其他：

---

① 冷（陈景韩）：《论小说与社会之关系》，《时报》光绪三十一年（1905）五月二十七日。

于是多方百计以觅得之,潜访转恳以搜罗之。未得则耿耿于心胸,萦萦于梦寐;既得则茶之余,酒之后,不惜糜脑力、劳心神而探索之、研求之。至其价值之优劣,经济之低昂,固不计及也。此除别具特性、苦乐异人者外,常人之情,莫不皆然。其所以爱之之故,无他道焉,不外穷形尽相,引人入胜而已。①

小说"穷形尽相,引人入胜"之魅力特质,并非来自以"议论多而事实少"②的政治小说,也非来自"科学讲义"③式的科学小说,而是那些"有味有益"的作品。宣统元年（1909）,陶祐曾任职《扬子江小说报》并以报人身份直面市场。在发刊辞中,陶氏直接点破了小说的娱乐消闲属性:

庶几酒后茶余,供诸君之快睹;从此风清月白,竭不佞之苦思。遂渐改良,殷勤从事,谨志斯时纪念,罗寰宇之鸿文;伫看异日突飞,执稗官之牛耳。④

此时,正值"小说界经济危机"爆发之际,面对激烈的市场竞争,陶祐曾们不得不"遂渐改良,殷勤从事",在小说的娱乐消闲属性上做足文章。为适应时代风潮,理论家们对小说理念作出适当的调整,本不足为奇,但鉴于陶氏曾经作为梁氏小说理念的狂热追随者,宣统朝间的这种调适还是颇富意味。

相比陈景韩、陶祐曾,宣统朝间迅速崛起的小说家陆士谔则更为坦率地面对他人的质疑,为小说的娱乐消闲功能"正名"。陆氏的小说以谐趣幽默见长,哪怕是一些严肃的谴责小说也具有极强的娱乐性。为此,有人诟病他的小说"辞多滑稽,语半诙谐,毋乃伤于佻而不足附作者之林欤?

①　陶祐曾:《论小说之势力及其影响》,《游戏世界》第十期,光绪三十三年（1907）。

②　俞佩兰:《〈女狱花〉叙》,《女狱花》,泉唐罗氏藏版,光绪三十年（1904）。

③　壁荷馆主人:《新世纪》第一回,小说林社,宣统元年（1909）。

④　报癖（陶报癖）:《〈扬子江小说报〉发刊辞》,《扬子江小说报》第一期,宣统元年（1909）。

小说之轻于世也久矣，子既欲振起之，曷不为严重庄厚之文，而仍沿儇薄轻佻之习也？"① 陆士谔回驳曰：

> 顾主文谲谏，旨在醒迷；涉笔诙谐，岂徒詈世；第求有当，何顾体裁。抑吾闻之古人：有假难以征辞者，有方朔之《客难》，是方朔实获我心也；因讥以寓兴者，有崔实之《答讥》，是崔实实获我心也；寄旨以纬思者，有崔骃之《达旨》，是崔骃实获我心也；凭言以摅志者，有韩愈之《释言》，是韩愈实获我心也；托嘲以放意者，有扬雄之《解嘲》，是扬雄实获我心也；随戏以逞怀者，有班固之《宾戏》，是班固实获我心也；之数人者，皆含英咀华，包今统古，文成足以泣鬼，落笔足以留神，然而务为滑稽者，有取尔也，况士谔乎？孔子，圣人也，然而目冉父为犁牛，指宰予为朽木；仲田好勇，举暴虎以相嘲，言偃弦歌，譬割鸡以为戏。是则言中带讽，当亦圣人所不废欤！②

陆士谔的论证逻辑颇有"托古改制"的意味，他不厌其烦地摆出圣贤之文，既为论证小说娱乐消闲之"正当性"，也想借此抬高小说的文学地位。最后，陆氏在结论中明确展露自己的小说观：

> 小说虽号开智觉民之利器，终为茶余酒后之助谈，偶尔谈谐，又奚足怪？③

而在另一部小说《新三国》中，陆士谔对小说娱乐休闲功能的认可和倡导，相比此前的陈、陶等人更为坚定和积极：

> 小说所以规人之过失，勉人以为善，第一使读者有趣味。若读的人存了个厌恶念头，则其书虽好，何足贵乎？④

---

① 陆士谔：《〈新上海〉自序》，《新上海》，改良小说社，宣统二年（1910）。
② 同上。
③ 陆士谔：《〈新上海〉自序》，《新上海》，改良小说社，宣统二年（1910）。
④ 陆士谔：《新三国》第二十回，改良小说社，宣统元年（1909）版。

将小说最终定位在"茶余酒后之助谈",把"趣味"放在第一位,这些都是"小说界革命"发动之后,大多数小说家敢做却不敢明言的理念。而陆氏开诚布公亮出自己的消闲小说观,表明娱乐消闲作家群已经由前期的默默耕耘,正式进入小说理论界争取自身的"合法地位",并由此掀起了一轮倡导消闲小说的舆论风潮。①

可以说,到了宣统朝间,随着娱乐消闲小说风潮涌起,此前备受压抑的"消闲群"开始风头渐劲。但是,跟发展甚快的消闲小说创作实践相比,"消闲群"在理论上的滞后还是颇为明显,这表明"消闲群"的理论力量并没有被完全激发。之所以如此,一方面是源于主流舆论的压力,娱乐消闲小说始终被置于边缘甚至对立的地位,这是客观形势;但另一方面也缘于"消闲群"自身的弱点。他们人数众多,但力量分散,在主流舆论的影响之下部分作家甚至对自身存在的合法性还持怀疑态度,在"正名"的诉求上遮遮掩掩,以致造成理论创新的动力不足,而缺少理论创新正是"消闲群"的一块软肋。当"社会派"、"美学派"、"现代派"都在积极引进西方时兴的先进文学观念来论证自身合法性之时,"消闲群"领军人物之一的陆士谔还在采用"托古改制"的陈旧套路,且不说是否牵强附会,至少在论证方式的选择上已经落于人后。这种乏力的理论创新与发达的创作之间颇不相称的被动局面,甚至到了民初"鸳派"大兴之际都无明显改观——"五四"新小说家们对"鸳派"发起凌厉攻击而后者几无还手之力即可见出一斑。

就一定意义而言,"消闲群"与主流舆论在小说理念上的博弈,本质上体现的是两种不同文化阶层的审美需求和价值取向上的差异。若对小说读者分层,可以大致划分为精英知识层和普通市民层,按时人夏穗卿的说法是"一则学士大夫,一则妇女与粗人"②。新小说的接受者,主要是精英知识层,而消闲小说的支持者则更多的是普通市民。这一客观现实,跟

---

① "书带子"自云,作小说"以供诸君茶前酒后消遣余间,亦足助笑"(见书带子:《新天地》第一章,集文书局出版,1910年);另如《新西游记》作者李小白等皆属此类。而当时的言情、狭邪小说作家们,更是将"娱乐消闲"当作吸引读者的噱头。这表明相当一批作家,创作小说之目的,不再囿于"社会派"的小说理念,开始逐渐认可和倡导小说的娱乐消闲功能。

② 别士(夏穗卿):《小说原理》,《绣像小说》第三期,光绪二十九年(1903)。

"社会派"打算以新小说完成"群治"的理论设计有很大的出入。显而易见的是，舆论的话语权主要掌握在精英知识层手上，他们强势的声音明显盖过了为普通市民读者代言的"消闲群"。对这一现象，时人"樊"一语道破实情：

> 凡人之情恒习于所近，故其观察社会，往往有误谬之处。今人只知新派小说受社会之欢迎，而不知吾人所闻欢迎之声固闻之于吾朋友也。吾之朋友皆能文者也，即不能文，亦能审文章之美者也，即称扬此善译新小说者之文章，亦大报馆记者与名流之函札也。余辈若据朋友之论与报馆记者名流函札，而遽信新小说为已大受社会欢迎之据，在余观之，殊为未确。[①]

"樊"的意思非常明白，新小说之所以被谬认为已经大受欢迎、人人爱看，主要是少数掌握了话语权的智识精英们在铺天盖地地鼓吹，利用舆论造势，以致让人们形成某种错觉；实际上，"旧时亲戚故旧与里巷间之顽夫稚子妇人"这类普通市民读者，才是小说阅读的真正主体，不过他们都是沉默一族，只能通过自己的阅读行动来表达自己对娱乐消闲小说的青睐。[②] 一定程度上，"消闲群"可以看成是普通读者的代言人，最为广泛的群众基础是其天然的优势，但受限于他们话语权上的弱势地位以及自身的弱点，决定了他们发出的声音会相当有限。就此看来，"消闲群"作家们如闷骡般"多做少说"的奇特举动，既是现实的选择，也是无奈的选择，终而导致"创作发达理论滞后"的失衡局面，这倒是情理之中。

---

① 樊：《小说界评论及意见》，《申报》宣统元年（1909）十二月十二日。
② 同上。

第 五 章

小说低潮期中的作家众生相

作家孙树棻在《最后的玛祖卡：上海往事》中曾提到小说家张春帆与孙家的两件陈年佚事。张氏的知名小说《九尾龟》出至第四册后，登门拜访上海滩富豪孙竹堂（作者的曾祖父）。张、孙此前虽有谋面，但并无交往。甫一见面，张就亮明来意：目前漱六山房书局在经营上遇到困难，[①] 盛宣怀已经慷慨赞助了两万大洋，但尚缺六千大洋才能渡过眼前难关，不知孙先生是否有意赞助这文化事业？倘若有意的话，大家可以交个朋友，以后相互多加照拂。哪知孙竹堂不受胁迫，当场拒绝了张春帆的要求。结果，此后陆续出版的后四册《九尾龟》中，之前烂事一堆的"九尾龟"宫保（影射盛宣怀）变成了大慈善家，他的那些原来在外到处荒唐的子女们也都一个个收心养性，弃邪归正。而沈剥皮和两个儿子沈幼吾、沈仲思则比过去更加不堪，其中沈仲思还染了梅毒不治身死……数年后，作者父亲当了国会议员，与同是议员的张春帆同车赴京开会，张主动递交名片，并请教尊姓台甫。其父看了下对方名片后笑云："我不送名片了，尊驾对我可能是熟悉的，我便是沈剥皮的孙子，沈幼吾的儿子。"受到奚落的张春帆，只得讪讪离开。[②]

据孙树棻自云，这两件佚事皆是父亲亲口所讲，并说该书"无一字虚妄，无一字杜撰"[③]，以示其言可信。但孙树棻笔下的张春帆，跟郑逸

---

① 张春帆，名炎，别号漱六山房，著有《九尾龟》、《宦海》等小说。其生卒年学界说法不一，据笔者考证，张氏当生于光绪五年（1879），卒于 1935 年 8 月 10 日。

② 孙树棻：《最后的玛祖卡：上海往事》，上海文艺出版社 2005 年版，第 16—17 页。

③ 同上书，第 287 页。

梅等人印象中好客任侠、乐于奖掖后进的张春帆可谓出入甚大。① 此处暂不去判定谁说的更符合事实，笔者注意到的是孙树菜所说的《九尾龟》四至八册的出版时间正是宣统元年（1909）前后，② 此时既是"小说界经济危机"爆发之际，也是一个王朝覆灭的前夜，文化事业与政治形势都处于困顿之中。那么，身处末世的小说家们到底是怎样的一种生存状态？现实环境对他们的文学取向和生活道路的选择到底又发挥了怎样的影响？这才是笔者真正感兴趣的话题。

第一节　作家的生存策略及其文学选择

光绪三十一年（1905），科举废制，士人们数千年来由学入仕的传统途径被迫改变，这无疑给士人造成了巨大的冲击。除了舞文弄墨外，无一技之长的传统士人通过创作获取报酬显然是他们转型后最易上手的职业。不过文人是耻言"阿堵物"的，李白斗酒诗百篇，以诗换酒，那是才子豪气，可以谅解甚至成为佳话代代流传；但若赤裸裸地以文换钱，待价而沽，就会羞于提起。包括在小说稿酬上获利丰厚的林纾，其首部翻译小说《巴黎茶花女遗事》交由昌言报馆出版时也是却酬不受，并登报郑重说明之。③ 因此，传统士人一旦选择了以小说为职业养家糊口，首先需要突破的就是心理关，但晚清小说跟前代小说一样，都极少署上作者的真名实姓，由此或可窥见心理转变其实并不容易——即使他们已经实质性地成为了一名鬻文者。

应该说，小说成为文化商品具有先天的优势，而鬻文取酬也非常符合商品的交换法则。诗文创作在古代跟经济利益没有多少瓜葛，原因除了

---

① 郑逸梅：《漱六山房主人张春帆》，《清末民初文坛轶事》，学林出版社 1987 年版，200—201 页。另可见《铁报》1935 年 8 月刊发的鸢肩、泪史、啼红等人对张春帆生平的介绍文字。

② 《九尾龟》，标"醒世小说"，署"漱六山房（张春帆）著"，点石斋出版。其出版情况为：每集一册，共十二集一百九十二回；光绪三十二年（1906）出版第一、二集，光绪三十三年（1907）出版第三至五集，光绪三十四年（1908）出版第六集，宣统元年（1909）出版第七、八集，宣统二年（1910）出版第九至十二集。

③ 昌言报馆："《茶花女遗事》告白"，《中外日报》光绪二十五年（1899）四月十七日。该告白云："此书闽中某君所译，本馆现行重印，并拟以巨赀酬译者。承某君高义，将原板寄来，既不受酬赀，又将本馆所偿板价捐入福州蚕桑公学。特此声明，并志谢忱。"

"君子重义轻利"、"谋道不谋财"等观念影响外，其实跟诗文自身特性也不无关系。中国的长篇诗歌甚少，许多诗歌随兴创作，挥手即就，跟动辄几十上百回的长篇章回小说相比，付出的时间成本和智力投入并不大，商品价值并不突出；更重要的是，传统诗歌的功能多定位于"言志"，强调的是个人情感的抒发和宣泄，重在"娱己"。作文的成本投入倒是略大，但古人作文多是期望以文传世，或是为某个崇高目的，并非注重作品的商品性。陆士谔对此就深有体会："诗词歌赋，恁你做得如何精妙，其稿终难卖钱。"① 小说则与此不同，往往一开篇就是"列位看官"，表明作者直面读者，需要重视读者的审美情趣和反应，因此作家写小说大多并非为了"娱己"，而是"娱人"。从商品交换角度看，既然小说家付出劳动让受众获得阅读的愉悦，那么小说家取得适当的酬劳就是合情合理。特别是资本主义生产方式之下，小说的商品性愈加凸显，作家获取稿酬就更加符合游戏规则。正是基于这样的理由，笔者认为一些学人将小说付稿酬的时间定得相当晚近（比如认为是申报馆出现之后，甚至认为是"小说界革命"之后）似乎值得商榷。陈先生在《明代小说史》中指出，明代曾一度出现"通俗小说创作由熊大木、余邵鱼、余象斗与杨尔曾等书坊主以及受书坊主雇用的下层文人主宰的奇特现象"，冯梦龙也自坦创作"应贾人之请"。② 而书坊主、文人们甘冒风险推出大量的情色小说，更是为商业利润所驱使，表现出赤裸裸的商业行为。可见，书坊主与文人之间存在着明显的经济利益关系，就此意义而言，书坊主付给作家的酬劳其实即可视为"稿酬"。当然，稿酬的额度多少，是否有定例，似乎都属于行业内的商业秘密，文人讳言，旁人也极少提起，故今人不易知晓。按通俗小说的发展轨迹推断，这种鬻文取酬的游戏规则不会中断，只不过到了晚清时代，随着近代工业生产方式的出现，小说出版速度加快，优质稿源开始供不应求，明码标价广开稿源才渐渐成为了通则。

一

那么，晚清间作家创作小说赚取稿费，能否支撑起基本的生存需要

① 陆士谔：《说小说》，原载《金钢钻》报，此则材料转引自田若虹：《陆士谔小说考论》，上海三联书店 2005 年版，第 186 页。

② 陈大康：《明代小说史》，人民文学出版社 2007 年版，第 6—7、17 页。

呢？这是个直接关系到能否产生职业小说家的关键问题。从各书商或报刊公布的小说稿酬标准看，额度并不低。以《新小说》为例，自著小说千字酬金分甲乙丙丁四个等次，依次为四元、三元、二元、一元五角；译本分甲乙丙三个等次，依此为二元五角、一元六角、一元二角。① 取均值，自著小说千字酬金为二元六角，译本为一元八角。《新小说》第一期中，篇幅最长的是两篇翻译小说《洪水祸》和《海底旅行》，约八千字，按翻译小说均酬算，作者可获稿酬约为十四元；最短的是翻译小说《离魂病》，约五千字，作者可获稿酬约为九元。综合起来看，每篇稿件可获得的报酬，约在十二元左右。本年《申报》馆的普通编辑，每月收入也不过二十八元。② 可见，一篇小说的稿酬可抵半月薪水，这对一般的普通文员而言，这笔收入相当可观。单行本的千字酬劳根据作家名气、作品的市场认可度，也有不同的档次，但额度总体上要比报刊略高些。比如周氏兄弟在当时的稿酬约为每千字 2 元③，包天笑的作品约每千字 3 元④，畅销作家林纾的小说作品据说高达每千字 6 元⑤。而且，由于单行本字数较多，单部小说的稿酬相当丰厚，如周氏兄弟的《红星佚史》即获得稿酬 200 元⑥。据笔者统计，林纾在宣统元年（1909）共出版小说 10 部，总字数为 856 千字，若按千字 6 元计，稿酬收入将达到 5136 元。⑦ 即使支付部分给魏易、陈家麟等合作者，个人获利依然惊人。若就此看来，老友陈衍

---

①　新小说社："本社征文启"，《新小说》第一号，光绪二十八年（1902）。

②　据包天笑回忆云："我知道我的一位同乡孙东吴君，此我早两年，进入申报馆当编辑时，薪水只有二十八元。孙君说：'就是每月二十八元，也比在苏州坐馆地、考书院，好得多呀。'"包天笑这里所谓的"早两年"，正是《新小说》创刊的光绪二十八年（1902）。见包天笑：《钏影楼回忆录》，香港大华出版社 1971 年版，第 317 页。

③　周作人：《知堂回想录》，香港三育图书文具公司 1980 年版，第 209 页。

④　包天笑：《钏影楼回忆录·在商务印书馆》，香港大华出版社 1971 年版，第 388 页。

⑤　郑逸梅：《林译小说的损失》，《羊城晚报》1962 年 7 月 28 日。

⑥　周作人：《知堂回想录》，香港三育图书文具公司 1980 年版，第 209 页。

⑦　本年林译小说字数统计如下：《彗星夺壻录》74 千字、《冰雪因缘》258 千字，《玉楼花劫》（续编）71 千字、《黑太子南征录》109 千字，《玑司刺虎记》77 千字、《藕孔避兵录》70 千字，《贝克侦探谈》77 千字、《西奴林娜小传》31 千字，《脂粉议员》59 千字、《芦花余孽》30 千字，总字数达到 856 千字。另，林纾在晚清十多年间共著译小说 81 部，以此估算大概总字数达到 6933 千字，假若按每千字 6 元计算，其理论上稿酬将达到 41598 元，相当于申报馆一位普通编辑工作 123 年的总收入。

说林纾的"书房是造币厂","调动即得钱也",① 当非虚言。

从林纾的极端例子看,理论上作家以稿酬求得经济独立是有可能的,但林纾在晚清作者群中,到底具有多大的代表性?这还得从晚清小说界的实际情况看。首先,从小说译著数量看,排名靠前的除了林纾外,余下的为吴趼人、陈景韩、包天笑、陆士谔、黄小配、周桂笙、奚若、吴梼诸人,皆属于高产作家序列,是最可能首先成为职业小说家的群体。余下的众多小说家,作品分散零星,若想以稿酬获得完全的经济独立,并不容易,但补贴家用倒是不错的选择。其次,从稿酬的支付情况看,晚清单行本支付稿酬,专业小说期刊大部分支付稿酬,大型新闻报刊如《时报》、《申报》支付稿酬,但刊发小说数量较多的小报一般并不支付稿酬或者稿酬低廉。另外,晚清小说稿酬制度并不健全,出版商也可能会暗做手脚从中克扣,因此作者是否能按时按数拿到稿酬尚是问题。光绪三十四年(1908),周氏兄弟将《匈奴奇士录》(原名《神是一个》)交给商务印书馆,出版时不仅擅自改题为"爱情小说",而且克扣了部分稿酬。② 一直信誉较好的商务馆尚且如此,其他出版商克扣稿酬当不无可能。由于作家处于弱势地位,加上文人耻于言钱的传统观念,大多数作家并不好意思为此撕破颜面跟书商追讨,往往是忍气吞声,不了了之。即使出版商按量计算稿酬,作者还是不一定能如实拿到现金——出版商往往以书代资或者以购书代金券、股票等方式支付,③从中扣留了相当一部分。

作家若想以稿酬活命,还得承受来自小说市场供求关系变幻不定的巨大风险。小说市场行情好收益就高,反之就可能陷入经济困顿。宣统朝开始的"小说界经济危机",对此前以鬻文活命抱有乐观态度的作家无疑是一次不小的心理打击,考验作家是选择出走,还是选择继续留守。不妨以稿酬收入大户林纾为例。如前所述,宣统元年(1909)林氏出版小说高达 10 部,但接下来的宣统二年(1910)仅出版小说两部,宣统三年

①　东尔:《林纾和商务印书馆》,商务印书馆编:《1897—1987 商务印书馆九十年:我和商务印书馆》,商务印书馆 1987 年版,第 542 页。

②　周作人:《知堂回想录》,香港三育图书文具公司 1980 年版,第 212 页。

③　包天笑:《钏影楼回忆录》,香港大华出版社 1971 年版,第 388 页。

（1911）也是两部（其中一篇还是短篇小说），① 这两年的稿酬收入甚至不足高峰年的 1/5，其锐减之幅度，让人吃惊。林纾身为晚清畅销小说家尚且有此尴尬遭遇，其他小说家之收入可想而知。在这次小说低潮期中，专业小说期刊也是锐减明显，到宣统二年（1910）只剩下新发行的《小说时报》和《小说月报》两份刊物，前者还明确表示"本报乃冷血、天笑两先生为笔政主任，所登之件，两先生之稿居十之七、八"②，而实际上每期刊登冷、笑二人的小说逾九成，这无疑变相掐断了不少外来投稿者的经济来源。在单行本和小说期刊锐减的情况下，名气不大，缺少资源的众多小说家，只能抢占日报上廉价而且有限的"豆腐块"小说版面——"已知道靠稿费活不了命"③，这不是激愤之语而是一种切身的感受了。

　　因此，多方因素影响之下，在晚清之际通过稿酬获得经济独立的作家可谓凤毛麟角；而在"小说界经济危机"袭来的几年中，恐怕更是没有哪位小说家能够仅仅靠稿酬收入就能养家糊口。

　　另外，从晚清小说家的职业背景看，还有一大特点应该引起注意——他们几乎都有自己的主业，而小说创作往往倒成了"副业"。个中原因，除了根深蒂固的小说为"小道"而羞为正当职业的传统观念外，也不无规避市场风险的现实考虑。其中，报人职位比较切合他们的知识背景，文人入行无须太大的转型成本，可以说是科举路绝后文人的一条上佳出路。代表者有李伯元（主持《指南报》、《游戏报》、《绣像小说》等）、吴趼人（主持《消闲报》、《寓言报》、《新小说》、《月月小说》等）、徐念慈（主持《小说林》）、陈景韩、包天笑（主持《时报》、《小说时报》等）、恽铁樵（主持《小说月报》）、王钝根（主持《申报》副刊）等等。报人的优势还在于，以所占资源之便优先编发本人作品，并在一定程度上可以按自己所秉持的小说理念来引导其他作家的创作走向和培养读者的审美情趣；同时，还可以利用手中资源聚合圈内同人和挖掘新秀，有利于形成个人的影响力，这方面陈景韩、包天笑、恽铁樵、王钝根等人都有着相当成

---

① 林纾宣统二年（1910）出版的小说为《双雄较剑录》、《三千年艳尸记》（皆商务印书馆出版），宣统三年（1911）出版的小说为《薄幸郎》（商务印书馆出版）、《冰洋鬼啸》（短篇小说，载《小说时报》第 12 期）。

② 有正书局："购《小说时报》者再鉴"告白，《时报》宣统元年（1909）九月二十一日。

③ 张恨水：《我的写作生涯》，四川人民出版社 1981 年版，第 27 页。

功的先例。另外，从事教育者也大有其人，代表人物为林纾和黄摩西，两人在晚清期间都以教育为主业，并为教学需要编纂过多部教材；还有出版社编辑如奚若、吴梼、伍光建，医生兼图书租赁社老板陆士谔等等，小说家们的主业可谓五花八门。以上所列皆是晚清时期活跃在第一线的小说家，他们的职业情况应该具有时代的代表性。因此，综合以上信息，可推知晚清时代并没有出现真正意义上的职业小说家。

二

本来，近代稿酬制度的初步建立和小说观念的初步转变，文化监管政策的乏力（或曰松绑）以及版权制度的初步形成等等，都为职业小说家的出现奠定了基本条件，但就在呼之欲出之际，宣统朝小说低潮不期而至，受到冲击的作家收入锐减，甚至颗粒无收。面对市场的残酷无情和捉摸不定，无论是圈内人还是有意于投身此业者，都不得不进行更加理性的思考，小说家的职业化进程也只能往后顺延。笔者在感叹小说市场强大力量的同时，更关注的是此次低潮对小说家们生存策略和文学选择的影响。在这场冲击中，除了部分作家保持岿然不动外（主要是超商业利益的小说家，如革命小说家黄小配，某些宣传公益理念、宗教意旨的小说家等），其他都或多或少地受到了影响，面临着新的选择。

其一，转业改行。

面对并不景气的总体环境，一些小说家开始转行他投。其中，包括直言创作即"为糊口计"[①]的亚东破佛（彭俞），还有披发生（罗普）、吴梼、无歆羡斋主人、华子才等一批小说著译名家。在"小说界革命"初期，他们都是相当活跃的人物，但在清末民初的小说界发展低潮中已经见不到他们的身影。在小说家们的转业改行中，有两种不同的道路选择值得一提：一是转入体制内，意即转投仕途；一是站在体制的对立面，意即支持民主革命，甚至直接投身革命实践。

转投仕途，这是小说家们转行的一条常规出路。晚清小说家多是一些落拓文人，在科举路绝后或有意或偶然地走上了小说著译之路，并希望在

---

① 亚东破佛（彭俞）：《竞立社小说月报·序》，《竞立社小说月报》创刊号，光绪三十三年（1907）。

此能找到安身立命的位置，但他们中的大多数人，依然对官场、仕途报有复杂的心态，并对之保持着持续的关注。以晚清最知名的"四大谴责小说家"为例，李伯元、吴趼人都未入仕，但他们最著名的作品都是以晚清官场文化为表现对象；刘鹗与官场人物关系密切，故其对官场的描绘（清官昏庸）有着李、吴二人所不具备的深刻之处。四人中较为波折的当数曾朴。曾氏早年以举人身份留京任职，应总理衙门章京之试，未获保举后愤归故里。光绪三十年（1904），与徐念慈、黄摩西、丁祖荫等友人创办小说林社，立志"要打破当时一般学者轻视小说的心理"，"专以发行小说为目的"，开始"作大量的小说生产"①，随后又创办了风靡一时的《小说林》杂志。经过几年辛苦打拼，小说林社成长为仅次于商务印书馆的晚清第二大小说出版机构。此间，曾朴开始在金松岑《孽海花》的基础上续作至二十回出版，结果"意外的得到了社会上大多数的欢迎"，两三年间"已再版至十五次，行销不下五万部"，②此后再续写了五回连载于《小说林》杂志。正在其踌躇满志，大力"提倡译著小说"③准备进一步扩大业务之时，"小说界经济危机"不期而至，先期的投资失误导致资金周转出现困难，雪上加霜的是合伙人徐念慈又突然离世，结果迫使小说林社在宣统元年（1909）破产停业，变卖资产抵债，④几个合作人只能散伙各谋出路。此时，曾朴对小说事业已是心灰意冷，了无兴趣，选择再次投身仕途——宣统元年（1909）入两江总督端方幕，任财政文案；宣统二年（1910）捐纳候补知府，分发浙江，前后任发审委员、宁波清理绿营官地局会办；宣统三年（1911），当选江苏省临时议会议员，此后历任江苏省官产处长、财政厅长、政务厅长等多项职务，直至1926年辞归故里，以著述自遣；1927年与其子曾虚白创设真美善书店，并开始着手创作《鲁男子》和改写、续写《孽海花》，⑤宣告重返小说界，而此时已

---

① 儿子虚白未定稿：《曾孟朴先生年谱》（中），《宇宙风》第三期，1935年。

② 曾朴：《孽海花代序——修改后要说的几句话》，《孽海花》，真美善书店1928年版。

③ 同上。

④ 小说林社："小说林社机器铅字廉价出售"广告，《申报》宣统元年（1909）九月二十七日。另据包天笑《钏影楼回忆录》（香港大华出版社1971年版，第427页）云：小说林社将库存图书作价3000大洋卖给有正书局。

⑤ 参见儿子虚白未定稿：《曾孟朴先生年谱》（中）（下），《宇宙风》第三期、第四期，1935年。

经过了将近 20 年。

　　小说林社解散后，丁祖荫跟曾朴一样，也选择了脱离小说界，投身仕途：宣统元年（1909）当选省议员，宣统二年（1910）担任海虞市自治会董事会总董，宣统三年（1911）任常熟县民政局局长等职。本章开篇提到的张春帆，晚清数年间就创作了《九尾龟》、《新果报录》、《黑狱》、《情海波澜记》、《宦海》①等作品，在小说界已是声名鹊起，但张氏终究未将小说界当作安身立命之所——即使，张氏在作品中经常抨击官场之腐败，对官场人物极尽讽刺之能事，但他还是选择了仕途之路：辛亥革命后，历任江北都督、湖北巡按使署秘书等要职，②当他再次返回小说界时，也是到了"小说界经济危机"之后。甚至，鲁迅先生在宣统元年（1909）《域外小说集》遭遇市场惨败之后，也自觉放缓了"介绍外国新文学"的预定步伐，冷静反思此前以文艺"转移性情，改造社会"的"茫漠的希望"；③民元光复之后，鲁迅还在教育部谋了份差事，开始了一个普通文人的公职生活，在相当一段时间内，著译小说、钩沉史料，不过是工作之余的兴趣所好罢了。

　　知名小说家们的转行入仕尚有迹可循，至于众多默默无闻的普通作家就只能依靠时人的片言只语，来管窥他们在小说界低潮时期的生存选择。《民吁日报》曾刊载了一篇题为《著作者日少之原因》的文章，透露了宣统朝间作家转投仕途并非个案，而是一种普遍现象：

　　　　他国书业之中心点多在京师，而中国则在上海，因上海尚可自由也。而岂知近来社会上之人才悉被政府所垄断，亦影响及于上海。前数年，留学生归国则羁栖海上著书、翻书，近来则是直走北京写摺字、读策论，故无暇著述，此新出版之物所以日少也。就东京论之，每月新著新译出版者不下十余种（小说、讲义、旧书不在内），而吾国何如？而吾国书业中心之上海何如？夜夜祝天，祈为社会上多生人

---

　　①　各个小说的出版年份依此为：《九尾龟》（1905—1910，点石斋出版）、《新果报录》（1906，申昌书局出版）、《黑狱》（1906，点石斋出版）、《情海波澜记》（1908—1909，《申报》，同时由集成图书公司出版单行本）、《宦海》（1909，《十日小说》，同时由环球社出版单行本）。

　　②　参见蒋瑞藻：《小说考证》，商务印书馆 1935 年版，第 325—326 页。

　　③　周作人（实为鲁迅所作）：《域外小说集·序》，《域外小说集》，群益书社版，1921 年。

才，则中国幸甚。①

论者不无担忧地指出，当前"社会上之人才悉被政府所垄断"，过去那些羁栖上海著书、译书的文人，现在纷纷入京为官，转投仕途，无暇著述，以致造成"新出版之物所以日少"。其实，论者看到著译人才回流传统体制依然不过是表面现象，背后的潜在原因应该是图书行业的预期获益降低，相比之下不如仕途更具诱惑性。于小说界而言，此时正值低潮时期，精英人才的流失无疑会对小说的发展带来不利影响，甚至让人联想到中国小说现代进程的延缓也与此不无关系。而民初小说界主要为二三流文人所把持，似乎更是为晚清人才的流失提供了佐证。

投身革命，这是晚清小说家的又一人生选择。向往民主革命的小说家，大多都对小说改良社会抱有一定的期望并为此积极践行。然而，宣统朝前后的小说界无疑让这种理念寸步难行——不仅没有达到预期效果，小说界的发展现状反而让他们倍感愤慨：

> 列为看官，我今日实在不情愿再做说部了。不但我自己不情愿再做说部，并且还要普告同人似这般纸上谈兵、毫无实际的文字，大家都可以少要灾铅祸椠。我们所做的说部，无非是社会呀，言情呀，侦探呀，这几种最居多数。……咳，我们小说家成日价想改良风俗，贡献国民的思想，原来效果不过如此。难道我这枝笔竟是同鸦片烟、麻雀□、大红顶、小脚鞋一样，只可供人消遣，并无一点实用的吗？②

"纸上谈兵、毫无实际的文字"，对一个真诚希望以"改良风俗，贡献国民的思想"的作家而言无疑是莫大的讽刺。因此，在革命风雨欲来的晚清之季，投身民主革命实践工作应该是不少作家的自然选择。代表人物如黄摩西，在小说林社解散后，于宣统元年（1909）加入具有革命倾向的南社，随后还为黄花岗七十二烈士撰联；南京光复后，更是兴奋地要赶去

---

① （未署名）：《著作者日少之原因》，《民吁日报》宣统元年（1909）九月十九日。
② （未署名）：《金琴荪》第一回，《长春公报》宣统二年（1910）十月二十九日。

南京参加民主革命。① 辛亥革命前后，小说家弃笔从戎更是司空见惯之事，包括小说月报社、曙报社等机构的部分编辑和作家就在上海光复之际，投身革命离开小说界。②

其二，迎合风尚。

出走是一种选择，留守更需勇气。因为作家一旦选择后者，就意味着无论在心态上还是创作上都要作出调整，以适应这个新的小说发展环境。其中，迎合风尚就是部分固守小说阵地者的无奈选择。

随着小说市场供求关系的失衡，如何争取读者成为了出版机构的首要任务，过去以出版机构、作家为主导的发展模式，也逐渐倾向了以读者为中心的发展格局。于是，读者对小说娱乐、消遣属性的天然认可，便成为了小说出版机构的行动指南，而处于"夹心层"的普通作家，若不想被淘汰出局的话，便只能在双方的"胁迫"之下作出迎合风尚的调适，故彭俞颇为无奈地感慨："强就时尚，为糊口计，糜耗精神于小说之中。"③ 王庆寿对此也是感同身受："盖著书者大都为销路起见，不得不投时所好也。"④ 不妨以小说期刊为例。创刊于小说发展低潮期，并且发展势头良好的《小说时报》和《小说月报》，走的正是娱乐、消闲路线。晚清间，《小说时报》主体作家群成员包括包天笑、陈景韩、恽铁樵、许指严、徐卓呆、周瘦鹃诸人，《小说月报》的主体作家群成员包括林纾、许指严、恽铁樵、王蕴章、徐卓呆、周瘦鹃诸人。这两大作家群中，除了陈景韩、林纾二人外，此后都成为"鸳鸯蝴蝶派"的中坚力量，其中包天笑更是被推上"鸳派"盟主的位置。故阿英干脆将《小说时报》、《小说月报》剔出晚清小说期刊阵营而将之列入民初"鸳派"作家群的自留地，若就此看来不无道理。再看单行本小说。宣统朝间，各个出版社的单行本小说出版量都在大幅度缩水，相对而言，唯有改良小说社依然保持了较好的产

---

① 时萌：《黄摩西行年与著作略考》，《常熟近代文学五家》，1995 年印刷（未标出版社），第 119、120 页。

② 商务印书馆："《东方杂志》、《法政杂志》、《教育杂志》、《小说月报》广告"，《时报》宣统三年（1911）十二月初六日。曙报馆："本社特白"，《曙报》第八十号，宣统三年（1911）十月初十日。

③ 亚东破佛（彭俞）：《竞立社小说月报·序》，《竞立社小说月报》创刊号，光绪三十三年（1907）。

④ 王庆寿：《〈地府志〉序》，葛啸侬：《地府志》，集成图书公司，光绪三十四年（1908）。

销业绩。细究发现，此间该社共出版小说 86 种，这些作品的作者除了陆士谔、陈蝶仙等几位知其名姓外，绝大多数都是生平事迹不详者。其中，陆士谔、陈蝶仙都是"鸳派"的主要成员，至于那些末流小说家，其作品更是明显倾向于娱乐、消闲，譬如《学界风流案》、《珠江艳史》、《温柔乡》、《新文章游戏》、《浪子回头》、《北京繁华梦》等等，多以风流韵事、各界秘闻、游戏文章为噱头来迎合市民阶层的消遣欲望。或许，这就是改良小说社能保持较好业绩的一大"秘诀"罢。

　　宣统朝间，小说名家吴趼人的日子亦不舒坦，他陷入困顿一事正好可以作为违逆风尚而"自食其果"的典型案例。若凭经验判断，作为知名小说家的吴氏，其小说稿酬进项定然不少，生活质量理应不错。但实际上吴氏的经济并不宽裕，这一方面归因于他放纵不羁的个性和生活习惯，"磊落不羁，滑稽玩世，酷嗜阿芙蓉，卖文钱到手辄罄，以故阮囊常羞涩也"，终致"穷困而死"。[1] 而其"卒之日，家无余财"，还是"朋旧各以赙至"[2] 为其治丧。其中，吴趼人著名的"广告门"事件就发生于此间：宣统二年（1910），吴趼人为药店老板黄楚九写了篇《还我魂灵记》，称颂保健药品艾罗补脑汁具有神奇功效，吴为此获酬三百金。该广告遂题为"大文豪南海吴趼人君肖影并墨宝"，图文并茂地被黄楚九在多家媒体广为播发[3]，为此颇受时人訾议。几个月后，吴趼人去世，还有人专门题挽联一副"百战文坛真福将，十年前死是完人"，为吴氏的"晚节不保"深感惋惜。为了澄清这次闹得沸沸扬扬的"广告门"事件，其挚友周桂笙还专门撰文为之辩护。[4] 其实，吴趼人的经济困顿不过是表面现象，作为立志不入官场而投身报界者，最终还得靠业绩谋食，故其经济困顿背后暗示的是业绩的不如人意。吴趼人的报人生涯，早在光绪三十四年（1908）《月月小说》停办之日就已结束，从而掐断了编辑方面的收入。随后的两

---

① 徐枕亚：《枕亚浪墨三集》（卷五），清华书局 1922 年版，第 7 页。

② 李葭荣：《我佛山人传》，《天铎报》宣统二年（1910）十月。

③ 最早发现《还我魂灵记》一文的是魏绍昌先生，云其载于宣统二年（1910）六月十六日（西历 7 月 22 日）的《汉口中西报》（魏绍昌《"芋香印谱"和〈还我魂灵记〉》，《齐鲁学刊》1980 年第 1 期），此后学界皆从此说。其实，《还我魂灵记》一文发表比之要早得多，据笔者目力所及，至少发现其还刊载于以下几家报刊：《时报》五月十四日，《舆论时事报》五月十六日，《新闻报》五月二十六日。

④ 周桂笙：《新庵笔记》（卷三），古今图书局 1914 年版，第 35—36 页。

年中，小说环境更加恶劣，就在其他作家都在求新思变之际，吴趼人反而热衷于商品价值不高的笔记体旧小说。此间仅有的《近十年之怪现状》、《情变》两部章回体新小说，前者亦不过是成名作《二十年目睹之怪现状》之赓续，这类小说近年早已泛滥成灾，后者所带有的民族主义的保守态度，也在西风日炽中显得颇为另类。颇具意味的是，上述小说在吴趼人生前都未及时推出单行本，① 这跟数年前吴氏小说尚未连载完，出版商便要急急推出单行本形成鲜明对比。而由此带来的直接后果是日报相对低廉的稿酬未能有效地改善吴趼人的经济困境。桐生对吴趼人最后几年的创作业绩曾作出这样的评价：

> 近代小说家，无过林琴南、李伯元、吴趼人三君。李君不幸蚤世，成书未多。吴君成书数种后，所著多雷同，颇有江郎才尽之诮。惟林先生再接再厉，成书数十部，益进不衰，堪称是中泰斗矣。②

论者对吴趼人的评论难免有些刻薄，对林纾的拔高推崇也明显露出个人之偏好，但桐生之言多少透露了吴趼人后期的小说创作是守旧有余而创新乏力，从而跟时代风尚产生了隔阂，已经不太适应当时小说的发展环境。这也进一步证明：在市场为主导，消费主义占上风的文化环境中，作家的力量其实甚为微小；而迎合时代风尚的创作大势一旦形成，作家往往就会被裹挟而下，此时作者唯一能证明自身存在价值的只有作品，而其核心标准仅仅是市场的认可程度。反之，哪怕是小说名家如吴趼人辈，一旦背离了读者的审美趣味，也可能随即陷入尴尬的困境之中。

其三，顽世心态。

面对政治昏暗，仕途无门，社会动荡，经济不振，再加上小说界低潮催生的重重生存压力，部分小说家在前途迷惘之中，开始滋生出顽世心态和末世情结。沉迷于花街柳巷，倚红偎翠，成为了不少小说家的生活选择。当然，文人的风流游冶，乃是晚清一时风气，并非始于宣统朝。例

---

① 从宣统元年（1909）至吴趼人离世这段时间，除《近十年之怪现状》载于《中外日报》、《中奢奇鬼记》载于《民吁日报》外，其余小说作品皆载于《舆论时事报》。

② 桐生：《小说丛话》，《小说月报》第二年第三期，宣统三年（1911）。

如，早前的李伯元曾被友人戏封为"花间提督"，晚清花界名伶"四大金刚"即得利于他的品题和追捧。年青才俊欧阳钜源，在小说界已崭露头角，却因经常追随李伯元游历北里，醉眠花巷，不幸染病而英年早逝，仅25岁。吴趼人也是花界常客，晚清的《同文沪报》、《采风报》等报刊便经常登载他的风流艳迹，成为时人酒后茶余之助。海上漱石生孙玉声亦是花界老将，"金粉场中，几乎天天有他的足迹"①。包天笑也自坦："我是吃花酒的，踏进时报馆第三天，狄南士就请我吃花酒。"② 或许，当时的文人大都对"才子佳人"怀有某种朦胧的憧憬，但司马、文君当垆沽酒与张、崔西厢之会毕竟是可遇而不可求，而游冶花间正可以替代性地满足这一古老情结；另一方面，洋场的消费主义文化也正好为他们提供了实现夙愿的上佳条件。于是，花界历练似乎成了晚清小说家的"必修课"，圈内人张静庐就不无揶揄地揭秘云：那些喜欢吟风弄月的鸳鸯蝴蝶派"名作家"们，"一定要有'风流'，才可以称为'才子'，一定要进出娼门，才配得起为'洋场才子'"。③ 虽然这里说的是"鸳派"作家，但将之套用在风流自赏的晚清小说家身上也能大体合用——何况"鸳派"的不少作家，早在晚清之际已是艳迹斑斑、声名远播了。

还有一类文人，面对王朝末世的现实，深感绝望，自觉一身的满腹才情、满腔热情无处挥洒，倒将征战花场来慰藉自己匡扶社稷的想象。试看钟心青《新茶花》中的一个片段：

> 生在这个恶社会，还有什么做头，倒不如放浪形骸，学那扬州杜牧，或者美人性质，一片天真，不致如世上之魑魅魍魉，也未可知哩……你看自古英雄谁不好色，难道他是忘了职任么？怎么他又做出天大的事业呢？正因他爱国的心热到极处，旁溢出来，借着女色发挥一个尽致，他这个爱情一定是无论什么不可动摇的，将来移爱国家，决不折那些朝秦暮楚的人。你想想一个美人在人群中自然是最可爱的东西，然而我四万万同胞的祖国自然更可爱些了。爱美人既经竭尽我

---

① 严芙孙：《全国小说名家专集》，云轩出版部，1923 年版，第 62 页。
② 包天笑：《钏影楼回忆录续编》，香港大华出版社 1973 年版，第 47 页。
③ 张静庐：《在出版界二十年——张静庐自传》，上海杂志公司 1938 年版，第 44 页。

的爱情，爱国家岂有不竭我的爱情么？这个正比例是确切不移的，所以我说惟有真爱国的方能好色，不好色的必不是真爱国。①

钟氏曾有留日经历，自视甚高，但回国后处处碰壁，满腔愤慨。小说中这段话不啻于夫子自道：面对这个"恶社会"，"放浪形骸"倒是保持"天真"、避免与魑魅魍魉者同流合污的最好方式。那么，"放浪形骸"与国民之职任冲突吗？言者的回答是否定的。他还将爱国与爱情的关系，作了一番演绎和剖析，得出"真爱国的方能好色，不好色的必不是真爱国"这一颇为骇俗的论断。言者之推论不无牵强附会，但这种逻辑背后真正隐藏的是爱国无门、兴国无路的忿懑，无奈之下，只能通过玩世不恭的态度和方式来宣泄对现实的不满，消解满腔鼓荡的激情。

上文这部《新茶花》乃仿拟当红小说——法国小仲马的《巴黎茶花女遗事》而做，阿英先生称之为"拟旧小说"（后人亦称"翻新小说"），而"拟旧小说"最为繁盛的时期，正是宣统朝间。② 这类小说中，相当部分都是小说家们的戏谑之作，或隐或显地展露出作家主体的某种顽世心态。明代小说《西游记》，是最具戏谑色彩的古典小说之一，因此借《西游记》人物、故事为题材的"翻新小说"，也成为晚清小说家的最爱，作品多达十余部，其中过半数都出版在宣统朝间。③ 此处不妨取煮梦（李小白）的《新西游记》为例。开篇第一卷，猪八戒

---

① 钟心青：《新茶花》第五回，时中书局，宣统元年（1909）。

② 阿英先生对"拟旧小说"的定义是"袭用旧的书名与人物名，而写新的事"的小说作品（阿英：《晚清小说史》，商务印书馆1937年版，第269页）。同门王鑫曾作过专门统计，据其云，晚清间该类作品多达上百部（篇）。而"拟旧小说"出现的集中时段正是宣统朝间。

③ 据笔者目力所及，直接取名"《西游记》"的小说就有9部：《二十世纪西游记》（未署名，《大陆报》，1904），《新西游记》（冷，《时报》1906—1908，1909出单行本），《西游记补遗》（一名《妖怪斗法》，未署名，《申报》，1908），《无理取闹之西游记》（我佛山人，《月月小说》，1908，1909收入单行本出版），《也是西游记》（陆士谔，《华商联合报》，1909），《新西游记》（静啸斋主人，小说进步社版，1909，按：此即《西游补》），《改良西游记》（未署名，海左书局版，1909），《新西游记》（煮梦，改良小说社版，1909）、《抖乱西游》（一名《佛国立宪》，天许生，《申报》1911）。另外，以《西游记》中个别人物或故事片段为题材演绎的小说就更多了，如《猪八戒》（迅雷，《申报》，1910）、《猪八戒》（冷，《时报》，1911）、《猪八戒之立宪谈》（腰叟，《神州日报》，1911）等等，不一一列举。

变身女学生，混入女学堂，跟女学生同宿同眠，胡闹了一番；随后，师徒四人进入江东学堂学英文，更是闹出了不少笑话。小说在嬉笑怒骂间，将新式学堂的混乱不堪作了淋漓尽致地呈现，演绎了一出"学堂现形记"。此后诸卷，猪八戒或变身官员，或变身警员，或变身留学生，或变身嫖客，或变身妓女，以不同角色、身份分别敷演了"官场现形记"、"教习现形记"、"选举现形记"、"警察现形记"、"嫖客现形记"、"青楼现形记"，[①] 对社会的各个龌龊面作了一一展示，不禁让读者油然而生幻灭之感，顿觉整个社会不啻于一场盛大的闹剧。在这里，李氏凭借一支生花之笔将《西游记》中的戏谑色彩和顽世精神进行了发挥、放大，而作家主体的顽世主义精神也由此显露出来。《〈新西游记〉自叙》中，李氏自白云："比者入世渐深，阅历渐裕，人世间一切鬼蜮魍魉之情状，日触吾目而怵吾心，吾愤吾恨，吾欲号天而无声，欲痛哭而无泪。"在这种极端愤世嫉俗却又无法排解的心境之下，"乃爽然返、哑然笑，抽笔而著《新西游记》"：

> 盖嬉笑怒骂以玩世者也。然而吾非嬉笑怒骂以以玩世也，吾盖借嬉笑怒骂以行吾消遣之法者也。抑吾思之：今日我骂人，他日人亦必将骂我。然而无伤也。今日我骂人固一消遣法，他日人骂我，而我乃俯首帖耳以受其骂，亦一消遣法也。

作者反复强调，要将"玩世"、"消遣"与小说创作统一起来，将之作为驱散现实生活"无聊赖"之法宝。[②] 一定意义而言，这正是底层文人极端"愤世"之下，由压抑催生出来的一种"顽世"心态。

宣统朝间，像李氏这样在"欲号天而无声，欲痛哭而无泪"之际，干脆选择以顽世方式面对现实世界者并非个案，而是具有相当大的普遍性，例如《傀儡魂》、《马屁世界》等作品便是以荒诞手法呈现了一个荒

---

① 一琴一剑斋主：《〈新西游记〉评话》，煮梦（李小白）：《新西游记》，改良小说社，宣统二年（1910）。

② 以上引文皆见煮梦（李小白）：《〈新西游记〉自叙》，《新西游记》，改良小说社，宣统元年（1909）。按：该小说出版时间，第一卷标"宣统二年二月初版"，其余各卷标"宣统元年冬月初版"。今按较早的为准。

诞世界，作家主体的顽世心态在字里行间展露无遗。另如《新天地》的作者"书带子"，也是其中的一个典型。从作品看，"书带子"对清朝政权玩弄立宪来欺骗国人的伎俩，早已不以为然；同时，对革命党之革命运动和维新党之改良运动也不抱太大希望——作者陷入了虚无主义的幻灭之中，世间的一切似乎都无所谓希望与否。小说开篇交代了写作背景："如今我们中国世界，是要把四千余年专制政体的旧世界，渐渐改造立宪国新世界。"作品明显是直指当下，但作者却将整个故事设置在虚幻的天地鬼神之间。无论是高居天宫的玉皇天神，还是统治地狱的阎王小鬼，都是些昏庸无耻之徒；革命派也罢，维新派也罢，到头来都是欺人之谈。在作者看来，整个天地之间的你争我夺，终究不过是一场闹剧，包括小说自身存在的意义，也仅仅在于"供诸君茶前酒后，消遣余间，亦足助笑"罢了，嬉笑怒骂，真真假假，"做小说的不过想当然耳"。① 而《时报》的附刊"滑稽时报"，更是直接以"滑稽"出之，其压轴小说《倒乱千秋》打破时空界限，故意进行错乱倒置，将古今中外的各类历史人物杂糅一处，运用游戏之笔讽喻当下的现实政治和世态人情，以顽世方式来对抗无处不在的荒诞和压抑。②

其四，无良行径。

一方面，小说被视为"小说家言"，"街谈巷语"、"道听途说"，言下之意不可轻信；但另一方面，小说有时又被作为"补正史之不足"，兼有了"史"之价值。因而，小说具有可真可假、亦真亦假的特殊文宣功能。典型如晚清的《官场现形记》、《二十年目睹之怪现状》、《孽海花》等官场谴责小说，因为其暗合实事，不由得不引起读者"对号入座"的联想。据说慈禧太后还拿《官场现形记》"按图索骥"法办了一批贪官，结果让官场中人对小说家颇有些"诚惶诚恐"，敬而远之。③ 《孽海花》出版后，更有好事者专门为其编制了所谓的"《孽海花》人物索隐表"④，

---

① 书带子：《新天地》第一章，集文书局出版，宣统二年（1910）。

② 《时报》附刊《滑稽时报》于宣统三年（1911）正月三十日创设，并于此日开始连载长篇小说《倒乱千秋》，作者署"无知少年"，又署"无知"，其间连载时有中断。

③ 颉刚（顾颉刚）：《〈官场现形记〉之作者》，《小说月报》第十五卷第六期，1924年。

④ 为《孽海花》人物作索隐者，较早的是狄平子的《小说新语》（《小说时报》第九期，宣统三年），随后有冒鹤亭的《〈孽海花〉闲话》、纪果庵的《〈孽海花〉人物漫谈》等。

书中影射何人何事已是一目了然。郁闻尧的《医界现形记》首版印出来还未正式上市，便被闻讯赶来的某公"谓其于某医有碍"，将首印之书悉数购去雪藏。[①] 这倒启发了当时的一些文人，开始借小说之名行揭人阴私之实，达到某些个人目的：或是以此作为吸引读者的噱头，如《女界怪现状》（一名《女嫖客》），推介文案故意强调云："著者存心忠厚，凡书匿男女名姓，用谐音庾词之例，概从隐约。阅者即或猜着，祈勿宣布，庶不负作者一片苦心也。"[②] 采取"此地无银三百两"的策略来逗引读者的"窥私欲"；或者以此发泄个人私愤，如《乌龟生涯》（又名《龟生涯》、《乌龟变相》）的卷终提到，唐尧臣见楼四跟萧和关结了婚，不禁"醋兴勃勃，酸气冲天"，而他首先想到的报复手段，竟然就是"想把他们的事情请人撰一部小说，发泄发泄这口儿愤气"；[③] 更有甚者，以此要挟当事人来谋取钱财，此时小说便成了无良文人敲诈勒索的私器。特别是宣统朝前后，一方面，时局混乱，经济困顿，小说市场竞争惨烈，对一些末流文人而言，正正当当地通过撰写小说来赚取稿酬已非易事，另一方面，受了纸醉金迷的"洋场文化"的影响，加上小说界鱼龙混杂缺乏规范，一些文人遂滋生出了利用小说生财牟利的念头，其无良行径在当时的小说作品中多有反映。如"百业公"所著的《商界现形记》中，贴身大少金印曾向三姨太太介绍云：

> 可恶得很，上海报馆里的访事，竟是顺风耳千里眼，一个不经心吃他们访去了，登在报上，又是一条好新闻。还有一种更可恶的，好算得报馆的别派，叫什么小说社、小说进步社哩、改良小说社哩、新新小说社、醒世小说社，专一调访许多奇形怪状的事迹，编出小说来。这不比新闻纸上的新闻哩，不过寥寥几句，而还且不负隐恶扬善

---

① 儒林医隐（郁闻尧）：《医界镜·小引》，同源祥书庄，光绪三十四年（1908）。相关情况请参见本章第二节文末之"附文"《陆士谔著作考辨及其他》。

② 大声小说社："新出小说《女界怪现状》"启，《神州日报》宣统三年（1911）八月二十九日。

③ 梦天生：《乌龟生涯》第十六回，新华小说社，宣统元年（1909）。另，志希（罗家伦）在《今日中国之小说界》（《新潮》第一卷第一号，1919）中，也已注意到了相关问题："这一种风气，在前清末年已经有一点萌蘖。"

的宗旨。若是和个人名誉攸关的所在，就不过以某省、某县、某甲、某乙等字样代之。若竟编进了小说书上去，那更不得了哩。虽不肯把真的名姓写出来，然而终竟和真名的姓上脱不了的关系。譬如：草头黄改做三划王、走肖赵改换曲日曹、人可何改做口天吴。或是古月胡、耳东改做奠耳、双林改做马出角。至于名字上更是花样翻新，层出不穷。或作谐音、或作对偶、诗建射覆、异样巧思，使得人看了，明明是某事，说的是某人呀，更是装花设叶，添枝补梗。记得哪一个小说社里头，剪了哪一张日报上的一条新闻，不过四五十字，演成一本三万多字的小说，据说编辑这么样小说的，是那个鸡皮三少最多。①

这里的"鸡皮三少"就是当时专靠编"某某秘密史"之类小说吃饭的文人。若被这样的文人缠上，自然不会有什么好事。接下来是金印与三姨太太探讨对策，想办法摆平这个"鸡皮三少"：

> 金印道：现在听说他（鸡皮三少）专一的编这种小说。我们闹不得一点话柄出来，吃那访事的访了。去登一条新闻还不怕什么，编起小说来，倒不是《官场秘密史》绝好的材料吗？
> 三姨太太道：既然你和鸡皮三少认得的，宁可写一封信，或者办几种礼物，先安排妥贴了，这根子怕不放心了吗？
> 金印道：不行。这时间他倒想不着，写一封信去反而提头了。他只怕第九集《官场秘密史》里头就要提及了。②

若说"鸡皮三少"还是"被动受贿"的话，那么陆士谔《新上海》中的贾敏士，就是一个"主动出击"的无良文人了：

> 还记得有个报馆主笔贾敏士，想敲他们的竹杠，在各小报上，登了一个告白，说编撰一部小说，书名就叫《女总会》，把总会里人名

---

① 百业公：《商界现形记》第十三回，商业会社，宣统三年（1911）。
② 同上。

某姓某名、来踪去迹，调查得怎样仔细，现已付印，不日出版等语。
其实他何尝撰过一个字，就不过撰了这段告白是了。①

　　这里完整地展示了无良文人如何利用小说进行敲诈勒索的过程：贾敏
士扬言要编小说来暴露总会的"秘密史"，并且已经登出告白，造成舆论
压力，以此达到敲竹杠的目的。一般而言，小说所载内容不便作史料直接
使用，但陆士谔的小说似乎有些特殊。据其所言，"在下这部《新上海》，
自己信得过，没一字虚设，没一句虚言，下笔时千斟万酌，调查详细，博
访再三，盖欲把此书成一部信史，以备在上者探风问俗，不仅为魑魅魍魉
写照已也"②。其友人也说他"你倒会得取巧，拿朋友来做小说资料"，
"只是太质无文了"，陆氏回复道："我又不是词章家，会得铺张扬厉，一
分形容作十分，只好老老实实，有一字写一字，有一句写一句。"③ 因此，
陆氏小说中所叙之事，相信大体上皆有所本。④ 更重要的是，按小说反映
现实这一基本的文学理论，若是多部小说作品中频繁出现同一人物类型或
相似事件，那么就不再是某一个案而往往是一种现象的存在，具有一定的
普世意义了。由此看来，晚清期间一些文人利用小说达到某些非正当目的
应该是一个客观存在的事实，而本章开篇提到的张春帆的那段糗事，正可
作为征信的又一条佐证。
　　晚清部分文人借小说之名行无良之实，不仅会让社会大众对小说
作家群体本已不太好的印象变得更为糟糕，更重要的是这样的小说创
作已完全背离了艺术初衷，败坏了世人的审美趣味，从而将小说的发
展引入异途。遗憾的是，封建王朝的覆灭并没能消除此等"余毒"，
民元后更有变本加厉之势——谁又能撇清大行其道的"黑幕小说"与

---

① 陆士谔：《绘图新上海》第三十七回，改良小说社，宣统二年（1910）。
② 同上书，第十回。
③ 同上书，第六十回。
④ 陈大康先生曾对陆士谔小说中提到的书价情况做过一番考证，得出如下结论："他笔
下关于小说的种种叙述实为当时人所作的记录，是相当可信的。"（陈大康：《论晚清小说的书
价》，《华东师范大学学报》2005 年第 4 期）这也是陆氏小说内容具有"史"价值的又一
证据。

此毫无干系?①

第二节　典型个案:"小说大家"陆士谔

挺有意思,"小说大家"乃是陆士谔认可的自我评价,因为这个称号出自他本人自创、自编的《女界风流史》之书内告白②。相似的评定还常见于他的作品之中,如"陆士谔是中国的大小说家",其小说"风行全国,名满亚洲"等。③ 既然陆士谔本人都自诩如此,爱妻李友琴当然就更不吝盛赞之辞了,"云翔(按,陆士谔字)在小说界推倒群侪,独标巨帜"④,"其魄力真有大过人者,而岂今世小说家所可同日语哉"⑤。不可否认,对陆氏的这种溢美之辞,当然有营销策略的考虑,不可太过当真——毕竟晚清小说界卧虎藏龙,年轻的陆士谔尚够不上顶尖的角色,但亦不可对之轻率施以嘲讪,因为陆士谔的确是一位值得关注的小说界新秀。略而言之,其看点主要有以下几个方面:

其一,从作品数量看。陆士谔创作的高峰时期正是小说界低迷的宣统朝前后,此间许多作家纷纷减产(如林纾)或另寻出路(如曾朴),陆士谔却毅然进入小说界,并且在竞争激烈的小说界中逆市上扬,取得骄人成绩。就数量言,年均推出作品近十部,跟小说生产大户陈景韩、包天笑不相上下。不过陈、包二人此时期的作品以翻译为主,并以短篇小说居多,陆氏作品则几乎都出自原创,且以长篇小说为主,仅此一项就当对之刮目

---

① 志希(罗家伦)在《今日中国之小说界》(《新潮》第一卷第一号,1919年)中云:"推求近来黑幕小说派发达的原因,有最重要的两个。第一是因为近十几年来政局不好,官僚异常腐败。一般恨他们的人,故意把他们的生活,他们的家庭,描写得淋漓尽致,以舒作者心中的愤懑。当年的《孽海花》一类的小说是这类的代表,不过还略好一点,不同近日的黑幕小说的胡闹罢了!"

② 大声小说社:"大声小说社缘起"告白,陆士谔:《女界风流史》,大声小说社宣统三年(1911)。其文有云:"爱特纠资创设大声小说社,延请小说大家青浦陆士谔先生为总编辑员,分聘名流,共襄撰述,陆续出版,以飨邦人。"

③ 陆士谔:《孽海花续编》第五十六回,启新图书局1912年版。

④ 李友琴:《〈绘图新上海〉序》,陆士谔:《绘图新上海》,改良小说社,宣统元年(1909)。

⑤ 李友琴:《〈绘图新上海〉终评》,陆士谔:《绘图新上海》,改良小说社,宣统元年(1909)。

相待。

其二，从作品质量看。晚清名气最盛的"四大谴责小说家"宣统间依然坚持创作的仅剩吴趼人，而吴氏名气虽大，但实际上已经名不副其实——相对保守的小说思想，热衷于篇幅短小的笔记体小说，这在一定程度上限制了吴氏的艺术创造力，甚至跟时代精神亦不无脱节。当时一些不客气的评论者，就曾对吴趼人此间的表现颇有微言："吴君成书数种后，所著多雷同，颇有江郎才尽之消。"① 相对而言，陆士谔天马行空的想象、虚实相生的艺术构造和亦庄亦谐的语言风格，令人耳目一新，给当时沉闷的小说界带来了一份难得的惊喜。

其三，从小说从业经历看。吴趼人出道较早，属前辈级人物，有着经年累积的人气，名气自然是最大；陈景韩、包天笑也比陆士谔出道稍早，加上他们都身为报人，拥有普通作家所不具备的资源优势和诸多便利，② 属于真正的圈内人，大众对其自然是耳熟能详。相对而言，陆士谔的小说生涯则具有一定的传奇性。据陈年希先生考证，陆士谔出生于普通读书人家，外祖父徐山涛乃一方名医，有此家学渊源，加以名医唐纯斋的悉心教导，陆氏终于学有所成。③ 随后，陆氏悬壶济世一生，并以医术享誉一时。可以说，以医道行世，才是陆士谔真正的主业和安身立命之所在，④ 闯入小说界倒是缘于一定的偶然性。而他的这种小说从业经历，在民初小说家中具有相当大的代表性，比如恽铁樵、施济群亦是一时名医；毕倚虹出身律师，一度主持律师事务所；天虚我生（陈蝶仙）乃实业家，风靡一时的无敌牙粉、荷兰水（汽水）等都是其麾下公司的知名产品……这类作家，往往以"玩票"方式进行小说创作，孰知无意间竟开辟出了一片新天地，陆士谔便是当中较为成功的始作俑者，堪称此类作家的典型。

---

① 俍生：《小说丛话》，《小说月报》第二年第三期，宣统三年（1911）。

② 陈景韩、包天笑参与编辑的报刊有《新新小说》、《月月小说》、《小说时报》以及《时报》小说栏（后扩为附刊"滑稽时报"）等，并加盟有正书局，他们在晚清小说界相当活跃。目前没有资料显示陆士谔在晚清间参与过报刊编辑，他倒是曾加盟过一家小说出版社——大声小说社，不过该社直到宣统三年（1911）五月才成立，此时陆士谔早已声名鹊起，而且该社在整个晚清间总共才出版过两部小说。

③ 陈年希：《陆士谔家世、生平及著述新考》，《明清小说研究》1989 年第 4 期。

④ 在陆士谔编纂的《云间珠溪陆氏谱牒》中，陆氏在自我评介时，也是将行医作为自己的首要业绩。见陆守先、陆纯熙纂修：《云间珠溪陆氏谱牒》卷七，1926 年石印本。

在晚清小说陷入低潮之际，似乎一夜之间，此前默默无闻的陆郎中迅速为读者所熟知，作品风靡一时，其友人曾这样描绘时人对陆氏小说的热捧：

> 每稿甫脱手，而书贾已争相罗致。盖印行君书者，莫不利市三倍，故争之惟恐或失也。①

友人之言难免过誉，不过陆氏小说一版再版倒是事实，他也俨然有了"大小说家"之风范，② 成为了晚清小说界的一支新锐力量。综合上述，既特别又具时代代表性的陆士谔及其作品，可视为彼时小说界的一个特殊"现象"，为我们观察低潮期的作家群像提供了一个鲜活有趣的典型通道。

一

陆士谔（1879—1944）③，名守先，字云翔，号士谔，④ 别署云间龙⑤、沁梅子等。生于江苏省松江府青浦县朱街阁镇（今属上海市）。早年师从名医唐纯斋，年十四出师，随后到上海谋生，最初并非挂牌行医，而是做"典当学徒，不久辞退归里"。⑥ 回居青浦间，陆氏正式悬壶济世，打算积累行医经验，谁知"生意清淡，真是门可罗雀"，但收之桑榆的是让他反而有空暇时间研读医书和"阅览小说，以遣永日"，⑦ 为此后成为

---

① 江剑秋：《鬼国史序》，陆士谔《绘图鬼国史》（一名《新鬼话连篇》），改良小说社，光绪三十四年（1908）。

② 例如，宣统元年（1909）年底初版的《绘图新上海》，此后两年间就已经重版了三次，在宣统三年（1911）第三版的封底告白中，陆士谔已被当作"大小说家"向读者隆重推介。

③ 陆士谔的生年参考陈年希先生的《〈陆士谔生平及著述年表〉正误、辨析及补遗》（明清小说研究 2001 年第 3 期）。

④ 陆守先、陆纯熙纂修：《云间珠溪陆氏谱牒》卷七，1926 年石印本。

⑤ 陆士谔别署"云间龙"，依据的是陈年希先生的考证成果。见陈年希《陆士谔家世、生平及著述新考》，《明清小说研究》1989 年第 4 期。

⑥ 上海市青浦县县志编纂委员会编：《青浦县志》，上海人民出版社 1990 年版，第 786 页。

⑦ 郑逸梅：《陆士谔行医趣闻》，《艺坛百影》，中州书画社 1982 年版，第 132 页。

"稗史风人，医经济世"① 的双料人才打下伏笔。不久，军阀内讧，青浦遭乱，家园被毁，年方二十的陆士谔只好"再到上海"谋生，② 并开始居沪行医。不难想象，在竞争激烈的上海滩，对既无人脉也无名气的年轻陆士谔，生道只会愈加艰难。四年后，"小说界革命"启动，新小说逐渐大热，阅读小说成为一时风尚，嗅到商机的陆士谔便乘势开办了一家"小说贳阅社"，以出租小说博取贳金补贴家用。关于陆氏"小说贳阅社"的情况，目前资料不多，但孟兆臣先生辑到的一则丁慕琴的回忆材料颇有价值，现摘录如下：

> 我认识陆士谔先生至早，不是在他治小说有声文坛时候，也不是在他悬壶济世名重杏林之后，乃在清季末年。我开始和他认识了，他那时人很清瘦，并不像晚年那样痴肥，境况似并不优裕，所以我每次见到他，总是穿了一件褪色的玄色羽毛纱长衫。擅口才，好高谈阔论，一口青浦话，说话时指手画脚，书腐腾腾。当时我知道他能治稗官家言，所以深深的印入我的脑际，至今未泯。至于我们俩发生关系的经过，说来也可笑。原来那时我在典肆当一学徒，月规所入，只制钱240文。因为幼年失学，对于读书，感到特别兴趣，《四书五经》当然看不懂，只有先择家传户诵的什么《珍珠塔》、《三笑》、《玉蜻蜓》等弹词小说入手，后取《小五义》、《七侠五义》、《三国演义》等白话小说浏览，等渐渐的看得懂了，旁及新出版的新小说，但是我每月所入甚微，实无购阅力量。
>
> 有一天，见报纸有小说贳阅社的广告，称备有很丰富的小说，普通出租于人阅读，取值百抽十的代价，按期派人接送调换。这时我正感到不能出门的痛苦，看到该社租费甚廉，又能按期上门调换，有此百利而无一弊的阅书机会，岂肯交臂失之，就写了封信去，要他们派人来接洽。信去两天，果然在一个下午，有位穿了褪色玄羽纱长衫文士模样的人，手携一大皮包，自言来自小说贳阅社

---

① 郑逸梅：《陆士谔行医趣闻》，《艺坛百影》，中州书画社1982年版，第134页。

② 陆士谔：《绘图新上海》第三十回，改良小说社，宣统元年（1909）。文中有云："这部书名叫《新上海》，在下十四岁到上海，十七岁回青浦，二十岁再到上海，到如今又是十多年了。以资格而论，不可为不老。"

的，我遂知道此人是替我携精神食粮的来了，就喜不自胜。他站在高柜外面，和我作第一次的交易，当下互通姓名，知他是陆士谔。以后继续不断租阅了有一二年光景，又知道小说赁阅社就是他个人办的。①

丁慕琴乃民国时期的知名画师，曾为多家小说报刊设计插画，跟小说界人士亦时有酬唱雅集，对圈内之事相当熟稔。从丁、陆二人的交往情况看，文中所叙史实相当可信。此外，陆士谔的《新上海》中也提到关于"小说赁阅社"的一些情况，可为互证。为便于两则材料作比对，故不厌其长引录如下：

> 魏赞菅道："这消遣法果然很好，瞧书又是我最喜欢的。但现在的新小说定价很贵，兄弟前天在商务印书馆买上一部《红礁画桨录》，薄薄的，只有两本，倒要大洋八角呢，瞧不上一天就完了。兄弟现在光景比不得从前，那有这许多钱来买书瞧。"雨香道："新小说有租阅的地方。租价很是便宜，只取得十成之一。听说是一个某志士创办的。这某志士开办这个赁阅社，专为输灌新智、节省浮费起见。"魏赞菅道："那呢好极了。不知开在什么地方，怎样租法的？"雨香道："这招牌儿叫作'小说赁阅社'，就开在英界白克路祥康里七百九十八号。他的章程很是便利，你要瞧什么书，只要从邮政局里寄一封信去，把地址开写明白，他就会照你所开的地方，立刻派社员递送过来听你拣选，以一礼拜为期。到了一礼拜，他自有人前来收的。你只要花一成的赁费，瞧一块钱的书只要花掉一角钱就够了，又不要你奔波跋涉，你想便利不便利？我们号里已赁阅了四五年了，好在这小说赁阅社里各种小说都全，今日新出版的，不到明日他已有了。"魏赞菅道："那呢很好。"遂在身边取出自由册，把"小说赁阅社开在英界白克路祥康里七百九十八

---

① 丁慕琴：《四十年艺坛回顾录·出租小说的始创者》，原载《东方日报》（民国间，具体日期未详），此处转载自孟兆臣：《中国近代小报史》，社会科学文献出版社2005年版，第18页。

号"几个字记上了。①

文中提到的《红礁画桨录》确实由商务印书馆出版，收入该馆著名品牌"说部丛书"系列，上下两册，标价为大洋八角，言者所论情况完全属实。"小说贳阅社"的招牌不仅跟丁慕琴的回忆一字不差，而且社址所在地"英界白克路祥康里"，恰好就是陆士谔在《六路财神》中提到的自家寓所地址。② 再比对租书方式、租金等其他相关信息，也都基本跟丁文所云相吻合。本章第一节已有论证，陆士谔的《新上海》具有一定的"信史"价值，在一定范围内可作辅证史料使用。由此可以大致作出推断，《新上海》中提到的"小说贳阅社"，应该就本自陆士谔自己经营的那家租书店。整合这两则材料，可获得以下一些重要信息：其一，陆士谔当时的境况并不优裕，所经营的小说贳阅社，自己既当老板亦兼店员，而且店面就设在自家住所，规模应该不会很大，租金甚廉，奔波跋涉甚为辛苦，可能是"收入尚还不差"③，故该店维持了数年光景。这段艰辛的经营经历，对陆士谔此后的小说创作不无影响（后文详述）。其二，店面虽小，但小说种类倒是颇丰富、新书上架也快，这对嗜读稗官野史的陆士谔而言，正可满足个人所好，并为此后的小说创作做了必要的知识储备。

光绪三十二年（1906）前后，陆士谔开始涉足小说创作。其试水之作为《滔天浪》，虽标为"历史小说"，但"纪实性较弱"④，就连他本人也不甚满意，觉得该作不过是"凭自己高兴，张长李短的混说"⑤。随后出版的《精禽填海记》，以明末清初历史为蓝本，或许是书涉本朝，因此"断不敢恣弄笔墨有诬古人。故凡写一事，记一言，莫不旁稽博考，力求无误，非如前次所撰的《滔天浪》"⑥。这两部小说成为陆士谔进军小说界

---

① 陆士谔：《绘图新上海》第九回，改良小说社，宣统元年（1909）。

② 陆士谔：《绘图六路财神》，改良小说社，宣统二年（1910）。其篇首"楔子"有云："我坐着人力车，回到白克路寓所。"

③ 郑逸梅：《民国旧派小说名家小史·陆士谔》，见魏绍昌编：《鸳鸯蝴蝶派研究资料》（上卷史料部分），上海文艺出版社1984年版，第574页。

④ 阿英：《晚清小说史》，商务印书馆1937年版，第249页。

⑤ 沁梅子（陆士谔）：《精禽填海记》第一回，愈愚书社，光绪三十二年（1906）。

⑥ 同上。

的初步尝试，由此获得的有益经验，在其后的小说创作中逐渐得以体现。此后，陆氏一发不可收拾，新作频频面世，甚至在晚清小说发展的低潮期——宣统朝间，他的小说创作无论是数量还是质量都有不俗表现，并达到了个人创作生涯的历史顶峰。

那么，清季间陆士谔到底发表了多少作品？宣统三年（1911）正月，第三版《绘图新上海》封底广告云陆士谔"著书不下五十种"①，遗憾的是此文仅仅列出了小说书名十一种，未能概览全貌。在《孽海花续编》中，陆士谔曾借人物之口叙述云："陆士谔是中国的大小说家，编有小说六七十种。"②《孽海花续编》出版于西历 1912 年 9 月，去清朝终结仅仅半年，此时作出的统计应该较为完备，数据也比较可靠，只是"小说六七十种"依然只是个概数，具体多少还是难得其详。此后，学界对此问题的说法诸多，并无一致意见。最新成果是田若虹的《陆士谔小说年表》③，详细列出了陆士谔清季间的作品计 50 种。这是目前所见最全的一份书目，但其中的一些作品如《医界镜》、《最近女界秘密史》、《最近官场秘密史》，据笔者考证并非陆士谔所创，另有部分作品也值得商榷（详见本节文末所附之"陆士谔著作考辨及其他"）。因此，限于资料缺乏，陆士谔清季间的作品尚无确切数字，保守估计总数应该在 60 种左右。即便如此，这一数量依然是相当惊人，要知道，年均近 9 部的中长篇自撰作品，仅此一项纪录在同时期的小说家中已不多见，而且这些小说并非都是滥竽充数之作，部分作品如《新上海》、《新三国》、《新中国》等，在质量上可谓是可圈可点。李友琴评陆士谔云："岂今世小说家所可同日语哉？"④ 若依此观之，还真是并非全部出于爱屋及乌的恭维之语。

<hr />

① 改良小说社："大小说家陆士谔先生健著十一种"告白，陆士谔：《绘图新上海》，改良小说社，宣统元年（1909）。

② 陆士谔：《孽海花续编》第五十六回，启新图书局 1912 年版。

③ 田若虹：《陆士谔小说考证》，上海三联出版社 2005 年版，第 389—393 页。

④ 李友琴：《〈绘图新上海〉终评》，陆士谔：《绘图新上海》，改良小说社，宣统元年（1909）。

二

　　陆士谔既是治病救人的郎中，也是心存济世救国的下层文人。对病入膏肓的大清帝国，陆士谔凭借一支秃笔，痛揭伤疤，把脉探源，于嬉笑怒骂间试着开出一副副疗救的药方，即使其疗效并不理想。从其作品看，虽居江湖之远，但身卑不忘国忧，政治问题既是陆士谔小说最为常见的题材，也是其瑰丽想象的重要源泉。因此，要了解陆士谔及其作品，作者的政治理念是一个无法回避的问题，同时也是剖析"陆士谔现象"的一把钥匙。

　　在晚清巨变的时代背景之下，陆士谔的政治理念随着形势的变迁，经历了一个前后转变的过程，形成了一种既具普世性亦具特殊性的政治观。

　　辛亥革命爆发前，陆士谔对种族革命持有一种朦胧的向往。这不奇怪，"兴汉排满"似乎是有清一代汉文人的普遍情结，陆士谔亦概莫能外。特别是晚清之际，清王朝的颓势愈加明显，腐败丛生，民生维艰，随着革命党风渐起，要求种族革命的呼声亦日见高涨。其中，呼声最大、手段最为激烈的自然是革命党，而下层文人对革命党又多持一种同情甚至激赏的态度，"彼革命党人岂好为危难残暴之举哉？逼于饥寒，不得已而出此耳"①　——此言虽出自《新三国》中的司马懿，但或许道出了下层文人对革命党的普遍看法。陆士谔对种族革命的复杂态度，正集中体现于这部《新三国》。小说一开篇，陆士谔就直接亮出了小说的三大题旨，最后一条即是"重兴汉室，吐露历史上万古不平之气"②　明显是借古喻今，宣扬"兴汉排满"主题。作者还颇花心思地塑造了一个革命党形象——管宁。管宁作为抗魏义士，光明磊落，勇毅坚定，不为名利所动，精心组建革命党，以暗杀等激烈手段实现灭魏兴汉的目标。不过，陆士谔对革命党们实现"兴汉"大业并无信心。从外部看，管宁的革命党往往被当成争权夺利的工具，例如司马懿、司马昭父子，就是利用革命党争乘势大权独握。老奸巨猾的司马懿曾对其子云：

---

　　① 陆士谔：《新三国》第六回，改良小说社，宣统元年（1909）。
　　② 同上书，第一回。

我父子所以得掌大权者，正因国家多故，朝廷乏人办理各事之缘故；若一旦国乱平靖，我们的大权恐要也保不住了。老实说，像管宁这样的人，都在为父的手掌之中，要他生便生，要他死便死。他现下的猖獗，是我故意纵他的，不然就有一百个也灭掉多时了，还等到此刻么？①

不仅魏国内部实权派利用革命党谋取个人利益，连敌国东吴，也拿此大做文章。周瑜就向孙权献策道：

吾却相机而动，阴扇魏之革命党，使速起事，资以军器粮饷，许以相助。设革党得志，吾既博着仗义的荣名，又可向之索酬利益；革党而败，吾又可请之魏政府，代其剿捕；设两党势力平均，相持不下，吾又可坐收渔翁之利。②

势力弱小的革命党，果然接受了眈眈虎视的东吴的资助，这在陆士谔看来，无疑蕴含着巨大的政治风险。而革命党内部，亦非铁板一块。老练的司马懿对之看得十分清楚：

那革命党中，真心为汉的，不过管宁等六七人，其余都不过图口饭，那里是真心革命？只要预备几个钱，就可以把他们的心一齐买转来了。③

当时，借革命坑蒙拐骗，哗众取宠已非鲜见，同时期的众多小说中都出现了这种假革命的人物形象。在不少时人的印象中，革命党多是些"日日提倡革命，日日不事实行"、"一若仅有口说的本领，没有实行的本领"的人，④ 他们高喊革命，却可能仅仅是为了政治投机，或不过是当成谋生

① 陆士谔：《新三国》第八回，改良小说社，宣统元年（1909）。
② 同上书，第五回。
③ 同上书，第八回。
④ 同上书，第七回。

之手段。希图这样的革命者去舍生取义，救国兴汉，恐怕只是缘木求鱼罢。因此在陆士谔看来，鱼龙混杂的革命党终究难成大业。① 有此背景就不难理解，陆士谔笔下的管宁、吉幼平（余金凤）诸人，若要说他们是民主革命者，更毋宁说是些义薄云天、为民请命的新时代侠客。而其最常使用的暗杀行刺手段，也正是传统侠客的行事风格，只不过大多数人都以取义成仁终局，少了份浪漫侠客的飘逸潇洒，多了份直面现实的悲壮。而陆士谔为革命党首管宁所设计的结局，同样颇富意味：蜀汉灭魏后，孔明召见管宁，两人"谈论政治，一见如故"，孔明对管宁之才大为赞赏，欲为之加官进爵，共谋兴汉大业，谁知管宁却婉言谢绝。

> 宁道："某志存兴汉，寤寐不忘。不甘箕子之蒙难，宁为芟叔之违天。跋涉辽东，仗剑起义，屡创屡起，迄未成就。今公幸成我志，吾愿足矣，不敢再萌他念。"力请辞去，孔明留之再三。宁笑道："若仆者，犹泰山之一土壤，沧海之一细流，得不足为益，失不足为损。"遂掉头不顾而去。孔明道："神龙见首而不见尾，其管宁之谓乎？呜乎，真高士也。"②

革命党首自比东周苌弘，将革新除弊的民主革命事业当成"违天"之举；

---

① 对革命党抱有类似的怀疑态度，并非陆士谔一人，甚至可以说在当时的下层文人中，具有很大的普遍性，这从晚清众多的小说作品中可见一斑。比如，宣统二年（1910），署名"死公"者在小说《女侦探》开篇云："革命党！革命党！升官！发财！升官发财！阿呀，这个革命党叫我往那儿去找呢？……呸！你不要上他的挡（当）。他们这种满嘴胡闹，不是真正有什么血性，什么热肠么，也不过借重'革命'两个大字，做个新党的商标，骗骗铜钱，混口饭吃吃罢哩。"（详见文末附录七《宣统朝小说编年》）。包括被学界认为是"革命小说"代表之一的《六月霜》，作者"静观子"（许俊铨）就曾借秋瑾之口云："我见了那些革命党里的人物，理都不大去理他们的。因为他们这班人，都是些能说不能行的。竟有几个连'革命'二字也解不清楚，种族的分合是更不懂得，不过随潮附流混个热闹罢了。"（静观子：《六月霜》第十一回，改良小说社，宣统三年四月出版），值得注意的是，该小说出版于辛亥革命前夕，此时被认为辛亥革命导火索的各地保路运动已经如火如荼地展开，而下层文人创作的"革命小说"中竟然还出现这种态度，无疑是颇可玩味的。另外，该小说中的秋瑾其实也被描述成一位"侠客"（鉴湖女侠），这跟陆士谔对革命派人物的定位竟然是不谋而合。或许也可以这样认为，这种"巧合"其实正体现出下层文人所共有的一种普遍心态；而陆士谔正可作窥探下层文人这种复杂心态的典型个案。

② 陆士谔：《新三国》第二十八回，改良小说社，宣统元年（1909）。

一旦大事既成，即打起退隐山林的主意，做个淡泊名利的高士；他们明明是深谙政治之道，却无更多的政治要求。这样的革命党，恐怕不是清末民初的民主革命人士，而是古代"仗剑起义"、"神龙见首而不见尾"的侠客隐士。可见，在陆士谔的眼中，革命党终究未能登上时代的最高舞台，充其量不过是兴汉大业的一支推动力量，最终成就大业者乃是孔明为首的积极推行新政的蜀汉政权，故在这个被陆士谔认为是非常完美而且取得成功的新政权中，实际上并没给革命党留下多大的位置。陆士谔的这种微妙心态，也体现在《新中国》中。小说一开篇就将写作背景定在"宣统二年正月初一日"，但就在这样的新年时节，主人公陆士谔（云翔）看到的依然是现实世界的颓唐灰暗，"心里头很是气闷"①，弥漫出一股阴郁之气，显示出陆氏对未来家国出路的忧虑。小说中，陆氏并未丝毫预感到革命党人次年会襄举大业，他只是沉浸在大清宣统四十三年（1951），已经成功施行君主立宪，国富民强，神州大地一片幸福安详的美好幻想之中。当然，这终究不过是南柯一梦，小说结局即是梦醒时分，主人公面对的依然是惨淡萧瑟的世道。

　　国家要往何处去？即使是身为下层文人的陆士谔，也并非没有思考，毕竟"天下兴亡，匹夫有责"乃是文人们秉承的传统信条，不过限于个人视野和立场，他的这种思考带有相当大的局限性甚至矛盾性。如上述，陆士谔对种族革命带有朦胧的向往，也对革命党人持有同情态度，但他之所以有此倾向，或许更多的是缘于对困顿现实的强烈不满，"我所晓得的不过是魑魅鬼蜮"，甚至是"魑魅里的魑魅，鬼蜮里的鬼蜮"②，这已成为陆士谔对当时社会的总体印象。因此，他倡导对现有秩序进行大刀阔斧的改良，以实现君主立宪制之下的国富民强。不过耐人寻味的是，对同样主张改良的维新党，陆士谔却讽刺有加。且不说其笔下的普通维新党众多以反面形象出现，就是维新党首康有为与梁启超，陆士谔也毫无好感，甚至对之挖苦连连。《十尾龟》中，陆士谔以浓墨重彩之笔描绘了维新党首人物魏企渊。有人问魏企渊为何时常言行相悖，魏回复云："我本抵是流质，今日的我与前日的我，作兴拔刀相斗。明日的我，也作兴与今日的我

---

① 陆士谔：《绘图新中国》第一回，改良小说社，宣统二年（1910）。
② 陆士谔：《最近上海秘密史》第一回，新新小说社，宣统二年（1910）。

拔刀相斗。连我自己也不晓得呢。"① 而这正是梁启超回应时人责难其
"性多流质易变"的一段著名的自我辩解。此外，魏企渊组建卫帝会（保
皇会），变法失败后仓皇逃难东洋，以及访游檀香山等等，无一不与梁启
超之经历吻合。很显然，陆氏在这里正是要通过魏企渊来影射梁启超，表
露对维新党十余年来在改革事业上收效未如人意的不满。小说中，魏企渊
被描绘成一个非常不堪的人，作者先是痛揭他的私生活，对魏企渊加以丑
化，说他"吊膀子功夫，本是一等"②，朝三暮四，却惧内如遇虎，终究
"是个色鬼，见了这许多粉白黛绿，顷刻就浑起来"③，如此等等不一而
足，可谓极尽挖苦之能事。随后，更是狠批魏企渊表面上道貌岸然，看似
一位"维新大志士"，实际上却是位"国奸民贼"，一个十足的政治投机
者。当写到具有侠客风范的梅心泉"预备一顿精拳头，要去结果他（魏
企渊）的残生性命"之时，作者再也按捺不住，跳出情节之外发表评
论云：

> 看官，这桩事情倘使真能办到，世界上少了一个坏人，社会中除
> 去一个民贼，爽爽快快，干干净净，不要说看官们愿意，就是在下编
> 书的也快活不已。④

陆氏对维新党的厌恶态度在此表露无遗。那么，既然都鼓吹革新，为何陆
士谔对康、梁为首的维新党怒目相对，有如仇雠？这主要是缘于双方对维
新变法的前提、运作方式等存在的不同理解和不同政治诉求所造成的，实
质上也体现了上层精英分子与下层文人之间在改良维新问题上的分歧。维
新党到了宣统朝间已逐渐趋向保守，胶柱鼓瑟地抱住"保皇"宗旨不放，
要以保持现有的皇族统治不变为前提，施行温和的改良。而以陆士谔为代
表的下层文人群体，他们更关注的是改良到底给国家和普通国民带来怎样
的福祉。换言之，在后者的意识中改革都应该是具体的、可感的，鉴于现
实的困顿不堪，改革应该是大刀阔斧式的一种激进的革新，而不是抽象虚

---

① 陆士谔：《十尾龟》第十九回，新新小说社，宣统三年（1911）。
② 同上。
③ 同上书，第二十回。
④ 同上。

空的承诺和细枝末节的温和调整。他们赞同施行君主立宪，不过在是否推翻现有统治，包括换不换皇帝等关键问题上，却非其关注的重点，甚至态度暧昧：不换亦可，因为君主立宪已经可以接受；当然，若是能换个汉人皇帝则更加理想，故对"种族革命"也是乐见其成。这无疑是一种带有"骑墙"意味的政治理念，既跟态度坚决的保皇党发生了分歧，也跟以推翻满清统治为旨归的革命派有所区别。有意思的是，正是这种基于下层文人立场的朴素的君主立宪理想，成为了陆士谔小说瑰丽想象的一大源泉，也是其美政思想的主体——当然，这多是以乌托邦式的幻想来呈现。

以下不妨结合作品具体言之。

陆士谔的官场、政治小说，不仅仅是暴露批判了事，他还往往忍不住天马行空地发挥想象，开出疗救的药方，乐于设计一套套的整改方案，这也是陆氏小说与"揭发伏藏、显其弊恶"[1] 为旨归的《官场现形记》、《文明小史》、《二十年目睹之怪现状》等谴责小说的一大区别。因此，《新上海》、《新水浒》、《新野叟曝言》、《新三国》、《新三国志》、《新中国》等系列小说，在"刻画魑魅，形容魍魉，穷幽极怪，披露殆尽"[2] 的同时，也成了陆士谔铺展个人政治理念的试验场，并以此构建自己的乌托邦理想国。

《新上海》以暴露大上海的魑魅魍魉为主，揭露野蛮与文明在光怪陆离的大上海的错乱转化："野蛮的人，霎时间可化为文明；文明的人，霎时间可变为野蛮。做文明事情的，就是这几个野蛮人，做野蛮事情的，也就这几个文明人。不是极文明的人，便不能做极野蛮的事。"[3] 比如，"学堂与报馆都是极文明的事业"，却往往发生极野蛮的事情。那么如何整改呢？陆士谔提出了一个颇有意思的方案——大力倡导新小说。他为此还洋洋洒洒地论证了"小说的效力远非学堂所能及"的八大理由。[4] 初看之下，难免有些夸大甚至不乏戏谑意味，不过若是通览他的作品，会发现陆士谔其实对此倒是抱以严肃态度，譬如《新三国志》、《新三国》、《新中

---

① 鲁迅：《中国小说史略》（第九卷），《鲁迅全集》，人民文学出版社 2005 年版，第 291 页。

② 陆士谔：《绘图新上海·自序》，改良小说社，宣统元年（1909）。

③ 陆士谔：《绘图新上海》第一回，改良小说社，宣统元年（1909）。

④ 同上书，第十三回。

国》等小说中，他都曾正儿八经倡导过类似的革新教育理念。

　　若说《新上海》还是零星的牛刀小试的话，那么《新水浒》的革新运动则开始尝试更大范围的铺开。梁山诸好汉在吴用的提议下成立了梁山会，仿效大宋朝廷进行维新变法。于是，众英雄各显其能，到山下经营新事业，开始了一番"绿林暴客，翻为新学伟人"①的传奇经历。蒋敬、时迁开办忠义银行，随即陷入危机；郑天寿开办尚德女学，却与妻妹纠缠不清；陶宗旺开办妓院，孙二娘开办夜花园，扈三娘开办女总会，皆生意发达；汤隆、刘唐经营铁路，博得争取路权、国权的好名声，以此骗钱亦较他人容易十倍；宋江、朱仝等开设天灾筹赈公所，既得美名，亦可发财；吴用与燕青等开办报馆，掊击时事，揭露官场，官方只得高价收买；另有张顺开办渔业公司，武松举办运动会等等，都是各尽其能，积极圈钱。除了李逵、鲁智深、关胜等少数几个人外，昔日的梁山好汉在物欲面前纷纷缴械投降，舍"义"取"利"，将维新事业当成了谋取个人或集团私益的工具。即使表面看来，众人一派文明绅士的模样，实际上都是"文明面目，强盗心肠"②。当然，这样的维新之法最终难逃失败，其效果甚至还恰得其反，越变越乱，倒把个"大好江山，变成强盗世界"③。

　　针对《新水浒》变法的失败，陆士谔又提出了一个新的"富国之方"——大力发展科学技术，于是有了科幻小说《新野叟曝言》。谈到创作缘起时，陆士谔云："只讲教民之道，不谈富国之方，把政治的根本先弄差了，哪里还会兴呢？"④这里的"富国之方"就是发展现代科技。为此，陆士谔充分发挥想象，开始进行纸上演绎。小说主人公文衱是一个主张革新的新派人物，热衷于科技发明。为解决人多物少，国民生计维艰等基本的生存问题，文衱积极运用科技来改良农业，采取开办农业实验场、节约耕地等措施，促使粮食增产；发明帆车，解决交通问题；发明百病预治法、延年补身汁，使人们健康长寿；打造飞舰，征服欧洲，并用来运送国民到金星、木星等外星球居住，如此等等。就在一切似乎都顺风顺水，乌托邦眼见成为现实之际，却突然爆发了一场大荒，人争相食。为了自

---

① 陆士谔：《新水浒》第六回，改良小说社，宣统元年（1909）。
② 同上书，第九回。
③ 同上书，第六回。
④ 陆士谔：《新野叟曝言》第一回，改良小说社，宣统元年（1909）。

救，皇帝只得派飞舰到木星搬运谷子回地球，但不幸的是所有飞舰途中与彗星相撞，全军覆灭，从此木星与地球断绝往来，中国的一切又被打回了原形。陆士谔设计这样一个悲剧结局，颇值得玩味，似乎暗喻单单指望科技富国，亦未必是万全之策。

　　无论是《新上海》、《新水浒》，还是《新野叟曝言》，注重的都是局部改革。具体言之，或许是受了"教育救国"、"实业救国"等时风的影响，故陆士谔选取的是经济基础的除弊革新作为突破点，遗憾的是经过一番演绎后得出的结论显示，这些局部的修整都无法实现富国强兵的初设目标。因此，有必要尝试更大范围的维新变法——将上层建筑和经济基础统一起来进行全面革新。那么收效又如何呢？稍早的《新三国》和稍晚的《新中国》都给出了答案。《新三国》一开端就交代了创作的宗旨之一乃是"悬设一立宪国模范"。[①]为了突出效果，陆士谔巧妙地设计了小说结构，将吴、魏、蜀三国不同的改革取向以及改革模式加以对比，最后择优选出一个理想的立宪国改革模式。小说的前半部分，主要写吴、魏两国的改革。吴国采取了一系列的改革措施，包括变官制、整顿军务、修建铁路、开办学堂等等，改革成效较为显著。而魏国在改革实施中，集团内部争权夺利，各派都想借改革之名大揽好处，以致革命党烽烟四起，民众哀声载道。改革的结果是，政治上越改越专制，经济上越改越破败。但在孔明眼中，即使是初见成效的吴国，也未必深得改革之精髓，"法有本末之殊，吴魏所行者，均新法之皮毛，虽甚美观，而无甚实效；吾国变法，须力矫此弊，应从根本上着手"。那么，何为"标"何为"本"？孔明接着解释云：

　　　　标者在夫理财、经武、择交、善邻之间，本者存乎立政、养才、风俗、人心之际。势急则不能不先治其标；势缓则可以深维其本。虽然，标不能徒立也。使本源大坏，则标无所附，虽力治之，亦必无功。所以标本之治，不可偏废。[②]

---

① 陆士谔：《新三国·开端》，改良小说社，宣统元年（1909）。

② 同上书，第十七回。

孔明清醒地意识到，政治体制的革新，才是改革之"本"，地位重要，改革难度也最大，因此往往被人们有意无意地忽略或回避；经济、军事、外交等诸方面仅仅是"标"，却往往被人们过分强调和偏重，以至于"本末倒置"。只有两者"不可偏废"，才是"标"与"本"之间的正确的辩证关系。若以此观之，无论吴、魏两国还是梁山诸人，包括新派人物文礽，所施行的革新之道，都只是抓住了"标"而未深及其"本"，改革当然就无法摆脱失败之命运。在吸取吴、魏改革的经验和教训的基础上，孔明提出了颇有创见性的"富强之本"。其中"吾国变法第一要着，须使人民与闻政治，先立上下议院"①，意即进行政体改革，设置议院，施行君主立宪制，使人民拥有参政权；其后是要大力破除迷信，兴办教育，倡导科学；还要注重发展经济，繁荣商业，紧抓军队建设，加强国际交流等等。这些"标本兼治"的改革举措，果然使得蜀国实力迅速强大，灭了魏国，收了吴国（成为蜀之保护国），完成了天下一统。此后，蜀国愈加富强，人民安居乐业，学术昌明，"立宪国之模范"终于得以确立。

　　《新三国》中的"立宪国之模范"，就当时而言无疑只是一个乌托邦理想，但陆士谔却真诚地相信这是可以实现的，并对此寄予深切的期望，故在他的《新中国》中再次对"立宪国之模范"的美好前景作了大胆勾勒。《新中国》叙写的是陆士谔梦游宣统四十三年（1951）的见闻感受，此时，立宪制已经顺利实施多年，国富民强，中国已经进入世界强国之林：外债偿清，租界收回，陆、海军力世界第一；科技发达，工商业繁荣，人人使用国货；政府廉洁高效，公务人员恪尽职守；人民生活幸福，社会安定和谐。这篇乌托邦小说，时时可见富于创造性、前瞻性的想象和描述，体现出青年陆士谔所特有的理想情怀。由此也可见出在清廷实施预备立宪背景下，陆士谔这些下层文人群体对未来国家新秩序的美好期待。

　　然而，历史进程却大出陆士谔之意料，正当他努力构建理想的君主立宪国之际，辛亥革命突然爆发了，大清皇权陷入绝境，君主立宪国之梦眼见破灭，并且这一"兴汉排满"的大业还是由此前并不被看好的革命党人来完成。不过，陆士谔并非胶柱鼓瑟之人，他很快就调整了自己的政治态度，积极拥护起民主革命事业，这就有了时事小说《血泪黄花》。该小

---

① 陆士谔：《新三国·开端》第十七回，改良小说社，宣统元年（1909）。

说出版时去辛亥革命仅约三个月，是最早正面反映此次革命的长篇小说。① 小说中的革命党富于理想，"革了命，一则是报雪旧耻，二则是改良政治"，他们"拼却自己生命专谋大众公益"，是一群"替同胞求幸福，为国家谋治安"的人。② 此时的陆士谔，对革命党有了更为深入的了解，已经接受和认同了此次民主革命事业，故小说中对革命党人的描写，已不再定位于狭隘的侠客豪情，而是民主革命者"一心为公"的家国情怀。

总体言，陆士谔只是一介文人，而且是根植下层民众的"草根文人"，对社会中的形形色色，魑魅魍魉，他有着切身的体会，也更加迫切地希望改变现状。他对政治的热情及其诉求，其实不仅仅代表的是个人，也代表了下层文人中的某个群体：一方面，他们身卑不忘国忧，希望拥有民主议政的权力，特别是在科举路绝后，力争获得公平上升的通道和机会，在国家新秩序的建设中施展个人才华、实现个人抱负；另一方面，出于自身的局限性，他们对政治大势的认识并不清晰，于是又衍生出了相对复杂甚至不无矛盾的末世心态——或是态度暧昧，或是狠批诅咒，或是失望迷惘，或是索求出路，或是耽于幻想，如此等等。由于这个群体在整个社会结构中所拥有的话语权并不大，他们的这种政治诉求和独特心态，往往只能通过非正式的途径才能得以表达和宣泄。而小说，就是这种非正式途径之一，故陆氏有云："文人胸有怀抱而又无权无勇，不得施展于世，就可借小说一泄其郁梦，而写世态之变幻，人情之难言，则较其他诗赋歌词尤为真切。"③ 陆士谔小说数量众多，这种诉求及其心态表现得也较为完整和突出，勾勒起来也较为便利；同时，由于陆氏的小说具有较为浓厚的"信史"成分，而且又比一些板滞的普通史料更为鲜活，因而独具价值，可作为管窥彼时情境下"草根文人"末世心态的特殊标本。就此而言，对陆士谔小说价值的开掘，似乎还有不少工作值得一做。

---

① 《血泪黄花》（一名《鄂州血》）十二回，题"青浦陆士谔撰"，宣统三年（1911）出版，有新小说林社和湖南演说科两个版本。另，该小说出版时间是农历十一月，曾见部分学人不慎将中西历混淆，推算小说出版去辛亥革命爆发"仅为一个月"，当误。

② 陆士谔：《血泪黄花》第一回，新小说林社，宣统三年（1911）。

③ 陆士谔：《说小说》，原载《金钢钻》报，此则材料转引自田若虹：《陆士谔小说考论》，上海三联书店 2005 年版，第 186 页。

三

　　构建政治乌托邦，是陆士谔"蹈空"文学创作策略的漂亮演绎，体现了陆氏丰富的想象力和难能可贵的理想主义情怀。不过，这仅仅是陆士谔的一个侧面，作为一位普通的"草根文人"，他注重"实理"的文学生存策略，同样引人瞩目。① 前者使陆士谔充满激情，成为小说创作不竭的艺术动力；后者则让陆士谔关注文学与现实的关系，关照小说市场和读者的审美趣味，从而成功获取个人小说事业的生存基础和持续发展的物质动力。一定意义而言，也正是对两者的熟练操控，才使得陆士谔在小说发展的低潮期，反而能逆势上扬，脱颖而出。

　　与出身富裕家庭的同龄人陈景韩、包天笑等小说家不同，② 陆士谔出身于普通家庭。稍长又遭战乱，家园被毁，只得逃往上海谋生。先是挂牌行医，不料生意不佳，于是兼职开办小说租赁店，劳碌奔波，才适得生存。其妻李友琴曾云陆士谔"潦倒天涯，飘零蓬断"③，大概指的就是这段坎坷经历。其间，陆士谔大概也体验到了太多的世故人情，人间冷暖，故而才有《自题小影》云："连年奔走敝精神，琴剑漂零剩此身。阅尽炎凉深自悔，问君何苦入红尘?"④ 自哀之情，溢于言表。这种潦倒漂零的谋生经历，无疑对陆士谔人生观的塑成具有直接的影响，使他较早地体会到谋取生存并不容易，生存是一切学问的基础：

　　　　像这种无关紧要的典故，都要去记得他，正经事情必定反都忘掉了。你我生在世上，生计问题是最要紧，除了生计问题，便没有学问了。⑤

---

　　① 陆士谔：《新三国·开端》，改良小说社，宣统元年（1909）。其"开端"文云《新三国》故事："虽事迹未免蹈空，而细思皆成实理。"笔者此处化用"蹈空"、"实理"二词。

　　② 陈景韩（1877—1965），包天笑（1876—1973），比陆士谔（1879—1944）略大两三岁；陈、包皆出身于殷实之家。

　　③ 李友琴：《新水浒》第二十一回点评，陆士谔：《新水浒》，改良小说社，宣统元年（1909）。

　　④ 同上。

　　⑤ 陆士谔：《最近上海秘密史》第二十六回，新新小说社，宣统二年（1910）。

将"生计问题"视为第一"正经事情"，正是来自生活最直接的经验感受，由此也形成了陆士谔文学活动的一项基本的生存哲学——从事小说创作，除了发挥普遍意义上的文学功能之外，还将之作为谋生的手段。而晚清时期，小说商品属性的凸显，小说市场的形成，以及稿酬制度、版权制度的建立等，都为陆氏这种文学生存哲学的践行提供了可能：

> 诗词歌赋曲高和寡，小说则极普及，人人皆可读，人人皆可懂，行销极易……诗词歌赋，怎你做得如何精妙，其稿终难卖钱；小说稿独能卖钱，虽计字论价值，所得无几，而积少成多，也可补助生活。①

出售小说，以稿费"补助生活"，一切都似乎顺理成章。但其中有一个关键环节不能忽视，小说稿件一旦成为商品，入市交易，就得遵循商品交换法则。晚清之际，小说产量陡然大增，短时间内就由卖方市场转向了买方市场，此时交易的决定权基本掌握在读者手中。那么如何赢取读者，便成了决定作家是否出局的关键，小说家们的综合实力如何，也就往往体现在这一竞争环节。那段艰辛的租书从业经历，无疑对陆士谔大有裨益——小说读者们的脾性，经过几年间面对面地打交道，早已是了然于胸。

> 他业可以运动，可讲情面，独有小说界则纯洁高尚，毫无私曲，赚钱伙计，柴米夫妻，你的稿子不好，书贾虽一时受愚买了去，印出来，成为定做有字纸，下一次你的大稿，无论你如何吹牛，决定无人过问了。生意之有无，全仗销路，销路之大小，全仗书的内容，小说家的生命，独操在大众阅者手里，一切蝇营狗苟，无所施其技。②

能有这样的识见，自然是得益于多年在小说业界的爬摸滚打，"小说家的生命，独操在大众阅者手里，一切蝇营狗苟，无所施其技"乃是陆士谔

---

① 陆士谔：《说小说》，原载《金钢钻》报，此则材料转引自田若虹：《陆士谔小说考论》，上海三联书店2005年版，第186页。

② 同上。

的经验之谈。就他的作品看，陆氏在争取"大众阅者"方面的确是颇花心思，从题材选择、情节设计到章回体式的运用以及传统叙事模式的改良，普通大众的阅读取向都是其创作的主要参考系。哪怕是小说语体的选择，他也是出于普通民众阅读实际计，为其量身打造，以浅显的白话文为主打："今日编撰小说，当以文言一致为第一要义，公等万勿卖弄笔墨，以艰深之文字，自鸣得意。"① 陆氏对大众阅者的照顾于此可见一斑。因此一定程度上，可以说"读者中心主义"乃是陆氏小说创作的一条基本原则。

陆士谔不时强调自己的小说"旨在醒迷"②，瞧了大可以"广些见闻"、"增些知识"③；李友琴亦云陆氏小说乃是"铸夏禹之鼎，燃温峤之犀，魑魅魍魉毕现尺幅"④，"意多在惩恶"和"劝善"⑤。包括"哪怕是艳情小说，也只讲得一个情字，那淫是断断不会有的"⑥。这些言论固然没错，也是当时每一个有良知的小说家都坚守的道德底线，毕竟没人愿意去挑战基本的价值观念和社会舆论的雷区。不过，仅仅有此还不能保障小说家们的生存大计——枯燥的道德说教和板滞的故事情节，恐怕大多数读者都不会乐意去掏腰包，毕竟，对大众读者而言小说归根结底还是消遣为主。陆士谔对此有清醒的认识，他通常的语言逻辑是不否认小说具有"开智觉民"、"规人之过失，勉人以为善"的社会责任，但随即就会话锋一转，开始做这样的强调——"（小说）第一使读者有趣味。若读的人存了个厌恶念头，则其书虽好，何足贵乎？""终为茶余酒后之助谈"，如此等等，其明确的语意指向已不劳笔者絮叨。也正是基于此，笔者才将陆士谔列为清末"消闲群"的代表作家（相关论述见第四章第四节，兹不赘述）。

紧跟时代风尚，读起来"有趣味"，读完了"广见闻"，可以说是陆

---

① 陆士谔：《新三国》第二十回，改良小说社，宣统元年（1909）。

② 陆士谔：《绘图新上海·自序》，改良小说社，宣统元年（1909）。

③ 同上书，第九回。

④ 李友琴：《绘图新上海·序》，陆士谔：《绘图新上海》，改良小说社，宣统元年（1909）。

⑤ 李友琴：《新孽海花·序》，陆士谔：《新孽海花》，改良小说社，宣统元年（1909）。

⑥ 陆士谔：《绘图新上海》第九回，改良小说社，宣统元年（1909）。

士谔小说的突出特点，这也是他迅速赢得广大读者青睐的秘诀之一。当然，最初有这种认识的作家肯定不只陆士谔一人，但真正得心应手者却不多见，毕竟，若真能融会贯通，虽然不敢保证艺术成就一定有多高，但至少可以成为畅销一时的通俗小说家。

晚清之际，对清廷的不满已成民众的普遍情绪，"群乃知政府不足与图治，顿有掊击之意矣。其在小说，则揭发伏藏，显其弊恶，而于时政，严加纠弹，或更扩充，并及风俗"①。于是，抨击官场腐败、暴露社会黑暗、反映道德沦落等为主题的谴责小说由是大兴，并成为读者喜闻乐见的一种小说类型。陆士谔也迎合时尚，创作了不少类似主题的作品，譬如《六路财神》、《龙华会之怪现状》、《社会秘密史》、《风流道台》、《女界风流史》、《新上海》等等。然而，随着此类小说模式化、类型化，新奇感逐渐消失，读者对此厌倦之后提出了更高更新的要求。陆士谔便及时调整小说内容，将预备立宪、种族革命等热门话题羼入小说中，并以离奇的幻想手法加以表现。代表作如上文已有详叙的《新三国》、《新水浒》、《新野叟曝言》、《新中国》等。这类调制出来的作品，让读者在淋漓尽致地痛批黑暗现实之时，又不致陷入绝望，因为他们至少可以从对未来乌托邦式的立宪国幻想中获得些许安慰——哪怕是自我麻痹也罢，自我逃避也罢，反正都是单单以"揭发伏藏，显其弊恶"为卖点的谴责小说难以提供的阅读感受。

搜奇猎艳，情节中心主义，是中国读者的传统阅读心理。陆士谔从小嗜读小说，这使他对普通读者的阅读心理有着相当精准的把握，在他的作品中也随处可见为迎合读者这种心理所付出的努力。《新水浒》写到一半时，陆士谔曾向读者交代云：

> 看官，《新水浒》写到这里，十四回了，一竟平铺直叙，毫没些儿精彩；譬之旅行，所经尽是平原、旷野，虽一草一木，皆瀑（曝）野趣。杏雨半村催牧笛，苹风两岸动渔桡，究不若奇峰插天、怪瀑泻地之能动人家心目。幸喜江州城外有几个浮滑人才，做出几桩蝇营狗

① 鲁迅：《中国小说史略》（第九卷），《鲁迅全集》，人民文学出版社 2005 年版，第 291 页。

苟的勾当，足以佐我笔机，资君谈助，不免待我濡毫泼墨写他出来。①

接下来叙写单聘仁、龙桓吉、包上党、甄啸岑四人在江州的骗人伎俩，各种蝇营狗苟花样频出，的确颇为吸引人。难能可贵的是，这些并非是脱离主干情节的"杂集话柄"②，而是以此引出水浒人物——鼓上蚤时迁，后者此时正任江州警察局侦探，负责侦查的正是这几桩诈骗案。经过这样的巧妙设计，不留痕迹地将这些精彩的情节片段融入了小说整体，最大限度地避免了"搜罗话柄，联缀此等，以成类书"③的弊端。

众所周知，吸引传统读者最为有效的手段，无疑是富于创意性的新鲜故事，陆士谔在这方面的成绩亦是可圈可点。例如《新三国》、《新水浒》、《新野叟曝言》、《新中国》、《新孽海花》等系列小说中，医心药、催眠术、外星球、未来世界、模范立宪国等时兴的事物或概念，层出不穷，令人眼花缭乱，体现出作者丰富的想象力和不俗的创造能力。其中，将西方科幻、侦探等时兴小说元素与中国传统小说资源有机结合，创造出新的故事桥段，是陆士谔的惯有技法，这也恰恰是中西文化融合过渡时期中国读者最易接受的小说叙事方式。可以说，以创意性的新情节博取读者瞩目已成为陆士谔小说创作的自觉追求。他曾有过这样的表白：

> 在下这部书，名叫《新三国》，原是纪三国的新政新事，若没有新事，则就此搁笔不写。④

陆士谔的这种自信甚至自负并非无所傍依，《新中国》中新奇的情节便随处可见——中国制造业发达，国货挤走洋货，上海建设地铁，浦东（陆家嘴）成为金融中心并在此举办世界博览会（万国博览会）等等，这些预测在百年后都陆续成为了现实。今人在惊叹作者大胆、神奇的想象之余

---

① 陆士谔：《新水浒》第十四回，改良小说社，宣统元年（1909）。

② 鲁迅：《中国小说史略》（第九卷），《鲁迅全集》，人民文学出版社2005年版，第295页。

③ 同上书，第293页。

④ 陆士谔：《新三国》第五回，改良小说社，宣统元年（1909）。

不妨发问：在亡国灭种的阴影尚笼罩在人们心头的晚清时代，具有如此远见卓识之小说家有几个？

具有较强的趣味性和娱乐性，是陆氏小说给人最为直观的印象。陆士谔基本不会端个正襟危坐的架势给读者讲故事，而是以嬉笑怒骂的轻松方式娓娓道来。他的这种叙事方式，还遭到个别喜欢"严重庄厚之文"的读者的质疑："善则善矣，然辞多滑稽，语半诙谐，毋乃伤于佻而不足附作者之林欤？"陆士谔反驳云："顾主文谲谏，旨在醒迷；涉笔诙谐，岂徒罥世；第求有当，何顾体裁。……偶尔谈谐，又奚足怪？"① 可以说，"涉笔诙谐""有趣味"已经成为陆氏小说的一大风格。且不说《六路财神》、《龙华会之怪现状》、《女界风流史》、《新上海》等谴责小说本身就是讽刺诙谐的作品类型；也不说《新三国》、《新三国志》、《新水浒》、《也是西游记》等拟旧小说系列本来就具有戏拟的意味；哪怕是表现辛亥革命这样严肃的历史题材，在陆士谔笔下也决不板滞凝重，而是鲜活灵动，具有极强的故事性。《血泪黄花》以青年军官黄一鸣参加辛亥革命为一条线索，黄一鸣与徐振华的爱情故事为另一条线索，双线并行，将时事小说与言情小说杂合一处，演绎了一出现世版的"战争与爱情"的传奇故事，明显包含有为了迎合读者阅读口味而特意设计的成分。不过，陆士谔张弛有序的笔法和擅长氛围控制的高超技艺亦是随处可见。兹举一个小细节。小说第九回，奸细曾投毒入某井，全城居民人人自危，包括孕妇呕吐、腰酸毛病等都被怀疑成否因喝了井水所致，于是各家纷纷提着水桶围住革命军都督府，要求派出军医检验水中是否有毒。

> 差不多闹了个大半天，直到傍晚时光，都督府才出告示来，叫居民人等不必纷纷扰扰，要知井水毒与不毒，只消水缸中畜养小鱼三五条，小鱼不死，水就可吃。这个令一下，城里卖金鱼的顷刻利市三倍。

本来是一件令人紧张的"恐怖事件"，最后却以闹剧的形式轻松解决。特别是顺笔带出的那句"城里卖金鱼的顷刻利市三倍"的诨语，令人不免

① 陆士谔：《〈绘图新上海〉自序》，改良小说社，宣统二年（1910）。

会心一笑。不难想象，如此贴近民众、富于生活化的叙事方式，又怎能不大受普通读者的欢迎？

当然，陆士谔小说给人印象最为深刻者，恐怕还是他的两项招牌性动作：一是直接羼入现实人物，二是自我推介。

直接将真实人物设计入小说情节，这是陆士谔的惯用手法。这一手法的运用，使得小说富于传记色彩和某种亲切感，以虚写实，以实对虚，虚虚实实，别具意味。这些人物出现最多的当然是叙事者陆士谔本人，如《六路财神》、《新三国》、《新水浒》、《新中国》、《十尾龟》等，都直接出现作者自己的名、字或号，并直接参与小说情节。其次是妻子李友琴，如《新上海》、《新中国》等，都是小说中比较重要的串场人物。另外，还旁及好友如梅伯、沈一帆等，如《新上海》和《社会秘密史》。在《新上海》收束时，陆士谔跟友人发生了一段对话：

> 我（陆士谔）道："今日可谓盛会。《新上海》里两大根线索，接着头了。"梅伯、一帆都愕然问故。我道："我编一部《新上海》小说，借重你们两位，做全书的总线，贯串全书人物。梅伯串了前半部，一帆串了后半部。你们不接头，我的书岂非一竟不能归束么？今日接了头，我就可以收束了。"一帆道："你倒会得取巧，拿朋友来做小说资料。也罢，且取出稿本来，让我们瞧瞧，倒有虚辞浮说，我们可就不依。"梅伯道："一帆的话，先得我心，我也要请教请教。"①

拿好友做小说人物，陆士谔似乎是乐在其中——在创作《社会秘密史》时，他再次将沈一帆拉入了小说情节：

> 沈一帆名鳌，字匠深，一帆就是他的别号。士谔撰《新上海》时，曾借重他做过书里头主人。现在他既然格外嘲笑我，少不得硬拉他进来充做本书的线索。②

---

① 陆士谔：《〈绘图新上海〉自序》第六十回，改良小说社，宣统二年（1910）。
② 陆士谔：《社会秘密史》第一回，新新小说社，宣统二年（1910）。

陆士谔对自己这种略带游戏意味的设计可谓颇为满意，甚至不无自赏，如上文《新上海》中那段对话所在章回的回目就题为"巧结构借友完书"，以"巧借"二字出之，可以想见作者的那份自得之情——但若比起小说中那些露骨的自我推介文字，这点自得依然是小巫见大巫。

陆士谔在小说叙事过程中，喜欢将自己的作品、个人情况等相关信息羼入小说情节，向目标读者群做自我推介。这种形式颇类似于当代影视作品中的"贴片广告"（案：亦称"随片广告"，即在影片中巧妙植入广告，是一种非常高效的现代传播营销手段）。不妨以《新上海》为例。该小说第十七回介绍作品《乌龟变相》的主要内容；第十八回列出了十二个灯谜，猜对者回馈的赠品如《新三国》、《六路财神》等，全部都是陆士谔自己的作品；接下来的第十九回，作者又自云："这月里通只编得两三种，一种《新中国》，一种《消魂窟》，一种《玉楼春》。"友人梅伯补充云："我还记得你《新补天石》几个回目。"因此，仅仅这前后相连的三个章回中，陆士谔就向读者或明或暗地推介了自己的作品多达十七部。这种自我推介手段，被陆士谔广泛运用于自己的小说之中，略举部分例子如下：

借《新孽海花》（第六十一回）推介《上海新艳史》、《官场怪现状》；

借《社会秘密史》（第十一回）推介《官场艳史》、《官场新笑柄》、《官场真面目》、《新上海》、《上海滑头》等；

借《十尾龟》（第十一回）推介《社会秘密史》，后文又推介《新上海》、《女界风流史》等；

借《龙华会之怪现状》（第一回）推介《十尾龟》、《女界风流史》；

借《孽海花续编》（第五十六回）推介《女界风流史》；

借《新中国》（第二、四回）推介《新上海》、《风流道台》、《官场新笑柄》；

借《新水浒》总评，推介《鬼世界》、《新三国》、《精禽填海记》、《官场真相》、《新补天石》；

甚至，时事小说《血泪黄花》（第十回）中，陆士谔还借人物之口，提前透露了即将推出的新作《清史演义》，如此等等。

至于对个人信息的披露，陆士谔同样是乐此不疲，如告知读者"小说贯阅社"的详细地址，以便读者联系；透露生平信息以及小说创作时的相关情况等等。其中，陆士谔对自我形象的塑造更是不遗余力：或借小说人物之口，捧为"小说大家"，动辄"风行全国，名满亚洲"；或是让爱妻李友琴、友人，在小说中为自己敲锣抬轿（相关情况本节开篇已有论，不赘叙）。陆士谔在短短数年间，人气飙升，逆市上扬，到了"每稿甫脱手，而书贾已争相罗致"、"争之惟恐或失"①的地步，定然与他的这一叙事手法或曰营销手段所产生的宣传效果不无关系。也正是因为陆氏作品有此鲜明个性，学界还常常将之作为考辨陆氏生平、钩辑佚作的一条重要依据。②

　　在小说发展的低潮期，每一个小说家都得面对市场的压力，"小说家的生命，独操在大众阅者手里"，这种感受恐怕此时最为真切。以"读者中心主义"为原则，照顾读者的阅读口味，是当时大多数小说家的共同选择（这也是周氏兄弟《域外小说集》失败的一大原因，可为反例），无论是主动还是被动，他们都要作出适当的调适——当作家们以个人之力无法改变大环境时，只能改变自己。不过"知易而行难"，能在众多的通俗小说家中脱颖而出者其实并不多，陆士谔算得上是幸运的一个，其间当然离不开他的巧妙策划——既包括文学策略，也包括文宣策略。然而，陆士谔红火一时的背后同样潜藏着危机：过于贴近读者，甚至俯身至同一水平线上，且不说小说的启蒙意义难以发挥（启蒙功能在当时包括此后相当长的时间内，都被认为是小说品质不可或缺的部分），就是小说作为文化产品的基本品位、格调也可能被降低甚至消解，并因模式化和"媚俗"而离文学本质越来越远。民元后，陆士谔小说归入"鸳鸯蝴蝶派"甚至"黑幕"系列，清季间可贵的理想主义、想象力和创造力都被大大消弱，他的作品成为了真正"速朽"的消遣品，并被读者渐渐疏远——甚至于

---

　　① 江剑秋：《鬼国史序》，陆士谔《绘图鬼国史》（一名《新鬼话连篇》），改良小说社，光绪三十四年（1908）。

　　② 这方面的成果有陈年希先生的《从陆士谔小说中探寻陆士谔的小说创作》（《孝感职业技术学院学报》2002 年第 3 期）、王学钧先生的《实录与评论：晚清陆士谔社会小说论》（《明清小说研究》2001 年第 1 期）、田若虹女士的《陆士谔小说考证》（上海三联出版社 2005 年版）等。

一度"久不作小说"①，悬壶济世成为其安身立命之所在。在当时的作家群体中，作出类似陆氏这样的文学选择者当有不少，因此陆士谔既具特殊性也具普遍性，"陆士谔现象"正好成为管窥这个群体的最好个案。与之相关的其他话题，留待下面的章节做进一步讨论。

---

① 陆士谔：《八仙失道》，《金刚钻》1934 年 5 月 23 日。其篇末云："久不作小说，偶尔动兴，遂草此篇。"

【附论】

陆士谔著作考辨及其他

对陆士谔作品的考证，欧阳健、陈年希、苗怀明、田若虹等前辈已经做了大量工作，其成果嘉惠后人良多。但由于晚清作家多署笔名或别号，加上资料散佚严重，对陆氏作品的辑佚、考辨工作依然留下不少余地。笔者现就陆氏著作的几个相关问题进行考辨，并请教于大方之家。

一　"天公"非陆士谔考

"天公"在晚清间是一位较为活跃的作家，其重要的代表作有两部：一为《最近官场秘密史》（亦称《官场秘密史》），前后两编，署"著作天公，校者慧珠"；一为《最近女界秘密史》（亦称《女界秘密史》），初集上编署"春江香梦词人编，南浦慧珠女士评"，初集下编署"著作者天公"。这两部小说皆出版于宣统二年（1910），上海新新小说社印行，鸿文书局发售。关于小说作者"天公"到底是谁，在相当长的一段时期内都是不解之谜。1993年，百花文艺出版社出版了一部《社会官场秘密史》①，该书实际上是陆士谔的《最近社会秘密史》与"天公"的《最近官场秘密史》的合编本，编者们似乎暗示了"天公"可能就是陆士谔。随后，王学钧先生在《实录与评论：晚清陆士谔社会小说论》一文中云：

总起来说，陆士谔的社会小说就是自觉地作为"史"来写的。《上海秘密史》、《女界秘密史》、《官场秘密史》、《女界风流史》、《鬼国史》、

① 金刚、常庚整理：《社会官场秘密史》，百花文艺出版社1993年版。

《最近社会秘密史》等等，题目上就标明了"史"，但它又是小说。①

王先生在此已经将《最近官场秘密史》和《最近女界秘密史》都划归到了陆士谔名下，也就意味着"天公"就是陆士谔，遗憾的是该文中并未说明缘由。笔者估计，王先生这一判断，可能依据的是陆士谔《十尾龟》中的一段对话：

> 耕心更笑得弯腰打跌，好一会才道："……有部新出的《最近女界秘密史》小说，拉马的事情叙述得要算清楚了，你难道没有瞧过不成。"
> 耕心更笑得弯腰打跌，好一会才道："……有部新出的《最近女界秘密史》小说，拉马的事情叙述得要算清楚了，你难道没有瞧过不成。"
> 金哥道："甚么《最近女界秘密史》？我在湖州听都没有听人家讲过。"
> 耕心道："怪不得你这样不开通，连这点子新知识都没有。现在瞧新小说，是最要紧一件事情。一切稀奇古怪新鲜事故，新小说里头竟没一件不有，并且都载叙的明明白白。就是我方才说的那部《女界秘密史》是三大秘密书里头的一种。"
> 金哥道："甚么三大秘密书？"
> 耕心道："就是上海鸿文书局出版《上海秘密史》、《女界秘密史》、《官场秘密史》三种秘密小说。《上海秘密史》专讲上海地方各种说不出、料不到的稀奇古怪事情。《女界秘密史》是专讲女界的。《官场秘密史》是专讲官场的。"②

王先生在论文中引用到了这段文字，因此对其中提到的"三大秘密书"不可能不有所关注。这三大"秘密史"同属一个系列，而且《上海秘密史》的确由陆士谔所著，再根据陆士谔经常使用"自我推介"的一贯做法，人们的第一反应当然是推断这三部作品都出自陆氏之手。不过，此处的推断似乎并不可靠，其原因有二：

其一，这毕竟是小说中的人物对话，可以作为查证的线索或者结论的

---

① 王学钧：《实录与评论：晚清陆士谔社会小说论》，《明清小说研究》2001 年第 1 期。
② 陆士谔：《十尾龟》第十一回，新新小说社，宣统三年（1911）。

辅证，但似乎不便直接当作确凿的史料使用。

其二，虽然都属"秘密史"系列，但人物对话中始终没有直接点明《女界秘密史》、《官场秘密史》的作者就是陆士谔，故不排除是其他作家的可能。在晚清时代，发行机构出版某一系列小说，作者各不相同的情况并非鲜见。例如改良小说社在宣统元年（1909）推出的"风流案"系列——《军界风流案》（梦天著）、《官场风流案》（董狐著）、《学界风流案》（天梦著），其作者就并非同一人；随后，该社又推出了"繁华梦"系列，其中的《新繁华梦》（不梦子著）、《苏州繁华梦》（天梦著）和《北京繁华梦》（夏侣兰著），其作者亦非同一人。

就在王学钧先生这篇论文发表的同一年，田若虹女士也发表了考证文章《陆士谔"三大秘密史"》①。该文考证的结论跟王先生的一致，都认定"天公"即是陆士谔，其证据如下：

证据一：也是根据陆士谔《十尾龟》第十一回中耕心与金哥的那段对话。

证据二：陆士谔创作有同类题材的小说《女界风流史》。

按：晚清间涉足女界怪现象题材的作家、作品众多，并非只有陆士谔一人。如新阳蹉跎子所著的《最近女界鬼蜮记》（一名《女界现形记》）、八宝王郎（王浚卿）所著的《女界烂污史》（一名《东厕牡丹》）等等。若单单因为陆士谔曾经创作过《女界风流史》，就断定《最近女界秘密史》也必定是他所作，恐怕难以令人信服。

证据三：使用了不少《商界现形记》的小说内容做引证材料。

按：笔者在上文已经说明，以小说内容作史料，可信度要打折扣，而且《商界现形记》是否真是陆士谔所著依然有待证实。② 假设，《商界现

---

① 田若虹：《陆士谔"三大秘密史"》，日本《清末小说かち》第 63 期，2001 年 4 月。该文随后收入她的《陆士谔小说考证》（上海三联出版社 2005 年版）之中。

② 按：《商界现形记》书中题"编辑者：云间天赘生"。但阿英《晚清戏曲小说目》中将《商界现形记》的作者标为"云间天赘生著"，此后学界多从之。近年，陈年希、田若虹等学人考证认为，云间天赘生就是陆士谔，于是又将该小说划归到陆氏名下。笔者对此存疑：其一，"云间天赘生"是否真是陆士谔，尚不敢确定，至少无直接的有力证据；其二，即使"云间天赘生"就是陆士谔本人，但他只是个"编辑者"，而在该书的版权业上，赫然题有"著作者：百业公"，遗憾的是这一细节往往被学界所忽视（田若虹虽然提到了这一细节，却回避了"百业公"与"云间天赘生"之间的关系这一关键性问题）。因此，除非有证据证明"百业公"就是"云间天赘生"或是陆士谔，否则，该书的著作权归百业公所有似乎更为妥当。

形记》真是陆士谔所著，田文所提供的一些证据依然不够充分。比如，《商界现形记》十三回里有云："金印道：'……编起小说来，倒不是官场秘密史绝好的材料吗？……他只怕第九集官场秘密史里头就要及第了。'"这是小说人物金印对三姨太太说的一段话，其中的"他"指的是"鸡皮三少"而非陆士谔。陆士谔惯常使用"自我推介法"，若涉及自己的相关作品时，一般都当仁不让地直接提及自己的名字或别署，以扩大宣传效果。又如，田文也注意到《商界现形记》第十六回中，出现了一大段介绍"天公"生平、交游的信息，但跟陆士谔的相关情况比对后发现，两者几乎没有什么相似之处。而田文对这一矛盾现象的解释是陆士谔在"故弄玄虚"，不排除这种可能性，不过以此为据就下断论似乎还是令人难以信服。

证据四：《最近官场秘密史》中出现了一个人物名叫刘梦花，而陆士谔小说《新上海》里有一个人物叫钱梦花，名字有点相似；并且一个精通外交，一个在外国人身边当"细者"，在工作上也有些相似。但若仅以此"相似"就推断两部作品的作者为同一个人，结论并不可靠。

综上所叙，无论是王学钧先生还是田若虹女士，二人断定"天公"就是陆士谔的证据都显不足（或许王先生另有所本）。那么，"天公"跟陆士谔是否是同一人呢？如果不是，"天公"又到底是谁？笔者带着疑问查阅了相关资料。

查阅《最近官场秘密史》前编，发现存有一篇序言，文末题"宣统二年岁在庚戌古沪顾德明在新序"。顾序末云：

> 于是天略先生秉董生之笔，燃温峤之犀，聚十年之近事，成百炼之鸿文。后起者秀，有公评在。

这里，顾德明明确指出《最近官场秘密史》的作者乃是"天略"，意即"天公"就是"天略"。不过，这里虽然提供了线索，但依然无法排除天略跟陆士谔乃是同一人之可能。在《最近官场秘密史》"卷之一"篇首，即小说正文开篇之前，还有一篇"天公"的"自叙"，其中透露了一些非常重要的作者生平信息：

　　余齿卑任性，话言无忌，文字不谨，致撄贵人之怒。既不容于朝，乃去而之野。东奔西逐，阅百十度月圆月缺，需时不谓不暂。眼界胸襟，颣之大展，祸福倚伏，几微消长之理，亦颣之而悟澈，乃者归去来兮，息影于古龙门里之老屋中，一几一榻，一纸一笔，无丝竹之乱耳。饶余乐之可寻，自春徂秋，成三十万言，立体仿诸稗史，纪事出以方言。恰与伯元所铸，有笙磬同音之故，名之曰《最近官场秘密史》，非敢有所借也。

由这段自叙得知，作者曾经入朝为官，后因放言无忌惹怒贵人，只好退隐江湖。随后居于古龙门老屋中，潜心创作《最近官场秘密史》。小说正文中，"天公"又多次以自叙方式向读者透露个人的生平信息，略举一二：

　　按官场中，讳敲竹杠的名儿，叫做"伸手"。……此说似乎相近，然而其实却又不然，何也呢？做书的在少年时代从三吴两越间逆流而上，直至两川，跑了十年，无非是帮人家打算伸手的交道。当初帮人家伸手，似乎比别人的手伸的长些，所以东家的项珠不作兴不变色的。红的变不成绿的，总要变成了才肯歇手。（卷之十九）

　　你道这迷药又是做书的，故神真说了，不过我们苏松常镇一带，是没有的，所以听了以为诧异。至于西北边陲，瑶苗峒番杂处的去处，却视以为寻常……大家也都知道了，不似我们苏松一带的人，听了也有些半信半疑哩。若说这种迷药凑合起来，非常容易，并无希奇难致的东西。做书的当年到宁夏去，那里是接近苗瑶的所在，传授了解决的法子。（卷之二十）

"天公"自云"做书是第一件郑重的事体，规矩的营生"，不会"作兴游腔滑调的捉弄几句"，意即自己所叙之事皆有所本。整合以上信息可知，"天公"应为吴越一带人，年轻时到过两川（即东川、西川的合称，巴蜀属地）谋生，还曾游历过宁夏等地。再看陆士谔的生平大略。《新上海》中陆氏自叙云："在下十四岁到上海，十七岁回青浦，二十岁再到上海，

到如今又是十多年了。"① 随后的《社会秘密史》中，小说开篇的第一句
就是："呵呵，在下陆士谔，侨寓上海，屈指算来已有十多个年头。"② 对
比可知，陆士谔与"天公"除了出生地相近之外，其他如当官、辞官，
游历两川、宁夏等，当时年仅 31 岁的陆氏都没有经历过，这就意味着天
略与陆士谔并非同一人。不过，这里使用的部分材料来自小说家言，可信
度略打折扣，还需要更多证据方能作出断论。

　　宣统元年（1909），新新小说社出版了一部《最近女界现形记》，题
"编辑者：南浦慧珠女士，校字者：春江香梦词人"。小说第二集第二回
中提到了一位"天公"先生。其中的几条关键信息是：其一，有副对联
的"下款写着'古龙门经天氏书馔'"；其二，有幅诗笺"写得也是狠整
齐的小楷，仿佛是经天公的笔迹"；其三，从诗笺内容看，"这口气不是
经天略先生哩"。这里明确将"古龙门"、"经天略"、"天公"等串联在
一起，其中还提供了一条重要信息："天公"本姓为"经"。那么，小说
中提到的这位"龙门经天略"现实中是否存在？

　　宣统元年（1909），上海最新小说社推出了一套"说部丛书"，其中
有一部《夜花园之历史》（一名《夜花园之奇事》），标"警世小说"，作
者署名为"诸夏三郎"。书首有一篇《夜花园之历史序》，由序文内容知
作序者与诸夏三郎乃至交好友，该序落款题"宣统纪元六月既望龙门经
天略书于饮胆楼"。上文已经提到，《最近官场秘密史·自序》中天略自
称"息影于古龙门里之老屋中"；《最近女界现形记》中标示为龙门经天
略，与此序题署一致。这三则材料共同指向了一个结果："天公"乃是实
有其人，原名当为经天略，署"龙门经天略"，其生平经历与青浦陆士谔
并无重叠之处，两人绝非同一人。

　　其实，以作品内证方式也会发现不少蛛丝马迹。比如，就小说笔调
言，陆士谔叙事历来轻松诙谐，极尽嬉笑怒骂之能事，而"天公"则较
为庄厚平和。又如，陆士谔惯常使用的叙事策略（营销策略）——"自
我推介"法，在《最近官场秘密史》中并无出现：该作篇幅甚大，共两
编，总共三十二卷，作者自云"自春徂秋，成三十万言"（实约 26 万

---

① 陆士谔：《绘图新上海》第三十回，改良小说社，宣统元年（1909）。
② 陆士谔：《社会秘密史》第一回，新新小说社，宣统二年（1910）。

字），文中叙述者虽然经常提到《三国演义》、《野叟曝言》、《倭袍记》、《石头记》、《水浒传》、《官场现形记》等前代和同时代的作品，却对陆士谔的作品及其相关情况只字不提，若小说真是陆氏所作，这一现象无疑令人困惑。

综合以上证据，已可断定"天公"是另有其人，而非青浦陆士谔。

二 "天公"生平及著述考略

在《最近女界现形记》的开篇，"南浦慧珠女士"（以下简称"慧珠"）作有《赘言》一篇，全文如下：

> 南浦销魂客，绮年玉貌，惊才绝艳，风流文采，倾倒一时。由孝廉举特科，因缘文字，触怒贵人，几罹于祸。繇是黯淡归来，雄心灰尽，日征逐于红灯深屋间，不作纡紫拖青之想。定公诗云"设想英雄垂莫日，温柔不住住何乡？"客虽非垂莫之年，然大有终老是乡之概。尝窃慕蜀郡成都之间，卖酒浆者之遗风，乃由黄歇浦沂江而上。阅一年，历大江七千里，凡诸闻见，案日记之，得十巨册。慧珠授而读之，觉山川文物，风土人情，种种现状，尽在目前。客固好德，而兼好色者也。故于女子社会交接最多，记之独翔。慧珠尤好事者，以酒食余暇，仿小说家言，成书五集凡二十篇。既竟，遂名之曰《女界现形记》。慧珠识。①

"南浦销魂客"曾"孝廉举特科，因缘文字，触怒贵人"，"繇是黯淡归来"，于"深屋间"潜心创作；还曾溯江而上，游历成都等等。细究不难发现，"南浦销魂客"的生平信息，与经天略在《最近官场秘密史》中的自叙是如此的接近。那么"南浦销魂客"是不是就是经天略呢？

从《赘言》看，《最近女界现形记》乃是"慧珠"从"南浦销魂客"处得到日记后改编而成，意即两人曾有交往甚至是合作的关系。上文已经

---

① 南浦慧珠女士：《最近女界现形记·赘言》，南浦慧珠女士编辑、春江香梦词人校字：《最近女界现形记》，新新小说社，宣统元年（1909）。

提到，"天公"也与"慧珠"合作完成过一篇小说，名为《最近女界秘密史》。不仅题材相似，而且题名也极为相似，以致曾有粗心者将之混同为一部小说。在《最近女界现形记》中，点校者"香梦词人"还透露"慧珠"是女性，"慧珠"在评点时也自称"奴家"、"我辈女界中人"，由此可以确定"慧珠"乃是晚清间的一位女作家。① 在不甚开放的晚清时代女子的交际面有限，那么在她有限的交往中，是否有可能认识两位生平经历极为相似，都与之存在合作关系，并且创作有同类题材作品的男性文人？这种万一的巧合不是不可能，不过相信几率应该非常之小。

　　同样巧合的现象还见于不少细节，比如《最近女界现形记》中称赞一部谈论女权的书——《天公旷议》，而该书在"天公"的《最近官场秘密史》中也有提到并持相同的态度，吊诡的是这部《天公旷议》其实并不常见（该书嵌有"天公"二字，笔者甚至认为这是一部杜撰之作）②。又如《最近女界现形记》中的主人公福天星，在小说中就直接以"天公"称之；并且每次谈到经天略时，叙述者对他的各种情况都是了如指掌，而小说的底本正是源自"南浦销魂客"的日记，如此等等。因此，鉴于这些概率极小的巧合和各种蛛丝马迹的契合，笔者推断这位"南浦销魂客"即是经天略本人。

　　既然号为"南浦销魂客"，可知经天略跟南浦有莫大的关系。南浦地处旧上海县之东南。再据"息影于古龙门里之老屋中"以及"龙门经天略"这两条信息，笔者果然在上海南市区找到了"龙门里"这一地名（该名缘于早年所建之龙门书院而得名）。由于南浦龙门里既是经氏出游始发之地，也是辞官归隐之地，并且经氏在比较正式的签署中使用的也是该地名，因此按古人署名惯例经氏应该籍出此地。至此，对经天略的生平信息有了大致了解，现不妨试撰其小传如下：

　　经天略，字天略，号天公，署龙门经天略、天略先生，别号南浦销魂客。上海南浦龙门里人（今属上海南市区）。生卒年待考。曾以孝廉举特科，后因文字触怒贵人，辞归故里以著书自娱。随后一度致力于小说事

---

　　① 晚清间，署名为"女士"的小说家，并非都是女子之身，例如周作人曾署"萍云女士"、罗普曾署"羽衣女士"等。

　　② 笔者几经查找，并未发现存有《天公旷议》一书，故是否杜撰待考，并就此请教博学者。

业，并出资十万元创办过一所小说社（此条待考）①。曾溯江而上，游历巴蜀、宁夏等地，并顺手记有游历见闻录十卷，后以此为底本改编成长篇小说《最近女界现形记》。同时，还著有长篇小说《最近女界秘密史》、《最近官场秘密史》；另著有短篇小说《怪梦》、《杨三》、《魏葆英》、《二舆夫》等。②

三　"儒林医隐"非陆士谔考

晚清知名小说《医界镜》，在当时的文学界和医学界都具有较大的影响。作者署名"儒林医隐"，不过"儒林医隐"到底为谁，国内的《中国通俗小说总目提要》、《中国古代小说总目提要》、《中国古代小说总目》等诸家辞书皆云不详。日本樽本照雄先生的《新编增补清末民初小说目录》，倒是有这样的著录：

> 《医界镜》（卫生小说），22 回，2 册，儒林医隐（陆士谔）。同源祥书庄，光绪 34（1908）。③

这里已经明确指出"儒林医隐"就是陆士谔。遗憾的是，相似的条目虽然出现了三次，但樽本先生并未指出这一论断本自何处。同时，该说亦见于田若虹女士的《陆士谔考证》一书。由于笔者手上资料有限，尚不知同持此说的两人是各有所本还是有借鉴承继的关系。④ 不过，既然笔者对他们的论断持不同意见，故谁先谁后并不影响最后的结论。现以此文求教

---

① 百业公：《商界现形记》第十六回，商业会社，宣统三年（1911）。由于是小说人物语言叙述，其真实性待考。

② 《怪梦》，作者署"天公"，《神州日报》附刊宣统元年（1909）十二月二十六日。《杨三》，作者署"天公"，标"滑稽小说"，《图画日报》宣统二年（1910）正月初七日开始连载，至正月初八日连载毕。《魏葆英》，标"滑稽小说"，作者署"经天略"，《图画日报》宣统二年（1910）正月初九日开始连载，至正月十二日连载毕。《二舆夫》，标"醒世小说"，作者署"天略"，《图画日报》宣统二年（1910）正月二十九日开始连载，至二月初六日连载毕。

③ ［日］樽本照雄：《新编增补清末民初小说目录》，齐鲁书社 2002 年版，第 863、864 页。

④ 田若虹的《陆士谔考证》（2002 年岳麓书社初版；2005 年上海三联书店出修订版，并改名为《陆士谔小说考证》）与樽本的《新编增补清末民初小说目录》出版于同一年。

于两位前辈及其他大方之家，不当之处望指正。

因未见樽本先生的考证文字，故此处只能跟田文商榷。田文考证"儒林医隐"乃是陆士谔的证据如下：

证据一：陆士谔喜欢用自己的名号嵌入小说之中，《医界镜》也不例外。该书中出现了陆士谔的字：云翔、云翥（近义词，即鸟飞翔之意），并且"以云翔或云翥为其主人公"。其具体例子有以下三条：

例一，"《医界镜》第三回写道：'云翔当时下柁之后，赵升先上岸进城，报与封翁知道，又到西宅，报与仲英得知。'"

例二，"第十四回道：'云翥七岁通五经，九岁能属文……萧夫人抚养教读，于文字之暇，兼课以医书，谓此虽旁门，亦济世之学也。今见云翥年已成人，欲使其到杭应试，兼到莫夫人处，访议姻事。'"

例三，"第二十一回道：'那大臣也明医理，要先试试云翥的本领，出了一个题目是'中西医学孰长论'，云翥援笔立就，呈于官学太援笔立就，呈于官学太医。'"

证据二：上述对云翥"通经"、"属文"、"教读"、"课以医书"等身世经历的描述，皆无不与陆士谔极为相似。同时，在书中其他人物如贝仲英等人身上，亦可见出陆士谔之身影。[①]

经查阅得知，例一中的引文，实为点校出错，完整原文应为："离城尚有十数里，是城外最大的码头，人烟辐辏，桅帆云翔。当时下柁之后，赵升先上岸进城……"可见"云翔"并非小说主人公。至于"云翥"，陆士谔似乎从未使用过该字号，当然也不排除使用近义词指代的可能（并且这种障眼法在古代小说中也的确常见）。就"儒林医隐"对小说主人公身世经历的描述而言，确实跟陆士谔的早年成长史有很大的相似性，不过套在其他作家兼医家如恽铁樵、施济群身上似乎也未为不可。更何况，这种相似性也并不意味着小说作者肯定就是以自身作为小说主人公的原型。看来，要坐实"儒林医隐"就是陆士谔，这些证据尚不充分。

《医界镜》版权页显示的信息如下：《医界镜》，上下册，标"卫生小说"，署"著作者：儒林医隐，校阅者：瓶山居士"，印刷者为上海吴记活版部，总发行所为嘉兴同源祥书庄，出版时间为"光绪三十四年十一

---

① 田若虹：《陆士谔小说考证》，上海三联出版社 2005 年版，第 81 页。

月出版，光绪三十四年十二月发行"。这里明确标识《医界镜》出版于光绪三十四年（1908）年底，但田文却云该书出版于光绪三十二年（1906）八月，其依据可能来自"儒林医隐"置于书首的一段小引：

> 此书名《卫生小说》，前年已印过一千部。某公见之谓其于某医有碍，特与鄙人熟商酌给刊资。将一千部购去，故未曾发行。某公爰于前年八月下旬用鄙人出名，将缘由登在《中外日报》、《申报》论前各三天。（某公广告：鄙人所著《卫生小说》已印就一千部，因中有未尽善之处，尚欲酌改，暂不发行。如有他人私自印行及改头换面发行者，定当禀究云云）。是版权仍在鄙人也。今遵某公前年登报之命，已将未尽善及有碍某医之处全行改去，因急于需用，现将版权出售。儒林医隐主人谨志。

从这段小引透露的信息，可知《医界镜》原名《卫生小说》，前年（即1906年）已印刷完成了一千部，但正式上市发行前就被某公全数购去，并借作者之名刊登了一则告白；现经作者本人修改后再次发行，并打算出售版权。可见，出版于1906年的是《卫生小说》而非《医界镜》。

不过，笔者翻检晚清书目，并未见存《卫生小说》一书。倒是查到了一部名为《医界现形记》的小说，与《医界镜》有着密切关系。《医界现形记》，内页标"最新卫生小说"，还题有"内容甚佳，阅者有益"，以及"上海商务印书馆代印"等字样。出版时间为光绪三十二年（1906）。作者署名"郁闻尧"。该作品之所以引人注意，是因为它的内容绝大部分跟《医界镜》相同。校阅结果显示，两书不同之处主要是以下几个方面：其一，《医界现形记》中的主要人物程荷甫、程湘帆、程祖荫、程福、六元芝四人，在《医界镜》中分别改名为贝仲英、贝文彬、贝祖荫、贝福、六亨兰，其余人名基本保留原样；其二，两部小说都是二十二回，除了第一、二、十五、二十回的四条回目略有不同外，其余十八条回目完全相同（不计上述人名改动后嵌入回目的情况）。其三，《医界镜》中除了第一回增加对中西药优劣、现状的讨论，第十回增加冯植斋入京为太后看病，第十五回插入瞿逢时误诊医死病人等小片段外，其余都未作改动。因此，从内容上看，《医界镜》完全是在《医界现形记》的基础上稍加改易而成，其情况跟各家书目提要的相关著录吻合。那么就此看来，"儒林医隐"小引中所云之《卫生小说》，其实指代的就是郁闻尧的这部《医界现形记》了？同时也意味着，当年"用鄙人出名"所登之广告，挂名者应该就是郁闻尧了？

按"儒林医隐"小引提供的线索，笔者查阅了当年的《申报》，果然顺利找到了那则告白。该告白连载三日，时间从光绪三十二年（1906）八月三十日至九月初二日，置于该报论说栏之前，题目赫然就是"郁闻尧广告"，全文如下：

> 鄙人曾托商务印书馆代印之《卫生小说》四册，业已印成。兹因尚须校改，原本不复出售。倘有将原书改头换面，易名出版者，照书业公所例议罚。新马路梅福里郁氏医室白。

告白的内容与"儒林医隐"小引所云的情况完全吻合，这意味着此则告白中的郁闻尧就是《医界镜·小引》的发布者——"儒林医隐"。该论断还可以从《医界镜》的销售广告中获得进一步证实：

> 最新卫生小说《医界镜》告白：此书即现形记，为各种小说所未备。描摹尽致，著成善本，以冀医界改良。且又搜罗许多妙方，于消闲之中兼得卫生之益，凡官商学界，不可不看。五彩洋装两册，门售批发从廉。……①

该告白的第一句"此书即现形记"，虽未指明具体哪部"现形记"，但现在已可坐实为《医界现形记》。至此，完全理清了作者、作品之间的关系：所谓的《卫生小说》即是署名"郁闻尧"的《医界现形记》；作者当年曾将首版所印之书全部卖给某公，但依然保留版权；两年后作者对内容稍加改易并取名为《医界镜》，署名"儒林医隐"

---

① （未署名）："最新卫生小说《医界镜》告白"，《新闻报》宣统元年（1909）闰二月初四日。

出版发行。

　　现在，只剩下最后一个问题：郁闻尧是不是陆士谔？

　　《医界现形记》的篇首，附有两篇序文，作序者分署"江阴陈道俺"和"虞山玉芝斋主人"，两人都透露了郁闻尧的一些生平信息。其中陈序云：

> 江阴郁君闻尧，读儒书贡成均，文名噪甚；读医书十年，从名师张聿青。先生临症数年，治病以来，确有主见，审证处方，功效卓著，与世之游移无定凭者相去天渊，固医之精而上者欤。生平著有《时医砭》一书，尚未付梓。今者客寓沪江，悯当世医界颓败，江河日下，思有以挽回之，撰成《医界现形记》四卷，于三十年以来医家之现象瞭如指掌。

　　张乃修（1844—1905），字聿青，晚清名医，著有《张聿青医案》二十卷，由门下弟子吴文涵等人整理后，于民国七年（1918）出版。该书卷二中，有"复诊由门下郁闻尧代去"、"郁世兄回禀云"等语，表明郁闻尧确为张聿青的弟子；随后，在提到"湿温症"中的"江苏抚军吴医案"时，整理者吴文涵更是明确指出"此案已见《医界镜》（又名《卫生小说》），群相称赏"云云。[①]笔者在《医界镜》第十一回中果然查到了此则医案，所言症候、药方等文字与《张聿青医案》所载几乎一字不差。由此坐实张门弟子郁闻尧即是《医界镜》的作者。至此，可以断定江阴郁闻尧乃是实有其人，跟青浦陆士谔了无相涉。

　　鉴于诸家小说辞书对郁闻尧的生平情况多是语焉不详，笔者不妨就手中的资料，试撰其小传，并期望知情者订正完璧。

　　郁闻尧，字奎章，号儒林医隐，生卒年不详，江苏江阴人。光绪年间贡生，曾师从名医张聿青。后移居上海，于新马路梅福里挂牌行医。其间，加入上海万国红十字会，成为会员；民元后曾任江阴中医学会会长等职。著有小说《医界现形记》（又名《卫生小说》）四卷，后在此

---

　　① 张聿青著，吴文涵、郭汇泰等整理：《张聿青医案》，上海科学技术出版社 1963 年重印版，第 48、73 页。按：《张聿青医案》原本刻于 1918 年，由江苏无锡郭汇泰出资印刷。

基础上稍加改易，取名为《医界镜》（两册）。另著有《时医砭》一书，未见刊行。与人合编有《鼠疫良方汇编》 （一卷），刊于宣统二年（1910）。

第 六 章

旧小说复兴与新小说调适

宣统朝既是小说发展的低潮期，又恰逢封建王朝的末世期，还是中西文化交汇冲撞的高峰期，政治、文化、经济、思想诸多领域都面临着激烈的矛盾冲突，酝酿着变革和转型。为了应对小说界的复杂变化，小说家的创作也需要不断地作出调适和选择。而其调适的结果是：小说界的发展大势并未按此前"小说界革命"倡导者们所预设的轨道行进。这也再次证明，文学的发展自有其行进的路线和规律，人们可以一定程度地影响其行进的轨迹，却很难为其设计发展的道路，更遑论使之按部就班地施行了——除非，以牺牲文学的本质为代价。

第一节 "革命"尚未成功：旧小说卷土重来

光绪二十八年（1902）年底，"小说界革命"正式发起，新小说成为小说界的热门话题，无论革命派、改良派还是普通知识分子，对"新"小说几乎无人持有疑义。"新"小说的目标明确：革旧小说的命，以新小说瀹发民智，启迪愚蒙。那么，"小说界革命"发起后的十年间实际收效如何？笔者以抽样方式对此做了一番调查：

抽样调查晚清间新旧小说单行本出版量表

年份	1903	1904	1905	1906	1907	1908	1909	1910	1911
样本量	81	70	113	158	206	187	152	86	69
新小说	77	67	109	151	194	155	122	64	49
旧小说	4	3	4	7	12	32	30	22	20

抽样调查晚清间新旧小说单行本出版数量百分比表

年份	1903	1904	1905	1906	1907	1908	1909	1910	1911
新小说	95%	96%	96%	95%	94%	83%	80%	74%	71%
旧小说	5%	4%	4%	5%	6%	17%	20%	26%	29%

【说明：一，单行本散佚较少，挖掘较为充分，得出的数据相对准确，故此次仅抽取单行本为样本。

二，样本数据参考《中国通俗小说总目提要》（江苏社科院明清小说研究中心编，中国文联出版公司1990年版，以下简称《提要》）。根据该提要内容可以大致判断出作品属新小说还是旧小说。《提要》漏收和错收部分，根据陈大康先生主持的"中国近代小说资料库"最新搜集的资料加以补订。

三，《提要》中凡标"未见"书目，而笔者亦未见到实物者，不计入。《提要》基本不收翻译小说，此处则将翻译小说皆计为新小说。1903—1911年间单行本实际出版总量为1280种，本次采样总量为1122种，占总量的87.66%，这意味着本次调查的样本量其实已经较为接近当时的实际出版量。】

　　在此次抽样调查中，为了便于判断，笔者对新、旧小说的界定设立如下标准：对旧小说取严格限定，对新小说则取宽泛定义，意即小说背景、故事情节、叙事手法或思想倾向只要有其中一项具有新时代的特点，即判定为新小说。即使对旧小说使用了如此严格的尺度，其发展趋势依然颇为耐人寻味。

　　由上表得知，"小说界革命"最初五年间（1903—1907），旧小说的出版量非常之少，年均寥寥数部（仅占总量的5%左右），可见"小说界革命"的确取得了阶段性胜利。不过这种反差极大的局面并未维持多久。光绪三十四年（1908）是一个重要的节点，从本年起旧小说开始风云再起，所占比重逐年大幅度提升；宣统三年（1911），旧小说比例已上升至年度小说出版总量的三成，跟前一阶段相比，其所占比重足足翻了五番。笔者随后翻检了《时报》、《神州日报》等晚清大报，情况也大略如此。旧小说卷土重来，所占比重日益上升，无疑意味着"小说界革命"的影响力在日渐减弱，"革命"任务在复杂的时代风云变幻之下并未如愿完成。

　　笔者在导论和第四章中，已经用较大篇幅论述了"小说界革命"之后小说理论界的调适和嬗变。然而无论小说理论界的秩序如何调整，主流舆论对革新旧小说的呼声皆从未间断过。哪怕是在战火纷飞、政局动荡的辛亥民元，理论家们依然挂念着要革掉旧小说的命，"中国旧有之小说，汗牛充栋，然佳者实不及千分之一。除十余种著名之作外，皆绝无意识，不堪卒读者也"，并呼吁"故今日欲藉小说之力以牖民，第一步即须与此等恶小说战"云云，言者管达如随后还详细罗列了旧小说诲淫诲盗、怪力乱神等诸多罪状，大有除之而后快之意。① 要知道，管达如的小说理念主要秉持温和、折中的中和之道，连管氏对旧小说的态度尚且如此激烈，其他的小说理论家更是可想而知。然而，即便理论家们多将旧小说置于敌对立场，并对之施以严厉地批判，结果还是无法阻止其东山再起，继续"贻害于社会"（管达如语）②，这无疑让理论家们甚为痛心疾首。特别是"社会派"理论家们，他们应该发现随着时间的后移，小说的发展渐渐挣脱了他们的掌控，甚至朝着他们理论预设的相反方向行进，比如旧小说的复兴。这的确是个让他们感到尴尬的迹象，但他们可能更没想到的是，旧小说的复兴只不过是小说界"忤逆"的开始——"鸳派"与"黑幕"的勃兴尚在后头。

那么，旧小说何以能"咸鱼翻身"？

一

一度遭打压而几近绝迹的旧小说，出现复兴迹象是在光绪末年到宣统朝间（1908—1911）。在此期间，对小说界影响最为深远的事件，无疑是"小说界经济危机"，以及如影随形而至的小说界发展低潮。那么，它们跟旧小说的复兴是否有直接的关系？当然有。但后续问题随之而来：风靡一时的新小说尚且不能保住市场，难道旧小说比之更具竞争力？获得广泛舆论支持的新小说，难道敌不过理论界几乎人人喊打的旧小说？这些问题的最终答案，其实都掌握在小说市场的主角——读者手里。只不过读者往往都是沉默的大多数，特别是旧小说的拥趸们，要想了解他们的真实态度，就不得不对其群体进行更为细致的考察。

① 管达如：《说小说》，《小说月报》第三年第十、十一号，1912 年。
② 同上。

徐念慈曾经对"小说界革命"至光绪三十三年（1902—1907）这段时间内小说读者的阅读情况作了专门调查，其调查报告的结论是：

> 余约计今之购小说者，其百分之九十出于旧学界而输入新学说者，其百分之九出于普通之人物，其真受学校教育而有思想、有才力、欢迎新小说者，未知满百分之一否也？[①]

这份市场调查报告指出，购买新小说的读者中，新智识人士占百分之九十，普通民众仅占百分之十。那么，普通民众青睐的是何种类型的作品呢？

> 以余之经验，则舍余十余年来所识之新朋友外，其旧时亲戚故旧与里巷间之顽夫稚子妇人，依然但知《三国》、《水浒》、《西游记》，而能举新小说之名者百不一二，其能称颂新小说之美者，盖罕闻也。[②]

言者所谓的"十余年来"正是"小说界革命"开始至宣统朝这一区段，此间，读者群中占相当数量的"顽夫稚子妇人"们心有独钟的依然是旧小说而非新小说。我们再看当时的小说出版情况，在徐念慈所调查的那个时段，旧小说仅占年均出版量的5%（抽样调查年均约5部），这意味着"顽夫稚子妇人"们每年只能享受寥寥数部新出版的作品。综上可见，出版商和小说作家们在"小说界革命"后，都过于乐观地估计了新小说的市场容量，蜂拥而上出版新小说，传统的旧小说市场反而被有意无意地忽略了。仅从常识就能判断，这种市场状况极易导致供求比例失衡，进而引发"小说界经济危机"。随后，出版商们才逐渐醒悟，其实他们放弃了一块很大的市场空间，此时回填空白只不过是遵照市场规律办事而已。并且，当时的出版商们和作家们，还忽略了一块阵幅广阔的乡村市场：

---

① 觉我（徐念慈）：《余之小说观》，《小说林》第十期，光绪三十四年（1908）。
② 樊：《小说界评论及意见》，《申报》宣统元年（1909）十二月十二日。

> 余辈须知今小说已分为新旧两派，如两国之军队焉。新派小说所占之阵地恒在城镇，而旧派小说所占据之阵地恒在乡村，村固较城镇为多，于是旧派小说之阵幅较广。①

在相对闭塞的乡村小镇，读书人的见识有限，思想相对保守，接受新小说的异域理念、新的内容、形式等都需要一个适应过程，而"小说界革命"前期一刀切的处理方式无疑过于简单粗率，也给市场留下了断层和空白。因此，若从市场角度看，旧小说的"复兴"其实是市场经济规律作用的结果。

那么，新小说为何没能完胜旧小说？旧小说读者群体的审美心理到底如何？

笔者相信在"小说界革命"之初，富于社会责任感的一大批出版商和小说家们也曾真诚地希望通过推出新小说来抵抗、消解旧小说的种种积弊，以达改善"群治"之目的。为此，他们少出甚至不出旧小说，以新小说代旧小说对读者加以引导和培养，试图转变旧小说读者的审美习惯并使其最终接受新小说。前者的用心可谓良苦，初衷也颇为良善，方向亦无大错，不过在操作上却犯了操之过急的毛病——要知道，若想改变旧小说读者根深蒂固的审美习惯，无疑需要加以时日对之潜移默化，并非短时间内通过一场"小说界革命"就能顺利完成的。

更重要的是，新小说的魅力尚未达到完全吸引旧小说读者的程度。比如，梁启超式的新小说，连他自己都知道"毫无趣味，知无以餍读者之望"②，那么以情节主义和趣味主义为中心的传统读者自然是敬而远之了。又如，大量的翻译小说，虽然受到上层知识分子的青睐，但就那些下层识字者而言，对国情尚且懵懂不知，对异邦的了解更是一鳞半爪，这种知识背景和文化差异的隔阂，使他们阅读翻译小说时大多食髓而不知其味，兴趣顿减：

---

① 樊：《小说界评论及意见》，《申报》宣统元年（1909）十二月十二日。
② 饮冰室主人（梁启超）：《〈新中国未来记〉绪言》，《新小说》第一号，光绪二十八年（1902）。

趣味不如自著者之浓深也。各国国民之好尚，互有不同。外国人所以为乐者，未必我国人亦以为乐，此无可如何也。自著之小说，本为吾国社会之产物，且多以投合社会之心理而作者。外国小说则不然，故不免有格不相入之处。此中虽无优劣然否可论，然欲吾国人好读外国人所著之小说，亦如中国人自著之小说，则必不能矣。[1]

这种"水土不服"的现象，主要针对的正是传统的小说读者，尤以下层知识分子为甚。相关情况笔者在第三章中已有详述，兹不赘论。

其实，读者青睐何种小说类型，还跟文化背景和地域差异直接相关。从小说地域分布情况看，江南区（上海为中心）、南方区（广州、香港）、中部区（武汉为中心），深受租界、洋场文化影响，民风开放程度较大，因此成为新小说的主要消费市场（详叙见第一章）。而剩下的其他地区，民风相对闭塞保守，对新小说的接受则相对有限，倒是旧小说似乎更受读者们的青睐。宣统元年（1909），在远离洋场文化中心的吉林省，一份受众群体主要是下层民众的报纸——《吉林白话报》刊载了一篇名为《旧小说之势力》的文章，专门就新、旧小说竞争力的问题进行了探讨。论者指出：

> 小说又叫闲书，闲书者，闲人所听所看之书也。二十年以前无所谓新旧之分，满街上所通行的全是中国本有的旧小说。近年以前，新小说这才大行其道。这种书发源于外洋，成兴在上海（小说林、商务印书馆随编随出，内中尤以林琴南翻译的为最好）。按理说，凡事全都以新为贵，自（只）要是个新的，总该就比旧的强，何况编新小说的人，胸中的学问又另是一番见解呢。真要是新小说能够畅行，书中的人物妇孺知名，书上的穿插家弦户诵，何尝不是改良风俗的利器，补助教育的好法子呀。无奈新的势力跟不上旧的一零儿，普通人的脑筋已竟让旧小说全占满了，决没有新的一点坐位。不论新的编的怎么好，也搁不住不时兴。

---

[1]　管达如：《说小说》，《小说月报》第三年第十号，1912 年。

论者一方面肯定了林纾等人所作新小说的上佳之处，另一方面也如实指出新小说"程度太高，不能凑合普通的人"。① 论者的这一看法，恰好点出了"社会派"想以新小说启发民众所带来的现实困惑。这一困惑，其实早在"小说界革命"之初狄平子就曾做过专门讨论。狄氏赞成"以新小说开导妇女与粗人"，因此必须赋予小说以启蒙意义："夫欲导国民于高尚，则小说不可以不高尚。"不过现实的困境是"士大夫以外之社会，则就高尚之小说亦难矣"，"欲以佳小说饷士大夫以外之社会，实难之又难者也"。② 简言之，"高尚"的新小说下层民众不喜欢，而"下流社会所嗜之若命者"往往又是那些"不堪卒读"的旧小说③，于是启蒙与被启蒙者之间的分歧由此产生。"小说界革命"的核心理念是要发挥小说的启蒙功能，故宁取"高尚"而绝不俯身"媚俗"，其结果往往只"启蒙"了一些或许根本不必以小说方式来启蒙的"学士大夫"④，却疏远了最该接受启蒙的普通民众。因此，《旧小说之势力》作者看到的现实情况是，新小说其实并未获得大部分下层普通民众的青睐，甚至觉得"新的势力跟不上旧的一零儿"。话虽偏激，不过倒给我们在研究新、旧小说接受情况之时提了一个醒：不同地域、不同文化层次和背景的读者，对新旧小说的态度和接受程度会存在差异，甚至截然相反，若以笼统的眼光看待，根本无助于了解当时小说界的真实情况。⑤

从通常的审美心理看，"喜新厌旧"方是人之常情，现在怎么反而成了"喜旧厌新"了呢？《旧小说之势力》作者对新小说为何无法深入人心总结出了三大原因：其一，"小说小说，是非用嘴说不可"，亦即小说最好使用拟话本、评书之类的形式呈现；其二，"新小说与人生日用相去太远，所以未免向隅"，即前文所云之"水土不服"现象，使读者难以找到心灵感应或

① 选稿：《旧小说之势力》，《吉林白话报》宣统元年（1909）三月二十二日。

② 平子（狄平子）：《小说丛话》，《新小说》第七号，光绪二十九年（1903）。

③ 管达如：《说小说》，《小说月报》第三年第十号，1912 年。

④ 别士（夏穗卿）：《小说原理》，《绣像小说》第三期，光绪二十九年（1903）。文云：中国之小说分两派，一以应学士大夫之用，一以应妇女与粗人之用。今值学界展宽，士夫正日不暇给之时，不必再以小说耗其目力。惟妇女与粗人，无书可读，欲求输入文化，除小说更无他途。"

⑤ 晚清小说家王钝根在《新状元》（《申报》宣统三年（1911）闰六月二十三日）中有云："私定终身后花园，落难公子中状元，已成旧小说之通套，识者见之不值一哂，而在初知字义之女子，莫不乐观之。"道出了不同文化层次、背景的读者，对旧小说态度的差异性。

生活、文化上的共鸣；其三，小说应该与戏剧搭配，方能相辅相成，相得益彰，扩大影响。这三个方面，大体符合事实，也的确击中了新小说之软肋。第二条原因前文已有详论（见第三章），不赘叙；其余两条原因涉及到了中国小说的民族形式与传统读者的审美习惯，不妨略加讨论。

说话，是中国读者喜闻乐见的传统小说形式，即使随后出现了便于案头阅读的拟话本，依然能见出说话的影子。新小说在西方小说叙事模式的影响之下，话本的叙事模式逐渐被改变（特别是译本小说），这无疑跟传统的审美习惯发生了冲突（譬如"列位看官"之类引语的删改，使读者失去叙述者的关照和引导，从而产生某种情感上的隔阂）。因此，适应于传统读者秉承的这种审美惯性的旧小说，在三大区域以外的地区依然有较大的市场，其中就包括全国的政治中心北京。不妨以北京的《正宗爱国报》和《北京新报》为例。两份报纸都是直接面向普通市民、在当地具有较大影响的白话报，两者都曾辟有小说专栏，所载作品几乎都是保留了较多说书形式的旧小说，譬如《正宗爱国报》的《阿玉》开篇即云：

> 岁暮凄凉可惨，孤儿寡母堪怜。衣衫典质度新年，引出一场恩怨。
>
> 富商识人有眼，议订美满良缘。岂知魔障阻其间，刹那风潮立变。
>
> 淫徒逞财酿祸，恶盗手辣心残。可怜一个小儿男，血染钢刀命断。
>
> 痛矣无辜被害，伤哉不白之冤。若非节烈女中贤，怎能翻此奇案。

这几句词儿，就是这段小说儿通篇的大略。书中的穿场很多，非常的热闹。现在新出的一般小说儿，是言情一派占多数，其中分艳情、浓情、哀情等类。每一开卷，翻不了几篇儿，就有点儿不大爱看。并不是看书人假道学，不欢迎这些言情的书，实因仿效抄袭，弄得千人一面。除去偎倚缠绵之外，直没有一定的宗旨，所以令人一望生厌。在下今天这段小说儿，也纯乎由一情字起因，然非男女间私相爱慕的那个"情"字，却是天地间至情至理的"情"字。推而至于三纲五常，君臣、父子、夫妇、兄弟、朋友，无一不由情字而发。总而言之，情之正者谓之情，情之不正者谓之邪；正则醒世警愚，邪则伤风败俗。所以小说儿一门，关于世道人心，诚非浅鲜。闲言少叙，咱们这就开书。①

这段开场白足足用了 400 余字，以诗词起头，以"闲言少叙，咱们这就开书"收束，都是传统说书人的宣讲套路。其中所发的一通议论，宣扬的依然是人们耳熟能详的传统道德观念，若不看刊载时间，很难想象这竟然是晚清之际的作品——此时去辛亥革命已整整两月。《北京新报》小说使用的也是同一叙事套路，内容以聊斋故事为主，宣扬的也是传统价值观，这些作品跟新小说的区别可谓是泾渭分明。而恰恰是这样的小说类型，在当时深受普通读者的追捧，甚至有拥趸写信给报社大加赞赏并出了几个题目让该报继续演绎。② 这似乎是一个"双赢"的局面——读者得其乐，报馆取其利。双方合力推动之下，报纸的销路自然很不赖，据该报小说主笔庄耀亭自云："我们这份小报儿，直攻（供）不上的卖，每天多印两万多张，还不够夥友们分的哪。"③ 约半年后又云："若因求销路起见，信笔胡云，虽日销数万，究有何益？"④ 若其言不虚，那么对于一家创办还不到两年的报纸，能取得如此的发行量无疑是相当成功的。由此，已不难看出旧小说所拥有的庞大读者群和广阔的市场空间，也再次证明了宣统朝前后所出现的旧小说突然"复兴"，不过是受读者需求而引发的正常市场反应。

二

"诲淫诲盗"几乎是晚清精英阶层理论家对旧小说的定评，也是最为核心的攻击点。早在戊戌变法前，梁启超就已经形成了这样的认识，并由此建立了推行"小说界革命"的现实依据。⑤ 不过在"小说界革命"施

---

① 自了生：《阿玉》，《正宗爱国报》宣统三年（1911）十月十七日。
② 尹箴明：《寄生》篇首语，《北京新报》宣统三年（1911）闰六月二十六日。
③ 耀亭（庄耀亭）：《江城》篇首语，《北京新报》宣统二年（1910）十月初二日。
④ 耀亭（庄耀亭）：《巧团圆》，《北京新报》宣统三年（1911）三月十三日。
⑤ 梁启超的相关言论见《变法通议》（《时务报》第八册，1897 年）、《译印政治小说序》（《清议报》第一册，1898 年）、《〈新小说〉第一号》（《新民丛报》第二十号，1902 年）、《论小说与群治之关系》（《新小说》第一号，1902 年）等。

行十年后，"社会派"理论家们对旧小说的判断依然如是，① 就颇值得玩味了——若说这一论断仅仅针对"小说界革命"之前的某些旧小说，则无疑是正确的；但若笼统地包括了近年来新出现的旧小说，则不仅抹杀了同道们多年来努力的成果，对旧小说的批判也有失精准和力度。

宣统朝前后复兴的旧小说，可以粗略地归为两大类型：公案侠义小说和世情小说。

公案侠义小说中，以储仁逊抄本小说系列②、《新儿女英雄》（香梦词人版）等为代表。这些作品多将故事背景设在前代，采用忠奸二元对立的结构模式，将奸人犯案、清官断案、侠客相助交错杂糅，辅以一些悬念设计，情节离奇纷繁，正符合普通民众喜欢"热闹"③的阅读心理。

《八贤传》讲述的是八位贤臣匡扶社稷、除霸惩奸之事。贤臣之一郭秀，不畏朝中重臣索艾之熏天权势，调查索艾义子宋雷作恶多端、强抢民女梁小姐之事，只身潜入宋宅，侦得宋雷谋反证据。宋雷觉察后，抓住郭秀，欲加谋害。危急关头，侠客石林适时出现，救出郭秀，擒住宋雷，灭其同党，一并救出梁小姐。奸人宋雷及其外甥总兵同江伏法，百姓将二人碎尸解恨，所抢财物皆发还原主。随后，郭秀、张鹏翮、彭朋、于成龙等诸贤臣，跟一班奸臣斗智斗勇，终于查明索艾、田贵、张英等人作奸犯科、勾结外夷等种种卑劣行径。圣君一道御旨，将索艾、田贵等奸臣抄家灭族，蒙冤忠臣郭秀、彭朋得以赦免雪耻。

香梦词人所著《新儿女英雄》讲述的是：贤臣安天长遭奸人陷害，遭戍边疆，身染重病。其子安宣清得信后前往探视。途中投宿客店时被仇人认出，仇人串合店主欲对之加以谋害。危急关头，得一少年侠客出手相

---

① 管达如：《说小说》，《小说月报》第三年第十、十一号，1912 年。管文在整合近十年来小说理论界成果的基础上，提出了一些颇有见地的论断，不过对旧小说的评述，依然没有超出"海淫海盗"的范畴。

② 欧阳健先生在《津门储仁逊及其抄本小说》（《明清小说研究》1988 年第 4 期）一文中，对储仁逊抄本系列中的十五种小说（其中公案侠义 12 种，神怪小说 3 种）进行了考辨，指出了诸书大致的编撰时间和形成过程。此处参考其考证成果，将《八贤传》、《双龙传》等编撰时间划入宣统朝前后。

③ 对下层读者而言，追求故事情节的"热闹"，在当时似乎是一种普遍的审美心理。譬如《北京新报》、《正宗爱国报》等小说栏中，作者开篇时通常都强调"这段故事很热闹"，收束时则提前预告"下次说个更热闹的"等，正是为了迎合读者的这种心理。

救。临别之际侠客赠送安宣清一包银子、一面三角小红旗、一只小匣。原来，小红旗乃是逍遥岭的信物，安宣清手持此旗，一路上得到了逍遥岭诸好汉的保护；而那位侠客乃是他女扮男装的未婚妻金玉贞，匣中所装即当年的定情之物。金玉贞在父亲被牛制台害死后，随其堂兄金龙藏身逍遥岭，苦练武艺以待报仇。经过重重波折，金氏兄妹终于杀死了作恶多端的牛制台。大仇得报后，安宣清和金玉贞这对有情人终成眷属。

另如《双龙传》、《暗杀奇案报仇恨》、《鸳鸯剑》等皆同此类。这些作品并没有脱离前代《施公案》、《彭公案》、《三侠五义》等公案侠义小说"清官遇难侠客帮"、"大团圆结局"等基本的故事架构，而书中一些故事桥段在民间评书或戏曲中也早就广为流传。当然，这些小说在编创过程中也经过了作者新的艺术加工，比如减少了小说中的神幻色彩甚至迷信成分，注重一些断案过程的逻辑推断等等，从中可见作者对改变传统公案小说中"案不破，鬼神助"套路的努力，这也是近代西方侦探小说进入中国后对传统公案小说的直接影响。

可以说，经过"小说界革命"洗礼之后，一方面，小说家们在创作过程中已有意无意地对旧小说进行了一些技术上的处理，使公案侠义小说基本脱离了所谓的"诲淫诲盗"的低级趣味。另一方面，晚清吏治腐败、社会黑暗，作为弱势群体的下层民众也希望从清官公正断案、侠客惩恶除奸中获得某种心理的快慰，而这正是光讲暴露批判却回避了如何解决问题的"谴责小说"所不具备的阅读感受，两者正好可以互补。此外，当时部分人还认为中国因缺乏"尚侠之风"才导致社会腐败，国民萎靡不振，而侠义小说不正可以提振国民士气吗？① 有如此种种较为正当的理由，为何公案侠义小说还是遭到了"社会派"理论家们的抵制呢？梁启超在《论小说于群治之关系》中，以严厉之辞声讨旧小说云："吾中国人之状

---

① 冷（陈景韩）：《论小说与社会之关系》，《时报》光绪三十一年（1905）六月初八日。论者分析中国腐败软弱之原因时，曾云："其一曰无尚侠之风。夫我中国之所以腐败而各事不举者，以各种人于己所应为之事，不能尽力为之也。然又有一故，则以非己所应为之事，不肯仗义以为之也。而社会之性情，遂因之委靡而不振。譬如遇顺境，身所不能计深远、虑缜密者，人亦无有出而代为之计虑；又如遇逆境，身所不能亲为报仇者，人亦无有路见而代抱不平。夫天下之事，不过己事与人之事耳。己既不自振，人又不挟助，虽欲社会上事，有一不腐败，而不可得也。此恶劣之性质，亦宜急救药之，不然，将为堕失人道之第一病根。"

元宰相之思想何自来乎？小说也……今我国民绿林豪杰，遍地皆是，日日有桃园之拜，处处为梁山之盟，所谓'大碗酒，大块肉，分秤称金银，论套穿衣服'等思想，充塞下等社会之脑中"。① 梁启超虽未点破，但言下之意已然明了。这些旧小说之所以"有害"，其实根源倒不在于小说艺术上的粗糙（侠义公案小说情节设计的模式化、人物塑造的类型化甚至结构拖沓松散等艺术缺陷都不同程度存在，这毋须多论），而是其思想内容上所具有的麻痹性和欺骗性，使国人在虚幻的慰藉中期待清官侠客匡扶社稷、打抱不平，从而转移、消解了人们对现有秩序的不满和力图改良的动力。在梁氏的设想中，《新中国未来记》这样的小说才是模范的"国民教科书"，因为它传达的是现代政治观念——不再强调某个清官侠客、明君贤达对社会的终极作用，而是在立宪政体之下寻求制度保障，让国民获得真正的参与权，体现个人的独立性和在国家机器中的存在价值。总而言之，梁启超们追求的是君主立宪下的"制度政治"，而旧小说表现的却是以清官侠客为主导的"人治政治"，新旧两种不同思想观念的冲突，或许才是梁启超及其同道们极力排斥旧小说的根源所在。

第二类是世情小说，写的是"极摹人性世态之歧，备写悲欢离合之致"②，因此既包括普通的人情世态小说，也包括言情小说和狭邪小说。宣统朝前后出现的代表作有《阿斗官》、《竟何如》、《新花月痕》等。

《阿斗官》讲述的是乾隆年间，广东顺德一孝廉出任江左地方官，欲以三千金谋太仓州候补衔，无奈宦囊不足。于是，孝廉在断周存礼遗产案中收取周存礼之兄周存仁贿银八千两，逼令孀妇改嫁，孀妇当即抱着遗腹子触石而亡。孝廉虽枉死了两条人命，但以贿银顺利打通关节谋得官缺，自此官运亨通，老来得子名阿斗官。阿斗官稍长，骄奢跋扈，气死乃父。此后更是横行无忌，狂嫖滥赌，博得"花界霸王"的诨号。在其挥霍无度之下渐渐入不敷出，最后卖尽孝廉生前聚集的不义之财沦为乞丐，继而一命呜呼。篇末点明题旨云："人生莫作亏心事，冤报相缠在后嗣。人生切勿恃财雄，最怕后来两手空。冤家孽债何时了，了得债时人已渺。"③

① 饮冰（梁启超）：《论小说与群治之关系》，《新小说》第一号，光绪二十八年（1902）。

② 笑花主人：《今古奇观·序》，转引丁锡根编著《中国历代小说跋集》，人民文学出版社1996年版，第793页。

③ 冯君：《阿斗官》第十回，广州觉群小说社，宣统二年（1910）。

《竟何如》故事梗概为：李家二女紫琰、紫瑛皆美艳多才。紫瑛已许配给许骞鸾，紫琰尚待字闺中。官宦子弟卜耀琏、巫量仁有意结交二女，紫瑛无心，紫琰却很快与卜耀琏相会并终而私合。紫琰与卜耀琏担心事情败露，欲拉紫瑛下水，假托紫瑛之名写信给许骞鸾要求断绝关系。许骞鸾悲痛回复绝情信。紫瑛收信后悲愤不已，随即失踪。三日后，河中现一女尸，家人当是紫瑛收葬。许骞鸾得悉后痛绝昏倒，被人接走。不久，紫琰与卜耀琏私合之事败露，紫琰自尽。此时，舅舅带领紫瑛、许骞鸾突然归来，事件真相大白，有情人终成眷属。

《新花月痕》讲述吴江世家子弟杜青君才识过人，每每风流自赏。到苏州参加考试期间结交青楼女子花琴、秦影、三儿等人，并与她们发生了一系列的感情纠葛。随后，三儿吞金而死，秦影亦悲愤离去，杜青君终而醒悟，折断情丝。

类似的小说还有《剃头二借妻》、《奶妈娥》、《无底洞》等等。这些小说大都宣扬传统的价值理念，比如因果报应、万恶淫为首等。可以说，面对新的社会环境，作家们依然希望以旧道德唤醒日渐堕落的人心，建立旧的人伦秩序和社会规范。故潘侠魂在评《阿斗官》一书时，意味深长地道："其中谈果报之理，颇类怪诞，而揆今社会之程度，正为对症之良药也。"[①] 看来，这些旧小说同样很难与"诲淫诲盗"挂上关系，甚至它们本身就是为了抵御人们的"淫"、"盗"思想而作的——在不少旧小说家眼里，部分新小说倒才是"诲淫诲盗"之作。其中，首先被架上审判台的就是自由婚姻思想和民主革命思想。此处不妨以旧小说家对自由婚姻思想的攻击为例。《官场离婚案》中评点者对欧风东渐后，男女交往中的"世风日下"深感忧虑，"欧化输入以来，女德大坏，气节早已扫地"（第八章）；"欧化东渐，风俗为之一变，人心为之一变，未见其利，先蒙其害，而于男女之界受害尤深"（第十章）等等。虽然言论陈腐不堪，但这些言论既然也是打着"改良风俗，维系世道人心"的旗号来对抗新小说倡导的"自由婚姻思想"，就不能不引起特别的注意。[②]《自由泪》也是一部专为抵御当时泛滥的自由婚姻思想而特意创作的小说。作者"散红"

---

① 潘侠魂：《阿斗官·绪言》，冯君：《阿斗官》，广州觉群小说社，宣统二年（1910）。
② 天梦著，忧天生评：《官场离婚案》，改良小说社，宣统二年（1910）。

在《自由泪·读法》中提到，"《自由泪》何为而作也？泪自然主义倡世文学趋向，多重写世，艳情之作"，结果"无智识、无阅历之青年男女，其不为此种表面观察所误者几希矣"。因此，作者的看法是"爱侬为全书中之罪魁祸首，故著者不罪痴仙而罪泪香，不罪泪香而罪爱侬"。[①] 而作者所批判的这位"罪魁祸首"爱侬，正是一位留学法国巴黎大学，接受西方"恋爱主义"思想，热衷自然主义创作的新人物。可见，"小说界革命"之后，新小说与旧小说都注重强调自身在改良风俗、唤醒人心等方面的功用，也不推卸对社会责任的承担，但两者依然发生了冲突。其冲突的根源，并不在于小说表现对象或小说体式上的分歧，而是新旧两种思想的差异，是对社会改良往何处去的不同回答的博弈。

从总体上看，新小说明显占据了舆论上风，但旧小说也并非无所作为，它们在宣统朝的"复兴"就是对新小说的一次有力回击。对新小说而言，成果已然不小，但革命尚未成功。其成果有限的很大原因缘于对旧小说认识的偏差：一是低估了旧小说的惯性力量，忽略了旧小说背后读者群的支持；二是对旧小说"诲淫诲盗"的笼统论断。其中，又以后者为甚。梁氏等人最初将旧小说评为"诲淫诲盗"或许只是出于理论策略设计的需要，但后续者却并没有对之作进一步的理论拓展。问题是，这一论断显然过于简单粗率——看似把持了道德高地，却忽略了新形势下旧小说的调适，使得该论断不仅有失精准，甚至稍有不慎还会被对方利用而伤及自身。因此，旧小说的复兴并非偶然，而"小说界革命"的日渐式微亦绝非偶然——这似乎只是个常识性的结论，但原因和过程都值得仔细玩味。

第二节　启蒙与娱乐杂交："新消闲小说"的勃兴

宣统元年（1909），就在小说界开始陷入低潮之际，某君为中国新小说的未来之路出谋划策云：

> 是故为今日社会改良计者，宜取吾国古来英君、贤相、循吏、孝

---

① 散红：《自由泪·读法》，《自由泪》，上海维新小说社，宣统二年（1910）。

子、贞妇、侠客、义仆之遗事，以通俗之文编为平话，而纬之以浅近
之科学、物理，与夫政治历史之常识，使人人读之易晓，而又廉其代
价，使负贩劳力之人，皆可人手一编，其于化成俗美之蕲向，或有什
一之裨也乎。①

　　该文刊载于当时流行颇广、影响甚大的上海老牌新闻纸《新闻报》，文章
未署名，置于报首"论说"栏。按近代报馆编制惯例此栏由报馆主笔或
总编主持，故该文应该由其撰写，代表着该报的舆论导向。或许，后人最
初接触这则材料时并不会加以特别的注意，甚至颇不以为然——小说界已
经"革命"这么多年了，竟然还有人持如此"奇特"（保守）的小说观。
但细究后发现，论者其实乃是深谙小说界的一位"智者"，无论巧合抑或
必然，总之在此后不算短的一段时期内，小说的创作主潮竟然跟其预设的
以"大杂烩"为主要特征的小说发展方向不谋而合。

一

　　梁启超倡导以小说作为启蒙工具的小说理念，虽然激起了很大的反
响，但鉴于各派、各方的利益出发点并不相同，故该理念在贯彻执行中，
必然会变样走形而未能达到预期效果。《新小说》杂志的停刊（1906）可
以看成是单纯启蒙工具论步入危机的象征性事件，其后的小说期刊"生
死坎"（1908）是最后的警告，随之而来的"小说界经济危机"和伴生的
小说界发展低潮则雪上加霜，正式宣告单纯的启蒙工具论已经不合时宜。
　　可以说，启蒙的日渐式微是晚清小说发展的大趋向，对"小说界革
命"倡导者而言，这自然是一个令人尴尬而又不得不接受的事实。他们
最为看重的政治小说，早在宣统朝之前就已失去了昔日的荣光，到了宣统
朝就更显黯淡——较为纯粹的作品数量本已相当稀少，权当零星点缀，最
为重要的是它们还失却了《新中国未来记》"确信此类之书，于中国前
途，大有裨助，夙夜志此不衰"② 这样的理想与激情，而是像《六月霜》

---

　　① （未署名）：《新小说之平议》，《新闻报》宣统元年（1909）二月初十日。
　　② 饮冰室主人（梁启超）：《〈新中国未来记〉绪言》，《新小说》第一号，光绪二十八年
（1902）。

那样掺杂了过多的对现实的忿懑、谴责和不信任，使小说的启蒙功能被有意无意地忽略或消解，其更大的意义似乎倒是在暗喻（诅咒）末世王朝已时日无多，而不是对"新中国""未来"的热烈企盼。

在启蒙日渐式微的同时，娱乐消闲风则日益强劲。这种彼消此长的发展态势，在宣统朝间的小说低潮期表现得异常明显。为了更为鲜活地呈现两者地位互易关系的渐变历程，笔者在这里打算弃用枯燥乏味的数理分析，拟从各家小说出版机构所提供的小说征文启事和宣传文告中，勾勒和管窥"小说界革命"启动后的十年间小说内容以及小说界审美取向的发展轨迹。

（因征文启事与宣传文告材料较多，现以附录形式置于本章末。以下本小节不出注之引文，皆引自该附录）

经过梳理和编排，晚清间小说演进的历史轨迹已经较为清楚地凸显出来，现不妨择其要点略加陈述。

其一，"小说界革命"发起之初（1902—1904），小说作品强调的是启蒙功能，作品类型以政治小说、科学小说、教育小说、实业小说等为主流，当然也并不完全排斥写情小说，但首要标准是"必须写儿女之情而寓爱国之意"，强调"非有益于社会者不录"，《佳人奇遇》、《血泪花》可为代表。至于《海上繁华梦》、《海上尘天影》等以青楼为主要表现对象的世情小说并未销声匿迹，微妙之处在于它们也自我标榜"足资惩劝"、"洋务西学"云云，可见此类小说亦希望与"有益时局"的主流舆论搭上干系。这也恰恰反映出它们底气不足，基本处于被压制的境地，故在宣传文告上也是字斟句酌，小心翼翼，显得相当低调。总体言，此时期的启蒙类小说一家独大。

其二，随后两年（1905—1906）是渐变期。《离恨天》、《珊瑚美人》、《枯树花》、《卢梭魂》等作品依然高擎启蒙大旗，不过在宣传措辞上的微妙变化则显得耐人寻味，例如《环游地球旅行记》的长篇宣传文告中，不再单一突出"政治小说"的地位，而是将之与冒险、侦探、言情等流行元素一起并置作为吸引不同读者群的噱头。同时，"缠绵之笔写哀艳之文"、"赏心悦目"、"有趣、有味"之类具有娱乐倾向的修辞语也开始出现，表明娱乐类小说的影响在日渐扩大。这点在征文启事上也能见出端倪：光绪三十二年（1906），新小说丛报社自云"寓诱智改革之深心"，所征求的小说类型多达十余种，几乎囊括了当时所有的主流题材，不过值得玩味的是单单没有"政治小说"一门，"艳情小说"反而赫然在目。随后，该社改组为月月小说社，在其发布的征文中依然未收"政治小说"。小说界风气的渐变，于此可见一斑。

其三，启蒙与娱乐的分化对峙出现在晚清小说发展的高峰时段——光绪朝的最末两年（1907—1908）。一方面，强调启蒙的小说依然拥有市场。从《小说林》、《竞立社小说月报》、《民议报》、《月月小说》等小说征文看，教育、科学、理想等都是排名靠前的热门题材，其中《竞立社小说月报》设立的"三大宗旨"（保国粹、革陋习、扩民权）更是无一不与倡导爱国启智相关。另一方面，娱乐消闲类小说的兴起已是不争的事实。《小说林》对国外侦探、冒险、社会小说的热衷和《月月小说》对写情、滑稽小说的增设都能见出一斑。哪怕是高擎启蒙大旗的《竞立社小说月报》，也不得不承认小说在人们"最无聊之状况"时可作"消遣事也"。而《民议报》在强调小说"养成国民之道德"的同时，更是将作品是否"绮丽哀顽（婉）"列入征文采稿的一大条件。在小说广告方面，侦探小说、艳情小说等成为出版机构最乐于宣传的小说类型，而"情节离奇变幻"、"诡谲壮丽"、"缠绵悱恻"、"悲离欢合"等富于煽情性的修辞语，已经成为小说广告中的高频语汇。上述状况表明，此时期的小说界大体上是启蒙与娱乐双峰并峙，占据着大致相当的市场份额。

其四，天平向消闲娱乐一端倾斜完成于宣统朝间（1909—1911）。此间，宣扬小说"改良社会、开通风气"依然是不少出版商祭出的金字招牌，表明"小说界革命"之初倡导的启蒙理念依然在发生影响——至于面对"小说界经济危机"的生死考验，受制于市场的出版机构贯彻执行启蒙理念的诚意有多大，则是另一回事。《图画日报》征文对小说来稿要求"有裨社会、有益人心世道"，但其主打作品却是狭邪小说《续海上繁华梦》和侦探小说《罗师福》。改良小说社自我标榜"以改良社会、开通风气为主义"，但在推销小说时则以"消闲妙品最新最奇最有趣味之小说"为噱头，出版的作品也多是些《风流道台》、《花心蝶梦》、《新西厢》、《北京繁华梦》、《官场风流案》、《珠江艳史》等艳情小说或狭邪小说。《天铎报》更是明确表示以征求言情小说和社会小说为主，并且还要"毋取高深"，这明显是在照顾下层民众的阅读口味。到了宣统三年

(1911)，《小说时报》与《小说月报》的征文都不再设题材类型的限制，
似乎暗示着读者喜欢就是最大的标准，而这两家杂志历来正是被视为
"鸳鸯蝴蝶派"刊物之滥觞，"鸳派"的许多重要成员与之关系密切。此
间，诸家出版社为消闲小说在广告上提供的大力支持，同样助长了娱乐消
闲风：改良小说社将小说视为"消闲妙品"，商务印书馆也把小说宣传成
"唯一无二之消夏品"或"最佳冬令消闲品"①，可以起到"阅之大足驱
遣睡魔，排解郁怀"之特殊功效云云。在出版商的宣传文案中，"花月艳
情"、"窃玉偷香、钻穴逾墙"、"风流疑案"、"风流轶事"、"风流趣话"、
"妓女"、"嫖客"等都是使用频率颇高的关键词，明显是在逗引普通读者
喜欢搜奇猎艳之天性。不言而喻，当出版商们为了迎合读者口味，将小说
仅仅定位于"酒后茶余，藉此消遣盛兴，堪为最宜"之时，其所宣扬的
启蒙功能无疑被大大消解了。

　　上述事实告诉我们，"小说界革命"之后，小说启蒙观念经历了由一
家独大到逐渐被边缘化的过程；相反，消闲娱乐观经历的则是由边缘到中
心的转变过程。提请注意的是两者地位的互易是一个渐进衍变的过程，在
宣统朝间，虽然后者以较大优势取代了前者的地位，但这一衍变过程并没
有停止，而是一直延续到民元之后——直到以"不谈政治，不涉毁誉"②
为创作原则的"鸳鸯蝴蝶派"勃兴，这一过程才基本完成。随后，迎来
的则是一场声势更为浩大、影响更为深远的新启蒙运动，将晚清旧启蒙未
竟之事业继续向前推进。不过这已是后话了。

二

　　晚清小说界启蒙与消闲的博弈，最终呈现了一个戏剧性的结局——在
宣统朝间两者地位互易，娱乐消闲小说俨然成为了小说界的主角。不过，
这是用二元对立的模式简单地概括了两者的力量对比，而在大多数情况下
两者的界限并非如此清晰：双方在博弈的同时，更多的是互相借鉴、吸
收、转化，终而相互融合，你中有我，我中有你，甚至成为一种"矛盾"
的存在。

---

① 商务印书馆："新年消闲之乐事"广告，《申报》宣统元年（1909）正月初七日。
② 王钝根：《游戏杂志·序二》，《游戏杂志》第一期，1913年。

宣统三年（1911），改良小说社在多家主流纸媒上发布了这样一则小说广告：

> 本社为开通风气、改良社会起见，发行新小说不下百数十种，久已脍炙人口。兹同人精益求精，不惜巨资，选购诸大小说家最近之杰构，大凡不外历史小说、社会小说、滑稽小说、侦探小说，以及艳情、侠情、哀情、言情诸小说，而其内容尤以官界、学界、商界、伶界、妓界之风流佳话、游戏文章唤醒一切痴迷同超孽海为主。至其用笔之工、构思之巧，写情写景、绘影绘声，无不跃然纸上，真说部大观也。①

这则广告中的逻辑矛盾不难分辨：以伶界、妓界等香艳题材创作的风流佳话、游戏文章，如何能达成"开通风气、改良社会"之预设宗旨呢？类似抵牾并非改良小说社一家独有，鸿文书局、新新小说社、有正书局等各大小说出版商——包括小说发行量名列第一的商务印书馆都在宣统朝间犯有同样的逻辑"矛盾"。当个案成为现象之时，就大可值得注意了。

改良小说社创办于光绪三十三年（1907），正是晚清小说发展的顶峰时期。随后，小说界陷入低潮，各家出版机构纷纷减产或转行，位列晚清小说出版量第二的小说林社甚至倒闭关门。改良小说社虽然也受到了大环境的冲击，但依然能保持着相对较好的业绩，短短数年间其单行本的小说发行总量就已跃居第三（其中宣统朝间，每年的出版量均排第一）。② 那么，该社为何能在激烈的市场竞争中有如此不俗的表现？其一大"秘诀"就隐藏在上述"矛盾"之中：一方面，继续宣扬小说具有"开通风气、改良社会"的启蒙功用价值，取得社会舆论的支持以尽量减少来自舆论方面的压力；另一方面，积极迎合读者口味，主打消闲牌，推出读者喜闻乐见的小说作品。其中，对两者之间"度"的把握，考验的即是出版商

---

① 改良小说社："上海改良小说社辛亥年新出版小说广告"，《申报》宣统三年（1911）二月初五日。该广告亦见于《神州日报》、《民立报》等多家纸媒。

② 相关情况见文末"附录四"。

对小说市场的把握能力，进而决定其生存能力，相对而言，改良小说社正是拿捏得较好的出版机构（譬如，该社出版了不少晚清畅销作家陆士谔的作品，其中就包括《新中国》、《新三国》、《新野叟曝言》等质量较好者。这些作品重在娱乐，但也兼具了一定的启蒙意义，深得读者青睐）。不妨以此为视点，就"矛盾"背后所反映出的当时小说界启蒙与消闲之间既博弈又调和的微妙关系，作进一步探讨。

一方面，"小说界革命"所倡导的以小说"开通社会，启牖明智"的理念，将"文以载道"的传统文论观与西方近代文论进行了嫁接整合，哪怕这种"中西合璧"不无生硬之处，但依然切合了彼时大众"求救心切"之下对西方文明的莫名向往。故这种新鲜的小说观一出炉就得到了小说界绝大多数人的支持，发展势头强劲，一度成为小说界的主流观念。即使到了宣统朝间，这种强调以启蒙国民为主的小说理念在小说市场面前受到了很大冲击，势头大为减弱，但其惯性的力量依然存在。面对这样的舆论环境，改良小说社、商务印书馆、鸿文书局等出版机构都首先声明其出版小说之大旨皆为开通社会风气计，以避免在舆论上陷入被动地位——即使各家出版商的执行诚意或有大小之分，但这种姿态却不能不做，可见"小说界革命"倡导的启蒙观念对整个小说界影响之大。当然，最为突出的表现恐怕还是启蒙观念对小说创作领域的渗透：或是无意之间，作家们已经接受了小说启蒙民众的观念并将之带入作品之中；或干脆将启蒙也当作一种流行因素，顺水推舟地将之添入作品之中。

另一方面，娱乐消闲功能又是小说的天然属性（故小说有一个被广泛接受的俗称——"闲书"）。关于小说的起源及其功能，曾有两个众所周知的著名论断，一为恩格斯所下："民间故事书的使命是使一个农民作完艰苦的日间劳动，在晚上拖着疲乏的身子回来的时候，得到快乐、振奋和慰藉，使他忘却自己的劳累。"[①] 二是鲁迅所言："至于小说，我以为倒是起于休息的。人在劳动时，既用歌吟以自娱，借它忘却劳苦了，则到休息时，亦必要寻一种事以消遣闲暇。这种事情，就是彼此谈论故事，正就是小说的起源。——所以诗歌是韵文，从劳动时发生的；小说是散文，从

---

① 恩格斯：《德国民间故事书》，《马克思恩格斯论艺术》（第四卷），人民文学出版社1996年版，第401页。

休息时发生的。"① 两人都不约而同地指出了小说之源起乃是人们为了愉悦消闲之用或获取某种情感的慰藉。的确，纵观中国小说史，小说从一产生即被扣以"小道"的帽子流播于各个阶层间，在相当长的历史时期内发挥的主要功能是愉悦大众，供人"消遣闲暇"。而"小说界革命"所倡导的理念，实质上是一种精英阶层的小说观，他们为了突出和强调小说的启蒙功能，往往忽略甚至不惜压制小说的消闲功能，让小说承当起国民"教科书"的社会责任（详见第四章）。但到了宣统朝间，随着市场竞争的加剧，出版商们发现消闲娱乐类小说往往能获得更多的市场份额，于是更乐意出版富于消闲色彩的小说作品，这显然与主流舆论发生了错位。为了避免舆论压力，出版商们只好采用"挂羊头卖狗肉"式的行事策略，但这终究只是权宜之计。

看来，启蒙与消闲之间必须取得某种协调和平衡。因为若是单单强调小说启蒙功能，必然面临着市场的压力；反之，若是单单强调小说的娱乐消闲功能，则又得承受社会舆论的压力。更重要的是，读者经过"小说界革命"熏陶之后，其审美取向跟过去相比多少有了变化，小说作品的调适也是势在必行。那么，何种类型的小说能尽可能地照顾到各方的要求？从宣统朝间看，"新消闲小说"无疑是经过文学规律自身调节和市场淘选后给出的一个较为妥帖的答案——即使这个答案依然是暂时的。

所谓"新消闲小说"，指的是激活小说作为消闲娱乐品的基本功能，同时又有意无意地融入有一定启蒙功能的小说类型。它以愉悦大众读者为旨归，但作品又关注当下现实，并以传播新知识为时尚，故对普通民众又能起到一定的开化作用。换言之，"新消闲小说"其实是将娱乐与启蒙杂交，融合彼时各种时尚元素"调制"而成的小说样式。一方面，它在本质上属于娱乐消闲小说，迎合读者的阅读口味是其创作的重要指向，因此它跟梁启超所倡导的"新小说"并不等同；另一方面，它以传播时代观念为风尚，兼而积极吸收西方小说的创作技法，故在思想内容和表现形式上又跟传统的娱乐消闲小说殊为不同。为了区别于两者，这里特命名为

---

① 鲁迅：《汉文学史纲要》，《鲁迅全集》（第九卷），人民文学出版社 2005 年版，第 312—313 页。

"新消闲小说"。

　　其实，早在"小说界革命"之初，梁启超借《新小说》征文提出的"写儿女之情而寓爱国之意者"的小说样式，就是"新消闲小说"的一种雏形。只是由于当时主要以翻译小说为主，自撰小说极少，并且多偏向于启蒙意义，故这种"新消闲小说"的雏形并未迅速成熟。光绪三十二年（1906），务本图书社发布的那则专为《环游地球旅行记》定做的长篇文论式广告，某种意义上可视为"新消闲小说"即将勃兴的前兆。该广告言词煽情而夸张，开篇即将《环游地球旅行记》描述为融合了"政治小说、地理小说、游记小说、冒险小说、侦探小说、言情小说、社会小说、科学小说"八大题材类型的小说样式，涉及"专门学数十种"，是一部兼具了"有趣、有味、有益"的"唯一新奇小说"。最早对小说类型作出描述的是梁启超，他早在光绪二十四年（1908）《清议报》刊载柴四郎的《佳人奇遇》时，就将该小说标示为"政治小说"；随后在介绍《新小说》的广告中，梁氏更是一次列出小说类型多达十种。① 此后，这种以类型划分小说的做法遂成为小说界的一条通则而被广泛采用。不过，随着各个题材类型之间的相互渗透，特别是一些作家特意寻求各种流行题材之间的融合杂糅，单一的标签往往很难精准的对应于某一部小说作品，《环游地球旅行记》广告就是有意要打破以某个类型标签界定一部小说的做法。当然，宣传文告的描述不免夸张，甚至名不副实，但这并非问题的关键，要点是该文案中所提及的小说类型都是彼时流行的品类——一部小说就像一顿"满汉全席"盛宴，十全大补一样不缺，这才是出版商们所追求的效果，并以此为噱头吸引各个层次、不同审美取向的读者。应该说，对小说界风尚把握最为精准者当属浸淫其中的出版商们，实践也证明，他们的宣传指向大多都暗合（影响）一定时期内小说的发展趋向。本广告中提到了"有趣、有味、有益"三大要素，而三者杂合并以娱乐消闲为尚，正是"新消闲小说"所追求的典型品格。因此，在一定意义上，该广告的出现表明小说市场对"新消闲小说"的需求和召唤已经开始摆上台面。

---

① 新小说报社：《中国唯一之文学报——〈新小说〉》，《新民丛报》第十四号，光绪二十八年（1902）。其十种类型为：政治小说、历史小说、军事小说、冒险小说、探侦（侦探）小说、写情小说、语怪小说、劄记小说、传奇体小说。

需求产生动力。但是像《环游地球旅行记》这样的翻译小说，"水土不服"的困扰依然会相当程度地限制其市场的推广（详见第三章）。小说界需要的是贴合国人口味的"新消闲小说"，这无疑只能靠自撰。作家们发现自撰的基础其实相当厚实，比如传统文化资源就是一块可资开掘的丰富宝藏，甚至只要换个角度，传统小说便能见出"当代性"，试想，《水浒传》何尝不是"社会小说、政治小说、军事小说、侦探小说、伦理小说、冒险小说"①？当"燕南尚生"积极发掘出《水浒传》这种"当代性"的时候，正是晚清小说发展的顶峰时期。此后晚清小说开始陷入低潮，但这不仅没有阻挡反而推动了作家开掘传统小说资源的热情，其直接成果是创作出了大批的"拟旧小说"。就连思想已经趋向保守的吴趼人，也拟自己的旧作《二十年目睹之怪现状》，创作了一部《最近社会龌龊史》与之呼应。有意思的是，就在该书序言中，吴氏还对自己创作于几年前的一部更为纯正的"拟旧小说"《新石头记》，作了迎合时代审美要求的新定位——"兼理想、科学、社会、政治而有之者，则为《新石头记》也。"② 这种调度古今中外各类题材、杂合种种时尚元素的"拟旧小说"，正是晚清"新消闲小说"中的特殊族群。但阿英先生对此类小说却痛下针砭，把其纳入晚清小说的末流，认为"窥其内容，实无一足观者"，"这可以说是在文学生命上的一种自杀行为"，"是当时新小说的一种反动"。③ 阿英先生的观点似乎有些以偏概全，笔者在这里只想提两点：其一，这些小说的生命力顽强，兴旺于晚清小说的低潮时期，深受读者欢迎，其中不乏上佳之作；其二，这些都是地地道道的国产自撰小说，是自撰小说由弱趋强的不可忽视的重要力量，换言之，它们是中国近代自撰小说壮大过程中所经历的过渡性阶段的产物。

---

① 燕南尚生：《〈新评水浒传〉叙》，《新评水浒传》，直隶官书局，光绪三十四年（1908）版。

② 我佛山人（吴趼人）：《最近社会龌龊史·序》，《最近社会龌龊史》，上海广智书局，宣统二年（1910）版。按：《新石头记》单行本共40回，改良小说社光绪三十四年（1908）出版。该作品最初连载于《南方报》，始载时间为光绪三十一年（1905）八月二十一日，目前可见原件最后连载时间为光绪三十二年（1906）二月二十八日，已至二十一回，仍未完。此前学界多认为该作只连载到光绪三十一年（1905）十一月二十九日，仅连载了十一回，当误。该作在《南方报》上连载时未标小说类型，单行本标"理想小说"。

③ 阿英：《晚清小说史》，商务印书馆1937版，第270—271页。

在热衷于"拟旧小说"创作的诸多作家中，最具代表性者当属陆士谔。宣统朝间，他单单是"拟"前代名著的就有《新三国》、《新三国志》、《新水浒》、《也是西游记》等多部作品。这些小说注重融合时下的各种流行元素，以嬉笑怒骂之笔出之，除了富于娱乐性、消闲性之外，在反映社会现实、传达下层民众政治诉求、描绘末世文人独特心态等方面都有独到之处，包括其艺术构思和表现技巧亦不乏可圈可点，而非阿英先生所云之"无一足观者"，甚至可以说，陆士谔是将晚清"拟旧小说"推到某一高度的一个重要作家。陆氏作品深受读者欢迎，能在小说低潮期中逆市上扬，并非了无原因（相关情况在第五章中已作详论，兹不赘言）。

除了借旧作翻出时代新意的"拟旧小说"外，"新消闲小说"的其他类型更是五花八门。比如，通过神幻手法，将官场怪现状、革命党暗杀、维新党坑蒙拐骗以及自由平等的新学思想等时兴元素杂糅一体的《新天地》①，写得热闹非凡，具有很强的可读性和趣味性；将才子佳人、时尚新学、自由婚姻思想与旧礼教冲突等融合一体的《情天劫》②，写得哀婉动人；还有反对迷信、描写世态人情的《新痴婆子传》③；将科幻、谴责、时政、实业等题材融为一体的《电世界》④等等，都是将多种题材类型和某些时尚元素熔为一炉，调制而成的"混合"式作品。

在娱乐消闲风影响之下，哪怕是革命题材的创作也会受到影响而风格大变，甚至一些严肃的政治话题也往往被小说家们以游戏的方式解构，终而成为一种娱乐的存在。比如，被学界称为"革命小说"的《血泪黄花》⑤就是典型一例。该小说虽标示为"时事小说"，但呈现辛亥革命斗争史却非作者的唯一着眼点。换言之，作者巧妙利用了辛亥革命这一世人感兴趣的热点题材，然后掺入较多的娱乐因素，将之设计成"革命＋爱

---

①　未署名：《〈绘图新天地〉序》，《新天地》，集文书局，宣统二年（1910）。

②　东亚寄生：《情天劫》，蒋春记书庄，宣统元年（1909）。

③　笑龛居士记，凤楼女史述：《新痴婆子传》，新新小说社，宣统二年（1910）。

④　高阳不才子（许指严）：《电世界》，《小说时报》第一年第一期，宣统元年（1909）。

⑤　陆士谔：《血泪黄花》，新小说林社，宣统三年（1911）。

情"的情节模式。就此意义而言，笔者更倾向于认为这是部以革命题材作外包装的"新消闲小说"。

《血泪黄花》一开篇就引用了晚近志士的一首《满江红》，的确是"愤懑文气溢于言表"，但这仅仅是作者"借它来做一个开场幌子"。作者随后话锋一转，介绍起徐家姐妹来。有意思的是，作者竟采用了《红楼梦》中的一些套话和语式来描述具有革命激情和女权意识的徐家姐妹，比如，写徐冠英容貌云"身量未足，形容尚小"①，撒娇时的情态像"扭固糖儿似的"② 等等。在介绍女主人公徐振华与黄一鸣关系时，作者写道："振华爱一鸣英武豪侠，倜傥不群；一鸣爱振华俊雅温柔，贤明有识。"订下婚约后两人约定，不克复北京誓不完婚，这样的设计不免让人联想到古代英雄佳人的传统故事模式。这提醒我们，作者是在以一种读者熟悉的描述语式和故事套路开讲，既为亲近读者，也在尽量消解以往革命小说所特有的严肃、雄豪或悲壮格调，使小说呈现出轻松、娱乐的特质。这正是陆氏作品的典型风格——哪怕背景和表现对象是轰轰烈烈、改天换地的辛亥革命，也不改其"第一使读者有趣味"③的创作主调。

小说中，作者在不违背基本史实的基础上大胆想象，设计了大量虚构性情节。比如运用漫画式手法，将湖广总督瑞澄刻画成一位贪生怕死又吝财如命之徒：听闻革命党即将攻来，他首先想到的不是守城抗敌而是逃跑，"我要不走，城池未必保得住，这条老性命却要稳稳送掉了！"临走前还不愿施散家财给下人，"我老爷心里不知怎样总情愿送给革命党，不愿赏给底下人"（第三回）。这种略带夸张式的描写，明显看出当时流行谴责小说的影响。第五、六、七三回，就在武昌起义进行到最为紧张的时刻，作者却几乎回避了正面描写，而是将主要笔墨落在徐振华一家对革命的不同反应上。第七回回目甚至就是"谈趣事妙舌生莲，念征夫情魔入梦"，其间插入了大量情感片段和消闲情节。这种情节设计，一方面体现

---

① 《红楼梦》第三回对惜春的描写。
② 《红楼梦》第二十二回对宝玉的情态描写。
③ 陆士谔：《新三国》第二十回，改良小说社，宣统元年（1909）。

出作者对事实了解得尚不周详，干脆有意回避，以虚对实；① 另一方面也是为了迎合普通读者对情感故事的特殊需求。可以说，《血泪黄花》虽标称"时事小说"，但其文学的虚构性远远大于历史的真实性，就某种意义而言，这或可看成是作者借用小说形式来构筑自己对"革命＋爱情"的浪漫想象。因此，它终究只是部富于革命激情的"新消闲小说"，主要吸引那些喜欢看热闹情节和浪漫故事的普通大众。读者若是非要从小说界中获得较为真实的辛亥革命史事的描述，倒不如阅读另一位小说家黄小配同期创作的《五日风声》——不过对那些热衷于"新消闲小说"风格的读者而言，这部标为"近事小说"的作品，或许会让他们大失所望。②

三

　　文学史应该可以证明，作家们由过去对读者俯身施以教诲到现在奉读者为"衣食父母"的转变过程，通常都是以牺牲作品的启蒙意义为代价的。至少，晚清"新消闲小说"的形成与嬗变可为这一结论提供证据。"新消闲小说"作为特殊时期催生的过渡性小说类型，在市场驱动之下其迎合读者阅读口味的创作旨归必将走入"歧途"，其结果自然是启蒙的日渐式微，代之以娱乐、消闲的高扬。

　　读者的审美要求永无止境，但作者的创作却并不一定能同步跟进。"新消闲小说"要想继续保持对读者的吸引力，小说家们只能挖空心思揣

---

　　① 该小说中经常引用大段的文告、时谣等文字，表明作者对武昌起义事件的了解主要来自当时的一些新闻和传闻。特别是其中的一些历史细节，显然是出自作者的虚构和想象，离史实较远。包括主人公徐振华和黄一鸣，也应该是虚构的人物【张国淦所编之《辛亥革命史料》（龙门联合书局，1958 年版）对辛亥革命史事所记甚详】。或许是为了应对市场需求而争抢出版时间，《血泪黄花》中留下了较多的急就章痕迹，甚至整个故事框架就是将革命事件套入现成的"才子佳人"模式之中。值得一提的是，这种"省时省事"的模式设计，其实被当时的急就章时事小说所普遍采用。比如，以韩国青年安重根在哈尔滨刺杀日本首相伊藤博文事件为表现对象的时事小说《亡国泪》（连载于《图画日报》1909—1910 年），也采用了类似的故事模式（具体请见拙文《晚清小说〈亡国泪〉考证及其他》，《明清小说研究》2009 年第 2 期）。因此，"时事政治＋传统爱情"，是这类"新消闲小说"的典型套路。

　　② "世次郎"（黄小配）：《五日风声》，广州《南越报》刊本，宣统三年（1911）版。作品从广州起义写起，介绍革命党的组织、暗号，战斗过程，失败后党人就义，包括烈士名单都一一详细列出。该作虽标为"近事小说"，但实为一篇报告文学。

摩读者的心思，创作出更具"魅惑力"的小说作品。但对普遍缺乏才华和创造力的晚清作家而言，留给他们发挥的空间其实并不大，而近代小说运行机制的提速，使他们还得面对出版商催稿抢市场的压力。① 于是，杂糅种种流行元素便成为了最为省时省力的创作方式，甚至于有作家不惜发出重金征求小说材料，② 以备进行"和面式"的创作预留素材。当然，"杂糅"同样是一项技术活，并非每一位小说家都能干得利索漂亮，避免沦为遭人诟病的连篇"话柄"、"以成类书"③。且以畅销小说家陆士谔创作于宣统朝末的《十尾龟》④ 为例。

此前，张春帆曾创作有《九尾龟》，叙名士章秋谷的一段风流艳事，风靡一时。《十尾龟》开篇云："只是现在龟族诸公，势力最盛的却轮不到九尾龟……只那十尾龟，少年新进，锋芒的了不得。现在晓得他的人还少，倒不好不把他传播一番，作为上海的风流佳话。"定下了小说娱乐、消闲的基调。故事从浙江富商费春泉处开启。费来到大上海花花世界后，便堕入妓院舞馆乐不思蜀；钱财被掌柜马敬斋明吞暗扣，而费又跟马的妻子、女儿暗中勾搭；费、马又娶了妓女艳情阁姊妹为妾。总之，作品从开篇始就描绘了一派混乱不堪的荒淫生活，而以此为卖点的作品通常都归入狭邪小说一类。再看后文"恩庆里马夫打野鸡，普天香嫖客施毒计"（第十七回）、"报恶声虔婆拒敲，添棉袄嫖客多情"（第二十五回）、"张剃头出尽当场丑，胡太守偷窥隔院春"（第三十八回），仅从这些回目判断，称该作为"狭邪小说"应该是名实相符的了。

不过，在狭邪小说充塞市场的晚清时代，《十尾龟》若是仅仅以此为

---

① 杨曼青为友人的小说作序云："每信笔一篇，无暇更计工拙。是书将次告成，松君欲重加点缀，复因阅报诸君，屡次来函诘问，必欲一窥全豹，乃草草付诸印工。"杨曼青：《小额·序》，松友梅编《小额》，和记排书局，光绪三十四年（1908）。

② 包天笑创作《碧血幕》前，悬赏公开征求"凡近来有名人物之历史及各地风俗等等，巨细无遗，精粗并蓄"，重点包括政界、商界、党派、妓女、侦探、强盗等热门题材；随后，《小说时报》也发出告白："如有未见诸小说而可为小说之资料者，亦可照上例同视。"在这里，优质素材已跟小说稿件享有同等待遇。

③ 鲁迅：《中国小说史略》，《鲁迅全集》（第九卷），人民文学出版社 2005 年版，第 293 页。

④ 陆士谔：《十尾龟》，新新小说社，宣统三年（1911）。

噱头恐怕难以获得出版商、读者的注意和追捧，① 其之所以能脱颖而出，风靡一时，应该还有其他卖点。

果然，在接下来的第七、八两回，作者便引入了武侠小说的模式来讲述梅心泉的故事。梅氏武功高强，练武之时偶遇柳统领，柳乃武术行家，令梅敬佩不已，遂从柳习拳。两人在切磋武艺过程中情谊日深，柳适时披露自家乃女儿身份，梅柳遂结为夫妇。原来，柳氏原本家底殷实，遭恶霸窥觑，后者买通县衙，诬蔑柳父为强盗并害死狱中。柳氏少习武功，本领了得，杀死贪官恶霸后逃离，女扮男装入营当了统领。这样的情节设计，无疑借鉴了侠义公案小说的模式，迎合部分对旧小说情有独钟的读者。

第九、十回，作品中更是横空插入了奇门遁甲、催眠术、扶乩修仙等神幻离奇之事，颇为热闹。之所以有此"游离主题"的设计，作者给出的解释是："难道编书的提倡迷信不成？非也，文章之道，贵奇兀而忌平庸，本书开演到今，已满十回。所载无非是花丛中的故事，堂子里的经络，碰和吃酒，累牍连篇。不特阅者厌心，作者也觉手倦。所以另辟一径，别开一山。无非为诸君醒醒眼目。"（第十回）原来，著录这等奇闻逸事仅是为了调节气氛，满足部分读者搜奇猎异的心理。

随后的二十余回中，作品全景式地呈现了大上海光怪陆离的浮世相，俨然一部集政界、军界、商界、学界、花界等各界于一体的"新上海社会现形记"。坑蒙拐骗，魑魅魍魉，各种丑陋现象在作者笔下原形毕露，正所谓"铸鼎燃犀"。作者在这里明显借鉴了谴责小说的叙述模式。

到了三十二、三十三回，小说情节一转，开始叙写社会名流毛瑟公暗杀案。作者从毛瑟公突遭暗杀写起，验尸、侦探、推断凶手直至追捕犯人，一一细细叙来，俨然一部中国侦探案文字。似乎作者对此也是颇为满意，故正告读者云："编书的得着了好资料，又好胡说乱道，凑成功好几回小说，孝敬看官们；编出一部上海暗杀案的侦探小说来……看官们瞧了在下这不成文小说，也好喷喷饭，解解闷，省点子精神，增点子寿命。"其实，侦探小说仅仅是个外壳，内里包裹的又是时事小说。毛瑟公暗杀案

---

① 《十尾龟》的初集、二集分别出版，每集出版后，鸿文书局都马上为之专门发布广告，对其进行大力推荐。内容不同的广告分布在《新闻报》、《时报》、《民立报》等海上各大媒体，而且刊登的时间甚长。这些都能见出版商对该小说的青睐。

所本事实，乃出自上海方云卿、汪允生、金琴荪等系列暗杀案。特别是社会名流金琴荪暗杀案曾经轰动整个上海滩，但始终查无凶手，成为悬案，结果引发了当地媒体的各种猜测，各报皆争先恐后登出"侦探案"一类的文字，甚至翻出死者生前种种艳迹，满足读者的好奇心，一桩刑事案反倒被媒体打造成了一项娱乐事件。其中，《神州日报》还专门刊载了某公创作的侦探小说《金氏》演绎此事。①看来，陆士谔的《十尾龟》也想借这一时事事件，"编出一部上海暗杀案的侦探小说"来吸引读者的目光。

仅从以上几点，已可见出《十尾龟》的确集合了晚清多种流行的小说类型和题材，卖点甚多，并明显地体现出娱乐性和消闲性倾向。然而，光有这些尚不足为典型的"新消闲小说"——《十尾龟》除了娱乐消闲之外，也包含有不少的启蒙因子。比如，小说除了对梁启超等改良派施以不无刻薄的讽刺外（详见第五章），还对所谓的"预备立宪"加以揶揄：

> 金哥道："难道随便走走，也要预备的么？"
> 耕心道："怎么不要预备，眼前'预备'两个字是很时髦一件东西。朝廷立宪，先要预备。做官的人，也要预备，候补就是实授的预备。我们吊膀子，难道不要预备的么。"
> 金哥道："果然果然，兄弟的散东是个秀才，他是吃乌烟的，现在听说上头在提议禁烟，他就大烧其土。人家问他做什么，他说：'我预备戒烟呢。'"（第十二回）

作者以两个乡下人初到上海滩时的一段对话，嬉笑之间完成了对"预备立宪"这一严肃政治话题的解构，巧妙告诉人们所谓"预备立宪"的真相。同时，作者对国家富强始终怀有一份炙热的期望，并通过侠客梅心泉

---

① 神州日报馆："特别启事"，《神州日报》宣统二年（1910）十月初七日。文云："启者：金君琴荪被人暗杀一案，为海上中外人士所最注意之举，凡留心时事者，无不亟欲知详细情状。本社同人以金君一生与海上社会良有关系，特延聘名手撰章回体小说一种，内容于金君之历史、之性情及被暗杀时情状，刻意摹绘，可歌可泣。……再，本社近方搜集金君侠事，以为小说材料之用。金君交游遍海内外，凡与金君有交谊者，幸以金君平日侠事见告，感且不朽。如荷赐函，请迳寄本社编辑所可也。"相关情况见第二章。

这一理想人物去践行。小说中多次提到梅心泉为建立"国货会"而奔走呼吁：

> （梅心泉云）"我们为自家性命起见，就不能不先救国命。兄弟发起这个会，并不是图名，并不是图利，无非为拯救大众性命起见。……简括讲起来，我发起这个会，无非为救我梅心泉一个儿的性命。众位入这个会，也无非为救各人自己的性命。兄弟发起这个国货会，人家叫我好也罢，叫我歹也罢，我都不管，我只巴望这个会发达。这个会一发达，中国就会富起来，我梅心泉就被众人骂煞，也都情愿。"（第十二回）

> （梅心泉云）"这会子中国弄到这个地步，你我尚再浑浑噩噩浑下去，可就要亡掉了。等到国一亡，你我做百姓的先要吃着苦，到那时求生不能，求死不得，那才懊悔嫌迟呢。"（第十四回）

"国货会"的宗旨是"劝国人购用本国货，藉以挽回本国的利源，保全本国的国命"。当然，该会宗旨能否贯彻下去，收效如何，并非问题的重点，亦非小说家之任务，重要的是作者真诚地去唤醒国人勿要"再浑浑噩噩浑下去"，否则等来的将是亡国灭种。这种政治忧患意识和对国家强盛的希望，跟陆氏《新中国》、《新三国》等优秀作品可谓是一脉相承。该作在破除迷信方面也甚为出力，如第九、十回中的奇闻逸事就兼有揭露迷信害人之启智意义；第十四回中还专门借人物之口向读者推介了一部以反迷信为主题的作品："这都是迷信星命的不好，现在有部新小说，叫什么《新痴婆子传》，专行的破除迷信，倘使杨裁缝早瞧了此书，怎会上瞎子的当？"① 另外，作者还将心理学、医学、飞艇等时新的科学知识融入作品，即使这些知识大多录自当时的一些格物工具书或相关报刊，相当粗浅，但对开阔国人眼界依然不无积极意义。

---

① 按：《新痴婆子传》，署"笑盫居士记，凤楼女史述"，新新小说社，宣统二年（1910）。书中"总论"有云："迷信只有害处，没有益处，关于世道人心大有影响。愿普天下兄弟姊妹取而读之，豁然有悟，则著者之功不虚也夫。"

从以上的作品剖析可见，《十尾龟》经过陆士谔的"调制"后包含了狭邪、武侠、公案、言情、暗杀、侦探、时事、奇幻、谴责、政治、科学等因子。这份长长的清单里几乎囊括了当时流行的题材类型，涉及面相当广泛，的确是热闹纷繁，令人眼花缭乱。不同层次、不同审美习惯的读者，或许都能从中找到一些自己感兴趣的情节或话题，理论上可以覆盖至最为广泛的读者群体。不过，这种将各类元素组合而成的"大拼盘"，在情节内容上缺乏新创，结构上也缺乏精心锻造，终究只是部"话柄小说"，毕竟，多重题材类型的叠加并不等于就能获得艺术上的增量，此类"新消闲小说"发展至此已是"登峰造极"，这种模式往前发展的余地已经相当有限。

读者的更高要求，市场的压力和变幻，催逼着小说家的创作必须进行不断地调整，作为过渡时期的阶段性产物——"新消闲小说"的变异也就在所难免。《十尾龟》这类"拼盘"模式是一种选择，但这种"浅尝辄止"的作品，对那些钟情于某一两种类型的读者而言吸引力有限，甚至在一定意义上，这还是一种历史的倒退，毕竟小说市场的细分是未来的大趋势。[①]

当然，"新消闲小说"还有另外一种选择，不过小说史证明亦非康庄大道。

经过市场淘选，侦探、谴责、狭邪、言情逐渐脱颖而出，成为最流行的题材类型。[②] 但小说类型之间的界限往往并不明晰，互相间不断借鉴或渗透，比如侦探手段被运用于谴责小说的创作，强化了"暴露"的程度；狭邪与言情合流，使得"艳情"的内涵更为丰富。甚至，部分作家或出版商已趋向于要将这种"暴露"与"艳情"强强联合，以打造出更具"魅惑力"的消闲小说。且看一组广告材料：

---

① 具有丰富营销经验和创作经验的徐念慈，在其《余之小说观》（《小说林》第十期，1908）中已经卓有远见地谈到了细分小说市场的观点。其后，樊《小说界评论及意见》（1909）、管达如《说小说》（1912）等都涉及了相关话题。

② 不可否认，宣统朝小说在题材类型上有所拓展，新的小说类型时有出现，但更引人注意的是小说界存在的某几类小说高度集中的现象，这不奇怪，它不过是自由市场资源调配的必然结果。关于小说类型渐趋偏颇、集中的情况，见第一章、第三章。

1. 《家庭惨史》广告：此书专述上海某煤行主人某一生之丑历史。以为人浣衣起，如何而为跑街，如何而为买办，如何而为主人翁，如何而得捐道衔；及其家庭之怪现像，第二妾如何与衙司通奸，如何为其撞破，如何将其妾监禁。事迹确实，历历如绘，作者侦探所得，就事直书。①

2. 《女界现形记》广告：凡近日新旧女界鬼祟之行为、秘密之举动上下社会龌龊烂污之历史，靡不搜罗完备，铸鼎象形。即某省之桃花会、某埠之自由会，向日间闻所未闻、见所未见，亦复侦探得实，叙述尽致。全书为提醒女界起见，于新旧流弊，言之凿凿，不稍讳饰，无非寓劝于惩之深心。有家庭之责者，于此不可不三致意，幸勿视为猥亵之书读也可。②

出版商们在这里使用了极具煽情性和诱惑力的言辞，并将"暴露"当作了最大的噱头。为了表明小说所"暴露"故事的真实性，出版商们还不断强调此书乃作者"侦探所得"。类似的表述在宣统朝间确实较为高频地出现，比如"专人侦得一、二年内真正秘密确实之事外人所不及知者"③、"调查详确，无一事不有来历者"④、"调查各地女界情形"⑤等等。早前的"现形记"、"怪现状"等名头似乎已不足以造成视觉上的冲击，而开始换用暧昧的"秘密史"来作标示，⑥将政界、商界、学界、女界等各界形形色色的烂污史、宫闱秘闻详加披露，佐以男女恋情加以调剂，满足部

---

① （未署名）："实事小说《家庭惨史》出版"广告，《天铎报》宣统二年（1910）六月十七日。

② 鸿文书局："新出《女界现形记》六集至十一集"广告，《时报》宣统二年（1910）九月初六日。

③ 鸿文书局："新出小说三种，准下月中出全，预定特别廉价"广告，《民立报》宣统三年（1911）十一月二十日。

④ 商业会社："奇文快文，绘图《商界现形记》出版"广告，《时事新报》宣统三年（1911）四月二十一日。

⑤ 商务印书馆："最新小说出版"广告，《民呼日报》宣统元年（1909）五月二十一日。

⑥ 例如，宣统二年（1910）出版有《最近官场秘密史》，《最近上海秘密史》，《最近女界秘密史》；宣统三年（1911）出版有《最近嫖界秘密史》、《福晋与杨小楼之秘密》等等。

分读者搜奇猎艳的窥视心理。当然，这些小说通常也会自我标榜"无非寓劝于惩之深心"、"增长智识，培养德性"①，奉劝读者"幸勿视为猥亵之书读"，方"不负作者一片苦心也"② ——不否认它们在揭露社会之黑暗腐朽上有些积极意义，对读者也有一定的启迪和警示作用——但这些作品为了取悦读者往往"不稍讳饰"，甚至就是为了"暴露"而"暴露"，真正的启蒙教育作用被置于次要地位以至极为稀薄，其最终走向只会是陷入民初的"黑幕"或某些"鸳派"的恶趣，日渐偏离"小说界革命"倡导者设计的初衷。于是，好不容易才争取到"文学之最上乘"名号的小说，不觉间又被作家自己送上了审判台。

---

① 鸿文书局："新出小说三种，准下月中出全，预定特别廉价"广告，《民立报》宣统三年（1911）十一月二十日。

② 上海大声社："新出小说《女界怪现状》"广告，《神州日报》宣统三年（1911）三月二十九日。

【第六章附录】

1902—1911年小说征文启事与宣传文告

【说明：此组材料选取时间为1902—1911共十年，这是晚清小说最为繁盛的区段。为尽量保证所选材料的代表性，提高样本信度，特分设以下两条标准。

第一，小说征文的选择标准：对有特点的征文尽量做到"凡有则收"，故此组材料基本囊括了晚清的主流小说出版机构的征文启事。其中，若某一出版机构同一年发布多份启事，则以内容最新或最详的为准。如《月月小说》1908年发布了三份征文启事，此处选择的是最后一份。

第二，面对极为庞杂的小说广告（已整理出数万条），只能通过与往年对比，择录本年度新出内容的广告。这就难免要屏蔽掉一些往年重复的内容或特征。如选录了1906年出现的《环游地球旅行记》这类带有一定文论性质的长篇广告文案，即使此后商务印书馆也有类似广告亦不再选入。】

光绪二十八年（1902）年底：

1.《新小说》征文：要求能"提倡新学，开发国民"。其中，"本社最欲得者为写情小说，惟必须写儿女之情而寓爱国之意者，乃为有益时局。又如《儒林外史》之例描写现今社会情状，藉以警醒时流，矫正弊俗，亦佳构也。"①

2.《经国美谈》广告："是书原本为泰西著名小说，其笔姿高出《水浒》、《红楼》，其事实又复千余年前英雄豪杰，喜绝苦绝之佳韵。天衣云

---

① 新小说社："本社征文启"，《新小说》第一号，光绪二十八年（1902）十月。

缝，一字一珠。能读是书，其所得之结果必能养其国家上之思想，世界上之感情，吾中国小说界中所未有，亦欧美各国上古时代所不能再有也。"①

光绪二十九年（1903）：

1. 《佳人奇遇》广告："吾国小说，大半托词于才子佳人，于政治上一无关系，适以靡民气而毒社会耳。是书亦以巾帼须眉对照合写，然纯系国家大事，绝无我国旧小说俗套。"②

2. 《铁世界》广告："所谓科学小说者，乃文明世界之先导也，此乃输入文明思想之最佳捷径也！"③

3. 《海上繁华梦》广告："是书详志海上繁华，不啻对景挂画，且痛抉花□□□，形容荡子痴迷，与夫赌棍□梢□骗人等种种作为，□处阅之，如见其人，足资惩劝。"④

光绪三十年（1904）：

1. 商务印书馆小说征文：其一，教育小说："述旧时教育之情事，详其弊害，以发明改良方法为主"；其二，社会小说，"迷信：述风水、算命、烧香、求签及一切禁忌厌胜之事，形容其愚惑，以发明格致真理为主，然不可牵涉各宗教"；其三，历史小说："从鸦片战争起至拳匪乱事止，详载外人入境及各国致败之由，割地赔款，一并述及，以明白畅快，能开通下等社会为主，然征引事实须有所本，不可杜撰"；其四，实业小说（工商现状）："述现时工商实在之情事，详其不能制胜之故，以筹改良之法。"以上各题用章回体，或白话，或文言，听人自便。⑤

2. 《时报》小说栏"发刊辞"："本报每张附印小说两种，或自撰，

---

① 商务印书馆："《经国美谈》前后编"广告，《新闻报》光绪二十八年（1902）十一月初十日。

② 商务印书馆："五月份三次出版新书"广告，《新闻报》光绪二十九年（1903）五月二十四日。

③ 包天笑：《铁世界·译余赘言》，文明书局，光绪二十九年（1903）。

④ 笑林报馆："绣像《海上繁华梦》新书初集出版"广告，《新闻报》光绪二十九年（1903）四月十五日。

⑤ 商务印书馆："上海商务印书馆征文"启事，《新闻报》光绪三十年（1904）十月初八日。

或翻译，或章回，或短篇，以助兴味而资多闻。惟小说非有益于社会者不录。"①

3.《新新小说》叙例：本报纯用小说家言，演任侠好义、忠群爱国之旨，意在浸润兼及；以一变旧社会腐败堕落之风俗习惯。②

4.《血泪花》广告："是书情节离奇，变幻百出。以政治之思想，寓儿女言情之中，读之使人神气百倍。③

5.《海上尘天影》广告："是书专述海上青楼中名妓校书二十七人轶事，凡六十章。虽游戏笔墨，而写才人之风雅，记女子之缠绵，谑语庄言，诗词酒令，与夫洋务西学、医卜星象、江湖杂伎，无不如数家珍。"④

光绪三十一年（1905）：

1. 小说林社一组小说广告：

其一，《离恨天》广告：以缠绵之笔，写哀艳之文。详述波兰志士哥修十孤、爱国女杰儿依萨种种爱情，雅不伤化，然终不为情牵。书中最着处大都悯同胞之涂炭，伤故国之沦亡。只手挽澜，孤忠表露，情节亦离奇可观。⑤

其二，《万里鸳》广告："奇峰突起，正如登高一呼，四山皆应。昔名家作山水画，直绘数尺，无一波折，忽于峰顶作虬蟠数十大石，使通体玲珑剔透。此书即用此法。"

其三，《狸奴角》广告："于幽冥恍惚之乡，以一毛耸成角之猫，处处为线索。事之出意外，令阅者一若身亲其地，无不变色起栗者。危机一发，结处更余韵悠然。"⑥

2. 商务印书馆一组小说广告：

其一，《珊瑚美人》广告："是书叙述法国由民主复改君主之后，有

①　时报社：《〈时报〉发刊例》，《时报》光绪三十年（1904）四月二十九日。

②　侠民："《新新小说》叙例"，《大陆》第二年第五号，光绪三十年（1904）。

③　上海白话日报社："《血泪花》出版广告"，《时报》光绪三十年（1904）五月初一日。

④　（未署名）："《海上尘天影》新书出版"广告，《新闻报》光绪三十年（1904）十二月初三日。

⑤　小说林社："艳情小说《离恨天》出版"广告，《时报》光绪三十一年（1905）三月二十二日。

⑥　小说林社："小说林社最新出版"广告，《时报》光绪三十一年（1905）十二月十二日。

一势力极大之秘密党潜入巴黎，计谋颠覆，立民主。其中神出鬼没，手段令人不可思议。有义侠、有美人，有奸党、有包探，情节离奇，意境飘忽，全书纯用白话，描写得神，尤为赏心悦目。"

其二，《忏情记》广告："是书为巴黎贵族侯爵花娜所自述，而载之某新闻纸中者。女尚待字深闺，而无端谋毙二夫，一死于水，一死于火，案证确凿，已入狱待罪。若在吾国问官之手，固早已身罹大辟，永戴冤盆矣。俄而云消雾散，天朗气清，沉冤忽焉伸雪，其间事由曲折，情节离奇。全书用白话演述，慷慨悲歌，缠绵悱恻，阅之未有不潸然泪下，凄心动魄者。在近时奇案中可谓有一无二者矣。"①

3.《枯树花》广告："世界黑阐，长睡不醒。有识之士知正言庄论之不足以唤醒庸愚也，转求其效于稗官小说，以其入人之易，而感人之深，于冷嘲热骂之中，□即小见大之意。用心良苦，为功实宏。"②

光绪三十二年（1906）：

1. 新小说丛报社小说征文：本社"以稗官野史之记载，寓诱智改革之深心，以为前途之预备。"征求小说门类如下：历史小说、地理小说、军事小说、侦探小说、艳情小说、科学小说、冒险小说、国民小说、社会小说、家庭小说、理想小说、侠情小说、此外如有传奇及新乐府与札记小说、短篇小说，本社亦可酌量收受。③

2.《月月小说》征文：本报注重教育，凡有关于科学、理想、哲理、教育诸小说，若有佳本寄交本社者，已经入选，润资从丰。④

3.《卢梭魂》广告："是书作者撮取其三十年来所闻见之一般社会情形，用话说体编述而成。其中寓言十居八、九，□从来官场之习惯，学界之腐败，一一痛下针砭。至于家庭教育之改良，尚武精神之发达，尤多注

① 商务印书馆："商务印书馆新出小说"广告，《申报》光绪三十一年（1905）八月十七日。

② 小说新书社："看，看，看！最新小说《枯树花》出书广告"，《时报》光绪三十一年（1905）五月十八日。

③ 新小说丛报社："新小说丛报社征求小说"广告，《时报》光绪三十二年（1906）七月二十一日。

④ 月月小说社："本社征文广告"，《月月小说》第一号，光绪三十二年（1906）。

意。旁及儿女英雄、侠友义仆，无不描写入神。忽而喜笑悲歌，忽而离奇变幻，殆如《石头记》中所谓风月宝鉴正面反面，面面都到者也。"①

4. 《环游地球旅行记》广告："看，看，看！政治小说、地理小说、游记小说、冒险小说、侦探小说、言情小说、社会小说、科学小说。看有趣、有味、有益唯一新奇小说《环游地球旅行记》足本全书出现……说部一书，与开风气大有关系。然亦有荒诞诐谬，遗害人世者，如旧日之《封神》、《西游》之类是也。亦有因势利导，造福社会者，如今译著之各小说是也。是书出自法文，原本为陈绎如所译，其夫人秀玉女士笔述。篇中缕述英人福格八十日环游全球本末。绵绵数十回，洒洒十万言，光怪陆离，奥衍奇特，使人有不可逼视、末由捉摸之妙；而曲折变化，首尾一贯，又有引人入胜、百读不厌之乐。尤可贵者，是编面目虽仅仅小说家言，而卷中所述如山川风土、名都胜迹、各埠商业、环球形势、各国政治等，无不言之甚详，号为小说，实含有天文、地理、航海、测绘，以及农工商业等专门学数十种。读此一部，如读专门书十册，修科学三年，其特忧之点在此，其凌驾他小说者亦在此。盖是书本为法国著名小说家朱力士所著，甫脱稿，而梨园争演，各学争读，莫不击节叹赏。后又由英人邓桃二人争译，一时重版数十次，洛阳纸价，为之顿贵。客腊时报馆亦译登数日，大受世人欢迎，其价值可想而知。惜该报所登，仅全书之一二，未能告厥成功，不免遗憾。因是亟付手民，公诸社会，海内同志，谅必大加赞赏，乐观全豹也。"②

光绪三十三年（1907）：

1. 《小说林》征文：募集各种著译家庭、社会、教育、科学、理想、侦探、军事小说，篇幅不论长短，词句不论文言、白话，格式不论章回、笔记、传奇。③

2. 《竞立社小说月报》征文："爰立三大宗旨：一曰保存国粹，以树国本；二曰革除陋习，以端风化；三曰扩张民权，以维治体……此又今日

---

① 普益书局："社会小说《卢梭魂》广告，《时报》光绪三十二年（1906）六月初九日。

② 务本图书社："《环游地球旅行记》足本全书出现广告"，《时报》光绪三十二年（1906）三月二十一日。该广告亦见于《新闻报》。

③ 小说林社："募集小说"启事，《小说林》第一号，光绪三十三年（1907）。

志士仁人最无聊之状况，极勉强之消遣事也。顾本社同人，虽同有此状况，终必存一积极主义，利用吾个人之委屈，以求大伸天下之民气，豪俊之士，谅所乐闻。"①

3. 《民议报》小说征文："撰译中外长篇、小品，绮丽哀顽（婉），要养成国民之道德。"②

4. 鸿文书局一组小说广告：

其一，《机器妻》："此书叙一女子为父报仇，隐身妓院。报仇之后，卒赖一侠士以机器妻行，某女士保其三险。其中情节离奇变幻，令阅者不可捉模'机器妻'三字，直至末回揭出，使全书皆聚精于此，如画龙有点睛飞去之妙。"

其二，《色媒图财记》："此书写一奸恶之女，以色饵人。为图财计，暗杀其未婚之夫，复思致死其友。幸又有一友从旁侦探之，乃始得其情实。拟控而置诸于法，事未行而女死于盗。情节离奇，不可思议。列诸侦探小说中，诚空前绝后之作也。"③

光绪三十四年（1908）：

1. 《月月小说》征文："历史、家庭、教育、军事、写情、滑稽。本社征求以上六种小说，无拘翻译撰著、段落章回各体。"④

2. 《民声日报》征文："征求小说：无论译著，至长不得过三万字，按字分等酬劳，不合格者原本退还。"⑤

3. 林译小说广告："本馆印行林先生新译各种小说……皆译自欧美名著，事迹离奇，文心邃曲。至译笔之诡谲壮丽、缠绵悱恻，尤觉姿趣横溢，迥绝恒蹊。故每成一书，人人爱读，叠版多次，遐迩风行。兹复新译

---

① 竞立社："竞立社小说月报社征求小说启"，《神州日报》光绪三十三年（1907）九月初一日。该启事亦见于《时报》。

② 民议报社："上海《民议报》即日出版广告"，《神州日报》光绪三十三年（1907）十月十一日。

③ 鸿文书局："看！看！看！"广告，《神州日报》光绪三十三年（1907）十月初六日。

④ 月月小说社："《月月小说》编辑部告白"，《月月小说》第二十号，光绪三十四年（1908）。

⑤ 民声日报社："《民声日报》出版预告"，《申报》光绪三十四年（1908）十二月十四日。

数种，亦皆可惊可喜之作，嗜小说者，当无不以先睹为快焉。"①

4.《双鸽记》广告："飞奴递信，见诸记载者甚多，然未有如此鸽之灵异，忽为红叶，忽为黄犬，殆所谓痴情所感，物亦通灵者欤？观夫毕力、夏兰二人悲离欢合，一缕情丝，缠绵固结，快刀不能解，猛火不能化，当知双鸽为人间无二之情鸟，此记为天下第一情书也。"②

宣统元年（1909）：

1.《图画日报》小说征文："伏念海内不乏通人，如蒙以有裨社会、有益人心世道之小说见贻，不拘体裁，长短咸宜，特备润资，以酬著作之劳。译本请勿见惠。"③

2. 改良小说社小说征文：本社以改良社会、开通风气为主义，故自开办以来，出版各书类皆主旨醇正，辞义浅显，久为各界所欢迎，销行日广。……尚希海内同志交匼不逮，如蒙以大稿相让，无论文言白话、传奇盲词，或新译佳篇，或改良旧作，凡与本社宗旨不相背驰者，请邮寄上海麦家圈元记栈敝社总发行所，自当酬以相当之价值。④

3. 改良小说社小说广告："消闲妙品最新最奇最有趣味之小说"，列出《风流道台》、《花心蝶梦》、《醋海波》等"消闲妙品"数十种。⑤

4. 商务印书馆小说广告：小说乃"唯一无二之消夏品"。"时值夏令，各学堂放假之候，学界中人正多暇日。即非学界中人，当此长日如年，清闲无事，求所以怡悦性情，增长闻见，诚莫如披览小说矣。本馆年来新出各种小说最夥，类皆情事离奇，趣味浓郁，阅之大足驱遣睡魔，排

① 商务印书馆："林琴南先生新译小说"广告，《神州日报》光绪三十四年（1908）十月二十七日。该广告亦见于《申报》、《新闻报》、《时报》。

② 新世界小说社："上海棋盘街中新世界小说社出版"广告，《时报》光绪三十四年（1908）正月十五日。

③ 图画日报社："本报徵求小说"广告，《图画日报》第一号，宣统元年（1909）七月初一日。

④ 改良小说社："改良小说社征求小说广告"，《申报》宣统元年（1909）五月初九日。该广告亦见于《时报》、《神州日报》、《民呼日报》。

⑤ 改良小说社："消闲妙品最新最奇最有趣味之小说"广告，《时报》宣统元年（1909）闰二月初三日。该广告亦见于《申报》、《神州日报》。

解郁怀。兹特分别门类，特别减价，必为诸君消夏之助。"①

宣统二年（1910）：

1.《天铎报》小说征文："种类：言情小说、社会小说、短篇小说。体裁：文俗夹写，毋取高深。"②

2.《小说月报》广告："插图华美，装订精良，体裁则长篇、短篇、文言、白话、著作、翻译，无美不搜；内容则侦探、言情、政治、历史、科学、社会，各种皆备。末更附以译丛、杂纂、笔记、文苑、新智识、传奇、改良新剧诸门类。"③

3. 改良小说社一组小说广告：

其一，绘图《新西厢》："是书借一才子一佳人演出一种曲曲折折、怪怪奇奇不可思议之风流疑案。其中描写窃玉偷香、钻穴逾墙之手段，以假冒真，以此诬彼，卒至案破，奸堕曲直，判然真警世钟也。"

其二，绘图《新西湖佳话》："西湖者，五湖之一，不待言而人皆知其为名胜也。是书妙在有刘梅庆之色魔，与童惜娘之词史，两人生出无限花月艳情，风流趣话。步步引人入胜，尤足增西湖之色。描之新西湖，谁云不宜？"④

4. 上海科学书局一组小说广告：

其一，《文明结婚》："是书叙一女与一男相交，爱情甚笃，遂结为夫妇。时有一贵族少年慕恋该女之才貌双绝，思聘为妻不成，心怀恨妒，卒使侠客谋毙其夫，酿成一番凄惨之悲剧。幸该妇生有二岁一子，灵慧绝众，卒能觅到祸首，以泄冤抑。情节离奇，文辞斐美，统全书之喜怒哀乐，足使阅者生种种悲愉之感情，诚小说界中之杰作也。酒后茶余，藉此消遣盛兴，堪为最宜。"

其二，《露漱格兰小传》："是书为泰西著名之小说，历叙露漱与夫因会勃谿，其夫愤而远游澳洲。后露漱私易姓名，改嫁某男爵。不数月，其

① 商务印书馆："唯一无二之消夏品"广告，《时报》宣统元年（1909）六月初九日。

② 天铎报社："征求小说"广告，《天铎报》宣统二年（1910）四月初九日。

③ 商务印书馆："《小说月报》第一期出版"广告，《时报》宣统二年（1910）八月十八日。

④ 改良小说社："请看新小说出版"广告，《申报》宣统二年（1910）十一月十三日。

夫致富归。露漱谋诸其父，伪托病死。其夫得死耗，一恸几绝。无意遇之于男爵家，大惊喜，趋与语，置不理，反被推落枯井中。后为其友某律师察出隐情，代为复仇。盖天下至阴险至很（狼）毒之女子，无有过于露漱者也。请天下读《茶花女遗事》者，再读《露漱传》，始知色界欲海中，变状万端，如吴道子画地狱变相图也。"①

宣统三年（1911）：

1.《小说月报》征文："本报各门皆可投稿，短篇小说尤所欢迎。"②

2.《小说时报》征文：小说类型、长短不限，包括"如有未见诸小说而可为小说之资料者，亦可照上例同视"。③

3. 改良小说社一组小说广告：

其一，《北京繁华梦》广告："有三大特色：一、是书为北京土著侣兰阁君所编，描写北京最近花史，惟妙惟肖，而于某钜胡同某班某妓叙之甚详，迥非道听途说者，一大特色也。二、是书所道诸名妓，其异样时装照片，本社皆搜罗得之，用铜板精印，插入书中，尤足助阅者之兴，二大特色也。三、是书纯用北京白话，编成人人可读，非若他说部之限于一方言者。至书中所言某某若何挥霍，若何失败，尤足发人深省，三大特色也。"

其二，《破镜重圆》广告："某富翁者，上海著名之巨子也。其一生之风流轶事，悲欢离合，忽而奇，忽而艳，忽而险，忽而趣，凡官界、商界、妓界、伶界，以及义侠、窃盗种种事迹无奇不有，真社会实事中之最新最奇者也。孤山小隐采访得实，著为是编。稿甫出，见者无不拍案惊奇。本社爱购而付之梓，以公诸世之爱读小说者。"

其三，《情狱》广告："是书写一奇男，一奇女，始而邂逅相遇，继而患难相顾，中间叙其两情相感，亦风流，亦雅致，曲曲折折，无不刻划入微，洵言情小说中之杰构也。《毒药案》一册二角半：毒药一案，其案情极秘密，极离奇，虽大侦探家当之亦束手无策。书中描写双侠奇思妙

---

① 科学书局："新书出版"广告，《神州日报》宣统二年（1910）五月十六日。
② 商务印书馆："本社通告"，《小说月报》第二年第一号，宣统三年（1911）。
③ 小说时报社："本报通告"，《小说时报》第十二期，宣统三年（1911）。

想，独能发其覆而抉其微，洵足为侦探小说别树一帜也。"①

4.《女界怪现状》广告："是书一名《女嫖客》，详叙近数年女界种种奇异活剧，如女客嫖女妓、女客嫖男优、女客与男客争风、男优与女妓吃醋，甚至男客嫖女客、嫖人者反被人嫖、男优姘女妓、被嫖者反能嫖人，光怪陆离，不可名状。著者存心忠厚，凡书中男女名姓，用谐音庾词之例，概从隐约。阅者即或猜着，祈勿宣布，庶不负作者一片苦心也。"②

---

① 改良小说社："请看新出小说"广告，《民立报》宣统三年（1911）五月初六日。
② 上海大声社："新出小说《女界怪现状》"广告，《神州日报》宣统三年（1911）三月二十九日。

第七章

新文学因子的孕育与萌蘗

　　幸运的是，总有一些作品的出现给身陷低潮的小说界现出几许生机，平添几分色彩。或许，它们一时还不能成为小说主流，只是游走于边缘，甚至还要面临曲折和失败，但至少为晚清小说的出路提供了新的选择。难能可贵的是，它们当中往往还或多或少地孕育着未来小说的新因子，这就更有了值得重视的理由。

第一节　新闻与小说联姻："时闻小说"的　　　　渐兴及其意义

　　借小说体来评论新闻事件的作品，可称为"时评小说"；以小说体来演绎新闻事件的作品，可称为"新闻小说"。两者都以日报为主要载体，都强调对当下新闻事件的积极介入，都注重事件的热点性以及时效性，相似多于区别，故不妨统称为"时闻小说"。

　　与单行本小说、期刊小说相比，时闻小说无疑是报载小说的优势品种。时闻小说的日渐繁盛，既是晚清日报小说自我发展模式得以确立的重要标志，也是其一大成果，而其兴盛的重要时段恰恰就是在宣统朝前后，这是必然还是巧合？是否有更深层次的原因？其作品特点、发展趋向如何？特别是对小说界产生了怎样的影响？似乎都是值得探讨的问题。

一

　　如何判断"时闻小说"？它与"时事小说"① 有何区别？这首先得从时闻小说的特点说起。

　　其一，从时间上看，时闻小说强调时效性。时闻小说的表现对象是当下的新闻事件，因此新闻的时效性便直接体现于时闻小说当中。近代通讯业、印刷业的发展，特别是电报、电话的使用，极大地提高了信息传播的效率，新闻报道一两天之内就能编辑出版，为新闻的时效性提供了保障。由新闻"次生"的时闻小说，自然也要强调时效性。众所周知，新闻报道可以按播发时间分为两种：一是事件发生前的预告性报道，一是事件发生后的事后新闻报道，其中后者最为常见。这种划分方式同样适用于晚清的时闻小说，比如光绪三十四年（1908）《时报》刊载的《三月十五日》就是一篇预告性时闻小说，小说讲述的是本年三月十五日江苏谘议局选举之事，但该小说三月十四日就开始连载，至三月十五日当天毕。② 从出版周期可知，该小说早在事件发生前就已创作完成。更有意思的是宣统元年（1909）刊载于《申报》的系列小说《选举鉴》。第一篇的开头云："再隔八日便是三月十五日，谘议局复选举之期。"第二篇的开头云："过了三月十五日，又逢谘议局选举开票之期。"③ 两篇小说都是以即将到来的三月十五日的谘议局选举为表现对象，提前"预设"即将发生的新闻事件，而这类具有预告性质的作品，通常不会见存于时事小说。一般而言，限于创作和出版周期，时事小说通常需要数月甚至数年之后才可创作完成并出版，比如，被认为最早反映武昌起义的时事小说《血泪黄花》，出版时间去事件发生约三个月，而该事件发生半个月左右时闻小说就已在报纸上批量涌现。因此，若从时效性角度来判断时闻小说，从事件发生到作品

---

　　① 陈大康先生在《明代小说史》中辟出专章，就"时事小说"的判断标准、产生的原因、文体特点以及价值等方面，都作有详尽探讨，本节若涉及"时事小说"的相关论述，皆以先生的定义作为比照。陈大康：《明代小说史》，人民文学出版社 2007 年版，第 580—602 页。

　　② 冷（陈景韩）：《三月十五日》，《时报》光绪三十四年（1908）三月十四日开始连载，至此日连载毕。

　　③ 朗：《选举鉴》（一）、（二），《申报》宣统元年（1909）三月初七、初八日。

出版面世的时间差应以两个月之内为宜。① 显然，这一标准已基本将单行本小说和大部分月刊小说排除在时闻小说之外，几乎只针对刊载于日报（少部分周刊、旬刊）的小说作品。② 这一划分，既是为了照应当时小说生成周期的实际情况，也是为研究以"时效为王"为特点的时闻小说提供比较"纯粹"的样本。

其二，从文体上看，时闻小说具有自足性。作为一种独立的小说类型，时闻小说在体制上必须具有完整性，意即作品能独立成篇。而要在两个月之内构思、创作完成一篇完整的长篇小说作品并及时发表出来几乎不太可能，所以时闻小说一般都是以中、短篇小说为主。文体的自足性要求也将时闻小说与集合了当时诸多时事新闻的"话柄小说"——《官场现形记》、《二十年目睹之怪现状》等作品区分开来。

其三，从表现策略上看，时闻小说往往不拘形式。时事小说为了表现事件的真实性，往往都以"秉笔直书"、"不稍讳饰"③ 为尚，体现出某种"史"的严整性，在形式上也多采用传统的章回体进行演绎。而时闻小说往往具有较强的主观目的性或导向性（尤以时评小说为甚），注重的只是作品的传播效果，故在表现形式上不拘一格。为了避讳或更具通俗性和形象性，不少时闻小说并非正襟危坐地给读者陈述新闻事件，而是对之进行适当的艺术加工，包括以寓言体或奇幻手法等虚幻之笔来描述、评点新闻事件以及传达作者意旨。如《天上选举议员笑话》将故事背景设在天庭，以神幻笔法影射正在进行的谘议局选举事件；④《广东新鬼谭》则

---

① 这里特别强调，作品的创作时间与面世时间是两个必须严格区分的概念。某些作品，或许在事件发生后马上就被创作（如笔记小说），但过了几个月甚至几年后才出版面世，当时所本的"新闻"此时早已成了"旧闻"，作品缺失了时效性这一基本前提，当然不能划入时闻小说之列。

② 晚清期刊愆期出版的现象比较普遍，专业小说期刊尤其如此——几乎都曾发生过愆期出版的情况（只发行一两期的除外），愆期最长的可能是《新新小说》，虽标为月刊，但第九、十号两期都是延迟了一年后才发行，因此时效性很难保证。至于以时事为题材的单行本，从了解新闻事件，到选材创作，然后编辑印刷，最后是发行面世，在当时的条件下，这一流程在两个月内是很难完成的。

③ 鸿文书局："新出《女界现形记》六集至十一集"广告，《时报》宣统二年（1910）九月初六日。

④ （未署名）：《天上选举议员笑话》，《申报》宣统元年（1909）三月二十四日。

将故事背景设在地狱，同样运用奇幻手法叙述月前革命党的黄花岗起义一事；①《无稽之谈》叙四川保路运动事件，用的亦是奇幻手法。②

其四，从所表现的新闻事件看，没有重大性与否的要求。时事小说通常都是"描写当时的重大政治事件"，"具有政治性与轰动性"，若不具备这两条标准，"虽是相当真实地描写了当时的实事，并且也具有新闻性的作品就不能归于时事小说"③。但这类被时事小说所排斥的作品却可以划入时闻小说之列。重大政治事件当然是绝佳的新闻题材，不过新闻之要义在于"新"，"一切可惊可愕可喜之事，足以新人听闻者"④，其重大与否并非决定性因素。故一些家长里短的新鲜事或新近发生的奇闻轶事，只要是"务求其真实无妄"⑤也都能以新闻的面目出现。这一特点同样适用于时闻小说，事不在大小，而在于事件自身的典型意义。如《虎狼窟》，披露了前月河南某县衙门借断案之名大动酷刑，对原告、被告皆进行敲诈勒索之事，⑥该小说并非重大新闻事件，够不上时事小说，但它却是一篇标准的时闻小说。甚至，某些事件仅仅因为具有趣味性（比如奇闻佚事、滑稽时事）也可能成为时闻小说的表现对象，如《新发辫》就是一篇专就近期流行戴假发这一新鲜事为题所作的时闻小说。⑦

那么，晚清时闻小说的发展情况如何？

不妨以《申报》和《时报》作为样本进行分析。之所以选择它们，原因有三：首先，在晚清报刊中，两报的小说刊载量分列第一、第二位；其次，两者刊载小说具有延续性，报纸保存也较为完整；再次，《申报》是老牌新闻纸的代表（创办时间为 1872 年），《时报》是新兴新闻纸的代表（创办时间为 1904 年）。可以说，两者在晚清报刊中具有代表性，样本信度较高。笔者统计后得出如下结果：《申报》从光绪三十三年到宣统三年间（1907—1911），总共刊载小说 242 篇，其中时闻小说 63 篇，占总

---

① （未署名）：《广东新鬼谭》，《长春公报》宣统三年（1911）四月二十六日。

② 寄重：《无稽之谈》，《申报》宣统三年（1911）七月二十四日。

③ 陈大康：《明代小说史》，人民文学出版社 2007 年版，第 584 页。

④ 申报馆主人："本馆告白"，《申报》同治十一年（1872）三月二十三日。

⑤ 同上。

⑥ 豫东野人来稿：《虎狼窟》，《时报》光绪三十四年（1908）七月二十六日。

⑦ 朗：《新发辫》，《申报》宣统元年（1909）四月初一日。

量的 26.03%；《时报》从创刊日到宣统朝末（1904—1911），总共刊载小说 222 篇，其中时闻小说 53 篇，占总量的 23.87%。① 可知两报所载的时闻小说在总量的比例上相差不大，均约占总量的四分之一。当然，这一笼统的数据只可得出一个大概的判断，有必要深入细部对之作进一步解读。

从小说类型看，时闻小说居于报载小说的主流地位。《申报》、《时报》小说类型的覆盖面相当广泛，仅从其类型标签上就能见出一斑。《申报》所标示的小说类型标签多达 50 个，《时报》为 30 余个。类型的多样意味着小说内容的庞杂、分散，一般不会太过专注某类小说，但时闻小说例外。《申报》所刊小说中次于时闻小说的是言情和滑稽两类，各占约 30 来篇；《时报》所刊小说中次于时闻小说的是侦探、滑稽和言情三类，各占 20 来篇。② 两相对比，可见时闻小说在两报所载小说中居于主流地位。

从数量走势看，总体表现为前低后高。光绪三十四年（1908）是关键的分水岭，此前时闻小说的刊载量并不大，但从本年开始数量明显呈上升势头。比如，《时报》此前四年（1904—1907）仅刊载时闻小说 13 篇，但随后四年（1908—1911）中数量陡然上升至 38 篇，是前一阶段的三倍。《申报》的情况更为突出，光绪三十三年（1907）仅刊载时闻小说 4篇，而余下的 59 篇都刊载于随后的四年中。其中，辛亥年（1911）是两者时闻小说刊载量最大的年份：《申报》本年刊载时闻小说 35 篇，几乎与此前几年中该类小说的刊载量总和相当；《时报》为 18 篇，也高于此前的任何一个年份。之所以呈现逐年增长的情况，其诱因可从内外两个方面作出解释。一是小说发展的内在需求驱动。在市场竞争过程中，报人们逐渐意识到短小精悍、反应灵活神速的时闻小说更能充分发挥出新闻纸的比较优势，故而自觉提高了新闻小说的刊载量。二是外部环境提供了有利条件。此时正值光宣王朝过渡时期，政权不稳，内外交困，尤其辛亥年各类重大事件层出不穷，为时闻小说的创作提供了丰富的题材资源。

若从内容角度考察，不难见出晚清时闻小说对社会现实题材具有明显

---

① 统计资料来源为陈大康先生主持的"中国近代小说资料库"。

② 报载小说的类型时有交叉的现象，因此这里只能按其所叙内容的主要方面，做大致的鉴定。

的偏好，这倒跟新闻纸自身特性保持着某种内在一致。其题材内容主要归于以下几个方面：

第一是立宪选举事宜。宣统朝（1909）前后，作为"预备立宪"的一项重要举措，全国各地设立谘议局，试行议员选举。但在选举过程中却出现了各种"卑劣秽浊之事"①，引起各界人士的极大愤慨。小说家们自然不会袖手旁观，错过"箴恶励善，指事举劾"②的大好机会，于是纷纷提笔创作反映选举事宜的作品。代表作有《谘议局大会》、《三月十五日》、《天上选举议员笑话》、《选举鉴》（系列）、《十某甲》（系列）等。

第二类是革命党活动。自光绪三十一年（1905）同盟会成立后，革命党的活动日益频繁，宣统朝间更是达到了高潮，大事件层出不穷，时闻小说亦同步跟进。如反映宣统二年（1910）正月广州新军起义的《红旗捷》；以宣统三年（1911）三月广州黄花岗起义为题材的《广东新鬼谭》；随后的辛亥革命更是时闻小说的热点题材，《新三国志》、《新小热昏》、《是非梦》等可为代表。另外，同一时期各地还开展了轰轰烈烈的保路运动，成为辛亥革命的前奏，此类题材的作品似乎也可划入这一行列，代表作有反映江浙保路运动的《浙路梦》、四川保路运动的《无稽之谈》等。

第三类是官场中的魑魅魍魉。如《官威》、《顽钦差妄言上封奏，贫御史直道锄奸邪》等。其中，以官员贪赃枉法、胡乱断狱为题材的作品甚多，代表作有《虎狼窟》、《吃乳官》、《苏州凤池庵冤案始末记》等。

第四类是节庆纪念日的应景之作。这些作品在年关前后较多，内容主要是回顾既往、展望未来，间有对时政的点评，代表作有《新年梦游记》、《庚戌年之梦观》、《五路财神》等。其他节庆日有时也会出现一些类似的作品，如《端午谈》、《七夕》等，在应景文字中暗寓褒贬。

第五类是时事见闻或奇闻佚事，内容颇为庞杂，无一定规。如反映自然灾害的《无米炊》，反映新风尚的《新发辫》，反映毒、赌害人的《老

---

① （泖浦四郎信）："《潘杰小史》译者之《告白》"，《申报》宣统元年（1909）五月初四。

② 同上。

瘾》、《豪赌》，反映世态人情的《巨灵掌》、《上海之流氓》，反映罪犯伏法的《范高头之历史》，甚至还有描述天文现象的《彗星来》等，题材涉及到了社会的方方面面，宛然一幅幅丛层多彩的浮世绘。

以上五类题材中，前四类都跟时政密切相关，作品的数量占了绝大多数。特别是重大政治事件发生后，时闻小说都会及时跟进，其中尤以辛亥革命为典型，单单《申报》就刊载了十余篇相关作品。可见，时闻小说虽不避奇闻轶事，但时政事件终究是时闻小说的热点题材，这一方面反映出时闻小说的作者和编辑对时政的积极参与态度，并充分利用新闻纸的自身优势及时表达；另一方面也反映出读者对时闻小说的特殊需求，因为时闻小说可为读者解读、了解时政事件提供另一种视角，其虚实结合、庄谐兼具、鲜活生动的叙述方式，还可以给读者带来一种别样的阅读感受，而这在板滞的时事新闻中显然难以获得。

二

若从语源上追溯，似乎"小说"的文学意义自诞生始就跟"时闻"有着千丝万缕的关系，至少在汉代，人们就已经形成了这样的认识：

> 小说家者流，盖出于稗官，街谈巷语、道听途说者之所造也。孔子曰："虽小道，必有可观者焉，致远恐泥，是以君子弗为也。"然亦弗灭也。闾里小知者之所及，亦使缀而不忘。如或一言可采，此亦刍荛狂夫之议也。①

这一著名论断随后成为"正统"观念一直延续了一两千年，直到晚清"小说界革命"，倡导者们依然以修正这一成论作为"革命"展开的首要前提。前人的这段话颇值得玩味，所谓的"街谈巷语、道听途说"，"闾里小知者之所及"，意即"小说"就是小道消息或一些真真假假的传闻，这不正是"新闻小说"的雏形吗？"刍荛狂夫之议"，意即借事评论，一家之言，这不正是"时评小说"的基本特质吗？因此，一定意义上汉代所谓的"小说"，大可看成是"时闻小说"的初始形态。当然，出于历史

---

① ［汉］班固：《汉书（卷三十）·艺文志（第十）》，中华书局1962年版，第1745页。

条件的局限，这些"小说"多取材于虚幻的"旧闻"、"奇闻"（神怪传说）①，跟晚清之际强调时效性并以实事为主要元素的作品有着很大的区别。真正的时闻小说，只能产生于近代。

近代报刊业的兴起乃是时闻小说产生的前提，但报刊的出现并不意味着就一定会产生时闻小说，至少中国近代报刊业出现后的相当一段时期内，由于受限于现实条件，真正意义上的时闻小说依然难觅踪影。首先，时闻小说所本事件的真实性难以保证。不妨以老牌报纸《申报》为例，该报创办之初曾刊载了一则"本馆告白"，文中提出新闻体应该"务求其真实无妄，使观者明白易晓，不为浮夸之辞，不述荒唐之语"② 云云，亦即强调新闻的真实性和通俗性。不过，虽然该报着力强调新闻的"真实性"，但在随后的实践中并没能如实贯彻，而是将"网罗轶事，采访奇闻"③ 定为本馆记者的一大任务，于是各种荒诞不经之奇闻轶事也被该报记者当作新闻处理（如《纪观世音咒灵》、《狐女报恩》、《记朱烈妇显灵》、《荫树神异》等）。有意思的是，有时记者叙完"新闻"后还会特意强调云："余昨接家书所云确乎此说，诚非荒唐。"④ 作者所叙之事或许真是近期的传闻（具有"时效性"），并且作品也被置于新闻之列，但它们跟真正的时闻小说依然有着本质的区别，比如，就算是以地狱为背景的时闻小说《广东新鬼谭》，作者亦不过是借神幻笔法叙写黄花岗起义之实事，这跟仙人赠丹、狐女报恩之类完全出自想象的虚幻之事截然不同。其次，落后的通讯条件（报社的消息主要依靠信件传递），也使得新闻的时效性难以保证。于是，在新闻的真实性和时效性都无法有效实现的情况下，以新闻事件为创作题材的时闻小说，自然也就成了无源之水。

甲午后，随着维新变法运动的兴起，作为"舆论三大利器"之一的中国报刊业迎来了发展的高潮。其间不得不提梁启超的影响。梁氏不仅是维新运动的引领者之一，在办报活动上更是成绩显著。清季间先后主持或

---

① 据鲁迅先生考证，从班固《汉书·艺文志》所附的小说书目看，这些小说主要是两种类型，或是托古言今事，或专记前代的古事传说，"诸书大抵或托古人，或记古事"。鲁迅：《中国小说史略》，《鲁迅全集》（第九卷），人民文学出版社 2005 年版，第 8 页。

② 申报馆主人："本馆告白"，《申报》同治十一年（1872）三月二十三日。

③ 申报馆：《本馆自述》，《申报》同治十一年（1872）四月初二日。

④ 主人稿：《记遇仙赠丹事》，《申报》同治十一年（1872）八月初一。

参与创办了十余份报刊，可谓是名副其实的"报界之巨子"、"舆论之骄子"。梁氏对报界的贡献，不仅仅是创办了一系列影响深巨的报刊，还在于为近代新闻事业的发展，提供了一系列先进的新闻思想资源。他认为报馆有"两大天职"："一曰对于政府而为其监督者，二曰对于国民而为其向导者。"① 并提出了办报的四大原则：一曰"宗旨定而高"；二曰"思想新而正"；三曰"材料富而当"；四曰"报事确而速"。② 在创办《时报》之时，梁氏将这种具有现代意义的新闻观做了进一步的细化和提升。他在《〈时报〉发刊例》中强调，本报要以"公正周适"之言论，讨论国民关心之时事问题，以助读者"达识"。在新闻采写方面，讲究"五字真诀"：一曰"博"；二曰"速"；三曰"确"；四曰"直"；五曰"正"。③ 梁氏这种强调对社会政治和国民意识领域的积极介入，以及追求真实性、时效性的新闻理念和实践，对时闻小说的产生无疑具有积极的刺激作用。

在梁启超等维新派人士的推动之下，具有近代意义的新闻理念被广泛接受，加上通讯条件（电报、电话引入报馆通讯）的日益改善，近代报刊事业随之获得了迅速发展④，这也为报载小说的发展提供了有利条件。不过，跟近代新闻事业发展的迅猛态势相比，日报小说的发展要略显滞后，直到光绪三十三年（1907）小说才在日报中广泛出现（相关情况请见第三章）。而时闻小说走向兴盛也恰恰发生于此间，其隐藏的深层诱因是什么呢？

关于时闻小说为何勃兴于清朝最末几年，上文已经提到一大诱因是此间政局不稳，重大时政事件层出不穷，为时闻小说提供了上佳的创作素材，辛亥年可为典型。不过，这依然只是直观的判断，其更为深层的诱因是清廷的意识形态管控发生了调整，而报人亦随之采取了相应的斗

---

① 中国之新民（梁启超）：《敬告我同业诸君》，《新民丛报》第十七期，光绪二十八年（1902）。

② 梁启超：《〈清议报〉一百册祝辞并论报馆之责任及本报之经历》，《清议报》第一百册，光绪二十七年（1901）。

③ 时报馆（梁启超）：《〈时报〉发刊例》，《新民丛报》第四十四、四十五号，光绪二十九年（1903）。

④ 据统计，从光绪二十六年至宣统三年间（1900—1911），每年的报刊新创量都以加速度方式快速增长。相关数据见文末"附录三·表一"。

争策略，一定意义上，时闻小说即是双方博弈的结果。现不妨具体分析之：

一方面，社会各界的舆论抗争取得初步成果，迫使清廷对意识形态管控政策进行调整，从而为时闻小说的发展创造了条件。

戊戌变法促进了国民的民主意识，庚子运动使清廷陷入内外交困，迫于现实压力，清廷只得作出适当妥协的姿态，答应资产阶级改良派的要求试行君主立宪制。光绪三十二年（1906）七月初一日，清廷颁布"预备仿行宪政"谕旨，明确规定"仿行宪政，大权统于朝廷，庶政公诸舆论"①，朝廷要将全国政务公之于世，广泛听取民众意见，这意味着民众可以参与讨论国政。光绪三十四年（1908）八月初一日，朝廷颁布《钦定宪法大纲》，其中规定，"臣民于法律范围以内，所有言论、著作、出版及集会、结社等事，均准其自由"②。虽然，这些官方文管政策、律法在实际执行时效果会大打折扣，但终究算是撕开了数千年来严密文网的一道口子。事实也的确表明，此后几年中报刊时政新闻和时政评论不仅数量明显增多，言论尺度也明显增大。以小说为例，光绪三十四年（1908）十月二十一日光绪帝驾崩，不到 24 小时，慈禧亦随之归天。一周后《神州日报》刊载小说《天上之国丧》，假托天宫神鬼界来叙写国丧事件，其中写鬼界"依然兴高采烈，一如平日"，而齐天大圣对太上老君（影射慈禧）之死故作叹息等等，明显见出作者揶揄之意。③ 两天后，该报又刊载了一篇小说《国恤谈》，文字中的皮里阳秋明眼人一看便知。④ 该报得寸进尺，十天后又刊载了小说《新中国之大纪念》，此次专拿昨天才新登基的宣统帝作为揶揄对象。⑤ 要知道，这样的文字只要是发表在数年前，哪怕不是敏感时期，报馆和作者也非得落个查禁收监的下场。比如光绪二十六年（1900），广州《博闻报》在描写西太后"慈颜"时仅仅因为用了"唇厚口大"四字便被判为"大不敬"，报馆旋遭查封，"社员闻

---

① 故宫博物院明清档案部编：《清末筹备档案史料》（上册），中华书局 1979 年版，第 44 页。

② 王培英主编：《中国宪法文献通编》，中国民主法制出版社 2004 年版，第 445 页。

③ （未署名）：《天上之国丧》，《神州日报》光绪三十四年（1908）十月二十八日。

④ 瞿：《国恤谈》，《神州日报》光绪三十四年（1908）十月三十日。

⑤ 瞿：《新中国之大纪念》，《神州日报》光绪三十四年（1908）十一月初十日。

风而逃"。① 今昔对比，可知清廷的文化管制在此间的确有所松弛（无论主观松绑还是执行不力抑或国民的奋力抗争所致，客观效果皆一样），这对偏好时政题材的时闻小说而言，无疑是较为有利的外部环境。

另一方面，清廷意识形态的管控趋于严厉，无意之间也会刺激时闻小说的发展。

上文提到，清廷在全国民主舆论压力之下被迫施行"庶政公诸舆论"，承认国民有一定的议政权，但清廷很快发现社会舆论随之如"洪水猛兽"般袭击而来。面对社会各界借"庶政公诸舆论"对朝廷的发难，官方决定对诋毁政府者严惩不贷，并先后推出了一系列新闻法规加强舆论管理：

光绪三十二年（1906），清政府颁布《大清印刷物专律》、《报章应守规则》；

光绪三十三年（1907），颁布《报馆暂行条规》、《大清报律》；

宣统二年（1910），修正后的《大清报律》更名为《钦定报律》颁布实施。

几大新闻法规相继出台的直接后果是诸多言论激进的报刊被扣以"诋毁宫廷"、"妄议朝政"、"妨害治安"、"泄露外交秘密"之类的罪名旋遭查禁。据笔者初步统计，从光绪三十二年（1906）清廷"预备立宪"开始到宣统朝末的六年间，被查禁的报刊至少有 41 家。② 这一数据说明两个问题：其一，积极议政，践行言论自由，已成为当时不少报人的价值追求，抗争者们前仆后继，令清廷穷于应付；其二，清廷的文网虽然在社会压力之下被撕开了一道口子，比起前期略有松弛，但总体上舆论控制依然较为严厉。

黄小配曾抱怨云："刊三百六十天之报纸，来五十余件之公文。"③

---

① 谭汝俭：《四十七年来广东报业史概略》，原载《香港〈华字日报〉七十一周年纪念刊》1934 年 10 月，此处转引自［台湾］李瞻主编：《中国新闻史资料》（第六种），台湾学生书局1979 年版，第 465 页。

② 统计资料来源：史和、姚福申等编：《中国近代报刊名录》，福建人民出版社 1993 年版；方汉奇主编：《中国新闻事业编年史》，福建人民出版社 2000 年版。

③ 世次郎（黄小配）：《本报开创一周年纪念文》，《南越报》宣统二年（1910）五月初七日。

足见当时新闻管制之严厉。于是，面对"官吏之干涉有如此者"①之境况，报馆只得寻找既能有效行使新闻自由权，发出自己的声音，又能有效地保护自己，规避清廷文网迫害的斗争方式。毕竟，像黄小配那样"不避强权，力争公论"②的革命派办报作风并非人人皆可效仿。那么，除了以硬碰硬之外，到底有无两者兼顾的斗争策略？当然有。采用时闻小说体写作就是一个不错的选择。其中，最早自觉进行尝试的要算是广州的《商务日报》，且看该报主笔谭汝俭的一段回忆文字：

> 同时各报，若《岭海》，若《中西》，皆鉴于《博闻》之覆辙，相率缄默，始获苟存。许朗甫乃纠设《商务报》，以承《博闻》之乏，陈芝轩与俭任编辑撰述之役。主者日惴惴焉，恐以直言获咎，而又虑营业之不振也。乃日取新闻中之情事曲折者，重加叙述，以小说之笔行之。或本无其事，而凭空结撰，以相与骋秘争妍者。故其时报纸虽不附载小说，而已含有小说之气味矣。③

光绪二十六年（1900），《岭海报》、《博闻报》遭清廷查封，同年《商务日报》创刊，谭氏所言之事应该始于本年。谭氏明确指出，有了诸报遭禁的前车之鉴，《商务日报》只得另辟蹊径，采用小说之体改写时事新闻，以尽可能地避免"直言获咎"。殊不知，这一变通之举，随后竟然促生了晚清小说的一个品类——时闻小说。

那么，该方法为什么能取得成功呢？这主要还是缘于晚清小说的两大特性。

第一，小说尚不能引起官方的足够重视。"小说界革命"之后，小说虽然由"小道"被鼓吹为"文学之最上乘者"，但若说庙堂要员主流也认

---

① 世次郎（黄小配）：《本报开创一周年纪念文》，《南越报》宣统二年（1910）五月初七日。

② 同上。

③ 谭汝俭：《四十七年来广东报业史概略》，原载《香港〈华宇日报〉七十一周年纪念刊》1934年10月，此处转引自［台湾］李瞻主编：《中国新闻史资料》（第六种），台湾学生书局1979年版，第465页。

同这一理念则大可怀疑。笔者曾专门翻看过不少当时高级官员的读书笔记（日记），发现他们对新小说都是极少着墨。[①] 这意味着朝廷要员们所持的极可能还是传统的小说观，意即对小说的定位依然是"君子弗为"的"街谈巷语、道听途说"者。试想，在清廷内外交困之际，"大道"尚且无力经营，哪有多余的精力去纠缠于此等"小道"。此外，中国小说发展史也已表明，官方查禁"淫词小说"很少发生在时局动乱之际，只有待到大局初定之后，统治阶级才能腾出手来细细编织文网。更何况，以康、梁为首的改良派并非以推翻清廷统治为旨归，其宣扬"新"小说的目的乃是"改良社会"、"启牖民智"、"激励爱国精神"[②]，革新小说被策略性地赋予了"正当性"和"合法性"，官方似乎没必要、没理由也没精力与之为难。

第二，小说本质上是一种文艺作品，具有虚构性，以虚对实，实中有虚，审查者当然不便对号入座。比如小说作者常以"某日某地某人"开篇，甚至直接告诉读者所叙之事乃"一个老邻居说的，我可不知是真的还是假的"[③]，明眼人可以看出小说所本之事，但当事人却没法与之较真，这无疑是一种有效的自我保护策略。故时闻小说中涉及敏感问题或态度激烈之作，往往都是使用寓言体或神幻方式来表现（如揭批清廷在日俄战争中所谓"中立"立场真面目的《中间人》，国丧期间揶揄光绪帝、慈禧太后的《天上之国丧》，叙写黄花岗起义的《广东新鬼谭》，讥刺清廷镇压四川保路运动的《无稽之谈》，讽刺清廷吸取民脂民膏的《五虿大会议》，反映经济困顿状况的《财神会议》、《五路财神》等等），新闻事件经过艺术变形之后被抹上了一层保护迷彩，而其表达效果并没有因此而大打折扣，嬉笑怒骂之间还可能给人留下更为深刻的印象。

从实际情况看，晚清最后六年间（1906—1911）虽然查禁了 41 家报刊，但此间发行的 19 家专业小说报刊，除了《新小说》禁而未禁外，余

---

① 详情见第四章第一节。

② 新小说报社："中国唯一之文学报《新小说》"告白，《新民丛报》第十四号，光绪二十八年（1902）。

③ 竹园稿：《烂根子树》，《大公报》光绪二十九年（1903）八月初七日。

者没有一家遭到清廷封禁；① 同时，也未见某部单行本小说因为"妄议朝政"、"妨害治安"之类的罪名而遭到查禁。这表明，小说的特质的确可以有效地避开清廷文网的迫害，报馆也正好可以灵活运用这点，将时闻小说打造成与官方舆论管制周旋的斗争工具。

就此看来，晚清意识形态管控与时闻小说的兴盛之间形成了一种颇为微妙的关系。若管控松弛，则为时闻小说的发展提供一个宽松的生存环境，时闻小说就可以自由发挥点评时政、叙写时闻的功能；若管控收紧，时政新闻或时事评论就会部分转移给时闻小说，成为报馆反映舆情、表达观点的一条特殊渠道，其舆论地位就愈加重要。因此，在晚清这一特定历史条件之下，时闻小说既是新闻界与小说界联姻的成果，也是官方意识形态管控与近代报刊之间博弈的产物。

三

时闻小说既然作为一种客观存在并且以小说界新秀的姿态风靡一时，那么它的文学史意义自然就成了一个值得探讨的话题。不妨先从最为直观的文体形式入手考察。时闻小说的生成机制特点决定了它在文体形式上以短篇为主，那么它在近、现代短篇小说的发展中到底处于怎样的地位，发挥了怎样的作用？

近代以降，长篇章回小说长期居于主流地位，但就日报而言，连载长篇小说的种种问题也让报人们穷于应付（详见第二章）。例如，《时报》从创刊号（1904）起也选择连载长篇小说——将自撰小说《中国现在记》和翻译小说《伯爵与美人》隔日轮替连载。著、译搭配倒是相当协调，但两个多月后两部作品仅仅连载了四分之一，此时离结束之日尚远，而连载过程中的诸多弊端却已显露无遗。为克服连载小说品种的单调性和降低"随作随刊"带来的风险，该报决定插载短篇小说并发出了征文广告：

　　　　本报昨承冷血君寄来小说《马贼》一篇，立意深远，用笔宛曲，

---

① 《新小说》情况比较特殊。光绪二十九年到三十一年（1903—1906），清廷每年都对之发布查禁令，但该刊每期都在《申报》、《时报》等大报上刊载销售广告，读者购阅非常方便，可谓是"禁而未禁"。其他报刊发行情况见文末"附录二"。

读之甚有趣味。短篇小说本为近时东西各报流行之作，日本各日报、各杂志多有悬赏募集者。本馆现亦依用此法。如有人能以此种小说（题目体裁文体不拘）投稿本馆，本报登用者，每篇赠洋三元至六元。①

冷血即《时报》小说栏主持人陈景韩。主持人亲自操觚，倾力打造出这篇《马贼》并以此为样板向外大力征集短篇小说（这一做法不禁让人想起两年前梁启超酝酿经年后创作出的中国版政治小说样板——《新中国未来记》），由此可见该报对短篇小说的热望。值得注意的是，这篇具有"现代意义"的样板作品，从类型上看正是一篇地地道道的时闻小说。作品取材自此时正在进行的日俄战争，但作者并不正面描写战争场面，而是选取日、俄、中三方共同审判马贼苍八时的一个场景，做"横截面"② 式的叙述。故事缘起于东北马贼苍八时常骚扰日俄军队，破坏了日俄战争中清廷恪守的所谓"中立国"立场，故为三方所不容。兹摘引首、尾两个片段。

开篇：
杀！杀！杀！
这时正值日俄战役既了，清、日、俄三国各派委员开三国会审，所审马贼头苍八。

结尾：
俄官久不耐烦，从旁接道："这东西，我们何必多问，推出去！杀！"
清官便随口道："杀！杀！！"
日官也附和道："杀！杀！！杀！！！"
一时呼杀之声，上下一片，如犬如吠。
苍八，睁着眼，抬着胸，大呼道："杀便杀！怕什么……"说"便

---

① 时报馆：《马贼》篇末告白，《时报》光绪三十年（1904）九月二十一日。
② 胡适：《论短篇小说》，《新青年》第四卷第五号，1918 年。文云："短篇小说是用最经济的文学手段，描写事实中最精彩的一段，或一方面，而能使人充分满意的文章"。其中，所取"最精彩的一段"往往就是一个"横截面"。

杀"时，右脚向上微提。说"怕什么"时，脚便向下一顿。登时惊天动地，轰然一声，地下爆裂弹猝发。廷内官员盗贼，是血是肉。

作者曰：此爆裂弹，想是数百年前埋下者。

小说开篇，作者并未袭用传统小说"某生，某处人"① 之类的陈旧套路，而是径直采用刺激读者神经的"杀"字，并且三字重叠，渲染出一种肃杀紧张之气，随即将读者引入故事现场。正文采用的是问答式设计，将现场感做了进一步凸显。最后苍八踏雷而死，寥寥几笔，简促有力，勾勒出主人公慷慨赴死的英豪形象。胡适先生给现代短篇小说所下的定义是"用最经济的文学手段，描写事实中最精彩的一段，或一方面，而能使人充分满意的文章"②，《马贼》无疑达到了这一要求。有意思的是，作者在篇末还不忘简单的点评一二，适时表露个人观点，这种设计明显又融合了中国传统小说的叙事模式。

《马贼》发表后，于本年十一月被上海《同文沪报》转载，十二月再次被重庆的《广益丛报》转载，后又被收入《短篇小说丛刻》（初刻）③，该小说受到时人的青睐由此可见一斑。作为时闻小说的典范，《马贼》对近代时闻小说的影响至为深远，甚至可以说开创了该类小说的一种经典叙述模式，例如小说家陈其源创作的不少时闻小说就采用了这种叙事设计。不妨引其《零碎自由小说》系列中每篇作品的开头部分：

> 跑！跑！！跑！！！快点！快点！！快点！！！炮声隆隆，军声音呵呵，后边杀来了。（《零碎自由小说·之一》）
>
> 老爷！大人！谢谢你！求求你！救救我的性命，快点放我出城去！（《零碎自由小说·之二》）

---

① 胡适认为"某生，某处人，幼负异才……"之类的滥调小说，即使篇幅上属于短篇，但不是真正意义上的"短篇小说"（short story）。胡适：《论短篇小说》，《新青年》第四卷第五号，1918 年。

② 胡适：《论短篇小说》，《新青年》第四卷第五号，1918 年。

③ 潚文书社编：《短篇小说丛刻》（初刻），鸿文书局，光绪三十二年（1906）。

阿坏！阿坏！痛杀奴了！坑死奴了！　（《零碎自由小说·之三》）①

小说叙写的是辛亥革命中，革命军光复江南前后清廷王公大臣们的惶恐和狼狈。作品选取的都是小视角，描写的也是某些小场面，虽题曰"零碎"但意旨却颇为深远：通过对王公贵胄们的揶揄，表达了对民主革命的热望和对自由的向往。可以说，该系列作品无论在句式设计还是题旨的传达和升华上都明显见出《马贼》模式的影子。而晚清间采用这一模式的时闻小说甚多，如《十九日》、《阿弥陀佛》、《外国财神》等皆属此类，足见其影响。

其实，"《马贼》式"叙事模式的影响不仅仅局限于时闻小说，随后也扩展到了其他类型的短篇小说创作。比如，《月月小说》是近代小说期刊中最早倡导也是最积极践行刊载短篇小说的杂志，这首先要归功于主编吴趼人的努力和远见卓识。吴氏本人也擅长短篇小说创作，但他的短篇作品多属传统旧小说，在其为数不多的短篇新小说中，却也能见出"《马贼》式"模式的某些影响。不妨以其中的一篇《查功课》为例，该小说开头为：

的零零，的零零，的零零零零零零……

"啊！时候已经晚上一点钟了，是那个传电话？想是无事人闹玩的，且不去理他，睡我的觉罢。"

的零零，的零零，的零零零零零零……响个不了。

"啊！到底什么人？"披衣起，下床，着履，拧亮洋灯，走进电箱处拿起听筒："哈罗，哈罗，你是那里？是谁？"②

小说开头没有任何铺垫，以突兀之笔营造一种急促神秘气氛，随后的故事情节也主要是以简短的对白来呈现。可以说，该作品无论句式设计还是情节展开的方式，都能见出《马贼》的影子。类似的作品还有不少，不妨

---

① 嘉定二我（陈其源）：《零碎自由小说》，《申报》九月二十五日。
② 趼（吴趼人）：《查功课》，《月月小说》第一年第八号，光绪三十三年（1907）。

再看一篇朱炳勋创作的《化外土》，其开篇云：

> 走，走，走，急走！急走！吾将报案去。
>
> 走，走，走，急走！急走！吾亦将报案去。
>
> 二人一先一后，奔走道中。俄而踵相接者且肩相并，疾奔仍弗歇。①

　　总之，《马贼》、《三月十五日》等时闻小说，既充分借鉴了西方小说的叙事模式，又融入了民族小说的叙事特点（如插入叙述者的点评等）②，以一种"中西合璧"的特殊叙事结构在小说界获得了较为广泛的认可，对推动中国近代短篇小说的发展产生了积极影响。胡适对此评价云："是中国人做新体短篇小说最早的一段历史。"③ 或可见出该类作品在小说史上的特殊地位。

四

　　从十四岁开始《时报》一直陪伴胡适成长，故胡适对《时报》相当熟稔。他总结该报之所以"出世之后不久就成了中国智识阶级的一个宠儿"，是因为"他的内容与办法也确然能够打破上海报界的许多老习惯，能够开辟许多新法门，能够引起许多新兴趣"。其中，最重要的两大"新法门"为：第一是开辟了"短评"栏目，"这种明快冷刻的短评正合当时的需要"；第二是开辟文学版块，特别是小说一栏，"引起一般少年人的文学兴趣"。④ 而这两大版块的主持人都是陈景韩（后来包天笑加盟，共同主持）。由陈氏撰写的时评文章短小精悍，"在当时是一种创体"，"用简短的词句，用冷隽明利的口吻，几乎逐句分段，使读者一目了然，不消

---

　　① 朱炳勋：《化外土》，《小说月报》第一年第二期，宣统二年（1910）。

　　② 关于中国古代小说在叙述过程中随时插入叙述者评论的做法，被后代不少学人置于西方小说观念之下多有诟病。笔者不敢苟同，更愿意将之视为中国小说的民族特色，而不是简单地将之定性为"叙事缺陷"。

　　③ 胡适：《十七年的回顾》，《时报》1921 年 10 月 10 日。

　　④ 同上。

费工夫去点句分段，不消费工夫去寻思考索"，① 这种文风和叙述特点，其实正是《马贼》、《三月十五日》等时闻小说给人的直观印象。这提醒我们，陈景韩有意无意地将新闻评论版块与文学版块联系在一起，相互呼应，而兼具评论性和文学性的时闻小说无疑是两者统一的最佳结合点，于是陈景韩决定对之予以扶持，以自己的创作实践推动了晚清时闻小说的兴盛，进而对中国"新体短篇小说"的发展产生积极影响。

理清了时闻小说的生成跟短评、文学之间的紧密关系，无疑有助于我们进一步深入了解时闻小说的文体特征及其文史价值。若对《马贼》、《中间人》、《张天师》等作品进行解构，不难发现它们的基本结构模式是：时事新闻事件＋文学性叙述＋评论。此后的时闻小说皆基本不离此三合一的设计模式。现不妨结合作品具体分析之。

《十某甲》系列是以地方谘议局议员选举为题材的一组作品，② 试取其中的第一篇为例。小说开篇介绍云："闰二月朔，吾江苏一大纪念日也。越日至沪，车中遇苏常友人，述投票所情形，择其尤异者笔之，得十事，故名之曰'十某甲'。"交代了小说所叙乃本于时事。正文部分作者运用漫画化的手法叙写某甲等人采用各种手段参选议员的滑稽之事。篇末，作者点评云："除第三甲之大元帅与第十甲之滑稽家外，余此者虽可笑，而亦可怜。呜呼！此皆吾江苏谨愿好百姓也。"表露出作者对此次选举实际意义的怀疑。宣统元年（1909）二月，中国多家报刊报道了日本淫盗电小僧被捕的消息，虽然案件正在审理中，但以此为题材的小说《东洋花蝴蝶》则已问世。作品篇首交代云："我国小说戏剧中，有淫盗花蝴蝶一出，久脍炙庸夫俗子之口。今日本新被捕之著名淫盗名电小僧者，事颇与之相类。其人身轻似燕，步捷如猿，玲珑活泼，往来倏忽如电，故群呼为'电小僧'。日本贵族闺秀及女学生等，被其诱者，不下数十辈，爰将电小僧之历史，述录于左，以供阅报诸君茶余酒后之谈资。"小说篇末作者评点云：

---

① 胡适：《十七年的回顾》，《时报》1921年10月10日。

② 我亦：《十某甲》，《时报》闰二月初六日。该报于本月十五、十六两日连载《后十某甲》，作者署名"采南"；随后，该报又于本月十九、二十连载《第三之十某甲》，作者署名"趣趣"。按：光绪三十四年年底（西历1909年初），清政府颁布《城镇乡地方自治章程》，全国各地开始施行地方谘议局议员选举。

电小僧审讯后情形，现尚未悉；将来如何判定其罪案，能否不再被其兔脱，亦在不可知之数。记者述此事，不禁喟然有感于电小僧之言。电小僧之言何如？曰："日本女子多虚荣心，思想浅薄。"窃谓世界女子被此二语之毒，而流入于非为者，宁独日本？有志振兴女学者，亟当研考妇女之心理，于教科书中，应即此二语而思所以补救之术，则获益当非浅鲜。吾国女学初兴，其第一障碍，即在女学生胸无主宰，往往误认荡捡踰闲为文明，不堪入耳之事，时有所闻。于是父兄之爱其女子弟者，相以入学为大戒，而女学遂永无发远之望。盖中国流荡子弟，厕身女学界者不少，虽其济奸之学问远不如电小僧，然出其小技，已足惑乱妇女而有余。电小僧之语，尤切中我国女界之普通心理者也。□□化而昌女学，是所望于当世之教育家。①

本来是一则时事新闻，但经过作者的文学化改造之后，整个事件的叙述变得曲折有致。末了作者还发表长篇评论，告诫国民要吸取邻国之教训并借机强调倡导女学之意义。再如，宣统三年（1911）上海光复前夕，革命军的各种真假消息漫天飞，上海滩暗杀事件层出不穷，居留此地的清廷官员惶恐度日。《无名侠儿》就是以此为背景创作的一部时闻小说。作品叙写少年侠客（革命军）从武昌奔赴上海执行暗杀任务。从茶馆侦查、确认目标，直到实施追杀，写得颇见章法，见出作者对材料的熟练驾驭和精心设计，带有明显的文学色彩，超越了一般新闻事件的描述性介绍。当然，作者也不忘在文中点明题旨："宁作英雄死，不甘奴隶生。佞人头未断，匣剑夜长鸣。"似乎是意犹未尽，结尾处作者再次表露情绪："侠儿侠儿，神龙见首不见尾，恨我生不辰，未见少年。"② 在对少年侠客们的敬佩中暗透出对革命到来的热望。另如《无稽之谈》、《虎狼窟》、《剃头失妻》等作品皆属此类，不赘述。

---

① 申：《东洋花蝴蝶》，《中外实报》宣统元年（1909）二月二十日开始连载，至二十七日毕。

② 渊渊：《无名侠儿》，《申报》宣统三年（1911）九月十三、十四日。按：此篇后被《时报》转载，改题为《你来了》，作者署"涤骨"。

值得注意的是，随着民众议政意识的提高和清廷意识形态管控政策的调整，时闻小说族群内部也开始分化、调整，出现了不少评论色彩浓厚的作品，甚至一些作品不过是作家借用时事新闻作为材料来佐证个人观点，作家创作小说的真正目的并非呈现新闻本身而是以此直指当下现实，并力图将之升华为具有某种普世性或明确针对性的社会批评。如《某公子》开篇即云：

> 呜呼！今日中国之官场，其为一大镕炉乎？《语》云：江山易改，品性难易。初不料我国之官场，乃镕化之性质大有效力者。我不述他事，我述某客所告者以证之。①

随后，通过某公子近来的一些具体事迹证明彼时官场之腐败成风，俨然一个大染缸，进入者无人能洁身而退。该作品实质上是作者通过驾驭新闻材料来证明自己既有观点的正确性，因此评论处于领衔地位，而新闻仅仅是事实证据而已。评论的这种主体性地位，在时闻小说《无米炊》② 中表现得更为明显。宣统三年（1911）夏秋之季，全国多个省份发生严重的水涝灾害，腐败不堪的清廷却没有采取有效措施赈济灾民，天灾更兼人祸之下哀鸿遍野，《无米炊》即是以此为背景的一篇作品。作者"迅雷"开篇即云：

> 满城风雨，川水暴涨，一片汪洋，几成泽国。嗟嗟！我民房屋器具，大半随波逐流去矣。呼天不应，觅食无门，壮者散于四方，老弱转乎沟壑。吾读秋女士"秋风秋雨愁杀人"之句，吾乃悁悁以悲，吾更书此以告天下之为富不仁者，尚其分人一杯羹也。

小说主要以一户普通灾民为案例管窥民众之痛苦：一位面带菜色的老妪枯坐破榻之上，脚下积水数尺，孙儿因饥饿哭号不止；喂鸡鸭的谷壳已被煮完吃尽，媳妇叹息云"吾不能为无米炊也"。篇末作者点评云：

---

① 承郊：《某公子》，《时报》光绪三十四年（1908）八月二十六日。
② 迅雷：《无米炊》，《申报》宣统三年（1911）七月十六日。

　　　　呜呼！天灾流行，民不聊生，懦者坐以待毙，横者劫掠富家，亦
　　铤而走险，迫而出此者也。若弹压者，犹如临大敌，格杀勿论，则流
　　民载道，将有诛不胜诛之虞矣。呜呼噫嘻！

清廷赈灾无力，倒是对迫于无奈才铤而走险者施以暴力弹压，格杀勿论，
致使官民矛盾激化，大有风雨欲来之势。在这里，作者评论的矛头已经直
指统治阶级，并对之提出了严正警告。小说的最后，《申报》评论员王钝
根附加有一段评语：

　　　　迅雷君此作，用意至厚，欲使富有者分惠余粒，为官者顾恤民
　　命。殊不知封疆大吏方拥妻妾以自娱，富家大户方居奇而屯积。日来
　　警告纷传，几处将成未成之灾区，其富户犹欣然日盼米价之涨。有热
　　心者向之募捐，以为赈荒之预备，彼殊一毛不拔。此等人可恨，亦甚
　　可怜。彼之见识，只在眼前之获利，而不知饥民激成变乱，彼之身家
　　将先众人而丧失。俗谚云：不见棺材不肯哭，即彼之谓也。恐此一篇
　　小说尚未至如棺材之效力耳。

评者告诫当局者"恐此一篇小说尚未至如棺材之效力耳"，特别是"激成
变乱"之言，最后竟成谶语——一个月后辛亥革命爆发。可以说，该作
中无论是作者的评论还是时事评论员延伸的评点，都是小说不可忽略的重
要组成部分，他们都对新闻事件背后的意义进行了挖掘和升华。由此，也
显示出了《无米炊》跟其他时闻小说的一些微妙区别：普通时闻小说更
多的是将新闻以小说的方式进行改编，小说的主体是新闻事件本身，评论
居于附属地位；而《无米炊》这类作品中，评论性文字则占主体地位
（如《无米炊》中的评论性文字占了篇幅的三分之二），新闻此时仅仅是
作者阐发观点的材料，两者的主次秩序发生了易位。换言之，新闻不过是
作者所借重的酒杯，其主要目的还是借此浇注心中之块垒。
　　我们不妨将目光适当往后延伸，不难发现，以新闻事件为背景，采用
文学化的笔法撰写社会评论，正是陈独秀、李大钊、鲁迅、周作人、钱玄
同、刘半农等作家在《新青年》"随感录"中展演的拿手好戏。当代研究

者们多将这种"兼及政治与文学"、"政治表述的文学化"的新式"杂感体"视为"文学化的现代论体"正式诞生的标记（后来成长为一种独立的现代论说文体——杂文），并从早期王韬、郑观应的论体文或稍晚的梁启超的"自由书"开始追溯。[①]若近代论体文的这一"现代化"进程确如研究者们所述的话，那么晚清时闻小说的兴盛恰好处于这一进程的中间过渡阶段，它们跟彼时的"时评"、"闲评"相互策应，从文学的角度积极参与社会批评，在论体文的文学化方向上进行了有益探索——虽然，历史结果显示这类时闻小说无论在新闻体、评论体还是小说体上的位置都显得尴尬，并因此而最终"埋没"了自身的成就，但它们试图将新闻、文学和评论进行有机结合的尝试和探索，难道不值得文体学家们为之提上一笔吗？

第二节　艰难的"先锋实验"：新小说的新选择

陷入"低潮"的宣统朝小说界，小说事业发展滞缓，但却可能加速小说自身的演变进程，因为"穷则思变，变则通"，小说界为了求得生存就必须作出调整，选择合适的发展出路。"复兴"旧小说是一条路子，打造更具"魅惑力"的"新消闲小说"也是一条折中的现实选择，而新闻界与小说界联姻打造出的新秀——"时闻小说"，同样是特殊历史条件下催生的产物。除此之外，部分小说家则有意无意地进行了一些"先锋实验"，为中国近代小说的出路提供新的选择。即使他们的一些成就和影响直到多年以后才逐渐显示出来，但其首倡之功及潜在影响依然值得重视。其中的代表人物包括周氏兄弟、陈景韩、苏曼殊等。他们的"先锋实验"甚至可以看成是此后"新文化运动"的预演。

一

"小说界革命"肇始的理论预设就是以小说启牖民智，"发起国民政

治思想，激厉（励）其爱国精神"①，以达"群治"之目的。实质上，这是有识之士迫于现实形势而采取的一种政治斗争策略，其要旨是倡导一种"强种救国"的文学。在"救国"大旗之下，作家们的创作更多的是关注政治改良、经济建设、科技革新等方面的主题。因此在这些作者笔下，无论是黄克强、黄绣球们的激情演说，或是李伯正、华达泉、范慕蠡等人的实业实验，还是文礽、黄之盛等人的科技兴邦，抑或老残、九死一生等人见识到的种种官场怪现状，采用的基本都是一种"宏大"的叙事模式，鲜少能深入个人的精神层面对人的自身作出深刻剖析。至于众多的新旧消闲小说，为了照顾读者的审美口味，往往只专注于搜奇猎艳，对个体精神世界方面的开掘更是乏人问津。

深入个体的精神世界，探索人生存的意义并对人的自身作出深刻反思和批判，这在中国传统小说中可供汲取的资源相当有限，因此不得不承认域外小说的比较优势。于是，引进域外小说无疑是必由之路。然而，早期的作家们更乐于引进畅销的小说类型，如侦探小说、冒险小说、科学小说等，不否认这些小说对开阔国人视野，传播民主、科学、法治思想不无裨益，但这依然停留于"格物"层面，对个体精神世界的开掘鲜有贡献。直到宣统朝，这方面才取得较大突破，代表人物首推周氏兄弟。当然，其标志性译作并非是科学小说《月界旅行》（1903）、《地底旅行》（1906），或畅销小说《红星佚史》（1907），抑或所谓的"言情小说"《匈奴奇士录》（1908），②而是在当时波澜不惊的《域外小说集》（1909）。

《域外小说集》两册，都出版于宣统元年（1909），共收入小说十六篇，分别出自十位域外作家。不妨先从内容角度对这些作品进行大致分类。

第一类是"为人生"的文学，表现人道主义的作品。"人的文学"是周氏兄弟共同关注的话题，周作人在他那篇著名的论文《人的文学》中，认为中国"人的问题，从来未经解决"，"用这人道主义为本，对于人性

---

① 新小说报社："中国唯一之文学报《新小说》"告白，《新民丛报》第十四号，光绪二十八年（1902）。

② 此标示时间以出版单行本的年份为准。《匈奴奇士录》，交由出版商时名为"神是一个"，"言情小说"也是出版商为吸引读者而擅自所加。相关情况见周作人：《知堂回想录》，香港三育图书文具公司1980年版，第212页。

诸问题，加以记录研究的文字，便谓之人的文学"，于是"希望从文学上起首，提倡一点人道主义思想"。① 该文虽然发表于"新文化运动"时期，但其思想的萌蘖恐怕要往前追溯到晚清留日时期，比如在《论文章之意义暨其使命因及中国近时论文之失》中"人的文学"的文艺思想已见端倪（相关论述请见第四章）。还有深受俄国文学影响的鲁迅，在他的《〈竖琴〉前记》中表达了对俄国文学的一大印象："俄国的文学，从尼古拉斯二世的时候以来，就是'为人生'的。无论它的主意是在探究，或解决，或者堕入神秘，沦于颓唐，而其主流还是一个：为人生。这一思想，在大约二十年前即与中国一部分的文艺绍介合流。"② 随后又云："说到'为什么'做小说罢，我仍抱着十多年前的'启蒙主义'，以为必须是'为人生'，而且要改良这人生。"③ 文中所谓的"大约二十年前"，所指正是清末民初。这提醒我们，周氏兄弟对文学与"人"（人生）的关系持有特别的关注，而《域外小说集》正是其早期的一次集中实践。

波兰作家显克微支的作品在两册《域外小说集》中都有收入（俄国作家迦尔洵的作品也出现了两次），入选作品三篇，是当中被选作品最多的作家，可见周氏兄弟对显克微支的钟爱。首篇作品是《乐人扬珂》，写的是一位贫困而多病的孩子扬珂酷爱音乐，"随地倾听"，感觉整个大自然都充满了天籁之音，但这并没有得到村人的理解，包括母亲也要"操杖挞之"。后来，为了能近距离地触摸或看一下真正的胡琴，扬珂夜晚潜入庄主家里，结果被当作小偷招致毒打。扬珂临死前，小说写道：

> 时则村中有诸响度窗而入，暮色既下，女郎自田野束刍归，各歌绿野之曲，而川畔亦有箫声断续，扬珂今末次闻此矣。其手制胡琴，则横斜卧于席上。
>
> 儿色忽若喜，微语曰："阿奶！"母咽泪对曰："吾儿，何也？"扬珂曰："阿奶，至天国，帝肯与我一真胡琴耶？"母应之曰："然。

① 周作人：《人的文学》，《新青年》第五卷第六号，1918 年。

② 鲁迅：《〈竖琴〉前记》，《鲁迅全集》（第四卷），人民文学出版社 2005 年版，第 443 页。按：该文作于 1932 年。

③ 鲁迅：《我怎么做起小说来》，《鲁迅全集》（第四卷），人民文学出版社 2005 年版，第 526 页。按：该文作于 1933 年。

吾儿，彼当与汝。"顾不能更言矣。

这是一个感人至深的场面，见者动容。周作人评点云："小儿之死，而悲痛如殉道者，一时传诵，国人至为之感泣。"① 既为扬珂的命运叹惋，也为人与人之间的隔膜、冷漠感到悲哀。与该作"正亦相似"② 的还有小说《天使》，刚刚失去母亲的小女孩玛利萨，孤苦伶仃，闯入森林想要寻找人人所言之天使，但等来的却是"狞丑怖人"的野狼。《灯台守》写孤岛上守护灯塔的老人，拿到本国侨民送给的几本书籍后勾起了无限的故国乡思，因沉醉其间而误了燃灯导致过路船只触礁。老人工作被辞掉后，"复上漂流之道"，百无所有，"惟怀中尚留一书"。表现人的命运难以捉摸，唯有精神家园才是值得依赖的最后归宿。与此相对的则是迦尔洵的《邂逅》，"所设人物，皆平凡困顿，多过失而不违人情，故愈益可悯"，③ 表现的是人的生存困境和精神困境。

英国作家淮尔特（王尔德）的《安乐王子》（《快乐王子》）是一篇今人耳熟能详的童话作品。矗立于城中的王子塑像高大闪亮，路过的人都对其赞赏有加，但王子并不快乐，因为他站在高处见识了人世间的种种贫穷、苦难和不公。于是他请求燕子帮忙，取下剑柄上的红宝石，抠出自己的蓝宝石眼睛，啄下周身的金叶子，衔给需要帮助的穷苦人。结局是错过了迁徙季节的燕子在严冬中受冻而死，失去往日光彩的王子塑像被议员们认为有碍观瞻决定将其推倒。王子和燕子都以牺牲自己的方式帮助他人，表现出了浓厚的人道主义悲悯情怀。周作人介绍淮尔特时云，"索持唯美主义，主张人生之艺术化"，而这篇《安乐王子》，"特有人道主义倾向，又其著作中之特殊者也"，④ 故将之选译给中国读者。

摩波商（莫泊桑）《月夜》中的主人公神甫认为女子带有情欲的"原罪"，故苦口婆心要说服外甥女皈依天主。小说的结局是一个清明月夜，神甫"时见人影冉冉出树下，二人同行，男子顾身，以腕挽女颈，时喋其额"，待走近一看，其中的女子正是自己竭力劝化的外甥女。周作人评

---

① 周作人：《著者事略·显克微支》，《域外小说集》，上海群益书社版，1921 年。

② 同上。

③ 周作人：《著者事略·迦尔洵》，《域外小说集》，上海群益书社版，1921 年。

④ 周作人：《著者事略·迦尔特》，《域外小说集》，上海群益书社版，1921 年。

点云："灵肉冲突而人欲为世主，相其外貌，甚与常人言爱之神圣相近，而根底实不同。"① 有了"灵肉冲突"的衬托，愈加显出"灵肉统一"的重要性，而后者正是周作人"人道主义"文学观的理论基础，其《人的文学》有云：

> 古人的思想，以为人性有灵肉二元，同时并存，永相冲突。肉的一面，是兽性的遗传；灵的一面，是神性的发端。人生的目的，便偏重在发展这神性。其手段便在灭了体质以救灵魂。所以古来宗教大都厉行禁欲主义，有种种苦行，抵制人类的本能。一方面却有不顾灵魂的快乐派，只愿"死便埋我"。其实两者都是趋于极端，不能说是人的正当生活。到了近世，才有人看出这灵肉本是一物的两面，并非对抗的二元。兽性与神性，合起来便只是人性……我们所信的人类正当生活，便是这灵肉一致的生活。②

周氏上述这段话已是《月夜》题旨的最好注脚，毋须笔者再加赘言。

第二类是反映压迫，倡导人性觉醒的作品。周氏兄弟经历过"从小康人家而坠入困顿"，既看清了世人的真面目，也见识到了民众所受的种种压迫和精神上的麻木，欲以文艺唤醒国人便成了他们早期译介活动的自觉。③ 鲁迅在谈到早期的文学活动时说："但也不是自己想创作，注重的倒是在绍介，在翻译，而尤其注重于短篇，特别是被压迫的民族中的作者的作品。因为那时正盛行着排满论，有些青年，都引那叫喊和反抗的作者为同调的。……因为所求的作品是叫喊和反抗，势必至于倾向了东欧，因此所看的俄国，波兰以及巴尔干诸小国作家的东西就特别多。"④ 俄国的斯谛普虐克就是周氏兄弟比较重视的一位作家。斯谛普虐克"为虚无论派之社会改革家，于官僚、僧侣，皆极憎恶"，其代表作《一文钱》就是

---

① 周作人：《著者事略·摩波商》，《域外小说集》，上海群益书社版，1921 年。

② 周作人：《人的文学》，《新青年》第五卷第六号，1918 年。

③ 鲁迅：《〈呐喊〉自序》，《鲁迅全集》（第一卷），人民文学出版社 2005 年版，第 437 页。

④ 鲁迅：《我怎么做起小说来》，《鲁迅全集》（第四卷），人民文学出版社 2005 年版，第 525 页。

反映这一思想，表现"民生疾苦"① 的作品。自从魔鬼创造了长老（神甫）、巴林（地主）和商人后，"三害殃农"，"农遂无复安时"。其所用手段并非"操刀兵相伤殂"，而是使用经济控制方式玩弄农人于股掌之间。农人辛苦获得一文钱后，转手给商人，受到商人的剥削；辛苦一番后，这一文钱回到农人手上，缴纳地租，受到了地主的剥削……如此循环往复，接下来是神甫、警察局长等等。总之，这一文钱每次回到农人手上时就意味着新的剥削即将开始，农人以自己的辛苦劳动养活了剥削阶级，自己最终还是一无所获。最后，当觉醒了的农人决定不再将辛苦挣来的这文钱交出去的时候，剥削阶级便联合起来共同压迫农人的反抗，后者只得潜入深山隐居，重新开辟一个新的世界。译文的最后一段点明题旨：

> 小于何言，使几良民能少加智慧，各知自卫，能有为者，则世界人人皆可平安丰富，终其一世。更无须飘忽潜遁，匿迹山林矣。念之哉！

意即人人若能觉醒，"各知自卫"，共同推翻压迫制度，建立一个平安富足的新社会，就不必像农人那样独自隐居山林了。《一文钱》使用了寓言手法，"虽杂诙谐，而大半亦实况，特稍夸张而已"②，作品的寓意深刻而有所指，将之置入当时的社会环境之中的确可算是篇"叫喊和反抗"的作品了。

对前行者致以敬意，感怀他们的筚路蓝缕之功，应该是周氏兄弟选译哀禾《先驱》的一大原因。牧师家的马伕与女仆互相心生爱慕，终而走到了一起。他俩的理想是在郊外森林开垦拓荒，获得独立自由，建立属于自己的新家园。因此无论旁人如何劝说，他俩都决意离开尚算安稳的生活，辞去工作来到森林里为理想而打拼。不久妻子生病离世，丈夫也为之精力耗尽，但他们留下的遗产却为后继者们将森林荒野开垦成富饶美丽的

---

① 临近两处引文皆为周作人：《著者事略·斯谛普虐克》，《域外小说集》，上海群益书社版，1921 年。

② 周作人：《著者事略·斯谛普虐克》，《域外小说集》，上海群益书社版，1921 年。

田园奠定了基础。篇末云：

> 假使二人留牧师家，一为御者，一为侍儿，固当终身晏安，不遭忧患，惟荒林且永久不辟，而文化曙光，亦无由入矣。……当常念先驱者之烈。

小说中的马伕与女仆，其实就是觉醒并且有所实践的先驱者。鲁迅后来说："有时候仍不免呐喊几声，聊以慰藉那在寂寞里奔驰的猛士，使他不惮于前驱。"[1] 觉醒的时代先驱者都是值得敬重和缅怀的，正是他们的开拓之功才有可能成就后世的繁荣。其实，《域外小说集》的出世本身就有这样的文化承担：既有拓荒之意，"异域文术新宗，自此始入华土"[2]，也以此纪念那些先驱者们。

最后，值得一提还有两部颇为另类的作品——《谩》和《默》。之所以另类，是因为它们的内容和技法都显得非常前卫，在当时的小说中并不多见。两篇作品的原著者都是安特来夫，这是鲁迅偏爱的一位俄罗斯作家，对鲁迅后来的创作产生过重要影响。[3]《默》（《沉默》）写的是漠然冷酷的牧师伊革那支面对女儿威罗内心的压抑和痛苦，他不但没能对之有效疏导，反而以沉默相对，致使女儿在孤独无助中卧轨自杀。遭此变故后，瘫痪于床的妻子也开始与之沉默相向。那种"悠久如坟，闷密如死"的寂默渐渐让他感到了惩罚的痛苦，他想忏悔，于是到女儿的房间、坟头幻想着与之对话，到妻子病床前跟他诉说，希望能得到她们的回应，哪怕是一声埋怨几句责骂，但等待他的只是"寂然默然耳"。作者在小说中营造出一种死寂、诡秘的气氛，给人一种浓重的压抑之感，"盖叙幽默之力大于声言，与神秘教派所说略同。若生者之默，则又异于死寂，而可怖亦

---

[1]　鲁迅：《〈呐喊〉自序》，《鲁迅全集》（第一卷），人民文学出版社 2005 年版，第 441 页。

[2]　（鲁迅）：《域外小说集·序言》，《域外小说集》第一册，东京神田印刷所，宣统元年（1909）。

[3]　关于安特来夫对鲁迅的影响，王富仁先生的《鲁迅前期小说与俄罗斯文学》（陕西人民出版社 1983 年版）作有较为详尽的论述。

尤甚也"①。另一篇小说《谩》（《谎言》）写得更为神秘诡异。男主人公"狂人"的女友在表白爱他之后又跟其他男子保持亲密关系，面对一次次谎言，内心的嫉妒、焦虑、失望、狂躁让狂人几近崩溃，他想结束这一切，于是出手杀死了女友。但随后才发现，这一疯狂的举动只不过是消灭了一个女人的肉体，谎言并没有因此而消逝，世界依旧充满了各种各样的欺骗：

> 嗟夫，惟是亦谩，其地独幽暗耳。劫波与无穷之空虚，欠申于斯，而诚不在此，诚无所在也。顾谩乃永存，谩实不死……嗟乎，特人耳，而欲求诚，抑何愚矣！伤哉！

这是一个关于真诚和谎言的故事，作者认为人生当中真诚是稀缺而脆弱的，欺骗和谎言总是阴魂不散，"《谩》述狂人心情，自疑至杀，殆极微妙，若其谓人生为大谩，则或即著者当时之意，未可知也"②。人世间的种种隔阂、冷漠（《默》）和无尽的谎言（《谩》），压抑得令人窒息，于是不免要挣扎，这就有了《谩》中结尾处"狂人"的悲怆呐喊：

> 援我！咄，援我来！

可惜这样的呐喊，因《域外小说集》传播上的失败并没能在死寂的晚清引起多大的回响。多年以后，鲁迅在《狂人日记》的结尾处也借狂人发出了中国式的呐喊："救救孩子……"③ 这次，终于唤来了一场"新文化运动"的暴风雨。

不过，周氏兄弟其实并不寂寞，因为发出呐喊催醒国人者还有一位在当时比他们名气更大的作家——陈景韩。《域外小说集》第二册出版三个月后《小说时报》创办出版，其创刊号上的首篇文章就是陈景韩的《催

---

① 周作人：《著者事略·安特来夫》，《域外小说集》，上海群益书社版，1921年。

② 同上。

③ 鲁迅：《狂人日记》，《鲁迅全集》（第一卷），人民文学出版社2005年版，第455页。按：该文作于1918年。

醒术》①。这篇被范伯群先生认为是"1909 年发表的'狂人日记'"② 的作品的确有颇多特别之处。小说采用第一人称叙事视角，主人公"予"本处于蒙昧之中，某日突获奇缘被一异人用神力点醒，立马心目开窍；取镜自照才发觉自己竟是一身污秽，再看周围之人事万物无不是"积秽若经年未濯"。于是"予"决定当个"清洁人"，洗刷完自己再帮助他人盥洗净身。但这一举动却遭到了他人的怪异眼光，"群笑予为狂"，还私下骂"予"为"病神经"。而更大的问题是："嗟乎！予欲以一人之力，洗濯全国，不其难哉？"面对这个虫豸飞舞、污浊一片的混沌世界，"予"作为独醒之人不仅没能获得快乐反而倍感孤立和痛苦，于是要去索问那位异人，"彼何人，用何术，误我若此？彼既能醒人，何独一予，令予一人劳若此，苦若此？"但异人却杳无踪影。小说中象征手法的使用、清醒而孤独的"狂人"形象等，的确很容易让人联想到鲁迅后来创作的名篇《狂人日记》，范伯群先生据此认为"陈景韩的思想确是站在时代的前列的"③。

其实，即使不将《催醒术》跟名篇《狂人日记》挂上关系，陈景韩在文艺鉴识能力上以及译介事业上依然站在时代的前列。因为他还向国人译介有一篇作品——《心》④。小说开篇前，陈氏可能担心读者对原著者痕苔不熟悉，还特别附上小传一篇：

> 痕苔，中部俄罗斯人也，生于千八百七十一年，受业于中学校时，早丧父母，备积贫困。继又至圣彼得大学，常两日一餐，刻苦修业，每至自恨，辄以自戕，然均以遇救得免。后又转学莫斯科。屡草小说，投稿各杂志。至千八百九十七年，卒业大学，得律师营业证书，悬牌求售，卒以就之者少。改为报馆法堂记者，于暇时，益事文学，遂以成名。其所著小说有《沉默》（笔者按：鲁迅译为《默》）、

---

① 冷（陈景韩）：《催醒术》，《小说时报》第一期，宣统元年（1909）。

② 范伯群先生在《〈催醒术〉：1909 年发表的"狂人日记"——兼谈"名报人"陈景韩在早期启蒙时段的文学成就》（《江苏大学学报》2004 年第 5 期）中，将《催醒术》与鲁迅的《狂人日记》作了比较研究。

③ 同上文。

④ ［俄］痕苔著，冷（陈景韩）译：《心》，《小说时报》第六期，宣统二年（1910）。

《愈甚……》、《归宅》、《胡言》（笔者按：鲁迅译为《谩》）、《旅
行》、《红笑》（笔者按：鲁迅译为《赤咲》)、《崖》、《石垣》、《骨
牌戏》、《雾》、《地宝》、《窗》、《总督》、《哥萨克》、《外国人》、
《赠物》、《火车之时刻》、《克勒斯加》、《加蒲科》、《塞甘哥》、《苏
生之美》，为文均极悲壮抑郁，每于不知不觉间，使人毛骨悚然，诚
希世杰作也。

这里的痕苔，其实就是上文提到的安特来夫。该文发表比周氏兄弟之
《域外小说集》第一册出版晚了近一年半时间，但将这篇小传跟鲁迅对安
特来夫的介绍文字比较，两者并无多少相同之处；① 加上《域外小说集》
在当时售量极少，笔者据此推测陈景韩译介安特来夫的作品，应该更多的
是缘于个人的鉴识能力和审美趣味，而来自周氏兄弟影响的可能性不大。
其实无论如何，陈氏都是继鲁迅之后第二个译介安特来夫作品的近代小
说家。

《心》的主人公医生亨登也是一个"狂人"，他在杀死友人阿雷克后
被捕，法庭见其言行诡异，判决前先检验其是否患有精神病。不久，倒是
亨登主动提交了一份犯罪自白书剖析自己的犯罪心理过程，小说的主体就
是亨登杀人的整个心理活动。其间，真真假假、虚虚实实、忽庄忽狂的心
路历程，处于正常与反常之间，看似令人难以捉摸实则深有意味，故译者
文末云："此亨登自述之狂人谈也，阅者试心评之，亨登果狂者否？其自
述有云，证明自己是狂人之处，语多不狂者；证明自己不是狂人之处，语
多狂者。此两者可为全篇之总评。是以此篇中，读之最觉狂妄处，乃最切
情理处也。"小说运用象征手法，亨登杀死的其实是世间的庸俗、冷漠、
无聊。他觉得自己"投身于无边圹漠"，"使人可畏，前后左右，尽为空
虚之渊，而使我寂寞无聊，堕于其中，试思我其能忍乎？"在偌大的宇宙
之中"能为余友者，唯余自己耳"，只是"余自己尚不能知自己也"，为
此亨登以各种方式从不同角度层层剖析自己的心理，甚至跟检验官讨论如

---

① 《域外小说集》第一册（东京神田印刷所宣统元年印制）书后附有"杂识"数则，其中
一则为："安特来夫，生于一千八百七十一年。初作《默》一篇，遂有名；为俄国当世文人之著
者。其文神秘幽深，自成一家。所作小品甚多，长篇有《赤咲》一卷，记俄日战争事，列国竞
传译之。"该"杂识"所记原著者名、作品名以及作品评价，跟陈景韩所作的"小传"皆不同。

何判断一个人是否具有精神病症，这些"狂言疯语"，既是对世俗的反抗也是对自我存在意义的探索和反思。最后，"狂人"干脆恳求检验官将自己判定为一个精神正常的杀人犯，这本身就具有反讽意味。总之，从安特来夫到陈景韩再到鲁迅，他们笔下的"狂人"形象在艺术表现上或有高下之分，但在"狂人"谱系上实为同宗——这些所谓的"狂人"其实都是些为世所孤立的真正清醒者。

二

文学史应该可以证明：内容的革新当然具有根本性，但也不要低估"形式革命"的冲击力量，因为每一次形式大"革命"带来的都可能是一场新的文学复兴。例如，从古体诗到格律诗，从诗到词，从词到曲，"代有文学"之传统划分，其一大根据似乎都是依了形式上的"革命"。

话题还是回到小说史。"小说界革命"所倡导的小说改良理念，更多的是关注小说思想内容上的"革命"而非形式上的"革命"。比如，梁启超亲自操刀创作的新小说样板《新中国未来记》，其采用的文体形式依然是中规中矩的长篇章回体，回目甚至还是非常整齐美观的对句。试看《新小说》杂志，且不说大部分的自撰作品使用章回体，说书人的身影和话语套路时时出现于小说叙事之中，就是不少翻译小说也被译者们煞费苦心地改造成符合读者审美习惯的传统章回体。

内容革新之后，形式"革命"的发生只是迟早的事情，毕竟新的内容有时只能依靠新的形式来表现方能获得最佳效果。比如，不难想象像迦尔洵《四日》①那样的意识流小说，若采用传统章回体设计——先在回目中提示内容大纲，然后按部就班的演绎，末了"欲知后事如何，且听下回分解"——那会是多么的蹩脚。这提醒我们，小说界的"形式革命"是"小说界革命"未经明确提出，但也是要迫切进行的一场"革命"，换言之，"形式革命"是后"小说界革命"时代需要补上的一堂必修课。只不过这堂课的学习效果及其重要性，似乎到了"五四"新文化运动才集中显现出来。

---

①　［俄］迦尔洵著，树人（鲁迅）译：《四日》，《域外小说集》第二册，东京神田印刷所，宣统元年（1909）。

当然，从域外小说传入中国开始，小说家们就开始自觉或不自觉地借鉴西方小说的叙事手法，逐渐积累形式革新的经验。比如，小说叙事模式的转变就是在域外小说刺激之下吸收、消化西方经验的重要表现，具体包括限知视角和第一人称叙事视角的采用、叙事时间的调整（如借鉴侦探小说的倒叙、插叙），以及采用日记体、书信体的结构模式等等。① 稍晚于后小说体制又出现了一大重要变化——具有近代意义的短篇小说开始出现，特别是宣统朝前后短篇小说俨然成为了小说界新宠（相关方面前文已多有论述，兹不赘述）。当然，在小说形式上体现出较大程度"颠覆性"者，还是得看陈景韩、周氏兄弟等人在吸收西方小说叙事经验基础上自觉或不自觉所进行的"先锋实验"。具体表现如下：

首先，心理表现成为了人物塑造或情节展开的重要途径。

众所周知，心理表现在中国传统小说中可资借鉴的资源相当有限，这方面域外小说一直是中国近代作家们师法的对象，如晚清小说中逐渐增多的心理描写就是一个直接的证据。其中，著译较为纯粹的心理小说也是近代小说家们努力的一个方向，这就不得不提陈景韩等人所作的探索。

目力所及，近代第一篇明确标示"心理小说"的作品为《圣人欤盗贼欤》②，此乃陈景韩由日文转译的一篇英国小说，光绪三十年（1904）刊载于《新新小说》杂志。小说主要讲述阿罗与杜蕃两个对比鲜明的人物的故事：阿罗欲善而极伪，乃至卑鄙；杜蕃不讳恶，反而显得率真。小说虽然也涉及到了心理描写，但终究不占主流，扣个"心理小说"标识实乃帽大头小。或许译者（编辑）也意识到了这一问题，在作品连载到第三期时就将"心理小说"的标识改题为"谲诈谈"。光绪三十二年

---

① 关于小说叙事模式的转变，陈平原先生的《中国小说叙事模式的转变》（上海人民出版社 1988 年版）一书已有详尽讨论。

② 《圣人欤盗贼欤》，标"心理小说"，题"［英］笠顿著，［日］抱一庵主人译，冷血（陈景韩）重译"，光绪三十年（1904）连载于《新新小说》第一年第一号至第三号，未完。另，陈景韩《阿罗（难）小传·序》云，后因见"支那平公"也正在翻译此篇小说（译名题"阿罗（难）小传"），且见其译文胜于己，遂停译。不过，"支那平公"版标识的是"写情小说"，故第一位冠名"心理小说"者依然是陈景韩。按：《阿罗（难）小传》，标"写情小说"，署"［英］笠顿著，支那平公译"，有正书局，光绪三十一年（1905）。

（1906），王国维主编的《教育杂志》刊载了一篇《爱与心》①，该作是近代第二篇明确标示"心理小说"的作品。这是篇希腊神话小说，讲述撒恺与哀罗斯的爱情故事。篇首所附之"《爱与心》著者传略及本书大意"云："'撒恺'者，译言'心'；'哀罗斯'者，译言'爱'。是书大旨，谓爱者，男性也，神也；心者，女性也，人也。人之心，若不与爱相合，则世界枯冷"。可见该作所述实乃爱与伦理之关系，跟心理主题或心理表现手法皆了无瓜葛。陈蝶仙发表于光绪三十四年（1908）的《新泪珠缘》②，是近代第三篇直接标识为"心理小说"的作品，其情况跟《圣人欤盗贼欤》相似，涉及心理者甚少。总之，上述作品虽以"心理小说"命名，作品中也多少包含了些心理叙事的因子，但都非真正意义上的心理小说。

　　直到宣统朝间，比较纯粹而且具有现代意义的心理小说才陆续涌现。上文提到的由陈景韩所译的《心》就是一篇典型的心理小说。小说以第一人称为叙事视角，通过自白的方式将人物内心的隐秘活动完整地呈现在读者面前。小说人物的思维常常出现跳跃性和非逻辑性，虚虚实实，扑朔迷离，令人真假莫辨，故译者评曰"此亨登自述之狂人谈也"。作者在小说中已经自觉不自觉地使用了意识流手法，如类似"前号所书，多胡言，惜不能取消，甚恐诸君因此误解之品格及能力……"这样的人物自白，即是故意表明思维活动在时间维度上的线性流走不可逆，强调作品乃是叙述者意识流的真实记录。

　　当然，集心理小说之大成者还是周氏兄弟翻译的《域外小说集》。其中的代表作为迦尔洵的《四日》。这是一篇具有自传性质的作品，鲁迅在翻译该作时介绍云："《四日》者，俄与突厥之战，迦尔洵在军，负伤而返，此即记当时情状者也。"③ 作品采用第一人称叙事视角，叙写"吾"在战场负伤后处于半昏迷状态的四天中所经历的见闻感受。兹摘引"吾"

---

①　《爱与心》，阿褒利武斯原著，未署译者名，目录标"心理伦理小说"，正文标"心理小说"，连载于《教育世界》第一百二十期至第一百二十三期，光绪三十二年（1906）。

②　《新泪珠缘》，标"心理小说"，署"天虚我生（陈蝶仙）"，连载于《月月小说》第十九号至二十四号，未完，光绪三十四年（1908）。

③　（鲁迅）：《杂识·迦尔洵》，《域外小说集》第二册，东京神田印刷所，宣统元年（1909）。

第二日中的一个心理活动片段：

> 昨日——吾思殆昨日也，——负伤，至今一日已过，第二日且继
> 之——吾当死矣。凡事皆同，不如弗动胜。人当弗动其身，尤善则弗
> 动其墙，然不可得也。记念思惟，交错于内，第此亦至暂矣，不久将
> 终，仅留数行字于新报中曰，"吾军损失极鲜，伤者若干。一年志愿
> 兵伊凡诺夫战死。"否，不然，报纸且不举氏姓，第约略言之曰死
> 者——一人已耳。兵一人，犹彼犬也。

> 时吾神思中，则全国昭然皆见，盖昔日事矣。——所谓昔者不止
> 此，在吾一生中，当吾足未见创前，皆昔日事矣。——吾尝见众聚于
> 市，送延仵审视之，众乃默立，目注一白色物，方流血哀鸣，状至可
> 闵，小犬也，轹于车轮，已垂死如吾今日。乃忽有执事者排众入，揽
> 其领，提之他去，众则亦鸟兽散。今者孰提我去诸此乎？嗟乎，野死
> 而已！……人生亦奇觚哉！……昔之日，——即小犬遭祸之日
> 也，——吾生多福，消摇（逍遥）以游，为状如酪酊，第此亦有其
> 所由然也。——嗟汝古欢！其毋苦我，且趣离我矣！——昔日之福，
> 今日之苦，……苦固不可逃，特愿不见窘于怀旧，与往日相仇比耳。
> 呜呼，忧乎忧乎！汝困人良甚于创哉！（笔者按：引文中省略号、破
> 折号等皆为《域外小说集》初版原有，下同）

不妨简单梳理一下"吾"这段心理活动流程：由受伤想到死亡，由
死亡想到"吾"之死讯，由死讯想到人命贱如狗，由狗想到何谓"往
昔"，再想到往昔在闹市看到人群围观一条被车轮轧伤的小白狗，想当年
是多么的幸福无忧，相比之下今日的创伤愈加悲痛。此处，主人公的思维
体现出跳跃性和非逻辑性，是在半昏迷状态下的意识活动，作者采用的正
是典型的"意识流"手法。可以说，心理描写成为了该小说叙事的主要
手段，甚至对人物的听觉、视觉、触觉、嗅觉、味觉等其他感知系统的描
述也多是通过心理描写来完成：

> 顾死乃不来，亦不攫我。吾惟卧烈日之下，咽干且坼，而水无余
> 滴，尸殍则弥曼空气中，彼肉全尽矣，有无量数蛆，蠕蠕而坠，蠢动

满地，既食邻人尽，仅余槁骨戎衣，——则以次及于我，而吾之为状，于是如前人！

这是"吾"受伤后第三日独自躺在野外的一段描述。烈日炙烤，口干舌燥，尸臭熏天，蛆虫蠕动……这些由不同感知系统捕捉到的感受，主要从心理角度传达并被皴染、放大，令人窒息难熬，凸显"吾"求死不能求生无助的恐惧和绝望。这种表现手法，在迦尔洵的另一篇小说《邂逅》中也被频频使用，试看该小说的结尾：

> 吾震惧，前奔若狂人。与行道者掩，亦不审胡以上楼，惟记芬兰女奴启门时悯然之面，及长廊暗黑，旁为客居。复记吾直奔其室，……手方持环，遽闻室中铳声一发，众奔集。吾觉廊与人与壁与户，皆旋转甚疾，……吾遂仆。——似百物旋转吾脑中，随灭不见。

主人公那及什陀预感到伊凡可能会绝望自杀，返身追回欲加阻止但为时已晚。从那及什陀狂奔到听见枪响再到晕倒，这一过程的所闻所感本来只是外在的感知，但这里都明显带上了意念化和情绪化的色彩。在中国传统小说中，这类心理描写并不多见，故周氏兄弟评云："尽其委屈，中国小说中所未有也。"[①]遗憾的是，上述这些表现手法或因《域外小说集》传播上的失利，或因过于"先锋性"以致跟中国作家、读者审美习惯的磨合尚需一个过程，总之直到"五四"新文化运动中它们才得以发扬光大。陈景韩、周氏兄弟等所作的只是前期的探路工作。

其次，小说具有浓郁的主观抒情性。

陈平原先生的《中国小说叙事模式的转变》和杨联芬教授的《晚清至五四：中国文学现代性的发生》都注意到了这一重要现象，并且都做出了非常精彩的论述。他们都将侧重点放在"五四"新文学中的"抒情诗的小说"方面，以此回溯晚清，考察此间小说叙事模式的转变以及文

---

① 周作人：《著者事略·迦尔洵》，《域外小说集》，上海群益书社版，1921 年。

学"现代性"的发生。① 笔者在这里主要讨论宣统朝间的相关情况。

　　创作上对心理表现的偏爱，基本决定了"先锋实验"小说的风格将会呈现出主观抒情性。而第一人称叙事视角成为惯用手法后，无疑使这种风格愈加浓重。在《域外小说集》两册 16 篇小说中，使用第一人称叙事的占到了 5 篇，另外陈景韩创作的《催醒术》和翻译的《心》也都采用了第一人称视角，包括苏曼殊抒情意味浓厚的《断鸿零雁记》亦是以"余"为主人公。从叙事上看，第一人称相对第三人称具有更大的主观性（故通常也被称为"主观视角"），这点在刻画心理方面表现得尤为突出。试看迦尔洵《邂逅》中的一个片段：

> 吾出室怅怅不知所往。今日天气大恶，色甚阴晦，湿雪飘着吾面，且落手上，倘得安居家中，当佳胜，第吾焉能安居者，彼行且败亡矣，吾将何以救之乎？吾不能回心爱怜其人乎？嗟夫！吾念此，心魂皆均矣。吾殊不自知胡弗乘此时机，求自振拔乎。使嫁之则何如？……新生也，新希也……安知不由怜悯，遂生挚爱乎？……否，不然。彼今虽甘舐吾手，不异一犬。然尔时者，……将以足踢我曰："唉！汝复强项矣！汝贱妇人，乃藐我耶？"……彼会当言此乎？彼殆将言之也。

寒冷阴晦的冬日里，那及什陀自然希望能有一个温暖舒适的家，但一想到自己身为下贱（妓女），就开始犹疑跟伊凡在一起能否获得幸福。阴晦寒湿的天气正好衬托了那及什陀低落矛盾的心境，外在之景与内心之情交融结合，使场面描写充满了抒情意味。安特来夫《谩》的抒情意味则更为浓厚。小说一开篇，作者就将读者带入了某种神秘而紧张的氛围当中：

> 吾曰，"汝谩耳！吾知汝谩。"
> 曰，"汝何事狂呼，必使人闻之耶？"
> 此亦谩也。吾固未狂呼，特作低语，低极茸茸然，执其手，而此

　　① 陈平原：《中国小说叙事模式的转变》，上海人民出版社 1988 年版；杨联芬：《晚清至五四：中国文学现代性的发生》，北京大学出版社 2003 年版。

含毒之字曰谩者，乃尚鸣如短蛇。

面对"谩"（谎言），"吾"情绪激动，但又极力控制（压抑）自己的情感。"吾"厌恶、恐惧，挣扎、逃离，但一切皆是徒劳，"谩"如神秘莫测的鬼魅一般阴魂不散，且愈来愈肆无忌惮：

> 时则匍匐出四隅，婉蜒绕我魂魄，顾鳞甲灿烂，已为巴蛇。巴蛇啮我，又纠结如铁环，吾大痛而呼，则吾口者，乃复与蛇鸣酷肖，似吾营卫中已满蛇血矣。曰，"谩耳。"

在"吾"的主观意念中，谎言就像一条吐着信子嗤嗤作响的毒蛇，时时环伺在"吾"的周围，给"吾"带来巨大的心理压力，直至精神崩溃并最终采取极端手段。在这里，作者使用象征主义手法将谎言比作毒蛇，投射于主人公的精神世界，营造出一种"神秘幽深"[①] 的特殊氛围；并且，作者借助第一人称叙事的便利，将神秘而压抑的情绪直接通过"吾"的心理活动传达出来，因而具有很强的情感冲击力，由此呈现出的浓郁的主观抒情性，也成为了整部小说的基本格调。

　　从自撰作品看，苏曼殊的《断鸿零雁记》其实已是一部较为早熟的"抒情诗"式作品，无论人物对话还是内心活动抑或场景描写，都带有明显的主观色彩，染上了浓厚的抒情意味。郁达夫对苏曼殊的"才气"和"浪漫气质"赞赏有加，但又批评苏氏的作品"缺少雄伟气"。[②] 若以《断鸿零雁记》论的确如此，不过情感的细腻和文字的感伤正是该作的一大特色，也正是作者"浪漫气质而来的行动风度"[③] 的具体表现。小说中一些通常被当作客观处理的描写或叙事，在敏感而具有浪漫诗人气质的苏曼殊笔下，也往往染上了明显的主观色彩：

---

　　① （鲁迅）：《杂识·安特来夫》，《域外小说集》第一册，东京神田印刷所，宣统元年（1909）。

　　② 郁达夫：《杂评曼殊的作品》，柳亚子《曼殊全集》第五册，北新书局1928年版，第115页。

　　③ 同上。

　　清明后四日，侵晨，晨曦在树，花香沁脑，是时余与潮儿母子别
矣。以媪亦速余遄归将母，且谓雪梅之事，必力为余助。余不知所
云，以报吾媪之德，但有泪落如沉。乃将雪梅所赠款，分二十金与潮
儿，为媪购羊裘之用。又思潮儿虽稚，侍亲至孝，不觉感动于怀，良
不忍与之遽作分飞劳燕。忽回顾苑中花草，均带可怜颜色，悲从中
来，徘徊饮泣。媪忽趣余曰："三郎，行矣！迟则渡船解缆。"余此
时遂抑抑别乳媪、潮儿而去。①

三郎获得雪梅资助，欲前往日本寻找亲生母亲，所摘引的文字是叙写临行
前与乳母告别的场景。三郎从小缺乏母爱，跟潮儿母子共同生活了一段日
子，乳母的关爱亦是母爱的一种补偿，故而深深感动；与潮儿建立的情
谊，也倍感珍惜。有此背景，三郎"泪落如沉"、"感动于怀，良不忍与
之遽作分飞劳燕"就是自然而然的感情流露，而非造作之情。此时，外
界之景在主人公眼中也成了内在之景，"忽回顾苑中花草，均带可怜颜
色，悲从中来，徘徊饮泣"，自然界的花草也染上主人公的主观情感，成
为抒情主体情感寄托的对象。这种情真意切，充满诗境和抒情意味的场景
片段，在小说中比比皆是。对这种小说形式，周作人后来将之定义为
"抒情诗的小说"：

　　我译这一篇，除却绍介 Kuprin 的思想之外，还有别的一种意
思，——就是要表明在现代文学里，有这一种形式的短篇小说。小说
不仅是叙事写景，还可以抒情；因为文学的特质，是在感情的传染，
便是那纯自然派所描写，如 Zola 说，也仍然是"通过了著者的性情
的自然"，所以这抒情诗的小说，虽然形式有点特别，但如果具备了
文学的特质，也就是真实的小说。②

这是"五四"时期周作人在译介俄国作家库普林作品时所说的一段话。

---

　　①　苏曼殊：《断鸿零雁记》第六章，柳亚子编《曼殊全集》第三册，北新书局 1928 年版，
第 32—33 页。

　　②　周作人：《〈晚间的来客〉译后附记》，《新青年》第七卷第五期，1920 年。

周作人明确表示，希望通过类似的译介活动倡导一种具有现代意义的小说文体——"抒情小说"。对周氏此举，钱理群先生给予了相当高的评价，认为"周作人倡导抒情小说也就为中国现代小说的民族化找到了一条重要途径"① 意即为中国小说的未来发展找到了一条新的出路，提供了一种新的选择。若就此言，苏曼殊其实早已通过自己的创作实践，走在了时代的前列。

三

强调心理表现，叙事上"向内转"（或曰"内倾"），突出叙事的主观性和抒情性，乃是小说"现代性"② 的重要表征，这无疑"颠覆"了中国小说的固有传统。然而，从晚清的"先锋实验"看，这种"现代性"的发生，却往往以情节的淡化为"代价"。

安特来夫的《心》，整个故事就是一位神经质"狂人"的自白，一会儿为自己做无罪辩护，一会儿自供有罪希望接受惩罚，虚虚实实，真假莫辨，情节之间很难找到紧密的逻辑关系。《谩》中象征主义的使用，神秘幽深氛围的设计，使得作品显出异样的阴冷隐晦，在突出主观抒情性的同时，情节被打散、淡化。迦尔洵的《四日》更是一场"意识的狂欢"，意识流手法的大量使用，使读者几乎只看到四天中处于半昏迷状态下主人公的各种冥思幻觉，当主人公真正醒来回到现实世界时已经躺在了医院的病床上，故事也到此结束。显克微支的《灯台守》写的是"波兰人特性，深爱其故乡及宗教，百折不贰"③，表现了老人的孤独、凄凉，充满了人道主义意蕴，不过若想欣赏情节恐怕还是难免要失望的。

我们不得不将这种"现代性"置于中国的现实环境中加以考察。众所周知，中国读者的传统审美习惯是以情节为核心的，小说之所以能吸引读者情节至关重要，而且越是曲折离奇越是能逗引读者的兴趣，故传统小说一度称为"传奇"或可见出一斑。即使到了晚清，这种审美习惯依然占据主流地位，例如彼时侦探小说、言情小说在产销量上皆占据优势，而

---

① 钱理群：《周作人研究二十一讲》，中华书局 2004 年版，第 146 页。

② "现代性"是杨联芬教授在其《晚清至五四：中国文学现代性的发生》（北京大学出版社 2003 年版）中提出的一个重要概念，这里借用了杨教授的提法，特此说明。

③ 周作人：《著者事略·显克微支》，《域外小说集》，上海群益书社版，1921 年。

它们无不是以情节取胜的小说类型。谴责小说也受到了广大读者的青睐，这些小说中充斥着各种奇闻轶事，特别是官场秘密史、社会怪现状成为其重要卖点，因此终究不离"传奇"的广义范畴。读者的"情节中心主义"情结还体现在追求故事具有完整性，意即具备事件发生的起因、展开、高潮、结局等几个基本要素，讲究事理间具有一定的逻辑性和关联性。对此，周作人后来总结云：

> 内容上必要有悲欢离合，结构上必要有葛藤、极点与收场，才得谓之小说。这种意见，正如十七世纪的戏曲的三一律，已经是过去的东西了。①

恰恰是这种在"五四"时代的周作人看来"已经是过去的东西"，在晚清时代依然是小说界的主流，并且成为导致他们"先锋实验"失利的一大原因。例如，鲁迅对《域外小说集》之所以传播失败给出的解释是："《域外小说集》初出的时候，见过的人，往往摇头说，'以为他才开头，却已完了！'那时短篇小说还很少，读书人看惯了一二百回的章回体，所以短篇便等于无物。"② 其实，这一原因也可以归结到"情节中心主义"审美观与"现代性"实验之间的冲突上。

读者审美的"现代性"需要有一个适应过程，周氏兄弟、陈景韩们的"先锋实验"已经超出了当时读者的接受程度，因而暂时遭致冷遇，这并不奇怪。③ 然而，有意思的是同样具备"现代性"的《断鸿零雁记》却取得了相当大的成功，这无疑为我们考察晚清到"五四"中国小说"现代性"的发生及其曲折历程提供了一个典型例证；更为重要的是，它还为西学背景之下，探究中国小说的"民族化"之路提供了一个绝佳的参照视角。

苏曼殊（1884—1918），广东香山（今中山）人。原名宗之助，小字三郎，后改名元瑛，字子谷，法名博经，号曼殊。其父苏杰生，长期在日

---

① 周作人：《〈晚间的来客〉译后附记》，《新青年》第七卷第五期，1920 年。
② 周作人（实为鲁迅所作）：《域外小说集·序》，《域外小说集》，群益书社版，1921 年。
③ 杨联芬教授在其《晚清至五四：中国文学现代性的发生》（北京大学出版社 2003 年版）中，对《域外小说集》的"超越性"作有精彩的论述，并将之视为"潜文本"。

经商，娶日本女子河合仙为妾，与河合仙胞妹河合若子私通后诞下曼殊。曼殊未满三月，生母出走。随后被父亲带回国内，因缺母亲呵护又身为私生子，在家中倍受欺凌。十五岁留学日本，此后在外闯荡，结交陈独秀、章太炎、柳亚子、高天梅等各界文人志士，曾一度出家为僧，一生潦倒坎坷。① 自撰小说有《断鸿零雁记》、《绛纱记》、《焚剑记》、《碎簪记》、《非梦记》等，另有译作《拜伦诗选》和雨果的《悲惨世界》等。就小说成就言，代表作还是创作于晚清的《断鸿零雁记》。据毛策先生考证，该作创作于宣统二年（1910）底，最早连载于印尼泗水的《汉文新报》，1912 年复载于上海的《太平洋报》。②

《断鸿零雁记》共二十七章。主人公三郎生于日本，后被送回中国，在家中倍受欺凌，窘迫之际出家为僧。某日外出化缘，迷路后遇一童子潮儿，被邀至家中并发现潮儿之母竟是阔别十余年的乳母。三郎从乳母处得悉生母地址后，决定跟潮儿一起卖花攒费寻母。某日，一侍儿交给三郎一封书信及银子百两，原来侍儿主人乃未婚妻雪梅，三郎家道中落后雪梅父母悔婚，但雪梅不忘旧情，故赠金资助三郎寻母。到日本后，三郎几经寻找，终于见到了母亲和合夫人。在做客姨母家时见到了才貌双全的静子，两人相处有时，感情渐生，母亲与姨母也有意促成这门婚事。但三郎念及自己已身为僧人，并且有愧于雪梅，遂不辞而别回到中国，隐于杭州。某日，从麦家兄妹处偶知雪梅因反抗继母逼为富家媳已绝食而亡。悲痛之余，三郎决定到雪梅之墓凭吊。途中，偶遇潮儿得悉乳母已经离世，再添无限悲痛。寻至岭南，向侍儿打听雪梅安葬处，被对方痛骂一顿斥于门外。最终，三郎"踏遍北邙三十里，不知何处葬卿卿"③。

对比苏曼殊的生平经历与《断鸿零雁记》的故事梗概，不难发现该作具有相当多的自传成分。因此，历来学界将之当作苏曼殊身世的自叙应该有一定的合理性。这种自叙体，对此后小说的影响无疑颇为深巨，最典

---

① 苏曼殊生平参考柳无忌《苏曼殊年谱》、杨鸿烈《苏曼殊传》等文，皆收于柳亚子编：《曼殊全集》第四册，北新书局 1928 年。又参考文公直：《苏曼殊年谱》，收入柳无忌编：《曼殊大师纪念集》，正风出版社 1949 年。

② 毛策：《苏曼殊〈断鸿零雁记〉最初发表时地考》，《中国文学研究》1987 年第 3 期。

③ 苏曼殊：《断鸿零雁记》，柳亚子编《曼殊全集》第三册，北新书局 1928 年版，第 168 页。

型的当属王以仁、郁达夫等人的自叙体作品。王氏的《神游病者》采用的就是自叙体，而且主人公还不时"从袋中取出那本《燕子龛残稿》在喃喃的读着"，该诗集成为了小说的重要道具和主人公的精神隐喻，而这部《燕子龛残稿》正是苏曼殊的遗作。[①] 不过，郁达夫并不承认自己与苏曼殊有何承续关系，并且对后者这篇小说的评价亦颇为暧昧：他既认为《断鸿零雁记》"小说实在做得不好"，"缺少独创性"，又认为《断鸿零雁记》"系带有一点自叙传色彩的小说……有许多地方，太不自然，太不写实，做作得太过"。[②] 不难发现郁氏话语里的矛盾——"不写实"即表明该作并非是苏氏的"自撰年谱"，而是加入了艺术虚构的成分，这正是"独创性"的表现。从《断鸿零雁记》的艺术效果看，小说的写实成分使作品中的情感发自内心，故能真挚动人；而虚构成分乃是作者"浪漫气质"聚于笔端成之于文的具体表现。正因此，该小说历来被学界认为是近代浪漫主义的开山之作，与后来的"五四"浪漫主义之间血脉相连。

　　为了更好地认识《断鸿零雁记》的风格特点及其文学史意义，我们不妨选取该作的第十六章为例。

　　（为保持作品原貌，不忍摘引片段，故以附录形式将作品附于本章末）

　　此章的故事背景是母亲和姨母已经正告三郎，希望三郎能跟静子完婚。三郎本已婉言回绝了她们的提议，但在母亲的一番劝说之后，又不愿忤逆老人的一片好心，"只好权顺老母之意，容日婉言劝慰余母，或可收回成命"[③]。若就此言，《断鸿零雁记》并非是反抗家族礼教的典型——至少在三郎身上这种反抗意识并不强烈。若说非要在该小说中寻出些反对"封建礼教"的意旨，倒不如说和尚恋爱对中国读者观念的冲击更大——不过日本和尚婚恋似乎是不犯戒的。可见《断鸿零雁记》在观念上并不刻意强调跟传统思想"决裂"，而是采取一种温和的"折中"态度，这也最易于被广大读者所接受。

---

①　王以仁：《神游病者》，《小说月报》第十五卷第十一号，1924 年。

②　郁达夫：《杂评曼殊的作品》，柳亚子《曼殊全集》第五册，北新书局 1928 年版，第 115、118、120 页。

③　苏曼殊：《断鸿零雁记》第十三章，柳亚子编《曼殊全集》第三册，北新书局 1928 年版，第 81 页。

造成三郎与静子的爱情悲剧，更多的倒是三郎的性格使然。从小说看，三郎具有敏感而富于诗人气质的个性，既向往方外的虚静世界，又留恋于世俗间的情感；其人生观总体是虚无的，但对爱情又有着天真烂漫的想象。因此，三郎只享受爱情的过程，却不愿接受爱情的正果。其实，不仅仅是三郎，苏曼殊的《绛纱记》、《焚剑记》、《碎簪记》等小说中的主人公都具有类似的性格。当个案成为现象，自然就引起了后人的注意和兴趣，往往将之与苏曼殊本人的性格比附，从中寻找人物性格生成的现实依据。① 但笔者的兴趣只在小说主人公的性格悲剧及其文学史意义。

三郎的性格决定了他的行动和言语总是犹疑的、矛盾的，在感情上总是处于被动地位。以所引的第十六章为例。面对一往情深的静子，三郎顾左右而言他，甚至在静子直面质询时他也没能大胆表明自己的态度，只是暧昧地"嗫嚅"云"依稀不可省记"；在是否接受静子所赠罗帕一事上，他又是"反复思维，不知所可"；哪怕是独处之时他也没能作出冷静思考，只是一味地"心绪纷乱，废弃一切"。这种犹疑与矛盾，使他总是不敢直面问题，只是采取消极的逃避态度：他逃离日本，避开静子与母亲；回到国内又躲进灵隐寺，避开雪梅的款款深情；最终等待他的只能是悲剧结局。这样的主人公形象，在传统小说中并不多见，可说是苏曼殊的一大艺术创造，丰富了中国小说的形象谱系。总体言，《断鸿零雁记》虽然不脱才子佳人的基本要素（包括人物出场、外貌描写等），但其悲剧结局可说是一次突破，表明凄美的爱情同样动人，这无疑可以给国人在爱情小说创作方面提供有益借鉴。而随后的"鸳派"小说中，以爱情悲剧收束的作品的确不在少数，其中应该离不开苏曼殊的影响。

有人评价苏曼殊云："曼殊的散文，亦可谓能'自创新宗，不傍前人门户'的了。他既没有骈文家的江湖气；也没有古文家的头巾气。他的文字很华美，却能秾纤合度，雅而不俗；不似一般粉头主义者的一意摆珠

---

① 将小说主人公与苏曼殊本人比附，从早期苏氏的友人们就开始了。比如柳亚子编的《曼殊全集》（北新书局 1928 年版）第四、五册中，就收录了不少苏曼殊的友人们在这方面的研究文字。甚至，柳无忌、杨鸿烈等人所编的苏曼殊谱传，不少材料就直接采自苏氏的小说作品。

宝。而他的着实的好处，则在于内容富有诗意。"① 此评价虽然针对的是苏曼殊的散文，但将之套用于他的小说同样适用。内容的诗意和文风的抒情性，仅从小说第十六章已可见出一斑。比如三郎与静子对视那个小片段："静子垂头弗余答。少选，复步近余胸前，双波略注余面。余在月色溟濛之下，凝神静观其脸，横云斜月，殊胜端丽。此际万籁都寂，余心不自镇；既而昂首瞩天，则又乌云弥布，只余残星数点，空摇明灭。"如此意境，已无须笔者再加分析，徒增絮叨，但笔者倒可以下这样的判断：这种富于诗意的浪漫文字，至少在近代以来的小说中绝无仅有，它无意间开启了抒情文风的新时代。

　　苏曼殊在诗、画方面皆是行家，他天生具有浪漫主义诗人的气质，又深受李白、拜伦等浪漫诗人的影响，尤其是拜伦，苏曼殊不仅翻译有《拜伦诗选》，还将拜伦的诗作《大海》嵌入《断鸿零雁记》中，并评价云"拜伦犹中土李白，天才也"，② 可见苏氏对拜伦的推崇。而苏曼殊的"浪漫气质"、诗歌天赋以及绘画成就也的确颇受时人赞赏，并且多认为他的诗、画要比他的小说做得好。③ 苏曼殊哪方面的成就更高姑且不去讨论，但周边艺术修养对他小说创作的影响则显而易见。仍以小说的第十六章为例，作者有意将画境、诗境的构思技巧融入了小说意境的营造之中，既呈现写意画的唯美，也充分发挥文字在心理刻画上的表现优势。给人印象最深的是作者非常成功地利用了外界环境来皴染人物的内在心境，使环境之变幻成为人物情感波动之隐喻，将外界之景与心内之情上升到艺术性的完美融合。这种表现手法随后被"鸳派"所广泛采用——至于后者运用水准的高下，则另当别论。

　　《断鸿零雁记》的特别之处还在于，小说的抒情性并未给小说的情节

---

　　①　罗建业：《苏曼殊研究草薆》，柳亚子编《曼殊全集》第四册，北新书局1928年版，第288页。

　　②　苏曼殊：《断鸿零雁记》第七章，柳亚子编《曼殊全集》第三册，北新书局1928年版，第36—41页。

　　③　郁达夫在《杂评曼殊的作品》（柳亚子编：《曼殊全集》第五册，北新书局1928年版，第115页）中云："拢统讲起来，他的译诗，比他自作的诗好，他的诗比他的画好，他的画比他的小说好，而他的浪漫气质，由这一种浪漫气质而来的行动风度，比他的一切都要好。"周作人对苏曼殊的"浪漫气质"、诗歌成就也持类似观点。相关苏曼殊的诗评、画评等，可见柳亚子编：《曼殊全集》第四、五册，北新书局1928年版。

性带来太大的损伤，这就体现出了《断鸿零雁记》与《域外小说集》、《心》等其他"先锋实验"小说的区别。时人评《断鸿零雁记》云："以出世佛子，叙入世情关，能于悲欢离合之中，极尽波谲云诡之致。"① 当然，说该作"极尽波谲云诡之致"不免夸张，但小说情节上的"新奇可喜"② 应该符合事实。本来，苏曼殊的身世之谜已有很大的悬念，再加上"和尚恋爱"、"异国恋爱"并且是"三角恋爱"，这就更具看点了。三郎寻亲过程中曲折离奇的情节设计同样不少，比如荒庙偶遇潮儿，潮儿之母恰是三郎乳母；卖花又巧遇雪梅侍儿，并获赠金寻母；随后，在杭州偶遇乡人麦家兄妹，得知雪梅已亡；在凭吊雪梅途中，再次在庙中偶遇潮儿，得知乳母已逝，为作品的悲剧意味添油加醋。如此等等，这些被郁达夫批评为"太不自然、太不写实"的诸多"巧合"③，的确颇多作者设计的成分，但也正是缘于这些精心设计，才使得小说情节体现出曲折波谲、新奇哀婉的品质，从而摆脱"自传"的束缚，获得艺术的提升。

浪漫唯美的笔调文风，新奇哀婉的情节设计，这有别于其他小说的两大亮点无疑成了《断鸿零雁记》吸引读者的撒手锏。时人评云："曼殊的文学，是青年的，儿女的，他的想象，难免有点蹈空；他的精神，又好似有点变态。"④ 正是这种略带神经质似的独特风格和浪漫爱情故事，对青年读者有着极大的"魅惑力"，而民元之后青年学生恰恰成为了小说消费的主力军，以至于因为青年学生对之过度痴迷，还引起了部分人士的担忧和警惕。⑤ 实际上，不仅仅是青年学生，按柳亚子的观察"曼殊的小说，

---

① 魏秉恩：《断鸿零雁记序》，柳亚子编《苏曼殊全集》，第四册，北新书局1928年版，第51页。

② 同上。

③ 郁达夫：《杂评曼殊的作品》，柳亚子《曼殊全集》第五册，北新书局1928年版，第120页。

④ 罗建业：《苏曼殊研究草蘽》，柳亚子编《曼殊全集》第四册，北新书局1928年版，第391页。

⑤ 郁达夫《杂评曼殊的作品》一文写作的背景及其因由，乃是青年们"狂妄的热诚，盲目地崇拜他，以为他做的东西，什么都是好的，他的地位比屈原李白还要高，所以我想来做一点批评，指点指点他的坏处"。周作人《答芸深先生》的开头即云："芸深先生：——来信对于曼殊深致不满，我亦有同意处，唯虑于青年有坏影响，则未必然。"分别见柳亚子编：《曼殊全集》第五册，北新书局1928年版，第116，126页。

人人都爱好",① 这表明苏氏的小说即使具有不少"现代性"因子,但由于采取了将传统与西洋结合的叙事策略,因而得到了大众读者的接受和认可。

如前所叙,由于苏曼殊的作品深为"鸳派"所推崇,后者从中取法甚多,苏曼殊便顺理成章地被人们视为"鸳派"的先师之一。苏氏与"鸳派"之间存在深厚的渊源关系本是一个显而易见的事实,也未尝不好,若从小说的"民族化"角度考量就更能见出其特殊意义,不过缘于"鸳派"后来"名声大坏",人们便开始要将之与苏氏撇清关系,近年这一问题依然在争论之中。② 对此,周作人的评价是:

> 说曼殊是鸳鸯胡蝶派的人,虽然稍为苛刻一点,其实倒也是真的。……现代中国文学史也就不能拒绝鸳鸯胡蝶派,不给他一个正当的位置。曼殊在这派里可以当得起大师的名号,却如儒教里的孔仲尼,给他的徒弟们带累了,容易被埋没了他的本色。③

这一评价虽然作于 80 余年前,但窃以为周氏之言颇为中肯。

从以上对《域外小说集》、《心》、《催醒术》以及《断鸿零雁记》等作品的分析中可以看出,由于个人的识见、文化结构、文学观念等方面的差异,"先锋实验"者们的实践活动所体现出来的"现代性"指向和实现途径并不完全相同,从而为晚清新小说的未来发展提供了不同的选择。周氏兄弟、陈景韩最具"颠覆性",他们希望通过直接引进西方现代文艺形式来冲击旧有的文学体制,以倡导"精英文学"的方式来完成"现代性"的建构,但由于太过"超前",加上其他各种原因,因此付出了暂时遭致冷遇的代价。苏曼殊则是温和的"折中派",既借鉴域外文艺思想和形

---

① 柳亚子:《苏曼殊之我观》,柳亚子、柳无忌编《苏曼殊年谱及其他》,北新书局1927年版,第83页。

② 关于苏曼殊是不是"鸳派",争论从"五四"胡适、陈独秀等人就已开始,此后一直没有间断过。到了近几年,这一问题依然处于争辩之中。不过,近年为之辩护,将之跟"鸳派"撇清关系者占主流。

③ 周作人:《答芸深先生》,柳亚子编《曼殊全集》第五册,北新书局1928年版,第127、128页。

式，也积极吸收传统资源，践行一种"中西结合"的推进模式（如拜伦＋李白的浪漫主义，抒情自叙体与悲剧结局＋才子佳人的结构模式等），因此其小说模式随即被小说界所接受，自己也被推上"鸳派"先爷的位置。然而吊诡的是，其"现代性"（意即周作人上文中所谓的"他的本色"，如浪漫主义等）真正被理解和接受似乎也是"五四"之后的事——"鸳派"们效仿苏曼殊，只不过是得其形而失其神，其成就有限似乎早已注定。

　　看来，在中国小说的现代出路问题上，"先锋实验"者们由于理念和实践方面的微妙差异，提供给新小说发展道路的选择亦颇为不同，而其产生的效果更是差异甚大。在这成败进退之间，也随之牵引出了诸多相关话题（包括中国近代小说的"民族化"之路与"西洋化"之路如何选择和推进等等），笔者亦只是触及一隅，深可玩味之处甚夥，但囿于论题范畴及个人能力，进一步探讨还是留待日后罢。

【第七章附录】

《断鸿零雁记》第十六章(完整)

苏曼殊/著

　　余胸震震然，知彼美言中之骨也。余正怔忡间，转身稍离静子所立处，故作漫声，指海面而言曰："吾姊试谛望海心黑影，似是鱼舸经此，然耶？否耶？"

　　静子垂头弗余答。少选，复步近余胸前，双波略注余面。余在月色溟濛之下，凝神静观其脸，横云斜月，殊胜端丽。此际万籁都寂，余心不自镇；既而昂首瞩天，则又乌云弥布，只余残星数点，空摇明灭。余不觉自语曰："吁！此非人间世耶？今夕吾何为置身如是景域中也？"

　　余言甫竟，似有一缕吴绵，轻温而贴余掌。视之，则静子一手牵余，一手扶彼枯石而坐。余即立其膝畔，而不可自脱也。久之，静子发清响之音，如怨如诉，曰："我且问三郎，先是姨母曾否有关白三郎乎？"

　　余此际神经已无所主，几于膝摇而牙齿相击，垂头不敢睐视，心中默念：情网已张，插翼难飞，此其时矣。

　　但闻静子连复问曰："三郎乎，果阿姨作何语？三郎宁勿审于世情者！抑三郎心知之，故弗背言？何见弃之深耶？余日来见三郎愀然不欢，因亦不能无渎问耳。"

　　余乃力制惊悸之状，嗫嚅言曰："阿娘向无言说，虽有，亦已依稀不可省记。"

　　余言甫发，忽觉静子筋脉跃动，骤松其柔黄之掌。余知其心固中吾言而愕然耳。余正思言以他事，忽尔悲风自海面吹来，乃至山岭，出林薄而去。余方凝伫间，静子四顾皇然，即襟间出一温香罗帕，填余掌中，立而言曰："三郎，珍重！此中有绣角梨花笺，吾婴年随阿母挑绣而成，谨以奉赠，聊报今晨杰作。君其纳之！此闲花草，宁足云贡？三郎其亦知吾心耳！"

余乍闻是语，无以为计。自念：拒之，于心良弗忍；受之，则睹物思人。宁可力行正照，直证无生耶？余反复思维，不知所可。

静子故欲有言，余陡闻阴风怒号，声震十方，巨浪触石，惨然如破军之声。静子自将笺帕袭之，谨纳余胸间。既讫，遽握余臂，以腮熨之，嘤嘤欲泣曰："三郎受此勿戚！愿苍苍者祐吾三郎无恙。今吾两人同归，朝母氏也。"余呆立无言，唯觉胸间趯趯而跃。静子娇不自胜，挽余徐行。及抵斋中，稍觉清爽，然心绪纷乱，废弃一切。此夜今时，因悟使不析吾五漏之躯，以还父母，又那能越此情关，离诸忧怖耶？①

_____

① 苏曼殊：《断鸿零雁记》，柳亚子编《曼殊全集》第三册，北新书局1928年版，第97—101页。

第 八 章

晚清海外华文小说研究[*]

就笔者目力所及，将晚清海外华文小说作为研究对象的论著并不多，而这不多的论著当中视点又主要集中于东洋板块，且多是将东洋板块跟中国板块不加区分，能真正意识到两者间的差别并将前者作为独立研究对象者甚少。南洋板块中，除了邱菽园的小说理论颇受青睐外，其他作家、作品的相关研究亦备受冷落，这或许跟新、马学界和中国学界将南洋华文小说的肇始期定于"五四"之后的成论直接相关①——而笔者认为，就我们新挖掘的资料判断，现在至少可以将南洋华文小说史推进到晚清时代。或许是出于文献匮乏的原因，目前针对北美板块的相关研究至少在华文学术界依然是空白（外文论著笔者涉猎有限，或许有遗珠未能周览）。至于将中国、东洋、南洋、北美四大板块的晚清华文小说界看成一个大系统，在相互联系、比照中阐述其发展图景和勾勒其演进轨迹，并做出文学史定位者亦只能拭目以待了。笔者自知能力有限，现仅能就手上掌握的文献小掘一隅，作抛砖之论，以此就教于大方之家。

---

* 这里的"海外华文小说"，特指海外华人创作的小说，非华人创作的汉文作品，不在本论题的考察范围之内。另，《新小说》杂志、《新中国未来记》、《域外小说集》等作品，鉴于其广泛影响力或典范意义，笔者在中国小说与海外华文小说两个版块中都作讨论，这种交叉似乎难以避免，特此说明。

① 据新加坡杨松年先生的《编写新马华文文学史的新思考》（［新加坡］陈荣照主编：《新马华族文史论丛》，新加坡新社 1999 年版，第 26 页）介绍的数种文学史著作中，都将新、马文文学史的肇始时间定于 1919 年；另，黄万华先生的《新马百年华文小说史》（山东文艺出版社 1999 年版），同样将新、马文小说史的兴起定于 1919 年（学界之所以做出这样的判断，笔者推测可能是学者们并没有将晚清南洋的报载小说列入研究视阈）。随着新资料的发掘，这一成论也到了需要重新讨论的时候。

笔者将海外华文小说界划分为三大板块：东洋板块、南洋板块、北美板块。至于划分依据、目的及其学术意义等相关说明，笔者在本文的"导论"中已有铺叙，此处无补充，现直奔主题。

第一节　东洋板块

甲午战败后，老大帝国不得不重新认识自己的东洋近邻日本。探讨日本崛起原因，学习日本发展经验，便成了清廷必须重视的问题。光绪二十四年（1898），张之洞上奏《劝学篇》，专门就游学东洋之事做了探讨：

> 日本，小国耳，何兴之暴也？伊藤、山县、榎本、陆奥诸人，皆二十年前出洋之学生也，愤其国为西洋所胁，率其徒百余人分诣德、法、英诸国，或学政治工商，或学水陆兵法，学成而归，用为将相，政事一变，雄视东方。

张氏认为，"出洋一年，胜于读西书五年"、"入外国学堂一年，胜于中国学堂三年"，若想"速成"，像日本那样派遣留学生无疑是最好的途径。当然，根据中国国情，张之洞认为留学地最好选择日本而非欧美诸国，原因如下："一、路近省费，可多遣；一、去华近，易考察；一、东文近于中文，易通晓；一、西书甚繁，凡西学不切要者，东人已删节而酌改之。中东情势风俗相近，易仿行。事半功倍，无过于此。若自欲求精求备，再赴西洋，有何不可？"[①] 在张之洞等有识之士的积极倡导下，中国 20 世纪初迅速掀起了一股留日热潮。留学生加上东逃日本的维新派、革命派共同构成了东洋华文文学的人员主体，他们奔走呼吁，办刊、出书，或著或译，合力推动了近代华文小说的发展。

一

据学者统计，晚清留日学生的学科特点是"学文科者居多，学农、

---

① 相关引文皆见张之洞：《劝学篇·游学第二》，慎始基斋刊本，光绪二十四年（1898）。

工、理科的较少，两者的差距，甚有 10 倍之殊"①，跟当时的西洋留学生所学学科差异甚大。这不难理解，学习理工科当然是直接取法于英、美、德等国最为高效；至于政治制度、文化建设等社会科学，引进时往往需要根据国情有所扬弃和转化，明治维新在这方面的确有不少成功经验，而国人重视的也正是他们如何将西方文明"民族化"的技巧。

在借鉴日本经验方面梁启超稍具先觉意识，其中也包括对中国近代小说的改良——自从在逃亡东瀛的船上偶然接触到矢野文雄的《经国美谈》后②，梁氏便决定大力倡导政治小说。政治小说原滥觞于英、美并风靡一时，日本作家将之引进并在本国发扬光大，为推动日本的维新事业发挥了积极作用，于是著译新小说、推动中国小说改良以有助于社会改良便也成了梁启超借鉴日本经验的重要一步。而梁氏此举，其实已经折射出了晚清东洋板块与中国小说界之间的上下游关系。

东洋华文小说界跟中国小说界关系极其密切，即使是在日本创作、出版的作品，其主要市场依然是中国本土，包括其影响力的发挥也是以中国的读者为依托。不过不得不承认这样一个事实：相对中国小说界而言，东洋华文小说界凭借其地缘政治和地缘文化上的优势往往能占风气之先，使之在晚清间处于实质性的"先锋"地位，大体发挥着领头羊的作用。其主要体现在以下几个方面。

首先，是在小说观念上。

可以说，东洋华文小说界是中国近代小说"先锋"理念的主要输出地。对中国近代小说发展影响最为重要的事件无疑是梁启超倡导的"小说界革命"。如前所叙，梁氏"小说界革命"理念的萌生，除了吸收本土传统理论资源之外，也离不开域外小说发展经验的启发。东洋之行，可谓让梁启超大开眼界并找到了推行"小说界革命"的依据：

　　在昔欧洲各国变革之始，其魁儒硕学，仁人志士，往往以其身之所经历，及胸以其身之所经历，及胸中所怀，政治之议论，一寄之于

---

① 　沈殿成主编：《中国人留学日本百年史》（上册），辽宁教育出版社 1997 年版，第 14 页。
② 　据《梁启超年谱长编》云："（梁启超）一身以外无文物，舰长以《佳人奇遇》一书俾先生遣闷。先生随阅随译，其后登诸《清议报》，翻译之始，即在舰中也。"丁文江、赵丰田编：《梁启超年谱长编》，上海人民出版社 1983 年版，第 158 页。

小说。……往往每一书出，而全国之议论为一变。彼美、英、德、法、奥、意、日本各国政界之日进，则政治小说为功最高焉。

由传统的"托古改制"变为"托夷改制"，这既是维新策略上的一种调整，也是观念上的一种转变。这种观念也正好切合了国人诸方利益群体的诉求，因此梁启超在东瀛登高一呼，中国本土就群起而呼应。① 这告诉我们，以梁启超为首的东洋华文小说界，在"小说界革命"中实质上发挥了"策源地"的历史作用。

其后的"现代派"理论家或实践家，无不与日本有着一定的因缘：王国维《红楼梦评论》发表之前曾在日本留学，陈景韩也是留日学生，其"先锋"作品也多是来自日文转译，苏曼殊更是有着日本血统。当然，他们不便划入东洋板块中，但周氏兄弟例外。

就东洋板块而言，周氏兄弟的《域外小说集》及其相关小说理念（详见第四章、第七章），是继"小说界革命"之后又一值得注意的特殊案例。遗憾的是，由于他们的理念过于"先锋"，超越了时人的审美程度，加上其他各种主客观原因，这一先进理念未能掀起"小说界革命"那样的浩大声势。不过正如鲁迅先生所坚信的，"（《域外小说集》）他的本质，却在现在还有存在的价值，便在将来也该有存在的价值"②，这里所谓的值得永远存在的"本质"，所指的正是其间所秉承的对先进小说理念和文学精神的追求。

当然，梁、周虽同在东瀛并且都提出了具有时代"先锋"特质的小说理念，但两者在小说理念及其审美取向上可谓差异甚大。梁启超推崇的主要是日本人创作的政治小说，借鉴日本人在政治、文化制度等方面如何将西方经验"民族化"的技巧，并希望在推动中国相关方面的改革中能有所助益。而周氏兄弟则立足文学本位，坚守明确的小说审美标准，尽量以直译方式推介纯正的欧西小说（《域外小说集》中无一篇日本人创作的作品）。这种区别，不仅仅是文艺改良的目的、个人审美取向等方面的差

---

① 据包天笑回忆，当年梁启超发起"小说界革命"时的情形是"登高一呼，群山呼应"。包天笑：《钏影楼回忆录》，香港大华出版社1971年版，第357页。

② 周作人（实为鲁迅所作）：《域外小说集·序》，《域外小说集》，群益书社版，1921年。

异，也体现出国人对日本经验认识的逐步深入以及学习观念的转向——那些有志于振兴中国文艺者，大概不会只满足于做个"二道贩子"，只要条件成熟，越过日本这个中介直接向更为先进的西方取经只是迟早的问题——光绪三十年（1904）以降，中国人翻译自日文的图书数量逐年下降可为一大证据①，"五四"新文化运动中的理念和创作实践大多取法于欧美，也再次印证了这一趋向。

其次，是在小说实践上。

其实最早借鉴西方经验，从理论上论证小说对"群治"具有重要作用的近代人物并非梁启超，而是严复与夏穗卿。后者在天津《国闻报》上连载了一篇长文《本馆附印说部缘起》，其中有云：

> 且闻欧、美、东瀛，其开化之时，往往得小说之助。是以不惮辛勤，广为采辑，附纸分送，或译诸大瀛之外，或扶其孤本之微。文章事实，万有不同，不能预拟，而本原之地，宗旨所存，则在乎使民开化。自以为亦愚公之一畚，精卫之一石也。②

严、夏二人这段话的大意后来被"衡南劫火仙"（蔡奋）③、梁启超等人一再转述和强调，可见其言论之影响。但遗憾的是，严、夏二人不仅没有做出进一步的理论深究，就连"广为采辑，附纸分送"的承诺后来也一直没有兑现。他俩这种"干打雷不下雨"的做法，在某种意义上也刺激了"狂爱"这篇"雄文"④的梁启超决定亲自操觚实践。居日期间，梁

---

① 据实藤惠秀先生编制的"中国译日文书出版数"走势图显示：清季间，中国译日文书出版数顶峰期出现在光绪二十九年（1903），数量约 220 种，此后呈下降趋势，到了宣统朝间，年均甚至仅有十余种。见 [日] 实藤惠秀著，谭汝谦、林启彦译：《中国人留学日本史·附录三之表5》，三联书店 1983 年版，第 452 页。

② 几道（严复）、别士（夏穗卿）：《本馆附印说部缘起》，《国闻报》二十三年（1897）十一月十八日。

③ "衡南劫火仙"（蔡奋）：《小说之势力》，《清议报》第六十八册，光绪二十七年（1901）。

④ 梁启超云："天津《国闻报》初出时，有一雄文，曰《本馆附印小说缘起》，殆万余言，实成于几道与别士二人之手。余当时狂爱之，后竟不克裒集。"饮冰（梁启超）：《小说丛话》，《新小说》第九号，光绪二十九年（1903）。

启超不仅发动了"小说界革命"，著译了《经国美谈》、《新中国未来记》、《世界末日记》等作品，还先后创办了《时务报》、《新民丛报》以及新小说杂志——《新小说》，积极实践"小说界革命"理念，推动近代小说向纵深发展。其后，日本留学生创办的《游学译编》、《湖北小说界》、《浙江潮》等杂志，无论各家的思想、政见如何，都纷纷加入刊载新小说的行列，壮大了"小说界革命"的势力及其影响。而宣统朝间，周氏兄弟发起的具有现代意义的"先锋实验"，则是对刺激中国小说"现代性"的发生进行的一次具体实践，为近代小说的现代转向提供了一种新的选择和参考。可见，以梁启超、周氏兄弟等人为代表的东洋华文小说界，在小说实践上同样引风气之先，走在时代前列。

其三，是在小说人才上。

清季间东洋华文小说界聚集（培养）了一大批小说著译精英，成为中国近代小说发展的得力推手。光绪二十二年（1896），清廷以官方形式首次派出留日学生十三名，其中的部分人随后成长为翻译人才，如戢翼翚译介了《俄国情史》（现译《上尉的女儿》），成为第一个介绍普希金作品的中国人。"小说界革命"发动后的东洋华文小说界，更是人才辈出。留学生罗普曾译介《东欧女豪杰》、《离魂病》、《窃皇案》、《白丝线记》等，作品主要发表在《新小说》和《新民丛报》上，是追随梁启超"小说界革命"的重要人物；另有同盟会发起人之一陈天华，留学期间创作的《猛回头》、《狮子吼》等作品警醒和激励了无数中国人；此外周氏兄弟亦是留学生界的代表人物。非留学人员中参与小说著译者也是人才济济，其人员构成主要是戊戌变法逃亡者，包括梁启超、狄平子、谈虎客（韩文举）、玉瑟斋主人（麦仲华）等，都是"小说界革命"的直接推动者。

除了上述几个方面外，东洋板块对中国近代小说的影响还体现于一些周边领域。比如，东洋先进的印刷和装订方式引入中国后，时风所到，中国书刊界一改过去线装、单面印刷的方式，纷纷采用了美观、便利的新式洋装。就中国小说界而言，印装方式的革新无疑也是一次颇有意义的"形式革命"。再如《新小说》的发行运作模式，对中国近代小说报刊业的发展同样具有典范意义，相关方面第二章中已作论述，不赘叙。

二

晚清的东洋华人界，改良派、革命派等各个派别都在积极活动，人员成分构成多样，思想立场复杂，但无论人们的政治目的和思想背景如何，总体上对梁启超的"小说界革命"理念都持拥护态度，包括"现代派"代表人物周氏兄弟，早期也深受梁启超小说观念的影响（详见第四章）。观念决定创作，这种相对单纯而统一的小说理念，加上各种客观因素的作用，形成了东洋板块与其他板块小说界殊为不同的创作特点。

第一，占中国相当份额的公案狭义、狎邪艳情等旧小说类型，在东洋板块几乎绝迹。这些旧小说的目标读者群多是些初识文字的下层民众或市民阶层，而东洋华人界以留学生为主体，既缺乏必要的读者群来支撑小说产业的生存，也缺乏培养创作人才的动力和机制。

第二，与此相应的是，宣统朝间中国风靡一时的"新消闲小说"也几乎没有出现。这就意味着，东洋华文小说界并没有经历从"新小说"到"新消闲小说"的演变过程。换言之，中国小说界在宣统朝间盛行的消闲娱乐风，并没有太大地反向影响到东洋华文小说界（东洋板块处于小说界的"上游地位"）。这一现象也提醒我们，东洋板块对中国的正向影响力随着时间推移是渐次减弱的，到了宣统朝前后，中国小说界几乎摆脱了东洋板块的"领导"，按自己的行进道路独立发展——即使其主流走向是迈入"鸳派"甚至"黑幕"的岔路，并不一定符合"现代性"的未来发展要求。有意思的是，周氏兄弟发起的那场"先锋实验"（或许也可以称为一次"革命"），其"现代性"的指向不可谓不明确、正确，目的不可谓不纯正、良善，但结果几乎未对当时的中国小说界发生任何影响，跟当年一呼百应的"小说界革命"相比岂可同日而语。周氏兄弟的"小说革命"收效甚微，或可视为东洋华文小说界"领导地位"失势的一个表征。

第三，由于晚清间东洋华文小说界未见报载小说，时闻小说也就无从说起，这也是与中国、南洋、北美版块在作品种类方面的一大区别。

上述可见，若按大类划分，晚清东洋华文小说界在作品族群方面的"缺门"非常突出，因此要想深入了解东洋华文小说界的作品情况，只能从细部作进一步考察。鉴于翻译与自撰小说在种类上存在差别，不妨分而论之。

就翻译小说而言，东洋板块的小说作品种类略为丰富，主要包括以下几类：政治小说，如《经国美谈》、《佳人奇遇》、《回天绮谈》等；科学小说，如《月界旅行》、《地底旅行》等；军事小说，如《少年军》（一）、（二）、（三）等；冒险小说，如《海上健儿》、《怪岛之一夜》等；侦探小说，如《毒药案》、《芝布利鬼宅谈》等。另外，还有难以归入某个具体类型的《域外小说集》。可以说，除了《域外小说集》作为特例外，其余作品基本上都没有超出梁启超在《新小说》中所设定的几种小说类型，比起中国五花八门的小说种类，东洋板块的小说品类显然有欠丰富。从小说的风格特点看，除《域外小说集》外，这些作品跟中国的翻译小说差别不大，故略而不论，此处重点考察极富个性的自撰小说。

如前所叙，在小说类型上若说东洋板块的翻译小说缺乏丰富性的话，那么自撰小说则只能用"单调"来形容了。

梁启超将政治小说描述为"借以吐露其所怀抱之政治思想也"① 意即通过小说作品表露作者的政治理念和政治态度。他还给军事小说作了个粗略的界定："专以养成国民尚武精神为主。"② 翻检东洋板块的自撰小说，几乎不出这两类作品。再细究不难发现，其实这两类作品最后都被统摄于"专借小说家之言，以发起民国政治思想，激厉（励）其爱国精神"③ 的大旨之下。换言之，无论政治小说还是军事小说，其实都被东洋板块的作家们有意无意地当作"政治小说"来作（故将这些作品都视为"政治小说"也未为不可）。这一点无论改良派还是革命派，在提笔创作时倒是取得了共识。至于小说艺术性的稀薄，亦是这些作品众所周知的共同缺点，毋须笔者多言。

先看改良派的自撰小说。

改良派的代表作品除了梁启超的《新中国未来记》外，还有《池上谈》、《新三国》、《黄人世界》等。《池上谈》叙写一留日学生"余"偶遇一老华人，两人便围绕"中国之病"展开讨论，警醒国人除弊革新势

---

① 新小说报社："中国唯一之文学报《新小说》"告白，《新民丛报》第十四号，光绪二十八年（1902）。

② 同上。

③ 同上。

在必行，"不除之则中国将亡"，"除之则中国可渐次而兴"。①《新三国》叙写汉献帝在国势凋敝之际接受了蔡邕的奏议，决定变法革新，"广设学堂，大兴教育"，创办新式陆军学堂。但官员们在执行过程中却阳奉阴违、吞公肥私，导致改革收效甚微。作者托古讽今，愤慨不已，借此生发对时局的看法：

> 如果我们能明地方自治要义，结聚团体，振起精神，不虑成败，敢作敢为，当改革的改革，当创立的创立，就是有那种政府官吏，他们也不敢任意胡为了，又何怕不能把我们的江山陶铸成铁桶一般？谁知那些丧尽天良、狗彘不食的绅士，不但不出来提倡维持，还要去拍上官的马屁，行他利益均霑的手段，与民贼一同打劫。当这个时候，就是个无事的国家，也要被他们折的七零八落，况且是个淹淹待毙的国家，还能够不亡么？总而言之，变法则强，不变法则亡，变法得其人则强，不得其人则亡。②

这两篇作品都刊载于河南籍旅日留学生所创办的《豫报》上，该杂志缘起于"在东同人，痛时局沦胥、民智未迪，久拟苦口衷诉，警觉桑梓……以为输入文明导线"，其宗旨定位为"以改良风俗，开通民智，提倡地方自治，唤起国民思想为唯一之目的"。③但该刊同人并不赞同革命，"刀把子既拿在人家手里了，无论怎么闹也是不中用的。还有一层，闹得狠了，不容说政府不答应，就是那洋人也是不依的，不知道有得多少钱陪人家的，不看冤不冤？"④这明显属于典型的改良派论调，因为此时康、梁主持的《新民丛报》跟革命派主持的《民报》展开的大论战中，前者反对民主革命的一大理由正是担忧外国干涉导致亡国。《豫报》的政治立场异常鲜明，明确表示与"《浙江潮》、《汉声》、《直说》、《晋话》"等革命派杂志"主义不甚相同"⑤。因此，该报同人既

---

① 筑客：《池上谈》，《豫报》第一号，光绪三十二年（1906）。
② 白眼：《新三国》，《豫报》第四号，光绪三十三年（1907）。
③ 豫报社：《〈豫报〉公启并简章》，《豫报》第一号，光绪三十二年（1906）。
④ 梦南：《说气》，《豫报》第一号，光绪三十二年（1906）。
⑤ 仗剑：《〈豫报〉之缘起及其宗旨》，《豫报》第一号，光绪三十二年（1906）。

痛恨"丧尽天良、狗彘不食的绅士"和贪官污吏，强调革新变法的重要性，使民众警醒，又反对暴力革命，拥护温和的"地方自治"和"君主宪政"政策，这也正是《池上谈》与《新三国》要表明的政治态度和施政观点。换言之，作者借用了小说这一艺术形式，忠实地阐释和演绎了《豫报》同人的办刊宗旨。

当然，革命派小说的凌厉声势显然要远远盖过温和的改良派小说。

据笔者初步统计，从光绪二十四年到宣统三年（1898—1911），中国人在日本创办的报刊共 106 种，① 有研究者抽样调查了其中的 87 种期刊，除了《清议报》、《官报》等 4 种外，"其余的 83 种，基本上可以确定为是留学生创办或留学生参与办的"。② 另据笔者统计，光绪三十年至宣统三年（1904—1911）在日本出版（发表）的华文小说为 143 种，其中单行本仅为 11 种，占 7.69%，其余 92.31% 皆为期刊作品。③ 这意味着该地的小说作品绝大多数经由留学生创作或者编审，留学生们的思想意识无疑会渗透其间，其作品也就打上了他们的思想印记。

留日学生大多是 20 至 30 岁的年轻人，④ 思想活跃，对清廷的专制腐朽大多心存不满，哪怕是没有革命派的影响，在接触了西方自由、平权等思想观念之后，大多都会将爱国热情转化为革命的激情。⑤ 而日本特殊的政治环境比起国内更有利于革命思想的传播和爱国激情的宣泄。于是，留学生们纷纷办刊出书宣扬自己的政治理念与兴国理想，特别是在革命派的领导或声援之下，他们更是常常以激进的姿态参与社会活动。

小说，自然是留学生们喜闻乐见的艺术形式，也是他们乐于采用的宣传工具。经过留学生之手的作品，绝大多数都具有明显的革命倾向，这一特点从早期的《湖北学生界》（后改为《汉声》)、《浙江潮》、《江苏》等

---

①　统计资料来源为史和、姚福申等编：《中国近代报刊名录》，福建人民出版社 1993 年版。

②　沈殿成主编：《中国人留学日本百年史》（上册），辽宁教育出版社 1997 年版，第 267 页。

③　统计数据的原始材料来自陈大康先生主持的"中国近代小说资料库"。

④　不妨列出部分当时旅日学生的留学年龄供参考：陈天华 29 岁，宋教仁 23 岁，陈独秀 23 岁，黄兴 29 岁，鲁迅 22 岁，周作人 22 岁。

⑤　据冯自由回忆云："庚子以后，东京留学生渐濡染自由、平等学说，鼓吹革命排满者日众。"冯自由：《革命逸史》（初集），中华书局 1981 年版，第 11 页。

就已显现。

　　《湖北学生界》从第六期开始改为《汉声》特别版，顾名思义，取名"汉声"即是要发出汉人的声音。其更刊辞《汉声》不啻一篇号召种族革命的檄文，"伯叔兄弟，闻风投袂，庶各奋兴，扬民族之风潮，兆汉祀于既绝，岂非最急之先务哉？""揭竿而起为中国……时不待我，丧乱弘多，投笔援剑，歌大汉之歌"，"翼唤醒睡师之灵魂，挽长流而溅异族之污染兮，以光复祖国而振大汉之天声"。① 有此背景，就不难想象该刊所载小说之内容及其风格了。标为"政治小说"的《燕窝子》②，以寓言方式叙写北边来的麻雀见到燕子们窝大粮足便起了不良之心。在霸占了燕窝之后，麻雀还对燕子百般凌辱，"直逼得上天无路，入地无门，还不背（肯）放手"。作者在篇末警告云：若是还不知反抗，将会把"自己的儿子、孙子，几乎把种都绝了"。这无疑是借燕雀之事影射满汉之争，号召排满兴汉，倡导种族革命。

　　若说《湖北学生界》、《浙江潮》等早期刊物对革命依然处于呼之欲出阶段的话，到了同盟会机关刊物《民报》的创办，民主革命则已作为政治口号公开宣扬了。《民报》的发刊词由孙中山亲撰，文中明确提出了"民族、民权、民生"的"三民主义"原则，并立志要"举政治革命、社会革命，毕其功于一役"，③ 主张暴力革命。陈天华创作的《狮子吼》④ 就刊载于该杂志。小说采用寓言方式，以"混沌国"喻中国，清廷将"混沌国一块一块地割送"给了"蚕食国"、"鲸吞国"（喻外国侵略者）。在怒斥清廷腐败卖国之时，作者还构筑了一个"理想国"——"民权村"，这是一个"世外的桃源，文明的雏体"的社会，体现了"三民主义"的政治理想。而为了实现这样的理想，就必须进行革命：

　　　　倘若做皇帝的，做官府的，实于国家不利，做百姓的即要行那国

---

　　① 汉声杂志社：《汉声》，《湖北学生界》第六期，光绪二十九年（1903）。
　　② 汉声杂志社：《燕窝子》，《湖北学生界》第七、八期合刊，光绪二十九年（1903）。
　　③ 孙文：《发刊词》，《民报》第一号，光绪三十一年（1905）。
　　④ 《狮子吼》，题"过庭（陈天华）著"，《民报》第二号开始连载，后续载于第三至五号，第七至九号，因陈天华蹈海而未完，共八回，光绪三十一年至三十二年（1905—1906）。

民的权利，把那皇帝官府杀了，另建一个好好的政府，这才算尽了国民的责任。（第三回）

小说中随处可见激荡的革命思想，作者也希望借此将"'革命革命''排满排满'之声，遍满全国"（第六回）。陈天华在同盟会中兼任宣传职务，对报刊的舆论作用非常重视。他曾借小说主人公"文明种"之口云：

> 各国的会党，莫不有个机关报，所以消息灵通。只有中国的会党，一盘散沙，一个机关报没有，又怎么行呢？这机关报，是断不可少的。（第八回）

其中，借助小说配合革命宣传是陈天华青睐的造势方式，他在小说中借人物孙绳祖之口表达了这样的看法：

> 世界各国，哪一国没有几千个报馆？每年所出的小说，至少也有数百种，所以能够把民智开通。中国偌大的地方，就应十倍之了。不料只有近海数种腐败报，有新理想的小说，更没有一种了，这民智又怎么能开？民智不开，任凭有千百个华盛顿、拿破仑，也不能办出一点事来，所以弟想在内地办一种新报，随便纂几种新小说，替你们打通一条路，等你们学成回来，就有帮手了。（第五回）

可见，陈天华对小说的政治功用有着较为深入的认识并对之相当倚重，《狮子吼》也正是陈天华为了开通民智、宣传革命思想而特意编撰的一部"新理想的小说"。

在《民报》创办当年，由东京中国留学生会馆主办，以宣扬"诛暴君、除盗臣，自由、博爱"① 为宗旨的《醒狮》杂志创刊。这也是一份具

---

① 无畏：《醒后之中国》，《醒狮》第一期，光绪三十一年（1905）。

有明显革命倾向的期刊，所载小说《仇史》① 开宗明义指出"是书专欲使我四万万同胞洞悉前明亡国之惨状，充溢其排外思想，复我三百余年之大仇，故名曰《仇史》"，并希望"成自由魂、革命军之价值"。② 作者明显是在借古讽今，宣扬排满革命思想。随后，《汉帜》、《复报》、《云南》、《四川》、《河南》、《粤西》、《夏声》等大批杂志及时跟进，纷纷刊载小说作品来支持排满兴汉的革命舆论宣传。

　　总体言之，晚清东洋小说界的革命派作品跟改良派作品相比，无论在质量、数量还是气势上都取得了绝对优势。不过，由于双方的创作主体都是思想较为单纯的青年留学生，无论他们的论战是如何的水火冰炭不相容，但其区别只是政治主张的差异和对历史行进道路选择的不同，至于"救亡图强"、"启蒙民众"的出发点都是一致的，其爱国情感都是朴实而真挚的。他们都希望将这种朴实的爱国激情借助艺术形式表现出来（遗憾的是大多数作品在艺术上都归于失败），与读者共享，同时也希望获得读者的理解和支持，以达其宣传之目的。可以说，跟中国小说界相比，这里的自撰小说是较少受到"商业污染"的——即使在宣统朝间商业资本已经深度浸入并有力影响着中国整个小说产业发展之时，东洋板块的自撰小说依然保持着某种"单纯性"，继续义无反顾地为救亡图强作政治宣传，它们似乎只为政治而存在，当阶段性的历史使命完成之后，就走向了自然消亡③——其间，始终未见明显地"调适"或"转向"。

三

　　一个现象应该引起注意：从光绪二十四年至宣统三年（1898—1911）的 14 年间，东洋板块的小说从萌生到发展、兴盛，再到几近消亡，短短的十余年内竟然走完了一个"生命周期"。

---

　　① 痛哭生：《仇史》，连载于《醒狮》第一至三期，未完，光绪三十一年（1905）。按：据作者所作的《凡例八则·之七》云，读者若有反馈意见，可直接写信到杂志编辑部，可推知痛哭生应为留学生会会员。

　　② 痛哭生：《凡例八则·之一、之二》，《醒狮》第一期，光绪三十一年（1905）。

　　③ 宣统三年（1911）东洋板块华文小说作品仅见一篇，名《珠还合浦记》（载于《留日女学会杂志》创刊号），这是一篇译自英国的作品，作者署"昙华"。本年自撰小说未见。相关情况见下文。

1898—1911 年出版（发表）地在日本的华文小说数量统计表①

年份	1898	1899	1900	1901	1902	1903	1904	1905	1906	1907	1908	1909	1910	1911
数量	1	0	1	0	12	44	11	13	27	26	40	8	5	1

　　这份统计表呈现了晚清间东洋板块小说数量的一个大致走向：早期数量极少；在"小说界革命"直接影响下，次年迎来了一个发展高峰期；随后有所回落，到光绪三十四年（1908）再次达到高峰；进入宣统朝后数量陡然下降，最后几近消亡。不难看出，这一发展进程竟然跟中国小说的发展走势有不少相似之处。② 那么，该板块小说界为何不能保持某种可持续的发展平衡？既然跟中国小说的发展走势有相近之处，那么导致其周期性波动的原因，是否跟中国一样？研究发现，两者并不完全相同。

　　第一，东洋板块期刊数量的变化，直接引起了小说发展的周期性。

　　既然东洋板块的小说作品绝大多数登载于期刊，那么不妨从小说载体——期刊入手，研究其发展走势。请看下面一份统计表：

1898—1911 年间日本华文报刊创建数量统计表③

年份	1898	1899	1900	1901	1902	1903	1904	1905	1906	1907	1908	1909	1910	1911
数量	2	0	2	4	3	10	7	8	13	24	13	8	7	2

　　统计显示，新创办的报刊数量在 1903 年达到第一次高峰，随后 1906—1908 年间达到第二次高峰，而这两次高峰正是小说刊载量最多的区段；宣统三年（1911）只新办了两家杂志，相应地，当年只刊载一篇小说。只是，这份数据仅仅显示了年度新创办的报刊数量，它到底能在多大程度上反映当时的报刊年度实际出版量？

　　如前叙，留学生是晚清东洋华文报刊的创办主体，他们皆为年轻人，

---

　　① 统计数据的原始材料来自陈大康先生主持之"中国近代小说资料库"。按：这个统计表只以出版（发表）地是否在日本为标准，至于作品是否是中国本土读者投稿、是否转载自其他区域报刊等情况皆不做区分。另，跨年度连载只计入首次刊载的年份，而不再计入后面的年度中。

　　② 请见文末"附录一"及第一章相关论述。

　　③ 统计资料来源为史和、姚福申等编：《中国近代报刊名录》，福建人民出版社 1993 年版。

办刊大都凭着一腔热情，其资金主要来源于以下几个方面：其一，社员分摊股份自筹一部分；其二，乡人、士绅等捐助一部分①；其三，广告收入；其四，发行收入。前两项是启动基金，不少刊物创刊号出来后就已用尽。通常而言，刊物要想获得可持续发展，倚靠广告、发行收益才是根本的生存之道。但留学生大都既缺乏办刊经验（特别是营销策略）也缺乏发行渠道（甚至部分刊物根本就未太多关注商业利益，他们办刊只为宣传，刊物也只在同人之间传阅，"面有多少饼摊多大"，经费用完即停刊），因此后两项收益其实并无保障。可以说，经济问题是导致留学生刊物"短命"的主因。留学生刊物发行时间最长的应该是《云南》杂志，共 23 期，时间从光绪三十二年至宣统三年（1906—1911），不过该刊是由孙中山授意创办，始终得到了同盟会的大力支持。余下的其他留学生刊物大都发行期很短，如《浙江潮》、《游学译编》12 期，若按标准的月刊按月发行算仅仅满周年，有些刊物甚至只出版了创刊号即告停刊，其中就包括宣统三年（1911）唯一一篇小说的刊载者——《留日女学会杂志》。梁启超在谈及办刊之难时曾将"经济不济"列入四大原因之一，② 试想，连经验丰富、被誉为"舆论界骄子"的梁氏在办刊时尚且有经费之忧，那么经济窘迫又缺乏经验的留学生们所办刊物之命运也就可想而知了。此外，导致东洋板块华文刊物夭折的原因还包括当局的封禁，比如《湘路警钟》、《四川》、《河南》等出版不久即遭查封。总之，无论出于何种原因，晚清东洋华文刊物大多寿命不长，而且绝大多数都是在创办当年就告停刊，这是一条客观事实。

因此，上述年度创刊量统计表基本能反映出当年的报刊实际出版量。这意味着东洋板块的小说出版（发表）量跟报刊的兴衰直接相关，故两者的走势基本保持一致。这一特点跟中国的情况出入甚大，比如，中国在宣统朝间报刊的年度新创量获得迅猛发展，宣统三年（1911）更是达到了历史性的 228 种（是近代小说产量高峰年——1908 年的 1.5

---

① 比如《湖北学生界》、《浙江潮》、《直说》、《云南》等刊物，都刊载有"感谢捐助"或"名誉赞成员"告白，列出捐助人名单及金额。可以说，接受捐助是留学生刊物惯常的融资渠道之一，例外者极少。

② 梁启超：《〈清议报〉一百册祝辞并论报馆之责任及本报之经历》，《清议报》第一百册，光绪二十七年（1901）。

倍），但这并没有相应地带动年度小说产量的同步增长。这种反差，颇富意味。①

第二，读者群体和创作主体的变化，亦是引起小说周期性变化的一大诱因。

小说产业链中，读者和作者无疑是不可忽略的重要因素，既然东洋板块中留学生是办刊、创作以及读者主体，那么不妨再从留学生的人数入手考察。以下是笔者根据实藤惠秀先生的统计数据制作的一份晚清日本留学生人数统计表：

晚清间中国留日学生统计表②

年份	1902	1903	1904	1905	1906	1907	1908	1909	1910	1911
入学人数	500	1000	1300	8000	8000	7000	4000	4000	3000	2000
毕业人数	30	6	109	15	42	57	623	526	683	691

光绪三十一年（1905）科举废度，游学海外成为中国学生的一条现实选择，而近邻日本的诸多优势无疑是国人的首选之地，并直接导致当年和次年涌向该地的留学生人数大增，甚至有数据表明这两年中中国的留日学生人数年均突破两万人。③ 光绪三十二年（1906），清廷颁布《清国留学生取缔规则》等政策，开始对中国学生出国留学施行严格控制（为了抗议不合理的留学政策，陈天华甚至蹈海自杀），此后数年间赴日留学人数明显减少。同时，留学生毕业人数则呈迅猛增长趋势（部分短期留学生尚不计入），使得居日留学生人数锐减，"随着1911年辛亥革命爆发，留学生几乎全部返国"④。

不仅是留学生，各派精英间的斗争消耗以及迁移也是不可忽略的现象。光绪三十二年至三十三年（1906—1907），革命派主持的《民报》与

---

① 请见文末"附录三"及第一章、第二章相关论述。
② ［日］实藤惠秀著，谭汝谦、林启彦译：《中国人留学日本史》附录三之表1、表2，三联书店1983年版，第451页。
③ 同上书，第39页。
④ 同上书，第81页。

改良派主持的《新民丛报》展开了一场"有彼则无我，有我则无彼"①
的激烈论战，最终以《新民丛报》落败停刊收束，改良派此后士气低落。
然而，取得胜利的《民报》也在光绪三十四年（1908）被清政府通过日
本政府下令封禁，这对同盟会而言无疑是一次不小的打击。其实，早在光
绪三十三年（1907）中、日政府对同盟会的打压已是日益加紧——孙中
山被驱离日本，只能与黄兴、汪精卫、胡汉民等同盟会精英转战南洋
（详见下一节）。此间，留守本地的同盟会又出现了严重的内部分化。可
以说，宣统朝间无论是改良派还是革命派，他们在日本的势力都大不
如前。

　　此外，随着革命形势日益吃紧，不少作家积极投入准备，甚至直接回
国参与革命斗争，已无暇顾及小说创作。典型如宋教仁，早前曾规划要创
作一部大手笔作品，"余久欲作一小说，写尽中国社会之现在状态及将来
之希望"②，并随时注意搜集素材将之记入日记之中。但随着革命斗争日
益紧张，宋氏每日疲于奔命，他的创作计划最后只能搁浅。总之，读者减
少、创作主体的流失无异于釜底抽薪，给东洋板块的小说发展带来根本性
的影响。

　　第三，东洋华文小说自身缺陷导致其生命力有限。

　　若从小说内部考察，不难发现东洋华文小说作品的兴盛在小说史上其
实只是一个特例。无论改良派还是革命派，他们重视和扶持小说发展的最
终目的并不落在小说的文学本位上，而是借此"发表政见，商榷国计"③，
将之作为舆论的宣传工具。换言之，东洋板块作家的主流意识其实是对小
说工具性的"极端崇拜"（周氏兄弟的失败，则从反面证明了这一点），
结果既是忽略了小说的艺术性也忽略了小说的商业性，这只能是特殊环境
下的特殊产物：通常而言，创作上重视艺术性往往能成为优秀作品，只是
需要作家耐住寂寞，潜心创作，"增删五次，批阅十载"，大器乃成；重
视商业性则往往能获得大批拥趸，成为时兴的畅销小说广为流传，即使从

---

　　① 梁启超：《与夫子大人书》，转引丁文江、赵丰田编：《梁启超年谱长编》，上海人民出
版社 1983 年版，第 373 页。

　　② 宋教仁：《宋教仁日记》，湖南人民出版社 1980 年版，第 237 页。

　　③ 饮冰室主人（梁启超）：《〈新中国未来记〉绪言》，《新小说》第一号，光绪二十八年
（1902）。

时间维度上看是传而不远；若两者都忽略，小说完全被政治所"绑架"，成为政治的附属工具，那么其发展就只能随着时代政治风云的变幻而随波沉浮。就此而言，晚清东洋板块小说界其兴倏忽，其衰亦倏忽，看似意料之外实乃情理之中。

第二节　南洋板块

中国跟南洋的交往可追溯至汉代，可谓源远流长，不过形成华人文化圈则相当晚近。以华文文学起步较早，氛围最为浓厚的马六甲海峡区域为例。该地域在十八世纪二十年代列入英属"海峡殖民地"（包括新加坡、马来亚、槟城）后，华人蜂拥而至，逐渐成为全球华人最大的聚集区。而此区域华人聚集的核心又在"海峡殖民地"的行政中心——新加坡。嘉庆二十四年（1819），当时新加坡的华人只有 150 人；道光二十年（1840）该地华人人口增长到 17704 人，占人口总数的 50%；此后华人人口持续攀升，光绪七年（1881）华人人口为 86766 人，占人口总数 62%；而到了宣统三年（1911），华人人口已达 219577 人，占新加坡人口总数的 72.3%。[①] 新加坡只是当地华人人口增长的一个缩影，据笔者初步统计，光绪十七年（1891）"海峡殖民地"即使不计马来亚诸邦，华人人口总数已达 22.7 万人；而到了宣统三年（1911），"海峡殖民地"区域的华人人口总数已不低于 37 万。[②] 虽然这些南来华人绝大多数都是苦力劳工或是经商的淘金者，文化层次并不高，在相当长的一段时间内他们跟文学并无多少瓜葛，但这一庞大的人口基数，无疑为华人文学的生成奠定了基础。

处于这一区域核心的新加坡，华人最为集中，民族集体意识较强，首先具备了文学生成的条件。光绪七年（1881），薛有礼创办了《叻

---

① 新加坡华人人口统计数据来自赖美惠：《新加坡华人社会之研究》，台湾嘉新水泥公司文化基金会出版，1979 年版，第 5—6 页。

② 统计数字材料来源如下：〔英国〕维多·巴素著、刘前度译《马来亚华侨史》（槟城光华日报有限公司 1950 年版），赖美惠著《新加坡华人社会之研究》（台湾嘉新水泥公司文化基金会出版，1979 年）；〔新加坡〕王庚武著、张奕善译《南洋华人简史》（新加坡水牛图书出版事业有限公司 2002 年版）。

报》（1881—1932），这是南洋华侨战前创办最早、行销最久的一份华文日报。该报仿照香港报纸的经营模式，不定期刊载诗、文、粤讴等文学性作品。同年，清廷派出左秉隆任新加坡首任领事（1881—1891），维护当地华人的权益，标志着华人族群得到官方支持；约在同时，左秉隆在新加坡创办会贤社，开展诗文活动，与当地名流相互唱和。因此，学界多将光绪七年（1881）定为南洋华文文学的发端时间①。十年后，近代著名文人黄遵宪取代左秉隆任新加坡总领事（1891—1894），随后继任者又有张弼士等，他们大多热心文化事业，积极发展华侨教育，经过多年努力南洋的华文文化事业已有了一定基础。光绪三十三年（1907）以降，革命派与改良派（保皇派）的论战主阵地从日本转到南洋，各界精英汇聚一处，在他们的带动下当地华文文化事业更是面貌一新。其中，小说事业也开始从落后、边缘的状态转变成大致能紧随中国的发展步伐。

一

南洋华文文学的开端标志是新加坡《叻报》的创办，紧随其后创办的还有《星报》、《槟城星报》、《天南新报》、《南洋总汇报》、《中兴日报》、《星洲晨报》、《南侨日报》等华文日报，而南洋创办的华文杂志极少，因此目前可见的小说绝大部分都刊载于日报之上，这跟东洋板块的小说载体几乎都是期刊恰成鲜明对比。至于单行本，目前可知的仅有三部：一是侠义爱情小说《双美脱险记》，属翻译作品，译者署"轩裔氏"；②二为任侠小说《七年狱》，作者为"楚狂"；③ 三为王斧军的"斧军说

---

① ［新加坡］李庆年：《马来亚华人旧体诗演进史》，上海古籍出版社 1998 年版，第 3 页。

② 《双美脱险记》，译者署"轩裔氏"，未署原著者名，宣统元年（1909）出版。轩裔氏生平不详。作品相关内容介绍见文末附录之《星洲晨报》、《中兴日报》小说编年。

③ 《七年狱》，作者"楚狂"，宣统元年（1909）出版。作者详细生平待考。现仅知其曾在粤、港多家报刊持笔政（如《粤东小说林》、《有所谓报》等），对诗文、小说、戏剧皆有造诣；曾在《〈南洋谈屑〉之谈屑》（《新女性》第一期，1927 年）一文中自云："我五岁到南洋，一直住了十七年，英、荷两属的埠头几乎没有不到过的。"此时作者已旅居法国巴黎。其他相关情况见文末附录之《中兴日报》小说编年。

部"，此乃作者自撰的小说集。① 这三部单行本直到宣统朝才出现，或可视为南洋华文小说生产体制较为晚熟的一条佐证。

至此，我们可以将主要注意力集中于报载小说了。根据小说的思想内容和艺术特征，以光绪三十三年（1907）为界，可将南洋华文小说分为旧、新两个发展阶段。前一阶段成果有限，仅有少许文言笔记小说点缀其间；后一阶段吸收"小说界革命"成果，南洋华文小说界进入新小说阶段。

1. 旧小说发展阶段

早期的《叻报》已刊载有不少诗、粤讴等文学性作品，但小说并未引起重视，仅有一些零星的笔记小说散见于"杂俎"之中。该报对小说的偏见深受中国传统小说观念的影响，且有过甚之处，例如将一切才子佳人小说都视为淫书而加以劝毁，"凡作淫书之人，必先预造一才子，复预造一佳人，而于其乍见之时，即已两心相许。或为势隔，或以事阻，而于离合聚散之际，言出无限深情。即至于石烂海枯，终不肯或相背负，卒以苟合成为奇缘。阅者不辨其为信口开河、空中楼阁，遂视世间果有是事，惟情则有以成之"②，并以《西厢记》等书为证。马来亚的《槟城新报》（1895—1941）比《叻报》晚出 14 年，但该报早期的小说观念跟《叻报》类似，都笼统地将爱情小说视为淫书，"以文言道俗情，借风花雪月，诸般点缀秘戏，非略解吟咏，善读小说章回书者，虽日置案头，犹觉漠然无睹。即如《西厢》、《牡丹亭》，淫亵极矣，试与掩卷，而'曼歌'、'酬简'、'惊梦'数出，愚者不知也"。③ 将《西厢记》、《牡丹亭》的精华部分都视为淫亵之极的片段，作者之偏见由此可见一斑。如此观念之下，当地小说发展止步不前自是理所当然。

那么，东洋板块和中国掀起的"小说界革命"热潮在南洋有何回应

---

① "斧军说部"所收录的小说，一部分已在《中兴日报》上刊载。作者王斧（1880—1942），字玉父，别号"斧军"，笔名"虎军"、"斧"等，祖籍海南，同盟会员，南洋著名革命人士，时任《中兴日报》主笔，兼主持小说栏"非非"副刊。

② （未署名）：《劝焚毁淫书板文》，《叻报》光绪十五年（1889）六月三十日。该文开头云："昨承友人命嘱本馆作一论，劝世勿刻淫书……"推知该文当为该报主笔（叶季允）所作。

③ （未署名）：《淫戏不可禁论》，《槟城新报》光绪二十二年（1896）七月三十一日。该文置于报首论说栏，当为该报主笔所作。

呢？这里不得不提被誉为"南洋文学先驱"的邱菽园（1874—1941）。邱菽园，名炜蔜，字䕶娱，号菽园，又有绣原、啸虹生、星洲寓公等别号。祖籍福建海澄。光绪五年（1879）入学就傅，两年后至新加坡；光绪十四年（1888），返原籍，应童子试；二十年（1894），乡试中举。翌年会试落第，绝意仕进；光绪二十二年（1896），居香港，闻父病急赴新加坡，随后在当地倡立丽泽、会吟文社，以"星洲寓公"自号。光绪二十四年（1898）办《天南新报》，鼓吹维新；戊戌政变后，迎康有为来新加坡，随后慨捐巨款资助唐才常起义。民元后在南洋办《振南新报》等。①邱菽园一生酷爱小说，写有不少的小说评论文字，他跟康、梁关系特殊（邱氏为康有为的"拜门弟子"），也一直颇为关注同门梁启超倡导的小说改良活动。光绪二十七年（1901），邱氏刊行了《挥麈拾遗》，书中多次谈到小说改良主张，例如介绍林纾《茶花女遗事》时云："闻先生宿昔持论，谓欲开中国之民智，道在多译有关政治思想之小说。"② 在《小说与民智关系》中，更是颇有见地地谈到：

> 故谋开凡民智慧，比转移士夫观听，须加什佰力量。其要领一在多译浅白读本，以资各州县城乡小馆塾，一在多译政治小说，以引彼农工商贩新思想，如东瀛柴四郎氏（前任农商部侍郎）、矢野文雄氏（前任出使中国大臣）近著《佳人奇遇》、《经国美谈》两小说之类，皆于政治界上新思想极有关涉，而词意尤浅白易晓。吾华旅东文士，已有译出，余尚恨其已译者之只此而足，未能大集同志，广译多类，以速吾国人求新之程度耳。……吾闻东、西洋诸国之视小说，与吾华异，吾华通人素轻此学，而外国非通人不敢著小说，故一种小说，即有一种之宗旨，能与政体民志息息相通；次则开学智，祛弊俗；又次亦不失为记实历，洽旧闻，而毋为虚□浮伪之习，附会不经之谈可必也。……寻常新著小说，每国年以数千种计云。观此而外国民智之盛，已可想见，吾华纵未骤几乎此，然欲谋开吾民之智慧，诚不可不

---

① 邱菽园生平参见［新加坡］邱新民：《新加坡先驱人物》（第 3 辑），新加坡新闻与出版有限公司 1983 年版，第 56—63 页。

② 邱炜蔜：《挥麈拾遗》，光绪二十七年（1901）刊本。转引《晚清文学丛钞·小说戏曲研究卷》，中华书局 1960 年版，第 408 页。

于此加之意也。①

从邱氏提到《佳人奇遇》、《经国美谈》等书的相关情况看，他的小说观念应该受到了康、梁小说改良主张的直接影响。不过即使邱氏的小说观念没能超出康、梁早前提出的理论范畴②，但该言论毕竟发表于"小说界革命"前夕，当时能接受这样的改良主张并作出颇有见地的阐发者，不光是在南洋就是在中国本土也实属难得。

　　遗憾的是，邱菽园虽然能认识到新小说在"开凡民智慧，比转移士夫观听"方面的巨大作用并积极呼吁国人要"广译多类，以速吾国人求新之程度耳"，但他也只是停留在倡导阶段，并没有将之付诸行动，甚至就在东洋板块和中国"小说界革命"开展得如火如荼之时，邱菽园一手创办的《天南新报》（1898—1905）虽然刊登了大量的诗词杂谈等文学性作品，但始终未给新小说留有一席之地——要知道，该报停办时去光绪二十八年（1902）"小说界革命"发起之日已逾三年。因此，邱菽园对新小说的理论倡导在南洋只是一个特例，尚不能作为划分小说发展阶段的标志性事件。

　　不仅邱菽园的小说改良倡导在南洋板块没有收获多少实际成果，就是引发中、日华文小说界震动的"小说界革命"，在起初的几年间似乎也未在南洋造成多大波澜。不只是《天南新报》，包括发行于这一时期的《叻报》、《槟城新报》等都未对新小说投以青目：光绪三十一年（1905）七月四日，《槟城新报》首先开辟文学副刊"益智录"，设游戏文章、杂文、谐谈、诗、词诸栏目，但未设小说栏，直到宣统朝该报才开始刊载新小说；《叻报》在光绪三十二年十二月初三日（1907.1.16）开始设立第一附张（随之又设立第二附张），但在随后的两年多时间里，主要是刊载一些游戏文字、诗、词等文类，真正开始登载新小说同样是在宣统朝。

　　2. 新小说发展阶段

　　由上可见，《叻报》、《槟城新报》、《天南新报》等南洋老牌舆论媒

---

① 《晚清文学丛钞·小说戏曲研究卷》，中华书局1960年版，第411—412页。

② 邱菽园的这些小说主张，康有为在光绪二十三年（1897）出版的《〈日本书目志〉识语》（上海大同译书局版）、梁启超在光绪二十四年（1898）发表的《译印政治小说序》（《清议报》第一册）以及次年的《饮冰室自由书》（《清议报》第二十六册）中都有提到。

体并未能即时追随"小说界革命",引发南洋的华文小说改良运动。不过转机发生在光绪三十三年(1907)。本年七月,同盟会南洋分会的机关报——《中兴日报》(1907—1910)创办发行。该报受到孙中山先生的特别关照,指示同盟会员将之打造成革命派在南洋的舆论高地。作为彼时最为流行的文类之一,小说自然成为革命派舆论宣传的绝佳工具。在创刊号上,《中兴日报》就专门开辟了副刊"非非",为小说划出固定的刊载板块。该报首席主笔王斧(王斧军),其小说观明显受到"小说界革命"的影响,认为"廿世纪之小说,改良社会之活宝也,其势力足以左右人类"①,将小说视为改良社会、开牖民智的启蒙工具,故对小说相当倚重:除了主持"非非"栏目外,王氏还亲自操刀撰著小说,该报创刊号登载的首篇小说《想入非非》便出自他的手笔。随后,王氏还创作有《狮醒》、《喜怒哀乐爱恶欲》、《锦囊》等诸多作品,并将之结集成"说部丛书"刊行于世。

《中兴日报》的主撰人何虞颂同样推崇小说的社会启蒙价值。《中兴日报》第二号,何氏撰文详叙俄国小说对社会风气之影响,"当千八百三十年间,铁沙政策之禁制,严酷极矣。然而动力渐发,文学革命,因而崛兴,格里波得夫之小说大行,比圭黎之哲学愈著"②,于是俄国社会风气大开,民众终于打破严酷的禁锢制度,以此论证小说的社会能量。何氏还撰述有《侠女》、《立宪梦》等系列作品,积极践行以小说启发民智、改良社会的既定宗旨。该报另一主笔田桐,与王、何二人相呼应,亦翻译了政治小说《亡国泪》,期冀通过犹太人亡国的血泪史"令我同胞触目而惊心"③,以警醒国民革新图强。

在《中兴日报》诸位主持人的积极倡导和实践下,南洋小说界掀起了一股新风尚,小说界自此由旧趋新:次年,《南洋总汇新报》(1906—1946)积极跟进,开设新小说栏目;或许是迫于大势所趋,老牌的《叻报》也不得不修正对小说的偏见,于宣统元年(1909)终于将新小说纳

---

① 斧军(王斧军):《斧军说部经已出版》,《中兴日报》光绪三十四年(1908)二月二十三日。

② 玄理(何虞颂):《清廷又欲禁报耶》,《中兴日报》光绪三十三年(1907)七月十五日。

③ 犹太韦力庵原著、恨海(田桐)重译:《亡国泪》,《中兴日报》光绪三十四年(1908)七月十二日开始连载,至九月初七日,未完。

入文学附张中；《星洲晨报》（1909—1910）、《槟城新报》、《南侨日报》（1911—1914？）等南洋报刊也都纷纷开设了小说栏目。至此，南洋新闻纸登载新小说已成通例。可以说，在《中兴日报》创办之后的短短两三年间，南洋小说界的落后面貌就逐步得以改观，新小说在南洋文学中也取得了应有的地位。

二

光绪三十三年（1907）春，刚刚在日本与保皇派论战取得胜利的革命派就遭到清廷和日本政府的联合打压，并将孙中山驱逐出日本。鉴于南洋属英、荷殖民地，对华人监管较为宽松，孙中山决定创立南洋同盟会的舆论机关——《中兴日报》，同保皇党在南洋继续展开论战，宣传民主革命，争取华侨支持。至此，革命派与保皇派的论战中心从东洋转到了南洋，而双方论争的激励程度，比之在日本有过之而无不及，这单单从小说上就能明显反映出来。

本年七月，《中兴日报》正式创立，著名革命党人王斧军、田桐、胡汉民、汪精卫、陶成章、居正等相继担任编辑撰述，孙中山也经常撰文予以支持，经营业务则由新加坡同盟会员林义顺、罗仲霍、萧百川等人负责。胡汉民在《发刊词》中阐明了该报宗旨"开发民智，而使数百万华侨生其爱国爱种之思想也"①，故该报从创办之初就表露出了鲜明的政治倾向性，以启蒙民智、宣传革命为己任，其刊载的小说作品自然也要配合这样的办刊大方向。从小说类型上看，主要是两大种类：

一类是注重启蒙的寓言体小说。该类小说通常都是借物喻人或借事明理，以曲径通幽的方式表达作者的某种理念或价值观。如《凉血动物》叙写村人之麻木懦弱和强盗之贪婪残暴，警醒国人要培养勇武团结之精神；《韩人怨》则批判国人的自闭与自负，《自了汉》则讥刺那些明哲保身、自私自利之人。类似的还有《唐山虎》、《文明猴》等，都有启牖民智、催人警醒的艺术功效。

另一类是政治讽刺小说，最为常见，其数量几占半壁江山。该报主笔

---

① 汉民（胡汉民）：《〈中兴日报〉发刊词》，《中兴日报》光绪三十三年（1907）七月十二日。

王斧军在创刊号上就以《想入非非》为题，阐释了开办"非非"副刊的宗旨："施行我唯一无二之铁血主义，则保皇助桀，爱寇仇如父母，戴羯狗如帝天，卖国求荣，甘犯不韪，亦当利剑相视，以头颅相交易，而尽我大公无私以治反对党之天职。如此方庶几无愧于黄炎。"① 因此，与政敌保皇党展开论战，宣扬革命思想，乃是该报小说贯穿始终的舆论基调。典型如《哭皇天》、《新党锢传》等即是配合论战的应景之作，具有鲜明的倾向性和激烈的攻击性。保皇党头人康有为更是其抨击的主要对象，如《说怪物》、《梦中梦》等就是以漫画化手法讥刺康氏的政治行径和保守思想。且看小说《大懵》的开篇：

> 　　自虏廷宣布所谓宪法大纲后，大懵乃召集一群小懵，聚而读之，皆大欢喜。大懵曰："如今立宪了，九年开国会了，我们的目的已达了。"群懵和之，欢声雷动，咸议举行纪念会。于是张灯结彩，仿照古荷叶制帽之法，以松叶织成"帝国国会万岁"六字。拍掌狂叫，竟夕喧闹，不知东方之既白。②

将保皇党首和党人喻为大懵、小懵，讽刺其懵懵懂懂，不识时务，盲目相信清廷之立宪骗局，狂欢喧闹，洋相出尽。相对应的是，光绪帝载湉驾崩五日后，该报又发表了《哭出个粤讴来了》对保皇党加以奚落：

> 　　清酋载湉死于北京，电信遥传，市井之徒皆奔走相告曰："光绪皇帝死了，光绪皇帝死了！"某保皇之机关报则又派送传单，谓大行皇帝龙驭上宾，于是下半截旗，停派报纸，以致其百日维新的神圣天子哀思。看官，尔们试想一想，保皇党的头领素来是为皇帝哭惯的，今日皇帝果真死了，这间机关报馆，岂不是真要哭得个你死我活么？这般保皇机关报的主笔，想个个都是要哭得个不可开交了。街上来往的人闻报，亦你言我语曰："今日个光绪皇死了，保皇党不哭亦要哭

---

① 斧（王斧军）：《想入非非》，《中兴日报》光绪三十三年（1907）七月十二日开始连载，至本月十六日毕。

② （未署名）：《大懵》，《中兴日报》光绪三十四年（1908）九月二十日。

了，我们候明天报纸来一阅，看他哭作怎么样子才好。"①

其实，上述《大懵》、《哭出个粤讴来了》表露出的讽刺挖苦尚算委婉，随着论争的升级，某些具有人身攻击性质的文字也频频出现于小说之中。比如《蓄屁机》就是一篇赤裸裸的攻讦之文，且看其中的一段文字：

> 吾闻之谚，有所谓"狼子野心"者，又曰"狼狈为奸"。甚矣，狼之为害也。然黄鼠狼之为物，视狼尤可厌，以其有狼之心，而无狼之实也。形秽如鼠，复益以臭屁，虽无大害于人，而令人遇之恒不快，内地尚多此物，吾愿猎人务有以歼之。然此物卑劣之性，何其与保皇党相类也。噫！②

这已是借小说之壳行谩骂之辞了。另有《说怪物》、《保囊主义》等皆属此列。

在《中兴日报》的带动下，同盟会随后创办的《星洲晨报》也积极采用小说形式参与民主革命宣传。例如，该报记者慧观所作小说《谷中侠》③叙写一群追求自由、平等的侠客，聚于谷中，劫富济贫，为民请命，以暴力对抗专制制度。其篇末云："闻该党至今犹隐居谷中，伺时窃发。且党羽之盛，尤日增于一日，识者多以为是乃中国社会党之萌芽云。"这明显是借用读者熟悉的侠客模式，从正面宣扬革命思想。又如《癫圣人》④影射保皇党首康有为是一个"迷恋功名"、"日端敛财"之人，在反面宣传中突出革命党的正义事业。另如《义烈情长》、《女侦探》等小说都有明显的反满倾向。同时，该报还通过积极推介《猛回头》、《马福益》等革命小说，向南洋读者宣传革命思想。⑤

---

① 侠民：《哭出个粤讴来了》，《中兴日报》光绪三十四年（1908）十月二十六日。
② 滑稽子：《蓄屁机》，《中兴日报》宣统元年（1909）三月初九日。
③ 慧观：《谷中侠》，《星洲晨报》宣统元年（1909）七月初三日开始连载，至本月初五日毕。
④ 慧观：《颠圣人》，《星洲晨报》宣统元年（1909）十月二十六日。
⑤ 星洲晨报社："新书出售"告白，《星洲晨报》宣统元年（1909）七月初三日。该告白断续出现数月。

　　面对革命派的凌厉攻势，一街之隔的保皇派舆论刊物——《南洋总汇新报》也并不示弱，积极应战，小说也被党人当作有力的回击工具。《照方服食》① 矛头直指论战对手《中兴日报》的政论主笔恨海（田桐）、神骥（胡伯骧）等人，并将中兴日报馆描绘成"戾气直冲霄汉"，病者恹恹，"呻吟之声达于户外"的寒碜之地。《大话报》② 诬蔑革命党都是些"外假公益之名，内行欺骗之术"的敛财之徒，并将民主革命诬蔑为"助我辈以放火杀人"的强盗行径。不久，该作登出续篇《大话报迟迟出版之内容》，使论战进一步升级，气氛愈加紧张，在小小一段吉宁街上两家对门而开的报馆到了剑拔弩张的地步。随后，该报又登出《纪侦探申与堡事》，小说开篇即云：

　　　　星架坡之吉宁街，有申与堡焉。堡用砖瓦建筑，外表可观，中藏古灵精怪，若（肉食）、（猪佞）、（鬼马）、（光壳）、（恨害）、（疫神）、（和尚）、（聋僧）、（酉鬼）者，皆是也。③

这里以"申与（與）堡"影射"中兴（興）报"，并将中兴日报馆的几位主要社员一一点名加以揶揄，极尽讽刺之事。《美少年》④ 更是直云"所谓革命党者实乱党也"，劝说侨民对革命党的宣讲活动"鄙弃之"，类似的作品还有《演说》、《中元夜宴》等。其中，小说《恨恨恨》也是一篇影射论敌的作品，文中的不少人身攻击文字较之革命派的《蓄屁机》有过之而无不及，令笔者不忍再援笔征引。

　　总之，无论革命派还是保皇派，他们主要关注的是小说的工具性而非

---

① 劝：《照方服食》，《南洋总汇新报》光绪三十四年（1908）六月十二日。

② 毕来稿：《大话报》，《南洋总汇新报》光绪三十四年（1908）六月二十日开始连载，至本月二十三日毕。按：一般而言，标"来稿"者，多是外来稿件。但这位"毕"极可能就是本馆社员，为了遮人耳目才标识为"来稿"。证据有二：一是署名"毕"的稿件甚多，这种情况通常是本馆的专职记者甚至就是本报主笔才可完成，至少也是跟本馆关系密切者；二是该报另有一位署名"照妖来稿"者，虽云"来稿"，但"照妖"其实就是本馆社员。另，从双方论战回应的时效性看，"毕"应该就在南洋本地。故将毕定位为南洋华侨，当无大谬。

③ 劝：《纪侦探申与堡事》，《南洋总汇新报》光绪三十四年（1908）六月二十九日开始连载，至七月初二日毕。

④ 劝：《美少年》，《南洋总汇新报》光绪三十四年（1908）八月十三日。

艺术性，小说在他们手中往往被设计成一篇篇战斗的檄文，以评论代替叙事，淡化情节、结构等组织形式，字里行间表露出明确的政治倾向和强烈的主观情感，至于作品的艺术感染力以及读者的阅读感受并非其考虑的首要问题。因此，这些作品虽然都可称之为"新小说"，但却是以牺牲小说的艺术性为代价来"吐露其所怀抱之政治思想"①。特别是其中的少数谩骂式作品，既缺少了中国本土政治小说的"敦厚"，也缺少了东洋板块留学生政治小说的"单纯"②，艺术上显然要降下一格。

　　除了革命派和保皇派报纸外，南洋还有些立场暧昧的报纸，如《叻报》和《槟城新报》。它们皆属老字号，办刊时间较长，风格相对稳定，即使他们对清廷的腐败也表露出不满，对革命党的爱国行动抱有一定的同情，但一般不会轻易追随时风而改变传统立场。也正因此，他们在某些观念上就难免显得保守板滞，例如小说方面。

　　不妨先以《叻报》为例。冯自由认为《叻报》深受香港《中外新报》、《循环日报》等新闻纸的影响，"言论陈腐，毫无精彩"③，这一说法稍嫌过激，但若说《叻报》思想上较为保守则无多大疑问。这种保守自然会影响到该报的小说观念，并直接体现于小说的采编和创作。

　　《叻报》宣称办报宗旨为"广见闻，开智慧，言有补乎民俗"④，报纸存在之意义在于"开通风气，启渝民智"⑤。为此，"小说界革命"之后，《叻报》也注意到了小说改良的必要性："甚矣，小说之诱人，为易入也；甚矣，改良小说之有功于世道人心，非浅鲜也。"⑥ 但在改良的方向上却略有不同：出于对传统文化的执着和认同，该报同人常常感叹

---

　　① 新小说报社："中国唯一之文学报《新小说》"告白，《新民丛报》第十四号，光绪二十八年（1902）。

　　② 东洋板块中，以小说参与论战的主体是留学生，思想相对"单纯"，论战激烈但尚能保持一定的克制；南洋板块中，论战的主体则是职业政治家或社会活动家，政见之争到了你死我活的地步，极易失控。

　　③ 冯自由：《南洋各地革命党报述略》，《革命逸史》（第四集），中华书局1981年版，第138页。

　　④ 兆吉：《看看附张出世》，《叻报》光绪三十三年（1907）十二月初四日。

　　⑤ （未署名）：《发报存档》，《叻报》宣统元年（1909）三月十二日。

　　⑥ （未署名）：《再生妄谈》，《叻报》光绪三十四年（1908）三月二十四日。

"世风不古",希望小说能鼓吹和维护传统道德而非新小说所倡导的"新思想"、"新道德"。如《恨姻缘》① 中,妓女出身的绿衣女感动于"尹"的一片痴情,与之联姻并协助其创业,而当"尹"事业有成之时她就悄然离去。这一设计明显出自《李娃传》,作者亦坦然直言"欲效李娃",借以宣扬女子严整治家之思想。《七百五十金买得一场春梦》② "述本坡某甲被妓女愚弄一事",给那些"好狭邪游者"、"自作多情者"们当头棒喝,以作龟鉴。

《叻报》思想上的传统立场,还体现在对"男女大防"和"女德"的极端维护上。例如,中国"小说界革命"、"戏剧改良运动"数年之后,该报还在头版刊发《论永宜禁男女合演之戏剧》③,认为男女同台演戏有伤风化,应"设法永禁";在女子平权思想渐成风潮之时,该报登载《敬告提倡女学者》④,竟以古罗马之事来论证今日女子解放会带来"风俗败坏"之流弊。有此背景,我们就不难理解该报转载《孝女泪》⑤ 之用意了。《孝女泪》标示"修身小说",述一女为医父病而割肉入药,结果父活而女亡。小说篇末点明题旨:难得见到此等孝女,"因亟述之,以增今日女子修身上之感情"。要知道,彼时《申报》已经刊载了不少质量上乘的新小说,但《叻报》却偏偏选载《孝女泪》这类题材,其用意是不言自明。

相对而言,马来亚的《槟城新报》要比《叻报》略为变通,特别是受到同盟会影响之后,开始转向同情革命党的爱国行动,逐渐显示出激进的迹象。宣统元年(1909),该报主笔徐圆阳撰写了一篇评论文章《禁军人阅小说之无理》,对政府禁止军人阅读小说的举措进行了有理有据的反驳:

---

① 冷然:《恨姻缘》,《叻报》宣统三年(1911)闰六月二十九日开始连载,至七月初三日毕。

② 铎:《七百五十金买得一场春梦》,《叻报》宣统三年(1911)九月二十九日开始连载,至八月三十日毕。

③ (未署名):《论永宜禁男女合演之戏剧》,《叻报》宣统元年(1909)二月初十日。

④ (未署名):《敬告提倡女学者》,《叻报》宣统元年(1909)二月十七日。

⑤ 瞻庐:《孝女泪》,《叻报》宣统元年(1909)九月十三日。此篇原载于本年八月十九日《申报》。

　　近日由欧美译出各种之新小说，其中言军事者有之，言民族者有之，言侦探者有之，言革命者亦有之，生面别开，最足以增人之识见。且其文义亦显浅易明，虽稍解字义者，亦能读之。读军事之书，则足以发其从戎之思想，闻击鼓之声，犹能振其踊跃用兵之意，况书之感人者深乎？此其所以忌也。读民族之书，则足兴其种族之观念，社稷丘墟，身为亡虏，睹故宫之禾黍，有不潸然堕泪者乎？此其所以忌也。读侦探之书，最足以增其智虑，以无头公案，忽然而奇想天开，当水尽山穷，忽然而花明柳暗，是殆于穷思绝想之余，别有会心也。此其所以忌也。至革命之书，尤为彼所大忌，彼平日已畏革命如虎，况有书可读，有籍可稽。若英，若法，若意，若美，今日之所以能卓然独立，雄长环球者，莫不从革命中得来。彼军人读之，有不油然兴感者乎？此又其所最忌也。蓄此种种疑忌，遂有此种种禁例，其所由来者远矣。彼禁军人之阅小说，其用心固如此已，然亦知小说之有裨于人者深乎？夫上哲之资，世所罕觏，中材之质，举目皆然。以老庄班马之书授之中材，吾固知其难读，惟有束之高阁已耳，则何如授之以小说。小说则文理显浅，易于通晓，自可由浅而深，引人入胜，读之既久，而学问有不增益者乎？而冬烘先生则谓《西厢》、《水浒》盗薮淫媒，少年而气血未定，识力未坚，读之最足坏人心术。噫！此迂儒之论也。仁者见之谓之仁，智者见之谓之智，是在读者之领会，且贤愚关于天性，岂区区小说所能移易哉？①

　　从这段文字看，徐氏对"小说界革命"的相关理论并不陌生。甚至，他还充分吸收了"小说界革命"的理论成果，借以论证军人读小说之益处，并以抽丝剥笋的手法揭露了统治当局对军人读小说的种种忌惮心理。应该说，徐氏的这番言论不仅从侧面声援了革命派，也对华文小说在南洋的传播、发展给予了舆论支持。不过有意思的是，从现存的《槟城新报》看，该报所载小说却无多少新小说的新气象。而且，正是这位新小说的倡导者

---

　　① 天涯游客（徐圆阳）：《禁军人阅小说之无理》，《槟城新报》宣统元年（1909）三月二十九日。按：徐圆阳（1844—？），字自如，笔名天涯游客、涯等，祖籍广东。先后在《叻报》、《星报》、《天南新报》等报任撰述人，光绪三十一年（1905）入《槟城新报》主持笔政。

徐圆阳，其作品数量最多，但思想内容也最为保守。例如他的《蛇报冤》①，叙写主人公袁就范见到蜈蚣和蛇相斗，施以援手，助蜈蚣将蛇咬死，蛇心存怨恨，投胎报复，最后将袁咬死。这种对因果报应的宣扬，甚至不无迷信成分。另如《百日运》、《侠丐贤妻》、《逼债奇遇》、《徐花农考试》等都是些类似的奇闻轶事，道听途说之语，缺乏时代感姑且不论，就是能在多大程度上发挥报纸"开启世道人心"②之功能，亦存疑问。

三

一个不容忽视的现象是：晚清南洋华文报载小说作品，有相当部分转载自其他板块的刊物。现选取其中的四家报纸做统计，结果如下：

南洋部分华文报纸小说转载情况统计表

报纸名称	原载报刊及篇数	总计	百分比
叻报	申报（5）；舆论时事报（1）	6	42.86%
中兴日报	民吁日报（5）；神州日报（4）；时报（1）；民报（1）；申报（1）	12	14.63%
南洋总汇新报	时报（5）；申报（2）；中西日报（1）	8	30.77%
星洲晨报	国民报（9）；神州日报（7）；中西日报（2）；申报（1）；天铎报（1）	20	25.00%

上表只是基于目前存世可见部分的统计，加上笔者目力有限，故实际转载量可能要略大于这份数据。例如，《星洲晨报》的不少小说都转载自广州的《国民报》，但《国民报》目前仅存宣统二年（1910）六月十九日之前的部分原件，而本年六、七月份正是《星洲晨报》集中转载《国民报》小说的时段，可以推测，此后该报的不少小说都可能转载自《国民报》，但因后者散佚而无法作出统计。即便如此，《星洲晨报》的小说转载量依然多达20篇，占总量25%。转载率最高的是《叻报》，占了总

① 涯（徐圆阳）：《蛇报冤》，《槟城新报》宣统三年（1911）二月初二日开始连载，至二月初六日。

② 槟城新报馆："阅报声明"告白，《槟城新报》光绪二十一年（1895）六月二十日。

量的 42.86%，最低的是《中兴日报》，占总量的 14.63%。四家报纸的平均转载率是 28.32%，这意味着该地接近三成的小说转载自其他刊物。

统计表还呈现出两个显著特点。其一，中国是南洋华文小说的主要转载地；美国旧金山的《中西日报》居其次；最后是东洋板块，仅有《民报》被转载过一篇小说。其二，转载与被转载报刊的政治立场呈现出明显的一致性，换言之政治派别之间似乎壁垒森严。比如《中兴日报》和《星洲晨报》主要转载革命派报刊，相应的，《南洋总汇新报》主要转载康门弟子狄平子掌控的《时报》，而老牌报纸《申报》和包容性较大的《中西日报》则易于被各派报纸所接受。

一定程度上，高转载率体现了本土创作的乏力，而壁垒森严的派别之见，无疑又限制了南洋小说的视野。这些特点，或许决定了晚清南洋华文小说只能处于中国小说的从属地位。毕竟，南洋经济、文化发展远不如东洋日本和中国，仅以文化教育论，"当时在满清压迫之下，读书人无法获得自由研究，而在海外地方，也只能学些做奴才用的知识。在民国成立以前，星加坡只有三数华校，每校学生不过三四百人，及至民国成立，才渐渐进步"①，可见彼时南洋华文教育之落后。因此，晚清时期并未能培育出纯粹的南洋本土华文小说家，而整个晚清南洋华文文学界起步都较晚，总体上处于汉文学系统的末端，要想在短期内取得较大突破，其条件尚不具备。

但在众多有识之士的积极倡导和实践之下，南洋华文小说界尚能紧跟中国小说界的发展。典型如邱菽园，就跟中国小说界保持着相当密切的关系。继"小说界革命"前夕提出了难能可贵的小说改良主张之后，邱氏又于光绪三十三年（1907）年底发表了《新小说品》，文云："新出小说，花样甚多，骋秘抽妍，俱倾于美的方面，足为文界异彩。"② 对本年年初黄摩西、徐念慈提出的小说美学理论予以及时呼应；③ 随后又再次强调

---

① ［新加坡］陈嘉庚：《祖国光明在望》，《陈嘉庚言论集》，星洲南侨印刷社 1949 年版，第 52—53 页。

② 邱炜萲：《新小说品·凡例九则之一》，《新小说丛》第一期，光绪三十三年（1907）十二月。

③ 摩西（黄摩西）：《〈小说林〉发刊词》，《小说林》第一期，光绪三十三年（1907）正月。文中有云："小说者，文学之倾向于美的方面之一种也。"相关论述请见第四章。

云："欧土士人，以小说文字，为倾于美的方面，得其要矣。"① 尝试从西方美学角度重新认识小说，修正"小说界革命"理论的偏颇，当时能有如此识见者实乃屈指可数，故邱菽园的上述见解就愈显可贵而独特。又如王虎军、田桐、徐圆阳、冷然等人，或是在理论或是在创作实践上，都为推动南洋华文小说的发展作出了积极贡献。

于是，经过晚清南洋华人作家群的努力，在"中国性"的夹缝中南洋华文小说的"本土性"已在悄悄孕育、萌发，有意无意间开始确立自己的南洋身份。

首先，在小说创作上寻求自我突破。

近代南洋华文报纸受汉文化之影响宛然在目，小说文类自不例外，包括其情节设计都能见到中国传统文化的身影。《水里月》② 中男女主人公一见钟情，继而相思成病，侍女助其幽会后花园，有情人终成眷属，这些情节无疑是《西厢记》的翻版。《恨姻缘》③ 的部分情节设计也跟《李娃传》关系密切。然而，作家们虽然仿拟了传统的故事模式，但又巧妙加入了新的情节元素，使小说富于时代特色。如《水里月》的结局是"尹"毅然辞别爱妻而投身"英雄事业"，这就突破了传统才子佳人小说的固有俗套；而《恨姻缘》则以悲剧收场，同样突破了《李娃传》的大团圆结局，并且小说背景被置于晚清新加坡，富于南洋特色和时代气息。可以说，南洋作家在吸收中国传统文化营养时，也在努力赋予小说新的时代内涵——即使他们的尝试略显生涩。

注重叙事新技巧的尝试，也是当地小说创作的一大特点。以"餐英客"的《一味痴》④ 为例，一方面，小说依然带有传统说书人的话语习惯，作者在叙事过程中不惜阻断小说情节的正常流走而随时插入评论，扮演一个"喋喋不休"的"全能上帝"；另一方面，作者又能主动打破这种

---

① 邱菽园：《〈李觉出身传〉序》，［法］嘉破庬著、陆善祥译、邱菽园评注改订《李觉出身传》，宣统三年（1911）刊本。

② 冷然：《水里月》，《叻报》宣统三年（1911）六月初十日开始连载，至闰六月初八日毕。

③ 冷然：《恨姻缘》，《叻报》宣统三年（1911）闰六月二十九日开始连载，至七月初三日毕。

④ 餐英客：《一味痴》，《叻报》宣统二年（1910）二月十六日开始连载，至四月二十日止，未完。

单调的讲述方式，尝试使用限知视角来深化人物刻画；此外，作者还采用了双重叙述模式和大故事镶嵌小故事的结构设计，使得小说的叙事更具层次性和丰富性。在南洋华文小说由传统向现代转型过程中，这部小说即使在思想内容上并无多少值得称道之处，但仅就叙事技巧而言已是一次难得的求新尝试。

有意思的是，上述小说皆出于立场保守的《叻报》。看来，思想的相对保守并没有太多地影响作家们对小说叙事技巧革新的追求（典型如冷然、餐英客等人的小说叙事技巧，都能紧跟中国小说现代转型的时代潮流），而这种内容与形式的非对称关系，亦算是南洋小说某个特殊历史发展阶段的一种矛盾存在。

其次，多种语言体式的灵活使用。

在语言体式上，南洋华文小说表现出相当大的包容性和灵活性：既有通篇典雅的文言文，也有通篇浅俗的白话文。此外，南洋诸报还注重刊载方语小说。众所周知，在近代小说发展过程中，有两大方言小说异军突起：一是吴语小说，精品较多，以《海上花列传》、《海上繁华梦》、《九尾龟》等为代表，但其流播范围较窄；二是粤语小说，精品罕见，但由于粤语华侨遍布世界各地，粤语小说亦随之流播海外。南洋作为粤语侨民的最大聚居地，当地报刊登载粤语小说自是情理之中，亦可算是南洋小说本土性表征之一。这类粤语小说以《真国耻》和《哭出个粤讴来了》为代表，皆具浓厚的地方色彩。尤其是后者，叙述语言采用京白，而人物对话夹杂粤语，将反派人物刻画得活灵活现，增强了讽喻力度。《粤泪》①中作者还插入了一些粤谚来增强表达效果，如借用"相睇唔好看，相打唔好拳"来形容日俄战争就颇为生动准确。

其三，本土题材进入小说内容。

以南洋为背景，反映华人的生活、思想，开始成为当地小说家热衷的创作题材。其中，以劝诚为出发点的狭邪作品占了相当部分，之所以如此，离不开彼时特殊的社会文化背景。英国史家指出，近代南洋移民有一大特点："除开一个民族外（注：指日本），全都遵循着这样一个习惯，

---

① 冷然：《粤泪》，《叻报》宣统三年（1911）七月初六日开始连载，至七月初九日毕。

即把他们的妇女留在自己国内。"①　的确，直到宣统三年（1911）华人男女比例依然高达4:1②。性别比例的严重失调，加上远离故乡亲人的孤寂，不少人因此而走入风月场所寻求慰藉和精神寄托，嫖客、妓院、妓女形成既合作又博弈的三角关系，伦理、商业、感情等诸多因素被搅和到一起，构成了一幅光怪陆离的世相图，狭邪小说便是这类图景的直接反映。《一味痴》③　的故事背景即在新加坡，主人公"管"对一娼伶痴迷不已，却被后者欺骗至几乎丧命，作者引用新加坡本地的一句谚语——"沙尘地，无情水"来点名题旨，讽诫世人。标为"醒迷小说"的《风流梦》④　旨在告诉人们"妓女之情，一如梦幻，遂劝世人不可妄贪风流"。《醒梦钟》叙写一浙商到南洋后为妓女所骗，后悔不迭，作品开篇即云：

> 甚矣哉，色欲之迷人也，一入其中，恍如狂易者之百舞于悬崖，其怪状至不忍睹，而其势之险，则尤足令人咂舌，乃在局者竟不自知其危，犹跳舞如故。欲其临崖勒马，能自醒悟者，盖千百中不获一二人焉。前仆后继，如西楚霸王之不至乌江不止，良可慨也。⑤

当然，妓院中并非都是世故奸诈、虚伪无情之妇，也有聪慧温婉、心性善良之"侠妓"，典型如《叻报》所载《恨姻缘》中的绿衣女。而这类情感纯净、善良无私的奇女子，既非虚构亦非个例，因为《叻报》就曾刊载《堪称侠妓》、《亦算侠妓》等时事新闻介绍过类似人物事迹。在"世人结交须黄金，黄金不多交不深"的"炎凉世态"⑥　之下，"侠妓"们的品质显得尤为珍贵，从中自然也寄托着作者对美好人性的赞赏和期待。

---

① 　［英］F. 皮尔逊《新加坡通俗史》，福建人民出版社1974年版，第121页。

② 　数据根据林远辉、张应龙《新加坡、马来西亚华侨史》（广东高等教育出版社1991年版，第353页）中提供的材料测算。

③ 　餐英客：《一味痴》，《叻报》宣统二年（1910）二月十六日开始连载，至四月二十日止，未完。

④ 　初：《风流梦》，《星洲晨报》宣统元年（1909）七月初八日。

⑤ 　阿鹤来稿：《醒梦钟》，《星洲晨报》宣统二年（1910）五月十四日开始连载，至五月十五日毕。

⑥ 　两处引文出自狂仲：《堪称侠妓》，《叻报》光绪三十四年（1908）十二月十五日。

此间，表现华工苦难生活的作品也开始出现。早前中国以海外华工为题材的小说已有数部，如《同胞受虐记》、《苦社会》、《黄金世界》等，但所涉对象大多为美洲华工，关涉南洋华工者甚少，因此南洋本土报载的相关小说就颇值得注意了。代表作为反讽意味深刻的寓言体小说《医界》①，本来作为执法者的催命鬼，保护侨民乃职责所在，但其反倒成了祸害侨民的凶手，读者从中亦可联想到当时海外侨民遭受的重重盘剥和辛酸生活。

其他以本土事件、风物为创作题材的作品还有不少。例如长篇小说《金锁连环》②的故事背景即在新加坡，其中不少情节乃是作者本人亲历，"作以见志"，因而兼具本土性和自传性。另如《发口开梦》、《梦中梦》等皆有本土背景，兼写南洋的一些世情风物，部分作品还呈现了晚清南洋华侨的独特心态。

第一代南洋华文小说作家们接受的几乎都是中国的教育，中国文化对他们的影响可谓根深蒂固。因此，他们中不少人的"本土创作"或许还说不上是一种纯粹的文学自觉，作品尚无法撼动其天然的"中国属性"。但就某种意义而言，他们的部分实践活动也可看作南洋小说本土身份逐渐确立的开始，"本土性"的新文学因子亦由此孕育、萌芽——也唯如此，此后南洋华文小说独立品格的生成才有了可能。

第三节　北美板块

跟东洋、南洋板块不同的是，北美板块远离儒家文化圈，那么处于西方文明之中的晚清华文小说，能否借近水楼台之便汲取西方文化资源，相应地呈现出异质性甚至萌蘖出一些新的文学因子？这无疑是有意思的话题，据此还可窥探早期汉文化在西方世界的生存与交流的境况。

目前，我们已经搜集到了《旧金山唐人新闻纸》和《中西日报》等北美华文报刊，其中《中西日报》在晚清间刊载有大量的小说作品。

---

① 冷然：《医界》，《叻报》宣统三年（1911）闰六月二十二日开始连载，至七月初一日毕。

② 天汉世民（何虞颂）：《金锁连环》，《中兴日报》光绪三十三年（1907）八月初九日开始连载，至十一月初二日，未完。

《中西日报》创办于光绪二十六年（1900），停办于1951年，前后持续了半个多世纪，是北美当时最具影响力的华文刊物，在晚清当地华文媒体中具有典型性和代表性，故不妨以该报为样本，管窥北美板块的华文小说。

一

据初步统计，光绪三十四年至宣统朝末（1908—1911）《中西日报》刊载小说402篇。目前可知清季间华文小说刊载量排名第二的是《申报》，该报从开始复载小说的光绪三十三年至宣统朝末（1907—1911）共刊载小说242篇。前者虽然延后了一年，但小说刊载量却是后者的1.66倍，这一结果有些出乎我们的意料。

不过，《中西日报》小说有相当部分转载自其他板块：据笔者目力所及，这402篇小说中至少有173篇此前在其他报刊已经发表过，占总数的43.03%，比例超过了2/5，可以说无论转载的绝对数量还是百分比都处于高位运行，是目前可知的小说转载率最高的海外华文报刊，显示出《中西日报》与其他板块小说界之间的紧密关系。从转载刊物的地域分布情况看，数量最多的是上海的《神州日报》，多达85篇，将近转载量的半数；次为《申报》，占56篇；另如《中外日报》、《时报》、《舆论时事报》、《图画日报》、《半星期报》、《星洲晨报》等都有被转载的记录，总计转载报刊多达20家，真可谓是广征博采。

就小说类型言，《中西日报》小说显示出了较大的包容性和丰富性。仅仅从标识上看，就有家政小说、侦探小说、离奇小说、社会小说、矿工小说、侠情小说、寓言小说、时事小说、纪事小说、滑稽小说、哀情小说、怪异小说、梦幻小说、奇事小说、喻言小说、侠义小说、冒险小说、近事小说、风俗小说、探险小说、趣致小说、实事小说、博物小说、故事短篇小说、记事小说、历史小说、写情小说、言情新译小说、异怪短篇小说、奇情小说等数十种。而且各个政治派别、各种格调品位的作品都有收纳，可谓是包罗万象。

显然，《中西日报》所载小说不仅数量可观，并且具有很大的包容性和丰富性，呈现出与其他板块的报载小说殊为不同的特点。那么，这种区别性特征的形成，其背后隐藏着怎样的原因或动力？不妨试做探讨。

《中西日报》的创办者为美国长老会第一位华人牧师伍盘照。伍盘照（Ng, Poon Chew, 1868—1931）字于辛，广东新宁（今台山）人。光绪七年（1881），年仅 14 岁的伍盘照便随堂兄赴美谋生并加入基督教；光绪二十八年（1892）毕业于旧金山长老会神道大学，授以牧师衔，随后在华人区布道。光绪二十四年（1898）在洛杉矶创办《美华新报》，两年后将报社迁往旧金山，并改名为《中西日报》。① 伍氏早期短暂接受过中国的传统教育，到美后接受的则是教会教育，中、西方文化对其皆有影响。戊戌变法时，倾向于康、梁主张的维新保皇，支持华人社会开展革新运动；随后又同情孙中山的民主革命活动，光绪三十年（1904）还出面交涉为孙中山登美宣传扫清障碍，并代印邹容的《革命军》"分赠全美侨众，以广宣传"②。但就根本言，伍盘照是一位具有教会身份的媒体经营人，"秉基督教中立态度，不偏不倚，不涉于政治得失之纠纷"③，处于一个相对中立的政治立场，故易于接纳各种声音。美洲远离儒家文化圈，其众所周知的特有异质文化氛围，也为《中西日报》的包容性提供了某种便利。

不过，《中西日报》政治上的相对中立和思想上的较大包容性，只是为小说的丰富性和多样性提供了必要条件，并不能解释《中西日报》为何如此青睐小说——小说在副刊"杂录"中处于首要位置，几乎每天刊载，数量庞大。因此，除了众所周知的迎合时代风尚，借小说吸引读者外，背后应该还有其他的动因。

伍盘照虽在政治上"周旋于维新派与革命派之间"，基本取中立立场，但在办报主旨上则"希望中国的进步"、"鼓吹华侨的团结与觉悟"，④ 为启蒙华侨的爱国、新知而奔走呼吁。为了更好地发挥报纸的舆论宣传效果，伍盘照随后聘请了办刊经验丰富、对中西方国情都极为熟稔

---

① 伍盘照生平参考 ［美］James P. Danky, Wayne A. Wiegand, *Print Culture in a Diverse America*, *University of Illinois Press*, 1998；［美］Hyung-chan Kim *Distinguished Asian Americans: a biographical dictionary*, Greenwood Press 1999。

② 冯自由：《革命逸史》（第四集），1981 年版，第 21 页。

③ 刘伯骥：《美国华侨报业发展史略》，（台湾）《文艺复兴》第十九期，1971 年。

④ ［菲律宾］陈烈甫：《华侨与华人学总论》，台湾商务印书馆 1987 年版，第 337 页。

的傅兰雅出任文学顾问/编辑助理（*Literary Advisor/Editorial Staff*）①。傅
兰雅（John Fryer，1839—1928），出生于英国教会家庭。咸丰十年
（1860）赴香港担任圣保罗书院院长，时年 22 岁，开始跟中国接触。两
年后，受聘清政府京师同文馆英文教习。同治四年（1865）任英华书馆
教习。同治七年（1868），上海江南制造局成立译书馆，傅兰雅担任编译
并主持馆务，前后达 28 年。其间，光绪元年（1875）主编并出版《格致
汇编》，光绪十一年（1885）又创办格致书室。光绪二十二年（1896），
在华生活了 35 年之久的傅兰雅，赴美任加州大学东方语言文学教授，随
后受聘于《中西日报》。一生中，傅兰雅翻译的各种中西籍多达 100 余
种，为中西文化交流作出了特殊贡献。

　　在近代中西文化交流史上，傅兰雅是一个不可忽略的重要人物，具体
到中国小说，傅兰雅同样地位特殊。相关方面的研究，哈佛大学韩南
（*Patrick Hanan*）教授用力甚大，其成果是《新小说前的新小说——傅兰
雅的小说竞赛》②，该文详尽介绍了光绪二十一年（1895）前后傅兰雅在
中国筹办的一次小说竞赛活动相关情况，指出"傅兰雅的竞赛的确在某
种程度上影响了晚清小说的总体方向"③。对韩南先生的部分观点笔者持
保留意见，但意外收获是该文中披露的几则资料，为笔者了解傅兰雅离华
后对中国小说的后续倡导活动提供了参考。

　　数十年的中国生活经验，让傅兰雅意识到中国的一些积弊急需改革。
其中，鸦片、缠足和时文成为傅兰雅最为深恶痛绝的三大弊俗。于是，他
决定于光绪二十一年（1895）举办一次小说竞赛，许以重金寻求"时新
小说"：

　　①　关于傅兰雅在《中西日报》所任职务，笔者所见有两种略有差别的说法：James Philip
Danky 说是文学顾问（Literary Advisor），而 Hyung‑chan Kim 则说是编辑助理（Editorial Staff）。
前者见［美］James P. Danky, Wayne A. Wiegand, *Print Culture in a Diverse America*, University
of Illinois Press, 1998, 86. 后者见［美］Hyung‑chan Kim *Distinguished Asian Americans*: *a bio-
graphical dictionary*, Greenwood Press 1999, 57。

　　②　［美］韩南（*Patrick Hanan*）著、徐侠译：《中国近代小说的兴起》，上海教育出版社
2004 年版，第 147—168 页。

　　③　同上书，第 168 页。

兹欲请中华人士愿本国兴盛者，撰著新趣小说，合显此三事之大害，并祛各弊之妙法，立案演说，结构成编，贯穿为部，使人阅之心为感动，力为革除。辞句以浅明为要，语意以趣雅为综，虽妇人幼子皆能得而明之。①

比康、梁二人早一两年认识到小说在启蒙民众、革除弊端等方面的社会功用价值，无疑是傅兰雅的先见之明。只不过无论傅兰雅如何努力，甚至一再提高奖金加以激励，征文的结果还是不尽如人意，对此后小说界的影响也相当微小。个中原因，人们多认为是风气未开，这当然是一大不可忽略的因素，除此之外，笔者认为还应注意以下两个因素：第一，傅兰雅采取的是"命题作文"，这无疑会一定程度地限制作者的创造性艺术思维；同时他所谓的"时新小说"是一个相当模糊的概念，也缺少标志性的范文，应征者创作时恐怕不是"文不对题"就是"体不对格"，而征来的百余篇稿件也的确是"或立意偏畸"、"或演案希奇"、"或述事虚幻"、"或非小说体格"②，终难达到倡导者的要求。第二，当时国人的作品其实很难对上傅兰雅的胃口，因为他的真实要求是"一些真正有趣和有价值的、文理通顺易懂的、用基督教语气而不是单单用伦理语气写作的小说"，以"有赖于上帝的护佑这一目标"。③ 显然，这是一个教士从自我角度来审视小说，要求中国人完成这般具有"宗教意义"的作品无疑是很大的挑战。更值得玩味的是傅兰雅的这一真实想法还是用英文写成，彼时知晓的国人恐怕不多罢，看来，傅兰雅的 50 元头奖并不好拿，他的所谓"时新小说"与后来梁启超倡导的新小说亦殊为不同。

几个月后，勉强颁完奖的傅兰雅便带着小说征文竞赛挫败的遗憾离开中国，但他的"窃以为感动人心，变易风俗，莫如小说"④ 的理念并没有就此而改变。光绪二十六年（1900），他在美国作了一次以中国小说为题

---

① 傅兰雅："求著时新小说启"，《申报》光绪二十一年（1895）五月初二日。

② 傅兰雅："时新小说出案"，《万国公报》第八十六册，光绪二十二年（1896）。

③ 傅兰雅："有奖中国小说"，《中国记事》（*Chinese Recorder*），光绪二十一年（1895），原文为英文。此处转引［美］韩南（*Patrick Hanan*）著、徐侠译：《中国近代小说的兴起》，上海教育出版社 2004 年版，第 158 页。

④ 傅兰雅："求著时新小说启"，《申报》光绪二十一年（1895）五月初二日。

的演讲，其中专门提到：

> 　　现代的趋势是朝着一种流行、轻松的中国文风发展；对于报纸和
> 大众文学的需求使之必不可少——这两者必须用一种大部分读者容易
> 看懂的方式写成，以便确保大量迅速的销售。[①]

傅兰雅从启蒙的便利性角度和报刊市场的营销策略两个方面，指出了小说
等通俗文体的潜在功用及其优势。随后，傅兰雅又一再撰文指出，报刊等
媒体在舆论宣传方面具有"强大的力量"[②]。联系傅兰雅此前的经历和上
述言论，不难看出傅氏一贯重视小说与新兴媒体的作用，而两者结合无疑
在启发蒙昧、"变易风俗"方面会发挥更大的效果。有此背景，就不难知
道傅兰雅受聘《中西日报》后定然支持该报多载小说作品。并且，此间
亦正值新小说在华人世界大行其道之际[③]，倡导新小说既是为迎合流行风
尚，出于报纸销路计，"以便确保大量迅速的销售"，又可启蒙华侨民众，
一定程度实现傅氏此前在中国未了的夙愿。因此，《中西日报》对小说的
重视应该离不开傅兰雅的积极推动，傅氏的中国文化事业并未因为离开中
国而中断。

二

　　时人评价《中西日报》有四大特色：一曰奉耶教，二曰争国体，三
曰变人心，四曰谋公益。[④] 这其实也是该报遵循的办报宗旨，颇符合创办
者伍盘照爱国华侨兼教士的双重身份，而教友傅兰雅借小说"感动人心，

---

① 傅兰雅：《The Literature of China》，光绪二十六年（1900）。此处转引［美］韩南
（Patrick Hanan）著、徐侠译：《中国近代小说的兴起》，上海教育出版社 2004 年版，第 155 页。

② 傅兰雅：《The Chinese Problem》，光绪二十七年（1901）。此处转引［美］韩南（Patrick
Hanan）著、徐侠译：《中国近代小说的兴起》，上海教育出版社 2004 年版，第 156 页。

③ 宣统朝间，《中西日报》几乎每天都刊登有出售新小说的广告，由此或可见出时风之一
斑。又，中西日报馆自己就下设有图书营销部，出售采购自中国的新小说书籍，种类多达 80 余
种，据该报主笔云，销量还颇不赖。相关情况见亚兢（崔成达）：《美洲华侨新智识进步之确
情》，《中西日报》宣统二年（1910）二月初三日。

④ 砵仑梅跃云：《祝〈中西日报〉十周年之纪念》，《中西日报》宣统二年（1910）正月初
六日。

变易风俗"的理念也与该宗旨不谋而合。傅兰雅的高明之处还在于，他不仅注重挖掘小说的社会效益，同时对小说的经济效益也有清醒的认识，体现出一个媒体从业者所具有的老道经验。傅氏的特殊经历，使其对华人世界和西方世界都相当熟稔，这一优势也正好可以发挥于经营华文媒体。就此看来，伍盘照聘请傅兰雅来协助其经营《中西日报》，无疑是一次非常成功的用人选择。

　　《中西日报》所载小说或多或少都打上了傅兰雅的印记。傅氏早前心愿未竟的遗憾也通过《中西日报》多少得到了补偿。其直观表现是，多年前那场征文竞赛中未能搜求到的小说类型，此时不断出现在该报的小说栏目中。例如，吸食鸦片是傅兰雅抨击最为激烈的三大积弊之首，以此为题材的小说就频频现身于《中西日报》。《黑籍魂》写儿子吸食鸦片死后，老绅不知悔改，甚至忍不住在儿子灵前吞云吐雾，丑态百出。① 这是从"劝"的角度叙写烟毒之害。《中国禁烟后之效果》与《戒烟》写宣统朝前后清廷重颁禁烟令，不过律令虽严但收效甚微，让有识者无不"愤甚、悲甚、痛甚、忧甚"②，显示出中国之烟毒确已积重难返。《戒烟》篇末，作者还感叹道："噫嘻！虎头蛇尾，其华人之特性乎？岂徒戒烟。"③ 这已由戒烟之事延伸到了粗浅的国民性反思。女子缠足是傅兰雅痛恨的第二大积弊，《中西日报》同样刊载有相关题材的作品。《凌波影》写才貌双全的女子丽娘，因缠足而死，令人叹惋，作者篇末告诫世人云：

> 　　女子之通翰墨，女子之幸福也。乃因缠足之恶习，而惨遭巨劫，伊戚自贻，是可为当世之未暗（谙）家庭教育者鉴。④

作者明显是欲借缠足之害，倡导家庭教育，呼吁国人革弊维新。

　　在傅兰雅所深恶痛绝的"三弊"之中，"时文"因科举废制逐渐自然消亡。然而华人之陋俗绝不止此三端，开蒙劝化尚任重而道远。例如，旧时华人嗜赌好嫖就常为外人所诟病，欧美诸国甚至还以此为借口严控华工

---

① 　奇：《黑籍魂》，《中西日报》宣统二年（1910）正月十七日。
② 　（未署名）：《中国禁烟后之效果》，《中西日报》宣统元年（1909）三月初六日。
③ 　朗：《戒烟》，《中西日报》宣统元年（1909）六月初四日开始连载，至本月五日毕。
④ 　奇：《凌波影》，《中西日报》宣统二年（1910）二月二十六日。

入境。① 标榜以"变人心"、"谋公益"为宗旨的《中西日报》同人见同胞如此自然不会袖手旁观，其践行之道是充分利用手中的舆论工具，积极倡导"文明自救"，呼吁"急起直追"②。《一落千丈》中的富家子沉迷声色，将父亲所留的万贯家财挥霍殆尽，为逃债只得流落他乡；③《骗妓》中的无良娼妓，将逐色者玩弄于股掌之间；④《风月主人》则以虚幻笔法，讲述书生的一场情色经历，告诫世人"是空是色，过眼烟云，钝根人妄自沉苦海耳"。⑤ 其他类似主题的作品还有《狐狸洞》、《富商儿》等等，都是警醒世人莫入花场，贪恋酒色，反之轻则伤身丧志，重则损财败家、妻离子散。以戒赌为主题的作品也有不少，如《博徒恨》中作者就讲述了赌博之危害：

> 吾国谚云：嫖赌吃着，为败家破产之媒介。然举此四者而大析之，其为害之大小，亦有区别。彼富家子之口餍粱肉，而身御绮罗者，其为费固属无几。即或貂裘夜走，桃叶朝迎，驰逐征歌选舞之场，纸醉金迷之地，其缠头锦、压臂金之浪费，亦尚可以数计。独此博之一事，为害至大。一掷百万，再掷千万，虽有郭家之金穴，邓氏之铜山，一反掌一瞬目之顷，可以博负至于尽罄，无一毫一发之遗而后已。博之为害如此，而吾国之人，无大无小，无贵无贱，嗜博者乃居其十之七八，虽有至严之禁令，而若辈皆视若无物。⑥

---

① 19 世纪末，跟随驻美大臣张荫桓驻外的许珏，曾上书清政府指出，"华人寓美，洋人指为风俗之害者，约有三端：一曰鸦片，一曰赌博，一曰械斗"，并要求加以整顿。《申报》亦载，"华人之最沉溺不悟者三端，赌也，嫖也，吸食洋药也。此三者皆华人之所好，而他国之所恶也。""如此行为，虽设领事等官，仍然不遵约束，不能禁止，徒使贻笑于外邦也。"并建议，"惟有广东严禁娼妓出洋一事，六大会馆设法严禁烟赌二事，俾土人（指美国旧金山当地居民）无可借口"。上述两则材料皆转引自吴宝晓《初出国门：中国早期外交官在英国和美国的经历》，2000 年版，第 208—209 页。

② 亚兢（崔成达）：《美洲华侨新智识进步之确情》，《中西日报》宣统二年（1910）二月初三日。

③ 治惧：《一落千丈》，《中西日报》光绪三十四年（1908）五月初六日开始连载，六月初六日毕。

④ 警丁：《骗妓》，《中西日报》光绪三十四年（1908）七月十八日。

⑤ 咸菜道人：《风月主人》，《中西日报》光绪三十四年（1908）六月十八日。

⑥ 帆：《博徒恨》，《中西日报》宣统二年（1910）三月二十九日。

作者认为，奢、嫖花费尚可计数，而嗜博者瞬间一掷万金，家财尽罄，故为害至大应严厉禁之。《断指生》的主人公季某，为了戒赌甚至断指明志，可为国人之鉴。① 而国人之好赌脾性不仅仅表现在赌钱财，甚至还有赌吃者，如《赌食》中龚某自夸食量巨大，与人打赌，结果因进食过量而几乎丧命。作者文末奉劝世人云："吾窃愿世之人慎勿以赌食为快事，逞一时之食欲，而胎后日之悔。"②

此外，彼时华人的鬼神迷信思想较为严重，既有碍于文明程度的提高，还常为外族人所耻笑。于是，反对迷信，传播新知识，启牖愚昧，便成为《中西日报》小说的一大任务。《争偶像》开篇即云："我国迷信鬼神，恒设偶像奉祀之，久为异族所讪笑。"随后通过几个故事片段，表现国人迷信行为之愚昧可笑。③《文明贼》亦颇有意思：一群反对迷信的志士，在规劝无效的情况下干脆将迷信者所膜拜的神像偷掉，"此固百计用尽，乃出此下策也，然其心亦苦矣"，故谓这些志士为"文明贼"。④ 值得一提的还有《梦异》，作者以梦境的方式呈现了恶人下地狱后遭受阎王、小鬼的判罚，篇末作者点评云：

> 国度未开化，人患知识之锢闭也，迷信愈深，知识愈陋，吾痛。国度甫开化，人患道德之堕落也，迷信愈破，道德愈漓，吾尤痛。⑤

反迷信是作者的基本立场，但他也注意到，迷信未破前国人尚且有畏惧之心，而破除迷信后若文明教育无法及时跟进，反而可能导致道德人伦的愈加堕落。作者的这些思考，对当时华界如何处理反迷信与道德教育关系问题，具有一定的现实意义。

---

① 青：《断指生》，《中西日报》宣统元年（1909）三月十一日连载毕，始载日期不详。

② 青：《赌食》，《中西日报》宣统元年（1909）三月十七日开始连载，至本月十九日毕。

③ （未署名）：《争偶像》，《中西日报》宣统三年（1911）六月初三日开始连载，至本月初四日毕。

④ （未署名）：《文明贼》，《中西日报》光绪三十四年（1908）七月初十日。

⑤ 采莲子：《梦异》，《中西日报》宣统元年（1909）四月二十二日开始连载，至本月二十三日毕。

　　小说在承担启蒙功能，发挥其社会效益的同时，作为一种流行的"中国文风"还蕴含着经济效益。因此，为了"确保大量迅速的销售"，《中西日报》刊载了数量不少的娱乐消闲作品来吸引读者。

　　首先，为了照顾传统读者的审美情趣，该报在采编时有意识地偏向奇闻轶事类作品，故该类作品为数众多。《纪客述秦中双侠事略》叙写秦中金铸、李鹏飞二人行侠仗义之事迹，作者开篇交代云："留至雨夜挑灯，花朝载酒，红袖添香之际，青衫堕泪之场，借好奇者口传手写，曲绘生平，岂不令人骇愕，令人惊喜？"① 可见，这是一篇以描写西部侠客的奇幻经历来吸引读者的作品。其他如《奇婚》写阿珠与一女子的一段美好奇缘，② 《毙巨蛇》写一健奴搏杀巨蛇之奇闻，③ 《上海苦力界之奇男子》写上海奇男子异于常人的能力及言行。④ 诸如此类的作品还有《短缘》、《捕熊谈》、《巨蛇志异二则》、《乞丐艳福》、《迷路奇缘》等等。有的作品，甚至就直接从古代志怪书籍中截取某个片段演义而来，如《吴朝霞记》，作者就告诉读者云："此事余闻之长白鄂玉农刺史，玉农亦当时在座之一人也。余慕姬之才，怜姬之情，而悲姬之命薄也，爰为之记。事见《艳迹编》。"⑤ 喜欢搜奇猎艳，追求情节的热闹奇幻是中国读者的传统审美习惯，《中西日报》对奇闻轶事类作品的青睐，其用意是不言自明。

　　其次，为了迎合读者对时新小说的审美需求，该报还刊载了不少侦探、言情或冒险等域外娱乐作品。其中，有不少作品就是由报馆人员就地取材，直接从美国本地小说中翻译而来。如长篇作品《冰库》的译者就是该报记者梁守瓶，其在篇首"识语"中云："是书所谓'余'者，皆施斯君自述。大意以探险致富为原的，以爱情真伪为波澜。新奇变幻，足令阅者忘倦。"⑥ 该作情节曲折，融探险、淘金、爱情于一体，颇能吸引那

---

　　① （卯金子）：《纪客述秦中双侠事略》，《中西日报》光绪三十四年（1908）四月三十日开始连载，至五月初八日毕。

　　② （未署名）：《奇婚》，《中西日报》宣统元年（1909）闰二月二十三日。

　　③ 炜：《毙巨蛇》，《中西日报》宣统三年（1911）三月初三日。

　　④ （未署名）：《上海苦力界之奇男子》，《中西日报》宣统二年（1910）三月初七日开始连载，至本月初八日毕。

　　⑤ （未署名）：《吴朝霞记》，《中西日报》宣统三年（1911）六月二十四日。

　　⑥ 《冰库》，狄花露原著，署"美国文豪施斯原著，本馆记者守瓶选译"，《中西日报》宣统二年（1910）七月十四日开始连载，至八月二十九日毕。

些怀揣浪漫发财梦的读者。随后，梁守瓶与林文江还合译了《水银彪》①，原著者为美国加州的狄花露，作品叙写黑人水银彪与巨盗洽波华士技的故事；另有侦探小说《醋海女侦探》、《奇盗案》等，都是以情节取胜的翻译作品。在言情小说方面，作品也有不少。《鲤庭双福》写男子为父所逐，投身军队，得识一富于情义之女郎，两人结为夫妇；在其妻协调之下，父子关系和解，小说以一个非常和美的结局收束。② 另外，《妾命薄》亦是可圈可点，小说写一美丽女子忽然在公园晕倒，幸被一老医生救起；其后，故事便围绕女子的悲惨爱情之谜展开。③ 该作在叙事设计上，借鉴侦探小说创作经验，采用倒叙方式，充满悬念，情节颇为曲折。此外，《桃僵李代》也是一部充满意趣的言情作品。④

除了以上几类，《中西日报》还刊载了一些争取国权、民权，呼吁政治革新，倡导社会进步的作品。小说《盗侠》篇末云：

> 盗日以杀人为事，然误杀一人，犹滋憾焉。其视吾官长之滥用刑杀者，何如矣。人民日受官府之冤抑，而所以复仇之术，乃至舍盗末由。以四万万人之才力聪明，曾不能监督此少数之官府，而转于盗焉是赖。呜呼，其斯之谓立宪国？⑤

作者称盗为侠客已具反讽意味，而刻画官府草菅人命之行径甚至还不如盗贼，作者之激愤已不言自明。与此相类的是《醋海花》，故事背景为宣统二年（1910），此时中国多个地方发生大饥荒，地方官员却不顾生民死活，依然在争风吃醋，丑态百出：

---

① 《水银彪》，署"林文江译，梁守瓶校"，《中西日报》宣统二年（1910）九月初二日开始连载，至本月初五日毕。

② （未署名）：《鲤庭双福》，《中西日报》宣统三年（1911）四月十二日开始连载，至本月十四日毕。

③ （未署名）：《妾命薄》，《中西日报》宣统二年（1910）九月二十一日开始连载，至十月初九日，未完。

④ （未署名）：《桃僵李代》，《中西日报》宣统二年（1910）十月二十一日开始连载，至本月二十八日毕。

⑤ （未署名）：《盗侠》，《中西日报》光绪三十四年（1908）六月十八日。

皖北饥民，嗷嗷待毙，而此一班无心肝之凉血者，尚复酒食征逐。如问进款何来，谓非取之于民脂民膏，其孰能信？吾不知有长官之责者，闻此活剧，果何以儆将来而昭烛戒也。①

小说让华侨们见识了清廷之腐败，具有很强的现实批判性。寓言体小说《狮泪》以睡狮喻中国，唤醒沉睡的国人走出黑暗，作者深沉的爱国之情溢于言表。② 《孽海沉娇》则积极宣扬民主自由，反对专制，并以西谚"不自由，毋宁死"来激励国人进行民主政治改革；③ 三天后，该报又刊载了《骆甲》，宣扬"权奸误国，罪不容诛"，④ 十天后，辛亥革命爆发。可以说，无论作家们有意无意，这些作品实际上都配合了海外民主革命的舆论宣传。

三

宣统二年（1910），《中西日报》主笔崔成达对上一年的华文图书营销情况做了一番盘点，结果如下：

统计本报去年沽出之新书籍，不下美金五千元。若大同、世界两家，彼自有数可稽，非本报可知矣。其余如专卖新书籍者，有发明公司一间，客岁沽出美金万元有奇，至大光书林、及祥栈等，尚未得知。此外各埠之商店，英属之报界，往往见书目价列不一而足。更有直接寄上海买者，何可胜数。不止此也，新书籍之外，复有杂志……⑤

从各家图书公司发布的广告看，皆以出售教材、字典等工具书为主，同时兼营说部书籍。至于具体每年销量多少，无可查证，但有一个数据可供参

① （未署名）：《醋海花》，《中西日报》宣统二年（1910）五月三十日。
② 光：《狮泪》，《中西日报》宣统元年（1909）二月初四日。
③ 垂：《孽海沉娇》，《中西日报》宣统三年（1911）八月初六日。
④ 垂：《骆甲》，《中西日报》宣统三年（1911）八月初九日。
⑤ 亚兢（崔成达）：《美洲华侨新智识进步之确情》，《中西日报》宣统二年（1910）二月初三日。

考。据崔成达所云，宣统元年（1909）该馆总体图书营业额约 5 千美元，按广告上图书的标价大致推算，售出图书当在 5 千册左右；以此类推，发明公司出售书籍约为 1 万册；再加上其他书局所售图书，总量定然超过 1.5 万册。另据世界年鉴（*The Word Almanac*）统计，宣统二年（1910）美国华人人口总数为 71531 人①。就此看来，当地华人的人均图书拥有量已不算低，故崔成达的结论"即此数端以觇同胞之程度，大有进步突飞之确情，殊不过誉"②，倒是十分中肯。

然而，华文图书业的相对发达，并不意味着就能带动华文小说创作上的同步发展。

中西日报馆是当时出售说部书籍较多的一家营业点，其广告中所列的说部书籍多达 83 种，品种已算是相当丰富，③ 但细究发现该馆所售小说几乎都是商务印书馆、改良小说社的畅销书，种类以侦探、艳情、狭邪、侠义公案为主，正是中国小说界陷入低潮后书商们为牟利而推出的商业性较为浓厚的作品类型，而那些能代表时代成就及特色的作品如"四大谴责小说"、《新中国》、《茶花女》等单行本以及众多优质的专业小说报刊，皆未见上架。看来，所售说部书籍能提供给当地华文小说界的养分相当有限。

当然，若想吸收"小说界革命"成果还有另外一条捷径——转载中国的小说作品。《中西日报》在这方面已经作出了实践，173 篇转载小说，占总数的 43.03%，这两个数据足够说明中、美华文小说界之间的紧密关系。只是这些转载作品绝大部分出自报纸，众所周知，报载小说的成就相当有限，可供吸取的养分同样不多。而来自文化母体的优质资源的缺失，无疑会使本地的华文小说在创作上"营养不足"，这将直接影响到当地小说事业的发展，特别是小说的"本土化"进程。

如前所叙，既然"小说界革命"启动的一大动力和经验源自西方，那么身处其中的北美华文小说界能否"近水楼台先得月"？能否跟域外文

---

① ［台湾］刘伯骥：《美国华侨史》，台湾黎明文化事业公司 1982 年版，第 54 页。

② 亚兢（崔成达）：《美洲华侨新智识进步之确情》，《中西日报》宣统二年（1910）二月初三日。

③ 中西日报馆："办到各种时务书籍发售"广告，《中西日报》宣统二年（1910）二月初十日。

化"杂交"，吸收对方的优质资源，然后像其他板块那样培育出"本土性"呢？这无疑是一个有趣且重要的问题。

我们不妨先从本地华侨的创作实践入手考察。宣统朝间，当地已经形成了一个以《中西日报》为中心的小说创作群体，代表人物包括荷荷、芸、梁守瓶、林文江等人，他们或是旅美华侨或是该报记者。其中，梁守瓶、林文江主要从事翻译，就地取材介绍时兴的美国小说。这些作品集中出现于宣统二年（1910）下半年之后，内容以侦探、言情、冒险三类为主，都是些畅销型的娱乐小说。具体情况上文已作介绍，不赘述。

"荷荷"与"芸"两位作家皆以自撰为主。荷荷较为多产，其作品中寓言小说占了绝大部分。《信天翁死，信天翁自种族灭》写"懦弱懒惰"、"笨拙塞闻"的信天翁，不思进取，终成鹰隼腹中之物，借此警告国人引以为戒，否则就要亡族灭种；① 《猩猩》叙一猩猩明明知道酒乃猎人投下的诱饵，依然抵不住酒香的诱惑，饮尽醉倒，终成猎人网中之物，以此警示借外债之危险，犹如饮鸩止渴。② 另有《盲国》、《斗鸡》皆寓目光短浅之人，身处险境而不自知；③ 《钱串虫》则讽刺那些善于钻营苟且的奸佞小人。④ 诸如此类，不一一详列。寓言小说是一种古老的小说类型，作者通过创设一个故事片段，借此寄寓某一意味深长的道理或传达某种价值理念，篇幅短小精悍却往往能发人深思，给人以启迪。若从教育劝化角度考量，该类小说无疑可以发挥出特殊的效果，但总体而言，寓言小说显然不能作为时代文学的代表，也不会是小说未来的发展方向。

芸创作有《侠妓》、《毒蟒》、《惩役快闻》等多篇奇闻轶事类作品，但代表作是中篇言情小说《花之泪》⑤。《花之泪》叙写出身贫寒的读书人张生与才貌双全的女子瑶互生爱慕，在侍婢的帮助下，两人约会后花园并私定终身。然而，迫于父母的压力，有情人终未成眷属。吊诡的是这样

---

① 荷荷：《信天翁死，信天翁自种族灭》，《中西日报》宣统元年（1909）六月十三日。

② 荷荷：《猩猩》，《中西日报》宣统元年（1909）六月二十二日。

③ 荷荷：《盲国》、《斗鸡》，分别载《中西日报》宣统元年（1909）六月二十五日、八月初三日。

④ 荷荷：《钱串虫》，《中西日报》宣统元年（1909）八月十九日。

⑤ 芸：《花之泪》，《中西日报》宣统三年（1911）六月二十四日开始连载，至七月初十日毕。

的故事并非发生于女权意识蒙昧的年代，而是婚姻自由思想逐渐大帜的清季末期。小说中，作者还专门设计了这样一个片段：

> 瑶幼禀庭训，颇通翰墨，尤嗜阅近人所著说部。时风气初开，欧西说部，输入内地，坊间译以行世，人喜其蹊径新颖，多置一编，藉供浏览。瑶偶阅《红礁画桨录》，默然有感，搁置案侧，闷闷不乐。婢从外入，瞥睹其状，婉扣之，瑶为约略具述书中情节。婢慨然曰："甚哉！婚姻不自由之为害也。吾国习俗相沿，数千年来，备受此苦，不谓彼都人士，亦或未免。之二人者，使早为之所，何至铸成大错，酿日后无尽之惨剧耶？瑶以婢竟能论事，意颇惊讶，深有感乎其言，点首不语。

主人公所青睐的这部《红礁画桨录》成为了婚姻自由的隐喻，林纾在译介该作时也特意强调云："呜呼！婚姻自由，仁政也。苟从之，女子终身无菀枯之叹矣。"然而，一旦涉及到婚姻自由思想如何施行，林氏就采取了保守、稳妥的态度，认为"要当律之以礼"，"抑越礼失节，逾于中国，又不可也"。① 《花之泪》的作者明显接受了林氏的思想——瑶跟女婢对"婚姻自由"的讨论终究只是停留在口头阶段，一旦遭遇现实压力还是会轻易屈服于礼教，遵从父母之命媒妁之言。这在男主人公张生身上体现得尤为明显：遵从父命截断情丝，加倍努力后终成一番功业，父亲因之得了"诏封"并于不久后病卒，小说终局为：

> 生治丧葬毕，仰天叹曰："吾所以隐忍至今者，为亲在耳。今事已毕，此后鸟啼花落，触景伤怀，茫茫千古，何处遣吾旧恨也？"随后与诸弟诀，轻装就道，出洋游学，不知所终。

这是一个颇富意味的结局。张生知晓婚姻自由思想，并且也知道出洋游学求取新知，但只要作为礼教象征的父亲存在，他对一切都取隐忍之态，牺

---

① 引文皆见林纾：《〈红礁画桨录〉序》，［英］哈葛德著，林纾、魏易合译：《红礁画桨录》，商务印书馆，光绪三十二年（1906）。

牲自己（她）的幸福，遵从父命，胶柱鼓瑟地执行了林纾所谓之婚姻自由思想要"律之以礼"的原则，结果反而违背了林纾倡导女权和婚姻自由的初衷。据此可见，作者在创作时对近在咫尺的西方资源知而不取，却非要"舍近求远"地嫁接自中国本土，其中缘由颇值得玩味。

从以上著译实绩看，《中西日报》的翻译小说依然留恋于通俗性、商业性浓厚的畅销小说，并未能充分吸收欧美最为先进的文化资源，推出能引领时代新风尚或代表未来发展方向的作品类型。自撰小说同样如此，异域文化特质也并未明显渗透入此类作品之中，作家们无论在创作思想上还是创作技巧上（比如意识流、心理表现等），依然囿于中国传统，并没能带来超出"小说界革命"成果之外的意外惊喜。

若从文化生成角度考察，当地华文小说的发展同样不容乐观。从消费群体看，当时整个美国的华人总数也不过7万余人，跟南洋的"海峡殖民地"85万余人相比，华文文化圈的势力和基础无疑都至为弱小（虽然东洋板块华人也不多，但出于地缘优势，整个中国都可以成为其坚实后盾）。在这里，中、西文化体系的巨大差异使双方在文化方面的"对话"颇为困难，因此，华人只是作为一个特殊群体存在，跟西方主流群体其实隔阂甚大，双方在文化上都缺乏必要的认同感，华文社区不啻于一座"文化孤岛"，中西文化杂交融合之迹象至少在当时并不十分明显，这点单单从该报甚为青睐的小说文类上即可见一斑。

总而言之，《中西日报》小说虽然颇具丰富性和包容性，但并未像南洋板块小说界那样，体现出"本土性"的萌芽和对自身身份确立的要求。它们身处西方先进的异质文化氛围之中，看似具备"近水楼台先得月"的优势，但却缺乏促发的诸多条件，反而使优势变成劣势。归根结底，一方面，它们因为远离文化母体而导致"营养不良"，而文化族群势力的弱小又不利于"自强自立"；另一方面，因为跟西方异质文化之间的"隔阂"，使之又游离于当地主流文化之外，成为一个被孤立和被边缘的文化存在。因此，处于夹缝中生存的北美华文小说界，要想获得自我突破，孕育出富于个性的文学品格依然尚需时日。

结　语

陷入低潮的宣统朝小说界表面看似波澜不惊，实则暗流涌动。这种迷惑性导致后人即便知道该时段处于近、现代小说转型的关键过渡时期，也可能因为其表面的平淡无奇而忽略不谈。空白由是产生，也错过了可能破解"疑案"的机会：

> "小说界革命"运动促兴新小说之后，为什么小说界很快就偏离了预设的发展轨道，没能直接"对接"上"五四"新小说运动？其间到底发生了什么，以致滞缓了中国小说的现代转型？

这桩困扰学界多年的"疑案"，既是本论文的基本出发点也是拟讨论的核心问题，笔者的研究由此展开和延伸。

一切皆缘起于一个现象的发现：小说界突现低潮。

笔者对晚清小说界的最初印象来自学界前贤们的描述："小说界革命"之后小说发展一路高歌猛进。但随着文献的发掘，笔者发现实际情况并非如此顺利，其强劲势头至少在宣统朝间曾被遏制，开始陷入低潮期。作出这一判断的证据包括几个方面：第一是来自直观的产销量数理统计分析；第二是小说界各个要素的异动，比如期刊遭遇奇特的"生死坎"、出版机构纷纷转行或倒闭、小说销售折扣力度加大、相关广告业萎缩、从业人员态度悲观以致人才流失等等；第三是采信时人的描述文献作为旁证。特别指出的是，此处"小说界低潮"的定性不仅仅是指表面的产销量回落，还包括两个重要方面：其一是小说作品的整体质量下降，鲜见具有影响力的优秀作品，这就是论文开头所云之"宣统朝间无名著"；

其二是小说理论界整体乏善可陈。因此，宣统朝小说界低潮是指作品数量、质量以及小说理论等多个方面都陷入低潮，或可谓之"整体低潮"。

获得宣统朝小说界陷入"整体低潮"的基本事实判断之后，真正的研究才算刚刚开始，更多的问题随之涌来。首要问题：为何陷入低潮？研究结果是：第一，政局动荡。由于小说产业链对平稳的外部环境有着比其他文类（如诗、文）更高的要求，故政局动荡对其冲击甚大。第二，内部运行机制失衡。政局动荡只是外部因素，甚至只是偶然性的因素，而更具决定性的因素则来自小说界内部运行机制的不平衡，意即无论政局动荡这一外部因素是否发生，小说界都必然陷入发展低潮。运行机制的不平衡，主要体现于"作品中心主义"与"读者中心主义"发展模式的偏颇，出版商、作家、读者、理论家多方关系紧张，正常的运行秩序被打乱。第三，"小说界经济危机"的爆发。这是前两者造成的直接后果，此后果反过来又进一步加剧运行机制的失衡，形成恶性循环，从而将小说界拖入低潮。

显然，作为中国小说史上商品经济意味最为浓厚的清末民初段，小说市场影响力的考察已经无可回避，若忽略市场因素，许多问题甚至都无法得到满意解答。自然而然地，笔者略加延伸就提出了推动小说演变的"第三种力"（市场驱动力）命题。"第三种力"的特殊之处在于，它并非都是正向作用，也会发生负向作用，两个双向力在扭扯、博弈中推动小说界的演变。这一命题的提出可为破解上述"疑案"提供一个初步思路：梁氏新小说具有政治、道德的"正当性"，但遇到了市场瓶颈问题，而有着更大市场前景的消闲小说，恰恰在政治、道德的"正当性"上处于不利地位，两者矛盾集中激发、暴露的时间正是宣统朝间，孰胜孰败？只要看看民初"鸳派"、黑幕的勃兴即知两者博弈的结果。可以说，若缺乏有效、有力的引导，任"第三种力"在小说界肆意发挥作用，那么启蒙大业在市场面前往往会处于弱势，并因此导致小说界的发展偏离倡导者们预设的演进目标。就此意义言，高擎启蒙大旗的"五四"新小说运动，依然是在继续晚清未竟的启蒙事业。

"第三种力"命题当然不是"包治百病"的万能灵药，但在晚清这一特殊时代，它却可为解答某些疑难问题提供一些新思路。比如，《域外小说集》传播失败是近代文学史上的一桩著名迷案，各家论说纷纭，包括当事人周氏兄弟都有自己的解释。笔者另辟蹊径，从"第三种力"角度得出了与前人不同的观点：在宣统朝这一特定背景下，周氏兄弟市场营销经验的不足乃是导致《域外小说集》销售失利的关键因素。一个销售失利的个案使一部重要作品发生的影响延后，这在文学史上无疑颇可玩味，于此亦可见"第三种力"之强大作用。又如，"四大谴责小说"出版后为何没能带动一批更优秀的谴责作品出现，反而"孵化"出了"黑幕"小说这一怪胎？晚清间东洋板块华文小说发展为何呈现出速生速亡的周期性？若从"第三种力"角度考察，同样会得出一些异于既往的新看法。

　　沿着"第三种力"的思路往下进一步深入探索，笔者发现单行本、期刊、日报三大载体小说对小说市场的反映各不相同，它们在"小说界经济危机"中体现出的发展思路也各具特色。于是，笔者决定放弃过去那种将三大载体不加细分地笼统描述小说界发展状况的研究模式，而是将三大载体小说的发展看成一个博弈模型，在系统中考察三者如何博弈、又如何确立自己的发展模式。结果发现，三者中单行本小说对市场敏感度最高，可视为小说市场的"晴雨表"，其发展状况也成为判断"小说界经济危机"的重要事实证据。期刊小说居其次，日报小说的市场敏感度最低。有意思的是，三大载体作品的整体质量高低也大致依此次序排列，但它们对未来小说发展的贡献却并不一定与之成正比。比如，公认作品整体质量最差的日报小说，在博弈中逐渐意识到短篇小说乃是自己的优势项目，于是报人们开始大力倡导和创作短篇小说。因此一定意义上，现代短篇小说的发展经验和动力主要来自新兴载体——报刊，至于发展模式成熟而稳定的单行本，这方面的贡献可谓是甚为微小。早前胡适在盛赞《时报》"冷血体"时谈及的"新体短篇小说"话题，其实已经隐隐约约地触及了这一问题的实质。

　　随着基本文献的掌握和统计的深入，发生于宣统朝前夜的一个重要现象——翻译小说与自撰小说的位置互易渐渐浮出水面。"第三种力"命题与三大载体小说区别对待的研究方式，正好为深入分析这一现象的前因后果、勾画其演变轨迹提供了新思路。

　　晚清小说基本遵循"理论先行，创作跟进"的特色发展模式，因此对理论界的考察便显得尤为重要。笔者将晚清小说理论界的演进轨迹描述为"双线运行"：一是启蒙的日渐式微与消闲娱乐的日渐勃兴；二是对梁氏新小说理论的反思和修正。其具体格局则表现为"三派一群"。首先，笔者弃用了传统的基于政治立场命名的"革命派"和"改良派"之类的提法，而将强调小说社会功能的理论派别统称为"社会派"。该派在晚清小说理论界居于主体地位，其他各派理论无不与之有着千丝万缕的关系。但到了宣统朝间，该派的地位受到了很大挑战，疲态渐显。相对"社会派"而言，"美学派"是一个以反思者和修正者身份出现的一个理论派别，他们力图调和作品的社会功能与艺术性之间的关系，这是一大理论收获，不过因为理论设计缺陷、实践阵地丢失、后继乏人等种种主客观原因，"美学派"到宣统朝间几乎是集体失语，留下了一连串颇富意味的问题等待后人去追索。相对"社会派"而言，"现代派"则是以"决裂者"的身份出现，他们强调小说的文学本位，选择"西洋化"道路。"现代派"所进行的一系列"先锋理论实验"，其意义主要体现于未来的"五四"而不是晚清当下。"消闲群"则只是一个零散的群体，尽管他们寻求"正当性"的呼声日高，但总体上则是遮遮掩掩，理论建设乏善可陈，造成了"创作发达理论滞后"的特殊局面。民元后这种局面不仅没有改善，其矛盾反而更加突出——在"五四"新文学理论家们的凌厉攻击之下，"鸳派"几无还手之力即可见一斑。

小说发展低潮期（"小说界经济危机"）中作家的生存状态如何？对其文学选择有何影响？无疑是颇有诱惑力的话题。首先必须回答的问题是稿酬能让作家们取得经济独立吗？笔者考察的结果跟学界主流观点颇为不同：根据笔者测算，在持续五年之久的"小说界经济危机"中，极少有作家仅依靠稿酬就能养家糊口，这对那些怀揣希望、打算以此为职业的小说家而言，无疑是生存和心理的双重打击。如此境况之下，走还是留？这是小说家们必须面对的大问题。自然的，有的选择出走有的选择留守。接下来回归核心问题：留守作家的生存状况及其文学选择如何？迎合风尚者有之，顽世嫉俗者有之，借小说做出种种不良行径者亦有之。其中，陆士谔是一个值得关注的典型样本——在小说界处于低潮时期，陆氏作品以骄人成绩形成了独特的"陆士谔现象"，而基于他的特殊身份、政治立场、作品风格所代表的作家群体，其生存策略等更是值得探讨的话题。

上述"疑案"提到，后"小说界革命"时代小说界发展偏离了早前倡导者所预设的发展轨道，若从作品角度考量，这一论断有两大直观表现：

其一，旧小说的卷土重来。众所周知，"小说界革命"的一大任务就是通过"革"旧小说的命来倡导新小说，从早期看"革命"效果显著，但宣统朝间旧小说竟然出现了明显的复兴迹象。而这仅仅是个开始，民初旧小说的复兴已是不争的事实。难道新小说吸引力还不如旧小说？处于舆论弱势地位的旧小说何以能"咸鱼翻身"？其间原因诸多，既有新小说自身的弱点，也有"小说界革命"理论设计的偏差，当然还有读者和"第三种力"的综合作用。

其二，"新消闲小说"的勃兴。启蒙的日渐式微与消闲风的日益强劲是晚清小说界的一条发展主线，宣统朝的"新消闲小说"就是由启蒙与消闲两者调制而成的产物——消闲为主启蒙为辅，这既是对梁氏新小说的改造也是反动，其间"第三种力"综合作用的痕迹宛然可见。不过，"新消闲小说"终究只是过渡时期的匆匆过客，摆在它们面前的道路大致有两条：一是创作"拼盘式"作品（如《十尾龟》），某种意义上这是一种历史的倒退，毕竟小说市场的细分是未来的大趋势；二是打造"魅惑力"小说，这是主流方向，其指向就是民初的"鸳派"、黑幕。中国小说史已经证明，无论选择哪条道路对"新消闲小说"而言皆非高妙之着，但这是它们的宿命。

一定意义上，小说界身陷低潮未必就是坏事，因为"穷则思变，变则通"，厄境反而可能迫使小说界加速演变，一些新的文学因素亦可能由此萌蘖，如时闻小说和"先锋实验"小说。

时闻小说主要刊载于日报，是新闻界和小说界联姻的产物，也是意识形态管控与近代报刊业博弈的结果。因其鱼龙混杂、整体质量不高而往往被人们所忽略，价值也常常被低估。其值得重视之处有两点：其一是无意之间带动了"新体短篇小说"的发展；其二是在现代论体文的文学化方向上进行了有益探索（其指向是"五四"时期的杂文）。因此，时闻小说在现代文体学上具有特殊意义。

"先锋实验"小说体现的不仅仅是"内容革命"，还包括"形式革命"，特别是后者，恰恰是早前"小说界革命"尚未展开的任务。就此意义而言，"先锋实验"小说的"形式革命"正是后"小说界革命"时代需要补上的一堂必修课。由于"先锋实验"者们的理念不同，他们对新小说发展道路的选择也略有差异，如周氏兄弟、陈景韩倡导走"西洋化"道路，而苏曼殊则更倾向于"民族化"道路。其产生的实效也殊为不同，前者暂时遭致冷遇，其后劲直到"五四"时期才得以迸发；而后者马上得到了小说界的热捧并被"鸳派"奉为先师，不过其真正的精神实质同样也是在"五四"时期才被理解和接受。关于两者的道路选择和"现代性"指向，尚可讨论之问题甚夥。

笔者之所以将海外华文小说纳入研究视野，不仅仅是为了描述海外华文小说的发展状况，还想为中国本土小说找到一个比照物，以加深对后者的理解。

对中国本土而言，晚清间东洋板块实质上处于"先锋"地位，比如该板块是"小说界革命"理论和"现代派"理论的策源地，同时还是精英小说人才的重要聚集区。此外，该板块小说发展速生速亡的周期性所体现出的经验和教训，同样值得治文史者重视。

南洋板块直到光绪三十三年（1907）同盟会刊物《中兴日报》创办之后才开始走向兴盛。此间，革命派与保皇派借用小说进行激烈论战，而中立派的小说观念则较为保守板滞。总体而言，该板块小说界深受中国影响，但值得注意的是作家们在创作中有意无意间流露出的"本土性"，可视为南洋华文小说本土身份认同的开始。

北美板块以《中西日报》为典型，该报在晚清华文小说界中排名第一的小说刊载量与转载量颇为引人瞩目。《中西日报》同人如此青睐小说，显然离不开傅兰雅这一特殊人物的影响。由于该报远离中国，故在汲取文化母体优质资源方面"先天不足"，又因为跟西方异质文化之间存在隔阂，故在汲取西方文明方面亦不能得近水楼台之便。总之，夹缝中生存的北美华文小说"本土性"萌蘖的条件尚不具备，并因此而限制了自身的发展及其成就。

综合上述，宣统朝小说界虽然处于低潮期，但其间的丰富性和特殊性只有深入其间才可领略，也只有将之置于晚清到"五四"的历史坐标之上，才能真正凸显其价值。可以说，要想破解文学界近、现代转捩期中的种种"疑案"，若离开宣统朝这一特殊的历史区段显然是难以获得完满答案的。据此，笔者更加坚信了文学低潮期研究的独特价值——即使这样的研究因为尚无成熟经验而显得愈加困难。

中国近代小说发表量年度分布表

表一　　　　　　　　　中国近代小说发表数量一览表
（樽本照雄编制）

年份	创作	翻译	合计
1900	16	4	20
1901	39	10	49
1902	21	18	39
1903	73	96	169
1904	96	73	169
1905	84	91	175
1906	141	152	293
1907	204	198	402
1908	256	151	407
1909	270	85	355
1910	253	62	315
1911	197	62	259
1912	159	57	216
1913	256	98	354
1914	1208	253	1461
1915	1585	347	1932

【注：这份统计表完成时间为 2000 年 11 月。据樽本先生给笔者的回信云，此数据的统计来源为《新编清末民初小说目录》及随后搜集到的一些资料。十年来，随着新材料的发掘，该数据也有待更新，好在无论怎样，该表对判断当时小说的总体发展态势，依然有参考价值。资料来源：汪家熔辑注：《中国出版史料·近代部分》（第二卷），湖北教育出版社、山东教育出版社 2004 年版，第 105—106 页。】

表二 　　　　　 **1906—1911 年中国小说每年新创数量统计年表**

年份	1906 年	1907 年	1908 年	1909 年	1910 年	1911 年
新创	412	551	653	628	523	491
增量		139	102	− 25	− 105	− 32
增幅		33.74%	18.51%	− 3.83%	− 16.71%	− 6.12%

　　【注：此处的"新创"仅仅指当年新创作的小说，重版、转载不计；跨年度连载者，计入首期登载年度，此后不复计；作品的出版时间未详到具体年份者，不计入。统计数据的原始材料来自陈大康先生主持之"中国近代小说资料库"。】

近代以"小说"命名的部分报刊

1902—1915 年间创刊的以"小说"命名的报刊

刊名	存在时间	发刊周期	期数	出版地
新小说	1902—1906	月刊	24	日本横滨
绣像小说	1903—1906	半月刊	72	上海
新新小说	1904—1907	月刊	10	上海
小说世界日报	1905	日刊	(200)	上海
小说世界	1905	半月刊	(1)	上海
月月小说	1906—1908	半月刊	24	上海
新世界小说社报	1906—1907	月刊	9	上海
小说七日报	1906	周刊	(5)	上海
粤东小说林（绘图中外小说林）	1906—1908	旬刊	(37)	广州—香港
小说林	1907—1908	月刊	12	上海
小说世界	1907	旬刊	(4)	香港
广东戒烟新小说	1907	周刊	(9)	广州
竞立社小说月报	1907	月刊	2	上海
新小说丛	1908	月刊	(3)	香港
宁波小说七日报	1908	周刊	12	宁波
白话小说	1908	月刊	(2)	上海
扬子江小说报	1909	月刊	(5)	汉口
扬子江小说日报	1909	日刊	(30)	汉口
十日小说	1909	旬刊	11	上海
小说时报	1909—1917	月刊	33	上海
小说月报	1910—1920（此后改组）	月刊	126	上海
中华小说界	1914—1916	月刊	30	上海

续表

刊名	存在时间	发刊周期	期数	出版地
小说丛报	1914—1919	月刊	44	上海
小说旬报	1914	旬刊	3	上海
小说海	1915—1917	月刊	36	上海
小说大观	1915—1921	季刊	15	上海
小说新报	1915—1923	月刊	94	上海

【注：待访期刊如《小说图画报》（阿英《晚清文艺报刊叙略》提及）等不列入。本表参考了陈平原先生《中国小说叙事模式的转变》（上海人民出版社1988年版，第273页）一书的成果。同时，根据最新掌握的资料进行了补充和修订。

另：光绪三十四年（1908），此前创办的小说期刊无一能跨过本年，是为晚清小说期刊的"生死坎"。】

附录三

晚清中文报刊相关统计表

表一 1900—1911 年中文报刊创建数量表

创建时间	新创	更名	合计
1900	35	4	39
1901	43	1	44
1902	48	3	51
1903	65	6	71
1904	87	3	90
1905	91	12	103
1906	127	9	136
1907	143	7	150
1908	136	12	148
1909	116	12	128
1910	142	12	154
1911	212	16	228

表二 以三年为时间段统计

创建时间		新创	更名	合计
光绪朝	1900—1902	126	8	134
	1903—1905	243	21	264
	1905—1908	406	28	434
宣统朝	1909—1911	470	40	510

表三　　　　　　　1900—1911 年中文报刊创建量排名前四位的区域

区域 年份	上海			北京			广东			日本		
	新创	更名	合计	新创	更名	合计	新创	更名	合计	新创	更名	合计
1900	10	2	12	4	0	4	5	0	5	2	0	2
1901	17	0	17	3	1	4	0	0	0	4	0	4
1902	21	2	23	6	0	6	6	0	6	3	0	3
1903	18	2	20	3	0	3	6	0	6	7	2	9
1904	24	2	26	4	1	5	3	1	4	7	0	7
1905	18	3	22	10	2	12	11	0	11	7	1	8
1906	18	0	18	34	1	35	18	2	20	11	1	12
1907	22	1	23	24	0	24	15	2	17	24	0	24
1908	35	3	38	10	2	12	12	1	13	12	1	13
1909	25	2	27	15	2	17	12	1	13	7	1	8
1910	33	3	35	9	1	10	14	1	15	6	1	7
1911	67	3	70	15	1	16	16	1	17	2	0	2
合计	308	23	331	137	11	148	118	9	127	137	11	148

【注：未知创刊年份的报刊，不计入上表。统计资料来源：史和、姚福申等编：《中国近代报刊名录》，福建人民出版社 1993 年版；方汉奇主编：《中国新闻事业编年史》，福建人民出版社 2000 年版。】

晚清出版机构小说出版量统计表

表一　　1902—1911 年三大小说出版机构的小说出版量统计表

	1902	1903	1904	1905	1906	1907	1908	1909	1910	1911
商务印书馆	1	5	6	26	49	72	59	26	7	4
小说林社			15	39	41	46	24	1		
改良小说社						1	29	49	25	12

表二　　1902—1911 年以"小说"命名的出版机构小说出版情况统计表

出版社名称	地点	1902	1903	1904	1905	1906	1907	1908	1909	1910	1911	合计
大声小说社	上海										1	1
改良小说社	上海						1	29	49	25	12	116
公同小说社	不详							1				1
古今图书小说社	上海										2	2
广东小说社	不详								1			1
合众小说社	上海							1				1
会同小说社	不详								1			1
近世小说社	上海							1				1
警世小说社	不详									1		1
觉群小说社	广州								5			5
乐群小说社	上海					6		1				7
社会小说社	上海						1					1
申江小说社	上海						1					1
时事小说社	上海									1		1
维新小说社	上海									1		1

续表

出版社名称	地点	1902	1903	1904	1905	1906	1907	1908	1909	1910	1911	合计
文明小说社	不详								2			2
小说保存会	上海							1				1
小说编译社	香港						1					1
小说进步社	上海								21	2	3	26
小说林社	上海			15	39	41	46	24	1			166
小说时报馆	上海				1					1	1	3
小说图画馆	上海						1	1	1	1		4
小说新书社	上海				1	1						2
新华小说社	上海								1			1
小说支卖社	上海										1	1
新世界小说社	上海				1	6	20	4				31
新小说林社	上海										1	1
新小说社	上海				9	3	3					15
新新小说社	上海								2	6	1	9
醒世小说社	上海								2		1	3
艺文小说部	上海								1			1
中国小说社	不详								1			1
最新小说社	上海								1			1

【注：两份表的统计对象都是以出版单行本小说的机构为准。统计原始材料来自陈大康先生编撰的《中国近代小说编年》（华东师范大学出版社 2002 年版）及其主持的"中国近代小说资料库"。】

晚清单行本小说出版情况统计表

表一　　　　　　**1900—1911 年单行本小说出版情况统计表**

年份	1900	1901	1902	1903	1904	1905	1906	1907	1908	1909	1910	1911
总量	14	22	11	77	65	121	171	230	200	189	132	95
重印				16	9	23	32	52	37	45	37	22
新增				61	56	98	139	178	163	144	95	73

表二　　　　　　**1903—1911 年出版的单行本小说中自撰和翻译对照表**

年份	1903	1904	1905	1906	1907	1908	1909	1910	1911	合计
自撰	22	15	32	47	75	102	139	100	79	611
翻译	55	50	89	124	155	98	50	32	16	669

【注：多册、小说合集算一部；多册发行于不同年份者，仅计第一册发行的年份；具体年份不详者不计入。统计原始材料来自陈大康先生编撰的《中国近代小说编年》（华东师范大学出版社 2002 年版）及其主持的"中国近代小说资料库"。】

附录六

晚清报刊小说发表情况统计表

表一　　1904—1911 年晚清三大日报自撰与翻译小说对照表

年份	1904		1905		1906		1907		1908		1909		1910		1911		合计	
	自撰	翻译	自撰	翻译	自撰	翻译	自撰	翻译	自撰	翻译	自撰	翻译	自撰	翻译	自撰	翻译	自撰	翻译
申报	0	0	0	0	0	0	12	4	37	10	45	8	19	11	80	16	193	49
时报	4	6	6	4	20	10	17	6	53	9	12	10	3	5	49	6	168	54
神州日报	0	0	0	0	0	0	14	7	72	7	71	5	20	2	7	3	184	34
合计	6	4	6	4	20	10	43	24	162	29	128	23	42	18	136	35	545	137

表二　　1902—1911 年以"小说"命名的期刊自撰与
翻译小说对照表（部分）

年份	1902		1903		1904		1905		1906		1907		1908		1909		1910		1911		合计	
	自撰	翻译	自撰	翻译	自撰	翻译	自撰	翻译	自撰	翻译	自撰	翻译	自撰	翻译	自撰	翻译	自撰	翻译	自撰	翻译	自撰	翻译
新小说	3	5	3	6	3	0	1	4	0	2											10	17
绣像小说			3	9	9	4	8	3	2	4											22	20
新新小说					3	5	2	8	3	1											8	14
小说世界									0	2	4	1									4	3
月月小说									14	18	29	14	31	11							74	43
新世界小说社报									1	6	7	4									8	10
小说林											9	13	9	5							18	18
中外小说林											16	5	17	0							33	5
广东戒烟新小说											8	1									8	1

续表

年份	1902		1903		1904		1905		1906		1907		1908		1909		1910		1911		合计	
	自撰	翻译	自撰	翻译	自撰	翻译	自撰	翻译	自撰	翻译	自撰	翻译	自撰	翻译	自撰	翻译	自撰	翻译	自撰	翻译	自撰	翻译
竞立社小说月报											10	3									10	3
新小说丛											4	6	1	3							5	9
白话小说													8	0								
宁波小说七日报															23	0					23	0
扬子江小说报															11	6					11	6
十日小说															25	0					25	0
小说时报															8	16	5	13	11	13	24	42
小说月报																	13	5	29	8	42	13
总　　计	3	5	12	15	12	11	11	11	17	33	87	49	66	19	67	22	18	18	40	21	325	204

【注：跨年度连载者，计入首期登载年度，此后不复计。统计原始材料来自陈大康先生编撰的《中国近代小说编年》（华东师范大学出版社 2002 年版）及其主持的"中国近代小说资料库"。】

附录七

宣统朝小说编年

谢仁敏辑录　　陈大康校补

【说明】

1. 本编年以《中国近代小说编年》（陈大康编撰，华东师范大学出版社 2002 年版）为基准，凡是该书已有著录者，此处不再收录。故本编年所收录之文献绝大部分为首次披露。

2. 本编年收录范围主要限于宣统朝。若报刊发行时间溢出宣统朝，为保持近代段编年的完整，以庚子年（1840）为上限，以辛亥年十二月三十日（1912.2.17）为下限；若某部作品连载时间溢出下限，为保持作品完整，编年延伸至该作品连载完毕之日。编年体例其他相关说明，见《中国近代小说编年·凡例》。

3. 本编年目录按首字拼音音序排列，分设中国和海外两个板块，页码重新编排。

目　录

上编　中国

下编 海外

上编 中国

《白话报》与小说相关编年

光绪朝
光绪三十四年戊申 （1908）

十月

二十日（11 月 13 日）《白话报》第一期刊载《埋金》，作者署"蹉跎"。其篇首云："世界上第一样好东西是金钱，世界上第一样害人东西也是金钱。有了金钱，便可以做出世界来，吃的、着的、用的、住的，有那一样办不到？除非你手里没有钱。金钱的害处在那里？为了金钱，骨肉也可以变做仇敌，仇敌也可以变做骨肉，乖人也会变成痴汉，痴汉也会变做乖人。种种的奸巧手段，也从这里做出；种种的恶心肠，也从这边发作。日俄战争为啥？无飞（非）为着这个。四国协约为啥？德日联络为啥？中美同盟为啥？都是为着这个。这个神通广大，有了这个，使世界上人，忙的忙煞，闲的闲煞，愁的愁煞，恨的恨煞，笑的笑煞，哭的哭煞。有了这个，世界上是是非非，顿时可以颠倒起来，今朝是了，明朝就可以叫他变做不是。张三得了他几分好处，嘴里说出个是来，李四没有分润着，便翻了他的案子，满□道出个不是，这不是世界上第一件害人的东西吗？别样的害人东西，都不容易把世人常常着迷，惟有这个金钱，常常迷着世人，不容易醒悟。有一件故事，可以借来做个证据，待在下讲来。"刊载《扫毒》，作者署"蹉跎"。《白话报》，又名《锡金白话报》、《锡金教育会白话报》，于本月创刊，无锡锡金教育会出版，发起人裘廷梁等，编辑尤惜阴等。月刊，据其《试办简章》云："每月一册，二十日发行。"

刊载"售报价目表（邮费外加）"：全年十二册三角，半年六册一角六分，零售一册三分。

十一月

二十日（12 月 13 日）　《白话报》第二期刊载《青白眼》，作者署"蹉跎"。

十二月

二十日（1 月 11 日）　《白话报》第三期刊载《佛国灭亡记》，未署作者名。刊载《吃香烟的看！看！看！》，作者署"项豪"。

宣统朝

元年己酉（1909）

闰二月

二十日（4 月 10 日）　《白话报》第四期开始连载《爱国的小儿女》，至本年五月二十日第六期毕，作者署"鸣仙"。其篇首云："我们做了那一个国里的人，必定回护那一国，凡是世界上的人，没有一个不是这样的。那回护本国的心，就叫做爱国心。这爱国心虽然人人都有，但也有些深浅。我们中国人的爱国心，同外国人比较起来，似乎要浅一点。这里头却有个缘故，因为我们中国人，错认这个国是皇帝一个人的，不是全国百姓公共的，故此国里的事情，一概不去过问，都推在皇帝及几个官身上。那里晓得国里没有事情便罢，有了事情，第一个吃苦的，就是我们百姓。现在张开眼睛看看，外国人的势力，为甚么这样大？我们中国为甚么尽受他的欺侮？岂非为了外国的国势强，中国的国势弱么。但则为甚么外国的国势便会强，中国的国势便弄得这么弱呢？这就是从全国里头百姓爱国心深浅来的了。我今日闲在这里，没有事情，拿两件外国小孩爱国的故事，讲给列位听听罢。"

三月

二十日（5月9日）《白话报》第五期开始连载《虎观载笔》，至本年六月二十日第七期连载至第二章，未完，现不知连载至何时结束。作者署"单石"。

五月

二十日（7月7日）《白话报》第六期连载《爱国的小儿女》毕。其篇末云："所以列位如果真有爱国心，只要时时刻刻，随便做一件什么事，总想我做的这件事，同国家有益的还是有害的。如果有益的，便立定主意不屈不挠的去做；如果有害的，便虽然同我的身家性命相关，也咬定了牙齿不做。若能照这样子，不消十年八年，中国也可以成功世界上的头等强国，不要说没有人敢来欺，并且还要见我们怕呢。"

六月

二十日（8月5日）《白话报》第七期连载《虎观载笔》第二章，未完，现不知连载至何时结束。

《北京日报》与小说相关编年

宣统二年庚戌（1910）

六月

初一日（7月7日）　《北京日报》开始连载《医运》，至本月初三日。标"短篇小说"，未署作者名。《北京日报》总馆设北京城东镇江胡同，分局在外城琉璃厂西门内。日出三张，星期日停刊。

初三日（7月9日）　《北京日报》连载《医运》毕。

初四日（7月10日）　《北京日报》开始连载《秘密门径》，至本月初五日。标"短篇小说"，未署作者名。此篇原载于本年五月二十日至本月二十三日上海《舆论时事报》，标"短篇小说"，作者署"柳"。

初五日（7月11日）　《北京日报》连载《秘密门径》毕。刊载"武士道小说出售"广告，文云："我国《武士道》小说，系本馆译登《北京日报》。现经排印，装订成册，每本售洋一角。琉璃厂本报分馆发行。"据此知，《北京日报》此前曾连载翻译小说《武士道》，具体时间不详。

初六日（7月12日）　《北京日报》开始连载《奈何桥铁路》，至本月初八日。标"短篇小说"，未署作者名。

初八日（7月14日）　《北京日报》连载《奈何桥铁路》毕。

初九日（7月15日）　《北京日报》开始连载《鹪鸧痛》，至本月初十日。标"短篇小说"，未署作者名。

初十日（7月16日）　《北京日报》连载《鹪鸧痛》毕。

十一日（7月17日）　《北京日报》开始连载《医意》，至本月十四日。标"短篇小说"，未署作者名。其开篇云："医者，意也！医者，意也！不知医意，不可以为医。"此篇原载光绪三十三年三月《月月小说》第七号，标"短篇小说"，作者署"武"。

十四日（7月20日）《北京日报》连载《医意》毕。篇末云："撰者曰：童子者，中国之歇洛克福尔摩斯。"

十五日（7月21日）《北京日报》刊载《亡国人之末路》，标"短篇小说"，未署作者名。其篇末云："记者曰：保护之国，行将兼并，其国人又复结党以促成之。抑若不知亡国之痛，而已达大同之境界者，然则我哭朝鲜。国破人亡，其志士变易姓名以游学他国，而某国又绝之于其所往，以吊销其卒业之文凭，则我哭安南。亡国之民流离失所，一闻日俄之并满洲，若不胜愤恨者，然则我哭犹太。内忧外患，层见叠出，而政府大老终日酣嘻如故，徇情纳贿如故；大小臣工运动钻营如故、下视国民空言叫嚣如故。我则痛哭之不暇，何暇为他人哭。"

十六日（7月22日）《北京日报》刊载《骗发》，标"近史小说"，未署作者名。其篇末云："呜呼！骗术。呜呼！教习之新骗术。"

十七日（7月23日）《北京日报》刊载《鬼鬼祟祟》，标"近史小说"，未署作者名。

十八日（7月24日）《北京日报》开始连载《十三小孩剧谈记》（自八月二十日起，篇名排为"十三小孩谈剧记"），至九月初十日。标"新译小说"，未署译者名。此篇共六章，惟第一章与第二章列有标题：第一章：诛斩怪首；第二章：点金神术。

九月

初十日（10月12日）《北京日报》连载《十三小孩剧谈记》毕。

十一日（10月13日）《北京日报》开始连载《杀侄奇仇》，至宣统三年正月二十六日。标"侦探小说"，未署译者名。其篇名旁有题记："公仇欤！公仇欤！国家思想欤！功利主义欤！科学进步为道德之蟊贼欤！"第一章篇首云："著者曰：余未下笔之先，欲有数言贡于阅者。其言为何？则此书之主人翁为堪勿士，与余为至契之交。其人沉默渊穆，聪明能断，风采奕奕有神。善侦探术，每遇一案，必潜思密察，虚衷博访。当此案之出现也，以其明谋至计，就余咨商者数四，故余于此事，知之最详，而不能不将案情原委，详细书出以告天下，（不）致埋没此公之名。

其中虽不敢云字字从真，语语中的，但阅者以意求之可也，读此亦可以观世变矣。"此篇共八章，各章标题如下：第一章：腐尸之发现，检验之误差；第二章：二次之检验，罪人之偶露；第三章：百镑之招募，剧场之遇犯；第四章：西报之赏格，海底之证据；第五章：（未见）；第六章：推测之中肯，重要之左（佐）证；第七章：总厅之捕犯，罪人之自戕；第八章：遗嘱之供词，案情之始末。

宣统三年辛亥（1911）

正月

二十六日（2 月 24 日）《北京日报》连载《杀侄奇仇》毕。

三十日（10 月 28 日）《北京日报》开始连载《党鸳鸯》卷上，现所见至四月二十五日，未完。标"历史小说"，未署译者名。

四月

二十五日（5 月 23 日）《北京日报》连载《党鸳鸯》卷上现所见至本日止，篇末标"未完"。该篇现所见七章，均未列标题。

五月

十七日（6 月 13 日）《北京日报》开始连载《金纤纤》，至本月十八日。标"短篇艳情"，未署作者名。此篇先见于本年三月十四日《台湾日日新报》，标"短篇艳情"，未署作者名。

十八日（6 月 14 日）《北京日报》连载《金纤纤》毕。

十九日（6 月 15 日）《北京日报》刊载《盲聋话》，标"短篇小说"，未署作者名。

二十日（6 月 16 日）《北京日报》开始连载《钟和尚》，至本月二十一日。标"短篇小说"，未署作者名。此篇先见于宣统二年十二月十六日台北《台湾日日新报》，作者署"炜"。

二十一日（6 月 17 日）《北京日报》连载《钟和尚》毕。其篇末云："世之沾沾自喜而好自矜其能者，亦可以鉴矣。"

二十三日（6 月 19 日）《北京日报》刊载《湘绫》，标"短篇小说"，未署作者名。

二十四日（6 月 20 日）《北京日报》开始连载《海天鸿影·广告结婚》，至本月二十五日。标"小说"，未署译者名。

二十五日（6 月 21 日）《北京日报》连载《海天鸿影·广告结婚》毕。

二十六日（6 月 22 日）《北京日报》开始连载《双奇女合记》，至六月初三日。标"小说"，未署作者名。

六月

初三日（6 月 28 日）《北京日报》连载《双奇女合记》毕。其篇末云："记者曰：吾述此二奇女子事，吾为倚势凌人之劣绅惧，吾为淫贱无耻之妇女羞。"

初四日（6 月 29 日）《北京日报》开始连载《昙花女》，至本月十四日。标"短篇寓言"，未署作者名。

十四日（7 月 9 日）《北京日报》连载《昙花女》毕。其篇末云："著者曰：吾之成是书，果何所取义耶？诚以一国之财产积贮，不应操于少数人之手，否则仓廪实，府库充，而仍多饿殍。夫财，国之大利也，壅闭不通，则大害存焉。其源流往往被中饱之压制，而肆其吞噬，转博重利，巧为垄断，为若辈之大牧场。伯康诗云：乱之源与属之阶。此之谓欤！此之谓欤！"

十五日（6 月 30 日）《北京日报》开始连载《双艳恨》，至闰六月初一日。标"哀情小说"，署"微尘著"。

闰六月

初一日（7 月 26 日）《北京日报》连载《双艳恨》毕。

初三日（7 月 28 日）《北京日报》开始连载《易魂术》，至本月初五日。标"短篇小说"，作者署"总汇"。其篇首云："催眠术之作用，能夺被术者之知识，使随术者之呼叫，而为一种不随意的运动。此等作用，在催眠术未进步时，人多诧为神奇，或骇为魔术。不知晚近斯学，日益进步，其巧妙不可思议，更有令人骇绝者。"

初五日（7 月 30 日）《北京日报》连载《易魂术》毕。

初六日（7 月 31 日）《北京日报》开始连载《绿玉钏》，至本月初九日。标"短篇小说"，未署作者名。

初九日（8 月 3 日）《北京日报》连载《绿玉钏》毕。

初十日（8 月 4 日）《北京日报》开始连载《电杀机》，现所见至七月初二日，未完。标"英国最新小说"，未署译者名。

七月

初二日（8 月 25 日）《北京日报》连载《电杀机》现所见至本日止，篇末标"未完"。

十月

初二日（11 月 22 日）《北京日报》刊载《浪荡子》，标"短篇小说"，未署作者名。

十六日（12 月 6 日）《北京日报》刊载《无米炊》，标"短篇小说"，未署作者名。此篇原载本年七月十六日《申报》"自由谈"栏，标"短篇时事小说"，作者署"迅雷"。

《北京新报》与小说相关编年

宣统二年庚戌（1910）

六月

初一日（7月7日）《北京新报》继续连载《颜氏》，至六月十五日毕。标"九续"，连载开始时间不详。标"说聊斋"，作者署"耀亭"。该报创刊于光绪三十四年十二月初七日，日刊，本日已发行至第五百三十一号。杨曼青主办，发行兼编辑为金辅臣。馆设"琉璃厂西门内西北园后坑路东"。

十五日（7月21日）《北京新报》连载《颜氏》毕。其篇末云："按，《聊斋》批说，翁姑受封于新妇，可谓奇矣。然侍御而夫人也者，何时无之，但夫人侍御者少耳。天下冠儒冠，称丈夫者，皆愧死矣。记者曰：何愧之有？弄钱。"

十六日（7月22日）《北京新报》开始连载《邢子怡》，至七月初十日毕。标"说聊斋"，作者署"尹箴明"。其开篇云："一介庸愚墨客，各艺都不通俗。人人笑我太糊涂，余又安能述古。□说《聊斋志异》，共君解闷闲读，言忠言孝胜新书，曰雅曰文曰土。几句藏头词念过，一不多表，在下接连着敬献一段儿白话聊斋，目录叫作《邢子怡》。那位说，《聊斋》四百多段，就没见过这么一个目录。诸位先别挑眼，前年要是在这个月里作，这个'怡'字，还可以用立人旁一个'义'字儿。现在虽说敬缺末笔，无奈一个写得不清楚，就许错排个有撇儿的，叫人想着，我们不懂得尊君，所以不如援照唐钦使改成这个'怡'字。以后就连汾阳王，也可以跟着这们改改良。所谓当王者贵，您想得不得。外带着我上场还别说闲话儿，咱们这就赶紧说书。"

七月

初十日（8月14日）　《北京新报》连载《邢子怡》毕。其篇末云："这段书说到这儿可就算完了，虽说是段因果小说，在报上说总得讲破除迷信，所以不便给人家细评。就是俗语儿所说，'种瓜得瓜，种豆得豆'，只能信其理，不可认其真。况且人能照此行去，虽不能人人都有此好事，究竟一正却诸邪。"

十一日（8月15日）　《北京新报》开始连载《云翠仙》，至八月初十日毕。标"说聊斋"，作者署"尹箴明"。其开篇云："孟秋风高气爽，渐渐就要天凉。盂兰普渡假慈航，和尚拿他撒网。南下洼子开庙，半多女界烧香。名为行好拜城隍，其实闲游散逛。招得无赖弟子，院内排列如墙。亚赛拳匪等揸枪，两眼毛贼一样。这个评头论脚，那个说短道长。戳戳指指找干娘，忘却坟茔没上。《西江月》罢，接连着还是我说《聊斋》。为什么不换耀亭说呢？一来上次耀亭连说了两段儿，一共四十多天，换了在下，说了二十三天。恐怕诸位嫌絮烦，所以把闲话儿去掉，净说书核儿。又恐怕人家说我偷懒，所以再找补一段儿。并且前天所说的几段儿，都是男女感情深厚，各得美满效果的故事，这段《云翠仙》，是负心男子遭恶报的故事。前后比例着说，正是为大家别跟着这样人学。又因为妇女烧香拜庙，是件最伤风败俗的事，不信到十五囗上江南城隍庙瞧去，什么怪现像都有。诸位要嫌天热不爱去，您就等瞧各报的新闻，所以张嘴说了这们《西江月》。咱们就接着说这段儿《云翠仙》，容我说完了这段儿，再请耀亭先生说热闹的，您瞧得不得？那位说，我们不爱瞧。话虽如此，这可不能由着一位一个主意，我们是以报的涨落为定，只要报数儿直涨，就算我矇对啦。闲话少谈，赶紧说书为是。"

八月

初十日（9月13日）　《北京新报》连载《云翠仙》毕。其篇末云："这段儿书说到这儿就算完事，按这末两天，要慢慢儿的铺张着说，准能说过了节。不过瞎磨烦没什么意思，不如赶紧说完，再换我们耀亭。总而言之，这段儿您就别究情翠仙是人是仙，就算个劝善的玩意儿就是啦。要说翠仙是人，怎么一见面，就把他瞧透了呢？这个情理很不难解。凡是浪荡无行的人，乍一见面儿，全能希和蔼和柔和凑和，一个容他得了意，立刻就反覆。翠仙早于神前据足的时候儿，就把他瞧透了。偏遇见这们位好糊涂的妈妈，自己的眼睛饶不识人，还是不听话，专指着娘娘的保佑，老梆子才算迷信到家啦。得啦，我别瞎聊啦，明天您听热闹的题目。"

十一日（9月14日）《北京新报》开始连载《折狱》，至八月二十二日毕，标"说聊斋"，作者署"尹箴明"。其开篇云："戏言自古无益，更怕遇见仇人。适逢凑巧入公门，岌乎财穷命尽。幸赖贤明邑宰，果然断案如神。片言折狱苦用心，并非专于刑讯。几句提纲表过，接连着再敬献一段儿《折狱》二则。要说这门《聊斋》，从出版到如今，已经说了有二十段啦。据在下想，除去《胭脂》之外，没什么近乎侦探小说儿的。我们从前也曾说道，《聊斋》一书，是什么书的体裁都有。现在不差什么的，都爱看外国侦探小说（如《福尔摩思》、《夺嫡奇冤》等类），其实也不过全是理想的玩意儿居多。我今天说的这段儿书，可是国朝的真事，又仿佛一段儿公案似的，并且处处有情理，还不用一来一私访。您不信瞧，虽不敢说十分热闹，可准比包公案强的多。"

二十二日（9月25日）《北京新报》连载《折狱》毕。其篇末云："这段儿书到这儿算完，末一句说，事到结，并未妄刑一人。有人说，可到（倒）是没屈打人，就是胡成多挨了二十嘴巴。您要知道，那二十个嘴巴，打的是他无故好打哈哈，才有这场牢狱之灾。并且必是平日不得人，所以冯安才恨他。这段儿书，一恍儿，又整整儿十天，没别的，我可真得歇一歇儿了。明天是耀亭先生大概要说《江城》。"

二十三日（9月26日）《北京新报》开始连载《江城》，至十月初二日毕，标"说聊斋"，作者署"耀亭"。其开篇云："世上男婚女聘，推为人之大伦。既同伉俪理相亲，孰知由爱成恨。说甚身遭悍妇，那叫后果前因。纵能千遍颂观音，不若乾纲一振。《西江月》罢，照演前文，还是白话《聊斋》（没新鲜的）。我们尹老夫子，说了一段儿《邢子怡》，接着又饶了段《云翠仙》，连《折狱》前后共是三段儿。说的好不好，有目共见，也不必我贴靴。今天换了在下，应该说那段儿哪？没题目的文章不好作，必得先把目录贴出去，然后您好接着往下听。按说今天我正说回《珊瑚》，仿佛让诸君换换耳目。又一想，不行，《珊瑚》是段儿苦条子活，不论怎么补登，也离不开《老妈妈赴善会》、《莲花落》，你都听俗啦，这更不新鲜啦。再说我们这份小报儿，直攻不上的卖，每天多印两万多张，还不够夥友们分的哪（那位说，你们一共出多少份哪？那您就别问啦，反正够瞧的，我也犯不上吹）。有这么一说，更得说好的喽，所以今天，咱们来段儿《江城》。这段儿书虽好，就是不大好办，等说到江城醒悟之后的那点儿，一个收不住笔，就算砸啦。闲话蠲免，我就敬献这段儿。"

十月

初二日（11 月 3 日）　《北京新报》连载《江城》毕。其篇末云："这段事故（故事），据说当日作书人，在浙江省听王子雅说的，大概此事许是真的喽。"

初三日（11 月 4 日）　《北京新报》开始连载《一技长》，至本月十六日毕，标"闲谈录"，作者署"耀亭"。其开篇云："《江城》刚然演罢，忽觉天气寒凉。若不赶紧弄衣裳，管保冻的讪嚷。无论文野新旧，须有一技之长。哪怕苦奔与穷忙，胜是求人当当。几句穷词儿念过，余不多表。今天更换个门路，说回古今闲谈。那位说，放着好好儿的《聊斋》你不说，怎么也改了瞎聊传啦？诸位有所不知，《聊斋》总共四百多段儿，从中再刨去零星短篇，以及近于迷信秽污之事，实在没多少啦。要不想个变通主意，终久有个说完的日子。再说这段儿《江城》，聊了一个多月，也不在短处，每回都是我们尹箴明先生，接着往下说。这次我忘了跟人家商量，所以没能预备。虽是抓起就能说，可也得容人家想想题目。故此我再垫个小段儿，容我们大哥想目录。我有心还要说《聊斋》吧，未免有点儿太俗啦。俗言说的好，不怕不卖钱，就怕货不全。莫若我随便说一段儿，给阅报诸君换换耳目，好歹我说这么一点儿，您再接着听《聊斋》（决计不是追人）。闲言少叙，您就上眼，怎么叫作一技长呢？说起来这里头，很有点儿意思。言其一个人生于世上，不论能作点儿什么事，只要有一技之长，就可以吃饭。就怕那界里都找不着他，虽有发财的命儿，也得甘受其穷。今天咱们先打有能耐的说起，慢慢儿再归到没能耐的身上。"

十六日（11 月 17 日）　《北京新报》连载《一技长》毕。篇末注：

"明日仍演《聊斋》。"

十七日（11月18日）　《北京新报》开始连载《胡四娘》，至十一月初三日毕，标"说聊斋"，作者署"尹箴明"。其开篇云："石崇夜梦坠马，醒来告诉街邻。担酒牵牛不离门，都来压惊解闷。苑丹实被虎咬，人说自不小心。世间敬富不敬贫，世态炎凉可恨。几句残句念过，一不多表，接续着在下说段儿《聊斋志异》。要说《聊斋》这部书名儿，本是四个字儿，上头两个'聊斋'字儿，是蒲留仙的书房名儿，就如同我们北京新报馆，馆名儿似的。'志异'就是所记载的异样的事情，说白了就如同北京新报馆的新闻一样。有人说既是《聊斋志异》，为什么我们瞧了一年多的报，并不怎么异样呢？诸位想，我们如果说的太离异了，现在讲究开通民智，破除迷信，那警厅还能许我们说吗？所以无论怎样为难，那不是鬼狐的段子，也得变法子。掰挣出个情理来，就以上回我们耀亭大哥说的，那段儿《江城》，多半近于迷信，到了他老先生嘴里，该说的说，改择的择，就合乎情理啦。闲言少叙，我就快快儿的说书。"

十一月

初三日（12月4日）　《北京新报》连载《胡四娘》毕。其篇末云："这段儿书说到这儿算完，鄙人因为现在炎凉世态，属着官场尤甚，所以张嘴儿说的那篇引场词，虽是老的，特意举出一个极富的，一个赤贫的，以虚实相形，可为同声一哭。我说这段儿，不过替我们耀亭大哥歇一歇笔，您要瞧热闹的，还是明天看他的。调侃儿说，尖局。"

初四日（12月5日）　《北京新报》开始连载《凤阳士人》，至本月十五日毕，标"说聊斋"，作者署"耀亭"。其开篇云："妇女痴由天性，况乎伉俪独钟。一日分别各西东，因思遂成幻境。何物丽人怂恿，致使鸾凤乖情。衔恨嘱弟破窗棂，惊醒黄粱大梦。残词念罢，一不多表，照演前文。白话《聊斋》，昨天《胡四娘》已完。在下今朝接演，必须更换新目录。现在白话小说是一份儿挨一份儿，真算便宜看主儿就结啦。三十子儿看一月报，核算临完还送您本闲书看。再嫌不上算，听说他们报馆说，还要添加石印五彩的画篇儿；再嫌不上算，他们还要把张儿放大。那位说啦，据你这么一说，那够本儿吗？不。不管够本儿不够本儿，就求多数人看，谁让现在是商业竞争哪，哪怕赔掉了脑袋，谁也不能说不算。话我可是说啦，他们添不添可没准儿，只要您有长工夫等着，将来总有那们一天。闲话蠲免，咱们就说这段儿。目录您是瞧见啦，名曰《凤阳士人》，要说'凤阳'两字，就是安徽凤阳府（出什不闲儿地方）。怎么为'士人'呢？就是念书的（您瞧这够多明白，当初蒲留仙可没叙名姓。既没名姓，必然不是真的，不过形容妇人盼夫情切，梦中尚怀妒忌，所遇的幻境，也是有感而生。凡良人远出久不归家，虽不能人人作这个梦，可是不能不作如是想。《聊斋》上的玩艺儿，您得□滋味儿）。"

十五日（12月16日）《北京新报》连载《凤阳士人》毕。

十六日（12月17日）《北京新报》开始连载《时医》，至本月二十八日毕，标"闲谈录"，作者署"尹箴铭"。其开篇云："运返（退）黄金失色，时来顽铁争光。莫将此话当寻常，真假古今一样。医道九流之内，许多奥妙包藏。专凭运气去逞强，究竟透着撒谎。《西江月》表过，在下也说段儿小故事儿，无非开通民智，劝人即便打算朦事，也得有点儿真材料才行。就说行医这一道，虽说仗着脉理，还得讲究望闻问切，不然专仗诊脉，往往也有失之毫厘，谬以千里的时候儿。就以本记者幼年看过的一段儿故事儿，可不记得是什么书上的啦。"

二十八日（12月29日）《北京新报》连载《时医》毕。其篇末云："这段儿故事，到这儿算完。以在下说，这段儿原是老前辈编的一段假玩艺儿，无非以时运命意所说的，仍是隔靴搔痒。据在下想，天底下的事，只要肯用心，别逞才能，听人的话，自然比一人的智识强。所以前几年，天津丁竹园先生，设立医药研究会，现在北京也设立此会，蒙本馆耀亭先生约我赞成。这件事我是很赞成的，无奈我想着，古人说医者意也，这里面颇有格物致知的功用，天道人事随时变迁，病证亦日出不穷，所望大家悉心研究，不但不得泥于成方，并贵重的药，并得随时随人身体，并平日所受的研究，方能称济世活人呢。在下承耀亭兄嘱代说《聊斋》，我先来这们一段小说，阅报诸君，可得原谅，就如同我的引场词内几句闲话儿，您要爱听《聊斋》，咱们是明天准演。"

二十九日（12月30日）《北京新报》开始连载《小翠》，至十二月二十五日毕，标"说聊斋"，作者署"尹箴明"。其开篇云："犬狂尚不吠主，狐媚亦解报恩。托言畜类有人心，人岂天良可泯。不但妆痴妆傻，更能受责受嗔。宛如烂漫本天真，斯为仁至义尽。几句书词儿表过，愚下接

着说段《聊斋》。阅报的诸君，爱瞧不爱瞧，虽在两可，好歹我可得说一
说。我说书的缘故，因为这份报，是耀亭先生，从前专说《聊斋》，因为
又在别处做事，所以我帮个忙儿。真是俗语说的，入行三天没力笨，总算
我也借着人家的报纸，学出这们一份招说的学问来。彼时我还帮着做一做
演说，理一理新闻，偏巧这两天直犯喘，不能见天到馆，所以才求耀亭大
哥，并别位替一替我。我不出门儿，就可以说书，一来是彼此穿换的法
子，二来也算凑合我，腾出他们几位的工夫，连做演说带理新闻。好在本
馆的人多，位的位都是抓起那一样儿，就会那一样儿，绝不死吃一门儿。
那位说，你别挨骂啦，我们花钱瞧报，谁管你们的事呀。对，那们算我白
多言啦，咱们这就说书，还是尽说书核儿。"

十二月

二十五日（1月25日）　《北京新报》连载《小翠》毕。其篇末云：
"蒲老先生替作了这们一篇小传，又不便明言，也是有的呦。这段儿书说
到这儿算完，您要爱瞧，咱们是过年正月初六日，再换新鲜题目。"

宣统三年辛亥（1911）

正月

初六日（2月4日）　《北京新报》开始连载《细柳》，至本月三十日
毕，标"说聊斋"，作者署"尹箴明"。其开篇云："又交宣统辛亥，诸君
新禧平安。瑞雪纷纷雨三天，瘟疫消灭不见。国会业经缩短，各处预备提
前。人民程度不完全，且藉说书当劝。《西江月》罢，接着还是《聊斋》。
因为什么单要说《细柳》呢？皆因这段儿书，一来是《聊斋》上最有名
的目录，二来又纯乎是人事，也省得替原文圆谎。怎奈大新正月的，可没
什么吉祥词儿，别名就叫'苦条子'。阅报诸公看著，仿佛有点儿不痛快
似的，有必要说段儿别的吧，偏巧本报全年所送的月份牌上，又有段书
儿。这段书儿，原是本馆一位朋友画的，大致原是取其本报浅近，妇孺易
晓的意思，据在下瞧，很像《聊斋》上的这段儿《细柳》，所以我不管画
的是这段儿不是，咱们就当做《细柳》说，只当是绣像的《聊斋》。再说

这段儿书，除了苦一点儿，还是与人很有益，所以我就说这段儿。马力说完，再换花稍热闹的，您瞧得不得？闲话勾开，这就说书。"

三十日（2月28日） 《北京新报》连载《细柳》毕。其篇末云："这段儿书到这儿算完。其实上次鄙人就说过，这原是一段假玩艺儿，通篇是劝妇女处家庭常变的准绳。末后蒲老先生，这几句是将假作真，所为叫人信，同我们报界寄来稿，说日前行至那儿似的（连说书带泄底，有多招说呀）。果然妇女都能做到细柳为人，谁能说中国女界不完全呀。说到这儿就算完事，要看热闹节目，下月再看新鲜的。"

二月

初一日（3月1日） 《北京新报》开始连载《红玉》，至二月二十五日毕，标"说聊斋"，作者署"尹箴明"。其开篇云："《聊斋》神仙狐鬼，全为警醒愚蒙。若把假意当真情，岂非痴人说梦。莫道先生迷信，苦口讲孝说忠。时将荡女比精灵，讽世深心可敬。八句俚词念过，一不多表，没别的，接着还是说书。过年之后，在下敬献了一段《细柳》。原是因为我们耀亭大哥，玉体违和，拿起笔来就喘，所以求我替说一段。我是义不容辞，心想说完了那段儿，他老先生就可以接着说喽。不想仍未能大见痊愈，前两天我们在馆中见着，依旧栽培我，说不拘什么，您再替我说一段儿。我可并非拿捏，一来说的不好，怕人不爱瞧，二来实不相瞒，在下也是个忙人儿。这篇玩艺儿，抄起来至少就是十天半个月，一篇是八百多字，还得按着日子往下稿，要是隔三跳两的，说着也不接气，瞧主儿也就散了神儿啦，还不如不说哪。虽然这们样，又找不着比我强的，替一替我们耀亭，只可还是我来再造回魔啵。诸位先包涵着点儿瞧，您要爱瞧耀亭的，可得容他好一好儿。不然，《聊斋》也要紧，命也要紧。诸位实在不爱瞧在下的，还有个主意，你就先瞧附张的胭脂，拿我这篇当个饶头，反正得对的住您这一枚铜元。闲话少说，这就开书。"

二十五日（3月25日） 《北京新报》连载《红玉》毕。其篇末云："说到这块儿，这才算完。诸位要不信是假事，请想这段事故，大概就暗用的是司马相如。"

二十六日（3月26日） 《北京新报》开始连载《巧团圆》，至三月十五日毕，标"庄原录"，作者署"耀臣（庄耀臣）"。其开篇云："吾生有愿，故作庄原，为将愚意，供献君前。也不望名垂千古，也不怕遗臭万年，但只愿，异日立宪，化危为安，大清帝国，亿万斯年。那时我，幽居僻巷屋两椽，坐也安然，立也安然；粗茶淡饭饱三餐。早也可填，晚也可填；布衣得暖胜细棉，肥也能穿，瘦也能穿；一支秃笔半张笺，今也言言，古也言言；吹竹歌唱弄丝弦，名也不贪，利也不贪；二三知己苦流连，文也谈谈，俗也谈谈；夜归独子笑灯前，伶也喜欢，蠢也喜欢；斜身一卧览残篇，新也可亲，旧也可亲；日出三竿我独眠，不是疯癫，谁是疯癫？　残词念罢，概不多表，今天更换个门路，说这么几句，作为引场词儿。或有人问于仆曰：'子胡为不说《西江月》乎？'记者起立而对曰：'否，否。《西江月》已然充满街市，故避之。'（那位说，耀臣，你别招怨啦，一句书没说，难道这就闭眼吗？）非也。俗说：人不说不知，木不钻不透。在下由年前患病，致负诸君雅兴，实非出于本心。现在稍见痊可，先在本报上说这么一段儿。能够长篇大论的往下稿，那更好啦。如其不行，再请我们尹箴明先生，消遣《聊斋》。鄙报是人多玩艺儿多，倒不必说一定准好，只要对诸位眼光儿，就是顶瓜瓜。"

三月

十三日（4月11日）　《北京新报》连载之《巧团圆》内云："白话小说一门，不过暂为之计，维持销路，不能居为奇货。将来社会程度进化，尚须另改方针。即以现在论，偶杂以诙谐滑稽之谈，亦要不失文人雅道。若因求销路起见，信笔胡云，虽日销数万，究有何益？凡我辈执笔者，当知小说一门，有关社会之损益，稍不自慎，就许稿到三等娼窑里去。是以鄙人聊作数语，先自警而后警人，同业诸君，勿以斯言为河汉。"

十五日（4月13日）　《北京新报》连载《巧团圆》毕。

十六日（4月14日）　《北京新报》开始连载《龙氏三娘》，至四月初五日毕，标"庄原录"，作者署"耀臣（庄耀臣）"。其开篇云："季春三月十六，东岳庙场接连。无男带女去参观，名为各了心愿。神路街市热闹，摆列许多香摊，儿童替身眼光圈，拐棍红绿绒线。散司七十二殿，单找秦桧没完。隔窗唾骂碎粘痰，污秽模糊满脸。早知今日之苦，曷若戒于当年。如将忠义报君前，万世人人称赞。保守国家领土，屏除自己贪婪。

秤官秉笔美名传，不过公私一念。偏欲威权专擅，阴谋巧害良贤。遽尔知悔也徒然，往事已成铁案。虽说近于迷信，究属惩儆赃奸。休云后果与前缘，实是谗臣宝鉴。残词念罢，余不多表。《巧团圆》是说完啦，今天更换个新题目，名为《龙氏三娘》。上回《巧团圆》，可是明朝的事，这回书可是元朝的事，所为越说朝代越远，容易造魔。要说现在的实事，一来记者见闻不广，二来一个说错了，难免就许有人指摘。莫若躲开本朝，可以随便稿稿，即或有个小错儿，好在没人跟我打质对。实在是这们个意思，决不撒谎，诸君如不嫌鄙陋，您就慢听我信口云云。"

四月

初五日（5月3日）　《北京新报》连载《龙氏三娘》毕。

初六日（5月4日）　《北京新报》开始连载《青梅》，至五月十七日毕，标"说聊斋"，作者署"尹箴明"。其开篇云："报纸开通民智，闲书解闷怡情。宗旨原来本不同，勉强引人入胜。再说《聊斋志异》，多半狐鬼精灵。倘或铺张带传情，岂非徒贻话柄。小则见识大雅，大则败落虚名。可怜前辈蒲留翁，文章被予断送。有此许多不便，故改号尹箴明。爱看不看在诸公，反正不能胡哄。几句诉苦词说过，接着说段儿《聊斋》。那位说啦，人家耀臣先生，说的好好儿的《庄原录》，你又想起什么说《聊斋》呢？别是耀臣又拾起旧锅粥来了吧？倒不是那们件事。我们这馆里的人，虽不敢说全拿得起来，可是那一样儿都要学一学，隔些天我们就换一换心思。我要说书呢，好叫我们耀臣先生，做几篇演说，来两段儿戏评，人家评的也比我在行。再说我说一段儿《聊斋》，一来为熟习熟习小说儿的笔法，二来让他也歇一歇心思，我说完这段儿，再请他说《庄原录》。我们这儿是王小儿拔麦子，俩算一个儿（可不俩打一个儿）。咱们别说费话，这就开书。今天说的这段儿，目录是《青梅》，诸位要听着好，底下我还敬献一段《水杏儿》哪（《聊斋》上可没有这们个目录，您要真听，还得容我去现造魔）。"

五月

十七日（6月13日）　《北京新报》连载《青梅》毕。其篇末云："这段儿书说到这儿，就算打住。不瞒诸位说，从在下一说《聊斋》，就知道这段儿好。无奈原文上全是正人，不能打哈哈，实不容易说，因为作文章的道理，代圣贤立言易，代小人立言难。说小说儿，是说坏人容易醒脾，说正人容易板滞。而且原文有许多句子，不敢更改，所以迟迟老没敢说。上月承我们耀亭大哥的教，谆谆叫我献丑，说的好不好，诸位多包涵点儿吧。要是喜欢看热闹的，您请瞧下段。"

十八日（6月14日）《北京新报》开始连载《珠江花舫》，至六月初六日毕，标"庄原录"，作者署"耀臣（庄耀臣）"。其开篇云："白话小说繁盛，颇为社会欢迎。虽然小道大时兴，四九城儿恍动。非但醒脾解闷，兼可感化愚蒙。喜笑怒骂令人惊，宗旨原无一定。所幸文俗义浅，尤妙不计拙工。位位争强显奇能，渐渐人多势众。智兰泪痴剑胆，尹箴明与耀亭。相继耀臣自了生，可惜都没露姓。几句闲词念罢，作为说书的引子。昨天的《青梅》演毕，接着又该愚下说书。为甚么先说这们几句呢？所为给我们同业的诸君，道道名姓儿，用著的多学多唱，用不著的后面吃茶。今天这段儿书，乃是广东一段故事。按说这个目录，不应叫作《珠江花舫》，应当叫作《倒开花》，因为人生在世，于一切风俗人情，是非邪正，样样儿都得有点儿阅历，才能称为干练。无论甚么事，不可太过，也不可不及。就说走马章台，花丛问柳，亦人生在所难免，不过一人迷途，必至荡产亡身。若一定视为仇雠，终究必有个失脚，及至晓得个中风景，反倒不可收拾啦。这话从那儿说起呢？皆因广东省的花船，比那儿都盛。船上多女子，个个儿都会吹竹弹丝，打扮得妖艳非常，所为引诱过客，富商大贾，往往堕其术中。此等事，不差甚么的，都还知道，惟独珠江花舫，使人万难堤防，越是一把死拿的主儿，越能上当。一入了圈套儿，想逃是不能，非一家儿净不能醒悟，凭你铜铸的金刚，铁打的罗汉，也得闹个精光精。"

六月

初六日（7月1日）《北京新报》连载《珠江花舫》毕。

初七日（7月2日）《北京新报》开始连载《小梅》，至闰六月初三日毕，标"说聊斋"，作者署"尹箴明"。其开篇云："从来神道设教，深心警世良方。后人误解混铺张，闹成离奇惝恍。小人藉端生事，桩神桩鬼桩羊。时逢其会巧相当，大家心服供养。失学村夫愚妇，偏僻山野乡庄。

奉若神明不醒腔，甚至财穷命丧。酿出庚子大祸，造因始自瞧香。开通民智力求强，解说不同和昌。几句《西江月》表过，紧接连愚下敬献一段儿《聊斋》，目录叫作《小梅》。这段儿书，乍一看原文，直仿佛很迷信，又是狐狸，又是菩萨，乱七八糟。您要细瞧，虽有几处寓言，无不具有至理，内中原文外带连说带刨。所以在下说这一段儿，为的是开通民智，破除迷信起见。咱们是这们办，原文破除迷信的地方儿，在下都给他指点出来，造谣言的地方，咱们也把原文说完了，我再批评这个理儿，并作书的本意。可并非是《聊斋》没有人事的段子了，所以弄出段儿有迷信的，或是我真不能躲着迷信道儿说了，所以才苦掰挣。实为发明蒲老先生的文法，并救世苦心起见。不过在下学疏才浅，不敢当此重任（更不敢就此拜杆），尽着力儿的说，总求与社会有益的就是啦。我也不必紧自交待，就此开书。"

闰六月

初三日（7月28日）《北京新报》连载《小梅》毕。

初四日（7月29日）《北京新报》开始连载《王桂庵》，至本月二十五日毕，标"说聊斋"，作者署"耀亭"。其开篇云："前后两个六月，使人雅兴怡情。风光不与往时同，夏秋□中节令。《小梅》昨天演毕，可称笔法灵通。更换新题我应工，说回鸳鸯大梦。几句诌词儿念罢，接着还是《聊斋》。按说应当请我们耀臣，来段儿《庄原录》，奈因这两天，他有许多事情，再说愚下与诸君久违，也该献献丑啦。莫若还是说段儿《聊斋》，请众位听听。"

二十五日（8月19日）《北京新报》连载《王桂庵》毕。其篇末云："后来寄生成人长大，颇有父风，诸位要听《寄生》，换我们尹簋明先生再演。"

二十六日（8月20日）《北京新报》开始连载《寄生》，至七月二十日毕，标"说聊斋"，作者署"尹簋明"。其开篇云："聊斋数百余段，段段皆有可观。喜怒忧悲酸苦甜，胜似盲词小传。从打本报出版，已演四五十篇。上回说的《王桂庵》，耀亭先生逍遣。寄生芸娘所产，妙文若断若连。痴情巧得并头莲，事迹离奇变幻。愚下才疏学浅，谬欲体效蝉联。狗尾续貂望包涵，听我造魔现眼。几句诌词儿表过，接着还是《聊斋》。

这段儿书呢，原目录上算是没有，所以灯虎儿上的志目，没人编他。要说这段故事，是真热闹，据我看，比上《王桂庵》有过之而无不及，所以把他接着演出来，以供众览。奈有一节，在下本不会作小说，这路言情的玩艺儿，更不好办。说的花稍了，招闲话说；太庄重了，不容易醒脾，究竟是一人难趁百人意。再说上月本馆接了一封信，有位某君（惜此函已失，所以没书名姓）给我出了三个题目，一是《侠女》，二是《莲香》，三是《乔女》，还说了许多恭维话，大概是爱瞧喽。在下本当遵命就演，奈因《寄生》是《王桂庵》附传，若不接着演下来，已后另说，似乎显着没头没脑的，所以把特烦的这三段儿，暂且搁一搁，容我把这段《寄生》演完，烦的那三段儿，早晚我必敬献。闲话勾开，这就说书。"

七月

二十日（9 月 12 日）《北京新报》连载《寄生》毕。其篇末云："这段儿《寄生》说到这儿，也就算是完啦。原文还有两句，是'父子之良缘，皆以梦成，亦奇情也。故并存之'，仿佛真事似的，其实全是蒲老先生耍笔法，编的玩艺儿。上段耀亭先生已经指出，江篱芸娘姓孟的理由，如今我再说这一段大意。名叫寄生者，是说他生于莫家（凭这个莫翁也是老谣，人容易明白）。郑家闺秀，是个好正经人家的闺阁秀女，就没有梦中相耍的事。虽说因张氏姻成而病，究竟是从母命而嫁，且当初并非从小儿，与王孙私订过什么秘约。蒲老先生总还是维持礼教，暗贬婚姻自由，所以通身闺秀不入口气，全是叙笔，把五可活画出个机伶女子来。却是花旦的身份，通篇说的，谲而不正。再说这个名字，也透着轻佻。不信请想五是行五，算是没什么要紧。这个'可'字，讲义可多啦。大凡可人、可卿、可儿之类，都是戏谑美人之语，那儿有大家女子，以此命名的呢？再说又没有题他四个姐姐都是谁，分明是另有五样可以的事。照原文想，愿嫁可告父母，愿看可叫人看，看后可以戏，言嫁时可以自至，序齿可居为妹，就算五可喽。虽算可经，可权，可大，可小，究竟不可为法，所求的不过一个可心就是啦。话已说明，明天另换新鲜目录。"

二十一日（9 月 13 日）《北京新报》开始连载《彭意如》，至八月二十四日毕，标"庄原录"，作者署"耀臣（庄耀臣）"。其开篇云："风流原出少艾，韵事尤在年轻。一旦老迈态龙钟，难寻个中佳境。偶尔阴阳颠倒，不过意外之成。世间多少暮年翁，岂独龚生徽倖。愚下今天开演，并非讲孝谈忠。说回妓女太无情，欲将迷人唤醒。此中因果报应，令人胆战心惊。转眼娇姿换厉容，君哪何妨认命。《西江月》念罢，应当这就说书才是，奈因有几句话，不能不交代交代。这个'庄原录'的名目，可并非伪仿假冒，所为与我以先所作的，稍有区别，反正鄙人姓庄，怎么说也万不能改。前在他报作《庄原录》的时候就姓庄，而今还是姓庄（真新鲜），并非跟王麻子、镊子张一样，瞧见人家卖项儿好，立刻跟著借字抄音。也别管《庄原录》吧，孳总是愚下造的，至于续起的诸君，说的怎么好，却不与在下相干。您要瞧庄耀臣的小说，可就是这门'庄原录'，那怕硬说我学人呢，只要不愧心，我是满不在乎。其实，算不了甚么稀奇罕儿，凡世界上的事，大半都是前人开路后人行。话是交代完啦，恨我骂我，悉听其便。散酒当不了正筵席，还是得说书。"

八月

二十四日（10月15日）　《北京新报》连载《彭意如》毕。

二十五日（10月16日）　《北京新报》开始连载《侠女》，至九月二十九日毕，标"说聊斋"，作者署"尹箴明"。其开篇云："豪杰行侠尚义，人人佥为美谈。家弦户诵当奇观，《史记》亦入列传。忠孝本具天性，见识每带私偏。报仇殉志骨难全，惜与圣道有间。女子应娴闺训，三从四德当先。若负此质效奇男，势必踰闲荡检。《聊斋》此篇文字，写得犹龙若仙。据愚拙见细详参，究竟褒中寓贬。几句提纲念过，一不多表，接演一段《聊斋》上的侠女。不瞒诸位说，在下本不会说书（都是我们庄耀臣大哥拉扯我招这个说），再说这部《聊斋志异》，尤其深奥，连看有时还看不透呢，何敢妄自批评？其中有些段并非记事，原是蒲老先生另有寓意做的，要是评说，似乎就得把原意表明才是。然而一个人一个眼光儿，一个心思，所谓心之不同，有如其面。蒲老先生是康熙时代的人，在下又无从去请教，只好据我的见解，妄测前贤。不过用圣经贤传的理，说出个道理，对不对犹在两可之间。为什么必得说这段《侠女》哪？因为前两个月，接了某君一封信，派我说《侠女》、《莲香》、《乔女》这三段，也别管是抻练我吧，是赏识我吧，究竟有题目的文章好做，那不我说一段儿呢，总算彼此不諭盘子。至于说的好歹，在下可不敢说准对。闲话少叙，这就说书。"

九月

二十九日（11月19日）《北京新报》连载《侠女》毕。其篇末云："书说至此，这段《侠女》已完，明天您另瞧新鲜题目。"

三十日（11月20日）《北京新报》开始连载《太原狱》，至十月十四日毕，标"说聊斋"，作者署"尹箴明"。其开篇云："上回《聊斋志异》，本是某君所烦。皆以鄂乱心不安，实在说得现眼。还有《莲香》、《乔女》，理当一气演完。昨天友人又来函，嘱说一段公案。彼此皆为朋友，例应两地周旋。好好歹歹写半篇，在下毫无成见。今天更换目录，请看《断狱太原》。究情问事古人言，不愧贤明知县。几句谎言叙过，我再敬献一段儿《太原狱》，作个饶头。论理应当我们耀亭大哥接演啦，恰巧前天敞窗友陈子仁君来信，又烦我说《太原狱》。张诚大男，我本当把前次所烦的说完再说。继而一想，莫如我先敬献陈君一小段儿，以后瞧光景做事，反正诸位是一样的瞧。这四百多段儿，早晚有个说完的时候（就怕我没那们大的寿数），何妨都应酬着呢。爱看的诸位，如果性急，我还有个变通法子，请您到馆说明，在下只要有工夫，我就可以给你写得了寄去。若说一定指着往报上登，一来得有个替换，二来得由着大家的眼光儿，可不能那位愿意瞧什么我就说什么。咱们还是别讨人嫌，张嘴儿就说《太原狱》。"

十月

十四日（12月4日）《北京新报》连载《太原狱》毕。其篇末云："今天这段书，是公案暗隐着侦探的一段玩艺儿。您要爱瞧热闹的，是明天敬献。"

十五日（12月5日）《北京新报》开始连载《罗刹海市》，至十一月十四日毕，标"说聊斋"，作者署"尹箴明"。其开篇云："《聊斋》四百多段，笔法各有不同。神仙狐鬼与精灵，寓言细心方懂。上回《太原狱》案，听讼不外人情。迥异俗说老包公，多仗神人指梦。今天更换目录，《罗刹海市》为名。体裁本是两截成，忠孝廉节认定。涉世乘风破浪，宦途花面逢迎。并非笑骂逞才能，为唤迷途幻梦。几句谎言叙过，下接着说段儿《聊斋志异》。这一回目录，叫作《罗刹海市》，原是蒲留仙先生的寓言。文字本是极细微的玩艺儿，在有学问的人，自然一目了然，在仅能看得下一段白话玩艺儿的诸君，往往以假作真，仿佛确有这们一国，实有这们一件事似的。再加上随便瞎聊的诸位，混往热闹里一铺张，更把本意说走啦，又搭着这段儿书。前几年有某班排过一出戏，名叫《龙马姻缘》，大致虽是取之此书，穿插意思，却同西湖主人差不了多少，与本文多不相关。好在俗语儿说的诌书离戏，多早晚戏的场面，决不能同书一样，也不能说人家排的不对。在下既是说《聊斋》，就得按着原文走，要说'改良'二字，也无非把作书人的本意，指点明白了。原文说是龙女，我也不必一定牵强硬把他算了人，只不过大家可要想，龙女本是异类，尚能如此，搢绅家的千金贵体更当如何？至于马生是忠孝廉节的人物，不过是个贾人之子，亲贵更当如何？大意略略一表，咱们就接着开书。"

十一月

十四日（1月2日）《北京新报》连载《罗刹海市》毕。其篇末云："这段儿书，说到这句算完。诸位要知道，这回书一到这封信瞧完了，就应当算完。已后这些事，不过全是信后末一段的事，原不必细说，所以急速把他说完。至于所应指点的，已经逐段说过了，对于不对，请大方家指教。您要爱看热闹的，咱们是明天接演。"

十五日（1月3日）《北京新报》开始连载《婴宁》，至十二月十五日毕，标"说聊斋"，作者署"尹箴明"。其开篇云："吾人观书看戏，眼力各有一偏。或爱热闹与谐谈，或喜艳情公案。愚下一枝秃笔，焉能处处周旋。枯肠搜索勉为难，只好逐篇接演。上回《罗刹海市》，乃是幻境寓言。官场现形世外缘，两截连成一段。本文《婴宁》目录，花笑笔墨双关。莫把狐女当妖言，趣在天真烂漫。几句谎言表过，接着还是《聊斋》。今天的书词，为什么说这们几句呢？因为在下有一番苦情，不得不表白表白。自从本报有这门白话《聊斋》，时常屡接来函，也有谬赞的，也有指疵的，不管怎么样，反正全是爱我们的深心。在下借此交换知识，也很感激大家赐教。所最难的一节，就是一人难趁百人意，有爱看花梢热闹的，就有爱看悲愤感慨的，今天这位劝我说段文的，明天那位劝我说武的，实在无所适从。就以上回的《罗刹海市》说，大半宦场不得志的道学朋友，多数赞成，若真以粉墨涂面，谋得功名的，就不爱瞧。并且有许多家的眷客，也都说上半段没什么意思，本报因此很见滞销（我们是实话实说，决不吹嗙）。头几天我有两位朋友，一位让我说《席方平》，一位劝我说《婴宁》。在下倒是毫无成见，无奈想着《席方平》，虽是言孝的妙文，究竟与上文有点儿雷同。若说这段儿《婴宁》呢，似乎花梢一点儿，大家看着，可以开一开心，所以咱们先说这段儿。那一天都是这门八百多字，反正那一段儿都是说，咱们是以社会眼光儿为取与，就如同现在的戏园子似的，即如崔灵芝、张月仙二位老板，全有许多的好玩艺儿，这一程子净唱《杀子报》，不是因为上的座儿多吗？不但是戏，就说当年随缘乐，也是烦《义侠记》，比烦《宁武关》的多，只好从众就是啦。闲话少说，咱们可就说这段儿《婴宁》。"

十二月

十五日（2月2日）《北京新报》连载《婴宁》毕。其篇末云："中国素讲礼教，又好言家世，山东地方尤甚。恐其乡邻物议，自己做了这们一段儿捣鬼的话，这都是蒲老先生，维持礼教，代乡绅保全名誉，故用妙笔成此一段妙文，而其中警世的深意，全是借鬼狐以讽世。言婴宁虽是狐生鬼抚，处处守礼，处处钟情，直到悽恋鬼母，反笑为哭，不但是个美人，还是个孝女，搢绅之家，千金贵体，岂可不如他吗？因这些难说的地方，又要把这个人表扬出来，只可托言鬼狐，《聊斋》上这路地方儿很多。诸位喜看文字，要不以文害词；要爱看事迹，要不以词害意。反正原是野史，在我们登在报上说，无论那段儿，全得开通民智，有益于世道人心，究竟对不对，不过就我□得到的地方儿说就是啦。其实《聊斋》那一段儿全都可说，今天不是这段完了吗？您要是爱瞧热闹的，明天咱们是另换新鲜的目录。"

十六日（2月3日）《北京新报》开始连载《莲香》，至1912年3月28日毕，标"说聊斋"，作者署"尹箴明"。其开篇云："上段《婴宁》目录，本是花笑文章。说狐论鬼近荒唐，不过借题撒谎。愚下谬为评讲，无非信口雌黄。幸蒙社会喜揄扬，倍觉惭愧无状。又承多函赐教，一定嘱说《莲香》。桑生小传胜寻常，笔意迷离惝恍。难却诸君情面，漫道如愿以偿。其中妙处要参详，幸勿读成淫荡。八句提纲叙过，接着还是《聊斋》。以现在时局说，在下实无心肠作报，既无心作报，更无心作小说啦。然而本报既有这们一门，只好还得接着往下作。小说虽是玩艺儿，间断了也未免不近人情。以社会人情说，论理该当说段儿忠孝节义，铺张铺张文修武备，仿佛才合时局。奈因今年夏天，有位某君给本馆来函，烦我说《侠女》、《莲香》、《乔女》三段儿，在下遵命说了段儿《侠女》，下两段儿的愿，我还没还哪。前两天又连接四五封信，都烦这段儿（《莲香》）。我也不知道诸君的意见，究竟是爱看热闹，还是爱瞧我醉雷公胡批哪？不论怎么说，全都好办，可有一节，我可不能照着粉戏似的，往下形容（那是阴我）。至于应指点的笔法，可得据我眼光所见到的，往下批讲。闲话撇开，这可就要开书啦。"其篇末云："这段儿到这儿，算是打住。在下本不敢说这段儿，因为原文意思深奥，恐怕贻笑大方，谬蒙来函嘱托，只好勉强应命，并随说随批，既没人肯指教，只好算我蒙对啦。至于我必得瞎批的条故，可并非我好费事，既称改良，又登在报上，若不把迷信破除，再不指出点儿用意，就照着鬼狐往下铺张，那有其您听笑话儿不自呢。惟独这段儿的后文，我还落批了几句，今天已完，找补着说一说。必得说燕儿还魂，莲香还生者，大意无非说死者而求其生，生者而求其死，统通都为羡慕人身。奈何具此人身的，往往蠢然而生不如狐，泯然而死不如鬼。再说一夫二妻的，勿论怎样说，也得面和心不和。惟独这二位，是全无妒意，其两世情好出于至诚。我说对不对，诸位可别恼。"

《北京醒世画报》与小说相关编年

宣统元年己酉（1909）

十一月

十一日（12月23日）《北京醒世画报》第二十二期刊载《梁上君子》，标"短篇小说"，署"浣红女士邵清池作"。《北京醒世画报》创刊于宣统元年十月。编辑者张凤纲，总理人韩九如，发行者恩树人，绘图者李菊侪，印刷人魏根福。报馆设北京樱桃斜街路南。其创刊号刊载价目表。北京："每日一张，铜元一枚；每月铜元三十枚。花皮装订铜元五枚；装订成册三十五枚。公益半价。"外埠："逐日寄，每月价洋五角四分；三日寄，每月价洋三角四分；五日寄，每月价洋三角正。"

二十七日（1月8日）《北京醒世画报》第三十八期开始连载未标篇名之小说，至十二月初三日毕，标"白话小说"，署"邵清池稿"。

十二月

初三日（1月13日）《北京醒世画报》第四十三期连载未标篇名之小说毕。

初七日（1月17日）《北京醒世画报》第四十七期继续连载《孝子可敬》，标"续前"，现不知何时开始连载，至本月初八日毕。标"小说"，署"浣红女士邵清池稿"。

初八日（1月18日）《北京醒世画报》第四十八期连载《孝子可敬》毕。其篇末云："呜呼！有人受人一茶一饭，都应当想法去报他，怎么受父母这样天高地厚的恩，反不去报呢？这们看起来，报恩都报不了，还敢忤逆不孝吗？不观那乌鸦反哺，羊羔跪乳，禽兽尚且知报父母的恩，我们人为万物之灵，反连一个禽兽都不如吗？可见人生在世，别样事先放开，一个'孝'字万不可不讲。鄙人阅各种报纸看，不知道孝父母的人实在太多，故取吴孝子的事，以劝化大众。吴孝子以丐人尚能生养死葬，这们孝顺，我们大众尽点孝顺之心，总比吴孝子强吧，岂反不能学吴孝子吗？难道说让吴孝子独为孝子吗？这点道理，人人可行，人人当尽，为什么不勉而行之，为天地间之罪人呢？"

初九日（1月19日）《北京醒世画报》第四十九期开始连载《义侠记珠还合浦》，至十二月二十一日，其篇末标"未完"，现不知连载结束于何时。标"白话家庭小说"，署"浣红女士邵清池稿"。其开篇云："鄙人生长在南省，因慕燕都的风景，才来至北方游览。有余功夫了，可就在小说、报纸上，拿这两样东西，好使客中不寂寞。说起小说来，本是可以劝化人的，无奈我们中国小说好的甚少，不是才子佳人，就是神仙鬼怪，求其于世道人心上有些关系，真是少见的很。现在我国为预备立宪的时代，论人民的资格，真是不够。想要人心明白，除了演说、唱戏之外，小说最有益处。白话家庭小说益处更大，因那文意太深的，于中下社会的人，不容易明白，独有这白话浅近，看了没有不懂的，既然懂的，可就明白了。亲友们有劝鄙人演说一篇登于报纸上，好劝劝人。鄙人这样庸劣的笔墨，何敢当此责任？后来又一思想，鄙人是一个无知的女流，就是说的不好，人家都有个包涵。故此不怕现丑，将家乡近事，演作白话。也不敢说劝化人，不过茶前酒后，作个消闲的意思。如有不对的地方，求阅报诸君多多指教。"

《渤海日报》与小说相关编年

宣统元年己酉（1909）

三月

二十四日（5月13日）　《渤海日报》刊载《燕智》，标"短篇小说"，作者署"怜"。其篇末云："怜之曰：黑心符出，芦花变生，微物且然，于人乎何咎？谚云：有后母即有后父。夫岂苛论哉？是其智计之出于此燕下，奚止千万里。"《渤海日报》馆设"烟台广仁堂街东头路南宝华号内"。售价："本埠零售每日铜元二枚，一月铜元四十枚，半年铜元一百二十枚，全年铜元四百二十元。外埠每星期寄两次，一月大洋四角，半年大洋二元二角，全年四元。愿逐日寄者，邮费照加。闰月照加。外国租地及外洋按邮费加算报资。先惠空函定报，恕不复。"

二十五日（5月14日）　《渤海日报》刊载《猫孝》，标"短篇小说"，作者署"悔"。

二十六日（5月15日）　《渤海日报》开始连载《猴奸》，至四月十四日毕，标"短篇小说"，作者署"怜"。

四月

初七日（5月25日）　《渤海日报》刊载"拟禁止小说出版"云："民、学两部会商，以近出社会小说多讥刺时局，殊属不成事体。拟检查小说出版，预为防制云"。

初九日（5月27日）　《渤海日报》刊载"风俗改良会规则"云："曹州学务大半由绅士主持，惟师范学堂操之于官府，不免有繁衍之弊，今岁安邱王君讷任该堂教员及监学，乃实行整顿，每月开教育练习会，又合全属城内学校开展览会（容开毕后续报），又由王君洪一等，拟编曹州全属乡土教科书，已发函调查各县《乡土志》与《县志》，约于四月间开办。风俗改良会规则：曹州师范学堂王君讷纠合同人拟办风俗改良会，已议定简章数条如左。定名：本会名风俗改良会。宗旨：以改良风俗、增进社会为宗旨。会长：无定员，暂由发起人主持（一俟成立后另行公举）。会员：无定额，凡山左同志来函自行报告，即当认为会员。事务所：会成立后再行酌定。通信部：暂以曹州初级师范为通信部。改良方法：（甲）编辑改良小说；（乙）编辑改良新戏；（丙）小说由各处会员设法分布及宣讲；（丁）新戏由各处会员设法施行，并查禁旧戏之有关风化者（此为入手方法，各处会员如有良法，应随时报告，以便公议改良）。会长之职务：主持编辑小说及新戏，并一切事宜。会员之职务：调查本处风俗之应改良者，函寄本会会长；分布小说，实演新戏；调查旧戏之应改良者，施行禁令；调查旧日小说之应改良者，设法销毁；编辑小说及戏稿。款项：无定款，由办理人义务任事，或成立后由小说、新戏费内酌提一二成，以为经费。”

十四日（6月1日）《渤海日报》连载《猴奸》毕。其篇末云：“此案一破，此县之狐鬼亦渐辟易，惟妇女缠足之风，及种种谬妄之迷信，迄未少减耳。”

《沧浪杂志》与小说相关编年

宣统二年庚戌（1910）

十月

三十日（12月1日）《沧浪杂志》第三期刊载《会场吠》，标"短篇小说"，署"天鸣来稿"。其篇末云："天鸣曰：某教员之狂，虽可以一吠比之，然吠而如此之狂，是不义之吠，群吠中之最下者也。或曰：某教员自比狂吠，尚有知己之明，他日或不为不义之吠，未可知也。天鸣曰：否，否。谚云：上天无路，入地无门。昨某被众诘问情状，危急之时乎。一言足以救其急，他日事过情迁，性质依然，恐不免再有大不义之狂吠也。或又曰：某某口出'亡国奴'三字，不知某之祖、若父亦在奴之列否？天鸣曰：某不知有国。何论乎？家居中国而不知有国，直不得谓之人，并不得谓之奴。对高、中小各校学生而敢曰'亡国奴'，试问某为小学教员，岂专以养成小学之亡国奴为计乎？抑愿为亡国奴之奴，而借以糊口于奴之下乎？及诘问后，自比狂吠，并不得与于奴之奴之列，而自愿居于吠之列；既居于吠之列，而又别居于不义之吠之列。不私吠于伏处之地，而偏狂吠于会场之中，故即名曰'会场吠'。记者曰：桀犬吠尧，无足怪也。"开始连载《游虞山探老石洞记》，至十二月初八日第四期毕。标"短篇小说"，作者署"飞主"。继续连载《爱儿四年之经历》，标"续"，本期刊载第三章。现所见宣统三年四月二十日第六期篇末标"未完"，现不知其连载开始与结束时间。标"科学小说"，作者署"东方"。《沧浪杂志》于本年创刊。本期末页书曰："宣统二年十月二十五日刷印，宣统二年十月三十日发行"；"版权所有，翻印必究"。"《沧浪杂志》第三期，定价大洋一角"；"著作者：沧浪杂志社；印刷所：苏州府中学堂；发行所：苏州府中学堂"。

十二月

初八日（1月8日）《沧浪杂志》第四期刊载《苦旅行》，标"实事短篇"，署"双热来稿"。其篇末云："胡月曰：滑矣，达矣，闻此其声矣；身乎，手乎，见其泥矣。苦旅行中之最苦者，莫此若。"连载《军事梦》毕，标"续第二期"，现不知何时开始连载。标"短篇小说"，作者署"寒角"。其篇末云："胡月曰：梦鸟而戾乎天，梦鱼而没乎渊，我今梦为兵士而效命于疆场，不亦善乎？呜呼，梦梦之军事，设施之于非梦梦之军事，其喜不知如何？"据此语，又据宣统三年二月该刊第五期所载《军事梦》篇前作者注语，可知"寒角"为胡月之笔名。刊载《提灯会》，标"短篇讽刺"，作者署"霖"。其篇末云："呜呼！社会心理果如是乎，教育普及不綦难哉。余意此番提灯，必能增进人民国会之希望，为三年之预备。而我所遇竟若是，而我所闻竟若是。噫！记者曰：我亦不愿他日国会成立，亦如今之纸糊成的。"连载《游虞山探老石洞记》毕。

宣统三年辛亥（1911）

二月

二十九日（3月31日）《沧浪杂志》第五期刊载《新桃源》，标"短篇小说"，作者署"梦乐"。其篇末云："梦乐曰：朝鲜之亡，亡于无人不为亡国之人以偷生，而为亡国之鬼以图报。则朝鲜虽无保国之人，而犹幸有杀贼之鬼。"开始连载《军事梦二》，其篇末标"未完"，现不知连载结束于何时，标"短篇小说"，作者署"胡月"。其篇首作者注云："去秋余梦为兵士，曾与某国陆战；今春又梦为兵士，又与某国海战。入梦何多，梦中何勇，出梦何速，梦外何能。呜呼！我国青年盍倾耳来前一听我说梦乎？胡月附注。"此篇原名为《军事梦》，因与该刊前所载篇名同且作者同，故称其《军事梦二》以示区别。刊载《月中桂》，标"短篇滑稽小说"，作者署"霖"。

四月

二十日（5月18日）《沧浪杂志》第六期刊载《巴黎会》，标"寓言小说"，作者署"梦乐"。其篇末云："激昂曰：今日资政院开会，明日咨议局开会；今日议事会开会，明日董事会开会。纷纷扰扰，奔走不遑，立宪立宪之声，洋洋盈耳。宪政虽有形式，吾恐形式未全，而他人之代吾谋者，已迫不及待矣。危乎殆哉！岂独巴黎一会之可惧哉。"刊载《亭中人语》，标"短篇小说"，作者署"胡月"。其篇末云："著者曰：余记亭中人语，如见其人，如闻其声。虽然我闻素兰女士言，亦将投笔而从戎，与我《沧浪杂志》作别矣。"

《长春公报》与小说相关编年

宣统朝

二年庚戌（1910）

十月

二十九日（11 月 30 日）《长春公报》开始连载《金琴荪》，现见连载至十二月十二日，篇末注"未完"，现不知连载结束于何时。标"最近小说"，未署作者名。第一回为"说楔子梦去无迹，话淫伶春来有影"云："列为看官，我今日实在不情愿再做说部了。不但我自己不情愿再做说部，并且还要普告同人似这般纸上谈兵、毫无实际的文字，大家都可以少要灾铅祸椠。我们所做的说部，无非是社会呀，言情呀，侦探呀，这几种最居多数。那社会小说、言情小说，切莫去管他，就这侦探小说一方面，可不是一经动笔，人人腕下都似有个福尔摩斯出现，任凭他案情紧赜，到了小说家一经喧染，自然会披郤导窍，迎刃而解。好像有了这些说部，我国侦探人才便要增出许多呢。谁知上海出了一个方云卿的暗杀案，我要想等他们破获后做个侦探小说的材料，谁知我们这一班侦探竟善刀而蔽，不肯帮助我一点。等了好些时，依然落个空。我正在懊悔得了不得，如今金氏的案子又发见了。肩摩毂击，任探赤白之丸，兔走鸿飞，莫辨苍黄之色。崔苻得意，蓬麻痛心，榛芥塞途，兰熏惧及，闹了看看有二十多日，可也没闹出个刺客的下落，眼见得又要石沉大海了。咳，我们小说家成日价想改良风俗，贡献国民的思想，原来效果不过如此。难道我这枝笔竟是同鸦片烟、麻雀□、大红顶、小脚鞋一样，只可供人消遣，并无一点实用的吗？"该报发行所为"吉林省长春府马号门外劝学总所院内"。

三年辛亥年（1911）

正月

十二日（2 月 10 日）　《长春公报》刊载《豚犬交替鼠争权》，标"齐谐志怪"，作者署"子占"。

二十九日（2 月 27 日）　《长春公报》开始连载《长春疫事舆论之真相》，至三十日连载毕，标"齐谐志怪"，作者署"子占"。

三十日（2 月 28 日）　《长春公报》连载《长春疫事舆论之真相》毕。

三月

初四日（4 月 2 日）　《长春公报》刊载《睡狮谈》，标"短篇寓言"，作者署"今交"。

初六日（4 月 4 日）　《长春公报》开始连载《九州铁》，标"言情小说"，作者署"今交"。现所能见到的最后连载为四月二十九日，尚标"未完"。该篇共四回，其回目如下：第一回：莫夫人痛撞自由钟，吴公子梦入离魂殿。第二回：运慧舌初试姊妹花，警芳心相逢桃叶渡。第三回：魏淑贞遇人不淑，贾文辉会友以文。第四回：贾教习妙计会双星，莫夫人仗义怜孤子。第五回：消息传来疑非疑是，情书递到怜我怜卿。

四月

十九日（5 月 17 日）　《长春公报》刊载《鸡林火劫》，标"短篇寓言"，作者署"謦"。其篇末云："痴侠曰：异哉，鸡林之火。人曰：天灾；天曰：人事。天乎？人乎？茫茫浩劫，咎将谁焉？请仍问诸鸡林之火。"

二十日（5 月 18 日）　《长春公报》开始连载《痴侠剑》，至本月二十一日毕，标"短篇纪实小说"，作者署"謦"。

二十一日（5 月 19 日）　《长春公报》连载《痴侠剑》毕。

二十三日（5 月 21 日）　《长春公报》刊载《断尾大会记》，标"滑稽小说"，未署作者名。

二十五日（5月23日） 《长春公报》刊载"长春印刷所广告"云："本印刷所现今填设大小石印……新出各国奇样小说。"

二十六日（5月24日） 《长春公报》刊载《广东新鬼谭》，标"滑稽小说"，未署作者名。

五月

十一日（6月7日） 《长春公报》刊载《虎戏》，标"纪实短篇"，作者署"虎"。其篇末云："痴公曰：吾闻中国有睡狮，梦梦昧昧，不自知其为狮也，人亦不以狮重之。今长春之虎，其睡焉？其痴焉？然吾观虎之驯伏，若有不豫色。然意者破柙而出，负嵎而斗，今尚非其时耶？虎哉，虎哉，吾为尔哭。"

十三日（6月9日） 《长春公报》开始连载《红楼梦补》，至十七日连载毕，标"滑稽小说"，未署作者名。篇首云："痴侠曰：自名教衰而习尚歧，……江河日下，滔滔莫挽。乃知绮罗队里，簪笏丛中，风流冤孽，苍狗白云，都可作一部《红楼梦》读。吾观某阔少与孙贾宝，其泡影姻缘亦风月之宝鉴也。纪冰天《红楼梦补》。"据此，本篇作者似当为"冰天"。

十七日（6月13日） 《长春公报》连载《红楼梦补》毕。

《大公报》与小说相关编年

光绪朝

二十八年壬寅（1902）

十二月

十八日（1月16日）《大公报》刊载"经售各报"广告，售卖各类报刊计31种，其中列有《新小说报》、《杭州白话报》，该广告落款为"天津乡祠南李茂林启"。此广告又见于翌年三月十八日该报。

二十九年癸卯（1903）

正月

二十五日（2月22日）《大公报》刊载广告："新到一至三《新小说》。本馆特白。"

三月

初五日（4月2日）《大公报》"时事要闻"栏刊载消息云："探悉：外务部奉旨电致驻日本横滨领事封禁小说报馆，以息自由、平权、新世界、新国民之谬说。并云该报流毒中国有甚于《新民丛报》。《丛报》文字稍深，粗通文学者尚不易入云云。"

十八日（4月15日）《大公报》刊载"改良北京《启蒙画报》第八册出书，增附小说，不加分文"广告："自第一册起，每册实价北京售当十钱四吊五百文，装订价在内。外埠售大圆六角五分，邮费在内。预订全年，照价七折；预订半年，照价七五折。过期之报另购。代派处提二成酬劳，预订报费不再折扣。空函定报，恕不奉复。第八册新增附小说《首句球误珠》。北京五道庙本馆谨白。"此后《启蒙画报》第九册、第十册、第十一册出版均有类似广告。

五月

二十七日（6月22日）　《大公报》刊载广告："新到第一号《绣像小说》，每月二册，本馆代售。"

六月

十二日（8月4日）　《大公报》刊载广告："上海商务印书馆《绣像小说》第一、二、三期已出，（第三期）目录列下：《文明小史》，南亭著，第三回；《活地狱》，南亭著，第三回；《醒世缘弹词》，讴歌变俗著，第三回；《泰西历史演义》，洗红庵主演，第三回；《京话演英轺日记》卷二、卷三；《益智问答》十一则；《维新梦传奇》，惜秋填词，第三出；《经国美谈新戏》，讴歌变俗人著，第三出；《时调唱歌》，天地寄庐著，戒烟歌、戒缠足歌；《梦游二十一世纪》，承前仍未完。本期增添新译《小仙源》，戈特芬美兰女史著，第一回：遇飓风行船触礁，临绝地截桶为舟。《小说原理》，别士稿。理科游戏拟另印单行本，故不附刊。定价及发行处照前。《大公报》馆代售。"

二十三日（8月15日）　《大公报》刊载广告："新到第一、二、三、四期《绣像小说》，本馆代售。"

七月

初三日（8月25日）　《大公报》开始连载《猫鼠成亲》，至本月初六日毕，标"泰西小说"，未署译者名。此篇译者实为周桂笙。

初六日（8月28日）　《大公报》连载《猫鼠成亲》毕，其篇末云："翻译这段的人说，普天之下，来来往往，圆头方脚的，其间小的事奉大的，强的欺侮弱的，如此之类的正不知有多少，又何怪乎这一个老鼠。我不禁的看着可怕，像那些鼠辈不知道自立，强颜倚靠人的，还不警醒吗?"

初十日（9 月 1 日）《大公报》开始连载《乐师》，至本月十四日连载毕，标"泰西小说"，未署译者名。

十四日（9 月 5 日）《大公报》连载《乐师》毕。其篇末云："翻译这段的人说，俗语有一句说的好，宁取怨于君子，不取怨于小人，况且还是畜类。要说人总当择个好朋友，固然是处世最要紧的。但是一件，可交的就交，不可交的，也不妨用善言把他驳开，为什么先故作喜欢交好的样子，然后又设法害他。如这个狼跟狐、兔，要报乐师的仇，不是狼、狐、兔的罪，实在是乐师自惹之祸，假如没有樵夫救他，乐师的命恐怕还要保不住了。若论乐师择交，终能得一个可靠的人，这总算是乐师的幸事。君子人说，这不过是恰巧得着一个好机会罢了，不可以作人的榜样。"

十七日（9 月 8 日）《大公报》刊载《某翁》，标"泰西小说"，未署作者名。其篇末云："翻译这段的人说，天下惟独小孩子的性最能率真，老者的孙子无意中用一句话竟能感动他父母，发现了良心，把从前的过一旦改了。这实是发于天性之至诚，故此能感动得如此之快，凡有事奉老亲心中厌恶的，看见这一段小说，也可以猛省了。"

十九日（9 月 10 日）《大公报》刊载《缶鼎问答》，标"泰西小说"，未署作者名。其篇末云："翻译这段的人说，人情有冷有暖，世态忽炎忽凉，天下趋炎附势的狠多，况且遇见自愿意折节下交的，那有不趁步而入极力奉迎的呢？瓦盆独能以落落几句话，自鸣其真，不为有势利的所动。若不是安贫乐道的君子，绝说不出这片义只字来。哎呀，世上那些贫贱汉，好攀富贵交的，何不把瓦盆的话细玩一番。"

二十六日（9 月 17 日）《大公报》刊载广告："新到第五期《绣像小说》，本馆代售。"

二十七日（9 月 18 日）《大公报》开始连载《烂根子树》，至八月初七日连载毕，署"竹园稿"。其开篇云："前者我把几段泰西小说演完了，打算把说'中国风俗之坏'一段接着演下去，省得枝枝节节的不连贯。没想到又承竹园主人送了一大段说'烂根子树'的白话来，其通篇纯是寓言，极有意趣，故此先把这一篇登完了，再接演说'中国风俗之坏'。"

八月

初七日（9月27日）《大公报》连载《烂根子树》毕。其篇末云："这段故事，是我们一个老邻居说的，大概是宋朝的事，我可不知是真的还是假的。"

二十八日（10月18日）《大公报》开始连载《笨老婆养孩子》，至九月十七日毕，署"竹园稿"。

九月

十七日（11月5日）《大公报》连载《笨老婆养孩子》毕。其篇末云："我们中国人，或者有自立之一日。这些条陈，我于辛丑年曾在报上说过，也不知众位看见了没看见。要紧的几句话：生利练兵，讲求实业。总办到通国无闲人，十岁上下，都受了教化；二十岁以内，都有了营业。少掷冤钱，别走绕道儿，多提拔中国人，多联中国党。这就是笨老婆的结果下场。"

十月

初七日（11月25日）《大公报》开始连载《傻子当家》，至十月十五日毕，未署作者名。

十五日（12月3日）《大公报》连载《傻子当家》毕。

三十年甲辰（1904）

四月

十四日（5月28日）《大公报》开始连载《游历旧世界记》，至本月二十四日毕，未署作者名。其开篇末云："天下的事，奇奇幻幻，越变越新。世风国政，以及一切的事，过些年就改了样子，跟从前大不相同。那是自然而然的，这就叫作天演，你想要谬悖他，是万不能的。你们看如今地球上强盛的国，那一国还是从前的旧样子，全都有一股子新气，行新政，出新法，造新器，没有不是新而又新的，所以如今新学家，都称现在为新世界。其实并没全变新了，不过是新的一天比一天兴旺，旧的一天比一消灭罢了，故此这个世界的国，要打算站立住了，非时时求新不可。"

二十四日（6月7日）《大公报》连载《游历旧世界记》毕。

九月

十二日（10月22日）《大公报》刊载《败家现象》，未署作者名。

三十一年乙巳（1905）

四月

十六日（5月19日）《大公报》刊登《中外日报》广告："论议最精，消息最灵，译稿最详，访稿最多，小说最有趣味。欲知中国内政外交及官场民间一切情事者，不可不阅此报；留心时事之人，欲于一切要事早日知道者，尤不可不阅此报。"

三十三年丁未（1907）

四月

十九日（5月30日）《大公报》刊登"天津商务印书馆最新书籍广告"云："林译小说《雾中人》，洋装三册，大洋一元。此书叙二英人欲得赤玉，故三月行瘴疠中，冒种种危险，不图既得复失，转于意外获其故产。奇事奇文，令人叫绝。最新小说《尸椟记》，洋装一册，二角五分。英人某得珍宝，实药尸腹，置窟室中，同党杀而劫之。情节极奇诡，其间夹写奥特等四人爱情，尤见曲折错综之妙。"

三十四年戊申（1908）

五月

初一日（5月30日）《大公报》刊登"河北大胡同商务印书馆出板

（版）新书"广告，内有："林译《块肉余生述》：英国迭更司却而司为小说大家，为世界所公认。相传迭更司小说既出，而英国学堂、监狱为之改良。又英国童子初看小说，其父、师必以迭更司著作界之，则其书足以感动人之善心可以想见。是书又为迭更司生平第一得意之作，林君琴南又以缠绵悱恻之思笔达之，每读一过，令人歌泣不能自已。小说至此，可谓前无古人矣。前编二册，每部一元；后编二册，每部一元二角。林译《歇洛克奇案开场》：英国科南达利原著。中叙约佛森复仇之坚忍，可方勾践、伍员。而大侦探家福尔摩斯即于此次试手探奇，显其惊人之绝技。我国民读是书，既可振御侮之精神，并可益料事之秘智。至文笔离奇奥衍，沈着透露，尤为独擅之才。每册三角半。俄皇义文西（四）世专制史《不测之威》：是书为俄国文豪托尔斯泰所著，历叙俄皇义文第四种种暴虐无道。观其原书序文，实痛心当时专制之政，特摹写一代士大夫心术行事。我国民读之，尤可得对镜参观之益。译笔精锐跌宕，益足惊心动魄。二册，每部八角。"此广告每日刊登，至本年六月十七日止。

宣统元年己酉（1909）

二月

初一日（2月20日）　《大公报》开始连载《尼罗河同舟记事》，至三月初五日毕，署"英国康安道逸路氏原著"，未署译者名。是编共十章。本日首刊《〈尼罗河同舟记事〉叙》，云："此书所谓陟险，先后只有三日，同舟相济，临难不惊，愈逼迫则情好愈见。吾不敢以地理小说目之，又不敢以政治小说目之，直谓之道德教科书可也。藏身人海，相对译述，爱其叙事精详，一一在目，颇似身历境。吾生有涯，天地间文章之妙，至于如此之浩漫，莫溯其源，亦生人之大憾也。七月间，同译一书，似近于言情小说，终日涉想幽渺，吐字如丝，全身几为所缚，翼得爽快简当者，自抉其网。故相与搜寻，改译此书四十余日，得字五万有奇。不敢曰笔舌互用，极行文之乐，随彼机杼，织之成章，是工匠之事也。工匠之有名于世者，必先循师门之规矩准绳，一一仿造如法，多历年所然后，自出心裁，独开生面。如译书者忽然自著一书，其乐无极，出以示人群焉，以杰作誉之。

是艺成于手，其所以成之者，又在心，不专在手也。在手则工匠之事，在心则有名于世，是固可以不慎所择耶？卷中叙克老雷音，毅然一刚强之武夫，持论宏博，能张其国，照拂一切，何其言之夸耶？伐谛始与之驳辩，自是断头将军，人后则自卷其舌，且抱歉于中。此书出英人之手，恐不免自神其说，读者当分别观之。此一是非，彼亦一是非，容有得焉。思提芬不欲此书问世，书成，先使读之，竟不复有言。欧人之极尽非常，以求一妻，唯恐不当者比比皆是，思提芬又何讳焉？妇女仅四人，里新格能爱所生，数语已写出慈母之风范。亚达末自是老女，性格与人为近，故人不之厌。密昔斯白露莽谛，少年新妇，兴致方盛，去彼积学之年又不甚远故，事变猝至，初无难色，及以后所苦叠出其前，始终不改其态度，岂真信教之笃使然焉？盖女人而具男子之气概者。沙谛一稚女耳，天真烂漫，一味娇憨，使人心醉，万事可以惟命，则颜色之当其年耳。思提芬愿取为妇，自得婚姻之正，特性命呼吸之间，念念在此，亦痴绝矣。天下唯痴人可以好色，可与言情。若世之自承为聪明不痴者，所好不专，又安有所谓情哉？情之所结为文，辗转传出情中之文、文中之情，则工匠之能事毕矣。诚不敢自师其心，为易一字也。光绪三十四年九月既望，译者同识。"

十三日（3月4日）《大公报》刊载"《民兴报》本月十六日出版"广告："本报以正民德、开民智、达民隐、作民气为宗旨。议论公正，词意浅显，新闻精确，小说新奇。本埠每月价洋四角，外埠七角，外国一元，日本六角。告白价目从廉，学堂及各项公益告白均减收半价。另有详章，兹不赘录。本馆开设天津日界旭街北首路东。刘孟扬谨白。"此广告又见于本月十四、十五日该报。

三月

初五日（4月24日）《大公报》连载《尼罗河同舟记事》毕。

二十七日（5月16日）《大公报》开始连载《狗吐人言》，至五月初八日毕，未署作者名。其开篇云："昨天我见了一本书，名叫《惜畜新编》。其中本是寓言，写的是一条狗诉说他一生的事情，颇有警戒人残忍，启发人慈爱的意思，很有趣味。无奈中国千余年来，受了佛家的教化，凡是爱无差等、戒杀放生的道理，灌入人人脑中，久而久之，竟有贵畜贱人的流弊。况且又夹杂着轮回报应，前因后果，种种附会无稽之谈，牵扯的人群、社会毫无进步，不过归入迷信一流，绝没有透澈高尚的知识了。故此这等妇寺之仁，高明人总不肯提倡，因为在真理上常有讲下不去的，在实事上常有行不下去的，所谓'致远恐泥'，就是这一类了。到底如今我还要述说这段故事，是什么意思呢？因为这个书借着狗比喻，提醒世人，也算得是可以人而不如狗乎了。众位还要知道，这也不是夺人之美，也不是偷人的板（版）权，不过在报纸上替他表扬表扬，也是善与人同的意思，而且为给那稍识文字的妇人孺子开开心，增增知识。以后陆续着把这段故事写完了，众位要留心看哪。"

五月

初八日（6 月 25 日）《大公报》连载《狗吐人言》毕。其篇末借狗之口云："小姐闲暇之时，总是爱看圣书，她的丈夫也是这样。我常听小姐念写《太福音》第五章第七节说，怜悯人的人是真有福气的，因为他将要得着怜悯。我现在要照这个意思有一句话说，施恩的人是必不折本的，因为他要得着报恩。莫说我们这些牲畜不通言语，不知好歹，你若是有恩情待我们，我们也自必要忠义报你的。我现今特请一位喝过墨水的人，编成这一套白话。若是我死之后，人读了不说我是假充斯文，乱出臭气，那就不辜负我一番心思，也就不枉费他多少笔墨了。"

八月

初一日（9 月 14 日）《大公报》开始连载《饮刃录》，至九月初六毕，未署原著者、译者名。是编共十三章。

九月

初六日（10 月 19 日）《大公报》连载《饮刃录》毕。

宣统二年庚戌（1910）

九月

二十六日（10 月 28 日）《大公报》刊载《瞎子划拳》，未署作者名，注"录《白话报》"。其篇末云："某丁说：'你们好不明白，咱们瞎子处的是黑暗世界，不能讲公理。'说罢端起一杯酒来，递给某丙说：'不论是你有错儿没有错儿，想罚你我就要罚你呀。'"

十一月

十三日（12月14日）《大公报》开始连载《黑手党》，至十一月二十一日毕，标"欧美名家短篇小说"，未署原著者名和译者名。

二十一日（12月22日）《大公报》连载《黑手党》毕。

二十二日（12月23日）《大公报》开始连载《锁金箧》，至十二月十一日毕，标"欧美名家侦探小说"，未署原著者名和译者名。

十二月

十一日（1月11日）《大公报》连载《锁金箧》毕。

十二日（1月12日）《大公报》开始连载《毒蛇血》，至次年正月初八日毕，标"侦探小说"，未署原著者名和译者名。

宣统三年辛亥（1911）

正月

初八日（2月6日）《大公报》连载《毒蛇血》毕。

十一日（2月9日）《大公报》开始连载《冤狱》，至二月初三日毕，标"侦探小说"，未署原著者名和译者名。

二月

初三日（3月3日）《大公报》连载《冤狱》毕。

十三日（3月13日）《大公报》开始连载《海外冷艳》，至五月十八日毕，标"哀情小说"，未署著者名。篇首"序言"云："两间清淑之气，必有所钟。钟于地则地灵，钟于物则物华，故其钟于人也，则人亦杰。说者曰：'士之杰出者则英雄，是女之杰出者则美人，是似也。'顾吾谓英雄者，美人之前身，美人者，英雄之小影。何以言之？其在会际风云之英雄，得时则驾功成圆满者，无论已。若夫抱非常之才，蓄有为之志，落拓半生，所如辄阻，一朝见用，鲜不谓士伸知己，可施其旋乾转坤之手段，以组成震今铄古之事业矣。乃或有人起而反对之、排挤之、破坏之，卒使功败垂成。甚至为所中伤，一蹶不起，以致英雄无用武之地，坎坷白首者，盖比比焉。以视美人之对于所亲，自以身许，满拟美满姻缘，早日成就。讵孽障横生，恶潮迭涌，转令好花易谢，宝月难圆，若有为造物所忌也者。彼此衡量，又何以异？用译是编，谓为美人寄慨焉可，即谓为英雄写照，亦无不可。"其章节为：第一章：玉容初现；第二章：都下乔迁；第三章：草阁倾谈；第四章：姊妹失欢；第五章：急兔反噬；第六章：鱼网鸿罹；第七章：疑狱立解；第八章：寄书东瀛；第九章：园亭话旧；第十章：惨剧又演；第十一章：祝发了凡。

二十五日（3月25日）《大公报》刊载《安亭动物谈》，标"滑稽小说"，作者署"愚聋"。

五月

初五日（6月1日）《大公报》刊登"续登小说广告"云："本报所登《海外冷艳》哀情小说，因译者有远道之行，自二月十六日后停刊迄今。现译者已返，特催促脱稿，即自月之初五日起依旧逐日登入第三张内，俾成完璧。惟其间时日离隔太长，不免有负阅者之雅意耳，尚祈谅之。本馆谨白。"此广告又见于本月初六至初九该报。

十八日（6月14日）《大公报》连载《海外冷艳》毕。其篇末云："孟芳祝发后，苦心修省，道行与春秋并高。韩王知之，颁赐'达寿上人'名号，御书匾额一方，百世之下闻者，将莫不为美人孟芳慰。独译书者不能不为美人孟芳悲，且不能不为类于美人孟芳之英雄□。嗟嗟！红颜薄命，大造□才，美人乎，英雄乎，天既靳之，使不得行其志，天又何苦生之，以□趋世人之痛惜也。呜呼！亦异矣哉。"

《大同白话报》与小说相关编年

三十四年戊申（1908）

七月

初十日（8月6日）《大同白话报》第一号开始连载《幻岛探险》，现所见至九月十四日第六十三号止，未完。标"冒险小说"，译者初署名"华"，第二十五号起有时亦署"质译"，未署原著者名。其小引云："本书是友人怂恿鄙人译的。鄙人向不喜译书，尤不喜译小说。但是北京社会向来以'冒险'二字为擂头风，所以父语子，友语朋，皆以冒险为戒。相传既久，'冒险'二字不知不觉打在什么地方去了，到（倒）仿佛向来既没有这两个字是（似）的。但见柔弱之风日甚一日，且此积习，以为司空见惯，毫不为怪。诸君不信，请看本京多少学堂，其中到（倒）有一大半学生，具（俱）是纤腰细手，团扇分流。什么平台木马，不过是设一件无用的东西。如此社会，你与他谈冒险，那不是白费功夫吗？北京本是一个冒险发源的地方，如今既然成了这个孱弱的样子，实在是可惨可愧。欧美商人远涉重洋，不怕路远艰难，都有冒险的性质，我们大家何防（妨）学上一学。鄙人最羡慕冒险家，最喜欢看冒险小说，想大家也必共表同心。所以译了这部小说，好振起大家冒险精神。"其章节依次为：第一，茫然自失；第二，一种之奇观；第三，无钱旅行；第四，异外之异外；第五，暴动又暴动；第六，薄命的皇女；第七，决心决意；第八，瞋恚之焰；第九，阴谋；第十，前表。刊载"本社特别广告二"："本报以开通民智，改良风化，融合满汉，提倡立宪为宗旨。内容完备，印刷精良。"下列十九门类，第九为小说。《大同白话报》于本日创刊，日刊，通常每期八页，零售每份铜元一枚。发行人乌泽声，编辑人恒钧，印刷人徐秀峰，后康士铎任发行人。馆设北京"前门外琉璃厂土地祠内"。该报价目如下：北京："零售：每张铜元一枚；派送：每月铜元卅枚；装订费：每册铜元三枚。"外埠："每日寄：每月大洋五角五，半年大洋三元，全年大洋六元；三日寄：每月大洋三角五，半年大洋二元，全年大洋三元七角。"

九月

十四日（10月8日）《大同白话报》第六十三号连载《幻岛探险》，此为现所见该报连载日期最迟者，连载结束时间不详，至迟当为本月二十九日该报第七十八号。

三十日（10月24日）《大同白话报》第七十九号开始连载《平定粤匪演义》，现所见连载至宣统元年闰二月二十九日第二百四十二号，未完，连载结束时间不详。自第二回起标"历史小说"，署"著者邗上峒道人"。其回目为：第一回：朱九涛幻传妖术，洪秀全假授天机；第二回：金田村逆贼假还魂，桂平县元凶双对供；第三回：桂平县贪贿纵元凶，陈家庄群魔小聚义；第四回：胡以恍倾家助逆，朱九涛倡议联姻；第五回：洪秀全再造谣言，张巡检首先尽难；第六回：元老元戎积劳病故，贼头贼脑伪设朝纲；第七回：李星沅承恩授军略，杨秀清诡计败官兵；第八回：大黄墟贼截乌兰泰，鹏化山雷诛朱九涛；第九回：赛中堂登台拜帅，胡二媚试法操兵；第十回：赛中堂兵破风门坳，伪军师计袭永安州；第十一回：巴清德病薨平乐府，乌兰泰威震莫家村；第十二回：乌兰泰生擒洪大全，赛尚阿哭祭四都督；第十三回：向提督单身救省会，洪大全献俘解京师；第十四回：乌兰泰捐躯完大节，江忠源雪恨起雄狮；第十五回：全州城武昌显丧命，蓑衣渡冯云山授首；第十六回：萧朝贵弑亲征逆，张嘉祥报国投诚；第十七回：江忠源射穿皮老虎，张嘉祥巧刺铁公鸡；第十八回：天心阁定湘王显圣，老龙潭萧朝贵挫尸；第十九回：陷岳州吴三桂送礼，沦武汉王石谷更名。

宣统元年己酉（1909）

闰二月

二十九日（4 月 19 日）《大同白话报》第二百四十二号连载《平定粤匪演义》第十九回，此为现所见该报连载日期最迟者，连载结束时间不详。

《帝国日报》与小说相关编年

宣统二年庚戌（1910）

八月

初九日（9 月 12 日）《帝国日报》续载《双枰记》，至九月二十五日，连载开始时间不详，标"小说"，作者署"烂柯山人"。《帝国日报》馆设北京前门外五道庙堂子胡同。

九月

十一日（10 月 13 日）《帝国日报》刊载"最新小说《蜗触蛮三国争地记》出见广告"："《蜗触蛮三国争地记》，虫天逸史氏之所作也。借蛮触之争持，写鬼蜮之变相，实兼寓言、社会、历史、警世各小说之长而有之。至其运用故实，双关巧妙之处，既文既博，亦庄亦谐，尤有天仙化人之妙，如空中楼阁，弹指即见，是真能于一毛孔上建宝王刹者。寄语海内爱读小说家，亟宜先睹为快也。价洋二角。各书坊均寄售。"此广告又见于本月十九日该报。

二十五日（10 月 27 日）《帝国日报》连载《双枰记》毕。

二十七日（10 月 29 日）《帝国日报》开始连载《着靴猫》，至九月二十九日仍未完，标"短篇小说"，作者署"万石生"。

二十九日（10 月 31 日）《帝国日报》连载《着靴猫》现所见至本日止，标"未完"，连载结束时间不详。

十月

初一日（11 月 2 日）　《帝国日报》开始连载《神媒》，至十月初六日。标"短篇小说"，作者署"万石生"。

初六日（11 月 7 日）　《帝国日报》连载《神媒》毕。

十二日（11 月 13 日）　《帝国日报》刊载《七星中》，标"短篇小说"，作者署"少少"。

十九日（11 月 20 日）　《帝国日报》开始连载《汲遇》，至十月二十一日。标"短篇小说"，作者署"万石生"。

二十一日（11 月 22 日）　《帝国日报》连载《汲遇》毕。

二十二日（11 月 23 日）　《帝国日报》开始连载《奖廉记》，至十月二十五日。标"短篇小说"，后又标"法国著名短篇小说"，署"闽海旭人廖氏译述"。

二十五日（11 月 26 日）　《帝国日报》连载《奖廉记》毕。

十一月

初五日（12 月 6 日）　《帝国日报》开始连载《指环记》，至十一月十二日。标"法国著名短篇小说"，署"旭人廖氏译述"。

十二日（12 月 13 日）　《帝国日报》连载《指环记》毕。

十二月

初六日（1 月 6 日）　《帝国日报》开始连载《贤童王》，至十二月初八日。标"法国著名短篇小说"，署"闽海旭人廖氏译述"。

初八日（1 月 8 日）　《帝国日报》连载《贤童王》毕。

宣统三年辛亥（1911）

正月

初八日（2 月 6 日）　《帝国日报》开始连载《姆指儿》，至本月二十日。标"法国著名短篇小说"，署"闽海旭人廖氏译"。

二十日（2月18日）《帝国日报》连载《姆指儿》毕。

二十八日（2月26日）《帝国日报》开始连载《裙钗会》，至二月初五日。标"法国著名短篇小说"，译者署"旭人（廖旭人）"。

二月

初五日（3月5日）《帝国日报》连载《裙钗会》毕。

二十七日（3月27日）《帝国日报》开始连载《孟脱癸》，至二月二十九日。标"法国著名短篇小说"，署"阮憨公译意"。篇首有题记云："阮憨公曰：吾译《孟脱癸》，而有无限感情刺激神经。夫孟脱之义犬之复主人仇也，不过报数年豢养之恩耳，非有生死相共，性命相依之天合之谊也。然而孟脱癸则知复主仇矣，然而我中国食毛践土，生斯长斯，聚族于斯之国民，则竟逡巡观望，甚或为虎之伥、狼之狈，而忘乃国家之仇矣。乌呼！可以全国之仇而不如一个人之仇乎？可以中国人而不如孟脱癸乎？"

二十九日（3月29日）《帝国日报》连载《孟脱癸》毕。其篇末云："阮憨公曰：迄今英、法梨园犹多演此剧云。"

六月

初六日（7月1日）《帝国日报》刊载"轰动世界之大名著《旅顺实战记》五版发行广告"："是书原名《肉弹》，为日俄之役日军攻击旅顺时所组织必死队之指挥官、陆军步兵大尉樱井志渔氏所著。原书已九十余版，英译《肉弹》之销售于英美两国者，闻已五十余版，德译《肉弹》自德皇命新格尔大尉译出后，亦已数十版。诚以是书为精神教育之最善本，能令懦夫读之亦必奋起，故受全世界读书会社之欢迎如此。今汉译《肉弹》五版发行，实暑中消遣上最有益之读本，暑假归省时最高尚之赠品，修养精神、振作元气之对证（症）灵药。愿我全上下各购一册而卒读之，可以恍悟日本之所以有今日者，实赖全国民有此浓厚坚强之精神故也。每册定价大洋九角，琉璃厂西首路南新学会社。"

初七日（7月2日）《帝国日报》刊载"本报征求小说广告"："本报现在征求各种小说（凡非寄阅全文概不收受），无论译著，但最长以不过三万字为合宜，每千字需酬金若干，并请开示，以便商议。"此广告又见于本月初八日至十一日。

十二日（7月7日）《帝国日报》开始连载《花篮记》，至闰六月十五日。标"小说"，署"法国柏来士著，侯官陈尔简译"。该篇共二十四章，各章标题如下：第一章：花园；第二章：献篮；第三章：失环；第四章：禁锢；第五章：庭质；第六章：探狱；第七章：流窜；第八章：义友；第九章：居停；第十章：村居；第十一章：遗训；第十二章：丧父；第十三章：悍妇；第十四章：哭墓；第十五章：昭冤；第十六章：遇旧；第十七章：得环；第十八章：赠环；第十九章：宴会；第二十章：莅村；第二十一章：恶报；第二十二章：悔过；第二十三章：结婚；第二十四章：阡表。

闰六月

十五日（8月9日）《帝国日报》连载《花篮记》毕。

十六日（8月10日）《帝国日报》开始连载《京骗进步谈》，至闰六月十八日仍未完。标"小说"，作者署"哭庵"。

十八日（8月12日）《帝国日报》连载《京骗进步谈》现所见至本日，未完，连载结束时间不详。

《法政浅说报》与小说相关编年

宣统三年辛亥（1911）

八月

初一日（9月22日）《法政浅说报》第十六期开始连载《群魔舞》，现所见至十一月二十一日止，未完，作者署"窥园居士"。其篇首《群魔舞序》云："嗟乎！时至今日，吾尚何忍言中国耶，然吾又何忍不言中国耶。诚以吾中国人也，吾不能离国而自成其为人，吾又安能舍人而别求诸国人也。国也，合而言之一也，无国则无人，无人则无国，国人强国亦强，人弱国亦弱，此固一定不易之理，而莫或参差者也。然试问强弱之分，果安在耶？曰：其强也，必其为人也而始强；其弱也，必其非人也而始弱。强弱之分，只争人与不人之问而已矣。吾中国之人多矣，果称（音乘）其为人耶？吾不敢断定也。必斥其非人耶？吾尤不敢遽言也。何也？诚以吾反躬自问，吾之果为人欤？否欤？吾尚立于悬揣之间，而竟有弗敢深信者，吾又何能论人之人不人耶？嗟乎！吾今知人矣。吾于何知之？吾于吾之国知之。吾国之为强为弱，虽三尺童子皆能历言不爽，吾又何必为之讳耶？吾不但不为之讳，且欲究其致弱之因；不但欲究其致弱之因，且欲得其不人之真相。然研之数年矣，终立于渺冥惝恍之间，而莫之能获也。是岂吾之心思学识，有不能与于此者欤？然吾心终不能释也。今何幸而得读《群魔舞》一书。《群魔舞》者，小说部之一也，为吾友窥园居士所著。居士博学多闻，而性沉默，寡言笑，与人交淡如也。常（尝）负笈东瀛，学师范，归办本地学务四五年，后竟决然舍去，闭门不问世事，以著作自娱。出其手著《群魔舞》一书，读之喟然曰：此中所言者，真吾中国之人也，真吾中国致弱之因也，真吾中国人不人之真相也，是不可不公诸世。因亟请登于报端，愿与我中国有心人一想像之。宣统三年孟秋下浣觉生序于挹爽新居。"又有《群魔舞自序》，云："天地之大，何所不容。其为有机之物耶，曰兽，曰禽，曰昆虫，曰水族，曰草木，曰花卉；其为无机之物耶，曰金石，曰瓷瓦，曰泥，曰沙。是皆混处于天地之间，无往不得其所者也。号物之数谓之万，而人居其一焉。人亦物也，人实非物也。今试指某某曰，汝为禽兽，为虫鱼，为金石草木，其人必怫然怒，以所拟者，非其类也，且失其人格之尊严也。噫嘻！何其轻视万物之甚耶？夫禽兽虫鱼，金石草木，皆随人之欲望，而得其供养者，其裨益于人，岂浅鲜哉。而人反蔑视之，其亦太不自量。且适见其身之无益于社会，茫茫而生者，亦昧昧以死也。然斯人也，不过无益而已，可名之曰木偶，曰傀儡。彼非徒无益而又害之者，又将何以名之也耶？吾乃求之古今之籍，两大之间，而得其至当不易之名焉，曰'魔'。魔之类亦夥矣，有妖魔，有鬼魔，有恶魔，有穷魔，有病魔，有睡魔。魔之面目最丑，含睇宜笑，山鬼迎人；魔之志力甚坚，狗苟蝇营，去而复返。人一受魔力之侵入，则失其人之作用；国一受魔力之侵入，则失其之主权。今试起而观我国之人，其遨游宦场、置身通显者无论矣。即呼号奔走，热心镕鼎镬，志气薄云霄，自命为爱国志士者，曰学界也，警界也，自治界也，报界也，政党也，国会也，又何一而非魔也。举通国之人，而皆魔焉。较之毒虫猛兽，茧肉信石，其为害又何如耶？夫列强环伺，魔力已不可支，而天复生此多数之魔以应之，是彼苍不仁之甚也。作《群魔舞》。宣统二年中秋窥园居士序于窥园月下。"现所见该篇回目如下：楔子第一回：举鸿博名士逃官，卧鱼轩群魔入梦；第二回：老学究古寺论时文，新大尹花厅征多士；第三回：贾秀才名冠师范生，甄贡生荣膺学堂长；第四回：穷委员计骗阔绅士，小学生突起大风潮。《法政浅说报》，宣统三年四月初一日创刊，出版一年后停刊，北京法政浅说报社出版。每月三期，逢一发行。编辑发行人白鎏、印刷人冯云和。发行所设北京前门外琉璃厂土地祠内。

十一日（10月2日）《法政浅说报》第十七期刊载《群魔舞》楔子第一回，其篇首云："话说从古至今，不知经历了几千万年。这几千万年的工夫，人物纷纭，直可等诸恒河沙数。算计起来，也有流芳千古的，也有遗臭万年的，然而流芳遗臭，都是以往的陈迹，我们又何必掂斥播两，去替古人算这一笔账哪。可有一节，人生在世，纵不能高出别人的头地，也不可失了自己的身分。要是失可自己的身分，不用说流芳遗臭，他一辈子作不到，就等到盖棺论定，这一世也算白来了。纵然播得富贵功名，到头来只剩得南柯一梦，连一个题（提）他的人都没有。这是什么原因呢？因为他一生一世，但有身家的思想，没有国家的思想；不但没有国家的思想，还要借着国家的题目，求取他身家的尊荣。似乎这宗人，还不如隐居求志的好。要是一国里这等人多，这一国的元气必定斫丧无余；元气既亡，国也就不能长久了。闲言少叙，单言《群魔舞》这部小说。也不知是假是真，也不知出于何年日月，不过是随心撰述，信笔发挥，酒后茶前，聊供诸君的喷饭，却千万不要认真，就连人名儿、地名儿，也是一概无可稽考的，只算得妄言妄听罢了。"

十一月

二十一日（1月9日）　《法政浅说报》第二十七期连载《群魔舞》，此为现所见该报连载日期最迟者，连载结束时间不详。

《法政杂志》与小说相关编年

宣统三年辛亥（1911）

三月

　　二十五日（4月23日）《法政杂志》第一年第二期刊载"商务印书馆出版《小说月报》，月出一册，定价一角五分，预订全年一元五角。邮费每册二分，全年二角四分"广告："人莫不喜阅小说，而尤喜阅《小说报》，盖阅《小说报》，其利有三：旬月之间，刊行一册，即使事务冗繁，亦不难抽暇卒读，其利一也；新旧小说，汗牛充栋，坊本则选购既难，孤本则访求不易，《小说报》各门俱备，二弊悉除，其利二也；更有短篇小说、诗文、戏剧，不能单行者，采录报端，颇饶趣味，其利三也。而本报特色尚有三端：其内容丰富，每册约五六万言，定价低廉，一也；每登一种，短者当期刊完，长者亦不过续二三期而止，免令阅者久盼，二也；宗旨正大，笔墨高尚，无牛鬼蛇怪之谈，鲜佶屈聱牙之语，三也。每期百页，约五六万字，印刷装订，务极精美，插图神似，观感尤深。"刊载"商务印书馆出版'小本小说'"广告："专就本馆出版之小说，择其情节离奇、趣味浓厚者，改排小本，廉价发售，既便取携，尤易购置。兹将内容、价目列下，已备采择。侦探小说《桑伯勒包探案》：书凡十二则，如琴畔之经、烟包之印，反扃室之疑，催眠术之假手。发摘无形，华生包探案不能专美于前。定价一角。侦探小说《多那文包探案》：共十二案：一、叙猫眼石；二、髑髅饮器；三、兄弟会；四、银匕首；五、隔帘影，六、花中蠹，七、考林社，八、剧场弹，九、机器炉，十、鬼之宅，十一、瘢手印，十二、惨爱情。定价一角。侦探小说《圆室案》：叙一无头命案，为美国大侦探格来史侦获，情节幻曲而奇，译笔尤极诡谲。定价一角。侦探小说《三人影》：犹太有富人兄妹同时被人谋毙，美洲亦有妻杀夫事，英伦某富人又有谋遗产案，均莫得其主名。后三大侦探同心协力，互出侦缉，迨黑幕一揭，而三案俱破，盖同为一少年女子所犯。一角五分。侦探小说《华生包探案》：华生所辑包探案久已风行，本馆又觅得六则，为各译本所未见，特补译之以贻世之爱读侦探谈者。即日出版。言情小说《鸳盟离合记》（上卷）：日本黑岩泪香著，汤尔和译。是书叙曼子茹苦抚亡姊所生，以欲领汇款，不得不承其姊马克之名。伴野小侯娶之，而马克夫实伪死。小侯遇之，以为大辱，遂与绝。后曼自白其故，乃复合。定价一角。言情小说《情侠》：英国某少年貌似俄国莫斯科总督，以悦一女子故，躬冒巨险，伪称总督，直入莫斯科城，卒出女子之弟于狱中。归而缔姻，事迹离奇。定价一角。言情小说《血泊鸳鸯》：是书叙罗马时二教相仇，发兵攻击犹太。中有二兵官同恋一女子，互相妒杀，以致琐尾流离，历尽无穷之艰险。定价一角。言情小说《双乔记》：一美国人钟情一女，濒结婚矣；又见其妹而悦之，遂舍姊娶妹。未几暴毙，种种形迹确类其姊所为，几成冤狱。经一友辗转侦访，始获真凶。定价一角。言情小说《空谷佳人》：有女子幼时被锢深穴中，卜乃德携之以出。女锢闭十余年，懵然不知人间事，惟与卜爱情深挚，而卜先与他妇有约。女知其爱情不属于己，一愤而绝。定价一角。"

四月

二十五日（5月23日）《法政杂志》第一年第三期刊登"商务印书馆出版袖珍小说"广告："理想小说《易形奇术》一角五分，侦探小说《狡猱童子》一角五分，侦探小说《三疑案》一角，侦探小说《三名刺》二角，言情小说《罗仙小传》一角五分，侦探小说《玫瑰花下》一角五分，侦探小说《傀儡美人》一角，侦探小说《青酸毒》一角，言情小说《海棠魂》一角五分，警世小说《中山狼》二角，义侠小说《行路难》一角五分，科学小说《薄命花》一角，侦探小说《怪医案》一角五分，侦探小说《一声猿》一角五分，言情小说《五里雾》一角五分，神怪小说《黑衣教士》一角五分，言情小说《银钮牌》一角五分，科学小说《幻想翼》一角，社会小说《蠹情记》一角五分，侦探小说《狡兔窟》，一角五分。"

六月

二十五日（7月20日）《法政杂志》第一年第五期刊登商务印书馆
出版"林译小说"广告云："林先生专治古文，名满海内，其小说尤脍炙
人口，盖不徒作小说观，直可为古文读□□□□。伦理小说《孝女耐儿
传》，三册一元四角；历史小说《恨绮愁罗记》，二册六角；历史小说
《玉楼花劫》前编，二册六角半；历史小说《玉楼花劫》后编，二册五角
半；历史小说《髯刺客传》，四角；军事小说《黑太子南征录》，二册九
角；军事小说《金风铁雨录》，三册一元；军事小说《十字军英雄记》，
二册九角；侦探小说《歇洛克奇案》，三角半；言情小说《玑司刺虎记》，
二册六角半；言情小说《剑底鸳鸯》，二册七角半；社会小说《块肉余生
述》，前编二册一元；社会小说《块肉余生述》，后编二册一元二角；社
会小说《电影楼台》，三角；□□□□；社会小说《蛇女士传》，三角五
分；滑稽小说《拊掌录》，三角；滑稽小说《滑稽外史》，六册二元；滑
稽小说《旅行述异》，二册七角半；侦探小说《贝克侦探谈》，初续编各
二角半；侦探小说《藕孔避兵录》，六角；言情小说《西利亚郡主别传》，
二册五角半；言情小说《西奴林娜小传》，二角半；哀情小说《不如归》，
五角；社会小说《天囚忏悔录》，五角；社会小说《芦花余孽》，三角半；
笔记小说《技击余闻》，二角；神怪小说《吟边燕语》，三角半；《美洲童
子万里寻亲记》，三角；言情小说《迦茵小传》，二册一元；□□□□；
神怪小说《鬼山狼侠传》二册一元；冒险小说《斐洲烟水愁城录》，二册
八角；国民小说《撒克逊劫后英雄略》；言情小说《玉雪留痕》，四角半；
冒险小说《鲁滨孙漂流记》，二册七角；冒险小说《鲁滨孙漂流记》续
编，五角半；言情小说《洪罕女郎传》，二册七角；神怪小说《蛮荒志
异》，六角；言情小说《红礁画桨录》，二册八角；寓言小说《海外轩渠
录》，三角半；冒险小说《雾中人》，三册一元；社会小说《橡湖仙影》，
三册一元二角；侦探小说《神枢鬼藏录》，二角半；伦理小说《双孝子血
酬恩记》，二册五角半；实业小说《爱国二童子传》，二册七角半。"

闰六月

二十五日（8月19日）《法政杂志》第一年第六期刊登商务印书馆《小说月报》广告云："第二年第五、第六两期出版广告。月出一册，定价一角五分，预订全年一元五角。邮费每册二分，全年三角六分。本报宗旨正大，材料丰富，趣味渊永，定价低廉，久为各界所欢迎，出版以来，未及一年销数已达六千以上，其价值可知。本年每期增加彩色图三四幅，美丽悦目。现第五期已出版，短篇若《巫风记》之形容迷信，《碧血花》之改革政治，《新审判》之妙语解颐；长篇若林译《薄倖郎》之情文并美，《劫花小影》之哀感顽艳，《小学生旅行》之涉笔成趣，皆小说中无上上品。其他译丛、笔记、杂纂、文苑、新剧等，选择精当，皆足娱情。兹第六期将次出版长篇《薄倖郎》、《劫花小影》外，增入社会小说《醒游地狱记》一种，搜罗宏富，编辑新颖，尤足餍阅者之望。本年闰月出临时增刊一册，材料既多，插图尤富，谅蒙阅者赏鉴，价值临时酌定。"刊登上海商务印书馆"唯一无二之消夏品"广告："夏日如年，清闲无事，求所以怡悦性情，增长闻见，莫如小说。本馆年来新出小说最夥，皆情事离奇，趣味浓郁，大足驱遣睡魔，消磨炎暑。兹特大减价，为诸君消夏之助。列目如下。（一）侦探小说十二种，定价洋三元五角，实洋二元：《黄金血》、《降妖记》、《双指印》、《指环党》、《寒桃花》、《车中毒针》、《白巾人》、《香囊记》、《帘外人》、《铁锚手》、《二俑案》、《昙花梦》。（二）神怪小说六种，定价洋四元，实洋二元二角：林译《英国诗人吟边燕语》、《回头看》、林译《埃及金塔剖尸记》、林译《鬼山狼侠传》、林译《蛮荒志异》、林译《三千年艳尸记》。（三）言情小说八种，定价洋四元五角，实洋二元五角：林译足本《迦茵小传》、《忏情记》、林译《玉血留痕》、林译《洪罕女郎传》、《阱中花》、林译《红礁画桨录》、《波乃茵传》、《匈奴奇士录》。（四）冒险小说十种，实价三元二角半，实洋一元八角：《金银岛》、林译《斐洲烟水愁城录》、《秘密电光艇》、《红柳娃》、《七星宝石》、《血蓑衣》、《旧金山》、《蛮陬奋迹记》、《钟乳髑髅》、《环瀛志险》。（五）社会小说十二种，定价洋六元五角，实洋三元半：《卖国奴》、《巴黎繁华记》、《一束缘》、林译《海外轩渠录》、林译《橡湖仙影》、林译《拊掌录》、林译《滑稽外史》、《博徒别传》、《模范町村》、《扫迷帚》、《瞎骗奇闻》、《炼才炉》。（六）历史小说九种，定价六元三角，实洋三元五角：林译《英孝子火山报仇录》、林译《撒克逊劫后英雄略》、《侠黑奴》、《复国轶闻》、林译《大食故宫余载》、《不测之威》、《法宫秘史前编》、《法宫秘史后编》、《泰西历史演义》。（七）林译小说十七种，定价十三元八角，实洋七元五角：《英国诗人吟边燕语》、《埃及金塔剖尸记》、《鬼山狼侠传》、《蛮荒志异》、《三千年艳尸记》、《足本迦茵小传》、《玉血留痕》、《洪罕女郎传》、《红礁画桨录》、《斐洲烟水愁城录》、《海外轩渠录》、《橡湖仙影》、《拊掌录》、《滑稽外史》、《英孝子火山报仇录》、《大食故宫余载》、《撒克逊劫后英雄略》。（八）《绣像小说》七十二种，定价洋七元二角，实洋四元。注意：一，折价之书以上海总发行所为限，各省分馆不援为例。一，每类均须全售，概不零拆。一，如欲零拆选购者，如书价已满五元，可以六折计算。一，购者均须现款，概不记账。一，减价自六月初一为始，至七月底止。一，每种中如有先已购阅，不欲重复者，可就单内定价相同之书掉换。上海商务印书馆启。"

七月

二十五日（9月17日）《法政杂志》第一年第七期刊登"商务印书馆印行'小本小说'"广告云："专就本馆出版之小说，择其情节离奇，趣味浓厚者，改排小本，廉价发售，既便取携，尤易购置。兹将内容、价目列下，已备采择。侦探小说《白巾人》，澳洲某翁女有甲乙二人争婚，既而乙死车中，疑甲谋害，遂致逮捕。迨翁垂死，有人以白巾围项挟诈索金，案乃破。二册二角。侦探小说《车中毒针》，此书叙一人觊得兄产，于车中用毒针刺杀兄女，其中摹写奸人之凶险、弱女之伶仃，情状逼肖。定价一角。侦探小说《宝石城》，英人同赴安南发见宝穴，一人窃宝私逃，致二人陷入敌手，盲目断舌，而归后卒为侦者所破。定价一角。侦探小说《指环党》，法国秘密党以指环为号，作种种诈伪以为图利之计，经侦探网罗密布，事遂发觉。定价一角。侦探小说《毒药罇》，有一人以游荡丧资，几濒于死，遇一友人救之，乃后竟谋杀其友而夺其妻，友临殁设计报仇，令人称快。定价一角。警世小说《一束缘》，英国某女已与人订婚约，后心艳富贵，伪为贵女与某爵结婚，卒以一束破露，为人枪毙，足为慕势者戒。定价一角。义侠小说《双鸳侣》，一老教士村居，村主豪横，计诱其长女，复劫次女，且陷教士父子于狱，有贫士究得冤陷，状立出之。叙儿女则宛转多情，叙贫士则神奇百出。定价一角。社会小说《白头少年》，有人家挟巨金遁至异国，秘密党侦知追踪劫去，辗转入一少年之手，秘密党终以计取之。定价一角。言情小说《媒孽奇谈》，埃乞娶懿思勃，述楚设种种机械以离间之，使其夫妇反目，后卒破败，埃、懿和好如初，述遂匿迹异国。事缭而曲，文简而练，是稗乘中能品。定价一角。滑稽小说《化身奇谈》，鲁勃脱得化身术家之换形药，屡服屡变其躯壳，奇幻至不可思议，谐语叠出，令人绝倒。定价一角。"

九月

二十五日（11 月 15 日）　《法政杂志》第一年第九期刊登商务印书馆"《小说月报》临时增刊"广告云："本年遇闰，另出临时增刊一册，页数增多，图画精美，每册仍旧大洋一角五分，廉价发售，幸祈赐鉴。本报宗旨正大，材料丰富，趣味渊永，定价低廉，久为各界所欢迎，出版以来，未及一年销数已达八千以上，其价值可知。本年每期增加彩色图三四幅，美丽悦目。闰月更出临时增刊一册，材料既多，插图尤富，所载各篇皆当期登完，文笔雅驯，迻译新颖，如《秦吉了》之词华斐叠，《侦探女》之神龙隐现，《赛鹦儿》之绘影绘声，《孤星怨》之哀感顽艳，《绿窗残泪》之情文并美，皆小说中无上上品。即白话中之《长病大仙葫芦旅行记》亦无不诙谐入妙，各擅胜场，作稗乘读可，作野史读亦可。其他传奇、杂纂、改良新剧、雨丝风片、附录等，选择精当，皆足娱情。文苑一门，多采集时下名人之作，尤足餍阅者之望。第七期将次出版除长篇《薄倖郎》、《劫花小影》、《醒游地狱记》仍延续第六期登载外，所载短篇、杂著、译丛、笔记及时调新剧等，皆最新颖而又最饶兴趣之作，足邀阅者赏鉴。"刊登"商务印书馆辛亥年闰六月出版新书（下）"之"小本小说"广告云："专就本馆出版之小说，择其情节离奇，趣味浓厚者，改排小本，廉价发售，既便取携，尤易购置。兹将内容、价目列下，已备采择。《白头少年》（社会），定价一角；《空谷佳人》（言情），定价一角；《媒孽奇谈》（言情），定价一角；《鸳盟离合记下册》（言情），定价一角；《双鸳侣》（义侠），定价一角；《双乔记》（言情），定价一角；《三人影》（侦探），定价角半；《宝石城》（侦探），定价一角；《毒药罇》（侦探），定价一角；《化身奇谈》（滑稽），定价一角。"刊登商务印书馆"愿应检定中学堂初级师范学堂教员者鉴"："《学部奏定检定中学堂及师范学堂教员章程》内有英文一门，非研究有素，未易应试。兹将本馆英文各书可备检定之用者，列目于下（尚有本馆各书合于他种科目者，另列前表）"，其中"文学"一门中，列有"《撒克逊劫后英雄略》（附汉文释义），二元"。

《改良婚嫁会月报》与小说相关编年

宣统三年辛亥（1911）

八月

十五日（10 月 6 日）　《改良婚嫁会月报》第一期开始连载《伪女权》，至十一月二十六日毕，标"短篇小说"，作者署"离明"。其篇首作者注云："著者离明曰：小说者，传体又论体也。如《阅微草堂》，几以议论为叙事矣。而世之为小说者，往往以叙事为正宗。夫详于叙事固当，亦知司马迁之传伯夷、传屈子纯以议论行之否耶？某叙事固拙，然以议论立传，其义某窃取之矣。"作品篇首云："离明子曰：天地万物，不能自有而之无，亦不能自无而之有。如受以雄者不能为雌，受以雌者不能为雄，此自然之理也。若雌而不安其为雌，雄而不称其为雄，是谓反其常性，不有天殃，必有人祸，可不惧哉？然雌之失职，雄之咎也。雄何咎？咎于无德无才，使雌不安其为雌也。惟然，则雄之责重，而其报较雌为酷矣。"《改良婚嫁会月报》本月创刊于广东番禺。月刊。售价四仙。编辑兼发行所：旧仓巷登云里南园学社。

十月

十五日（12 月 5 日）　《改良婚嫁会月报》第二期刊登"本报广告"："一，本报月出一册，准中旬出版，每册定价四仙。二，本报代登告白，价格从廉，欲登者请到编辑处面议。三，热心君子惠稿，无论何体文字，一律欢迎。"刊登"编辑处启事"："启者，本报原定月出一册，嗣因九月时省垣多故，印工未暇，故暂停出版。特此声明，此布。"

十一月

二十六日（1月14日）《改良婚嫁会月报》第三期连载《伪女权》毕。其篇末云："论曰：甚矣，女权之不容伪也。误会自由，而竟杀其身。使茗能忍以就妇职，礼仪昭著，蛮貊可行，况翁姑与夫之亲乎？充是道也，可以理阴教，齐家国，足与男权并，何其荣哉。不幸茗染于俗，几杀其夫。女权之伪也，惨于豺虎鸩毒矣。吾欲世之言自由者，一轨于礼可也。"

十二月

二十五日（2月12日）《改良婚嫁会月报》第四期刊载《十姊妹记》，标"短篇小说"，作者著"苑拙"。其篇末云："噫，后若氏者，可谓仁知并尽者欤。设非以深沈之识，而为久远之谋，则虽冤愤可伸，而宗祧已斩。夫惟声色不动，掩捕不劳，既获其供，旋脱其罪，令名克保。女兮岂曰无家。秽行弗彰，母也居然有妇，后此之麟兄毓瑞，燕寝承欢，固由氏之福有以致之，亦未始非氏之德足以成之也。"

《广粹旬报》与小说相关编年

宣统朝

元年己酉（1909）

九月

十五日（11月1日） 《广粹旬报》第十一期刊载《鸦片梦》，标"警世小说"，署"著者百砺"。篇末有"'汉父'评"："何温如无可解脱之下，而有反监之机会；四顾彷徨、漂夺无主之下，而又忽遇良友。此是温如纸侥幸处。然中国之监狱腐败如此，中国之防务又废弛如此，读之令人失笑。中插张乾一段历吏（史），是亦以自立之道警人耳。吾知作者之眼光，处处皆注意着'警世'二字故一搔笔，便是警世语。"连载《侦探之侦探》"第七章"演丑剧无赖登场，费重赏奸顽入党"，前六章未见，署"著者太岁"，未完。《广粹旬报》，旬刊。其封面印有"大清邮政认为新闻纸"、"每月三期，逢五发行"等语。编辑人：邓悲观；发行人：宋慎公；印刷人：李海；发行所：雨帽街邓氏书室。现见第十一期及第二十一期。

二年庚戌（1910）

二月

初五（3月20日） 《广粹旬报》第廿一期连载《侦探之侦探》"第十三章"因盗供官杀官侦探，防官患盗起盗猜疑"。本期目录列有小说"双女侠"，但正文未见载。

《广东劝业报》与小说相关编年

宣统朝

元年己酉（1909）

正月

十一日（2月1日） 《广东劝业报》第五十七期刊载"戊申年（1908年）各项题目"，其中"小说部"有："《大北铁路发起人占士比传》，三一、三二；《临邛卓氏打铁发财小传》（铁庵），三三；《著名商船特琼司小传》（铁庵），三十四；《瓷器大家巴律西小传》（铁庵），三五、三八；《兽肉霸王亚模传》（铁庵），四二、四三、四四、四五、四七、四八、四九；《德国农业发达史演义》（铁庵），五十、五一、五二、五四。"以上小说刊载于该报的前身广州《农工商报》。在其后的"本报之特色"有："……（二）本报……有论说、新理、章程、调查、报告、小说、劝业道公牍、牌示等门。每门分开印刷，不使相连，令看过后分类钉装成一套有用之书，以便后日随时翻阅。（三）本报说话浅白，意义显明，务令人人易晓。……"又，在该报启中有："本报创办于丁未年五月，原名《农工商报》，久已风行。近更增多矿业、交通等门，改名'劝业报'。……除新法、新理之外，兼有论说、报告、调查、章程、小说、专件各门，俱关切于农、工、商、矿等实业。始行登载，句句有用，与寻常报纸，只载新闻者不同；而且文显浅，妇孺可通；翻译外国物名总求易解，尤为本报之特色。……请诸君购一部试阅，当知所言不谬。每月三部，收银毫半。只买一部，价银六仙。外埠每部加邮费一仙。凡定阅本报者，请到光雅里本馆，或在各代理处，均可挂号，以后依期照派。报费先惠，按月收银，例不挂账，以资周转。另有《生财宝典》一书赠送，不取分文，爱阅者请到取看；外埠付邮票一仙，则可交邮局送到。宣统元年　月　日，广东省城光雅里西闸外三十二号门牌，《广东劝业报》启。"

《桂林官话报》与小说相关编年

宣统二年庚戌（1910）

十二月

初五日（1月5日）　《桂林官话报》连载《青年》，标"续"，不知何时开始连载；现仅见两期，篇末标"未完"，不知何时连载毕。标"短篇小说"，作者署"啮癫"。该报总发行所：桂林皇城内三原楼。

《国民白话日报》与小说相关编年

光绪朝
三十四年戊申（1908）

七月

初四日（7月31日）　《国民白话日报》连载《国民镜》（一续），至二十三日毕，其连载开始时间当不迟于本月初三日。标"讽谏小说"，作者署"恼士"，缺首期未见。报首书"第四号"，其创刊当在本月初一日。又书"本报编辑所设在上海英租界马立师马德里一千一百五十四号门牌，本馆总发卖处在四马路望平街对面一百五十三号门牌"。

十五日（8月11日）　《国民白话日报》开始连载《枉死城》，至次日毕，标"短篇小说"，作者署"悦"。

十六日（8月12日）　《国民白话日报》连载《枉死城》毕。

十九日（8月15日）　《国民白话日报》开始连载《一席话》，至二十一日毕，标"教育小说"，作者署"无锡教育会惜稿"。

二十一日（8月17日）　《国民白话日报》连载《一席话》毕。

二十二日（8月18日）　《国民白话日报》载《客气帐》，标"短篇小说"，作者署"黑心"。

二十三日（8月19日）　《国民白话日报》载《国民镜》毕。

二十四日（8月20日）　《国民白话日报》开始连载《虫世界》，至二十九日毕，标"短篇小说"，作者署"悦"。

二十五日（8月21日）　《国民白话日报》开始连载《生计》，至八月十七日毕，标"家政小说"，作者署"惜阴"。

二十九日（8 月 25 日） 　《国民白话日报》连载《虫世界》毕。

三十日（8 月 26 日） 　《国民白话日报》开始连载《一言家》，至八月初五毕，标"问答小说"，作者署"恼士"。

八月

初五日（8 月 31 日） 　《国民白话日报》连载《一言家》毕。

十七日（9 月 12 日） 　《国民白话日报》连载《生计》毕。

十九日（9 月 14 日） 　《国民白话日报》开始连载《骨肉仇敌》，未标小说类型，未署名，因缺仅见两期，不知何时连载结束。

《国民报》与小说相关编年

宣统朝

二年庚戌（1910）

五月

十三日（6月19日）　《国民报》继续连载《鸳鸯瓦》，连载开始时间不详，现连载"第六十二"，至五月十七日毕，标"艳情砭俗"，作者署"尧"。继续连载《红露》，连载开始时间不详，现连载"第一百廿四"，至六月十九日仍未完，标"哀艳小说"，署"鹃声阁主译"，未标原著者。《国民报》发行人李伯抚，编辑人邓悲观，印刷人舒俊达，总发行所在西关第七甫九十七号。

十七日（6月23日）　《国民报》连载《鸳鸯瓦》毕。

二十一日（6月27日）　《国民报》刊载《破棍》，标"寓言小说"，作者署"诛奸"。

二十二日（6月28日）　《国民报》刊载《推车女》，标"寓言小说"，作者署"辟臭"。

二十三日（6月29日）　《国民报》刊载《高等强盗》，标"短篇小说"，作者署"诛"。

二十四日（6月30日）　《国民报》刊载《米中蠹》，标"箴规小说"，作者署"百罹子"。

二十五日（7月1日）　《国民报》刊载《京华梦》，标"短篇小说"，作者署"过来人"。

二十六日（7月2日）　《国民报》开始连载《野兽性》，至五月二十九日毕，标"短篇小说"，作者署"雷"。

二十九日（7 月 5 日）　《国民报》连载《野兽性》毕。其末云："按：骝与羊、螨等同种、同学而又同志，乃因一冠之加，遂忍然于心，不惜设阱以相陷，卒至己能害人者，人亦能害己。《语》所谓多行不义必自毙者，非骝之谓乎？嗟乎！骝之野性者，其阴险乃至是耶？物犹如此，人何以堪？吾不禁掷笔而叹也。"

三十日（7 月 6 日）　《国民报》刊载《睇出神》，标"白话小说"，作者署"百罹子"。

六月

初一日（7 月 7 日）　《国民报》开始连载《剃头失妻》，至六月初五毕，标"近事写真"，作者署"不剃头者"。

初五日（7 月 11 日）　《国民报》连载《剃头失妻》毕。该篇末云："著者曰：以上所述，乃前数天目击之实事。呜呼！女子无教育，婚姻不自由，因之夫妇之道苦。此等背夫潜逃者，已数见不鲜矣。良可慨也。"

初六日（7 月 12 日）　《国民报》开始连载《暴虎》，至六月初十毕，标"短篇小说"，作者署"过来人"。

初八日（7 月 14 日）　《国民报》刊载《三大》，标"诙谐小说"，作者署"一棒"。

初十日（7 月 16 日）　《国民报》连载《暴虎》毕。

十二日（7 月 18 日）　《国民报》刊载《会客》，标"活动写真"，作者署"岁"。其篇末云："按：此是何景像，其俄之莫斯科狱耶，法之巴士的狱耶，抑一般之革命党狱耶？然彼犹能于监牢里，与其亲戚朋友偶一相见，以视吾国牢狱中之所谓革命党，一入狱门，则惟以秘密主义死之者，其相去为何如也。然而其他之狱，欲相见狱者，仍不免通门头矣，况党耶。甚矣，野蛮国之制度，无一而百人道。"

十三日（7 月 19 日）　《国民报》刊载《电一通》，标"怪象小说"，作者署"哲"。

十四日（7 月 20 日）　《国民报》刊载《亚如》，标"短篇小说"，作者署"碎"。其篇末云："按：此等人类，似甚怪诞。然闻之非洲之野番，则以食人为乐，沙勝月之勝子，则以人头为戏。天地气类之感召，盖有之生种人者。亚如只以粪为珍品，犹似较野番勝子而略有智识也。至喜怒无常，威福自擅，宦途中亦不独亚如其人矣。呵呵！"

十六日（7月22日）　《国民报》刊载《大虫》，标"短篇小说"，作者署"雷"。

十七日（7月23日）　《国民报》刊载《香海车尘》，标"短篇小说"，作者署"过来人"。

十九日（7月25日）　《国民报》刊载《一文钱》，标"寓言小说"，作者署"哲"。其篇末云："烧饼立宪，贻笑久矣。今更伸其意而为寓言，心醉立宪者，盍深长思之。"连载《红露》至"第一百五十四"，仍未完，连载结束时间不详。

三年辛亥（1911）

十一月

二十九日（1912年1月17日）　《国民报》连载《黑将军》（六），标"暗杀小说"，署"著者百罹"，连载开始与结束日期不详，目前见最后一次连载为1912年3月27日，篇末标"未完"。连载《二滴血痕案》（六四），标"侦探小说"，署"树人译述"，未注原著者，连载开始与结束日期不详。

十二月

十二日（1月30日）　《国民报》开始连载《富家谷记》，未标小说类别，署名"无我"。

十三日（1月31日）　《国民报》连载《富家谷记》毕。其篇末云："记者曰：狗儿之所见者，钱耳，钞耳；所守者，家耳，财耳。与之言《史》、《汉》，彼乌知《史》、《汉》为何物哉？况泣歧子言近于迂，其得免于泽狗吻，而葬狗腹也，亦云幸矣。然则士之博群书，而好为骇俗言者，可不惧哉，可不慎哉！"

《国事报》与小说相关编年

宣统朝
二年庚戌（1910）

三月

二十七日（5月6日）《国事报》刊载"《砭群日版》出版"广告："《砭群丛报》刊行于去年，颇蒙社会奖偕。迩经同人重集资本，延聘通才推行。日报以注重道德、存公是、辩公非为宗旨。消息灵通，访录敏碻，内容丰富，文笔雅赡；并附入名译《近百年欧洲战争史》及温犀镜小说两种，按日分刊，以明时势之竞争，见人群之情状；并选取诗词名作以助风趣。兹择地于第七甫为编辑、发行所，定期四月初出版，先此简闻。广东砭群日版启。"又，连载《儿女谈奇录》（八续），标"理想小说"，署名"石南"，未完。仅见这一期，不知何时开始连载何时结束。

《汉口中西报》与小说相关编年

光绪朝

三十三年丁未（1907）

十一月

二十六日（12月30日）《汉口中西报》连载《灵均恨》，现不详开始连载于何时，至光绪三十四年五月二十六日上篇连载毕；标"哀情小说"，署"天门山民石厂（庵）氏著"。

二十七日（12月31日）《汉口中西报》连载《明珠血》，已至第十一章，注"续"，不详连载开始于何时，至光绪三十四年六月初十日连载毕。标"侦探小说"，署"天门山民石厂（庵）氏著"。

三十四年戊申（1908）

正月

初六日（2月7日）《汉口中西报》刊载《游学乐》，标"短篇小说"，作者署"选"。篇末云："就一己言，黄面皮之弗贵于天下久矣，今若此，虽死不恨；就一群言，有少年美才若此，国亡命也，种灭何悔。"

初八日（2月9日）《汉口中西报》载"小说预告"云："启者：本馆现用重资觅得涪州宋君所作社会小说一种，名曰《官场鬼魅记》。宋君本川东名士，只以生不逢时，遂至弃儒业贸，其往来四川、重庆、湖北、汉口凡三十余年，于两省政界情形知之最审。兹以平生见闻所得著为是篇。其序事之详明，论断之精当，间杂以嬉笑怒骂，调弄诙谐之文，使人读之如读《儒林外史》，如读《官场现形记》，诚小说界之上乘也。一俟前项小说《明珠血》刊竣，即当按日付印，以餍阅者。兹先将此书前二十回目录列下，读者诸君细玩其恉，即可知是书价值矣。第一回：一部书写出伤心词，半颠生演说现形记；第二回：春生栈玉小官学贸，金山寺米大人出家；第三回：为捐官汪大少倾家，因嫖妓玉小官被逐；第四回：求差事夫人频入署，充客串小姐乍登台；第五回：卜宜生游仙涪州署，玉式之管事裕和升；第六回：十余万金不胫而走，□千两土大胆瞒关；第七回：杀风景围戏小姑姑，打电报截拿老太太；第八回：看情面放走老太婆，昧良心强奸小姨子；第九回：倒缀号卜宜人得病，开瓦窑汪通判伤心；第十回：汪佐仁炮烙刑奴婢，玉徐□衣冠拜丈人；第十一回：乘兴而来先生落厕，无奇不有典史穿窬；第十二回：花园山董典史成擒，草湖门薛道台受窘；第十三回：仕版荣登居然晶顶，女场豪赌臂勒金镯；第十四回：保甲局摆对迎骗子，登子湖约伙闹淫娼；第十五回：为功名又作登场客，贪名利重为入世僧；第十六回：预考诸生山长设谋，限缉巨匪厅尊悬赏；第十七回：闹蛮劲千金随地滚，吃寡醋茶碗满天飞；第十八回：信口开河胡说八道，走投没路瞎闹一场；第十九回：钟表店兼办筹饷局，土豪卡穷搜太史船；第二十回：假道学小星购莲子，真风流大雪访梅岩。"

十二日（2月13日）《汉口中西报》刊载《大小说批评家金圣叹子历史》，标"短篇小说"，作者署"廖燕"。其篇末云："嗟乎！吾今以小说批评家目先生，非先生之志也。然而吾小说界之有先生，则吾小说界之光也，先生不朽矣。"

十八日（2月19日）《汉口中西报》刊载《今世之濂溪先生》，标"短篇小说"，作者署"灵铃"。

三月

初一日（4月1日）《汉口中西报》开始连载《工界伟人》，至本月初八日毕，标"实业小说"，署"哈著，雄报译演"。其开篇云："俗话说得好，天下无难事，只怕有心人，不论是一件什么事业，只要有人肯劳心竭力、精益求精的做去，断没有不完全不美备之理。若是日积月累，有了本事，能制造几样与社会上有利益的东西出来，即想名驰远近，富埒王侯，也是不难。倘若有始无终，半途而废，把那有限的光阴虚度了，把那有用的精神空费了，岂不可惜？大凡一个人，既然活在世界上，无论是读书的、种田的、作工的、经商的，各人自然有各人所当做的事业。总要能敢打定主意，顾全声名，尽个人的大责任，才不愧为奇男子、真国民。等到大功已成，名利两就，岂不胜过在家里吃闲饭吗？切不可庸庸碌碌、糊糊涂涂，和那苗子土蛮、黑奴红种一般无知无识。列位，现在可以造福于普通社会上的事业，莫重于工艺，但工艺系科学中的专门学问，□难得学习的。同是一样东西，何以这样好，那样歹？甲做的精，乙做的粗？非注意考求，细心试验，绝不能明白内中纵横分合的问题，奥妙精微的道理。但这些闲话，却也不消多题，且讲一个外国顶上的大实业家与列位听听。列位如不厌烦，听在下的原原本本的说来。"

初八日（4月8日）《汉口中西报》连载《工界伟人》毕。篇末云："这一件故事，在下的已演完了。据在下的本意，是想要列位热心科学，疏通利源，所以把荷意理的历史演与列位都听听，使列位都知道工艺之学，是狠有益处的。但列位然是中国人，须要晓得振兴中国的工界，使中国将来有无数的荷意理出世，才好收回利权，扩展实业，组织富国的基础，振刷工人的精神。想列位尽是新中国未来的主人翁，断不至有负在下的演这部书的苦心，竟把工业当做末艺也。看官听者：伟哉数载苦思量，誉播全球夙愿偿；默翼神州工业界，早行改革勿徜徉。是篇竟一日力演成，信手拈来，未加删削，故词句平庸过度，内容精采毫无。尚祈阅报诸君匡余不逮。演者附识。"

五月

初三日（6月1日）《汉口中西报》开始连载《寒溪避暑记》，至九月初五日毕，标"记事小说"，署"著者素秋"。篇首有作者题记，其末云"永和年，同人终日舍弈棋外，则谈时事，评野史，批小说，对白抽黄，以供消遣。余尤喜读纪文达公《阅微草堂笔记》，每日与同人共话之际，略仿其体，或搜异闻，或述因果，或读往史而加论断之，或忆己经验之事而补记之。阅月余久，走笔纪事实四十余则（或亦读书之间也乎），因自额曰《寒溪避暑记》。"刊载"本馆启事"："本馆所登小说《明珠血》、《灵均恨》将次刊完。兹复觅得素秋君所著之记事小说，名曰《寒溪避暑记》。其体裁笔酷肖《阅微草堂记》，其词藻颇类《聊斋志异》，可称消夏醒睡物，或亦诸公所乐观也。仍与石庵君续编各种排日间登，阅者注意！注意！"

二十六日（6 月 24 日）　《汉口中西报》连载《灵均恨》（上篇）连载毕。篇末注："本报按：是书上卷已毕，以后接续另排他书。本报记者记。"

六月

初四日（7 月 2 日）　《汉口中西报》开始连载《圣彼得堡大奇案》，现见连载至十一月初五日，篇末注"未完"，现不详连载结束于何时。署"楚（高楚观）译，石（胡石庵）编"。开篇有"原序"云："抱丕氏曰：吾友太司道君，俄罗斯之最著名著述家也。学问渊博，人为俄国一般社会所尊重。一千八百五十年，余以事游历俄京，因得与之订交。后余归法，鱼雁常通。至一千八百六十一年，太司道君忽翩然来法，税驾于余室，相与谈及圣彼得堡近事。太君乃言近日身经一事，光怪陆离，实有令人绞尽脑灵，不能得其所以之故。余闻之，讶甚，因笔记之。阅数月，太君忽得俄京友人急电唤之归，余亦以事往瑞士，从此音书渺然。直至一千八百六十三年，太君忽又至法，相见之下，把臂言欢，相与谈及旧事。太君乃言一千八百六十一年圣彼得堡奇案之结局。余闻之，且惊且叹，因即拂纸弄笔，就太君口中所言，记之如左。"其后为"附序"云："石庵居士曰：《圣彼得堡大奇案》一书，余从拍卖处售得者也。原本系法文，为法小说名家抱丕氏所著。计上下二卷，通篇皆出自太司道述。上卷述案情之平空发起。被谋杀者十数人，以及谋杀手段之种种怪秘，与太司道君身所经历之种种疑惑恐怖，直如暴雨烈风，波谲云诡。下卷叙案情之暴露。事体之曲折，凶手之奇侠，一天烟云，胥出自一纤弱美女之手，委婉变怪，不可臆测。全书情节亦哀情、亦侦探，诚可为欧西小说中之杰作也。翻阅一过，即命小徒楚子，尅日译出。鄙人更取而润色删补之，合二卷为一卷，仍原名曰《圣彼得堡大奇案》，章回名目悉依抱丕氏原书，不敢少有增减也。戊申六月天门山民胡石庵氏记于鄂垣之谛室。"现见到的有：第一章"大戒严"，第二章"大恐怖"，第三章"大疑团"，第四章"大侦查"，第五章"大舛误"，第六章"大骇变"，第七章"大披露"。刊载告白：

"另有《汉口见闻录》一张，随报附送，不取分文。如有遗失，请向送报人索取可也。"《汉口见闻录》刊载有不少小说。

二十日（7月18日）　《汉口中西报》之附张《汉口见闻录》连载《新儒林外史》，现仅见这一期，不详连载开始与结束时间。标"短篇小说"，署"著者石庵"。

七月

初九日（8月5日）　《汉口中西报》刊载告白："天气酷热，工人受病，《见闻录》暂停一礼拜，秋凉照常出板（版）。此告。"此告白又见于翌日该报。

十四日（8月10日）　《汉口中西报》刊载告白："天气酷热，办事诸人轮流歇暑，《汉口见闻录》再停十日，准于二十一日照常出板（版）。主笔房广告。"此告白又见于本月十九日、二十日该报。

二十一日（8月17日）　《汉口中西报》刊载告白："本报附出之《见闻录》本拟于二十一日续出，只因天气交秋，已将及旬，尚未解凉。办事诸人感暑之后，应行将息。特再改迟十日，准于八月初一日照常出板（版），以餍阅者。本馆经理人广告。"此广告又见于本月二十二、二十七至二十九日该报。

九月

初五日（9月29日）　《汉口中西报》连载《寒溪避暑记》毕。篇末云："右《避暑记》数十则，系乙巳长夏，拈纸弄墨，戏集而成者也。忆及即书，都无体例，街谈巷议，知无关乎政教；或者野史稗官，亦能寓乎惩戒成乎。述异既多，黄州之客复聚（此说苏轼在黄州，每旦起不招客与语，必出访客与游，各随其人高下，谈谐放荡，不复为畛畦。有不能谈者，则强之使说鬼），搜神既广，邮筒之件又增，因之走笔直书，不嫌粗劣。谓之记事体而不雅，谓之言论体而不精，实则无可左右，以视小说家评论之。海内君子，幸勿我罪也。"

初六日（9月30日）　《汉口中西报》开始连载《别有天地》，现见连载至十月十六日，篇末注"未完"，不详连载结束于何时。标"纪实小说"，署"著者愚如，批者我俗"。开篇云"咳，在下的怎么能做小说哩？

学问鄙陋，见闻又狠小渺，文笔又不波澜，又不雅不俗，不南不北，没有什么小说的腔调。具此体例，又怎么能算得小说呢？然而这部小说又不可不做，这是个什么原故呢？提起话头，也是很长的，看官到末回就明白了。自古道无头的公案，在下的这部小说，就是怕头绪太多了，这些闲话暂且不表，将第一回献上。"现所见回目：第一回：老师腐儒误会孔子教；第二回：文明志士竞尚自由权；第三回：思往事夜诵《琵琶行》；第四回：订新交情寄鸳鸯梦。

十月

十七日（11 月 10 日）　《汉口中西报》登"本馆启事"云："本馆所登之《别有天地》近已成书，《大奇案》不日亦将完。兹已定有胡君石庵之小说三种，一名《莲山大侠》（事迹光怪陆离，不可意测）；一名《重译华生包探案》（《华生包探案》一书为英巨著，中国前时各报所译，不过得其十之三四。本馆近托英友，多方觅得全书，由胡石庵译出，以供众览）；一名《奈何天》（事迹哀艳缠绵，足令人泪下）。此后当以次登刊本报附张，想阅者亦必以先睹为快也。"

十一月

初七日（11 月 30 日）　　《汉口中西报》开始连载《补译华生包探案》之《浴室案》，至十三日毕。未署原著者名，译者署"胡石庵"。

十三日（12 月 6 日）　　《汉口中西报》连载《补译华生包探案》之《浴室案》毕。

十五日（12 月 8 日）　《汉口中西报》登"本馆启事"云："启者：本馆前所登小说，已蒙阅者诸君许可。奈种类短少，深恐不满诸君之望。兹复订有胡石庵君新译小说一种，名曰《莲山大侠》。是书情节离奇，事迹变幻，为胡石庵近日得意之作。前后四万余言，亦侦探，亦言情，亦历史，亦社会，亦军事，亦爱国，实兼各种小说体裁之长而有之，诚杰作也。兹特赶先登刊，定以此后与未完之《大奇案》轮日出现，以幅诸君子之垂青之雅意，亦见本馆锐意改良之苦心也。"刊载"石庵通信"："兹有近著小说四种：一名《明珠血》，一名《梅花秘密》（皆侦探小说），一名《寿头太守》（社会小说），一名《灵均恨》（哀情小说），皆定以今腊出版。《明珠血》、《寿头太守》二书定价每部一元，余二书定价五角。皆系洋装净纸，装潢精工。今特减价预约，能先交洋一半，到期取书者，通体作为八扣，二十部以上者七扣，五十部者六五扣。由本馆并刘家巷一号发行。特此预告。"

十七日（12 月 10 日） 《汉口中西报》开始连载《莲山大侠》，至宣统元年闰二月二十二日毕。标"奇情爱国"，署"石庵译"。其开篇云："这部书，便是说的西历一千三百零六年，欧洲瑞西国的一段事迹。看官看过《泰西史记》的，必知道一千三百零六年瑞士国有个大侠惟廉惕尔，仗义射杀日耳曼官吏郃士勒，扶助瑞西国独立自主，脱却日耳曼的羁勒，造成于今一个完全自由大瑞西国的一段历史。但列位虽知道这段历史，不过知其大略，尚不知内中还有许多奇情侠行，怪怪异异，大可令人惊异赞叹的情节。闲居无事，待在下权理宿毫，慢慢记了出来，列位一观呵。"该篇各章标题如下：第一章：莲山古屋；第二章：奇方盗剑；第三章：姊弟被难；第四章：义仆求救；第五章：探村被锢；第六章：饶（骁）将伪装；第七章：侠女夜遁；第八章：煤室奇人；第九章：老谋深算；第十章标题未见，均误排为"第七章：饶（骁）将伪装"；第十一章：探村救友；第十二章：透围行救；第十三章：古洞奇逢；第十四章：磨盘侠叟；第十五章：乌泥城破；第十六章：深林遇侠；第十七章：瑞西自主。

二十日（12 月 13 日） 《汉口中西报》登"石庵启事"："《新儒林外史》版权现拟出卖，期以十日为限，逾期则仍由本人自行付印。有欲购买者，请至武昌刘家巷一号天门胡公馆与汉口本馆面议可也。著者特白。"此广告连登十日。

二十三日（12 月 16 日） 《汉口中西报》登无题、未署作者名小说，仅标"短篇小说"。

十二月

初七日（12 月 29 日） 《汉口中西报》开始连载《小白旗》，至本月十四日毕。标"勇武小说"，作者署"泣红（周瘦鹃）"。

十四日（1 月 5 日） 《汉口中西报》连载《小白旗》毕。

宣统朝

元年己酉（1909）

正月

初八日（1月29日）《汉口中西报》开始连载《情天恨》，自二月十八日起改名为《情天影》，至闰二月初三日连载毕；初标"艳情小说"，自二月十八日起标"哀情小说"；作者署"石庵"，其中曾在本月十八日至二月初六期间署名为"石厂"。刊载"本馆启事"："本馆旧所登之《莲山大侠》，已蒙阅者许可。兹新年出版，恐尚不足满阅者之望，特更购胡石庵君新著之艳情小说《情天恨》一种，与《莲山大侠》按日轮登，以见本报力求进步之苦意。"

初十日（1月31日）《汉口中西报》刊载《己酉之新年》，标"短篇小说"，作者署"顿"。

二月

初七日（2月26日）《汉口中西报》刊载《芙蓉血》，标"短篇小说"，作者署"漱石轩曜媛"。

闰二月

初三日（3月24日）《汉口中西报》连载《情天影》毕。篇末云："（石庵）后归鄂，遂与影生别。今春无意中，忽从敝匣寻得当日所记草本。夜坐无事，遂略为编次，成此一书。书成无名，乃就影生落花诗中'争把情天补恨天'句，强名曰《情天恨》，心中甚不释也。乃复商之于愚庵，愚庵曰：'子何不就子'情天留得影模糊'句，名曰《情天影》乎？既较原名为趣，且吻合影生名，岂不妙哉？'余大喜曰：'诚然，诚然。'因改名为《情天影》云。名既改，因令余徒高楚观抄之。楚观此时正学为时，意有所触，乃亦题二绝于后。……一部《情天影》遂告终事焉。"

二十二日（4月12日）《汉口中西报》连载《莲山大侠》毕。篇末云"石庵居士译书至此，长啸掷笔，题一绝于后：一番虎斗龙争史，满纸惊涛骇浪声；人间果有中兴事，几番惆怅几沈吟。时正宣统元年闰二月口日也。"

二十三日（4月13日）　《汉口中西报》开始连载《异想天开》，现见连载至三月二十九日，篇末注"未完"，现不详连载结束于何时；标"科学滑稽小说"，署"著者石庵"。其回目如下：第一回：法螺呀，法螺呀；第二回：新鲜世界；第三章：新星球；第四章：灵魂世界；第五章：现未见；第六章：地球炸裂了；第七章：黄金毒电；第八章：火星人类；第九章：大人来了；第十章无题；第十一章：星球旅行会；第十二章：太空三色之魂。刊载"本馆特别启事"："本馆所刊胡石庵之爱国小说《莲山大侠》一书已经告峻。近复承石庵君以作旧（旧作）滑稽小说《异想天开》一书相赐。此书前曾于《华报》刊有一回，《华报》停刊，书遂中口。书中笔墨纯取法新法，口一书而能别口门径，独见石破天惊之妙，诚佳著也。特此预告，阅者注意。"

三月

初一日（4月20日）　《汉口中西报》之附张《汉口见闻录》连载《守柴房传》毕，注"续"，现仅见这一期，不详开始连载于何时，署"菊痴著"。

初二日（4月21日）　《汉口中西报》之附张《汉口见闻录》连载《红颜一哭记》，已至第十五章，现不详开始连载于何时；现见连载至三月二十九日，篇末注"未完"，现不详连载结束于何时。署"俄文豪播伦氏著，天门胡石庵译"。现所见回目如下：第十五章：燕郎慢走；第十六章：回去罢，回去罢；第十七章：天地间那有治心病的药料呀；第十八章：我那苦命的尊……；第十九章：催眠术，催眠术；第二十章：燕克华到了；第二十二章：凄然一叹，冷然一吁，嫣然一笑；第二十三章：那个燕克华；第二十四章：你不是燕郎么？你……你……你……；第二十五章：万万死不得，万万死不得。

初七日（4月26日）　《汉口中西报》之附张《汉口见闻录》刊载《梦游新中国》，标"短篇讽刺小说"，作者署"笑庐室"。

初八日（4月27日）　《汉口中西报》刊载"报癖启事"："薄海同文

公鉴：鄙著《恨史》、《黄金白眼记》两小说征求题咏，光我简编。曾布告于客腊十二日本录。讵意发表迄今，仅收到曾君勋伯、朱君虞尊、许君伏民三函。良用怅然，而无魇之求不能自已，用敢展至五月杪始行截止。伏祈大雅广锡琳琅葛胜，企祷之至。"又："石庵益友电：月前二十九曾递邮片一纸，不日即可邀青尊创之小说杂志暨各种单行伟构。倪均出版，望速赐阅。拙作征题索和，欲乞执事为我泼墨数行。借重长才，增光万丈。好音远惠，翘首俟之。"

十二日（5月1日） 《汉口中西报》之附张《汉口见闻录》刊载《卑卑先生》，标"短篇社会小说"，作者署"勋"。此篇原载本月初七日《神州日报》，未署作者名。

二十日（5月9日） 《汉口中西报》之附张《汉口见闻录》开始连载《千古之波音》，现见连载至三月二十日，篇末注"未完"，现不详连载结束于何时。标"爱国小说"，署"日本逊幼生著，天末散人译"。

二十七日（5月16日） 《汉口中西报》之附张《汉口见闻录》刊载"本社特别广告"："本报已于本月初一日放大改为一正张，仍附《中西报》。送看一月，每日已达四千张。兹将□送满之期准定四月初一日，再扩充内容，益求精备，添列门类布告如下。"其中第十门类为"小说"。报费为："原拟每张收洋八厘，恐送报人收洋不便，兹特改定每张收现钱十文。"刊载"看！看！看！《扬子江小说报》出现"广告："本报原定名《十日小说》，月出三册。近因机字未全，暂改名《扬子江小说报》，月出一厚册，定期四月初一日出版。以武昌平湖门刘家巷一号，汉口宝顺里中西报馆，广益桥下首趣报馆为总发行所。其余各省着（著）名书店均有寄售。内容丰富，妆饰美好，每册售洋四角五分，定全年者四元八角，半年二元五角。外埠邮费照加。出书无多，请速定取。下列有本报内容一览表，阅者注意。社文计七篇，凤俦、明卿、□（'协'字右半部换成'禹'字）庵、钝根、瞿园、石庵、涵秋七君作。小说计十余种：一、爱国小说《罗马七侠士》，石庵著；二、寓言小说《蒲阳公梦》，凤俦著；三、哀情小说《梨云劫》，涵秋著；四、言情小说《湘灵瑟》，石庵著；五、《俾斯麦轶事》，楚观译；六、侦探小说《蜂蝶党》，石庵译；七、《新炸弹》，楚观译；八、传奇小说《六如亭》，强度西先生遗稿；九、《侠女魂》，蒋寄生著；十、短篇小说《河南血》，瞿园作；《除夕梦》，报痴作。文苑：《读孟子》，偶庵著；《小说丛话》，报痴作。词林：《紫绢女史诗词稿》、《弹录女史稿》、《沁香阁诗集》、《小说报一览表》、《时世批评二十条》，本社社员。《扬子江小说报》告白刊例：每行五角，半页五元，一页九元。"

二十九日（5 月 18 日）　《汉口中西报》刊载"石庵启事"："《红颜一哭记》不日将完结矣，自问于原书精神尚未稍失。哀悱之处，石执笔自写时亦常泪下。原书男女二人同时自尽后，即赖俄皇超□，为之成一鸳鸯冢，一时俄国文人题咏殆遍。今亦望阅书诸君子多赐佳章，俾得再赠（增）异彩。石之幸，亦书之幸也。"

七月

初一日（8 月 16 日）　《汉口中西报》刊载"《扬子江小说报》四期出版"广告："《扬子江》本报发行三期以来，销数日有进步，海内人士以书相誉者，日凡数起。本报深虑□率，有负诸君厚爱，爰益加改良增刊：陶君报痴侦探小说《红发案》一种，《曾文正公女公子诗集》一种，《吕玉泉先生诗集》一种，并武汉时事短篇小说《秘密俱乐部》、《海淫场》二种，《沁香阁诗话》、《忏观室小说说》二种，以答诸君雅意。订于七月初四日出版。特此布告。"

同日，《汉口中西报》之附张《汉口见闻录》登"侦探小说《明珠血》出版"广告："洋装上下两册，定价六角，由本馆及扬子江报社发行。其余各书局均有售，批发照例。扬子江（报社）存书无多，请速来寄购。"

初二日（8 月 17 日）　《汉口中西报》连载《自由女儿》，不详开始连载于何时，至宣统二年三月二十二日连载毕，署"著者楚观，评者莘庐"。

十九日（9 月 3 日）　《汉口中西报》刊载"石庵启事"："报癖君鉴：闻小徒楚观言，君近握《自治报》笔政，至喜慰，湘中报界从此吐光彩矣。《扬子江》四期已邮寄，收到否？《红发会》已完，续稿望赐下。"又："张正也兄青：胡久弗以一函赐？我殊恋恋。《扬子江》四期已出四期矣，兄入目否？石近因母丧旋故里者二月余，昨始回鄂。日望教言，如饥渴也。"

二十四日（9 月 8 日）《汉口中西报》刊载"《扬子江小说报》大改良、大减价广告"："本报前因开办伊始，工本过钜，恐销路不畅，亏累太甚，故定价大洋四角五分，自问殊不足以对阅者也。前已出版四期，销路渐增，理应减价改良，以赎前歉。且闻外间舆论，一般寒士多以本报价昂，不克购阅为憾。特将价目改良，此后每册收大洋三角五分（全年三元八角，半年二元）；将内容改易，诗歌少载，专重小说，每种页数加增，务使诸君阅报数月即可得全书数种；□更加以灯虎、诗钟、谐谭、杂录各种极趣之件，以餍阅者。再，本报更拟出《小说日报》一种，不日即可发行，先此告知。本社主人启。"

同日《汉口中西报》之附张《汉口见闻录》连载《新儒林外史》第二集，已至第四回，现不详开始连载于何时；现见连载至宣统二年二月初五日，篇末有"且听下回分解"，显未完，不详连载结束于何时。标"社会小说"，作者初署"石庵"，九月十七日第六回起署名"石广"。现见回目如下：第四回：得世职星林为道台，有靠山女伶高身价；第五回：张文奎好事误姊妹，田大令家政仗二爷；第六回：田大令太太房内饱老拳，星观察岳丈家中使洋炮；第七回：道台抢亲，刺客出丑；第八回：鹤唳秋风惊暴客，倾囊解囊见英雄；第九回：真奇事牝鸡司晨，讲姻谊引狼入室；第十、十一回：脱笼樊能言让鹦鹉，剪发辫好梦惊鸳鸯；第十二回：真伤心周郎打辫，病泄腹游子捐躯。

八月

初八日（9 月 21 日）《汉口中西报》登"看！看！看！《扬子江小说日报》出现"广告："本社月报出版，至今已及五期，蒙阅者过加许可，深滋惭怍。兹同人力求进步，准于九月一日更行《小说日报》一种，每日出版一大张，每张售钱一十六文，全年五千二百，半年二千七百。外埠每月加邮资三角。馆址暂设汉口歆生街馀庆里大成印刷公司内。内容共有五大特色如下：一、本报内容除告白外，计分六版。一版登白话小说，二版登文言小说，三版登传奇小说，四版登短章小说，五板（版）登诗词、杂俎、文苑、丛谈，六板（版）登花史、鸟史。尚有余地则刊短评、灯虎、诗钟、对联、本省要闻、中外奇闻及主笔房日记。完美富丽，光彩万丈，是为本社之特色一。二、本报纸墨精良，印刷工整，可谓汉上各报纸之冠；且板（版）式分门别类，各成一页，阅者但积一月之报，用刀裁下，即可得书十数种，异常便利，是为本报之特色二。三、本报各门著作皆属报界名人，如李涵秋、凤（凤侪）、偶庵、蒋景缄、陶报痴、范侪、包柚斧、朱顿根、江旭溟、丁笏堂、古复子、蒋补堂、高楚观诸家，各出所长，分门担任。由胡石庵总理编纂外，更有吕玉泉先生、梅花老人、屏□庄主、玉梅居士、恽铁庵、何海鸣、孙竹隐、詹幸楼、曾莘庐、红豆社主、朱影生、李运舫、余明卿各文豪，尽力臂助，一时群贤毕至，无美不臻，是为本报之特色三。四、本报除日出一张外，每月仍出报一册，价仍作三角五分，内容较前加至倍许，是为本报之特色四。五、本报于武昌省平湖门刘家巷一号另设分销一所，照揽告白并发行本报。武昌诸君如有见顾，即就近函示，便易无比，是为本报之特色五。再，本报第五期月报已出版，减价三角五分，阅者幸速赐顾，存书无多，迟恐不及也。本社主人启。"

　　十四日（9月27日）　《汉口中西报》之附张《汉口见闻录》开始连载《地球末日记》，至八月十五日毕。标"理想小说"，署"熊叔恒、何见田合著"。

　　十五日（9月28日）　《汉口中西报》之附张《汉口见闻录》连载《地球末日记》毕。篇末云："篇中以地球末日之惨状，喻人众欲，如在地狱之苦；以乘炮弹通星球，喻勇猛精进；以金星喻明觉心，以日球喻真空，以金星至日球，喻常惺惺乃底于真空地位也。纯是一大寓言，阅者莫作寻常小说看，以物理喻空理，即色即空，非空非色。著者附记。"

　　十八日（10月1日）　《汉口中西报》之附张《汉口见闻录》刊载"石庵启事"："报痴先生鉴：《扬子江小说日报》准于九月一日出版。小说外附以诗歌、杂俎各门，力求于报界别树一帜。阁下有得意佳作，尚望多多赐我为感。"

　　十九日（10月2日）　《汉口中西报》之附张《汉口见闻录》开始连载《梦游天国记》，至八月二十三日毕。标"理想小说"，署"熊叔恒、何见田合著"。

　　二十三日（10月6日）　《汉口中西报》之附张《汉口见闻录》连载《梦游天国记》毕。

　　二十四日（10月7日）　《汉口中西报》之附张《汉口见闻录》开

始连载《奈何天》，至八月二十五日毕。标"灾异小说"，署"著者心秋（秋心）"。此篇原载本年五月二十六日《民呼日报》，作者署"秋心（陆曾沂）"。

二十五日（10月8日）　《汉口中西报》之附张《汉口见闻录》连载《奈何天》毕。

九月

初二日（10月15日）　《汉口中西报》刊载"《扬子江小说日报》紧要告白"："启者：本报定于初一日出版，兹因机字未全，不欲仓皇成事。准改为九月十五日发行。先送阅三日，附送告白一礼拜。武汉诸君如有定阅报张及登告白，请直接函告汉口歆生路大成公司本社，或武昌刘家巷一号皆可。"

十七日（10月30日）　《汉口中西报》之附张《汉口见闻录》刊载"《扬子江小说日报》准定十月朔出版"广告："启者：本报本前拟九月十五出版，兹因机字未全，不欲仓皇成事。准改为十月初一日发行。先送阅三日，附送告白一礼拜。武汉诸君如有定阅报张及登告白，请直接函告汉口歆生路大成公司本社，或武昌刘家巷一号皆可。"

二十二日（11月4日）　《汉口中西报》之附张《汉口见闻录》开始连载《井波澜》，至本月二十五日毕。标"短篇小说"，作者署"侠恨"。

二十五日（11月7日）　《汉口中西报》之附张《汉口见闻录》连载《井波澜》毕。篇末云："异史氏曰：幽兰伍于凡卉，而称为国容，灵芝同于众草，而珍为仙品，则遇矣。贤如长戚女子，而竟令畏讥、怀谗，以搓以郁以没世，则彼芥怜才，固不如其怜花草哉。解者曰：长戚一女流，使其遭际不奇，磨折不尽，百世下抑孰怜之而孰慕之者？则固不遇之遇也。虽然，其何以慰世之末路英雄，风尘奔走，终不甘心埋没者哉。"

十月

初三日（11月15日）　《汉口中西报》之附张《汉口见闻录》开始连载《女骗》，至本月初四日毕。标"奇事小说"，作者署"朗"。此篇原载本年六月初一日《申报》。

初四日（11 月 16 日）　《汉口中西报》之附张《汉口见闻录》连载《女骗》毕。其篇末云："奇哉骗也！天下事真无奇不有。"

初五日（11 月 17 日）　《汉口中西报》之附张《汉口见闻录》开始连载《返魂钟》，至本月初八日毕。标"虚无小说"，作者署"衡岳芙蓉峰王陈钟衡"。

初八日（11 月 20 日）　《汉口中西报》之附张《汉口见闻录》连载《返魂钟》毕。其篇末云："吁！真耶梦耶？是耶非耶？太虚幻境耶？空中楼阁耶？无有而有无耶？无无而有有耶？色色即空空，是是即非非。遂就案执笔，直书'返魂钟'三大字于壁上钟旁，以仿于上古结绳记事之意云。"

初九日（11 月 21 日）　《汉口中西报》之附张《汉口见闻录》开始连载《恨海志》，至本月十四日毕。标"滑稽小说"，署"著者天杼"。

初十日（11 月 22 日）　《汉口中西报》刊载"《扬子江小说日报》紧要告白"："《扬子江小说日报》送看已毕，于昨（初三日）起，每张收报费钱十四文，已入总发行所，凡各送报人均可领送。阅报诸君如有欢迎本报者，请向各送报人订阅。如各送报人有遗漏迟延等情，即请函知本馆，另派妥人专送，不致延误。此布。本馆经理人启。"

十四日（11 月 26 日）　《汉口中西报》之附张《汉口见闻录》连载《恨海志》毕。篇末云："海无涸时，历史家之说曰：未有人类先有此海，人类绝灭，此海长存，天杼长寿，即与人类同尽。《孽海志》终不完全，赌气撒笔于是。"

十五日（11 月 27 日）　《汉口中西报》之附张《汉口见闻录》开始连载《破碎江山》，现见连载至十一月十日，篇末注"未完"，现不详连载结束于何时。署名"楚伧著，一厂评"。第一回：母哭其子妻哭其夫，宁背君恩不负妾义；第二回：死人马嚇去活寇盗，雪弥陀引出玉观音。

十七日（11 月 29 日）　《汉口中西报》之附张《汉口见闻录》刊载"石庵通信"："钝根、凤俦、友竹、柚斧、海峰、芹生、梅花老人、红豆社主、笑笑生、忏庵、布衣剑庵各大文豪鉴：《扬子江报》已出至十七号，而诸位义务报纸尚未送上者，实因出版伊始，百事庞杂，未能派定专人按日走送之故，望诸位见谅，勿罪是幸。今思将一通融之法：诸公皆阅有《公论》、《中西》，请即向《公论》、《中西》送报人手定《扬子江报》一份，满月时但开一条与送报人示下，《扬子江报》即照条收帐。如此暂行月许，待事少就绪，当再派专人走送也。以前之报如不全，请示知，亦即补上。"又："报癖先生鉴：《扬子江》已出版十七号矣。尊稿《红发会》已刊竣，第五期《月报》已由邮寄上，收到否？此刻改《日报》，销路较先更优耀，章弟青睐。胡鱼沉雁杳，久不闻弟信音也？《扬子江日报》出版得知否？已向送报人定阅，月满开条销帐可也。暇可来舍一谈。"

十九日（12 月 1 日）　　《汉口中西报》之附张《汉口见闻录》开始连载《风流案》，至本月二十日毕。标"社会小说"，作者署"朗"。此篇原载八月初四日《申报》。

二十日（12 月 2 日）　　《汉口中西报》之附张《汉口见闻录》连载《风流案》毕。

二十一日（12 月 3 日）　　《汉口中西报》之附张《汉口见闻录》开始连载《铸错记》，至本月二十二日毕。标"哀情小说"，署"著者瞻庐"。此篇原载本年五月十七、十八日《申报》。

二十二日（12 月 4 日）　　《汉口中西报》之附张《汉口见闻录》连载《铸错记》毕。

二十四日（12 月 6 日）　　《汉口中西报》之附张《汉口见闻录》刊载《新谈判》，标"社会小说"，作者署"瞻庐"。此篇原载本年三月十九日《申报》。

十一月

初六日（12 月 18 日）　　《汉口中西报》之附张《汉口见闻录》开始连载《新世界二伟人》，现见连载至二十日，篇末注"未完"，现不详连载结束于何时。标"科学小说"，署"天石著"。

二十一日（1 月 2 日）　　《汉口中西报》之附张《汉口见闻录》开始连载《三英泪》，现见连载至二十四日，篇末注"未完"，现不详连载结束于何时。标"侠义小说"，署"伯瀛著"。

十二月

初五日（1月15日）　《汉口中西报》之附张《汉口见闻录》开始连载《屈姑国》，现见连载至十一日，篇末注"未完"，现不详连载结束于何时。标"探险小说"，署"英哈葛忒著，天石译"。其篇首云："列位，我们中国常有一句俗话，道：'好汉不怕死。'又道：'受得苦中苦，方为人上人。'这两句话，他们外国便叫作'冒险，冒险！'且慢，一个人生在世上，平平安安的何等不好，这么把命不要，要来冒险呢？列位，话不是这般说。人生在天地间，总要能做椿事业，才算英雄。这'事业'两个字，不是空口说得来的，轻轻做得来的。事业越大，险越多，你要怕险，这事业包你做不成的。所以古来有些大英雄、大豪杰，都是把个'险'字不放在意里，才能做出大事业来。……今天无事，待在下将外国一椿冒险的事，说来列公一听。"

十二日（1月22日）　《汉口中西报》之附张《汉口见闻录》开始连载《色界潮》，至十三日毕。标"实记短篇小说"，作者署"闇然轩主"

十三日（1月23日）　《汉口中西报》之附张《汉口见闻录》连载《色界潮》毕。

二年庚戌（1910）

正月

初六日（2月15日）　《汉口中西报》之附张《汉口见闻录》开始连载《小星泪》，至本月二十八日毕。标"记实小说"，署"楚观新撰"。

初七日（2月16日）　《汉口中西报》之附张《汉口见闻录》登告白："本馆小说力求改良，于新正第一日发行，特添《小星泪》一种，以餍阅者。所有未竣之《自由女儿》俟《小星泪》登完再行续登。诸君其注意焉。"

十六日（2月25日）　《汉口中西报》之附张《汉口见闻录》刊载《片时因果》，标"记实小说"，作者署"楚观"。

二十八日（3月9日）　《汉口中西报》之附张《汉口见闻录》连载《小星泪》毕。

二月

初八日（3月18日）　《汉口中西报》刊载《山鼠亡种记（记海之一）》，标"短篇小说"，署"樊晓衡来稿"。其篇末云："晓衡记曰：此乃物竞天择、弱肉强食之徵证也欤？兹事虽小，可以喻大。不见大攘匕优胜之白人，殖民于岌岌劣败之中国者乎？不见夫列强阳假联盟保华之虚声，阴施豆剖瓜分之伎俩者乎？不见夫宣言维持亚东之和平秩序，实行巩固势力范围之基础者乎？茫茫赤县，浩浩皆异姓之人；仳仳华胄，梦梦无自立之势。浸而商埠租、兵舰屯，浸而路矿丧、国债借，浸而航权占、藩篱撤，浸而咽喉右臂失，浸而利权税务落。无端逼胁，无端羁縻，无端蛮暴，究其然也，实皆许寸与尺，获陇望蜀之观念膨胀所致。而盈廷聩心为傀偏，堕毂中竟无熟察炯知以竞保有者焉。噫嘻吁！风景全非，叹铜驼曾在荆棘；相聚偷安，悯釜鱼虽生不久。念天地知悠悠，观大势之所趋，准天演之公例，吾不禁泪涔涔其盈睫。噫嘻吁！吾又安知夫泪之何从哉！"

初九日（3月19日）　《汉口中西报》刊载《犬蒙虎皮记（记海之二）》，标"短篇小说"，署"樊晓衡来稿"。其篇末云："晓衡记曰：观此而有以识借势为雄之真相矣。吾无笑此，而深叹华人之媚外有类于此者。彼夫悬西人旗牌以作护符者，非我华商乎？彼夫夤缘入教以逞武断者，非我华民乎？彼夫为通事、为马腰、为甲必丹、为雷珍兰而气焰熏天、炙手可热者又非我华人乎？此等人之心坎，张己势而威同种也。此等人之目帘，知有西而不知有华也。此等人之行为，徒计个人而不虑国体民气之何存也。吁！物必自腐而后虫生，华人自作城狐耳，自作社鼠耳，而外人之所以以不平等、不权利之手段待中国者，夫何怪焉？夫何怼焉？呜呼噫嘻！彼家犬又何足矣。"

初十日（3月20日）　《汉口中西报》刊载《蜂国工程前后规约记（记海之三）》，标"短篇小说"，署"樊晓衡来稿"。其篇末云："晓衡记曰：吾诵此规约而窃窃焉，三复之而不能丢也。吾睹此众蜂之竭诚倾忱而又啜泣，嗟及中国人之不此众蜂若也。试思今兹之中国为何如乎？德索鲁，法迫滇，日窥闽浙，俄图伊蒙，东南长江流域，亦属诸附庸矣。且三韩、台湾、琉球，古我属也，今则日本矣。安南、缅甸等国，昔臣我也，今则英法矣。旅行长安，故宫有黍离之□，陟彼昆仑，山河异昔日之观，以此思痛，痛可知耳。夫孰知此四万万之轩辕遗裔，竟无辇格林之炮、肩毛瑟之枪，而爱国、保国、造国于一日者也。嗟嗟！国非社会集合体乎？国匮于财，虽罄家产以奉之可也；国竞于战，虽委躯壳以赴之可也。夫宁不知天下之本在国，国之本在家耶？夫宁不知我身我家之存亡安危，为主动力之转捩在夫国耶？昔美大统领有言曰：亚美利加者，亚美利加人之亚美利加也。又意大利加里波的常语人云：余誓复我意大利，还我古罗马。寄语同胞：水深鱼自乐，林茂鸟自喜。好男儿，须爱国。"

十一日（3月21日）　　《汉口中西报》开始连载《秘密烟窟谈》，至本月十三日毕，标"短篇社会小说"，署"报癖偶著"。其篇首云："读者诸君，其默志之，此宣统纪元星垣之怪现状也。"

十三日（3月23日）　　《汉口中西报》连载《秘密烟窟谈》毕。其篇末云："著者曰：是则禁烟至效果欤？自命令甫下，雷厉风行，烟馆尽封，勒令改业。其私卖者，发觉立处以重罚，从表面上观之，不可谓不严矣。而内容乃若此，今吾省如是，他省讵无有类是者。阿芙蓉之权利，亦诚普及矣，泯泯蚩蚩，何时醒乎？噫嘻！不严限种者芟除。不强迫嗜者戒断。而惟烟馆之是禁，亦未免贻放本务末之诮也。政贵清源，良有以夫。"

十九日（3月29日）　《汉口中西报》开始连载《游安州记》（后又名《游安川记》、《安州记》），注"亦名《游郎日记》"，现见连载至三月十六日，篇末注"未完"，不详连载结束于何时。标"剳记小说"，作者署"石庵"。

三十日（4月9日）　　《汉口中西报》刊载《犬攫猫食记（记海之四）》，标"短篇小说"，署"广氓来稿"。其篇末云："广氓曰：呜呼！万物万事之不可无势力也。如是夫试，观列强民族帝国主义。帝国主义侵略政策风行雷厉，声施烂然。其待遇弱国、劣国也，威吓之，强制之，无所谓道理，权力即道理也。其待遇优国、强国也，温柔之，噢咻之，无所谓权力，道理即权力也。若是乎？畴昔之所谓文明者，公法者，博爱者，大同者，固属神奇出没而莫可思议，然亦竞争剧烈之事理，事势有不得不然者。呜呼！以是吾观犬攫猫食而歔欷不能自禁也。吾读印度、波兰、埃及、朝鲜、犹太亡国历史，而又瞿然失惊，潸然泪下之不忍卒篇也。呜呼！不吊昊天，乱靡有定。我国人亦知新世纪新民族竞争之潮流波及于莽莽东亚否耶？"

三月

初一日（4 月 10 日）　《汉口中西报》刊载《换招牌记（记海之五）》，标"短篇小说"，署"广氓来稿"。其篇末云："广氓曰：中国厘改官名，不犹该商之换招牌耶？不能自强，而曰官名不善，庸知夫医国救国，本为重，末次之。苟能极力有为而跻于富强，改官名可也，不改亦可也。改之而不能得公忠体国，其人者实心实行，虽日言变法，日事维新，破坏云耳，纷扰云耳，吾决其终无缉熙光明之一日也。吁！今中国竞言变法维新矣，有表面无内容，有虚誉无实际。其掩饰支离，以涂观应而蔽一时者，固可痛；其有栽祸于中国前途，亡国亡种于将来者，害尤钜也。呜呼！栋折榱崩，存亡一发，绸缪未雨，哲人知几。国民乎！国民乎！盍亟起而谋。所以针砭之，补救之，振兴之，勿践该商换招牌之覆辙乎！"

初二日（4 月 11 日）　《汉口中西报》刊载《蛙笼竞走记（记海之六）》，标"短篇小说"，署"广氓来稿"。其篇末云："广氓记曰：此何理由耶？此何事实耶？今而知趑趄自负之足，以误天下事矣。夫中国之与日本也，法之变等耳，变之法等耳，胡为乎日本以变法而强，中国以变法而弱？胡为乎日本以三十年变法而益强，中国以三十年变法而益弱？则以日本持变法说者践履笃实，直进迈往，有明敏锐达之机智，有刚果不挠之目的者也旦气也。中国主变法论者泄泄沓沓，弥缝补苴，无道德学术智识之进化，而有夜郎自居之恶癖者也，暮气也。天下讵有暮气盈盈之人之国之事，而堪与旦气磅礴之人之国之事等一比例，均一位置，同一效用者乎？甚矣哉，趑趄与自负之足以误天下事也。吾拭吾目，吾企吾望，吾默吾祷，吾惟拭目企望默祷我中国得如毕士马克、福泽谕吉、伊藤博文其人者。诞育今兹，实心实力，至诚热血，以棒喝人民于知安知危、知存知亡之天，以震醒国家勿盲事机、勿自徘徊之日。夫然后与外人竞变法之效果，夫然后幸免池鳖之窃笑。"

初三日（4 月 12 日）　《汉口中西报》刊载《黑奴吁天记（记海之七）》，标"短篇小说"，署"广氓来稿"。其篇末云："广氓记曰：嗟夫！

恫哉。何该贾鱼肉异种，忍心害理之无所不用其极也。又何两奴命蹇运乖，遭此惨无人理之为若是其其也。虽然，亦知我国民之已为黑奴矣乎？彼庚子之秋，伏尸数千里，津沽之间几无人烟者，我国民也；彼俄人以马队麋溺三千人于辽河者，我国民也；彼北美工佣、南美商侨迭受外人鞭挞敲削，刀斧戮辱之惨剧者；又我国民也；彼割旅顺、威海，而饱蒙残杀，家财致劫，庐舍致焚，妇女致辱者，又我国民也；彼檀香山全埠被焚，数千人奔仆哀鸣于白人铁鞭之下者，又我国民也。此外种种，更难仆数矣。呜呼！呜呼！我国民其尚未见未闻而哀黑奴者乎？抑果攖灭亡而勿惧，甘屠戮其如饴，将长此砧而喜，釜而游，不思所以竞生存，图优胜，以保我华胄于种族界严之新世纪乎？西谚有云：剪灭劣种之事，前者视为蛮暴之举动，今则以为文明之常规。又昔人有言曰：不暇自哀而使后人哀之。君子诵此，安能不肠自结而泪如倾也。"

十二日（4 月 21 日）　　《汉口中西报》之附张《汉口见闻录》开始连载《花宫》，至本月十三日毕，标"短篇小说"，作者署"侠恨"。

十三日（4 月 22 日）　　《汉口中西报》之附张《汉口见闻录》连载《花宫》毕。

十五日（4 月 24 日）　　《汉口中西报》刊载《鸠赚鹊巢记（记海之八）》，标"短篇小说"，署"广氓旧稿"。其篇末云："广氓记曰：诚哉，西哲所谓无无权利之义务也。世有以贷外债济燃眉为无关轻重者乎？盍假此事以为前车欤？独不解乎中国今日之经济问题。国帑空空，司农仰屋，此而恝然借款，彼而慷然欣予，以是新债旧债，本息繁钜，庸讵知列强母财所掷之地者，即为政教权势范围所有之地也。庸讵知列强之所以甘言狡计，貌为至诚博爱务贷货币于我而市恩者，正彼以金融机关而谋我、陷我、制我、灭我之导线也。不然，列强贷款于我，我何为如蚁慕膻，如鬼营窟，而竟恐后争先乎？不然，正式约章文件，何以必书明以关税、厘税或路矿作抵押乎？不然，土耳其、埃及、阿根廷等又何以堕厥魔术而为几上肉、囊中物乎？不然，又何以荷兰万国和平会拟要求我国之财政监督权乎？而我政府冥然罔觉，帖然相安。此诚所谓盲人骑瞎马，夜半临深池，有莫能名其厄险万一者；此诚贾长沙所谓痛哭流涕长太息者。吁嗟噫嘻！他日债主逼索，吾恐欲效赧王之登台以避而不得矣。我国民曾知偿还外债母子之义务，我国民负担而孤纳否耶？亦曾知值将来众掘俱罄，萎口憔悴，干枯瘦死，难清难偿之际，势必蜷局猬缩而重第二黑奴否耶？若知之也，则纪而筹备善后，告政府以勿话债项之说。为亡羊补牢之计，图挹注财源之本，其要着也。吁嗟噫嘻！吾又焉能不希望于我国民。"

十七日（4月26日）《汉口中西报》刊载"石庵启事"："阅报诸君子鉴：鄙人去岁所办《扬子江小说日报》失去十二月初十日以下各张，无从觅出。诸君子如有购阅此报留存底本者，乞借与鄙人一抄，感莫能尽，并请以《明珠血》小说一部相赠，以答高谊。（赐函请寄平湖门刘家巷一号为祷。）"又"喜阅小说诸君子鉴：劣著《明珠血》侦探小说曾在本报登刊一半。去岁全书出版，计二本，定价六角。今已存书无多，请减价作五角以求速销。诸公如购者，请函敝寓或本报，皆可照寄，惟乞先惠资焉。"

十九日（4月28日）《汉口中西报》刊载《蚁族知群记（记海之九）》，标"短篇小说"，署"广氓旧稿"。其篇末云："广氓记曰：吾今而后知蚁之有群也，可以人而不如蚁乎？慨自达尔文发明天演学理以来，棕种微矣，黑种奴矣，红种亡矣。何以故？则以种蠕蠕芸芸之人类，不知公益，不知公德，不知爱国，不知联接，不能善其群，固其群，进其群，自不能不渐然灭，萎然落故。然而试返而观我国民，灵魂界宝贵杨朱哲理，脑髓中疾痛边沁名学。计个人之私益则色然喜，图全体之公益则邈然视，重家族之观念则大有人，富社会之感情则寥寥觏，顾一身一家之悲乐利害则滔滔是，虑一国一种之存亡安危则无其人。以故道德日坏，人心日非，风俗日漓，国华日替。每况而愈下，适以成今日无群智群力群心群益之中国，适以成今日国弱种辱，将受天演淘汰之中国。然则今日欲反其蔽，袪其病，其亦惟奉斯宾塞尔之群学为教授书为医国剂，庶其能护相团结，相友助，相扶持，相利益之佳果乎？不然，吾不忍复见群情涣漫，如散沙，如棼丝，致来甲午、庚子之外侮惨也。"

二十日（4月29日）《汉口中西报》刊载《韩庐毙虎记（记海之十）》，标"短篇小说"，署"广氓旧稿"。其篇末云："广氓记曰：呜呼！伊犬乎？伊犬乎？岂徒其胆力壮，其团体固，其心意雄，盖其一片感愤伤激有大过于人类者。然则我国民之敌忾性、尚武心不当如是耶？不当如是耶？试思非律宾、杜兰斯哇，蕞尔邦也，何为而敢两度与白人战？何为而敢攘臂与英人抗？再试思俄罗斯、法兰西、墺地利亚，霸王国也，又何为日本敢与俄角，意大利敢与法、墺竞？且试思印度、埃及，文明鼻祖之一也，更胡为而郡县隶属于英？是固原于军事战争上之利钝成败者，常而究之，小且敌大，寡且敌众，弱且敌强者，盖以人人有誓破楼兰之心，有激昂慷慨之概，有作勇敢死之魄力，有拯国保种之至诚者也。呜呼！呜呼！楚虽三户能亡秦，岂有堂堂中国空无人？马关、北京之约，墨水干也，勿谓卫破朔庭、薛定天山之志可无，谢罪赔割志国耻尚□也。勿谓怡堂燕雀、釜底游鱼之态可有，我国民试展览岳忠武《满江红》一阕，诵其'到而今铁骑满郊畿，风尘恶'，以及'何日请缨提劲旅，直渡清河洛'之句，其感觉力为何如也？其奋起驱除敌国外患之爱国心又何如也？"

二十一日（4月30日） 《汉口中西报》刊载《骆驼役人记（记海之十一）》，标"短篇小说"，署"广氓旧稿"。其篇末云："广氓记曰：此类事实，愿不与我中国国运之前后际遇酷相似乎。忆二百年前，中国固庞然大国也，膏腴地四万万里，神明胄四百兆人。虽地球痛自明末，虽比邻胜于嘉、道，虽外人不无垂涎，要之，负数千年文明祖国之先声，弱点未著，劣迹未显，而列强曾无敢猖獗肇端，以逞其土地欲望，阴鸷政略者。何图时久境迁，游历者，传教者，通商者，察我形胜，测我盈虚，始而鸦片战争败于英国，遂辱矣。继而英法联军北寇，国又辱矣。又次而奥法构衅，国又辱矣。再次而朝日之役，国又大辱矣。更次而八国联师入都，于是乎饱鱼腹破，更晓然于无作用、无能为矣。于是乎白祸稽天，黄旗仆地，魑魅魍魉，蛮暴莫名矣，而全国遂较前此而更大辱焉。吁嗟乎！处小朝廷而求活，胡铨所羞；待焚京邑而忧惶，董遇所鄙。此辱此咎，曾谓非我中国自侮自伐，自取自辱，有以尸之乎？使其初交初通也，上下起衰振靡，警聩□聋，能如日本之审机图强焉，能如暹罗之因时变法焉，抑使痛钜创深之余，朝野知耻知愤，乾惕震厉，能如越勾践之卧薪尝胆，能如德意志之普及教育焉，能如楚庄王之箴其民，儆其军，训其国人焉。天其成者，眷眷怀顾，俾昌而炽，不致沉溺于民族帝国主义潮涡间也。昔贤有云：'天下事，胜于惧而败于忽。'《语》云：'不知其祸，则辱至矣。'孟子曰'祸福无不自己求之者。'此语不诚然哉乎？"

二十二日（5月1日） 《汉口中西报》连载《自由女儿》毕。

二十三日（5月2日） 《汉口中西报》刊载《龟蛇斗记（记海之十二）》，标"短篇小说"，署"广氓旧稿"。其篇末云："广氓记曰：天下事，严霜坚冰，不容无防微杜渐之明者，于今信之矣。然试以之比例中国外侮，则有令人癫忧以瘁者。彼道光二十二年之江宁条约割香港，开五口互市，英索偿款二千余万，其蔑□我也为何如？彼咸丰十年之畿辅条约，圆明园焚，安定门薄，车驾幸避热河，且偿英法金千余万，割九龙，开八口互市，其轻侮我也为何如？彼光绪十一年之天津媾和，失越南，丧主权，其藐视我也又为何如？彼光绪二十一年之马关条约，认朝鲜自主，割台湾、澎湖，开四口互市，偿款二百兆两，其剥削我也又为何如？彼光绪二十六年庚子之变，八国要挟十二条，乘舆播迁，宫阙残毁，正士碎首，公卿骈戮，其蹂躏我也更为何如？若是乎列强野心欲望之大，窥我图我灭我之渐，以及侦我举动，试我对待之隐衷，烛照灿然矣。正所谓'叹江山如故，千村寥落，风景苍苍多少恨，寒山半出白云层'。国民国民，果谊如何警惕忏悔，计根本之振作，画绝端之防御乎？昔王维送别诗云：'为报故人憔悴尽，如今不似洛阳时。'吾今欲移其词曰：'为报故人憔悴尽，如今不似汉唐时。'如谓干戈满地能高卧也，则人方霍霍磨刀以相向。吾敢决其为□龟失穴之赓续也。"

同日，《汉口中西报》之附张《汉口见闻录》开始连载《亡国遗丽》，注"亦名《俄儿别传》"现见连载至六月二十日，篇末注"未完"，不详连载结束于何时。标"哀艳政治小说"，署"楚观笔述"。

四月

初四日（5月12日）《汉口中西报》刊载《鹰嗜攫饵记（记海之十六）》，标"短篇小说"，署"广氓稿"。其篇末云："广氓记曰：今之世，何世也？强食弱肉、适者生存之世也。日儒古贺侗庵序《坤舆图》曰：五大洲之浩浩，大都为大西人所吞噬。吾亦尝极目六洲，屈指五种，忆自人类孳乳蕃殖以来，国于团团大地者，奚啻京垓。而迄今天演学唱，非洲奴矣，樱种微矣，红种亡矣。大者小者，新者古者，众者寡者，既殄既狝既夷，复不知若干。举凡攘锄病民弱国之政略，尤如旭日东升，春华正芳，日实行而未有艾。试问执牛耳，为盟主，能壮烈帝国特权，煊赫民族声威者，黄种乎？白种乎？试问旗帜飘飘，冲锋奏凯，尚能岿然屹然独立于地球者，最少数乎？大多数乎？又试问风驰电掣，胸怀蹴踏，务求食其肉，寝其皮而饱其欲望者，又为谁乎？吾窃意厥初生民，等是躯壳也，等是血气也，等是大地日月也，等是品汇结集也。未识何以若者存，若者亡，若者主，若者仆。夜梦之，昼思之，乃知非国强种强，有不能立于生存竞争最烈最剧之舞台者。而昔也，西人尚专蚕食于非、澳也，今则豆剖事讫，复转挺刃于中国，以待可以叱咤鞭笞歼刈之隙。嗟夫悲或（哉）！在昔一千八百五十六年英国《泰晤士报》调查世界国旗，凡三十五种，讫于今日，已减去十数种矣。宇宙茫茫瞻四方，几蹙盛靡所骋。刀临头颅，顾国民将挈颈而就刑。则此恒河沙数苗裔，惟对此四千年前宗祖筚路蓝缕所启辟之大好河山，销魂作别，洒泪长辞，楚囚相向，可豫道者。质而言之，雀类之昆弟行而已。呜呼恫或（哉）！"

初六日（5月14日）　　《汉口中西报》刊载《绝妙好书》，标"短篇小说"，作者署"楚观"。

二十七日（6月4日）　　《汉口中西报》开始连载《子规泪》，现见连载至六月二十九日，篇末注"未完"，不详连载结束于何时。标"哀情小说"，署"江都贡绍琴译"，未署原著者名。现所见各章标题如下：第一章：原始；第二章：慕遇；第三章：夜话；第四章：惊美；第五章：会莅；第六章：结婚；第七章：妒艳；第八章：拒信；第九章：谋夺；第十章：诬党；第十一章：探狱；第十二章：从军；第十三章：泣别；第十四章：托赠；第十五章：矢志；第十六章：匿害。

五月

二十三日（6月29日）　　《汉口中西报》刊载《好官亲》，标"短篇小说"，作者署"选"。

六月

初七日（7月13日）　《汉口中西报》之附张《汉口见闻录》刊载《急智化仇记》，标"短篇小说"，作者署"滨江报癖氏撰"。

二十七日（8月2日）　　《汉口中西报》之附张《汉口见闻录》刊载《鬼风流》，标"短篇小说"，未署作者名。

三年辛亥（1911）

五月

初一日（5月28日）　《汉口中西报》刊载"阅者注意"云："本馆《亡国恨》现已排印，并每册加添绘图，约月杪出版。除题词诸君各赠一部外，每部实价大洋三角。如先期缴价者，统照八折核算。特此预白。本馆帐房启。"刊载"少芹启事"云："拙作《亡国恨》传奇，猥蒙诸大词坛不弃，宠赐题词，不胜拜□。兹该小说不日出版，谨择其佳者弁首，不定甲乙，以先后为序。即诸君佳作间有遗珠者，亦按名各赠《亡国恨》一部，用酬厚谊。"

六月

初五日（6月30日）　《汉口中西报》登告白云："另有《见闻录》一张并小说二页报附送，不取分文。"

十九日（7月14日）　《汉口中西报》登"《夷坚志》预约券出售广告"云："空前绝后之小说。大宋文学家洪迈著。本书内容：写男女艳情，写豪杰侠义，写社会交际，写政治美恶，写妖魅怪状，写鬼狐淫婚。此书宋洪迈撰。"

《杭州商业杂志》与小说相关编年

宣统二年庚戌（1909）

二月

《杭州商业杂志》第二期刊载"商务印书馆最新出版"广告有："《童话》第二集第一编《小人国》一册一角，言情小说《错中错》二册六角，哀情小说《堕泪碑》二册四角五分，社会小说《芦花余孽》一册二角五分。杭州清和坊商务印书分馆启（电话三十三号）。"

《吉长日报》与小说相关编年

宣统元年己酉（1909）

十月

十五日（11月27日）《吉长日报》开始连载《双珠外史》，至宣统二年六月初三日。标"小说"，译者署"秋心（陆曾沂）"该篇共二十四章，未列标题。《吉长日报》馆设长春城内西三道街巡警一区南分区五段第二百二十五号。该报每号铜元三枚。

十六日（11月28日）《吉长日报》刊载"《中江日报》出版广告"，该报"定期本月十六日出版"，内容设有小说一栏，署"芜湖石桥港北大营东首中江日报馆启"。

二十七日（12月9日）《吉长日报》刊载《无名之尸》，标"社会小说"，作者署"仌"。

二十八日（12月10日）《吉长日报》开始连载《家国恨》，至十二月二十五日。标"小说"，译者署"孤行"。该篇共四十一回，未列回目。

三十日（12月12日）《吉长日报》刊载《无愁》，标"短篇小说"，作者署"劭"。其篇末云："记者曰：今中外警告日数至，闲语客，客夷然曰：'讹也'。记者亦姑随声曰：'谣也。'爰纪前事，愿与客再进此一味之清凉散。"

十二月

二十五日（2月4日）《吉长日报》连载《家国恨》毕。

宣统二年庚戌（1910）

正月

初八日（2月17日）《吉长日报》刊载《新年》，标"短篇小说"，未署作者名。

初九日（2月18日）《吉长日报》刊载《乞丐》，标"社会短篇"，作者署"无用"。

初十日（2月19日）《吉长日报》刊载《活地狱》，标"社会滑稽"，作者署"无用"。

十二日（2月21日）《吉长日报》刊载《国会梦》，标"滑稽短篇"，作者署"无用"。

十三日（2月22日）《吉长日报》刊载《女议员》，标"政治短篇"，作者署"无用"。

十五日（2月24日）《吉长日报》刊载《镫官》，标"社会短篇"，作者署"无用"。

二十三日（3月4日）《吉长日报》开始连载《新解心》，至本月二十四日。标"社会短篇"，作者署"劭"。

二十四日（3月5日）《吉长日报》连载《新解心》毕。

二月

初四日（3月14日）《吉长日报》开始连载《铸错》，至本月初五日。标"社会短篇"，作者署"劭"。

初五日（3月15日）《吉长日报》连载《铸错》毕。

初十日（3月20日）《吉长日报》开始连载《无能病》，至本月二十二日。标"滑稽新剧"，作者署"孤行"。

二十二日（4月1日）《吉长日报》连载《无能病》毕。

三月

初七日（4月16日）《吉长日报》开始连载《社会误人》，至四月

十二日。标"警世小说",译者署"孤行"。其篇首云:"译者曰:新旧
文明交战时,改革固从根本起。然事事物物,不求其所以然之故而盲从
之,充其弊不仅亡国,且可亡社会。我国家庭黑暗,固为识者所悲叹,
第改革家庭,不于新道德、新知识、新学问、新责任数方面着手,而首
先谈女界自由,此记者所不能画诺也。去今八年前,南人有倡之者,墙
高基下,君子寒心,曾几何时,而身名俱殒,迄今为社会大诫。夫新陈
交替时,一出门则牛鬼蛇神,无奇不有。虽吾侪老于江湖者,偶不慎且
为之眩,况以妇女子无学、无识、无胆量、无手腕、无经历,而欲从使
游今之社会,是直使不熟练之舵工,驾一叶舟出大海,风潮未作,而全
船沉没,此固彰名较著者也。谈新学者,交口道西洋社会自由。呜呼!
自由自由,罪恶缘之。兹编叙英国少女名柳娘,以一念浮华,投身人
海,男女慕悦,如茧自缠;终乃杀人,弃于所欢,潦倒落魄,举世避
之;跳身为优,优更醍醐,良心犹存,不忍自秽。于是丧心病狂,横流
放决,无以收拾,终乃自杀。著书者为英人,不自悟其社会组织之非,
意谓女子殊色,必为祸媒,微文垂诫,实在乎此。然自记者别出眼光观
之,则无往而非其社会之罪。使柳娘生中国,家庭虽束缚,所遭辛苦,
当不至此。名此编曰《社会误人》,盖慨乎其言之。东省新开土,阔大
而自由,又当新潮流可以借口之时,女子之闲,亦稍杀矣。呜呼!祸
耶?福耶?匪我所知。记者非教人深闭固拒,杜聪塞明也。然今之女界
问题,可一言而决曰:家庭黑暗,以女子不学故,决非为女子不交游之
故。故西俗生子往往不自哺乳,而以人工营养代之(人工营养之害与夫
母乳养育之利为近今医学界所喧传,比而论之,虽十万言不能尽,兹不
具述)。据医家统计,西人生子多早夭,盖西洋妇人,中流以往,大概
以宴游为天职,而不以女子之天职为职,哺乳则容色早衰,衰则不能宴
游,即不能尽其天职。法兰西尤甚,以故近十年来,人口日减。德国社
会,在西洋为最朴俭,然此风亦日炽,政府设种种法以矫正之,而奖励
生母哺乳,然积重难返矣。要之,今之我国,如饿夫乍入庖厨,百肴罗
列,其间有可口者,有馁鱼败肉足以毒人者,不加别择,一切大啖以果
其腹,一转瞬间,必有以下痢丧其生者。西人一切事物,重人工而绝天
然,今则其弊已形。德国小学暑中休假,率男女入山,使尽裸以浴空
气,而警察因风纪问题,与教育家日有冲突。呜呼,立本既悖中庸,矫

枉而又过正，西洋文明，其前途之成迹如何？记者不敢深信。日本维新以还，举一切旧事物，破坏之不值一钱，而今之社会道德，亦为世界识者所公认。甲午以后，骄满极矣，并欲举汉字而废之，别用罗马字，造义以代汉字，今乃知所谓大和魂者，出自我国残编断简中，而汉文大系古文正宗诸书，风行全岛矣。呜呼，我国丁此，自处如何？孰者可取？孰者当弃？斟酌至当，庶乎不奴，毋逞快心之论，悦一时耳目，及后悔之，如日本之举棋不定也。孤行识。"该篇共二十四回，各回回目如下：第一回：醉繁华少女入魔障，惜离别慈母泣晨昏；第二回：鲁伯爵匆匆阻佣女，狂妇人絮絮怨家庭；第三回：重财色婚姻铸错，说因果宗教无灵；第四回：小女儿仓皇急难，贵公子盗跖性成；第五回：受佣金柳蚕初作茧，怀故人雏燕乍归巢；第六回：故交如屣目空一切，谰言成忏自误终身；第七回：醉梦将酣人不醒，晚装新试影生怜；第八回：天仙化人颠倒肉眼，蛮烟瘴雨唐突名花；第九回：怀不良重申秒语；厌尘垢初动归心；第十回：小不忍沉沦孽海，太无情诅咒疯人；第十一回：图口腹贾氏卖良心，中离间柳娘谢佳侣；第十二回：狂夫人将升鬼录，乡女儿再动归心；第十三回：结姻缘谶语惊心，冒危险痴人说梦；第十四回：克夫人老眼相新妇，鲁伯爵毒计破良缘；第十五回：盼好音鳞稀雁杳，破幽会雪虐风饕。第十六回：贾夫人功成身退，克子爵意惹情牵；第十七回：逼婚姻羯鼓三宣，数罪恶当头一棒；第十八回：作哀鸣徒增恶感，堕畜道甘殒家声；第十九回：愚伯爵结果如斯，苦柳娘沈冤无已；第二十回：陷重围柳娘待婿，持大义子爵辞婚；第二十一回：临岐诀别并剪哀梨，新婚旅行镜花水月；第二十二回：凶终人毒流身后，伤心客志在天涯；第二十三回：唾遗金冰霜皎洁，归故土面目凄凉；第二十四回：谋避地亲恩罔极，厌浊世幽恨无涯。

四月

初三日（5月11日）《吉长日报》刊载"《帝京新闻》出版广告"，其文云该报设小说一栏。

十二日（5月20日）《吉长日报》连载《社会误人》毕。

十三日（5月21日）《吉长日报》开始连载《柳娘之末路》，至四月二十三日。标"小说"，未署译者名。该篇共十一节，各节标题如下：

（一）璞玉未雕冲突礼教，匹妇有志拒绝资财；（二）法律国举动不自由，道德家依违丧初志；（三）动热肠片言导窍，中狂疾百药难医；（四）逢旧好伤心陌路，暴奇耻张贴通衢；（五）新舞台苦心熨贴，老虔婆曲意逢迎；（六）良药苦口柳娘屏忠告，慢藏海盗马氏蓄深心；（七）颂豪赌宵小胁肩，绝殊色大公招宴；（八）探消息母氏劬劳，溺赌博享郎感喟；（九）赌博场别成天地，堕落人自腐身心；（十）战贵族仗义执言，拒太公悬崖勒马；（十一）海茫茫惊魂情影，情脉脉贤母良妻。

二十三日（5月31日）《吉长日报》连载《柳娘之末路》毕。

五月

十一日（6月17日）《吉长日报》刊载《黄尘》，标"短篇小说"，未署作者名。

十二日（6月18日）《吉长日报》刊载《无事扰》，标"滑稽短篇"，作者署"劢"。

六月

十四日（7月20日）《吉长日报》连载《双珠外史》毕。

宣统三年辛亥（1911）

正月

十二日（2月10日）《吉长日报》刊载《猪八戒东巡记》（上），标"小说"，作者署"秋心（陆曾沂）"。

十三日（2月11日）《吉长日报》刊载《猪八戒东巡记》（下），标"小说"，作者署"秋心（陆曾沂）"。

十四日（2月12日）《吉长日报》开始连载《剑气脂香记》，至四月二十三日，未完。标"小说"，译者署"秋心（陆曾沂）"。

二月

初八日（3月8日）《吉长日报》连载《剑气脂香记》至本日止，

篇末标"未完",但此后未见续载。

二十一日（3月21日）《吉长日报》刊载"《宪报》定期出版广告"，称该报设有"词章小说"栏目。

《晋阳公报》与小说相关编年

光绪朝

三十四年戊申酉（1908）

十一月

初六日（11 月 29 日）《晋阳公报》刊载《说书》，作者署"异昂"。其文云："说书的历史，不知起于何代，大约即古来瞽诵之流派，文字上叫做平话，俗语就叫做说书。昔宋党进闻说平话的说韩信，他当下令手下人逐出去。他说是说平话的，既对着我说韩信，也一定对着韩信说我，安可听他说呢。人多有笑他瞆瞆的。其实哪（那）真可谓绝大聪明了。世上听谗言的，不反过思想，那才真叫瞆瞆呀。这些道理，姑且不论，就这一段事情看来，可见说书的风气，在宋朝已经是盛行的了。到了后来，日演日众，明朝《永乐大典》里头还收着平话几十部，可见此风的派力甚大呀。传至明末，柳敬亭拿上这些技艺和士大夫交游，于是说书的价值更增了十倍。俗语说的，行行出状元，那真是不易的了。谁知到了如今，人心愈坏，这说书的人良莠不齐，往往借着这些勾当云游四方，暗里作那犯法害俗的事情，此项事业遂流为下等社会谋衣食的幌子了。又兼之听书的人不好听劝善惩恶的箴言，专好听佳人才子的情语、杀人放火的野蛮史和鬼怪神奇的荒唐小说。于是说书的人投其所好，遂把正经的事迹一概不说，所说的不是偷香私会的淫荡事，就是绿林的传奇和神□的说部。不但听者无益，且听着他那一段坏说，记在心里，引诱坏多少青年子弟。说来实在是可恨的很。但在记者仔细思虑，那也并不是说书的事情不好，弊病只在说的书欠点讲究呢。果然改成有关风化的事情，使听者闻而知戒，比较那演说还容易见功咧。原来此道和唱戏的利弊是一样的，改良便能有益于社会，照旧那实有害于风俗。望著操此业的同胞们，赶紧改良词曲罢。现在回避国丧，音乐是百日内不准演唱的，就在此刻把改良的词曲弄好，后日就庶几没有再演那有伤风化的词曲了。"《晋阳公报》报头两侧书："本社设立山西省城红市牌楼，定为三、六、九日出版，每月九号。"

宣统朝

元年己酉（1909）

三月

初三日（4 月 22 日）　《晋阳公报》开始连载《海上英魂》，至初六日毕，标"篇短（短篇）小说"，未署作者名。据连载完毕时篇末按语，作者当为"石庵"，即胡石庵。

初六日（4 月 25 日）　《晋阳公报》连载《海上英魂》毕。其篇末云："按：此作为鄙人己亥年在上海时晤粤人夏某，即当日超武军舰上之技师，曾目睹邓、林二君死战之情状，为余言之厉历。余即就所言者，编成此篇。弃置敛匣中，已忘怀矣。日昨无心清点敛匣，忽在众纸中扯出，已蠹食麟麟，纸腐字乱。当令小徒莫摹意抄出，重观一过，觉笔墨恶劣，实不足以视人，但以就中事迹，大可据为信史也。会见闻录乏稿件，用即持此刊登焉。吁！！旧梦如烟，雄魂不见，迥忆夏某告我时，亦已忽二十年，而镇远、定远诸铁甲，已为日人改作行商品矣。李文忠当日苦心经营，诚不料轻轻一掷，尽断送于鸭绿江上哉！阅此篇者，其有怆然泪下者乎？己酉二月十八日，石庵附及。"

十六日（5 月 5 日）　《晋阳公报》开始连载《守财虏传》，至二十三日毕，标"小说"，作者署"选报"。

二十三日（5 月 12 日）　《晋阳公报》连载《守财虏传》毕。

四月

初六日（5 月 20 日）　《晋阳公报》载《秀才大会议》，标"短篇小说"，作者署"选报"。

二十九日（6月16日） 《晋阳公报》载《八股妖》，标"滑稽小说"，作者署"剑铓"。

十二月

十三日（1月23日） 《晋阳公报》连载《秦火余灰》（一续），标"国粹小说"，作者署"闷"。因未见前数日该报，现不详连载开始时间。

二十三日（2月2日） 《晋阳公报》连载《秦火余灰》至第四续，篇末标"未完"。因未见后数日该报，现不详连载开始时间。

二年庚戌（1910）

正月

十三日（2月22日） 《晋阳公报》开始连载《妓侠》，至十六日毕，标"来稿"，未署作者名。此篇原载宣统元年十二月二十日《申报》，标"短篇小说"、"来稿"，未署作者名。

十六日（2月25日） 《晋阳公报》连载《妓侠》毕。

十九日（2月28日） 《晋阳公报》开始连载《情圆》，至二十九日毕，标"短篇小说"，作者署"莫愁"。此篇原载光绪三十三年八月初八日《晋乘》第一号刊载，原载标"短篇小说"，作者署"莫愁"。

二十九日（3月10日） 《晋阳公报》连载《情圆》毕。篇末云："记者按：通篇点燃'圆'字，极现成，极有趣。尤妙在内中加一不懂情话之和尚，蹲踞座中，甚形难受，而其秃头、念珠，又适为'圆'字。本地风光，写来煞是好看。作者心思灵巧，此篇小说可谓生面别开。"

二月

初六日（3月16日） 《晋阳公报》刊载《某志士》，标"短篇小说"，未署作者名。

十六日（3月26日） 《晋阳公报》载《凌波影》，标"短篇小说"，作者署"奇"。其篇末云："奇奇曰：女子之通翰墨，女子之幸福也。乃因缠足之恶习而惨遭巨劫，伊戚自始。是可为当世之未谙家庭教育者鉴。"

十九日（3月29日） 《晋阳公报》载《惊捐泪》，标"短篇小说"，作者署"奇"。

三月

二十九日（5月8日） 《晋阳公报》开始连载《新桃园》，篇末标"未完"，但此后再未见载，作者署"侠恨"。

四月

初三日（5月11日） 《晋阳公报》载无题小说，标"滑稽小传"，未署作者名。

七月

初三日（8月7日） 《晋阳公报》载无题小说，标"滑稽小说"，无署名。

初六日（8月10日） 《晋阳公报》开始连载《吸烟会》，至二十三日毕，从第二期开始标"新演小说"，未署作者名。

二十三日（8月27日） 《晋阳公报》连载《吸烟会》毕。

二十六日（8月30日） 《晋阳公报》开始连载《空中飞板》，至二十九日毕，标"新演小说"，未署原作者与译者名。

二十九日（9月2日） 《晋阳公报》连载《空中飞板》毕。

八月

初三日（9月6日） 《晋阳公报》开始连载《绛衣女》，至十月初六日毕，标"短篇新作"，从第六期开始改标"新演小说"，未署作者名。此作原载于宣统元年十二月初一日《小说时报》第三期，作者署"梦"。

十月

初六日（11月7日） 《晋阳公报》连载《绛衣女》毕。

三年辛亥（1911）

七月

十一日（9 月 3 日）　　《晋阳公报》连载《艾子新语》，作者署"抱"。因现存报纸残缺，连载开始与结束时间不详，现所见本年九月初五日仍在连载。

《菊侪画报》与小说相关编年

宣统三年辛亥（1911）

九月

初一日（10月22日）《菊侪画报》第一期开始连载《王白泉》，至十月十一日第五期连载毕，标"陶情记小说"，作者署"猎公"。其开篇云："拍碎双玉斗，慷慨一何多。满腔却是血，无处著悲歌。暂借毛锥子，消我心中魔。长风吹大浪，放眼旧山河。几句诗词念罢，接着往下说书。在下初入这个条板，转句文话说吧，我是个门外汉，蒙大画师李菊侪死气白赖立管着我叫大叔，在下被他歪缠不过，足可捏着头皮招这回怨。可有一样，好不好就是这一回，下回叫他另请高明。为什么要说这个话呢？皆因我并没做过这个营生，一个招得不圆全，就要被同道人指摘；再者，再（在）下衙门还有个小差使，何必苦尽这宗义务呢？"《菊侪画报》于本日创刊，发行兼编辑李荫林，经理张啸竹，益森公司印刷，馆设北新桥箍筲胡同路北。该报为旬刊，逢一出版，每月三本售铜元四十五枚，每本售铜元十五枚，代派处均按三成酬劳。

二十一日（11月11日）《菊侪画报》第三期刊载《述义仆》，标"短篇小说"，作者李菊侪。

十月

初一日（11月21日）《菊侪画报》第四期刊载《姚月华》、《范希周》、《盛道》，标"短篇小说"，未署作者名。

十一日（12月1日）《菊侪画报》第五期刊载《天台郭氏》，其篇末云："始以色采动人，累夫于死；卒以节动人，脱夫于死。世之娶妇，每求美而不求贤，其自为亦拙矣。"刊载《祝琼》、《李妙惠》，以上三篇均标"短篇小说"，均未署作者名。连载《王白泉》毕。

二十一日（12月11日）《菊侪画报》第六期刊载《金三妻》、《卢夫人》、《王世名妻》、《惠士玄妻》。其中《王世名妻》篇末云："他人不知，俞独知之，俞必可与为密者。俞知而不止之，是能明大义，不为情掩者也。夫忍五载而死孝，妇忍三岁而死节，慷慨之谊，俱以从容成之卓哉。"以上四篇均标"短篇小说"，均未署作者名。

《两日画报》与小说相关编年

宣统二年庚戌（1910）

二月

初十日（3月1日）《两日报画》第十六号刊登"《醒华五日报》与《两日画报》合并大广告"："《醒华报》五日一册，其期太长，致劳渴望；《两日画报》每两日一册，其期又促，致难求精。兹拟自本月十三日起，将两报并合为一，每月按三、六、九日出版，每册六篇，定价铜元六枚；全月九册，铜元五十四枚。其内容仍按两报之旧例。谨先声明。《两日画报》至初十日即行截止，至十三日便将《醒华改良报》出版，按期寄上不误。《两日画报》所登之《梦游月球》、《痴情小史》两种小说，及《直隶局所学堂一览表》三种，统归《醒华改良报》续登。诸君只阅本报，未阅《两日画报》者，本馆存有已出之《两日画报》，当廉价奉售。"又，"《醒华五日报》、《两日画报》合并之内容附后"云："第九页至第十一页《鹦鹉案》、《梦游月球》、《痴情小史》三种。"《两日画报》总发行所：天津奥界大马路醒华报馆。

《嘤报》与小说相关编年

宣统朝

元年己酉（1909）

九月

初一日（10 月 14 日）　　《嘤报》周年纪念增刊第二十七号开始连载《感谢会》，至十二月二十五日毕，标"理想小说"，作者署"玭"。刊载《不过律师》，标"滑稽小说"，作者署"迟"。刊载《棍徒大会议》，标"讽时小说"，作者署"迟"。刊载"顽公"之《本报发刊周年纪念辞》，内云："吾邑之有报纸，自光绪壬寅正月普通学社发行《嘉定旬报》始，然昙花一现耳。故自壬寅四月以致丙午三月四年之间，复阒寂无所闻。……南翔学会发行《月报》于丙午四月，其在吾邑报界，盖北极峰下之黄河近源也。自是以后至丙午七月而增为两种，至丁未六月佚其一，仍存一种，至戊申七月而骤增为三种，九月本报发刊，而增为四种，十月而又增为五种。至本年正月佚其二，仍存三种，七月而又增为四种，而第五种亦行将于下月发刊矣。"该报报头下云："本社在嘉定城内塔前大街百四十八号。每月两期，不取分文。"宣统二年二月初十日第三十八号所刊该社启事署名为黄许臣、钱镜漪、周政卿、周次咸、黄虞孙、廖养午、黄允之、周孝侯、陈汉宗，此当为该报编辑部成员。

初十日（10 月 23 日）　　《嘤报》第二十八号刊载致谢："本社承邵邑尊按月捐廉赞助银二元，自九月起。特此鸣谢。"

十二月

二十五日（2 月 4 日）　《嘐报》第三十五号连载《感谢会》毕。

二年庚戌（1910）

正月

初十日（2 月 19 日）　《嘐报》第三十六号刊载《新气象》，标"记事小说"，作者署"史"。刊载《乞丐新年》，作者署"虎"。

二十五日（3 月 6 日）　《嘐报》第三十七号刊载《夫殼泪》，作者署"玭"。

二月

初十日（3 月 20 日）　《嘐报》第三十八号开始连载《捉差记》，至九月初十毕，作者署"玭"。刊载该报启事："本期报稿被洪乔所误，直至二十八日始查得原稿寄申付印，是以发行之期稽延至今。特此声明，诸祈鉴亮。本社特启。"此启事又见于本月二十五日第三十九号。

三月

初十日（4 月 19 日）　《嘐报》第四十号连载《捉差记》，暂停四期，至第四十五期续载。

四月

初十日（5 月 18 日）　《嘐报》第四十二号开始连载《照妖镜》（二），至五月初十日毕，标"剞记小说"，作者署"顽公"。刊载"'天客'笑鉴"："来稿均极佩，但未示真姓名，殊为怅惘。乞即见告，并请过社一谈为盼。其稿俟接教后披露也。本社白。"

二十五日（6 月 2 日）　《嘐报》第四十三号登"《南翔月报》出板（版）广告"，称该报所载体裁分八门，其三为"小说"。该报"一概送阅，每月一期，五月中出板（版）"。刊载《分牛案》，标"短篇理想"，署名"天客投稿"。该篇末云："天客曰：阋墙之斗，仁者不为，兄弟三人，遂为十九牛而成阋墙之痛。请读者思之，有何分法而使之和好。虽然，迥想我嘉定各界事事之冲突，恐亦将踵接三子者而起矣。呜呼！"

五月

初十日（6月16日）　《嘐报》第四十四号连载《照妖镜》（二）毕。

六月

二十五日（7月31日）　《嘐报》第四十七号登："《南翔月报》第一号已于六月六日出版，第二号准七月六日出版。"

九月

初十日（10月12日）　《嘐报》第五十二号连载《捉差记》毕。

二十五日（10月27日）　《嘐报》第五十三号刊载《学校园》，标"理想小说"，作者署"双羊"。

十一月

初十日（12月11日）　《嘐报》第五十六号开始连载《皮箱案》，至翌年正月三十日毕，标"侦探小说"，署名"玳"。

三年辛亥（1911）

正月

初十日（2月8日）　《嘐报》第六十号开始连载《催醉术》，至二十日毕，作者署"史心"。其篇首云："史心曰：自催眠术盛行于世，人皆谓有不可思议之奇妙，然亦有许多罪恶假汝以行者，视其作用何如耳。曩见《小说时报》载有《催醒术》一篇，尽属寓言，欲以一片婆心唤醒世人梦梦。余谓众人皆醉，何尝醒也。特自以为醒者，为可悲耳。因作此篇，主意所在，阅者当自知之。"刊载"小说赁贷社广告"，内容为：

"一、本社搜集各种新小说，以备一般风人韵士、淑女名媛，供其好奇者之赏玩。一、凡欲贷阅小说者，指定何书，须将该书之值照数付足，俟还书时取其书值十分之一作为赁金，余则交还。一、贷书之期以十日为限，如满十日不还者，该书作为已卖品。一、如有同志年纳银一元者，本社认为社员，贷阅各书不取赁金。一、社员贷阅之书所值不得过一元以上，前书未还不得续借。一、本社定于每月逢一、五日为贷书还书之期。一、贷出之书，如有污损，或经本社指明有不能收回之原因，则该书作为已卖品。一、本社附设塔前新开店内，二月初一日开社，书目下期登报。……"此广告又见于本月二十日第六十一号。刊载"告白"："本店代派《民立报》，每月小洋七角。塔前新开店白。"刊载"告白"："本报今日增刊一号，本月二十五日之报改于三十日出板（版）。"

二十日（2月18日）　　《曙报》第六十一号连载《催醉术》毕。其篇末云："我国民呀，醒来！醒来！！快快醒来！！！"刊载"小说赁贷社书目广告"："《女海贼》二角，《双环案》二角，《青酸毒》一角，《傀儡美人》一角，《青藜影》二角，《贼史》二册一元，《蛇女士传》三角五，《双鸳侣》三角，《学究新谈》六角，《冰天渔乐记》六角，《西利亚郡主别传》五角五，《天际落花》三角，《恨绮愁罗记》六角，《剧场奇案》四角，《海外拾遗》三角，《美人磁》四角，《贝克侦探谈》二角五，《博徒别传》四角，《电影楼台》三角，《血泊鸳鸯》三角五，《模范町村》三角，《钟乳髑髅》六角，《彗星夺婿录》五角五，《遮那德自伐八事》四角五，《冰雪因缘》六册二元，《玉楼花劫》四册一元二，《大侠红蘩露传》四角，《小仙源》一角五，《梦游二十一世纪》二角，《案中案》二角，《环游月球》三角，《珊瑚美人》三角，《笑里刀》三角，《脂粉议员》四角五，《化身奇谈》三角五，《秘密社会》二角，《拊掌录》三角，《盗窟奇缘》四角，《秘密地窟》二角，《世界一周》二角，《朽木舟》二角五，《妬情记》一角五，《中国女侦探》三角，《玉佛缘》一角五，《瞎骗奇闻》一角五，《空中飞艇》四角五，《侠义佳人》五角，《剑底鸳鸯》二册七角五，《不如归》五角，《狡兔窟》一角五，《铁血痕》五角，《三千年艳尸记》七角五，《情侠》三角，《媒孽奇谈》二角，《美人烟草》一角，《航海少年》二角，《薄命花》一角，《怪医案》角五，《海棠魂》角五，《中山狼》二角，《行路难》角五，《狡狯童子》角五，《易形奇

术》角五，《鬼士官》四角，《扫迷帚》二角五，《尸椟记》二角五，《空
谷佳人》角五，《画灵》二角，《金丝发》二角。（以上各书本店均已备
齐，以供贷阅。嗣后陆续添备，随时布告。）"刊载"本报经费收支及接
受告白"："现托塔前新开店内小说赁贷社经理。"刊载"告白"："本社
迁设本城西路大街三皇桥头第八十二号门牌。投函诸君请照上开地址邮
寄，庶不致误。本社特白。"

三十日（2月28日）　《曋报》第六十二号连载《皮箱案》毕。刊
载"小说社续添书目广告"："《劫后英雄略》一元，《玉雪留痕》四角
五，《蛮荒志异》六角，《海外轩渠录》六角五，《橡湖仙影》一元二，
《神枢鬼藏录》二角五，《媒孽奇谈》二角，《一仇三怨》三角五，《天方
夜谭》一元五，《鲁滨孙漂流记》七角，《火山报仇录》九角，《海上繁
华梦》二元，《惨女界》八角，《邯洛屏》一元，《宪之魂》四角，《影之
花》四角五，《苏格兰独立记》四角，《情海劫》八角，《美人妆》二角，
《小公子》六角，《新法螺》三角，《秘密隧道》六角五，《黑行星》一角
五，《再生第一案》二角，《再生第十一、十二、十三案》四角，《铁世
界》四角，《瑞士建国志》一角五，《累卵东洋》一角，《极乐世界》三
角，《谷间莺》二角五，《官世界》七角，《侦探谈》一册三角、又二册
二角五、又三册二角五、又四册四角，《四名案》四角，《星球游行记》
二角五，《生死自由》三角五，《露漱格兰小传》三角，《女子救国美谈》
一角五，《未来战国志》三角五，《双线记》五角，《冶工轶事》三角，
《胡雪岩》四角，《十字军英雄记》九角，《旅行述异》七角五，《孤星
泪》七角，《自由结婚》七角，《虚无党》四角。（本社现备小说已百有
余种，嗣后续添，再行广告。）"

二月

初十日（3月10日）　《曋报》第六十三号开始连载《秘密社会》，
至九月初十仍未完，标"社会小说"，作者署"玳"。现所见回目有：楔
子：说人情希奇古怪，谈天演生存竞争。第一回：郭博公籍端索诈，裘铸
人借款寻芳。第二回：老狐狸软制齐冠华，小猢狲巧遇金墨兰。第三回：
毁尸灭迹冤桶当灾，移步换形名流谈古。第四回：朱汉英狱中求表侄，杜
长卿厨下戏淫娃。第五回：背经书势豪受窘，浸尼姑滑吏生财。第六回：

逼勒卖淫媒婆肆恶，通融借款董事媚官。第七回：听舆评气走童笃吾，恃亲谊威逼周霞匏。

三月

初十日（4月8日）　《嚜报》第六十五号刊载"小说赁贷社第三次书目广告"："《小说丛刻》一编二角四分、又二编二角四分，《精禽填海记》四角，《聂克（格卡脱）侦探案》二角五分，《当头棒》四角，《卖国奴》四角，《福尔磨（摩）斯最后（之）奇案》三角，《虚无党真相》一元二角，《美人手》六角五分，《恨海》二角五分，《上海秘密史》前编十一册、每册五角，《新金瓶梅》四册、每册五角，《新痴婆子》八角，《九尾龟》全十二册、每册四角，《车中毒针》二角五分，《海卫侦探案》四角，《毒药樽》三角，《华生包探案》二角，《剑底鸳鸯》七角五分，《剖尸记》一元，《双指印》二角五分，《三字狱》二角，《橘英男》四角，《鸳盟离合记》六角，《二甬案》二角五分，《圆室案》二角，《香囊记》二角，《粉阁奇谈》八角，《九尾狐》一元，《西青散记》六角，《五命离奇案》四角，《剖脑记》二角，《一声猿》一角五分，《五里雾》一角五分。"

四月

二十五日（5月23日）　《嚜报》第六十八号载《秘密社会》第四回回目后注："本期新闻过多，此回不及登载，俟下期发表。记者白。"

六月

初十日（7月5日）　《嚜报》第七十一号刊载《先知人》，标"短篇滑稽"，作者署"佛时"。

二十五日（7月20日）　《嚜报》第七十二号刊载《舟中人语》，标"记实短篇"，作者署"史盦"。刊载广告："新开店代派《民立报》、《时报》，每月小洋六角，《申报》每月大洋五角。"

九月

初十日（10月31日）　《嚜报》第七十九号连载《秘密社会》，仍未完，但此后没有再续载。

十月

初十日（11 月 30 日）　《曕报》第八十号刊载"本社特白"："光复之际，本社记者多与其役，昼夜宣劳，筋疲力尽，是以上月二十五日一期不及编辑。兹仍延续发刊。本期专载光复事实，以示郑重而期详备。下期始更拟改良体例，益增美善，以副新国公民之期望。特此布白。本社同人拜手。"

十一月

初四日（12 月 23 日）　《曕报》第八十一号载《舟中人语》（二），标"短篇小说"，作者署"史盦"。其篇首云："读者诸君犹记史盦前有《舟中人语》之记载乎？时过境迁，恐诸君或已忘之。然史盦嘉沪往返，见见闻闻，不一而足，辄愿为诸君酒后茶余之助，随笔而记载也。是非听之公评，舆论不容或废，姑妄言之，姑妄听之。至读者诸君之澈悟，史盦实不敢赞一词也。"

二十五（1 月 13 日）　《曕报》第八十四号载《聋哑会》，标"理想短篇"，署名"史"。

《民视报》与小说相关编年

宣统三年辛亥（1911）

十一月

十四日（1月2日）　《民视报》刊载"消闲谜社附印杂志广告"："窃思各省乱事，虽可指日敉平，然人心浮动，仍如坐困愁城。本社睹此时艰，无任感叹。兹特采纳古今实事，以及有趣味之诗词、歌赋、灯谜、图画、小说、笑谈、游戏等文，分类印刷成册，定名《消闲杂志》。不特有益妇童，亦可涤烦遣兴，藉安人心。每一日出印一册，零售每册铜元二枚，按月铜元三十枚。拟于本月二十二日印起首册，概收半价。如有订阅者，望将姓名住址从速函示，俾得届期派人送到。并恳方家时惠佳章是幸。此布。本社同仁公启。本社暂在景山东三眼井西头路北陈寓。再者，本社代赁各种新旧小说，租价甚廉，有愿阅者，请即来社面议可也。"续载《过墟志》，至十一月二十一日，连载开始时间不详。标"秘本小说"，未署著者名。此篇为清康熙时"墅西逸叟"所著，原载于本年二月至三月初五日《天趣报》。民视报馆设于北京前门外八角琉璃井路南，发行兼编辑人张绍春，每日出两大张。

二十一日（1月9日）　《民视报》连载《过墟志》毕。

《南越报》附张与小说相关编年

宣统朝

二年庚戌（1910）

正月

初五日（2月14日）《南越报》附张连载《长门新恨》，注"一百八十三"，现仅见这一期，不详连载结束于何时，未署作者名。连载《朝鲜血》（又名《伊藤传》），注"六十二"，至三月二十八日连载毕；标"近世小说"，作者署"世次郎（黄小配）"。现见章节为：第十二章"伊藤之和俄"，第十三章"驻韩统监时代之伊藤"，第十四章"伊藤之艳福"，第十五章"暗杀之组织"，第十六章"伊藤死后之谈判"。刊载《困新城》，作者署"拍鸣"。《南越报》，宣统元年五月初五日创刊。

初六日（2月15日）《南越报》附张刊载《纸上谈兵》，标"现事小说"，作者署"拍鸣"。

初七日（2月16日）《南越报》附张开始连载《邂逅缘》，至初十日毕，标"侠情小说"，作者署"芳郎"。

初十日（2月19日）《南越报》附张连载《邂逅缘》毕。

十二日（2月21日）《南越报》附张开始连载《东游记》，现见连载至二月二十七日，注"三十八"，篇末注"仍未完"，但此后未见续载。标"趣致白话社会小说"，署"著者欧拍鸣"。该日刊载的是第三回"扮西装冒充志士，设骗局专掴亚丁"，篇首有"编辑人按"："此书第一、第二两回，曾刊在《羊城日报》。至第三回，则今始新撰者。本报今日已将第一、第二两回另纸排印，随报散派。如派报人有漏派者，请向其索回可也。棱附志。"其第四回为"打斧头坐地分肥，摸杯底大家饮唻"；第五回"潮气会欢迎潮气佬，化妆戏激死化妆师"。

二十日（3月1日）　《南越报》附张连载《托塔》，注"十一"，又注"续去腊停工日"，现不知何日开始连载，至二十二日连载毕。标"寓言小说"，作者署"棱"。现见第八章"托塔者之堕落"，第九章"结论"。

二十二日（3月3日）　《南越报》附张连载《托塔》毕。

二月

初七日（3月17日）　《南越报》附张刊载《纨绔儿》，标"短篇小说"，作者署"警黄稿。"其篇末云："噫！甚矣纨绔子（弟）之顾前而不思日后也。拥百万之家财而不能以养老，舍诗书事业而不习，而日迷头于花酒，宜其有此结果也。愿一般之纨绔子弟盍鉴此。"

初八日（3月18日）　《南越报》附张开始连载《侠盗》，至初九日毕，标"义侠小说"，作者初署"汉钟"，后又署"汉宗"。

初九日（3月19日）　《南越报》附张连载《侠盗》毕。

十二日（3月22日）　《南越报》附张刊载《掷石狗》，标"寓言小说"，作者署"棱"。

十三日（3月23日）　《南越报》附张刊载《官引梦》，标"短篇小说"，署"警黄稿"。

十四日（3月24日）　《南越报》附张刊载《三叩首》，标"近世离奇小说"，作者署"棱"。

十五日（3月25日）　《南越报》附张开始连载《宿姻缘》，至三月初七日毕。标"艳情小说"，作者署"某君"；自十八日起改名为《惨鸳鸯》，署"慧觉稿"。

二十二日（4月1日）　《南越报》附张刊载《问葫芦》，标"寓言小说"，作者署"禅侦探"。其开篇云："人情鬼蜮，所在皆然；黑暗世界，其害尤甚。如明枪正箭，御人于国门之外者，人知之而易防。独有等技俩，含沙射影，自以为杀人于不觉，此非鬼蜮之尤甚耶。吾慨世情奸险，因忆童时阿姆，为我道一故事，请为诸君述之。空中楼阁，阅者幸勿误会为导人迷信也。"

二十三日（4月2日）　《南越报》附张刊载《官官相卫》，标"怪相小说"，作者署"棱"。

二十九日（4月8日）　《南越报》附张开始连载《莺花梦》，至三月二十四日毕，标"侠情小说"，作者署"学吕"。其开篇云："诸君，诸君，久违了。去年九月间，小子往江南的时候，不是有一篇《坠溷花》的小说吗？说起来，想必诸君也记得果兰因为错嫁了梁公子，便再堕烟花，在沪上重张艳帜。说到那里，就截断了。小子说明往江南，顺道在上海探听兰因的踪迹。怎料沪上是个人海，单说那野鸡妓妇一种，足足有二万多；等而上之长三、么二，亦不计其数。兰因的事，已隔数年，怎么访得着哩？兰因的事既访不着，小子倒留心两件亲耳闻、亲眼见的事，说与诸君听听。小子这躺（趟）南回，又要出洋，约莫逗留十来天的功夫。这套《莺花梦》的小说，也不过十来续，趁这数天，登了出来。想爱阅小子小说的诸君，一定赞成的了。"

三月

初七日（4月16日）　《南越报》附张连载《宿姻缘》（《惨鸳鸯》）毕。

初九日（4月18日）　《南越报》附张刊载《谈话会》，标"社会小说"，作者署"棱"。

十六日（4月25日）　《南越报》附张刊载《开谈判》，标"近事小说"，署"铁蕴稿"。

二十四日（5月3日）　《南越报》附张连载《莺花梦》毕。篇末云："好了，好了，说完了，诸君也听到倦了。后来访着甚么事情，再说与诸君听罢。"刊载"社会小说《学蠹现形记》出版"广告："年来学务，一落千丈，大有既倒狂澜，万难收拾之势。迹其原因，无非因学界中之野蛮腐败，为阻进之一大魔障。本报今年新闻，是以添多学界一门，已大为社会欢迎。今岑鹤唳君又撰是套小说，补新闻所不及。摹写而警醒之，时则冷嘲热骂，时则正论庄言，暮鼓晨钟，益人不浅。欲改良教务者，不可不读此一部奇闻。（定期廿五日出版。）"

二十五日（5月4日）　《南越报》附张开始连载《学蠹现形记》，现见连载至五月二十九日，篇末注"仍未完"，但此后未见续载。标"社会小说”，作者署“鹤唳”。现见到的章节为：第一回为“溯原因科名流毒焰，谈往事学蠹现奇形”；第二回“谋公益舒校长接差，重私情沈教员应聘”；第三回“誉髦斯士屠狗生涯，佻达子衿劏蛇惯技”；第四回“鞭长马腹一字起风潮，夜半鸡嬖两番传电报”；第五回“筹学费校长开摊，倡神权庙祝舞棍”；第六回“闻木樨学生作恶剧，施夏楚教习用非刑”；第七回“飞山越岭航路谈奇，买一开三摊经念错”；第八回“韦鱼葱大闹黄埔艇，张本草心醉白银精”。

二十八日（5月7日）　《南越报》附张连载《朝鲜血》毕。

四月

初一日（5月9日）　《南越报》附张开始连载《埋香冢》，至六月初七日毕。标“哀情小说”，作者署“（潘）芳郎”。第一章“听琴”，第二章“斟情”，第三章“话别”，第四章“相思”，第五章“小病”，第六章“同游”，第七章“求婚”，第八章“结婚”，第九章“遇旧”（此章后又有第九章“远游”，当误排）；第十章“远游”，第十一章“永诀”，第十二章（无标题）。

五月

十九日（6月25日）　《南越报》附张刊载《扫庆》，标“写真小说”，标“写真小说”，作者署“去庆虎”。

三十日（7月6日）　《南越报》附张开始连载《新情史》，现见连载至七月十二日，篇末注“仍未完”，但此后未见续载。标“艳情小说”，作者署“瀛客”。

六月

初七日（7月13日）　《南越报》附张连载《埋香冢》毕。

初八日（7月14日）　《南越报》附张开始连载《闺恨》，至十三日连载毕，标“哀情小说”，署“警黄稿”。

十三日（7月19日）　《南越报》附张连载《闺恨》毕。

十四日（7月20日）　《南越报》附张刊载《客观梦》，标“喻言小说”，署“百钢少年稿”。

十五日（7月21日）　《南越报》附张开始连载《四奸案》，现见连载至十月二十九日，篇末注"仍未完"，现不详连载结束于何时；标"法律侦探小说"，作者署"拍鸣"。开始连载《妒剧》，现见连载至七月十二日，篇末注"仍未完"，但此后未见续载；初标"趣情小说"，自十七日起标"趣怪社会小说"，作者署"仙乎"。

七月

十三日（8月17日）　《南越报》附张刊载《田鸡东》，标"近事写真小说"，署"禅侦探稿"。

十四日（8月18日）　《南越报》附张开始连载《侠报》，至本月十五日连载毕，标"侠情小说"，作者署"芳畹"。

十五日（8月19日）　《南越报》附张连载《侠报》毕。

十六日（8月20日）　《南越报》附张刊载《选举镜》，标"怪剧小说"，署"禅侦探稿"。

十八日（8月22日）　《南越报》附张开始连载《过路环》，现见连载至十月二十九日，篇末注"仍未完"，现不详连载结束于何时。标"近事小说"，作者署"瀛客"。其篇首云："看官，你估道吾粤近日所发生的重大事件，令人可悲、可痛、可愤、可异者，就是怎件事呢？这件事实属紧要得狠，不止关系吾粤前途匪鲜，尤关系吾国前途匪鲜。在吾国今日，可谓弄到极危险的地位了。列强眈眈逐逐，直视中国如俎上肉，各思争尝一脔。"

十九日（8月23日）　《南越报》附张刊载《阴寒世界》，标"短篇小说"，作者署"隐明"。

二十二日（8月26日）　《南越报》附张刊载《鸦怪》，标"短篇小说"，署"腾芳稿"。

二十三日（8月27日）　《南越报》附张开始连载《铲穿地球》，至本月二十六日连载毕，标"科学滑稽小说"，作者署"春"。

二十六日（8月30日）　《南越报》附张连载《铲穿地球》毕。其篇末云："作者曰：物极必反，自然之理也。黑暗专制之对照，必为文明自由，故黑暗专制达于极点，必有见文明自由之一日。然当新旧交战之秋，则立于风潮之上者，其死状亦惨矣。"

二十九日（9 月 2 日） 《南越报》附张开始连载《振夫纲》，至八月初三日毕，标"伦理滑稽小说"，作者署"笙"。

八月

初三日（9 月 6 日） 《南越报》附张连载《振夫纲》毕。

初五日（9 月 8 日） 《南越报》附张开始连载《哭亡泪》，至本月初七日连载毕，标"短篇小说"，署"百钢少年稿"。

初七日（9 月 10 日） 《南越报》附张连载《哭亡泪》毕。其篇末云："呜呼！同胞其亦信之欤？抑行之欤？抑不信不行欤？然余亦述之诸君，以尽吾责。"

十二日（9 月 15 日） 《南越报》附张开始连载《江上英雄》，至本月十三日毕，标"党祸小说"，作者署"春"。

十三日（9 月 16 日） 《南越报》附张连载《江上英雄》毕。其篇末云："康工部以舟为避债之台，汪知府亦以舟为留有余地步，事成则登岸居首功，事败则易于逃走，可谓狡狯已极。对于党事，本为不忠，然以保皇党之反覆无信，且又以军事为儿戏，非如此对待之，必反为保党所愚，徒送死耳。故汪知府之行为，毕竟是明哲保身，不失英雄本色，江上英雄之□号，虽谑而不虐，妥帖极矣。"

十七日（9 月 20 日） 《南越报》附张刊载《血字图书》，标"党祸小说"，作者署"仁父"。

十八日（9 月 21 日） 《南越报》附张开始连载《群鬼会》，至本月二十三日毕，标"社会滑稽小说"，作者署"春"。

二十一日（9 月 24 日） 《南越报》附张开始连载《恶姻缘》，至本月二十三日毕，标"近事写真小说"，作者署"禅侦探子"。

二十三日（9 月 26 日） 《南越报》附张连载《恶姻缘》毕。连载《群鬼会》毕。其篇末云："侦探子曰：吾中国四万万人类，同是圆颅方趾。而世事无奇不有，有等表面人形，内容畜类，人禽各半。是岂如旧日迷信家言，畜道转轮，投胎时走得快，变其外而未变其内乎？呵呵！"

二十四日（9 月 27 日） 《南越报》附张开始连载《自残同种》，至九月初五日毕，标"社会小说"，作者署"百钢少年"。

二十七日（9 月 30 日） 《南越报》附张刊载《后周游》，标"短

篇小说"，作者署"拍鸣"。开始连载《孔诞观》，至九月初二日毕，标
"现象小说"，作者署"瀛客"。

九月

初一日（10月3日）　《南越报》附张刊载《贼报报》，标"怪象
小说"，作者署"仁父"。

初二日（10月4日）　《南越报》附张连载《孔诞观》毕。

初五日（10月7日）　《南越报》附张连载《自残同种》毕。

初六日（10月8日）　《南越报》附张刊载《加快引》，标"逼迫
小说"，作者署"棱"。

初八日（10月10日）　《南越报》附张开始连载《幻想记》，至本
月初十日毕，标"短篇小说"，作者署"光"。

初十日（10月12日）　《南越报》附张连载《幻想记》毕。

十二日（10月14日）　《南越报》附张开始连载《浮海奇谈》，至
本月十四日毕，标"寓言小说"，作者署"百钢少年"。

十四日（10月16日）　《南越报》附张连载《浮海奇谈》毕。其
篇末云："呜呼！此何时乎？非风雨大作，枵舟将沉之时乎？胡为留学派
之互相水火，徒发分门别户之空言，不干救国救民之实事。一如以国家比
过渡之舟，以人民若失舵之舰，将浮将沉，綦危綦险，呈此可惊可怖可悲
可痛之现象乎？"

三十日（11月1日）　《南越报》附张开始连载《十日建国志》，
现见连载至十月二十九日，篇末注"仍未完"，现不详连载结束于何时。
标"最新历史小说"，作者署"世次郎小配（黄小配）"。其篇首诗云：
"世局沉沉事已非，醒余狂笑醉余悲。况当沧海横流日，正值民潮沸鼎
时。专制渐衰成覆辙，共和有幸遍扬旗。遥知机熟成功易，葡国前车最可
思。"现所见共五章：第一章：民气发达之原因；第二章：前王文鸟路之
无道；第三章：专制政体之变相；第四章：共和党派之运动；第五章：葡
国革命前之内势。

十月

二十五日（11月26日）　《南越报》附张刊载《魖魖影》，标"趣

致小说",作者署"驱鬼"。

三年辛亥（1911）

九月

初二日（10 月 23 日）《南越报》附张连载《义骗》,注"三十九",连载开始当不晚于七月二十三日,连载至十二月二十三日毕。标"社会小说"作者署"拍鸣"。开始连载《杨仁山》,至本月初六日毕,标"传记小说",作者署"述者"。其篇首云:"南京佛学研究会正会长杨仁山居士于十七日申刻逝世,远近闻者,莫不兴悲。兹得居士平生事略,亟录之以告一般景仰杨先生者。"

初六日（10 月 27 日）《南越报》附张连载《杨仁山》毕。连载《孽债》,注"二十二",连载开始当不晚于八月十五日,现见连载至本月二十三日,篇末注"仍未完",但此后未见续载。标"近事小说",作者署"世次郎（黄小配）"。

初十日（10 月 31 日）《南越报》附张开始连载《钻石丑闻》,至本月十三日毕,标"传记小说",署"振译"。

十三日（11 月 3 日）《南越报》附张连载《钻石丑闻》毕。其篇末云:"译者曰:专制国之衰世,政治窳败,纲纪荡然,宫闱暧昧,尤为数见。观法国皇后之秽史,而益信专制帝政之不可幸存矣。"

十月

二十三日（12 月 13 日）《南越报》附张刊载《煤山梦》,标"寓言短篇小说",作者署"遯"。此篇原载本月十三日《神州日报》,无标识,作者署"遯庵"。

十一月

初三日（12 月 22 日）《南越报》附张连载《红袖军人》,注"五",其开始连载当不迟于十月二十八日,现仅见这一期,不详连载结束于何时。标"言情小说",未署作者名。

十二月

初一日（1 月 19 日）　《南越报》附张连载《女子幽人》，注"四续"，其开始连载当不迟于十一月二十八日，至十二月初五日毕。标"短篇小说"，作者署"慧云"。

初五日（1 月 23 日）　《南越报》附张连载《女子幽人》毕。

初七日（1 月 25 日）　《南越报》附张开始连载《亚那》，至十二月二十二日毕，标"短篇小说"，作者署"慧云"。

初九日（1 月 27 日）　《南越报》附张刊载《迷信毒》，标"短篇小说"，未署作者名。

二十二日（2 月 9 日）　《南越报》附张连载《亚那》毕。其篇末云："慧云曰：亚那之格，如然棘，毋与世也。故所如辄左，天殆大有造于亚那，将令亚那，特辟悲场，昭兹来许。盖亚那，世外伤心人也。世外伤心人，弗死胡为？呜呼，亚那抱梅而已，死盖晚矣。"

二十三日（2 月 10 日）　《南越报》附张连载《义骗》毕。

《女学生》与小说相关编年

宣统朝

二年庚戌（1910）

三月

《女学生》本年第一册刊载《白罗衫》，标"义侠小说"，著者署"笑"。其篇末云："现在世界上，往往平日间非常亲热，一到了稍有些为难的时候，大家都是袖手旁观，各人顾各人的。奉劝我们姊妹们，大家也要有点义气才好。"《女学生》为女学社之校刊，编辑为校长杨白民。本册有本年正月杨白民所撰之"序言"云："本杂志发行于己酉岁始，迄今一年。"可知其创刊于宣统元年。又云："每期消（销）数，不过数百。"该刊编辑处为上海南市竹行街城东女学社。

三年辛亥（1911）

《女学生》本年第二册刊载《女子实业竞争大会》，标"短篇小说"，作者署"湉大"。

《七十二行商报》与小说相关编年

宣统朝

二年庚戌（1910）

八月

　　十八日（9月21日）《七十二行商报》连载《岭南潮》，现仅见这一期，不知连载开始与结束时间，据其所标"五六"，连载开始应不迟于六月二十二日。标"讽世小说"，未署作者名。

《浅说画报》与小说相关编年

宣统朝

三年辛亥（1911）

四月

十九日（5月17日） 《浅说画报》开始连载《米尔向学》，至五月十一日毕，标"英文新小说"（后标"英文小说"），署"济东野人译"，未署原著者名。《浅说画报》发行人王子英，发行所设在前门外铁老鹳庙路东第九百二十八号；零售每张铜元一百五十文，每月铜元四十五枚，装订成册每月铜元五枚，外埠另加邮费。

五月

十一日（6月7日） 《浅说画报》连载《米尔向学》毕。"来函照登"栏刊载"秋水女士"来信："贵报自出版以来，宗旨正大，不失姆教之性质，固为社会所欢迎，而尤为女界所注意。兹启者：前阅贵报所译英文小说，于贵报宗旨虽为适宜，但文理较深，恐非尽人所可知。可否俟此篇告成，再辑成白话，以同人一览云。"此信后为"附本报启事"："按：本报英文小说系从英文丛谈摘录，务须达其目的，遂将米尔女士之小传，参以许多名人事实，编为日记体裁，以期便览。既经女士以为不适于用，亦何妨更改白话，以供一览。为此声明。改用近世小说，以照确信。"

十三日（6月9日） 《浅说画报》开始连载《黑闇国》，现见连载至五月二十九日，注"第十七续"，篇末注"未完"，现不知连载结束于何时。标"近世小说"，未署作者名。其篇首云："上古之时，混沌初开。一般人民，狉狉獉獉，知识是未有开化的，学问是没有讲究的。所以他们也不知道那三纲五常，与那人伦道德，只是逐水草迁徙，同禽兽遨游，无知无识的，甚是可笑。但是那些人心风俗，却是忠诚厚道，一般男女知识能达到的地方，感情也就到了。莫有甚么夫妇的名字，也没有男女的字样。那一般压制的手段，与那蛮横的法术，也就不问而知了。那知道人心渐渐开化，日进一日，就有多少圣人出来，制礼作乐，讲人伦，说道德，创造出男女、夫妇、父子、君臣、朋友种种名词；又是男子主外，妇女主内，夫唱妇随，夫刚妇幼的礼节来。初行之时，到是于人情风俗上，很有些讲究，却也大有可观。乃行之既久，一般男子占了优胜地位，就生出无数的蛮心来。说是男子以腕力战胜万物的，一切外务非男子担任不可；妇人是柔弱的性质，不能作社会上的事，只好在家中任家庭职业。种种不公道、不道德的名词，弥漫世界，受的施的，都视为习惯。于是女子就退避三舍，久而久之，退入黑暗国中去了。虽是其中有些女英雄、女豪杰，做出些爱国爱民，惊天动地的大事业来，究竟对于男女平权的思想，从未有研究得过。所以本编专以研究那黑暗国的男女，所作所为，种种态状，以为我同胞暇时一览。"

六月

十七日（7月12日）　《浅说画报》开始连载《华丽秋》，至闰六月二十五日毕，标"警世小说"，未署作者名。

闰六月

二十五日（8月19日）　《浅说画报》连载《华丽秋》毕。

七月

初一日（8月24日）　《浅说画报》开始连载《官丑片影》，现所见连载至本月初八日，注"第六节"，连载结束时间不详。标"讽世小说"，第三节起标"讽世说林"，未署作者名。

《绍兴医药学报》与小说相关编年

光绪三十四年戊申（1908）

五月

三十日（6月28日）《绍兴医药学报》第一期"小说栏"开始连载《医生本草》，未完，现不知连载何时结束。标"诙谐文"，作者署"劫"。其"引言"云："尝闻医者有立方容易诊病难之说，病家智识不一，医者莫展其长，斯言诚然。予以病家当有生病容易就医难之叹，盖医鲜十全。古之大家，且有某某主温，某某尚凉，某某专于补，某某惯于泻之偏执，后世末学，概可知矣。择医之艰，毋待言也。夫专科医生，性质与习惯之不同，学问与阅历之互异，犹《本草》载药品之有真伪，药性之有和猛，有过之无不及也。爰作《医生本草》，以写近来各科之现状，俾病家如医生立方选药然，而有所择焉。语虽诙谐，事颇着实，读者毋作游戏笔墨观。作者识。"《绍兴医学报》于本日创刊，创办者绍兴医药学研究社，主编何廉臣、裘吉生，总发行：绍兴宣化坊医药学研究社事务所。宣统元年三月二十日《医学世界》第十一册介绍该报时称："每月一册，大洋六分。"

宣统元年己酉（1909）

七月

十五日（8月30日）《绍兴医药学报》第十五期开始连载《医林

外史》，现不知何时连载结束，标"科学小说"，署"鹫峰樵者编辑"。篇首"绪言"云："甚矣，稗官野乘之刺戟的，感触脑筋，似比电术中人为尤速，故各报皆取列一格，殆亦挽回世道人心之一助欤。吾越《医药学报》，初版出有《医生本草》，以作者远游故，奄然中断，至今阙如，引为憾事。现在整顿内容，力谋进步，不得不另征小说。主人商之于仆，坚辞勿获，勉作《医林外史》，以科学为经，社会为纬，两两组织，暗寓徵劝，阅者幸勿讥为空疏浅陋，则感甚矣。一，是书为改良医社，灌输文明，并欲开通风气，使一般社会均有普通医学之智识，故凡卫生学、医药学、奇症治疗、简便良方，类皆采取古今典籍，并东西医博士之讲义。中西汇通，集思广益，登者确有来历，与寻常小说任意捏造者不同。阅者当作正经书读，勿以野史忽之。一，吾国医林腐败，尽人知之，而病家不讲卫生，不知看护，迷信鬼祟，受愚巫祝，喜谄忌直，斥忠任奸，依恃富贵，骄憨可掬。略识汤头，擅改方药，甚云时医可以却瘥，贵命须用珍品，积习相沿，牢不可破。以致不肖医生，揣摩世故，慰贴人情，逊志卑躬，以行迄道，受人唾弃，几灭轩岐。庸众之中，岂无杰士？作者悲之，略写一二，以为有志者劝。若云笑骂，则吾岂敢，知我罪我，论者择之。一，吾国社会，前十年间，洋药畏如砒酖，即有伤疡就诊者，亦以刀割为峻。庚子之后，风气一变，今则扬西抑中，恨不烧毁古书，尽用西法，委托全国身命，予以生杀之权，不亦怪哉？不知中西医学，互有短长，病有宜于中药之和平，不宜西药之猛烈者，一经西医诊治，往往反致不起。间有古书早已经验，西医尚未发明者，经彼之手，立时毙殒。故上流社会之迷信西医，与下流社会之迷信鬼邪，同一误会，同一受害。作者有所目击，故敢据实直揭，并非徒逞臆说，好为攻击，阅者审之。一，医学为绝大学问，与格致、化学，均有关系，而吾国旧有良方，治病亦多奇验。是编小说，含有科学性质。仆阅历既浅，智识平庸，旧学尚难淹贯，何况新学繁博。务望海内高贤，时赐谠论，助我不逮。如有治病新法，经验新方，以及社会所闻，可以发挥医理者，幸乞惠示稿件，俾得编派列入，以资阅者研究。不胜拜祷感激之至。一，是书仿照《儒林外史》，于每回后，加以评语，凡有惠件付下，经仆编登者，必将其人名姓，高标揭出（如'某某氏评曰'云云），以彰其名誉，而酬雅谊。盖《儒林外史》不过痛今吊古，摹绘闲情，不若是编之关切实用，融化新旧，保存国粹。天职当尽，高贤鉴诸。一，书内人名，谐音取义，各属寓言，不必征其事实，而定臧否。医乃仁术，尤以道德为重，薄俗浇漓，怪象叠出，作者恶之，恨不大禹铸鼎，诸魅现形。描写不透，正怨拙笔，然长回大部，随编随登，未经润饰，难免罅漏之虞。容俟编辑成书，再行删订校正，阅者谅之。”其后有“题词三阕并引”，云：“己酉初，医余无事，陈樾乔君惠寄科学小说一种，题曰《医林外史》，嘱为选登，以备一格。爰以补之，而工拙在所不计也。”据此，知“鹫峰樵者”为陈樾乔之笔名。现所见该篇回目：第一回：老医生真诚济世，小英杰虚己寻师。

宣统二年庚戌（1910）

五月

十五日（6月21日）　《绍兴医药学报》第十九期开始连载《破伤风》，篇末标“未完”，现不知何时连载结束。标“医学小说”，作者署“禅”。此篇原载宣统元年十月二十九日《时报》。

《绍兴医药学报》第二十八期开始连载《鬼谷先生列传》，标“诙谐小说”，作者署“知非子”。其篇末云：“鬼史氏曰：先生出斯文口，而为经济鬼，其于鬼打算，不可谓不鬼矣。然未识精门闩，始则枯坐一庐，俨然活鬼，继则遗行万里，居然冤鬼。幸得诡计多端，一入鬼道，即改习鬼八卦，故至今犹得高坐堂皇，鬼眼向人，享多数病鬼者之香火，非亦鬼中之铮铮者欤。”按时间推算，本期当出于宣统二年末或宣统三年初。

《时事新报月刊》与小说相关编年

宣统朝

三年辛亥（1911）

六月

　　《时事新报月刊》第二号刊载商务印书馆"《小说月报》第二年第五、第六两期出版广告"："月出一册，定价一角五分，预定全年一元五角，邮费每册三分，全年三角六分。本报宗旨正大，材料丰富，趣味渊永，定价低廉，久为各界所欢迎。出版以来，未及一年，销数已达六千以上，其价值可知。本年每期增加彩色图三、四幅，美丽悦目。现第五期已出版，短篇小说若《巫风记》之形容迷信，《碧血花》之改革政治，《新审判》之妙评解颐，长篇若林译《薄幸郎》之情文并美，《劫花小影》之哀感顽艳，《小学生旅行》之涉笔成趣，皆小说中无上上品。其他译丛、笔记、杂纂、文苑、新剧等，选择精当，皆足以娱情。兹第六期将次出版，长篇《薄幸郎》、《劫花小影》外，增入社会小说《醒游地狱记》一种，搜罗宏富，编辑新颖，尤足以餍读者之望。本年闰月出临时增刊一册，材料既多，插图尤富，谅蒙阅者鉴赏，价值临时酌定。"《时事新报月刊》创刊于本年五月，汪仲阁主持，月刊，每册售价八角。社址：上海山东路望平街一百六十号。

《顺天时报》与小说相关编年

光绪三十一年乙巳（1905）

七月

二十二日（8月22日）　《顺天时报》续载《嘉兴命案》，已连载至"乙"篇，连载开始时间不详，现所见连载至七月二十三日止，未完。标"白话"，未署作者名。续载《英国包探访喀迭医生奇案》，至七月二十三日，标"白话"，未署译者名。此篇原载光绪二十二年七月初一日《时务报》，注"译伦敦《俄门报》"，署"桐乡张坤德译"。顺天时报馆设于北京城内化石桥。

二十三日（8月23日）　《顺天时报》连载《嘉兴命案》，至"丙"篇，篇末标"未完"，现未见续载。连载《英国包探访喀迭医生奇案》毕。

十二月

十七日（1月11日）　《顺天时报》开始连载《奇骗记闻》，篇末标"没完"，现未见续载。标"白话"，未署作者名。其篇首云："骗子南北都有，骗术愈出愈奇。一种刁巧的思想，实在有令人意料不到的，一个不留神，就落在他圈套内。今记出数则，也可知这般人的伎俩了。"刊载"本社征文广告"："京师为人文辐辏之地，当此残冬，风雪转纷，交口新年，想必有抱异怀奇之士，感时抚事，假文章以抒其胸臆，借诗歌以写其壮怀。本社拟于新年扩充报纸，愿搜集鸿篇，增光报界。无论诗文小说，不拘体例，取其有裨于社会者为格合。祈于新年前将大稿函寄本社，并列姓氏住所。登报之后，自当量为酬答。大雅宏达，幸勿吝教。"

光绪三十二年丙午（1906）

正月

初十日（2月3日）《顺天时报》开始连载《强项令》，标"白话"，未署作者名。篇末标"没完"，现未见续载。

三月

十二日（4月5日）《顺天时报》续载《多支那》毕，连载开始时间不详。标"社会小说"，未署作者名。其篇末云："可见奸人弄权，无非自愚；烈女尚节，终达目的。这虽是一篇戏出的演文，却在社会上很有关系，所以就叫做社会小说。"

闰四月

初七日（5月29日）《顺天时报》开始连载《官场现形记外传》，连载结束时间不详。标"社会小说"，未署作者名。今见回目：甲回：老进士一官贫病，新制军私访廉明。

十八日（6月9日）《顺天时报》续载《奇丐绝技》，至本日毕，连载开始时间不详。标"白话"，未署作者名。其篇末云："看官须知，世界广大，无地无才，这手技口技二人，一鹤一鳍，可称丐界奇闻。"

五月

二十一日（7月12日）《顺天时报》续载《喜一郎》，至本日毕，连载开始时间不详。标"白话"，未署作者名。

二十二日（7月13日）《顺天时报》刊载《双画师》，标"白话"，未署作者名。

八月

二十八日（10月15日）《顺天时报》刊载《考验炭气》，标"白话"，未署作者名。

光绪三十三年丁未（1907）

正月

初五日（2 月 17 日）　《顺天时报》刊载 "本馆征小说揭晓告白"：
"征募小说限期已于客腊念八日截止，于正月十五日揭晓。此布。"

十五日（2 月 27 日）　《顺天时报》刊载 "悬赏小说揭晓告白"："本
馆为刷新丁未文坛之气运起见，悬赏格征小说。海内文学之士惠投著作
者，为数不鲜。然或以短篇小说视为随笔漫录之类，所寄概系断篇零章，
认为小说者最属寥落。本馆审定优劣，仅得正取第一等、第二等二人，即
揭晓如左：正取第一等（赠洋三十元），泰西情史《鄂雷池》，北京张展
云君；正取第二等（赠洋二十元），小说《海外三杰传》，河间举人戚葆
锷君。此外，无中选第三等之人，本馆深为抱歉。嗣后倘有惠投短篇小说
足登报者，本馆拟将第三等赏格（洋十元）赠之，以昭公允。此次征文，
本馆深认成绩不良，然幸有张君其人所寄《鄂雷池》一篇，堂堂巨作，
列第一等尚不足表其声价，洵足偿本馆征募小说之愿，因此更拟于所定赏
格之外，特增若干元以酬其劳。中选小说拟自明日起，先登正取第二等
《海外三杰传》，次登正取第一等《鄂雷池》。赏格自本日起赠，即希到本
馆账房支领。"

十六日（2 月 28 日）　《顺天时报》刊载 "悬赏小说"告白："本报
自本日起，登悬赏小说正取第二等《海外三杰传》。按，此小说似摘译东
文《伊太利建国史》等书，结撰其体例，类演义《三国志》等传奇小说，
而局面狭小，构思单纯，未可谓得小说之神髓。虽然，中国现在正处积弱
之势，滨危亡之局，人人景望英雄倔（崛）起，有立旋乾转坤之事业。
于此时机，借义国、建国之三杰作为一篇之传奇，其鼓舞我青年之志气，
振作爱国敌忾之精神，不为鲜少。本馆审定为正取第二等者，此故也。
再，戚君葆锷去年征募悬赏论文之时，列入备选，今又以小说博光誉。可
见文藻富赡，论文、小说无一不可。若夫小说之良否，文章之巧拙，阅报
诸公，随读随评，将其评言投寄本馆为荷。"开始连载《海外三杰传》，

至本月二十五日。标"正取第二等",作者署"河间举人戚葆锷"。篇首"序":"小说之体,由来远矣。闲尝游书肆,见其架头所置,则有《封神演义》、《前后七国》、《隋唐》、《说唐》、《西游记》、《绿牡丹》、《精忠传》、《粉妆楼》、《水浒》、《三侠五义》、《明英烈》、《红楼梦》、《彭公案》、《施公案》、《永庆升平》,种种各各,屈指难数。然一披览之,大多浮空之说,掠影之谈。其善者则少窃史册之绪余;其不善者,则非夸绿林慷慨,即多道男女私情。在作者不过抒胸中之意趣,而观者乃或信以为真。诲盗诲淫,影响遂及于社会,小说之为害,诚钜且深矣。当此维新时代,而欲改良家国,扶翼人心,则非取一切小说之书,投之灰烬,一效秦皇之所为不可。虽然,人情每厌庄严而喜谐谑,恶深粹而乐浮夸。有如听乐,为之奏阳春白雪,则惟恐思卧者十而八九,为之歌郑卫之曲,靡曼之音,则多鼓掌欢呼,势将起舞。此亦人性之生而适然,自古迄今,非伊朝伊夕故矣。善导人者即因人情而顺以引之,不悖人情而逆以求之,所以诗歌三百,每多托物比兴之词,《孟子》七篇,不少谲谏诙谐之语,诚以庄言危论不如俚辞浅说之感人为更深也。今我国文明初启,其识字而能读经史者,十居六七。然或则手《红楼》而口《水浒》,讲《封神》而说《西游》,娓娓而谈,津津以道,虽老师宿儒,无其渊洽者。是何也?是其意之浅,语之显,事之新,最易引人入胜也。然则为今日计,虽举前此之小说而焚之,仍当编辑改良小说以治之也。窃考欧洲变法之始,其时名儒硕彦,或身有所经,目有所见,心有所得;或悟一新理,获一新法,往往编为小说,刊印成书,公之于世。其书一出,不徒其国之学者,皆口之诵之,手之披之,下至于为兵者,为农者,为工者,为商者,推而至车夫马卒,妇女童孺,靡不各置一编,而朝吟夕诵。方今地球雄国,咸推夫英、法、日本、德、美、奥、意矣,而究其政界之日进于强,则小说之为功不少。故英人有曰:小说为国民之魂。斯言诚有味也。今贵馆有见于此,征募短篇小说,将以新中国丁未文坛之气运,此非有大识见,大才猷,且学贯中西,政通中外者,不能为也。如鄙人者,奚足以语此。虽然,匹夫之言,君子择焉。用敢不揣固陋,谨拾外史之唾余,编辑小说五回。是否有当,祈为鉴裁。"该篇各回目如下:第一回:列强割据古罗马,爱国诞有大英雄;第二回:玛志尼上书阿尔拔,加船长访友麻士天;第二(三)回:避大难报馆谋生,援独立海军助战;第四回:加富耳弃官为农，阿尔拔托孤让位；第五回：改新政全意中兴，释旧嫌群雄相会。

二十三日（3月7日）　《顺天时报》开始连载《新石头记》，至本月二十九日。标"花界外稿"，署"云芹寄稿"。其篇首云："自从十八世纪，支那小说专家雪芹先生，发见一部《石头记》，由亚东大陆，传到欧西新洲，译成英文，为支那小说潮流灌输入大西洋的渊源。二百数十年来，经过两世纪，到了二十世纪文明时代，亚东大陆又诞生一位'云芹'名士，接续《石头记》的寿命，组织成一篇《新石头记》，发见在支那北京正阳城西温柔乡中，现正逢著丁未文坛新气运的时际，便宣布给文明社会看。"

二十五日（3月9日）　《顺天时报》连载《海外三杰传》毕。其篇末云："今观意大利，俨然与群雄并峙，竖起一面之国旗，雪数十代祖宗之大耻，还二千年历史之光荣，非玛尼志、加里波的、加富耳三杰所造而成乎？读外史有感，因作《海外三杰传》。"

二十六日（3月10日）　《顺天时报》开始连载《鄂雷池》，至二月十四日。标"正取第一等"、"泰西情史"，署"张展云君译"。

二十九日（3月13日）　《顺天时报》连载《新石头记》毕。

二月

十四日（3月27日）　《顺天时报》连载《鄂雷池》毕。

三月

初四日（4月16日）　《顺天时报》刊载《乡人现形记》，标"白话"，未署作者名。

五月

初四日（6月14日）　《顺天时报》刊载"二十世纪第一小说《热血痕》"广告："是书为威远李亮丞孝廉所撰，计二十余万言，以吴越为强弱国之形式，以陈音、卫茜为国民之标准，关目以古籍为依归，议论与时事相激射。词义严正，窃比《春秋》；气势纵横，如披《国策》。论人叙事，直抗席于史迁；传神写生，且争能于《水浒》。作者一腔热血，欲贯注我四万万之同胞，用心亦良苦矣。更经礼卿太史，逐回逐句，详加品评，尤觉光溢行间，毫添颊上，洵二十世纪小说中之杰作也。现已出版，洋装厚册，定价大洋一元三角。发行所：作新社书局。"

十一月

二十二日（12月26日）《顺天时报》刊载《游览商务印书馆三十六种陈列品记》，其中"乙"之（14）为"最新小说"："小说在商务印书馆，更是特色中的大特色。有政治小说，有历史小说，有社会小说，有科学小说，有侦探小说，有写情小说，文话白话，色色都全。内中林译的占多数，如《十字军英雄记》、《美洲童子万里寻亲记》、《埃及金塔剖尸记》、《英孝子火山报仇录》，最为林译特别奇书。此外如林译《迦茵小传》等部，已经风行海内，人人共知，不必赘说（林君名纾，号琴南，侯官人，就是本月十八日，湖广会馆国民铁路拒款大会的临时会长）。"

二十八日（1月1日）《顺天时报》刊载"作新社发售新书目录"，其中"小说"栏列："历史小说《热血痕》一元三角，社会小说《新党发财记》三角五分，政治小说《政海波澜》六角，社会小说《女子权》三角五分，社会小说《新社会》五角。"刊载《十四洞天》，标"短篇小说"，署"情侠撰，亚雄评"。该篇共两回，回目如下：甲回：入桃源仙童问答，迎嘉客群美欢谈；乙回：遍游诸天无中生有，警语劝世色即是空。

十二月

初二日（1月5日）《顺天时报》开始连载《霹雳火》，现所见至十二月初六日，未完。标"侦探小说"，署"英国科南德义尔原著"，未署译者名。篇首译者"叙"："叙曰：科南德义尔，生于英之苏格兰。甫弱冠，欲以轩岐氏术成家，后不知何故，改为新闻访员，复改为侦探小说家，后杜兰斯瓦之役，投笔从戎。所著《英杜战史》一编，无人不称其精核，而小说《霹雳火》，亦实为其最得意之作。德义尔现在英国文坛另建一帜，蔚然以泰斗自命。其春秋鼎盛，才思纵横，洵未知他日造诣之如何也。"

初六日（1月9日）《顺天时报》连载《霹雳火》现所见至本日止，篇末标"未完"，后未见续载。

光绪三十四年戊申（1908）

正月

初五日（2月6日）　《顺天时报》刊载《亚海士多纳小传》，标"小说"，未署作者名。

二月

十二日（3月14日）　《顺天时报》刊载"北京《大同日报》出现"广告，介绍该报内容，有"小说新奇"之语。

四月

十七日（5月16日）　《顺天时报》"杂志"栏刊载《九尾龟》，未署作者名。文云："有一部新小说，书名叫做《九尾龟》，叙事很有趣妙，最妙的是，叙述苏州话很多，译笔很为明显。苏州话最不容易译，只因他有音无字，所以非常难译。前次说过，译文分直译、意译，直译不如意译，这是指译文字说。若译言语，只可直译，不能意译。但译言也有分别，既要译音，还要译神。《九尾龟》书内所译的，颇能得苏州人说话的神情，在小说林中，可称特色。但是他书上所译的多少话，只有字音，并未加注，不明白苏州话的，决计看不懂。最好是再加上小注，注明音读、意读两层，所有名词，更得用括弧式。不然，北方人看了，一个字也不明白。在下生长在苏州城内，苏白（苏州话叫做苏白）曾经研究过。诸君看《九尾龟》，如有不明白那字句的语意，可于每星期日午后，在升平楼后面茶座面谈，在下必在哪儿喝茶。翻译苏白，汉字不够用的，最好是用东文来译。比如北京话说'这儿'，苏白叫做（ケダ）；京话说'我们'，苏白叫做（二）；京说话（话说）'他们'，苏白叫做（リト）。诸如此类，都能用东文译出，只因东文有吴音，所以译成苏白，最为简便。"

五月

二十二日（6月20日）　《顺天时报》刊载"本馆征募小说广告"：

"本馆除举行悬赠征文之外，另拟征募小说，以焕文坛之特色，而开醒人之眼界。其小说不拘新著与翻译，均以结构崭新，雅俗共赏者为妙。如有绝巧文字，本馆决不惜厚赀也。此布。"开始连载《海上神童》，至宣统元年二月初三日。标"国民小说"，署"法国黎伊孟德原著"，未署译者名。篇首译者"识语"："书原名《环游全球》，载船主福郎克偕其两侄保禄和伯游记。此二童生而岐嶷，喜冒险，于行海之学，童而习之，晚而成焉，是吾中国之所谓神童者也。书中有日记格言，及各国政体民情，与其风土生产等，是兼政治、教科、游记、冒险四种之说，丛而有之，而其事又为国民所应知应尽者也。是故易其名曰《海上神童》，额其书曰'国民小说'，诸君幸勿以译笔之未工，而并忽其书之美也。译者识。"篇首又有"原序"。该篇共八十八章，各章标题如下：第一章：海上老狼；第二章：决计环游；第三章：部署行装；第四章：船舰种类；第五章：圣东司受托；第六章：马达美酒；第七章：测海奇谈；第八章：大洋热流；第九章：安的飓风；第十章：勿药之占；第十一章：法国来使；第十二章：非洲行军；第十三章：蛮方异俗；第十四章：黑人习惯；第十五章：黑奴贩；第十六章：奇谈震听；第十七章：非洲动物；第十八章：船主违言；第十九章：美洲物产；第二十章：第一河流；第二十一章：猎中启筵；第二十二章：海边椰树；第二十三章：村景入画；第二十四章：携带嘉产；第二十五章：闲谈排遣；第二十六章：真富家翁；第二十七章：马拿越之时尚；第二十八章：计画（划）行踪；第二十九章：异草擎人；第三十章：巴西富产之一；第三十一章：女郎历史；第三十二章：黑人欢食；第三十三章：三城鼎峙；第三十四章：屠宰之乡；第三十五章：小团聚；第三十六章：法国来电；第三十七章：三信并械；第三十八章：小创；第三十九章：意外之事；第四十章：船上长谈；第四十一章：重生草、飞游花；第四十二章：六人偕行；第四十三章：特别国俗；第四十四章：石脑油厂；第四十五章：美洲铁路；第四十六章：纽约；第四十七章：美洲名人；第四十八章：捕鳕；第四十九章：和伯日记；第五十章：友国；第五十一章：妙境；第五十二章：叙别；第五十三章：（无题）；第五十四章：总兵定策；第五十五章：黑雏消息；第五十六章：水手聚会；第五十七章：（无题）；第五十八章：世界良工；第五十九章：蛮种自灭；第六十章：坠海；第六十一章：寻人不遇；第六十二章：（无题）；第六十三章：

鸟陆毘连；第六十四章：樵人及电树历史；第六十五章：杀之乎；第六十
六章：深夜船碰；第六十七章：初次晤面；第六十八章：隐情毕露；第六
十九章：入支那境；第七十章：八日住衙门；第七十一章：支那盛馔；第
七十二章：支那盛馔；第七十三章：太平幸福；第七十四章：婚嫁之礼；
第七十五章：制茶；第七十六章：释怨；第七十七章：水中宝藏；第七十
八章：谈象；第七十九章：印度；第八十章：团体固则国强；第八十一
章：燐火；第八十二章：保禄令人可爱；第八十三章（缺）；第八十四
章：俄罗斯；第八十五章：尼希那法哥拉之大市场；第八十六：二童谈
史；第八十七章：回国；第八十八章：十年以后。

七月

二十三日（8 月 19 日）《顺天时报》开始连载《葛范生侠义记》，
至十一月初三日。标"小说"，署"吴兴沈祥麟译"

九月

二十二日（10 月 16 日）《顺天时报》刊载《烟霞窟》，标"中国侦
探"，作者署"孤"。刊载《新耕织图》，标"致富小说"，署"法国非尼
伦著，闽县廖晓人译"。其篇末云："某闽人也，羁迟燕市，未遂所志，
因不揣浅陋，日以译书为事。幸蒙各报馆诸君不弃，出赀购稿，因得以所
入酬金，为旅食费。恨无数顷之地，可躬耕而食，步迈黎士当之后尘也。
然幸以笔墨得赀，尚非息息求人，为迈黎士当为窃笑。译罢有感而作
此。"刊载《扫迷痛话》，标"短篇小说"，署"林君晓寄"。

十一月

初三日（11 月 26 日）《顺天时报》连载《葛范生侠义记》毕。

宣统元年己酉（1909）

二月

初一日（2 月 20 日）《顺天时报》刊载《海上神童》毕。

初二日（2月21日）《顺天时报》开始连载《双剑侠》，至四月十四日。标"侠情小说"，作者署"潘意我"。

初六日（2月25日）《顺天时报》开始连载《春梦一醒》，至十二月初六日，尚不知是否完结。标"小说"，作者署"法国亚以柏著，闽县廖曙人译"。

四月

十四日（6月1日）《顺天时报》连载《双剑侠》毕。

五月

初九日（6月26日）《顺天时报》开始连载《百岁之新婚夫妇》，至五月二十九日。标"奇情小说"，译者署"意我（潘意我）"。

二十九日（7月16日）《顺天时报》连载《百岁之新婚夫妇》毕。

十二月

初六日（1月6日）《顺天时报》连载《春梦一醒》现所见至本日止，篇末无标识，似未完，后未见续载。

宣统三年辛亥（1911）

六月

初七日（7月1日）《顺天时报》开始连载《忠魂烈血》（原名《双情侠》），至七月二十三日。标"小说"，署"闽海旭人廖氏译述"。该篇共四章，各章标题如下：第一章：异豹依人；第二章：罗克艳史；第三章：洞里罪人；第四章：恨海余波。

七月

二十三日（9月15日）《顺天时报》连载《忠魂烈血》毕。

《四明日报》与小说相关编年

宣统二年庚戌（1910）

五月

　　二十四日（6月30日）《四明日报》刊载"《宁波小说七日报》减价广告"云："敝报发行于戊申六月，旋因各处报费未能缴来，经济不接，至十二期后遽行停办。嗣后一再欲谋更生，均缘旧报碍销、新股难招之故，未克如志。兹特登报声明，愿将十二期半价出售，计实洋六角算。一俟成本恢复，尚当赓续刊行，以副阅者之望。至每期装订之美，内容之富，早已为阅报诸公所信许。欲购者向新学会社、钧和印刷所两处接洽可也。"此广告又见于本月二十五日、二十六日该报。开始连载《蓬痕小传》（一名《同命鸟》），至七月十八日。署"法国亚历山大仲马著，芙译"。其章回目录依此为：第一章：风潮；第二章：沉舟；第三章：同车；第四章：爱之意；第五章：爱之味；第六章：闻信；第七章：允婚；第八章：诡谋；第九章标题未见；第十章：复仇；第十一章：成婚。刊载《衣冠僕》，标"短篇小说"，作者署"奇"。其篇末云："奇奇曰：昔闻优孟衣冠，今见奴厮佐贰。某委之日对芙蓉，其玷渎名器也，固不足怪，独不解为之上官者，何亦如于陵仲子，耳目皆无闻无见耶？"《四明日报》于本日创刊，王东园、李霞城及蔡琴荪、董翔遂等集资创办。社址：宁波江北岸洋船弄口第一百十六号。零售每份一分六厘，半年三元五角，全年六元八角。

　　二十五日（7月1日）《四明日报》刊载《烟臣叹》，标"短篇小说"，作者署"奇"。

　　二十六日（7月2日）《四明日报》开始连载《长蛇毒》，至五月二十七日。标"短篇小说"，作者署"奇"。其篇首云："黑心符出，芦花变生，人生不幸，夫妇弗齐眉，而又不能不为门户计，于是乃谋胶续。然或室有子女，其受凌虐者十之八九，受爱覆者十不曾得一二焉。嗟乎，此殆成继室之通例，而不能改良者耶？"

二十七日（7月3日）《四明日报》连载《长蛇毒》毕。

二十八日（7月4日）《四明日报》刊载《中国女侦探》，标"滑稽短篇"，作者署"奇"。

二十九日（7月5日）《四明日报》刊载《某参戎》，标"短篇小说"，作者署"沸轮"。

三十日（7月6日）《四明日报》开始连载《妒毒》，至六月初二日。标"警世短篇小说"，作者署"竞庵"。其篇首云："妒忌的坏处，是人生恶念的第一层，无论社会上那种事情，有了妒忌在里面，那事情便弄不好了。我们中国现在弄到这样地步，死不死，活不活，凭他们外国人，着着的欺侮进来，没一点儿敢掘强掘强，恢复恢复。这为什么原故呢？在下仔细想来，也何莫不是被他贪官污吏们，你妒我忌，推三做四所养成的吗？所以小的可以喻大，大的可以喻小，在下因想这妒忌的坏处，从一国的大方面说说，是这样的，便知道从一家的小方面说说，也无非是这样的了。如今且把一家的妒忌坏处略说一说，列位自然可以举一反三了。"

六月

初二日（7月8日）《四明日报》连载《妒毒》毕。其篇末云："记者曰：设当初鲍公娶妾之时，陈氏并不介意，则非特鲍氏之不致绝后，即鲍公之病，亦无由而生，百万家私，固可依然无恙也。而今也如是，非陈氏之妒毒职为厉阶乎？顾世间之酷类陈氏者，可更仆数哉。吾草此篇，吾亦以为一班之富家翁，作前车之警鉴耳。"

初三日（7月9日）《四明日报》刊载《牌照费》，标"短篇小说"，作者署"奇"。

初四日（7月10日）《四明日报》开始连载《针神记》，至六月初七日，标"短篇小说"。作者署"奇"。

初七日（7月13日）《四明日报》连载《针神记》毕。

初八日（7月14日）《四明日报》开始连载《培塿松》，至六月十二日，标"短篇小说"，作者署"奇"。

十二日（7月18日）《四明日报》连载《培塿松》毕。

十三日（7月19日）《四明日报》开始连载《猫癖》，至六月十四日，标"短篇小说"。作者署"奇"。

十四日（7月20日）《四明日报》连载《猫癖》毕。

十五日（7月21日）《四明日报》刊载《某汛官》，标"短篇小说"，作者署"奇"。其篇末云："奇奇曰：培塿无松柏，一马前之卒，气焰竟能薰灼人，得此强项之乐工，不啻李三郎挝羯鼓以解秽矣。"

十六日（7月22日）《四明日报》开始连载《白衣冠》，至六月十七日，标"短篇小说"。作者署"奇"。其篇首云："奇奇曰：州县者，亲民之官也，奈何扰乱治安若蛇蝎，使受其毒者痛心疾首不敢发。一旦临歧祖道，乃生种种可噱之问题，是亦今日之怪剧也。"

十七日（7月23日）《四明日报》连载《白衣冠》毕。

二十四日（7月30日）《四明日报》开始连载《某牧州（州牧）》，至六月二十六日，标"短篇小说"。作者署"奇"。

二十六日（8月1日）《四明日报》连载《某州牧》毕。

七月

初二日（8月6日）　《四明日报》连载《新绅士》毕，连载开始时间不详。标"时事小说"，作者署"歹"。

初三日（8月7日）《四明日报》开始连载《仙鬼谭》，至七月初六日，标"短篇小说"。作者署"奇"。

初六日（8月10日）《四明日报》连载《仙鬼谭》毕。

初七日（8月11日）《四明日报》开始连载《醋学生》，至七月初八日，标"短篇小说"。作者署"剑虹（汪剑虹）"。

初八日（8月12日）《四明日报》连载《醋学生》毕。

初九日（8月13日）《四明日报》开始连载《三生石》，至七月十一日，标"短篇小说"，作者署"奇"。其篇首云："雨窗无俚，与余友孔君论及湖北某道，以六千金纳一宠姬事。余慨然曰：'苟以此金为武汉饥民一顿双弓米，尚足沾溉。若而人，何为乃掷之虚牝？'孔蹙然曰：'君知其一，未知其二。某道之于此姬，再生缘也。请贡其说，以为载笔材料，可乎？'余曰：'诺。敬谢嘉贶，愿倾吾耳。'"

初十日（8 月 14 日）　《四明日报》刊载《白芙蓉小说题词》六首，非小说作品，作者署分别为"病樵"、"公无"、"蕙卿女士"。

十一日（8 月 15 日）　《四明日报》连载《三生石》毕。其篇末云："呜呼！余亦伤心人也，乌能遇伤心之事而不传？"

十二日（8 月 16 日）　《四明日报》开始连载《赤凤来》，至七月二十六日，标"短篇小说"。作者署"巨摩"。

十五日（8 月 19 日）　《四明日报》刊载《白芙蓉小说题词》六首，非小说作品，作者署名分别为"江东老云"、"课园杜清碧"、"蒋金缄"。

十八日（8 月 22 日）　《四明日报》连载《蕹痕小传》毕。

二十二日（8 月 26 日）　《四明日报》开始连载《梦里天》，现所见至十月二十九日仍未完，连载结束时间不详。标"社会小说"。署"侯官汪剑虹著"。其篇首云："好个大梦！好个大梦！我现在握了一枝秃笔，拿了一张破纸，要想把这篇梦话，从头至尾，本本源源的写出来，给阅者诸君消消遣，解解闷，又恐怕诸君笑我不识时务，说现今世界的文明是极盛时代，中国民智一天开通似一天，我做小说的偏要寻出许多梦话，向诸君聒絮，岂不令人冷齿么？然而，诸君要晓得，地球上尘尘劫劫，无非是一梦境。那做官的翎顶辉煌，一旦宦海里起了风波，依然故我，做的是衣冠梦；那为商为贾的，小出大入，以心血博蝇头微利，偶然失策，就亏折了本钱，弄得妙手空空儿，做的是金钱梦；钻穴隙相窥，踰墙相从，到后来鸾漂凤泊，天各一方，那做的是风流梦；还有那沙场转战，以颈血换土地，及至论功行赏，只落得兔尽狗烹，那是做的英雄梦。大概世间的事，过眼即空，以今视昔，以后视今，的的确确如同做梦一般。曾记得少时读那《庄子》上有两句叫做什么'栩栩然蝶也，蘧蘧然周也'，照此看来，那庄子他老人家便是我们做梦的老祖宗了。前日子我的朋友对我说了一个大梦，足足说了三天三夜，方才把这个大梦说完。我不听则可，我一听心里便生了无数的疑团，揣摩不出究竟是个好梦，还是个恶梦，是个痴梦，还是个幻梦，难不成是问那做黄粱梦的卢生借的枕头么？所以一五一十的说出来，请大家研究研究（究），参详参详，或且遇著那梦学专家能把他考究出来，也未可知。"现所见各回目如下：第一回：观劝业村先生入梦，得横财穷措大开心；第二回：头等车惊逢朱芰伯，八号室喜遇许寿山；第三回：小广寒谢秀云迎新，安恺第何志媄感旧；第四回回目未见；

第五回：美术馆购制绣地图，大舞台演自由历史；第六回：八行书遥订金石交，六寸相竟成鸳鸯券。

二十六日（8月30日） 《四明日报》连载《赤凤来》毕。其篇末云："巨摩曰：今之士大夫，类皆征歌逐艳，陶情风月，红缸绿酒之场争雄称霸，自以为人生行乐，老当益壮。风流罪过，委之身后，何暇计及地方之风化耶？亦何怪乎不读经书，蠢如鹿豕之圬。工也哉，吾记是事。绝之钦，抑惜之也。"

二十七日（8月31日） 《四明日报》开始连载《文明梦》，至七月二十九日，标"短篇小说"，作者署"剑虹（汪剑虹）"。

二十九日（9月2日） 《四明日报》开始连载《文明梦》毕。其篇末云："呵呵！吾梦也，是耶，非耶？否耶，真耶？吾不愿尘尘世界，演此恶剧；吾更不愿灿灿女儿花，演此恶果。勉哉！爱国女儿，吾不甘与子同梦此镜花水月之文明。"又有"剑虹评语"："剑虹曰：梦影泡幻，一虚境耳，而吾所梦之文明，特虚境中之虚境耳。镜花水月，过眼即空；海市蜃楼，转瞬乌有。多谢清钟一杵，敲醒迷离噩梦。"

八月

初四日（9月7日） 《四明日报》刊载《浙路梦》，标"短篇小说"。作者署"醒庵"。

初五日（9月8日） 《四明日报》续载《金钱家庭》，至八月初八日，连载开始时间不详。标"短篇小说"。作者署"剑虹（汪剑虹）"。

初八日（9月11日） 《四明日报》连载《金钱家庭》毕。

十五日（9月18日） 《四明日报》开始连载《一声狮》，至八月十六日，标"短篇小说"。作者署"剑虹（汪剑虹）"。

十六日（9月19日） 《四明日报》刊载《神州□小说题词》，非小说作品，作者署"慈水蛰□"。连载《一声狮》毕。

十七日（9月20日） 《四明日报》开始连载《汤圆案》，至八月二十二日，标"短篇小说"，作者署"剑虹（汪剑虹）"。

二十二日（9月25日） 《四明日报》连载《汤圆案》毕，篇末误标"未完"。

二十三日（9月26日） 《四明日报》开始连载《陶乾薹》，至八月二十四日，标"短篇小说"。作者署"剑虹（汪剑虹）"。其篇首云：
"不为良相，则为良医。国手！国手！国手之名遍妇孺。"

二十四日（9月27日）　《四明日报》连载《陶乾薑》毕。

二十八日（10月1日）　《四明日报》刊载《浙路谈》，标"短篇小
说"。作者署"醒庵"。

十月

初七日（11月8日）　《四明日报》续载《冤禽记》，至十月十四
日，连载开始时间不详。标"短篇小说"，作者署"奇"。

初十日（11月11日）　《四明日报》开始连载《壮别》，至十月十
一日，标"短篇小说"。作者署"剑虹（汪剑虹）"。其篇首云："莫言暂
别休悲怆，薄命能经暂几回。噫嘻，惨莫惨于死别，悲莫悲于生离。生离
死别，断尽人肠。故人间世（世间）离别之悲况，尤以伉俪为最。"

十一日（11月12日）　《四明日报》连载《壮别》毕。其篇末云：
"剑虹曰：薛媛一弱女子耳，江头送行，以死别期生离，较之'忽见陌头
杨柳色，悔教夫婿觅封侯'者何如？"

十四日（11月15日）　《四明日报》连载《冤禽记》毕。其篇末
云："奇奇曰：因果之事，时贤不道，以其流于迷信也。然此颣（类）
事，实有关于惩戒，且诸人之暴死，未始非中之自馁，即谓为心理上之作
用，亦无弗可，所谓'闻之足戒'也。"

十七日（11月18日）　《四明日报》开始连载《酒家胡》，至十月
十九日，标"短篇小说"。作者署"剑虹（汪剑虹）"。

十九日（11月20日）　《四明日报》连载《酒家胡》毕。

二十三日（11月24日）　《四明日报》刊载《某富室》，标"短篇
小说"，未署作者名。

二十八日（11月29日）　《四明日报》开始连载《点金术》，现所
见至十月三十日，未完。标"短篇小说"，作者署"零"。

二十九日（11月30日）　《四明日报》连载《梦里天》，现所见至
本日止，篇末标"未完"。

三十日（12月1日）　《四明日报》连载《点金术》，现所见至本
日止，篇末标"未完"。

《天铎》与小说相关编年

宣统朝

元年己酉（1909）

十一月

初一日（12 月 13 日）　《天铎》创刊。开始连载《九点牌》，当日刊载至第二章，篇末注"未完"，此后的第二至四期皆未见连载，现不详连载结束于何时。标"侦探小说"，作者署"英国花志安原著，南海罗守一翻译"。《天铎报》发行者为广州砺群学舍，编辑者有黄守愚、冯若拙等。

《天铎报》与小说相关编年

宣统朝

二年庚寅（1910）

二月

初一日（3月11日） 《天铎报》本日创刊，创办人为浙路总理汤寿潜，陈训正（屺怀）任社长，应春申任经理。刊载"本社启事一"云："本社撰述伊始，未臻美善，大雅宏达，俯赐教正，深所盼也。其有经世大文、谈艺妙著暨以诗辞小说，足以讽切时事、陶冶性灵，皆所谓天下之宝，当与天下共之者也。如肯掷寄本社，俾得登诸简端，非唯本报之幸，亦社会之荣焉。幸勿鄙兹下里，自贵名山。千里芳馨，梦想系之。"此启事又见于本月初六日该报。刊载"新出小说《最近女界现形记》"广告云："是书为南浦慧珠女士所著，摹写近年来种种女社会之状态，大要如世家妇女、良家妇女、女豪杰、女教习、女学生以及小家妇女，美（如）缫湖丝、拣鸡毛、轧棉花、拣茶叶等。甚至缝穷、乞妇，旁及女道士、女巫医、女伎、女优，贞淫贵贱，罔不毕具。合群丑于一□，聚百怪于一室。时而堂堂正正，时而鬼鬼祟祟，时而轰轰烈烈，时而伈伈伣伣。其上者，是资劝勉，其下者，亦足引为龟鉴。酒后茶余，不可不阅之书也。先出五集，每集定价五角，五集二元五角。《绘图新繁华梦》五集，洋二元五角。分售处：苏州振新书社及各书庄，杭州阅记书庄，汉口中国图书公司、广益书局，奉天会文堂，广东会文堂各书坊，芜湖汇海书局。上海鸿文书局，棋盘街平和里四百八十二号。新新小说社启。"刊载"《绍兴公报》大改良之广告"，广告云该报设小说栏目。开始连载《箫盟记》，至本月初五日毕，标"艳情小说"，作者署"稚悲"。其开篇云："林译小说，至繁富矣。要以迭更司之《块肉余生述》及《冰雪因缘》二种为最上。二书伏脉至细，琐事末节，咸寓微旨，五光十色，令阅者迷离惝恍。终卷以后，玩索回味，觉一路之虚空粉碎，靡不有线索之可寻，真旷世之硕记也。余因思惟今时报界小说，非无佳著，然译述而外，大半出于一时佇兴之作。求其自构奇局，钩锁细密者，盖千一而绌。不量绵屡，辄述此篇，文不雅驯，无足观采，惟于蓄势布局起伏照应处，颇复注意一二。灯屑酒尾，用助怡悦。阅者幸毋以过眼云烟忽之，拜赐多矣。"

　　初二日（3月12日）《天铎报》刊载《天铎》，标"短篇小说"，作者署"高阳"。刊载"上海棋盘街中扫叶山房广告"云："新出石印今本书籍，半价二月，三月终截止。《大舞台》一册三角，《宪之魂》一册四角，《新魔术》一册三角，《秘密会》一册四角，《女人岛》一册三角，《大盗侠》二册一元，《刺客谈》一册二角五分，《网中鱼》二册八角，《双鸽记》一册二角五分，《玉屑喷》一册三角，《三姊妹》一册二角，《吞玉奴》一册一角六分，《掌中珠》一册一角，《霜锋斗》四册一元三角，《徐锡麟》一册三角，《杯中血》一册一角，《杨翠喜》一册二角，《粉阁奇谈》二册八角，《骇杀奇谈》一册二角五分，《全本滑头》一册三角，《秋风秋雨》二册四角，《新镜花缘》一册四角，《短篇小说丛刊》二册四角八分，《虞初新、续志》四册六角，《天子万年》一册二角，《黄衫赤血记》一册二角，《上海维新党》二册六角，《新文章游戏》一册三角，《烈士殉路记》一册二角，《商界鬼蜮记》一册二角五分，《万古之奇悲》一册角二，《秋血再生记》一册一角。"刊载"改良小说社"新书广告云："欲知官场之历史者，不可不看；欲为商界之人物者，不可不看；欲明社会之心理者，不可不看；欲求普通之知识者，不可不看。改良小说社最新出版之新小说，书目列下：《新三国》五册洋一元二角，《新列国》四册洋八角，《新封神》一册洋四角五分，《新聊斋》二册洋四角，《新三笑》四册洋七角，《新古今奇谈》四册洋八角，《新水浒初集》五册洋一元四角五分，《新西游》初、二集二册洋四角，《新西游》三集一册洋二角，《新西游》四集一册洋二角，《新西游》五集一册洋二角，《新西游》六集一册洋二角，《新石头记》八册洋一元五角，《官场笑话》二册洋四角，《官场笑话续编》一册洋二角，《滑头世界》二册洋四角五分，《女界宝》二册洋四角，《女学生》一册洋二角，《鬼世界》二册洋三角五分，《断肠草》五册洋一元，《情界囚》一册二角五分，《花中贼》一册洋二角，《醋鸳鸯》六册洋一元一角，《奈何天》一册洋三角，《六月霜》一册洋四角，《机器妻》二册洋四角，《电幻新谈》一册洋二角五分，《梦幻奇冤》一册洋三角，《新官场现形记》二册四角五分，《飞行之怪物》二册洋三角五分，《滑头现刑（形）记》一册洋二角五分，《色谋图财记》二册洋八角，《冷国复仇记》一册洋二角五分，《新旧社会之怪现状》一册洋二角五分，《李春来》一册洋一角，《荷兰水冰其连自造法》一册洋二角，《色界之魔》三册洋五角，《学堂笑话》二册洋四角五分，《学堂笑话二集》二册洋二角五分，《黑籍冤魂》三册洋六角，《傀儡侦探》一册洋二角，《五日缘》二册洋四角，《伪票案》一册洋二角，《失珠案》一册洋二角，《柜中尸》一册洋三角，《恶少年》一册洋三角，《豪姊花》一册洋三角，《女侠传》一册洋二角，《女妓杰》二册洋四角，《新笑林广记》一册洋二角，《新笑林广记二集》一册洋二角，《官场风流案》一册洋二角五分，《官场风流案》二集一册洋二角，《官场风流案》三集一册洋二角，《学堂现形记》二册洋四角五分，《学堂现形记》二集一册洋二角五分，《白头鸳鸯》一册洋二角五分，《秘密自由》二册洋四角，《绿林变相》二册洋四角五分，《恨中恨》一册洋二角五分，《还魂草》二册洋五角，《美人兵》一册洋三角五分，《醋海波》一册洋二角，《河东狮》二册洋五角，《女魔术》一册洋三角，《杜鹃血》二册洋四角五分，《医界镜》二册洋一元，《新鬼话连篇》二册洋三角五分，《上海游骖录》一册洋二角五分，《新儿女英雄传》二册洋四角五分，《新青楼梦》四册洋八角，《蓝桥别墅》二册洋七角，《发财秘诀》一册洋三角，《新子不语》一册洋三角，《游戏结婚》一册洋二角五分，《学界风流案》一册洋二角，《苏空头》一册洋二角，《新花月痕》二册洋五角，《骗术翻新》一册洋二角，《迷龙阵》二册洋五角五分，《新七侠五义》三册洋七角，《地下旅行》一册洋一角五分，《新汉口》一册洋二角五分，《优孟衣冠》一册洋三角，《合欢梦》一册洋二角，《风流太保》一册洋四角，《新桃花扇》一册洋五角，《活财神》一册洋二角五分，《后官场现形记》三册洋六角五分，《军界风流案》一册洋二角，《新杏花天》二册洋五角，《桃花新梦》一册洋三角，《乌龟变相初集》一册洋二角，《乌龟变相》二集一册洋二角，《女铜像》三册洋七角，《新野叟曝言》三册洋七角，《风流道台》一册洋二角，《新孽海花》二册洋四角。总发行所：麦家圈元记栈内改良小说社。分售处：各埠大书坊。"刊载"明明学社书目"广告："艳情小说《新茶花》上下集已全。是书风行已久，其中情节与书肆所售之戏本绝不相同。并卷首插上海唯一之名枝（妓）茶花第二楼武林林小影。每集四角。家庭小说《母教》，沪南家政会尤惜阴先生著，价售一角五分。寄售处：中国图书公司、商务印书馆、群学社、时中书局、集成图书公司及各大书局。"此广告又见于本月初六日该报。

初三日（3 月 13 日）　《天铎报》刊载"上海四马路棋盘街口群学社发行书目"广告云："教育小说《含冤花》二角，奇情小说《左右敌》五角，冒险小说《美人岛》三角，侠堂小说《柳非烟》二角，虚无党《八宝匣》二角，家庭小说《醋海波》二角，国民小说《刺国敌》四角，语言小说《大人国》一角，中国侦探《失珠案》一角，侦探小说《盗侦探》五角，短篇小说《十样锦》三角，教育小说《学界镜》二角，艳情小说《新茶花》八角，航海小说《失舟得舟》一角，侦探小说《海底沉珠》三角，短篇小说《威林笔记》一角，社会小说《发财秘诀》三角，立宪小说《未来世界》七角，侦探小说《三玻璃眼》五角，心理小说《新泪珠缘》二角，寓言小说《新镜花缘》四角，历史小说《花史》初、二编一元，贾岛西蒲闺仙《鼓儿词》一角，言情小说《佛罗纱》四角，爱情小说《双线记》五角，《月月小说》两全年每年四元半，家庭小说《红宝石指环》四角，哲理小说《铁窗红泪记》四角五角（分），社会小说《上海游骖录》二角五分，短篇小说《研（跰）人十三种》四角，滑稽小说《新封神传》四角五分，历史小说《两晋演义》六角，苦情小说《劫余灰》六角五分，短篇小说《冷笑丛谈》五角五分，笔记小说《南京杂录》二角五分，札记小说《新庵丛谈》四角五分，短篇小说《新庵九种》四角五分，滑稽小说《俏皮话》二角五分，哀情小说《禽海石》三角五分，社会小说《后官场现形记》六角五分，侦探小说《复克郎侦探案》一角五分，侦探小说《巴黎五大奇案》二角五分，侦探小说《海谟侦探案》一角五分，短篇小说《十五种》四角五分，历史传奇《风云会传奇》三角五分，历史小说《美国独立史》一角五分，短篇小说《吉光片羽》七角，短篇小说《杂曲》一角五分，《孽海花侠义记剧本》五角五分，短篇小说《挥麈谈》五角五分。"

初五日（3月15日）《天铎报》连载《箫盟记》毕。刊载"上海鸿文小说进步社"广告云："正、二两月小说半价。旧小说廉六种（六种廉）价七折。《六命奸杀案》一册二角五分，《女界鬼蜮记》二元五角，《新野叟曝言》六册一元二角，《新西游》二册五角，《新石头》二册四角，《新聊斋》三册七角五分，《新三国》三册七角五分，《新儿女英雄》二册四角五分，《新新三笑》四册七角，《新古今奇观》二册五角，《新意外缘》一册二角五分，《女滑头》之一、二（附照片）二册六角，《新官场现形记》四册一元，《新官场风流案》之一、二二册四角五分，《新官场笑话》之一、二二册五角，《歇洛克红发案》一册二角，《革命鬼现形记》二册三角，《女魔王》一册四角，《财色界之三蠹》一册二角，《野鸳鸯》一册二角，《新笑林广记》一册二角五分，《金凤》之一、二二册六角，《男女之秘密》一册六角，《上海奸骗案》二角，《新旧社会怪现状》一册三角。附售秘本小说六种，《续离骚鸳鸯镜合刻》三角，《妖乱志》二角五分，《大狱记》二角五分，《足本陶庵梦忆》三角五分，《浮生六记》三角。"

初六日（3月16日）《天铎报》刊载"汉译补注，日本佐川春水先生译注侦探小说《银行盗贼》"广告："是书为英国著名小说家柯南先生所著，记其友歇洛克君侦探事实。其案情诡秘，侦术精奇，久已风传各国。春水氏为英学界自修补习计，特加注释。其解释之明晰，举例之精详，非数语所克形。时成仅三阅月，消（销）售达四版，内可想见。曾经日本二十六种报纸评为空前绝后之译述，价值更勿待言。今将汉译以饷我国，益以心得于他书者，取以补其不足。凡句法表以格式，例语释以精义，事半功倍于此书□取证其有然焉。草稿告竣，不日付梓。译界诸君幸勿重译，蒲乡十一郎谨白。"开始连载《红楼梦逸编》，现所见连载至本月十六日，篇末标"未完"，现不详何时连载毕。作者署"竞"。今见回目依次为："怡红院焙茗进谋，拢翠庵妙玉潜逃"，"冲灵枢王夫人发怒，恋东庄贾宝玉为难"，"贾宝玉重修演武场，薛姨妈痛恨浪荡子"。《红楼梦逸编》原连载于《民吁日报》，作者署"赝叟"。连载至宣统元年十月初七日，因报馆被封而连载中断。刊载《绘图骗术奇谈》广告云："《绘图骗术奇谈》装订四册，定价八角。是书为华亭雷君君曜所编辑。搜罗新奇骗术，计得百则。有达官贵人而受骗者，有乞儿贫妇而受骗者，有骚人雅士而受骗者，至各店铺被骗尤多，甚至骗人者或亦为人所骗，奇之又奇，幻之又幻。世路之险，防不胜防，阅此书者可以长识见，增阅历，羁旅之人尤宜奉为枕中鸿宝。每则又绘有精图，随事指称，颇饶趣味，诚今日小说书中唯一之特色也。发售处：上海棋盘街五百十三号扫叶山房。"此广告又见于本月初七至十二日、二十、二十二、二十三日该报。

初七日（3月17日）《天铎报》刊载"商务印书馆己酉年出版各种小说"广告云："林琴南先生译本：言情小说《西奴林娜小传》二角五分，历史小说《玉楼花劫续编》二册五角半，侦探小说《贝克侦探谈》二册五角，言情小说《玑司刺虎记》六角五分，社会小说《黑太子南征录》二册九角，侦探小说《藕孔避兵录》二册六角，社会小说《彗星夺婿录》五角五分，社会小说《脂粉议员》二角五分，社会小说《冰雪因缘》六册二元。"另有其他小说："侦探小说《拿破仑忠臣传》二册六角，侦探小说《蛇环记》二角五分，侦探小说《秘密社会》二角，义侠小说《侠义佳人》五角，义侠小说《遮那德自伐八事》二册四角半，义侠小说《遮那德自伐后八事》二册五角半，言情小说《血泊鸳鸯》三角五分，哀情小说《露惜传》二册七角，哀情小说《堕泪碑》二册四角半，社会小说《芦花余孽》二角五分，社会小说《笑里刀》三角，社会小说《模范町村》三角，言情小说《错中错》二册六角。以上各种小说均系最近出版。尚有前出各种，名目繁多，不及备载。另刊《书目提要》，欲阅者函示即寄，不取分文。"刊载"昌明公司出版各种书籍"广告，其"小说书"一栏列有：《枯树花续编》（上下）每部八角五分，《恨海花》每本一角五分，《虞美人》每本三角二分，《黄金毒》（上下）每本六角，《几道山恩仇记》（上编之一、二）每部六角，《几道山恩仇记》（中编之一、二）每部八角，《五命离奇案》每本四角，《新剑侠传》每本三角，泰西小说《侦探新语》每本二角五分，科学小说《月界旅行》每本三角五分，《女儿魂》每本二角，《通俗说》（二册）每部三角。"总发行所：汉口黄坡街察院昌明合资公司。"刊载"上海科学书局广告"："家庭艳情小说《文明结婚》：此书为云间措朗女士所著。笔墨浏亮，写出喜怒哀乐之情状，趣味浓艳。演成歌哭笑骂之文章，阅之令人有拍案惊奇之概也。每部大洋二角。《忍不住》，艳情小说，每部三角。《五洲以外之新世界》每部二角。《露漱格兰小传》三角,《茶花女遗事》四角五分。"

初十日（3月20日）《天铎报》开始连载《镜中花》,现所见连载至本月十八日,篇末标"未完",现不详何时连载毕。标"滑稽小说",作者署"竞竞"（亦署"竞"）。其开篇云:"列位看官,须知稗官小说,无非是寄情助兴之物,供那些逸客骚人,酒后茶余之一助,这其中就未免有些怪诞不经之说,模糊影响之谭;无非是水中之月,镜里之花,若定要刻舟求剑,那就失之毫厘,差以千里了。然而,水外无月,水中之月影不呈;镜外无花,镜里之花容俱灭。佛书上说的好,叫做'无真非幻,幻还有真',就是这个道理。列位看官,倘然书中几句不中听的话说着了,请列位不要怒,不要骂,不要笑,不要赖,才算是真英雄,大豪杰哩。"其回目依次为:第一回:水月镜花语言八九,清谭杯酒知己二三;第二回:见传单批评大老官,急公义提倡国债会。

十二日（3月22日）《天铎报》刊载"改良新小说"广告:"《花中贼》一册二角,《傀儡侦探》一册二角,《失珠案》一册二角,《伪票案》一册二角,《柜中尸》一册三角,《幻梦奇冤》一册三角,《飞行之怪物》二册三角半,《电幻奇谈》一册二角半,《地下旅行》一册一角半,《河东狮》二册五角。总发行所:上海麦家圈元记栈后所改良小说社。"

十三日（3月23日）《天铎报》刊载"改良新小说"广告:"《官场笑话》二册四角,《官场笑话续编》一册二角,《学堂笑话》二册四角半,《学堂笑话续编》一册二角半,《鬼世界》二册三角半,《迷龙阵》二册五角半,《滑头世界》二册四角半,《骗术翻新》二册二角,《滑头现形记》一册二角半,《黑籍冤魂》三册六角。总发行所:上海麦家圈元记栈后所改良小说社。"

十四日（3月24日）《天铎报》刊载《两少年与车夫》,标"短篇小说",作者署"目"。刊载"改良新小说"广告:"《官场风流》（初集）一册二角,《官场风流》（二集）一册二角,《官场风流》（三集）一册二角,《学界风流》一册二角,《军界风流》一册二角,《风流道台》一册二角,《绿林变相》二册四角半,《杜鹃血》二册四角半,《游戏结婚》一册二角,《乌龟变相》二册四角半。总发行所:上海麦家圈元记栈后所改良小说社。"

十五日（3月25日）《天铎报》刊载"改良新小说"广告:"《冰其

连、荷兰水制造法》一册二角,《鹦粟花》一册三角,《李春来》一册一角,《新子不语》二册三角,《桃溪雪》一册四角,《医界镜》二册一元,《禽海石》一册三角半,《发财秘诀》一册三角,《活财神》一册二角半,《合欢梦》一册二角。总发行所:上海麦家圈元记栈后所改良小说社。"此广告又见于翌日该报。

十七日(3 月 27 日)　《天铎报》开始连载《女侦探》,至三月十六日毕,标"短篇小说",作者署"死公"。其篇首云:"革命党!革命党!升官!发财!升官发财!阿呀,这个革命党叫我往那儿去找呢?现在我们中国人,年老的、做官的不必说,就是这班年轻顶时髦的留学生,他们满嘴的咭咭咽咽,叫做怎么颠覆政府呢,流血排满呢。看他一种慷慨激昂的样儿,像煞是一个真实不虚的革命党了。呸!你不要上他的挡(当)。他们这种满嘴胡闹,不是真正有什么血性,什么热肠么,也不过借重‘革命’两个大字,做个新党的商标,骗骗铜钱,混口饭吃吃罢哩。"

十八日(3 月 28 日)　《天铎报》开始连载《碳金案》,至本月二十一日毕,标"短篇小说",作者署"死公"。刊载"改良新小说"广告:"《女铜像》三册六角,《五日缘》二册四角,《女魔术》一册三角半,《白头鸳鸯》一册二角五分,《女豪杰》二册四角,《醋海波》一册二角,《女界宝》二册四角,《机器妻》二册四角,《女学生》一册二角,《姊妹花》一册三角。总发行所:上海麦家圈元记栈后所改良小说社。"此广告又见于本月二十九、三十日该报。

十九日(3 月 29 日)　《天铎报》开始连载《双莺冢》(卷上),至五月十八日毕,标"苦情小说",署"脩然生撰"。其回目依次为:第一章:女郎世家;第二章:负笈美洲;第三章:萍水订交;第四章:海滨絮语;第五章:闻疾心惊;第六章:避暑琅岛;第七章:梦里钟情;第八章:月下结盟;第九章:图成鹣鲽;第十章:哈校应试;第十一章:得耗返里;第十二章:女婢泄言;第十三章:途中定计;第十四章:事机决裂;第十五章:挂冠归隐;第十六章:旧雨重逢;第十七章:泛艇西湖;第十八章:含沙射影;第十九章:汽舟肇祸;第二十章:花残玉碎。

二十一日(3 月 31 日)　《天铎报》连载《碳金案》毕。

二十四日(4 月 3 日)　《天铎报》刊载"改良新小说"广告:"《女侠传》一册二角,《醋鸳鸯》六册一元一角,《青楼镜》一册三角,《恶少年》一册三角，《色界恶魔》二册五角，《情中恨》一册二角半，《情界囚》一册二角半，《秘密自由》二册四角，《断肠草》五册一元，《还魂草》二册五角。总发行所：上海麦家圈元记栈后所改良小说社。"

二十七日（4月6日）　《天铎报》登"文明书局图书目录"广告，其"小说部书"一栏列有："《冶工轶事》一本三角五分，《稽者传》一本五角，《儿童修身之感情》一本二角五分，《铁世界》一本四角，《恨海春秋》一本三角五分，《血手印》一本三角。"

三月

十六日（4月25日）　《天铎报》连载《女侦探》毕。

二十四日（5月3日）　《天铎报》开始连载《理想的军机处》，至本月二十七日毕，标"短篇小说"，作者署"死公"。

二十七日（5月6日）　《天铎报》连载《理想的军机处》毕。

二十八日（5月7日）　《天铎报》开始连载《尼庵宴》，至四月二十三日毕，标"社会谐乘"，作者署"死公"。篇名下有注："刺孝廉方正也"。

四月

初四日（5月12日）　《天铎报》刊载"改良新小说"广告："《新儿女英雄》二册四角半，《新封神榜》一册四角半，《新官场现形记》一册四角半，《新石头记》八册一元五角，《岂有此理》一册三角半，《新杏花天》二册五角，《新桃花梦》一册三角，《新花月痕》二册五角，《新孽海花》二册四角，《新野叟曝言》四册七角。总发行所：上海麦家圈元记栈后所改良小说社。"

初九日（5月17日）　《天铎报》刊载"征求小说"广告："种类：言情小说、社会小说、短篇小说。体裁：文俗夹写，毋取高深。酬资：分三等：（甲）每千字二元，（乙）每千字一元半，（丙）每千字一元；全稿送阅，始定等第。代收处：上海望平街天铎报社。浙江日报馆启。"

十八日（4月27日）　　《天铎报》刊载《东岳会》，标"社会谐乘之一"，作者署"死公"。

二十三日（5月31日）　《天铎报》连载《尼庵宴》毕。

二十四日（6 月 1 日） 《天铎报》刊载《官话》，标"短篇小说"，作者署"死公"。其篇末云："'监督政府'四字，非该报馆之新发明，实报界应尽之责。以'监督政府'四字而封报馆，则可称该总督之新发明矣。出报第一天被封，真是报界第一遭奇遇，亦是官界第一人奇功。近闻鄂督撤参夏口厅同知冯箢箢，婉转乞怜，自谓有钤制报馆之能力。'钤制报馆'四字，可与'监督政府'作天然巧对。直隶一督，湖北一倅，突兀天壤间，孰谓中国无人？"

二十五日（6 月 2 日） 《天铎报》开始连载《鬼立宪》，至五月十三日毕，标"诙谐小说"，作者署"死公"。其篇首云："预备立宪，预备立宪！不但中国预备得很热闹，便是鬼国里面也奉到阎罗王预备立宪的上谕哩。这些鬼官鬼绅自从见了上谕明文，面子上便都鬼鬼祟祟，做那预备的勾当，好不兴头！"

二十七日（6 月 4 日） 《天铎报》刊载《四明日报》出版广告，其内容设有"小说"一栏："取其改良风俗、警醒国民者。"

五月

十三日（6 月 19 日） 《天铎报》连载《鬼立宪》毕。

十四日（6 月 20 日） 《天铎报》开始连载《新生计》，至七月十五日毕，标"社会谐乘"，作者署"死公"。篇名下注："讽地方绅士也"。

十八日（6 月 24 日） 《天铎报》连载《双鸳冢》毕。

十九日（6 月 25 日） 《天铎报》开始连载《恨海鹃声谱》，现所见连载至七月二十七日，篇末标"未完"，现不详何时连载毕。标"哀情小说"，作者署"天僇（王钟麒）"。

六月

初九日（7 月 15 日） 《天铎报》刊载"暑假消闲果，艳情小说《新茶花》上、下集广告"："是书久已风行海内，其中情节以上海唯一之名妓、茶花第二楼武林林为主，而又以近数十年社会之状态穿插之。非书肆近出之戏本一览无味者所可比。且戏本与'新茶花'三字毫不相关，吾不知何所取义，而必定名曰'新茶花'可异也。本书卷首插入武林林小影。价洋每集四角。家庭小说《母教》，价洋角半。寄售处：商务印书馆、中国图书公司、群学社、时中书局、集成图书公司、文明书局以及各大书局。"

七月

十五日（8月19日）《天铎报》连载《新生计》毕。

二十二日（8月26日）《天铎报》刊载商务印书馆"唯一无二之消夏品"广告。此广告此前已在五月十五日《时报》、五月十六日《神州日报》和七月十一日《新闻报》刊登过。

三年辛亥（1911）

四月

初三日（5月1日）《天铎报》连载《炙蛾镗》，现已至第十二回，始载日期不详，至六月十二日连载毕。标"外交秘史"，作者署"怀霜（李怀霜）"。现所见回目为：第十二回：抢夺爱情佳人掣肘，默持胜算大有深心；第十三回：婉折檀奴因憎割爱，善持玉体反败图功；第十四回：在户小星屡虚当夕，格喉大鲠一吐及时；第十五回：割席仓皇竟胎后祸，妆台奴隶更续前缘；第十六回：有隙即乘探骊珠窟，无隅可负殛虎璇闱；第十七回：祸水洪波沈沦强虏，远山浅黛倾倒士师；第十八回：罪暴服刑独投荒裔，功成受赏偕隐名湖。

初四日（5月2日）《天铎报》连载《鬼公堂案》，标"续"，始载日期不详，现所见连载至七月初二日，篇末标"未完"，连载结束时间不详。标"滑稽小说"，作者署"怀霜（李怀霜）"。

初九日（5月7日）《天铎报》"星期增刊"栏连载《钟鹬战争记》，标"续"，始载日期不详，至五月二十二日毕。标"寓言小说"，署"天啸生述"。

五月

初六日（6月2日）《天铎报》登"商务印书馆出版"广告，其中《东方杂志》："揭载法政、文学、理化、实业百科之学说，及中外时事、诗歌、小说。大本二百余页，字数二十万，图画数十百幅。"零售一册定价三角，邮费六分；预订十二册定价三元，邮费七角二分。《小说月报》："材料丰富，趣味渊永，译者皆有名之小说家，诚怡情悦性之妙品也。附插图画，精美夺目。"零售一册定价一角五分，邮费三分；预订十二册定价一元五角，邮费三角六分。

二十日（6月16日）　《天铎报》刊载《理想之侦探》，标"装愁盦随笔"，作者署"怀霜（李怀霜）"。其篇首云："庚子而还，国人迻译侦探小说，日益以繁，震惊欧美之侦探，亦日益以甚。醉心福尔摩斯信以为良有其人者，既诟病中国无侦探之善术，勉强效颦者，又复凭空结撰，远于事理。"

二十二日（6月18日）　《天铎报》连载《钟鹉战争记》毕。

二十五日（6月21日）　《天铎报》刊载《大腹老》，标"息庐丛录"，作者署"飘瓦"。其篇末云："飘瓦曰：今之吏，皆以吏为市者也。心摹力追，惟剥民脂膏之是务。迨至富拟王侯，又不知所以用财之道。有语以少布施人间者，则掩耳如不欲闻。吾见其入，不见其出。富者愈富，岂若辈所应独享者耶？若大腹老之所为，其诸盗亦有道者与（欤）？"

二十六日（6月22日）　《天铎报》刊载《白脸狼》，标"息庐丛录"，作者署"飘瓦"。

二十七日（6月23日）　《天铎报》刊载《秀才顶子》，标"息庐丛录"，作者署"飘瓦"。其篇首云："谚谓：秀才顶子，屁股架子。以余所闻，此高高在上者，不特不足增声价，且时以笑柄贻人。即以旧铜废铁等视，亦无不可。"

二十八日（6月24日）　《天铎报》刊载《巨熊》，标"息庐丛录"，作者署"飘瓦"。

二十九日（6月25日）　《天铎报》刊载《某明经》，标"息庐丛录"，作者署"飘瓦"。

六月

初二日（6月27日）　《天铎报》刊载《某中丞子》，标"息庐丛录"，作者署"飘瓦"。

初四日（6月29日）　《天铎报》刊载《赵封翁》，标"息庐丛录"，作者署"飘瓦"。

初五日（6 月 30 日）　《天铎报》刊载《谈虎》，标"息庐丛录"，作者署"飘瓦"。

初十日（7 月 5 日）　《天铎报》刊载《黄河神》，标"息庐丛录"，作者署"飘瓦"。其篇末云："某君读书明理，身列士林，所言犹如此，无论愚民甚矣，迷信之入人深也。"

十一日（7 月 6 日）　《天铎报》刊载《文人能武》，标"息庐丛录"，作者署"飘瓦"。

十二日（7 月 7 日）　《天铎报》连载《炙蛾镫》毕。刊载《某太史》，标"息庐丛录"，作者署"飘瓦"。刊载"实事小说《家庭惨史》出版"广告："此书专述上海某煤行主人某一生之丑历史。以为人浣衣起，如何而为跑街，如何而为买办，如何而为主人翁，如何而得捐道衔；及其家庭之怪现像，第二妾如何与衙司通奸，如何为其撞破，如何将其妾监禁。事迹确实，历历如绘，作者侦探所得，就事直书。现已付印，不日出版。"

十三日（7 月 8 日）　《天铎报》开始连载《同命鸳鸯》，现所见连载至本月三十日，篇末标"未完"，不详何时连载毕。标"哀情小说"，署"啸天生意译"。后连载时，篇名旁注"禁易名转载"。

十八日（7 月 13 日）　《天铎报》刊载《毁身求胜》，标"息庐丛录"，作者署"飘瓦"。

八月

初五日（9 月 26 日）　《天铎报》连载《罔两影》，标"续"，始载日期不详，现所见连载至本月十八日，篇末标"未完"，现不详何时连载毕。标"社会小说"，作者署"怀霜（李怀霜）"。其回目为：第一回：无底洞白日出妖魔，有情天良宵谭宪政；第二回：九尾狐能装四不像，反对党大骂赞成员。连载《剑血眉痕》，始载日期不详，现所见连载至本月十八日，篇末标"未完"，连载结束时间不详。标"如是我闻"，作者署"山华"。

初十日（10 月 1 日）　《天铎报》连载《梅娘小传》，标"续"，已至第三章，始载日期不详，现所见连载至本月二十四日，篇末标"未完"，连载结束时间不详。标"言情小说",署"啸天生述"。

十月

初二日（11月22日）《天铎报》连载《黄花岗还魂记》,标"续",始载日期不详,现所见连载至本月二十日,篇末标"未完",连载结束时间不详。标"滑稽小说",作者署"球魔"。

《天趣报》与小说相关编年

宣统朝

元年己酉（1909）

六月

十九日（8月4日）　　《天趣报》连载《珠玑巷》，未标小说类型，未署名，因缺仅见这一期，但同日登有相关的"本报增刊广东民族迁徙小说《珠玑巷》广告"，内容为："吾粤民族，颇为复杂，而最占多数者为汉种。考汉晋南下，自秦谪徙民始，乃各家氏族。稽其始迁祖，来自隋唐者已寡，遑论秦汉。大都于宋度宗咸淳九年，由南雄州珠玑巷迁，□□盖占十之六七焉。故吾粤谚语，多以咸淳年三字为名词。而珠玑巷故里，□久挂于妇孺之齿颊。然则南雄州珠玑巷，实为吾粤汉族先代起源之地。而咸淳年迁徙一事，足为吾粤汉族一大纪念，断可知也。惟此事国史地志，皆付缺如，而吾粤士夫，亦鲜有能言其详者。数典忘祖，记者病焉。用是不自揣度，搜宋元之遗籍，考各家之谱牒，于当时宫禁典仪之巨鹿，屠王骄相知故宝，靡不钩稽。而于吾粤民族迁徙之由来，尤为注意。按日排演，撰为《珠玑巷》即书，付印报末。谈民族迁徙者，其诸有取与是欤。"又，刊登"唯一趣致新书出版"广告："欧君博明，为报界中谐部之巨子，每出一艺，人争欢迎，笑谈□谣，谐文小说皆极趣妙，诚有目共赏者也。今选其佳作排印成帙，曰《空即色》，曰《情天孽警》，曰《上炉香》，曰《风花雪月》。《空即色》、《情天孽警》、《上炉香》皆欧君手笔；而《风花雪月》一书，选自欧君之作者亦居多数。各书均已出版，纸本精美，洋式钉装。发行处在十八甫《羊城日报》门底开新公司，各书坊均有寄售。《空即色》二毫，《上炉香》毫二半，《风花雪月》二毫半，《情天孽警》一毫半。"

二年庚戌（1910）

十月

二十二日（11月23日） 《天趣报》刊载《海上花吴蕊兰》，标"杂志小说"，署"著者司花"。

二十三日（11月24日） 《天趣报》刊载《海上花刘金枝》，标"短篇小说"，署"著者司花"。

三十日（12月1日） 《天趣报》刊载《海上花李蕴玉》，标"短篇小说"，署"著者司花"。

三年辛亥（1911）

二月

初二日（3月2日） 《天趣报》连载《过墟志》，注"伍续"，其开始连载当不迟于本年正月二十六日，至三月初五日连载毕，标"开国艳史"。此篇为清康熙时"墅西逸叟"所著。

初八日（3月8日） 《天趣报》刊载《猪八戒》，作者署"选"。其篇中有云："未几，吴中有冷血先生者，投书八戒，劝其留学外洋，八戒从之。"其篇末云："野史氏曰：大智若愚，大工若拙，古之隽语也。夫猪之至愚至拙，非冠乎其族类者乎？今八戒始以学佛空门，继则以留学外洋，独能窃智巧之名，以售其奸愿，然则亦可称之曰大愚若智，大拙若工者矣。噫！世之所谓大奸大愿，固孰非猪八戒之流亚哉。"

三月

初五日（4月3日） 《天趣报》连载《过墟志》毕。

初六日（4月4日） 《天趣报》开始连载《某州牧》，至本月初七日，标"短篇小说"，作者署"大哀"。

初七日（4月5日）　《天趣报》连载《某州牧》毕。

初八日（4月6日）　《天趣报》开始连载《潘狄》，至本月十一日，未署作者名。

初十日（4月8日）　《天趣报》刊载《排九传》，作者署"选"。

十一日（4月9日）　《天趣报》连载《潘狄》毕。

十二日（4月10日）　《天趣报》开始连载《不要米》，至本月十五日。刊载"《假夫妻》小说出世"广告："此书为本报记者大悲所撰，摹写梳佣之怪现状，绘景如生。现初脱稿，准于下礼拜一出版，按日排登，阅者当先睹为快。《天趣报》披露。"此广告又见于本月十四、十六日该报。

十四日（4月12日）　《天趣报》开始连载《假夫妻》，现见连载至四月初四日，注"未完"，现不详连载结束于何时。标"砭俗小说"，署"著者大悲"。本日开始连载第一回"蒲留仙笑判后庭花，秋雨庵笔记金兰会"。其篇首云："看官请了。前几日《天趣报》上不是有一段《假夫妻》出版的告白么？究竟这部书从那里说起呢？作者在五、六岁大的时候，偶然灯前饭后，听见人说故事，每每纠缠不了，定要听完，方肯罢休。到了十来岁，肚子里装载三几千字，就想自己看小说，省得仰仗别人。但是父兄师长往往说小说所载的故事，多不合正理，伤风败俗，莫此为甚，小孩子不该看这些闲书。那些腐的，不但不许看小说，甚至连正史也不许看，只要子弟死守一部高头讲章、几篇墨派八股。"该篇现所知其他回目为：第二回：峻拒新婚颠犁作赋，归宁不返弊习威风。第三回：娘子军大兴问罪师，夜叉女毒下杀人手。

十五日（4月13日）　《天趣报》连载《不要米》毕。

四月

十二日（5月10日）　《天趣报》开始连载《广东之革命潮》，现见连载至五月十七日，仍注"未完"。署"著者佛云"。现见其回目：第一章：穷党人之情天侠；第二章：七洲洋之自由舟。

《通问报》与小说相关编年

宣统朝

元年己酉（1909）

十月

　　《通问报》第三百七十八回登告示："本报小说另印单张，随报附送，阅者注意。"又，登"圣诞日馈送品"广告，言其书"颜色绫子面精巧装订"，书目上云："曩者有四教师问于有识之士曰：'今中国教会中所最缺少之书籍当推何种？'答曰：'惟有趣有益之小说耳。'本馆所集小说□□其□□乎？故特用颜色绫子为面，装订精雅，于圣诞日馈送，极为相配。只取工料洋若干，购者谅之。"具体书单为："《天路历程》，绫面三角，纸面一角五；《续天路历程》，绫面二角五，纸面一角二；《太特司小传》，绫面四角，纸面二角五分；《多谢安五传》，绫面二角，纸面四分；《第四博士传》，绫面二角，纸面五分；《大皇帝的差役》，绫面二角，纸面六分；《西史通俗演义》，绫面三角五，纸面二角；《幼女小信晷说》，绫面二角，纸面六分；《五更钟》，绫面四角，纸面二角五分；《强盗洞》，绫面三角五，纸面二角；《迟慢传》，绫面二角，纸面五分；《扣子记》，绫面二角五，纸面一角；《老恨狐传》，绫面二角五，纸面一角；《信徒真相》，绫面一角五，纸面三分；《主的金银》，绫面一角五，纸面二分；《买你自己的樱桃》，绫面二角，纸面五分；《信徒精粮》，绫面二角，纸面八分。上海北京路十八号，美华书馆。"《通问报》，美华书馆所办。其首页印"耶稣教家庭新闻"，"每礼拜出报一回，以五十回为一年"，"全年报价洋一元二角，连邮费在内"，"本馆开设上海北京路十八号"。

十一月

《通问报》第三百八十二回登告示："本报小说暂停。"

十二月

《通问报》第三百八十七期登"本报明年进行之方针"："……一，本报明年拟多用官话稿件，务使雅俗共赏，裨益群众；一，本报明年添印长篇改良社会小说《孽海光》，由知白子编辑，情节离奇，足可破迷；……"

《图画报》与小说相关编年

宣统三年辛亥（1911）

六月

十三日（7 月 8 日）　《图画报》继载《鸳鸯玦》，现所见至六月二十一日，未完，连载开始时间不详。标"侠情短篇小说"，署"蒋景缄著"。继载《滑头鉴》，现所见至六月二十一日，未完，连载开始时间不详。标"滑稽小说"，署"夏贵著"。该篇现所见回目如下：第一回：海天邨魏钧芷请客，大舞台薛杜华遇友；第二回：秋侠士演说时事，陆拓生识破机关。图画报馆设于上海四马路第四百九十七号门牌。全年定价十元。

二十一日（7 月 16 日）　《图画报》连载《鸳鸯玦》、《滑头鉴》现所见均至本日止，均未完，连载结束时间不详。

二十八日（8 月 23 日）　《图画报》续载《幽兰怨》，现所见至七月十七日，未完，连载开始时间不详。标"言情小说"，署"蒋景缄著"。续载《丐医》，仅见本期，未完，连载开始与结束时间不详。标"短篇小说"，未署作者名。

闰六月

十二日（8 月 6 日）　《图画报》续载《续桃源记》，至闰六月十六日，连载开始时间不详。标"短篇小说"，未署作者名。

十六日（8 月 10 日）　《图画报》连载《续桃源记》毕。

十七日（8 月 11 日）　《图画报》刊载《借款》，标"短篇意会小说"，未署作者名。

二十六日（8 月 20 日）　《图画报》续载《陈念三》，至本日毕，连载开始时间不详。标"短篇纪事小说"，未署作者名。

七月

初六日（8 月 29 日）　《图画报》刊载《杨评事》，标"短篇纪事小说"，未署作者名。

初七日（8 月 30 日）　《图画报》刊载《温孝子》，标"短篇纪事小说"，未署作者名。

十三日（9 月 5 日）　《图画报》续载《学界现形记》，现所见至七月十七日，未完，连载开始时间不详。署"吴和友稿"。现所见回目如下：第一回：乘长风黄人鉴出洋；第二回：争路权贾慰公开会。

十七日（9 月 9 日）　《图画报》连载《幽兰怨》、《学界现形记》现所见至本日止，未完，连载结束时间不详。

《图画日报》与小说相关编年

宣统朝

元年己酉（1909）

七月

初一日（8月16日）　《图画日报》第一号登"本报征求小说"广告："本报之设，为开通社会风气，增长国民智识，并无贸利之心。惟小说一门，最易发人警醒，动人观感。故本报逐日图绘社会小说《续繁华梦》及侦探小说《罗师福》二种，以饷阅者。惟逐日出版，著作需时。本馆同人除著述、编辑、调查外，惟日孳孳，大有日不暇给之势。伏念海内不乏通人，如蒙以有裨社会、有益人心世道之小说见贻，不拘体裁，长短咸宜，特备润资，以酬著作之劳。译本请勿见惠。务祈不吝珠玉，无任盼切。本馆著述部同人公布。"开始连载《罗师福》，至第一百五十四号，共载第一案十三章，第二案九章，未完。标"中国侦探"，署"南风亭长著"。《罗师福》第一案篇目如下：第一章：猝死；第二章：警惊；第三章：县审；第四章：请探；第五章：寄书；第六章：验尸；第七章：露奸；第八章：舆论；第九章：假票；第十章：改装；第十一章：入穴；第十二章：获据；第十三章：破案。《罗师福》第二案篇目如下：第一章：探谈；第二章：怪毙；第三章：舌战；第四章：奇缘；第五章：佳话；第六章：怪车；第七章：遇隐；第八章：骄客；第九章：验屋。刊载"绘图社会小说《续海上繁华梦》新书初集目录"之卷一至卷三。初集之卷一：第一回：贾敏士东游返斾，刘药孙南下卜居；第二回：雅叙园知己欢迎，怡情阁侍儿感旧；第三回：坐电车三更笑语，装风扇十索要求；第四回：刘药孙痛骂侯谱涛，温玉如误交萧怀策；第五回：陈列所购白衣绣像，新舞台演黑籍冤魂。卷二：第六回：戚祖贻酒后发狂言，萧怀策荼馀施密计；第七回：诈中诈楼台飘渺，酸里酸风雨飘摇；第八回：谢媒人阔摆十双抬，锁败子怒施三尺练；第九回：恶感情温玉如卧病，真智识谢幼安破奸；第十回：金烟筒不翼而飞，玉带扇有毛皆断。卷三：第十一回：镶牙齿啼妆献媚，打耳光闹宴发威；第十二回：小华园燕叱莺嗔，俱乐部茶温酒热；第十三回：萧怀策赠一瓶镪水，戚夫人吞半盒生烟；第十四回：大出丧人马喧阗，新开市笙歌热闹；第十五回：宅乱家翻祖贻求计，花明柳暗怀策设谋。《图画日报》每日出版一册，每册十二页，上海环球社发行，编辑有李涵秋、孙漱石（警梦痴仙）、蒋景缄等。

初二日（8月17日）《图画日报》第二号刊载"绘图社会小说《续海上繁华梦》新书初集目录"之卷四至卷六。卷四：第十六回：避暑园夜半听滩簧，留春榭途中遭恶剧；第十七回：看演龙银瓶乍破，捉快马铁笛惊鸣；第十八回：曾小溪肉割心头，贾扬仁眼生顶上；第十九回：圈的温三战三北，勃兰地一口一杯；第二十回：柳飞飞隔座送钩，花惜惜当场出彩；卷五：第二十一回：逼翻台戏弄甄兰坞，喊移茶触恼王柏台；第二十二回：施压力淡姆肆威，感前嫌阿珊撒泼；第二十三回：丑道台嬉皮厚脸，俏侍儿热讽冷嘲；第二十四回：杜少牧结伴游焦山，姚景史单骑走徐汇；第二十五回：病伤寒名医束手，戒佚游良友砭心。卷六：第二十六回：黄麓曦议娶醉月楼，金伯范怒捣留春榭；第二十七回：赏中秋桂花露冷，闹五更梅子风酸；第二十八回：除牌子将计就机，借公馆穷奢极侈；第二十九回：泄春光车夫饶舌，瞒夜雨侍婢耽心；第三十回：贾惺惺研究大餐间，柳飞飞发起女总会。

初三日（8月18日）《图画日报》第三号开始连载《续海上繁华梦》初集，至第三百十九号连载毕。标"绘图社会小说"，作者署"海上警梦痴仙戏梦"。开篇云："海上警梦痴仙著《海上繁华梦》新书，先后三册，都一百回，成于光绪戊戌己亥年间。初系一时游戏之作，乃出版后颇蒙阅者青睐，谓全书不特起讫一线，且摹写社会上交际一切，凡人心之狡险，世态之炎凉，荡子之痴迷，妓女之诈骗，类皆能深入显出，足使阅者增无限阅历，发无限感触，启无限觉悟，实为有功世道之书。以是遐迩风行，甚至南洋群岛，北漠遐陬，亦俱殷殷以得阅此书为盼。著者文字因缘，不知几生修到，诚非意计所及。惟是流光弹指，迄今倏已十年，风气微有不同，景物因之亦异。而此十年以来，社会上尽多可诧可惊、可笑可怜、可愤可悲、可讽可嘲之事，为前书所未及。痴仙不揣谫劣，因又戏撰续集百回，并循曩例，先出首集，以副阅者快睹。至于书中庄谐互见，虚实相生，规讽兼施、劝惩并寓之意，亦与前书同一着笔。是则阅者作社会小说观可，作警世小说观亦无不可也。正是：重看痴人说新梦，又教游子悟前非。续书的本旨已明，言归正传。"

八月

初十日（9月23日） 《图画日报》第三十九号刊载《辟谷》，标"警世短篇小说"，署"著者奇奇"。其篇末注："《繁华梦》暂停一日，明日续登。"

十一日（9月24日） 《图画日报》第四十号刊载《大王》，标"警世短篇小说"，署"著者奇奇"。

十六日（9月29日） 《图画日报》第四十五号刊载"本社特别广告"："一、海内外如有鸿篇钜制见贻者，当定格酬谢。愿任著述者，当函订。来稿不合，恕不作复。一、海内外不乏名画师，如以画件见赐者，当照本报篇幅放大四倍，用洁白洋纸图绘，照本报体裁，彼此合适，当延订。一、本报自八月起，每逢初一日、初十日、二十日，随报附赠《十日小说》一册，一月三册。一、本社自八月十五日起举行画谜，一月三次，逢五举行，逢二截卷，逢四揭晓。一月三次，射中者赠彩。一、本报出版以来，已逾匝月，而本外埠尚有未悉本报内容。如蒙本外埠热心君子介绍至五分以上者，另以一分为酬劳。半年者亦送半年，全年者亦送全年。一、本埠、外埠阅报诸君尚未知本报之体裁及内容者，只需以邮票十分寄交本馆，封面上书'上海四马路图书日报馆收'，本馆当将报纸三期寄呈。一、本外埠如欲定阅本报而不知本报住址者，于信封面上只书'上海环球社图书日报'字样，不论平常信、挂号信、快信，均能克期递到。"

九月

二十三日（11月5日） 《图画日报》第八十二号连载《罗师福》第

一案毕。篇末有注云："中国唯一大侦探《罗师福》第一案终，明日续登《罗师福》第二案。"

三十日（11 月 12 日） 《图画日报》第八十九号开始连载《亡国泪》，至第一百四十号连载毕。标"现世之活剧"，作者署"箫史（胡显伯）"。胡显伯（1881－1948），名震，字显伯，以字行，号竹溪。该篇篇首云："呜呼！亡国之人种愁忍言哉！帝子则面缚舆梓，青衣行酒；臣工则禁门拷打，东海蹈波。一般士女人民，又不免奴隶军囚，流娼行乞。满目黍禾，随在荆棘，欲生不得，欲死无由。使铁石心肠人，也不忍闻见，而况多情种子。原始同胞，得不异样心伤，放声痛哭。即阅是编者，恐亦掩卷欷歔，不忍卒读也。"章节依次为：愤国、泣诉、谋变、出亡、闻歌、题壁、复仇、蹈海、遇救、图强、避难、遇骗、计诱、逼娼、入籍、侠救、惊梦、阅报、题箪、原党、会议、誓杀、出发、寻仇、来游、仇击、殉难、志伤。

十月

十二日（11 月 24 日） 《图画日报》第一百零一号登"醒世新小说出版"广告："往岁道出秦淮，于旧书滩（摊）上购得古本《杏花天》、《桃花梦》等小说数种。清词丽句，往复缠绵，其思想之新奇，宗旨之醇正，较市上流行淫靡之本，迥不相同。惜鼠伤过半，深以未睹全豹为恨。今夏忽于香梦词人案头见所批之《新杏花天》、《桃花新梦》等书，觉绮思藻合，奇趣横生，令人爱不忍释。因以重价购归，付之手民，以为喜阅小说诸君酒后茶馀之一助。售价列后：《绘图真杏花天》二册五角，《绘图桃花新梦》一册三角。寄售处：棋盘街鸿文书局，麦家圈改良小说社。此广告又见于第一百零二号、第一百十二号、第一百十三号、第一百十八号、第一百二十号至第一百三十四号该报。

十一月

初五日（12 月 17 日） 《图画日报》第一百二十四号开始连载《秭归声》，至第一百七十二号止，未完。标"中国苦情小说"，作者署"景"。第一章：侦夫；第二章：旅困；第三章：鸩媒；第四章：赚归；第五章：舟话。

二十一日（1月2日）　《图画日报》第一百四十号连载《亡国泪》
毕。

十二月

初六日（1月16日）　《图画日报》第一百五十四号连载《罗师福》
第二案第九章毕，其篇末云："第九章完。其第十章，稿未寄到，不得不
暂停数日，而以短篇小说权为替代。阅者量（谅）之。"但此后未见续
载。

初七日（1月17日）　《图画日报》第一百五十五号开始连载《碧玉
狮》，至第一百五十六号连载毕。标"短篇小说"，作者署"香"。

初八日（1月18日）　《图画日报》第一百五十六号连载《碧玉狮》
毕。

初九日（1月19日）　《图画日报》第一百五十七号刊载《赵三娘》，
标"短篇小说"，作者署"梦"。

初十日（1月20日）　《图画日报》第一百五十八号刊载《东越某
生》，标"寓言"，作者署"香"。其篇末云："此事余在浙江世廉访幕
中，同事诸暨史直哉为余言。某生者，其中表也。时己亥冬十一月。"

十一日（1月21日）　《图画日报》第一百五十九号刊载《恶因缘》，
标"奇情小说"，作者署"香"。其篇末云："皖南胡生为余述之，而质余
理由之曷在。余穷索累日，莫得其理由，仅曰：'此恶因缘也。'"

十二日（1月22日）　《图画日报》第一百六十号刊载《爱里斯》，
标"格致小说"，作者署"香"。

十三日（1月23日）　《图画日报》第一百六十一号开始连载《沈莺
娘》，至第一百六十三号连载毕。标"格致小说"，作者署"香"。

十五日（1月25日）　《图画日报》第一百六十三号连载《沈莺娘》
毕。

十六日（1月26日）　《图画日报》第一百六十四号开始连载《梅太
史》，至第一百六十五号连载毕。标"奇情短篇小说"，作者署"笑龛"。

十七日（1月27日）　《图画日报》第一百六十五号连载《梅太史》
毕。

十八日（1月28日）　《图画日报》第一百六十六号开始连载《申

母》，至第一百七十一号连载毕。标"醒世小说"，作者署"夏三郎"。

二十三日（2月2日）《图画日报》第一百七十一号连载《申母》毕。

二十四日（2月3日）《图画日报》第一百七十二号刊载《牛八》，标"野蛮小说"，作者署"余子"。其篇末云："邻家子考亭后人为余言之。余方从事短篇小说，握管支，颇苦之材料，乃摭拾其说，以弥今日之课。"连载《秭归声》至本号止，但未完。

二年庚戌（1910）

正月

初四日（2月13日）《图画日报》第一百七十三号刊载《福如海》，标"如意小说"，作者署"三郎"。其篇首云："庚戌元旦，聚家人于一室。既醉且饱，将从事撰述。儿曹请曰：'献岁第一章，要作欢声，否则社会不欢迎，将奈何？'余闻而笑曰：'汝也知社会之情状耶？无已，姑勉汝请。'因记得丁未元旦花多福校书快心一则，书之。"

初五日（2月14日）《图画日报》第一百七十四号刊载《王福》，标"警世小说"，作者署"三郎"。

初六日（2月15日）《图画日报》第一百七十五号刊载《龙官》，标"写情小说"，作者署"香"。

初七日（2月16日）《图画日报》第一百七十六号开始连载《杨三》，至第一百七十七号连载毕。标"滑稽小说"，作者署"天公"。

初八日（2月17日）《图画日报》第一百七十七号连载《杨三》毕。

初九日（2月18日）《图画日报》第一百七十八号开始连载《魏葆英》，至第一百八十一号连载毕，标"滑稽小说"，作者署"经天略"。

十二日（2月21日）《图画日报》第一百八十一号连载《魏葆英》毕。

十三日（2月22日）《图画日报》第一百八十二号刊载《高生》，标"破迷小说"，作者署"解虚"。

十四日（2 月 23 日）　《图画日报》第一百八十三号开始连载《金鹅》，至第一百八十四号连载毕。标"短篇小说"，作者署"镜中人"。

十五日（2 月 24 日）　《图画日报》第一百八十四号连载《金鹅》毕。

十六日（2 月 25 日）　《图画日报》第一百八十五号开始连载《犹太人》，至第一百八十六号连载毕。标"短篇小说"，作者署"镜中人"。

十七日（2 月 26 日）　《图画日报》第一百八十六号连载《犹太人》毕。

十八日（2 月 27 日）　《图画日报》第一百八十七号开始连载《金山大王》，至第一百八十九号连载毕，标"天方小说"，作者署"穆罕"。

二十日（3 月 1 日）　《图画日报》第一百八十九号连载《金山大王》毕。

二十一日（3 月 2 日）　《图画日报》第一百九十号开始连载《狐》，至第一百九十四号连载毕。标"天方小说"，作者署"穆罕"。

二十五日（3 月 6 日）　《图画日报》第一百九十四号连载《狐》毕。

二十六日（3 月 7 日）　《图画日报》第一百九十五号开始连载《贼伯伯》，至第一百九十七号连载毕。标"义侠小说"，署"夏三郎著"。

二十八日（3 月 9 日）　《图画日报》第一百九十七号连载《贼伯伯》毕。

二十九日（3 月 10 日）　《图画日报》第一百九十八号开始连载《二舆夫》，至第二百零四号连载毕。标"醒世小说"，作者署"天略"。

二月

初六日（3 月 16 日）　《图画日报》第二百零四号连载《二舆夫》毕。其篇末云："此一篇琴心剑胆生为余言。生岳人也，言是仅五十年前事。其尊人曾见乙女，设小酒肆于芜湖江干，辄为沽酒者言之，且云见时女四十许，欣欣硕人也。余尝断甲子似不应占壬科名，或遗善相者细思之，亦非的论也。乃泄笔记之，以质善断之老吏，或能揭发其余蕴。

十九日（3 月 29 日）　《图画日报》第二百十七号开始连载《青衣节》，至第二百十八号连载毕。标"短篇小说"，未署作者名。

二十日（3 月 30 日）　《图画日报》第二百十八号连载《青衣节》

毕。

二十一日（3月31日）《图画日报》第二百十九号开始连载《自由针》，至第二百二十二号连载毕。标"滑稽短篇小说"，未署作者名。

二十四日（4月3日）《图画日报》第二百二十二号连载《自由针》毕。

二十五日（4月4日）《图画日报》第二百二十三号开始连载《黑籍魂》，至第二百二十四号连载毕。标"社会小说"，未署作者名。此篇早前刊载于本年正月十七日《中西日报》和正月二十一日《通俗日报》，作者署"奇"。

二十六日（4月5日）《图画日报》第二百二十四号连载《黑籍魂》毕。

二十七日（4月6日）《图画日报》第二百二十五号开始连载《亡国志士》，至第二百二十八号连载毕。标"社会小说"，未署作者名。

二十八日（4月9日）《图画日报》第二百二十八号连载《亡国志士》毕。

三月

初一日（4月10日）《图画日报》第二百二十九号开始连载《骆驼侦探》，至第二百三十号连载毕。标"短篇小说"，未署作者名。

初二日（4月11日）《图画日报》第二百三十号连载《骆驼侦探》毕。

初三日（4月12日）《图画日报》第二百三十一号开始连载《游春》，至第二百三十二号连载毕。标"社会小说"，未署作者名。

初四日（4月13日）《图画日报》第二百三十二号连载《游春》毕。

初五日（4月14日）《图画日报》第二百三十三号开始连载《马义士》，至第二百三十五号连载毕。标"义烈小说"，未署作者名。

初七日（4月16日）《图画日报》第二百三十五号连载《马义士》毕。

初八日（4月17日）《图画日报》第二百三十六号开始连载《斯文劫》，至第二百三十七号连载毕。标"短篇小说"，未署作者名。

初九日（4月18日）《图画日报》第二百三十七号连载《斯文劫》毕。其篇末云："措大何人？塾师陈义也；公堂何地？顺德县署也；受责何事？民事诉讼：与富室罗某争执铺界也。噫！此谓之停止刑讯。"

初十日（4月19日）《图画日报》第二百三十八号刊载《乞人传》，标"短篇滑稽小说"，未署作者名。

十三日（4月22日）《图画日报》第二百四十一号开始连载《二千贯》，至第二百四十二号连载毕。标"社会小说"，未署作者名。

十四日（4月23日）《图画日报》第二百四十二号连载《二千贯》毕。

十五日（4月24日）《图画日报》第二百四十三号开始连载《恶姻缘》，至第二百四十五号连载毕。标"短篇小说"，未署作者名。

十七日（4月26日）《图画日报》第二百四十五号连载《恶姻缘》毕。

十八日（4月27日）《图画日报》第二百四十六号开始连载《博徒指》，至第二百四十七号连载毕。标"警世小说"，未署作者名。

十九日（4月28日）《图画日报》第二百四十七号连载《博徒指》毕。

二十日（4月29日）《图画日报》第二百四十八号开始连载《烟签壮士》，至第二百五十三号连载毕。标"短篇小说"，未署作者名。

二十五日（5月4日）《图画日报》第二百五十三号连载《烟签壮士》毕。

二十六日（5月5日）《图画日报》第二百五十四号开始连载《秘密运动》，至第二百五十五号连载毕。标"怪像小说"，未署作者名。

二十七日（5月6日）《图画日报》第二百五十五号连载《秘密运动》毕。

二十八日（5月7日）《图画日报》第二百五十六号开始连载《智贼》，至第二百五十七号连载毕。标"短篇小说"，未署作者名。

二十九日（5月8日）《图画日报》第二百五十七号连载《智贼》毕。

四月

初一日（5月9日） 《图画日报》第二百五十八号开始连载《河南某氏传》，至第二百六十二号连载毕。标"短篇小说"，未署作者名。

初五日（5月13日） 《图画日报》第二百六十二号连载《河南某氏传》毕。

初七日（5月15日） 《图画日报》第二百六十四号开始连载《林召堂》，至第二百六十六号连载毕。标"短篇小说"，未署作者名。

初九日（5月17日） 《图画日报》第二百六十六号连载《林召堂》毕。其篇末云："此事为故老所传，当开通时代，固不应如此，然粤省迷信风水，由来已久，将无当时故神其说欤？"

初十日（5月18日） 《图画日报》第二百六十七号开始连载《义犬》，至第二百六十八号连载毕。标"短篇小说"，未署作者名。

十一日（5月19日） 《图画日报》第二百六十八号连载《义犬》毕。

十二日（5月20日） 《图画日报》第二百六十九号开始连载《王蝶梅》，至第二百七十一号连载毕。标"短篇小说"，未署作者名。

十四日（5月22日） 《图画日报》第二百七十一号连载《王蝶梅》毕。

十五日（5月23日） 《图画日报》第二百七十二号开始连载《诗人苦》，至第二百七十四号连载毕。标"短篇滑稽小说"，未署作者名。

十七日（5月25日） 《图画日报》第二百七十四号连载《诗人苦》毕。

十八日（5月26日） 《图画日报》第二百七十五号开始连载《审奸案》，至第二百七十七号连载毕。标"短篇小说"，未署作者名。

二十日（5月28日） 《图画日报》第二百七十七号连载《审奸案》毕。其篇末云："此事为余同谱某君所目击，昨为余言之。"

二十一日（5月29日） 《图画日报》第二百七十八号开始连载《野田草露》，至第二百七十九号连载毕。标"怪象小说"，未署作者名。

二十二日（5月30日） 《图画日报》第二百七十九号连载《野田草露》毕。

二十三日（5月31日）　《图画日报》第二百八十号开始连载《求雨》，至第二百八十一号连载毕。标"写真小说"，未署作者名。

二十四日（6月1日）　《图画日报》第二百八十一号连载《求雨》毕。

二十五日（6月2日）　《图画日报》第二百八十二号开始连载《童疯子传》，至第二百八十三号连载毕。标"短篇小说"，未署作者名。

二十六日（6月3日）　《图画日报》第二百八十三号连载《童疯子传》毕。

二十七日（6月4日）　《图画日报》第二百八十四号开始连载《化骨草》，至第二百八十七号连载毕。标"短篇小说"，未署作者名。

五月

初一日（6月7日）　《图画日报》第二百八十七号连载《化骨草》毕。

初二日（6月8日）　《图画日报》第二百八十八号开始连载《迷信之学校》，至第二百八十九号连载毕。标"短篇小说"，未署作者名。

初三日（6月9日）　《图画日报》第二百八十九号连载《迷信之学校》毕。

初四日（6月10日）　《图画日报》第二百九十号开始连载《虎穴》，至第二百九十三号连载毕。标"短篇小说"，未署作者名。

初七日（6月13日）　《图画日报》第二百九十三号连载《虎穴》毕。其篇末云："忽梦有人告予曰：'不入虎穴，焉得虎子。毋自馁也。'予然其说，因提笔为之记。"

初八日（6月14日）　《图画日报》第二百九十四号开始连载《清理积案》，至第二百九十五号连载毕。标"短篇怪像小说"，未署作者名。

初九日（6月15日）　《图画日报》第二百九十五号连载《清理积案》毕。

初十日（6月16日）　《图画日报》第二百九十六号开始刊载《女马贼》，至第三百号连载毕。标"短篇小说"，未署作者名。

十四日（6月20日）　《图画日报》第三百号连载《女马贼》毕。

十五日（6月21日）　《图画日报》第三百零一号开始连载《捕贼

署》，至第三百零三号连载毕。标"短篇小说"，未署作者名。

十七日（6月23日）　《图画日报》第三百零三号连载《捕贼署》毕。

十八日（6月24日）　《图画日报》第三百零四号开始连载《黑钱》，至第三百零五号连载毕。标"短篇怪像小说"，未署作者名。

十九日（6月25日）　《图画日报》第三百零五号连载《黑钱》毕。

二十日（6月26日）　《图画日报》第三百零六号开始连载《魔妻》，至第三百十号连载毕。标"短篇小说"，未署作者名。此篇原载本月十四日《申报》，未署作者名。

二十四日（6月30日）　《图画日报》第三百十号连载《魔妻》毕。

二十五日（7月1日）　《图画日报》第三百十一号开始连载《妄杀鸣冤》，至第三百十四号连载毕。标"短篇小说"，未署作者名。

二十八日（7月4日）　《图画日报》第三百十四号连载《妄杀鸣冤》毕。

二十九日（7月5日）　《图画日报》第三百十五号开始连载《学究苦》，至第三百二十四号连载毕。标"短篇小说"，未署作者名。

六月

初三日（7月9日）　《图画日报》第三百十九号连载《续海上繁华梦》初集毕。其篇末云："二集即出。明日续登二集目次。"

初四日（7月10日）　《图画日报》第三百二十号刊载"绘图社会小说《续海上繁华梦》二集新书目录"之卷一至卷三。卷一：第一回：珊家园狂花大会，安垲地名士论交；第二回：白也湘玉蟹舒箝，邢惠春金蝉脱壳；第三回：张园开出品协会，旅馆闹禁烟新闻；第四回：楼上楼白也湘逞能，输里输曲珏之发急；第五回：贾惺惺复为冯妇，柳依依权拜干娘。卷二：第六回：山西老无面还乡，湖北人有心入局；第七回：倒脱靴反遭靴倒脱，偷抬轿不许轿偷抬；第八回：调丝弄竹弱女伤心，接木移花侍儿巧智；第九回：刘药苏痛怜花惜惜，戚祖诒赏识贾惺惺；第十回：胡太守赔了夫人，侯观察密遣侦探。卷三：第十一回：泄机关女总会被捕，全名节各公馆乞情；第十二回：邢惠春母女飘零，白肖湘兄妹失窃；第十三回：一奴伤肝瞳人反背，白金医病荡子痴情；第十四回：戆皮人曲院谈文，大力士张园耀武；第十五回：演说台笑倒甄敏士，选举票气坏浦香荪。

初五日（7月11日）《图画日报》第三百二十一号登"绘图社会小说《续海上繁华梦》二集新书目录"之卷四至卷六。卷四：第十六回：办学堂四处写捐钱，吞庵产一场无结果；第十七回：羞见人乡绅托病，惨觅死祖诒悼亡；第十八回：醉月楼脂粉送丧，卫旦桥烟霞结契；第十九回：假知己引出真知己，得便宜不道失便宜；第二十回：大舞台客串登场，小弄堂狂花设阱。卷五：第二十一回：戚祖诒剥衣被困，萧怀策排闼议和；第二十二回：黑吃黑半夜蛮争，强遇强一场混斗；第二十三回：不死不生弟兄同病，疑神疑鬼朋友担惊；第二十四回：天仙园伤药回春，泰和馆花香醉客；第二十五回：四副一场和廿场易碰，双台连夜酒十夜何妨。卷六：第二十六回：贾惺惺四面圆融，柳依依一腔幽怨；第二十七回：毒棒误伤红粉面，淤泥透出白莲花；第二十八回：撞木钟枉费劳心，修火表触来恶智；第二十九回：三更天密谋乞邻居，一场火得意变财东；第三十回：戚祖诒夜走抛球场，谢幼安约观劝业会。

初七日（7月13日）《图画日报》第三百二十三号开始连载《续海上繁华梦》二集，至四百零四号第二集第八回，未完。

初八日（7月14日）《图画日报》第三百二十四号连载《学究苦》毕。

初九日（7月15日）《图画日报》第三百二十五号刊载《落得打》，标"短篇小说"，未署作者名。

初十日（7月16日）《图画日报》第三百二十六号开始连载《嫁时衣》，至第三百二十八号连载毕。标"短篇小说"，未署作者名。

十二日（7月18日）《图画日报》第三百二十八号连载《嫁时衣》毕。

十三日（7月19日）《图画日报》第三百二十九号开始连载《培塿松》，至第三百三十一号连载毕。标"短篇小说"，未署作者名。

十五日（7月21日）《图画日报》第三百三十一号连载《培塿松》毕。

十六日（7月22日）《图画日报》第三百三十二号开始连载《米中蠹》，至第三百三十四号连载毕。标"短篇箴规小说"，未署作者名。

十八日（7 月 24 日）《图画日报》第三百三十四号连载《米中蠹》毕。

十九日（7 月 25 日）《图画日报》第三百三十五号开始连载《三大》，至第三百三十六号连载毕。标"短篇诙谐小说"，未署作者名。此篇原载本月初八日《国民报》，作者署"一棒"。

二十日（7 月 26 日）《图画日报》第三百三十六号连载《三大》毕。

二十一日（7 月 27 日）《图画日报》第三百三十七号开始连载《某汛官》，至第三百四十号连载毕。标"短篇小说"，未署作者名。

二十四日（7 月 30 日）《图画日报》第三百四十号连载《某汛官》毕。

二十五日（7 月 31 日）《图画日报》第三百四十一号开始连载《古侠记》，至第三百四十七号连载毕。标"短篇小说"，未署作者名。

七月

初二日（8 月 6 日）《图画日报》第三百四十七号连载《古侠记》毕。

初三日（8 月 7 日）《图画日报》第三百四十八号开始连载《一文钱》，至第三百五十号连载毕。标"短篇寓言小说"，未署作者名。此篇原载本年六月十九日《国民报》，作者署"哲"。

初五日（8 月 9 日）《图画日报》第三百五十号连载《一文钱》毕。

初六日（8 月 10 日）《图画日报》第三百五十一号开始连载《方翀亮》，至第三百五十九号连载毕。标"短篇传记小说"，未署作者名。

十四日（8 月 18 日）《图画日报》第三百五十九号连载《方翀亮》毕。

十五日（8 月 19 日）《图画日报》第三百六十号开始连载《小河沿》，至第三百六十一号连载毕。标"短篇小说"，未署作者名。

十六日（8 月 20 日）《图画日报》第三百六十一号连载《小河沿》毕。

十七日（8 月 21 日）《图画日报》第三百六十二号开始连载《赤凤来》，至第三百六十三号连载毕。标"短篇时事小说"，未署作者名。

十八日（8月22日）　《图画日报》第三百六十三号连载《赤凤来》毕，但篇末误标"未完"。

十九日（8月23日）　《图画日报》第三百六十四号开始连载《遇虎记》，至第三百七十一号连载毕。标"短篇小说"，未署作者名。

二十六日（8月30日）　《图画日报》第三百七十一号连载《遇虎记》毕。其篇末云："雌老虎之威风，真可畏哉！其名又唤小老虎，适与其人相似，可谓名副其实矣。时则雨细如丝，炊烟四起，记者乃驱车而归。于是挑灯秉笔作《遇虎记》。"

二十七日（8月31日）　《图画日报》第三百七十二号开始连载《猛虎》，至第三百七十六号连载毕。标"短篇寓言小说"，未署作者名。此篇同时连载于本年七月二十七日新加坡《星洲晨报》，著者署名"□郎稿"；后又载于本年九月十六日美国旧金山《中西日报》，未署著者名。

八月

初一日（9月4日）　《图画日报》第三百七十六号连载《猛虎》毕。

初二日（9月5日）　《图画日报》第三百七十七号开始连载《激变世界》，至第三百七十九号连载毕。标"短篇悲愤小说"，未署作者名。此篇又见载于本年七月二十六日新加坡《星洲晨报》。

初四日（9月7日）　《图画日报》第三百七十九号连载《激变世界》毕。

初五日（9月8日）　《图画日报》第三百八十号开始连载《媚外之夫》，至第三百八十三号连载毕。标"短篇悲愤小说"，未署作者名。此篇又见载于本年八月初二日新加坡《星洲晨报》。

初八日（9月11日）　《图画日报》第三百八十三号连载《媚外之夫》毕。其篇末云："噫，若甲者，弃结发之妻而媚于异种，真人面兽心，狗彘亦不食其肉矣。"

初九日（9月12日）　《图画日报》第三百八十四号开始连载《睄野》，至第三百八十五号连载毕。标"短篇小说"，未署作者名。

初十日（9月13日）　《图画日报》第三百八十五号连载《睄野》毕。

十一日（9月14日）　《图画日报》第三百八十六号开始连载《恶

鬼》，至第三百八十八号连载毕。标"短篇寓意小说"，未署作者名。此篇又见载于本年七月二十八日新加坡《星洲晨报》。

十三日（9月16日）　《图画日报》第三百八十八号连载《恶鬼》毕。

十五日（9月18日）　《图画日报》第三百八十九号开始连载《赤来凤》，至第三百九十八号连载毕。标"短篇寓意小说"，未署作者名。

二十三日（9月26日）　《图画日报》第三百九十八号连载《赤来凤》毕。

二十四日（9月27日）　《图画日报》第三百九十九号开始连载《文明梦》，至第四百零一号连载毕。标"短篇寓意小说"，未署作者名。

二十六日（9月29日）　《图画日报》第四百零一号连载《文明梦》毕，但篇末误标"未完"。其篇末云："呵呵！吾梦也，是耶，非耶？否耶，真耶？吾不愿尘尘世界，演此恶剧；吾更不愿灿灿女儿花，演此恶果。勉哉！爱国女儿，吾不甘与子同梦此镜花水月之文明。"

二十七日（9月30日）　《图画日报》第四百零二号开始连载《座上囚》，至第四百零四号连载毕。标"短篇小说"，未署作者名。此篇又见载于本年九月初九日新加坡《星洲晨报》。

二十九日（10月2日）　《图画日报》第四百零四号连载《座上囚》毕。其篇末云："此某省新出之轶事。吾人每谓华官之对待囚犯极不文明，试观此事；其果文明否耶？恐最称文明之白种人，亦未可臻此。向之谓不文明者，能毋杜口。"连载《海上繁华梦》至第二集第八回，其末云："警梦痴仙著书至此，这《续繁华梦》二集第八回没完。本当一口气说下，无奈《图画日报》今天忽然停了，对不起看书诸君，这回书也只好半途而止。倘然要看全集，且俟得暇续完。新闻纸有出版广告，在那家发行。请费几角洋钱，买部全书看罢。然而心上却抱歉得很呢。"《图画日报》至此停刊。

《图画新闻》与小说相关编年

宣统二年庚戌（1910）

五月

初二日（6 月 8 日）　《舆论时事报》之《图画新闻》连载《自由镜》，已连载至第二十一章，不知连载始于何时；现所见连载至五月三十日，篇末标"未完"，连载结束时间不详。标"社会小说"，署"蒋景缄著"。现所见回目为：第二十一章：赠币；第二十二章：期爽；第二十三章：绐嫂；第二十三章：遘暴；第二十五章：侦兰；第二十六章：梦警；第二十七章：疑伻。

八月

初九日（8 月 13 日）　《舆论时事报》之《图画新闻》开始连载《芦花棒喝记》十八章，至本年十月十八日毕，标"家庭小说"，署"蒋景缄著"。现所见回目为：第九章：侦眠；第十章：趣归；第十一章：虐女；第十二章：获书；第十三章：诇念；第十四章：斥奸；第十五章：留通；第十六章：幻游；第十七章：影战；第十八章：惊眠。

二十一日（9 月 24 日）　《舆论时事报》自今日起改名为《时事报》。

十月

十八日（11 月 19 日）　《时事报》之《图画新闻》连载《芦花棒喝记》毕。其篇末有"天寄生笔述既竟"之语，"天寄生"当为蒋景缄之号。

　　十九日（11 月 20 日）　《时事报》之《图画新闻》开始连载《盗窟花》，现见连载至十月三十日，篇末标"未完"，连载结束时间不详。标"侠情小说"，署"蒋景缄著"。现所见回目为：第一章：推产；第二章：赚爱；第三章：警幻。

《吴声》与小说相关编年

宣统三年辛亥（1911）

七月

初一日（8月24日）《吴声》第一年第二期开始连载《三十分钟之教员》，标"滑稽短篇"，作者署"瞻"（程瞻庐）。开始连载《梦游记》，标"滑稽短篇"，作者署"病蝉"。开始连载《抱蛇记》，标"长篇小说"，署"著者瞻庐"（程瞻庐），该篇现所见回目：第一回：古槐林无端发弹，芳草地有意寻鸦；第二回：因校猎国王遇美，为寻踪墨儿惊心。开始连载《未亡人》，标"长篇小说"，作者署"双热"（吴双热）。开始连载《冤狱》，标"长篇小说"，作者署"九二"。该篇现所见回目：第一回：怨红颜娇小姐落发，施青眼老太爷建庵。以上五篇连载结束时间均不详。《吴声》第一年第二期、第一年第三期分别发行于本年七月初一日与八月初一日，其创刊当为本年六月初一日；由"本期月刊正误表"知，《吴声》第一年第一期至少刊载小说四篇。《吴声》由程瞻庐、杨寿人创办，吴声社编辑，为苏州文学社团吴声社的社刊，编辑所与总发行所设苏州阊门内都亭桥新闻报分馆。该刊首期为油印本，第二期起为铅印线装本，"定价每册大洋一角"。

八月

初一日（9月22日）《吴声》第一年第三期刊载《李代桃僵》，标"短篇小说"，作者署"梅梦"。开始连载《鸳鸯梦》，篇末标"未完"，现不知何时连载结束，标"哀情短篇"，作者署"漱玉"。继续连载《三

十分钟之教员》、《梦游记》、《未亡人》与《抱蛇记》，前三篇篇末均标
"未完"，《抱蛇记》篇末云："毕竟墨儿发现的是什么，下回宣布。"以
上四篇连载结束时间不详。

《厦门日报》与小说相关编年

宣统朝

元年己酉（1909）

正月

二十五日（2月15日） 《厦门日报》载"厦门商务文明图书公司广告"："新开上海书局，减价暂取六折；远处再限一月，诸君从速惠顾。"其中有"新小说类照码六扣：《宦海风波》初集三角，又，二集三角，又，三集三角，《杨贵妃》二角，《大少爷回头看》一角五分，《风流眼前报》一角，《男女交合》洋银一角，《陈世美不认妻》一角，《怕老婆》一角，《名妓花史》一角，《李春来》一角，又，后（集）一角，《上海大闹公堂》二角，《中西伟人传》四角，《广东繁华梦》五角。""闲书类俱是实银：《绘图三国演义》三角，《列国志》三角，《封神》三角，《聊斋志异》三角，《隋唐演义》四角，《东西汉》三角，《镜花缘》三角，《万年青全集》三角，《说岳全传》三角，《六才子》二角，《今古奇闻》二角，《后列国志》二角，《拳匪纪略》二角，《七才子琵琶记》二角，《新聊斋》二角，《万花楼》二角，《四香缘》二角，《稀奇古怪》一角，《红梅阁鬼姻缘》一角五分，《银瓶梅痴学》一角，《名妓争风》一角，《草木春秋》一角，《说唐全传》三角，《谐铎》二角，《梦里一片情》五角，《红楼圆梦》一角，《九美夺夫》一角，《一见哈哈笑》一角。"

具体日期未详 《厦门日报》载《雌雄剑》，标"短篇侠义小说"，未署名。该篇末有按语："莫等闲斋主人曰：'此盖团匪煽乱时事也。'"

作者当为"莫等闲斋主人"。

二年庚戌（1910）

正月

初十日（2月19日）　《厦门日报》开始连载章回小说《台湾外记新编前传》，至三月二十六日。未标小说类型，未署作者名。目前见到的有"第一回：江夏侯感梦宝穴，俞咨皋被贼伤身；第二回：大清王燕京定鼎，史可法南京立帝；第三回：弘光主贪色亡国，洪承畴定计招安；第四回：孔尚耿受封王爵，黄道周援立明朝；第五回：刘亨卖盐遭人命，赵成执贼送官司；第六回：颜思齐心交刘亨，陈魁奇初会谢祥；第七回：陈魁奇念怀故友，谢祥官诗浦寄宿；第八回：恨贪眠魁奇误事，念深情谢祥失身；第九回：用深意谢祥交友，恃暴强国后留情"。

二月

二十一日（3月31日）　《厦门日报》刊载告示："小说暂停。"《台湾外记新编前传》至本月二十九日起开始继续连载。

三月

二十六日（5月5日）　《厦门日报》连载《台湾外记新编前传》第九回，篇末标"未完"，此后未再载，缘由见翌日"本馆特白"。

二十七日（5月6日）　《厦门日报》刊载停止连载《台湾外记新编前传》告白："启者：本报所登《台湾外记》之小说，系属友人来稿，其始原取其事实，故聊以登载，故笔墨之粗俚，亦不之计。讵登至第八回，因其中语近秽亵，本报应行删除不用。不料又被手民误排，合应取消。兹特将小说一门暂停，容俟有妥正新奇之件，再行续刊。阅报诸君幸祈谅之。本馆特白。"

《笑林报》与小说相关编年

光绪朝

二十七年辛丑（1901）

二月

十四日（4月2日） 《笑林报》刊载"本馆告白"："本报不惜巨资，附送新出《仙侠五花剑》奇书。此书力辟托名剑侠各小说之谬，素无刊本，非近今坊间新出各书所□同日而语。并请名手绘成图像，准期二十八日为始，每日随报附送一页，不致间断。又请笑笑社同人制有灯虎一千条，于二（月）拾九日为始，每日刊录拾条，由本馆备具各种书籍及书画、扇对、香皂、花露水、洋丝巾、东洋玩具、文房墨宝，一切作为赠彩。间日揭晓，借酬射中诸公雅教。以后逢十并有联语请对，赠彩从丰。赐教诸君不取号资分文，惟须将本报所录原底裁出填写，每日三点以前至馆交□□，给收条为凭，翌日持条领彩不误。特此预布。诸惟雅鉴。笑林报馆谨启。"《笑林报》本年创刊于上海，日刊。1910年（宣统二年）末，曾一度停刊，1911年2月3日（宣统三年正月初五）又重新出版。每份初售价九文，用瑞典纸印，涨价时改为有光纸印，售价十文。馆设上海英租界四马路西大新街迎春坊二弄口，后迁英租界广西路宝安里四百九十五号，后又迁英租界三马路鼎丰里二百五十五号

二十八日（4月16日） 《笑林报》开始随报附送《仙侠五花剑》。

二十九年癸卯（1903）

二月

初三日（3月1日） 《笑林报》刊载"续印《仙侠五花剑》减价批发"广告："本馆前出之《仙侠五花剑》新书，所印无多，早已售罄。今因购者纷至，重印千部，减价批售。欲购者请速移玉为盼。本馆告白。"

三十二年丙午（1906）

四月

二十七日（5月20日） 《笑林报》刊载《宓妃枕》，已至第二回，连载开始与结束时间不详。标"写情小说"。现所见回目：第十五回：北钱。

闰四月

二十八日（6月19日） 《笑林报》刊载"《游戏世界》第一期出书广告"："内分社稿、选稿、专集、小说、杂著各门，内容丰富，刊刻精良，实为游戏界中唯一善本。第一期亦已付刻，不日出书。每本大洋两角。全年十二册，预定全年者计洋二元。总发行所：杭州太平坊崇实斋；分发所：上海文明、乐群、小说林、新民支店、笑林报。各书庄均有寄售。"刊载"《海上繁华梦》后集出版，并复印初、二集出书广告"："《海上繁华梦》后集刻已出版，是书从初、二集接□而入，机神一片，节目愈新。凡已阅初、二集者，不可不阅全书；未阅者，急宜购阅。应知沪上风土人情，及种种妓女惑客、密骗诱人、局赌弊害、拆□讹诈一切，诚说部中有功世道之书。后集实洋一元二角，初、二集每集一元。趸批从廉，外埠函购，原班回件。总发行处：迎春坊口笑林报馆。分售处：新闻报馆、繁华报馆及北市各大书坊，苏州都亨桥抚松馆，杭州崇实书局。

再，本《笑林报》现在随报附送《九仙枕新词》二集。外埠定阅报纸，每月英洋五角，邮费在内，三日一寄不误，惟乞先惠报资，空函不覆。特此附告。"

二十八日（6 月 19 日）　《笑林报》刊载《王公子》，标"短篇小说"，未署著者名。

七月

二十五日（9 月 13 日）　《笑林报》连载《牛渚犀》，已至第二回，现所见光绪三十三年六月二十四日连载至第十九回，连载开始与结束时间不详。标"社会小说"，署"坛念四日稿"。现所见回目：第二回：汤畏三滥冒军功，方仲业怒参贪吏；第九回：四千金溷来美缺，三十板怒责豪奴；第十回：打号房县尊强项，闹官厅方伯施威；第十一回：常中丞偏袒吴县尊，汤大令初嫖王小宝；第十二回：虎狼心暗中施骗局，连环计席上捉瘟生；第十三回：五百金侯金花暗里分肥，一千元汤畏三空中局骗；第十九回：追聘礼良友化冤仇，办洋务同官争意见。

三十三年丁未（1907）

四月

十八日（5 月 29 日）　《笑林报》报头刊载启事，内云："随后当调查各省花史，访求新奇小说，添入插画一门，以副阅者雅意。"刊载"奇绝艳艳爱情小说《新茶花》出版"广告："是书以上海唯一之名妓茶花第二楼武林林为主，而以近十年来社会之状态穿插之，汪洋曼衍，风流月韵，实新小说中第一奇作。武林林于庚辛、壬癸间艳帜于春申浦上，才华盖世，容光照人，喜簪茶花而又爱阅冷红生所译《巴黎茶花女遗事》，故入戏以'茶花第二'武（目）之。适有东方亚猛其人，游学归来，留心声色，两相爱悦，遂订情交。其一段艳冶历史，真不数（输）马克格尼尔姑娘也。著者心青与亚猛至交，悉其颠末，乃以清丽之笔写之，读之令人之魂也（消）。上卷先成，装一厚册，定价大洋四角。"

五月

十五日（6 月 25 日）《笑林报》刊载"商务印书馆新出小说，发行所上海棋盘街中市，设奉天、汉口、重庆、福州、长沙"广告，"绣像小说"栏下云：云："《绣像小说》：零售每册大洋二角，全年廿四册洋四元。外埠另加邮资五角，存书不多，幸速购取。现满三年七十二期，以后改良，再行布告。""闽县林琴南先生译本"栏下有小说《英国诗人吟边燕语》洋三角五分，《美洲童子万里寻亲记》洋三角，足本《迦茵小传》二册洋一元，《埃及金塔剖尸记》三册洋一元，《英孝子火山报仇录》二册洋九角，《鬼山狼侠传》二册洋一元，《斐洲烟水愁城录》二册洋八角，《撒克逊劫后英雄略》二册洋一元，《玉雪留痕》洋四角五分，《鲁滨逊飘流记》二册洋七角，《洪罕女郎传》二册洋七角，《蛮荒志异》洋七角，《鲁滨逊飘流续记》二册洋五角五分，《红礁画桨录》二册洋八角，《海外轩渠录》洋三角五分，《雾中人》三册洋一元，《橡湖仙影》三册洋一元二角，《神枢鬼藏录》现印，《附掌录》现印，《旅行述异》现印。又有"新译欧美名家小说"之预告："本馆前辑《说部丛书》，颇蒙学界欢迎，现当益求进步，精选英、法、美、俄、德、义文豪所著小说，已购到数十种，陆续译印，先此预告。"另又刊有小说广告如下：《佳人奇遇》洋七角，《经国美谈前后编》洋五角，《梦游二十一世纪》洋二角，《补译华生包探案》洋二角，《小仙源》洋一角五分，《案中案》洋二角，《环游月球》洋三角，《黄金血》洋三角，《金银岛》洋二角，《回头看》（白话）洋三角，《降妖记》洋二角五分，《珊瑚美人》（白话）洋三角，《卖国奴》（白话）洋四角，《忏情记》（白话）二册洋五角，《夺嫡奇冤》洋五角，《双指印》洋二角五分，《昙花梦》洋二角，《指环党》洋三角，《巴黎繁华记》（白话）二册洋一元，《桑伯勒包探案》洋二角，《一束缘》（白话）洋二角五分，《车中毒针》（白话）洋二角五分，《寒桃记》（白话）二册洋七角，《白巾人》（白话）二册洋四角五分，《澳洲历险记》洋一角五分，《秘密电光艇》洋三角五分，《阱中花》（白话）二册洋五角，《寒牡丹》（白话）二册洋四角五分，《香囊记》洋二角，《三字狱》洋二角，《红柳花》洋二角，《帘外人》（白话）洋三角五分，《炼才炉》洋二角，《七星宝石》洋二角，《血蓑衣》洋二角五分，《旧金山》（白话）洋二角五分，《侠黑奴》（白话）洋一角，《美人烟草》（白话）洋一角，《天方夜谭》四册洋一元五分，《铁锚手》洋二角，《蛮陬奋迹记》洋二角，《波乃茵传》洋一角五分，《尸棱记》洋二角五分，《二偏案》洋二角五分，《环瀛志险》洋二角，《空中飞艇》上洋二角五分，《空中飞艇》中洋二角，《文明小史》二册洋一元，《繁华梦》初、二集各五角，《繁华梦》三集洋七角五分。此广告又见于本月二十九日该报，先见于本年正月初八日《新闻报》。

六月

二十四日（8月2日）《笑林报》连载《牛渚犀》第十九回，为现所见最后之连载，未完。

二十六日（8月4日）《笑林报》连载《笑矣乎》，已至第十回，连载开始与结束时间不详。标"滑稽小说"，署"肝若（沈翀）著"。现所见回目：第十回：惹娇嗔有心说隐语，显才情对客解新诗。

十月

十五日（11月20日）《笑林报》刊载启事："本报小说暂停数日。"刊载"紧要告白"二则：其一："启者：《笑林》自附入亨达后，一切笔墨等事，楚芳概不预闻，各埠寄来公益新闻、信件，请以后直寄《笑林》侠飞君，勿庸牵及楚芳君。亲友寄与楚芳个人私函，乃请寄至《笑林》楼上，由周叔冈君转交可也。特此声明。"其二："《新梁山泊》一书现已浇成铅版，不日发行。现因编辑主者赴汉，暂停一礼拜再行续刊。"刊载"本馆征文"启事："本馆征文：一、征时事论说。一、征游戏诙谐论说。一、征奇异笑林本旨。一、征短篇小说。一、征各种讥讽笔墨。添聘访员：本馆现拟改良，添聘北京、南京、苏州、安徽、江西、湖北、湖南、山东、甘肃、陕西、山西、广东、广西、浙江、福建、四川、贵州、云南、东三省各省时事访员，请先寄数则，合格优订，以三函为率。来信望寄鼎丰里二百五十五号本馆可也。"另有启事云："本馆今添聘广东、珠江、杭州、芜湖、镇江、南京、汉口、无锡各省花业访员，来信以三函为率，合格优订。"刊登"《花世界》报馆广告"云："本报馆印于甲辰，兹自五载，价值之重，自无待言。日来告白纷繁，渐形发达。苦无警策新闻、新奇小说，以副阅者之□。近特编有《人中海》小说（描写官商学界怪状），并时事戏曲（插入苏杭铁路事），翼于报界上放一异彩，阅者诸君宜注意焉。"此广告又见于本月二十一日该报。

二十一日（11 月 26 日）　《笑林报》连载《老大病国》毕，连载开始时间不详。标"短篇小说"，未署作者名。其篇末云："噫！一人如此，他人可知；一省如此，他省可知。呜呼！天下事盖不可为矣。"刊载相关小说启事数则。其一："本报小说暂停数日。"其二："本馆征求时事、言情及各种小说，望先将底稿寄阅，合格从优议订。"其三："前有外间寄来《恶梦》小说一册，本馆业经评定，拟即逐日排登。乃此稿忽尔失去，乞原著者见报，即将该稿录寄为盼。"其四："本馆已编有《醒梦》小说一册，其中情节乃系描摹花界颠倒情场，处处作现身说法，虽曰游戏，实近于劝惩矣。拟于月内刊登报端，以餍阅者雅意。"

三十四年戊申（1908）

六月

二十六日（7 月 24 日）　《笑林报》刊载广告："《女总会》新小说不日出版，所印无多，请先购阅为荷。本馆启。"刊载评论《说小说》，标"续"，现不知何时开始连载，未署作者名。该文云："吾国嫖界小说之发起，首为《青楼梦》，用笔平平，无可褒贬，然并非劝惩讽世之作。《海上花列传》以才子之笔，而列写海上诸名妓情形，有色有声，如荼如火，其妙处在于皮里阳秋，不下断语，而其中之黑白自见，用笔亦倜傥非常。嫖界小说，叹观止矣。惟全书统用苏白，解者无几，即苏府以外之人，不通吴语者亦十之八九，为恨事耳。《海天鸿雪记》，忽然而来，忽然而去，用笔殊妙，惟其中语气，似有侧重之弊，且篇幅太短，不合嫖界小说体裁。"

宣统朝

二年庚戌（1910）

四月

二十一日（5月29日）　《笑林报》连载《八大人》，已至第三回，篇末标"未完"，连载开始与结束时间不详。标"社会小说"，未署作者名。现所见回目：第三回　朱珍五开通天总会，倪叔平包合埠花捐。

《新世界画册》与小说相关编年

宣统朝

元年己酉（1909）

　　《新世界画册》于上海创刊。第一册刊登"缘起"："增智识、通风气莫报纸若，然陈义过高，不足以收普及之效。而专事记载、评议之报，尤不若摹绘形容、参以谐谈之报，为观感易而裨益多也。前点石斋，暨飞影阁相继创办画报。中辍以来，继起无人，良深惋惜。同人组织是报，延请通人名士主持笔政，著名画家担任绘图。其内容分列如下：……三、章回小说：搜罗现社会之事实，或劝或惩，可歌可泣；四、短篇小说：或时事，或写言，均极有兴味之作；五、译述小说：撰译各种名著，逐段分绘图样。……"内容共计十二类。定价："每册售大洋三分五厘；预订三个月大洋两元八角；预订半年大洋五元五角，附赠文明书局玻璃版精印名人画册值洋六角；预订全年大洋十元零五角，附赠文明书局玻璃版精印名人画册值洋一元六角。"另有征文"社告"，其"著述"类云："长、短小说、新撰戏曲以及诗词谐谈等作，总以词浅意明，有裨社会为合格。"另，本期刊载《猴园》，标"短篇小说"，未署作者名。其篇末云："酉阳曰：此中国影。"开始连载《红楼惨劫》第一章，标"侦探小说"，署"王徵、曹卧波译"，未注原著者。开始连载《游上海》第一回"清莲阁蓝湖小坐，同春园公子飞跑"，标"新奇小说"，署"著者非非"。因仅存一期，此两部小说不知何时连载结束。

《新中华报》与小说相关编年

宣统朝

三年辛亥（1911）

七月

初一日（8月24日） 《新中华报》继续连载《小女佣》，标"后八"，现不知何时开始连载。连载至十一月初一日，文末标"未完"，现不知连载何时结束。标"社会小说"，署"英国爱姆卑勃娄原著，元和钱冷眼口译，由拳张生可笔演"。现所见回目：第十四章：母女之异同；第十五章：惊惶之起点；第十六章：夜行之状况；第十七章：一息之尚存；第十八章：□客之心理。继续连载《红棉花》，署"婆语著"，标"后八"、"续第八回"。现见连载至九月十三日，文末标"未完"，连载开始与结束时间不详。今见回目：第八回：风流宰官当筵一掷，迷离幻境飞梦五更；第九回：琳琅宝境侠女延宾，风雨愁城元凶授首。刊载"南北行街口汕头商务书局，照码四折，另赠物品"广告："本局开设上海已四十余岁，自备印刷厂，所印各书价廉物美。本主人志在推广文明，以尽间接辅助之天职，爰分立汕头南北行街，已届六年。虽蒙远近诸君高朋之欢迎，生涯日上，幸达初创时之希望，然非本局图画之优美，价值之从廉，安得引起诸君之兴味乎？搜罗古今最近最新小说、尺牍、各种科学教科书暨医卜星象等，齐备无遗。一，本局图籍搜罗殆尽，研究诸君可免远地购寄辗转等待之虞，而随时采择。一，本局照上海定价大减一月，收洋四折，平常不能照例，诸君可免往返邮资，再得格外之便宜。远近诸君函寄趸购批售，价目克已，划一不二。今本局特立新章（程），购书一员

（元），赠送《奇怪小说》一本，满五员（元）送《天下五大洲地图》、《摄政王抱子登殿图》各一幅，以赐诸君之盛情。汕头南北行街商务书局披露。"该广告附有"看！看！看！近世小说出现""最新小说类"书目："《石头记》三元，《长生殿》五角，《温生才》二角，《前后花月痕》八角，《英雄奇缘》四角，《荡平奇妖传》一员（元），《平定粤匪纪略》七角，《古今艳情世界》二角，《铁冠图》三角，《左中（宗）棠平西》二角，《十美图》三角，《茧窗异草》八角，《知县搭妍愿》一角，《儒林外史》一员（元）二，《后出三国志》一员（元）二，《第二奇书》五角，绘图《神仙传》一角五，《改良今古奇观》七角，《六（绿）野仙踪》八角，《新增粉粧楼》七角，《绘图异仙传》四角，《小说丛话》二毫，《红楼圆梦》二毫五，《希奇四百种》三角，《康梁二逆》三角，《银屏（瓶）梅》三毫，《巾帼英雄》二毫，《红梅阁》四毫，《新鲜笑话奇谈》六角，《绘图桃花扇》六角，《绘图野叟曝言》二员（元），《新红楼梦》七角，《谈笑奇观》五角，《幼幼集成》六角。"该广告末又列有神仙小说《桃花女》二角，《新笑林广记》二角，《杨贵妃》一角五，《正续子不语》一员（元）。刊载"汕头至安街中市文明商务书局披露，新创特别推广再大减价一月，照码四折，价廉物美，再赠物品。"广告："本局创设上海已历多年，凤以开辟民智，振醒聩梦为志。自办西国机器，承印各种书籍图画。印工之精良，纸张之洁白，图画之俊美，装订之雅丽，价值之便宜，久蒙海内外高明之士赞许。际此过渡时代，朝野日趋文明为目的，有识之士咸称，普及教育为国富民强之基础。本局主人志在文明，广输教育，特于是分创汕头至安街中段，自售各种学堂教科书、地图以及各种经史子集、小说、尺牍、名人字帖、图谱、医卜、星象、图画等类，均皆齐备。兹择吉于　月　日开张，特别大减价一月。如蒙绅、商、学界诸君惠顾者，照码减折外，另有物品，照章赠送。远发近批，格外从廉，外埠信购，即日回件。一、本局各种书籍、图画名目繁多，报中不能尽载，另搜罗书目，以备诸君随时采择。外埠信取，原班寄赠。一、本局志在推广生意，以广招徕，今格外从廉，照上海原价码减收折扣一月。一、本局特别新章，购书满一员（元）者，赠名人字帖一本，新小说一本。购书满五员（元）者，赠送地图一张，高等习画临本四本。一、各埠诸君邮票购书者，如购书一员（元）者，加邮票一角，多者照加。一、邮票以三分为率,余者一概不收。汕头至安街市文明商务书局梁海山披露。"该广告标题两旁小字云:"照上海原价,特别新章,购书满一元赠送名人字帖一本,新小说一本。购书满五员,赠送《万国近政考》一部,四本五彩汕头地图一张,名妓相片一张,纸墨精良。"该广告列有"古今小说类"书目:"大板《三国志演义》三毫,大板《东周列国志》三毫,大板《五才子》三毫,大板《封神传》三毫,大板《西游记》三毫,大板《聊斋志异》三毫,大板《石头记》一员(元)二,大板《念四史通俗(演义)》四毫,大板《东西两汉》三毫,大板《镜花缘》三毫,大板《七侠五义》全九毫,大板《女仙外史》六毫,大板《儿女英雄传》五毫,大板《绘芳录》七毛,大板《世界繁华梦》三毛,《陋(隋)唐演义》五角,《说唐前后传》二角,《薛仁贵征东》一角,《薛丁山征西》二角,《罗通扫北》一角,《反唐传》二角,《粉粧楼》二角,《五代残唐》一角五分,《绿牡丹西方亭捉猴》二角,《后列国志》三毫五分,《后三国志》四毫五分,《后西游记》三毫,大板《荡寇志》七毫,《后五才子》二毫,《包公案》一毫,《狄青万花楼》三毫,《万年青》全三毫,《年大将军平金川》一毫二,《左宗棠平西藏》一毫,《湘军平长毛》一毫二,《武则天外史》二毫,《梁天来》二毫,《闺秀英才》一毫,《海公大红袍》二毫,《海公小红袍》一毫,《正德游江南》一毫,《今古奇观》三毫,《笔生花》一员(元)二毫,《天雨花》六毫,《再生缘》七毫,《再造天》四毫,《锦上花》四毫,《十二美女传》一毫五,《闺房秘术》一毫五,《花田金玉缘》一毫五,《新红楼梦》三毫,《风月奇谈》二毫五,《花天酒地》一毫,《天花乱坠》二毫,《新今古奇观》一毫,《双女侠》一毫,《新鲜奇谈》一毫,《自由结婚》一毫,《新西游记》二毫,《游戏奇谈》二毫。"《新中华报》,光绪三十三年(1907年)创刊,编辑人有谢逸桥、陈去病、叶楚伧等,馆设汕头至安街衣锦坊内。

初三日(8月26日)《新中华报》继续连载《破碎江山》,署"楚伧(叶楚伧)著,一厂评",标"后九"、"续第二十回",现所见连载至九月十四日,文末标"未完"。连载开始与结束时间不详。现见回目:第二十回:保龙种一番巷战,供麦饭独拜梓官;第二十一回:玉观音夜走东安,谭经略误传北耗。此篇宣统元年十月十五日开始连载于《汉口中西报》,连载结束时间不详。

十四日（9月6日） 《新中华报》开始连载《鱼腹余生记》，至八月初八日连载毕，标"短篇小说"，未署作者名。

八月

初八日（9月29日） 《新中华报》连载《鱼腹余生记》毕。

十五日（10月6日） 《新中华报》刊载《中秋》，标"滑稽小说"，作者署"楚伧（叶楚伧）"。

《醒华日报》与小说相关编年

宣统元年己酉（1909）

七月

二十九日（9 月 13 日）　《醒华日报》刊载"本报特别告白"云："看！看！看！本馆自发行以来，虽蒙诸君所欢迎，究以篇幅太小，不胜抱歉。兹订自八月初一日起，每日加送极精细之石印附页一张，不取分文，以餍诸君之雅望。本报加送之附页计有三种：（一）今名媛影；（二）古名媛影；（三）绘图小说。"该报零售每日铜元一枚。总发行所：天津奥界大马路。

《学生杂志》与小说相关编年

宣统三年辛亥（1911）

十二月

《学生杂志》第一期刊载《某村》，标"理想短篇"，作者署"教员倪承灿"。《学生杂志》本月创刊，月刊，浙江鄞县原富商业中学编。其版权页署："中华民国元年元月出版。定价大洋一角。编辑所：原富学生杂志社。印刷所：宏久印刷局。总发行所：原富商业中学。寄售所：新学会社、文明学社。"

《羊城日报》与小说相关编年

光绪朝

三十二年丙午（1906）

三月

初五日（3月29日）　《羊城日报》本日"目录"有"艳情小说《情天恨》"，但因报纸残缺，未见原文，不知与陈景韩所著之《情天恨》为同一篇否。

宣统朝

元年己酉（1909）

六月

十九日（8月4日）　《羊城日报》连载《珠玑巷》，其中缝印"廿壹"，连载开始当不迟于本年五月二十八日，不详开始与结束时间。标"广东民族迁徙，绣像小说珠玑巷"，署"著者三水欧博明"。此篇于本年又出版抽印本。刊载"本报增刊广东民族迁徙小说《珠玑巷》广告"，内容为："吾粤民族，颇为复杂，而最占多数者为汉种。考汉种南下，自秦谪徙民始，乃各家氏族。稽其始迁祖，来自隋唐者已寡，遑论秦汉。大都于宋度宗咸淳九年由南雄州珠玑巷迁□者，□盖占十之六七焉。故吾粤谚语，多以'咸淳年'三字为名词。而珠玑巷故里，亦久挂于妇孺之齿颊。然则南雄州珠玑巷，实为吾粤汉族先代起源之地，而咸淳年迁徙一事，足为吾粤汉族一大纪念，断可知也。惟此事国史地志，皆付缺如，而吾粤士夫，亦鲜有能言其详者。数典忘祖，记者病焉。用是不自揣度，搜宋元之遗籍，考各家之谱牒，于当时宫禁典仪之巨丽，屠王骄相知故实，靡不钩稽，而于吾粤民族迁徙之由来，尤为注意。按日排演，撰为《珠玑巷》即书，付印报末。谈民族迁徙者，其诸有取与是欤。"刊载"唯一趣致新书出版"广告："欧君博明，为报界中谐部之巨子，每出一艺，人争欢迎，笑谈歌谣，谐文小说，皆极趣妙，诚有目共赏者也。今选其佳作排印成帙，曰《空即色》，曰《情天孽警》，曰《上炉香》，曰《风花雪月》。《空即色》、《情天孽警》、《上炉香》皆欧君手笔；而《风花雪月》一书，选自欧君之作者亦居多数。各书均已出版，纸本精美，洋式钉装。发行处在十八甫《羊城日报》门底开新公司，各书坊均有寄售。《空即色》二毫，《上炉香》毫二半，《风花雪月》二毫半，《情天孽警》一毫半。"刊载"《片帆影》二编出版广告"："此书宗旨，专为摹写社会腐败之现状，注意社会根本之观念，冀收改良社会之效。自去年初编出版，久为阅者欢迎，无庸赘述。此二编亦已出版，比之初编，趣味尤为浓厚。有志改良社会者，盍手一编。编分上下二册，定价六毫，在开新公司羊城日报馆发行，各书坊皆有寄售。开新公司广告。"

《医学世界》与小说相关编年

宣统元年（1909）

三月

　　二十日（5月9日）《医学世界》第十一册刊载"本社广告"云："本报资料丰富，内容完备，故发行一年，颇蒙各界称赏。惟自惭谫陋，闻见无多，如海内外有以医事新闻及医林小说见贶者，敝社择尤（优）刊登后，当送本报一册，藉联应求之谊，想亦诸君子所乐为也。但新闻如事系捏造或所访不实，小说非精心结撰，或无甚意义者，则皆不刊，原件亦不璧还。此布。本社编辑所启。"刊载《细菌大会》，标"短篇小说"，作者署"汪惕予"。《医学世界》，光绪三十四年六月创刊，中国自新医院主办发行，月刊，编辑兼校阅者汪惕予，编述者丁福保、顾鸣盛。社址：上海英大马路泥城桥西首十二号洋房内。零售定价每册一角五分。

四月

　　二十日（6月7日）《医学世界》第十二册刊载《时道医生》，标"短篇小说"，署"录《宁波小说七日报》"。此篇原载《宁波小说七日报》第九期，作者署"十里花中小隐主"。

《医学新报》与小说相关编年

宣统三年辛亥（1911）

五月

二十日（6月16日）《医学新报》第一期刊载《国病谈》，标"白话短篇小说"，作者署"小谈"。开始连载《医林外史》，篇末标"未完"，现不知连载结束于何时，作者署"四明遁庐客"。其篇首云："岐黄不作，灵素道微。世界血腥，风云黑暗。学理宜古，人辄缩其生命；便药翻新，天亦遭其荼毒。看官，你道小子这两句话从何而起？原来上海为人海之区，一团戾气，上蔽云霄。其中光怪陆离的事情，卑鄙龌龊的历史，形形色色，无奇不有。小子侧身四海，极目江湖，抚时兴悲，蹈世增戚。因此抱定一个主义，欲把二十年来医、药两界的怪现状，仿了说部体裁，借着村妪俚言，尽情写来，编为一辑，名曰《医林外史》。至书中内容，无非叙些奸诈险伪的伎俩，魑魅魍魉的心术。看官，须知小子并不是有意和他为难，只因医、药两业，人民之生命系之，若照今日社会情形看来，庸医满市，伪药充廛，若再抱守兔园，甘敩蝉噪，则国人生命前途，何堪设想。因此，小子借着这枝秃笔，甘冒不韪，极意排场，俾观者知勉，听者足戒。至若正人君子，研精仁术，志成济世，小子崇拜不遑，乌敢毛举细故，妄加雌黄，不过陪衬一二，藉作借镜。小子作书的本旨，大概如此。交代明白，言归正传。"今见目录：第一回　沈征五创制燕窝糖，黄九皋假造牛肉汁。刊载"遁庐启事"云："鄙人所著《医林外史》，局于一隅见闻甚狭，倘荷海内外同志赞成斯编，幸乞吝金玉，各抒见闻，藉匡不逮。如蒙俯赐批评或豫赐序文、题辞，尤为欢迎。本书宗旨已详第一回

楔子，不赘。惠件请交上海中日医学校，或径寄苏州福音医院张织孙收亦
可。谨白。"刊载"《广益汇报》出版通告"云："本社为博闻广学、延
年益寿起见，除采办书籍、精制良药外，复编《广益汇报》饷我同胞。
内容分学说、医说、小说、德育谭、益智录、卫生编、验方集、介绍栏八
门。每月一回，送阅两期，函来索阅，即当寄奉。宁波江北岸同兴街广益
社启。"《医学新报》本月于上海创刊，编辑所设于上海中日医学校。

《约翰声》与小说相关编年

光绪三十四年戊申（1908）

《约翰声》本年第六期刊载《除夕影》，标“社会小说”，署“天涯呜咽生（宋思复）著”。其开篇弁言云：“西风萧飒飒，细雨空濛濛。黄催篱鞠，餐残楚泽之落英；红染江枫，翦取吴淞之秋色。枉洒杜鹃之泪，帝子何归；怕听鹏鸟之词，骚人宛在。彼红牙拍里，唱出多少家山；即银蒜格中，描尽无双风月景。写稗官事，资野史，花生秃颖，草索枯肠，姑妄言之，亦姑妄听之云尔。”《约翰声》创刊于清光绪二十一年（1895），初为月刊，后改为季刊。上海圣约翰大学学生编辑，约翰声报社发行。内容分中文、英文两部分。中文设有论说、译丛、文苑、杂俎、纪事、小说等栏目。该报社设上海沪西梵皇渡圣约翰大学。

宣统元年己酉（1909）

《约翰声》本年第一期连载《神州血泪》第六章“习坎”，作者署“何拯华”。该篇连载开始与结束时间不详。

《约翰声》本年第四期刊载《瓦蓬》，作者署“希参”。

《浙江白话新报》与小说相关编年

宣统二年庚戌（1910）

九月

二十六日（10 月 28 日）　《浙江白话新报》继续连载《巡官风流案》，篇末标"未完"，连载开始与结束时间不详，未署作者名。《浙江白话新报》本年正月初二日（1910 年 2 月 11 日）创刊于杭州，由《白话新报》与《浙江白话报》合并而成。

宣统三年辛亥（1911）

六月

十二日（7 月 7 日）　《浙江白话新报》继续连载《逐虎记》，已至"二十一续"，现见连载至七月二十六日，篇末标"仍未完"，连载开始与结束时间不详，未署作者名。

《浙江日报》与小说相关编年

光绪朝

三十四年戊申（1908）

四月

　　二十五日（5月24日）《浙江日报》于本日创刊，该馆开设于杭州棋宸桥大马路。头版刊载"今日本报目录"，称第二张刊载小说。刊载"本报特别广告十则"，其第六则云："本报附设时评、杂俎、小说、图画等门，分日登载，并采诗词，间及谣谚。辞多隐讽义、寓劝惩，朦诵师箴，庶几足戒。"刊载"看看看，新出版社会小说《燕脂铁血记》"广告云："此书为横阳独啸子新著。中写我国女界由来遭际之不幸，与夫男界之肆意凌制，为鬼为蜮。历叙情况如见其人，如尚其声。而著书之大旨，则在破旧社会之迷梦，振女界独立闻武之精神。使女子读之，固足令勇猛无畏之风，将自是愈接而愈厉；即男子读之，亦当益知自爱其人格，不至复蹈前此之恶习，诚男女必读之书也。至其布局之整严绵密，文笔之清新隽逸，尤其余事耳。书印无多，请速购取。"开始连载《人心镜》，至六月二十四日毕，标"社会小说"，未署著者名。其开篇云："作者曰：人心之不同，如其面然。面可镜也，心不可镜也。今欲镜人之不可镜，道□奚由？曰：禹之鼎，温之犀，皆镜人之不可镜也。禹鼎温犀不常有，而魑魅魍魉、牛鬼蛇神则日布满于世间。人不能自见其心，心不宁掬示于人，则是人人自铸一鼎，自燃一犀，以号于众也。吾其如人何哉，作《人心镜》。"其回目为：第一回：改学堂老儒伤恶遇，打妓馆征兵演文明；第二回：贫夫殉财受金暮夜，国民请愿画饼充饥；第三回：富国思要钱不要命，余老土停妻再娶妻；第四回：茹征君除授运动司，茅学究发起预备社；第五回：著章服洋兵官受骗，开追悼大志士成名；第六回：闻演说工党起雄心，感欢迎征兵开纪念；第七回：钱秀之分符汤沐县，马一大提案无介州；第八回：马笼头移尸平钜案，钱串子作寿发洋财；第九回：勉赌礼娼风尘知己，色荒狗伥校外闲谈；第十回：真孝女苦修完素志，老名士辨奸逐佞夫；第十一回：贩假面措大发财，输巨资寿头告状。刊载无题小说，标"滑稽短篇小说"，未署著者名。

五月

十五日（6月13日）《浙江日报》刊载《道士兴学》，标"短篇小说"，未署著者名。

二十一日（6月19日）《浙江日报》刊载《巡边队》，标"短篇讽刺小说"，著者署"伶"。

二十三日（6月21日）《浙江日报》刊载《捉赌》，标"短篇讽刺小说"，著者署"伶"。

二十九日（6月27日）《浙江日报》刊载告白："今日新闻过多，小说暂停一天。"

六月

初一日（6月29日）《浙江日报》刊载"上海改良小说社发行最新书目"广告："本社所出各书，或由译述，或系撰著者自成机杼，不落近时小说恶派。宗旨所在，义归惩劝，救正社会，针砭时习，翼图万一之助而已。写情小说《奈何天》一册三角，侦探小说《色媒图财记》二册八角，写情小说《机器妻》二册四角，札记小说《新聊斋》第一册三角，侠义小说《冷国复仇记》一册三角，侦探小说《梦幻奇冤》一册三角五分，新剧传奇《六月霜》一册五角，最新小说《新旧社会之怪现状》一册三角，社会小说《滑头现形记》一册二角五分。寄售侦探小说《福尔摩斯最后之奇案》一册三角，《中外新新笑话》二册四角。印刷中：《新列国志》四册，《新聊斋》第二册，《野鸳鸯》、《孽海丛话》。撰述中：《新官场》初编、《伶界褒贬录》、《新祷杌》、《上海之秘史》、《国原现形记》、《最近学界现形记》、《艳遇纪略》。总发行所：上海棋盘街鸿文书局。寄售处：各省大书坊。"

初二日（6月30日）　《浙江日报》刊载告白："今日新闻过多，小说暂停一天。"

初五日（7月3日）　《浙江日报》刊载《某富翁（侦探之侦探）》，标"短篇小说"，著者署"伶"。其开篇云："向者，某氏为《侦探之侦探》四则，曰其术甚多，将以俟续述也。顾久久而未之见，我以我之所知者，纪数则以续之。"

初八日（7月6日）　《浙江日报》刊载告白："今日新闻过多，小说暂停一天。"刊载《二少年（侦探之侦探）》，标"短篇小说"，未署著者名。

十二日（7月10日）　《浙江日报》开始连载《二十六点钟空中大飞行》，至七月十五日连载毕。标"冒险短篇小说"，署"美国《阿美利加梅轧丁报》记者濮伦孙记，天涯芳草馆主亶中译"。

十三日（7月11日）　《浙江日报》刊载告白："今日新闻过多，小说暂停一天。"

十四日（7月12日）　《浙江日报》刊载告白："今日新闻过多，小说暂停一天。"

十五日（7月13日）　《浙江日报》连载《二十六点钟空中大飞行》毕。

十六日（7月14日）　《浙江日报》刊载告白："今日新闻过多，小说暂停一天。"刊载《烟窟》，标"短篇小说"，著者署"伶"。

十七日（7月15日）　《浙江日报》刊载告白："今日新闻过多，小说续停一天。"

二十日（7月18日）　《浙江日报》刊载告白："今日新闻过多，小说暂停一天。"

二十一日（7月19日）　《浙江日报》刊载告白："今日新闻过多，小说暂停一天。"

二十二日（7月20日）　《浙江日报》刊载告白："今日新闻过多，小说暂停一天。"

二十三日（7月21日）　《浙江日报》刊载告白："今日新闻过多，

小说续停一天。"

二十四日（7 月 22 日） 《浙江日报》连载《人心镜》毕。

二十五日（7 月 23 日） 《浙江日报》开始连载《鬼世界》，至十月二十日毕。标"寓言小说"，未署著者名。其开篇云："著者曰：天道五百年而必兴，人生三十年为一世。天道人心，元漠微茫，极难窥测。小子生初，正值洪杨大难，好容易突出那枪林炮雨的重围，走回故乡，却又值英国人进了北京。直捷痛快着说罢，我生已是知命之年，从未历过安闲平静的日子，你道可怜不可怜呢？……我既然出现在世上，那个心仍是火热的。从此我便作个鬼侦探，将鬼世界的历时随时宣布，诸君作茶余酒后的谈助。"其回目为：第一回：屈灵均幽冥游历，弥正平鬼界改良；第二回：法政科李逵开特会，教育界王莽逞威权；第三回：恶狗村动物进化，森罗殿转轮改良；第四回：阎王乐东坡做生日，司训悲北海上冤书；第五回：鬼侦探上海试情魔，活阎王张园遭戏侮；第六回：冥报馆直言无隐，鬼学堂施教因材；第七回：高明鬼瞒备受揶揄，叵测人心难防狡狯；第八回：伏冥诛诬人现报，造幻境凭鬼弄权；第九回：宴嘉宾重阳作高会，观广告细崽慕新机；第十回：枉死城逢恩肆救，鬼谷子告职归田。

七月

初一日（7 月 28 日） 《浙江日报》刊载"政治小说《一封书》出版预告"："是书笔墨条达，纪录翔实，系述吴下某某近事。计上下两册，先出上册十章，装订一巨册，都二万余言。虽属章回，实资鉴戒。将次脱稿，不日付印，先此预告，爱读小说者青鉴焉。代派处：保佑坊浙江日报馆总派报处。"此广告又见于本月十七日该报。刊载"商务印书馆新定预定小说章程"："先付洋五元或十元，嗣后出版小说随时寄呈，可省函购之繁。详细章程另有印本，并附各种小说提要奉赠。经理处：杭州萃华图书公司。"

初八日（8 月 4 日） 《浙江日报》刊载告白："今日新闻过多，小说暂停一天。"

十六日（8 月 12 日） 《浙江日报》刊载告白："今日新闻过多，小说暂停一天。"

十八日（8 月 14 日） 《浙江日报》刊载告白："今日新闻过多，

小说暂停一天。"

　　二十三日（8月19日）　　《浙江日报》刊载《民呼日报》启事：
"鄙人去岁创办《神州报》，因火后不支退出，未竟初志。今特发起此报，
以为民请命为宗旨，大声疾呼，故曰'民呼'。辟淫邪而振民气，亦初创
《神州》之志也。股额定十万，每股百元，现已招足六万元。俟机器运
到，即宣布出版日期。卷土重来，誓以劫后之身，雪前此无功之耻。海内
外同人如有宠赐教言，及愿担任访事者，请函寄上海四马路西三山会馆东
首本报事务所为幸。于右任启。"

　　二十四日（8月20日）　　《浙江日报》刊载告白："今日新闻过多，
小说暂停一天。"

八月

　　十三日（9月8日）　　《浙江日报》刊载告白："今日新闻过多，小
说暂停一天。"

　　十四日（9月9日）　　《浙江日报》刊载告白："今日新闻过多，小
说续停一天。"

　　十八日（9月13日）　　《浙江日报》刊载告白："今日新闻过多，
小说暂停一天。"

　　十九日（9月14日）　　《浙江日报》刊载告白："今日新闻过多，
小说续停一天。"

　　二十一日（9月16日）　　《浙江日报》刊载告白："今日新闻过多，
小说暂停一天。"

　　二十五日（9月20日）　　《浙江日报》刊载告白："今日新闻过多，
小说暂停一天。"

　　二十九日（9月24日）　　《浙江日报》刊载告白："今日新闻过多，
小说暂停一天。"

九月

　　初三日（9月27日）　　《浙江日报》刊载告白："今日新闻过多，
小说暂停一天。"

　　初七日（10月1日）　　《浙江日报》刊载告白："今日新闻过多，

小说暂停一天。"

十一日（10 月 5 日） 《浙江日报》刊载告白："今日新闻过多，小说暂停一天。"

十三日（10 月 7 日） 《浙江日报》刊载告白："今日新闻过多，小说暂停一天。"

十五日（10 月 9 日） 《浙江日报》刊载告白："今日新闻过多，小说暂停一天。"

十六日（10 月 10 日） 《浙江日报》刊载告白："今日新闻过多，小说续停一天。"

十七日（10 月 11 日） 《浙江日报》刊载告白："今日新闻过多，小说续停一天。"

十九日（10 月 13 日） 《浙江日报》刊载告白："今日新闻过多，小说暂停一天。"

二十二日（10 月 16 日） 《浙江日报》刊载告白："今日新闻过多，小说暂停一天。"

二十四日（10 月 18 日） 《浙江日报》刊载告白："今日新闻过多，小说暂停一天。"

二十五日（10 月 19 日） 《浙江日报》刊载告白："今日新闻过多，小说续停一天。"

二十六日（10 月 20 日） 《浙江日报》刊载告白："今日新闻过多，小说续停一天。"

二十九日（10 月 23 日） 《浙江日报》刊载告白："今日新闻过多，小说暂停一天。"

十月

初三日（10 月 27 日） 《浙江日报》刊载告白："今日新闻过多，小说暂停一天。"

初五日（10 月 29 日） 《浙江日报》刊载告白："今日新闻过多，小说暂停一天。"

初七日（10 月 31 日） 《浙江日报》刊载告白："今日新闻过多，小说暂停一天。"

　　初八日（11 月 1 日）　　《浙江日报》刊载告白："今日新闻过多，小说续停一天。"

　　初十日（11 月 3 日）　　《浙江日报》刊载告白："今日新闻过多，小说暂停一天。"

　　十二日（11 月 5 日）　　《浙江日报》刊载告白："今日新闻过多，小说暂停一天。"

　　十三日（11 月 6 日）　　《浙江日报》刊载告白："今日新闻过多，小说续停一天。"

　　十五日（11 月 8 日）　　《浙江日报》刊载告白："今日新闻过多，小说暂停一天。"

　　十七日（11 月 10 日）　　《浙江日报》刊载告白："今日新闻过多，小说暂停一天。"

　　十八日（11 月 11 日）　　《浙江日报》刊载告白："今日新闻过多，小说续停一天。"

　　十九日（11 月 12 日）　　《浙江日报》刊载告白："今日新闻过多，小说续停一天。"

　　二十日（11 月 13 日）　　《浙江日报》连载《鬼世界》毕。其篇末云："等□这鬼谷子接了驰名归山后，尚有许多鬼话，稍缓再出下编。"

　　二十一日（11 月 14 日）　　《浙江日报》开始连载《新舞台》，连载至十二月初八日仍未完，现不知连载结束于何时。作者署"□"。其回目为：第一回：老汉热心旅行结伴，少年放论雅谊同舟；第二回：女学生时髦错认表妹，邬烈士殉路新演梨园；第三回：一壶春碰见书呆子，金杏园大开东道筵；第四回：警顽固精神有病，挡通关男女平拳；第五回：放荡不羁维新女贻嘲社会，酩酊大醉冒失鬼滚下床沿；第六回：布传单借自治为题目，吃花酒推寓公作主人；第七回：大革命娘子军闯入妓院，不自由小滑头拘锢家庭；第八回：登台演说拍手声多数赞成，散会摇铃明眼人一番指驳；第九回：黄海州遇同志一气联络，孔先生失馆谷满肚牢骚。

　　二十六日（11 月 19 日）　　《浙江日报》刊载告白："今日新闻过多，小说暂停一天。以下紧接本省各府新闻。"

　　二十八日（11 月 21 日）　　《浙江日报》刊载告白："今日新闻过多，小说暂停一天。以下紧接本省各府新闻。"

二十九日（11 月 22 日）　《浙江日报》刊载告白："今日新闻过多，小说续停一天。"

三十日（11 月 23 日）　《浙江日报》刊载告白："今日新闻过多，小说续停一天。以下紧接本省各府新闻。"

十一月

初二日（11 月 25 日）　《浙江日报》刊载告白："今日新闻过多，小说暂停一天。"

初六日（11 月 29 日）　《浙江日报》刊载告白："今日新闻过多，小说暂停一天。"

初十日（12 月 3 日）　《浙江日报》刊载告白："今日新闻过多，小说暂停一天。"

十五日（12 月 8 日）　《浙江日报》刊载告白："今日新闻过多，小说暂停一天。"

十七日（12 月 10 日）　《浙江日报》刊载告白："今日新闻过多，小说暂停一天。"

十九日（12 月 12 日）　《浙江日报》刊载告白："今日新闻过多，小说暂停一天。"

二十二日（12 月 15 日）　《浙江日报》刊载告白："今日新闻过多，小说暂停一天。"

二十六日（12 月 19 日）　《浙江日报》刊载告白："今日新闻过多，小说暂停一天。"

二十七日（12 月 20 日）　《浙江日报》刊载告白："今日新闻过多，小说续停一天。"

二十八日（12 月 21 日）　《浙江日报》刊载告白："今日新闻过多，小说续停一天。以下紧接本省各府新闻。"

二十九日（12 月 22 日）　《浙江日报》刊载告白："今日新闻过多，小说续停一天。"

十二月

初三日（12 月 25 日）　《浙江日报》刊载告白："今日新闻过多，

小说续停一天。"

初十日（1月1日）　《浙江日报》刊载告白："今日新闻过多，小说暂停一天。以下紧接本省各府新闻。"

宣统朝

三年辛亥（1911）

三月

初二日（3月2日）　《浙江日报》连载《毛族传》，标"续"，现不知连载始于何时；连载至三月初四日篇末标"未完"，连载结束时间不详。标"寓言小说"，作者署"佛"。

六月

十四日（7月9日）　《浙江日报》刊登"商务印书馆出版"广告云："《东方杂志》：揭载法政、文学、理化、实业百科之学说，及中外时事、诗歌、小说。大本二百余页，字数二十万，图数十百幅。"零售一册定价三角，邮费六分；预定十二册定价三元，邮费七角二分。"《小说月报》：材料丰富，趣味渊永，译著者皆有名之小说家，诚怡情悦性之妙品也。附插图画，精美夺目。"零售一册一角五分，邮费三分；预定十二册一元五角，邮费三角六分。

《正宗爱国报》与小说相关编年

光绪朝

三十四年戊申（1908）

三月

初三日（4月3日）　《正宗爱国报》第四百八十四号继续连载《请看官场之现形》第十回，标"第二十七续"，现不知何时开始连载，至宣统三年八月十三日仍未完，现不知何时连载结束。未署作者名。现所见回目如下：第十回：怕老婆别驾担惊，送胞妹和尚多事；第十一回：穷佐杂夤缘说差使，红州县倾轧斗心思；第十二回：设陷阱借刀杀人，割靴腰隔船吃醋；第十三回：听申饬随员忍气，受委屈妓女轻生；第十四回：剿土匪鱼龙曼衍，开保案鸡犬飞升；第十五回：老吏断狱著著争先，捕快查赃头头是道；第十六回：瞒贼赃知县吃情，驳保案同寅报怨；第十七回：三万金借公敲诈，五十两买折弹参；第十八回：颂德政大令挖腰包，查参案随员卖关节；第十九回：重正途宦海尚科名，讲理学官场崇节俭；第二十回：思振作劝除鸦片烟，巧逢迎争制羊皮褂；第二十一回：反本透赢当场出彩，弄巧成拙蓦地撤差；第二十二回：叩辕门荡妇觅情郎，奉板舆慈亲勖孝子；第二十三回：讯奸情臬司惹笑柄，造假信观察赚优差；第二十四回：摆花酒大闹喜春堂，撞木钟初访文殊院；第二十五回：买古董借径谒权门，献巨金痴心放实缺；第二十六回：模棱人惯说模棱话，势力鬼偏逢势力交；第二十七回：假公济私司员设计，因祸得福寒士捐官。该报报头上方小字云："本馆开设北京前门外煤市小街马神庙东口路南"，"本馆职任发行兼编辑李树年，印刷冯云和"。零售每张铜元一枚。

宣统朝

二年庚戌（1910）

十月

十八日（11 月 19 日）　《正宗爱国报》第一千四百十六号附张"庄言录"栏目开始连载《珊瑚岛》，至十一月二十二日，共十五节。标"短篇小说"，署"梦梦生随笔"。其篇首云："先声：沧海桑田日日更，烟云万态未关情。而今打破坏头看，方信醯鸡瓮里生。几句俚词念过，下演一编《珊瑚岛》的小说。照说此事，不知出在何代何时，也不记得某年某月，要问根底，不过是些野老讹传。事情呢，虽则不算离奇，说来呢，却也开心悦耳。正如佛经上说的，甚们姑妄言之，姑妄听之了。记得某乡庙里，戏台上有副对联说得最好，写着'天下事无非是戏，世间人何必认真'，真是阅世良言哬。"

十一月

二十二日（12 月 23 日）　《正宗爱国报》第一千四百五十号连载《珊瑚岛》毕。其篇末云："诸位，当年故老相传，刚刚说到此处。此等短篇小说的笔墨，原与野史不同，又好似古镜光中，忽的昙花一现，不可因空认色，更不可以认色为空啊！"

三年辛亥（1911）

正月

初六日（2 月 4 日）　《正宗爱国报》第一千四百八十四号附张"庄言录"栏目开始连载《女知县》，至正月三十日，未完。作者署"耀臣（庄耀臣）"。其篇首云："今天新正初六，小说多增一周。虽无卓见共君谋，曷敢意存荒谬。别看翻陈出旧，犹胜信口胡诌。如果平心细推求，亦能时局参透。残词念罢，概不多表。去年隔三跳两的，好容易才把

《蒋紫姑》说完。按说我病病歪歪的（病病还好办，歪歪可真难瞧），大可以过年儿再歇歇儿。既而一想，不得，还是再说为是，那怕说他个一技半段儿的呢。总算更换了新题目啦，省得阅报的诸君，心里犯嘀咕。可有一节，还是得容在下的贱恙痊愈，才能长篇大论的往下稿。要是拿起笔来就喘，还是得歇两天工（铺褥子），'庄言录'要紧，命可也要紧，真要管凉不管酸，那您就更别瞧啦。今天是头一天，所换这个目录，比那段儿都热闹，先说出个头儿来，诸位好接着往下瞧。"据此可知，《正宗爱国报》于宣统二年末曾连载《蒋紫姑》，作者"耀臣（庄耀臣）"。

三十日（2 月 28 日）　《正宗爱国报》第一千五百零八号附张"庄言录"栏目连载《女知县》，本日标"十六续"，未完，连载结束不详。

五月

初一日（5 月 28 日）　《正宗爱国报》第一千五百九十七号附张"庄言录"栏目开连载《张铁汉》，标"廿一续"，连载开始当不迟于四月初十日，连载至五月十一日毕，作者署"自了生"。

十一日（6 月 7 日）　《正宗爱国报》第一千六百零六号附张"庄言录"栏目连载《张铁汉》毕。

十二日（6 月 8 日）　《正宗爱国报》第一千六百零七号附张"庄言录"栏目开始连载《李傻子》，至五月二十九日仍未完。作者署"自了生"。其篇首云："四月清和已过，匆匆又逾端阳。困人天气日炎长，正好高眠绛帐。只为笔耕难辍，依然昼夜奔忙。诸君听我说疯狂，也可消除魔障。几句残词念罢，咱们还是说书，这段题目，叫作《李傻子》。其实这个人，并不是真傻，皆因他秉性孤高，看著尘俗的世态，每每不合他的心理，时常的说些个如疯似狂的傻话，故此大家都管他叫傻子。"

二十九日（6 月 25 日）　《正宗爱国报》第一千六百二十四号附张"庄言录"栏目连载《李傻子》至本日，标"十七续"，仍未完，连载结束时间不详。

七月

初一日（8 月 24 日）　《正宗爱国报》第一千六百八十四号附张"庄言录"栏目继续连载《何桂秋》，标"第十三续"，连载开始时间当不迟于闰六月十八日，至八月十二日连载毕，作者署"阿丑"。

八月

十二日（10月3日） 《正宗爱国报》第一千七百二十四号连载《何桂秋》毕。

十三日（10月4日） 《正宗爱国报》第一千七百二十五号附张"庄言录"栏目开始连载《金茂》，至本年九月十一日，篇末标"未完"，后未见续载。作者署"自了生"。其篇首云："桂子月中开落，天香云外飘来。几家新造好楼台，不啻欧洲世界。未把园亭盖起，先将百姓驱开。或施压力或钱财，那怕平民不卖。记得红羊劫数，联军大队游街。朱门大第任徘徊，宅内公卿何在。今日再营华屋，须防巢卵之灾。前人修好后人拆，说甚侯门似海。几句时词念罢，接著就要招说。上回那段儿《何桂秋》，是我们阿丑先生的佳作，书中叙事之精辟，穿插之奇妙，无不入情入理。虽间有游戏笔墨，然不外乎吉人天相，惩恶除奸，劝善警愚，足以维持社会。作了将及五十续，很费了点子心思，故此这回叫在下现丑。这段儿书呢，也不必说详自何年，出自那代，不过在酒后茶余，聊作解闷的玩意儿，也可多增一番阅历，知道诡诈世界，无奇不有。"连载《请看官场之现形》至第二十七回，标"六续"，仍未完，连载结束时间不详。

九月

十一日（11月1日） 《正宗爱国报》第一千七百五十二号附张"庄言录"栏目连载《金茂》至"二十三续"，篇末标"未完"，此后未见续载。

十六日（11月6日） 《正宗爱国报》第一千七百五十七号附张"庄言录"栏目开始连载《范希周》，至十月十六日毕。作者署"自了生"。其篇首云："近日民情惶恐，幸经官府安排。禁止粮价勿高抬，免得穷人受害。银钱两行生理，经由官款拨来。照常营业把门开，市面流通无碍。奉告绅商各界，喻晓妇孺童孩。封疆多事有贤才，毋庸大惊小怪。屡次红旗捷报，尤当镇静心怀。休信谣传莫胡猜，升平指日可待。自从武汉事起，京中得著这个信儿，人心未免惶恐，匪徒藉事生端，□这□□造谣言。更有一般奸商，希图渔利，任意增长物价，那些虚空架事的钱铺，赶到这个时会儿，自然周转不灵了。也有开著门儿，公然不点钱的；也有爽性把门儿一关，闷着头儿过心静日子的，地面上还得给他保护著，看那□子，他们直像是有了理呀似的。惟有穷苦百姓们，真是苦上加苦，手里拿着票子，干瞧著挨饿，别说是到本铺儿取钱，连本铺儿的台阶儿，你也休想随便的登登啊。所以那两天的景况，简直的不成市面了。幸亏警界极力维持，由部请拨发官款，接济银号钱商，借以流通市面，又经顺天府开办平粜，粮米也不随风儿长钱啦，人心赖以得安。奉告绅商住户、铺户们，由此即可各安生业，别听七言八语，那路山谣言，现在南征将士，奋勇图功，乱事不难戡定。朝廷实行立宪，组织完全内阁，从此庶政公诸舆论，职任各有责成，四海升平，指日可待。近有关于大清帝国实行宪政请求的折子，国民没有不盼著早□见的，故此本报把小说儿歇了两天，把这几件要折同两张告示，亟早登出，以副阅者之望，这大家心里也就一块石头落了地啦。诸君，您就请放宽心，还是听我说书吧。"

十月

十六日（12 月 6 日）　　《正宗爱国报》第一千七百八十七号附张"庄言录"栏目连载《范希周》毕。

十七日（12 月 7 日）　　《正宗爱国报》第一千七百八十八号附张"庄言录"栏目开始连载《阿玉》，至十一月二十九日毕。作者署"自了生"。其篇首云："岁暮凄凉可惨，孤儿寡母堪怜。衣衫典质度新年，引出一场恩怨。富商识人有眼，议订美满良缘。岂知魔障阻其间，刹那风潮立变。淫徒逞财酿祸，恶盗手辣心残。可怜一个小儿男，血染钢刀命断。痛矣无辜被害，伤哉不白之冤。若非节烈女中贤，怎能翻此奇案。这几句词儿，就是这段小说儿通篇的大略。书中的穿场很多，非常的热闹。现在新出的一般小说儿，是言情一派占多数，其中分艳情、浓情、哀情等类。每一开卷，翻不了几篇儿，就有点儿不大爱看。并不是看书人假道学，不欢迎这些言情的书，实因仿效钞袭，弄得千人一面。除去偎倚缠绵之外，直没有一定的宗旨，所以令人一望生厌。在下今天这段小说儿，也纯乎由一情字起因，然非男女间私相爱慕的那个'情'字，却是天地间至情至理的'情'字。推而至于三纲五常，君臣、父子、夫妇、兄弟、朋友，无一不由情字而发。总而言之，情之正者谓之情，情之不正者谓之邪；正则醒世警愚，邪则伤风败俗。所以小说儿一门，关于世道人心，诚非浅鲜。闲言少叙，咱们这就开书。"

十一月

二十九日（1月17日）　《正宗爱国报》第一千八百二十九号附张"庄言录"栏目连载《阿玉》毕。

三十日（1月18日）　《正宗爱国报》第一千八百三十号附张"庄言录"栏目开始连载《麻希陀》，连载结束时间不详。作者署"自了生"。其篇首云："良医如同良相，全能济世活人。半积阴功半养生，不失吾儒本分。竟有假讬秘术，暗中戕害生民。冤魂枉死怨难伸，惨忍说来可恨。书生穷途岁暮，被骗误入其门。几番家信少回音，未免踌躇纳闷。幸遇一双桃李，顾念教育之恩。道破其中恶原因，方才逃得性命。几句粗词念罢，接著还是说书。当初范文正公有言，说是不为良相，当作良医。要说作宰相的呢，内而尚书侍郎，翰詹科道，有司百官；外而督抚藩臬，以及州牧邑宰，无一人不归他节制，真可谓一人之下，万万人之上。其实作官不在大小，就是作个一州一县的父母官，只要你胸有经纶，也能建功立业，怎么范文正公，偏说除去作宰相之外，就愿作个医家，这是怎么个意思呢？皆因宰相统制全国，燮理阴阳，调和鼎鼐，举凡一国人民之生命，都归他一人执掌。政治良，全国人民就能享和平幸福；政治不良，就能惹得刀兵四起，人民全都跟著遭殃。岂不是一国人民的性命，通通的操在他一人之手吗？要当医家的，也是掌人民生死之权，所以有人说，医生的三个手指头，往脉上一按，就得定出阴阳来（可不是定下阴阳，等他开殃榜），病是由那一经所致，应用什么法子调理，这剂药一下去，就能关乎人的生死。故此给大夫挂匾，多有用什么'功同良相'咧，又什么'医国妙手'咧。因为作宰相同作医家的，皆有执掌人民生死之权，故必须有起死回生之术，方能收补天浴日之功。范文正公后来说良相良医的话，全是必存济世，意在保民哟。据此说来，足见医学一道，其责任权力，直与宰相并重，以此为业的，岂可不加意审慎，切实研究啊？常见一般落魄寒儒，看过两篇儿本草，念过几句汤头歌儿，这就要挂牌出马，虽然他没安心害人，其实难免误人生命。又有人说，当大夫一途，本是念书的一个后门子，不过穷极无聊，为顾自己的生活而已，推原其情，似乎不可深怪。我说不然，要是为自己谋生路儿，社会上可作的事情很多，惟独当大夫看病，可不是抄起来就能行的呀。惟望世界上的宰相和医生，都能以范文正公之心为心，那才是国民的大幸福呢。闲话儿抛开，书归正传。"

《中国报》与小说相关编年

宣统元年己酉（1909）

九月

二十九日（11 月 11 日） 《中国报》刊载"新出历朝一百三十五种说部大观"广告云："是书为明云间陆氏编，俨山书院集部汇刻，分《说选》、《说渊》、《说略》、《说纂》四大部，一百三十五种，搜罗繁富，蔚为大观，《四库提要》称其视曾慥之《类说》、陶宗仪《说郛》二书为详赡，则其价值可知。近世小说著译日异月新，此书于古今野史、外记、丛说、脞语、薮书、怪录，虞初稗官之流，以及蛮陬绝徼，风物土宜，方志所未载者，靡不旁搜博采，品藻抉择，勒成一书。读之者直可增见闻，考异同，作历史之羽翼，舆地之旁证，洵好古博雅之一助。本公司觅得明版原刻，亟付印行世，以公同好。全书一部装订十二册，计定实价洋四元。兹售预约券，每部减价二元，购券者价洋一次缴足，先取《说选》三册，本年十一月印竣，缴券取全书，惟预约券所印无多，售完即不再印，博雅君子，幸勿交臂失之。北京崇文门内船板胡同集成图书公司谨告。"《中国报》发行所：天津宫北宣家胡同。

十月

初三日（11 月 15 日） 《中国报》开始连载《贼侦探》，至宣统二年二月十九日。标"小说"，未署译者名。该篇共三节，各节标题如下：第一节：募捐助赈；第二节：赤金镜妆；第三节：秘密社会。

初七日（11 月 19 日） 《中国报》开始连载《人体自治》，至本月初八日。标"短篇小说",作者署"孤"。

初八日（11月20日）《中国报》连载《人体自治》毕。

十一日（11月23日）《中国报》开始连载《血泪花》,至本月十四日。标"言情小说",署"（原著者）法国爱而夫之敦,译者意我"。

十四日（11月26日）《中国报》连载《血泪花》毕。

十五日（11月27日）《中国报》开始连载《五百年前之盗案》,至本月十八日。标"醒世小说",作者署"孤"。

十八日（11月30日）《中国报》连载《五百年前之盗案》毕。

十九日（12月1日）《中国报》开始连载《私塾改良》,至本月二十日。标"短篇小说",作者署"我"。

二十日（12月2日）《中国报》连载《私塾改良》毕。

二十一日（12月3日）《中国报》开始连载《孝廉方正》,至本月二十二日。标"短篇小说",作者署"孤"。

二十二日（12月4日）《中国报》连载《孝廉方正》毕。

十一月

十一日（12月23日）　《中国报》开始连载《飞天弹》,至本月十四日。标"寓言小说",作者署"吉"。

十四日（12月26日）　《中国报》连载《飞天弹》毕。其篇末云:"吉三曰:臧文仲山节藻棁时,素王即反对之,数千年后,犹除此余孽。以除民害,能救世者为教主,端门之命,信有征矣。独怪麟之玉书,不能胜此龟,必乞师于火星世界之飞天弹。说者谓龟状地中,吸收阴毒之气数千年,非以纯阳制之不可,火星飞天弹,正所以敌地球星之缩地龟也。是或然欤?"

十九日（12月31日）　《中国报》开始连载《煤烟毒》,至本月二十一日。标"寓言小说",作者署"吉"。

二十一日（1月2日）　《中国报》连载《煤烟毒》毕。其篇末云:"记者曰:物必自腐而后虫生,使火车司机得人,何至轨路丧失。煤烟有毒,亦自毒而已。嗟乎!"

二十六日（1月7日）　《中国报》开始连载《花榜》,现所见至十二月初八日,未完。标"寓言小说",作者署"哲"。

十二月

初五日（1月15日）　《中国报》刊载"《春泥花小说》出版"广告云："《春泥花小说》原附刊《迟报》，撰至第十二回，而《迟报》停版，此小说遂辍笔。现鄙人因此小说为北京近数年来社会之情状，事实文谐，不忍湮设（没），特重加删润批评，刊印成帙，以公诸世，且请'拈花微笑尊者'续撰，以完此因果。当此小说附刊《迟报》时，已为社会欢迎，想此次成书出版，必争先睹为快也。现初编准备于月内出版，每册价洋四角五分，二编、三编续刊。此布。北京各书庄俱有寄售。"

初八日（1月18日）　《中国报》连载《花榜》现所见至本日止，未完。

初九日（1月19日）　《中国报》开始连载《畸零女》，至本月十七日。标"教育小说"，作者署"皖南女士"。

十七日（1月27日）　《中国报》连载《畸零女》连载毕。其篇末云："著者曰：鯫生瞽儒，每谓人禽之判，即在天理人欲之间。噫其然，岂其然乎？夫自婴婗堕地之时，一切欲望，即随有生俱来，是谓天赋。然则人欲即天理也，第不以人欲害人欲，斯为得天之正，缺法维何？曰：群己之间，各仅谨其界而已，此极端克己之论，及基督旧教与身为仇之说，不待攻而自破也。虽然，其流毒尚未有艾，私家教育，以遏灭儿童生趣为能事者，比比皆是，使谬种流传，则社会演进之机，必因以窒，非过言也。然亦未可尽归咎此辈，每见有人焉，并未受此等不情之教育，亦非生具乖僻之性质，第于其群为特别挺秀者，必见摈于其群，此其故又特奚责，畸零之苦，固不仅湛圆女郎一人已也。观于吾老氏和光同尘之旨，深为服膺，特恨不谙其术耳。呜呼。此篇脱稿，出以示客，客曰：'消极主义，阻社会进化之原，固闻命矣。愿所谓人生娱乐者，其范围至广，睿哲之士，取精神上之愉快，奚斤斤于物质为哉。'则应之曰：'不然，君所云知一而未知其二者也。世风愈薄，俗鄙之夫，沉湎于声色货利，固非提倡精神之愉快，不足以促国民程度之进步。惟过犹不及，若执此以为文明极致，是必欲返世于皇古朴陋之风耳。盖吾人既居此实现的世界，以衣、食、住三者为必要之生涯，而犹曰愉快于精神，勿愉快于物质，优美其心思，勿优美其形式，若而人生者，必神游羽化于无何有之乡而后可。夫精神与物质，为对待之名辞，非正负之名辞，其为用也，实相需相成。盖人民生活程度之高，而思想始愈以开拓，人第知方今欧西学术蔚兴，国民心理上之进步，有非常可惊者。试观彼所谓文明祖国希腊、罗马，其雕刻建筑等美术为何若，可废然返矣。'"

十八日（1月28日）　《中国报》开始连载《龟之幻相》，至本月十九日。标"教育小说"，作者署"吉"。

十九日（1月29日）　《中国报》连载《龟之幻相》毕。

二十日（1月30日）　《中国报》开始连载《贱公》，至本月二十一日。标"诛奸小说"，作者署"选"。

二十一日（1月31日）　《中国报》连载《贱公》毕。

二十四日（2月3日）　《中国报》开始连载《醉司命》，至本月二十五日。标"短篇小说"，作者署"我"。

二十五日（2月4日）　《中国报》连载《醉司命》毕。

宣统二年庚戌（1910）

正月

初六日（2月15日）　《中国报》开始连载《恭贺新禧》，至本月初七日。标"短篇小说"，作者署"吉"。

初七日（2月16日）　《中国报》连载《恭贺新禧》毕。

初八日（2月17日）　《中国报》开始连载《接财神》，至本月初九日。标"滑稽小说"，作者署"我"。

初九日（2月18日）　《中国报》连载《接财神》毕。

初十日（2月19日）　《中国报》开始连载《情血》，现所见至三月十三日，未完。标"小说"，译者署"吉"。现所见共二章，其标题如下：第一章：叛国奴；第二章：意中人。

二月

十九日（3月29日）　《中国报》连载《贼侦探》毕。

三月

十三日（4月22日） 《中国报》连载《情血》现所见至本日止，未完。

十四日（4月23日） 《中国报》开始连载《情天》，现所见至六月初一日，未完。标"小说"，译者署"神"。现所见共六章，各章标题如下：第一章：婚誓；第二章：奇遇；第三章：诡谋；第四章：萍合；第五章：贤厄；第六章：侠救。

二十七日（5月6日） 《中国报》刊载《蜂媒》，标"短篇小说"，作者署"吉"。

四月

二十三日（5月31日） 《中国报》开始连载《雪里红》，连载结束时间不详。标"短篇小说"，作者署"秋夜"。

六月

初一日（7月7日） 《中国报》连载《情天》现所见至本日止，未完。

《中华民国公报》与小说相关编年

宣统朝

三年辛亥（1911）

八月

二十五日（10 月 16 日）　《中华民国公报》在湖北武昌创刊。报馆设于武昌大朝街六十八号。

九月

初七日（10 月 28 日）　《中华民国公报》连载《和尚缘》（续前），标"最新小说"，署名"僧魂"。自次日起，现所见正题后的副标题分别为"和尚坐魔分第二"、"和尚受戒分第三"、"和尚□□分第四"、"和尚游方分第五"、"和尚唱梵分第六"、"和尚观潮分第十"、"和尚换丹分第十一"、"和尚回头分第十二"、"和尚取经分第十三"、"和尚度人分第十四"、"和尚说法分第十五"、"和尚证果分第十六"、"和尚散化分第十八"。据此可知，本篇连载开始最迟当在本月初六日。

二十七日（11 月 17 日）　《中华民国公报》连载《和尚缘》目前所见至本日止（和尚散化分第十八），篇末标"未完"，连载结束时间不详。

《中外实报》与小说相关编年

宣统朝

元年己酉（1909）

二月

二十日（3月11日）　《中外实报》附张开始连载《东洋花蝴蝶》，至二十七日毕，标"特事小说"，其左又注"日本新发现之奇闻"，作者署"申"。其篇首云："我国小说戏剧中，有淫盗花蝴蝶一出，久脍炙庸夫俗子之口。今日本新被捕之著名淫盗名电小僧者，事颇与之相类。其人身轻似燕，步捷如猿，玲珑活泼，往来倏忽如电，故群呼为'电小僧'。日本贵族闺秀及女学生等，被其诱者，不下数十辈，爰将电小僧之历史，述录于左，以供阅报诸君茶余酒后之谈资。"《中外实报》馆设天津"英租界海大道广东路内"。

二十七日（3月18日）　《中外实报》附张连载《东洋花蝴蝶》毕。其篇末云："按：电小僧审讯后情形，现尚未悉；将来如何判定其罪案，能否不再被其兔脱，亦在不可知之数。记者述此事，不禁喟然有感于电小僧之言。电小僧之言何如？曰：'日本女子多虚荣心，思想浅薄。'窃谓世界女子被此二语之毒，而流入于非为者，宁独日本？有志振兴女学者，亟当研考妇女之心理，于教科书中，应即此二语而思所以补救之术，则获益当非浅鲜。吾国女学初兴，其第一障碍，即在女学生胸无主宰，往往误认荡捡踰闲为文明，不堪入耳之事，时有所闻。于是父兄之爱其女子弟者，相以入学为大戒，而女学遂永无发远之望。盖中国流荡子弟，厕身女学界者不少，虽其济奸之学问远不如电小僧，然出其小技，已足惑乱妇女而有余。电小僧之语，尤切中我国女界之普通心理者也。□□化而昌女学，是所望于当世之教育家。"

闰二月

初五日（3 月 26 日）　《中外实报》附张开始连载《学堂闻见琐记》，至初九日连载毕，标"短篇滑稽"，未署作者名。

初九日（3 月 30 日）　《中外实报》附张连载《学堂闻见琐记》毕。

初十日（3 月 31 日）　《中外实报》附张开始连载《人肉宴》，至十一日连载毕，标"风俗小说"，未署作者名。

十一日（4 月 1 日）　《中外实报》附张连载《人肉宴》毕。

十五日（4 月 5 日）　《中外实报》附张开始连载《学堂闻见琐记》（二），至二十日连载毕，标"短篇滑稽"，未署作者名。

二十日（4 月 10 日）　《中外实报》附张连载《学堂闻见琐记》（二）毕。

二十六日（4 月 16 日）　《中外实报》附张刊载《结婚》，标"风俗小说"，署"录"。此篇原载本月十八日《申报》，标"短篇风俗小说"，作者署"朗"。《中外实报》转载时署"录"，当为转录之意。

三月

初四日（4 月 23 日）　《中外实报》附张连载《学堂闻见琐记》（三），标"短篇滑稽"，未署作者名。该篇注"再续"，篇末注"未完"，现仅见这一期，连载开始与结束时间不详。

四月

初九日（5 月 27 日）　《中外实报》附张开始连载《女侦探》，至二十六日连载毕，标"短篇小说"，作者署"美贺侬著，宙乘译"。此篇原载本年三月十九日《舆论时事报》，唯第三节标题"亡盗"改为"越狱"。

二十六日（6 月 13 日）　《中外实报》附张连载《女侦探》毕。

八月

初二日（9 月 15 日）　《中外实报》附张刊载《学生……妻》，标"短篇小说"，作者署"木"。此篇原载本年七月十七日《神州日报》。

初七日（9 月 20 日）　《中外实报》附张刊载《奇丐》，标"短篇"，署"逸园稿"。此篇原载本年七月二十五日《神州日报》。

十九日（10 月 2 日）　《中外实报》附张开始连载《大盗》，至二十一日连载毕，标"短篇小说"，署"神州"。此篇原载本年七月二十七日《神州日报》，未署作者名，《中外实报》转载时署"神州"，其意当为转载自《神州日报》。

二十一日（10 月 4 日）　《中外实报》附张连载《大盗》毕。

二十六日（10 月 9 日）　《中外实报》附张开始连载《爱蝗官》，至二十七日毕，标"短篇小说"，作者署"选"。

二十七日（10 月 10 日）　《中外实报》附张连载《爱蝗官》毕。

二年庚戌（1910）

六月

十二日（7 月 18 日）《中外实报》刊载"大文豪家南海吴趼人君肖影并墨宝"广告。

《中西医学报》与小说相关编年

宣统二年庚戌（1910）

九月

《中西医学报》第六期"社友来稿汇录"栏刊载《医家伯道》，标"短篇实事"，作者署"潜"。其篇首云："谚曰：良医之子死于病。潜曰：若某医者，目仅识丁，绝无良医之资格，而双璧双珠，问□于荩，岂不大可哀哉？"其篇末云："吾愿天下之汉医，皆以某医为前车之鉴，诊事之暇，研究新学，以补旧药之不及，则病人幸甚，诸君之子亦幸甚。"《中西医学报》于本年四月十五日创刊于上海，原为月出两期，后为月刊，上海中西医学研究会出版，无锡丁寓主编。总发行所：上海新马路昌寿里五十八号。全年报费本埠八角四分，外埠九角六分，零售每册一角。

下编　海外

《槟城新报》与小说相关编年

宣统元年己酉（1909）

闰二月

初八日（3 月 29 日）《槟城新报》刊载"看看！男女之秘密、女子卫生学书出世"广告，内云："总发行所暂寓义兴街同安客栈内。有各种教科书、图画新小说、医书、小说、尺牍发行。己酉年闰二月初八日，上海南洋官书局谨启。"《槟城新报》光绪二十二年创刊于马来亚槟榔屿，馆设该市中街第二百廿八号、二百三十号、二百三十二号。

三月

二十九日（5 月 18 日）《槟城新报》"论说"栏刊载《禁军人阅小说之无理》，作者署"天涯游客"（徐圆阳）。其全文如下："古人谓开卷有益，洵知旨哉。尼父不云乎，饱食终日，无所用心，不有博奕（弈）为之犹贤。然则人特患无所用心耳，且况其究心于小说乎？彼禁之者，吾诚不知其用意之所在。近闻大吏有严禁军人阅小说之举，始闻之而疑，继而惊。初意其存迂腐之见、冬烘之心，恐军人流于邪僻，为立身修德之玷，故禁之，使归于正。此亦旧学家之故见，未足异也。既而又思之，彼行此禁例，殆恐军人役志于小说，则无暇研究兵书；不能研究兵书，则于戎机有碍。彼之禁阅殆以此故，此吾所以始闻之而疑也。既而深思之，乃知其不然。盖虑军人之流于邪僻，禁之使归于正，犹是旧学迂谬之见，其愚固可悯，其心尚可原也。至若虑军人之智识日增，禁之使其目无见，耳无闻，懵懵浑浑，然后可以长备佣奴，永施鞭策。以此存心，真可诛可杀矣。彼之用意，得毋是乎？吾非深文周内，故为此论也。盖彼辈奴性深入脑部，惟日以拥戴异族，固其子孙万世帝王基业为事，故于军人之进步，则多力抑之，恐其有碍于异族，则己之富贵不能长保也。此吾所以闻之继而惊也。彼疑忌之心，吾知之矣。其在中国旧有之小说，贞淫美刺，不一而足，而言军事者亦颇多，虽野史稗官不无失实，然亦实足溶人之灵府，发人之心思，固已招其忌矣。况近日由欧美译出各种之新小说，其中言军事者有之，言民族者有之，言侦探者有之，言革命者亦有之，生面别开，最足以增人之识见。且其文义亦显浅易明，虽稍解字义者，亦能读之。读军事之书，则足以发其从戎之思想，闻击鼓之声，犹能振其踊跃用兵之意，况书之感人者深乎？此其所以忌也。读民族之书，则足兴其种族之观念，社稷丘墟，身为亡虏，睹故宫之禾黍，有不潸然堕泪者乎？此其所以忌也。读侦探之书，最足以增其智虑，以无头公案，忽然而奇想天开，当水尽山穷，忽然而花明柳暗，是殆于穷思绝想之余，别有会心也。此其所以忌也。至革命之书，尤为彼所大忌，彼平日已畏革命如虎，况有书可读，有籍可稽。若英，若法，若意，若美，今日之所以能卓然独立，雄长环球者，莫不从革命中得来。彼军人读之，有不油然兴感者乎？此又其所最忌也。蓄此种种疑忌，遂有此种种禁例，其所由来者远矣。彼禁军人之阅小说，其用心固如此已，然亦知小说之有裨于人者深乎？夫上哲之资，世所罕觏，中材之质，举目皆然。以老庄班马之书授之中材，吾固知其难读，惟有束之高阁已耳，则何如授之以小说。小说则文理显浅，易于通晓，自可由浅而深，引人入胜，读之既久，而学问有不增益者乎？而冬烘先生则谓《西厢》、《水浒》盗薮淫媒，少年而气血未定，识力未坚，读之最足坏人心术。噫！此迂儒之论也。仁者见之谓之仁，智者见之谓之智，是在读者之领会，且贤愚关于天性，岂区区小说所能移易哉？"

宣统三年辛亥（1911）

正月

二十九日（2月27日）《槟城新报》开始连载《百日运》，至二月初一日。标"短篇小说",作者署"涯"(徐圆阳)。

二月

初一日(3月1日)《槟城新报》连载《百日运》毕。

初二日(3月2日)《槟城新报》开始连载《蛇报冤》,至二月初六日。标"短篇小说",作者署"涯"(徐圆阳)。

初六日(3月6日)《槟城新报》连载《蛇报冤》毕。

初七日(3月7日)《槟城新报》开始连载《侠丐贤妻》,至二月初九日。标"短篇小说",作者署"涯"(徐圆阳)。

初九日(3月9日)《槟城新报》连载《侠丐贤妻》毕。

十一日(3月11日)《槟城新报》刊载《逼债奇遇》,标"短篇小说",作者署"涯"(徐圆阳)。

十三日(3月13日)《槟城新报》开始连载《徐花农考试》,至三月初一日毕。标"短篇小说",作者署"涯"。

三月

初一日(3月30日)《槟城新报》连载《徐花农考试》毕。

初二日(3月31日)《槟城新报》开始连载《记徐赓陛事》,至三月初九日。标"短篇小说",作者署"涯"(徐圆阳)。

初九日(4月7日)《槟城新报》连载《记徐赓陛事》毕。

十二日(4月10日)《槟城新报》开始连载《记梁山颠事》,至三月二十一日。标"短篇小说",作者署"涯"(徐圆阳)。

二十一日(4月19日)《槟城新报》连载《记梁山颠事》毕。

四月

初三日(5月1日)《槟城新报》开始连载《南美洲之女侠》,至四月十一日。标"短篇小说",作者署"古梅"。

十一日(5月9日)《槟城新报》连载《南美洲之女侠》毕。

六月

十六日(7月11日)《槟城新报》开始连载《杨某》,至六月十七日。标"短篇小说",作者署"思蓼"。

十七日（7月12日）《槟城新报》连载《杨某》毕。

闰六月

二十九日（8月23日）《槟城新报》开始连载《闺侠》,至九月二十八日"第六十七续",篇末标"仍未完",连载结束时间不详。标"小说",未署作者名。

七月

初六日（8月29日）《槟城新报》刊载《黄瑞伯》,标"小说",作者署"飘瓦"。"丛谈"栏刊载《多宝龟》,该文云:"《多宝龟》小说,原名《盛世元龟》,系都中一记者手笔。初拟印单行本出售,登告白于《帝京新闻》,讵盛宣怀见此告白,不知何以觉为骂己,亟遣人婉商该报主任者,撤去此告白。该报不允,盛大怒,特谒民政大臣肃王,称《盛世元龟》小说,系骂我之资料。王笑曰:'传闻异词,我顷闻人言此小说系骂汝老太爷者。'盛力辨曰:'非骂我先人,实骂予小子,可否请禁止勿登?'王曰:'君见过小说否?'答曰:'未见。'王曰:'既未见过,外间传闻,不足为据。且俟出书再看,如真骂阁下,必禁止。此时该报之告白,不便禁其不登。'盛闻言,几欲哭出声,伏地三叩头,请全体面。王不得已,漫允之,盛称谢退。王遂饬警厅嘱该报去此告白,且告以故。该报勉徇其请,而撰者大患,以此书字字言言,皆有来历,并非昔年之《孽海花》可比,如有人承认,我可与彼同受法庭之审判。宫闱秘事,禁止登载,岂臣民秘事,亦禁登载耶?捏造谣言,禁止登载,岂真实事迹,亦禁载耶?后又欲投其稿于《国民公报》,该报以其文字太劣,未为刊登。今其稿为《启民爱国报》披露。盛初不知,一日,接无名邮函□,盛羞忿无地,立派人速购该报全份,持谒肃王,其颇有洗。王阅数纸,笑不可仰,曰:'君有权停寄该报,不必忧忿。'盛曰:'非封禁报馆,拘办主笔不可。'王曰:'此等小事,何必介意。俗言道高一尺,魔高一丈,君六十许人,而火气未退,真难得也。'盛知不可强,嗫嚅而去。连电至沪,而该报遂被停寄。现闻撰者拟将此小说版权,赠与外国人,并翻译东西洋文,决计使《盛世元龟》,与地球相流传,不知盛更有何术以处之也。现盛逢人便称道《多宝龟》事弗衰，言时捶胸顿足，□涎溅人面，忿不可遏。党之者亦助之，张目竞为传播。顷闻其事，为监国所知，喻肃王曰：'听说近日各报纸言论，多不平实，宜力为劝导。'盖为此事发也。王唯唯。然都中如《帝国》、《帝京》等报，对于朝政，仍侃侃□少属也。"

初十日（9月2日）《槟城新报》刊载《婉儿》，标"小说"，未署作者名。

九月

二十八日（11月18日）《槟城新报》连载《闺侠》之"第六十七续"，现所见连载该作至本日止，连载结束时间不详。

《汉文台湾日日新报》与小说相关编年

光绪三十一年乙巳（明治三十八年，1905）

五月

二十九日（7月1日） 《汉文台湾日日新报》开始连载《阵中奇缘》，至本年十二月初五日。标"最新小说"，译者署"南瀛雪渔"。现所见回目如下：第一回：松如龙进攻东野，熊大猛协守西山；第二回：如龙苦心筹战策，铁花决意探军情；第三回：铁花政路逢家婢，大猛悬崖遇美人；第四回：铁花冒险探小路，如龙潜师袭后山；第五回：耻投降铁花死战，换俘虏大猛生还；第六回：霞青老婢瞒梅孽，保赤公医救铁花；第七回：严厉巴奇询敌状，刚强大猛禁军牢；第八回：费心机霞青设计，贪利欲铁怪筹谋；第九回：田军曹特隆礼遇，熊大尉自苦思维；第十回：为忠欲死终无死，冒险求生几不生；第十一回：两豪杰逃生崖下，二弟兄溺死波中；第十二回：雾隐园铁花卧病，石障村梅孽追踪；第十三回：临别赠言相对泣，甘心践约再为俘；第十四回：擎战炮宗忠试力，赠行粮大猛怜饥；第十五回：巧石郎临机应变，恶梅孽假公济私；第十六回：松如龙义释熊大猛，共和军剿灭勤王师；第十七回：冒风雨潜窥牢狱，释猜嫌各诉衷情；第十八回：援铁花大猛筹策，救如龙宗忠定谋；第十九回：死际婚法奇三酷吏，一急时谋命拚两英雄；第二十回：脱危难同逃罗尔，取藏金齐赴绿湖；第廿一回：取藏金静修陈法，定婚姻保赤为媒。光绪二十四年（1898）日人守屋善兵卫并购《台湾新报》与《台湾日报》改组成《台湾日日新报》，设两页汉文版。光绪三十一年（1905）五月二十九日将汉文版扩充，独立发行《汉文台湾日日新报》。宣统三年（1911）十月初十日，因财务困难，恢复以往于日文版中添加两页汉文版面的作法，至1937年4月1日应时局全面废除。报费：零售每日二钱，日本全国及清、韩不要邮费，其它外国一个月邮费金四十钱。发行所：台北西门街四十七番户。株式会社：台湾日日新报社。发行人：宫部勘七。

十二月

初五日（12月30日）　《汉文台湾口口新报》连载《阵中奇缘》毕。其篇末云："附记：《阵中奇缘》译书，原为初稿，未经校阅，篇幅之复杂，辞句之繁芜，在所不免。原不敢遽以问世，因本纸有余白，故陆续揭出，以供阅报诸君之快览，非敢炫异也。尚祈谅之。"

光绪三十二年丙午（明治三十九年，1906）

四月

初五日（4月28日）　《汉文台湾日日新报》开始连载《灵龟报恩》，至四月初六日，作者署"雪渔逸史"。

初六日（4月29日）　《汉文台湾日日新报》连载《灵龟报恩》毕。其篇末云："逸史氏曰：《广异记》载刘彦回父为潮州刺史，有下僚于银坑得一龟，长一尺，持献郡官。谓得此龟，则寿千岁，使君谢已（己）非其人，自送至坑所。后彦回官房州，山水泛滥，一家惶恐。俄有大龟引路，随之而行，悉是浅处，历十余所（里），得免水难。彦回梦龟曰：昔在银坑，蒙先使君之惠，故以报恩。又《抱朴子》载郄俭行猎，误坠空冢之中，从龟学导引之法。甚矣，龟能得道长生，又不忘报恩，自古有然，不得以此一节为异也。世之不知酬恩者，宁非龟之不如乎？

初八日（5月1日）　《汉文台湾日日新报》刊载《郑成功之海神讨伐》，作者署"蕉鹿"。

初九日（5月2日）　《汉文台湾日日新报》刊载《木仓每》，作者署"最不羁生"。其篇末云："谐史曰：观林侯之吟辞，宛然欲以匹夫荷天下之重任。追谈及阿堵物，则一段慷慨激昂之气，尽付东流。笔下无英雄，良然。噫！钱之一物，困尽天下豪杰于辕下者，不知数千百矣，诚令古今人同声一哭。"

初十日（5月3日）　《汉文台湾日日新报》开始连载《痴魂为厉》（首日刊载时题名作"痴情为厉"），至四月十一日，作者署"霞鉴生"。

十一日（5月4日）　《汉文台湾日日新报》连载《痴魂为厉》毕。其篇末云："本题系《痴魂为厉》，昨日上篇'魂'误作'情'，并此订正。"

十二日（5月5日）　《汉文台湾日日新报》刊载《烈女报仇》，作者署"少潮"。其篇末云："奇史曰：阿春一孱弱女子，而能雪大仇于权贵之门，缇萦奇女子，双炳宇宙。观其往来于豪门奴婢间，十余年不动声色，其缜密负重，志坚铁石，心细毫毛，虽古忠臣义士之行为，何以过是，可不谓奇伟哉！噫！此其所谓神州奇女伊东阿春也。"

十三日（5月6日）　《汉文台湾日日新报》开始连载《孝女白菊》，至四月十六日，作者署"巽轩"。

十六日（5月9日）　《汉文台湾日日新报》连载《孝女白菊》毕。其篇末云："襄江渔史附记曰：孝女白菊，艳如桃李，而淡若黄花，孝贞直迫古人，气节几凌男子，所谓'安能辨我是雄雌'也。观其事迹，悲壮漓淋，情绪缠绵，洵为恰到好处之一短篇小说。巽轩此诗，尤笔力劲健，朗朗可吟，阿睹传神，曲折道达。且说部亦有成以歌体者，因采录入本栏。读者幸勿与寻常之淫荡猥亵小说，同一例视也可。"

十七日（5月10日）　《汉文台湾日日新报》刊载《智擒凶鳄》，作者署"溪洲伯舆"。其篇末云："异史曰：积诚所感，鬼神避之，况蠢然一鳄耶？渔人之子杀鳄复仇，予故不惊其智，而嘉其孝。藉非处心积虑，垂十数年，亦胡得卒行其志哉。僧人殆造化小儿化身以点化之者欤？是未可知也。"

十八日（5月11日）　《汉文台湾日日新报》开始连载《虾蟆怪》，至四月十九日，作者署"雪渔"。

十九日（5月12日）　《汉文台湾日日新报》连载《虾蟆怪》毕。其篇末云："逸史氏曰：《冲波传》云：虾蟆无肠，为龙蛇之类。又《志怪录》载有吏人之女，犯邪气，饮食无常，或歌或哭，裸体奔走，自毁其容。乃召巫者治之，结坛鸣鼓角。方咒禁时，偶有泊船门外，枕舷而睡者，忽见沟中有未眠大虾蟆出，体有毛，翘足随鼓声而舞，即取篙击之，缚置蓬板下，女高声叫曰：'渠何故缚吾夫？'因叩门，见女之父，请为其女疗病。父大悦，谢之。乃以油炙虾蟆，女病遂瘳云。外此，虾蟆之成怪者，虽例不遑举，然未有如此掠幼孩以为粮，又能吐白气以伤人者。得不以此为最奇乎？"

二十日（5月13日）　《汉文台湾日日新报》开始连载《留学奇缘》，至四月二十二日，作者署"李逸涛"。

二十二日（5月15日）　《汉文台湾日日新报》连载《留学奇缘》毕。其篇末云："闻女性又好读书，每阅犹太亡国史，未尝不感慨系之云。"

二十三日（5月16日）　《汉文台湾日日新报》刊载《活阎摩之裁判》，作者署"拾夷"。

二十四日（5月17日）　《汉文台湾日日新报》刊载《阮霞仙》，作者署"霞鉴生"。

二十五日（5月18日）　《汉文台湾日日新报》开始连载《纪文大尽》，至四月二十六日，作者署"白涛"。

二十六日（5月19日）　《汉文台湾日日新报》连载《纪文大尽》毕。其篇末云："白涛曰：晋石崇富埒王公，将就戮之时，尝有'奴辈利吾财'之叹，是盖能聚而不能散之过也。郭汾阳所谓奴才者，其即是欤？呜呼！终其身忙忙碌碌，其埋头以钻钱孔，则如钻粪之蜣螂，只求硕腹，恬不知臭。若而人者，皆奴才之类也，皆郭汾阳所深恶而痛绝之也。恨不起大尽于地下，以唤醒天下之梦梦者。或曰：诚令若辈试一读斯文，其亦翻然改悟，自恨为守钱虏之失计耶？曰：否否。俭与奢皆本天授，苟执守钱虏使强学大尽，其不掩耳疾走者几希矣。此大尽之所以为大尽也。"

二十七日（5月20日）　《汉文台湾日日新报》刊载《双喜》，作者署"少潮"。其篇末云："怜侬曰：买笑千金，寻欢片刻，苟当铜山倒后，欲望佳人眷我，何殊捞月沧江？故财尽交疏，色衰爱弛，易地无二致也。而孰知江河日下之际，尚有情义两全，如少澜、双喜者乎？余非好谈人闺阁，特事有可风，故录之以为悍妒薄幸者戒。"

二十九日（5月22日）　《汉文台湾日日新报》刊载《书斋奇遇》，作者署"佩雁"。

闰四月

初一日（5 月 23 日） 《汉文台湾日日新报》刊载《虎变》，作者署"雪渔"。其篇末云："逸史氏曰：以人化虎，事虽不经，然方赵之勒索贿赂，不与者辄杀之，其存心险恶，与虎狼何以异？真虎而冠，虎而翼者也。戾气所感，形质随之而变，此亦理之有可解者。犹幸化虎以后，能知悔改。又有其姻戚某，以彼所得不义之财，悉以拯恤贫民，遂克消其罪案，复成人形，不终沦于异类，然犹以绝嗣报之。噫！报应之速，捷如影响，有权势者可不引以为鉴乎？"

初二日（5 月 24 日） 《汉文台湾日日新报》开始连载《萧斋奇缘》，标"（上）"，但后未见刊载下篇。作者署"佩雁"。

初四日（5 月 26 日） 《汉文台湾日日新报》刊载《贾锦云》，作者署"霞鉴生"。

初五日（5 月 27 日） 《汉文台湾日日新报》刊载《日本海之幽舟》，作者署"胡庵"。其篇末云："禅史氏曰：昔元帝忽必烈命将帅舟师侵日本，大败于日本海，全师覆没，几无一生还者。前后五百余年间，与俄人之败遥遥相对。然代远年湮，鬼必馁而馁矣。况其时尚无铁舰，而浦人之所见明有烟筒，则其为俄鬼无疑矣。昔人过古战场，往往见有战云漠漠，鬼气深深，于海何以异耶？日本以一三岛国，而挞斯拉夫种族，可谓雄矣。独怪俄以世界强邦，而封豕长蛇，频谋荐食，致驱其民于海外浴血，为波底游魂，而至今鬼鬼祟祟也。世之自雄远略，而以人国为可亡者，可不戒哉。"

初八日（5 月 30 日） 《汉文台湾日日新报》连载《义偷长吉》至今日毕，标"（下）"，连载开始当于本月初六日或初七日，作者署"三溪"（菊池三溪）。其篇末云："三溪氏曰：鼠偷为偷，谓非其有而取之已矣。观诸杀越人于货，闵不畏死者，大有径庭焉。况其人仁而且侠，拯人穷厄，不一而足，故天亦假手于循吏，全已濒之死命。天之所施设，岂可谓偶然乎哉？（《本朝虞初新志》）"

初九日（5 月 31 日） 《汉文台湾日日新报》开始连载《胭脂虎传》，至本月十一日。作者署"三溪"（菊池三溪）。

十一日（6 月 2 日） 《汉文台湾日日新报》连载《胭脂虎传》毕。

其篇末云："三溪氏曰：色之怡目者，非正色也，紫之夺朱是也；味之适口者，极有毒也，若西施乳杀人是也。今以夺朱之间色，具西施乳之味，磨刀于笑中，逞斧于蛾眉，大以亡灭家国，小以戕贼人命者。褒姐（姒）以下，骊戎之女，巫臣之妻，以至夫吕雉武曌之辈，指弗暇屈。而今又我东方出此男传，幸为贩夫贱商之妻妾，逞其毒螫者，止于一人只夫之间，岂可不谓国家之庆幸乎哉？俾其为王侯贵人之后妃若夫人，其亡灭家国，戕贼人命，或为褒姐（姒），或为吕雉，或为武曌，或为骊戎之女、巫臣之妻，其淫虐秽行，宁止于此乎哉？然而明明上帝，照临下土，俾艳妻贼妇，不得免其罪恶，立伏斧钺之诛者，不独为世之渔色毁身者贺之，并可以为女戎亡家国者炯戒也。（《本朝虞初新志》）"

十二日（6月3日）　　《汉文台湾日日新报》刊载《胭脂虎传补遗》，作者署"一记者"。

十四日（6月5日）　　《汉文台湾日日新报》刊载《丹麦太子》，作者署"观潮"。

十五日（6月6日）　　《汉文台湾日日新报》刊载《兄弟复父仇》，作者署"溪洲牛郎"。

十六日（6月7日）　　《汉文台湾日日新报》开始连载《江仙玉》，至闰四月十七日，作者署"雪渔"。

十七日（6月8日）　　《汉文台湾日日新报》连载《江仙玉》毕。其篇末云："逸史氏曰：花天月地，正如海市蜃楼，迷离幻景，蔚为奇观。有无倏忽，景本幻也，而误以为真，安得不占灭顶乎？虽曰人非太上，总难忘情，然亦宜慎用之。苟错于用情，而为人所播弄，如彼陈某者，则悔已迟矣。"

十九日（6月10日）　　《汉文台湾日日新报》刊载《绛云》，作者署"霞鉴生"。其篇末云："记者曰：台湾改隶之初，妇女随清国人内渡，不知凡几。其间去而再回者有之，中道死亡者有之，受尽苦楚，流落他乡，欲归不得，望故山而洒泪者亦有之，独未闻有如绛云之悲惨至于此极也。虽然，妇人浅见，往往受此大亏，曷胜浩叹，而若许福者？负心如斯，岂能久享其财乎？"

二十一日（6月12日）　　《汉文台湾日日新报》刊载《棱镜》，作者署"少潮"。其篇末云："焦史氏曰：棱镜之志，岂直墺王成之？藉非有先人枕秘，亦胡能遂凤愿耶？是儿女之私，皆君父玉成之德矣。乃以齐大非耦，冰炭不容，弃怜无定，而爱恋之心，初终弗易，至竟赍志异物而不悔，儇薄儿之肉，尚足食乎。然则棱镜之死，果谁死之耶？惩里汗若以逆旨之罪，犹报之或爽者耳。呜呼！可不戒哉。"

二十二日（6月13日）　《汉文台湾日日新报》开始连载《娇贼》，至闰四月二十三日。作者署"三溪"（菊池三溪）。

二十三日（6月14日）　《汉文台湾日日新报》连载《娇贼》毕。其篇末云："三溪氏曰：巨偷二名，皆以骗博财者。少年有色，故伪为纨绔子，假女色而发其冢墓；壮汉颇有口辩，故为老僧以瞒鱼住氏。而莫物可证，故获脐带头陀袋等三物，以实其迹，皆各行其所长，以博大利。呜呼！偷不可以无才，亦不可以无色，而况古艳妻悍妇，借才之与色，荧惑主聪，倾覆家国，何欲弗就哉。才之与色，岂可不畏乎哉？（《本朝虞初新志》）。"

二十四日（6月15日）　《汉文台湾日日新报》开始连载《萍水奇踪》，至本年五月初一日，作者署"佩雁"。

二十五日（6月16日）　《汉文台湾日日新报》刊载《本所擒龙》，作者署"三溪"（菊池三溪）。其篇末云："三溪氏曰：龙岂可擒之物乎哉？故捐金半百，以博虚名焉耳。虚名已播四方，实利不求自获矣。其作龙爪挈攫之声者，容大龟于钻网中，以欺主翁之耳之策；况两国看场生龙，藻绘龙文于鳗鱼背，以眩耀人目也。吁嗟！场师之黠，主翁之愚，皆可以供一噱也。（《本朝虞初新志》）。"

三十日（6月21日）　《汉文台湾日日新报》刊载《贾士甄》，作者署"雪渔"。

五月

初一日（6月22日）　《汉文台湾日日新报》连载《萍水奇踪》毕。

初二日（6月23日）　《汉文台湾日日新报》开始连载《易笄而冠》，至五月初七日，作者署"拾夷"。

初七日（6月28日）　《汉文台湾日日新报》连载《易笄而冠》毕。刊载"新学会"告白，新学会倡导者有"伊藤政重、洪以南、王庆忠、古火旺、暨本社汉文记者全部"，该学会拟创办杂志，月出两册，杂志内容包括八大类，其中之一为："小说界（最新译本短篇札记）（兼附电版图书）。"

初八日（6月29日）　《汉文台湾日日新报》刊载《义夫贞妇》，作者署"霞鉴生"。

初十日（7月1日）　《汉文台湾日日新报》连载《玉蟾》毕，作者署"少潮"。其连载之始未见，当为本月初九日。其篇末云："怜侬曰：陆云好笑，阮籍好哭，余读此篇，不觉亦笑且哭。当玉蟾求婿时，不攀富贵，只翼顺从。造化果如其愿，偶以佳郎，俾人间双绝，伉俪荣偕，为之一笑；追扁舟遭风，惊晕蹈海，乐昌破镜，永无重圆，为之一哭；积愁成狂，思极欲死，于丛莽间忽相邂逅，疑鬼疑神，相对梦寐，又为之一笑；捷音甫至，凶耗旋来，未展翠眉，先埋黄土，不禁泪滴潜潜，为之一大哭也。悠悠苍天，命也如何，后之读者，能为之怆怀无已乎？略志端倪，俾天下多情人，咸为青衫之湿。"

十二日（7月3日）　《汉文台湾日日新报》开始连载《五色莺》，至五月十三日，作者署"三溪"（菊池三溪）。

十三日（7月4日）　《汉文台湾日日新报》连载《五色莺》毕。其篇末云："三溪氏曰：昔者东叡法王，尝闻春台太宰氏善吹笛，遣人求奏一曲。春台弗怿曰：'吾岂为王门伶人耶？'遂折管，终身不复手笛云。夫太宰氏则鸿儒也，近藤氏则名士也，法王待鸿儒以伶人，关白接名士以画史，宜乎二人？峻拒不应命也。然而酒井氏以幕府大老，不虑于此，以威力为可制，反取困蹶之祸，陋矣。自非彦左氏权谋以措置之，诡辨以分疏之，吾知其祸败不可测也。齐景招虞人以旌，虞人虽死不往，而况以伶人画史，待天下鸿儒名士乎？（《本朝虞初新志》)"

十四日（7月5日）　《汉文台湾日日新报》刊载《赵大郎》，作者署"说愚"。

十六日（7月7日）　《汉文台湾日日新报》开始连载《丸山火灾》，至五月十三日，作者署"三溪"（菊池三溪）。

十七日（7月8日）　《汉文台湾日日新报》连载《丸山火灾》毕。其篇末云："三溪氏曰：儒人曰：积恶余殃。佛者曰：轮回应报。盖金生奸人之妻，后又为家奴所夺其妾。奸佞曾掠金生之财，故天亦令丙童荡扫其家产。况瞽僧之贪婪，淫妇之奸滥，皆两间所不容。假恶毙恶，假毒除毒，天之暗算，不错铢两。吁嗟！可为乎哉。（《本朝虞初新志》）"

六月

十一日（7月31日）　《汉文台湾日日新报》刊载《韩国诗僧》，作者署"逸涛（李逸涛）"。其篇末云："传者曰：一路平平叙去，了无出色，虽著者亦自欲睡去，何况观者，其亦何必为之传乎？独是韩国之懒惰性有过于清国人，而沙门特为尤甚，懦虫弱虫之名大著，久为世界所不齿矣。今得金氏，庶几为韩国释界中放一异彩，且以愧夫本岛产之不僧不俗，所谓和撞和障和样之和尚，则此传谓不虚矣。或曰：子不畏若辈群起为汝敌，具公呈告官府耶？余曰：丈夫何畏敌，余则掩耳以任其狂吠，不亦可乎？"

十二日（8月1日）　《汉文台湾日日新报》开始连载《再生缘》，至六月十四日，作者署"佩雁"。

十四日（8月3日）　《汉文台湾日日新报》连载《再生缘》毕。

三十日（8月19日）　《汉文台湾日日新报》续载《春香传》，标"再续"，至七月初三日连载毕，连载开始时间不详，作者署"逸涛（李逸涛）"。现所见两节标题为"系狱"、"团圆"。

七月

初三日（8月22日）　《汉文台湾日日新报》连载《春香传》毕。

初四日（8月23日）　《汉文台湾日日新报》开始连载《福缘善庆》，至七月十一日，作者署"佩雁"。

十一日（8月30日）　《汉文台湾日日新报》连载《福缘善庆》毕。

十九日（9月7日）　《汉文台湾日日新报》开始连载《欢喜冤家》，至七月二十日，作者署"佩雁"。

二十日（9月8日）　《汉文台湾日日新报》连载《欢喜冤家》毕。

二十四日（9月12日）　《汉文台湾日日新报》开始连载《灵珠传》，现所见至九月二十二日，未完，连载结束时间不详，作者署"佩雁"。现所见回目为：第一回：珍珠入梦；第二回：棘院抢才；第三回：

崧岳钟灵；第四回：彩线缠丝；第五回：老侠仗义；第六回：方叔兴师。

九月

二十二日（11 月 8 日）　《汉文台湾日日新报》连载《灵珠传》，现所见至本日止，篇末标"未完"。

十月

十三日（11 月 28 日）　《汉文台湾日日新报》刊载《奴狐》，作者署"逸涛（李逸涛）"。其篇首云："善不能为祥麟，恶不能为猛虎，而乃为假虎之威之狐，已为兽类族中之下矣；复自狐降而为奴狐，则并兽亦羞与之同群矣。何物骚狐，而无耻若是，抑亦既已为兽，即亡孝悌忠信礼义廉耻之八事，初不能为狐责乎。"

二十七日（12 月 12 日）　《汉文台湾日日新报》刊载《虎娼》，作者署"逸涛（李逸涛）"。

十一月

十七日（1 月 1 日）　《汉文台湾日日新报》刊载《玉云传》，作者署"霞鉴生"。其篇首云："涕泪悲谈历劫因，嫩红弱紫不胜春。可怜一个良家女，溷作烟花队里人。"

二十七日（1 月 11 日）　《汉文台湾日日新报》开始连载《儿女英雄》，至十一月二十八日，作者署"逸涛山人（李逸涛）"。

二十八日（1 月 12 日）　《汉文台湾日日新报》连载《儿女英雄》毕。

十二月

初二日（1 月 15 日）　《汉文台湾日日新报》开始连载《义侠传》，至十二月二十一日，作者署"逸涛山人（李逸涛）"。

二十一日（2 月 3 日）　《汉文台湾日日新报》连载《义侠传》毕。篇末"著者自识"云："此节颇与菊部所演《千里驹》一出相类。或曰：僧不杀周，而周反绝僧，似于报施之道未当也。曰：是不然。能在佛地上杀恶人，终不失为真菩萨，况有大义灭亲之明训乎哉。若夫天民兄妹之受人之恩，急人之难，侠气横溢，至今如闻其声，虽置之《侠客传》中，必为铁中之铮铮者矣。呜呼！义侠之风，其衰已甚，安得多如周李者，散播与光天化日中，以厚民心而强民气哉？曷禁馨香以祝，顶礼以拜，且走遍天涯海角以求之？又著者因连日抱病，迄今始毕其稿，无以慰读者之望。幸其恕之。"

二十六日（2月8日）　《汉文台湾日日新报》开始连载《志士传》，至光绪三十三年正月初二日，署"二楸庵主人著，逸涛山人（李逸涛）译"。该篇收史坚如、邹容、陈天华、吴越等人传。

光绪三十三年丁未（明治四十年，1907）

正月

初二日（2月14日）　《汉文台湾日日新报》连载《志士传》毕。篇末云："译者曰：或云革命派之蠢动，乃所以破坏社会秩序也。是大不然。自立宪之机一发，满臣中之顽固者，类主立宪利汉不利满之说。清廷遂迟迟有待，未即颁布其条规。不如是之蠢动，乌足迫成立宪乎？盖东西各国之立宪，鲜不以头颅鲜血购之者也。又蕰（篇）中有马氏以不能为汉族造幸福责曾文正一事，意谓当金陵克复时，如敢为之，则举义以兴汉而灭满；不敢为之，亦可乘机为汉族谋立宪，效匈与奥之分治。抑知曾文正固不能为第一义，即云第二义，是时立宪之事，支那尚鲜能知者，尤何责焉？总之，今日革命派之暴热至是者，亦以清国国权既坠，愤为各国所凌辱，故欲恢复其祖国，期开一新纪元也。但士各有志，或主排满兴汉，或主满汉分治，皆任有志者自为之耳。初何必以革命为是，保皇为非哉？"

二月

初九日（3月22日）　《汉文台湾日日新报》刊载《报恩羊》，作者署"中洲生"。其篇末云："蕉史曰：以活一羊之恩，而羊即不惜其命而反救之，于此可悟施报之理。彼世之一毛不拔者，倘遇群狼，其能免哉？善之不可以已也如是夫。"

三月

二十九日（5 月 11 日） 　《汉文台湾日日新报》刊载《不幸之女英雄》，作者署"逸涛山人（李逸涛）"。其篇末云："记者曰：当此支那最缺尚武精神之秋，得此巾帼英雄，以一吐其气，诚民族之光也。若辈无赖，不思祸由自启。人不杀己，而己必欲杀人，且必出于暗算，智殆出女子下矣。或曰毒犬常不吠人，而背后常能噬人，若辈其庶几类是欤？呜呼！可以人而不如犬乎？"

四月

二十五日（6 月 5 日） 　《汉文台湾日日新报》开始连载《感恩知己》，现所见至四月二十八日，未完，连载结束时间不详，作者署"逸涛山人（李逸涛）"。

二十八日（6 月 8 日） 　《汉文台湾日日新报》连载《感恩知己》，现所见至本日止，篇末标"未完"。

五月

初五日（6 月 15 日） 　《汉文台湾日日新报》开始连载《忠孝节义传》，至五月初七日，作者署"佩雁"。

初七日（6 月 17 日） 　《汉文台湾日日新报》连载《忠孝节义传》载毕。

十七日（6 月 27 日） 　《汉文台湾日日新报》开始连载《革命奇缘》，至六月初七日，作者署"逸涛山人（李逸涛）"。

二十二日（7 月 2 日） 　《汉文台湾日日新报》开始连载《破镜重圆》，至五月二十四日，作者署"佩雁"。

二十四日（7 月 4 日） 　《汉文台湾日日新报》连载《破镜重圆》毕。

二十七日（7 月 7 日） 　《汉文台湾日日新报》刊载《蓄连生之小影》，作者署"天演"。其篇首云："文人笔孽，拼入犁舌狱，构无作有，何事不可凭空捏造，然汗颜甚矣。兹故运实于虚，下记概系实事，姑讳其氏字，取用谐音，以从曲笔。"

六月

初三日（7月12日）　《汉文台湾日日新报》刊载《野狷记》，作者署“天演”。文中有云：“小说者，游戏之笔墨也。以游戏之闲笔，隐谑一戏子，底事不可，不谓野狷竟以连字直认不讳，然则作者亦不遑愿恤污吾笔刃矣。看官，告罪，告罪。”篇前又标“第一回：误会说因”，该篇似为连载，但后未见续载。

初七日（7月16日）　《汉文台湾日日新报》连载《革命奇缘》毕。

十四日（7月23日）　《汉文台湾日日新报》开始连载《金英传》，现所见至六月十五，未完，连载结束时间不详。作者署“佩雁”。

十五日（7月24日）　《汉文台湾日日新报》连载《金英传》，现所见至本日止，篇末标“未完”。

二十六日（8月4日）　《汉文台湾日日新报》开始连载《以婢易嫁》，现所见至七月初二日，未完，作者署“佩雁”。

七月

初二日（8月10日）　《汉文台湾日日新报》刊载《以婢易嫁》，现所见至本日止，篇末标“未完”。

初六日（8月14日）　《汉文台湾日日新报》开始连载《菱香记》，至七月十三日，作者署“佩雁”。

十三日（8月21日）　《汉文台湾日日新报》连载《菱香记》毕。

八月

二十六日（10月3日）　《汉文台湾日日新报》开始连载《不遇之英雄》，至九月初九日，作者署“逸”。

九月

初九日（10月15日）　《汉文台湾日日新报》连载《不遇之英雄》毕。其篇末云：“作者曰：廉之初心，徒以任侠自喜贻之阶耳，未必大盗自甘也。及杀人走大泽中，欲不饥寒之交迫，则非盗末由矣。呜呼！天地本无弃材，有人材之权衡者，自不肯处处留心耳。顾天下之昂藏沦落如廉者，正复不少，苟任其自生自死，恐张献忠、李自成之事，未必非此辈为之也，固可少忽乎哉。"

初十日（10月16日）　《汉文台湾日日新报》开始连载《降任录》，现所见至九月十三日，未完，署"中西牛郎翻译"。

十三日（10月19日）　《汉文台湾日日新报》连载《降任录》，现所见至本日止，篇末标"未完"

二十日（10月26日）　《汉文台湾日日新报》开始连载《难弟难兄》，至十一月二十七日，作者署"逸"。

十一月

二十七日（12月31日）　《汉文台湾日日新报》连载《难弟难兄》毕。

十二月

初二日（1月5日）　《汉文台湾日日新报》开始连载《黄鹤楼奇遇》，至十二月十六日，作者署"佩雁"。

初九日（1月12日）　《汉文台湾日日新报》刊载《优者杨月楼传》，作者署"逸"。其篇末附有"著者识"云："闻诸曾见月楼者云：盖不失□风尘中之佳士也。以不得志而隐于戏，亦可哀矣。乃为痴情所困，卒至不得其死，怀才者固可不自慎哉。至其视青紫如敝屣，甘溷迹于梨园，则不足为月楼玷矣。"

十六日（1月19日）　《汉文台湾日日新报》连载《黄鹤楼奇遇》毕。

光绪三十四年戊申（明治四十一年，1908）

二月

初四日（3月6日）　《汉文台湾日日新报》开始连载《金魁星》，现所见至宣统元年十二月初六日，未完，作者署"佩雁"。

四月

初六日（5月5日）　《汉文台湾日日新报》开始连载《杏花记》，现所见至五月初五日，未完，作者署"清"。

初九日（5月8日）　《汉文台湾日日新报》刊载《虚业学堂》，作者署"蕉"。此篇原载光绪三十二年七月初七日《时报》，作者署"笑（包天笑）"。

五月

初五日（6月3日）　《汉文台湾日日新报》连载《杏花记》，标"中"，现所见连载至本日止。

六月

十四日（7月12日）　《汉文台湾日日新报》连载《南欧大侠》毕。该篇连载开始时间不详，作者署"逸"。

九月

十三日（10月7日）　《汉文台湾日日新报》开始连载《燕归来》，标"短篇小说"，至九月二十二日，作者署"义"。

二十二日（10月16日）　《汉文台湾日日新报》连载《燕归来》毕。

十月

初十日（11月3日）　《汉文台湾日日新报》刊载《吴深秀》，标"短篇小说"，作者署"仪"。

十四日（11月7日）　《汉文台湾日日新报》开始连载《颠倒鸳鸯》，标"短篇小说"，至十月十五日，作者署"仪"。

十五日（11月8日）　《汉文台湾日日新报》连载《颠倒鸳鸯》毕。

宣统元年己酉（明治四十二年，1909）

七月

初七日（8月22日）　《汉文台湾日日新报》开始连载《恨海》，至八月初六日，作者署"逸涛散士（李逸涛）"。

八月

初六日（9月19日）　《汉文台湾日日新报》连载《恨海》毕。

十一月

二十日（1月1日）　《汉文台湾日日新报》开始连载《双凤朝阳》，至十一月二十六日，作者署"逸"。刊载《维新说》，作者署"江湖山人"。刊载《义犬传》、《孝犬传》，作者皆署"九侯山人"。

二十六日（1月7日）　《汉文台湾日日新报》连载《双凤朝阳》毕。其篇末云："嗟夫，自革命之案兴，有志之士，被罗织为革命党，而投荒以死者，何止一继汉哉。"

十二月

初六日（1月16日）　《汉文台湾日日新报》连载《金魁星》，现所见至本日止，篇末标"未完"。

初九日（1月19日）　《汉文台湾日日新报》开始连载《侠中孝》，至十二月初十日，作者署"逸"。

初十日（1月20日）　《汉文台湾日日新报》连载《侠中孝》毕。其篇末云："独是草野匹夫犹有此赤心，以慰夫亡者，则士大夫之反颜事仇者，皆愧死矣。"

十一日（1月21日）　《汉文台湾日日新报》刊载《亡国志士》，作者署"逸"。

十二日（1月22日）　《汉文台湾日日新报》刊载《杀主奇冤》，作者署"逸"。

十三日（1 月 23 日） 《汉文台湾日日新报》开始连载《循环报》，至十二月十五日，作者署"逸"。

十五日（1 月 25 日） 《汉文台湾日日新报》连载《循环报》毕。

十七日（1 月 27 日） 《汉文台湾日日新报》开始连载《蕃人之杰》，至十二月十九日，作者署"逸"。

十九日（1 月 29 日） 《汉文台湾日日新报》连载《蕃人之杰》毕。

二十四日（2 月 3 日） 《汉文台湾日日新报》开始连载《双义侠》，至十二月十九日，作者署"逸"。

二十九日（2 月 8 日） 《汉文台湾日日新报》连载《双义侠》毕。其篇末云："记者曰：田祖具如许才调，抱如许大志，而其成功，也终出于以恩报恩，不免傍人门户。彼之埋没老死于牗下者，当不知几何矣。志大才高者，其亦知所反哉。"

宣统二年庚戌（明治四十三年，1910）

正月

初一日（2 月 10 日） 《汉文台湾日日新报》刊载《阿环》，作者署"异史氏"。其篇末云："异史氏曰：阿环一事，清国留学生亲为余述之。阿环今已二子一女，难产迷信，决不足凭。且言林某未留美时，特一放狂子弟。闻女名曾以重金唤慧修，欲效普救寺故事，为老尼正色叱去。后乃发愤为雄，竟能以钻蹢之初心，遂秦晋之永好。彼君瑞者，抑破坏之罪人耳。但不知慧修此后挂锡何方云尔。"开始连载《翠微》，至正月初十日，作者署"耐侬"。

初二日（2 月 11 日） 《汉文台湾日日新报》开始连载《害嫂奇冤》，至正月初八日，作者署"逸"。

初八日（2 月 17 日） 《汉文台湾日日新报》连载《害嫂奇冤》毕。

初十日（2 月 19 日） 《汉文台湾日日新报》连载《翠微》毕。其篇末云："耐侬曰：魂随知己，得毋实乎？翠微于颠沛流离中，得生青眼，为现红莲于黑狱，此情此德，固无刻不系置诸胸臆间也。得书知疾，不获亲侍药饵，稍报知恩，以致积然殒身。欲与生齐眉地下，固有此精魂不泯，不自知其身之死而化升于虚空界，复凝结诸不思口间，而伴生于羁旅穷愁之中年余，此则翠微之真情有以致之也。第白头未遂，红粉先埋，大千世界所以情天可补、恨海难填者。余读'多情自古空余恨，好梦由来最易醒'之句，不禁为翠微三流涕焉。"

十一日（2月20日） 《汉文台湾日日新报》刊载《宦海奇缘》，作者署"逸"。其篇末云："著者曰：作官固以求荣，如反以得辱，智者不为也。然一入其中，便令人欲罢不能，其艰难万状，诚有非笔墨所能形容者，如观察者犹幸耳。独是茫茫天壤，更从何处觅冯生也。要当烦大吏细为留心，或铨选者勿使太滥，斯为得耳。"

十五日（2月24日） 《汉文台湾日日新报》开始连载《柏舟鉴》，至正月十八日，作者署"逸"。

十八日（2月27日） 《汉文台湾日日新报》连载《柏舟鉴》毕。

二十一日（3月2日） 《汉文台湾日日新报》刊载《长斋女》，作者署"十余氏"。

二十三日（3月4日） 《汉文台湾日日新报》开始连载《孽海冤》，至正月二十五日，作者署"逸"。

二十五日（3月6日） 《汉文台湾日日新报》连载《孽海冤》毕。

二十七日（3月8日） 《汉文台湾日日新报》刊载《海量翁》，标"实情小说"，未署作者名。

二十八日（3月9日） 《汉文台湾日日新报》刊载《魔妻》，作者署"耐侬"。其篇末云："耐侬曰：魔恐妻有外遇，制匣贮之，其严防可谓密矣。乃于沙漠千里，人踪断绝，偶一睡间，欲海生浪，则数年之铁锁重关，一旦付诸颓波逝水，正所谓华严楼阁，帝网重重，一毛管中，亿万莲花，一刹那倾，百千浩劫。毫厘千里，可不慎哉。"

二十九日（3月10日） 《汉文台湾日日新报》刊载《杀虎复雠》，作者署"棱"。

二月

初一日（3月11日） 《汉文台湾日日新报》开始连载《孽镜缘》，

至二月初八日，作者署"逸"。

初五日（3月15日）　《汉文台湾日日新报》开始连载《小紫》，至二月初七日，作者署"耐侬"。

初七日（3月17日）　《汉文台湾日日新报》连载《小紫》毕。

初八日（3月18日）　《汉文台湾日日新报》连载《孽镜缘》毕。

初九日（3月19日）　《汉文台湾日日新报》开始连载《恨海缘》，至二月十三日，作者署"棱"。

十三日（3月23日）　《汉文台湾日日新报》连载《恨海缘》毕。其篇末云："说者曰：天道好远，陈与蒋狼心狗行，均遭若敖无后，宜也。独惜生以一跌之后，即落拓终身，无复飞腾日，而妇又不能争于悔婚之前，徒懊恨于流离之后，差为缺憾耳。不然，破镜重圆，犹是千秋佳话也。姑录之，以为悔婚者鉴。"

十四日（3月24日）　《汉文台湾日日新报》开始连载《神女》，至二月二十四日，作者署"耐侬"。

二十四日（4月3日）　《汉文台湾日日新报》连载《神女》毕。其篇末云："著者曰：此非可作寻常说部观也。数千言皆从道费上说来。绍裘一介匠人，积资百万，俭致之也。妻能分半供子，知有后来子匮，智何如哉。继基浪德佟用，不听母规，致交匪人，罹变畜之惨。幸为改过自新，故有神女之拯。巫者受人之恩，杀人利己，忍也。易驼受虐，亦天有以警之也。神女一介织女，积十余年复仇之志，无稍疲馁。救善锄恶，得助将伯，卒达目的。其坚忍不拔，非寻常所可希及。呜呼！乾坤柱础，端赖斯人，乌可以女子目之乎？"

二十六日（4月5日）　《汉文台湾日日新报》开始连载《情天魔》，至三月初一日，作者署"逸"。

三月

初一日（4月10日）　《汉文台湾日日新报》连载《情天魔》毕。

初五日（4月14日）　《汉文台湾日日新报》开始连载《剧界佳话》，至三月初八日，作者署"逸"。

初八日（4月17日）　《汉文台湾日日新报》连载《剧界佳话》毕。

十二日（4月21日）　《汉文台湾日日新报》开始连载《西陵杨百万》，至三月十三日，作者署"异史"。

十三日（4月22日）　《汉文台湾日日新报》连载《西陵杨百万》毕。其篇末云："异史氏曰：谚云：庸庸多厚福。谅矣哉。使杨生无此俗不可耐之子，则将以聪明潦倒终身。厥后蔗境之甘，亦百万有以荫之也。不然高明之家，鬼瞰其室，何前后判若两人哉？吾愿与天下人，共作吉祥语，如念无量佛千万遍，且欲以闲余隙地，遍植牡丹，俾开花作富贵象。"

十五日（4月24日）　《汉文台湾日日新报》开始连载《团圆报》，至三月二十二日，作者署"逸"。

十七日（4月26日）　《汉文台湾日日新报》开始连载《法国演戏》，至三月十八日，未署译者名。

十八日（4月27日）　《汉文台湾日日新报》连载《法国演戏》毕。其篇末云："记者曰：此系最近作古之汉文大家依田学海翁□出女婿川岛忠之氏所谈者。本事已奇，译文颇妙，□采以存一格云尔。"

二十二日（5月1日）　《汉文台湾日日新报》连载《团圆报》毕。

二十四日（5月3日）　《汉文台湾日日新报》开始连载《三百磅（镑）之钻石》，至三月二十六日，未署译者名。

二十六日（5月5日）　《汉文台湾日日新报》连载《三百磅（镑）之钻石》毕。

二十九日（5月8日）　《汉文台湾日日新报》刊载《梅花女》，作者署"容均"。此篇原载光绪三十四年九月初四日《时报》，但转载时篇末又增数语："出师未捷身先死，长使英雄泪满襟。天之颠倒众生，何其酷也。若假之年，使梅花女得罗兰其人而夫之，则其所成就，讵在罗兰夫人之下耶？"

四月

初三日（5月11日）　《汉文台湾日日新报》刊载《色道恶魔》，作者署"逸"。

初四日（5月12日）　《汉文台湾日日新报》开始连载《银块案》，至五月初五日，未署译者名。

初七日（5 月 15 日）　　《汉文台湾日日新报》刊载《优人报恩》，作者署"逸"。

十四日（5 月 22 日）　　《汉文台湾日日新报》刊载《手足薄情》，未署作者名。

十七日（5 月 25 日）　　《汉文台湾日日新报》开始连载《人怪》，至四月十九日，作者署"逸"。

十九日（5 月 27 日）　　《汉文台湾日日新报》连载《人怪》毕。其篇末云："著者曰：或云如此，于王殊太便宜矣。然此狗彘不食之人，欲纵之则为法所不容，欲杀之尤足污人刃，反是自作自受为妙，然污我笔墨亦多矣。又有云其死时似慷慨，此正所谓憨不畏死耳，乌足尚？"

二十九日（5 月 29 日）　　《汉文台湾日日新报》开始连载《赤穗义士菅谷半之丞》，至七月初七日，共二十四回，署"异史译"。

五月

初五日（6 月 11 日）　　《汉文台湾日日新报》连载《银块案》毕。

七月

初七日（8 月 11 日）　　《汉文台湾日日新报》连载《赤穗义士菅谷半之丞》毕。其篇末云："异史氏曰：日本国以忠训世，而支那以孝示天下。求忠臣必于孝子之门，未有孝而不忠者也。读赤穗四十七义士复仇之快举，益知我国忠义之所由来，然而未尝有一不孝者。如菅谷半之丞，亦大孝之人也。我台湾隶版图未久，忠字之观念未生，孝字之印象已没，牛鬼蛇神，汩沈道德，不可慨乎。方大石氏之佯狂放浪也，小说称上野介遣二武士来试大石，而林长孺乃有喜剑烈士碑文，兹略之如左，以备参考。（注：碑文略）"

初十日（8 月 14 日）　　《汉文台湾日日新报》开始连载《义侠仆》，至八月十四日，作者署"逸"。

十四日（8 月 18 日）　　《汉文台湾日日新报》连载《义侠仆》毕。

十七日（8 月 21 日）　　《汉文台湾日日新报》开始连载《白乐天泛舟曾游日本》，至七月二十四日，未署作者名，据本月二十四日所载篇末语，知作者为"异史氏"。其篇首云："大唐诗人白居易号乐天，自号香山居士。生七月即能辨'之'、'无'两字，及长以文学著名，有《长庆诗集》传世。而《长相思》、《琵琶行》诸歌，尤脍炙人口，流传至我国，我国人虽三尺小儿亦能诵之，乐天之名，遂啧啧于日本。甚至有以巨金就鸡林商人，购一诗以为荣，其崇拜之深，爱想之至，殆臻于沸腾点者。虽梦寐饮食若或见之，是盖文士之光荣，文章之价值也。"

二十四日（8月28日）　《汉文台湾日日新报》连载《白乐天泛舟曾游日本》毕。其篇末云："异史氏曰：不奇于居易之游日本，而奇于石跰之不肯屈身事贼，苏循辈当愧死矣。"

二十六日（8月30日）　《汉文台湾日日新报》开始连载《罗马王国》，至十一月二十六日，作者署"云"。其篇首云："异史氏曰：余读东西历史，未尝不慨然怀罗马之隆盛也，而尤悲其衰。罗马之隆盛，臻于极点，而其衰微亦一败涂地。当其隆盛时，英雄如云，美人如雨，调春莺之脑羹，据黄金之宝塔，一舞台容十万人，一席宴费三千两。英雄顾盼，名士赓歌曰：则凡舟车所至，人力所通，天之覆，地之载，皆我罗马人势力范围圈也。实则衰微之朕，已基于此。迄今故城残垒，蔓草荒烟，吊古诗人感慨系之矣。夫过去者未来之证明，现在者过去之敷衍，罗马国之发达，罗马国之隆盛，罗马国之衰微，罗马国之变换，罗马国之思想，罗马国之悲剧壮剧，笑介怒介，皆极包覆天地之大观，囊括宇宙之万有，读者幸勿以小说之演述而忽之。"

八月

十七日（9月20日）　《汉文台湾日日新报》刊载《杀夫冤狱》，未署作者名。其篇末云："或曰：此案卒婉转相生，必使此妇嫁程，而败露其秘密者，固天有以怜烈妇也。虽然，如生之贪花终为花死，则佻薄者亦足戒矣。"

二十一日（9月24日）　《汉文台湾日日新报》开始连载《恩怨宝鉴》，至八月二十九日，作者署"逸"。

二十九日（10月2日）　《汉文台湾日日新报》连载《恩怨宝鉴》毕。

九月

初四日（10 月 6 日） 《汉文台湾日日新报》开始连载《色海》，至九月初七日，作者署"逸"。

初七日（10 月 9 日） 《汉文台湾日日新报》连载《色海》毕。

十一日（10 月 13 日） 《汉文台湾日日新报》开始连载《手足仇》，至九月二十六日，作者署"逸"。

十四日（10 月 16 日） 《汉文台湾日日新报》开始连载《堕指录》，至九月二十一日，作者署"鲁源"。此篇原载本年七月初十日至十二日《神州日报》。其篇首云："嗟乎！人生世上，势位富厚，谓可忽哉。当夫困时，形容枯槁，虽亲若父母，犹不以为子。一旦高轩驷马，满载黄金，则闾巷之人，从而震慑之，欣羡之，乱于心而眩于目矣。呜呼！一贵一贱，交情乃见，此翟公所以兴悲，而季子所以长叹也。"

二十一日（10 月 23 日） 《汉文台湾日日新报》连载《堕指录》毕。

二十六日（10 月 28 日） 《汉文台湾日日新报》连载《手足仇》毕。其篇末云："有知其事者，谓此舟子所为，是亦一种催眠术也。豆箕竟不知其所终，意必无良结果也。"

十月

初二日（11 月 3 日） 《汉文台湾日日新报》开始连载《蕃界奇缘》，至十月十三日，作者署"逸"。

十三日（11 月 14 日） 《汉文台湾日日新报》连载《蕃界奇缘》毕。

十八日（11 月 19 日） 《汉文台湾日日新报》开始连载《侦探记》，至十一月初五日，作者署"逸"。

十一月

初五日（12 月 6 日） 《汉文台湾日日新报》连载《侦探记》毕。

初九日（12 月 10 日） 《汉文台湾日日新报》开始连载《杀奸奇案》，至宣统三年正月十一日，作者署"逸"。

二十六日（12月27日）　《汉文台湾日日新报》连载《罗马王国》毕。其篇末云："异史氏曰：吾第志罗马之盛，而不志其衰也。盛既极点，衰亦极点。往昔以暴威武力，加之四邻，役被征伐之人若奴隶，后悉以身受之。彼野心之君，多若秦政，即所谓贤明者，亦大都如晋文公谲而不正之流，其享国得悠远，幸矣。吾考其主义学说，于是益知支那圣人教训之大中至正，不愧乎天地也。"

十二月

初一日（1月1日）　《汉文台湾日日新报》开始连载《剧场疑狱》，标"上"，后未见载续，作者署"逸"。刊载《猪八戒东游记》第五回"护国寺内唐僧说教，度岁关外天狗落荒"，该篇其他各回未见。作者署"雅棠"。其篇末云："本年地支建亥，亥属猪。猪，滋也，万物滋生之象也，故作者请出猪八戒来。冬至日启程，三阳来复之时也，是为本年豫祝之兆。"

初三日（1月3日）　《汉文台湾日日新报》刊载《朱其义》，作者署"瑶"。刊载理论文章《小说闲评》，作者署"逸"。其文云："蒲留仙《聊斋志异》一书，实短篇小说中有数之杰作。《淄川县志》谓其脍炙人口，宜也。而纪晓岚乃谓其合小说传记而一之，以为有乖体例，且以其子摹仿《聊斋》文体，为坠入恶趣。呜呼！陋矣。留仙博极群书，观其驱遣史事杂录等，无不融化入妙，其浸淫也必深，断非不知小说传记之体例者。然则，何为必变此例而后快？曰：此例司马子良已开先之矣，《史记》非变《春秋》之例而作之耶？留仙所学所志，如此其大且深，乃仅仅以一明经终，虽穷达不同，而其遇则一也。其胸中一种牢骚抑郁之气，不得已而寄托于狐鬼，聊以排遣，其不能俯首就绳墨，亦情之所恒有者，而尤何怪乎？况《剑侠传》等书，亦皆传记而带有小说者，何独严乎《聊斋》？且安知留仙著书之义，非欲自进于史，徒以不得其位，不得其权，而有所不敢哉。余岂务驳例纪晓岚之说者，亦以悲留仙之志耳。施耐庵《水浒传》一书，金圣叹执定乱自下作，不可为训二语，断其力贬梁山诸人，皆露深文曲笔之意。又云《水浒传》之作，与太史公怨毒著书不同，耐庵初无满肚皮牢骚抑郁，第缘窗于暇，枯（姑）借此以写其锦心绣口，非有所为而发者。由前之说，明眼人固能见及也，由后之说，则读者不能无疑于耐庵，且疑圣叹非徒回护耐庵，实有深意存乎其间也。何则？耐庵于道君皇帝与高俅之遇合，活画一风流天子与卑鄙帮闲，则乱非自下作而由上生也。其叙宋江以下诸人，尤上不得于君，下不容于吏，小则受迫于饥寒，大则难保其生命。一高俅在内驱之不足，梁中书复在外驱之；一梁中书驱之不足，复有高衙内、黄文炳等为之推波助澜；一齐而驱之水浒，道君皇帝则醺醉九重，绝不以国计民生为念，且倚一辈鹰獭为其爪牙，是亦乱由上生不自下作之明征也。夫既乱由上生矣，自不能束缚乎名教，以俯就我范围，此固耐庵之微旨也。昔太史公作《史记·传游侠》，后世多讥之，乾隆帝御批《通鉴》于汉武时郭解一事，于《史记》尤多不满。至云布衣以任侠行权，族之诚是。呜呼！任侠之道丧，弱者日流于疲靡，强者且陷为暴戾而不自知，非国家之福也。耐庵生值元时，安知非习见世祖以降，代有权奸，恐复演道君朝宋江以三十六将横行河朔之惨剧，故作此以当戡黎之人告，杜牧之罪言乎？不必为之回护可也。然则，谓圣叹有深意者何居？岂以清朝定鼎之初，最严煽乱之禁，屡兴文字之狱，圣叹遂有所顾忌耶？曰：否。圣叹非挟策干时者，何苦作此昧心之论？其必力贬宋江以下者，盖为万世世道人心计，不在一时也。任侠固足□民气，然苟不根乎道义，如吾国之武士道，其破坏社会之安宁秩序，且永种一国家祸乱之种子，非细故也。观夫法兰西三次大革命，山谷党每一得志，必如水之益深，火之益热，与最近社会主义之风潮，到处澎湃，皆立现无政府之恶现象，其流弊从可思矣。宋江等假借仁义，号召群雄，显然成朝廷之敌国，其视此宁有异乎？圣叹不惜曲曲传出之，其用心亦云苦矣。所怪者则前乎圣叹，既有《续水浒》之恶札；后乎圣叹，复有《荡寇志》之续貂，吾恐耐庵、圣叹有知，皆不暇笑之矣，是岂足与言续书哉？"连载《辛亥大团圆异事》毕，该篇连载开始时间不详，未署作者名。

初五日（1月5日） 《汉文台湾日日新报》刊载《李应祥》，未署作者名。

初六日（1月6日） 《汉文台湾日日新报》刊载《杀虎录》，未署作者名。

初八日（1月8日） 《汉文台湾日日新报》开始连载《赠金记》，至十二月初九日，作者署"选"。此篇原载宣统元年六月二十九日至三十日《中西日报》，未署作者名。

　　初九日（1月9日）　　《汉文台湾日日新报》连载《赠金记》毕。

　　十六日（1月16日）　　《汉文台湾日日新报》刊载《钟和尚》，作者署"炜"。其篇末云："记者曰：所见不广，却以区区自喜，此盆成括之所见杀，而马服子之所以丧师也。钟和尚之不传其技，即谓以菩萨心救世可也。"

　　十九日（1月19日）　　《汉文台湾日日新报》刊载《白亚云》，未署作者名。其篇末云："天醉曰：吾尝游粤，知有亚云其人，然渐老矣。且闻其为尼，某庵焉。观亚云之拒外人，彼其胸中所有岂碌碌者可比哉。虽曰妓乎，胜今日之所谓名士者多矣。然亚云终憔悴以老，可悯也夫。"据此知作者为"天醉"。

　　二十日（1月20日）　　《汉文台湾日日新报》刊载《黑人智》，未署作者名。

　　二十一日（1月21日）　　《汉文台湾日日新报》开始连载《变记》，至十二月二十四日，未署作者名。

　　二十二日（1月22日）　　《汉文台湾日日新报》开始连载《冢原左门》，至宣统三年四月二十九日，署"松林伯痴演，云林生译"。其篇首云："冢原左门清则，我日本之剑客也。寰球之大，何地无勇士，何地无剑客？越处女之惊走猿公，至今尚武之士，尚能言之。若夫《三国演义》关云长之青龙刀，张翼德之丈八蛇矛，《隋唐演义》李元霸之金锤，《水浒传》鲁智深之禅杖、武松之戒刀，皆绝世之勇，绝代之艺也。冢原左门清则之剑术，亦我日本之关云长、张翼德、李元霸、鲁智深、武松其流也。其曾祖原为冢原卜传，真影流门下之第一高手，其师傅尚输一著，则凡言剑术者，莫不知有卜传其人也。越数代而有冢原左门清则，论其武术，则先代之卜传先生亦不能过之；论其忠孝二道及生平之为人，则足以为后世法。义心天生，侠骨地赋，此吾人所欲为讲演于小说之栏也。"现所见回目如下：第一回：□武术源内制胜，试角力川北扬名；第二回：月下雪娘除强暴，殿前清则逞英雄；第三回：虑前后源内遣子，奋义侠左门助拳；第四回：挥铁扇左门伏敌，计奸谋兵助图婚；第五回：止奸淫城下荐美人，斗强盗山中逢知己；第六回：贪美色大学反面，听邪言和尚寻仇；第七回：猩猩儿负气任侠，莽和尚使酒兴波；第八回：大和尚孟浪自惭，小女郎娇啼可悯；第八回：挥饱拳大善仗义，斗败棋缔真生疑；第九回：痛父亡兵卫辞家，耽女色了禅露绽；第十回：斗角力旅馆来道庵，退强梁林中逢兵助；第十一回：兵马求婚起恶心，源内献刀中奸计；第二十三回：擅专宠父女显荣，慰寂寥家臣战栗；第二十四回：奉君命丈右盛气，贡正言主水陈情；第二十五回：毁新殿主水进言，试宝刀丈右济恶；第二十六回：会糟糠松姬怀孕，诬忠良春娘献书；第二十七回：十兵卫挺身救松姬，弥七郎负气忤武士；第二十八回：递首桶平马叩门，还采配主水进谏；第二十九回：十兵卫深夜复仇，寺西氏暗中指路；第三十回：执仇雠兄弟逃脱，出境界主从分离；第三十一回：遇大善捕吏窜鼠，称山猫乞丐恳亲；第三十二回：行吉住纪侯养病，斗同徒大学投机；第三十三回：骗二女左门顿足，拼一命大善失机；第三十四回：表同情将监洒泪，遭敌手大学无颜；第三十五回：喜左门大冤得雪，怜主水末路被捕；第三十六回：痛亲仇丈作肆毒，怜忠愤善八报恩；第三十七回：忠主水兄弟受刑，勇寺西师徒讲武；第三十八回：排误解门下集町奴，直铁杖京都服辨庆；第三十九回：感恩义中条改过，逢强暴弥一抽刀；第四十回：柴田老怜才取婿，左门师定计复仇；第四十一回：说旗本左门慷慨，询新吉柴田深心；第四十二回：定密计群雄仗侠义，报亲仇小说大团圆。

二十四日（1月24日） 《汉文台湾日日新报》连载《变记》毕。

宣统三年辛亥（明治四十四年，1911）

正月

初一日（1月30日） 《汉文台湾日日新报》刊载《迎财神》，作者署"开颜"。

十一日（2月9日） 《汉文台湾日日新报》连载《杀奸奇案》毕。

十八日（2月16日） 《汉文台湾日日新报》刊载《段莫君传》，作者署"选"。其篇末云："论曰：以君之无昼夜肆其演说，诚引而置之庭院之间，亦足警醒沈酣之睡梦。顾君以为警醒一二人，不若醒千万人，千万既警醒，则一二人亦绝不容其醉生梦死也。呜呼！若君者可谓深远也已矣。传之将以愧厉日抱其主义哀鸣于上，而不思普及于下者。"

十九日（2月17日） 《汉文台湾日日新报》刊载《古墓记》，作者署"选"。其篇首云："说部所载发见古坟之事不一，译本多载埃及事，恒发见千年不腐之僵尸，盖以二千年前埃及已发明木乃伊术故也。若我国说部，则以《唐人说荟》中所收麻叔谋《开河记》为最夥。然其发见之地，类皆在于黄河、长江两流域间，而五岭以南，事绝鲜见。意者，粤地滨海古来名卿大夫，除军流宦谪外，足迹罕至，故不至遗骨于蛮夷大长之邦，留为后人凭吊地乎。顾以吾所闻则又异矣。"

二十日（2月18日） 《汉文台湾日日新报》刊载《财神梦》，未署作者名。

二十一日（2月19日） 《汉文台湾日日新报》刊载《钱神》，未署作者名。其篇首云："今日世界，岂不是金钱的世界么？有钱者生，无钱者死；多钱者强，少钱者弱。士为钱忙碌芸窗，农为钱胼胝陇畔，工为钱疲苦筋骨，商为钱奔走关山。你看世界上，那一个不是为钱劳力劳形呢？就是那一夥做官的，他的钱□钱□，比平常人还要厉害多了。有一种的人，他平日本是身修行洁的，个个还仰望他做官，替百姓造幸福。谁知道一做了官，把从前一付干净心肠，都换尽了，前后如出两人，当那水旱的岁年，也不管百姓饿死不饿死，□租催税的虎役，四出乡间，恰像狞鬼一般，势不至鬻妻卖子不止。至于诉讼一节，无论民事诉讼，一事诉讼，公堂大开索偿的门径。有钱的人，就是无理，没有不胜的；无钱的人，就是有理，没有不输的。实可恨的，有一种柔弱无用的官，勾结地方劣监刁绅，靠着他来做爪牙。那劣监刁绅，就狐假虎威，敛民膏，剥民脂，去填地方官的欲望，又要窃饱自己之空囊。这样狼狈为奸，想不剥百姓的皮，刮百姓的肉，那里能够做得到呢？这样看来，官场就算是一个财场，衙门就算是一道鬼门，岂不是世间上第一的一个造孽的地方么？"

二十三日（2月21日） 《汉文台湾日日新报》刊载《自由花》，作者署"遁天女士"。

二十四日（2月22日） 《汉文台湾日日新报》刊载《厩山蛇王》，作者署"选"。

二十五日（2月23日） 《汉文台湾日日新报》开始连载《女剑侠传》，至正月二十八日，未署作者名。

二十八日（2月26日） 《汉文台湾日日新报》连载《女剑侠传》

毕，篇末误标"未完"。

二十九日（2月27日） 《汉文台湾日日新报》刊载《塾师之谈柄》，未署作者名。其篇首云："师塾之质，大率酸腐莫能名状，故滑稽之说多归之。因记忆所及，略举数则，用佐桐阴之谭，新旧不能一致也。"刊载《烛奸之奇智》，未署作者名。

三月

初四日（4月2日） 《汉文台湾日日新报》刊载《命妇怨》，作者署"奇"。其篇末云："记者曰：茫茫宦海中，百灵傥恍，不图某嫠尹乃以细君之姿首，易得人间之权势，其境亦可悲矣。"

初七日（4月5日） 《汉文台湾日日新报》开始连载《双义侠》，至四月初六日，作者署"逸"。

十四日（4月12日） 《汉文台湾日日新报》刊载《金纤纤》，标"短篇艳情"，未署作者名。

十八日（4月16日） 《汉文台湾日日新报》开始连载《沈兰芬》，标"传记小说"，至三月二十日，作者署"遁叟"。

二十日（4月18日） 《汉文台湾日日新报》连载《沈兰芬》毕。

二十五日（4月23日） 《汉文台湾日日新报》刊载《吊烟枪》，未署作者名。

二十六日（4月24日） 《汉文台湾日日新报》刊载《九尾龟广义》，标"短篇小说"，题"某某作《九尾龟》甚佳，用广其义"，署"选稿"。其篇末云："荷曰：彼说九尾龟者，徒以其不自爱其雌，任与他物交，从而图之画之，乌知彼之所见，乃其一相。吾所谓龟，顾如是如是，是犹知而未尽也。作《广义》，他日有得仍补书之。"此篇先见于宣统元年七月初十日《申报》，该年八月十三日旧金山《中西日报》转载时，作者署"荷荷"。

四月

初二日（4月30日） 《汉文台湾日日新报》刊载《群猴争尾说》，标"短篇小说"，未署作者名。

初四日（5月2日） 《汉文台湾日日新报》开始连载《勾兰之女

佣》，至四月初五日，未署作者名。

初五日（5月3日）　《汉文台湾日日新报》连载《勾兰之女佣》毕。

初六日（5月4日）　《汉文台湾日日新报》连载《双义侠》毕。

初八日（5月6日）　《汉文台湾日日新报》刊载《冬松居诗》，标"诙谐小说"，未署作者名。

初九日（5月7日）　《汉文台湾日日新报》开始连载《离恨天》，现所见至五月二十九日，未完，作者署"逸"。

初十日（5月8日）　《汉文台湾日日新报》刊载《吴颉云韵史》、《毕秋帆韵史》，标"史传小说"，皆未署作者名。

十一日（5月9日）　《汉文台湾日日新报》刊载《罗爱爱》，未署作者名。

二十九日（5月27日）　《汉文台湾日日新报》连载《冢原左门》毕。

五月

初三日（5月30日）　《汉文台湾日日新报》开始连载《宝藏院名枪》，至八月十一日，作者署"云"。其篇首云："抑日本国尚武至国也，迄今世道开明，尚武之风不变。岛人惟知武德会击剑之盛况，而不知母国人古昔使用武具，剑以外有使用枪镰、双刀、棍棒，如贱岳七枪之大战，犹轰轰然见于史乘，传诸口碑。吾人既叙冢原左门累世之剑术，今更述宝藏院觉善坊之名枪，亦尚武奖励之一道也。"现所见回目如下：第一回：祝大佛神僧降世，练武艺荣寿出家；第二回：斗武力荣寿超群，梦灾异勘兵祈佛；第三回：遇夜劫夫妇丧生，惊怪力贼徒授首；第四回：真龙轩望风惊遁，关奉行出示追捕；第五回：托遗孤喜兵陈情，露奸谋美吉下毒；第六回：托毒蟒清七打奸，扶红鲤根二觅替；第七回：遇义犬清七返魂，乞佛力德右入寺；第八回：勇荣寿拈枪匿空房，怪小僧化身灭磷火；第九回：现灯光怪僧惊佛法，俯月影荣寿制新枪；第十回：遂厥望荣寿除妖，劝调羹道斋讲理；第十一回：服獭肝阿定愈病，求坦腹德右定谋；第十二回：米汁禅误入合欢被，阿弥佛偏遇有情人；第十三回：扮韦陀有心救荣寿，观决斗无意逢龙斋；第十四回：客到庭中群犬吠，月明林下美人来；

第十五回：喜侠骨一心授艺，报亲仇师徒出门；第十六回：起阴谋毒妇坐法，萌旧念山贼受诛；第十七回：藤二馆绝处逢生，恶太治意外扫兴；第十八回：恶太治抱头竖降旛，高九渊蹩足练飞剑；第十九回：较飞剑弹正惊心，因诊脉关胁系总；第二十回：黠静一为主荐高人，莽兵卫中途逢神相；第二十一回：愤老母撞阶碎脑浆，捷兵卫奋身上楼屋；第二十一（二十二）回：勘兵卫往返伤徒劳，觉禅僧师徒共冒险；第二十二（二十三）回：中飞剑樋勘亡身，闻惊报二郎服毒；第二十三（二十四）回：高九渊遣徒比试，真龙轩闻风惊遁；第二十四（二十五）回：尾逃踪重瞳子托故出门，谈往事真龙轩顿首谢罪；第二十五（二十六）回：觅仇人师徒分袂，访禅寺形影无踪；第二十六（二十七）回：觉禅僧嘘气吓猎夫，藤二馆无心逢恶棍；第二十七（二十八）回：吉冈达败战走山路，重瞳子偕僧宿庙堂；第二十八（二十九）回：吉冈达负熊入酒店，重瞳子避雪叩仇家；第二十九（三十）回：彦六郎不意逢旧侣，吉冈达助力焚贼巢；第三十（三十一）回：真龙轩逃遁入水，彦六郎飞行窥机；第三十一（三十二）回：觉禅僧入山练武，彦六郎投刺寻师；第三十二（三十三）回：正雪投扇识龙斋，六郎因师会但马；第三十三（三十四）回：大比试一往一来，真龙轩旋胜旋败；第三十四（三十五）回：觉禅僧膺大名誉，重瞳子上陈情状；第三十五（三十六）回：报父仇恶人终绝灭，遂宿志孝子大喜欢。

十五日（6 月 11 日） 《汉文台湾日日新报》刊载《奇妒》，未署作者名。

十六日（6 月 12 日） 《汉文台湾日日新报》开始连载《沪妓苏宝宝返璧记》，至五月十九日，未署作者名。其篇首云："读报诸君，曾一忆及海上妓女情天楼苏宝宝赴京之事实，及骤然置身显贵，为本报一次转载，当必急欲一知苏宝宝之行踪，及见赏贵人之事迹者。兹探得宝宝无恙，翩然归上海。其赴京以后一切事实，离奇变换，颇能耐人寻味。兹再为摘载如下。"

十九日（6 月 15 日） 《汉文台湾日日新报》连载《沪妓苏宝宝返璧记》毕。

二十六日（6 月 22 日） 《汉文台湾日日新报》开始连载《阿秦小传》，至五月二十七日，未署作者名。

二十七日（6月23日）　《汉文台湾日日新报》连载《阿秦小传》毕。

二十九日（6月25日）　《汉文台湾日日新报》连载《离恨天》至"（七）"，现所见至本日止，篇末标"未完"。

六月

初八日（7月3日）　《汉文台湾日日新报》开始连载《左必蕃轶事》，至六月初九日，标"实情小说"，未署作者名。

初九日（7月4日）　《汉文台湾日日新报》连载《左必蕃轶事》毕。

十五日（7月10日）　《汉文台湾日日新报》开始连载《五毒》，标"短篇寓言"，至六月十七日，作者署"铁冷"。此篇原载本年五月初十日至十三日《时报》附送之《滑稽时报》。

十七日（7月12日）　《汉文台湾日日新报》连载《五毒》毕。

十八日（7月13日）　《汉文台湾日日新报》刊载《万岁祝》，标"意想小说"，作者署"四皓"。开始连载《海国奇缘》，至七月二十六日，作者署"逸"。

二十四日（7月19日）　《汉文台湾日日新报》开始连载《义妓》，至六月二十五日，未署作者名。

二十五日（7月20日）　《汉文台湾日日新报》连载《义妓》毕。

二十七日（7月22日）　《汉文台湾日日新报》开始连载《某大员母》，至六月二十八日，标"传记小说"，未署作者名。

二十八日（7月23日）　《汉文台湾日日新报》连载《某大员母》毕。

闰六月

初三日（7月28日）　《汉文台湾日日新报》刊载《山上山》，标"短篇小说"，未署作者名。

初四日（7月29日）　《汉文台湾日日新报》刊载《玉钏》，作者署"甫"。

初十日（8月4日）　《汉文台湾日日新报》刊载《侦夫》，未署作者名。

十一日（8月5日）　　《汉文台湾日日新报》刊载《诗僧》，未署作者名。

十二日（8月6日）　　《汉文台湾日日新报》刊载《狐异》，未署作者名。其篇首云："士大夫不言怪异，此其常也。然有时亦述怪异，记者尝见董圮（圯）述《东游纪异》一事，颇有足动人听闻者。"

十四日（8月8日）　　《汉文台湾日日新报》刊载《柳才人》、《薛慰农》，标"传记小说"，皆未署作者名。

十八日（8月12日）　　《汉文台湾日日新报》刊载《某妓》，未署作者名。

二十日（8月14日）　　《汉文台湾日日新报》开始连载《技击》，至闰六月二十一日，未署作者名。其篇首云："昨有述粤人某甲，及山东老翁事甚奇，爰录之。"

二十一日（8月15日）　　《汉文台湾日日新报》连载《技击》毕。

二十四日（8月18日）　　《汉文台湾日日新报》刊载《纪安邑县岐指冤狱》，未署作者名。

二十八日（8月22日）　　《汉文台湾日日新报》刊载《插足花丛作如是观》，未署作者名。

七月

初三日（8月26日）　　《汉文台湾日日新报》开始连载《某提督妻》，至七月初四日，未署作者名。

初四日（8月27日）　　《汉文台湾日日新报》连载《某提督妻》毕。

初六日（8月29日）　　《汉文台湾日日新报》刊载《纪汪奇士》，标"史传小说"，未署作者名。其篇首云："乾隆时宜都人有汪瑚者，草泽间奇才异能士也。世人所传，虽荒诞不经，然身殁迄今二百余年，宜都故老无不知有汪瑚其人者。呜呼！奇矣。"

二十六日（9月18日）　　《汉文台湾日日新报》连载《海国奇缘》毕。

二十七日（9月19日）　　《汉文台湾日日新报》刊载《寡妾》，未署作者名。本年八月十三日《中西日报》转载时署"老白授稿"。

八月

初一日（9月22日）　《汉文台湾日日新报》开始连载《健儿歼仇记》，至八月初九日，译者署"逸"。

初五日（9月26日）　《汉文台湾日日新报》刊载《方七娘》，标"传记小说"，未署作者名。刊载《八岁孝女》，标"传记小说"，未署作者名。其篇末云："夫清国以孝为教，往昔历史，万里寻亲之人成名于世者，颇为不乏，然终无出于八岁幼女者，是其风义，足以愧末俗之忘亲者矣。特为记之以播诸世。"

初九日（9月27日）　《汉文台湾日日新报》连载《健儿歼仇记》毕。

十一日（10月2日）　《汉文台湾日日新报》连载《宝藏院名枪》毕。

十二日（10月3日）　《汉文台湾日日新报》开始连载《幡随院长兵卫传》，标"传记小说"，至八月十四日，作者署"三溪"（菊池三溪）。其篇首云："三溪氏曰：一诺千金，折强助弱，重气义，轻生命，解纷救急，抉肠洞腹，水火弗顾，如彼之季布郭隗者。我关左凤有风习，而其尤显者，吾先屈指于幡随院长兵卫云。长兵卫之事，其存于口碑，载于稗史，传于院本戏剧者，不暇更仆，率皆架空凭虚之语，其可取信者，晨星爝火不啻也。予今就其事实可据者，作《任侠传》。"

十四日（10月5日）　《汉文台湾日日新报》连载《幡随院长兵卫传》毕。其篇末云："三溪氏曰：长兵卫之墓，在浅草五台山文珠院源空寺后邱，碑面镌地藏佛像，像左右刻长兵卫夫妻法名。又墓侧有一墓表，盖文化中俳优松本幸四郎所建。世人或谓：长兵墓在下谷幡随院，则讹传之甚者，故附记以告好事者。呜呼！吾邦古今以任侠自喜者，梦市郎兵卫，腕喜三郎诸人，不暇悉举，盖孟施舍北宫黝之流亚。昔者，赖春水作《天野星利兵卫传》，盛称其侠烈义勇，非寻常市人之比，而至于幡随院之事，徒存之口碑耳。故据其实，作之传，与利兵卫氏，并存而齐传云。"另，文后有"附注"一则云："菊池三溪先生，名纯，字子显，纪州人。幕府时代，为奥儒者，维新后住西京。明治二十四年殁，年七十三。先生学博闻宏，经传子史，莫不通晓，其作文章根据经义，发挥史实，明练雅洁，群推为巨匠，《国史略》、《三溪文略》等，可以征证焉。又好诵稗史小说，戏掇拾入文，曾著《本朝虞初新志》、《西京传新记》，文辞巧丽，奇趣横生，风行于海内矣。而其《译准绮语》一书，专以古文脉行之，则应作古文传奇小说观也。顷有长崎人足立孤川氏，乃以为天下奇文，不可私于一人之手，就原本中，钞出《富山仙洞》、《圆塚山火定》、《芳流阁格斗》、《庚申山怪异》、《对牛楼报仇》、《若紫》、《白峰陵》、《旧虬山古坟》、《木屐入浴》九篇，刊印公于世，卷尾附以《幡随院长兵卫传》，以资标识先生独得之妙技，可谓用意周匝矣。今转录古侠幡随院传者，一欲以绍介《译准》一书，一欲以与读者诸君同赏先生之奇文，非有他意也。"

　　十五日（10 月 6 日）　《汉文台湾日日新报》开始连载《南荒奇遇》，至八月二十日，译者署名"逸"。

　　二十日（10 月 11 日）　《汉文台湾日日新报》连载《南荒奇遇》毕。

　　二十一日（10 月 12 日）　《汉文台湾日日新报》刊载《女子大决斗》，未署译者名。

　　二十二日（10 月 13 日）　《汉文台湾日日新报》刊载《剪辫圆光记》，作者署"光光"。

　　二十三日（10 月 14 日）　《汉文台湾日日新报》刊载《说梦了债》，作者署"清人墨显"。其篇末云："墨显曰：世之人往往慕富贵而轻贫贱，卒致有力者坐拥多金，贫苦者借贷无门，世态炎凉，殊堪浩叹。说梦虽属凭空，实则形容一种欺贫重富之人。盖二十世纪之社会，此等人占其多数也。"

　　二十四日（10 月 15 日）　《汉文台湾日日新报》刊载《何仙姑》，未署作者名。其篇首云："昭代文明之世，光天化日之下，法严令密，奸邪匿迹。而近日乃有奇怪不经之何仙姑者，左道惑众，巧敛金钱，以招摇于台中厅下，愚夫愚妇，相率迷信，绣旗花鼓，历游各村，而士夫不为逐，警察不为禁，俾之猖狂无忌，是诚不可解之事也。"

　　二十五日（10 月 16 日）　《汉文台湾日日新报》刊载《木屐入浴》，未署作者名，由本月十四日所载《幡随院长兵卫传》之"附记"以及本文篇末"三溪氏曰"知作者为菊池三溪。其篇末云："三溪氏曰：十返舍主人，此人浴一回，工夫全在于一双木屐，遂家家说弥次，户户□喜多八，以博江湖喝彩，其喜跃舞蹈，不觉屐齿之折也。喜多八与谢安同一屐，而遂为千古好谈□，好笑笑笑。"

二十六日（10 月 17 日） 《汉文台湾日日新报》开始连载《黑心符》，现所见至十月初十日，未完，作者署"逸"。

九月

二十三日（11 月 13 日） 《汉文台湾日日新报》刊载《五指山》，未署作者名。

二十七日（11 月 17 日） 《汉文台湾日日新报》刊载《佛微笑》，作者署"悲佛"。

十月

初一日（11 月 21 日） 《汉文台湾日日新报》刊载《银杏怪》，署"清人稿"。此篇原载本年九月初五日《申报》，作者署"柏身"。

初十日（11 月 30 日） 《汉文台湾日日新报》连载《黑心符》至"（三十八）"，现所见至本日止，未完。

《华字日报》与小说相关编年

宣统三年辛亥（1911）

七月

十七日（9月9日）　《华字日报》附张《精华录》继续连载《银行失窃案》，标"续"，现不详始于何时，至本月十九日毕。标"短篇小说"，署"唐臣来稿"。《华字日报》前身为英文《德臣报》的中文专页《中外新闻七日报》，创办时间一说同治三年（1864），一说同治十一年（1872）。首任主编为陈蔼亭，后由其子陈斗垣继任。印刷所在香港"威灵顿街门牌第五号"。

十九日（9月11日）　《华字日报》附张《精华录》连载《银行失窃案》毕。

九月

初四日（10月25日）　《华字日报》附张《精华录》开始连载《金牙记》，至本月初九日毕。标"短篇小说"，作者署"菽园"。

初九日（10月30日）　《华字日报》附张《精华录》连载《金牙记》毕。

十一月

初九日（12月28日）　《华字日报》附张《精华录》刊载《记未卜先知术》，作者署"菽园"。

《叻报》与小说相关编年

宣统元年己酉（1909）

三月

二十一日（5月10日）《叻报》附张刊载《猪龟谈判》，标"短篇小说"，未署作者名。《叻报》（Lat Pau）由薛有礼光绪七年（1881年）十月创办于新加坡，是南洋华侨创办的第一份中文报纸，1932年停刊。该报馆设于新加坡哥劳实得力门牌十一号。

六月

初八日（7月24日）《叻报》附张刊载《铸错记》，标"哀情小说"，未署作者名。其篇末云："嗟呼！萧君。妾以蒲柳孱躯，樱此隐痛，譬五尺童子，荷千钧重担度百尺危梁，上有扑人之风雨，下临不测之谿渊，虽欲苟延残喘，乌可得也。已矣！已矣！此函达邮之日，其即空闺撤瑟之期矣。片语自珍，寸心欲裂，存殁之情，仅有此耳。"（此段似可不录）此篇原连载本年五月十七日至十八日《申报》，作者署"瞻庐"。

九月

十三日（10月26日）《叻报》附张刊载《孝女泪》，标"修身小说"，作者署"瞻庐"。其篇末云："瞻庐曰：昔毛西河出游，人以割臂事属传，必谢之。或不得已，稍见之见杂文，诚以典例无刲臂旌孝之文也。虽然刲臂固不足法，而若郭女之惓惓至忧，至九死而不忘其父，倘亦当世之所仅见者欤。因亟述之，以增今日女子修身上之感情。"此篇原载于本年八月十九日《申报》，后又载于本年九月二十三日美国旧金山《中西日报》。

宣统二年庚戌（1910）

二月

十六日（3月26日）《叻报》附张开始连载《一味痴》，现所见至四月二十日止，标"二十续稿"，篇末标"仍未完"。标"短篇小说"，作者署"餐英客"。

四月

初五日（5月13日）《叻报》附张开始连载《刮地皮》，至本月初六日毕，标"短篇小说"，未署作者名。此篇原载于本年二月二十二日至二十三日《舆论时事报》，标"讽世小说"，作者署"心衡"。

初六日（5月14日）《叻报》附张连载《刮地皮》毕。

二十日（5月28日）《叻报》附张连载《一味痴》，此为现所见该报连载日期最迟者，连载结束时间不详，或后未续载。

宣统三年辛亥（1911）

六月

初十日（7月5日）《叻报》附张开始连载《水里月》，至闰六月初八日毕，标"哀情小说"，作者署"冷然"。

闰六月

初八日（8月2日）《叻报》附张连载《水里月》毕。

二十二日（8月16日）《叻报》附张开始连载《医界》，至七月初一日毕，标"滑稽小说"，作者署"冷然"。其篇首云："近来地府据鬼侦探人眼鬼报告，称外洋华人人数，年年增加，内地倒反渐渐空虚了。即就南洋一带查起来，人数已达数百万之多，且自下有一种奸宄之徒，日哄华人到南洋去，叫作什么买猪仔，以希图发财。这种猪仔，为数已不少了。至于经商一般人物，也多久客不归，或在我国长子有孙，把这祖国忘却。像这样看起来，怎么得了。将来中国地方，岂不是成一个荒地么？鬼王听见这句话，吊了一吊，转想商人到外国地界实业，是一件好事，无非欲发达商业，富强中国罢了，久必有日返国，这不比去愁他。但那种在外国开族及什么猪仔的，倒还可虑，须拿来惩办惩办，以禁效尤。"

二十九日（8 月 23 日）《叻报》附张开始连载《恨姻缘》，至七月初三日毕，标"稗官信史"，作者署"冷然"。

七月

初一日（8 月 24 日）《叻报》附张连载《医界》毕。

初三日（8 月 26 日）《叻报》附张连载《恨姻缘》毕。

初六日（8 月 29 日）《叻报》附张开始连载《粤泪》，至七月初九日毕，标"短篇小说"，作者署"冷然"。其篇首云："前月粤东革党肇事后，一时风声鹤唳，草木皆兵，大有岌岌不可终日之状。中间仅距离数阅月，又发现一种暗杀案出来，那些商民，更形恐慌莫措了。好像日俄战争时候，侨居东三省的人民，个个心目中觉有无数枪弹，落子面前。在那个时候，自然有这个想像。谚云：相觑唔好看，相打唔好拳。况且身居虎穴，无论俄胜于日，日胜于俄，总不免受他一番遭劫。若说起革党的举动，真个轰轰烈烈，秋毫无犯的。一来为牺牲身命救国，二来又是本国人，怎肯自相鱼肉，残害同胞。俗语有云：天下本无事，庸人自扰之，这句话委实不差的。我又想起羊城一役，革党除了被拿临刑外，其余的也已早早鸿飞冥冥了，又何必大惊小怪。这个里头，必定有一个缘故。我今细细去理会他，也不好怪他们。我且慢慢表出来，与看官们谈谈，也使无知人民，知道今日官场举动，非仅与革党为敌，实在藉口革党，以泄其毒。"

初九日（9 月 1 日）《叻报》附张连载《粤泪》毕。其篇末云："从此看来，羊城一役，并近日陈敬岳暗杀一个好机会，想吴宗禹定有一番惨无天日的举动。虽是记者意想中测出来，看这等人，也自然有这等行径。哎，粤地有这些民贼，粤地还有净土么？粤民还有瞧头吗？我说到此处，怎个肝摧胆裂，双泪齐挥。我不知看官们亦有如记者之喜哭，同洒一掬血泪，为粤民一吊否乎？"

二十日（9月12日） 《叻报》附张开始连载《女侦探》，现所见至七月二十四日止，篇末标"仍未完"。作者署"冷然"。

二十四日（9月16日） 《叻报》附张连载《女侦探》，此为现所见该报连载日期最迟者，连载结束时间不详。

八月

初二日（9月23日） 《叻报》附张刊载《无米炊》，标"实事短篇小说"，未署作者名。其篇首云："满城风雨，川水暴涨，一片汪洋，几成泽国。嗟嗟！我民房屋器具，大半随波逐流去矣。呼天不应，觅食无门，壮者散于四方，老弱转乎沟壑。吾读秋女士'秋风秋雨愁杀人'之句，吾悁悁以悲，吾更书此以告天下之为富不仁者，尚其分人一杯羹也。"其篇末云："呜呼！天灾流行，民不聊生，懦者坐以待毙，横者劫掠富家，亦铤而走险，迫而出此者也。若弹压者，犹如临大敌，格杀勿论，则流民载道，将有诛不胜诛之虞矣。呜呼噫嘻！"此篇原载本年七月十六日《申报》，标"短篇时事小说"，作者署"迅雷"。

二十九日（10月20日） 《叻报》附张开始连载《七百五十金买得一场春梦》，至八月三十日毕，标"警世"，作者署"铎"。其篇首云："昨有客来，述本坡某甲被妓愚弄一事，颇足为个中人写照。虽其事近龌龊，然亦可为登徒借鉴。兹姑录其事而隐其姓名，置于附张，以作好狭邪游者，当头一棒焉。"

三十日（10月21日） 《叻报》附张连载《七百五十金买得一场春梦》毕。其篇末云："噫！青楼妓妇，谁是钟情？甲不自悟，堕其术中，如此痴迷，洵属令人可叹。因思天下之自作多情者，滔滔皆是，正恐不仅一甲而已也。爰志其事，使世之好作冶游者，借此为龟鉴焉。"

九月

三十日（11月20日） 《叻报》附张开始连载《痴人梦》，现所见至十月初十日止，标"四续"，篇末标"未完"，未署作者名。此篇原载本年八月二十八日至九月初十日《申报》，标"短篇小说"，作者署"钝根

（王钝根）"。

十月

初十日（11月30日）　《叻报》附张连载《痴人梦》，此为现所见该报连载日期最迟者，连载结束时间不详。

十一月

十一日（12月30日）　《叻报》附张刊载《秦丐》，未署作者名。此篇原载本年十月二十四日《申报》，标"短篇轶事"，作者署"嘉定二我（陈其源）"。

《南洋总汇新报》与小说相关编年

光绪三十四年戊申（1908）

六月

初八日（7月6日） 《南洋总汇新报》（The "Union Time" Press）刊载"新书出售广告"云："本局到有学堂教科书及名人撰著、新说部，能令阅者一新眼界。书目甚繁，不能悉载，另列书单，取价从廉。如欲先睹为快，请劳玉趾，面议为荷。光绪三十四年六月初五，海通书局广告。"《南洋总汇新报》，其前身为同盟会陈楚楠、张永福创办的《南洋总汇报》，光绪三十二年转由保皇派陈云秋主办，并改名为《南洋总汇新报》。社址为"新加坡吉宁街即哥禄实得力门牌八十三号"。报价为"零售每张五占，全年报费十元，闰月照加，每月一元，外埠另加邮费"。

初九日（7月7日） 《南洋总汇新报》刊载《吓坏留学生》，标"怪象小说"，作者署"劝"。

十二日（7月10日） 《南洋总汇新报》刊载《照方服食》，标"写真小说"，作者署"劝"。

二十日（7月18日） 《南洋总汇新报》开始连载《大话报》，至六月二十三日毕。标"怪诞小说"，署"毕来稿"。

二十三日（7月21日） 《南洋总汇新报》连载《大话报》毕。其篇末云："奇奇，不通捐钱，包错捐钱，不顺循例亦捐钱，一般之股东，亦不得不捐钱。一千几百，仅够开办。迟之几日，传单又出，煌煌然，满纸大话，于是大话俨然出现矣。请观其后。"

二十九日（7月27日） 《南洋总汇新报》开始连载《纪侦探申与堡

事》，至七月初二日毕。标"写实小说"，作者署"劝"。

七月

初一日（7月28日）《南洋总汇新报》刊载《恨恨恨》，标"怪象小说"，署"毕来稿"。

初二日（7月29日）《南洋总汇新报》连载《纪侦探申与堡事》毕。

初三日（7月30日）《南洋总汇新报》刊载《自由花》，标"怪诞小说"，作者署"狂生"。

初八日（8月4日）《南洋总汇新报》开始连载《七夕会》，至七月初九日毕。标"怪象小说"，作者署"劝"。

初九日（8月5日）《南洋总汇新报》连载《七夕会》毕。

初十日（8月6日）《南洋总汇新报》刊载《演说》，标"短篇小说"，未署作者名。

十一日（8月7日）《南洋总汇新报》刊载《大话报迟迟出版之内容》，标"怪诞小说"，作者署"谐"。

十六日（8月12日）《南洋总汇新报》开始连载《中元夜宴》，至七月十七日毕。标"活剧小说"，作者署"劝"。

十七日（8月13日）《南洋总汇新报》连载《中元夜宴》毕。

十八日（8月14日）《南洋总汇新报》开始连载《帝王思想》，至八月初三日连载毕。标"短篇小说"（七月二十一日起又标"迷惑小说"），作者署"警"。

十九日（8月15日）《南洋总汇新报》刊载《短铳》，标"短篇小说"，未署作者名。

二十四日（8月20日）《南洋总汇新报》刊载"新书广告"云："启者：本书局备办各种新书，既精且美，久为诸君称许。今复更求精美，由上海办到新书小说有数百种，钉装华丽，材料丰富，名目繁多，无美不备，读之令人忽惊忽怒忽哀忽喜。诸君欲新世界者，盍速来购。本局在新加坡吉宁街八十四号门牌。诸君倘在各埠欲购何种书籍者，请函知本局，均能按址寄上。特此布闻。海通书局司理人黄江生谨启。"此广告又见于八月初七日该报。

二十九日（8月25日）《南洋总汇新报》开始连载《雪冤记》，至七月三十日毕。标"小说"，未署作者名。其开篇云："人情乖变，谲诈万端，审判之难，古亦云尔。金牌十二，千古传莫须有之奇冤；党人三千，万世遗亡国恨之口舌。至近而秋瑾之冤狱，金君之被诬，士林感愤。冤固甚矣，顾非若贵福某道之贪庸昏墨，何至若斯之烈也。洵是，则如某令者，足以风矣。"此篇原载本年四月二十七日美国旧金山《中西日报》。

三十日（8月26日）《南洋总汇新报》开始连载《雪冤记》毕。

八月

初三日（8月29日）《南洋总汇新报》连载《帝王思想》毕。

初七日（9月2日）《南洋总汇新报》刊载"新书已到"广告："欲审国事之臧否，观现势之迁流，莫如阅报；欲探学问之渊源，立身世之根本，莫如读书。斯二者皆所以诱掖文明、开通民智者也。本报开办以来，持论必公，纪事务实，鼓同胞爱国之心，赞地方公益之举，一时海外豪俊，莫不欢迎。近更多聘访员，交通专电，事关重大，捷报灵通，凡以餍阅者先睹为快之心，即以尽本报觉世牖民之职也。比年以来，学堂林立，办学诸君远近通函，委办书籍图器者络绎不绝，可知南洋学界进步，本报窃欣募焉。爰派妥员，游沪采办典籍，凡教科诸书、舆图、仪器及经史子集、掌故、词章、歌谣、小说，罔不择焉，必精搜焉。求备盈箱箧，捆载而来，用表报端，以为好学之君子、觉世之通人披阅新刊之书目而采购焉。《南洋总汇新报》有限公司披露。"开始连载《情人血》，至八月初八日毕，标"短篇小说"，作者署"劝"。

初八日（9月3日）《南洋总汇新报》连载《情人血》毕。

初九日（9月4日）《南洋总汇新报》刊载《花少年》，标"小说"，未署作者名。其篇末云："记者曰：家庭教育之不可以已也如是乎？花少年温润如好女，一日大变其性质，至持白刃以劫妻。非老牛舐犊，家庭失教，有以使之然乎？夫以未受教育少年，与无赖为友，无惑乎变本加厉也。或曰：'货悖而入者，亦悖而出。'花少年之父，平素鄙吝异常，天故生此败子以倾其家。然则鄙吝富翁而有贤子者，又将何说乎？总之世禄之家，鲜克由礼，而少年又最易堕落深坑。呜呼！吾记花少年历史毕，吾悲世界花花，为花少年者正多也。凡我少年，宜及早回头，无蹈花少年子覆辙，此则记者所以记花少年之意也。"此篇原载本年七月二十日至二十一日《时报》，署"容均来稿"。

初十日（9月5日）　《南洋总汇新报》刊载《少妇泪》，标"短篇小说"，未署作者名，据篇末评语可知作者为"野史氏"。其篇末云："野史氏曰：茫茫黑海中，不知湮没多少好男儿，良可叹也。今者历禁既悬，黑籍中人，咸知自奋，他日根株尽绝，回想从前瓜架豆棚，相与话旧，则此数百字者，亦社会上·惨苦之纪念品也。"此篇原载本年七月十七日《时报》。

十三日（9月8日）　《南洋总汇新报》刊载《美少年》，标"怪象小说"，作者署"劝"。其篇末云："怪史氏曰：所谓革命者，其怪象何多乎？他者勿论，即此演说一事，去腊曾派此传单，请人'共聆雅诲'，届期而渺无踪影，华侨莫不诧异，而鄙弃之，以革命党举动之儿戏也。至今日又演此怪剧，岂真貌丑声嘶不敢演说耶？抑另有原因外人不得而知耶？或者曰：所谓革命党者实乱党也，以乱党而欲演说于大钟楼，必为此处政府所干涉矣。殆或然欤？"

十九日（9月14日）　《南洋总汇新报》开始连载《凌氏女》，至八月二十六日毕。标"短篇小说"，作者署"劝"。

二十六日（9月21日）　《南洋总汇新报》连载《凌氏女》毕。

九月

初四日（9月28日）　《南洋总汇新报》开始连载《王伦》，至九月初五日毕。标"怪诞小说"，未署作者名。

初五日（9月29日）　《南洋总汇新报》连载《王伦》毕。

初八日（10月2日）　《南洋总汇新报》刊载《虎狼窟》，标"小说"，署"豫东野人来稿"。其篇首云："虎狼窟者何？州县衙门之名称也。州县衙门何以谓之虎狼窟？以衙中人皆如虎狼也。幕友官亲以及差役，无不视民如仇，必尽吸其膏血而后快，稍具人心者，千百不得一焉。吾国千余州县，无不如是也。痛哉！兹略记一案于左，亦足见一斑矣。"此篇原载本年七月二十六日《时报》。

二十日（10月14日）　《南洋总汇新报》开始连载《梅花女》，至九月二十二日连载毕。标"小说"，署"容均稿"。此篇原载本月初四日

《时报》。

二十二日（10月16日）　《南洋总汇新报》连载《梅花女》毕。

宣统三年辛亥（1911）

十一月

十三日（1912年1月1日）　《南洋总汇新报》连载《马僧》，标"四续"，连载开始时间不详。标"小说"，未署作者名。此篇原连载于十月十九日至二十二日《申报》"自由谈"，标"短篇轶事"，作者署"野民"。刊载会丰商店广告云："本店经营学部编译图书局、上海商务印书馆出版学堂应用华英文各种教科书籍、图画范本、古今名家小说，及学堂所需之品，皆有办备。倘蒙惠顾，定价从廉。外埠函购，原班回件。石叻大马路吧城小南门会丰商店披露。"

二十四日（1月12日）　《南洋总汇新报》刊载《陶五》，标"小说"，未署作者名。

十二月

十九日（2月6日）　《南洋总汇新报》开始连载《卖先生》，至本月二十日。标"短篇小说"，未署作者名。此篇原连载于本年八月二十五日至九月初四日《时报》，作者署"醉剧"。

二十日（2月7日）　《南洋总汇新报》连载《卖先生》毕。

二十一日（2月8日）　《南洋总汇新报》刊载《五虫大会议》，标"短篇滑稽"，未署作者名。此篇原载本年十二月初三日《申报》"自由谈"，标"短篇滑稽"，作者署"嘉定二我（陈其源）"。

二十三日（2月10日）　《南洋总汇新报》刊载《冯和尚》，标"小说"，未署作者名。

《星洲晨报》与小说相关编年

宣统元年己酉（1909）

七月

初一日（8月16日） 《星洲晨报》副刊《警梦钟》刊载《俄将》，标"短篇小说"，作者署"太仓"，即《晨报》记者谢太仓。其篇末云："著者曰：呜呼！为富不仁，自古有之。民之生产，出于艰难，而夺之者，则又恃其横暴，故军人得显头角于世上，而平民且不能自保其骨肉矣。然残之者既日以猛，而屈之者不得不日以甚，但观俄将之行为。嗟乎！谁其不然。"刊载"侠义爱情小说《双美脱险记》"广告："欲悉专制恶魔之事迹，不可不读此书；欲悉当时宗教之腐败，不可不读此书；欲观武艺奇侠之真诚，不可不读此书；欲观真正爱情之纯洁，不可不读此书；欲知恩仇之真切，不可不读此书；欲知小人情态之可惊，不可不读此书。全书四大巨册，第□册已出版，零售每册六角（篇多册巨，精纸装订，故取价不得不高）。先交一元者，每册五角；交全数者，定价二元作九折。新加坡总售处：星洲晨报（社）、中兴报（社）、海通书局、振源栈。"此广告又见于本月初四日至初八日该报。《星洲晨报》（The "Sun - Poo"）于本日创刊，由新加坡同盟会会员周之贞、谢心准等出资创办。每期印刷六百份，宣统二年停刊。编辑人周佛宝，印刷人卢惜吾，发行人陈毅献。报费每月四角。总发行所为新加坡海山街门牌四号。

初二日（8月17日） 《星洲晨报》副刊《警梦钟》刊载《阿霞》，标"短篇小说"，著者署名"太仓（谢太仓）"。该报刊载"海通书局兼印所广告"云："敬启者：本局购运上海铅印、石版各种书籍，如学堂教科书、社会诸论说以及时贤函札、名人著述、欧洲小说，搜罗富有，靡美不臻，久已风行南洋各岛埠。现在兼办有铅字、石版及各印刷机器。其印工之精巧，字画之明朗，纸张之洁白，影色之鲜明，当有光明者所共赏。凡在坡及外埠诸士商，欲印书籍及章约、函件、告白者，请到本局商议，其价值自当格外从廉也。此布。己酉年六月初三日。星嘉坡海通书局兼印所，司理人黄江生谨启。"此广告又见于本月初三日、初四日该报、本年六月初三日新加坡《中兴日报》。

初三日（8月18日）《星洲晨报》副刊《警梦钟》开始连载《谷中侠》，至七月初五毕。标"社会小说"，作者署"慧观"。该报刊载"新书出售"广告："《革命先锋》（邹容著）每册一角二占，《猛回头》（陈天华著）每册一角半，《唤醒同胞》（汉民著）每册一角半，《马福益》（革命小说）每册一角，《客民原出汉族论》每册一角二占。"此广告又见于本月初四日、初五日该报

初五日（8月20日）《星洲晨报》连载《谷中侠》毕。其篇末云："闻该党至今犹隐居谷中，伺时窃发。且党羽之盛，尤日增于一日，识者多以为是乃中国社会党之萌芽云。"

初六日（8月21日）《星洲晨报》副刊《警梦钟》刊载《教育普及之模范》，标"滑稽短篇"，未署著者名。此篇原载本年六月十四日至十五日《神州日报》，但《星洲晨报》所载仅六月十五日《神州日报》刊载的作品下半段。

初八日（8月23日）《星洲晨报》副刊《警梦钟》刊载《风流梦》，标"醒迷小说"，作者署"初"。

十一日（8月26日）《星洲晨报》副刊《警梦钟》刊载《旧鬼哭》，标"神活（话）小说"，作者署"□□"。

二十六日（9月10日）《星洲晨报》刊载"革命小说《几道山复仇记》"广告："法国文豪仲马父子，为欧美小说家之泰斗，夫人而知。是书即大仲马最得意之名著也。欧美诸国皆有译出，其声价已可想见。书中详叙法国拿破仑时代之轶事。时有一少年船长丹地，为革命党，以交通拿破仑之故，被仇人构陷，入狱十余年。狱中邂逅一意大利大革命党，授以非常之学问，且以几道山之藏宝赠之。后以计脱狱，获得藏宝无限，遂对于其仇之保皇党，决行复仇主义。是时其仇三人皆已置身通显，威权之

人，炙手可热。丹地以刚毅坚忍、百折不磨之志，卒能达其目的。全书凡八十万言，为欧美各文豪中第一杰作。是书分上中下三编，每编分上下二册。现上中二编之四册皆已出版，合大洋一元四毫。代理处中兴报（馆）、振源栈同启。"此广告同本年六月十一日新加坡《中兴日报》。

二十七日（9月11日）　《星洲晨报》副刊《警梦钟》刊载《义烈情长》，标"小说"，作者署"刚玉"。

八月

初四日（9月17日）　《星洲晨报》副刊《警梦钟》刊载《男妓》，标"小说"，作者署"螯龙"。其篇末云："盖粤中某街，某姓专业此，四出迷诱美少年，使作男妓，后复逮而送之返。其所以业此者，则以粤中人大家富户，或妾多见弃，不肯他适；或居孀者，以再嫁为耻，得此作出幽会，计良得也。至近年，此风闻已渐革云。"

二十五日（10月8日）　《星洲晨报》副刊《警梦钟》开始连载《大盗》，现所见至二十六日，未完。标"短篇小说"，作者署"初"。此篇先见于本年七月二十七日至二十九日《神州日报》，未署作者名。

二十九日（10月12日）　《星洲晨报》开始连载《赌匪》，至本月三十日，标"写实小说"，未署作者名。

三十日（10月13日）　《星洲晨报》副刊《警梦钟》连载《赌匪》毕。

十月

二十六日（12月8日）　《星洲晨报》刊载《颠圣人》，标"短篇小说"，著者署名"慧观"。

二十七日（12月9日）　《星洲晨报》刊载《铁葫芦》，标"奇侠小说"，未署著者名。此篇先见于本年七月二十七日至二十八日美国旧金山《中西日报》，标"侠义小说"；后又见于本年九月初六日至初八日《神州日报》随报附送小说，标"奇侠小说"。

二十八日（12月10日）　《星洲晨报》开始连载《百足珠》，至十月二十九日毕。标"博物小说"，未署著者名。此篇原载本年九月初十日至十四日《神州日报》随报附送小说。

二十九日（12月11日）　《星洲晨报》连载《百足珠》毕。

十一月

初三日（12月15日）　《星洲晨报》刊载《李十娘》，标"历史小说"，未署作者名。

初四日（12月16日）　《星洲晨报》刊载《奇贼》，标"民生小说"，作者署"华"。其篇末云："闻者曰：观此可知吾民之流于盗贼者，非得已也。今之人莫肯效富者之分金，而于盗贼之起也，则哗然共愤曰，以捕蚩扑杀为事。前仆后继，其待之也如故，曰：彼作孽固自作者，彼固应受此种种之罚者。呜呼！不其痛欤？"此篇先见于本年六月十一日《中西日报》，又见于本年六月二十六日《神州日报》随报附送小说，均未署作者名，亦无篇后之评语。

初八日（12月20日）　《星洲晨报》刊载《王莲舫》，标"离情小说"，署"军健来稿"。

十七日（12月29日）　《星洲晨报》刊载《人为之兽》，标"短篇小说"，作者署"华"。此篇先见于本年十月初四日《神州日报》随报附送小说，未署作者名。

二十七日（1月8日）　《星洲晨报》刊载上海南洋官书局广告，称"本局专售各种最新小说、医书、小说、尺牍"，"代售处：石叻大马路福生栈、海山街《星洲晨报》社、庇能义兴街同安客栈、新街联茂号书店。"刊载"本报增刊小说特告"："本报现特聘著名大小说家秋人君担任说部，刻已承其撰就《镜花后缘》一卷，由今日起陆续登刊报端，以餍阅者诸君之雅望。秋人君于省港报界中早已独标一帜，说部则尤所擅长，其文字之价值若何，阅者不久当自见也。本报披露。"其后《镜花后缘》连载至第四回时，篇前均刊载此"特告"。开始连载《镜花后缘》，至宣统二年五月十七日连载第十六回毕，篇末标"未完"，后未见续载。标"小说"，题"本报特载，不得转刊"，署"秋人著"。其回目如下：第一回：以诞传诞书生续笔，将计就计侠女回家；第二回：询老夫备聆奴隶痛，见宝石忽现炎凉情；第三回：骗赌博札头人耀武扬威，遭鞭笞长尾汉惊心丧胆；第四回：野心勃勃误逢外国姑娘，勇气蓬蓬且逞中朝技击；第五回：豺狼当道有意张罗，口舌招尤无辜入网；第六回：扶弱国勉为时世装，赁民家聊作铺排样；第七回：妇人会搅出恶风潮，奇女家饱看惨现状；第八回：运动富翁早备几番巧计，哀怜老妇又聆一段奇谈；第九回：搬行李苦力说真情，露腌臜贫婆有特色；第十回：迷信神权志士误为菩萨，伤怀国势妖姬即是英雄；第十一回：读历史种族惹余哀，毁真容家庭兴活剧；第十二回：公报私仇妻妾斗很（狠），同戕异媚郎舅参谋；第十三回：捕党人官兵遭晦气，殴狱卒女士逞威风；第十四回：施毒手狱卒丧良心，解重围夫人有妙理；第十五回：借酒行凶金壬丧命，以人代马同种伤心；第十六回：推原祸始伟论纷被，穷诘真形婆心触现。

十二月

十四日（1月24日）《星洲晨报》刊载《风流大人》，标"怪状小说"，作者署"嘻笑生"。其篇末云："噫，此大人者果何人乎？果何人乎？吾无从知之。但名之曰'风流大人'可也。呜呼，此之谓风流大人。"

宣统二年庚戌（1910）

正月

初八日（2月17日）《星洲晨报》刊载《痴迷镜》，标"警世小说"，署"著者棒喝生"。

十四日（2月23日）《星洲晨报》刊载"特别要告"云："日来《叻报》'渔'君及《晨报》'狷'君偶因小故，遭人离间，致于《叻报》及《晨报》谐部上互相讥刺。然究之自于世道人心，本无所损益，与两报向来言论宗旨，尤属无关，深不欲因此而遽兴笔战，致伤两报感情。现经向两君极力调和，于两报上不再从事争辩，深望两君此后复言归于好也。《叻报》记者叶季允、《中兴报》记者胡骥、《晨报》记者谢太仓同白。"

二十日（3月1日）《星洲晨报》刊载告白云："连日因广东兵变事，紧要新闻太多，故此版除小说外，暂将各门裁去，以便登录。"此告白又见于翌日该报。

二十四日（3 月 5 日）　《星洲晨报》刊载告白云："今日紧要新闻太多，故此版除小说外，尽载广东新闻。"此告白又见于本月二十六日、二十七日该报。

二十六日（3 月 7 日）　《星洲晨报》刊载"慧观敬告阅者"云："仆自任本报笔事以来，所有著述，恒署名'慧观'二字，阅报诸君，料所深悉。乃昨阅《总汇新报》论说，亦有署名为'慧观'者，不胜诧异。如非该记者有心取巧，即为偶尔相同。为此特行敬告阅者，请切勿误会为幸。本报记者慧观披露。"

二月

二十九日（4 月 8 日）　《星洲晨报》刊载《迷信镜》，标"短篇小说"。作者署"接舆"。

三月

初三日（4 月 12 日）　《星洲晨报》刊载《瘦和尚》，标"短篇技击小说"，作者署"狷"。"狷"即《晨报》记者谢太仓。

初四日（4 月 13 日）　《星洲晨报》刊载《奇妇》，标"节烈小说"，未署作者名。

初五日（4 月 14 日）　《星洲晨报》刊载《女侦探》，标"短篇小说"，未作著者名。其篇末云："嗟乎！女侦探之能力，盖亦毒矣哉。吾尝闻日人之战于辽沈，而胜俄也。地理测绘，兵势险要，收效于预派女侦探者为多。今此只一德国女侦探耳，而能操纵法国军界之青年，至迭蒙其伤害者如此，抑亦一女将功用之特别新法也。吾书此，吾甚怪清国之所谓女侦探，如所谓何？且者，既不能为此女子之侦探敌情，而其结交己国青年，诬织党案，而伤害之者，较德女之害法国青年而有余也。呜呼，吾为清国之女侦探羞。"

初十日（4 月 19 日）　《星洲晨报》刊载广告云："上海商务印书馆出版之学堂应用华英文各种教科图书、小说等书。星嘉坡大马路会丰商店总代理。宣统二年三月初二，香山何官炜谨告。"

十二日（4 月 21 日）　《星洲晨报》开始连载《剑花女侠》，至三月十三日毕。标"短篇任侠小说"，未署作者名。

十三日（4 月 22 日） 《星洲晨报》连载《剑花女侠》载毕。

十六日（4 月 25 日） 《星洲晨报》开始连载《一磅肉》，至三月二十一日毕。标"短篇义侠小说"，署"索士比亚原著"，未署译者名。此篇原载宣统元年十二月初三日至十二月初七日《申报》，译者署名"嵘"、"檗"，后又载于宣统二年正月十八日至正月二十三日美国旧金山《中西日报》。

二十一日（4 月 30 日） 《星洲晨报》连载《一磅肉》毕。其篇末云："此篇为诗人索士比亚原著，可作欧洲游侠列传读，良友侠肠，美人妙舌，均足千古矣。何物俾斯南，得与一身遇之，令人可羡，亦可妒也。又曰：贷三千金，偿一磅肉，真世界创闻哉。然吾国贷外债，偿以百千万磅国民之血肉而不惜，吾知其见此，必曰无足奇，无足奇。"刊载"俄国大小说家杜尔斯台之像"。

二十六日（5 月 5 日） 《星洲晨报》开始连载《三百磅（镑）之钻石》，至三月二十八日连载毕。标"短篇小说"，未署作者名。其篇首云："伦敦某街，甚繁盛，行人如梭，珍奇满市。市中某钻石店，有一奇事，店之事主曾为余著者自谓言及。至其街名，其店名，其人名，余且不表，特将此一段奇而趣之事，为吾阅者述及。"此篇后又连载于本年六月二十四日至二十五日美国旧金山《中西日报》，又载于本年五月十二日至十三日《申报》。

二十八日（5 月 7 日） 《星洲晨报》连载《三百磅（镑）之钻石》毕。

四月

初一日（5 月 9 日） 《星洲晨报》开始连载《公主之秘密》，至四月初二日毕。标"短篇侦探小说"，未署作者名。刊载"新书出售广告"云，其中列有："'说部丛书'二十八元，《新三国》一元二角，《新西游记》四角，《新水浒传》一元四角半，《新笑林广记》二角，《新儿女英雄传》四角，《女界宝》四角，《醋海波》二角，《女魔术》三角，《青楼镜》三角半，《河东狮》五角，《杜鹃血》四角半。"代理处："会丰商店。"

初二日（5 月 10 日） 《星洲晨报》连载《公主之秘密》毕。

初四日（5月12日）《星洲晨报》刊载《吸血》，标"喻言小说"，未署作者名。其篇末云："南宋以举国脂膏输辽金，卒不免于亡国。何如汉武浪战，敌惊远窜为得计哉？以血脉供虎狼，即是以性命供虎狼。惜哉！猫之善策不用于今世。"此篇又连载于同日及翌日旧金山《中西日报》。

十一日（5月19日）《星洲晨报》开始连载《国会潮》，至四月十二日连载毕。标"短篇小说"，作者署"雷"。此篇原载本年四月初七日《神州日报》，后又载本年五月十二日美国旧金山《中西日报》、五月二十日《申报》。

十二日（5月20日）《星洲晨报》连载《国会潮》毕。其篇末云："著者曰：此法兰西开三族议会时之情状也。当国会开时，法之人民久虐于路易十四、路易十五之苛政，岂不曰国会开矣，今而后国家腐败之根柢可以撼动矣。不谓民之所望者如此，而朝廷之所施者如彼，是何异欲钓而登高岗，欲猎而浮沧海也。呜呼！是亦可以鉴矣。"

十九日（5月27日）《星洲晨报》开始连载《骗老婆》，至四月二十三日连载毕。标"奇趣小说"，未署作者名。刊载"购书诸君鉴"广告云："本店经理上海商务印书馆出版本堂应用华英文各种教科书籍、图画范本、杂志以及经史子集、诗钞、词章、古文、四书五经、改良妇孺读本、名人字帖、书谱、信札、医卜、星相、地理、择日、新旧小说等书。如蒙惠顾，价定从廉。付项函购，原（班）寄奉，邮资贵客自给。石叻大马路会丰商店启。"

二十三日（5月31日）《星洲晨报》连载《骗老婆》毕。

二十九日（6月6日）《星洲晨报》开始连载《移花接木》，至五月初四日毕。标"短篇小说"，作者署"无赖"。

五月

初四日（6月10日）《星洲晨报》连载《移花接木》毕。

十四日（6月20日）《星洲晨报》开始连载《醒梦钟》，至五月十五日毕。标"警世小说"，署"阿鹤来稿"。其篇首云："甚矣哉，色欲之迷人也，一入其中，恍如狂易者之百舞于悬崖，其怪状至不忍睹，而其势之险，则尤足令人咋舌，乃在局者竟不自知其危，犹跳舞如故。欲其临崖勒马，能自醒悟者，盖千百中不获一二人焉。前仆后继，如西楚霸王之不至乌江不止，良可慨也。"

十五日（6月21日）《星洲晨报》连载《醒梦钟》毕。

十七日（6月23日）《星洲晨报》开始连载《剧盗》，至五月十九日连载毕。标"短篇小说"，作者署"莞"。此篇后又连载于本年六月十六日至十八日美国旧金山《中西日报》。连载《镜花后缘》第十六回毕，标"一百廿六续"，此后未再续载。

十九日（6月25日）《星洲晨报》刊载告白云："阅者注意：《镜花后缘》小说因作者有病，暂行停刊。"连载《剧盗》毕。

二十一日（6月27日）《星洲晨报》开始连载《电贼杀人记》，至五月二十二日毕。标"短篇小说"，未署作者名。此篇后连载于本年六月初八日至初九日美国旧金山《中西日报》，题为《人妖记》，实乃同文异名。

二十二日（6月28日）《星洲晨报》连载《电贼杀人记》毕。其篇末云："著者曰：或云如此，于王殊太便宜矣。然此狗彘不食之人，欲纵之则为法所不容，欲杀之尤是污人刃，反是自作自受为妙。然污我笔墨亦多矣。又有云：其死时似慷慨，此正所谓憨不畏死耳，乌足尚。"

二十三日（6月29日）《星洲晨报》刊载《畜牲会议》，标"诙谐小说"，未署作者名。其篇末云："某闻之，感触亡国之惨，不觉放声号哭起来。群畜闻有人声，骇极，豕突狼奔的惊窜跑了，某伤心丧气而返。"

二十四日（6月30日）《星洲晨报》刊载《父子骑驴》，标"奇趣小说"，作者署"仙"。其篇末云："凡人干事，必须自己拿定主意，任外界如何阻挠抗拒，视同无物，然后可望其底于成。若某甲胸无主宰，瞻徇顾忌，一惟人言之是听，未有不□事者也。夫宇宙间无论如何美举，未有不受人多少之议论，既受人议论，即易我方针。孰知方针愈易，其事愈坏，迨至不可收拾之时，乃始翻然悔当日：'我错矣。'曷如当初不徇人意之为□也。谚云：成大事者，全靠自己主张，然欤？否欤？"

二十五日（7月1日）《星洲晨报》刊载《腊鸭髀》，注"事详十九日内国新闻"，标"怪像小说"，作者署"汉父"。其篇末云："哈哈奇观，哈哈怪像。吾曾将此怪像告诸聋者，聋者不闻；吾曾将此怪像告诸瞽者，瞆者不见。吾故无可以名此怪像，而且名之曰'腊鸭髀'。"

六月

初七日（7月13日） 《星洲晨报》刊载《京华梦》，标"短篇小说"，作者署"过来人"。此篇原载本年五月二十五日《国民报》。

初八日（7月14日） 《星洲晨报》刊载《妇人之劫》，标"纪事小说"，未署作者名。

初十日（7月16日） 《星洲晨报》刊载《炼形义侠》，标"短篇小说"，作者署"狷（谢太仓）"。其篇末云："按：剑侠而能炼形，实为千古罕见。彼满人恃势而欺凌，害我汉人者比比皆是，安得如炼形之侠者出，一一为之报复也哉。"

十三日（7月19日） 《星洲晨报》刊载《睇出神》，标"白话小说"，作者署"百罹子"。此篇原载本年五月三十日《国民报》。

十六日（7月22日） 《星洲晨报》开始连载《剃头失妻》，至六月二十一日毕。标"白话写真"，作者署"不剃头者"。此篇原载本年六月初二日至初五日《国民报》，标"近事写真"。

十七日（7月23日） 《星洲晨报》刊载《官梦》，标"醒迷小说"，作者署"寄尘"。其篇末云："噫，人生何往而非梦哉，吾愿一般之有官瘾者，盍鉴诸。"

二十一日（7月27日） 《星洲晨报》连载《剃头失妻》毕。其篇末云："著者曰：以上所述，乃日前在粤垣目击之实事。呜呼！女子无教育，婚姻不自由，因之夫妇之道苦。此等背夫潜逃者，已数见不鲜矣。良可慨也。"后又连载于本年七月十三日毕之美国旧金山《中西日报》。

二十二日（7月28日） 《星洲晨报》刊载《痴丈夫》，标"奇趣小说"，署"余愚来稿"。

二十三日（7月29日） 《星洲晨报》刊载《会客》，标"活动写真"，作者署"岁"。其篇末云："按：此是何景像，其俄之莫斯科狱耶？法之巴士的狱耶？抑一般之革命党狱耶？然彼犹能于监牢里，与其亲戚朋友偶一相见。以视吾国牢狱中之所谓革命党，一入狱门，则惟以秘密主义死之者，其相去为何如也。然而其他之狱，欲相见狱者，仍不免通门头矣，况党耶？甚矣！野蛮国之制度，无一而有人道。"此篇原载本年六月十二日《国民报》。

二十四日（7月30日）《星洲晨报》开始连载《暴虎》，至六月二十七日连载毕。标"复仇小说"，作者署"过来人"。此篇原连载本年六月初六日至六月初十日《国民报》。

二十七日（8月2日）《星洲晨报》连载《暴虎》毕。

二十八日（8月3日）《星洲晨报》刊载《革命之门》，标"短篇小说"，署"伊翁作，白云沧海译"。其篇末云："此篇乃俄国党人伊翁所作。伊文学与兴杜尔台齐名，新著一出，全国风靡。文学鼓吹，伊氏其大功臣也。今由社员白云沧海君从东报重译而出，虽经俄、日、中三国文字，而精神不少失。呜呼！革命之门，其人之者果蠢愚之人耶？吾亦自远闻之有声曰：'神圣也'。记者抱香识。"刊载《一文钱》，标"寓言小说"，作者署"哲"。其篇末云："烧饼立宪，贻笑久矣。今更伸其意而为寓言，心醉立宪者，盍深长思之。"此篇原载本年六月十九日《国民报》，后连载于本年七月三日至初五日《图画日报》。

二十九日（8月4日）《星洲晨报》刊载《老鼠情愿》，标"诙谐小说"，未署作者名。

七月

初一日（8月5日）《星洲晨报》刊载《三大》，标"诙谐小说"，作者署"一棒"。此篇原载本年六月初八日《国民报》，又连载于本年六月十九日至二十日《图画日报》

初二日（8月6日）《星洲晨报》刊载《尚武精神》，标"短篇小说"，作者署"杜定"。其篇末云："闻者叹曰：病夫尚武精神，原来自残同种。噫嘻！愚哉病夫。噫嘻！悲哉病夫。"

初四日（8月8日）《星洲晨报》刊载《亚如》，标"短篇小说"，作者署"碎"。其篇末云："按：此等人类，似甚怪诞。然闻之非洲之野番，则以食人为乐，沙胜月之胜子，则以人头为戏。天地气类之感召，盖有之生种人者。亚如只以粪为珍品，犹似较野番、胜子而略有智识也。至喜怒无常，威福自擅，宦途中亦不独亚如其人矣。呵呵！"此篇原载本年六月十四日《国民报》。

初五日（8月9日）《星洲晨报》刊载《鹧雀门》，标"寓言小说"，作者署"樱郎稿"。

　　初六日（8 月 10 日）　　《星洲晨报》刊载《高凤女》，标"短篇小说"，未署作者名。

　　初七日（8 月 11 日）　　《星洲晨报》开始连载《香海车尘》，至七月初八日连载毕。标"短篇小说"，作者署"过来人"。此篇原载本年六月十七日《国民报》。

　　初八日（8 月 12 日）　　《星洲晨报》连载《香海车尘》毕。

　　初九日（8 月 13 日）　　《星洲晨报》刊载《鸳续雁》，标"恨情小说"，未署作者名。

　　十一日（8 月 15 日）　　《星洲晨报》开始连载《仇婚》，至七月十三日连载毕。标"短篇寓言"，作者署"雷"。

　　十三日（8 月 17 日）　　《星洲晨报》连载《仇婚》毕。

　　十四日（8 月 18 日）　　《星洲晨报》开始连载《问米》，至七月十五日连载毕。标"趣怪小说"，作者署"汉父"。

　　十五日（8 月 19 日）　　《星洲晨报》连载《问米》毕。

　　十八日（8 月 22 日）　　《星洲晨报》刊载《盗被盗》，标"短篇小说"，未署作者名。

　　十九日（8 月 23 日）　　《星洲晨报》刊载《乞儿真相》，标"寓言小说"，署"惊霜寒雀著"。

　　二十一日（8 月 25 日）　　《星洲晨报》开始连载《俄国虚无党》，至七月二十五日连载毕。标"小说"，未署作者名。此篇先见于本年六月二十七日至二十八日《中西日报》，标"短篇小说"，作者署"楚"。

　　二十五日（8 月 29 日）　　《星洲晨报》连载《俄国虚无党》毕。

　　二十六日（8 月 30 日）　　《星洲晨报》刊载《激变世界》，标"悲愤小说"，作者署"丽"。此篇又见连载于本年八月初二日至八月初四日《图画日报》。

　　二十七日（8 月 31 日）　　《星洲晨报》刊载《猛虎》，标"寓言小说"，署"樱郎稿"。此篇同时连载于七月二十七日至八月初一日《图画日报》，后载于本年九月十六日美国旧金山《中西日报》，皆未署作者名。

　　二十八日（9 月 1 日）　　《星洲晨报》刊载《恶鬼》，标"寓意小说"，作者署"废帝青年"。此篇又见连载于本年八月十一日至八月十三日《图画日报》，未署作者名。

八月

初二日（9月5日）　《星洲晨报》刊载《媚外之夫》，标"短篇小说"，作者署"棒"。其篇末云："噫！若甲者，弃结发之妻而媚于异种，真人面兽心，狗彘亦不食其肉矣。"此篇后又见连载于本年八月初五日至八月初八日《图画日报》。

初四日（9月7日）　《星洲晨报》刊载《一封书》，标"写真小说"，作者署"笑"。

十七日（9月20日）　《星洲晨报》连载《侦探奇逢》，标"续"，据本月十九日连载结束时标"三续"，连载开始当在本月十六日。标"短篇小说"，署"掣胡稿"。

十九日（9月22日）　《星洲晨报》连载《侦探奇逢》毕。

二十日（9月23日）　《星洲晨报》开始连载《奇盗》，至八月二十一日毕。标"悲愤小说"，署"樱郎稿"。刊载《兔死狐悲》，标"寓言小说"，作者署"狷（谢太仓）"。

二十一日（9月24日）　《星洲晨报》连载《奇盗》毕。

二十三日（10月26日）　《星洲晨报》刊载《犬豕交涉》，标"短篇小说"，未署作者名。此篇原载八月初二日至初三日《神州日报》，作者署"腰叟"，后又连载于本年九月十二日至九月十三日美国旧金山《中西日报》。

二十四日（9月27日）　《星洲晨报》开始连载《侠女》，至八月二十六日连载毕。标"义侠小说"，未署作者名。

二十六日（9月29日）　《星洲晨报》连载《侠女》毕。

九月

初一日（10月3日）　《星洲晨报》继续连载《梦话》，标"续"，据本月初四日连载结束时标"四续"，连载开始当在八月三十日。标"短篇小说"，署"白云沧海著"。

初四日（10月6日）　《星洲晨报》连载《梦话》毕。

初五日（10月7日）　《星洲晨报》刊载《虎伥谈》，标"短篇小说"，未署作者名。

初六日（10 月 8 日）　《星洲晨报》刊载《有米粥》，标"喻言小说"，作者署"紫"。

初九日（10 月 11 日）　《星洲晨报》刊载《座上囚》，标"怪象小说"，署"录上海《神州报》"。其篇末云："按：此广东省新出之轶事也。吾人每谓清官对待囚犯极不文明，试观此事，其果文明否耶？恐最称文明之白种人，亦未可臻此。向之以为不文明者，能毋闻而咋舌乎？"此篇并未见载上海《神州日报》，而是连载于八月二十七日至二十九日《图画日报》。

十一日（10 月 13 日）　《星洲晨报》刊载《巨蜈蚣》，标"志异小说"，作者署"狷（谢太仓）"。

十二日（10 月 14 日）　《星洲晨报》刊载《双武夫》，标"近事写真小说"，作者署"理公"。其篇末云："噫！两败俱伤，自残同种，稍明种族观念者，决不为此。然观其宁死不辱，誓志复仇，不过争此用武片时之优胜地点耳。若能伸广此义，以争异族所据我祖国之大舞台，未尝非大英雄、大豪杰之壮举也。而且此气概已不愧为血性男儿，以较于奴颜婢膝，摇尾乞怜，请求立宪者，大有天渊之判矣。"

十三日（10 月 15 日）　《星洲晨报》开始连载《伤心梦》，至九月十五日连载毕。标"寓言小说"，署"樱郎稿"。此篇后载于本年十一月二十二日至二十三日《中西日报》。

十五日（10 月 17 日）　《星洲晨报》连载《伤心梦》毕。

十七日（10 月 19 日）　《星洲晨报》开始连载《鬼立宪》，至九月三十日标"六续"，篇末标"未完"，现不知何时连载毕。标"诙谐小说"，作者署"死公"。此篇又见连载于本年四月二十五日至五月十三日《天铎报》。

二十五日（10 月 27 日）　《星洲晨报》刊载告白云："今日因征联揭晓，小说各门暂停登录。"

三十日（11 月 1 日）　《星洲晨报》连载《鬼立宪》"六续"，篇末标"未完"，此为所见该报最后一期，故不知何时连载毕。

《中西日报》与小说相关编年

光绪三十四年戊申（1908）

四月

初五日（5月4日）《中西日报》刊登"新款时务杂书"广告，其中涉及的小说有："《伊索寓言》三毫五，《狱中花》三毛。"另登"奇妙小说书"广告云："《银纽碑》二毛五，《黑衣教士》二毫五，《绘图东周列国》每套一元，《增像东周》七毛，新到《小英雄》每套三毫五，《夺嫡奇冤》银五毫五。"末尾注明："以上书价邮费在内。"此广告又见于本月初六、初八、初九、十一至十三、十五至十六日该报。《中西日报》光绪二十六年（1900）创刊于美国旧金山，华文，除周日外，皆按日派。主编伍盘照，助手傅兰雅。

十一日（5月10日）《中西日报》附章"杂录"栏开始连载《不良之母教》，至本月十三日毕。标"家政小说"，署"家政改良社来稿"。其篇首云："种瓜得瓜，种豆得豆。不曾听得种了豆，结起瓜来也；不曾听得种了瓜，结起豆来。要吃瓜要吃豆，应该在散播种子的时候，豫先掰个明白。若种子下错了，到后来懊悔来不及了。我今请把几件故事讲来与列位听，或者也可以做些改良家教的作料。"此篇原连载于本年二月二十九日至三月一日《申报》。

十三日（5月12日）《中西日报》附章连载《不良之母教》毕。其篇末云："我们听了这段故事，可以从反面想去，寻出一个教养小孩子的好法子来。什么叫做反面想？这篇小说，是做娘的打凳脚打狗背，养成小孩子的仇恨心，闹出许多事，我们便将这事做个对照。譬如我家小孩子真个被凳脚绊倒了，小孩子自己埋怨这凳脚时，我们做娘的，做保姆的，便扶那小孩离了凳，到别处坐定，好好的开导他，说那只凳有许多好处给人受享，并且说明那只凳并无坏意，不过自己不小心，自己的脚踢到凳脚上去，自己撞跌自己，你踢痛了凳脚不说起，反冤屈那凳脚绊了你，岂不罪过么？说到他心肠软了，自己肯认错了，才放过去。倘仍不认错，停了几天再寻个机会来开导他，他总有听从我劝化的。一日性子养好了，在爷娘身边做个好儿子，在地方上做个安分人，在国度里做个好国民，显亲扬名许多的快心事，都从那小时间几番劝导上得来，岂不是从那儿的一件故事上反面想来，寻出一个教养的好法子么？"

十六日（5月15日）　《中西日报》附章开始连载《谲术》，文末标"未完"，但此后再未见载。标"短篇小说"，未署作者名。此篇原连载于本年二月二十七日至三月初四日《申报》。

二十一日（5月20日）　《中西日报》附章开始连载《日俄讲和条约之秘密》，至四月二十三日，文末标"仍未完"，但此后再未见载。标"侦探小说"，署"AB氏原著，醉红生重译"。此篇原于本年三月初二日《神洲日报》开始连载，连载未完而止，原题名为《日俄构和条约之秘密》。

二十七日（5月26日）　《中西日报》附章开始连载《雪冤记》，至本月三十日连载毕。未署作者名。其篇首云："人情乖变，谲诈万端，审判之难，古亦云尔。金牌十二，千古传莫须有之奇冤；党人三千，万世遗亡国恨之口舌。至近而秋瑾之冤狱，金君之被诬，士林咸愤。冤固甚矣，顾非若贵福某道之贪庸昏墨，何至若斯之烈也。洵是，则如某令者，足以风矣。"

三十日（5月29日）　《中西日报》附章连载《雪冤记》毕。开始连载《纪客述秦中双侠事略》，至五月初八日连载毕。未署作者名。据篇末"卯金子曰"，知作者为"卯金子"。其篇首云："史迁为游侠作传，士论非之，谓侠以武犯禁，轻死生，重然诺，喜泄不平，不轨于先王正道，不可为后人训也。然世风靡靡，肝胆之士，鲜如麟角，欲求一须眉慷慨，如朱家郭解辈固难；欲求一巾帼英雄，如庞娥叶小鸾者辈亦难；欲求两美相遭，二难成偶，女则洪炉莫邪，男亦跃冶干将，以两美之必合，为千秋之佳话，则更难乎其难。乃至国有颜子而不知，以其时考之，不过二百余年；以其地考之，不过二千余里。史册不载其名，传纪更轶其事。留至雨夜挑灯，花朝载酒，红袖添香之际，青衫堕泪之场，借好奇者口传手写，曲绘生平，岂不令人骇愕，令人惊喜？则有如客述秦中双侠遗事，安可以不纪乎？"

五月

初六日（6月4日）《中西日报》开始连载《一落千丈》，至六月初六日连载毕。标"离奇小说"，作者署"治惧"。此篇原连载于《半星期报》第一期（三月初五日）至第十二期（四月二十三日）。该报刊载"奇妙小说书"广告云："《梦（游）廿一世纪》银三毛五，《玫瑰花下》银二毛五，《鬼士官》银三毛，《回头看》银四毛，《十字军》银九毫，《本说岳》银四毫，《大食故宫》银八毫，《金银岛》银三毫，《金风铁面（雨）录》银一元二五，《火山报仇》银九毛五，《真偶然》银五毫，《大三国志》银一元，《爱国二童子传》银七毛五，《世界一周》银三毫，《奴（双）指印》银四毛，《寒牡丹》银七毛五，《七星宝石》银三毛，《名妓争风》银二毛，《薛仁贵征东》银三毛，《怕老婆》银一毛五，《桃花扇》银七毫五，《车中美人》银三毫五，《化身奇谈》银五毫，《续侠隐记》银二元三五，《怪医案》银二毫五，洋装《石头记》银三元三五，《媒孽奇谈》银三毫五，《九美夺夫》银二毫，《瞎骗奇闻》银三毛，《一仇三怨》银五毫，《幻想翼》银二毫五，《苦海余生》银七毫，《新飞艇》银五毫，《绣像海上繁华梦》共二集银二元二五，《银纽碑》二毛五，《绘图东周列国》每套一元，新到《小英雄》每套三毫五，《拊掌录》银五毛，《罗仙小传》银二毛五，《空谷佳人》银二毫五，《珊瑚美人》银四毛，《五里雾》银二毫五，《盗窟奇缘》银五毫，《宝石城》银五毫，《卖国奴》银五毫，《行路难》银三毫，《繁华记》银一元二五，《离合记》银八毫，《侠黑奴》银二毫五，《车中毒针》银四毫，《尸椟记》银四毫，《毒药锁》银五毛，《一万九千》银五毛，《孝女耐儿》银一元七五，《阱中花》银二毛五，《薛仁贵征西》银三毛五，《木兰奇女》银二毛五，《自由结婚》银一元二五，《黑衣教士》二毫五，《佳人奇遇》银七毫五，《三人影》银七毫五，《石了斋》（注：后改为《石印聊斋》）银五毫，《复国轶闻》银三毫五，《块肉余生》银一元二五，《铁血痕》银七毫五，

《夺嫡奇冤》银五毫五。以上书价邮费在内。"此广告又见于五月初七、初九、十一日该报。

初七日（6 月 5 日）　《中西日报》附章"杂录"栏刊载《猎者记》，作者署"菽园"。

初八日（6 月 6 日）　《中西日报》连载《纪客述秦中双侠事略》毕。其篇末云："卯金子曰：始金、李二人同学，度量才情，不甚相越。厥后成为烈士配女英，或为盗魁丧颈项，何效果之悬绝耶。昔管宁与华歆为友，锄地得金，宁挥锄不顾，歆拾而后弃之，宁遂与之割席。方金、李微时，一见或武弁而熏心，一则慨世乱而投笔，二人优劣，既判于此。女以兰闺弱质，而能软困贼酋则智，舍生取义则贞，遇仙证道则奇，脱金于险则勇，假手报仇则孝。其言曰：毋令李靖、红拂专美于前。平情而论，金固视开国公无愧色，彼瘦凤者，则直驾老张而上之矣。"

初九日（6 月 7 日）　《中西日报》附章"杂录"栏刊载《画虎谈》，标"寓言"，作者署"女奴"。其篇末云："女奴曰：吾敬东家儿，吾爱东家儿，知难而退，尚称见机。呜呼政府，何不逮此小儿远甚也。若知自爱，盍将报律三思之。"

十二日（6 月 10 日）　《中西日报》附章"小说"栏刊载《蛇蝎限》，未署作者名。

十四日（6 月 12 日）　《中西日报》附章刊登"奇妙小说书"广告，在五月初六日版广告的基础上，新增"《狱中花》三毛，《老恨狐传》一毛五，《画灵》银三毫。"该报于五、六月间又频繁刊载此广告。

十五日（6 月 13 日）　《中西日报》附章"小说"栏刊载《黄奋兴》，作者署"逸园"。

十六日（6 月 14 日）　《中西日报》附章"杂录"栏开始连载《母教》，至本月二十一日毕。标"家政小说"，署"沪南家政会稿"。此篇原连载于本年三月十一日至十四日《神洲日报》。

二十一日（6 月 19 日）　《中西日报》附章"杂录"栏连载《母教》毕。

六月

初六日（7 月 4 日）　《中西日报》附章"杂录"栏连载《一落千丈》

毕。

初十日（7月8日）《中西日报》附章"小说"栏开始连载《女盗侠》，至本月十一日毕，作者署"酉阳"。

十一日（7月9日）《中西日报》附章"杂录"栏连载《女盗侠》毕。刊载《上厅》，作者署"明"。

十二日（7月10日）《中西日报》附章"杂录"栏刊载《反局》，标"近事小说"，未署作者名。

十八日（7月16日）《中西日报》附章"杂录"栏刊载《盗侠》，未署作者名。其篇末云："记者曰：吾闻盗首言，为之心恫者累目。盗日以杀人为事，然误杀一人，犹滋憾焉。其视吾官长之滥用刑杀者，何如矣。人民日受官府之冤抑，而所以复仇之术，乃至舍盗末由。以四万万人之才力聪明，曾不能监督此少数之官府，而转于盗焉是赖。呜呼，其斯之谓立宪国？"刊载《风月主人》，标"幻想小说"，未署作者名。其篇末云："咸菜道人曰：是空是色，过眼烟云，钝根人妄自沉苦海耳。"可知该小说作者为"咸菜道人"。

十九日（7月17日）《中西日报》附章"杂录"栏刊载《续盗侠》，未署作者名。其篇末云："记者曰：少年之为谁，无问矣。吾独异夫某显宦之以何罪而见见杀也。，世有明眼人，其亦能惴（揣）知其故否乎？"

二十四日（7月22日）《中西日报》附章"杂录"栏开始连载《哀情记》，至本月二十五日毕，标"沪滨遗事"，未署作者名，其篇末作者自称"卯浦四太郎"。

二十五日（7月23日）《中西日报》附章"杂录"栏连载《哀情记》毕。其篇末云："卯浦四太郎曰：人固情种也。情既有所钟，而变幻迭出，不克永终，备受种种抑郁悲愤，苦痛惨剧，卒至计无复之，擎枪自毙，亦可哀矣。此事已历四十余年，父老至今道之弗衰，仆惧其寝久而遂忘也，爰述其事如上。"

七月

初四日（7月31日）《中西日报》附章"杂录"栏刊载《照胆犀·东瀛之留学生》，标"社会小说"，作者署"旡生"。其篇末云："旡生生既纪其事如右，客有问者曰：以志士素行如此，吾闻志士善讲伦理学，所

编伦理教科书,方风行一时,曷以故?无生生不能答,久之乃大悟,抚掌
告客曰:如是谓之新伦理,如是乃能编伦理教科书。"此篇原载光绪三十
四年六月初六日《申报》。

初八日(8月4日) 《中西日报》附章"杂录"栏刊载《孤儿泪》,
标"短篇小说",未署作者名。此篇原载本年四月十五日《神州日报》,
作者署"矖"。

初十日(8月6日) 《中西日报》附章"杂录"栏刊载《文明贼》,
未署作者名。其篇末云:"记者曰:各报纸之破除神权,不可谓不力矣,
而粤民之迷也如故,若是者其果不可善言相劝也哉?今闻各地志士,多有
偷窃偶像之举,此固百计用尽,乃出此下策也,然其心亦苦矣。今此贼之
用强迫手段也,亦岂无用而然哉。故目之为文明贼,亦无不可。"

十一日(8月7日) 《中西日报》附章"杂录"栏开始连载《乞怜
生传》,文末标"未完",但此后再未见载。标"短篇小说",未署作者
名。此篇原载本年六月初七至初九日《神州日报》,作者署"傝(王钟
麒)"。

十五日(8月11日) 《中西日报》附章"杂录"栏刊载《猎犬》,
标"短篇小说",未署作者名。

十六日(8月12日) 《中西日报》附章"杂录"栏刊载《法国之女
贼》,标"短篇小说",未署作者名。

十七日(8月13日) 《中西日报》附章"杂录"栏刊载《新嫁娘》,
标"短篇小说",未署作者名。此篇原载六月十二日《神州日报》,作者
署"矖"。

十八日(8月14日) 《中西日报》附章"杂录"栏刊载《骗妓》,
标"短篇小说",作者署"警丁"。

二十二日(8月18日) 《中西日报》附章"杂录"栏刊载《爱国
谭》,标"短篇小说",未署作者名。其篇末云:"记者曰:吾闻东邦学者
嘉纳治五郎,由欧航归,与晳种数十辈决斗,大胜。群服其技,报章争揄
扬之,国人习柔术者,至奉为绝技,俗愈尚武。今王生且败其崇奉之武
士,则吾国武术,当无与匹矣。士人鄙之,致流为幻诞之拳匪,一以霸,
一不免为乱,斯又尚文太过者之所不及料也。"此篇原载六月二十一日
《神州日报》,署"熙伯杂录"。

二十四日（8月20日）《中西日报》附章"杂录"栏开始连载《偷儿术》，至本月二十五日连载毕。标"社会小说"，作者署"治惧"。此篇原载于本年《半星期报》第十三期至第十四期。

二十五日（8月21日）《中西日报》附章"杂录"栏连载《偷儿术》毕。

二十六日（8月22日）《中西日报》附章"杂录"栏刊载《音乐会》，标"短篇小说"，未署作者名。此篇又见载本年四月二十四日新加坡《中兴日报》。

八月

初一日（8月27日）《中西日报》附章"杂录"栏刊载《溺爱鉴》，标"社会小说"，作者署"石公"。

初七日（9月2日）《中西日报》附章"杂录"栏刊载《贪骗报》，标"短篇小说"，作者署"痴"。

十四日（9月9日）《中西日报》附章"杂录"栏开始连载《骗术》，文末标"未完"，但此后再未见载。标"短篇小说"，作者署"王韬"。

十六日（9月11日）《中西日报》附章"杂录"栏刊载《董尾》，标"短篇小说"，作者署"钱式"。其篇末云："鸣呼，彼何人斯，不列入于士农工商之中，余实无以名之，名之曰'董尾'。"此篇原载本年七月初八日《神州日报》。

十七日（9月12日）《中西日报》附章"杂录"栏开始连载《夕囚》，至本月十八日。标"短篇小说"，未署作者名。

十八日（9月13日）《中西日报》附章"杂录"栏连载《夕囚》毕。

二十二日（9月17日）《中西日报》附章"杂录"栏刊载《哲学士与旅客》，标"短篇小说"，作者署"失"。此篇原载本年七月初十日《申报》。

二十四日（9月19日）《中西日报》附章"杂录"栏刊载《□□□□□》，标"短篇小说"，未署作者名。

二十七日（9月22日）《中西日报》附章"杂录"栏刊载《□□》，

标"短篇小说"，未署作者名。

二十九日（9 月 24 日）《中西日报》附章"杂录"栏刊载《□□叹》，标"短篇小说"，未署作者名。

九月

初一日（9 月 25 日）《中西日报》附章"杂录"栏刊载《谈虎》，标"短篇小说"，未署作者名。此篇原载本年七月初六日《神州日报》，作者署"臒"。

初二日（9 月 26 日）《中西日报》附章"杂录"栏刊载《□□□》，标"短篇小说"，未署作者名。

初三日（9 月 27 日）《中西日报》附章"杂录"栏刊载《地方自治》，标"短篇小说"，未署作者名。此篇原载四月十六日《神州日报》，作者署"臒蝯"。

初六日（9 月 30 日）《中西日报》附章"杂录"栏刊载《卖主贼》，标"寓言小说"，署"逸园来稿"。

初八日（10 月 2 日）《中西日报》附章"杂录"栏开始连载《照录万古愁曲并系以说》，至九月初九日文末标"未完"，但此后再未见载。标"短篇小说"，作者署"菽园"。

十二日（10 月 6 日）《中西日报》刊登"铁樵《谐集》"广告云："古冈铁樵子所著《谐集》，体列传滑稽之意，仿稗官小说之例，或寓谏于颂，或寓谑于笑，是真酒后茶余讽谏良友也。现又附到本报代售，每卷价艮（银）二毫五仙。先睹为快，可速来购。"

十四日（10 月 8 日）《中西日报》附章"杂录"栏开始连载《怡红院之浊玉》，文末标"未完"，但此后再未见载。标"短篇小说"，作者署"桑寄生"。此篇原载本年八月初四至初五日《神州日报》。

十六日（10 月 10 日）《中西日报》附章"杂录"栏刊载《文明村》，标"短篇小说"，署"闽县琅岛来稿"。此篇原载本年七月二十八日《神州日报》。

二十一日（10 月 15 日）《中西日报》附章"杂录"栏开始连载《影中人》，至本月二十二日连载毕。标"短篇小说"，作者署"逸园"。此篇原载本年八月十七至十八日《神州日报》。

二十二日（10 月 16 日）　《中西日报》附章"杂录"栏连载《影中人》毕。

二十三日（10 月 17 日）　《中西日报》附章"杂录"栏开始连载《新槐安国》，至本月二十六日连载毕。标"短篇小说"，作者署"僇（王钟麒）"。此篇原载本年八月初五至初九日《神州日报》。

二十六日（10 月 20 日）　《中西日报》附章"杂录"栏连载《新槐安国》毕。

二十七日（10 月 21 日）　《中西日报》附章"杂录"栏开始连载《中国瓷神之活魂》，至九月二十九日连载毕。标"短篇小说"，署"豫人公璧来稿"。此篇原载本年七月十六至十九日《神州日报》。

二十八日（10 月 22 日）　《中西日报》附章"杂录"栏刊载《美人装》，标"短篇小说"，作者署"笑人"。其篇首有作者"识语"："广东香山某学堂学生，张某二人映一相片，扮女学生装，作拥抱接吻状；程某扮西妇，与一西装少年作交股状；黄某扮女学生装，与男子杂处调笑状，猥亵不堪入目。一时学生互相仿效，以自炫其美。噫！学生人格，何不自重乃尔？"其篇末云："笑人笑作相赞曰：西妇人装耶？女学生装耶？影里之奇缘耶？男耶？女耶？男之女、女之男耶？"

二十九日（10 月 23 日）　《中西日报》附章"杂录"栏连载《中国瓷神之活魂》毕。

三十日（10 月 24 日）　　《中西日报》附章"杂录"栏刊载《骗术》，标"短篇小说"，署"委林陌初醒来稿"。

十月

初一日（10 月 25 日）　《中西日报》附章"杂录"栏刊载《舆中贼》，标"短篇小说"，未署作者名。

初三日（10 月 27 日）　《中西日报》附章"杂录"栏开始连载《一梦十三年》，至本月初七日毕。标"矿工小说"，译者署"万"。此篇原载本年八月十五至十八日《申报》。其开篇云："是篇为西人墨德罕所述，凡篇中言予者，皆墨德罕自谓也。"

初七日（10 月 31 日）　《中西日报》附章"杂录"栏连载《一梦十三年》毕。

初八日（11月1日）《中西日报》附章"杂录"栏开始连载《新党锢传》，至本月初十日毕。标"短篇小说"，未署作者名。此篇原载本年八月二十七至二十八日《神州日报》，作者署"瞿"。

初十日（11月3日）《中西日报》附章"杂录"栏连载《新党锢传》毕。

十一日（11月4日）《中西日报》附章"杂录"栏刊载《新党锢传》（二），标"短篇小说"，未署作者名。此篇原载本年九月初五至初六日《神州日报》，作者署"瞿"。

十三日（11月6日）《中西日报》附章"杂录"栏刊载《芙蓉镜》（一），标"短篇小说"，未署作者名。此篇原载本年八月十四日《神州日报》，作者署"瞿"。

十四日（11月7日）《中西日报》附章"杂录"栏刊载《美人局》，标"短篇小说"，未署作者名。

十五日（11月8日）《中西日报》附章"杂录"栏开始连载《梦中梦》，至本月二十三日连载毕。标"短篇小说"，作者署"隐君女士"（后又署"隐君"）。此篇原载本年八月二十二至二十九日《神州日报》。

二十三日（11月16日）《中西日报》附章"杂录"栏连载《梦中梦》毕。

二十四日（11月17日）《中西日报》附章"杂录"栏刊载《犬狼大激战》，标"短篇小说"，作者署"逸园"。此篇原载本年九月十八至二十一日《神州日报》。

二十五日（11月18日）《中西日报》附章"杂录"栏开始连载《催租吏》，至本月二十六日毕。标"短篇小说"，未署作者名。此篇原载本年九月初九至初十日《神州日报》，作者署"瞿"。

二十六日（11月19日）《中西日报》附章"杂录"栏连载《催租吏》毕。

二十七日（11月20日）《中西日报》附章"杂录"栏刊载《游湖船》，标"短篇小说"，未署作者名。此篇原载本年五月初二日《神州日报》，作者署"瞿"。

二十八日（11月21日）《中西日报》附章"杂录"栏刊载《盲哑世界》，标"短篇小说"，未署作者名。此篇原载本年九月二十九日《神州日报》，署"逸园来稿"。

十一月

初五日（10月28日）《中西日报》附章"杂录"栏刊载《芙蓉镜》（二），标"短篇小说"，未署作者名。此篇原载本年十月初一日《神州日报》，作者署"腥"。

初六日（10月29日）《中西日报》附章"杂录"栏刊载《傀儡》，标"短篇小说"，署"玉壶生稿"。

初八日（12月1日）《中西日报》附章"杂录"栏开始连载《云游客》，至本月初九日连载毕。标"短篇小说"，作者署"逸园"。此篇原载本年十月初二至十三日《神州日报》。

初九日（12月2日）《中西日报》附章"杂录"栏连载《云游客》毕。

初十日（12月3日）《中西日报》附章"杂录"栏刊载《新教育谈》，标"短篇小说"，作者署"僇（王钟麒）"。此篇原载本年九月初四日《神州日报》。

十一日（12月4日）《中西日报》附章"杂录"栏刊载《芙蓉镜》，标"短篇小说"，未署作者名。此篇原载本年十月初七日《神州日报》，署"逸园来稿"。

二十三日（12月16日）《中西日报》附章"杂录"栏开始连载《床头剑》，至本月二十五日毕。标"侠情小说"，作者署"逸园"。此篇原载本年十月十三至十四日《神州日报》。

二十五日（12月18日）《中西日报》附章"杂录"栏连载《床头剑》毕。

二十九日（12月22日）《中西日报》附章"杂录"栏刊载《咨议局大会》，标"短篇小说"，未署作者名。此篇原载本年九月二十六日《申报》。

十二月

初一日（12月23日）《中西日报》附章"杂录"栏开始连载《拆字先生》，文末标"未完"，但此后再未见载。标"寓言小说"，作者署

"选"。

初五日（12月27日）《中西日报》附章"杂录"栏开始连载《张天师》，至本月初八日毕。标"短篇小说"，作者署"僇（王钟麒）"。此篇原载本年十月二十四日《神州日报》。

初八日（12月30日）《中西日报》附章"杂录"栏连载《张天师》毕。

初九日（12月31日）《中西日报》附章"杂录"栏开始连载《小池驿》，至本月十二日毕。标"时事小说"，作者署"隐君"。此篇原载本年十月十六至二十五日《神州日报》。

十二日（1月3日）《中西日报》附章"杂录"栏连载《小池驿》毕。

十四日（1月5日）《中西日报》附章"杂录"栏开始连载《铁血姊妹》，至本月十八日毕。标"短篇小说"，署"选译"。此篇原载本年十月三十日至十一月六日《神州日报》。

十八日（1月9日）《中西日报》附章"杂录"栏连载《铁血姊妹》毕。

十九日（1月10日）《中西日报》附章"杂录"栏刊载《梅花女》，标"短篇小说"，作者署"容均（方容均）来稿"。其开篇云："嗟夫，知己难逢，美人易暮。有心人读梅花女历史，有不黯然伤神者乎?"此篇原载本年九月初四日《时报》，后载于十一月初六日《神州日报》。

二十日（1月11日）《中西日报》附章"杂录"栏开始连载《天上之国丧》，至本月二十一日毕。标"短篇小说"，未署作者名。此篇原载本年十月二十八日《神州日报》。

二十一日（1月12日）《中西日报》附章"杂录"栏连载《天上之国丧》毕。

二十二日（1月13日）《中西日报》附章"杂录"栏开始连载《颠倒鸳鸯》，至本月二十五日毕。标"短篇小说"，未署作者名。此篇原载本年十月二十七至二十九日《申报》。

二十五日（1月16日）《中西日报》附章"杂录"栏连载《颠倒鸳鸯》毕。

二十六日（1月17日）《中西日报》附章"杂录"栏刊载《涎狮》，

标"短篇小说",作者署"逸园"。其篇末云:"逸园曰:神武哉狮子也。请毋再入南槐,为他人所诡算。"此篇原载本年十月二十日《神州日报》。

宣统元年己酉 (1909)

正月

初七日（1月28日）《中西日报》原刊登之"铁樵《谐集》"广告增加作者署"沽楚"。刊登的"奇妙小说书"广告在去年五月十四日版的基础上,删除书目有《名妓争风》、《化身奇谈》、《怪医案》、洋装《石头记》、《媒孽奇谈》、《九美夺夫》、《木兰奇女》、《佳人奇遇》。增加内容有"《法官秘史》四册二元四毫、《吟边燕语》银四毫"。"书经出门,概不退换"。

初十日（1月31日）《中西日报》附章"杂录"栏开始连载《世界龙王大会议》,至本月十一日毕。标"短篇小说",未署作者名。此篇原载光绪三十四年十一月十一日至十二日《神州日报》,作者署"瞿"。

十一日（2月1日）《中西日报》附章"杂录"栏连载《世界龙王大会议》毕。

十二日（2月2日）《中西日报》附章"杂录"栏刊载《丐妇多金》,标"短篇小说",作者署"天壶"。此篇原载光绪三十四年十一月二十九日《神州日报》。

十九日（2月9日）《中西日报》刊载《追租》,标"短篇小说",作者署"瞻庐"。其篇末云:"瞻庐曰:佃逋租而笞,佃缴租而亦笞,佃缴少数之租而笞,佃缴多数之租而亦笞。呜呼,官绅之势横,佃之殷,宜乎破矣。"此篇原载光绪三十四年十二月十一日《申报》。刊载《某观察》,标"短篇小说",作者署"逸园"。其篇末云:"记者曰:吾始闻其事,颇讶其奇,既而思之,乃悟今日宦途中人。其下场不过尔尔。可叹已。吾书是事,吾非好为儇薄以博人笑噱。吾愿世之热心富贵者,其亟回头而猛省也。"此篇原载光绪三十四年十二月十二日《神州日报》。

二十一日（2月11日）《中西日报》开始连载《某女士》,至本月二十二日毕。标"纪事",未署作者名。其开篇云:"百里洋场,万家烟火，华洋之富商豪贾，聚族而居者以数万计。曰：此输进文明之地点也。男女学校，星罗棋布，装点于斯土者以百数。于是若俊秀之子弟，若娟丽之闺秀，咸联袂而至。莘莘学子，济济女士，洵盛轨焉。"

二十二日（2月12日）　《中西日报》连载《某女士》毕。其篇末云："异日史氏曰：自新学日倡，而自由结婚之说，亦因之大炽。浅学者不知自由之界限意思，而辄效其所为，其有不为女士讥者几希。"

二十七日（2月15日）　《中西日报》刊载《又一奇丐》，标"短篇小说"，未署作者名。其篇末云："丐者之牺牲其身，焉知非借此为返真地欤？自是方壶洞中，又惊传一新出之尸解术矣。"

二十九日（2月19日）　《中西日报》刊载《狐狸洞》，标"短篇小说"，作者署"光"。其篇末云："作者曰：红颜脂粉，皆狐狸之化身也。以蜂之狂，蝶之浪，而心猿意马以恋之，鲜不枯骨者矣，梦中之梦，究何尝梦哉。"

二月

初四日（2月23日）　《中西日报》刊载《狮泪》，标"短篇小说"，作者署"光"。其篇末云："不羁子纵步返，喟然曰：可怜哉！睡狮也。困处黑暗，睡且未醒，胡以自强哉？盍欲振狮威，盍先脱离黑暗，否则不能也。"

初五日（2月24日）　《中西日报》刊载《幻梦影》，标"短篇小说"，作者署"光"。

初六日（2月25日）　《中西日报》开始连载《自由神》，至本月初八日毕。标"短篇小说"，作者署"中观子"。其开篇云："自由——自由——不自由，毋宁死！死乃为自由神。自由归为神，沸郎西人首崇拜之。风起潮涌，举国狂奔曰：自由——自由——。"此篇原载光绪三十四年十二月十五日至十八日《神州日报》。

初八日（2月27日）　《中西日报》连载《自由神》毕。其篇末云："中观子曰：四海有圣人出焉，此心同也，此理同也。桑寄生评云：言之无罪，闻者足戒，诚有裨于人心世道之文，乌得仅以小说目之。"

初九日（2月28日）　《中西日报》刊载《爱国谭》，标"短篇小说"，作者署"熙"。其篇末云："记者曰：此事大足鼓瀛吾国少年之英气。"此篇原载光绪三十四年十月二十九日《神州日报》。

十一日（3月2日）《中西日报》附章"杂录"栏刊载《身外身》，标"短篇小说"，未署作者名。此篇原载光绪三十四年十一月十一日《神州日报》，标"短篇实事"，作者署"腥"。

十三日（3月4日）《中西日报》附章"杂录"栏刊载《蟹中人》，标"短篇小说"，作者署"逸园"。此篇原载光绪三十四年十一月二十二日《神州日报》。

十四日（3月5日）《中西日报》附章"杂录"栏刊载《雁警天》，标"短篇小说"，作者署"逸园"。其篇末云："记者窃闻之《玉堂闲话》曰：雁群中有名雁奴者，以逻巡为职务，群雁楼息，彼必翔视以防捕者，一有异警，辄哀鸣促群雁去，此物类之爱同类者也。呜呼，物尤如此，人何以堪？"此篇原载光绪三十四年十二月初十日《神州日报》。刊登的"奇妙小说书"广告在正月初七日版的基础上，增加内容有："《惨女界》上下两本八毛，《恨绮愁罗记》六毛，《海棠魂》一毛五，《易形奇术》二毛，《九美夺夫》二毛。"

十五日（3月6日）《中西日报》附章"杂录"栏刊载《树头神》，标"短篇小说"，未署作者名。

十九日（3月10日）《中西日报》附章"杂录"栏开始连载《烟霞窟》，至本月二十三日毕。标"侦探小说"，未署作者名。此篇原载光绪三十四年通智社出版之《三大案》，作者署"哀民"

二十三日（3月14日）《中西日报》附章"杂录"栏连载《烟霞窟》毕。

二十五日（3月16日）《中西日报》附章"杂录"栏刊载《土地会议地方自治》，标"短篇小说"，作者署"尔"。此篇原载本年正月初九日《申报》。

二十六日（3月17日）《中西日报》附章"杂录"栏刊载《书生侦探》，标"滑稽小说"，未署作者名。此篇原载本年正月十九日《神州日报》，作者为"木"。

二十七日（3月18日）《中西日报》附章"杂录"栏刊载《某二尹》，标"短篇小说"，署"是权来稿"。其篇末云："是权曰：人无怕恒业，而流为恶徒；官无廉耻，而卒受奇辱，要皆无教育故也。哀哉！"此篇原载光绪三十四年十一月二十五日《神州日报》。

二十八日（3月19日）《中西日报》附章"杂录"栏刊载《奇丐》，标"滑稽小说"，未署作者名。此篇原载光绪三十四年十一月初八日《神州日报》，原题为《奇丐一》，标"短篇"，作者署"瞳"。

二十九日（3月20日）《中西日报》附章"杂录"栏刊载《官贼》，标"短篇小说"，未署作者名。其篇末云："不才曰：此其共见共知者也，倘有不可见不可知者，或由官而贼，而貌仍为官，或由贼而官，而心仍作贼，或时贼时官，而人皆称之为官，不得指之为贼，当今之世界岂少也哉。安得数百千万小徒，从而窥破其隐也。"据此可知，本篇作者为"不才（许指严）"。此篇原载本年正月二十二日《神州日报》，原题为《官……贼》。

三十日（3月21日）《中西日报》附章"杂录"栏刊载《选举权》，标"短篇小说"，作者名"是权"。此篇原载光绪三十四年十二月十三日《神州日报》。

闰二月

初三日（3月24日）《中西日报》附章"杂录"栏开始连载《财神议会》，至本月初四日毕。标"短篇小说"，作者署"不才（许指严）"。此篇原载本年正月初五日至初七日《神州日报》。

初四日（3月25日）《中西日报》连载《财神议会》毕。

初五日（3月26日）《中西日报》附章"杂录"栏刊载《无形侠》，标"短篇小说"，未署作者名。

初六日（3月27日）《中西日报》附章"杂录"栏开始连载《富贵党》，至本月初七日毕。标"短篇小说"，署"辩奸来稿"。此篇原载本年正月二十五日至二十七日《神州日报》。

初七日（3月28日）《中西日报》附章"杂录"栏连载《富贵党》毕。

初十日（3月31日）《中西日报》附章"杂录"栏刊载《烟鬼语》，标"短篇小说"，未署作者名。

十一日（4月1日）《中西日报》附章"杂录"栏刊载《俄国立宪之奇话》，标"短篇小说"，未署作者名。此篇原载本年二月初六日《神州日报》，作者署"曜"。

二十九日（4月9日）《中西日报》附章"杂录"栏刊载《夏村》，标"短篇小说"，未署作者名。此篇原载本年二月二十日《神州日报》，作者署"曜"。

二十日（4月10日）《中西日报》附章"杂录"栏开始连载《酒国玺》，至本月二十一日毕。标"短篇小说"，未署作者名。

二十一日（4月11日）《中西日报》附章"杂录"栏连载《酒国玺》毕。

二十三日（4月13日）《中西日报》附章"杂录"栏刊载《奇婚》，标"短篇小说"，未署作者名。

二十四日（4月14日）《中西日报》附章"杂录"栏刊载《短铳》，标"短篇小说"，未署作者名。

三月

初四日（4月23日）《中西日报》附章"杂录"栏刊载《人肉宴》，标"短篇小说"，作者署"翎"。此篇先见于闰二月初十日至十一日《中外实报》，未署作者名。

初六日（4月25日）《中西日报》附章"杂录"栏刊载《中国禁烟后之效果》，标"短篇小说"，未署作者名。其篇末云："余闻其言，默不语，觉愤甚、悲甚、痛甚、忧甚。归后，遂濡笔记之。"此篇原载本年闰二月初五日《中外日报》，原题《禁烟后之效果》，标"实事短篇"。

十一日（4月30日）《中西日报》附章"杂录"栏继续连载《断指生》，至本日连载毕，标"续"，现不知连载始于何时。标"短篇小说"，作者署"青"。其篇末云："记者曰：无锡有侯度者，为邑中名士。工书法，名噪一时。遭寇乱，被贼拘去。贼爱其书法，命之书，不可；强之书，执不可。贼怒甚，割去其右手四指之半截。有人怜而敷之以药，得不死。乱平，犹以半截手为人书写对联，而书法愈觉其遒劲。叹曰：断指生侯度，人得其片纸只字，均珍如拱璧。今季生以嗜赌之故，而自断其指，余无以名之，亦名之曰'断指生'。"此篇原载本年闰二月初十日《中外日报》，标"实事短篇"。

十二日（5月1日）《中西日报》附章"杂录"栏开始连载《西医

之外科手术》，至本月十三日毕。标"短篇小说"，作者署"青"。此篇原载本年闰二月初八日《中外日报》，标"实事短篇"。

十三日（5月2日）　《中西日报》附章"杂录"栏连载《西医之外科手术》毕。其篇末云："记者曰：昔华佗为人治病，如其人疾发结于内，非缄（针）药所能及者，则令先以酒服麻沸散。既醉，无所觉，因刳破腹背，抽割聚积。如在肠胃，则断截湔洗，除去疾秽，既而缝合，敷以神膏，四五日创愈，一月之间皆平复。是用麻醉药以割症，在佗当日而已然。佗死，遂失其传。今西人于一千八百四十七年，实验得哥啰方能止痛，始用之于拔牙，继用之于剖割等症，愈推愈广，功效难名。沪上医院林立，而就医者，内科居少数，外科居多数。患梅毒而小便肿烂须用手术者，又居外科中之大多数。嗟呼，贪片刻之欢娱，即不免罹阉割之惨状。若而人者，人谓之寻乐，余直谓之寻死。古人有言曰：一失足成千古恨。敢易数字曰：一失足成阉割症。"

十五日（5月4日）　《中西日报》附章"杂录"栏开始连载《打元宝》，至本月十六日毕。标"短篇小说"，作者署"青"。此篇原载本年闰二月初六日《中外日报》，标"实事短篇"。

十六日（5月5日）　《中西日报》附章"杂录"栏连载《打元宝》毕。

十七日（5月6日）　《中西日报》附章"杂录"栏开始连载《赌食》，至本月十九日毕。标"短篇小说"，作者署"青"。此篇原载本年闰二月十二日《中外日报》，标"实事短篇"。

十九日（5月8日）　《中西日报》附章"杂录"栏连载《赌食》毕。其篇末云："记者曰：鹤龄千年，以其性不多食，胃无伤害故。而吾人食时，宜细嚼而后咽下，庶胃易于消化，而无滞积之虞。此种事项，凡略解卫生学者，类能行之。然世之人往往有以赌食，为一时快意之举，卒致因此而殒命者，亦事之所恒有，而屡见不鲜。龚因赌食，而几至不可救药，其得以不死者亦幸耳。谚有之：'贪嘴不留穷性命'。嘲其人之贪食。吾窃愿世之人慎勿以赌食为快事，逞一时之食欲，而胎后日之悔。是则记者区区之微意也。"

二十二日（5月11日）　《中西日报》附章"杂录"栏刊载《幽怪谈》，标"短篇小说"，作者署"青"。其篇末云："记者曰：谚有之：

'出对容易对对难'。李生因对对而死，死而必乞人代对。使某显宦不登岸散步，而不遇有水牛水车之触机，恐亦不能遽对也。对对之难如此，噫！"此篇原载本年闰二月初二日《中外日报》。

二十七日（5月16日）《中西日报》附章"杂录"栏刊载《变相之学校》，标"短篇小说"，未署作者名。其开篇云："我今而后，知我中国人，无一而非天纵之神圣，聪明颖异，什佰千百万倍于世界一切之人。世界一切之人之学问、之事业，必穷年累月而后竟者，我中国人无一不可以速成。"此篇原载本年正月二十四日至二月初二日《神州日报》，作者署"瞿"。

二十九日（5月18日）《中西日报》附章"杂录"栏刊载《墙间语》，标"短篇小说"，作者署"不才（许指严）"。此篇原载本年正月二十三日《神州日报》。

四月

初二日（5月20日）《中西日报》附章"杂录"栏刊载《苦婢》，标"短篇小说"，作者署"朗"。其篇末云："余书至此，手颤心痛，忽有所感触曰：海外之华工。余书至此，复为一般婢女请命曰：政府其速行禁卖奴律。"此篇原载本年闰二月二十八日《申报》，原标"短篇风俗小说"。

初五日（5月23日）《中西日报》附章"杂录"栏刊载《征兵》，标"短篇小说"，作者署"警众（李铎）"。其篇末云："警众曰：此可爱可敬之征兵，此为官长所欢迎、为绅商学界所崇拜之征兵，至今尚如在我目前也。而今则何如矣？征兵之自待犹似昔日否？官长之对待征兵犹似昔日否？绅商学界之鼓吹征兵犹似昔日否？噫嘻，我军国民其思之，其重思之！"此篇原载光绪三十四年十二月二十日《神州日报》。

初八日（5月26日）《中西日报》附章"杂录"栏刊载《祸水》，标"短篇小说"，未署作者名。此篇原载本年闰二月二十六日《神州日报》，署"海外来稿"。

初九日（5月27日）《中西日报》附章"杂录"栏刊载《虚无党历史谈（一）》，标"短篇小说"，作者署"儽（王钟麒）"。此篇原载本年闰二月二十八日《神州日报》。

十一日（5 月 29 日）《中西日报》附章"杂录"栏刊登的"奇妙小说书"广告在二月十四日版的基础上，增加内容有："《海外侦探》四毛，《三疑案》一毛五、《薄命花》一毫五、《美人烟草》一毛。""凡书籍由COD 付，其带工太贵，故本馆皆从邮付。上列书价邮费在内，均仰先惠，空函索取，恕不奉覆。"

十七日（6 月 4 日）《中西日报》附章"杂录"栏刊载《春赛谈》，标"短篇小说"，未署作者名。此篇原载本年三月十五日《神州日报》。

十八日（6 月 5 日）《中西日报》附章"杂录"栏刊载《警察》，标"短篇小说"，作者署"逸园"。此篇原载本年三月十四日《神州日报》。

十九日（6 月 6 日）《中西日报》附章"杂录"栏刊载《卑卑先生》，标"短篇小说"，未署作者名。此篇原载本年三月初七日《神州日报》，未署作者名。三月十二日《汉口中西报》转载时作者署"勖"。其篇末云："论曰：余少时闻人谈先生轶事，辄粲然启齿。稍长，游历南北，遇当世文人学士暨宦海人才，又往往罋然思先生，以为先生之同化力，何广远乃尔。传之，将以谂世之贤父子，俾有所考校焉。"

二十一日（6 月 8 日）《中西日报》附章"杂录"栏刊载《长庆寺僧》，标"短篇小说"，作者署"逸园"。

二十二日（6 月 9 日）《中西日报》附章"杂录"栏开始连载《梦异》，至本月二十三日毕。标"短篇小说"，作者署"采莲子"。此篇原载本年三月初三日《神州日报》。

二十三日（6 月 10 日）《中西日报》附章"杂录"栏连载《梦异》毕。其篇末云："噫嘻，国度未开化，人患知识之锢闭也，迷信愈深，知识愈陋，吾痛。国度甫开化，人患道德之堕落也，迷信愈破，道德愈漓，吾尤痛。呜呼！吾观于世界之鬼蜮，吾转恨无冥冥者鉴其后也。"

二十五日（6 月 12 日）《中西日报》附章"杂录"栏刊载《道盗》，标"短篇小说"，未署作者名。其篇末云："呜呼！是盗也，殆亦盗之有道者欤？"此篇原载本年三月十九日《神州日报》，作者署"逸园"。

二十六日（6 月 13 日）《中西日报》附章"杂录"栏刊载《新谈判》，标"短篇小说"，作者署"瞻庐"。其篇末云："瞻庐曰：茶轩一席话，华语耶？英语耶？日本语耶？我无以名之。名之曰'新谈判'，其意云何？无从臆测，还以质诸操新语者。"此篇原载本年三月十九日《申报》。

五月

初二日（6月19日）《中西日报》附章"杂录"栏刊载《兵匪》，标"短篇小说"，作者署"逸园"。此篇原载本年三月二十四日至二十五日《神州日报》，原标题为《兵……匪》。

初三日（6月20日）《中西日报》附章"杂录"栏刊载《新发辫》，标"短篇小说"，作者署"朗"。此篇原载本年四月初二日《申报》。其篇末云："余归而自思曰：辫之为用大矣哉。夫辫之流行，非古也。古人无辫而今人有辫，僧人无辫而俗人有辫，西人无辫而华人有辫，界甚明也。今既有不古不今、不僧不俗、不中不西之留学生，而始有此可古可今、可僧可俗、可中可西之假辫子，于是作《新发辫》。"

初五日（6月22日）《中西日报》附章"杂录"栏刊载《新衙门》，标"短篇小说"，作者署"瞻"。此篇原载本年四月初六日《申报》，标"社会小说"，未署作者名。其篇末云："记者曰：昔人谓我国定制，官有迁转，吏无更调，是官郡县而吏封建也。余谓是不独吏，乡董亦封建也。敢告乡人，宁犯猛虎，毋触乡董怒。"

十五日（7月2日）《中西日报》附章"杂录"栏刊载《烟精受刑记》，标"短篇小说"，署"李度权稿"。其篇末云："记者哀而怜之，爰搦笔以为之记。"刊登"新到《五大洲女俗通考》"广告云："此书为上海《万国公报》主笔、美国神学博士林乐之所辑译。……是书其出奇处胜于读《三国志》，其得意处胜于阅《百美图》，其悲壮处胜于读《列女传》。书共廿一册，沽价八元，书到无多，迟购不及。"

十六日（7月3日）《中西日报》附章"杂录"栏刊载《龙宫大会》，标"短篇小说"，作者署"侠"。此篇原载光绪三十四年十二月初五日《神州日报》。

十九日（7月6日）《中西日报》附章"杂录"栏刊载《捕风谈》，标"短篇小说"，作者署"逸园"。此篇原载光绪三十四年六月二十七日至七月二日《神州日报》，原标"滑稽小说"。

二十日（7月7日）《中西日报》附章"杂录"栏刊载《南柯梦》，标"短篇小说"，作者署"逸园"。此篇原载本年四月二十日《神州日报》。

二十一日（7 月 8 日）　《中西日报》附章"杂录"栏刊载《无赖之儿》，标"短篇小说"，未署作者名。此篇原载本年四月初二日《神州日报》，作者署"曜"。

二十三日（7 月 10 日）　《中西日报》附章"杂录"栏刊载《特别之游》，标"短篇小说"，未署作者名

二十六日（7 月 13 日）　《中西日报》附章"杂录"栏刊载《新少爷》，标"短篇小说"，作者署"瞻庐"。

二十八日（7 月 15 日）　《中西日报》附章"杂录"栏刊载《女剑客》，标"短篇小说"，未署作者名。

六月

初一日（7 月 17 日）　《中西日报》附章"杂录"栏刊载《画鬼》，标"短篇小说"，作者署"逸园"。此篇原载本年四月三十日《神州日报》。

初四日（7 月 20 日）　《中西日报》附章"杂录"栏开始连载《戒烟》，至本月初五日毕。标"短篇小说"，作者署"朗"。

初五日（7 月 21 日）　《中西日报》附章"杂录"栏连载《戒烟》毕。其篇末云："噫嘻！虎头蛇尾，其华人之特性乎？岂徒戒烟。呜呼某君，呜呼欢迎会。"

初七日（7 月 23 日）　《中西日报》附章"杂录"栏刊载《谈虎》，标"短篇小说"，作者署"逸园"。此篇原载本年四月二十八日《神州日报》。其篇末云："逸园曰：天下事凡以为可爱者，异日必转以为可畏；以为可恕者，异日必转以为可杀。当某生购虎入院时，诚爱之矣。乃饕吻怒张，同族被噬，可畏也。及其摧伤童仆，而仍畜之不去，诚恕之矣。乃狼心不改，毒及主人，可杀也。以可畏可杀之物，而以为可爱可恕之物，养痈贻患，其咎伊谁？噫！"

十一日（7 月 27 日）　《中西日报》附章"杂录"栏刊载《奇贼》，标"短篇小说"，未署作者名。

十二日（7 月 28 日）　《中西日报》附章"杂录"栏刊载《女怪》，标"短篇小说"，作者署"维灵"。

十三日（7 月 29 日）　《中西日报》附章"杂录"栏刊载《信天翁

死，信天翁自种族灭》，标"寓言小说"，作者署"荷荷"。其篇末云：
"荷荷曰：嗟乎，此是墨是血是泪，是大声而呼，是痛极而嘷。愿吾同胞
谛认谛认。"

十六日（8月1日）《中西日报》附章"杂录"栏刊载《佛乞儿》，
标"短篇小说"，署"仍早来稿"。

二十一日（8月6日）《中西日报》附章"杂录"栏刊载《留学奇
缘》，标"短篇小说"，未署作者名。其篇末云："后人有诗咏之曰：脱却
征衣换彩衣，新人毕竟旧相知。试为拂拭三生石，早已赋成一家诗。"

二十二日（8月7日）《中西日报》附章"杂录"栏刊载《猩猩》，
标"寓言小说"，作者署"荷荷"。其篇末云："荷荷曰：嗟乎，今日之洋
债，酒与屐也。今日之埃及，已缚之猩猩也。荷荷又曰：猩猩，尔当得酒
时，当念被缚之后作何状。"

二十三日（8月8日）《中西日报》附章"杂录"栏刊载《铸错
记》，标"哀情小说"，未署作者名。此篇原载本年五月十七日至十八日
《申报》，作者署"瞻庐"。

二十五日（8月10日）《中西日报》附章"杂录"栏刊载《盲国》，
标"寓言小说"，作者署"荷荷"。其篇末云："荷荷曰：自哥伦布发见此
国后，此种族乃渐与外界通。近传闻其众，顾颇蕃殖，将蔓延而南，且其
盲病能传染人，一与往还，即被同化。嗟乎！盲者之势力亦大矣。达尔文
闻之，大惊曰：果如是，则吾天演公例破。"

二十六日（8月11日）《中西日报》附章"杂录"栏刊载《说驼》，
标"寓言小说"，未署作者名。其篇末云："荷荷曰：人而兼是数德，人
之圣者矣，然则驼其物之圣者欤？吾闻汉相周勃厚重少文，金日蝉出入殿
门，日循故步，不失尺寸，驼庶几似之。虽然，其性胶执而不知变，其智
不足以周缓急之用。然则其数美德，毋亦适于其时其地而后宜之。否，则
其偾事亦与常族等。杜少陵云'真堪讬生死'，驼尚不足以副斯言也。"
据此，知作者为"荷荷"。

二十七日（8月12日）《中西日报》附章"杂录"栏开始连载《错
认夫婿》，至本月二十八日毕。标"短篇小说"，未署作者名。此篇曾载
《风雅报》。

二十八日（8月13日）《中西日报》附章"杂录"栏连载《错认夫

婿》毕。

二十九日（8月14日）《中西日报》附章"杂录"栏开始连载《赠金记》，至本月三十日毕。标"短篇小说"，未署作者名。

三十日（8月15日）《中西日报》附章"杂录"栏连载《赠金记》毕。其篇末云："记者曰：留学为今之急务，尽人知之。然知而行之者绝少，缙绅先生且然，况巾帼乎？碧娘以一女子，闻陈有远志，慨然赠以多金，所见者大，足以讽世矣。至其后之流落他乡，守贞不字，尤足令人生敬。敻哉弗可及也。"

七月

初二日（8月17日）《中西日报》附章"杂录"栏刊载《鼠斗》，标"寓言小说"，未署作者名。其篇末云："荷荷曰：吾闻李义府号曰'柔猫'，猫之媚鼠，殆其长技，固然无足怪，独怪鼠既虎猫矣，而乃昌言媚虎，欲启斗而与之同居，而且缘是与异己者斗，是真冥顽不灵。彼苏子瞻犹翘之曰黠鼠，何为也？"据此，知作者为"荷荷"。

初三日（8月18日）《中西日报》附章"杂录"栏刊载《说鬼》，标"寓言小说"，未署作者名。其篇末云："荷荷曰：嗟乎，此谓庸人之自惊。荷荷曰：庸人之自惊，可以招实祸。"据此，知作者为"荷荷"。

初五日（8月20日）《中西日报》附章"杂录"栏刊载《迷路奇缘》，标"怪异小说"，未署作者名。

初六日（8月21日）《中西日报》附章"杂录"栏刊载《双星泪》，标"短篇小说"，未署作者名。此篇原载光绪三十四年七月初七日《神州日报》，作者署"瞩"。

初七日（8月22日）《中西日报》附章"杂录"栏刊载《别离难》，标"梦幻小说"，未署作者名。其篇末云："噫！牛女相会乎？拜七夕乎？然则亦如梦幻生之作梦幻观可矣。"

初九日（8月24日）《中西日报》附章"杂录"栏刊载《女骗》，标"奇事小说"，作者署"朗"。此篇原载本年六月初一日至初四日《申报》。

初十日（8月25日）《中西日报》附章"杂录"栏刊载《短缘》，标"短篇小说"，作者署"刚玉"。

十三日（8 月 28 日）《中西日报》附章"杂录"栏刊载《病不可为》，标"寓言小说"，作者署"荷荷"。

十六日（8 月 31 日）《中西日报》附章"杂录"栏刊载《文明猴》，标"喻言小说"，又标"译社会主义小说"，但实非译作，未署作者名。此篇又见连载于本年六月初六日至初七日新加坡《中兴日报》和本年九月初三至十七日《神州日报》。

十八日（9 月 2 日）《中西日报》附章"杂录"栏刊载《再生缘》，标"小说"，未署作者名。

二十一日（9 月 5 日）《中西日报》附章"杂录"栏开始连载《教育普及之模范》，至本月二十三日毕。标"滑稽小说"，未署作者名。其开篇云："不可思议，不可思议，新奇之世界，不可无新奇之学堂。"此篇原载本年六月十四日至十五日《神州日报》。

二十三日（9 月 7 日）《中西日报》附章"杂录"栏连载《教育普及之模范》毕。其篇末云："因是而学生中，得其一鳞一爪者，莫不声价十倍。呜呼！此校之肄业生，所以盛行其道于全国，而各种科学，且延绵不绝于今后之世界。"

二十四日（9 月 8 日）《中西日报》附章"杂录"栏开始连载《个人团说（体）》，至本月二十六日毕。标"寓言小说"，未署作者名。此篇原载本年六月十三日至十六日《舆论时事报》。

二十六日（9 月 10 日）《中西日报》附章"杂录"栏连载《个人团体》毕。

二十七日（9 月 11 日）《中西日报》附章"杂录"栏开始连载《铁葫芦》，至本月二十八日连载毕。标"侠义小说"，未署作者名。此篇后又见载本年九月初六日《神州日报》随报附送小说。

二十八日（9 月 12 日）《中西日报》附章"杂录"栏连载《铁葫芦》毕。其篇末云："记者曰：铁葫芦其剑侠乎？感□公子之义之孝，不动声色，为之复不共戴天之仇。视聂政之于严仲子，荆轲之于太子丹，直有精粗之别，非仅以成败论焉。呜呼伟矣，若张淑民者，抱父仇不报何以生焉之志。而间关万里，百折不回，智以练习而愈沉，识以阅历而愈广，卒之物色铁葫芦于风尘中，借其力以成己志，可不谓无能乎哉。虽然，专制政府时代，天下人如张氏之含冤负屈者无穷，如张氏之有子能代父复仇者有几？而铁葫芦之仗义济人者，又不数数见于世，无感乎饥鹰饿虎之□□于光天化日之下，而为吾民害无穷也。噫。"

八月

初一日（9月14日）《中西日报》附章"杂录"栏刊载《画伦》，标"滑稽小说"，作者署"荷荷"。

初二日（9月15日）《中西日报》附章"杂录"栏刊载《越处女剑术》，标"寓言小说"，作者署"荷荷"。其篇末云："荷荷曰：嗟乎！道有本，剑术其一也。"

初三日（9月16日）《中西日报》附章"杂录"栏刊载《斗鸡》，标"寓言小说"，作者署"荷荷"。其篇末云："荷荷曰：吾闻两鸡之备斗，盖争其足下蠕蠕之虫，而虫目短不见鸡，且深以鸡之目力他注为忘己。得苟延须臾之生，自庆慰也。悲夫！"

初四日（9月17日）《中西日报》附章"杂录"栏开始连载《食人国探险记》，至本月初六日毕。标"冒险小说"，未署作者名。

初六日（9月19日）《中西日报》附章"杂录"栏连载《食人国探险记》毕。

初八日（9月21日）《中西日报》附章"杂录"栏开始连载《柏林旧爱》，至本月初十日毕。标"言情小说"，未署作者名。

初十日（9月23日）《中西日报》附章"杂录"栏连载《柏林旧爱》毕。其篇末云："呜呼！曼陀曰：据乱之世，首重宗法。自魏晋徙羌胡，杂居内地，且许杂婚，而中国之俗偷矣。挽近学子，好言大同，国俗人种万也，欲夷而一之，每夷有妇以为□者，不知黄祸之说，华工之禁，盛于欧美。世界大同哉？毋亦据乱而已。吾述爱儿娜事，始乱之而终弃之，君子或非其行。然尚守宗法，重内外之防也。故喜道之。"

十一日（9月24日）《中西日报》附章"杂录"栏刊载《妖僧》，标"近事小说"，未署作者名。其篇末云："作者曰：是和尚耶？抑和样和撞耶？直地狱冤孽之和障耳。文明世界，犹为是惑世以敛财，吾不知官耶？绅耶？抑何闭口结舌，而漫不为之干涉也。或曰，堂堂善长，其创万善缘、万佛塔者，万善缘之变相耳，此妖僧所以有恃而为之也。若是，吾安得执此等妖僧，而奉以当头之一棒。"

十二日（9月25日）《中西日报》附章"杂录"栏刊载《新嫁娘》，标"风俗小说"，作者名"朗"。此篇原载本年七月初三日至初四日《申报》。其篇末云："记者曰：此新嫁娘，真奇绝。"

十三日（9月26日）《中西日报》附章"杂录"栏刊载《九尾龟广义》，标"滑稽小说"，作者署"荷荷"。此篇先见于本年七月初十日《申报》。其篇末云："荷荷曰：彼说九尾〇者，徒以其不自爱其雌，任与他物交，从而图之画之，乌知彼之所见，乃其一相。吾所谓〇，愿如是如是，是犹知〇未尽也。作《广义》，他日有得，仍补书之。（〇做龟）。"

十五日（9月28日）《中西日报》附章"杂录"栏刊载《京官之五级》，标"社会小说"，作者署"荷荷"。

十六日（9月29日）《中西日报》附章"杂录"栏开始连载《光明界》，至本月十七日连载毕。标"短篇小说"，未署作者名。此篇原载光绪三十四年八月十九日与二十六日《神州日报》，作者署"逸园"。

十七日（9月30日）《中西日报》附章"杂录"栏连载《光明界》毕。

十九日（10月2日）《中西日报》附章"杂录"栏刊载《钱串虫》，标"短篇小说"，未署作者名。其篇末云："荷荷曰：吾闻此虫，不但善钻隙，且善趋避，闻有危险，亦往往能以此自脱。然其毒螫，亦甚于他虫，人以爱钱串之，故亦骎骎忘其毒矣。悲夫！"据此，知作者为"荷荷"。

二十六日（10月9日）《中西日报》附章"杂录"栏开始连载《十万金磅之钻石》，至本月三十日毕。标"短篇小说"，未署作者名。此篇原载本年七月初七日至十二日《神州日报》，作者署"啸述"。

三十日（10月13日）《中西日报》附章"杂录"栏连载《十万金磅之钻石》毕。

九月

初一日（10月14日）《中西日报》附章"杂录"栏开始连载《鬼世界》，至本月初二日毕。标"滑稽小说"，署"钱太聪来稿"。此篇原载本年七月十七日至十九日《舆论时事报》。

初二日（10月15日）《中西日报》附章"杂录"栏连载《鬼世界》

毕。其篇末云："唉——，人少鬼多，鬼强人弱，中国的土地，不是人的，是鬼的，因为大半被鬼依据了。中国的生计，不是人的，是鬼的，因为多数被鬼挥霍了。中国的权力，不是人的，是鬼的，因为好些被鬼操夺了。中国要强，恐怕不是人强，是鬼强；中国要富，恐怕不是人富，是鬼富。外人钦佩我，恐怕不是钦佩人，是钦佩鬼。天呵，为甚么不发发老狠，去这一般活鬼，使我们社会上干干净净，没有一些鬼污秽呢？老阮呵，为甚不再做篇批判鬼论来，唤醒我们同胞，使我们心理上，不再有死鬼发现呢。唉——唉——，可怜哪！可怜哪！"

　　初三日（10月16日）　《中西日报》附章"杂录"栏开始连载《迷魂汤》，至本月初四日毕。标"短篇小说"，作者署"青"。此篇原载本年七月二十五日至二十六日《申报》。其开篇云："注意！注意！！注意！！！世路崎岖，人心险恶，一般乘机窃发之徒，机械变诈，如剥蕉抽茧，层出而不穷。时出其鬼蜮之伎俩，以攫取人财物，为行旅害。其心思则毒于蛇蝎，其行径则类于盗贼，言之令人心悸。而闻之足为殷鉴者，则莫如朱某一事。"

　　初四日（10月17日）　《中西日报》附章"杂录"栏连载《迷魂汤》毕。其篇末云："吁！是诚可怜而亦可悲矣。今朱某所啜之茗，与前陆某所饮之酒，其中药物之毒同，故其所呈人事不省之现象，亦罔不同。盖有种迷蒙药物，无论于茶中酒中，置少许饮之，即能令人昏迷而不省人事，余窃无以名之，名之曰'迷魂汤'。"

　　初六日（10月19日）　《中西日报》附章"杂录"栏开始连载《驯狮谈》，至本月初八日毕。标"短篇小说"，作者署"青"。此篇原载本年七月二十二日至二十四日《申报》。

　　初八日（10月21日）　《中西日报》附章"杂录"栏连载《驯狮谈》毕。其篇末云："记者曰：某之于其妻也，如借回纥之兵，不遵约束，如募三科壮士，莫能控制。然回纥之兵，以马遂驭之，则拱手听命；三科壮士，以虞诩统之，则不敢杀掠。彼悍妇虽悍，要亦视其处置之法何如耳。今天下之悍妇，类于某之妻者多矣。苟能得处置悍妇之法，安在悍妇之悍不能制，而悍妇之悍终不能化哉！昔人讥丈夫之畏妻者，喻之以河东狮吼，凡以见动物之猛而不易驯者，固莫狮若也。爰诠次其崖略而作《驯狮谈》。"

二十三日（11月5日）《中西日报》附章"杂录"栏开始连载《孝女泪》，至本月二十五日毕。标"短篇小说"，作者署"瞻庐"。此篇原载于本年八月十九日《申报》，标"修身小说"；后又刊载于本年九月十三日新加坡《叻报》。

二十五日（11月7日）《中西日报》附章"杂录"栏连载《孝女泪》毕。其篇末云："瞻庐曰：昔毛西河出游，人以刿臂事属传，必谢之。或不得已，稍见之见杂文，诚以典例无刿臂旌孝之文也。虽然，刿臂固不足法，而若郭女之惓惓至忱，至九死而不忘其父，倘亦当世之所仅见者欤？因亟述之，以增今日女子修身上之感情。"

二十七日（11月9日）《中西日报》附章"杂录"栏开始连载《大盗》，至本月二十八日连载毕。标"短篇小说"，未署作者名。此篇原载本年七月二十七日至二十九日《神州日报》。

二十八日（11月10日）《中西日报》附章"杂录"栏连载《大盗》毕。

三十日（11月12日）《中西日报》附章"杂录"栏开始连载《养猫谈》，至十月初一日毕。标"滑稽小说"，未署作者名。此篇原载本年八月十四日至十六日《神州日报》。

十月

初一日（11月13日）《中西日报》附章"杂录"栏连载《养猫谈》毕。其篇末云："呜呼噫嘻！养猫者其弊若此，果益乎？释疑先生曰：是宜赏其善而惩其奸，用其良而贬其劣，则庶几矣。"

初二日（11月14日）《中西日报》附章"杂录"栏刊载《新秋扇》，标"短篇小说"，未署作者名。此篇原载本年八月十二日《神州日报》。

初五日（11月17日）《中西日报》附章"杂录"栏开始连载《愚国志》，至本月十三日连载毕。标"名家小说"，署"俄国大文豪托尔斯太著"，未署译者名。此篇原载于本年四月十三日至二十四日《民呼日报》。

十三日（11月25日）《中西日报》附章"杂录"栏连载《愚国志》毕。

十四日（11 月 26 日） 《中西日报》附章"杂录"栏开始连载《魔窟》，至本月十六日毕。标"探险小说"，未署作者名。其开篇云："庚子七月，有亚东二十者，扁舟短棹，过重庆，沿河而进，将以涉足魔窟，探其奇而发其隐。"

十六日（11 月 28 日） 《中西日报》附章"杂录"栏连载《魔窟》毕。

十八日（11 月 30 日） 《中西日报》附章"杂录"栏刊载《风流案》，标"社会小说"，未署作者名。此篇原载本年八月初四日《申报》，作者署"朗"。

十九日（12 月 1 日） 《中西日报》附章"杂录"栏刊载《弃妇怨》，标"社会小说"，作者署"瞻庐"。此篇原载本年九月十四日《申报》。其开篇云："乘长风，破万里浪，吸新空气，祛旧观念，作文明之导线，为开化之前驱，诚快事也。不意乃有游学方稔，志趣全非，伉俪之间，顿成仇敌，如某生其人者。"其篇末云："记者曰：非是不足为新世界之新人物，余述此事，不禁为中国前途放声一哭。"

二十一日（12 月 3 日） 《中西日报》附章"杂录"栏刊载《中雷奇鬼记》，标"寓言小说"，未署作者名。其篇末云："记者案：此盖为抵制口货事，窘于压制，不能竟其志而发也。其曰'心之有所贵，惟其坚也'，吾深有取于斯言。"此篇原载本年九月初二日《民吁日报》，作者署"我佛山人（吴沃尧）"。

二十二日（12 月 4 日） 《中西日报》附章"杂录"栏刊载《听讼滑稽》，标"短篇小说"，未署作者名。此篇原载本年八月初四日《神州日报》，作者署"汉"。又见载于本年九月十五日《通俗日报》。

二十三日（12 月 5 日） 《中西日报》附章"杂录"栏刊载《黑暗天》，标"短篇小说"，作者署"悲秋"。此篇原载本年八月二十九日《神州日报》，标"短篇实事"。

二十五日（12 月 7 日） 《中西日报》附章"杂录"栏刊载《某医士》，标"实事小说"，作者署"非奇"。

二十六日（12 月 8 日） 《中西日报》附章"杂录"栏刊载《赚篾智》，标"短篇小说"，作者署"奇"。

二十七日（12 月 9 日） 《中西日报》附章"杂录"栏刊载《苞苴

镜》，标"短篇小说"，作者署"奇"。其开篇云："呜呼！宦海苍茫，群流如织，得差者十之一，得缺者百之一，余则随衙听鼓，瞻上官之风采而已。是故候补之法利用钻，钻之道既工，资格虽浅，班次虽歧，成例虽不合，人地虽不宜，苟得大力者负之以趋，可筮其无弗胜利。然谋之不臧，则额上坟起，即呪劳山道士无益也。世有研究仕宦学者，吾请与之言某大使。"

二十八日（12月10日）《中西日报》附章"杂录"栏刊载《观画少年》，标"短篇小说"，作者署"状"。该篇原载本年九月初一《民吁日报》，作者署"厌"。又见载于九月十六日新加坡《中兴日报》。

二十九日（12月11日）《中西日报》附章"杂录"栏刊载《恶作剧》，标"社会小说"，未署作者名。其篇末云："呜呼！声势显赫之某绅。呜呼！心地刻薄之某绅。呜呼！恶作剧之某绅。"此篇原载本年八月二十三日《申报》，又见载于本年九月二十日新加坡《中兴日报》。

十一月

十一日（12月23日）《中西日报》附章"杂录"栏刊载《西中先生传》，标"纪事小说"，作者署"南风亭长"。其篇末云："亭长曰：吾平生雅不喜毁誉人，吾书先生传而搁笔者再而三矣，然而终不能已于言者，则以吾爱先生，不若爱学生之深也。先生休矣，其如学生何？且今日吾国教育界中之酷似先生者，正如恒河沙数。吾愿以先生传作当头之棒喝，以警告先生，以警告世之酷似先生者。若效刘四之骂人，则非吾所敢。"

十八日（12月30日）《中西日报》附章"杂录"栏刊载《记某生事》，标"短篇小说"，署"来稿"。其篇末云："蓬庐生曰：个人之生存，往往与社会成反比例。社会良儒畏事，个人乃得利用之以济其凶，如某生等辈，何地篾有？倘天演家所谓适者欤？噫！"据此，知作者为"蓬庐生"。此篇原载本年十月初一日《申报》。

二十日（1月1日）《中西日报》附章"杂录"栏刊载《撮合山》，标"滑稽小说"，作者署"慈"。其篇末云："慈公曰：吾又闻之，撮合山之左侧，有山曰谣言山，与此山相毗连。山中昏暗不能见天日，居民无论昼夜，皆秉烛而行。人谓其灯曰谣言灯云。"

二十五日（1 月 6 日） 《中西日报》附章"杂录"栏开始连载《某才妇》，篇末标"未完"，但后未见续载。标"短篇小说"，未署作者名。

二十八日（1 月 9 日） 《中西日报》附章"杂录"栏刊载《相校基》，标"短篇小说"，作者署"奇"。

十二月

初一日（1 月 11 日） 《中西日报》附章"杂录"栏刊载《科举魂》，标"短篇小说"，未署作者名。此篇原载本年八月十三日《神州日报》。

初五日（1 月 15 日） 《中西日报》附章"杂录"栏开始连载《火刀先生传》，至本月初六日连载毕。标"社会小说"，作者署"瞻庐"。此篇原载本年七月十九日至二十日《申报》。

初六日（1 月 16 日） 《中西日报》附章"杂录"栏连载《火刀先生传》毕。

十六日（1 月 26 日） 《中西日报》附章"杂录"栏刊载《龟蛇相怜之理由》，标"寓言小说"，作者署"荷荷"。其篇末云："荷荷曰：吾草是，大快。吾将翘吾漆园先生以夸示全球，以是为西哲之所未解也。然吾又得一疑问，疑是二物之子孙化合遗传，禀父母之种性，将愈进愈上，其优胜又当何如？吾设想及之，惊且羡。"

十九日（1 月 29 日） 《中西日报》附章"杂录"栏刊载《巧盗》，标"短篇小说"，未署作者名。其开篇云："盗愚人也，以性命易财物，而为法律所不容者也。不幸破获，则不免于禁锢，重者不免于诛戮。是故盗有以勇名，而不闻以巧名也。"其篇末云："或曰：虎之食人，有伥焉。伥欲媚虎，恒自变其形态，百出其词令以惑人，而虎遂安居而鼓其腹。然则如伥者，斯可谓之巧盗也哉。"

二十一日（1 月 31 日） 《中西日报》附章"杂录"栏刊载《双义士》，标"短篇小说"，署"毓云译"。

二十四日（2 月 3 日） 《中西日报》附章"杂录"栏刊载《狼与狈》，标"寓言小说"，作者署"荷荷"。其篇末云："荷荷曰：使天下事果可以两利而俱存者，则圣智莫如狼。荷荷又曰：秦皇观于蛛蝥作网罟，师物智也；勾践式怒蛙，师物勇也。反是以观，若此狼与狈者，其亦人之炯戒也夫。"

二十五日（2月4日）《中西日报》附章"杂录"栏刊载《白玫瑰》，标"短篇小说"，作者署"天悲来稿"。此篇原载本年七月二十一日《申报》。其篇末云："天悲曰：某教员既能嫖，又能饮，又能殴人，可谓具教员之完全资格者。虽然，为之学生者，皆一般佳子弟也。有地方教育之责者，曾未一念及之乎？"

宣统二年庚戌（1910）

正月

初九日（2月18日）《中西日报》附章"杂录"栏开始连载《新情史》，至本月十四日毕。标"短篇小说"，作者署"嘷"。此篇原载宣统元年十一月二十日至十二月初七日《申报》。

十四日（2月23日）《中西日报》附章"杂录"栏连载《新情史》毕。

十五日（2月24日）《中西日报》附章"杂录"栏刊载《骗术一》，标"短篇小说"，作者署"奇"。

十六日（2月25日）《中西日报》附章"杂录"栏刊载《富商子》，标"短篇小说"，作者署"奇"。

十七日（2月26日）《中西日报》附章"杂录"栏刊载《黑籍魂》，标"短篇小说"，作者署"奇"。

十八日（2月27日）《中西日报》附章"杂录"栏开始连载《一磅肉》，至本月二十三日毕。标"短篇小说"，未署作者名。此篇原载宣统元年十二月初三日至初七日《申报》，作者署"嘷"、"檗"。后又载于宣统二年三月十六日至三月二十一日新加坡《星洲晨报》，未署作者名。

二十三日（3月4日）《中西日报》附章"杂录"栏连载《一磅肉》毕。其篇末云："檗子曰：此篇为诗人索士比亚原著，可作欧洲游侠列传读，良友侠肠，美人妙舌，均足千古矣。何物俾斯南，得与一身遇之，令人可羡，亦可妒也。又曰：贷三千金，偿一磅肉，真世界创闻哉。然吾国贷外债，偿以百千万磅国民之血肉而不惜，吾知衮衮诸公见此篇也，必曰：'无足奇，无足奇。'"

二十四日（3月5日）《中西日报》附章"杂录"栏开始连载《讹中讹》，至二月初二日毕。标"短篇小说"，未署作者名。此篇原载宣统元年十一月二十五日至十二月初二日《申报》，作者署"暲"。

二月

初二日（3月12日）《中西日报》附章"杂录"栏连载《讹中讹》毕。

初十日（3月20日）《中西日报》附章"杂录"栏刊载《鸡犬交代谈》，标"滑稽小说"，未署作者名。此篇原载本年正月初四日《神州日报》，作者署"瘦叟"。

十六日（3月26日）《中西日报》附章"杂录"栏刊载《逛香场》，标"短篇小说"，作者署"小隐"。

十七日（3月27日）《中西日报》附章"杂录"栏刊载《章台镜》，标"短篇小说"，作者署"奇"。

十九日（3月29日）《中西日报》附章"杂录"栏刊载《心与口》，标"短篇小说"，作者署"小隐"。其篇末云："小隐曰：此，事也，阅者幸勿以空言视之。"

二十一日（3月31日）《中西日报》附章"杂录"栏开始连载《西国神怪谈·十二公主》，至二十二日毕。标"短篇小说"，未署作者名。

二十二日（4月1日）《中西日报》附章"杂录"栏连载《西国神怪谈·十二公主》毕。

二十三日（4月2日）《中西日报》附章"杂录"栏开始连载《混闹》（叙广东兵变事），至二十四日毕。标"纪事小说"，作者署"博郎"。

二十四日（4月3日）《中西日报》附章"杂录"栏连载《混闹》（叙广东兵变事）毕。其篇末云："按：此次军警交哄，本属寻常，乃粤吏小题大做，主剿邀功，草菅人命，虚牝资财，闻者伤心，见者惨目。事前既已如此，事后复无故株连，捕风捉影。呜呼！吾粤同胞，果何辜而遇此伦也。书毕不禁掷笔三叹。"

二十六日（4月5日）《中西日报》附章"杂录"栏刊载《凌波影》，标"短篇小说"，作者署"奇"。其篇末云："奇奇曰：女子之通翰墨，女子之幸福也。乃因缠足之恶习，而惨遭巨劫，伊戚自贻，是可为当世之未暗（谙）家庭教育者鉴。"此篇先见于本月十六日《晋阳公报》。

二十七日（4月6日）《中西日报》附章"杂录"栏刊载《文明配》，标"短篇小说"，作者署"奇"。

二十八日（4月7日）《中西日报》附章"杂录"栏刊载《黠仆记》，标"短篇小说"，作者署"奇"。其篇末云："奇奇曰：欲取姑（故）与，此仆乃得兵家之心法，以之对付一般财虏，颇快人意。"

二十九日（4月8日）《中西日报》附章"杂录"栏刊载《殉财记》，标"短篇小说"，作者署"奇"。

三十日（4月9日）《中西日报》附章"杂录"栏刊载《呜呼梅毒国》，标"短篇小说"，作者署"丁福保"。其篇末云："呜呼！梅毒国不能免矣。虽然，上海为新学志士荟萃之地，今日言改良社会，明日言地方自治，其亦念及检查梅毒之规律否耶？"

三月

初一日（4月10日）《中西日报》附章"杂录"栏刊载《青衣节》，标"短篇小说"，作者署"寄"。此篇先见于本年二月十九日至二十日《图画日报》第二百十七号至第二百十八号，未署作者名。

初三日（4月12日）《中西日报》附章"杂录"栏开始连载《密约案》，至本月初五日毕。标"侦探小说"，署"英勒克维廉著"，未署译者名。此篇原载宣统元年十二月十二日《申报》。

初五日（4月14日）《中西日报》附章"杂录"栏连载《密约案》毕。

初六日（4月15日）《中西日报》附章"杂录"栏刊载《医骗》，标"侦探小说"，未署作者名。其篇末云："世之欲行医者，工夫可不必论，若能从其计以行之，则横财可以直入矣。爰作医谈，以警夫日求医学、日研医理者之当知所变计也。"

初七日（4月16日）《中西日报》附章"杂录"栏开始连载《上海苦力界之奇男子》，至本月初八日毕。标"短篇小说"，未署作者名。

初八日（4月17日）《中西日报》附章"杂录"栏连载《上海苦力界之奇男子》毕。其篇末云："嗟夫，斯人如神龙天矫，不可拿捉，竟令余不得知其究，是可惜也。因为记其事于此。"

初十日（4月19日）《中西日报》附章"杂录"栏刊载《燕子》，标"短篇小说"，未署作者名。此篇原载宣统元年五月初三日《民呼日报》，作者署"虎"。

十二日（4月21日）《中西日报》附章"杂录"栏开始连载《案兄弟》，至本月十八日毕。标"趣致小说"，作者署"简"。

十八日（4月27日）《中西日报》附章"杂录"栏连载《案兄弟》毕。其篇末云："此等陋习，说来也觉可笑，但相沿已久，不以为非。近来渐知到（道）文明结婚，把老年旧例，尽行削去，真係快事。但得各处通行，把婚仪逐一变更，也是改良风俗之一事。研究地方自治者，当能担负责任也。"

二十七日（5月6日）《中西日报》附章"杂录"栏刊载《衣冠贼》，标"短篇小说"，作者署"帆"。此篇原载本年二月二十五日《申报》。

二十九日（5月7日）《中西日报》附章"杂录"栏刊载《博徒恨》，标"短篇小说"，作者署"帆"。此篇原载本年二月二十四日《申报》。其开篇云："吾国谚云：嫖赌吃着，为败家破产之媒介。然举此四者而大析之，其为害之大小，亦有区别。彼富家子之口餍粱肉，而身御绮罗者，其为费固属无几。即或貂裘夜走，桃叶朝迎，驰逐征歌选舞之场，纸醉金迷之地，其缠头锦、压臂金之浪费，亦尚可以数计。独此博之一事，为害至大。一掷百万，再掷千万，虽有郭家之金穴，邓氏之铜山，一反掌一瞬目之顷，可以博负至于尽罄，无一毫一发之遗而后已。博之为害如此，而吾国之人，无大无小，无贵无贱，嗜博者乃居其十之七八，虽有至严之禁令，而若辈皆视若无物。"其篇末云："记者曰：一失足成千古恨，再回头已百年身。英雄失计，从古如斯，不独此一人一事然也。"

四月

初四日（5月12日）《中西日报》附章"杂录"栏开始连载《吸血》，至本月初五日毕。标"寓言小说"，未署作者名。

初五日（5月13日）《中西日报》附章"杂录"栏连载《吸血》毕。

初六日（5月14日）《中西日报》附章"杂录"栏刊载《瓜州商》，标"实事小说"，未署作者名。

初九日（5月17日）《中西日报》附章"杂录"栏刊载《红旗捷》，标"短篇小说"，未署作者名。此篇原载本年二月二十七日《申报》，作者署"蠢"。

初十日（5月17日）《中西日报》附章"杂录"栏刊载《捕侦探》，标"短篇小说"，作者署"哲"。

十一日（5月18日）《中西日报》附章"杂录"栏刊载《涛神浮海记》，标"滑稽小说"，未署作者名。此篇原载本年三月初一日《申报》，标"短篇滑稽小说"，作者署"隤叟"。

二十八日（6月5日）《中西日报》附章"杂录"栏刊载《薄命女》，标"短篇小说"，作者署"蛰公"。其篇末云："嗟乎！兰因絮果，莫解前身，梗断莲飘，依然故我。可怜红粉，似薄命之小青，安得黄衫，问负心之李益。"

五月

初一日（6月7日）《中西日报》附章"杂录"栏刊载《奇丐》，标"短篇小说"，作者署"逸园"。此篇原载宣统元年七月二十六日《神州日报》。其篇末云："逸园曰：人不患于目盲，而特患于心盲。目盲可治，心盲不可治。以王花子生而失明，宜其糊涂毕世矣。乃方寸之中，不失其光明磊落，卒能使不明之目而转为大明，非其心不盲耶？世有徒具双瞳，而心地如漆者，其视王花子也何如？"

初五日（6月11日）《中西日报》附章"杂录"栏刊载《说蝇》，标"博物小说"，作者署"荷荷"。

初九日（6月15日）《中西日报》附章"杂录"栏刊载《暗杀党》，标"短篇小说"，作者署"臣"。此篇原载宣统元年四月二十三日《神州日报》。其篇末云："须知小子这话，既不是赞成侦探，也不是主张革命，附和暗杀，不过是劝大家弟兄们，不要改变宗旨就好呢。"

十二日（6月18日）《中西日报》附章"杂录"栏刊载《国会潮》，标"短篇小说"，作者署"雷"。其篇末云："作者曰：此法兰西开三族议会时之情状也。当国会开时，法之人民，久虐于路易十四、路易十五之苛政，岂不曰国会开矣，今而后国家腐败之根柢，可以撼动矣。不谓民之所望者如此，而朝廷之所施者如彼，是何异欲钓而登高岗，欲猎而浮沧海也。呜呼，是亦可以鉴矣。"此篇原载于本年四月初七日《神州日报》，后又载于五月二十日《申报》，连载于本年四月十一至四月十二日新加坡《星洲晨报》。

十三日（6月19日）　《中西日报》附章"杂录"栏刊载《文曲星》，标"短篇小说"，作者署"不才（许指严）"。此篇原载宣统元年二月初二日至初三日《神州日报》。

二十六日（7月2日）　《中西日报》附章"杂录"栏刊载《儿女愁》，标"短篇小说"，未署作者名。其篇末云："记者曰：英雄气短，儿女情长，古今来败国亡家，皆由于此，某大僚其小焉者也。"

二十九日（7月5日）　《中西日报》附章"杂录"栏开始连载《刮地皮》，至六月初一日连载毕。标"短篇小说"，未署作者名。此篇原载于本年二月二十二日至二十三日《舆论时事报》。

三十日（7月6日）　《中西日报》附章"杂录"栏刊载《醋海花》，标"短篇小说"，未署作者名。其篇末云："按：皖北饥民，嗷嗷待毙，而此一班无心肝之凉血者，尚复酒食征逐。如问进款何来，谓非取之于民脂民膏，其孰能信？吾不知有长官之责者，闻此活剧，果何以儆将来而昭烛戒也。"

六月

初一日（7月7日）　《中西日报》附章"杂录"栏连载《刮地皮》毕。

初八日（7月14日）　《中西日报》附章"杂录"栏开始连载《人妖记》，至本月初九日毕。标"短篇小说"，未署作者名。此篇又见连载于本年五月二十一日至二十二日新加坡《星洲晨报》，题为《电贼杀人记》，实乃同文异名。

初九日（7月15日）　《中西日报》附章"杂录"栏连载《人妖记》毕。其篇末云："著者曰：或云如此，于王殊太便宜矣。然此狗彘不食之人，欲纵之则为法所不容，欲杀之尤足污人刃，反是自作自受为妙，然污我笔墨亦多矣。又有云：其死时似慷慨，此正所谓憨不畏死耳，乌足尚？”

初十日（7月16日）《中西日报》附章“杂录”栏刊载《学生之怪现状》，标“短篇小说”，作者署“留”。此篇原载于本年五月初六日至初七日《申报》。

十一日（7月17日）《中西日报》附章“杂录”栏刊载《会场伎》（纪南洋劝业会近事），标“短篇小说”，未署作者名。此篇原载于本年五月初七日《申报》，标“实事小说”，作者署“奇”。

十三日（7月19日）《中西日报》附章“杂录”栏开始连载《侠客谈》，至本月十五日毕。标“短篇小说”，未署作者名。此篇原载于本年四月十八日至二十二日《神州日报》随报附送小说。

十五日（7月21日）《中西日报》附章“杂录”栏连载《侠客谈》毕。

十六日（7月22日）《中西日报》附章“杂录”栏开始连载《剧盗》，至本月十八日毕。标“短篇小说”，作者署“尧”。此篇先载于本年五月十七日至十九日新加坡《星洲晨报》

十七日（7月23日）《中西日报》附章“杂录”栏刊载《魔妻》，标“短篇小说”，未署作者名。此篇原载于本年五月十四日《申报》，后又载于五月二十一日至二十四日《图画日报》第三百零六号至第三百十号。其篇末云：“著者曰：魔恐妻有外遇，制匣贮之，其严防可谓密矣。乃于沙漠千里，人踪断绝，一偶睡间，欲海生浪，则数年铁锁重关，一旦付诸颓波逝水。正所谓华严楼阁，缔网重重，一毛管中，亿万莲花，一刹那顷，百千浩劫，毫厘千里，可不慎哉。”

十八日（7月24日）《中西日报》附章“杂录”栏连载《剧盗》毕。

二十日（7月26日）《中西日报》附章“杂录”栏刊载《小狮记》，标“短篇小说”，作者署“奇”。此篇原载于本年五月初八日至初十日《申报》。

二十一日（7月27日）《中西日报》附章“杂录”栏开始连载《烟签壮士》，至本月二十二日毕。标“短篇小说”，未署作者名。此篇原载于本年三月二十至二十五日《图画日报》第二百四十八号至二百五十三号，后又载于本年五月十六日至十八日《申报》。

二十二日（7 月 28 日）《中西日报》附章"杂录"栏连载《烟签壮士》毕．

二十三日（7 月 29 日）《中西日报》附章"杂录"栏刊载《某银行之仆役》，标"实事小说"，未署作者名。其篇末云："记者曰：此乃某君所亲经所亲述，篇中所言余者，皆某君自谓也。阅此可与昨日论说参观。"

二十四日（7 月 30 日）《中西日报》附章"杂录"栏开始连载《三百磅之钻石》，至本月二十五日毕。标"短篇小说"，未署译者名。其开篇云："伦敦某街，甚繁华，行人如梭，珍奇满市。市中钻石店，有一奇事，至其街名、其店名、其人名姑不发表，特将此一段奇趣之事，为吾阅者述及。"此篇先载于本年三月二十六至三月二十八日新加坡《星洲晨报》，又载于本年五月十二日至十三日《申报》。

二十五日（7 月 30 日）《中西日报》附章"杂录"栏连载《三百磅之钻石》毕。

二十七日（8 月 2 日）《中西日报》附章"杂录"栏开始连载《俄国虚无党》，至本月二十八日毕。标"短篇小说"，作者署"楚"。

二十八日（8 月 3 日）《中西日报》附章"杂录"栏连载《俄国虚无党》毕。

二十九日（8 月 4 日）《中西日报》附章"杂录"栏刊载《国会潮》，标"短篇小说"，未署作者名。该报本年五月十二日曾刊载此篇，作者署"雷"。

七月

初一日（8 月 5 日）《中西日报》附章"杂录"栏刊载《不平鸣》，标"短篇小说"，未署作者名。

初二日（8 月 6 日）《中西日报》附章"杂录"栏刊载《河隅花》，标"短篇小说"，作者署"奇"。

初八日（8 月 12 日）《中西日报》附章"杂录"栏刊载《七夕》，标"短篇小说"，作者署"朗"。此篇先见于本年七月初七日《申报》。

十三日（8 月 17 日）《中西日报》附章"杂录"栏继续连载《剃头失妻》，标"再续稿"，现不知何时开始连载，至本日连载毕。标"近事小说"，作者未详。其篇末云："作者曰：以上所述，乃前月在粤城之实事。呜呼，女子无教育，婚姻不自由，因之夫妇之道苦，此等背夫潜逃者，已数见不鲜矣。良可慨也。"此篇原连载于本年六月初一日至初五日《国民报》，标"近事写真"；后又连载于六月十六日至二十一日新加坡《星洲晨报》，标"白话写真"，作者均署"不剃头者"。

十四日（8月18日）《中西日报》附章"杂录"栏开始连载《冰库》，至八月二十九日毕。标"新译小说"，署"美国文豪施斯原著，本馆记者守瓶选译"。篇首有译者"识语"："是书所谓'余'者，皆施斯君自述。大意以探险致富为原的，以爱情真伪为波澜。新奇变幻，足令阅者忘倦。阅者诸君不可不注意也。守瓶识。"其章节依次为：第一节：结识；第二节：言情；第三节：债困；第四节：寻矿；第五节：遇骗；第六节：获救；第七节：祸由；第八节：得矿；第九节：遇援；第十节：逢旧；第十一节：情骗；第十二节：情妒；第十三节：奸售；第十四节：筹追；第十五节：凌空；第十六节：驻库；第十七节：制奸；第十八节：荣旋；第十九节：园聚。

八月

二十九日（10月2日）《中西日报》附章"杂录"栏连载《冰库》毕。

九月

初二日（10月4日）《中西日报》附章"杂录"栏开始连载《水银彪》，至本月初五日毕。标"新译小说"，又标"短篇实事小说"，署"林文江译，梁守瓶校"，据篇首译者"识语"，原作者为狄花露。篇首译者"识语"云："此篇乃西人狄花露在嘉厘福尼亚省之火岑监所著述。中叙黑人水银彪之历史，及巨盗洽波华士技之始终，颇称详赡。当一千八百四十零年间，嘉厘福尼亚省正在开辟时代，矿务日兴，水银彪因代矿务公公（公）司输运，致成巨富。而斯时之洽波华士技，则啸聚绿林之豪，以时出没深山密林间，往来马车，迭被抢劫，辄唤奈何。后遇水银彪，遂就擒，禁之山多写县监，随以环首刑处讫，而水银彪之结局，则迁居墨西哥国。此其大略也。著者狄花露，亦属绿林豪客之一，饱问学，富胆识，唯品则滥劣。初在山地卡罅埠，作蒙学教师，学童十数辈，颇足自赡。不谓每至夕间，学童假归，寂坐无聊，而盗心遂怦怦然动，夜去早回，独自行劫以为常。有一次，用一小木棒，斲作短铳状，伏于山峡迳中，嚇劫花咭公司货车，得赀甚钜。其他类此者，尤不知几许，人初不知也。至一千八百七十六年，事被告发。拘押火岺省监。一千八百八十一年，遇赦出狱，不知悔罪，复萌故态。未及匝年，再被拘，判以头等罪，禁锢火岺监终身。此次深自懊悔，而年亦老迈，至距今之前三年，即一千九百零七年，再蒙恩赦。出狱后，即赴美东，从事著作，为一时人士所称道，盖在狱中三十余年，于问学亦大有进益。此稿乃彼前次在省监所述，今自传出也。译者识。"

　　初五日（10月7日）《中西日报》附章"杂录"栏连载《水银彪》，毕。

　　初六日（10月8日）《中西日报》附章"杂录"栏开始连载《一夜夫妻》，至本月初七日毕。标"短篇小说"，未署作者名。

　　初七日（10月9日）《中西日报》附章"杂录"栏连载《一夜夫妻》毕。

　　初九日（10月11日）《中西日报》附章"杂录"栏开始连载《堕指录》，至本月十一日连载毕。标"短篇小说"，作者署"鲁源"。此篇原载于本年七月初十日至十二日《神州日报》。

　　十一日（10月13日）《中西日报》附章"杂录"栏连载《堕指录》，毕。

　　十二日（10月14日）《中西日报》附章"杂录"栏开始连载《犬豕交涉》，至本月十三日毕。标"短篇小说"，未署作者名。此篇原载于本年八月初二日至初三日《神州日报》，作者署"餍叟"。后又载本年八月二十三日新加坡《星洲晨报》。

　　十三日（10月15日）《中西日报》附章"杂录"栏连载《犬豕交涉》毕。

　　十六日（10月18日）《中西日报》附章"杂录"栏刊载《猛虎》，标"寓言小说"，未署作者名。此篇先于本年七月二十七日至八月初一日《图画日报》第三百七十二号至第三百七十六号，又见于本年七月二十七日新加坡《星洲晨报》，作者署"□郎稿"。

十八日（10 月 20 日）《中西日报》附章"杂录"栏开始连载《火车客》，至本月十九日毕。标"短篇新译小说"，未署原作者名和译者名。此篇原载于宣统元年十二月《小说时报》第三期，译者署"笑（包天笑）"。其开篇云："此乃俄国文豪某君之笔也。俄本好客，乃至不能款其戚里，无他，以生计之日窘也。文仅闲闲着笔，而其意固在言外尔。"

十九日（10 月 21 日）《中西日报》附章"杂录"栏连载《火车客》毕。

二十日（10 月 22 日）《中西日报》附章"杂录"栏刊载《喂》，标"短篇滑稽小说"，未署作者名。

二十一日（10 月 23 日）《中西日报》附章"杂录"栏开始连载《妾命薄》，至十月初九日篇末标"未完"，但此后再未见载。标"短篇哀情小说"，未署作者名。

十月

初二日（11 月 3 日）《中西日报》附章"杂录"栏刊登的"奇妙小说书"广告在上年四月十一日版的基础上，新增《小仙源》、《中山狼》、《帘外人》等书目。

初十日（11 月 11 日）《中西日报》附章"杂录"栏开始连载《醋海女侦探》，至本月十八日毕。标"新译小说"，又标"短篇侦探小说"，署"活尼原著，文江译意"

十八日（11 月 19 日）《中西日报》附章"杂录"栏连载《醋海女侦探》毕。

二十一日（11 月 22 日）《中西日报》附章"杂录"栏开始连载《桃僵李代》，至本月二十八日毕。标"新译小说"，未署译者名。

二十八日（11 月 29 日）《中西日报》附章"杂录"栏连载《桃僵李代》毕。

三十日（12 月 1 日）《中西日报》附章"杂录"栏开始连载《奇盗案》，至十一月初二日毕。标"新译小说"，又标"短篇侦探小说"，未署译者名。

十一月

初二日（12月3日）《中西日报》附章"杂录"栏连载《奇盗案》毕。

初六日（12月7日）《中西日报》附章"杂录"栏开始连载《着靴猫》，至本月初七日毕。标"短篇小说"，作者署"万石生"。

初七日（12月8日）《中西日报》附章"杂录"栏连载《着靴猫》毕。

初八日（12月9日）《中西日报》附章"杂录"栏开始连载《佛座官》，至本月初九日毕。标"短篇小说"，作者署"天寄（蒋景缄）"。

初九日（12月10日）《中西日报》附章"杂录"栏连载《佛座官》毕。

初十日（12月11日）《中西日报》附章"杂录"栏开始连载《烟童》，至本月十二日毕。标"短篇白话小说"，作者署"汉父"。

十二日（12月13日）《中西日报》附章"杂录"栏连载《烟童》毕。

十三日（12月14日）《中西日报》附章"杂录"栏开始连载《平枭一夕话》，至本月十四日毕。标"短篇小说"，未署作者名。

十四日（12月15日）《中西日报》附章"杂录"栏连载《平枭一夕话》毕。

十六日（12月17日）《中西日报》附章"杂录"栏刊载《恶作剧》，标"实事小说"，署"南津梁清泉稿"。其篇末云："按：此与世所传新会陈梦吉事，大略相类，因照录之，以见天下事之无独有偶甚夥，不特此一事为然也。"

十七日（12月18日）《中西日报》附章"杂录"栏刊载《意外缘》，标"短篇小说"，未署作者名。

十九日（12月20日）《中西日报》附章"杂录"栏刊载《张生》，标"短篇小说"，未署作者名。

二十日（12月21日）《中西日报》附章"杂录"栏开始连载《日本人之鬼谈》，至本月二十一日毕。标"短篇小说"，未署作者名。

二十一日（12月22日）《中西日报》附章"杂录"栏连载《日本

人之鬼谈》毕。

二十二日（12月23日）《中西日报》附章"杂录"栏开始连载《伤心梦》，至本月二十三日毕。标"短篇小说"，署"樱郎稿"。

二十三日（12月24日）《中西日报》附章"杂录"栏连载《伤心梦》毕。

十二月

初四日（1月4日）《中西日报》附章"杂录"栏刊载《晏公河捕鳄》，标"短篇小说"，未署作者名。

十一日（1月11日）《中西日报》附章"杂录"栏刊载《误中误》，标"短篇小说"，署"瘦腰生稿"。

十七日（1月17日）《中西日报》附章"杂录"栏刊载《闹洞房》，标"短篇小说"，作者署"炜"。

十八日（1月18日）《中西日报》附章"杂录"栏刊载《顽城头》，标"短篇小说"，作者署"纬"。

二十日（1月20日）《中西日报》附章"杂录"栏刊载《樱桃劫》，标"短篇小说"，未署作者名。

二十五日（1月25日）《中西日报》附章"杂录"栏刊载《情之谬》，标"短篇小说"，未署作者名。其开篇云："呜呼！人顾可以无情哉？人而无情，则不可得以为人矣。虽然，亦观其用之何如耳。苟能用之于夫妇间，虽至于海枯，虽至于石烂，而其情终不可得而磨灭。若是者，斯谓为应有之情，且谓为应尽之情。否则于己所不当用者，而亦误用之，未成眷属，谬作多情，虽牺牲其性命而不惜，若此者为情之谬，是可异矣。"

宣统三年辛亥（1911）

正月

初四日（2月2日）《中西日报》附章"杂录"栏刊载《团拜宴》，标"短篇小说"，未署作者名。此篇原载宣统二年正月初五日《申报》。

其篇末云："记者曰：炙手可热，可畏哉某少年；凤集冰山，可鄙哉某给谏。"

十五日（2月13日）《中西日报》附章"杂录"栏继续连载《贤童王》，标"再续"，连载开始时间不详。篇末标"未完"，后未见续载。标"短篇小说"，署"闽海旭人廖氏译述"。

二十四日（2月22日）《中西日报》附章"杂录"栏开始连载《财奴鉴》，至本月二十六日毕。标"短篇小说"，未署作者名。

二十六日（2月24日）《中西日报》附章"杂录"栏连载《财奴鉴》毕。

二十八日（2月26日）《中西日报》附章"杂录"栏刊载《哑丐》，标"短篇小说"，未署作者名。

三十日（2月28日）《中西日报》附章"杂录"栏刊载《马大师》，标"故事短篇小说"，未署作者名。

二月

初八日（3月8日）《中西日报》附章"杂录"栏刊载《薄幸报》，标"短篇小说"，未署作者名。

十七日（3月17日）《中西日报》附章"杂录"栏刊载《蓬头婢》，标"短篇小说"，未署作者名。

十八日（3月18日）《中西日报》附章"杂录"栏开始连载《自由花》，至本月二十一日连载毕。标"哀情小说"，作者署"遁天女士"。

二十一日（3月21日）《中西日报》附章"杂录"栏连载《自由花》毕。

二十三日（3月23日）《中西日报》附章"杂录"栏开始连载《冤禽记》，至本月二十五日毕。标"短篇小说"，未署作者名。

二十五日（3月25日）《中西日报》附章"杂录"栏连载《冤禽记》毕。其篇末云："记者曰：因果之说，时贤不道，以其流于迷信也。然此类事，实有关于惩诫，且诸人之暴死，未始非其中之自馁，即谓为心理上之作用，亦无弗可，所谓闻之足诫也。"

二十六日（3月26日）《中西日报》附章"杂录"栏开始连载《爱而弗来》（泰西英雄之一），至二月二十八日连载毕。标"短篇小说"，作者署"警众（李铎）"。此篇原载宣统二年九月刊于《南洋兵事杂志》第五十期，作者署"李铎"，后又载于宣统二年十二月二十四日至二十五日《神州日报》，标"爱国史谈"，作者署"警众"。

二十八日（3月28日）《中西日报》附章"杂录"栏连载《爱而弗来》（泰西英雄之一）毕。

二十九日（3月29日）《中西日报》附章"杂录"栏开始连载《三生石》，至三月初一日毕。标"短篇小说"，未署作者名。其开篇云："新岁已阑，将从事于著述。与余友孔君论及湖北某道，以六千金纳一宠姬事。余慨然曰：'苟以此金为武汉饥民一顿双弓米，尚足沾溉。若而人，何为乃掷之虚牝？'孔蹙然曰：'君知其一，未知其二。某道之于此姬，再生缘也。请贡其说，以为载笔材料，可乎？'余曰：'偌。敬谢嘉贶，愿倾吾耳。'"

三月

初一日（3月30日）《中西日报》附章"杂录"栏连载《三生石》毕。其篇末云："呜呼！余亦伤心人也，乌能遇伤心之事而不传？"

初二日（3月31日）《中西日报》附章"杂录"栏刊载《瞎子算命》，标"短篇小说"，未署作者名。

初三日（4月1日）《中西日报》附章"杂录"栏刊载《毙巨蛇》，标"短篇小说"，作者署"炜"。

初四日（4月2日）《中西日报》附章"杂录"栏刊载《鸫鹦（鹦鹉）谴》，标"短篇小说"，未署作者名。其篇末云："记者曰：洪大生为盗七世，而不陷于法网，几疑孽报可逭矣。不谓七世之恶，一鸟殄之。虽罪恶贯盈，为天谴所不能逃，然鸟第屠然一物耳，而竟破巨案，安在微弱者可易而侮之哉。"

初六日（4月4日）《中西日报》附章"杂录"栏刊载《髯参军传》，标"历史小说"，未署作者名。此篇先见于本年二月二十一日至二十二日《远东报》，作者署"郚"。

初七日（4月5日）《中西日报》附章"杂录"栏刊载《八仍仍》，标"记事小说"，未署作者名。

初八日（4月6日）《中西日报》附章"杂录"栏刊载《情痛》，标

"短篇小说"，作者署"影痴"。

初九日（4月7日）《中西日报》附章"杂录"栏刊载《命妇怨》，标"短篇纪事小说"，作者署"奇"。其篇末云："记者曰：茫茫宦海中，百灵傥恍，不图某蹉尹，乃以细君之姿首，易得人间之权势，其境亦可悲矣。"

初十日（4月8日）《中西日报》附章"杂录"栏刊载《费宫人传》，标"历史小说"，未署作者名。其篇末云："郑醒愚曰：毛西河言宫人频死呼曰'吾之不得杀自成，天也'。盖宫人初志，在得自成，不能得自成而死，岂非天哉，岂非天哉。然亦足褫自成之魄矣。"

十一日（4月9日）《中西日报》附章"杂录"栏刊载《女复仇》，标"短篇纪事小说"，未署作者名。

十二日（4月10日）《中西日报》附章"杂录"栏刊载《咬舌》，标"短篇纪事小说"，未署作者名。

十四日（4月12日）《中西日报》附章"杂录"栏刊载《负义奴》，标"短篇纪事小说"，作者署"春"。其篇末云："记者曰：种因结果，天道循环，今之骤得富贵而背恩忘义者，盍鉴诸。"

十五日（4月13日）《中西日报》附章"杂录"栏刊载《过渡劫》，标"短篇纪事小说"，未署作者名。

十六日（4月14日）《中西日报》附章"杂录"栏刊载《路娟传》，标"短篇小说"，未署作者名。

十七日（4月15日）《中西日报》附章"杂录"栏刊载《妓侠》，标"短篇纪事小说"，作者署"亚正"。其篇末云："呜呼，以一妓妇而有国家思想，且不失忠，不失义，轰轰烈烈，以死明志。以视吾国之卖国献城、甘为污奸者，能不痛哭。"

十八日（4月16日）《中西日报》附章"杂录"栏刊载《劫官》，标"短篇纪事小说"，未署作者名。

二十日（4月18日）《中西日报》附章"杂录"栏刊载《猪八戒之立宪谈》，标"短篇小说"，未署作者名。此篇原载本年正月初一日《神州日报》，作者署"腰曳"。

二十一日（4月19日）《中西日报》附章"杂录"栏刊载《巨蛇志异二则》，标"短篇小说"，未署作者名。

二十二日（4月20日）《中西日报》附章"杂录"栏刊载《红儿》，标"短篇小说"，未署作者名。其篇末云："按：某说部载有烈婢拒主事，与此相吻合。某巨公何人乎，生一骄儿，豢一雏婢，所演之活剧，竟与古人丝毫不爽乎？亦奇闻也。"

二十四日（4月22日）《中西日报》附章"杂录"栏开始连载《捕熊谈》，至本月二十五日毕。标"短篇小说"，未署作者名。其开篇云："昔人说部中，曾载数人在台湾乱山中，为人熊所捕，则以山簌贯腮颊，压藤于巨石，而卒得逃生者。近友人述一事，颇与此相类，且言遇熊之人尚在，就而徵之，当必不爽，爰纪其言于左。"

二十五日（4月23日）《中西日报》附章"杂录"栏连载《捕熊谈》毕。

二十八日（4月26日）《中西日报》附章"杂录"栏刊载《冤案》，标"短篇小说"，未署作者名。

二十九日（4月27日）《中西日报》附章"杂录"栏刊载《改良私塾》，标"短篇滑稽小说"，作者名"瞻庐"。篇首题记云："一部《西厢记》，便是学堂章程。"

三十日（4月28日）《中西日报》附章"杂录"栏刊载《泡影》，标"短篇小说"，未署作者名。

四月

初六日（5月4日）《中西日报》附章"杂录"栏开始连载《沈少环》，至本月初八日毕。标"短篇小说"，未署作者名。

初八日（5月6日）《中西日报》附章"杂录"栏连载《沈少环》毕。

初九日（5月7日）《中西日报》附章"杂录"栏开始连载《老尼》，至本月十一日毕。标"短篇小说"，未署作者名。此篇原载本年三月十八日至二十日《远东报》，作者署"中"。

十一日（5月9日）《中西日报》附章"杂录"栏连载《老尼》毕。其篇末云："嗟乎！如尼者，亦可谓经历多艰矣。"

十二日（5月10日）《中西日报》附章"杂录"栏开始连载《鲤庭双福》，至本月十四日毕。标"言情新译小说"，未署译者名。其开篇云：

"译者曰：予每读言情小说，良辰美景，圆满因缘，动遭奇阨，横生阻力，而其惊疑悲痛，百折百历，万死一生，致令局外人为之扼腕太息，同化于惊疑悲痛。当此之时，未尝不废卷而叹，私计安得世间极满意之事，以驰荡其爵伊者乎。虽然，苟满意矣，则其事不足传，又不得小说上之位置，无已，则短篇乎？是稿记一男子为父所逐，投身军队，得识一最有情义之女郎。家世虽不相埒，女郎以至诚与人骨肉，重复其父子之天性，既且以老人之意，得订约为夫妇，天伦之乐，融融曳曳焉。故名之曰《鲤庭双福》。"

十四日（5 月 12 日）　《中西日报》附章"杂录"栏连载《鲤庭双福》毕。

十五日（5 月 13 日）　《中西日报》附章"杂录"栏开始连载《县令弃官逃亡记》，至本月十六日毕。标"短篇小说"，未署作者名。此篇原载本年三月二十九日《远东报》，作者署"中"。

十六日（5 月 14 日）　《中西日报》附章"杂录"栏连载《县令弃官逃亡记》毕。

十八日（5 月 16 日）　《中西日报》附章"杂录"栏刊载《乞丐艳福》，标"记事小说"，未署作者名。

二十三日（5 月 21 日）　《中西日报》附章"杂录"栏刊载《丐说》，标"短篇小说"，作者署"青年"。此篇原载宣统二年十月初七日《神州日报》。其篇末云："记者曰：豪门酒肉嗅（臭），路有僵死骨。世界社会之不平，宁有过于是？"

二十五日（5 月 23 日）　《中西日报》附章"杂录"栏刊载《吊烟枪》，标"滑稽短篇小说"，未署作者名。其篇末云："记者曰：天下物不可以误用，误用之，鲜有不覆败。观于竹君，而知之矣。夫竹君本良物，设不误用为烟枪，而为一良器皿，则人皆贵之，又安有今日之祸哉。呜呼！世之误入歧途者，其亦知所惧乎？"

二十六日（5 月 24 日）　《中西日报》附章"杂录"栏刊载《弄法》，标"短篇小说"，未署作者名。

五月

初一日（5 月 28 日）　《中西日报》附章"杂录"栏刊载《武风子

传》，标"短篇小说"，未署作者名。

初五日（6月1日）　《中西日报》附章"杂录"栏刊载《苏王与蜘蛛》，标"短篇小说"，未署作者名。其篇末云："记者曰：拿破仑有言，'不能'二字，仅见于愚人之字书而已。愿我国民三复斯言。"

初六日（6月2日）　《中西日报》附章"杂录"栏开始连载《女丈夫》，至本月初七日毕。标"短篇小说"，作者署"寄尘"。此篇原载本年四月初三日至初五日《神州日报》。

初七日（6月3日）　《中西日报》附章"杂录"栏连载《女丈夫》毕。

初八日（6月4日）　《中西日报》附章"杂录"栏开始连载《飞轿医生》，至本月初十日毕。标"短篇小说"，未署作者名。

初十日（6月6日）　《中西日报》附章"杂录"栏连载《飞轿医生》毕。

十一日（6月7日）　《中西日报》附章"杂录"栏开始连载《小浑蛋》，至本月十三日毕。标"短篇小说"，未署作者名。此篇原载宣统二年九月二十一日至二十九日《神州日报》，作者署"赝叟"。

十三日（6月9日）　《中西日报》附章"杂录"栏连载《小浑蛋》毕。其篇末云："记者曰：马惊车折，亦寻常事耳，夫何足异。所异者，纵使寺僧惊马，以新造极贵之车，亦何致遽损。既不能辨御者委卸之奸，则前者管家及御者之售欺，无怪其不知而信任之矣。旧小说中有所谓《肉蒲团》者，常谓人之绰号，最足为人生之定评。于以信'小浑蛋'之名为不虚，即以作'小浑蛋'之名之确证。"

十四日（6月10日）　《中西日报》附章"杂录"栏开始连载《麻雀会议》，至本月十五日毕。标"短篇小说"，未署作者名。

十五日（6月11日）　《中西日报》附章"杂录"栏连载《麻雀会议》毕。

十七日（6月13日）　《中西日报》附章"杂录"栏刊载《中国女界之神龙》，标"短篇小说"，未署作者名。

十八日（6月14日）　《中西日报》附章"杂录"栏刊载《王孙秘事》、《董樵》，两篇均标"历史小说"，未署作者名。《王孙秘事》之篇末云："予谓此事颇可传。如有曹雪芹其人者，取此事演为平话，而以乾嘉两朝八十五年朝野秘事纬之，其声价不在《石头记》下。"

十九日（6月15日）《中西日报》附章"杂录"栏刊载《缥杳观》，标"寓言小说"，未署作者名。其篇末云："记者曰：此梦中之缥杳观乎？抑国民之理想镜乎？或亦竟实有其事乎？记者不敢知，愿以质诸今日大言炎炎之君子。"此篇原载本年正月初六日《申报》，原题标《缥缈观》，标"幻想小说"，作者署"春"。

二十日（6月16日）《中西日报》附章"杂录"栏刊载《活佛》，标"短篇小说"，未署作者名。

二十一日（6月17日）《中西日报》附章"杂录"栏刊载《姜如农》，标"历史小说"，未署作者名。

二十二日（6月18日）《中西日报》附章"杂录"栏刊载《侠妓》，标"短篇小说"，作者署"芸"。

二十四日（6月20日）《中西日报》附章"杂录"栏刊载《人面鼠》，标"滑稽小说"，作者署"时"。开始连载《勒保》，至本月二十六日毕。标"短篇小说"，作者署"芸"。

二十五日（6月21日）《中西日报》附章"杂录"栏刊载《记唐殿荣事》，标"短篇小说"，未署作者名。

二十六日（6月22日）《中西日报》附章"杂录"栏连载《勒保》毕。

二十七日（6月23日）《中西日报》附章"杂录"栏刊载《瓜梦》，标"短篇小说"，未署作者名。

二十八日（6月24日）《中西日报》附章"杂录"栏刊载《某京卿》，标"短篇小说"，作者署"春"。此篇原载本年正月初七日《申报》。其篇末云："记者曰：出门虎视，博清流称誉之虚声；入室蛇行，作摇尾乞怜之伎俩。今之人每每如是，吾何责乎京卿。"

二十九日（6月25日）《中西日报》附章"杂录"栏刊载《纪大刀王五事》、《甘风子》，均标"短篇小说"，均未署作者名。

六月

初二日（6月27日）《中西日报》附章"杂录"栏刊载《好色之猴》，标"短篇小说"，未署作者名。

初三日（6月28日）《中西日报》附章"杂录"栏开始连载《争偶像》，至本月初四日毕。标"短篇小说"，未署作者名。其开篇云："我国迷信鬼神，恒设偶像奉祀之，久为异族所讪笑。而考之于古，亦未始有合也。以余所闻，则粤省顺德某乡所奉洪圣偶像，更有令人发噱者。"

初四日（6月29日）《中西日报》附章"杂录"栏连载《争偶像》毕。

初五日（6月30日）《中西日报》附章"杂录"栏开始连载《鸳鸯劫》，至本月初十日毕。标"苦情小说"，未署作者名。

初十日（7月5日）《中西日报》附章"杂录"栏连载《鸳鸯劫》毕。

十一日（7月6日）《中西日报》附章"杂录"栏刊载《狮》，标"短篇小说"，作者署"方鹈"。其篇末云："呜呼！中国一狮也，今蝇蚊遍集矣。狂吼死战，犹且不免，而况其酣睡不醒耶？呜呼狮乎！不死何俟。"

十二日（7月7日）《中西日报》附章"杂录"栏刊载《分饼》，标"寓言小说"，未署作者名。

十三日（7月8日）《中西日报》附章"杂录"栏刊载《花木兰第二纪事》，标"纪事小说"，未署作者名。

十四日（7月9日）《中西日报》附章"杂录"栏开始连载《痴侠剑》，至本月十六日毕。标"纪事小说"，未署作者名。此篇原载本年四月二十日《长春公报》，作者署"罄"。

十六日（7月11日）《中西日报》附章"杂录"栏连载《痴侠剑》毕。其篇末云："慈航曰：痴公此事，毕竟是闷葫芦。痴侠曰：罄公此文，毕竟是闷葫芦。长春苑主曰：吾愿用痴公之剑斩此闷葫芦而窥探之，看其毕竟卖甚药，投之苦海，化为千百之慈航可乎？慈公曰：可，愿书之以告读者。"

十七日（7月12日）《中西日报》附章"杂录"栏刊载《店有主义》，标"寓言小说"，未署作者名。

十八日（7月13日）《中西日报》附章"杂录"栏开始连载《冤案》，至本月十九日毕。标"纪事小说"，未署作者名。此篇前已载本年三月二十八日本报。

十九日（7 月 14 日）《中西日报》附章"杂录"栏连载《冤案》毕。

二十日（7 月 15 日）《中西日报》附章"杂录"栏开始连载《寄生虫》，至本月二十三日毕。标"短篇寓言小说"，作者署"滑稽客"。

二十三日（7 月 18 日）《中西日报》附章"杂录"栏连载《寄生虫》毕。其篇末云："滑稽客曰：寄生虫既自知为寄生，若能随名安分，渺尔□虫，谁复过问？乃不自量力，崭然欲露头角，宁非自寻烦恼。寄语寄生虫，尔果欲保尔寄生之生活，自今以后，缩首潜身，结舌塞口，庶乎其可。若怙恶不悛，恐尔之生将无从寄矣。"

二十四日（7 月 19 日）《中西日报》附章"杂录"栏刊载《吴朝霞记》，标"历史小说"，未署作者名。其篇末云："此事余闻之长白鄂玉农刺史，玉农亦当时在座之一人也。余慕姬之才，怜姬之情，而悲姬之命薄也，爰为之记。事见《艳迹编》。"

二十五日（7 月 20 日）《中西日报》附章"杂录"栏开始连载《冥婚谈》，至本月二十六日毕。标"短篇小说"，作者署"奇"。

二十六日（7 月 21 日）《中西日报》附章"杂录"栏连载《冥婚谈》毕。

二十八日（7 月 23 日）《中西日报》附章"杂录"栏刊载《虫鹤话》，标"短篇小说"，作者署"阿侠"。

闰六月

初一日（7 月 26 日）《中西日报》附章"杂录"栏刊载《冬松居诗》，标"滑稽小说"，未署作者名。

初三日（7 月 28 日）《中西日报》附章"杂录"栏开始连载《凿空谈·幽灵旅馆》，至本月十六日毕。标"冒险小说"，署"日本押川春浪著"，未署译者名。

十六日（8 月 10 日）《中西日报》附章"杂录"栏连载《凿空谈·幽灵旅馆》毕。

十七日（8 月 11 日）《中西日报》附章"杂录"栏刊载《梳佣情史》，标"短篇纪事小说"，未署作者名。

十八日（8 月 12 日）《中西日报》附章"杂录"栏刊载《弗茄曼

娜》，标"短篇小说"，作者署"婆语"。

十九日（8月13日）《中西日报》附章"杂录"栏刊载《惩役快闻》，标"短篇小说"，作者署"芸"。其篇首云："稗史氏曰：关役苛扰行旅，视为惯技。若辈多市井无赖出身，未受教育，得所藉手，辄虎威狐假，鱼肉商民。留难阻滞，无所不至，恒使受者敢怒而不敢言。子舆氏所谓古之为关，将以御暴，今之为关，将以为暴。在昔已然，于今为烈。"

二十一日（8月15日）《中西日报》附章"杂录"栏刊载《毒蟒》，标"短篇小说"，作者署"芸"。

二十二日（8月16日）《中西日报》附章"杂录"栏刊载《四位大吟坛》，标"滑稽小说"，未署作者名。

二十三日（8月17日）《中西日报》附章"杂录"栏刊载《述狐异》，标"短篇小说"，未署作者名。此篇实为明时董圮《东游纪异》之复述。其篇末云："记者曰：噫嘻，圮之自述其所见者如此，是岂果当前事实耶？抑亦目击当日之强○凭城，有托而寓言耶？虽然，禁门之侧，有○绥绥，仗山君势力以役使一世者，夫岂独圮之世然哉？惜乎，圮不生于今日，一睹当前之魑魅魍魉，而为之铸鼎以象之耳。（○代狐）"

二十四日（8月18日）《中西日报》附章"杂录"栏开始连载《花之泪》，至七月初十日毕。标"写情小说"，作者署"芸"。

七月

初十日（9月2日）《中西日报》附章"杂录"栏连载《花之泪》毕。

十一日（9月3日）《中西日报》附章"杂录"栏开始连载《岩窟贼》，至本月十七日连载毕。标"侦探小说"，未署作者名。

十七日（9月9日）《中西日报》附章"杂录"栏连载《岩窟贼》毕。

十八日（9月10日）《中西日报》附章"杂录"栏开始连载《美人乳》，至本月二十日毕。标"短篇言情新译小说"，作者署"元"。

二十日（9月12日）《中西日报》附章"杂录"栏连载《美人乳》毕。

二十一日（9月13日）《中西日报》附章"杂录"栏开始连载《易

画奴》，至本月二十二日毕。标"短篇小说"，作者署"痴"。

二十二日（9月14日）《中西日报》附章"杂录"栏开始连载《易画奴》毕。

二十五日（9月17日）《中西日报》附章"杂录"栏开始连载《磊落士官》，至本月二十八日毕。标"冒险小说"，未署作者名。

二十八日（9月20日）《中西日报》附章"杂录"栏连载《磊落士官》毕。

二十九日（9月21日）《中西日报》附章"杂录"栏开始连载《徐麟士》，至八月初二日毕。标"异怪短篇小说"，作者署"韬"。

八月

初二日（9月23日）《中西日报》附章"杂录"栏连载《徐麟士》毕。

初六日（9月27日）《中西日报》附章"杂录"栏刊载《孽海沉娇》，标"短篇小说"，作者署"垂"。其篇末云："垂曰：西谚有之，不自由，毋宁死。是人类之重视自由，虽身命不啻也。二仙何辜，竟尔不克自由若此，直无一毫生人之趣味。吁，野蛮国之不自由者，又岂仅二仙而已哉？"

初八日（9月29日）《中西日报》附章"杂录"栏刊载《情人血》，标"短篇小说"，未署作者名。

初九日（9月30日）《中西日报》附章"杂录"栏刊载《骆甲》，标"短篇小说"，作者署"垂"。其篇末云："垂曰：庚子之祸，社稷几危，说者谓某某大老有以酿成之，初未尝遽以为信也。试一读《西巡大事记》，而权奸误国，罪不容诛，骆甲之言，夫岂无因哉。"

十二日（10月3日）《中西日报》附章"杂录"栏刊载《阅卷》，标"短篇小说"，未署作者名。

十三日（10月4日）《中西日报》附章"杂录"栏刊载《寡妾》，标"实事小说"，署"老白授稿"。

二十日（10月11日）《中西日报》附章"杂录"栏刊载《无裤婆》，标"短篇实事小说"，未署作者名。此篇原载本年七月十八日《申报》，作者署"刡"。其开篇云："赌中谁最善，群推无裤公，此蒲榴

（留）仙先生语也，读者已为捧腹。乃至今日，更有所谓无袴婆者，褫衣非因博负，裸体出自性成。无魏贾逯之贫，有刘禹锡之达。爰述梗概，以供博古家精鉴焉。"

二十九日（10月20日）《中西日报》附章"杂录"栏开始连载《商人梦》，至九月十八日毕。标"新译滑稽小说"，未署译者名。

九月

十八日（11月8日）《中西日报》附章"杂录"栏连载《商人梦》毕。

二十五日（11月15日）《中西日报》附章"杂录"栏刊载《情血》，标"短篇小说"，署"翼钝译"。此篇原载本年八月初九日《申报》。其开篇云："男女间之爱情，不知何自而来。男见女必发生此女可爱之感觉，女见男亦必发生此男可爱之感觉，此全世界人所同具之天性。自非疲癃残疾奇丑极俗者，未有彼此相见，而漠然不动其爱情者也。虽然，爱情之正当者，断非一傶可几，其中盖有无数之阶级。约言之，则男女初相见，略致温辞，犹属交际之通套；相晤既频，则渐生爱慕；迨夫深交，则彼此披露肝胆，慨以婚姻相托。然此犹非爱情之极端也。必至结婚以后，起居相共，肌泽相亲，乃如交颈鸳鸯，同心兼蝶，不可须臾离。其尤挚者，恨不能合两体为一，交换其灵魂，融合其血肉，古人比之胶漆，恐犹不足以尽之。阅者疑我言乎？请观利勃而脱与哈兰女士之事，可以知爱情较生命为重焉。"

二十六日（11月16日）《中西日报》附章"杂录"栏刊载《钻石戒》，标"短篇小说"，译者署"钝根"。其开篇云："贫穷则父母不子，富贵则亲戚畏惧。世态炎凉，非特古今一辙，抑亦中外同情。"此篇原载本年八月二十三日《申报》，标"社会小说"，署"庚霖译述，钝根（王钝根）润辞"。

二十七日（11月17日）《中西日报》附章"杂录"栏刊载《侨装女长途之趣味》，标"短篇小说"，未署译者名。

二十八日（11月18日）《中西日报》附章"杂录"栏开始连载《意中鬼》，至十月初一日毕。标"短篇奇情小说"，未署作者名，但其篇末有"钝根曰"之语，知作者为"钝根（王钝根）"。此篇原载本年八月二十日《申报》。

十月

初一日（11 月 21 日）《中西日报》附章"杂录"栏连载《意中鬼》毕。其篇末云："钝根曰：天下事误会者多矣，顾从未有觌面长谈，彼此见解相左，而言语适相投合，到底不自知其误者。观景山兄妹一夕之谈，抑何人鬼之误一至于此也。夫生离死别，同为人生至悲极苦之事，景山兄妹，当时皇皇焉互致其离别之惨痛，不暇赘陈事实，遂不觉两人意中之离别之惨痛，有生死之误会也。阅者于此，必有恨不得亲临其旁，发语以一点醒之者。此见愚也，使当时无此到底不解之误会，今日安得有此含蓄有味之小说哉。虽然，世之所谓遇鬼者，从可知矣。"

初二日（11 月 22 日）《中西日报》附章"杂录"栏刊载《孝子桥》，标"短篇小说"，未署作者名，但其篇末有"钝根曰"之语，知作者为"钝根（王钝根）"。此篇原载本年八月十九日《申报》。其篇末云："钝根曰：天下事固有左右为难如孝子桥者。古圣人以顺亲为孝，又曰事父母几谏，谏之不从，又敬不违。今以孝子事质之圣人，圣人又必曰未也。然使圣人处此，又将若何？此非常人所得而知矣。虽然，若孝子者，既能将顺母心，以尽天年，又能手刃父仇，以彰国法。傥亦所谓儿女心肠，英雄气概者非欤。"

初六日（11 月 26 日）《中西日报》附章"杂录"栏刊载《猪八戒》，标"滑稽小说"，未署作者名。此篇原载本年七月十七日《申报》，作者署"迅雷"。

十二日（12 月 2 日）《中西日报》附章"杂录"栏刊载《银杏怪》，标"短篇小说"，作者署"柏身"。此篇原载本年九月初五日《申报》。其篇末云："异史氏曰：吾闻黄帝子孙屈服于异族之下者，二百余年矣。竭众豪杰之力，屡起屡仆，卒不能损其毫末。成氏一出，结怨于民，身为矢的，革命军起，遂取天下如反掌，不可谓非吾族一大功臣也，老道士何知焉。"

十三日（12 月 3 日）《中西日报》附章"杂录"栏刊载《是非梦》，标"短篇小说"，作者署"松隐庐"。此篇原载本年九月初九日《申报》。

十五日（12 月 5 日）《中西日报》附章"杂录"栏刊载《鼠探亲》，

标"滑稽小说"，作者署"钦钝"。此篇原载本年八月二十七日《申报》，作者署"钝根（王钝根）"。

十六日（12月6日）《中西日报》附章"杂录"栏刊载《林月娇》，标"短篇小说"，未署作者名。

十七日（12月7日）《中西日报》附章"杂录"栏开始连载《法官无法》，至本月十八日毕。标"短篇小说"，作者署"怜"。

十八日（12月8日）《中西日报》附章"杂录"栏连载《法官无法》毕。其篇末云："怜子月前书寝，梦中有友人语以此事，出自何地何年，概不可考。醒而异之，初以为总理想之虚构也。继思天地之大，无所不有，或过去，或现在，或未来，未必不果有类此者发现于世界，因援笔志之。倘阅者不以莫须有鄙弃之，固未必不可作趋吉避凶之宝鉴也。"

十九日（12月9日）《中西日报》附章"杂录"栏开始连载《无名侠儿》，至本月二十日毕。标"短篇小说"，作者署"渊渊"。此篇原载本年九月十三日至十四日《申报》。其开篇云："宁为英雄死，不甘奴隶生。此何人软？乃无名侠儿。近来鄂乱事起，各处风声鹤唳，惊电传来，噩耗时起，种种谣言，屡出叠见，性命如儿戏，摇摇如悬旗。官吏大惧，旗人更惧。由是地方官乃大忙，选能员，派密探，购线索，出赏格，日日调查调查。由是警察局乃大忙，清查旅馆戏栏，查访茶坊酒肆。地保甲长传话，营兵巡士点名，日日验问验问。"

二十日（12月10日）《中西日报》附章"杂录"栏连载《无名侠儿》毕。其篇末云："渊渊曰：侠儿神龙耶，见首不见尾。我生不辰，恨未见少年。"

二十二日（12月12日）《中西日报》附章"杂录"栏刊载《浦江潮》，标"短篇小说"，作者署"钝根（王钝根）"。此篇原载本年九月十五日《申报》。

二十三日（12月13日）《中西日报》附章"杂录"栏刊载《顾洪明》，标"短篇小说"，作者署"金钢"。此篇原载本年九月十六日《申报》。

二十七日（12月17日）《中西日报》附章"杂录"栏开始连载《英王之三问》，至十一月初一日毕。标"短篇小说"，署"兰因子译述，琐尾生润辞"。此篇原载本年九月二十日至二十二日《申报》。

十一月

初一日（12 月 20 日）《中西日报》附章连载《英王之三问》毕。其篇末云："译者曰：观乔王之所为，真有予何乐乎为君？惟其言之莫予违也之状。英国三百年前之君，因若是乎？彼牧人者，又何大类我战国之游士也。盖无道之君，不可以理解情喻，故谲谏尚焉。若夫重请议明公理之世，则君之一言一动，国人群为监督之，此等谲谏之风，可不复用矣。此亦一进化之确证也。"

初二日（12 月 21 日）《中西日报》附章"杂录"栏刊载《瓦岗山》，标"短篇小说"，未署作者名。

初四日（12 月 23 日）《中西日报》附章"杂录"栏刊载《先知人》，标"短篇滑稽小说"，作者署"二我（陈其源）"。此篇原载本年九月十七日《申报》。其篇末云："二我掷笔三叹，读者愿学先知术，快从先知人游。斯人掉三寸舌以成先知人，二我持一管笔以著《先知人》，读者放二只眼睛以阅《先知人》。"

初九日（12 月 28 日）《中西日报》附章"杂录"栏开始连载《奇女子》，至本月十二日篇末标"未完"，现不知何时连载毕。标"侠情小说"，作者署"琐尾"。此篇原载本年九月二十三日至二十八日《申报》。

《中兴日报》与小说相关编年

光绪三十三年丁未（1907）

七月

十二日（8月20日）　《中兴日报》（The "Chong Shing" Press）刊载报刊广告，内有"《中外小说林》，每月三册，全年银六元，每册连邮费银二角"。该报附张《非非》开始连载《想入非非》，至七月十六日毕，标"意匠小说"，作者署"斧"。《中兴日报》本日于新加坡创刊，创办者为同盟会员陈楚楠，宣传革命思想，每月报费一元，至宣统二年停刊。馆址为"新嘉坡吉宁街即□（左边"日"字，右边"哥"字）森宝得力门牌第十三号"。

十五日（8月23日）　《中兴日报》刊载本报"本报介绍购买最新书籍广告"，内有探险小说《黄金藏》上卷三豪，《云南》杂志第一至第五期每册二毫六，《汉风》杂志第一至第四期每册二毫六，《竞业旬报》一期至十期每册八仙，《三十三年落花梦》七毛，政治小说《自由结婚》二册七毫五，侦探小说《新剑侠传》三毫，《自由血》六毫五仙，民族小说《多少头颅》三毫五仙，政治小说《瑞士建国志》一毫，《鹃声》杂志第一号每册二毫六仙。"以上所列，欲购者祈函知本社，并将价银惠下，当即刻日代购也。丁未年七月十五日，中兴报社启。"此广告又见于本月二十日该报。

十六日（8月24日）　《中兴日报》附张《非非》连载《想入非非》毕。其篇末云："吾倏然惊醒，盖梦耳。呜呼！幸其梦也。然在今日为梦，焉知他日不征诸事实？灯光□□，□焉转红，因执笔作《想入非非》，疾书不已，日升于东。噫！汉族其有重光之兆，中国终非梦。"

十八日（8月26日）《中兴日报》附张《非非》开始连载《崖山哀》，至九月二十六日毕。标"短篇小说"，作者署"沧桑旧主"。"沧桑旧主"为该报记者何虞颂，另有笔名"天汉世民"、"玄理"。后转至《总汇报》任主笔，主张保皇立宪。

二十日（8月28日）《中兴日报》附张《非非》刊载《狮醒》，标"醒警小说"，作者署"斧"。其篇末云："噫，吁噫！醒狮者童子。虽然，其功在血。"

八月

初三日（9月10日）《中兴日报》附张《非非》刊载《喜怒哀乐爱恶欲》，标"七情小说"，作者署"虎军"。

初九日（9月16日）《中兴日报》附张《非非》开始连载《金锁连环》，至十一月初二日，篇末标"未完"，但此后未见续载。标"迷骗小说"，作者署"天汉世民（何虞颂）"。其篇首云："迷骗之术，百出不穷，□焉者因乎人之七情，量以俱发。怒者激之，喜则乐之，恐则吓之；或抑而扬之，或擒而纵之，务使身受者不能用其七情。而七情所发，必操之于若人之手。于是惘惘然，昏昏然，若中病魔。无识者遂附会降头之说，为之神其词曰：此降头之神也。是则惑甚，曩尝习闻一事，迷骗离奇之术，神出鬼没，有令人闻而失惊者，演述如下，亦可为一般之少年子弟作当头棒喝者也。爰为择而登之。"

十六日（9月23日）《中兴日报》附张《非非》刊载《锦囊》，标"短篇小说"，作者署"斧"。

九月

十九日（10月25日）《中兴日报》附张《非非》刊载《富人》，标"小说"，署"沧桑（何虞颂）杂录"。其篇末云："记者曰：大哉富人之言，虽终身韦弦之可也。"

二十日（10月26日）《中兴日报》附张《非非》开始连载《立宪梦》，至九月二十二日毕。标"小说"，署"沧桑（何虞颂）杂录"。

二十二日（10月28日）《中兴日报》附张《非非》连载《立宪梦》

毕。

二十六日（11 月 1 日）　《中兴日报》附张《非非》连载《崖山哀》毕。其篇末云："后之视今，亦犹今之视昔，沧桑子以陈之哀而哀之，后将有以吾之哀而哀吾者，则此后□（□□）□突屼之崖□。□□□□□之崖水。永留此哀哀景色，哀哀渔响，为我汉族人之哀纪念也。哀哉惨哉，惨哉哀哉。"

十月

二十日（11 月 24 日）　《中兴日报》附张《非非》刊载《阮古》，标"短篇小说"，著者署名"虎军"。

十一月

初二日（12 月 6 日）　《中兴日报》附张《非非》连载《金锁连环》至本日止，篇末标"未完"，但此后未见续载。

初十日（12 月 14 日）　《中兴日报》附张《非非》开始连载《侠女》，至十一月十四日毕。标"短篇小说"，未署作者名，但该篇篇末评语云"沧桑旧主曰"，知作者为"沧桑旧主（何虞颂）"。刊载《大小说批评家金圣叹先生之历史》，著者署名"廖燕"。该文云："先生金姓，采名，若采字，吴县诸生也。为人倜傥高奇，俯视一切，好饮酒，善衡文，评书议论，皆发前人所未发。时有以讲学闻者，先生辄起而排之。于所居贯华堂，设高坐，召徒讲经，经名《圣自觉三昧》，稿本白携自阅，秘不示人。每升座开讲，声音洪亮，顾盼伟然。凡一切经史子集，笺疏训诂，与夫释道内外诸典，以及稗官野史、九彝八蛮之所记载，无不供其齿颊。纵横颠倒，一以贯之，毫无剩义。座下缁白四众，摩顶膜拜，叹未曾有。先生则拊掌自豪，虽向时学者闻之攒眉浩叹，不顾也。生平与王斫山交最善。斫山固侠者流，一日以三千金与先生，曰：'君以此权为子母，母后仍归我，子则为君助灯火可乎？'先生应诺。甫越月，已挥霍殆尽，乃语斫山曰：'此物在君家适增守财奴名，吾已为君遣之矣！'斫山一笑置之。鼎革后，绝意仕进，更名人瑞，字圣叹。除朋友谈笑外，惟兀坐贯华堂中，读书著述为务。或问'圣叹'二字何义，先生曰：'《论语》有两'喟然叹曰'，在颜渊为叹圣，在与点则为圣叹，予其为点之流亚欤？'所评《离骚》、《南华》、《史记》、

《杜诗》、《西厢》、《水浒》，以次序定为'六才子书'，别出手眼。尤喜讲《易》，'乾''坤'两卦，多至十万余言。其余评论尚多，兹行世者也，独《西厢》、《水浒》、《唐诗》、《制义》、《唱经堂杂评》诸刻本。传先生解杜诗时，自言有人从梦中语云：'诸诗皆可说，惟不可说《左（古）诗十九首》。'先生遂以为戒，后因醉，纵谈'青青河畔草'一章，未几遂罹惨祸。临刑叹曰：'斫头是苦事，不意于无意中得之。'先生没，效先生所评书，如长洲毛序始、徐而庵，武进吴见思，许庶庵为最著，至今学者称焉。"

十四日（12月18日）《中兴日报》附张《非非》连载《侠女》毕。其篇末云："沧桑旧主曰：从来暴官污吏，敢于贼民害物，草菅人命，绝无顾忌者，大抵恃其势力，内得奥援，外得臂助，党羽相结，贿赂相托，昏天恶焰，遂不可以复制，故有妄为妄作，不复稍知畏忌也。然世有剑侠之流，叱咤而风云变，恍惚而来去捷，取人首级，易于拾芥。荷戈之士，林立而不及觉，重甲之夫，环列而不能御。至是而暴官污吏，遂有昏天之势力，亦无所用，不得不警心动魄，稍抑气焰矣。顾前之锄凶罚恶者有剑侠，后日剑术不著，而继剑术而起者，则枪焉，炸弹焉。彼苍造物，固如是其巧欤。"

十七日（12月21日）《中兴日报》附张《非非》刊载《名片》（副标题"唯一之侦探手"），标"短篇小说"，作者署"冷（陈景韩）"。此篇原载本年十月十八日《时报》。

二十二日（12月26日）《中兴日报》附张《非非》开始连载《狮子吼》，至十二月初三日毕。标"救种小说"。其篇首有按语云："陈天华先生译稿，阅之令人开智慧，振精神，洵今日巨制也。凡我同胞，不可不寓目焉。"此篇原载光绪三十一年《民报》，《中兴日报》转载时删除了"楔子"部分。

十二月

初三日（1月6日）《中兴日报》附张《非非》连载《狮子吼》毕，但仅该篇之第一回。

初四日（1月7日）《中兴日报》附张《非非》刊载《血之花》，标"短篇小说"，作者署"豪侣"。其篇末云："呜呼，桃李比艳，金石同坚，巾帼英雄，真令须眉俯首。"

光绪三十四年戊申（1908）

二月

十一日（3月13日）《中兴日报》附张《非非》开始连载《红衣女子》，至二月二十一日毕。标"短篇小说"，作者署"金津"。

二十一日（3月23日）《中兴日报》附张《非非》连载《红衣女子》毕。其篇末云："柳非曰：坐独夫椅，握传国玺，敛公产于囊橐，传诸子孙，万世帝王，此之谓专制国。专制国未有能保获（护）其民者，大明国且不中用，将奈此异族之清国何？无量数之愚人，犹各抱持其无量数之梦想：保皇者、主持君主立宪、望朝廷开明专制者、天皇神圣者、小民何敢预闻国事者。咄咄咄！痴痴痴！革命主义，共和主义，民族主义，虚无主义，无政府主义。秘密，秘密，春光一泄，而红衣美人与红胡子两颗之头颅，遂牺牲于秘密神之前。其慎之，其又慎之，热河都统衙门之刺客，问何人，红衣美人可刺杀，红胡子可使其自杀，而彼老四之项上，若有干同更之者，奇绝怪绝，太便宜，一百年后，我会将成我之志，不知一百年后果何如？呜呼！此一百年后之红胡子，其果何如？虚无党之秘密冲动，无不以女员司其机关，出能使人缠绵饮泣于床第间，则何事不可为？而彼老四者，独反其□而倒行逆施之。不知此红衣美人，果何爱于一异族儿耶？呜呼！恋者帝，恋者万能之帝。"刊载"斧军说部经已出版"广告："廿世纪之小说，改良社会之活宝也，其势力足以左右人类，尽人知矣。斧军自从事报界，注意于此，因衡情度理，鼓义侠之潮流，作强权之针砭，俾尽言责焉。其主义之高尚，文笔之繁华，意匠之光明，精神之活泼，每读一过，大有龙吟凤舞，海立山飞之概，其价值为海内外人士所称许也久矣。顷陆续付梓，汇成一轶，现已出版，每册定价五角，欲购者幸其速来。兹将目次列左：楚南先生赠字，星洲寓公题词，精卫先生序，星洲寓公序言，弁言，民族义侠《奈何天》，绘情义侠冒险《匣里霜》，外交复仇《咸家铲》，冒险《千钧一发》，任侠民族《闷葫芦》，迷情《双鸳梦》，侦探《海底针》，任侠《巾帼魂》，义侠《天涯恨》，艳情《醋海波》（又名《专制果》），意匠《想人非非》，纪事《五十年世界》，光怪《南无阿弥陀佛》，七情《喜怒哀乐爱恶欲》，短篇《牛背笛》。以下短篇：《茅店月》、《朱臻士》、《宝罗》、《智报》、《锦囊》、《醒狮》、《竞马》、《熊蚁》。约售处：大坡吉宁街《中兴日报》、海通书局、振源栈；小坡琼州会馆左便万口兴、大马路新同益。戊申年二月二十日，大声社谨白。"此广告又见于本月二十三日该报。

二十三日（3月25日）　《中兴日报》刊载"新书报广告"，内有《剧盗遗嘱》四角二占，《新小说丛》第二期三角七占，《中外小说林》第十八期二角。署"新加坡吉盛街振源栈"。

四月

初一日（4月30日）　《中兴日报》附张《非非》刊载《真国耻》，标"小说丛"，署"留心子投函"。

初八日（5月7日）　《中兴日报》附张《非非》刊载《辱佛节》，标"小说丛"，作者署"神骥"。

十五日（5月14日）　《中兴日报》附张《非非》刊载《国耻纪念》，标"小说丛"，作者署"哲"。其开篇云："国耻纪念会，何由设也？以二神丸怀案，引为莫大国耻，设此以争之也。是篇，何由作也？是非国耻纪念会所谓矣。吾国之耻多矣，特撮录之，以告谈国耻者，吾盖不愿其孳孳焉，以辰丸案为国耻也。"

二十日（5月19日）　《中兴日报》附张《非非》刊载《蟹语》、《医诗》，标"小说丛"，均未署作者名。

二十一日（5月20日）　《中兴日报》附张《非非》刊载《先生妙喻》、《二匠骤富》、《教官保升》，标"小说丛"，均未署作者名。

二十四日（5月23日）　《中兴日报》附张《非非》刊载《音乐会》，标"短篇小说"，未署作者名。此篇又见载本年七月二十六日美国旧金山《中西日报》。

五月

初十日（6月8日）　《中兴日报》刊载"最新小说《马福益》出版"广告云："马福益，湖南民党之首领，近日长江一带之革命风潮，皆自马公提倡之力。读其历史，令人胆气百倍，热血骤增。本社得日本爱国高才、素知马公历史者，编印成书，嘱本报代售，以公诸同好。刻已寄到，每本定价一角，望热心诸君速购为荷。《中兴日报》社启。"又有"代售书报"广告云："《马福益》，及其他各书所到无多，爱读者幸速来购取。戊申年五月初七日。《中兴日报》、振源栈披露。"

十七日（6月15日）《中兴日报》刊载《说怪物》，标"寓言小说"，作者署"慕汉"。其篇首云："亚东大陆，土地膏腴，有一种族，取号华人。实繁有徒，居住于此者四千六百有余年。当华人四千三百余年顷，有狐为祟，奸淫掠物，其祸较洪水时尤甚。自北而南，遍地皆然，迄今未杀。华人誓欲驱除之，奈志未就。"

七月

十二日（8月8日）《中兴日报》连载《亡国泪》（五续），现所见至九月初七日，篇末标"未完"。标"政治小说"，署"犹太韦力庵原著，恨海重译"。篇首有译者"识语"："著是篇者，原以感于俄人虐待犹太亡国之民而不平。我汉族同病相怜之人，真读之不忍读。前友人寄赠此书之时，记者只阅其半，不敢妄断，爰就原名《虚无党奇谈》而稍易之，名之曰《俄国之革命党》。及昨夜将全篇阅竟，始知其事之颠末，恰好名之曰《亡国泪》，且足以令我同胞触目而警心，故更为现名。译者识。"据此知，先前连载时篇名为《俄国之革命党》。

八月

初一日（8月27日）《中兴日报》刊载《五年后之国会》，标"短篇小说"，未署作者名。

初二日（8月28日）《中兴日报》刊载《哲学士与旅客》，标"小说"，未署作者名。此篇原载本年七月初十日《申报》，标"短篇小说"，作者署"失"。

初七日（9月2日）《中兴日报》刊载《乞骨儿》，标"小说"，未署作者名。其篇末云："无恙生曰：若而人者，其生有贱骨者欤？向人哀乞，以求得资，尚且不可，矧向异族政府以哀求，其自弃无限之君权，而还我以自由哉。然则今之哀求开国会者，皆乞人之类也。"据此知，作者当为"无恙生"。

初八日（9月3日）　《中兴日报》刊载《特别卖品》，标"小说"，未署作者名。

十二日（9月7日）　《中兴日报》刊载《发开口梦》，标"小说"，未署作者名。其篇首云："莲漏将阑，残灯如豆，忽闻有声自隔壁，呢喃而不可辨。忽大声曰：'快些去乞求立宪呀！'略停，又大声曰：'快些乞求开国会呀！'"其篇末云："老人曰：'此不过发开口梦，何必理他。'于是众怒始息，其人已逃遁不知所之。"

十四日（9月9日）　《中兴日报》刊载《梦中梦》，标"小说"，未署作者名，本年十月初二日复载此篇，标"往事小说"，作者署"飞刀"。其篇末云："保哥惊愕，急起往购报纸□阅，而清廷禁封政闻社之谕适下。呜呼，是梦中梦耶，抑梦而不梦耶?"

九月

初四日（9月28日）　《中兴日报》刊载"新书出售"广告，内有"《马福益》，系革命小说，每册一角"，又有"《云南》，月出一册，每册二角六占"，及《半星期报》五占。署"《中兴日报》、振源栈同启"。该广告又见于翌日至十月二十一日、十月二十七日。

初七日（10月1日）　《中兴日报》连载《亡国泪》，篇末标"未完"，此为现所见最后之连载。

初八日（10月2日）　《中兴日报》刊载《哭皇天》，标"短篇小说"，未署作者名。其篇首云："政闻社者，保皇匪党之变相也。其党人到处运动哀求开国会，其本领则以打电请安，为唯一之秘诀。六月二十七日忽然有斥革政闻社陈景仁之清谕，并饬电局不得为哀求开国会者发电。保皇匪尽露其马脚，于是大怒。"

十二日（10月6日）　《中兴日报》刊载《自了汉》，标"短篇寓言小说"，未署作者名。其篇末云："无恙生曰：今之自了汉者多矣。香港、九龙、新安、澳门、广州湾、旅顺、大连、台湾、胶州、威海之割让，当其初孰不曰尚未及我者乎？及其瓜分，地图变色，则其结果，鲜不与自了汉等。亡国人富有资财，又何所用，观于犹太之遗民，宁不自哀也欤？然自了汉祸未及己，尚日诵'各家打扫门前雪，休管他人瓦上霜'之句，而自以为得计也。呜呼！自了汉。"据此知，作者当为"无恙生"。

十五日（10 月 9 日）《中兴日报》刊载《凉血动物》，标"短篇小说"，作者署"飞刀"。

十九日（10 月 13 日）《中兴日报》刊载《卖奴》，标"短篇小说"，作者署"剑"。其篇末云："按：人而为奴，亦惨矣哉。至于奴之不驯，而为原卖人是闻，卖奴者乃施以强力，使其服从他人而后已，此则世界上特别之契约也。噫！奴圈之出，其能已乎？"

二十日（10 月 14 日）《中兴日报》刊载《大懵》，标"寓言短篇小说"，未署作者名。其篇首云："自虏廷宣布所谓宪法大纲后，大懵乃召集一群小懵，聚而读之，皆大欢喜。大懵曰：'如今立宪了，九年开国会了，我们的目的已达了。'群懵和之，欢声雷动，咸议举行纪念会。于是张灯结彩，仿照古荷叶制帽之法，以松叶织成'帝国国会万岁'六字。拍掌狂叫，竟夕喧闹，不知东方之既白。"其篇末云："经警厅裁判，谓集会结社，固在禁例，且上官饬拿政闻社员，风行雷厉，谁敢怠慢。当此预备立宪时代，何能任令民气嚣张，扰乱大局。乃判定大懵等监禁惩罚有差，然亦谓之从轻发落云。"

二十三日（10 月 17 日）《中兴日报》刊载《问卦》，标"短篇小说"，未署作者名。其篇末云："忧时子黯然太息曰：嗟乎！小人道长，君子道消，龙凤德衰，虫矜鸟骄，妄人嚣嚣，贤士寥寥。呜呼！禽兽世界，人道艰难，畴不兴感之迢迢，遂浩叹而去。"据此知，作者当为"忧时子"。

二十九日（10 月 23 日）《中兴日报》刊载《空凉见鬼》，标"小说"，作者署"可人"。

十月

初二日（10 月 26 日）《中兴日报》刊载《梦中梦》，标"往事小说"，作者署"飞刀"。本年八月十四日此篇已曾刊载于该报。

初四日（10 月 28 日）《中兴日报》开始连载《韩人怨》，至十月初五日毕。标"白话小说"，未署作者名。

初五日（10 月 29 日）《中兴日报》连载《韩人怨》毕。其篇末云："我那个时候，闻得他两人的说话，却很不以那个支那人为然。但那个支那人，还洋洋得意的，以为他很得法了。哈哈，有这样的人，怎么不要永远做人的奴隶呢？"

初九日（11月2日）　《中兴日报》刊载《叫花子与强盗》，标"小说"，未署作者名。其篇末云："余斯时闻言，初亦代为之凄恻，既而悟曰：贫儿终宵哀乞，而不得一饱，闻者力恶而逐之。今大盗以其强硬手段，任意掠夺，而被盗者反哀乞而留其生命，可见天下事断不可以无力而要求之也。用是而为之记。"

初十日（11月3日）　《中兴日报》开始连载《你们别哭了》，至十月十一日毕。标"小说"，未署作者名。

十一日（11月4日）　《中兴日报》连载《你们别哭了》毕。其篇末云："看官看官，你说这件事情惨不惨呢？我想没有人不骂那个男人的，但那几孩子，也太没有志气。这样的人，迳直是一个大大仇人，还叫他做爸爸。卖给人了，口不知道苦楚，还说到什么人家也是吃饭的话，就同支那人所说的什么人做皇帝也是一样纳钱粮的话一般。这就是叫做什么神明之胄的影子了，看官不要忽略呵。"

十二日（11月5日）　《中兴日报》刊载《和融满汉》，标"短篇小说"，未署作者名。其篇首云："自和融满汉问题发生后，满奴汉奸咸注意于八旗生计，以是为和融满汉之政策。"

十四日（11月7日）　《中兴日报》开始连载《作如是观》，至十月十八日毕。标"小说"，未署作者名。

十八日（11月11日）　《中兴日报》连载《作如是观》毕。其篇末云："看官试想一想，等到第九年开国会的情形，是这个样不是呢？我想预备立宪的话自从说起到如今，已经差不多五年了，还不是同五年前一个样。请问那一件事情是有进步的，或是改良的呢？将来到了九年，还不是像现在的光景。俗语说的好，叫做狗口何曾出象牙，这一句话就可圈可点了。那时候这个房政府也可以说外国的富翁，也有做议员的，却不能议论他专向钱眼里头钻。这总算是极文明的事业。但我不知道这个鞑房的朝廷，还有九年的命运没有，恐怕要像广东的俗话，叫做'第九'呢。看官试想一想，'第九'两个字怎么说呢？缘来广东迎神赛会，是要将神前的八宝，一件一件的扛着来游街。但这八件东西，八个人就够了，若来多一个，这个人就用不着了，所以叫那些没有指望的人做'第九'，算起从顺治到光绪，恰好是第九朝，如今开国会也要等到九年，恐怕'第九'的话就要灵了，没有指望了。那些没有知识的人，引长那条颈子，望他九年开国会，这不是痴人说梦吗？"

二十日（11 月 13 日）　《中兴日报》刊载《唐山虎》，标"小说"，作者署"述"。

二十一日（11 月 14 日）　《中兴日报》刊载《保囊主义》，标"小说"，未署作者名。

二十三日（11 月 16 日）　《中兴日报》刊载"新书出售"广告，内有民族小说《洪秀全演义》四角，《黄金藏》二本五毫，《几道山恩仇记》一、二、三册一元。署"《中兴日报》、振源栈同启"。

二十五日（11 月 18 日）　《中兴日报》刊载《保皇党真哭》，标"现象小说"，署"哈哈笑来稿"。

二十六日（11 月 19 日）　《中兴日报》刊载《哭出个粤讴来了》，标"小说"，作者署"侠民"。其篇首云："清酋载湉死于北京，电信遥传，市井之徒皆奔走相告曰：'光绪皇帝死了，光绪皇帝死了！'某保皇之机关报则又派送传单，谓大行皇帝龙驭上宾，于是下半截旗，停派报纸，以致其百日维新的神圣天子哀思。看官，尔们试想一想，保皇党的头领素来是为皇帝哭惯的，今日皇帝果真死了，这间机关报馆，岂不是真要哭得个你死我活么？这般保皇机关报的主笔，想个个都是要哭得个不可开交了。街上来往的人闻报，亦你言我语曰：'今日个光绪皇死了，保皇党不哭亦要哭了，我们候明天报纸来一阅，看他哭作怎么样子才好。'"

二十七日（11 月 20 日）　《中兴日报》刊载《新党锢传》，标"小说"，未署作者名。此篇原载本年初五日至初六日《神州日报》，篇名为《新党锢传》（二），标"短篇小说"，作者署"瞿"。

十一月

初一日（11 月 24 日）　《中兴日报》开始连载《小儿也会讲民族主义》，至十一月初二日连载毕。标"小说"，作者署"可人"。

初二日（11 月 25 日）　《中兴日报》连载《小儿也会讲民族主义》毕。其篇末云："瀛洛伯叹道：'怎么这小小年纪的童子，就有这般见识。听他的说话，娓娓可爱，这真是后生可畏了。'我亦叹道：'近来黄狮已醒，人心大变，这小孩子便有这般思想，可见满人亡在目前。汉奸，汉奸，真黄口不若矣。爱记其事，以为汉种前途贺云。'"

初三日（11 月 26 日） 《中兴日报》刊载《拜盟》，标"小说"，未署作者名。其篇末云："无恙生曰：奄奄病夫，墓木已拱，徒以产业富有，而为他人之所垂涎。他人遂不惜降格而与之交，外示亲密，攫而夺之。虽曰世道日非，人心日坏，然病夫实有以自取也。今之倡英、美、清三国联盟之说者，得毋近是。"据此知，作者当为"无恙生"。

十六日（12 月 9 日） 《中兴日报》刊载《侦探谈》，标"小说"，未署作者名。

二十一日（12 月 14 日） 《中兴日报》刊载《女道台》，标"小说"，未署作者名。其开篇云："满清以科举惑人，而群士趋之若鹜。一登黉门，傲睨侪俗，举国比比如斯也。"

十二月

初二日（12 月 24 日） 《中兴日报》刊载《强盗世界》，标"短篇小说"，未署作者名。其篇末云："无恙生曰：富有资财，而为大盗劫夺，若谓畏其凶暴，犹可说也。今大盗已死，群盗自相离异，乃不乘此时机，还其所有，至使他盗又夺于群盗之手，邻村因而永受其害。呜呼！是殆生有服从盗贼之性根者欤，则其更受凌夷于他盗，不亦宜乎？嘻！"据此知，作者当为"无恙生"。

十七日（1 月 8 日） 《中兴日报》刊载《丐妇多金》，标"小说"，未署作者名。此篇原载本年十一月二十九日《神州日报》，标"短篇"，作者署"天壶"。原载篇末云："呜呼！以一猥贱之丐妇，弃于生前，而争于死后，讵非钱神力耶？无钱，则母不得而子；多钱，则虽认贼作父，恶知其不可，刭丐母欤？人生斯世，钱固可忽乎哉？"《中兴日报》转载时于其后又加一句："宜乎保皇党，因虏酋主权在握，羡彼多金，而甘认之为父矣。"

宣统元年己酉（1909）

正月

二十一日（2 月 11 日） 《中兴日报》刊载《狐悲》，标"小说"，未署作者名。

闰二月

初三日（3月24日）《中兴日报》刊载《包旺》，标"小说"，未署作者名。

初五日（3月26日）《中兴日报》刊载《新西游》，标"小说"，未署作者名。

十六日（4月6日）《中兴日报》开始连载《雌雄剑》，至闰二月十七日连载毕，未署作者名，从其篇末所云推知作者应为"莫等闲斋主人"。此篇本年曾载《厦门日报》，具体时间不详。

十七日（4月7日）《中兴日报》连载《雌雄剑》毕。其篇末云："莫等闲斋主人曰：此盖团匪煽乱时事也。魔蝎生年三十许，好驰□□□□，客□□□，□□丁丁，绿灯如豆，高谈尘迹剑，往往跃鞘作悲啸声，闻者犹心悸云。"

十八日（4月8日）《中兴日报》刊载《书生侦探》，标"小说"，未署作者名。此篇原载本年正月十九日《神州日报》，标"滑稽小说"，未署作者名；正月二十一日《神州日报》刊载之《流氓监督》，作者署"木"，篇末又有按语云："此篇及本报前载之《书生侦探》，皆由某君投稿。"据此，知"木"亦为《书生侦探》之作者。

二十四日（4月14日）《中兴日报》刊载《奇贼》，标"小说"，未署作者名。此篇后又见载本年六月十二日《中西日报》、九月二十六日《神州日报》。本年十一月初四日新加坡《星洲晨报》刊载时作者署"华"。

三月

初四日（4月23日）《中兴日报》刊载《特别之游》，标"小说"，未署作者名。此篇后见于本年五月二十三日旧金山《中西日报》。

初八日（4月27日）《中兴日报》开始连载《蓄屁机》，至三月初九日毕。标"小说"，署"录《华暹报》"。据翌日该篇篇末评语，作者当为"滑稽子"。

初九日（4月28日）《中兴日报》连载《蓄屁机》毕。其篇末云：

"滑稽子曰：吾闻之谚，有所谓'狼子野心'者，又曰'狼狈为奸'。甚矣，狼之为害也。然黄鼠狼之为物，视狼尤可厌，以其有狼之心，而无狼之实也。形秽如鼠，复益以臭屁，虽无大害于人，而令人遇之恒不快。内地尚多此物，吾愿猎人务有以歼之。然此物卑劣之性，何其与保皇党相类也。噫！"

二十三日（5月12日）《中兴日报》开始连载《雨荚荳》，至三月二十六日连载毕。标"小说"，署"译法人巴若夫著"，未署译者名。

二十六日（5月15日）《中兴日报》连载《雨荚荳》毕。其篇末云："译者案：这一段小小的故事，着实可以当古今全世界历史的缩影看。……这就是将来大同世界的比例了。一切读书的，做生意的，种田的，工作的，男男女女，老老少少，快快想社会革命的法子，早一日，好一日。倘然这样敷衍偷安过去，以后更不得了，倘然专讲教育与道德，亦是徒然。不如先将社会组织好了，对了，有组织的社会，讲起教育与道德来，才受用。"

四月

初一日（5月19日）《中兴日报》刊载"本报特别改良广告"，改良内容中有："（二）小说：特译欧美名家小说，且精采最有情趣之短篇小说，以助阅者余兴。"此广告又见于本月初四日、初七日、初八日、初十日该报。

初二日（5月20日）《中兴日报》刊载"井里汶图强阅书报社发轫辞"，内云："夫报纸者，载世界之新机，启人民之智慧，触目可以奋兴，观感可以仿效。其他如《春秋》，历史能感起人民之幽情，图画、小说能转移社会之陋俗。诚有莫大之功力，能为文明向导者。"此"发轫辞"又见于本月初四日、初七日该报。开始连载《侦探之敌》，现所见至十二月二十三日，未完，连载结束时间不详。标"小说"，署"法国摩利司原著，博浪生译"。篇名右注："本馆特译，禁止转载"。其开篇云："吾国侦探小说繁矣，然多属侦探胜利，所侦者失败，连篇累牍，不能引阅者入胜，有厌倦欲睡之意。惟此书面目一新，反其弊而药之，其在法京重版至十二次有由然也。阅者以次读之，想亦当为之大浮三白。译者识。"

初八日（5月26日）《中兴日报》刊载告白云："小说暂停一日。"

十一日（5月29日）《中兴日报》刊载"本报特别告白"："本报加增译著小说一门，奇趣闲雅，实能助读者诸君清兴。故只及一礼拜，而本坡定购新闻者已渐渐增加。惟是新闻篇幅，不甚宽展，颇引以为叹。兹因扩张起见，正幅于内国外国力求加多，另加'当头棒'一门（即第五版副张）。以外论说、译文、专件、调查、杂俎互相轮换。除拜三、拜六因登行情停止外，余均按日扩张篇幅照登。再者，自十三日礼拜一起，第一、二版与第三、四版互换，以便翻阅。阅者诸君注意。本报白。"

十四日（6月1日）《中兴日报》开始连载《作如是观》，现所见至五月二十六日，篇末标"未完"。标"短篇民族小说"，作者署"铁汉（李辅侯）"。

二十八日（6月15日）《中兴日报》刊载《二美脱险记序言》（该书后又作《双美脱险记》），标"侠义爱情小说"，原作者不详，由序言知译者为"轩裔氏"。其序云："文明进化之大障碍有二：政治上则专制，社会上则宗教。夫专制何以为文明进化之大障碍？盖专制者，知近忘远，以为肆于民上，莫能我毒。于是不惜以残暴之威，戕害一国之心思才能，利国民之愚昧，供一己之宰割，而不敢有异。是以专制之国，万事颓焉。宗教又何以为文明进化之大障碍？盖宗教之流弊，愚术以弄人，受其毒者，心思才力，皆束于其范围。自非大贤上智，不能跳出圈外，根于事实，为人类一求真正之理用。天权盛矣，人权为丧，是以宗教之国，万事窒焉。至专制而假宗教以售其神圣不可侵之术，而宗教又假专制以寓其天威不可犯之端，其害更不堪言矣。明达之士，不难于此中深窥其征。此书全部二十四五万言，叙罗马教皇亚历山大第六世荷特格波加遗事。当时专制之黑暗无天日，宗教之腐败不堪道，皇族残贼奸淫，无所不至。读罗马史者，当亦知其概略。嗟乎！罗马文明之下坠，与人民陷于专制宗教残酷之苦者数百年，岂偶然耶？使无加富耳诸贤崛起于近世，罗马或至百劫不回，未可知也。译者见吾国民兢兢焉以小说为人心世道之转移，关于阻止文明进步，如此二大障碍之书，不揭而出之，以为国民之鉴，其自失天职也实甚。殷鉴不远，厥为罗马，况值此欧风美雨，惨淡逼人之世哉。爰译是书，缀以数语。黄帝纪元四千六百零七年。轩裔氏译于旅次。"又论该书特点于后，其末云："故作历史遗事丛书观可也，作专制恶魔史观可也，作宗教腐败史观亦可也；作奇侠武艺传观，作真正爱情记观，亦无不可；作恩仇记观，或作小人情态毕显录观，更无不可。至结构之精，运笔之妙，说部中亦不可多得，读者当自得之。译者再识。"

五月

初七日（6月24日）《中兴日报》刊载告白云："方便留医所筹款建院，安置病人，诚为绝大善举。本报特停登小说、杂俎、词苑一天，将详情登入，以为□善诸君观感。"

十四日（7月1日）《中兴日报》刊载"《双美脱险记》付印广告"："此书自预约券出后，购者陆续不绝。故特即行付印，以慰悦（阅）者先睹为快之意。欲购阅者，慎无失此良机。否一出版后，必二圆方可购取也。再者，除本坡外，凡英属境内二次寄，另加银一角。其他各处另加邮费银二角。本报谨白。"此广告又见于一日至五月二十日该报。刊载"侠义爱情小说《二美脱险记》预约券广告"："此书成于千九百零三年。法国国教分离，阻力甚微，此书与有力焉。至其详已见本报拜上《序文》中，兹举其特点列下：（一）写专制恶魔之凶残。（二）写宗教中之腐败。（三）武艺奇侠。（四）写真正爱情。（五）写恩仇。（六）写小人状态。总此六大特色，全书精神已可概见。况叙教皇亚历山大第六等历史，皆根之事实，而司夫尔斯等之遗事，亦皆据之稗史，非空中楼阁，徒自虚构，尤为是书之特色。故作历史遗事丛书观可也，作专制恶魔史观可也，作宗教腐败史观亦可，作奇侠武艺传观亦可，作真正爱情记观，作恩仇记观，作小人情态毕显录观更无不可。其结构之精，运笔之妙，说部中不可多得。全书都二十四、五万言，共分四大厚册，精纸装订，每册约二百页上下，价二元。定六月内出第一、二卷，七月内出第三、四卷。预约券七折，预订至十部以上者六折，至二十部以上者五折。本坡、南洋，限至五月底截止，他处限至六月二十止。空函订购，恕不奉答。如个人订购因钱少不便函寄者，可就将该处银纸寄来，照新加坡银市合价，长者可以相当数目之书奉寄，短者若数在一角以内本报可不置议。总发行所：新加坡《中兴日报》、海通书局、振源栈。代理处：广东省城《国民报》、金山正埠《大同日报》，檀香山《自由新报》，仰光《光华日报》，暹罗《华暹新报》，香港《中国日报》、《公益报》，安南河内、海防粤东会馆张奂池君。"此广告又见于翌日至六月十二日该报。

二十五日（7 月 12 日） 《中兴日报》刊载"任侠小说《七年狱》序"云："人类所以逐渐开明，必有挟持之具以速其进化，但挟持之具至繁，匪片语所能殚述。至若拈万能之机捩，而一以贯之，要必以语言文字为其原动，则可无疑义。故夫语言文字者，速人类进化之利器也。虽然，文字之作用，亦贵因人而施，说理深邃，词旨渊奥，则宜于有根底之学者，非所语于未尝学问之中人以下。若欲因才引导，投其所好，使普通社会，稍识之无者，咸能聋人心通，潜移默化于形，则莫小说若。惜吾国迂儒，向识小说为无用之玩具，每每禁阻青年，不得寓目，故虽有良好之小说，亦没由呈功致用焉。庸讵知泰东、西人士，早视小说为一部分之良教育，列为学科，誉为专门，借以溶发儿童之智慧，而增长其常识。两者权度，其得失相去为何如哉？迩者欧风东渐，酣梦初觉，凡百事物，推陈出新。吾国小说界，亦一跃千丈，器重于人群。有识之士，各赛其技能，为小说家言，作逢时利器。吾友楚狂，于小说一道，尤别有会心。向在省港报界，主持笔政，所出小说，或章回，或文体，或传记，或札记，种种色色，鲜不脍炙人口。其手创之《粤东小说林》，销场甚畅，为吾粤小说报之嚆矢。后在暹罗某报，著一章回小说，颜其名曰《如是我闻》，都八万余言，于世界掌故、社会情形，尤能绘影绘声。富于阅历者观之，蔑不叹为先得我心，是足征其文学上之价值矣。顷得观其口稿，曰任侠小说《七年狱》。一卷卧游，证之耳食，深觉事必徵实，笔有余妍，洵足以廉顽立懦，兴起合群御侮之雄心。乃谓之曰：'子有罪矣。子具此佳本，而不出以问世，是岂得为能尽立言之天职乎？倘以印费不贷，吾虽力薄，当聊效将伯。'楚狂重韪吾意，乃编校始末，付之印刷。吾喜其过勿惮改也，为之叙述数言，弁于册首，使后之览者，亦将有感于斯文。中国干支纪岁以来七十二次己酉竞渡节后五日，凤城陈遗懘叙于石叻小坡宗儒学校。"

二十六日（7 月 13 日） 《中兴日报》连载《作如是观》，篇末标"未完"，现所见连载至此，连载结束时间不详。

六月

初三日（7 月 19 日） 《中兴日报》刊载"海通书局兼刷印所广告"："敬启者：本局购运上海铅印、石版各种书籍，如学堂教科书、社会诸论说以及时贤函札、名人著述、欧洲小说，搜罗富有，靡美不臻，久已风行南洋各岛埠。现在兼办有铅字、石版及印刷各机器。其印工之精巧，字画之明朗，纸张之洁白，影色之鲜明，当有光明者所共赏。凡在坡及各埠诸士商，欲印书籍及章约、函件、告白者，请到本局商议，其价值自当格外从廉也。此布。己酉年六月初三日。星嘉坡海通书局兼印所，司理人黄江生谨启。"此广告后于该报屡见，又见于七月初二日新加坡《星洲晨报》。

初四日（7月20日） 《中兴日报》刊载告白："《双美脱险记》预约券本坡南洋本拟五月底截止，现外埠函购尚陆续不绝，再展至本月初十日止。欲订购者，勿失此良机。本报白。"刊载"探险小说《黄金藏》"广告："是书乃英国大小说家哈葛德最近新著。书中述一英国少女赴非探父，船破，为一侠士舍生救之。后偕其父及父执某之滥用爱情、非洲土人之袭击诸险，卒能与侠士订婚，搜得宝藏而还。其叙事之变幻，万之哈氏前著之《火山报仇录》、《剖尸记》、《爱河潮》、《鬼山狼侠》各书，有过之无不及也。上下卷六毫。本报谨启。"该广告内容除落款外，同光绪三十四年二月十六日《神州日报》。

初六日（7月22日） 《中兴日报》开始连载《文明猴》，至六月初七日毕。标"喻言小说"，署"译社会主义小说"。此篇后又见载本年七月十六日美国旧金山《中西日报》和九月初三日至九月十七日《神州日报》。

初七日（7月23日） 《中兴日报》连载《文明猴》毕。其篇末云："此种猴子不可谓之真文明者矣，吾人视之，宁勿愧猴子之不若耶？"

十一日（7月27日） 《中兴日报》刊载"革命小说《几道山复仇记》"告白云："法国文豪仲马父子，为欧美小说家之泰斗，夫人而知。是书即大仲马最得意之名著也。欧美诸国皆有译出，其声价已可想见。书中详叙法国拿破仑时代之轶事。时有一少年船长丹地，为革命党以交通拿破仑之故，被仇人构陷入狱十余年。狱中邂逅一意大利大革命党，授以非常之学问，且以几道山之藏宝赠之。后以计脱狱，获得藏宝无限，遂对于其仇之保皇党，决行复仇主义。是时其仇三人皆已置身通显威权之人，炙手可热，丹地以刚毅坚忍、百折不磨之志，卒能达其目的。全书凡八十万言，为欧美各文豪中第一杰作。是书分上中下三编，每编分上下二册。现上中二编之四册皆已出版，合大洋一元四毫。代理处：《中兴报》、振源栈同启。"此广告又见于本年七月二十六日新加坡《星洲晨报》。此广告内容基本上同于光绪三十四年二月十六日《神州日报》,不同处为丹地等人现均被称为革命党。

十五日(7月31日)《中兴日报》刊载告白:"代理《双美脱险记》诸君公鉴:此书限于月尾出第一册,七月初十出第二册。贵处能销若干部请见报后早函赐知,以便邮寄。再者,各埠有欲趸批者,倘蒙光顾,价亦格外相宜。本报告白。"

七月

初九日(8月24日)《中兴日报》开始连载《林中语》,至七月十一日毕。标"奇幻小说",未署作者名。

十一日(8月26日)《中兴日报》连载《林中语》毕。其篇末云:"噫!棘地荆天,愁云惨日,吾人日处于陷穽之中,纲罗之下,安知不更有甚于少年之父者耶?故执笔记之,以为今日之操笔政者,警!警!警!"

十三日(8月28日)《中兴日报》刊载告白:"今日再停小说一天。"

十七日(9月1日)《中兴日报》刊载告白:"今日因内地新闻太多,暂停小说、杂俎、词苑一天。"

二十三日(9月7日)《中兴日报》刊载《女军人》,标"历史小说",未署作者名。此篇后载本年七月二十八日《神州日报》。翌年商务印书馆出版单行本时署"孙毓修编纂"。

八月

二十五日(10月8日)《中兴日报》开始连载《哑猫》,篇末标"未完",现未见后几日该报,连载结束时间不详。标"短篇寓言小说",作者署"大黄"。

二十九日(10月12日)《中兴日报》开始连载《酒之烈》,至八月三十日毕。标"短篇小说",未署作者名。

三十日(10月13日)《中兴日报》连载《酒之烈》毕。其篇末云:"嗟哉,生之烈,过于酒也。而酒之烈,又正可以佐生之烈也。其狂耶,其非狂耶？世之心心伣伣以屈□贼之□下者，可以警矣。"其后注"初续已完"。

九月

初七日（10月20日）《中兴日报》刊载告白："（本日）暂停小说。"

十五日（10月28日）《中兴日报》刊载《中雷奇鬼记》，标"短篇小说"，署"我佛山人（吴沃尧）投稿"。其篇末云："记者按：此盖为□□□货事，窘于压制，不能竟其志而发也，其曰'心之所贵，惟其坚也。'吾深有取于斯言。"此篇原载本年九月初二日《民吁日报》。

十六日（10月29日）《中兴日报》刊载《观画少年》，标"短篇小说"，未署作者名。该篇原载本年九月初一日《民吁日报》，作者署"厌"，后又见于本年九月二十三日《神州日报》、十月二十八日美国旧金山《中西日报》，作者均署"状"。

十七日（10月30日）《中兴日报》刊载《老供奉》，标"短篇小说"，未署作者名。其篇末云："愁曰：呜呼老供奉，方其楚楚衣冠，临场奏技，高视阔步，予智自雄，固一世之雄也，而今安在哉？"此篇原载本年八月二十五日《民吁日报》，标"短篇实事"，作者署"愁"。

十九日（11月1日）《中兴日报》刊载《卧游军港记》，标"短篇小说"，未署作者名。其篇末云："余曰：'噫，天下事何真非梦，又何梦非真。梦者人竞以为真，真者乃反以为梦。子休矣，子非可与语军港者。'余将述余之所遇，以质之当世也。于是为《卧游军港记》。"此篇原载本年八月十九日《神州日报》。

二十日（11月2日）《中兴日报》刊载《恶作剧》，标"社会小说"，未署作者名。其篇末云："呜呼！声势显赫之某绅。呜呼！心地刻薄之某绅。呜呼！恶作剧之某绅。"此篇原载本年八月二十三日《申报》。

二十一日（11月3日）《中兴日报》开始连载《此中人语》，至九月二十二日，篇末标"未完"。标"短篇小说"，未署作者名。此篇原连载本年八月二十八日至二十九日《民吁日报》，未完，作者署"臣"。

二十二日（11月4日）《中兴日报》连载《此中人语》至本日，篇末标"未完"，后未见续载。

二十四日（11 月 6 日）《中兴日报》刊载《观画少年》，标"短篇小说"，未署作者名。该小说先已载于九月十六日该报。

十月

十二日（11 月 24 日）《中兴日报》刊载《丐秀才》，标"小说"，未署作者名。其篇末云："记者曰：丐秀才殆玩世不恭者欤？然沿门讬钵时，余□□见之，其凄恻之态，有令人哀矜不暇者。乃必弃丰厚而出此途，丰厚之境，足以生其凄恻者，尤甚于丐欤？当于遇丐秀才时一询之。"

十五日（11 月 27 日）《中兴日报》开始连载《古井波》，至十一月二十六日连载毕。标"小说"，未署作者名。此篇原连载本年九月初八至九月十五日《民吁日报》，标"短篇言情"，作者署"厌"。

十一月

初八日（12 月 20 日）《中兴日报》刊载"新书出售"广告："民族小说《洪秀全演义》卷二则，四角；《满清二百六十年来失地记》，一本五角；《民报》廿伍号到，每本二角六占；《几道山恩仇记》（一、二、三册）一元；《黄金藏》二本，五毫；《二辰丸案》一本，二角五占；《马福益》革命小说，每册一角；《宦海潮》二册，七角；《徐锡麟全案》，每册二角二占；《赤十字会》，每本三角六占；《岑春萱历史》，每部二角七占；《革命先锋》每册一角二占；《时事汇报》十四期已到，每册二角；《鸦片流毒中国史》每本二角；《冯烈士》，一本一角五占；《新小说丛》减价，一本三角；《革命外交问题》，一本二角半；《趣世界》。每本三角。吉宁街振源栈启。"

二十六日（1 月 7 日）《中兴日报》连载《古井波》毕。其篇末云："哈哈，诸君暂别，我明日以后的美满历史，将来再编成小说奉告列位罢。"

十二月

二十三日（2 月 2 日）《中兴日报》连载《侦探之敌》第二卷第一百廿二续，篇末标"未完"，现不知连载于何时结束。

参考文献

一　基础文献

陈大康先生主持之"中国近代小说资料库"。内含单行本、期刊、日报等近代小说相关原始文献，计有图片 40 余万张。此处不一一胪列。

二　基本整理文献

陈大康先生编撰之《中国近代小说编年》（上海：华东师范大学出版社 2002 年版）；《申报》、《新闻报》、《时报》、《神州日报》、《中外日报》等相关小说编年（未刊），总计约 150 万字。

三　工具书

1. 阿英：《晚清戏曲小说目》，上海文艺联合出版社 1954 年版。
2. 江苏省社会科学院明清小说研究中心编：《中国通俗小说总目提要》，中国文联出版公司 1990 年版。
3. ［日本］樽本照雄：《新编增补清末民初小说目录》，齐鲁书社 2002 年版。

四　作品·资料类

1. 阿英：《晚清文学丛钞·小说戏曲研究卷》，中华书局 1960 年版。
2. 魏绍昌编：《孽海花资料》，中华书局 1962 年版；《李伯元研究资料》、《吴趼人研究资料》，上海古籍出版社 1980 年版。
3. 陈平原、夏晓虹编：《二十世纪小说理论资料（第一卷）1897—1916》，北京大学出版社 1989 年版。
4. 王继权等编：《中国近代小说大系》，百花洲文艺出版社 1988—

1993 年版。

5. 吴组缃等主编：《中国近代文学大系·小说集》1—7 卷，上海书店 1992—1995 年版。

6. 邬国平、黄霖编著：《中国文论选·近代卷》，江苏文艺出版社 1996 年版。

五　研究方法文献

1. 陈大康：《古代小说研究及方法》，中华书局 2006 年版。

2. 陈大康：《明代小说史》，人民文学出版社 2007 年版。

3. 陈平原、黄子平、钱理群：《二十世纪中国文学三人谈》，人民文学出版社 1988 年版。

六　研究文集·论著

1. 鲁迅：《鲁迅全集》（第一、四、九卷），人民文学出版社 2005 年版。

2. 胡适：《胡适文集》，北京大学出版社 1998 年版。

3. 柳亚子编：《曼殊全集》，北新书局 1928 年版。

4. 阿英：《晚清小说史》，商务印书馆 1937 年版。

5. 蒋瑞藻：《小说考证》，古典文学出版社 1957 年版。

6. 陈平原：《中国小说叙事模式的转变》，上海人民出版社 1988 年版。

7. 方正耀著、郭豫适审订：《中国小说批评史略》，中国社会科学出版社 1990 年版。

8. 郭延礼：《中国近代文学发展史》，山东教育出版社 1990 年版。

9. 袁进：《中国近代小说的近代变革》，中国社会科学院出版社 1992 年版。

10. 黄霖：《近代文学批评史》，上海古籍出版社 1993 年版。

11. 陈伯海、袁进：《上海近代文学史》，上海人民出版社 1993 年版。

12. 欧阳健：《晚清小说史》，浙江古籍出版社 1997 年版。

13. 林德明编：《晚清小说研究》，（台北）联经出版事业公司 1998 年版。

14. 武润婷：《中国近代小说演变史》，山东人民出版社2000年版。

15. 范伯群主编：《中国近现代通俗文学史》，江苏教育出版社2000年版。

16. 程华平：《中国小说戏曲理论的近代转型》，华东师范大学出版社2001年版。

17. 黄霖等著：《中国小说研究史》，浙江古籍出版社2002年版。

18. 王燕：《晚清小说期刊史论》，吉林人民出版社2002年版。

19. 杨联芬：《晚清至五四：中国文学现代性的发生》，北京大学出版社2003年版。

20. 王富仁：《鲁迅前期小说与俄罗斯文学》，陕西人民出版社1983年版。

21. 黄曼君主编：《中国20世纪文学理论批评史》，中国文联出版社2002年版。

22. ［美国］韩南著：《中国近代小说的兴起》，徐侠译，上海教育出版社2004年版。

23. ［美国］王德威著：《被压抑的现代性——晚清小说新论》，宋伟杰译，北京大学出版社2005年版。

七　新闻·出版文献

1. 史和等编：《中国近代报刊名录》，福建人民出版社1991年版。

2. 张静庐辑：《中国近代出版史料》，中华书局1954年版。

3. 汪家熔辑注：《中国出版史料·近代部分》，湖北教育出版社、山东教育出版社2004年版。

4. 李瞻主编：《中国新闻史资料》（第六种），（台北）台湾学生书局1979年版。

5. 刘哲民：《近现代出版新闻法规汇编》，学林出版社1992年版。

6. 来新夏：《中国近代图书事业史》，上海人民出版社2000年年版。

7. 戈公振：《中国报学史》，上海古籍出版社2003年版。

8. 李明山主编：《中国近代版权史》，河南大学出版社2003年版。

9. 孟兆臣：《中国近代小报史》，社会科学文献出版社2005年版。

八　历史·文化资料

1. 蒋廷黻：《中国近代史》，上海古籍出版社 1999 年版。

2. 周育民：《晚清财政与社会变迁》，上海人民出版社 2000 年版。

3. ［美国］费正清编：《剑桥中国晚清史》，中国社会科学出版社 1985 年版。

4. 包天笑：《钏影楼回忆录》，香港：大华出版社 1971 年版。

5. 周作人：《知堂回想录》，香港：三育图书文具公司 1980 年版

6. 冯自由：《革命逸史》，中华书局 1981 年版。

7. 郑逸梅：《清末民初文坛轶事》，学林出版社 1987 年版。

8. 张仲礼主编：《近代上海城市研究》，上海人民出版社 1990 年版。

9. 邹依仁：《旧上海人口变迁的研究》，上海人民出版社 1980 年版。

九　海外华人、华文研究文献

1. 冯自由：《华侨革命开国史》，商务印书馆 1947 年版。

2. ［日本］实藤惠秀著，谭汝谦、林启彦译：《中国人留学日本史》，三联书店 1983 年版。

3. 沈殿成主编：《中国人留学日本百年史》，辽宁教育出版社 1997 年版，

4. 赖美惠：《新加坡华人社会之研究》，（台北）嘉新水泥公司文化基金会出版，1979 年版。

5. ［新加坡］李庆年：《马来亚华人旧体诗演进史》，上海古籍出版社 1998 年版。

6. ［新加坡］陈荣照主编：《新马华族文史论丛》，新加坡新社 1999 年版。

7. ［新加坡］李元瑾：《东西文化的撞击与新华知识分子的三种回应：邱菽园、林文庆、宋旺相的比较研究》，新加坡国立大学、美国八方文化企业公司联合出版，2001 年版。

8. ［菲律宾］陈烈甫：《华侨与华人学总论》，台北：商务印书馆 1987 年版。

9. 刘伯骥：《美国华侨史》，台北：黎明文化事业公司 1982 年版。

10. ［美国］沈已尧：《海外排华百年史》，中国社会科学出版社 1980
　　 年版。

十　外文文献

1. ［日本］樽本照雄：《商務印書館の印刷物》，《清末小説から》
　　（第 23 号），1991 年 10 月。

2. ［日本］樽本照雄：《周樹人がいっぱい》，《清末小説》（第 17
　　期），1994 年。

3. ［日本］沢本郁馬：《李錫奇『南亭回憶録』のこと》，《清末小
　　説》（第 22 期），1999 年。

4. ［日本］神田一三：《出版社の図書目録》，《清末小説から》（第
　　84 号），2007 年 1 月。

5. ［美国］Adrian Arthur Bennett, *John Fryer：The Introduction of West-*
　　ern Science and Technology into Nineteenth-Century China（Cambridge,
　　Mass.：East Asian Research Center, Harvard University, 1967。

6. ［美国］James P. Danky, Wayne A. Wiegand, *Print Culture in a Di-*
　　verse America, University of Illinois Press, 1998。

7. ［美国］Hyung-chan Kim, *Distinguished Asian Americans：a biographi-*
　　cal dictionary, Greenwood Press, 1999。

十一　研究论文类

1. 欧阳健：《津门储仁逊及其抄本小说》，《明清小说研究》1988 年
　　第 4 期。

2. 郭延礼：《传媒稿酬与近代作家的职业化》，《齐鲁学刊》1999 年
　　第 6 期。

3. 袁进：《试论晚清小说理论流派》，《江淮论坛》1999 年第 6 期。

4. 王学钧：《实录与评论：晚清陆士谔社会小说论》，《明清小说研
　　究》2001 年第 1 期。

5. 潘建国：《小说征文与晚清小说观念的演进》，《文学评论》2001
　　年第 6 期。

6. 陈年希：《从陆士谔小说中探寻陆士谔的小说创作》，《孝感职业技

术学院学报》2002 年第 3 期。

7. 范伯群：《〈催醒术〉：1909 年发表的"狂人日记"——兼谈"名报人"陈景韩在早期启蒙时段的文学成就》，《江苏大学学报》2004 年第 5 期。

8. 王风：《从"自由书"到"随感录"——晚清报刊评论与五四议论性文学散文》，《现代中国》第四辑，湖北教育出版社 2004 年版。

9. 潘建国：《清末上海地区书局与晚清小说》，《文学遗产》2004 年第 2 期。

10. 陈大康：《论晚清小说的书价》，《华东师范大学学报》2005 年第 4 期。

11. 刘伯骥：《美国华侨报业发展史略》，台湾《文艺复兴》1971 年第 19 期。

后 记

1

2007 年 11 月 24 日，山城北碚微雨蒙蒙，有了冬的寒意。饥寒交迫地奔波一天，终于踏进了西南大学图书馆。接待的馆员很热情，并温婉地告知古籍库正在装修中……还好，西南大学侧门胖阿姨那一手地道的家常回锅肉，多少能冲淡些彼时的失落和惆怅。这便是第一次出征外地查找资料的经历，记忆深刻，以至后来跟同门交流"学术心得"时还好几次扯到相关话题。

此后一切尚算顺利，其间当然不免舟车劳顿，此中甘苦仅自知。后来整理差旅票据时才发现，几年间辗转了西至川渝北至京城南至两广的十多个省市 20 余家图书馆。同时友人亦从海外寄来了数批珍贵文献，加上历届同门的积累，近代小说文献数据库终成规模——无炫耀之意，因为近代小说基础文献的分散与浩繁是领域内众所周知的常识。

2

他人我不知，至少我就遇到了这样的烦恼——面对庞杂的近代小说文献资料库，一度不知如何下手。陈大康先生指了条路：从搜集、整理原始文献入手，随后再编撰小说编年。他还对编年制定出了严苛的"技术标准"——在尽量少的篇幅内尽可能多地反映有用信息。这就决定了编年并非只是简单的资料录入或小说目录的胪列，小说的周边信息同样不可缺。于是，编年的编撰除了涉及基本的技术问题和规范要求外，还要对材料做取舍和初步的文献考辨（日期、作者、是否转载等），难度便陡然增大。想当初，我将第一批辑录的编年交给陈大康先生，在随后返回的校补稿上，那一大片醒目的红色批注至今记忆犹新，虽未批评片语，但我还是为自己的愚钝粗疏甚感羞愧。

深知文献搜集与编撰编年之辛苦，便尤为感激陈大康先生——不仅仅是他的悉心指导，还在于他将自己集十余年之功编撰的一百余万字的小说编年交给我们共享（其中包括还未出版的《申报》、《时报》、《神州日报》、《中外日报》等大型小说编年），给我们的研究提供了极大便利。

3

随着写作的逐步深入，我在面对一些新问题和新现象时渐渐有了"辞不达意"的困惑——发现过去的"话语体系"已经不够用或者不适用。为了更为贴切地描述研究对象和阐述一得之见，我常常抑制不住提出新命题（新概念）的冲动，于是决定试着适当借用或创造一些新的概念，比如"文学低潮研究"、"小说界经济危机"、"第三种力"、"社会派"、"消闲群"、"新消闲小说"、"时闻小说"、"魅惑力"，等等。关于新概念的提出，我当时一度颇为忐忑，很是担心被怀疑患有"创新压迫症"，于是专门就这些概念跟陈大康先生商讨。陈先生早年是复旦大学著名数学家苏步青的学生，上山下乡种地炼钢，几番折腾回到高校，竟然转行投入文学研究之门，其异于一般文科学人的思维方式和研究方法，常令我们惊叹。清楚记得，当时他抽出根软中华啪的一声点上，然后用夹杂着上海口音的普通话说：侬有文献数据支持么？有就先将想法大胆提出来，这一领域也需要一些新的东西来打破僵局，哪怕是有偏差甚至错了，以后也可以讨论、修正，大可不必因噎而废食。陈先生的支持和鼓励，无疑给了我极大的信心、动力和思考的自由，可以说，本书是在一种辛苦却又非常愉快的"思维的狂欢"状态中完成的。

4

文稿送审后，专家们返回的意见有肯定也有争议，而这些意见终究让我受益匪浅。譬如在专家建议下，我对文稿的海外研究部分做了延展，并于当年申报国家社科基金项目，获得立项。2012 年 3 月，文稿被评为上海市优秀博士学位论文，年底又进一步获得全国优秀博士学位论文的殊荣。自己多年的辛苦付出，终于初步获得了学界的一些肯定，但高兴之余，心中的惶恐其实更甚，因为好些个自己提出的命题，只是提供了自己思考达到的深度，尚不敢妄言圆满解决。至于陈大康先生殷殷希望的借此"打破研究僵局"，自知才学浅陋，何敢奢望，就当是先生为我立下的一个理想目标，指引我努力的方向罢。

书稿出版过程中，还得到了梁扬教授、李凤亮教授、李寅生教授等诸多师友的支持和帮助，中国社会科学出版社的张林主任、陈雅慧编辑等也为拙作提供了许多宝贵的专业意见，在此一并致谢。